2017

中国小说学会
排行榜

中國小說學會 评选
Chinese Fiction Institution

中共兴化市委宣传部承办

21 二十一世纪出版社集团
21st Century Publishing Group
全国百佳出版社

图书在版编目（CIP）数据

2017中国小说学会排行榜 / 中国小说学会评选. --

南昌：二十一世纪出版社集团, 2018.4

ISBN 978-7-5568-2826-5

Ⅰ.①2… Ⅱ.①中… Ⅲ.①小说集—中国—当代

Ⅳ.①I247

中国版本图书馆CIP数据核字(2018)第052391号

2017 中国小说学会排行榜　　　　　中国小说学会 / 评选

统　　筹	文　欢
责任编辑	张　宇
出版发行	二十一世纪出版社集团
	（江西省南昌市子安路 75 号　330025）
	www.21cccc.com　cc21@163.net
出 版 人	张秋林
经　　销	新华书店
印　　刷	河北环京美印刷有限公司
版　　次	2019 年 4 月第 1 版第 2 次印刷
开　　本	720mm×1020mm　1/16
印　　张	40
字　　数	590 千
书　　号	ISBN 978-7-5568-2826-5
定　　价	80.00 元

赣版权登字—04—2018—47

如发现印装质量问题，请寄本社图书发行公司调换 0791-86524997

中国小说学会2017年度
中国小说排行榜评委会

2017中国小说学会排行榜

短篇小说

名 次	作 品	作 者	发表刊物或出版社
01	《滞留于屋檐的雨滴》	叶兆言	《江南》2017年第3期
02	《两瓶酒》	毕飞宇	《人民文学》2017年第11期
03	《街上的耳朵》	钟求是	《收获》2017年第3期
04	《气球》	万玛才旦	《花城》2017年第1期
05	《匠人》	李延青	《当代》2017年第2期
06	《七层宝塔》	朱 辉	《钟山》2017年第4期
07	《檀香插》	南 翔	《芙蓉》2017年第2期
08	《谁是李俏》	贝西西	《雨花》2017年第11期
09	《英式下午茶》	赵红都	《莽原》2017年第2期
10	《兄弟我》	叶 舟	《十月》2017年第4期

中篇小说

名 次	作 品	作 者	发表刊物或出版社
01	《向西，向西，向南》	王安忆	《钟山》2017年第1期
02	《摩擦取火》	陈 仓	《芒种》2017年第9期
03	《松林夜宴图》	孙 频	《收获》2017年第4期
04	《丹麦奶糖》	刘建东	《人民文学》2017年第1期
05	《鲜花岭上鲜花开》	徐贵祥	《人民文学》2017年第8期

长篇小说

目　录

弘扬现实主义　书写时代风貌..................................... 1

短篇小说

长篇小说（书评）

弘扬现实主义　书写时代风貌

　　2018年1月7日，由中国小说学会主办、江苏省兴化市委宣传部承办的中国小说学会2017年度中国小说排行榜在江苏省兴化市揭晓。中国小说学会会长雷达认为，本年度的中国小说学会排行榜与近期已出的一些排行榜相比，上榜作品很少重复、交叉，这恰好说明本年度小说作品可供选择的对象之丰富，文学创作持续繁荣的景象可喜可贺。中国小说学会年度中国小说排行榜，作为国内举办最早、坚持时间最长、影响较大的排行榜，在评选中突出了一贯的学术性、专业性、民间性特色，努力发扬学术民主，大力发现优秀之作。从上榜作品的阵容来看，涌现出了不少新鲜面孔，青年作家们表现出旺盛的创作活力，强化个体对生活的体验和思索，叙事技巧、人生阅历和艺术功力进步明显，能够传达出比较丰富驳杂的城乡人生经验，展现时代精神。几代作家正在突破代际局限，不断地扩大和融会贯通自己的世界。上榜作品中现实题材占了很大分量。如何在传统的基础上进行创新，正在成为作家们思考的重要问题。

长篇小说：战争沉思与精神透视

　　虽然作品的叙事跨度长达将近一个世纪，但《唇典》的叙事重心却毫无疑问是从1931年的九·一八事变到1945年日本宣布无条件投降这14年的东北抗战。刘庆通过一种力透纸背的倾力书写，成功地刻画塑造出了主人公郎乌春这样一位别具个性的抗战英雄形象。叙事长度同样差不多长达一个世纪的，还有海外女作家张翎同样书写表现抗战的《劳燕》。或许与作家总是游走于中西之间的具体文化身份有关，《劳燕》的题材本身即具有突出的国际性色彩，作家所集中描写展示的正是抗战期间中美军队并肩作战的故事。实际上，72年之后相聚在月湖的三位抗战老兵的亡灵，也正是围绕这位共同的女性，展开了对于既往生命历程的追忆。其中的故事焦点，当然是他们由于战争的原因而在月湖地区相识、相交一直到最终分手的整个过程。其他不说，单是中美两国军人的并肩作战本身，就已经突出地体现了某种人类命运共同体的意味。

如果说《唇典》与《劳燕》聚焦于战争，那么，上榜的另外三部长篇小说所聚焦的，就是作家笔下人物的主体精神世界了。首先明显具有精神分析学深度的是鲁敏的《奔月》。《奔月》艺术形式上最大的特色，就是对于假定性叙事形式的巧妙设定与使用。小说的核心事件是女主人公小六一次意外车祸后的悄然失踪。借助于小六的悄然失踪，作家所渐次打开的，正是这一现代女性那样一种其实一直掩藏很深的精神世界。如果说，曾经的小六表面上是温顺乖巧的，那么，这个被叙述者逐渐发掘并呈现给广大读者的，则是一个奔放的现代女性。这里的一个关键问题在于，出现在他者视域中的自我，往往是受到道德、法律等社会性因素强势监督的"超我"。往往地，一个人只有在独处的时候，在逸出了他者的视域之后，更多地由本能控制支配的那个貌似"张牙舞爪"的"本我"才会浮出海面。

"既问苍生"，固然是《心灵外史》非常重要的一个价值层面，但"也问鬼神"，对国人精神信仰层面上心灵深渊的存在做真切的深层透视，却更可以视为石一枫小说创作的一种新开拓。这一点，集中通过大姨妈这一被刻画得活灵活现的女性形象而凸显出来。从作家石一枫的角度来说，大姨妈最后到底信了什么或者干脆就不再信什么，实际上也都是不重要的。真正重要的事情，在于石一枫《心灵外史》的写作本身，在于作家以如此一部具有心灵冲击力的优秀长篇小说关注、思考并表现了国人的精神信仰问题。

最后要提到的是范迁的《锦瑟》。小说所集中透视表现的，乃是1949年中华人民共和国建立前后一段知识分子的精神秘史。对于男主人公失败的人生，恐怕还是刊物编辑给出的理解最为到位："由于知识分子本身的软弱和动摇，注定了他自身改造的不彻底性，他在战争年代与和平建设时期都无所适从，同时为个人情感心绪所左右，使他在人生道路上举步维艰，处处受挫，锦瑟无端五十弦，人生匆匆半百载，回首遥望，感叹无限。"

中篇小说：大象的局部

2017年中篇小说的主流是，对现实经验的关切和对现实主义创作方法的倚重。

好的小说应该能打开人性的褶皱，让我们看到灵魂深处的隐秘，也由此触摸到它与我们的时代、我们的历史和现实的关联性。张悦然的《大乔小乔》很好地抵达了这一文化和美学目标。《大乔小乔》不断在现实与过去之间闪回切换，以此映照、凸显妹妹小乔被扭曲的成长轨迹和精神历程：作为一个意外超生的孩子，始终被父母长期排斥在家庭之外，为了生存，她付出了远比他人更艰难的努力，但仍无法不在内心形成一个黑暗的渊薮。她在自利和亲情之间撕裂又扭结，直到大乔因为不堪生活的重负投河自尽，她的人性才在疼痛和震惊之余逐渐复苏。

王安忆的《向西，向西，向南》同样在个人生活轨迹的变迁上，投射出纷纭繁杂的历史信息。这是一个"上海人在纽约"的故事，只不过，与其说它讲述的是"美国梦"的实现，不如说是幻灭。历经丈夫的出轨、女儿的背叛，何玉洁或许发现，生活永远没有落地生根，而是充满着不可预知的可能性。向西，向西，向南，流动和漂泊既是被现代性紧紧围困的每一个人的宿命，同时也表征着何玉洁们对人生意义的执着找寻。

陀思妥耶夫斯基曾说过，"人是一个秘密。应当猜透他，即使你穷毕生之力去猜解它，也不要说虚度了光阴；我正在研究这个秘密，因为我想做一个人。"这也是许多中国作家致力掘进的目标。以2017年上榜的中篇小说而言，孙频的《松林夜宴图》、东紫的《芝麻花开》、陈仓的《摩擦取火》等，都在围绕着这个核心问题而展开。只是，在如何兼及思想和艺术的平衡协调上，有的作家交上了令人满意的答卷，而有的作家，毋庸讳言，还是留下了或大或小的遗憾。最后，我把一份必要的哀悼和敬意献给离世不久的青年作家胡迁。他的遗作《大裂》显示出惊人的才华和洞察力，以一种荒诞和变形的形式，有力地呈现了一群大学生"你别无选择"式的存在状态——破碎的、混乱的、虚无的、充满着焦灼感和无力感的——其实，这也是有关我们的现代性生存的一个整体象喻。

古往今来，人事代谢，而文学之河兀自浩浩荡荡奔流不息。我们伴随着它一路前行，且总是忍不住要发一点深深浅浅的议论——但无论说什么，我们的头脑里应该始终保持着一种必要的自知和自省，因为那个古老的寓言很早就智慧地提醒我们：不要以为你完全拥抱了一头大象，你充其量只是摸到了它的一只耳朵，或者尾巴。

短篇小说：微观叙事中的内心镜像

近些年来，短篇小说越来越迷恋日常化、微观化和内心化的叙事策略，精妙之作虽然不多，但也不乏一些有意味的作品。2017年的短篇小说，绝大多数都是立足于日常化的微观生活，并以人物的内心感受作为内驱力，努力揭示这个时代的人们所面临的种种挑战、困惑、尴尬或无奈，呈现他们内心深处隐秘而繁复的精神镜像。这种微观化、内心化的叙事，虽然说不上有多么宏阔或深邃，但是在人物彼此的扯扯拽拽之间，凸现了诸多日常生活中极为丰饶的生存质感。毕飞宇的《两瓶酒》，看似叙述了两个并无血缘关系的家庭之中数十年的友情，但在故事的缝隙之中，"大侄子"无奈、尴尬而又困惑的生存心绪，一直萦绕在话语之中。钟求是的《街上的耳朵》从中年男子式其的内心出发，让一位并不相识的女性，勾连了他的命运轨迹。青年时期的式其，因为小巷深处飘然而来的一位陌生女性而失去了一只耳朵，以至于他从此之后不得不留着长发；中年之后的式其，又因为一次饭局上偶得的信息，决意去参加那位小巷女性的葬礼。由是，对方丈夫和式其之间，开始了饶有意味的心理搏击，它无关伦理，却直指尊严。

当然，更多的小说还是着力表现日常生活伦理对于人们生存的冲撞。这种冲撞，无法让人抽身事外，也无法进行是非判断，人们只能置身其间，左奔右突，承受着内心的撕扯。譬如，叶兆言的《滞留于屋檐的雨滴》中，备受身世折磨的陆少林，虽手艺精深，但命运始终将他压在世俗的尘埃里。南翔的《檀香插》中，妻子对于丈夫的信任，却被一场突如其来的问讯撕开了深不可测的裂口。万玛才旦的《气球》围绕着生育与转世的冲突，使家庭氛围变得骤然紧张。这些小说所叙述的都是中国式的日常生活，它们在各种伦理的层层包裹中显得漫无头绪，也让每个人都不得不负重而活。

人是一种生物的存在，也是一种社会文化的存在，"这一事实将对我们如何度过我们的日常生活产生意义深远的影响"（英格利斯语）。当前的短篇小说创作，逐渐远离宏大的社会命题，回到微观化的日常生活内部，这或许不是一件坏事。

兴化：社会力量的文学参与

中国文学的发展正在呈现出许多新的现象，其中有一点非常引人注目，许多社会力量参与到了当代文学的进程之中，以各种各样的方式给当下文学注入活力、提供支持，贡献价值和智慧。这一格局改变了传统的文学进行方式。文学越来越社会化、普泛化，当然也更为开放。这是文学发展的必然，也是一个社会文学呈现出活力的重要标志。

在这个新的格局当中，文学正越来越走向社会，走向广大的民众，与各种社会力量形成了积极的、有建设性的对话关系。越来越多的社会力量意识到了文学的重要性，意识到了自己应该拥有文学化的存在方式，同时它们也意识到作为一种社会力量，必须承担起推动文学发展的责任，这无疑是一种文化自觉、文化担当，当然也更是一种文化自信的表现。

同时我们更要看到，这样的对话关系打破了传统的文学运行的封闭的内循环模式，各种社会力量的文学诉求、文学理想，直接地反馈到文学的现场、文学的内部，形成了一种新型的文学价值生产模式。认真仔细地分析一下这些奖项的评奖条例、评奖标准，就会发现每一个奖项都代表着设奖主体的文学理想与文学标准，都有其存在价值和合理性。正因为有这么多不同的奖项，不同的社会力量对文学的主张才有了表达的渠道，社会对于文学多样性的强调和需求也得以呈现出来。而对文学多样性的强调，正是文学繁荣的前提，也是文学生态得以可持续发展的必要条件。

通过诸如此类的活动，文学得以实实在在地走向了社会，参与到社会建设与发展当中。所以，社会力量与文学的结盟是双赢的事业。江苏省兴化市是一个有着悠久的人文传统特别是小说传统的县级市，许多小说名家从兴化走向了全国，而在兴化本土从事小说创作的人口也多得让人惊讶，因此，它被中国小说学会命名为"中国小说之乡"。近5年来，中国小说学会与兴化市进行合作，进行一年一度的中国小说排行榜的评审，借助这个合作平台，作家与批评家们走进了这个小说之乡，近距离地感受到了民众的文学热望，活泼泼的小说创作现场和他们对于小说的理解与期待，这无疑潜移默化地影响到专家们对于小说的认识，他们对小说的诸多要素包括小说与社会、与大众的关系有了全新的理解。而每次排行榜所推出的作品以及专家们对于小说的解读则给兴化的小说创作产生了极大的影响和推动。这样的合作其实是一个小说文化的孵化器，许多具有实效的合作方式不断被催生出来。我们看到，文学以它的方式参与到了地方建设当中，不断提升地方文化的品格，而地方也贡献出其鲜活的文学力量，并参与到了中国当代文学经典化的进程之中。这可以看作现代社会文学存在的新的现实或未来。

本文执笔者分别为：

长篇小说：战争沉思与精神透视——王春林

中篇小说：大象的局部——段守新

短篇小说：微观叙事中的内心镜像——洪治纲

兴化：社会力量的文学参与——汪政

「短篇小说」

滞留于屋檐的雨滴

叶兆言

　　1978 年 12 月，首都北京正在召开很重要的三中全会，陆少林的父亲在南京一家医院过世了。对于父亲的离开，陆少林有心理准备，医生跟他谈过。父亲也坦然地说过这事，安慰他，让他不要太难过，让他抓紧时间复习功课，准备再一次参加高考，并祝愿他这次一定会考好。父子间的感情非常好，可以说特别好，陆少林心里难受，流了好几次眼泪，对即将要出现的状况不敢多想，又不能不想。该发生的事终于发生，父亲进入弥留状态，他紧紧捏着父亲的手，渐渐意识它像黑色的冰块一样，越来越凉越来越黑暗。为什么父亲的手会像黑色冰块，他一时想不明白，这念头在脑海里一闪而过。护士们正在忙乱，母亲和姐姐在帮死者换衣服，然后往太平间里送。

　　谁也没有号啕大哭，母亲没有，姐姐没有，陆少林也没有。母亲与父亲的关系不是很融洽，姐姐和父亲的关系也不是很融洽，陆少林心里悲伤，非常想哇啦啦哭上一场，母亲和姐姐的冷漠，让他感到为难，只能一边推车，一边静静地流眼泪。太平间管理员显然习惯这样的场面，从一大串钥匙中，找到那把打开太平间的钥匙，将铁门打开，让他们把放着父亲尸体的推车推进去，说搁在墙角就行，接下来填写单子，约好送火葬场时间，什么规格，花多少钱，怎么样怎么样，所有这一切都是陆少林母亲在操办。

　　父亲去世那天，是陆少林一生中最伤心的一天。这一天，不仅父亲永远离开了，晚上的家庭谈话中，母亲当着姐姐面，说出一个非常惊人的消息。她十分平静，告诉陆少林姐弟，这个刚死去的男人，并不是陆少林的亲生父亲。再也没有什么消息，比这更能打击人，更能折磨人，二十岁的陆少林看着目瞪口呆的姐姐，仿佛让人用生硬的木棍在脑袋上狠狠砸了一下。

　　姐姐木木地看着母亲，有些想不明白，父亲生前明显偏爱陆少林，她觉得姐弟两人之中，如果有一个不是亲生的，也应该是她。

过去一年中，停止多年的高考恢复了，陆少林参加过两次高考，都失利了。第一次是77级考试，进入了复试，没取。第二次是78级考试，差三分，又没取。说起来很巧，两次考试我都参加了，我们一起报名，一起复习，又走进同一个考场。

陆少林住的地方离我家不远，我们都不是应届生，高考恢复，我已经当了四年工人。他跟我同一届，是一家小饭馆的服务员。我们关系变得密切，与准备参加高考有很大关系，在同一所夜校复习，找了相同的辅导老师，背一样的复习材料。当然也还有一个原因，他母亲与我母亲是同事，虽然不在家属大院住，但经常会到这里来玩。

陆少林父亲逝世不久，我们有过一次难忘的谈话。记得是放寒假前夕，剩下最后一门马克思主义哲学还没考，他突然到学校来找我，告诉我他父亲去世了，他心里很不痛快，很忧伤，非常想找个人聊聊，说说话。我告诉他明天还有一门考试，他看我有些为难，便不说话。我不忍心，也不好意思，说你既然来了，那就聊聊吧，反正考试都是临时抱佛脚，老师蒙我们，我们再蒙老师，大家都不知道自己在说什么。

陆少林说，其实也没多少话要说，只是想告诉你，我爸爸死了。

隔了很多年，都不能忘了他说这话时的表情，显得很冷淡，一点都不悲伤。不明白为什么要专门跑来跟我说这个，我们坐在学校的某个角落，他从口袋里摸出一包香烟，明知道我不抽烟，递了一根给我，自己再取一根，然后大家一起抽，什么话也不说。很快烟抽完了，他说你去复习功课吧，我们以后再聊。嘴上这么说，还是聊了一个多小时。这一个多小时，我略有些心不在焉，忘不了明天还要考马哲。对于他的谈话，能记住的无非一些要点，他告诉我，过去一直不知道，直到父亲死了，母亲才告诉他，这个男人与他根本没有血缘关系。

陆少林告诉我，父亲死了，两件事让他耿耿于怀。一是小时候尿床，母亲和姐姐讥笑他，威胁要告诉老师，要让所有同学都知道。陆少林说他非常担心，觉得太丢人，一想到就害怕，晚上不敢睡觉，怕睡着了又尿床。为他解开心病的是父亲，他告诉陆少林尿床根本不算什么事，说你姐姐也尿过床，你妈妈有没有不知道，反正爸爸小时候不仅尿床，还在床上拉过屎呢。陆少林说他听到这么说，立刻释怀了。

第二件事耿耿于怀，到了青春期，陆少林开始梦遗。他不知道该怎么办，跟当初尿床一样，很害怕，很难为情。母亲知道了，第一时间告诉姐姐，母女俩一阵讥笑，说不学好，说不要脸。说你以后还这样，自己去洗短裤，脏死了，没人会帮你洗。姐姐比他大五岁，印象中，除了欺负他，没什么可圈可点。陆少林再碰到这样的事，偷偷把短裤洗了，再把湿短裤穿身上焐干。他不知道所有男孩都会这样，终于有一天，父亲告诉他梦遗比尿床更常见，说过去的男孩子，比他再大一点，都可以娶媳妇了。

　　说老实话，不明白陆少林为什么要跑来诉说这些。他自顾自说着，重重地叹一口气，沉默了一会儿，说本来准备在我面前大哭一场，现在突然不想哭了，心里有些话，说出来，也就痛快了。看不出他有什么痛快，我看到的只是他的悲哀，是他所经历的双重打击。一个这么好的父亲不在了，这个人还不是他的亲生父亲。第二天考马哲，我情不自禁地会走神，总是想起陆少林，想起他说过的话。戴着老花镜的监考老师十分仁慈，从头到尾都在看报纸，说是闭卷考试，遇上答不出来的题目，大家也就不客气，悄悄把书拿出来，互相讨论和转告，应该抄哪一段。

　　陆少林又考了一次大学，还是没考上。他有些绝望，不明白为什么总是考不上。确实冤枉，当初一起复习，他成绩一向都比我好，尤其是数学。文章也写得漂亮，在夜校上补习班，他的命题作文不止一次被辅导老师拿出来当作范文。

　　又过一年，他成了电大学生。因为不脱产，还得上班，觉得这个电大生没意思，干脆不想毕业，没拿到文凭。那年头，年轻人除了考上大学，很少换工作。陆少林在一家集体所有制的小饭馆当厨师，突然开始对书法产生兴趣，天天临字帖，迷上了制作砚台，弄了一些石头，自己加工。有一段时间，常到我所在的学校来蹭课，旁听古代文学史和古汉语。说句老实话，他的古典文学和古汉语水平比我高出许多。

　　有机会便在一起聊天，他最喜欢说父亲的故事。陆少林告诉我，养父死了以后，他一直在想，为什么这个人会对自己那么好。印象中，姐姐总在抱怨父亲重男轻女，姐弟感情不好，很重要一个原因，是姐姐觉得父亲偏心。陆少林的养父是一所中专学校老师，教什么也不清楚，反正是与无线电发报机有点关系。"文化大革命"中被打成国民党特务，造反派在一张穿国民党军服的集体照上，看到了他。陆少林告诉我，他确实参加过国民党。

　　陆少林的养父也曾经是名解放军，参加过抗美援朝，加入了共产党，受过伤，他家墙上挂着一张他穿志愿军军服的照片。对于这个父亲，陆少林有很多不能明白的地方，为什么不太喜欢自己的亲生女儿，为什么会原谅妻子的出轨。最后只能得出一个比较荒唐的结论，就是他对陆少林好，只是为了讨好母亲。

　　"你不知道他对我母亲有多好，那种好，你真的没办法想象。"

　　一说起养父对母亲的好，对她的百依百顺，陆少林忍不住唉声叹气。小时候，母亲的一位朋友老梁，经常到他家来串门，有一次，他无意中撞见母亲与老梁搂抱在一起。一时间也不知道是怎么回事，母亲大声呵斥，让他到外面去玩，让他赶快出去。陆少林不明白她为什么会那么生气，不明白为什么只要养父不在家，这个叫老梁的男人就会过来。有时候养父在家，那个男人也会来，大家有说有笑，一团和气。

陆少林小时候曾听人背后议论，说养父真是好性子，气量也太大，绿帽子一顶又一顶戴，都能够凑成一个班。因为是小孩子，不知道什么叫绿帽子。养父死了以后，有一段时间，一直觉得老梁就是他的生身父亲。对着镜子琢磨，越看，也觉得自己像老梁。姐姐出嫁后，与母亲越来越不融洽，与弟弟关系反而有很大改善。过去并不知道与弟弟同母异父，对父亲始终有怨恨，父亲不在了，她觉得自己很同情父亲，觉得父亲挺无私的。

姐姐结婚不久，又有了一段新恋情，闹得风风雨雨，声名狼藉，最后不了了之。她跟弟弟检讨，说自己性格有问题，女儿像妈，坏毛病可以遗传，她真是对不住陆少林的姐夫。陆少林借此机会打听，问还记不记得那个叫老梁的男人，姐姐便笑，说我怎么会不记得，我太记得了。

"这个人会不会是我的亲爹呢？"

"当然不是。"

"你怎么知道当然不是？"

姐姐告诉他，父亲死后，有个男人来过，就是陆少林的生身父亲。提出来要见一见陆少林，结果母亲一顿臭骂，把他赶走了。陆少林听了很激动，连忙问那男人长什么模样，现在在什么地方。姐姐说她也只是匆匆看了一眼，当时并不知道是谁，这个人离开，才听母亲嘀咕了几句，好像是在新疆什么地方，年纪也不小了，五官跟陆少林很像，个子看上去蛮高的，似乎要比他还高一些。

陆少林找了个机会，直截了当询问母亲，问自己生身父亲的情况。母亲大怒，说我这辈子最记恨两个男人，一个是你这爸，明知道你不是他亲生的，非还要做出不在乎的样子，你以为他是真对你好，狗屁，他为什么要对你好，无非是想让我难堪，让我觉得亏欠他，让我抬不起头来。母亲最恨的另一个男人，是陆少林的生身父亲，她说这个没良心的狗东西，只要我还剩一口气，他别想见到你，你也不许找他，绝对不允许，如果敢去找他，我立刻就死给你看，我立刻找一根绳子吊死，你信不信。

陆少林后来与一位女同事好上了，这个女人比他大好几岁。刚知道这消息，我也有些吃惊，因为在他干活的小饭馆见过。是个端盘子的女服务员，眼睛细细的，看起人来，总会让你觉得她是在琢磨什么事，好像你们过去就认识一样。皮肤很白，个子不高，已经结了婚，有一儿一女。

陆少林也不回避与她的关系，问他是来真的，还是闹着玩。他的回答是无所谓，真也行，假也可以，完全看对方态度。他的所作所为完全是被动的，全看女方心情，女方说要离婚跟他，他说行，那你就离吧。女方又改口，说我们的事还是就这样吧，我不想离了，大家混一天是一天。陆少林说，好吧，那就混一天是一天。女的很生气，跟他吵跟他闹，结果分了合，合了又分，分分合合，始终藕断丝连。

那段日子，陆少林住的地方离我很近，一处沿街的老房子。我经常去聊天，有时候，那女的也在。房间不大，一张小钢丝床，一张很大的工作台，拉了几根细绳子，上面荡着很多木头夹子，用来挂他写的篆字。他迷上了刻图章，喜欢在砚台上刻字，那些字都很难认。桌上一本《说文解字》还是跟我借的，借了也不还了。就是那段时间，那女人离婚了，他们同居过一段日子，十分平静地分手。陆少林告诉我，她爷爷解放前夕去了台湾，后来又去美国，是个有身份地位的人物，多少年没联系，改革开放，重新接上头。老人家说走就走了，留下一大笔遗产，大家分。

和陆少林一起聊天，还是喜欢谈他养父。他觉得他应该写篇小说，说这个人看上去没什么故事，其实全是故事。他说的那些细节，举的那些例子，别人眼里也许稀松平常，可是在他看来，都有着特殊意义。说着说着，眼泪流了下来，说自己挺对不住他，说他若在，看见现在这样，看见儿子这么不争气，肯定会很伤心。陆少林说养父生前的最大愿望，就是希望儿子能考上大学。如果养父还在，就算是为了他，陆少林也一定会考上大学。

"我知道上大学不是什么事，不过为了他，我肯定要上大学。"

陆少林工作的小饭馆因为沿街，要拆迁，说拆就拆了，他成为最早下岗的一批职工。形势发展谁都想象不到，下岗就是失业，陆少林觉得上不上大学不是什么事，没想到还真不一样。一纸大学文凭本来是块遮羞布，不承想却成了一道护身符。这以后，陆少林开过小馆子，干过保安，当过营业员，没一项活儿做得长久。再后来，隐身在郊区的一间空厂房里，专心制作砚台。

我案头的一块砚台，就是陆少林做的，石料和刻工非常讲究。好东西需要遇到懂行的专家，有一天，一位著名书法家到我家做客，看见那方砚台，爱不释手，说自己收藏了许多名贵的砚台，我的这一块十分了得，非常了不起。一定要拜访陆少林，于是就带着他去了，见面以后，用一个很难让人拒绝的价格，跟陆少林订了十块砚台。现在的书法家都太有钱，钱对他们根本不是什么事。

藏身在偏僻郊区的陆少林，成了一位隐士。他在保姆市场找了个安徽妇女，照顾自己生活。也是小眼睛，白皮肤，陆少林说他就喜欢眼睛小皮肤白的女人，看着顺眼，看着很含蓄。他住的地方有些简陋，养了一条草狗，一个小车间，堆了许多石料，到处都是粉尘。说起来手工制作砚台，还是得用机器，真要干活，噪声非常大。

当年的那位相好去找过陆少林，她又结婚了，与一个做生意的大老板走到一起。现在钱更多，是个标准富婆，在他那儿盘桓了半个月，旧梦重温。陆少林与她说笑话，问自己雇的这位安徽保姆，是不是跟她有几分相像。话让人很不高兴，怎么能拿她与一个来自乡下的保姆相比呢。陆少林后来说起这事很得意，两个女人为了他争风吃醋，都在背后说对方不是，非常有趣，很好玩。你看不上安徽保姆，人家安徽保姆也看不上你，说她卸了妆，难看死了，像个老妖婆。

陆少林后来又送了一方砚台给我，当初领着著名书法家去见他，人家看中这块砚台，出很高的价，他都没肯卖。我不好意思接受，陆少林说这砚台没你想得那么值钱，你就算是代我保管吧。他已经不再做砚台，根本没人愿意买，识货的人实在太少，靠做这玩意维持不了生活。郊区也在大拆迁，小车间已不复存在，一个台湾人用非常低廉的白菜价，将他这些年来制作的砚台全部打包收购。他如今是在停车场上班，做夜班，陆少林告诉我，自己更喜欢做夜班。夜深人静，停车场的小汽车一辆辆躺在那儿，仿佛一口口棺材，尤其是那些黑色的高档轿车更像。让人感到哭笑不得的是陆少林竟然提出要拜我为师，说自己正在考虑是否要学习写小说。

陆少林说："我想来想去，还是想把父亲的故事写出来。"

不知道他说的是哪个父亲，是养父，还是从未见过面的生父。陆少林经常提起他们，最初是养父多一些，后来说得更多的是生身父亲。往事如烟，父爱如山，虚虚实实的幻想，真真假假的梦境，当然都只是随口说说，从来也没真正地动过笔。母亲快死了，临终前，陆少林又一次追问，她说早跟你说过，死也不会告诉你的，现在都要咽气了，你以为我会改变主意，你就不要做梦吧。

陆少林的母亲叫吕慕贞，她死了，寻找生父的希望更加渺茫。做砚台的那些年，陆少林去过很多次新疆，一方面，为了找可加工的石料，另一方面，也是希望能有生父的消息。当然是没有一点消息，不可能有消息。排空驭气奔如电，升天入地求之遍。为了能够获得生父的线索，陆少林做过许多努力，他曾设想在新疆的报纸上登一则广告，上面写着"吕慕贞的儿子寻找生身父亲"，除了能提供母亲的名字，他想不出还有什么有价值的信息。陆少林幻想自己在新疆出了车祸，确实也有过一次相当危险的翻车，他的生父见到报道，专程赶来跟他见面。或者是得了某种不治之症，生父获得消息立刻赶过来，自己早已离开人世。陆少林很认真地跟我讨论，能不能将他寻父的故事发表在《读者》上面，因为知道这是一份发行量非常大的刊物。

陆少林甚至跟我描述过这样一个虚拟场景，他离开了人世，怎么离开不重要，反正是死了，命丧黄泉。他的生父千里迢迢赶来南京，约我在一家茶馆见面，向我表达了此生未能见到儿子的遗憾。他让我说说那个从未见过面的儿子，说说儿子生前的故事，说说儿子的养父，说说儿子的母亲，说说儿子对生父的思念。茶馆外面下着雨，下下停停，一会儿大一会儿小，屋檐上滞留着雨滴。陆少林的生父白发苍苍，俯首侧耳倾听，突然老泪纵横，哽咽着，一句话也说不出来。

许多乐器，不在尘世演奏已久。不明白陆少林为什么要在这虚拟场景中，让我去扮演这样一个角色。为什么那些故人故事，临了还要让我来为他叙说。

陆少林不是小说家，他不写小说。

【作者简介】

叶兆言，男，1957年出生于江苏省南京市，原籍苏州。1982年毕业于南京大学中文系，1986年获南京大学中文系硕士。著有中篇小说集《艳歌》《夜泊秦淮》《枣树的故事》，长篇小说《一九三七年的爱情》《花影》《花煞》《别人的爱情》《没有玻璃的花房》《我们的心太顽固》等。

亲情伤害：挥之不去的阴影
——评叶兆言小说《滞留于屋檐下的雨滴》

江 冰

叶兆言的短篇小说《滞留于屋檐下的雨滴》（载《江南》2017年第3期）获得2017中国小说排行榜短篇小说首位的荣誉。一如小说家惯用的手法：家常般的叙述，不设阅读门槛的进入；但看似波澜不惊，却又潜水深流，暗流涌动。叶兆言在中国内地文坛始终是一位稳健的实力派小说家。小说叙事方式似乎在几十年中，没有太大的变化，变化的是他随着年龄，随着社会发展，对人生与时代的深刻感悟。

这部作品讲述了一个悲惨的人生故事，表面看似平淡无奇，却有血脉温度。男主人公陆少林挚爱的父亲去世了，悲痛中他从母亲口中得知惊人消息：父亲并非他的亲生父亲。于是，这样一个沉痛的打击，犹如亲人之间的伤害，笼罩了他的一生。他的人生从此不同，包括择偶、成家，都无法摆脱这样一个阴影。谁是亲生父亲？一个巨大的悬念，阴影般地笼罩，致命般地控制着年轻的生命。值得肯定的是，叶兆言的讲述方式非常具有阅读诱惑力。他的人物亲切自然，如在眼前。人生故事，有一系列饱满细节与合理情节去支撑。比如，尿床与遗精，两个细节表明父与子亲密无间的关系，但引出一个出人意料悬念：并非亲生；父亲对母亲忍辱负重百般迁就，却依旧不得母亲欢心——反认是让自己难堪。人生就是沿着如许不正常的轨道前行，男主人公的人生悲剧宿命般降临，谁的责任？时代、社会、家庭、性格、伦理？一言难尽，相互伤害！似乎只有死去的养父以仁慈与包容，看淡了一切，视其非常为正常，但他真的心静如水吗？母亲的不原谅又是怎样的心境呢？人生真是一团乱麻，无尽的纠葛啊！

但是，当我们按照惯常的作品分析方法，去指认陆少林悲剧是一个时代的原因，似乎又不完全合适；如果我们确证这是一个性格的悲剧，把陆少林的幽暗隐痛人生归结为他母亲的风流放荡，以至于让他的养父戴了一顶又一顶的绿帽子，似乎也不对路——这就是叶兆言，他没有给你一个清澈见底，也没有给你一个道德判断，而是把结论的权力留给读者，让你去回味、去把握。因此，我们可以说，这部作品不但在叙事方式上显得自然而老道，同时，他的文本也具有某种丰富性，让你思考回味，引发你对人生的思考。同时，他也在这里展示了人性的复杂面。没有故弄玄虚，没有做深刻状，而是在一个家常的叙事中，把陆少林这样一个男青年内心扭曲，以及人生中的隐痛与恍惚充分表达出来。作品结尾也是令人回味的：许多乐器，不在尘世演奏已久，不明白陆少林为什么要在这虚拟场景中，让我去扮演这样一个角色，为什么那些故人故事，临了还要让我来为他叙说？陆少林不是小说家，他不写小说。——这样含蓄的结尾，给予读者极大联想空间。

杰出的小说家，并不在乎用什么形式来表达他对世界的看法，而是恰如其分地借助他笔下的人物，让我们更加深刻地认识这个世界，认识人类，认识我们精神情感方面的各种困境。叶兆言的这部短篇，几乎是一个家庭情感关系展示范本。西方学者雅斯贝斯说过："家，家庭共同体，是个人借以同该共同体中其他成员建立毕生信赖之联系的那种情感的一个结果。"也就是说，家庭不仅是由血缘、婚姻和收养关系连在一起的法律群体，更重要的是家庭是一个由彼此相爱互相关心的人组成的情感群体。尽管现代社会，在一定程度上消弱了家庭的情感，但这并不表明家庭的情感不重要。家庭并不是人间的伊甸乐园，两性关系始终保存了某种弥漫在整个人类交往世界的感情的丰富性与神秘性。两性关系中存在着人类情感中最难解决的一些问题：婚姻使男女走得最近也离得最远，近在咫尺却远隔天涯。所有的家庭关系中间，包括夫妻、父子、父女、母子、母女、兄弟之间，姐妹之间——各种情感关系，也同时具有社会的色彩，时代的影子。在家庭的感情结构和感情关系中，包含了人类情感的复杂度与丰富性。毫无疑问，叶兆言在这部作品中，寄予了自己的思考，同时，也给所有的读者提供一个开放性的文本，让你去琢磨人生，去回答你在你的世界中遭遇到的各种问题。或许，这也是《滞留于屋檐的雨滴》耐人寻味的缘由所在。小说家叶兆言，几十年如一日地以稳健步伐，一直在向人性深处开掘：日常叙事而不肤浅，看似寻常却语近意远。

两瓶酒

一

大侄子，要回来了？到我这里喝一杯哈。

这是两个星期之前巫叔给我的留言。以往，无论我在微信上发什么，"当阳酒徒"，也就是巫叔，他都要给我点个赞。他什么都不说，就是刷一刷存在感。我很喜欢"存在感"这个词。对巫叔来说，我是存在的，对我来说，巫叔也是存在的。的确，存在是一个人的事情，而存在感则至少需要两个人，它需要指认。大半年来，巫叔只对我说过一句完整的话：大侄子，要回来了？到我这里喝一杯哈。

物是人非。就在大半年前，我的父亲突然走了，母亲说，事先一点征兆都没有；追悼会之后，巫叔回到家里，为我的父亲重新举办了一场追悼会。这场追悼会是在巫叔家的酒桌上举行的，隆重，却凄凉，只有巫叔一个人。巫叔命令巫婶炒了一桌子的菜，拿出了两瓶上好的衡水老白干。巨大的悲伤给巫叔带来了别样的豪迈，他喝光了自己的那一瓶，他还要替他的老兄弟喝光另一瓶。巫叔为我父亲举办的追悼会并不圆满，差一点就成了他自己的葬礼。十来天之后，我的母亲在电话里说："放心吧，你巫叔出院了。人可是废了。他中风了，能活下来就不错了。"

巫叔和父亲是一生的酒友，有时候在巫叔的家里喝，有时候在我家里喝。在我的记忆里，他们曾经有过一大堆的酒肉朋友，架不住时代的巨变，喝到后来，就剩下他们哥俩了。他们俩同年，同一个子弟学校，同一个足球队，钢铁厂炉前工同一个班组，同一年结婚，同一年下岗，同一年做父亲。严格地说，巫叔和父亲的友谊是在我出生之后升华的，父亲渴望生一个儿子，掰开我的小腿一看，没能如愿。这个挫伤了父亲。巫叔挺身而出，他在关键的时刻挽救了父亲，巫叔别出心裁，把我叫作了"大侄子"。这一声"大侄子"让我的父亲喜笑颜开。巫叔一不做二不休，半年之后,他生了一个儿子,他却给他正经八百的儿子起了一个妖娆妩媚的乳名,"二妮"。父亲就此认下了巫叔这个异父异母的亲兄弟。这一对亲兄弟在把酒言欢的日子里滋生了一个美好的愿望,大侄子将来能够嫁给二妮子。我估计兄弟俩为这个美好的未来干了起码有一万杯,醉了起码有一千回。

二妮人不错,是一个很好的小兄弟。可是,一听说我将来要嫁给他,我对他的愤怒与鄙夷就与日俱增。我受不了他的眉清目秀与红口白牙。这对他是很不公平的。不得不说,"二妮"这个乳名严重伤害了二妮,为了摆脱,高中没有毕业二妮就去了深圳,几乎就再也没有回来过。现如今我也是过了而立的人了,换位思考一下,哪一个五大三粗的男人愿意戴着"二妮"这顶花花绿绿的大帽子呢。换了我我也不干。

不管是不是假戏真做,巫叔对我的喜爱是真心的,这个我可以感受得到。他喜欢女孩。同样是做父亲,巫叔只享受给女儿做父亲的感觉,这和我的父亲渴望给儿子做父亲是一个道理。他们的一生其实都落空了,他们能做的也就是张冠李戴,想想罢了。这在很大的程度上推动了巫叔和父亲的兄弟情谊。可惜了,那时候我和二妮子都年轻,不能够懂这些。

现在想起来我是伤害过我的巫叔的。就在我读大学二年级的那个暑假,大侄子我从北京衣锦还乡了。那时候我刚刚恋爱,刚刚和我的罗密欧享受了男女之欢,趁着迷醉,我和我的罗密欧一起做了文身,我们把对方的姓名文在了各自的大臂上,男左,女右。我的皮肤好哇,光洁如瓷,男朋友黛青色的姓名在我的右臂上落款了,刹那间我就成了他的私藏,我是青花。

就在我衣锦还乡的当天的晚上,父亲把巫叔请过来了。对他们俩来说,任何庆典都是直接的,简单粗暴,那就是喝。因为文身的缘故,我特地穿了一件吊带衫。锦衣夜行的事姐是不干的。就在敬酒的时候,巫叔注意到我的右臂了。必须承认,我是我的父母抱大的,我同样也是我的巫叔和巫婶抱大的,他们对我的身体像我的父母一样了解。巫叔望着我的右臂,放下了酒杯,他用他的大拇指擦了一下我右臂上的姓名,没擦掉,就又擦了一遍,嘴里说:"闺女,这是怎么说的,还擦不掉了。"我说:"嗨,文上去的,我男朋友的名字。"

巫叔是个粗人,可再粗的人也不是傻子。刹那间他就全明白了。虽然巫叔一直都是知道的,大侄子不可能成为他的儿媳妇,但是,知道是一码事,事到临头却是另一码事。巫叔勾着腰,对着我的胳膊说了一连串的"好"。巫叔就此静默,神情也颓唐了。他喝了一个晚上的闷酒。回过头来看,巫叔就是在那个瞬间彻底失去了他的"闺女"兼"儿媳"的。他唯一能做的事情就只剩下伤感,只能一杯又一杯。

我和罗密欧的故事无疾而终，我用一道绛红色的刺青在罗密欧的姓名上划了一道横。也罢，就此别过。后来，我和奥赛罗的故事也无疾而终。再后来，我和张生与董永的故事依然无疾而终。这没什么，到了该爱的时候姐还是得爱。可我的右臂惨不忍睹了，布满了姓名，布满了划痕。它不再是青花，像汝窑，一道又一道的裂痕。

就在研二的那个夏天，巫婶终于注意到我的右臂了。在她的眼里，我是一个怎样的"女人"呢？也许就是一堆破烂货。巫婶什么都没说，就在父亲与巫叔的酒席上，巫婶盯着我的胳膊，她的目光不好看了，眼风里有了鄙夷的内容。巫婶的这一切都被巫叔看在了眼里，很不幸，巫婶和巫叔的一切又被我看在了眼里。当天晚上，巫叔的家里发生了家暴，巫叔把巫婶给抽了。具体的原因我并不知道，但是，巫婶后来对我特别的热情。女人对女人的热情拥有超乎寻常的鉴定能力，我敢肯定，巫婶挨抽是因为我。在巫叔的面前，任何人也别想说他大侄子的坏话，拿眼睛说也不行。

二

我是在清明节的前一天回家的。严格地说，这是我的第一个清明节。我想说，第一个清明节是可怕的，父亲一直都躺在我的脑海里。我可以想象我的父亲依然活着，但是，他站不起来，在这个问题上想象力是无能为力的。在街道，在小区，在客厅，在厨房，在墓地上，只要我想起我的父亲，他都躺着。他怎么就站不起来的呢？这让我很绝望。是绝望给了我别样的忧伤。某种程度上说，这比奔丧还要痛苦，哭不出来罢了。母亲也是这样的，母亲说："比那个时候还难。"这句话大概只有我才能够听懂。

不得不说，父亲真是一个酒徒。他的酒量不大，但是，爱喝。其实，说父亲"爱喝"也有疑问，他只是离不开。他的下半辈子几乎就是和酒一起度过的。偶尔，父亲也浪漫，在他端着酒杯的时候，他会拿他的眼睛扫瞄他的妻女，然后说："美满。"天地良心，他哪里有什么美满，我们家都穷成啥样了？可是，换一个角度，他有老婆，有女儿，有酒，确实也美满了。

父亲其实可怜了。作为一个钢铁厂的工人，他在最鼎盛的年纪就下岗了。说起父亲的下岗，我就不得不说刘欢。老实说，他是一个好歌手。但是，我不喜欢他，就因为一首歌，叫《从头再来》。这首歌是刘欢唱给下岗工人的，在我的眼里，这首歌比看笑话还不如。那么多的人下岗了，包括我的父亲，没人管，没人问。你刘欢管不着，也没人怪你，可你不该用你黄金一般的嗓子去调戏我的父亲——"人生豪迈，只不过从头再来！"你这是人话吗？你让我的父亲怎么"豪迈"？你让他的人生如何"从头再来"？其实我倒也不是和刘欢大叔过不去，我只是不能忘怀那个夜晚——父亲刚刚下岗，他一个人枯坐在电视机前，刘欢耸着肩膀出场了。父亲只听了一半，他抱起了电视机，一下就砸在了地板上。我至今都无法忘记父亲抱着电视机的尸体号啕大哭的模样。那时候我都懂事了。

可好玩的事情就在这里，人一穷，反而有钱喝酒了。父亲就此成了一个酒徒。他知道自己的一生是一事无成的，然而，他却在酒杯里头找到了人生。在喝醉的时候，真的也豪迈。我很心疼我的父亲，却从来不阻止他喝酒。我也很心疼我的巫叔，我也从来不阻止我的巫叔喝酒。他们都夸我"懂事"。身体喝坏了又算什么呢？身体不坏也没啥用，顶多去嫖。

作为酒徒，父亲的天性在母亲带我去扫墓的时候体现出来了。母亲带了一瓶酒，我则从北京带回来一瓶酒。母亲在烧纸的时候痛哭了一回，我也痛哭了一回。到了临走的时候，我和母亲都打开了酒瓶，我把酒放在了墓碑的基石上，母亲则绕着坟墓洒了一圈。母亲对着泥土说："给你斟上了哈，慢慢喝。丫头也带了，打开了——别喝多，喝多了可没人扶你。"关照完了，母亲带着我往回走。神奇的事情就在这个时候发生了，我的脚崴了。剧痛，不能动。因为心情的缘故，我趴在母亲的肩膀上，又是一顿大哭。母亲望着我，却笑了。母亲的神情甚是诡异，仿佛通了天。她的笑容是幸福的，甚至是欣慰的。她怎么笑得出来的呢？母亲扶着我，重新回到父亲的墓碑前，告诉石头："别闹哈，听见没？别闹。"母亲回过头来，对我说，"丫头，给爸爸倒酒。"我只能把酒瓶拿起来，全都洒在了父亲的墓碑上。酒水淋湿了父亲的名字，从头到脚。妈妈说："老东西要对闺女撒娇呢。他爱你啊。"母亲弯下腰，对着我的脚踝吹了一口气，说，"别闹哈。别让丫头疼，我可生气了。"我的脚当场就不疼了。这也太邪性了，这他妈的还讲不讲一点科学了。

三

我总共带回来两瓶酒。一瓶孝敬我的父亲，另一瓶则孝敬我的巫叔。

节后的第二天，我来看望我的巫叔。母亲说得不错，巫叔"废了"，他已经离不开他的轮椅了，脸上的喜悦也失去了分寸。我把礼物放在地板上，那瓶酒则一直送到了他的手上。巫叔像孩子一样把酒瓶搂在了怀里，做出仰天长啸的样子来。啸完了，巫叔说："给爸爸敬过酒了？"我说："敬过了。"巫叔回过头来对巫婶说："上菜。"

虽然医生下达了严格的禁酒令，但是，这顿酒是两个星期之前就约定了，巫婶没有办法，只能上菜。我给巫叔满上了，对巫叔说："走一个。"巫叔却没有端酒，他望着酒杯，怎么说呢，类似于近乡情更怯。作为一个嗜酒如命的人，他已经大半年没沾过酒杯了。巫叔回头瞄了一眼巫婶，也就是一个刹那，他的锐气涌上了心头。他端起了杯子，说："走。"我注意到了，他的那口酒好像没有进他的胃，而是沿着他的血管与毛细血管"走"遍了他的周身。巫叔屏住呼吸，抿紧了他的嘴，最终，他张了开来，长长哈了一声。

虽说和巫叔也在酒席上吃过几次饭，但是，对巫叔喝酒的风格我是全然不知的。巫叔喝的是慢酒，也不怎么吃菜。巫叔其实是一个很有风度的酒徒，完全不像一个粗人。比较下来，父亲喝酒其实有点闹，喝多了也难免悲愤。巫叔却不一样，只要喝好了，他就笑眯眯的，像弥勒。度一切苦厄。

"这么久才来看你。身体还好的吧？"我说。

"挺好。"巫叔看了一眼厨房，说，"不让喝。床底下都翻不出一两酒来。"

"那怎么办呢？"

巫叔的单眼皮眨巴了两下，说："大侄子回来陪我喝，谁也管不着。"

我笑了。别看巫叔像个弥勒，其实也贼。他说"谁也管不着"的时候故意提高了嗓门，等于是说给巫婶听了。谁说大侄子陪巫叔喝"谁也管不着"的呢？这话无厘头了。可是，无厘头的话只要说出来，它就拥有了天然的合法性。

话题还是离不开父亲。喝酒就这样，故人么，等于花生米。

"你老爸其实不想走啊，才六十出头。"巫叔说。

"这话说的，"我说，"就好像谁想走似的。"

"你巫叔就想走。"巫叔说。

我笑了，拿起了酒杯，说："巫叔你这么说这酒就没法喝了，我们总不能为你早走干杯吧。"

巫叔也笑了，他笑起来的时候眼睛像月牙，弯弯的。是中风损坏了他迷人的微笑。巫叔端起酒，说："我们就为这个干杯。"巫叔想了想，补充说，"也不是想走，是没啥区别。在这儿，可以，到了那儿，也行——你说能有啥区别？"

这话我没法接。没法接我就不接，是巫叔自己把话题说到绝路上去的。

巫叔没话找话。巫叔说："一个人回来的？"

"两个人回来呢，可以，"我现学现卖，我用巫叔慢条斯理的腔调说，"一个人回来，也行——你说能有啥区别？"

巫叔瞥了我一眼。别看他手脚不利索了，眼珠子还活络的。"两码事，"巫叔说，"这个是有区别的。"

"能不能不说这个？我妈都没说呢。"

"你妈不能说，我能说。我就是你爸，这话没毛病。"

"——你怎么不说二妮？他不也是一个人？"

"说他干啥？"巫叔说，"你是读了研究生的人，大知识分子呢。"

巫婶在厨房里拍蒜，拍得特别地响。巫婶其实用不着这样，我还不知道么，我配不上二妮，我就是个荡妇。在她的眼里，我要是嫁到巫家来，孩子姓什么都是说不定的。话又说回来了，巫婶之所以敢这样，还不是巫叔坐在了轮椅上，抽不着她了。

"巫婶，"我回过头去，对着厨房说，"我敬你一杯酒呗？"

"你们喝，"巫婶远远地说，"我给你们做菜呢。"

"我说，"巫叔说，"这天底下就没有一个你中意的小伙子？"

谁说没有，有的。去年我还谈了一个呢，小我五岁。当然，还没有来得及把他的名字刺到胳膊上去。小伙子挺好，在读硕士。主要是帅，眼珠子漆黑，睫毛也长，我就是喜欢他眼眶子里的潮湿，像一匹小马驹。他的父母在邯郸开了好几家超市，勉强也可以算得上富二代了。重要的是，他性情温和，体贴。做爱的时候从不逞强，也不蛮横。多年恋爱的经验告诉我，这样的男人姐可以嫁。就在去年的平安夜，富二代送了我一颗钻戒，我一欢喜，留他过夜了。就在快要入睡的当口，他起床了，又一次拉开了他的双肩包。我以为他是去拿"东西"，想再做一次，我就闭着眼睛，躺得平平正正的，等着他。没想到他拿过来的"东西"却是一个塑胶奶嘴。这么大的一个小伙子，还叼着一只奶嘴，我差一点就笑场了。我的笑无疑伤害了他，他的不悦即刻就写在了好看的腮帮子上。我实在是不该笑的，我应该让他叼着他的塑胶奶嘴安稳地入眠。就在他迷糊的时候，他把我的身体扳了过来，脑袋却拱进了我的怀抱，一口就把我的乳头衔在了嘴里。我又不是塑料，欲火中烧了。我差不多被前戏了一夜，而他却睡得比婴儿还要香甜。这个我真的吃不消，我不能死在一个婴儿的嘴里。天还没亮，我就把钻石戒指放到他的袜子里去了，他在穿袜子的时候一定会得到一份意外的惊喜。姐当机立断，一个星期之内就搬了家，换了手机号——小马驹，回邯郸找你的母马去吧。姐不伺候。

我把我的眼睛眯了起来，我想模仿我巫叔的微笑："巫叔，咱们喝。"

四

巫叔说，我就是喜欢和你爸一起钓鱼。有时候钓得着，有时候钓不着。你说，水面上空空荡荡的，谁也看不见鱼在哪里。这可是两个世界呢，突然有那么一下，鱼就从那儿跑到这儿来了，你说这有多神。我和你爸就蹲在护城河的河边上，钓了小半辈子的鱼呢。

巫叔说，你爸这个人，是个急性子，我其实也是个急性子。可你爸这个人了不得，只有他这样的人才能生出你这样的闺女来。给你说件事，有一天，太阳刚刚落山，你爸突然对我说，兄弟，我的心静下来了。我就想了，这是啥意思呢？你爸说，大侄子爱吃羊肉，不吃鱼。我问他，啥意思呢？你爸说，对我来说，钓到鱼和钓不到鱼是一样的。我又问，那你为啥还要来钓鱼呢？你爸说，就为了天亮了出来，天黑了回去。

巫叔说，你爸说得多好啊，天亮了出来，天黑了回去，这才是男人该过的日子。

巫叔说，你爸明白得比我早，所以他走得就比我早。

巫叔说，我这辈子，我就交了你爸这么一个生死兄弟。

巫叔抹了一把脸，问我，大侄子，知道啥叫生死兄弟啵？巫叔自问自答了，不是出生入死，那个靠不住。生死兄弟就是做一辈子的酒肉朋友。

五

巫婶拿起酒瓶，晃了晃，说："大侄子，你的心意到了，差不多了。"我把酒瓶拿过来，放在耳边也晃了晃，还剩一些。巫叔斜着身子对我招招手，从我手上接过酒瓶，又晃了晃。巫叔说："杯子小，还有五杯。我三杯，你两杯，刚刚好。"

巫婶说："差不多了。"巫叔说："杯子小，就三杯了。"巫婶说："差不多了。"巫叔说："陪大侄子喝酒呢。"巫婶说："差不多了！"巫叔说："就三杯了。"

巫叔的右手不管用了，但是，左手依然可以倒酒和端酒，稳稳当当的。巫叔倒酒真的是一个高手，借助于液体的张力，酒水可以在杯口形成一道很好看的弧线。巫叔的上身也不灵便了，为了喝酒的方便，巫叔一直都是侧着身子的。这使他看上去像一个刚刚还俗的僧人。

"你别喝。我喝了这杯，正好一人两杯。好酒啊，"巫叔由衷地赞叹说，"你带来了一瓶好酒。"

老实说，这酒也不是我买的，前些日子帮人家谈恋爱，是我的一份报酬。说起帮别人谈恋爱，这件事有趣了。男方是一个五十开外的意大利小老头，女方是超市里的收银员，长得不差，看起来在业余时间也干点别的。我是在路边的小饭店里认识他们的，意大利小老头在急切地表达，用的是蹩脚的英语。女孩子也听不懂，所以就请我帮忙。因为意大利老头的谈话内容，我建议他们去了一个小包间。在包间里，我对超市的收银员说，老头说了，昨天他和你在一起是"生命史上最美好的一次"，你的"屁股""腰""喘息"和"节奏"都是"一流"的，他"不能忘怀"。他"爱上你了"，他希望"每天早上都和你一起醒来"，他一定会"让你幸福的"。女孩子也不说话，望着我，只是笑。嗨，你看着我笑什么呢。不得不说，这个意大利的老东西太会表达了，虽然我只是一个翻译，我听着激动，说起来也激动。

这场恋爱总共延续了四个多小时，最终的结果我不知道，但是，意大利老人挺慷慨的，坚持要付给我"RMB"。这个就不用了，我在酒架上顺手就拿了两瓶白酒，多了也不要。一瓶给我的父亲，一瓶给我的巫叔。在我看来，这两瓶酒比花钱买来的要有意义得多。再说了，我要人民币做什么？意大利人我还不知道么，我要是拿了他的"RMB"，能不能买回来一瓶都是说不定的。

巫叔到底是坐在轮椅上的人，精力的确是不济了。看得出，他有点强打着精神了。然而，脸上的神情却有一点神秘，似乎在等待什么。嗨，他又能等待什么呢？那就早一点喝完吧。我只能拿起酒瓶，给巫叔满上。斟酒不满自己，我也得给我自己倒上。就在我给自己倒酒的时候，巫叔的身体斜过来了，目光炯炯的，在盯着我的酒杯。我不知道巫叔要干什么，刚要问，却发现酒瓶已经空了。我只好把注意力重新集中在我的手上，半悬着酒瓶。像打吊针一样，让最后的几滴酒注射到我的酒杯里去。这是我们家的传统，是父亲教会我的好习惯——你可以不喝酒，但是，一滴都不能浪费。五，四，三，二，一。最后一滴酒从酒瓶里艰难地流淌出来了，杯子里的酒颤抖了一下，即刻就恢复了宁静，刚好和酒杯平齐。我开心地笑了，说："怎么就那么巧的呢。"巫叔笑了，幸福地笑了，满意地笑了，说："这叫巧酒，会带来好运。"巫叔闭了一下眼睛，说，"大侄子，干了。"

这杯酒沿着我的喉咙款款而下，它走进了我的胃。就在进入胃部的刹那，它炸了，烟花一样四散，烟花一样绚烂。

【作者简介】

毕飞宇，男，1964年1月生，江苏兴化人。著名作家、江苏省作家协会副主席。1987年毕业于扬州师范学院（现扬州大学）中文系，获文学学士学位，20世纪80

年代中期开始小说创作，作品曾被译成多国文字在国外出版。代表作品主要有：短篇小说《那男孩是我》《是谁在深夜说话》《哺乳期的女人》等；中篇小说《青衣》《玉米》《玉秀》《上海往事》等；长篇小说《平原》《推拿》等。

别是一番滋味在心头
——评《两瓶酒》

段守新

不好的小说各有各的不好处，好的小说却是相似的——它们都是精致的艺术品，或许看着平平无奇，但是仔细端详，仔细揣摩，却无一处不显得自然、妥帖、恰到好处。从动笔之初到最后完成，它逐渐从虚构里显现出独立而自足的生命，有了它的皮肤和毛发，它的血肉和筋络，它的呼吸和气韵。汪曾祺说得好，"一个短篇小说，不多，也不少。"（《短篇小说的本质》）

《两瓶酒》就是这样的好小说，亦淡，亦浓，有着复杂不尽的人生滋味。

我说它"淡"，是因为小说里几乎没有什么故事性——无论是大起大落也罢曲径通幽也罢，都没有。有的只是少得那么可怜的一点故事核，即"我"在清明节赶回来祭奠过世不久的父亲，和父亲生前的好友巫叔喝了一场酒。我说它"浓"，是因为就在这场酒里，这平常的家常的日常的几乎无事的叙述里，却融进了大历史繁杂微妙的信息，融进了两代人各自历经沧桑的人生体验，以及欲说还休的心事。

小说其实有一主一次两条叙事线。主线主要讲述的是巫叔与父亲的交谊和生活史。这两个人，是一辈子的生死兄弟。关于什么是"生死兄弟"，巫叔有他自己的定义："不是出生入死，那个靠不住。生死兄弟就是做一辈子的酒肉朋友。"这话似乎背离了我们的公论定理，却又实在是知人阅世之言。想想看，两个人，喝了一辈子酒，始终能不离不弃，相友相亲，那不是真朋友还是什么？"在我的记忆里，他们曾经有过一大堆的酒肉朋友，架不住时代的巨变，喝到后来，就剩下他们哥俩了。"是的，父亲和巫叔的友谊，是抵抗住了时间的磨损和生活的巨变的。而能做到这一点，关键的原因，大概不只在于相互的投契，更在于命运的共同性以及由此产生的共情力。"他们俩同年，同一个子弟学校，同一个足球队，钢铁厂炉前工同一个班组，同一年结婚，同一年下岗，同一年做父亲。"他们是在大时代的变革里，被残酷甩出来的一代人，正在鼎盛的年纪，却失去了未来，以后的人生，提早成了余生。因此，喝酒、钓鱼，成了他们消愁解闷打发日子的共同方式。小说里对这一代人无路可走的苦闷彷徨并没有正面书写，但是我们通过一些特别的场景、细节，还是不难察觉的。比如，对歌手刘欢那首《从头再来》的议论，虽然是从叙述者"我"的视角里发出的，然而，那又何尝不是她的父亲、巫叔等人的集体感受？所以，父亲才会在激愤之中失控把电视机砸了，号啕大哭。还有，父亲跟巫叔讲到，之所以出来钓鱼，不过是为了"天亮了出来，天黑了回去"。他无法接受自己像个家庭主妇一样整日圈在家里，在内心深处，他保留着一个男性刚硬的尊严。时代的巨变给父亲们留下的精神创伤，斑斑可见。

小说用第一人称讲述，但叙事人"我"并不是纯然的见证人或旁观者，实际上，她在讲述父辈们的故事的同时，也连带着讲述了自己的故事（作为小说的次线）。我们可以看到，这是一个充分人格化的，有着鲜明的个性的叙述者。尤其是在个人的情感生活上，她体现出了新一代人的独特的婚恋观，自由、开放、独立、平等，不愿受任何束缚，也没有任何禁忌。她与父一辈的价值观念和生活方式等，已经有了明显的距离。小说并没有着意在两者之间有可能产生的矛盾和冲突，也没有着意在他们的沟通和交流，而更多是在通过这一场酒，呈现出两代人各自不同的

人生轨迹和心灵创痛——他们毕竟隔着代际——或许对他们来说，真正需要的其实是相互的包容和尊重。

显然，在巫叔这个人物的身上，集中了那种令人感念的美好的人性。他豁达、豪迈、宽厚、仁爱。为了抚慰朋友，他把朋友的女儿称为"大侄子"，却把自己的儿子叫了"二妮"（以致严重伤害了他，让他高中没毕业就远走深圳）。他本来是希望这两个孩子能走到一起的，但他看到"我"身上（为男友而文）的刺青后，虽然内心不舒服，也只是"喝了一晚上的闷酒"。老友死后，哀痛的他把自己喝到中风，差点也搭上一条命。而在转年的清明节，他仍然不管不顾老伴的劝阻，舍命陪君子——既为了纪念朋友，也为了安抚自己深爱着的晚辈。在小说散碎的日常化叙事里，巫叔的形象被塑造得异常生动精彩，充满着温暖的人性的力量。

毕飞宇的短篇小说，在结尾处往往会用上一定的力道。一直蓄积着的情感，在这里会达到一个高潮，喷薄而出。这篇也不例外，但是，它表现得相对比较内敛。当一老一少最后端起酒杯一饮而尽，巫叔送上了他的祝福，"这是巧酒，会带来好运的。"是的，不管以后的日子是艰难还是顺畅，只要有这种温暖的爱和善意，生活永远都是值得的。

街上的耳朵

钟求是

有人对式其说："你的酒量矮了不少，即使跐一跐脚，也够不着以前的一半了。"式其咧咧嘴不吭声，但心里认下了这个算术说法。这么些年过去，昆城一点点变大了，他的酒量一点点变小了。由于这种退步，以前的他一定瞧不起现在的他。

不过酒量的退步不等于酒兴的下滑。事实上，他对酒桌仍保持着亲近的态度。每周少说两次或三次，式其会出现在某个吃店的包厢里——不是生意饭局而是朋友聚酒。他坐下后并不造势，只是简单地敬酒或迎酒，说话的声音温和并且节约。但他显然又是受重视的，每一只酒杯与他对喝时都不会潦草。

在这种场合嘴巴们总是忙碌的，因为除了吃喝，还要讲镇子上形形色色的闲话。闲话时，式其也会淡淡地搭上几嘴，因说得少，话语就显着几分劲道。当酒桌上的热闹收尾时，式其便起身去一趟洗手间，顺便把账单刷了卡。等别人气壮地出门买单，女服务员会柔声说："那位长头发的老板已经买过了。"

式其是昆城为数不多的长发者，一头没有杂色的黑发披挂下来直达脖子，把一张脸比得瘦了一些，看上去有点艺术又有点怪异。谁也不知道他啥时开始蓄此长发，反正在记忆中，他就是这么另类地从时间远处走来，走过镇子的一个个年头。也有人打听过，式其年轻时练过拳脚，又喜欢酒，那么他的披发也许是从《醉拳》里成龙的发型演变而来。这种猜测传到少数知情者耳中，自然被一笑弃之。知情者没有忘记，式其的长发遮着一个私密，一个关于耳朵的私密。这个私密其实并不稀奇，像式其这一类有过拳头史的人，年轻时免不了掐架斗狠，身上也就容易收藏一些刀疤拳痕。夏天若亮一亮身子，多少也显着一种荣光。但式其不一样，他不愿意走漏这种荣光。

因为这个原因，许多年里镇子上几乎无人见过式其的耳朵。随着时间的推移，即使知情者也失去了保留记忆的兴趣。一只伤残的耳朵，伴着一个男人渐渐老去，这有什么好惦记的呢。

当然，式其日子里也不是没意外的。大约三年前，一位愣头愣脑的理发师给式其修发后一时起兴，以神秘状向别人描述自己见到的耳朵。两天后他的发廊被砸，一只垃圾桶像导弹一样扑入店内，腐烂的气味久久不散。自此以后，式其的理发师换成一个懂得默契的人，他的习惯是不问女客的年龄，或者不提某个男客的隐物。

这天傍晚，式其照例到一家吃店凑一个休闲饭局。饭桌上十来个人，他坐定身子，眼睛一扫先看到一圈熟脸，再一扫多出一胖一瘦两位年轻女人。这也平常，为了搞点气氛，总有人喜欢往饭局里引进花花草草。

饭桌先是稳着，一双双筷子挺讲秩序地伸向端上来的海鲜和面食。随后酒杯们活跃起来，此起彼伏地在空中举来举去。由于酒液滋润了思维，不久便进入闲话阶段。一个声音起点很高，从国际大势讲到恐怖组织，认为世界各地的枪声有点多。另一个声音阻止了这种担忧，指出中东的枪声再多，也射不到昆城来。于是话题顺势回到镇子上，从某个楼盘的房价说到某家超市的被盗，从河边的钓鱼说到不爽的天气。有人说："这几天一会儿晴一会儿雨，像女人例假期里的情绪。"有人便把话语引向一胖一瘦两位年轻女人，说："包厢里没有下雨，你们的脸上为什么看不到高兴？"胖女做一个笑脸说："有吃有喝的，我有啥不高兴的？不高兴的是她！"她的嘴巴努向旁边瘦女。瘦女耸一下肩说："我干掉好几杯酒把脸喝红了，还是没藏住不高兴。"有人说："有啥不高兴的，说说看。"瘦女说："那我得再喝一口啤酒。"她端起杯子吞下一大口，然后说，"今天上午有一女友发我微信，问坡南街上讣告说的是你吗？你不回答我会流泪。我回复两个字：傻B！接着又有人小心地给我老公发短信，意思是节哀什么的。"有人稀奇地说："哈，被死亡呀，什么情况？"瘦女说："我打听了一下，才知道坡南街的确死了一个女人，跟我的名字撞了脸……这乌龙闹得好晦气呀！"有声音问："啥叫名字撞了脸？"瘦女说："她叫王静芸，跟我的名字王静云是不是特别像？但再像也挨不着呀，按年龄她差不多可以做我母亲了。"又有声音问："那王静芸怎么死的？"瘦女说："一个字的病呗，听说是胃癌晚期，从发现到闭眼不过一个月。"有人"噢"了一声说："这么一说，我知道王静芸是谁了，她在坡南街开一文具店，她的老公叫叶公路。"叶公路这名字有点奇葩，让两三个人点了脑袋，表示听说过此人。

式其瞧着瘦女，慢慢地说："你叫王静云，这名字不错。"瘦女一笑说："夸我名字不如夸我脸蛋，女人嘛爱听这个。"式其绕过玩笑，说："我细问一句，那位王静芸是哪天走的？"瘦女说："不是昨天就是今天一早呗，我想是这样。"式其又问：

"这个病……她怎么才活了一个月？"瘦女说："我又不是她家亲戚，没知道那么多。不过听说她去上海上了手术台，打开肚皮一看立马缝上就回来了……昆城人嘛总愿意回昆城的。"式其不言语了，旁边有人接上说："归根到底是运气的事，按她的岁数，至少得再活二十年。"又有人说："二十年能活出一大堆内容呢，酒局、旅游、麻将还有性事，可以玩多少回呀。"马上有声音反对说："上了岁数的二十年，过的是尾巴日子，哪有这么痛快。"那位胖女说："所以好年纪的时候，得使劲活出一把味道来。"有人说："你现在就是好年纪，酒局旅游麻将还有性事，样样都挺使劲的吧？"胖女一撇嘴说："废话！女人不使劲能尝到那种快活味道吗？"一群笑声响起。

笑声中式其起身去了洗手间，出来后拐到总台买单刷卡。刷完卡他仍静着身子，似乎在脑子里找什么主意，想了一想，原来自己不打算回包厢了。是的，他觉得那儿人有点多，话语和笑声也有点多。

他出了餐馆，慢着脚步往街上走。此时是喧闹时间，街道两旁的灯光有点亢奋。他走过一溜儿商店，拐入旁边一条小巷。穿过狭长巷子，走过一条马路，便是一处街心公园，他找到一张椅子坐下。

这个街心公园许多年前是人民广场，广场内有灯光篮球场，旁边有昆城唯一的电影院，电影院门口每天上演着热闹。此时静一静心，他的脑子里仿佛挂起一块银幕，远去的时光像是被一只手捉住，重新投放到了幕布上。

现在他明白了，自己找到这里是为了反刍一件往事。

往事的背景有些旧，点一点指头，是三十二年前的夏天。那时的他留着板寸头，身上攒着一块一块力气，整天游手好闲。一个闷热无趣的晚上，他从家里出来，先逛到电影院跟前，见没有可看的片子，就走进人民广场。广场内也没啥好玩的，只能站到篮球场边看热闹。他看到场子上一群人满头大汗地跑来跑去，一只篮球也憋着劲儿从这头跑到那头，又从那头跑到这头。

正是在此时，一个身子蹭了他一下。他没在意，但还是看了对方一眼——一位黑皮肤的小个子。小个子淡着脸说："你是那个……式其吧？"式其说："你谁呀？我不识得你！"小个子说："我找你两天啦，咱们旁边扯话！"小个子用手坚定地指向一边。式其心里奇怪着，随着小个子走开几步，站在暗色里。小个子说："我找你要个说法……你得对你说过的话……"式其说："我说过什么话啦？妈的，我又不认识你！"小个子说："前天晚上，你说做了一个梦。"

式其一下子记起来了。前天晚上有一个酒聚，他先喝白酒后喝啤酒，把自己喝澎湃了。澎湃之中，他嬉笑着拿出前一天夜里的一个梦。在梦里他搂住一个年轻女人谈心，似乎说些连哄带骗的话，然后把该办的事给办了。旁边的人就问，你说些什么连哄带骗的话呀？他说梦里的话哪能记得住，反正那女人听得高兴。旁边的人又问，那你办事都做了哪些动作？他说梦里的动作哪能记得住，反正衣服是一件一件脱下来的。旁边的人起哄地说，那女人的脸总记得吧，是不是镇子里的谁？他不能老说记不住，便顺着问话说了一个名字。

现在，这个酒后才肯说出的梦飘过镇子里的街道，传到小个子耳中并让他有了愤怒。暗色中，小个子的脸似乎发着烫，一双不大的眼睛则露着冷光。式其几乎要笑起来。他说："我的梦跟你有啥关系？"小个子恨恨地说："你梦中的女人是我女朋友。"式其心里一愣，上下打量对方一遍，说："我是说了一个名字，名字谁都可以用，你偏拿去塞给自己。"小个子说："你不光说了名字，还说了长相，还说了一米长的辫子……你说过的话想收也收不回去啦！"式其迷茫了一下——酒后说了多少放肆的话，他实在有些吃不准。不过他马上发现自己并不需要躲让，他说："老子说什么也是在梦中，梦中的事你管得着吗？"小个子说："我管得着，女朋友的事我管得着！"式其说："那你怎么管？说说看！"小个子沉着脸不言语。式其说："你找老子两天，想要一个什么说法？说说看嘛！"小个子仍不吭声，身子一动不动。式其说："要不下次你也做一个梦，梦里老子剥你女朋友衣裳时，你冲上来拦住老子……"

话未说完，暗色中猛地蹿来一道影子，小个子的身子已缠住他的身子。式其没有慌乱，一只手顺势钳住小个子的手腕，另一只手掐向他的脖子，这一招叫"封手抄喉"，能把对方单薄的身体抻开并锁住。但对方还剩着另一只手，那只手在空中冲动地划过，让他的身体一痛——这一痛比预想的有劲道，原来对方手里攥着一块石头。式其只好撤回掐脖子的手，劈向对方的胳膊，一块石头应声掉落在地。式其借势搂住对方拔离地面，一发力举到头顶，这一招叫"经天落鸟"，能把对方托在空中转一圈再甩出去。就在他蹲好马步、按照招式将空中的身子做一个旋转时，耳朵又猛地一痛。这一痛太尖锐了，尖锐得有些麻木。他吼叫一声将手中的身子丢了出去。

式其抬手捂住耳朵，看见小个子从地上爬起，嘴里叼着一块东西。式其有点发懵，愣愣地盯着小个子。小个子似乎笑了一下，往地上"噗"的吐出东西。那块东西湿软软地躺在地上，即使在暗色中也显得醒目。小个子跨前一步，一提脚将那块东西踢了出去。式其明白过来，纵身扑向小个子。小个子一闪身子便跑。

在那个夏日的夜色中，两个身子一前一后在镇子街道上快速穿行。路人们不知道发生了什么，纷纷停步观看。在他们的目光中，两个身子一会儿挨近，一会儿拉远，像两匹失控的野马闯进了街道。他们有一种预感，如果两个身子追到一起，会演出一场好看的惨烈搏斗。在镇子上，这样的搏斗越来越少见到了。

但搏斗没有发生。小个子在奔跑中临时生智，一拐弯再一冲刺，跑进了解放街口的派出所。这是他认为的紧急自保的不错方法。一分钟后，式其气喘吁吁地站在派出所门口，耳朵上的血把半张脸淌湿了。

现在，式其坐在三十二年前的相斗地方，仍能觉出右边耳朵的疼痛。这种疼痛躲在记忆里，遇到机会便溜出来，证明着他的青春日子有一块补丁。

从记忆里溜出来的，还有两个名字。那个咬掉他半只耳朵的人个子瘦小，却有一个粗犷的名号叫叶公路。叶公路护着的年轻女人，叫王静芸。

第二天式其一个人待在家里。

这么些年，他做一个装修公司，渐渐做得无趣了，便交给儿子。儿子忙着公司，又生了孩子，便招去母亲。他成了日子边上的人。

一天里他花不少时间躺在床上，这样可以攒些体力。下午的时候，有人来电话邀酒，被他挡住了。他说自己晚上有点事儿。

吃过晚饭，又看一会儿电视，他才穿上一身黑色衣裳出门。他要办的事有些特别：他让自己去坡南街，给那个叫王静芸的女人守个夜。火葬普及后，昆城有了新的习俗，人死后先火化肉身，再在灵堂守护三天，今晚应是相对安静的一夜。

走过一条短街一条长街，上了一段坡道，再顺势下去，便是旧色旧味的坡南老街。他问了一问，拐进一条小巷，见到前方一团灯光。走近了看，是一个不小的院子。院子里搁着不少花圈，一些人影和哀乐缠在一起。

式其走近厅堂。这是哀乐最浓的地方，一只红布包裹的骨灰盒躺在方桌之上，后面木壁上挂着遗像，跟前香炉里燃着一炷香。式其端正身子躬了三次，然后细瞧木壁上的遗像。这是一张微胖的脸，五官平静不乱，不乱中又有些辛苦，跟镇子上的平常妇人没啥不一样。式其暗叹一声收回目光，扫一眼左右，没人留意自己。再给出几眼，没见着叶公路的身影。

院子天井里摆着两张临时餐桌，几位年轻男女边吃边聊，好像在讨论网上购物的事情。边廊上也有两张桌子，一桌在玩扑克一桌在打麻将。式其不能一个人待着，便踱到麻将桌边。桌上也有一位脸熟的，冲式其点头。过了片刻打完一局牌，有人接起手机喂呀了几声，说自己得走开一会儿，让式其替一下。这差不多是救场，式其只好坐了下来。

牌局继续。式其不是麻将的熟手，此时心里又有些不定，打起牌来便显得冒失，一会儿吃错牌，一会儿放出不该放的牌，让警惕他的人很快松了心。那位脸熟的说："我知道你是城西的，公司老板。"式其说："现在不是啦，公司的活儿交给儿子了。"脸熟的又问："你是静芸的亲戚还是公路的朋友？以前很少在坡南街这边见到你。"式其打出一张牌，说："人走了总得来送送……公路呢？怎么不见他？"脸熟的说："在呀，他不是在那儿烧纸钱嘛。"式其扭头看一眼，厅堂旁边果然蹲着一个人，只是身影粗胖得有些陌生。

式其正有些走神，原先走开的人回来了。算了输数，式其掏出几张票子起身离开。他慢慢走向那只粗胖身子，在蹲着火苗的脸盆旁站住。粗胖身子扭动一下，抬起一张严肃的圆脸看他。他蹲了下去，跟圆脸挨得很近。圆脸不介意地说："你也烧几张吧，送送她。"式其从地上拣起一沓钱纸，认真地一张一张往火苗里放。火苗起起伏伏，像是神秘的舞蹈。式其瞧着火苗，突然说："我叫式其。"圆脸没有听懂，不吭声。式其说："我是城西的式其。"圆脸愣了一下，身子挺直一些，目光很硬地递过来，又慢慢地收回去，说："要是在街上走，我认不得你了。"式其说："现在你蹲我跟前，我都认不得你了。"

看来，从瘦小身子到粗胖身段之间，只需要填进许多的时间。

多年前的那个夏天，叶公路在奔逃之中躲过了他的暴打，却没躲开命运的敲打。叶公路没能想到，跑进派出所是机灵的也是蠢傻的，把蠢傻减去机灵，剩下的恰是现场拘留。半只耳朵加上一脸血迹，让派出所和法庭获得了故意伤害的确凿证据，叶公路被判有期徒刑两年六个月。无法知道那两年半叶公路是怎样的心境，王静芸又是怎样的心思，反正式其心里很懊丧，身上的力气也泄掉不少，他唯一想努力的，就是让发型变成披头士。过了两年半，他听到叶公路出狱的消息。又过一些时间，他听到叶公路和王静芸结婚的消息。到了这时候，他内心才安定下来，觉得这件事终于了结。了结之后，他的日子便敞亮了许多。以后的年月，昆城渐渐欢闹，各种新事在镇子上生长，他不需要记着不快活的事情。不过偶尔经过坡南街时，他也会留意瞧一瞧街道两旁的商店，因为他听说王静芸开了一间不大的文具店。有那么一两回，他似乎在街边看到了王静芸。她手里牵着一个男孩，神情动作已是一位熟练的母亲。但他也不能确定就是王静芸，毕竟做了母亲的她和记忆中的她是不一样的。至于叶公路，在人来人往的街道上，式其再没见过他的瘦小身影。现在式其知道了，自己的眼睛为什么这么多年遇不到他。

眼前的火团渐渐软下去，变成了暗燃。叶公路盯着火堆，说："你来干什么？"式其说："人走了，我来道声别。"叶公路说："你道得着吗？"式其说："别这么说，死者为大，我的心意不是假的。"叶公路默了脸，过了半晌，他站起身说："那边坐。"他走向院子的另一侧边廊，那里摆着几张空椅子，显得暗静一些。

式其跟着走过去，坐到一张椅子上，与叶公路斜对。他们之间有一张方凳，上面搁着一包烟和一只烟缸。叶公路取了一支烟，将烟盒推给式其。式其摆摆手——一年前他遇着咳嗽，便将烟戒了。叶公路自己点上。

沉默了一会儿，叶公路说："静芸没跟你有啥来往，她一直这么说。"式其说："她说得没错。"叶公路说："她以前不认识你，死的时候还不认识你。"式其说："嗯，是这样的。"叶公路说："一个不认识的人，把我们的日子捅一个窟窿。"式其慢一下嘴巴，说："这个时候，最好……别提不痛快的事。"叶公路不吭声了。式其说："今天晚上我来，就想说几句存了许多年的话。如果你乐意，我说给你听。如果你不乐意，我说给自己听。"叶公路猛吸一口烟，说："你说吧……我听着静芸也在听着。"

式其说："王静芸说不认识我，可我认识王静芸……我记得那是一个下午，有点小雨的下午，然后是一条巷子加上一个身影。"式其这么说的时候，脑子里现出三十二年前的一条小巷。那天下午，他和几位弟兄因为某一次不爽的口争，跟另一伙小子约了一架，地点就在小巷口。他身上藏着一根笛子长的铁尺，与弟兄们抢先来到约架地，躲在巷口周边墙角，等候对手的出现。此时是春日，天空却不开朗，撑一会儿没撑住，下起了细雨。他使劲盯着巷子，胳膊上的肉一跳一跳的，心里等得都有点不耐烦了。就在这时，一个身影从小巷深处慢慢走出。

式其吸一口气，说："以前说这个事儿，我的嘴巴一定会有点难为情，但今天晚上我觉得不会。"叶公路说："啥个身影你说。"式其说："那是一位身条不错的姑娘，二十出头吧，穿的是花布上衣黑色长裙，打着一把黄纸雨伞，脚步很轻，样子挺纯的。雨丝从上方落下来，让巷子显得有点静，也让她的身影变得有味道。当时我有些发愣，眼睛都舍不得眨，就觉得那身子好看。那姑娘一脚一脚靠近，从我跟前走过，露出了后背的辫子。那辫子呢足有一米长，很有趣地一晃一晃。"式其不好意思似的一笑，又说："怎么说合适呢？那场景真的有点像电影里的一个镜头：在细雨中，一个年轻女人撑着纸伞从巷子里慢慢走出，一步步向巷口走近。"叶公路轻咳一声说："你说的是课本里的东西吧……那女人能是静芸？"式其说："我开始不知道是谁，只觉得心里被雨水洗了一把，挺舒坦。当时我还有一感觉，就是不想打那场架了，至少认为那会儿打架挺没意思的。事实上那场架也没打成，对方不知怂了还是要啥花招，反正一直没露头。撤出来后，我们几个找了一家小店喝酒，喝着喝着我又想起在巷子里走着的纸伞姑娘。第二天，我找人打听那姑娘的名字，巷子的位置跟一米长的辫子一提供，很快让我知道了她叫王静芸。"叶公路取了一支烟替下上一支烟，问："你是说……你一眼看上了静芸？"式其说："当时年轻，不会分析自己，只觉得心里使劲晃动了一下，但似乎也不是你说的那种一眼看上。"叶公路又咳了一声，未接话。式其说："这些些年过去，我才想明白了，我不是喜欢上巷子里的人，而是喜欢上了巷子里的那种情景。那一会儿呀，王静芸只是情景里的一个人物。"

叶公路用劲吸一口烟慢慢吐出，说："我吃不准你这个人，也吃不准你的话，但有一点得说给你，静芸不是一个招眼的女人。她不漂亮，也不活络。"式其说："她……不漂亮吗？我不知道该怎么说……可她一定是个好人，那两年她没有丢下你。"叶公路点点头说："我出了事，两个人反而缠住分不开了。但不管怎么说，我和她都是不怎么出息的人。因为日子过得不透亮，我的脾气又不好，我们也时常吵嘴……"式其说："日子怎么不透亮了？"叶公路说："还不是开店挣不到钱啦，孩子读书成绩不好啦，我出去打几场麻将她就唠叨啦……都是些杂碎的事儿。"式其说："咱们镇子上的人过日子，谁不这样。"叶公路沉默一下又取一根烟接上，说："跟镇子上的人比，她这辈子过得不算好也不算差，只是最后得了这病，比别人苦了些。"顿一顿又说，"不过这也是命，是命就得接着。"

两个人收了声音。哀乐明显起来，安魂的气息像雾一样散布在空气中。过了片刻，式其试探着说："你说她不漂亮……年轻时候？可在我脑子里存着的，是一张好看的脸。你……能让我看几张她年轻时的照片吗？"叶公路认真看了式其一眼，默默吸几口烟，然后摁灭手中的烟蒂，起身去了不远处的房间。不一会儿，他回来了，双手在胖肚上护着一本相册。

叶公路将相册搁在凳子上，又把凳子往光亮的方向拖了拖。式其坐到凳子前打开相册，这是一家人的合集，但王静芸的照片多一些。他的目光盯住王静芸，一张一张往后翻，先是中年王静芸，体态已胖，神情有些累也有些愣，然后是少妇王静芸，手牵孩子，脸上搁着一点儿笑。再翻两页，见到了年轻的王静芸，一张是一个人站在某个景点里，一张与两个女伴坐在照相馆的椅子上，还有一张为黑白半身像。那时候的王静芸安静懵懂，养着一条长的辫子，那张半身像还将辫子甩到胸前，算是添了清纯的味道。不过可以认定的是，姑娘时的王静芸并不漂亮，气质也平常，身上和脸上都找不出抢目的东西。

叶公路坐在旁边，默着脸一口一口抽烟。他似乎等待式其说点儿什么。式其的眼睛没离开相册，目光却看向了许多年前的小巷和小巷内走出的年轻女子。是的，那位有味道的漂亮女子和相册里的平常女人是同一个人，这多少让人有些跌心。不过他又明白，这么多年过去，自己记着的那个女子和生活里的王静芸其实不是一个人了。

再细想一下，谁的身上都可能有妙处呢。用一句雅的话说，一个人在对的时间地点和对的欣赏目光里，能冒出一种叫气韵的东西。这一点，恐怕王静芸自己也从没料到。她无法想象在日常生活里的某一天，她曾经是别人眼中最好看的女人。

式其突然觉得，自己不应该沮丧。

他合上相册，找着话说："看着照片我就想到，时间溜得挺快，时间像钞票一样花了出去。"叶公路说："这不一样，钞票花了可以赚，时间花出去拿不回来啦。"式其说："能拿回孩子呀，孩子一天天大了，成家立业又生了新的小孩，日子嘛就是这样。"这种说法让叶公路嘴角翘了一下。他低了脑袋静几秒钟，突然抬头说："有件事静芸问我好几次，现在我问给你。"式其说："你讲吧。"叶公路说："静芸问，当时你咬下的那半只耳朵呢？"式其愣了一下，叶公路说："我说我哪里知道，那会儿我可顾不上。"式其点点头说："我们两个人都跑开了，那半只耳朵丢在地上。"叶公路说："你没回去找？"式其说："想起来找已经是第二天上午了，没找到。"叶公路说："静芸觉得，当时把半只耳朵找到再接上，事情会好很多。"式其嗓子僵了一下，一时不知道怎么接话，只好在心里轻叹一声。

叶公路身子静着，嘴巴动一动，没出来声音。式其说："你要说什么？"叶公路脸上紧一紧，还是摇了头。

式其想一下，似乎也没有新的话要说。夜已经深了，院子里人影少了一些。叶公路说自己再烧几张钱纸，起身去了。不一会儿，那边的地上又亮起一团火苗。

式其有些困了。他不能睡着，但允许自己闭上眼睛养一养神。

眼睛一闭上，哀乐响了一些，有点单调地在耳边游走。过一会儿，他的脑子有些撑不住，似乎变轻变远了。朦胧中，他看见有什么东西飘来。飘近了，是一张很大的黑白照片。照片中有镇子里的街道，街道上出现一个男人。那个男人留着短发，露出右边的半只耳朵。半只耳朵的男人走过闹市拐进一条小街，然后等在一条小巷跟前。小巷深处空空的，一时没有内容，于是男人抬起脑袋，去看雨丝有没有落下……

正在这时，他的身子被碰了一下。小巷和男人一起隐去，像电影镜头遇到了停电。

式其弹开眼睛,看见叶公路的圆脸。他醒一醒神儿,听见叶公路说:"我还有话要说。"式其点点头说:"你说吧。"叶公路认真着脸说:"我刚才琢磨过了,咱们这会儿见面,得让静芸知道。"式其眨眨眼,挺直了身子。叶公路又说:"你这么来了,我不能什么都不做。"式其说:"你想怎么做?"叶公路一摆头,示意到那边去。

式其随着叶公路走过廊道,来到厅堂跟前。周围已安静下来,哀乐也明显调低了一些。叶公路指着方桌上的骨灰盒,说:"静芸在这里……她现在一定睡不着,留意着咱们俩呢。"式其"嗯"了一声说:"你说吧,要做点儿什么?"叶公路说:"我想了,咱们还得打一架。"式其心里跟跄一下,说:"今晚上我来错啦?"叶公路硬着口气说:"今晚上不说对错,既然咱们见了面,就还得打一架!"式其说:"你的主意挺稀奇,我不明白。"叶公路说:"再跟你打一架,才能把事情了掉!不过这回跟上回不同,咱们只用嘴巴打架,跟下盲棋一个样。"又补一句说,"得让静芸听见。"式其默一默脸,心里明白了。

两个人调动脚步摆好身子,相对瞧着对方。叶公路说:"我这辈子打两回架,都是为了一个女人。"式其说:"我老了很多,但也不怕这种事儿,你出招吧。"叶公路说:"我个子矮,先攻你的下盘。我突然抢前一步,双手去搂你的双腿!"式其说:"你这还是老套路,很粗糙的打法。"叶公路说:"虽然粗糙,但一用力能把你翻倒。"式其说:"那好吧,我还是一挪脚步,一只手扣住你的手腕另一只手掐你的脖子,这一招叫封手抄喉!"叶公路说:"我也有两只手——你捏住的是我一只手,我另一只手正好打你的腰!"式其说:"你这只手我确实大意了,我不知道你手里藏着东西……这一回是石头还是尖刀?"叶公路说:"我过去不用刀,现在也不用,一块石头也挺不错!"式其说:"疼痛让我发力,我一抽手劈掉你握着的石头,再攥住你的身体往上一提,你到了空中再飞出去,这一招叫经天落鸟!"

"等一等!"叶公路说,"你还用这一招?你怎么还敢用这一招?"式其说:"我不会再犯傻,这次我省去头顶旋转的动作,不让你的嘴巴靠近我的耳朵……我直接把你的身子举起来往旁边一丢!"叶公路沉一下脸说:"看来你还觉得能轻松赢我。"式其说:"我的力气的确没以前大,不过你的力气也变小了。"叶公路说:"可有一样东西你没算计对!"式其说:"什么东西?"叶公路说:"虽然我的力气小了,但我的肉盘大了。我现在的身子你能举得动吗?"

式其微微一愣,盯住对方的身形,盯了几秒钟,嘿嘿笑了。他一笑,叶公路的脸也慢慢松掉,像卸下了一层累。

两个人面对面久久站着,似乎忘了此时已是午夜。

【作者简介】

钟求是，男，1964 年出生，毕业于中央民族大学经济系和鲁迅文学院第三届高级研讨班。现供职于浙江省作家协会《江南》杂志社，中国作家协会会员。曾获《中篇小说月报》奖、《中篇小说选刊》奖、浙江省优秀文学奖等，入选"主要作品有《谢雨的大学》《未完成的夏天》《你的影子无处不在》《远离天堂的日子》《奏手挺瘦》《雪是最白的纸片》《给我一个借口》等。部分作品被改编成电视剧和电影。

意味丰沛的"人与城"
——评《街上的耳朵》

黄万华

钟求是的《街上的耳朵》意味丰沛，最有意味的是"巷子情景"的记忆力量。人们都会记得的《雨巷》（戴望舒），演化为小说中"巷子里走着的纸伞姑娘"，青春日子的街头斗殴与心头隐伏的"温柔"寻求产生了奇妙的艺术张力，让人再三回味。

小说人物的出场就交织着这种"动"（暴烈）"静"（温柔）相得益彰：在包厢饭局出现的式其是闲雅的，酒桌的热闹中，他说话声音温和，淡淡地搭嘴，饭局收尾时，他总会恰到好处地把账单刷卡，悄然离去；然而，他又是暴烈的，一位愣头愣脑的理发师给他修发后一时起兴，向别人描述其披肩长发遮盖的耳朵，发廊随即被砸，这自然是式其所为。"暴烈"和"温柔"让人触摸到式其的内心，故事由此展开。

三十二年前，式其气势汹汹地在小巷口等候打群架的对手到来，却看见"一个身影从小巷深处慢慢走出"，一位长辫姑娘"打着一把黄纸雨伞，脚步很轻，样子挺纯的。雨丝从上方落下来，让巷子显得有点静，也让她的身影变得有味道"，这在"课本里"出现过的情景让式其"心里被雨水洗了一把"，再"不想打那场架了"。然而，式其在酒聚醉语中"亵渎"了这小巷细雨中的身影，引发了一场拼死的对打，被对方咬掉了半个右耳……

日子如水，式其其实一直生活在这"温柔"与"暴烈"的记忆中，但他第一次见到那小巷细雨中女子的面影时，已是在那女子过世后的灵堂守夜，从其生前相册中见到的女子，姑娘年轻时"安静懵懂"，"并不漂亮，气质也平常"。式其和那女子的丈夫，当年咬掉他耳朵的人一起再次走入记忆，明白了为什么那个"跟镇子上的平常妇人没啥不一样"的女子在那个时间那个地点成了式其"眼中最好看的女人"。

也许现实的竞争、崇强，使得人们喜武、好斗，年少气盛时更少不了纷争，甚至斗殴，但人们心灵更深处往往有着极其温暖柔和的世界，一旦被唤醒，就成了现实中的为善向美。式其在小巷口斗殴前一刻被细雨纸伞倩影的清纯所感动，就是这种唤醒。守灵之夜，式其与当年的冤家对手促膝而谈，又"用嘴巴打架"，此时的"暴烈"也显得"温柔"……

"暴烈"和"温柔"的记忆中，"昆城"成了小说的主角，多少年过去，式其才想明白，他"不是喜欢上巷子里的人，而是喜欢上了巷子里的那种情景"，日常生活里的某一天，打伞女子和细雨小巷融合而成的"昆城"情景让式其"心里使劲晃动了一下"，"不漂亮"的她成了他"眼中最好看的女人"。我们无法确定小说所写"昆城"坐落何处，但小说溢满的诗意确确实实属于"昆城"，作者一路写来，城的风情习俗，人的举止谈吐，甚至气候的阴晴圆缺，都水乳交融地孕育着"昆城"的诗意；"谁的身上都可能有"的"妙处"在"昆城"得以呈现，"人与城"让《街上的耳朵》意味深远。

气球

达杰翻遍了抽屉，翻遍了枕头底下，翻遍了所有能翻的地方，最后也没有翻到那个玩意儿。

他问他的老婆卓嘎，她说她也没看到。

完事之后，他就骑着他那辆破摩托车上路了。

路上，他远远看见两个小儿子各自牵着一个气球似的奇形怪状的玩意儿在玩。

走到近处，他才看清了那是个什么。他瞪大眼睛问两个儿子："这玩意儿哪来的？"

两个儿子也瞪大眼睛互相看了看，没有说话。

跟两个儿子一起放羊的达杰的老父亲瞪大眼睛问："这两个孩子今天一大早就拿着这么个玩意儿玩来玩去的，这是个什么呀？"

达杰继续瞪大眼睛瞪着两个儿子，之后又瞪着老人，没好气地说："这是气球！"

老人有点不服气的样子，瞪着达杰说："你想骗谁啊？气球是圆的，这怎么是气球？怪模怪样的！"

达杰继续瞪着老人，语气生硬地说："这也是气球！"

老人没再说什么，转过头去，嘴里突然冒出了一句经咒："嗡嘛呢叭咪吽！"

"嗡嘛呢叭咪吽"是观世音菩萨心咒。老人不识字，念不了太多其他经文，平常喜欢把这句挂在嘴边。别人问他你就不会念点别的经文吗时，他总是笑着说："这就够了，所有的经文就包含在这里面了。你能念够一亿遍，你也就算是备好了去那个世界的资粮了。"

达杰知道这也是老人表示不满意的方式之一。他没理老父亲，自己点了一支烟，站起来继续瞪大眼睛把两个孩子手上的玩意儿一一弄破了。

那两个玩意儿相继发出"噗噗"的声音，恢复了它们本来的面目，变成两块很小的蔫不拉唧的东西，萎缩在了那儿。它们原来是两只安全套。

两个孩子眼睁睁地看着他们的玩意儿突然之间变成了另外的他们不想看到的什么东西，突然间放开嗓门哭了起来。

老人这次没有念六字真言，直接扭过头来瞪着达杰问："你干吗把小孩子的玩意儿给弄破了？"

达杰瞪大眼睛没说话，笑了笑，继续抽烟。

两个孩子揉着眼睛继续哭，声音更大了。

老人继续瞪大眼睛问达杰："我说你没事把小孩子的玩意儿弄破干吗？"

达杰没好气地看着老父亲说："那不是什么好玩意儿！"

老人问："那你刚才不是说那是气球吗？气球怎么不是好玩意儿了？"

达杰想了想，不知道该怎么解释，最后说："那不是小孩子玩的气球，你不懂！"

老人有点咄咄逼人的样子，继续问："那你的意思是说那是大人玩的气球吗？"

达杰这时忍不住"呵呵"地笑了。

老人瞪着他问："你说说那是个什么玩意儿？"

两个孩子这时哭着嚷起来了："就是气球，就是气球！"

看老人还在瞪着自己，达杰只好哄两个孩子说："好了好了，下次我到县城给你们一人买一个彩色的气球，比这个好玩多了。"

两个孩子继续哭着，问："你说的是真的吗？"

这时，达杰笑了，看了看老父亲说："真的，阿爸说话算话，不会骗你们的。"

两个孩子这才破涕为笑，眼泪鼻涕抹了一脸。

老人又念了一遍六字真言："嗡嘛呢叭咪吽。"这也是平常他用来转换情绪的一种方法，就看他用什么语气念了。老人这时的语气变得缓和了。

老人拨了一粒念珠之后问达杰："你是去邻村借种羊吗？"

达杰说："是，这次去借个好种羊。"

老人也会意地笑了。

达杰看着老人手上的念珠问："你快念够一亿遍了吧？"

老人的脸上充满了一种满足感，说："快了，快了。"

之后，他们又随便聊了几句。

之后，达杰就发动那辆破摩托车上路了。摩托车发出"隆隆"的声响，后面冒出了浓烟。

摩托车开出很远，老人还在后面喊："去了一定要借只优质的种羊回来啊，那些一般的种羊都不顶什么用。"

天快黑时，达杰已经站在邻村朋友家的羊圈边上了。

朋友看着羊圈里的几只种羊说："今年我买了几只新疆种羊，听说很不错，你也带一只回去试试吧。"

达杰也看着那些种羊说："新疆种羊肯定不错，这两年我的羊群在退化，正需要好好改良改良。"

新疆的种羊们看上去很壮硕，蠢蠢欲动地跟在一些母羊后面跑来跑去的，显得骚动不安。它们的下垂的睾丸都用一块脏得都快看不清颜色的布紧紧地裹着。

晚上他俩喝了不少酒，聊了不少事情。

第二天一早，达杰的朋友就带达杰到了羊圈边上。达杰的朋友也是个壮硕的男人，他指着羊圈里的几只新疆种羊说："你自己随便挑一只吧。"

达杰看着那几只种羊，不知道该挑哪只，嘴里说："这些新疆种羊都很好，不知道该挑哪只呢。"

达杰的朋友满意地笑着，似乎达杰夸的是他。

达杰最后选中一只种羊，指给朋友看。朋友就让自己的儿子进羊圈捉那只种羊。朋友的儿子也是个壮硕的家伙，他在羊圈里追来追去追了好几圈才捉住了那只种羊。那头种羊看上去很威猛，几次差点从小伙子手中挣脱。

朋友看着达杰说："你的眼力真是不错啊，那只种羊是我花大价钱买的，居然被你一眼就看中了。"

达杰也谦虚地笑了笑说："你这会儿是不是有点舍不得了啊？"

朋友说："要不是我昨晚喝多了你的酒，我肯定不会把这只借给你的。这只我是打算自己用的。但既然话已经说出去了，你就拿去先用吧。"

达杰往摩托车后座上绑那只新疆种羊时，朋友的老婆和儿子还在旁边有点不情愿地看着种羊。

达杰返回家里时才上午九点多。

达杰把新疆种羊从摩托车后座上取下来放在地上时，那只种羊有点站不稳脚跟的样子。但一会儿之后就马上恢复正常了，精神抖擞起来了。

老人跑出来看种羊。他前前后后地看了几遍，很满意地点头。

达杰说："这是新疆种羊，听说很厉害。"

老人走过来拿掉裹着种羊下体的那块脏布，使劲地捏了一把种羊的睾丸，说了声："真不错！"

种羊似乎被捏疼了，发出了一声怪叫，退后一步冲过来，把老人给撞倒了。达杰马上拉住了种羊。

老人没有爬起来，只是看着种羊不住地点头，露出很满意的样子，突然间嘴里冒出一句"嗡嘛呢叭咪吽"，然后说："这种羊真是不错啊！"

达杰笑着把种羊拉过去拴在了旁边的木桩上。

这时，两个孩子也跑过来问达杰："阿爸，你给我俩买的彩色气球呢？"

达杰看着两个孩子说："阿爸这次没去县城，等下次去一定给你们买上。"

这时，老人也从地上慢慢爬起来了，慢吞吞地说："这新疆的种羊就是不一样，以前只是听说过，现在见了果然名副其实啊。"

达杰听到这话很高兴，似乎老父亲夸的不是种羊，而是他。

老人从旁边的屋里拿来一块崭新的红布说："现在得把种羊的睾丸给裹住了，这样配种的时候才有力量。"

达杰说："不是原来就有吗？干吗用块新布？"

老人说："你看那块布多脏啊，得用块好布，得图个好兆头。"

达杰看着老人笑了笑，没再说什么。

之后父子俩就用那块红布把新疆种羊的睾丸给重新裹了起来。被柔软的新布裹住睾丸的种羊显然很不适，一下子坐立不安起来。

达杰的老婆卓嘎从屋里出来了，故意提高嗓门干咳了两声。达杰父子俩的脸上立即严肃起来，老人的嘴里又念起了六字真言。

卓嘎不看他俩，也不看新来的种羊，看着前面的什么地方说："早饭好了。"

达杰对老人说："阿爸，你先进屋吧。"

待老人进屋之后，达杰笑嘻嘻地看着卓嘎指了指种羊说："看看，这次这只种羊怎么样啊？"

卓嘎也看着种羊嘻嘻地笑，说："看上去跟你一样！"

达杰笑了笑，说："我怎么能跟这只种羊比，这是新疆的种羊，是最好的种羊。"

卓嘎过去给拴在另一边的那只母羊喂水。那只母羊是只老母羊，一副没精打采的样子，喝了两口就停下了。老母羊也偶尔看看新来的新疆种羊。新疆种羊也不时看看那只似乎对它毫无兴趣的老母羊。

达杰看着老母羊说："这家伙已经连续两年没产羊羔了，看来也产不出羊羔了。"

卓嘎有点担心地说："可是，它还挺听话的。"

达杰说："听话有什么用？它产不出羊羔就说明它没用！"

卓嘎拿眼睛瞪自己的丈夫，达杰有些不好意思起来，没话找话地说："你看给它喂水它也不喝。"

这时，老母羊像是好几天没喝水似的把盆子里的水喝了个精光，看着达杰和卓嘎。

卓嘎看着达杰笑。达杰看着老母羊说："这家伙好像能听懂我的话。"

卓嘎继续笑。这时，达杰却一本正经地说："过一个月咱们就得把它卖了，去交江洋下学期的学费生活费了。"

卓嘎停下笑，没有说话，过去又拿来一瓢水，倒到母羊前面的盆子里，看着母羊。这次，母羊没有喝，好像故意给达杰看。

羊圈外面传来一个男人的声音："喂，达杰，你在干吗啊？"

达杰抬头看时是乡卫生所的索南扎西，就指着拴在一边的新疆种羊说："噢，我从朋友那里借了一只种羊，这几天准备给母羊们配种哪。"

索南扎西看了一眼说："噢，是只新疆种羊吧，听说新疆种羊很好啊。"

达杰也看了一眼老婆卓嘎，笑着说："听说不错，听说不错。"

索南扎西也笑着说："那就好，那就好！"

说完准备走。卓嘎叫住他说："周措大夫这两天在吗？怎么没看到她啊？"

索南扎西说："她在呢，她这几天比较忙。怎么你要看病吗？"

卓嘎答非所问地说："噢，我就是问问。"

索南扎西"噢"一声之后就走了。

索南扎西走远后，达杰突然问卓嘎："你问周措大夫干什么？"

卓嘎赶紧说："哦，没什么。"

早饭之后，卓嘎就一个人去了乡上的卫生所。

索南扎西正在给一个病人看病。索南扎西让卓嘎坐在旁边的凳子上等。

卓嘎四处望了望，问索南扎西："你不是说周措大夫在吗？她去哪儿了？"

索南扎西也不看他，说："她出诊去看一个病人了，等会儿就回来，你先坐会儿吧。"

卓嘎"呀"了一声，不再东张西望了。

索南扎西给那个病人开了药，仔细交代了一番。

病人走后，索南扎西问卓嘎："你哪里不舒服？我可以帮你看看。"

卓嘎有点不好意思地说："你不能看，是女人的病。"

索南扎西笑着说："女人的病我们男大夫也可以看啊，谁说女人的病就只有女大夫能看？"

卓嘎笑了笑说："我还是等等周措大夫吧。"

索南扎西有点不高兴的样子，说："看看你们，都什么年代了，思想还这么保守。"

卓嘎只是笑着不说话。

索南扎西就不理她了，拿起一本杂志随便翻看着。

周措回来后跟卓嘎打招呼，没等卓嘎开口，索南扎西就抢先说："她在等你看病呢。"

周措说："那你怎么不帮她看看呢？"

索南扎西"哼"了一声，有点不高兴地说："她说是女人的病，不让我们男大夫看，非要让你看不可！"

周措看着卓嘎笑了笑，说："明白了，明白了。"

卓嘎有点不好意思的样子。周措看着索南扎西说："既然人家不愿意让你看，你还赖在这里干什么？这会儿你就不知道主动回避一下吗？"

索南扎西又"哼"了一声说："有什么大不了的，我又不是没见过女人！"

周措笑了，看着索南扎西说："你就别吹了，到现在连个媳妇都没娶上，你还吹什么！"

说完，周措和卓嘎都笑了起来。

索南扎西涨红了脸说："没娶媳妇不等于没见过女人！我是怕娶了个媳妇连最后那点自由也没有了！"

周措和卓嘎继续笑。

索南扎西从抽屉里拿了一包烟出去了，关上了门。

屋子里只剩下卓嘎和周措。

周措这时看着卓嘎说："说吧，你怎么了？"

卓嘎犹豫了一下，说："我想做结扎手术。"

周措说："咳，我还以为是什么大不了的事呢。"

卓嘎不说话了。周措突然问："你怎么突然想到做结扎手术了？"

卓嘎这才说："结扎了省事，不用再提心吊胆的。"

周措笑着问："不是给你们免费发了安全套了吗，也很省事啊，怎么不用啊？"

卓嘎说："用完了，最后两个还被小孩偷去当气球玩了呢。"

说完自己也忍不住笑了起来，周措也笑着说："你家那口子是只种羊吗？是不是到发情期了？发了那么多还不够！"

卓嘎不好意思地笑着，压低声音说："他这两年变得差不多和年轻时一样了，没个够，我也不知道怎么了。"

周措笑着说："你是不是让他吃了什么不该吃的好东西了？"

卓嘎也笑着说："什么不该吃的好东西？"

周措继续笑着说："我怎么知道啊？"

卓嘎说："没吃什么东西，就是偶尔吃点羊肉，除此之外我们还能有什么好吃的！"

周措说："听说羊肉那东西很补啊，你最好让他少吃点。"

卓嘎说："他就爱吃羊肉，我有什么办法。"

两人就笑起来。之后，卓嘎又问："你什么时候给我做？"

周措想了想说："下个月吧，正好你们村的几个妇女也要结扎，就一起做掉吧。"

卓嘎说："好吧。"

周措又笑着说："要不给你先上个环？"

卓嘎问："环？"

周措说："是啊，环。好上，今天就可以给你上了，也保险。"

卓嘎说："那个就算了。上次旺加媳妇上的那个东西不小心掉了，她家小女儿还当戒指戴着呢，被村里人笑话，羞死人了。"

周措就大笑起来，问："真的假的？"

卓嘎也笑着说："当然是真的。"

周措也笑着说："那就算了，那就算了，那个东西确实有点不保险。"

卓嘎笑着看周措，欲言又止的样子。

周措停住笑看着卓嘎说："你还有什么事吗？要是没事了得让索南扎西进来了，要不他会以为咱俩在搞什么鬼呢。"

卓嘎这才说："能再给我几个那个吗？"

周措故意问："什么那个？"

卓嘎有点不好意思地说："就是那个，免费发的那个，还能是哪个？"

周措这才恍然大悟似的说："哦哦，明白了，直接说嘛，这年纪了，还像个小姑娘似的。"

卓嘎说："我就是说不出口。"

周措说："早就发完了，没货了，下次到了多给你几个。"

卓嘎说："那我回去了。"

卓嘎准备走时，被周措叫住，打开自己的抽屉，从里面翻出一个安全套，说："这儿还有一个呢，你要吗？"

卓嘎笑着："一个有什么用呢？"

周措也笑着："拿着吧，万一有用呢？这还是留给我自己的呢。"

卓嘎笑着问："那你自己不用吗？"

周措说："这段时间我用不着。你到底要不要？不要我就给别人了。"

卓嘎就赶紧把那东西装进了口袋里。

达杰和卓嘎的大儿子叫江洋，在县城上初中，这会儿也放暑假回来了。回来的路上遇见了正在外面放羊的爷爷和两个弟弟。

老人见了江洋很高兴，抓住他的手问："江洋回来了，放假了？"

江洋说："放假了，我可以在家里待一个月。"

老人继续问："好好，在学校里没吃苦吧。"

江洋说："没有，没有吃苦。"

老人又仔细看了看江洋，说："没吃苦就好，不过有点瘦了。"

两个弟弟看着江洋问："带了什么好东西？给我们看看！"

江洋笑着从书包里拿出一本连环画给了两个弟弟。

两个弟弟说："没给我俩买什么吃的吗？"

江洋说："哥哥没钱，等以后有钱了再给你们买很多很多好吃的。"

然后又看着爷爷说："给爷爷也买很多很多好吃的。"

老人也笑。江洋就翻了一下连环画，说："这个很有意思。"

两个弟弟就接过去饶有兴趣地翻看着。

翻了一阵之后，三弟问："这小人书里面讲的什么故事呀？"

江洋说："这个故事叫和睦四兄弟，这个学期我们学校还排练过这个节目呢，我演里面的兔子，可有意思了。"

二弟问："这个故事讲什么呀？"

江洋说："这样吧，我教你们怎么演吧，这样你们就知道讲什么了。"

两个弟弟一起"呀呀"地喊起来。

江洋看着他俩说："要是还有一个小孩就好了，这个故事需要有四个小孩来演，现在咱们三个小孩怎么演啊？"

三弟指着老人说："让爷爷演嘛。"

老人摇了摇头，说："你们玩，我不玩。"

江洋也对老人说："爷爷，咱们一起玩吧，你演大象，很有意思的。"

老人坚决地说："这是小孩玩的，我不玩。"

三弟说："阿爸还说你越老越像个小孩呢，跟我们玩吧。"

老人瞪着小弟弟，问："他什么时候说的？"

三弟笑着说："你跟我们一起玩，我就给你说。"

江洋也说："爷爷，你就演大象吧，跟我们一起玩玩嘛。"

老人见推脱不掉只好笑着说："好吧，好吧。"

江洋把他们三个叫到跟前，很认真地说："那你们要听我的话啊，我说什么你们就得做什么。"

两个弟弟点头，爷爷也跟着点头。

江洋到处看了看，最后选了一个有树的地方。

之后，江洋说："很久很久以前，一只大象、一只猴子、一只兔子、一只鹦鹉先后来到了一片非常美丽的草地上，那片草地上有一棵很高大的结满果实的树。过了一段时间，他们想结拜为兄弟，但不知道谁大谁小，于是他们就一个个地讲述到达这儿时这棵树那时的大小。"

然后看着老人说："爷爷，你是故事里面的大象，这是你现在要说的话：'我到这片草地时，这棵树已结出了果实，我在底下还吃过果子呢。'"说完，问老人，"爷爷，你记住你要说的话了吗？"

老人说："记住了，这个故事我知道。"

江洋说："那你说一遍。"

老人就又说了一遍。

江洋说："好，没有错，爷爷你要记住你要说的话啊。"

然后指了指自己的鼻子说："我演的是兔子，我说的话是：'我到这儿时，树已经长高了，但没有结出果实。'"

然后转向二弟，说："记住你是猴子，你要说的话是：'我到这儿时，这棵树很小，只有一些枝丫。'"

之后又问他："记住了没有。"

二弟说："记住了，太简单了。"

江洋说："那你把自己的话说一遍。"

二弟又说了一遍，一字不差，江洋夸完他之后转向三弟，说："记住你是鹦鹉，你要说的话是：'我到这儿时，这棵树只是一棵小小的幼苗，我还在上面撒过几次尿呢'"。

之后，江洋突然问三弟："你是谁？"

三弟不假思索地回答："我是鹦鹉。"

江洋又问："你要说的话是什么？"

三弟想了想说："我到这儿时，这棵树只是一棵小小的幼苗，我还在上面撒过几次尿呢。"

说完，三弟笑了，江洋说："好，你念对了。"

三弟"嘻嘻"地笑了一声，说："真好笑，鹦鹉还会尿尿吗？"

江洋瞪了他一眼说："你别管，书上就是这么写的。"

三弟问："书上写的都对吗？"

江洋说："书上写的当然对了，要不然我们学那个干吗？"

小弟弟就说："那好吧。"

江洋看着他的三个演员问："你们记住自己要说什么了吧。"

他们齐声说："记住了。"

然后江洋说："就这样，它们分出了长幼，依次结拜为兄弟，大象背着猴子，猴子背着兔子，兔子背着鹦鹉，互相尊敬，过起了美好的生活。"

这时，老人像是突然想起什么似的说："我应该演鹦鹉才对，现在反了，我演大象我倒成了最小的了。"

吃晚饭时，卓嘎特意煮了一锅羊肉。卓嘎把羊肉捞出来放在饭桌上说："江洋，你和弟弟们、爷爷，你们好好吃吧。"

达杰斜眼看了一眼卓嘎，说："怎么，你的意思是我不要吃吗？"卓嘎也斜眼看着他说："你就少吃点吧。"

达杰说："为什么？"

卓嘎说："没什么，就让孩子和老人多吃点。"

江洋这时拿起一块肉给了达杰，看着阿妈说："阿爸也吃吧，这么多羊肉，我们吃不了那么多。"

达杰笑了，说："主要是你们要吃，主要是你们要吃。"

几个男人正在吃羊肉时，卓嘎的妹妹也来了。

卓嘎的妹妹叫香曲卓玛，她在附近的一个尼姑寺当尼姑。大家都站起来迎接她，问候她。

卓嘎握住香曲卓玛的手问："在寺院没吃苦吧？"

香曲卓玛笑着说："没有没有。"

卓嘎又问："你怎么这个时候来了？"

香曲卓玛说："今年秋天我们要翻修寺院的大殿，寺院的尼姑都要去化缘，我听说今天江洋放暑假了，就来了，我需要他帮我。"

老人说："好事，好事，这是好事。"

之后又看着达杰说："家里一定要多捐点。"

达杰也说："阿爸，这还用说吗？咱们家捐得多，别人家才会多捐的。"

香曲卓玛笑着说："明天开始我就要挨家挨户去化缘，江洋要帮我登记什么的，我一个人忙不过来。"

卓嘎说："江洋也没什么事，就让他帮你吧，也算为自己积德了。"

两个孩子说："我俩也去。"

卓嘎说："好好，你俩也去。"

老人接着说："明天我先带江洋去村里的嘛呢寺替他奶奶点上几盏酥油灯，这一个月来我梦见他奶奶几次了，有一次还问起了江洋。"

江洋对老人说："好好，咱俩先去嘛呢寺。"

两个弟弟也说："我俩也要去。"

老人看着他俩说："好好，你俩也去点酥油灯。"

香曲卓玛看着江洋说："江洋，你脖子上那个很大的黑痣还在吗？你一生出来你阿妈卓嘎就认出来了，和你奶奶脖子上的黑痣一模一样，真是很神奇啊。"

江洋说："还在呢，好像还变大了。"

卓嘎笑着说："因为你也长大了嘛。"

两个孩子看着江洋说："哥哥，让我俩看看那个痣吧。"

江洋说："晚上睡觉时再让你们看。"

睡觉前，两个孩子很好奇地看了江洋脖子上的黑痣，想了想之后问老人："爷爷，哥哥真的是奶奶的转世吗？"

老人说："当然是啊，这还用问吗？"

两个孩子又问老人："如果哥哥是奶奶的转世，那我俩是谁的转世呢？"

老人被逗笑了，说："你们还没有确认是谁的转世，但肯定是六道轮回之中的某一个生灵的转世啊。"

三弟说："那我做你的转世吧，那样你对我也会像对哥哥江洋一样好的。"

老人瞪了他一眼，说："我还没死呢，转什么世啊？"

两个孩子有点不解地看着老人。

吃了早饭，他们就去了嘛呢寺。

他们把酥油灯点着之后,双手合十站在佛像前。老人一阵念念有词之后,闭着眼睛祈祷着。一会儿之后,又对三个孩子说:"现在你们也可以祈祷了。"

三个孩子也闭上眼睛像模像样地祈祷,之后睁开眼睛看着老人。老人开始磕头。他们也跟着磕起头来,故意把额头撞在木地板上,发出"咚咚"的响声。

走出嘛呢寺时,太阳已经升起老高了。两个孩子问老人:"爷爷,你刚才是怎么祈祷的?"

老人笑着说:"我对你们的奶奶说你的转世江洋来给你点酥油灯了,你不用再牵挂了。"

两个孩子又问:"那你没说我们俩也来给她点酥油灯了吗?"

老人大声地笑着:"也说了,我说你的两个小孙子也来给你点酥油灯了。"

两个孩子就高兴地笑。笑完之后,又突然问:"这样祈祷奶奶能听见吗?"

老人说:"当然能听见,只要你说心里话就能听得见。"

两个小孩"哦"了一声。

老人问两个小孩:"那说说你们俩是怎么祈祷的?"

两个孩子看着江洋说:"哥哥先说。"

江洋看了看老人说:"其实我也没说什么,我就说我在学校里一切都很好,学习成绩也很好,请奶奶放心。"

老人又看三弟,三弟说:"我祈祷奶奶提醒阿爸到时不要忘了给我们买气球。"

老人瞪了他一眼之后问二弟:"你呢?"

二弟想了想,看着三弟说:"我跟他的一样。"

老人随后骂了一句:"没出息,要知道是这样就不带你俩来了。"

回来的路上,江洋问老人:"爷爷,我真的是奶奶的转世吗?"

老人看了一眼江洋说:"当然是啊,这还用问吗?你妈生下你时,我看见你脖子上那颗跟奶奶脖子上一模一样的黑痣,我就知道是你奶奶的转世了。后来为你奶奶作法时,顿珠活佛也证实了这一点。"

江洋又问:"我怎么一点也不知道呢?"

老人说:"你长大了当然就不知道了,你刚会说话时还经常说一些你奶奶生前的事呢。"

江洋说:"我怎么一点儿也不记得了?"

老人说:"人越长大就越容易会失去一些灵性的东西。"

卓嘎和尼姑妹妹香曲卓玛坐在炕上聊天时,香曲卓玛无意间在枕头底下发现了卓嘎从卫生所要来的那只安全套。

香曲卓玛拿起那个东西看了看问："这是什么？"

卓嘎从香曲卓玛手里抢过那个东西，笑着说："给我，快把那个东西给我。"

香曲卓玛看着卓嘎手里的那个东西，一脸好奇，问："快说啊，这到底是个什么东西？"

卓嘎暧昧地笑，不说话。

香曲卓玛又问："快告诉我，那是个什么东西？"

卓嘎这才凑过身子对着香曲卓玛的耳朵嘀咕了几句。香曲卓玛立即从姐姐身边逃开，显出很害羞的样子，嘴里发出"呸呸"的声音，不敢在姐姐面前抬起头来。

卓嘎就赶紧把那个东西给塞到枕头底下了。

香曲卓玛还是不解地看着那个地方，卓嘎起身出了屋子。

江洋回来之后，就和香曲卓玛去村里挨家挨户地化缘。村民都力所能及地捐一些钱和物，还说修建寺院大殿时一定去帮忙。香曲卓玛似乎有些意外地对江洋说："没想到村民们还是那样热情，没太大变化。"

他俩回到家时，江洋看见父亲和爷爷在羊圈里忙乎着，就过去帮忙了。待香曲卓玛进屋之后，达杰就把那只新疆种羊牵到了羊圈里。羊圈里的羊们显得有些不安，受了惊吓的样子。新疆种羊看见羊圈里的母羊们骚动不安起来。一些胆子大的母羊也主动过来谨慎地闻一闻新疆种羊身上的气味，又马上不安地离开了。

新疆种羊又盯着那只拴在羊圈边上的被喂养起来准备卖掉的母羊看，还发出"咩咩"的叫声。那只母羊有点惊慌，不敢看新疆种羊。

这时，达杰拉住新疆种羊笑着说："这是个不中用的家伙，这个就不用你费力了，等会儿你好好发挥就行了。"

老人也呵呵地笑着，看着新疆种羊。

江洋看了看那只拴着的母羊，又看看急不可耐的新疆种羊，又看了看父亲和爷爷的样子，脸上也露出一种奇怪的表情。

达杰看着老父亲说："阿爸，现在放开它吗？"

老人说："再等一会儿吧。"

他们就又等了一会儿。新疆种羊显得更加骚动不安。它看上去急于想挣脱拴住它的绳子，冲到羊群里。

老人终于解下围着种羊下体的那块红布，拿在手上看了看。那块红布脏兮兮的，沾满了种羊自己的精液。之后，老人就说："放开它吧。"

达杰放开了新疆种羊。

新疆种羊一下子挣脱达杰手里的绳子，万般饥渴地冲向羊群。

达杰和老人，还有江洋怔怔地看着冲进羊群的新疆种羊。他们看见新疆种羊跟在几只母羊后面，闻着它们的屁股。最后，新疆种羊跟定了一只母羊，追逐着那只母羊。新疆种羊在羊圈里把那只母羊追来追去的，有几次准备把前腿搭在母羊的身上，都没有成功。最后，新疆种羊终于把前腿搭在了母羊的身上，做出攻击的样子。

三个男人张大了嘴巴，一开始脸上的表情很严肃，慢慢露出了笑容。

屋里两个小孩子正趴在窗户边上，透过窗户的格子看外面羊圈里种羊配种。

过了一会儿，三弟说："看，哥哥你看，新疆种羊趴到那只母羊身上了。"

卓嘎和香曲卓玛这时正在做饭，听到孩子说话，就走过去看了一眼说："过来，小孩子不许看这个。"

两个孩子还是赖着不动。

卓嘎揪着两个孩子的耳朵，把他俩拉到锅台边上，让他俩帮着烧柴禾。

烧了一会儿，二弟问："阿妈，阿爸他们把那只新疆种羊放到咱们家的羊群里是干什么呀？"

卓嘎看着香曲卓玛笑了笑说："小孩子不许知道这个。"

说完，尼姑妹妹也笑了起来。

连续配了两三次之后，新疆种羊身上那种蠢蠢欲动的劲儿几乎没有了，它只是站在离母羊们较远的地方，显出疲惫的样子。偶尔跟在几只母羊后面闻一闻，很显然也没有那么高的兴致了。偶尔几只母羊还主动过来闻一闻新疆种羊，用头蹭一蹭它，它也不怎么理它们。

趴在窗台后面的两个孩子也看着外面说："新疆种羊现在看上去好像很累很累的样子，也没有什么精神啊。"

卓嘎过来揪着他俩的耳朵说："去，你俩去炕上玩。"

两个孩子就乖乖地去炕上了。在炕上玩时，二弟无意间在枕头底下发现了那只安全套。二弟惊喜地碰了一下三弟，偷偷给他看。三弟看了一眼那东西，又看了一眼在锅台边上忙乎的卓嘎和香曲卓玛。

卓嘎看着他俩的样子问："你俩又在搞什么鬼啊？"

他俩说了声"没什么"，互相使了个眼色，赶紧把那个东西塞进裤兜里，起身从炕上下来了。

卓嘎盯着他俩问："你俩去哪里？"

两个孩子几乎异口同声地说："我俩出去玩。"

两个小孩出去时，看见父亲达杰走过去捉住了新疆种羊。之后，他让江洋捉住了一只母羊。母羊显得惊惶失措。达杰把新疆种羊往那只母羊旁边拉，老人也过来帮忙。新疆种羊有点抗拒，但最后还是被拉到了那只母羊旁边。

三个男人很吃力地让新疆种羊跟那只惊惶失措的母羊交配。之后，他们放了那只母羊。母羊惊惶失措地跑进羊群里，回过头看着新疆种羊和三个男人。

达杰又让江洋去捉另一只母羊。母羊们似乎都受惊了，到处跑。江洋在羊圈里到处追那只没有捉到的母羊。

达杰有点生气，让老人牵住新疆种羊，过去帮江洋捉那只母羊。江洋轻轻地走到那只母羊后面，一伸手抓住了母羊的后腿，但自己摔了一跤，母羊一蹬腿就跑掉了。

达杰看着很生气，跑到母羊前面从前面堵住母羊，看着摔倒在地上的江洋说："快起来，快起来捉住它！"

江洋慢吞吞地爬起来走过去伸手抓住了那只母羊的后腿。

达杰看着儿子笑，说："抓紧了，不要让它再跑了，就剩这几个了，配完之后咱俩今天下午就得把种羊给人家送回去了，就没有机会了。"

说完过去帮江洋把母羊拉到了新疆种羊旁边。

他们强迫新疆种羊跟那只母羊交配。

两个孩子还站在原地看这些。达杰突然看见了他俩，对着他俩喊："看什么看，快去玩去！"

两个孩子就一溜烟跑了。

达杰看上去也显得有些疲惫，他看着老父亲说："我看也差不多了，今天得把人家的种羊送回去的，说好只用两天的，咱们得说话算话，明年还得求人家呢。"

老人看了看羊群说："也差不多了，还回去吧，明年的羊羔肯定好。"

达杰看了一眼江洋说："你也跟我去吧，这次还得带上一只母羊呢。"

午饭之后，他俩就上路了。路上，达杰又看见两个小儿子在路边鬼鬼祟祟地说什么，就停下摩托车问："你俩在干吗？像个贼似的。"

两个小孩其实在商量该怎么处理那只安全套，看见父亲就赶紧藏起来说："没干什么，我俩在玩呢。"

达杰瞪了他俩一眼，说："你俩等会儿早点回去，下午还得跟爷爷一起去放羊。"

两个小孩赶紧说:"呀呀。"

达杰加了油门,看了一眼在后座上和母羊绑在一起的江洋说:"抓牢啊,不要掉下来了。"

新疆种羊被夹在车把和达杰的肚皮之间,看上去很难受,但是它却一动也不动,似乎很舒服,也许是太累了吧。

两个孩子看着它滑稽的样子就笑了,然后问:"阿爸,你这次去县城吗?"

达杰想也没想就说:"不去不去,我俩去还人家的种羊呢,哪有时间去?"

三弟很认真地说:"万一去了不要忘了给我俩买真正的气球啊。"

达杰没理他俩,一溜烟跑开了。

待摩托车的声音完全消失之后,二弟从裤兜里掏出安全套说:"这个怎么办?"

三弟想了想说:"那天咱俩玩拿这个做的气球的时候,多杰那家伙不是很羡慕吗?他当时想拿他的哨子换,咱俩去找他,看看他还想不想换吧。"

二弟马上说:"好,这个主意好,咱俩去找他。"

两个孩子到了多杰家门口,看见他们家的大门敞开着,就对着大门喊:"多杰,多杰。"

门口的狗突然站起来把铁链拉得哗哗响,"汪汪"地叫了起来。

二弟看见狗有点胆怯,说:"这狗不会挣断铁链冲过来吧?"

三弟说:"要是跑过来,咱俩也跑。"

二弟看了一眼三弟说:"要是追上了,你还跑得过狗吗?"

三弟说:"别管那么多了,把多杰喊出来,换了东西就走。"

之后,他"多杰,多杰"地叫了起来。

不一会儿从大门里出来一个跟他俩差不多的男孩,问:"你俩找我干什么?"

二弟直接问:"你那个哨子还有吗?"

男孩从兜里拿出哨子,吹了吹,说:"怎么了?"

二弟说:"你那天不是想拿哨子跟我们的气球换吗?"

男孩问:"你们的气球呢?"

二弟从兜里拿出那个安全套说:"在这儿呢。"

男孩走过来仔细看了看安全套,说:"这是什么呀?这怎么是气球啊?"

三弟说:"把它吹起来就是气球了。"

男孩说:"那你吹给我看。"

三弟就撕开包装,对着嘴吹了起来。

越吹越大，开始有了气球的样子，怪模怪样的。

男孩笑了，说："呵呵，还真是个气球啊！"

两个孩子得意地笑，然后看着多杰问："换不换？"

男孩不假思索地说："换。"然后把哨子给了他俩。

两个孩子也把"气球"给了多杰，说："不许后悔啊！"

男孩说了声"好"之后，就举着"气球"跑进家里去了。

两个孩子也说了声"快走"，就吹着哨子沿着来时的土路跑起来了。

达杰的朋友很满意达杰作为回报送给他的那只母羊。达杰也极力地赞美朋友借给他的新疆种羊如何威猛，如何厉害。朋友惬意地享用着达杰的那些赤裸裸的、很直接的赞美，好像赞美的对象不是新疆种羊而是他自己。

之后，他俩喝了很多酒。喝得微醉时，达杰的手机响了。达杰让儿子江洋接电话。

江洋接了电话之后，眼睛直愣愣地看着父亲达杰的脸，说不出话来。

达杰随口问："怎么了？"

江洋开始紧张地喘气，还是说不出话来。

达杰的朋友看着江洋的样子，也盯着他看。

达杰推了一把江洋，问："到底怎么了？"

江洋这才结结巴巴地说："爷爷没了，下午放羊时从山上摔下来死了。"

达杰的酒似乎一下子醒了，问："什么？"

江洋说："爷爷死了。"

达杰和江洋赶到家里时已是黄昏时分，几个喇嘛正在为亡人念经做法事，村里的一些亲戚朋友在念六字真言，气氛很悲凉。达杰似乎不太相信这突如其来发生的事，脸上一副莫名的表情，也不跟任何人打招呼，就直接跑进了父亲的卧室。卧室里有点昏暗，炕上的一个方桌上点着一盏酥油灯，酥油灯也快灭了。达杰坐在炕沿上，看着那盏快要灭了的酥油灯，流出了眼泪。

办完丧事，达杰和江洋就去了寺院。

达杰给活佛献上了丰厚的供养之后，请求活佛超度父亲的亡灵。活佛闭上眼睛，念了一些经文之后，睁开眼睛说现在你们可以回去了。

达杰似乎有话要说，犹豫了一下之后，终于开口问活佛："仁波切，我父亲的灵魂会转世到什么地方？"

活佛看着他问："你阿爸是属什么的？"

达杰说："属马。"

活佛又闭上了眼睛，还不时拨动手里的念珠。

达杰和江洋就蹲在那里静静地看活佛脸上表情的变化。

过了一会儿，活佛突然睁开眼睛说："老人会再次投胎转世到你们家里。"

达杰一脸不解的样子。

活佛又补充似的说："时间是今年。"

达杰的脸上更加地不解了。

活佛在一张纸条上写上一些经文的名字，笑着说："回去找个僧人念念这些经文吧，老人很快就回来了。"

达杰的脸上是更加疑惑不解的样子，想问什么又终于没有说出口。

晚上，达杰把活佛说的话告诉了卓嘎。

卓嘎说："不可能，三个孩子还这么小，家里又没有其他女人，这怎么可能呢？"

达杰说："我也这么想，可是活佛就是那样说的啊。"

卓嘎说："你当时没把家里的情况告诉活佛吗？"

达杰说："我怎么说？难道我对活佛说你说的这样的事情不可能发生吗？"

卓嘎没再说什么。

第二天一早，达杰就去还做法事时从别人家里借的一些东西。回来看见老婆卓嘎坐在门口若有所思的样子，就问："你在想什么？"

卓嘎看了一眼达杰，一副欲言又止的样子。

达杰又问："你怎么了？"

卓嘎磨蹭了一会儿，最后说："给你说个事。"

达杰问："什么事？"

卓嘎说："这个月我没来。"

达杰问："什么？"

卓嘎说："我是说这个月我没来月经。"

达杰问："这是什么意思？"

卓嘎说："我要去医院看看。"

到了卫生所，索南扎西看见卓嘎进来，就笑着对周措说："我出去抽根烟。"

周措也笑了，让卓嘎坐。

卓嘎的表情有点怪怪的，看着周措动了一下嘴巴。

周措就问："你怎么了？是不是又来要那个东西了？那东西还没到呢。"

卓嘎说："我不要那个东西。"

周措问："那你来干什么？"

卓嘎说："我这个月没来。"

周措收起脸上的笑，说："不会吧？"

卓嘎说："真的。"

周措说："那就查一下，查一下就知道了。"

周措给了卓嘎一个试纸条，说："你自己去弄一下，知道怎么用吧？"

卓嘎说："不知道。"

周措就把使用方法告诉了她。

卓嘎从卫生间出来后，把试纸条递给周措大夫看。周措看了一眼就说："你怀孕了。"

卓嘎不说话了，在想着什么。

周措问："现在怎么办？"

卓嘎开口说："我不知道。"

周措说："这有什么不知道的？赶紧拿掉吧，越早做就越少痛苦，今天就做掉吧。"

卓嘎又不说话了。

周措开导她说："你已经有三个孩子了，再生一个干吗？咱们藏族妇女又不是天生就为了给男人生孩子才来到这个世上的。以前，一个女的生五六个、七八个孩子，那么辛辛苦苦的，干吗呀！你看我现在就一个孩子，也没觉得有什么不好。除了自己轻松，拿到补贴，孩子还能受到好的教育。"

卓嘎还是不说话。

周措说："你倒是说话呀！"

卓嘎担心地说："我得回去问问达杰。"

卓嘎快步离开，周措在后面喊："卓嘎，你想清楚，再生还会罚款呢！"

卓嘎到家时，达杰在门口劈柴。

卓嘎走过来停在一边。达杰停下劈柴看卓嘎。

看卓嘎不说话，达杰就问："医生怎么说？"

卓嘎还是不说话。

达杰再次问："医生到底怎么说？"

卓嘎说："我怀孕了。"

这回，达杰不说话了，若有所思的样子。

进屋后，看见尼姑妹妹香曲卓玛坐在火塘边上，就坐在了她的旁边。

香曲卓玛看着姐姐说："你怎么了？"

卓嘎想了想说："我怀孕了。"

香曲卓玛有点兴奋，说："活佛的预言多准啊，活佛就是活佛，具有看得见今生和来世的慧眼，我们常人真是无法想象啊，我们凡人有时候还怀疑，真是罪过。"

卓嘎瞪大眼睛看着自己的尼姑妹妹，说："啊，你这么想？"

香曲卓玛不假思索地说："那当然，要不然为什么偏偏在这个时候你怀上了？"

卓嘎觉得自己的身体几乎要瘫掉了，过了一会儿才说："医生建议我拿掉这个孩子。"

香曲卓玛的嘴里呼出了一声奇怪的声音，说："姐姐，你可千万不能胡来啊，亡灵既然选择某个肉身再次回到这个世界，那么拒绝他的降生对于他来说是非常残酷的事情；同时，能够成为某个灵魂依托的肉身，也是千年修得的积缘啊！"

晚饭时，达杰也突然感叹道："活佛真是厉害啊！"

两个孩子也大概知道是怎么回事了，笑着说："这么说爷爷很快就要回到咱们家里了。"

达杰连连点头，两个孩子就趁机说："阿爸，你可不要忘了到时给我俩买彩色气球啊，你可是在爷爷面前答应过我俩的。你要是不买，爷爷会在天上看着你的。"

达杰似乎被惊了一下，马上说："当然要买，当然要买。"

江洋看着他们，一直不说话。

第二天，整个村子的人都知道了这件事情。香曲卓玛继续去化缘，回家时看见姐姐卓嘎一个人坐在院子里的一个木凳上发呆，就问："你又在想那件事情了？"

卓嘎不说话。卓嘎端了一盆水去喂那只拴在外面的母羊。那只老母羊被喂养得越来越膘肥体壮了，见卓嘎拿来水，就冲过来要喝。卓嘎把水放在了母羊面前。母羊很快就把水喝完了，很渴的样子，看着卓嘎。卓嘎没再理它。

晚上，达杰和卓嘎在炕上躺着，都不说话。达杰看上去有点高兴，卓嘎在想着什么。达杰看了一眼卓嘎，点上了一支烟。等他抽完了，卓嘎坐起来，看着达杰说："我想拿掉肚子里的孩子。"

达杰一下子坐了起来，盯着自己的老婆卓嘎，似乎不相信她会说出这样的话，愣了一会儿才问："你刚才说什么？"

卓嘎的表情没有变化，马上说："我想拿掉肚子里的孩子。"

达杰一下子就火了，说："你这个妖女！你这个没良心的东西！老人生前对你那么好，你就不想让他转世投胎到自己家里吗？"

卓嘎说："我也不想这样，可是——"

达杰问："可是什么？"

卓嘎说："我是在为这个家着想。"

达杰扇了卓嘎一巴掌，说："要是肚子里的孩子是你父母的转世,你会这么说吗？"

卓嘎流出了眼泪。慢慢地，她哭了起来，声音越来越大，怎么也止不住了。

吃完早饭，江洋说今天我去放羊吧，达杰说还是我去吧，母羊们刚刚配完种，这个时候要好好保护它们，让它们吃饱，这样明年才会有好羊羔。

达杰走到门口，想起什么似的回头对江洋说："好好照料那只老母羊，到你开学时就得把它卖了给你交学费生活费。"说完就出去了。

江洋拌好饲料，拿去喂那只老母羊。老母羊看见江洋来喂饲料，似乎很高兴。江洋把饲料放在母羊前面，看母羊吃。母羊很惬意地吃着。江洋看着母羊无忧无虑吃食的样子，想到很快就要把它卖给屠夫给自己当学费生活费，有点不忍，准备起身回去。

这时，香曲卓玛出来了，看见江洋就说："我去收一下昨天还没有收到的善款，有几家还没有收上。"

江洋站起来说："要不要我去帮忙？"

香曲卓玛说："不用了，不用了，就那么两三家，我一个人去就可以了。"

吃完早饭，一直闷闷不乐的江洋突然对卓嘎说："阿妈，你把你肚子里的孩子生下来吧，爷爷生前对我最好，我想让爷爷回到咱们家里。"卓嘎吃惊地看着江洋。

达杰在山上放羊时，遇见了也在山上放羊的贡布老人。老人问他："快满七七四十九天了吧？"

达杰说："过两天就满了。"

老人说："你阿爸有你这样一个儿子真是好福气啊。"

老人和达杰的父亲生前是好朋友，看见老人达杰的心里生起了一股伤感。达杰说："其实我心里很愧疚，没有管好老人。"

老人说："你已经很孝顺了，你阿爸能投胎到你们家，就说明他很留恋这个家，要不然不会再回来的。"

达杰说："我阿妈死后也投胎回到了自己家里，阿爸生前也说过他死后还想回到这个家里的话。"

老人说："你们可要好好珍惜啊，这样的缘分是很少见的。听说你家卓嘎不想要这个孩子，是真的吗？"

达杰有点紧张地说："没有的事，没有的事。都是村里人在胡说八道。"

老人说："没有就好，没有就好。"

七七四十九天之后，家里又做了法事。

喇嘛们念了一天的经。等喇嘛们离开之后，突然停电了，屋里黑咕隆咚一片，谁也看不见谁，只能听见彼此间的粗重的喘气声。

黑暗之中，传来了尼姑香曲卓玛的声音："明天我想带姐姐到山上住一段时间。"

她的声音像是来自另一个世界。

黑咕隆咚之中没有任何回应，一片沉默，连彼此间的喘气声也听不到了。

第二天天刚蒙蒙亮，香曲卓玛就带着姐姐卓嘎离开了。

出发之前，达杰、江洋和两个孩子都起来送她俩。

最后，卓嘎小声对江洋说："到了学校好好学习，不要担心阿妈，阿妈没事的。"

江洋使劲点了点头。

过了几天，江洋也开学了，达杰就捎着江洋和老母羊去了县上。到了牲畜交易市场，他们被羊贩子们围住了。羊贩子们一会儿抱起母羊掂量掂量，一会儿又捏捏母羊的脊梁骨，一会儿又扒开母羊的嘴巴看看，弄得江洋很不舒服。达杰只是在旁边看。最后，羊贩子们跟达杰谈价钱，讨价还价。但是达杰很镇定，咬住一个价不放，最后就成交了。羊贩子看上去不太愉快，不太情愿地数钱，最后拽着母羊走了。江洋早就跟这只老母羊混熟了，最后看着它被羊贩子们拽走了，想到它很快就要被他们宰掉了肢解掉卖掉，被别人煮了吃掉，心里难过起来。

达杰数完钱，把钱装进兜里，看了一眼那只老母羊，就带着江洋离开了。

到了学校门口，达杰从刚才卖羊的钱里面抽出几张一百元的给了江洋，说："快去吧，阿爸就不进去了。"

江洋犹豫了一下说："阿爸，我也跟你回去吧，我不想再念书了。"

达杰瞪着江洋说："你胡说什么呢，你这样说阿爸就生气了！"

江洋没再说什么，一副忧心忡忡的样子。

达杰说："不要想家里的事情，你只要好好学习就行了。"江洋还是没有说话。达杰骑着摩托车走到街上时，在路边的一个摊位上看见了许多彩色的气球。

他在摊位前停住了，摊主对着他叫卖："卖气球，卖气球！"

达杰看了看那些气球，突然说："我要买两只红气球。"

摊主从众多彩色气球里面挑出两只红气球给了达杰。达杰把那两只气球拿在手里看看，又像个小孩子一样晃了晃。

摊主说："你拿在手里要小心，气球里面是氢气，小心飘到天上去。"

达杰就用生硬的汉语问："两只一共多少钱？"摊主说："本来一个三块钱，你要两个就给你便宜一点，一共五块钱吧。"

达杰也没说什么，直接从兜里拿出五块钱给了摊主。

之后，他把两只红气球拴在了摩托车的车把上，气球立即飘了起来。摊主看着他说："这样还挺好看。"回家的路上，两只红气球一直在摩托车的车把上飘荡着，达杰看着觉得很惬意。

回到家里，他把气球给了两个孩子。

两个孩子很高兴，拿着气球使劲地跑起来。

他俩跑到一处开阔的草地上时，"砰"的一声响，其中一只气球突然爆掉了。

他俩就抢另一只气球，最后还打起来了。突然之间，那只气球从他俩手里脱落，飘向了天上。

两个孩子张大了嘴巴，仰着头看那只飘向天空的红气球。

红气球在天上越飘越高，越飘越小，最后消失不见了。

【作者简介】

万玛才旦，藏族，电影导演，编剧，作家。已出版藏文小说集《诱惑》《城市生活》等，中文小说集《嘛呢石，静静地敲》《塔洛》等。作品被译介到国外，获多种文学奖项。电影代表作有《静静的嘛呢石》《老狗》《塔洛》。获第25届中国电影金鸡奖、最佳导演处女作奖、第9届上海国际电影节亚洲新人最佳导演奖、第52届金马奖最佳改编剧本奖、第16届东京未来国际电影节最佳影片奖等三十多项国内外大奖。

生命的繁衍 死亡的坦然
——评《气球》

杨剑龙

万玛才旦集是电影编导、文学创作、文学翻译于一身的三栖作家，1969 年出生的他在西北民族大学藏语言文学专业毕业后，又去攻读藏汉文学互译专业硕士学位，2002 年进入北京电影学院学习。自 1991 年发表小说《人与狗》后，出版汉语小说集《流浪歌手的梦》《嘛呢石，静静地敲》《死亡的颜色》《塔洛》，藏文小说集《诱惑》《城市生活》《岗》，翻译作品集《说不完的故事》《人生歌谣》等，电影代表作有《静静的嘛呢石》《寻找智美更登》《老狗》《五彩神箭》《塔洛》，其小说和电影多次获奖。他的创作大多以藏区生活为背景，展现藏民原生态生活与文化传统，呈现出现代融入中对传统失落的忧虑，也表现浓厚宗教氛围中的脉脉温情。

万玛才旦的短篇小说《气球》以达杰与卓嘎夫妇的牧民生活为对象，以精巧的艺术构思、鲜明的人物性格、浓郁的藏族风情，呈现出生命的繁衍和死亡的坦然，是当代藏民生活的一帧风俗画。

小说以达杰没有找到避孕套为开端，两个孩子偷了避孕套当气球玩耍，达杰弄破了"气球"，答应上县城给买气球。卓嘎去乡卫生所要求结扎，要到乡医周措留用的一只避孕套，却又被孩子偷去。达杰去朋友处借新疆种羊为母羊配种，

成为作品的重要情节。老父亲放羊时从山上摔下不幸死亡，给亡人做法事时活佛对达杰说，老人今年会再次投胎转世到你们家，卓嘎去乡卫生所检查后证实了自己已怀孕。卓嘎想打掉肚子里的孩子，在老人投胎转世的舆论中卓嘎只能保留胎儿。达杰骑摩托送大儿子去县里上学时，卖了一只母羊交学费，并买回两只红气球，两个孩子拿着气球奔跑，一只爆了，一只飞了。小说以孩子玩假气球始、到玩真气球终，以避孕套呈现生命的繁衍，种羊的配种与藏民的怀孕成为生命繁衍的互照和映衬，在老父亲投胎转世的情节中，凸显了藏民们对于死亡的坦然心态。

小说塑造了一些性格鲜明的人物形象：牧民达杰雄强率真，作为一家之主的他，操心着一大家子的生计，大儿子江洋在县城上初中，还有两个儿子在身边，强壮的他像种羊一般"没个够"。他弄破了孩子玩耍的"气球"，他去邻村的朋友处借种羊，他信守诺言将种羊还回，并送一母羊作为报酬。卓嘎想打掉肚子里的胎儿，达杰扇了她一巴掌，他骑摩托车送江洋去县城读书，他把一头母羊卖了，他咬定一个价不放，他给孩子们买了气球。主妇卓嘎朴实温婉，她去乡卫生所要求结扎，为丈夫像种羊

"没个够"而担忧，她想要避孕套却说不出口，她不让老二老三看种羊交配，她怀孕后想打胎，却因活佛说是老人投胎转世而服从。老父亲谦和守旧，他不知孙子玩的"气球"是避孕套，他把观世音菩萨心咒"嗡嘛呢叭咪吽"挂在嘴边，说念一亿遍就算备好了去那个世界的资粮了。他对种羊配种的事驾轻就熟，他与孙儿们玩和睦四兄弟的游戏，他认定孙子江洋是逝去老伴的转世，他去嘛呢寺给逝去的老伴点酥油灯，他双手合十在佛像前祈祷。小说中着墨不多的人物也可见出性格：卓嘎的妹妹尼姑香曲卓玛的虔诚敬业，大儿子江洋的善解人意，二儿子三儿子的活泼调皮。

小说洋溢着浓郁的藏族风情，牧民生活、藏族习俗、宗教色彩构成了该作品的藏族风情。小说描写达杰一家的生活，养羊、放羊、吃羊肉等就成为生活的重要内容，达杰去邻村朋友处借种羊来为母羊交配，成为小说的主要情节，

生命的繁衍与死亡的坦然描述中生动地呈现出藏族牧民的生活。小说描述了一些藏族习俗：带酒去邻村朋友处借种羊的作为，拿红布裹住种羊睾丸的做法，以赠母羊作为借种羊酬劳的方式，在牲畜市场买卖羊只的场景等。小说呈现出浓郁的宗教色彩：老父亲把观世音菩萨心咒"嗡嘛呢叭咪吽"挂在嘴边，尼姑香曲卓玛为寺院挨家挨户化缘，村民们都力所能及地捐钱捐物，老父亲带着三个孙子去嘛呢寺点酥油灯祈祷，他认定脖子上有黑痣的孙子江洋是逝去老伴的转世，达杰去寺院请求活佛超度父亲的亡灵，他相信活佛说的父亲今年会再次投胎转世到他们家。

万玛才旦的短篇小说《气球》以环环相扣的情节安排，讲述了藏族牧民的生活现状与人生追求，在生命的繁衍与死亡的坦然中，使小说在浓郁的生活气息和独特的藏族风情中，呈现出耐人寻味的人性内涵。

匠人

一

手艺人通常都是聪明刚愎的家伙，甚至让人看上去有点二儿。

他们凭借着独有的技艺，或游走在城乡间，或厮守一爿小店，年复一年打发着自足自满的光阴。日常里只有人们上门求他，不见他去求人，久而久之就养成自我、刚愎的习性。

很长一个时期，这些五行八作的家伙们——木匠啦、油匠啦、铁匠啦、石匠啦、钉鞋匠啦、小炉匠啦、劁猪匠啦、杀猪匠啦……就像传奇人物，以其独特的习气、做派、口音、穿戴或技艺常常活灵活现地出现在人们茶余饭后的闲聊中。自从合作化，民间的手艺人就开始逐渐消失——社会改变了生活方式——人们刚刚还津津有味地谈论着哪个木匠的手艺或哪个劁猪匠出丑的事，一回头却发现那个行当已被光阴抹去。

那个抢剪子磨菜刀的呢，那个钉鞋匠呢……起先有人还提一句，到后来就没人再去顾及他们的下落。日子像流淌的河水，不住劲儿地往前奔腾。太阳还是那个太阳，日子却已不再是那个日子。

70年代末，小城唯一正大光明的手艺人叫田桂生，是个瘸子。他是随着父亲从广西回来的，长着张白净方正的脸盘，站直了也有一米七五，十分注重穿戴打扮，三十挂零还没成家。田桂生不无炫耀地对人们说，他心目中的爱人是他小姨！他小姨那可是电影明星，在《五朵金花》中担任过角色。他这么说是向人们表白，自己没成家并不是因为残疾，而是瞧不上那些凡俗女子。但这话却令小城人听了目瞪口呆：一个人怎么可能去爱自己亲姨呢？就觉得田桂生不仅身体，连脑子都是残疾的。父亲是南下干部，回来属落叶寻根，田桂生却因为小儿麻痹瘸着腿找不到正式工作，就临街开起个修理半导体收音机和钟表的店铺。

小城的热闹都在这条中心大街上，街两侧堂堂正正地坐落着食品公司门市部、百货公司门市部、药材公司门市部、土产公司门市部、五金公司门市部，新华书店、邮政局、电影队、理发馆、缝纫社、浴池……虽然平常冷清，集日却黑压压挤满街筒人，万头攒动，人声鼎沸，尘土飞扬——叫卖的、讨价还价的，相识的高声打着招呼，眼尖的看见亲友扯着嗓子喊叫"大姨""二姑"；突然有人就争吵或厮打起来，人流便如江河般一阵汹涌。

田桂生的店铺是在他家公产房临街的墙上掏个窗户、开了扇门，窗扇玻璃上用红漆写着：修理收音机、钟表。门是单扇门，平时总插着。窗户下方设置成推拉扇，他把一张黄漆小桌摆在窗前当作工作台，从一尺见方的推拉扇口接活儿、收费和人交谈。人们把坏了的半导体收音机、马蹄表送给他去修理，却没人问田桂生这技术是跟谁学的，好像瘸着腿、操着异乡口音的他天生就该会这门技术；也没人因为单干、私营来找他麻烦——小城人对田桂生表现出少有的大度和宽容：残疾人也得有碗饭吃啊！但夹在那些宽敞空旷的国营门市中间，他那狭窄局促的门脸仿佛自行惭愧，总是透着种名不正言不顺的猥琐。只是田桂生傲气，价格从来说一不二。在这个山区县城他并没有多少活儿做，总有大把大把的空闲时间。他不像那些国营商店的营业员，闲下来就站到街边去看热闹或去和人们聊天，而是在台灯下读《战争与和平》，读《基督山伯爵》，读《哥达纲领批判》……读累了，他就站在刚能扭转屁股的屋地上，用带广西味的普通话拿捏着不同人物的腔调，大段大段背诵电影台词：

"毛主席语录：我们是要和平的，但是美帝国主义一天不放弃它那种蛮横无理的要求和扩大侵略的阴谋，中国人民的决心就是只有同朝鲜人民一起，一直战斗下去。这不是因为我们好战，我们愿意立即停战，剩下的问题等将来去解决，但美帝国主义不愿意这样做，那么好吧，就打下去，美帝国主义愿意打多少年，我们也准备跟它打多少年，一直打到美帝国主义愿意罢手的时候为止，一直打到中朝人民完全胜利的时候为止。"

人们知道，这是《打击侵略者》的开场白。

"空气在颤抖，仿佛天空在燃烧。"

"是啊，暴风雨来了。"

这是《瓦尔特保卫萨拉热窝》中的接头暗号。

"您瞧，弗拉基米尔·伊里奇，有这么个问题。"

"什么？"

"叫我怎么说呢？"

"是谁被捕了？"

"对，就是这个问题。"

"啊，是谁呢？"

"弗拉基米尔·伊里奇，被捕的是瓦塔谢夫教授。他是个好人哪！"

"什么叫好人？他的政治立场怎么样？"

"他过去掩护过我们。"

"也许他是仁慈的。过去掩护我们，但是现在掩护我们的敌人。"

"他是个纯粹的科学家。"

"不、不，好朋友，这样的人是没有的。"

"弗拉基米尔·伊里奇，我不是个滥好人，我不轻易相信别人。可是我现在情愿为瓦塔谢夫教授担保！"

……

他一会儿高尔基，一会儿列宁，不歇气地背诵。

有人并不修理什么，突然到窗前隔着玻璃往屋里瞅瞅，就是想知道他又在读什么书；有时，孩子们成群结伙悄悄立在窗外，满脸敬畏地听他朗诵电影台词。小城没几个人能和他说到一块儿，于是田桂生拄着双拐上街的时候，苍白的脸上总是透着冷傲。后来，他又开始跟着收音机自学许国璋《英语》，早晨人们路过他的店铺，总能听到他大声背诵单词或是朗诵课文。

他说，他的目标是阅读经典原著。

周向文那台"春雷牌"半导体收音机出了毛病，吃过晚饭就骑上摩托车给田桂生送来。平时，周向文习惯一边干活一边听刘兰芳播讲《杨家将》，听单田芳播讲《隋唐演义》，收音机一坏心里感到说不出的寂寞。刚好雨过天晴，天气凉爽，晚霞把西天烧得通红。小城没人不知道田桂生，但周向文并没和他搭过话。把摩托在店前停好，周向文正要敲窗，就听里面一个低沉的声音突然问道：

"是谁在二堂喧哗？"

周向文不是爱开玩笑的人，但伏天里难得的清爽让他童心大发，就脱口接道："启禀中堂，是标下在二堂等候召见。"

"嗯。为何不在二堂等候？"屋内又问。

"适才听中堂召唤，标下前来回话。"

这是电影《甲午风云》中李鸿章和邓世昌的对话。

周向文刚说完，就见窗扇猛然拉开，探出特写般一张苍白的脸，眼镜后面的目光闪烁着惊异和激动。紧接着，那扇永远关闭的单扇门打开，田桂生站在门口恭敬地打着手势对他说："请进，请进来吧！"

就这样，他俩成了朋友。

二

80年代上级号召、鼓励人们经商办企业。报纸、电视今天说这儿出了个"万元户"，明天又说那儿出了个企业家，一时间仿佛"放卫星"，社会上厂长、经理满天飞。手艺人更像是雨后路边的"狗尿苔"，突然从地下冒出一堆来，生活里又响起南腔北调的吆喝，大街两厢开出许多门脸商铺，集市上摆满五花八门的摊位。

周向文的手艺是缠电机。

虽说在工商局、税务局办理了正式执照，但周向文自认为他干的那摊儿距离"企业"还差得远哩，顶多算个作坊。工商局执意在营业执照上将他那摊儿命名为"电机修理厂"，不过是为夸大和统计政绩拿来充数。以致到年终，县委书记乔江山在优秀乡镇企业家表彰大会上颁奖时，主持人念了好几遍这个厂名周向文才反应过来是叫自己去上台领奖。

他的"厂址"在小城南门，是租来的一幢独门独户的院落。

媳妇金玉在县剧团工作，儿子正上初中，金玉外出演出的话姥姥就来给他父子俩做饭。周向文在院子南墙根用角铁、石棉瓦搭起个工棚，工矿企业和各村的动力设备电动机、潜水泵烧坏了，就给他送上门。他将坏的拆下，根据型号用漆包线再缠一个新的重新装上，烤过漆，那个动力设备就复活了，又回到自己工作岗位上。忙完一天，周向文傍晚时分喜欢骑着摩托车到城里兜风，路过杜家熏肉铺，兴之所至偶尔会买块猪头肉，回家自斟自饮喝点小酒。自打结识田桂生，大多数时间他就等着田桂生来下象棋。

这时，田桂生已经开始修理电视机。

小城人看见他俩凑到一起都说：这俩活宝倒是一对儿。

其实，他俩站在一起无论如何都显得不伦不类。田桂生整天西装革履，偏分头使过发蜡，梳理得一丝不乱。他是小城第一个穿西装的人，即使时兴中山服、解放装那会儿，也是专门跑到省城买衣服。他嫌小城人的穿戴落伍土气。而周向文永远是那身洗得发白的劳动布工作服，还难免蹭上些漆、沾上一片机油。但周向文干活儿永远戴手套，这一点让田桂生极为赞赏：觉得这是技术人员应有的范儿。他们下棋不是下棋，更像是个说话的由头。田桂生读过的世界名著，周向文在高中后期都读过；田桂生读过的马列著作和毛选，当初为和对立派辩论周向文也都悉心研读过，这就让两个人有了共同语言。他们谈论曹雪芹、托尔斯泰、高尔基、雨果、巴尔扎克，也谈冉·阿让、安娜、宋江、王熙凤……但真正使他们密不可分的则是背诵《毛主席语录》和《毛泽东选集》。

上高中时，周向文最好的功课是数理化，如若高考没有取消，他怕早已考进哪所理工科院校。"文革"使他补上了文史哲的不足，只是等他体会到其中奥妙，已经没有考试的机会了。

周向文家的院里有棵大榆树，不冷不热的春秋季节他俩就在树下的水泥桌上下棋。头上有鸟叫蝉鸣，旁边工棚里是拆开的或没拆开和已经修理好的电机；夏天旁边会摆个电风扇，除了吹凉儿还驱赶蚊虫。冬季，他们就挪到屋里的餐桌上。餐桌是周向文自己打的一张白茬桌，没油漆，卯榫严丝合缝，桌面平滑如镜。乍看到这张餐桌，田桂生盯着桌面愣了半晌。他不明白周向文采用什么工具把活儿做到这种工艺水平，觉得就是小城公认的好木匠老焦也达不到这个水准。老焦是大名鼎鼎的县机械厂模具车间主任，业余常为县里这局长那主任家做家具——打新时兴的大立柜、一头沉或两头沉的写字台。油匠们说，油漆老焦打的家具就像行走在冰面上——是说老焦刨出的桌面、柜面平滑。田桂生对技术活儿天生痴迷，终于忍不住问起周向文。周向文淡然一笑说，前年冬天老焦在隔壁给城关公社书记打家具，那天下雪他去和老焦聊了会儿天。周向文就说到这儿。田桂生知道老焦做活儿从不让人观看，怕偷了手艺，大约知道周向文是缠电机的，所以才放松警惕。田桂生问，关键在哪里？周向文说，无他，只是细刨刨刀在刨床露出的短，别人推一次，他推五次六次，如此而已。田桂生想了想便释然地笑了，看周向文的目光变得怪怪的，充满钦佩和赞赏。

两人一面说话一面就摆上棋，或许这时候他们已开始各怀"鬼胎"。坐下走了几步棋，一个就问道："《毛主席语录》第七十三页都是哪几条呢？"

另一个想了想刚要回答，忽然问："你说的是哪个版本？"

这一个惊讶道："咦，不一样吗？"

另一个一本正经地说："大开本和小开本字号不同，页码也不同。"

他们一个说普通话，一个说本地话，倒像是两个和尚在打禅语。

少顷，一个又说："记忆力明显减退了，《矛盾论》背到第四节就磕磕巴巴的。"

一个说："哦，好像是这样……"

遂将整整一节从头背到尾。又走了几步棋，他说："《新民主主义论》原来能从头背到尾，现在就能背到第六章了。"

另一个轻咳一声，将七章徐徐背来。背完，谦虚地说："不知记得准不准？"

一个说："最后一句'碰破头皮的'好像没有'皮'吧？"

另一个闭上眼睛在脑子里翻书，印证过了赧然一笑说："还是你记忆力好。"

这样的背诵好似万花筒，被他俩不断翻出新花样。

这个说喜欢《中国人民解放军宣言》，那个张口就背；那个说《别了，司徒雷登》写得真好，这个立马就背出来。

这个问："毛主席论妇女的语录你能记住几条？"

那个一边想一边说："我记得有……"

听完，这个说："你不说，后面两条我都想不起来了。"

那个问："论教育体制的有几条呢？"

这个说："我试试，说不全你补充。"

然后一二三四……一条接一条背来。

那个用赏识的目光看着对方说："我能记得的也就是这些。"

"文革"期间很多行业辑印了与本行业相关的专题语录，比如《毛主席、马恩列斯论党的建设》《毛主席论教育》《毛主席论工作方法》《毛主席论小资产阶级》等等，其中有些还是从内部讲话上摘编的。他们的兴奋点多是那些没有公开发表过的语录。比如："外行领导内行，是一般规律，差不多可以说，只有外行才能领导内行。去年右派提出了这个问题，闹得天翻地覆，说外行不能领导内行。"领袖的话令他们摸不着头脑，两人你看我我看你，交流着复杂的眼神。有的则让他们兴奋不已，比如："省、市、县三级，第一书记要管教育，不要每天都管，上半年管几天，下半年管几天，一年管七八天。不管教育的现象是不能允许的。"这话让他们觉得领袖不只高高在上，而且有些孩子气，禁不住哈哈大笑起来。

田桂生乘兴又背起广西一个女学毛著积极分子的发言材料：《用毛泽东思想指导杀猪》。

有时喝了酒，带点酒意却没醉，脑子显得格外灵光。若周向文媳妇金玉没有演出任务、恰好在家的话，田桂生就拉她当裁判，将一部合订本《毛选》硬塞到她手里，他俩你一篇我一篇地轮番背诵：《质问国民党》《敦促杜聿明等投降书》《在中国共产党七届中央委员会第二次全体会议上的报告》《论人民民主专政》……毕竟带了酒，声音比平时高好多倍，这一个背着，另一个却失去平时的斯文，听到错处就打断对方，高喊错了错了！这个不信，同时去金玉手里抢书查对。金玉被两个呆子逗得突然大笑起来，手里的书掉到地上，那两人低头去捡，头砰地撞在一起。金玉笑得搂着肚子、跺着脚，两眼都流出泪来。

两个手艺人沉湎在这个游戏里，彼此考验着、欣赏着、快乐着。

他们一致认为毛泽东思想的精髓是"老三篇"。老人家是要清除儒家统治中国数千年的封建思想，培育一种纯粹、高尚、有道德、脱离低级趣味、全心全意为人民服务的新人类。

看到农村喜气洋洋地分田到户，他们就谈起当年热火朝天的入社。同样的热情和积极，这其中有没有对错是非？

此一时彼一时也！田桂生高高举起右手食指说，历史，这就是历史！

周向文望着高处田桂生那根细长的手指，对"历史"的理解是：当年入社有入社的背景，如今分田有分田的道理。

周向文能享受这份快乐，自然缘于他缠电机的可观收入。如果不是金玉下岗，他也许至今仍沉浸在那种无忧无虑的日子里。

县剧团突然解散了。

金玉原本不是科班出身，在剧团一直扮演配角，不上戏的时候也卖票。他们团演出的是一种叫"丝弦"的地方戏，面对电视机逐渐普及和娱乐形式的多元化，那个古老剧种经历了短暂几年古典剧目的火爆，像是回光返照，突然就枯萎了。过去追着他们看戏的戏迷，如同喜新厌旧的男人，一有新欢就毫不犹豫地离开他们。

对于金玉下岗周向文不以为意。他说，每月挣那三十多块还不如在家给我和孩子做饭呢。

让我们等待分流呢。金玉却不甘心。

剧团归文教局管，宣布解散时林局长说，县委县政府对下岗职工十分关心，首先鼓励大家——特别是年轻同志自谋职业；再就是耐心等待在本系统分流。说完草草瞭了大家一眼，钻进那辆伏尔加轿车就扬长而去。

金玉在家除了做饭就是收拾家务，四十来岁的人那点活自然不在话下，只是一个爱说爱笑的人变得沉默寡言。周向文和金玉在初中就谈上恋爱。金玉爱好文艺，初中毕业那年全县教育系统会演，她被县剧团看上招了去；周向文高中毕业赶上取消高考，回到村里就成为地地道道的农民，记工员、会计、电工、拖拉机手他都干过。后来，电影队把一台淘汰下来的发电机送给剧团。以往剧团下乡演出都是点汽灯，这回总算有了机器。团领导看着那台半死不活的发电机对金玉说，你不是说你家向文手巧吗？让他来试试，收拾好了就录用，收拾不好就当什么都没说。周向文捣鼓了三天，那台发电机就能发电了。

在剧团，周向文除了发电还拉过幕，管过灯光、打过字幕、画过布景。本来就是聪明人，什么活儿他看看就摸着门道，一干就上路。但他脾气不好，用小城话说有点儿"二百五"。高中毕业那年县城两派武斗，听说"红总"把自己所属的"联总"赶出县城，他提着粪叉骑上自行车去县城转了一圈，扬言"看谁敢动老子一指头"。"红总"有他的同学，赶紧给人们传话：谁都别理他，这是个二百五，不要命！周向文与人相处对事不对人，在村里和队长、支书吵过，到剧团又和领导同事吵。但他唯独不和金玉吵。

看到金玉失落的样子，他说我给你找个"工作"吧。金玉说干什么？他说做电褥子。跑到省城买来所需的各种材料，教给金玉如何做。金玉做了四天，第五天拿到集上去出摊，结果被一抢而空。算下账来竟比自己一个月工资挣得还多，金玉笑了。

转过年春风一刮，院里的榆树枝就被沉甸甸的榆钱压弯了。

一天，金玉卖完货经过马六的烤山药摊。马六递给她一块烤红薯说："知道吗？林红去县幼儿园上班，晓敏到电影院卖票去了。"

金玉本来把"分流"的事忘了，听了马六的话不禁一怔。

"有没有人到底不一样。"马六原来在剧团演丑角，长得本来就黑，现在更像是打非洲来的国际友人，愈发显得两眼黑白分明。马六酸溜溜地说，"你不知道吧？人家林红的姐夫是副县长，晓敏的哥哥是电力局局长。"

金玉私下把全团的人排过队，觉得分流到别处不敢说，要在教育系统安排，安排一个人也应该是自己，好歹自己是正儿八经的初中毕业生！下岗前文教局让他们填过表，特意让填上"学历"和"毕业学校"。她知道林红和晓敏都是小学毕业。

第二天吃过早饭，金玉没和周向文打招呼，推上自行车就出了门，直到中午才回来。回来她没去做饭，一言不发坐在院里的软凳上。周向文这才注意到媳妇一脸恼怒。迎着丈夫问询的目光，金玉说："我去找林局长了。"

周向文停下手里的活儿，疑惑地瞅着媳妇。

金玉说："林红和晓敏都分流了，一个安排在幼儿园当老师，一个去电影院卖票。"

周向文笑了，问她："那地方，你去？"

金玉顿了下，说："不是去不去的事。马六说安排林红是因为她姐夫是副县长，晓敏是她哥哥当着电力局局长。我问林局长，为什么安排她俩？林局长说总得有个先后。我说先后也得有个理由吧？林局长说她俩年轻。我说不是鼓励年轻人自谋职业吗？林局长说局里觉得她俩适合那个岗位。我说不是她俩适合，是她俩有后台吧？林局长一听就恼了，说你找得到后台我也安排你！"

周向文默默地听着金玉讲述。

"我气愤地说那我告你们去！"金玉说，"林局长说你告吧，我的后台是乔江山！"

金玉讲完，周向文脸色阴沉得快落下雨来。他把手套往工作台上一扔，说道："乔江山……乔江山也未必是铁打的！"

三

周向文看电视喜欢看故事片，从来不看本县新闻。现在他开始关注本县新闻，还每天跑到邮政局买一份省报。

有电视机的人家在小城还是少数。电视机是紧俏物资，一律凭票购买，能弄到票儿的自然净是县里的头面人物，大多数人都是到附近的单位看。周向文家能买得起电视机当然是生意上挣了钱，能买得到则得益于田桂生。县百货公司进的电视机并不是个个完好无损，遇到个别有毛病就得请田桂生来先维修好。于是，田桂生就有了近水楼台先得月的便利。

周向文将金玉的事告诉田桂生。田桂生瞅了瞅周向文很久没说话。

周向文冷冷说道："狗日的，走'后门'还理直气壮！"

这时田桂生才说话。但他说的不是自己的话，而是毛主席的话："群众是从实践中来选择他们的领导工具、他们的领导者。被选的人，如果自以为了不得，不是自觉地做工具，而以为'我是何等人物'！那就错了。我们党要使人民胜利，就要当工具，自觉地当工具。"

他意味深长地瞅了周向文一眼，似乎意犹未尽，又徐徐背道："我们一定要警惕，不要滋长官僚主义作风，不要形成一个脱离人民的贵族阶层，谁犯了官僚主义，不去解决群众问题，骂群众，压群众，总是不改，群众就有理由把他革掉。"

最后一句他的声调明显提高。

他们坐在榆树下的水泥桌旁，两人都没想起开灯。薄薄的暮色落下来，周向文像尊半身的雕像，他冷静坚毅地说："'没有调查就没有发言权。'"

小城再没有比他们更熟悉彼此的人，几句对话就明白了对方心意。两人都经历过"文革"，不仅熟知人性善恶的底线，而且谙熟斗争艺术。

接下来，周向文一边干活，一边默默找出自己当年用过的墨镜、雨衣、雨靴、水壶、串联时背的军挎包，去街上买来丈量土地的卷尺、一顶崭新的草帽和一双回力牌球鞋。终于在一个清晨，他背上自己的行囊、骑着摩托车出发了——省报、电视台报道的本县政绩工程成为他调查的目标。有时，他独自出去一整天，有时他驮上田桂生——田桂生有架海鸥牌照相机，还会冲洗照片。

这个夏天，周向文变得又黑又瘦，两眼却愈发炯炯有神。田桂生仍旧天天去周向文家，但他们不再背诵《毛选》，而是一起分析形势、研究材料，讨论提纲。

一封从市里转来的实名举报信摆在乔江山面前：举报他在小流域荒山治理项目和"红旗渠"修复工程中弄虚作假、谎报政绩。附在信中的照片正是"红旗渠"的断流处。

乔江山顿时觉得头大了！

如果说荒山治理只是个面积统计问题，"红旗渠"修复工程却非同小可，那是托关系专门请省长来剪的彩！

"红旗渠"是黄家庄水库当年的配套工程，因为多年干旱，水库蓄水不足，早已形同虚设。近两年，沿渠的村庄陆续在承包的坡岗地栽种上果树，乔江山发现后思路顿开——用这条水渠把果园串联起来——就像一个有计划有规模的开发项目了。他到省水利局跑来一笔钱，去年冬天对水渠进行了修复。毕竟钱少工程大，只能先修复一段。但电视、报纸对外报道却说已全部修通，水渠带动了果园开发，还播出了省长剪彩放水的新闻、刊登了照片。

乔江山是从市委副秘书长位置上下来的，先任县长再接书记，在这个贫困县已干了整整八个年头。

"下来"自然是为了"上去"。而"上去"需要上面有人"拉"，或者干出响当当的政绩。乔江山上面没有铁关系，只能靠政绩来说话。然而这个资源贫乏的山区县，即使七仙女下凡也难以织出花来！眼看同一拨下来的一个个提了副厅先后调回市里、省里，乔江山内心的危机感与日俱增，焦虑得都要疯了。

他需要政绩，而且是像模像样的政绩。然而，周向文这只冷不丁跑出来的刺猬，却要把他苦心吹起来的"气球"戳穿。

查! 他把工商局局长、税务局局长叫到办公室, 咆哮着命令他们。给我查他!

第二天, 工商局局长就来向他汇报, 周向文依法登记, 照章年检, 没有发现不法违规行为。

第三天税务局局长给他汇报说, 周向文依法纳税, 没有偷税漏税现象。

真没有? 乔江山两眼瞪着税务局长, 目光就像两柄寒光闪烁的利剑。

他执行的是定额税。税务局长头上冒出细密的汗珠, 喃喃地说是我亲自下去查的, 整个城关所数他缴纳及时。

打发走税务局局长, 乔江山打电话又把公安局局长叫来, 让他去摸清周向文告状的原因。碰巧公安局局长是周向文的同村老乡, 虽然平时没什么交往, 但他还是提着两瓶酒去了周向文家。周向文在酒桌上竹筒倒豆子——开诚布公将告状原因告诉他。公安局局长像叼到猎物的狗, 第二天一早颠颠跑去给书记作了汇报。

乔江山把林局长臭骂了一顿, 让他立即安排金玉上班。

林局长原来在公社当书记, 两年前被调回县直出任文教局局长, 从逻辑上看他和乔江山确实存在某种关系。事实上, 林局长是县长提出的人选。县长说年龄不小了, 让他回来吧。乔江山看着县长笑了笑问, 行吗? 县长说, 行。乔江山想了想说那就他吧, 你和组织部那边通通气。他知道他俩是同学。当领导是门艺术, 其中一点就是会妥协。县里大事由他拍板, 却也不能事事一言堂, 搭伙计得给对方留余地, 当然这"余地"是有分寸的。县长是当地人, 他要"上去"有些地方得靠县长周台。

周向文并不知道这些。

乔江山觉得这件事到这儿就结束了, 不料没过一周, 省委又转来一封举报信, 举报人仍然是周向文。这次是揭发县里的养牛场弄虚作假: 养牛场名为县办, 由畜牧局主管, 实则是全县各村、各乡、各局、各企业、各车间摊派出资买的牛, 随信还附有不同部门交牛的"收条"照片。

养牛场建成三年了, 县里每年在养牛场前面的柳树林搞一次"赛牛大会", 评选"牛王"。届时, 全县各村都赶着"选手"前来参赛,路程远的头天夜里就上路了, 整个河滩"人山牛海", 犹如庙会。

养牛场牛舍和饲料库加起来共有一百多间, 这么大的规模别说畜牧局, 就是县财政一下也拿不出这笔买牛钱来。无奈, 只能摊派。论证养牛场场址时, 畜牧局长提醒说, 建在干河滩这么多牛饮水就是个问题。就为这句话他把畜牧局局长撤了。除了河滩, 去哪儿再寻找合适的地皮呢?

乔江山已经听到私下流传"劳民伤财"的闲话了。

他再次把林局长叫来，严厉责问为何还没给金玉安排工作。林局长哭丧着脸说，安排到县图书馆当管理员，她不去。

为什么？乔江山追问，嫌工作差？

不不，不是。周向文说要是公平正道的"分流"，看厕所也行。告状告来的工作不干，一干就脏了自己的初衷。

乔江山头上浸出一层冷汗。他明白这回是碰上刺头了！他不明白这家伙到底想干什么，自己是否该和他见面谈谈？

正当乔江山一筹莫展时，一场突如其来的洪水将建在河道的养牛场一扫而光，举报信反映"弄虚作假"的物证反而变成上报灾情的"摇钱树"！

乔江山像铁打的"江山"，稳坐在自己的宝座上。

田桂生看着雕像一样沉思的周向文，说："'凡是反动的东西，你不打，他就不倒。这也和扫地一样，扫帚不到，灰尘照例不会自己跑掉。'"

"'前途是光明的，道路是曲折的。'我就不信，这么伟大的党，能容得下这样的蛀虫。看来是该采取行动的时候了！"周向文的声音充满自信。

田桂生说："其他事我做不了，上访材料我包了。"

周向文说："我不会辜负你那笔好字。"

周向文彻底放下生意，带着田桂生帮他不断复制的各种材料，开始一次又一次到市里、省里去上访。

长途客车的售票员、司机都和周向文熟悉起来，一看到他就知道又是去上访，总是关切地打问上访的过程和结果。在那个金色的秋天，周向文毫无个人目的的行为使他一举成为闻名全县的"知名人士"。

乔江山觉得犯不着拿自己的前程去和一个"二百五"死磕。他让公安局局长私下去做周向文的工作，许诺只要不再上访，不仅工作单位由金玉挑，还答应给他一笔钱。公安局局长认为这是在书记和老乡面前两边落好的机会，带着酒菜再次登门造访周向文。周向文声明喝酒可以，事情免谈。

局长比周向文小两岁，他喝着酒真诚地说："大哥，首先你得承认，你和他之间不属于敌我矛盾，他能开出这些条件来，说明已经认识到了自己的错误，咱为什么不能原谅人家？"

周向文说："不平则鸣。'哪里有压迫，哪里就有反抗。'"

局长突然也想起一句毛主席语录："'如果把同志当作敌人来对待，就是使自己站在敌人的立场上去了。'"

周向文沉思了一会儿，说："这件事，一开始我确实有意气用事的成分，也为自己的行为犹豫过。可越调查我越发现这状我告对了。之后，我就不再是为工作，更不是为钱上访告状了。"

"那你到底是为什么？"局长忽然感觉这个"二百五"是个有意思的人，十分想知道他真实的想法。

周向文瞅着老乡看了半天，黯然叹了口气说："你不会理解的！咱喝酒吧。"

说话就到春节，一过春节就是"两会"。乔江山忽然紧张起来：如果周向文到时出现在人民大会堂前或国家信访局，那将是什么结果？！敏锐的政治嗅觉使他惊出一身冷汗。

乔江山请公安局长吃了顿"交心饭"。他说，把所有工作都放下，喝酒、下棋、打麻将……要干什么随你便，关键是"两会"期间不能让周向文出县境。纪委书记的位置我给你留着，就看这次你能否看住周向文！他知道公安局长一直觊觎那个位置，干脆把话挑到明处。重赏之下必有勇夫嘛！

公安局长确实动了番脑筋。他把周向文请到黄家庄水库，说那里的水泵坏了，让他带着工具和材料去现场修理，修理费自然优厚。他计算了会期和工作量，弄来八台烧坏的潜水泵，天天好吃好喝陪着周向文，还派两个便衣给周向文打下手。周向文好像不知道是圈套，该吃就吃该干就干。一天晚上，四个人热热闹闹地喝着喝着就都醉倒了，爬到床上睡得跟死狗一样。这时，周向文被人背出房间，上了一辆从市里租来的出租车，离开黄家庄水库。

这次周向文不但去了国家信访局，还找到本省代表团驻地反映情况。

乔江山下定决心，并把自己的决心搬上常委会，公安局以扰乱社会治安罪劳教了周向文。

半年后，乔江山被提拔为省直某局副局长。

一年后，周向文解除劳教。走出看守所的铁门，两眼适应了空旷的明晃晃的阳光，他首先看见拄着双拐的田桂生，顺着田桂生的目光又看到公安局长。局长没当上纪委书记，他清楚并不是周向文搅了他的好事，而是人家关系比他硬。他上前握住周向文的手说："解铃还要系铃人，我来请你喝顿接风酒，给你道个歉。"周向文没有怨恨老乡，他知道在自己的事情上他充其量是执行者。酒桌上，局长不解地问："老周，那天酒里的安眠药你是什么时候弄到的？"

周向文望着田桂生哑然失笑。

局长顿时就明白了。他说："过去的种种都不提了，我就是不明白，放着好好的日子不过，你为嘛执意要告他？就算他弄虚作假，那和你有嘛关系？"

周向文看了看田桂生，两眼盯着局长问道："你说中国的抗日战争和白求恩有什么关系？"

局长被他问得一脸茫然，反问道："你说有什么关系？"

满脸酒红的田桂生激动地站起身说："'一个外国人，毫无利己的动机，把中国人民的解放事业当作他自己的事业，这是什么精神？这是国际主义的精神，这是共产主义的精神，每一个中国共产党员都要学习这种精神……我们大家要学习他毫无自私自利之心的精神。从这一点出发，就可以变为大有利于人民的人。一个人能力有大小，但只要有这点精神，就是一个高尚的人，一个纯粹的人，一个有道德的人，一个脱离了低级趣味的人，一个有益于人民的人。'"

局长知道这是毛主席语录，却想不起文章题目来。他还等待着下文，田桂生就此打住。

周向文瞅着一脸懵懂的局长，和田桂生对视着笑起来，好像他们面前是个弱智的傻瓜。

开车送周向文回家的路上，公安局局长仍是满脸迷惑，他使劲地想：白求恩……白求恩和身边这个人的行为有啥关系呢？

【作者简介】

李延青，1961 年 9 月生于河北省赞皇县。河北省作协第五届理事会副主席，中国作家协会第九届全国委员会委员。主要作品和获奖情况为：著有《延青短篇小说集》，主编有《曾国藩日记》，长篇报告文学《追踪开国英雄》《文学立场——当代作家海外演讲录》《当代学者海外讲稿丛书》。1996 年获得河北省首届社科期刊优秀编辑奖，2001 年获得《小说月报》第九届百花奖优秀责任编辑奖。

世俗生活里的政治话语
——评《匠人》

李国平

李延青是一个并不高产的小说家，某种意味上，他不高产就被忽视、低估了，但李延青是一个很讲究小说叙事、深得中国古典小说神韵的小说家。我读李延青的小说，会想到汪曾祺以降一路小说的传承。多年前，读到过李延青的一本散文随笔集《鲤鱼川》，"鲤鱼川"是李延青的生命记忆和文学地理，这本"小书"里辐射着大天地，浓缩着许多感情蕴藉、历史内容和人性故事。最突显的还是他对文学书写方式的理解，文学表达方式的体味和修为，在看似散淡之处极显功力。后来读到李延青的短篇小说集《人事》，加深了感受的同时却又不知用什么词汇表达我的感受，河北的文学人知人论世，关仁山说："《人事》简约中见丰富，清雅中见淳厚，从容中见境界"，郭宝亮则评价李延青的小说"文字干净利索，叙事非常筋道，读起来很有味道"。相信读过李延青小说的读者，应该深为认同的。

李延青的小说，以华北大地为背景，具有浓郁的人文底色，在抗日战争和改革开放前后的空间中展开；他一般驿于乡村，很少弋出。《匠人》也并不意外，不仅显示着他一贯的笔意，而且可视为他写作空间的自然延续。所谓"匠人"，即是民间所称的手艺人，在《匠人》中，便是修理半导体收音机、钟表的田桂生和修理电机的周向文。作者塑造他们的时候，虽不复浓郁的乡村风俗，但却给出了浓重的世俗背景：小城热闹大街两旁的百货公司门市部，药材公司门市部，邮政局，电影院；集市上的万头攒动，人声鼎沸……非常感性地复活了主人公活动的世俗背景。两个"光明正大"的手艺人田桂生和周向文所从事的行当，修理半导体收音机和缠电机也有了时代符号的意义。作者在不动声色中描述的旧匠人的消亡和新匠人的再生，给出了时代变化的浓重背景："自从合作化，民间的手艺人就开始逐渐消失——社会改变了生活方式"，许多行当"已被光阴抹去"。而新匠人的知识结构和性格特征，则有了鲜明的但又是复合的时代特征。毛主席语录、《瓦尔特保卫萨拉热窝》、弗拉基米尔·伊里奇、许国璋的《英语》、单田芳的《隋唐演义》，还有作为共同阅读对象的《哥达纲领批判》《战争与和平》，作者在会心一笑之中书写了时代的知识风尚、人们的文化记忆、以及整体社会环境的投影。简直让人分不清何谓世俗生活，何谓政治生活，或是民间伦理和政治生活在一个特定时代神奇的合一了？但又分明能读出它们之间的分裂。抑或是展示出政治文化的统治地位，但又分明能读出超出边界的信息。

《匠人》由上世纪七十年代一直写到改革开放之后，写田桂生和周向文由互为同好到英雄相惜，到和对立面斗争中结为同盟，社会生活、时代内容都已发生了变化，但是两个匠人的文化心理、塑造他们的文化在他们性格上打下的烙印则根深蒂固。李延青有言："小说就像中医诊脉，通过故事上的'脉象'，让人们警惕已知或未知的'健康'状态，这状态是社会的，更是心灵和精神的。"周向文的坚执的斗争，有一个由个人恩怨到超出个人恩怨的过程，周向文倔强的性格背后，则是寻求真相，伸张正义，追求道义的千古义理。这中间不能不说可读出燕赵大地的民间伦理，两个匠人共同的智慧和精神遗产都是一个极端政治化时代的赠予。吊诡的是，这个精神遗产会发生超越斗争方式之上的思维方式上的有效性。作者在不露声色中，写出了附着于人物性格的悲剧和喜剧。作品的最后，借用旧话语发问：中国的抗日战争和白求恩有什么关系？白求恩和周向文的行为有啥关系？真是意味深长，含蓄地传导出藏于文本又超越文本的另一种诉求。

七层宝塔

一

　　鸡叫三遍，天还没亮。这是个阴天。唐老爹躺在床上愣了会儿神，穿衣下床了。古人闻鸡起舞，唐老爹是闻鸡起床，大半辈子都这么过来了。鸡是个好伙计，冬天日头短，夏天日头长，鸡按季节调整报晓，比闹钟体贴得多。去年搬家，进城上楼，好些旧家什只能扔掉，几只鸡他还是带来了。好在他是一楼，有个院子。说是二十几个平方，其实也就是两三厘地，但没有院子哪还像个家呢？院子虽小，但接地气，通四季。搬家的时候，老两口有几分不舍，也有几分欣喜。毕竟是新房子，毕竟进城了，还有个院子。除了鸡，锄头钉耙粪桶扁担之类，不占多大地方，他也带来了。带来是因为有用，院子虽小也可以种种菜。即使用上了抽水马桶，粪桶也能摆在院角，积积鸡粪。

　　新房子离老宅五六里地，原来是个大土丘子。土丘被挖掉了，造了新城。搬进来的时候是秋天，按理说青菜菠菜之类都还可以种，不想却根本种不好。土太瘦了。开地时他就知道种不好，土黏滋滋的像橡皮泥，瓦瓷砖石崩得手疼。盘古开天地以来这里就不是庄稼地，菜果然长得异怪，种子撒下去，出倒是出了，却只往上长，什么菜都长得像豆芽。锄掉却也舍不得，偶尔去弄弄，当个景致罢了。

　　也不能说住新房子哪里都不好。厕所就在家里，方便干净；老宅的厨房在院子里，冬天吃饭，菜端到堂屋就凉了，现在没有这个问题。问题是除了吃和拉，你总还要做别的事。唐老爹以前，每天的事排得满满的。种菜，读读三国西游，写写字，接待街坊，再出去转转拉呱拉呱，一天不闲着。现在客厅倒还是有一个的，进了防盗门就是，刚搬来时还有老邻居来串门，现在基本没有了。大概大家感觉差不多，那防盗门像个牢门，串门有点像探监。唐老爹有心去看看老乡亲，但从前村子的格局，路啊，桥啊，大槐树啊，都被抹掉了，房子被垒起来，六层，平的变竖的了，他爬不动。爬得动他也找不到，村子打乱了，乡亲们各奔东西，几十栋楼，长得都一样，他犯晕。

　　早饭还是老三样，馒头稀饭就咸菜，咸菜也算一样。几十年下来，就这个合胃。用上新厨房，得济的是老伴，她天天夸，夸了个把月。洗衣机也省事。总之她比唐老爹适应，连广场舞都学会了。唯一让她抱怨的，是吃菜还要去买。以前吃不完还要去卖菜的，现在倒要去买菜，而且天天要去。以前是地里有什么吃什么，现在她挑花了眼，不会买菜，而且嫌贵。饭桌靠墙的那一边卷着一叠报纸，上面镇着砚台，现在唐老爹偶尔还会写几张，但今天却没兴头。吃过饭他三个房间转转，朝窗户外望望，叹口气，又转回客厅来了。他看到的都是墙，东西两面是自己的墙，南北透过窗户，隔着路，是人家的墙。他自己一下子都说不清，他想看到的是什么。"家徒四壁"，头脑里突然冒出个词，也知道用得不对。家里其实满当当的，老立柜，家神柜都带来了。家神柜上烛台香炉也照原样摆，可客厅到处都是门，只能摆在朝北的房间里，不成体统。好在这房间并不住人，不糟污，想来祖宗也不至于怪罪。

　　天阴着，一时半会儿不会下雨，也出不了太阳，不爽快！唐老爹一时不知道做什么。还是躺在床上睡着了好，一伸手，左边还是墙，右边是几十年的老伴，熟悉，安心。起了床，他竟不知道怎么安置自己这个身子。住老宅的时候，他是黎明即起，洒扫庭除，现在这院子，稀稀拉拉的菜地，不说扫，看他都不愿意多看。可是鸡把他叫起来了。现在他人起来了，身子竖起来了，可是村子也竖起来了，他没个去处。老伴听他说要去买菜，喜出望外，一叠声说了几个好。

　　出门的时候，老伴正在院子里喂鸡。出了门洞，遇到了楼上的阿虎。阿虎正在捣鼓他那辆面包车，扯着透明胶带往车灯上贴。抬头看见唐老爹，他笑嘻嘻地喊一声"二爹"。按辈分他本该就这么喊，从前也一直这么喊，但今天唐老爹却被他喊得怔了怔。搬到这里不久，这"二爹"就叫不出口了。他们楼上楼下住得别扭，彼此都不舒坦。唐老爹本以为是他看出阿虎的车原来是个破车，阿虎不好意思才礼下于人，但个把小时后他回来，就知道不是这个原因。他没想到，就这个把小时，家里就出了事。

　　出门时他当然不知道会有事。他是去买菜的。难不成老伴不知道怎么买菜，他倒知道？不是的。他也就是借机出来转转。没人晓得他早晨站在窗户前张望，是在看什么。出了小区，一抬头，远处的宝塔遥遥在望。不要动脑子，他的脚自然地就朝那边去了。这时他才清楚，他在窗户前找的就是那座塔。看见宝塔，他才觉得安心。耳边传来了"叮叮当当"的声音，是宝塔顶层八个角上挂的铜铃在风中响，好听。宝塔叫"宝音塔"，西边一箭之地就是他的老宅。老宅已成瓦砾，现在连瓦砾都清掉了，只有宝塔还在。暮鼓晨钟消失了，宝塔还孤零零地立着。这时他突然确认了他夜里睡不实在的原因：铜铃还在这里响，可是新房那边听不见。

土路，衰草，野风，唐老爹走得有点气喘。宝音寺已经拆掉一半，僧人早就散了伙，不过塔还是老样子。唐老爹在塔底稍一迟疑，爬上去了。风很大，满塔的风。片刻后，他站在了七层，最高处。

他朝老宅那个方位看看，又在塔顶转了一圈。全平了，地似乎矮了下去。光溜溜的大地，已经被大路小道画成了格子，河填的填，挖的挖，像是刀豁出来那么直。这是未来的开发区。朝北边眺望，黄墙红顶，一排排整齐的楼房，那是他现在的家。家具体在哪里，他找不到，也看不见。可以肯定的是，他将老死在那个水泥盒子里。此刻他满耳的风，心里却空落着，他不会晓得，此刻老伴正在那边又骂又叫。待她找到手机，她的声音才能传到唐老爹这边。

二

唐老爹的步子有点急。他急的不是出的这件事，是老伴那急火攻心的声音让他不敢怠慢。这么个岁数了，火上了房似的，至于吗？不就是几只鸡么？

鸡死了。一公两母，都是腿笔直毛糟乱，死在院子里。那公鸡性子猛，还在唐老爹眼前乱蹬了一阵腿，脖子昂起来挣一挣，彻底不动了。老伴坐在院里的杌子上抹眼泪，嘴里乱骂，哪个天杀的药了她的鸡。唐老爹拍拍她肩膀，在院子里转了一圈，东看看，西瞅瞅，心里有数了。院墙外已经有人看热闹，老伴见来了人，骂得更起劲。唐老爹拿眼睛瞪住她，笑着说："没事，没事。"见人家没有散去的意思，只好给出答案说，"几只鸡瘟了。"他可不愿意把日子过得像发了案子。他把老伴推进屋里，随手关上通院子的门。老伴说："你当我眼瞎啊？鸡瘟是这个样子？"唐老爹说："那你说是怎么弄的？鸡可是你喂的。"老伴说："是我喂的我才说！我可没喂过那些碎玉米！"说着就开门要他到院子看。唐老爹摇摇手说不用看，他又不是瞎子："可你能说清玉米是哪里来的吗？"老伴手往天花板上一指："不是他家还有谁？"唐老爹摇摇头说不见得："院墙外面也能朝里扔。"他一锤定音，"你不能排除其他方向，就不能一口咬定是楼上干的。"他走到窗前朝院子看看，其实也心疼，但又接着说："即便是楼上做的手脚，楼上也不就只有一家，上面五层哩！我们要讲道理。"

　　他讲了一辈子道理。这句话一点不带虚的。前半辈子他按道理过生活，年过半百后，他在村里辈分渐渐高了，再加上为人端方，断文识字，无形中生出些威望，还常常要给别人讲讲道理。他们村唐姓是大族，村里但凡有个家长里短，邻里纠纷，都愿意找他说说，评评理。他评理讲的是公道良心，有时比法律还管用。他不是族长，倒常常胜似干部。村干部也尊重他，乐得有个帮手，私下里评价他说，唐老爹虽不懂法律，却懂得人伦民俗。这话传到唐老爹耳朵里，他哈哈一笑，心里说：唐宋元明清，从古走到今，不管你是大唐律大宋律还是大清律，讲的还不就是个天地伦理？他讲了一辈子理，搬进新村却形势不一样了。这房子一叠起来，风水似乎也变了。找他评理的少归少，也还有，但大多是新问题，唐老爹断不清是非，说了也不管事。这不，眼下他自己就遇到了新问题。这几只鸡。就是个闹心的事。

　　刚才在院子里一转，他心里已有了数。早晨出门时阿虎朝他笑眯眯地喊"二爹"，其实就不自然。他早就鼻子不是鼻子脸不是脸了。阿虎对院子里的鸡很反感，主要是公鸡不好，早晨乱叫，让人没法睡；二是母鸡也不好，下个蛋嚷个没完，还鸡毛乱飞；三是鸡屎鸡食很臭，惹老鼠。老伴很抵触，说鸡养在我院子里，关你什么事？唐老爹也抵触，其原因更是因为阿虎的态度。一个没出五服的孙辈，一下子平起平坐了，说起来还一条一条的。最后阿虎媳妇连狠话都飘出来了，"他不自己杀，有人帮他杀！"这过分了。有明火执仗或者持刀剪径的味道了。唐老爹不能服这个软。但现在这个格局，楼上楼下的，人家这三条虽说是几次上门来零碎说全了的，但唐老爹总结一下，觉得也不无道理。其他邻居也有给阿虎帮腔的。唐老爹从善如流，折中一下，决定鸡自己处理，一只一只杀了吃。一次性杀掉吃不了，面子也下不来。这可好，人家等不及了，还是一次性全弄死了。

　　他心里憋气。于是写字。随手写，不临帖。三更灯火五更鸡，正是男儿读书时，这是颜真卿的诗；桑榆郁相望，邑里多鸡鸣。晨鸡鸣邻里，群动从所务，这是唐诗，不记得谁写的，说的是村里有鸡，人各忙各的。现在这里虽然叫新村，但可真不是村了，容不下鸡了。可这下手的也太狠了一点，太阴了一点。唐老爹看着老伴到院子里把死鸡全拎了回来，放在厨房的地上。"你这是干啥？这能吃吗？"老伴眼巴巴地看着他，嘴直哆嗦。唐老爹放下笔，把鸡拎回院子说："埋了吧。肥田。"

　　他不愿意老伴揪着这几只鸡闹事。居家戒争讼，讼则终凶，古人早有告诫的。他其实刚才就看清了毒玉米的来路。墙角的那棵桂花树，也是老宅移过来的，唐老爹看见桂花的叶子上落了不少碎玉米。玉米粒被碾碎了毒才浸得进去，这说明是故意的；落在墙角的树叶上，这明摆了是楼上而不是院墙外扔过来的。不是阿虎家扔的还有谁？

邻居好赛金宝，唐老爹岂能不知？以前是各家大门进各家，虽也有东家树桠伸到西家，这家的鸡蛋生到那家的事，但远没有现在这么复杂。搬到新村后，几个自然村被打散了，这栋楼只有阿虎家原本就是老邻居，唐老爹还满高兴。万没想到楼上楼下这一住，好些问题接踵而至。阿虎为鸡来提意见，顺带还提出过院子里种菜不好，夏天到了蚊子吃不消。还说楼下那棵老桂花树太高，树枝长到他们家窗台边，老鼠沿着树爬到他家，东西都咬坏了。他手一指他家窗户，窗纱还真被咬了个洞。唐老爹无话可说，当即拿把锯子，把几根高枝锯掉了。唐老爹确实讲理，人家说得对他就听。菜地不再弄，除了土太瘦长不好，也考虑到阿虎的意见，索性劝老伴不再折腾。但对几只鸡暗中下手，这让唐老爹吃不消了。从心所欲，不逾矩，阿虎是光从心所欲了，忘了个不逾矩。过分了。

主要还是个面子。好几天过去，鸡埋了，鸡的故事还在新大街上晃荡。遇到熟人，人家还是要跟他扯起鸡的事儿。他有时眯着眼装聋，有时洒脱地一挥手，"鸡瘟，鸡瘟！你扯哪儿去啦？"就躲过去了。说这事有什么意思呢？他这一贯帮人家调解的人，难不成还要旁人帮自己评理？好事不出门，臭事传千里，这一点倒是乡风不改哩。

其实鸡的事只算是鸡毛蒜皮，其他杂七杂八的还有不少，有的事提都不好提的。阿虎上门来提意见时，老伴忍不住，也反击了两点，一是晚上他们回来太晚，关单元铁门手也不带一带，"咣一声，就像在我耳边打一下锣"；二是晚上看电视太晚，窗户又不关，半夜三更的吵得人睡不着。老伴还有第三，其实她最在乎，唐老爹及时用话岔开。唐老爹补充的第三是请他们晒衣服时尽量挤干些，免得水滴到下面晒的衣服上。他说得很客气，口不出恶言，省得让人难堪。不想老伴不满意，直接指出晒女人内裤尤其要注意，滴水不干净。唐老爹堵住的第三点，是小两口有点不自重，深更半夜在床上折腾，声响不小，老年人吃不消。这一条她没说出，就顺嘴说起内裤，算是旁道出气。那天阿虎媳妇没有跟着来，否则两个女人肯定是一顿吵。阿虎倒不斗嘴，却针对第三点提出了改进意见。他说有院子好啊，衣服可以晒到院子里，除非下雨什么水都滴不到。还说他很羡慕院子，话锋一转，笑嘻嘻地提出能不能租下这个院子。他说院子开个门就是个门面，做什么生意都是呱呱叫。

唐老爹自然是回绝了。他这院子外面就是路，院子离小区大门不远，开个店还真是好市口。但他钱够用，又不是财迷，还不至于拿清净去换钱。也有点好奇，阿虎到底想做个什么生意。自从拆迁迁居，好些村民摇身一变，猪往前拱，鸡朝后扒，各使各的招数，做起了各种生意，东西南北货，金木水火土，齐全。阿虎年轻闲不住，想找点事做很正常，总比那些吃着拆迁款整天打麻将的败家子强。不过他问阿虎打算做啥，阿虎看出他纯粹是局外人的好奇，并不会改变主意，反问一句："你关心我啊？"就把唐老爹堵回去了。

两家真正的计较恐怕就是这事开始的。那是去年秋天的事。

三

计较归计较，日子也就这么一天天过。秋分、寒露、霜降、立冬，唐老爹家用的还是老式台历。搬家时因为一年还没过完，扔掉不吉利，就顺手带过来了，现在倒也不是完全没用。早晨起来，唐老爹说："看，落霜了哩。"老伴说："都霜降了，还不落霜！"出门的时候唐老爹穿少了，老伴喊住他："都立冬了，帽子还不戴！"节气基本也就这点用了。他们不再按节气劳作，暂时还按节气生活。江山新村几十栋楼，夜晚看和其他住宅区没什么两样，白天就不同了。广场上晒太阳扎堆闲聊的人，他们说话打招呼的腔调口音，明显有共性。别的地方的人决不会谈论节气，他们只知道节日，但这里的人会庆幸已过大寒却一点不冷，或者抱怨小雪大雪都过了，一片雪花没见到。说这不是好兆头，来年虫多，庄稼怕是长不好。

抱怨不下雪的就是唐老爹。有人赞成他，也有人说其实是现在路好了，水泥柏油路，不怕雨雪，你这是盼着雪景玩雅哩。唐老爹被奚落了也不气，人家说得不是没道理。他呵呵笑笑，往前去了。

他常常是不知不觉就转到了宝塔那边。今天刮风，旷野的风迎面吹来，宝塔遥遥在望了，但他却没听到铃声。这有点奇怪。走到塔基下面，他侧耳细听，呼呼的风声中确实听不见铃声。他急忙爬上去，气还没喘匀，就看见檐角的铃铛不见了。他转一圈，八个铃铛都不在，一个不剩。唐老爹懵了，天空中有鸟儿绕着塔盘旋，翅膀猛一扑棱，不知飞到哪里去了。这里的八个铃铛竟都不翼而飞了！

他一时不晓得怎么办才好。看看塔下面，那一面影壁早就倒了。上面原来写的是：度一切苦厄。现在影壁碎了，散了，看见的只是"度苦厂"三个字。唐老爹头一阵晕。刚才上塔时一圈圈转上来有点急了。他赶紧挪几步，离边上远点。

塔上真冷，他哆嗦起来。下塔时他很小心，寸着脚步一阶一阶地下。到第三层，他无意间朝外面一望，看见了三个人，正从东面过来。这三个人他都认得，居委会的赵主任还有个办事员，可怎么还有个是阿虎？他来这里做什么？

这个问题一下子跳到脑子里，可问是不能问的。你这把年纪腿脚都不方便了还来，人家就不能来？这不讲理嘛。其实还有个问题，那就是阿虎怎么会跟主任一起来，无论是他请主任来还是主任喊他来，都奇怪。不过唐老爹什么都没问。塔下的主任老远看见唐老爹下来，扬手打了个招呼，继续和阿虎说话，他们谈了没几句就要走，事后想来这很有点鬼鬼祟祟的。唐老爹跟上去，说塔顶的铃铛没了，丢了，一定是被人偷了。唐老爹围着塔基东一脚西一脚地走了一圈，当然没有发现有铃铛掉在地上。唐老爹说："只有一个可能，被人搞走了。"

主任也很气愤，说："这说明要采取措施啊，不能就这个样子。"又说，"上面文物局不让拆，弄个半拉子。这不留给了收废品的了吗？"还说，"要尽快想办法。"想什么办法，看来需要研究，所以他也就不往下说。阿虎在边上插话说："除非找人看着，要不连砖头都保不住。"斜眼瞅着唐老爹说，"二爹，守夜你吃不消吧？"

这语气明摆着挤对人。唐老爹说："那你来！"头一扭，径自走了。

宝塔的铃铛没了，梵音悠扬已一去不回。不久，阿虎老婆倒在二楼的阳台角上挂了一串风铃。他当然不能冤枉阿虎把塔上的风铃拿回了家，这是玻璃的，这么小，但他心里不舒坦，耳朵更不舒坦。这声音薄，碎，轻佻，不过唐老爹渐渐也就习惯了。倒是空调的声音更烦人。阿虎两口子会享福，天稍一冷就开空调，外机就装在唐老爹家的窗户上边。嗡嗡嗡，一阵一阵的，弄得窗户像在打摆子。唐老爹和老伴都后悔他家装空调时没有预见到这一茬，现在再说，难。老伴也硬着头皮笑嘻嘻地说过一句："你们家现在就开空调啦？"那阿虎走路急急的，回头说："嘿，这天真他娘的冷！"抬脚就走了。你说他，他说天，你能有什么办法？老伴一肚子气回家，迁怒于风铃，拿根竹竿就要去捅风铃。唐老爹好说歹说才拦住。

现在总结起来，很多事你应该有先见之明，要长"前眼"，空调的事就是个教训。哪怕你不能提前防备，事后的处理也要有个策略。就像炮仗的事，虽有些波折，却有经验可以吸取。总之，最好不要单打独斗。

去年过年前，街上热闹起来，家家店铺生意都红火了，连居民区的大路上都摆上了许多临时的摊子。大家都在赶"年市"。阿虎也在卖南北货的店铺里匀了个巴掌大的地方，做起了生意。他卖的是炮仗和焰火。这本来没什么，不承想没几天，唐老爹就不得不管了。他没想到，阿虎竟然把他自家当了仓库！他仓库里摆什么？炮仗和焰火！这是在居民楼，是唐老爹家楼上啊。

开始时唐老爹并没有在意，以为阿虎是拎点炮仗回家，自己过年放着玩。后来就不对了，阿虎的面包车每天都要往家里带几捆；更明显的是，不但有进，还有出，他老婆大概是受他电话遥控，时不时地带人来拿货。这明摆着是个仓库，还物流了。

炮仗焰火都是见火就着的东西，是炸弹，是火焰喷射器！城门失火还殃及池鱼呢，这楼上楼下的，岂不是在炸弹下生活？

原来阿虎想租下唐老爹的院子，做的竟是这个生意。幸亏唐老爹有先见之明，拒绝了，不想他拒绝了炸弹进院子，这炸弹绕个圈子，上了楼，倒摆到了他头顶上。唐老爹坐不住了，老伴又气又急，站都站不住了，在家里团团转。鉴于以前跟阿虎打交道的经验，唐老爹交涉前先进行了调查研究，他知道阿虎肯定会说他只是暂时摆摆，实在没地方——这"暂时"两个字是实情，年后，过了正月十五，炮仗生意基本都做不下去。阿虎也一定会说实在是没地方——这也是实话，阿虎匀地方的南北货店逼仄得身子都转不了，确实摆不了多少炮仗，即使摆得下人家也不会让他堆货，人家是连家店，楼上住人哩。这正说明了谁都怕出事。唐老爹住在炮仗下，他明知话不好说也必须要说。他找到阿虎，阿虎果然说出上面两个理由，他做出承诺，保证家里一定小心火烛，一点点火星子都不会落到货上："我比你还怕死！你的命是命，我的命也是命啊！"阿虎嬉皮笑脸的，也许还想幽默一下，"二爹，我比你怕死啊，我们还比你年轻哩！"你听听，这是什么话呀！不光平起平坐，他的命还更值钱了！

四

交涉以失败告终。你总不能使坏放水把他家淹掉。要淹也只有住三楼的人家才有这个地势。唐老爹对选这么个底层真是感到后悔了。从前在村子里，他家的位置那个好啊，整个村子在个大缓坡上，最高处自然是寺庙和塔，隔一条路，不多远就是自家的宅子。坐北朝南，前面开阔，后面有靠，是个椅圈的架势。现在居于人下，可不就只有受气的份儿？跟阿虎交涉之前，为了表示诚意，他还把阿虎带到自己院子里，指着晾衣绳子上自己动手做的灯罩一样的"机关"说，你看，你说老鼠沿着绳子爬到你家，可绳子不挂这么高晒不到太阳，我做了这么个东西串在绳子上，这下老鼠过不去了吧？他脸上甚至有些巴结。没承想阿虎虽点头表示赞许，但说到炮仗，白牙森森的嘴紧得很，就是这么两点：临时摆，小心火烛。更可气的是，他说到小心火烛，意思不光他家自己要小心，楼下唐老爹家也一样要小心，那意思好像唐老爹家最好都不要开伙了。

对不讲理的人，其实唐老爹是讲不过人家的。晚上的饭当然要做，不开伙喝西北风去？老伴胡乱下了点面，老两口草草吃了，电视开到夜里，上了床还是睡不着。第二天起来，老伴唠叨得他在家里坐不住，他"霍"地站起，恶狠狠地说："我还不信了！我找居委会去，就不信找不到管他的人！"老伴看他硬起来，劲头上来了，说："我跟你去。"唐老爹手一挥止住她。找政府实属无奈，如果打得过阿虎，他宁愿自己动手，就像最近新村里的一些矛盾那样，自己动手武力解决。既然去讲理，自己就足够。他出门时老伴追着说："你要发动群众！难不成就只有我们怕出事？"唐老爹不理会，出门去了。

　　事实证明还是老伴更明事理。她更管用。唐老爹找到居委会赵主任，有条有理说了半天，口角都起了白沫，赵主任好像才有点明白。他表态说这肯定不对，却又要唐老爹体谅邻居，说现在百业不旺，生意不好做，熬过年也就罢了。"以后这里也会禁放，你送他炮仗他都不会要。"还说他们没有执法权，没权力上门没收。当然他也不是毫无作为，他给阿虎打了个电话，责成他立即整改。他放下电话，端起茶杯，意思是他已尽到了责任。唐老爹当然不依了，指着桌上的记事本，要他记下来，或者给个字据，保证不出事。赵主任不傻，落字为证他坚持认为没有必要。正争执间，老伴过来了。她不是一个人来的，还带了两个老太，一个是隔壁单元也姓唐的，另一个唐老爹不熟悉，只知道是老伴一起跳广场舞的伙伴。这不熟悉的老太更有战斗力，她说她家虽然住后面那栋楼，但万一爆炸她也没得逃。还说她儿子是武警，消防队的，"你信不信，我叫我儿子带消防车来，把他家滋个水漫金山！"赵主任这下慌了，他最怕的不是滋水，却是唐老爹的老伴。她不是空手来的，她卷了个铺盖扛在肩上，说家里住不得了，她要住在居委会，这里还有空调，还不要电费。

　　老伴这一招确实狠。赵主任只得把阿虎叫来，勒令他立即把炮仗搬走。"这违反消防法！二十四小时，明天这时候我去现场检查！"赵主任神情严肃，不讲价钱，连阿虎递来的烟都挡了开去。阿虎很识时务，他摆出个二皮脸，对唐老爹等人横眉立目，笑嘻嘻地朝赵主任赔着笑脸。阿虎原先和主任不熟，后来却熟到能一起到宝塔下指指点点地谈事，炮仗的事怕就是个开头。当然这是后话。当时问题总算是解决了。阿虎答应把炮仗搬走。赵主任第二天现场检查，下了楼还到唐老爹家里来了一趟，以示管理严格，验收完毕。

　　其实炮仗是不是真的搬完，唐老爹并没有亲眼看见。可以肯定的是，此后楼上的炮仗是个有出无进的局面。老两口把心放回肚子里，算是过了个安稳年。阿虎路上遇到了，鼻子不是鼻子眼不是眼的，这是预料之中的，想来事情过去慢慢就淡了。可没想到，还真是冤家宜解不宜结，鸡突然被毒死，就证明了这一点。好在只是几只鸡，不是人。罢了罢了。

阿虎毕竟是晚辈，唐老爹不同他计较。他是看着阿虎长大的。这小子特别顽皮。半大不大的时候，常常点个炮仗往鸡中间一扔，几只鸡以为来了吃食，争先恐后地围过来，"砰"的一声，鸡吓得直往树上飞。后来学会抽烟了，难得也给别人敬个烟。有次一个外地打工的回来，阿虎递上一根烟，还点上火，热情地和对方寒暄。那人吸一口烟，突然嘴边吱吱冒烟，吓得一抖，手里"砰"的就炸了。也亏阿虎想得出来，在烟里卷了个炮仗。他乐得哈哈大笑，笑得直打跌，人家不依了，一把揪住他动了手。这事最后也由唐老爹出面调和。他骂了阿虎一顿，阿虎辩解说他算过的，放的是小炮，又有个过滤嘴，断断出不了大事。那人在外地打工，不比阿虎是个坐地虎，也只能算了。现在想起来，阿虎做炮仗生意，倒也不是没有因由，他就喜欢这些咋咋呼呼的东西。他长成了一条壮汉，但那身子里住的，还是小时候那个鬼精灵。他点子多，也出去打过工，也做过生意，但东一榔头西一棒，未见他发达起来。炮仗焰火果然年后就不做了，阿虎在楼下把剩货一个个点了，噼里啪啦震得各家窗户响。周围邻居都松了口气。老伴双手一拍大腿："阿弥陀佛！"唐老爹也以为他生活中最大的隐患已经解除，"万象更新春光好，一年巨变喜事多"，唐老爹每年要给村民写春联，搬进新村后门上都不太好贴了，当然就不再写，但那些老对子他还都记得，"爆竹声中一岁除，东风送暖入屠苏"。这震耳的炮仗预示着良好的开端，唐老爹不再去惦记阿虎还会不会再做生意。事实上，阿虎的生意换个名堂又继续做了，而且，还会和他们有关，还更闹心。

五

人年纪大了，就不怎么会往远处看，不展望。展望了又能如何呢？世事无常也有常，除了能看见自己最后会老，会死，其他的你基本上预见不了。唐老爹就没想到，他祖祖辈辈住的村子会被平掉，他的房子上还会有别的人家。他更没想到，宝音祠有朝一日会成为废墟。如果不是村民反对，闹到上面而上面又发了话，连宝塔都会成为一堆砖瓦。唐砖宋瓦清朝的木头，都吃不消那大铁爪子一抓。现在僵在那儿，所有人都以为那宝塔肯定能继续留着，原因有两个，一是建开发区，宝塔并不碍事，还美观吉祥，算是一景；二是宝塔有灵性，动不得，也没有人敢动。拆寺庙那个开铲车的，听说回去就得了"闭口痧"，一句话都不能说了。这第二条唐老爹并不全信，因为传言那人是这个村那个村的，还有人说就是唐老爹原先村里的，可这个不对，没这人。不过他不说破，有点畏惧才好，这传言不正是护塔的金刚么？从前四乡八舍都有个敬天命畏鬼神的老理，遇到事喜欢拿神灵发誓赌咒，我若是怎么，就怎么报应，手朝宝塔那边一指，分量是很重的。唐老爹帮人调解纠纷，这场面他见得不少。没人敢去动那宝塔，他巴不得。根据他从小区广场得到的消息，镇上依然有人在打宝塔的主意，说宝塔占据了最好的"网格"，其实就是地块，太浪费。只不过上面的文物局还没松口，动不了。

这是"上面"的事，镇上归上面管，也怕"上面"，唐老爹对此很有信心。至于"闭口痧"之类，传来传去已成了铁案，应该足以吓住动歪心思的人。可没承想，胆大的人永远都有，唐老爹那天到宝塔去，竟然发现塔上挂的一块匾不见了！匾上四个字，"佛光普照"。太阳明晃晃地照着，可匾确实已经不在。先是铃铛不翼而飞，现在连匾也被偷，唐老爹简直气晕了。这匾跟他颇有渊源，据说当年清兵南下时，塔过火损了，由他的高祖牵头本乡耆老，捐资修缮，匾就是那时挂上的。他喊几个老伙计去了现场，全都动了义愤。恰巧在路上遇到赵主任，大家群言汹汹，七嘴八舌把情况反映了。

赵主任也很生气，说谁这么胆大包天，这简直是太岁头上动土，老虎嘴边拔毛嘛。他说他知道那匾是清代楠木的，现在很值钱，一定是有人相中了抢先动了手。这"抢先"两个字，其实已透了底，但当时没有人在意。赵主任说这塔现在上面有话，谁都不能动。上面不让动，那就不能动。围着塔的老头老太们你一言我一语，都说这塔灵验，是个神物，宝塔就是气运风水。赵主任这时显出比一般人水平要高，他说这塔是不是文物，现在也还没有结论，要由专家鉴定评级，总之不让拆就要保护；怎么保护他会找派出所会商，这是他们的职责。

阿虎当时也来看热闹。他笑嘻嘻地说，那匾是个好东西，人家拿去了挂在家里，省得风吹雨打的，家里也吉利。两个老太盯上他，说没准就在你家，我们要去看看；就是今天不去，总归我们也能看见。阿虎说你们是偷牛的逮不到，抓我这个拔桩的，谁家能挂下那么大个匾啊？他撇开众人，跟着赵主任，说有事要跟领导请示。大家都有点疑惑，不知他要说的是什么事。阿虎回过头对唐老爹没好气地说："我想开店没门面，要请领导帮忙。你们谁家门面多，想让一间是不是？"他这一说，众人就都散了。

那段时间，整个新村里不少人都像得了怪病，有事没事注意人家的客厅。那匾要是挂在家神柜上方，虽说大了些，确实很搭配。但唐老爹知道，偷来的鼓擂不得，再傻的人也不会把贼赃挂在墙上。可不知为什么，他总觉得阿虎那天凑热闹，路数有点不对。赵主任应承说一定要保护，但明显很被动，不情不愿的味道。他说"上面不让拆就不拆，他们基层就是要服从大局"，这其实话里已有了话，是个不祥之兆，可哪个又能想到，最后是那么个结局？阿虎当时跟着赵主任，说是要找门面，还真弄得唐老爹脸一红，有点不好意思。自从两家因为炮仗闹矛盾，阿虎跟赵主任成了熟人，唐老爹觉得也正常：你的院子不租，人家找领导帮忙，这再正常不过。

他不认为宝塔上的匾和以前丢的铃铛，与阿虎有什么关系。阿虎关心的是门面，不是宝塔。因此他有天看见阿虎的面包车后伸出几根长长的木把子，并没有起什么疑心。车上没有那块匾，这一点可以确定。那长把子家什铲头是圆的，从来没见过。这小子，从小躲着锹、连枷和钉耙，碰都不想碰，怎么弄来这么个东西？唐老爹看不懂，问又不能问。他看看也就走过去了。

事后回想起来，这是个证据。可惜除了那天傍晚看过一眼，那奇怪的家什从此就不见了。自从鸡被毒死，唐老爹就抱定了决不多管阿虎闲事的方针。能忍自安。要等宝塔出了事，他心里才又对那家什起了疑心。

六

那天夜里月黑风高。唐老爹半梦半醒中听见一声闷响，连床都轻轻晃了晃；大早一起来，还没走到广场，路上人已经在传，说宝塔倒了！

好多人跑去看，唐老爹赶忙跟过去。塔倒是没塌掉，但塔基被人掏了个大洞。洞很深，黑乎乎的什么也看不清。有胆大的举着手机上的手电筒，往里探几步，出来时脸都脱了色，喊道："不好了！里面有个小房子，东西被偷啦！"有人纠正说，那不是小房子，是地宫。唐老爹长叹一声道："里面供奉的是佛骨舍利子。说不定还有其他东西，都是宝贝啊。"老辈人说过宝塔底下有地宫，现在这地宫洞口大开了。那一声闷响留下的硝烟还没有全散去，呛人。有人跑回去拿来手电筒，唐老爹弯腰朝里照照，空空如也，除了几块像箱子板的烂木头。

当然去报案了。赵主任显得很着急，立即指示打字员给上面写报告，还说要去现场拍了照片附上去。唐老爹提醒他注意一下塔身，说塔身已经有点斜了。

新村里人心惶惶，好多老头老太如丧考妣，见了面都咒骂挖地宫的不得好死。基本的判断是：外地人干的，文物贩子专干这个，他们不怕报应。更多的人猜测那地宫里到底藏了些什么。佛骨舍利是无价之宝，不好买卖，肯定是金盆玉碗惹了眼。他们说得活灵活现，几个盆几个碗，玉光宝气，好似亲眼看见一般。唐老爹那些天老是叹气，总是睡不实，早晨起来就在家里发无名火，老伴算是倒了霉。她气不过，说："你睡不好就会怪我！"手一指院子外说，"我也睡不好呢！他这车停在我家外面，天不亮就轰隆轰隆的，个破车！你怎么不叫他停走？"唐老爹鼻子里哼一声，坐着不动。看见阿虎的车回来了，他出门迎了过去。

"阿虎啊，我夜里睡不好，被你这车吓得一惊一抽的。"阿虎从车上下来，好像没听清他的话。"我说你这车，"唐老爹大声说，"你天蒙蒙亮开车，为什么要轰轰两下，还又不走？"阿虎应该听懂了，似笑非笑地不答话。这个样子让唐老爹无名火起，他的话不好听了："知道你年轻人，有汽车，你车就停在我院子外面我能不知道啊？不轰那几下行不行？"

阿虎脸板下来了："我这是个破车，二手的，等换了新车我就不轰。"他还是笑嘻嘻的笃定模样，"二爹，车你是不懂的。不轰说不定出去就要熄火，熄了火你帮我推啊？"

唐老爹说："那你就不要停这里。"

阿虎说："凭什么？我停你院子里了吗？"

"你就是不能停我家院子外面！"唐老爹老伴出来了，"你不光轰，还有废气！污染！"

阿虎还没开口，他媳妇下来帮腔了："我就停这里。这是我家楼下，我不停这里停哪里？你就是现在去买个车，这地方也还是我们的车位。上厕所也讲先来后到的！"

唐老爹气得直哆嗦。老伴说："你不讲理！"

阿虎说："她还真不是不讲理，我们最讲理。这个地方是大家的，共用面积你懂吗？不懂我讲给你听。"他飞快地上楼，取了房产证土地证出来，摊开来说，"图看得懂吧？院子里是你的，道路是共用的。共用就是大家能用我也能用。看明白了吧？"他晃晃手里的证，"这可是法律文书哦！"

唐老爹说："那你这车吐的废气不要飘到我家。"阿虎媳妇说："什么废气！人吃饭还放屁哩！废气在哪里？你抓给我看看啊！"老伴说："好，院子是我的，那我院子里的鸡是怎么死的？"阿虎两口子一愣，阿虎接得快："那得问你自己。病毒无国界。"他后面这一句老两口好半天才听懂，被噎住了。阿虎媳妇挑着眉说："声音也无国界。我家地板就是你家天花板，共用。你能顶，我也能踩。以后别在外面乱说。"阿虎嬉皮笑脸地说："除非你把这楼拆掉，否则我们还是要好好相处，对不？"这倒全是他的理了。

围了不少人，没几个多话的，顶多是劝阿虎口气好一点。阿虎最后这一句，说还是要好好相处，态度像是好点了，但却是个做结论的架势。唐老爹脑子里懵懵的，耳朵里所有声音都像延时了好几秒。不知为什么，他这时突然想起了宝塔。回头望去，楼挡着，他知道那塔虽然歪了，但还在那里。阿虎车上早已不见那些奇怪的长把子家什，唐老爹这时怎么突然想起这个，他自己都搞不清。要等到阿虎有了门面，新店开了业，他才似乎想出点眉目来。

七

阿虎不久弄到了门面，虽不在大街闹市口，但据说是街道自留的一间办公室，他路子可还真是硬。做的生意也邪乎，在不在闹市无所谓，甚至本就不适合在闹市。他的店叫"一路向西天堂店"，专卖丧葬用品。"天地响"一轰，几串万响的炮仗在地上火蛇般乱蹿一通，就算是开了张。看热闹的人都有点傻眼，但死人的事是经常发生的，奈何桥上蹿无常，这生意找了个偏门，你说不出什么。他店里货色齐全，别墅花圈、家电汽车、美女保姆一应俱全，当然是纸扎的。更多的是大理石墓碑，光溜溜的，等着把人的名字刻上去。这让人心里发瘆。喜气的倒是那些冥币，一百元的看上去跟真的一样，面额大的是几百兆，"0"都数不清。呵！真是有钱了。阿虎要发财了。

这时候有一张告示悄悄贴了出来。等有人看见时，已经被雨打湿，风掀去一半，但那公章还在，是公家的告示。大家连读带猜，突然就明白，宝塔要拆了！理由倒能看出来，说是宝塔不幸被不法分子盗掘，造成塔身歪斜，已危及宝塔安全。为了保护文物，经上级部门同意，将进行"保护性拆除"，择地重建——这不说白了就是要拆吗？择地重建，那还不知道猴年马月哩！

围观的人站不住了。不少人气鼓鼓地往南面去。唐老爹腿脚慢，他才走出新村，前面脚快的已经回头了，一边嚷着说："别去啦，早拆完啦！"唐老爹稳稳神，继续往前走。绕过挡着视线的楼他就停住了：塔不见了，真的拆掉了！他们看见告示的时候就拆掉了。没准告示没贴出来就已经拆完了。毕竟三五里哩，毕竟也不是所有人都关心着这个塔。人家手脚快，终究还是拆掉了。宝塔一去不复返，白云千载空悠悠。直立千年的宝塔没了，唐老爹的腿软了。他站不住，慢慢蹲在地上。

塔已经没了，连老砖老瓦都已被运走。唐老爹想起那个公章，可这时去找赵主任有什么意思？两年前这边搞开发区的时候，看到他们把老河填的填，挖的挖，搞得横平竖直的像地上打了格子，唐老爹就去多了嘴，说水无常形却有常势，天水落地流成河；水自己流成的路叫河，你挖的也就是个沟。可人家说他不懂科学水利，这叫"裁弯取直"。他说了半天等于没说。现在再去说宝塔，更是个白说了。

这天唐老爹是被人扶着回家的。刚看见宝塔变成一片白地，他还只是腿软站不稳，回得家来，他连坐都坐不住了。好像宝塔拆掉，他的脊梁也撑不住了。他这是病了。躺到床上，耳朵里呜呜的，有怪声在啸。合上眼皮，眼睛里却清澈得怕人，一座宝塔，通体透亮，屹立在那里。眼一睁开，什么都模糊的，连老伴凑在面前的脸都看不清。

第二天好些了。腿踩在地上硬实了些。他在家里乱转，嘴里还冷不丁冒两个字："阿虎。"老伴看得害怕。她自然讨厌阿虎，但不知道最近又是啥事惹着老头子了，也不敢问。院子外汽车从远处响过来，停了。是阿虎的车回来了。唐老爹眯眼瞅着，冷笑，嘴里说："晦气！"他哆哆嗦嗦找了面小镜子，瞄一下方位，对好车停的方向，把镜子摆在窗台上。这意思老伴是懂的：泰山石敢当，照妖镜辟邪气。她迎合老伴，说明天去买不干胶，镜子就粘在院墙上。看唐老爹这个样子，她实在很心疼。她躲着唐老爹悄悄打了个电话，举报有人在卖假币——说是冥币，其实足够蒙活人。她怕公家不管，加油添酱，说已经有人做生意收到假钱了，不得了啦。她其实只是出出气，为她的鸡报仇，不想公家这次动得快，下午阿虎急匆匆下了楼，半晌又回来了。他铁青着脸，从车上拎下几捆冥币。"妈个逼！哪个要死的撩事，不要以为老子好欺负！"他骂骂咧咧地上楼，不一会儿他媳妇也下来一起拎冥币。他媳妇嘴更辣火，说谁买不起纸钱就站出来直说！死了我白送，要多少有多少！

唐老爹见他们把冥币往楼上拿，有心去阻止，但实在提不上力气。他们瞎骂，他并不知道他们是在骂自己。他只是觉得这东西拿上去不吉利，炮仗是明火，这个是阴风，更堵心。他老伴挂着个脸，有苦说不出。唐老爹一开始还以为阿虎是门面突然没有了，店开不成，这才把货往家拉，后来阿虎媳妇骂得清爽了，他这才知道原来卖不成的只是冥币，门面照开。这就对上榫头了。阿虎明摆着跟公家关系很铁，人家能把自留的房子拿出来给阿虎当门面，这简直就像是在奖励有功之臣。阿虎有什么功劳，唐老爹没法说出来。要证据，他一个没有。宝塔要不是先被炸药掏歪了，不见得会拆。那残留的硝烟味，时不时还在唐老爹鼻子前面缭绕。那就是个大炮仗啊。阿虎的功劳莫不是就是点了个大炮仗？

但这说不得，几乎就是瞎扯。宝塔拆掉后他比划着问过一个老伙计，知道了那长把子家什叫洛阳铲，专门用来盗墓的，但这现在也是空口无凭。阿虎媳妇是个臭嘴，几乎骂了一顿饭工夫。临了，还扬言说，不就是拿回来摆两天吗？上面也就是走走过场，扬扬土迷迷眼，别以为真能得逞，过两天还摆着卖！她扯着嗓子叫道："方便你家做事哩！"

这是在炫耀他们家跟公家关系好，可话太毒了。唐老爹听不下去，很想出去教训她积点口德。但老伴眼神闪烁，怕怕的，他也不敢再引火烧身。他真的是累了。

当夜，清风拂面，冷月照影。他在院子里站了好一会儿。宝塔明月交相映，他能准确找到宝塔原先的方位，却再也看不见如此旧景。睡到半夜，他心口疼。像是有手使劲揪他的心。他忍着。头上出虚汗。这时他听见楼上阿虎两口子又在折腾了。使劲折腾。响。叫。忍着疼的唐老爹倒没叫唤，楼上倒叫唤起来了。那么多冥币哦，说不定就摆在他们床前，这是个什么架势啊。唐老爹说不出话，他用力推醒老伴，指指自己心口。

后面就乱了。老伴嚎起来。使劲拍对面邻居的门。打电话。可救护车迟迟不来。车！这当口车就是命！有人敲阿虎家的门。阿虎披着件衣裳出来了。这时候不能再计较了。老伴双泪齐流，拽着阿虎的衣袖求他帮忙。阿虎大概早已听出出了事，随身带来了车钥匙。车后盖一掀起来，两个邻居就把唐老爹往车上架。唐老爹两腿软软的，可一条腿刚被搬上车，却蹬住，不肯上了。老伴急得哭叫，使劲推他后背。他摇头，不说话。老伴看见车里躺着一块石板，闪着黑光，是墓碑，看不清上面刻了字没有。阿虎已经打着了火，他轰一脚油门，又轰一下。唐老爹耷拉着脑袋，目光正对着墓碑边的几朵纸花，那应该是这车给人家送货时花圈上脱落下来的花。

【作者简介】

朱辉，男，江苏省作家协会专业作家，《雨花》主编，现居南京。曾发表过长篇小说《白驹》《天知道》，短篇小说《加里曼丹》《长亭散》等多部作品。

现代化进程下的乡村文明关照
——评《七层宝塔》

毕光明

乡村向城市化转型，已经是现代化建设迈出的新步伐。新村建设就是乡村城市化的具体做法。这样的新村往往出现在城乡结合部，它是城市发展对土地的需求带来的变乡为城的应急举措。由于由政府主导，新村建设效率极高，往往在很短的时间里抹去了自然村落，而在重新规划的土地上成片建起楼房，让各家各户分散居住的农村人，搬进了楼房集中居住，这些人也就在一夜之间由农民变为市民，而他们先前拥有的土地，多半被拿去做了发展现代经济的开发区。由乡而城的转型，自然是社会发展进步的表征。然而，如此快速的转型，难免给一部分习惯了乡村生活秩序和文化风尚的人带来心理上的错位感，还会因文明的惯性而在差异性的生存主体之间引发冲突。无论是少数人的精神不适，还是人际关系的失调，都与社会转型触动了传统当中某些敏感部分如价值观和道德秩序有关。而价值观和道德秩序，或许是特定文明形态的内核或支柱，一种文明就是因为有了它们才有了价值，甚至是不可磨灭的价值。社会发展如果缺失了这类价值，这个发展就存在问题。今天的乡村城市化，在现代化冲动的裹挟下，有没有忽略正在被超越的乡村文明里存有在城市文明建设中不可抛弃的东西呢？朱辉的《七层宝塔》让我们看到的，正是乡村文明在现代化建设过程中被挤对的悲剧命运。它以曾经维护乡村生活秩序的唐老爹在进城后遭到孙辈忤逆和他所眷恋的宝塔终被拆掉而被气得几乎丧命的故事，呈现出乡村文明式微的现实，并揭示了造成乡村文明行将消亡的原因。

在《七层宝塔》里，乡村文明遭到时代变革的否定是以代际冲突的形式表现出来的。主人公唐老爹不啻为乡村文明的化身，也正因为如此，城市化的到来使得他在原有生活秩序中的精神地位突然悬空，但直接造成他身心严重不适最后彻底失重的则是与孙子辈的年轻人阿虎的纠纷。新时期文学，描写社会变革导致代际冲突的小说早有不少成功之作，如80年代王润滋的《鲁班的子孙》、贾平凹的《腊月·正月》等。这类乡村变革小说多反映走在时代前列的改革者与抱住传统观念不放的守旧者之间的矛盾冲突。在社会改革的大潮中，作者的价值观有在传统与现代之间纠结的，但更多的是对旧观念的破坏者取了赞扬的态度，即顺应经济改革的趋势，文学叙事里认同的是将"重农轻商"、"重义轻利"这些观念看做社会发展的障碍加以抛除。朱辉的《七层宝塔》与这些为农村变革推波助澜的写作不同，它不是用小说叙事去呼应时代主流话语，而是透过生活表象察看乡村变革中人的精神情状，从而在社会转型中思考乡村文明的命运，提出现代化进程中值得反思的问题。显然，作者对长期支撑农业社会的文化传统没有采取轻慢的态度，更没有对它遭受冲击后的落寞加以嘲讽，相反通过人物刻画对背时了的乡村文明给予了温情的关照，与此同时，对背弃传统文明而又欠缺现代文明的行为进行了不温不火的暴露。从唐老爹与阿虎搬进新村后就楼上楼下纠纷不断，就可以看出，不同世代的农村人，对乡村的现代化都没有做好准备。唐老爹多年来形成的生活节律被搬迁所打乱，身心皆无法安顿，而唯一能让他保留乡村记忆的宝塔一步一步遭人暗算，终至从土地上消失，致使他的精神支柱彻底坍塌，说明城市化并非他所需所愿。唐老爹原来的房子建在风水宝地上，独门独院，与山水林田构成和谐的关系，还有寺庙和宝塔给予精神的安妥，是农耕文明典型的居住方式。可是如今，在竖起来的村子里，他却要在晚辈的天花板底下讨生活，且一天到晚不得安宁。可见，城市化是强加给他的。新村建设让村民搬离世世代代居住的老宅，将他们看惯了的土地平整得面目全非，违背了自然规律，这样的城市化对于乡村和乡村人来说难道是合乎伦理的吗？《七层宝塔》因提出这样问题而具有重要的思想价值。

如果说，突如其来的城市化不加商量地剥夺了唐老爹这类老一代农村人保持既有生存方式的权力，那么，现代化的剧场也没有给阿虎这样的年轻人发放现代文明合格证的入场券。住进了现代化楼房的小两口，完全不具备城市人应有的文明生活习惯。由于年轻一代不文明，未出五服的祖孙两代才在日常生活中起了摩擦，发展到晚辈竟然无视道德伦理，做出损害他人利益的丑事，还要对长辈恶语相加。阿虎的不文明，不仅体现在只顾自己而罔顾长辈的生活权利，更表现在为了发财致富而无视乡规国法，盗掘文物，以致毁了一方的文化命脉。阿虎的所作所为少善近恶，与他的从小顽皮的生性有关，但现代化建设以经济主义当先，忽视人的道德建设也负有责任。这正是《七层宝塔》重审现代化时的一个重要发现。因为看出了时代的病症，作者才转过视线，拉近距离体恤乡村文明。城市化让乡村的房子竖起来了，可是像阿虎这种新村主人的文化人格并没有竖立起来。阿虎是改革开放、现代化建设进程中长成的农二代，既无在乡村素来传承的宗教敬畏感，又无现代公民的人道观念和法律意识，没有任何信仰——如果有信仰，也只有对金钱和权力的膜拜。他从小到大异于常人，的确是个鬼灵精，正因此，城市化给了他施展小聪明和胆气的舞台，得以以不正当的手段与居委会主任搞了点小型的权钱结合，把公家的房子弄到手开起了店铺。从他店里货色齐全的别墅花圈、家电汽车、美女保姆和数以兆计的冥币，就可以看出他对拜金主义社会风气的迎合，说明他和他的村民住进了现代化的楼房而人还远远没有现代化。小说提醒我们思考，在现代化的进程中，像唐老爹这样的乡土中国的灵魂人物应不应该倒下？在江山新村的故事里，唐老爹是被阿虎气得发了心脏病的，但是，在危急中又是阿虎用他给人运送丧葬品的车来送他上医院，已无自主能力而任由邻居架着的唐老爹却坚决拒绝上车，这不止是垂危中的老人见到墓碑和纸花犯忌讳，也是叙述者不甘心让阿虎用他的"大炮仗"把乡村文明送去西天吧。

檀香插

南　翔

　　天色已晚，繁闹了一天的城市渐次被灯火笼罩。罗荔从三招出来，步态不稳，俨如醉汉，她想象得出自己的步态一定很难看，面色也苍白如纸。走过一条不甚宽的细叶榕和木棉交织的林荫道，便到了海滨大道的辅道，她连抬手打车都费劲，上了一辆电动蓝的，司机连问三遍，几乎将头反向贴近她的嘴唇，才听明白这样一个失魂落魄的女人要去哪儿。她就如时下说的"北京瘫"软在后座上，根本不理会或许根本没听到司机叫她系上安全带。

　　一闭上眼，她脑海里尽是在三招里看到的电视画面，那样的画面，任何一个成年男女，或许都会产生好奇与兴奋，对于她这个特殊又特定的旁观者，却只有一种感情，那就是恶心！

　　在本市，三招是一个言者会心的所在，一栋在成群的华丽转身又不无个性张扬的大厦中日渐颓败的楼宇，几乎尽人皆知，因为它是一个办案子的地方。有一群人成年累月地在这里办公，他们衣着俭朴，表情严肃，走在大街上与众人无异，可是他们默默无闻背后的研判与讯问，一经新闻发布，常常如投石入水，在本市激起一圈又一圈的涟漪。

　　罗荔忽然成了这个涟漪中的一环，准确地说，是罗荔的丈夫肖一木，即将成为一个小圈子中令人好奇因而围观的涟漪。平心而论，丈夫所在的企业小之又小，小得开始听别人叫肖一木肖总，罗荔都替他难为情。早两年就听说这么一家交通局下属的消防器材公司，要合并同类项，那么会计师出身的肖一木，充其量是一个更大公司的财务主管角色，可是偏偏就一拖再拖，在合并乃大势所趋的时刻，肖总出事了。与那种民间甚嚣尘上的无官不贪的热议相较，罗荔冷静很多，就以身边的一木为例，凡事都未必雷同，她不相信一个自律甚严到刻板地步的会计能够泥沙俱下，混入浊流。她很早就抱怨又不无骄矜地跟同事说过，肖一木从不允许他的公车让家人单独乘坐，那时候距离不允许公车私用的条例颁布，还有两三年。

她的住家一直踞守十多年前政府分配的低成本微利房——荣华村，在一座以日新月异为荣耀的城市里，十多年意味着很多壕堑填平，很多洼地的隆升。原先的公务员与职员陆续迁居到某某水榭，某某山庄，仍旧蹲在有"村"却未必"荣华"的肖总及其家人，好在并无失落之感，这跟他有个通达事理的太太相关。当然啰，就在"村"口的富强学校教语文的罗荔老师，四十多岁的人生履历，见过贫寒，也见过繁华，春风得意之人自不必说他，马失前蹄之人更令人惊悚惕励。她只要一木及十三岁的女儿健康快乐就好，学校工地一块硕大的白底红字标语：平平安安上班，高高兴兴回家。送给的是每天带着黄色安全帽的建筑工人，又何尝不是她日常心情的写照？

一木"被出差"的那一天下午，她正在办公室批改初三（三）班的中考模拟试卷，他连打了两个电话进来。平时她不愿上班接电话，尤其不愿像某些同事那样，一讲家事便没完没了，尽管做耳语状，在寂静得只有卷子翻页声的四周，还是扰人视听。电话连着两次振响，间隔只有十秒，现出那头的急切，她才接了。他告诉她，他有点事情出差几天，今晚不能回了。他叮嘱蜜儿回来，功课不要做得太晚，十点半之前要睡觉，女儿的近视发展太快了。她只当作一个普通电话，在办公室也未及多问，于是，那头空了一小会儿，就悄悄挂了。

电话消停之后，她逐渐心神不宁，此种不宁，如水洇草纸，浸润虽慢而渗透有力。盖因最近听到各种熟悉与不熟悉的官员出事的消息太频繁了，还因这种当天出差才告知的事情，不是老公的常态。待到斜对面曾老师的一把乌木镇纸掉到地上，她听到的是哐当一声，有如铁门关上的巨响。她显然不能安坐了，眼前再熟悉不过的卷子，此刻在眼里全哗变成了陌生的符号，莫名其意。她低头，再低头，非常希望听到手机的再一次振动，屏幕的再一次闪亮，譬如，他的一个提醒，或者一个遗忘……那都会绽放出一个家庭需要的温馨而灿然的暖意。

没有，眼前是死一般的寂静无声。

她悄然把手机拿起离开了座位，一直走到走廊尽头，这里有一个死角，两个直角走道过来的目光，都被雪白而冰冷的墙壁无情地挡回了。她回拨了一木的电话，回答是对方已关机。她顿时浑身发颤。深秋的斜阳在南国依然散发出灼人的热力，窗前的一棵乌桕树始终不肯以红叶告知季节已然变换。她木木地等到下班，回家一路上想到的都是他一定不是出差，如果出差，只有乘飞机才需要关手机，从他单位到机场直至换牌登机，起码是两个小时以后的事情，他何必关机呢？依此推断，他说谎了。一个有家室的男人，什么情况下才需要说这样一个谎呢？要么去相好那里了，要么呢，是……比较后一种令人透不过气来的揣测，前一个揣测简直令人轻松得捧腹跌坐，打一个不大恰当的比方，后一种相当于听说亲人遭遇了一场生死未卜的车祸，前一种充其量是亲人因为气管炎或者流感住院了。

换言之，如果前一种与后一种叠加在一个女人身上？又如何？

此时此刻，这种叠加不幸降落到了罗荔头上。富强学校，喜欢写作的语文教师不多，罗荔算其中的一个。都说爱写作的人，就是富于想象力的人，可是，任罗荔如何富于想象，即便幻想，又如何能敌得过现实如黑铁一般的严酷。一木"被出差"几天了，手机处于关机状态。她的晨昏颠倒、失魂落魄，连蜜儿也不能掩饰过去。她当然只能告诉女儿，爸爸出差了。原本阳光开朗的女儿，转瞬变得沉默寡言，那是对母亲不堪一击谎言的有力洞穿。平素父女或母女关系太亲密了，也好也不好，那就是相互间，既不能有一丝丝遮掩，也难容忍一些些尘埃。父亲出差那么多天了，事先既不"请示"女儿，事后也不向女儿"报告"，此乃常理不容！况且，去哪里出差？何时回来？做母亲的也从不解释，更不要说，父亲出差的当天晚上，母亲平素最拿手的青椒土豆丝，咸得能让人躺死，还把一瓶陈醋当作了老抽！

几天过去了，她没有勇气去询问他的同事，更没有勇气去相关部门打听。

从早到晚精神恍惚，浑身乏力，连年级组长都问她是不是要去看看医生。这时候，接到一个具体的存在，一个坐实的定论，比什么都重要，要来的终归要来，最坏的消息或许也比悬在空中，让脑子疯了一般从一个惊悸奔向另一个惊悸要好十倍百倍。

故而，今天上午接到一个陌生电话，请她九点半到三招304去一趟，瞬间她的心反而镇定了。

她的第一句话是问，要不要告诉我女儿，我今天是不是回家？对方的回答很平和，甚至是蔼然的，不用，你今天当然要回家，不过，你要给单位请个假。她心里更加踏实了，给学校请假简直不是事情，年级组长原本就敦促她去看医生，这回只要说约了医生即可。后来经过佐证，她事先唯一没有料到的是这次并不能见到他，此说明她对现实生活的严酷性并没有充足的预计，徒然让她事先做了一番心理训练：如何当着办案人员的面，不要在见到他的一刹那失态。

整一个上午，她都坐在304房间里接受讯问。新华字典解释：讯问，严厉的盘问。这么来说，讯问用之于她，一个奉公守法的公民，一位工作勤勉，品格端正的人民教师，显得强蛮了。接受询问呢，又不免矫情。你家老公有犯事嫌疑了，现在需要你配合一些调查。汉语语汇应该在讯问与询问之间再铸一个新词，才接近她现在面对的状态。铸一个什么新词才好呢？

很多年前，三招就不对外经营了，三招早就成了一个特指，一个本市公务员耳熟能详又心照不宣的地方，一个专门办内部案子的所在。房间里当然也就不是招待所的陈设，一张略显硬实的三人沙发，一旁是玻璃茶几，对面是一张长条的办公桌，房间上面的门框一侧，装有一个黑色的摄像头。讯问者二人端坐在办公桌后面，一个略胖，一个显瘦。她就坐在三人沙发上，沙发后面的墙上装有电视机。她脑子里瞬间想到，到底是招待所改装的，电视机还保留着呢。

上午的问话，简单而略显松弛，除了姓名、职业、住家等等户籍要素，很快就进入实质性问话：两年前，肖一木跟本企业一单生产设备招投标发生了联系，他当时也是主管，据举报，肖一木为此受贿几十万，你是否知情？

到三招来，罗荔已知为何而来，心情不免紧张，却没有了最初的忐忑。她来配合调查，他们先后说了"请"与"需要"，这两个词，当然有轻与重的微妙区分。她来三招，肯定不是为自己的事情，因为自己，她一辈子都不会与这栋楼发生关系。如今，不止一次耳闻过的这么一个陌生的大楼，终于还是与自己发生了关系，原因在于自家先生——先生这个词，比起老公，尊敬又疏远。世上人与人的关系大致分为三种，一种是血缘关系，一种是血缘之外的关系；介乎二者之间的，是两个没有血缘的人结合，生产出与两人相关的一种血缘关系，这两个人也就具有了另外一种关系，这种关系，清晰又朦胧，坚韧又脆弱，此之谓：夫妻。

她断然摇头，她不知情，她不仅不知情，甚至认为不可能。几十万，对他们这个小家庭不算是一个小数字，她不可能不知道；凭他俩结婚将近二十年的亲密关系，他没有必要瞒着她。多少年了，他自奉甚俭，甚至不沾现金和存折；他在安徽六安老家的父母，每月寄一千元以表孝心，都是她之所为……

她汩汩滔滔，不急不缓地说了二十多分钟，半节课左右，有对肖一木为人处世的总体评价，更多的是他生活中无欲无求的点点滴滴。那种呈现，宛如一幅徐徐打开的卷轴山水，既有大块泼墨，淋漓氤氲，又有细笔勾勒，须毫毕现。如果罗荔以为自己有一番真情告白的辩说，会让办案人员幡然而悟，那就大错特错了。对面的两个人，在听一个女人为自己先生评功摆好的时候，表情是漠然的；其中一位悄悄在看桌下的手机，另一位则心不在焉，东张西望。此情境，不阻止便是最大的鼓励，罗荔简直像溺水者信手抓到了一块浮板，尽情挥洒。这时候，如果肖一木站在旁边，听到一番从来没有听到过的妻子的真情表扬，没准会感动得泪水承睫。

终于轮到他俩说话了，问呢，你就对他那么肯定吗？

即使他在家里不花钱？如果其他地方，其他人问他要钱花呢？……

她一愣，其他地方？什么地方呢？其他人？什么人？能不能讲具体一点点？

她不是装傻，她是真不知道，希望二人给予一些些提醒。那个略胖的，鼻子哼了一声；那个显瘦的，微笑中透露出意味深长的暧昧。

接下来却是一些似乎不着边际的问话，肖一木的日常爱好，生活习惯，女儿读几年级了，平时跟爸爸多还是妈妈多……总归是家长里短，儿女情长，颠三倒四，言不及义。快到吃午饭的时间，他们电话叫人去打了饭上来。她说不必了，如果没有其他事情，她就回去了，下午还有一节课呢。

他们没有答应，甚至要她"既来之，则安之"，吃了饭，下午还有一些事情要交流。

就在中午准备吃饭的当儿，电视不知触动了哪根神经，竟然自动打开了。电视开始是混沌的，不知从哪里传来浊重的喘息声，很快发现，这种喘息不是来自医院，不是来自通道，显然来自床第之间，很是不类同平时看到的任何一档电视节目。随着屏幕上黑色的减退，朦胧中看出来的是，一男一女在宾馆裸体缠绕的画面……她顿时觉得血往上涌，一种窒息感紧紧掐住了她的咽部。画面因暗，男女的镜头看不甚清，她完全不知那女人是谁，肯定是她没有见过的一个。男人的声音，即使听不明白，形态与动作却是她再熟悉不过，况且朝夕相处一二十年的两个人，喉咙里的一声嗽响，也挟带着不容误判的信息。

如此这般的画面给了她又是沉重一击，其穿越感，超越了平时的无穷想象。这么些年以来，自媒体嘉年华一般地上映一对对演艺明星的风流艳事，在读者眼里都是见惯不惊的节目与谈资，只有某一天结结实实落到自家头上，才有缤纷的挫败与沮丧，劈面而来。

她起始僵直，呆板，继而沮丧、愤懑……电视之后的画面变成了亮丽的蓝天、旖旎的荷塘、青翠的山林。

下午讯问者二人再来，见桌上的饭菜几乎未动一箸，自然有几句不露声色的关心。一下午的有一搭没一搭的询问也好，讯问也罢，再无推演的任何可能，只有放她回家。她走出三招的那一刻，讯问者的提醒与忠告，她压根一句也没听进去。

走在街上，看到所有的人嘴唇蠕动，包括大声打手机的，在她眼里，他们一概只有动作，没有语言。

女儿居然还没有回来，一看手机，才发现有若干微信，包括蜜儿的姑姑发来的，说是晚饭叫蜜儿去她家吃羊肉饺子了。蜜儿的姑姑大概也知道兄弟犯事了，才会让偩女儿暂且回避一下那个沉闷的家。

连同笨重的身体与挎包，一屁股卸在卧室的电脑桌前，始觉得浑身的瘫软有了着落。

窗户洞开，依然气闷。她从书橱上拿出一只檀木香插，这是三年前他们住宅小区的过街对面，建立了一座工艺美术大厦，他们闲逛的时候，买了这么一个檀香插，价格是一个很顺的数字：二百六十元；再花六十元买了拇指粗细一筒线香，标志为"国宝檀香"，启盖，内盛比细面还细的熏香五六十支。他俩不约而同地喜欢上了檀香插上的那只蜗牛，蜗牛头上伸出两只等长的触角，触角上的两颗小芝麻粒便是蜗牛的眼睛。

她永远不会忘记，捧着檀香插和一筒小小的檀香，回家路上的对话：

她问，不晓得这个香插是不是真的檀香木？线香是不是真的檀香？

他答，小小物件，只要喜欢就好。忽然道，我有一句上联：檀香木插檀香，你对下联吧？

她想了想，摇头道，这个太难了。

他道，要说难，也不难，凑近她的左耳说了一句什么。

她茫然地回味了一会儿，脸倏然红了。发现他在一旁坏笑。

大街上，她不习惯将床头私语拿来开心。她说，木头的蜗牛她喜欢，如是真蜗牛，她会害怕。她从小害怕软体动物，从蛇到鸡雏鸭雏，再到蜗牛。

他说，他喜欢蜗牛的生活，慢腾腾的，不急不躁的，简简单单的。看得出来，他不讨厌繁华富丽，他也不会让自己成为一个时代的落伍者；但是，对身边一切冒进的贪婪与攫取，他是不屑与鄙夷的，因为，那与他的天性和本色不吻。

一个喜欢简单生活的人，岂会冒险拿自己以及家庭的幸福做赌注！

她忽然想到，他们说的是"据举报"。举报就是并没有坐实的事情，可能真，也可能假。如果坐实了，他们也不可能叫她过去配合调查了……这么一想，她心里顿时有窗户洞开的恝然一声敞亮。

一片乌云忽又漫遮过来：那个与丈夫一道进宾馆房间的女人是谁？那个画面是真实的吗？是"举报者"偷拍的还是 PS 的？如果丈夫没有受贿而与一个女人有染？你将来还会原谅他吗？比较一下，一个是受贿，一个是出轨偷情，二者居其一，你能够接受前者还是后者……当然，最好是两个事件都是凿空的，最后的结论是：经查，肖一木既无受贿事实，也无带一个非婚女子宾馆开房的记录……

生活如果像檀香插上的蜗牛那样简慢而单纯，该有多好啊。

檀香插上的一根细细的线香早已燃尽，女主人在一缕自由游走的熏香中昏昏睡去。忽然有门锁转动的声响，她眼前豁然一亮，闪进来一个人的剪影。

谁呀？她大声发问。

这个时候进来的人，还会是谁呢？低沉的带一点磁性的男中音，这不是一木还会是谁呢？

她背靠椅子倏然站起来了，惊问道，一木……你怎么回来也不给我打一个电话？

给你一个意外不是更好吗！

她猛然扑了上去，哇的一声叫道，我，我不要意外嘛！我就要你按时上班下班，平平常常，如是出差，前面给我一个电话，后来给我一个电话。一个嘛字，带有太多的惊恐之后的喜悦，还有那么一点点娇嗔。

他双手扶住她的肩，紧紧的，能感受到她内心的战栗波浪一般涌动。

他轻轻问，蜜儿呢？睡了，还是在做作业？

女儿有时太累，父母一致认为她应该先睡一会儿再起来吃晚饭，然后，做作业。看着女儿酣睡、吃饭，以及做作业，是这个家庭一天中最为轻松、柔软与温馨的一段时光。如同他们仨某个周末一块儿逛野生动物园，瞅见几只小狮子在母狮子身边打滚、打架、攀爬并滑落，便会久久逗留与瞩目。

她说，女儿没有回来，在她姑姑家吃饺子呢。

他就把她搂紧了，咬着她的耳朵说，你这也是一只饺子，一只饺子皮，又一只饺子皮……我这几天在外面东奔西跑，太累了。

她双手在他背上抚摸、盘桓，他身上这一袭雪花色的休闲西装，是五一那天一道去天虹商场买的。分明在付账后交给营业员熨烫过，却又嫌人家熨烫得太马虎，她回家支起蒸汽挂烫机，从上到下，从前胸到后背，重新熨烫了一遍。她再一次嗅到了那股子熟悉的蒸汽的味道，夹着淡淡的若有若无的檀香。自从买了檀香木插，但凡在家做事情，包括给他熨烫衣物，她就爱燃点一支香，那种气息和意绪，令她久久回味。

回来了就好，回来了就好，什么都别说了。她心里有万千感谢。问，晚上想吃点什么？她帮他脱下西装，两人有个约定，无论出门远近，衣服新旧，回家第一件事情就是换鞋，更衣，洗手。他俩都信奉，讲卫生一定少生病，尤其为了尚未成年的蜜儿，他们一定要讲卫生，甚至，尽量不去吃馆子。

正当她将衣服抖抻，挂上客厅衣架的那会儿，一缕灯光映射在雪花色的西装右肩，她看到一色异样！再仔细一看，是拇指盖大小的一点胭脂红，暗沉，却带着针芒一般的刺目，哗啦哗啦。

她心里的潜伏与沉睡瞬间被唤醒了，拥抱丈夫的万千感激与喟叹，很快被席卷而来的愤懑扫荡一空。

她双手抖动着这袭西装，厉声问道，这是什么？什么脏东西，你带回来了？！

丈夫赶紧趋前，一手扶着她的肩，一手捂向她的嘴，哀求道，你不要大声嚷嚷……你让我看看是什么……哦，这可能是……在哪里蹭的，你晓得我有时候也要到工厂去看看的，工厂里，到处脏乱差，八成是蹭到了油漆了。

你这么讲究的人，会穿西装去厂里？会蹭到油漆？你一定是蹭到别的脏东西了……她的声调降低了，满腔愤怒却有增无减。脏东西，脏东西……中午电视里的画面，哗啦哗啦，猝然在她眼前进射出万丈毫光，她的双眼被刺痛了，将西服揉成一团，奋力朝他身上扔去。

他捉住她的手，闻着她的咻咻鼻息道，你刚才还讲了，回来就好，什么都别说了。你知道吗，我今天回来是为了取一些东西的，外面还有……我们可能会很久很久，不能相见了……

她倏然一惊，上前牢牢抓住他，声音如蝌蚪一般滑动，啊？！什么，你跟我说，这不是真的，这不是真的！我不要你走，再也不要！！

我也想问问自己，这是不是真的……应该不像是真的……

檀香燃尽了，燃成一线灰白；窗外黑尽了，黑成一块浮雕。

一个女孩推门，门是虚掩的，屋里悄无声息，她朝着窗前俯着的一团朦胧而坟起的黑影，大咧咧地叫了一声：姆妈！

无尽的檀香，浓密又灼亮，如同晨雾一般向女孩包抄过来。

【作者简介】

南翔，本名相南翔，深圳大学文学院副院长、教授，国家一级作家，深圳市作家协会副主席。主要作品有长篇小说及中篇小说集《南方的爱》《大学轶事》《英雄无悔》《前尘民国遗事》《女人的葵花》等，编著有《都市文学新景观·深圳作家作品研究：30年30家》等。

向内心进发

——评《檀香插》

卢 翎

近年来，南翔先生的小说创作多集中于"文革"、弱势与底层、生态与环保等题材领域，以"对大历史褶皱中个体命运的呈现"而著称。像《绿皮车》（2012），以短途慢车上茶炉工退休前最后一天的工作，揭开底层社会的"冰山一角"，"揭示并思索隐匿其下的庞大而坚硬的生活本体"（颜敏）；《老桂家的鱼》（2013）则描写了大城市边缘居无定所的蜑民的日常生活，呈现底层弱势群体悲苦无告的窘境；《抄家》（2013）、《特工》（2015）等作品"能在沉重悲戚的'文革'叙事中，劈开多条自己的小小路径"，体现对"文革"的反思；而《哭泣的白鹤》（2012）、《来自伊尼的告白》（2013）等传达的是作家的忧虑："如果没有对大自然的敬畏，如果没有对人类只有一个地球的痛惜，我们距离世界末日真的不远了"……

在我有限的阅读视野里，南翔先生是一位有着强烈的社会责任感、关注人生社会的作家，他是敏捷、锐利的，直击生活的"痛点"，他"将一阵阵袭来的精神与肉体的疼痛，通过小说的场景、人物乃至细节传达给读者，这就让小说有了鞭辟入里、沦髓夹肌的力量"（林政）。

2017年的短篇小说《檀香插》从构思上来看，仍沿袭了"大历史褶皱中个体命运呈现"的写作"套路"。在重拳出击严惩贪腐的当下，小说既没有描写贪腐分子的丑恶行径，也没有呈现破获贪腐案件的惊心动魄，而是聚焦于一位受贿者的妻子——热爱写作的中学语文教师在得知丈夫"被出差"后内心的"惊涛骇浪"。对于熟悉作家近年来小说创作的读者来讲，这一次的阅读，无异于同作家一起经历了一次"冒险"，由外部世界生活的观察与描摹，走向内部世界的呈现。无疑，这是一次成功的"冒险"，小说显现出南翔先生的艺术才能，他不仅能够工笔般描摹社会生活，栩栩如生，游刃有余，而且，也能够地自如地走进人的内心深处，呈现人物的内心与情感世界的幽微变化，精妙而细致。

在《檀香插》中，作家极为细致地描写了人物瞬间的感觉、飘忽的思绪、难言的苦楚、恍惚的幻觉以及莫名的恐惧，它们微妙而复杂，随着情节的推进，纷乱异常又错综复杂地交织在一起。从生命的境遇出发，走进了纷扰迷茫的内心世界，捕捉内心精神世界的万千变化，关注那些最为柔弱之处、无法看清的幽暗之处，关注个体生命的诡谲，无以名状的精神之痛，成为一份独特的小说之于现实社会生活世态人心的精神备忘。这是一位笔耕数十载的作家的写作雄心，是他持之不懈的努力与超越，而这一切无论如何都是值得敬佩的。

最后，还要特别提及的是小说中多次出现的"檀木香插"。它承载着罗荔与丈夫肖一木和睦美满生活的记忆，也是罗荔所向往的单纯、安宁、平静生活的象征，同时又暗含着女主人公窘迫的现实处境。"无尽的檀香，浓密又灼亮，晨雾一般"，人物内心的惶恐与焦灼、期盼与无奈、矛盾与纠结在这檀香氤氲中生发开来，使小说模糊、含混、复杂、丰富，而小说的魅力正在这种模糊、含混、复杂、丰富中呈现出来。

谁是李俏

贝西西

一

我对青春的记忆很早，可能是因为本能地知道青春短暂，便早早记起。

90 年代的我们，作为正值青春期的女孩子，生命中充满了压抑的喜悦，那是种怕人知道、又按捺不住地想让人知道的心情，想向世人宣布自己生命的独特性从这一刻开始了：仿佛一颗颗珍珠米，于一夜之间亮出皎洁而美好的光芒。

想来，每个学校都有几个这样的女孩子，她们被称为班花，或者校花。

我故事里的这个女孩儿叫李俏，是我的同学李晓的姐姐，我早早就发现了她的漂亮，她体态丰盈，面如满月，盼顾生辉。她虽只大我们两岁，身体却发育得非常丰满，如枝头刚刚成熟的桃子，蓬勃而饱满。她的漂亮带了一种横冲直撞、不讲道理的蛮横，带了逼人的气魄，一眼望去很有视觉张力。

我们这个村子，在古代是一个埠头，船只汇集，商贾穿梭，离此不远就有清代的官道。后来，商业衰落，演变成一个村落，人们以种菜为生，刘、王、贾成为这个村子的三个大姓人家，李俏的家里该算是外来在这里落户的。李俏的母亲是河南人，是李俏的奶奶用很重的彩礼从河南娶回来的。李俏的父亲长得瘦而有棱角，颧骨又高，还有一嘴板牙，走路又稍有点驼背，于人前人后又总是悄然，便显得有点畏缩了。李俏完全不似她的父亲，李俏的脸形像母亲，大方，体面，什么也不怕，再加她银铃一般的声音，更是为她的美添了几分气场。

李俏那操着一口河南话的母亲气定神闲地坐在自家院子里拧麻绳，用心地将一根又一根绳子拧下去，她将麻草先在脚下踩了又踩，然后用手有力地翻着花，一路拧下去……一踩一拧中显出这个女人对生活的恒久耐心，也显得这个没有儿子的家庭似乎并不气短，有的是奔头，在这个村子里见了谁也不怕，反而有了另一种欣欣向荣。因了李俏的母亲，这个坐落于关中地区的村户人家有了一种别样的敦厚与祥和。妹妹李晓则像极了父亲，拙于言词，总是悄然，总是靠边，总是微微笑着，也总是更愿意以自己姐姐的打扮左右自己的穿着。这村子时常传言，李俏不是她爸爸亲生的，说是李俏的母亲在河南时就怀上带过来的，要不，李俏母亲这样出色的人怎么会这么大老远地嫁到这里来。这些，都不得而知了，总之，李俏一家的存在使这个村子有了谈资，有了消遣。

因为知道自己的漂亮，李俏也爱打扮，虽学习一般，但老师们都喜欢她。再加上她很会说话，有着农村巧媳妇一般的能说会道，常常把老师说得团团转，反而不觉得她有什么不足。

冬天的清晨，有薄薄的雾，长着青苔的地上也落了一层白色的霜泠，她与一个刚刚分来的物理老师站在屋檐下。哎，那个老师太年轻了，他比我们大不了多少岁。李俏穿了翠绿的棉袄，很醒目，那老师个子低，在她的美丽面前低下了头，就显得更低。她说着什么，那老师不停点着头，仿佛她是老师，而那老师倒像是学生了。

常常，校园里的早操时候，一些低年级的男生会悄悄尾随在李俏班级的队伍后，装作若无其事，其实是为了看她几眼，像《西西里的美丽传说》里的那些小男孩儿一样。这一切，李俏仿佛是知道的，她如若往常，在队伍里像没事人一样，一边走着，偶尔与旁边的同学交谈几句，余光稍稍一掠而过，只当没有看见。

那一年夏天，我们三人一起去游泳，当我们三人一走进游泳池时，人们便纷纷开始注意李俏，她白而丰腴的皮肤充满了光彩，简直有点过于夺目了，她的美是带了声势的，像是要席卷一切似的。

在水下潜水时，李俏还没有学会游泳，我在水底看着她，她的头发四散飘浮着，水草般漫舞。她的眼睛闭着，因在学潜水，怀着一种怯怯的怕，又有一种惊喜，使她更加可爱。池水微绿，不停有小水泡冒上来，她的两只手轻轻撑开，红色泳衣使那一块水域散发出微微的红光，阳光透过微绿的水映在她身上，她的皮肤在水里几近透明，却又充满质感。她有点胖，甚至显得笨，却生出一种无邪来，反而让她更动人。我在水下看着她，仿佛被一种天然的力量所吸引，不由得缓缓靠近她，轻轻在她额上吻了一下。

后来的岁月里，我无数次想起这个细节，微感迷茫，不知自己为何有这样的举动，想起心理学家说，异性与同性之爱人们生来就有，只是慢慢在成长的岁月中选择走上了一条路，而放弃和淡漠了另一条路。可我想，我对李俏不是那种情感，只是在一瞬间对生命的青春之美产生的由衷的仰慕。

二

李晓与我常常在放学后一起写作业，多数是在李晓的家里，因了我母亲不似李俏与李晓的母亲那样齐整，家里总是乱糟糟，我的母亲仿佛总有做不完的事情似的，而她们的母亲好像总有时间，她们的家也更整洁温暖，所以我更愿意去她们的家里。

在我们写作业的间歇，她们的母亲会端出点心给我们吃，农村给孩子吃的点心不过是馍片用极少的油炕了，然后撒上盐粒，再或是蒸红薯或者南瓜，切块儿拿来给这些正在长身体的孩子填填肚子，这已经算是不错。更多时候，你在别的同学家里是碰不到这样的优待的，李俏的母亲毕竟是从外省娶来的，与这个村子里别人家的母亲不太一样，想来，李俏的母亲在他们那个地方也算是女性里的佼佼者了。

不知李晓有这样一个姐姐会有什么样的心理，李晓在我们这些同学里也是长相姣好的女孩子，被自己的姐姐一比，就显得小气并且灰暗了，且不知为何，同出一个父母，她的肤色却比姐姐暗了许多，这也使得她更加悄悄而黯然。

李晓爱生闷气，有什么事情惹着她了，她就坐在院子里，皱了眉头，两腿伸直了，将桌上或手里的东西扔出去，或是笔，或是勺子，或是一沓书……扔得满院都是，四散各处，自己坐在那儿歪着头，皱着眉，掉脸。这个时候，李俏就会过来解围，她总是会来哄自己的妹妹，她呵呵笑着，一边把自己妹妹扔出去的东西捡回来放在桌上，一边说：生啥气嘛，脾气还大得不行……光发脾气顶个啥用嘛……她一件一件捡回桌上的东西，然后走过来，掬着李晓的脸蛋，将李晓的脸蛋儿放在自己掌心里，揉上两揉。不一会儿，李晓的脸色也就和缓了，就被姐姐胳肢笑了，李晓的痒痒肉在脖子下面。当然，也有李晓的脾气闹得大的时候，李俏也收拾不了了，这样的时候她们的母亲就要出面了，她们的母亲若是出来了，就要骂人了，两人一起骂，骂小的脾气毛，骂大的不顶事儿，管不了小的，这样两个人都没好果子吃。

在我看来，李晓发的脾气完全是一种理亏气短的感觉，因了她是这家里最小的，她就要用这样的方式来证明她是最小的，姐姐李俏偏偏对这一切都是通晓的，处处让她证明自己是对的。嗯，李俏的存在让我们这些女孩子都有一种威胁感，但我们却时时也因了她的美而被降服着，连我都是。我是学习好的孩子，李俏也自知她成绩一般，总是敬我几分，见了我总是笑着，一直笑着，如同要用这笑包裹得我无处藏身，倒让我觉得我学习好没什么了不起的了。

以前，我们放学后和班里的男同学一起走，碰着李俏，李俏便与我们一路走，一会儿那些男生不知不觉就开始仰着头说话了，他们的个头有的还没有李俏高，却左右跟在李俏的前后。我们几个女同学便四散开去……这样几次后，李俏仿佛发现了什么，她再也不与我们一起走了，悄悄地不见了。再放学碰到李俏时，她便与高年级的男生一起走了，我们看着她坐在高年级男生的自行车后面，远远冲我们招招手……接着自顾自与那人说话了。李俏的好在于她真的能体谅所有人的感受，给所有人空间，比如她的妹妹，比如她周围的女性，她的美与她的好一样既铺得出去，又收得回来，既势不可当，又无从抗拒。

想一想看，李俏也不过就比我们大了两三岁，却比我们高出半头去，又比我们都丰腴，这不光是我们的姐姐了，简直就像是个小母亲。我总记得她穿的裤子从来都是撑得满满的，浑圆的腿如同充了气一样，而我们都像是比她小一两号，记忆里，李俏的母亲总是坐在院子里给李俏改衣服，因那些衣服赶不及李俏膨胀的青春。

后来我们风闻，李俏与高年级的哪个男生非常要好，这都只是风传，也未见真就是。但我们真的看到李俏常常与几个高年级的男生一起早操，一起下学，或者一起自习，也常常看到李俏拿着某个高年级男生的运动衣，候在操场外……在那个时候，一个女孩子如果拿着哪一个男孩子的衣服，那便已经证明他们的相好了，李俏不怕这样的传言，她做这些事情落落大方，旁若无人。但这也是很自然的，你能指望一个如此美丽的女孩子不被男性看到吗？

上天从来对过于美好的事物都埋着一个咒语，对李俏也是，李俏身上也有一个咒语。这个秘密我想李晓肯定是知道的，但我从来没有从李晓那里得到过证实。

我知道这个秘密是从母亲那里，母亲也是一个很能干的人，却比不得李俏的母亲排场，农村人讲排场，其实就是说面面俱到，摆得开。我的母亲是一个老实人，只会专心干活，比不得李俏的母亲。我和母亲说起李俏，我说感觉李俏好像比李晓大好多似的……而且李俏一点都不像她的父亲，那么白，那么会说话……听到这里，母亲叹了一口气，悄声说，那么好的女子却落下病，她有她的不好。我不明白，问母亲，母亲想了想道，你看到李俏她妈总爱骂人吧，其实也心烦着呢，李俏有个毛病都说不得人听，那么大的姑娘却有尿床的毛病，间天尿床，说自己也不知道怎么回事，不知不觉地，梦里就那样了。母亲又说，这是一种病，而且专挑好女子、长得漂亮的女子身上走，你姥姥邻村的地方有个叫白阳崆的地方也有个女子有这病，那个女子长得也漂亮，性情也好，但身子弱，不似李俏长得富态。我好生奇怪，这是什么病，十六七岁的女孩子尿床是一种病吗？母亲嗔怪道，当然是病，当时自己不知，过后才醒悟。母亲说，李俏的母亲到处给李俏找方子，不知哪里寻来的偏方，酸枣枝、酸石榴枝、黑豆，还有刚出生不久的壁虎晒成的干儿，要熬汤喝。母亲说，你没有看见李俏家里整天晒被褥吗？母亲最后下定论一样地说，这样的病或许结了婚就好了，这是当姑娘的病，这女子也安生不了。我那时小，听不来什么叫"当姑娘的病"，懵懵懂懂，只觉得很神秘似的。说这话时，母亲露出一脸担忧的样子。我是母亲的长女，母亲知我是口严的，对我说出了一个母亲对另一个母亲说的话，她并不担心。这件事我也并未向谁说起，可能正是因了李俏的那些不能言传的好，我一直替她守口如瓶。

我是一个反应迟钝的人，听了母亲的话，仔细回忆我去李俏家里时的情景，仿佛依稀有着这样的情景，他们家在冬日的阳光下，是晒着一些被褥，也见过她的母亲在冬天里拆洗被单，一边干活，一边骂骂咧咧的，但不知在骂什么，这是有点不正常的。再回忆，似乎有那么一两次，当他们家里晒着被褥时，我去他家，碰到李俏，李俏稍有尴尬，而李俏的母亲则阴着脸，一言不发。想来，母亲说的该是真的了。

那是一个冬天的中午，李晓家的院子里又晒着被褥，还有刚刚洗过的床单，而这情景上个星期我刚刚见过。李晓的家分前院与后院，前院住着他们的奶奶和大伯，后院住着他们一家，一个厅堂，厨房在外面，是一个另起的红砖小房子，里面两间厢房，一间住他们父母，一间住着李晓与李俏，还有一间杂物室，楼梯在外，转个弯绕上去，还有两间房都是贮藏室，她们父亲是一个修理电器的，所以有很多收来的小家电和工具放在那里，另有一个阳台，有时我们也会在那个阳台上写作业或者晒太阳。想来，在这样一个院子里晒被褥，李晓的奶奶与大伯也该是知晓母亲告诉我的这个秘密的。

一个星期三的下午，我和李晓在写作业，我们放半天假，李俏是高年级，星期三下午要补课。阳光暖暖的，眯起眼，如温亮的银子点点发光。李俏与李晓的母亲似乎对自己家里的不堪有点尴尬，早早用竹篦拿来了自己烙的酸菜盒子给我俩吃。我俩在阳光里一口一口咬着外焦里香的酸菜盒子，刚烙出来的酸菜盒子散发着一股蹿香，一咬一包酸香的菜水，我们察觉不出生活有什么不易，甚至觉得生活非常美好。一会儿，她们的母亲还冲了两杯蜂蜜水给我们喝，我俩都心满意足，感觉非常温暖。

我问李晓：你家干吗老拆洗被褥啊？这大冬天的……李晓在阳光里咬着酸菜盒子，突然停下了，脸上稍有一点生硬，然后并不回答我的话，只说：我妈今天烙的酸菜盒子真好吃……你不觉得吗？嗯，在这一瞬间，我想了一想，对，李晓与李俏住一个屋子的。我接李晓的话，好吃，比我妈烙得好吃，我妈总烙煳了。在这一刻，我与李晓在一个酸菜盒子上有了心领神会的默契。从此，我们再不问这个问题，我们爱吃酸菜盒子。我们把它当成共有的一个秘密，李俏长得那样漂亮，什么都比我们强，但她却有秘密攥在我们手里……我们只是不说，我们要她也在我们面前气短。

三

我们的村子是在郊区的农村，离我们村子不远的地方有一个兵工研究所，为了让里面的子弟有丰富的娱乐生活，相应地也建有一个游泳池，一个滑冰场，还有一个小小的电影院。当然，这几个地方也成了我们这些农村孩子喜欢去玩的地方，成为我们与那些工厂子弟交流的地方。

阶级从来都是存在的，农村孩子仿佛历来与那些工厂里的孩子有一层明晰的界限，在旱冰场和游泳池里都看得出来。其实这个旱冰场很简陋，就是在一个水泥地空场上用石棉瓦盖起来的一个大棚子，四周有绿色的铁栅栏，入口处有三四间平房，用来存放冰鞋以及给工作人员休息用。但就是这样的旱冰场农村孩子进来都要四毛钱，而工厂子弟只需要两毛钱，如果办月证就更便宜点。我们村子里的孩子来这里滑冰时，常常都要相互约了一起，一个人是不大敢来的，而且我们的经济都拮据，来一次都要相互凑好了买票的钱，有时大家一起你借我一点，我帮他一点，才约好了一起来。

90年代的冬天很冷，哈出口气都会凝成一团团白雾，每个星期三的下午，碰到不是考试期，高低年级的孩子都会放假，这是滑旱冰最好的时候。大家一行人，都骑自行车，李俏坐在一个高三男生的自行车后座上，怀里抱着一捆装在军绿书包里的甘蔗，我们都沾李俏的光，可以吃到这个高年级男生请客的甘蔗。

李俏和好几个男生都关系尚好，她对这些人都是一样的姿态，一样的好，一样的春风满面，一样的适可而止。但有一个男生却与她走得近一些，因我们看到她坐在这个男生的自行车后座上的次数更多一些。这一次溜冰就是这个男生带队的，我们这些低年级的孩子就跟着他们一起来了。李俏坐在这个男生的自行车后座上，粉红格子的围巾包住了脸，只露出一双大眼，李俏即使只露出一双大眼，都能让人感受到她摄人的美，她的眼睫毛上有一层薄薄的露水，能看出她是喜悦的，她左顾右盼，一会儿又向前俯下身去和那个男生说一会儿话，浑圆的腿来回踢着，像个无忧无虑的孩子。

后来我们知道这个男生叫安斌，安斌是我们邻村的一个男孩子，他瘦而骨感，眉毛很浓，骨骼硬朗，稍有点缩肩，但并不显得猥琐，反而显出些谦逊来。他周围的男生都非常听他的话，这主要的一个原因是安斌的足球踢得好。足球场上安斌是可以号令三军的，每个傍晚的足球场上都可以看到安斌和高三年级的男孩在踢球，大汗淋漓，安斌开一个大脚，可以从守门的禁区开到对方的禁区边上，周围的男生都非常服从安斌的指挥。当然，对这个年纪的男生而言，打群架几乎是他们消磨青春的方式之一，安斌也打群架，常常可以看到他带着这一帮男生在不停地扩张自己的势力范围。

旱冰场里白天也灯火辉煌，那个时候冬天常有大雾，使这个城市总像隔了几个世纪的沧桑一样灰蒙蒙的看不清。大家一起进了冰场，我和李晓的票是安斌买的，李俏带来的人安斌都给买了票，他对李俏好，对别人也很仗义。我们在进口处一边换着笨重的旱冰鞋，一边心情激荡地望向人声鼎沸的冰场，迫不及待地想要冲到里面去。

旱冰场里一圈都站着工厂子弟，他们也老远往我们一行人这儿看，那里有一个人物叫那五，也是我们那所高中的一个学生。那五是一个研究所的子弟，但是因为学习不好，只好上了我们那所高中，因为我们这所高中的分数线不高。那五也瘦，但瘦得与安斌不一样，那五垮着肩，向一边微微侧着头，头发垂下来，刚刚遮住一只眼，遮住的那只眼角有一个疤，传说这是那五十岁那年与一只狼狗斗狠留下的。大多数人看不到那道疤，那道疤永远都隐藏在头发里。那五不似安斌，那五身上有一种阴邪，而这阴邪又让那五有了一种奇怪的魅力，使他很招女孩子的喜欢。那五还会吹笛子，一只笛子时常插在那五军绿色上衣的口袋里。那五的手细长而白皙，吹笛子时来回在笛子上敲打，并微微痉挛着，使他拥有了一种奇怪的魔力。

我们一行人一进来，就引起了那些人的注意，这也是因了李俏。那天，李俏穿那件翠绿棉袄，粉红格围巾，包住了嘴，当她取下围巾时，明丽的脸庞顿时充满光彩，使她站的那一块地方都亮了。李俏的头发也多，粗粗一把在后面扎一个马尾，高高地翘起来。李俏一手一个拉着我和李晓进了滑冰场，其他的人也都慢慢进了场。安斌常来，所以他滑得很顺溜，他一进去，先绕场一周，和那些熟人去打个招呼，这些工厂子弟并不来自一个工厂，也还有别的厂子和研究所的，安斌和一些人认识，他熟练而迅速地滑过去，娴熟地停下两腿撑圆了打个圈，然后给那个熟人递支烟，或者说上几句话。

其实李俏滑得比我们好一些，但我与李晓像两个企鹅一样一路跌跌撞撞、踉踉跄跄地拖着她。开始李俏还是有耐心的，后来终于叹一口气，把我俩领到场边，把我们的手交到铁栅栏上说：你俩歇会儿吧，自己先学着站稳了再说，说完她就滑走了。我和李晓面面相觑，只有握着铁栏杆坐下，瞪眼看别人在场上滑。

李俏虽然滑得比我们好，但她比起那些男生还差很多，她只是小心翼翼地在冰场上滑，后来才慢慢放开了手脚。这时只见那五不紧不慢地跟在李俏的后面，渐渐地，那五身边的男孩子仿佛心领神会一般也慢慢跟到了那五的后面，这一切，李晓并未看到，她还在专注于她那略显笨拙的滑冰技术。那五滑得很慢，与李俏保持着一定的距离，仿佛也是在担心她会摔倒，他一下一下地荡着，左一下，右一下，却丝毫不去打扰李俏。

安斌正在场边和一个熟人说话，相互拍着对方的肩膀，他扭头往这边看了一下，马上，他就和那个人说了两句，向场子中间滑过来，他用力地摆着双臂，速度很快，匆匆赶过来。安斌瞄见坐在场边的李晓和我，然后他扭头看了一下一个哥们儿，脸冲我们指了一下。不一会儿，我们就看到那个男孩子拎着那一军绿书包的甘蔗过来了，他递给我们，我俩一人从里面抽了一截，但我们不想吃，我们拿在手里来回倒着。场边也有人在吃甘蔗，还有人在喝汽水，大冷的天喝冰峰，喝完打一个大大的气嗝，隔着老远都能听到。我俩老远看着那个人伸着脖子打嗝就笑了。

安斌迅速滑到冰场的中央，滑到李俏的旁边，他把李俏的手拉住，李俏一转头看到是安斌，还有些不好意思，想要挣脱他的手……当她回过头看到那五一行人都跟在她身后时，她有了犹豫，想了一想，勉强把手放到了安斌的手里。想来，在学校里，那五也是喜欢李俏的人之一了，但因我们与工厂子弟不是一个圈子的，所以李俏也就不太愿意和那五这样的人来往。况且那五是出了名的狠角色，经常有关于他打架斗狠的传闻，这使他成了一个充满神秘的传奇人物。

那五没有吭声，他停下，到场边，然后靠到栏杆上，点了一支烟，在那里悄悄地抽，那五身边的几个人还跟在李俏的身后，并且对安斌一碰一推的，这是在找事了，安斌并不在意，一会儿，和安斌一起来的几个男生也过来了，又夹在这几个男生的后面，成翅膀状。滑冰场里响着哗啦哗啦的声音，人们都向这边看过来，隐隐有一种不祥的感觉在慢慢弥漫开来。这个滑冰场里有好几个圈子的人，都是平时周围几个中学里喜欢闹事儿的主儿，此时，这些人警觉地感到了今天这个场子因一个女孩子带来的不祥之感。

那五的几个人在安斌和李俏的身后跟了一会儿，看到了安斌的人也跟在他们身后，滑了一会儿，就慢慢四散开来，回到了那五的身边。那五还站在场边，并不说话，只是一人散去一支烟，烟是大前门，算是好烟。然后几个人就蹲下抽烟，那五站在那儿远远望着，接着他走到旁边拉起一个女孩子滑到了场子中央，这个女孩子好像比那五还大，一头棕色的头发，是烫过的，非常蓬松，也很显眼，她眼睛很大，直视前方，也很漂亮，嘴唇丰满而立体，唇线很明晰，脸上透出一种果敢来。为什么刚刚没有看到的这个女孩子，这会儿像变戏法一样出来了？这个女孩子不是我们学校的，她一看就是城里孩子，浑身散发着一股文艺气息。她穿着牛仔衣，下着一条深咖色毛呢裤，一看就知家境优越。这个女孩滑得比所有人都好，刚刚没有见她上场，现在她一到场上，立刻成了焦点。她如翩飞的燕子一样，在冰场里回旋，她一条腿高高扬起，像个芭蕾舞演员一样，伴随着她一头蓬松的棕发飞起来，使人惊艳感叹。那五拎着她的手使她在自己身边旋转，她就像一只听话的陀螺，他们配合得如此和谐，人们都被这个女孩子高超的滑冰技术吸引了，连安斌和李俏都忍不住看向这个女孩子。

当他们滑完靠向场边时，所有人似乎还沉浸其中，她滑得实在是太好了。到了场边，那五递给这个女孩一瓶汽水，她喝了两口，放在一边，然后接过那五的兄弟拿过来的大衣开始穿，她穿的大衣也是格子呢的，更让我们断定了她家世的良好，她仿佛并不珍惜这大衣，两只胳膊向后撑着靠在一个比较高的水泥台上。偶尔，她眼风会瞟一下，瞟向李俏，但还没等看到，就掠开去。

两小时后，天色慢慢暗下来，滑冰场每隔一个半小时就响一次铃，一场冰是一个半小时，每一个半小时就要补一次票。这半天我与李晓几乎就在场边遛弯，我们连腰都直不起来，只能竭力保证安全，不要摔跤。天色终于暗下来了，大家陆续散场，我与李晓脱下了笨重的滑冰鞋，向管理员那里走去，交了鞋子，我们出了冰场在外面候着。这时突然听得里面一声高喊："妈的，你拿我鞋子干什么？"接着里面乱作一团，可以听到骂人的声音，听到东西摔碎的声音……我和李晓赶紧跑进去看，只见一个男孩子头上已经满是血了，顺着眼角蜿蜒。原来，和我们一起来的一个男孩子和那五那边的一个男孩子在一起换冰鞋，那个男孩接了别人一支烟，转过头时拿了另一个男孩子的冰鞋交给了管理员，这本不是什么事，但因两方都心气不在一处，立即打了起来。年轻的人啊，仿佛成天就是为打架准备着的，只要一点点摩擦，就可以引爆那膨胀而紧张的青春。我们这边的男孩子用冰鞋砸了那五那边一个男孩的头，血已经流下来了……那五开始还远远地看着不知怎么回事儿，后来他看到自己的一个朋友流了血，迅速地脱了冰鞋，甩得老远。然后走向角落里，不知从哪里抽出了一根铁棍，那五冲过来时，直接扫向我们的人，那五头发垂在眼前，使他看上去更加阴狠，他一棍出去扫倒了三个人……这时安斌也已过来了，手里拎着一个折凳，这个折凳是刚刚那个肥胖的女管理员坐的，怎么突然就变戏法一样到了安斌手里？两队人马打起来了，安斌与那五同时在和几个人打，李俏跑过来拉住李晓，惊恐地看着冰场上的一切，安斌一折凳拍到一个男孩的肩上，只见那个男孩腰先闪了一下，接着就像个纸人一样地倒地了……安斌远远回过头，冲李俏大喊道：走，走，走！安斌一路打将过去，那边那五也在挥舞着棍子，但被几人缠身，也显艰难。

冰场里的一个管理员用大喇叭喊着：不许打架，听到没有，我打电话叫派出所了，听到没有！这些人哪里是怕派出所的，一个月进个几次派出所是正常的。冰场里的人也混乱起来，大家终于觉得如愿以偿，这场从一开始就酝酿已久的架终于开打了。是呀，这才像一个混场子的下午，只有以一场群架结束一次相遇才算合情合理，有始有终。

只见汽水瓶满场在飞，还有那甘蔗也成了武器，只是经不住打，一下过去就裂成了花……李俏不愿走，焦急地在场外站着，不知如何是好……这时，只见安斌在冰场里冲李俏大喊一声：走！李俏回过头，看了看吓成一摊软泥的李晓和我，拉起我们冲进了夜幕。

四

那次滑冰场事件后，李俏和安斌就真在一起了，所谓在一起不过是现在李俏只坐在安斌一个人的自行车后座上了。有时，也会看到李俏坐在安斌的自行车横梁上，和一群大大小小的孩子穿过一条又一条街道……

李俏的母亲知道了李俏和安斌的事后，并不多说话，也不表态，只是沉了沉脸。冬天，当我们村外地里的大片卷心菜刚刚被霜打过后，就可以看到早上安斌和几个男孩子骑着自行车，在那一片一片的卷心菜地边等李俏了。现在的李俏出落得越发丰满，如同膨胀起来的雪一样，充满光辉。她走出家门，走出村子那条正街，沿一条小路向安斌等她的地方走来，路上稍稍结了冰，李俏丰盈的体态踩上去，只听一阵细密的咔嚓嚓响，那是冰碎掉的声音，李俏笑盈盈地在雾气里向安斌走过去。

我和李晓只有结伴上学了，李俏再也不和我们走了。我们看着这一切，觉得这是离我们非常远的事情，虽然我们只比她小了两三岁，但我们可不敢和男孩子这样明目张胆地来往，我们既恐惧又羡慕，同时还有几分嫉妒。我们唯以用来安慰自己心灵的便是李俏那不可告人的秘密。入冬后，李俏家里总会传出一股怪怪的味道，那是李俏的母亲为李俏找的偏方，酸枣汁、酸石榴汁，还有黑豆，最重要的是那小壁虎干熬出的汁液，散发出的味道。我们一想到那壁虎干就感到恐怖，农村人管壁虎叫蛇夫子，我们一想起它，就有一种凉意从后背升起。灰灰的颜色，常常在阴暗的角落或者缝隙里出现。现在，李俏却要喝用这种东西熬制的汤药，真是让我们咋舌啊。李俏从未当着我们的面喝过那些汤药，但我可以想象她在喝这些汤药时的表情，她一定是眉头拧起来，然后耸了鼻子，再将头发别到耳后，作一番努力，一口喝下去，喝下去好久，仍会作呕。一想到这一幕，不知为什么，我心里会有一丝快感。

我们仍在艰难地等待着这学期的结束，等待寒假的来临。这时高年级的摸底考试多了起来，李俏在这些考试卷面前常常皱着眉头，她自知自己的能力，却也不发急，左右看看，仿佛并不为自己的学习一般而感到难为情。对，李俏是有这样一种气度，她早早就可以完全接纳自己就是这个样子，她从不和自己过不去，这让我们这些学习好的、对未来有设想的女孩子更为吃惊，她面对生命的坦然态度让我们不知该说什么。

每次考完试，当父亲坐在厅堂里问李俏考试成绩时，李俏总是先憋笑一下，然后走过去，将试卷给她父亲看。其实在这前一两天，李俏就开始给她的父亲洗衣、收拾储藏室、擦洗半导体，只为铺垫这一刻的到来。她的父亲看一眼考卷，再看李俏，李俏非常坦然，完全没有我们这些孩子因为考试没有考好而表现出的惴惴不安，而是皱着眉，仿佛也替父亲着急着另一个人似的，一本正经地发着愁。她父亲看看她那个样子，无奈地沉默了。一看到父亲这样子，李俏赶紧给父亲沏一杯浓浓的老砖茶过来，笑盈盈地，倒像是她在安慰父亲了，这样，她的父亲也就作罢了。

这个冬天的第一场雪来临时，所有的人都知道了一件事，那就是在圣诞节那一天，李俏收到了一只硕大无比的毛绒熊，和一束花及贺卡。那只熊足有一米高，戴着一顶格子的帽子，还打着一个领结。按说，在这个年纪，送这么个玩具好像不太合适，但那时毛绒玩具刚刚兴起，大约送礼的人还不知如何挑选一个适合的礼物，便选了店里最大最好的。这个礼物是那五送的，顺带送的那束花看起来也价格不菲，那时还没有鲜花，一株绢花，工艺非常好，一朵一朵全用薄纱卷成，花蕊上面一粒粒小小的珠子都看得真切。那五在贺卡上只写了三个字：只给你。送礼物来的那个男孩子是常跟在那五身边的人，名叫石猴，石猴是从小和那五一起玩大的，一般那五出现的地方都有他的身影。石猴并不像猴，他胖，也白，脸上星星点点布满了雀斑。石猴把这些礼物给李俏，先是将那个毛绒熊和花塞到李俏的怀里，然后对李俏说：李俏，那五让你明天放学到操场上去，他在那里等你，他要向你解释下上次滑冰场的事情。李俏愣住了，她还没有见过这么大的毛绒玩具，怀里抱着那个硕大的熊还没有缓过神，石猴已经走了。她抬头看时，只看到薄薄的雪地上留下一串清晰的脚印。

这些礼物让半个学校的女孩儿沸腾了，女孩子们纷纷艳羡不已，原先喜欢那五的人就不少，再加上那五又花这么多本钱给李俏买礼物，就更不得了。女孩子们窃窃私语着，悄悄说道，那五看来是非要把李俏从安斌那里撬过来不可，她们一边揣测这件事情的进展，一边用眼睛瞄瞄那些礼物。那个硕大的熊放在教室里，连老师都看到了，讲化学的老师是个女老师，是个老太太了，这个老太太年轻时在做一次试验时，因试验事故烧掉了头发，因此终年顶着一头假发。老太太看到了这个硕大的毛绒玩具，低了一下头，她是过来人，也并不说什么，这个宽容的学术老太太，看到班里的女同学都在不停地瞄那只熊的时候，她停下来，艰难地用粉笔用力点着黑板说：看这里，看这里！你们迟早要吃不看这里的亏！这些话，这些孩子们哪里听得进去，反正都是一群学习不好的孩子，他们一心等着早点上完了课过圣诞节去。下课时，学术老太太号召大家背诵一遍元素周期表，那声音听起来倒是洪亮的，但完全是一种心不在焉、一种等待下课好风光的心情……

那五送李俏礼物的事不胫而走，迅速传遍了整个高年级，安斌也知道了。安斌是送不起这些礼物给李俏的。安斌的父亲在前年的一次矿井事故中丧命，母亲身体也不好，他还有一个妹妹，与李俏同级。安斌自然成了一家的顶梁柱，除了上学，有时晚上还去打工，他会开车，但没有驾照，于是便去给那些拉土和拉煤的车陪车，一来帮忙装车，二来在路上司机开车累了时，他可以代驾一会儿。凭着这些收入，安斌就比一般的同学宽裕一些，但即便如此，要安斌送那五给李俏的那些礼物也是困难的。那五家境并未好到哪里去，但到底比我们农村孩子强，且他对李俏也真的是下了心血的。安斌知道这些后，并不吭声，照样去足球场上和他哥们儿踢球，天下了微雪，如何踢呢？球在脚下打滑，但安斌不管，大脚开过去，球一下就飞了，几个哥们不吭声，只是默默陪他踢着，一次次跑到远处去为他捡球，并偶尔喊一声好。

那天放学时，安斌依然等着李俏，但李俏没有很快出来，存车处的自行车一辆辆走光了，才见到李俏抱着那个硕大的毛绒熊从教室里出来。看到安斌在路上等，李俏没有说什么，看得出来，李俏很喜欢这个毛绒熊，任何一个女孩子大约都会喜欢这些礼物的，连我和李晓都是，只是没有人送给我们。

这一天放学回家，安斌身边的几个哥们儿都不见了，只见安斌载着李俏在微雪的路上艰难地骑行。

李俏的母亲看到了这些礼物，仍是沉了脸，嗔骂一句：作吧。就再不说什么。

李俏的母亲奇怪就奇怪在这里，别人家的父母若是看到自家女儿，特别是如此漂亮的女儿早恋或者收到贵重礼物肯定会骂自己的女儿，但李俏的母亲仿佛有一种默许与纵容。这让我的母亲惊异不已，我的母亲觉得这样女孩子会管走样的，她总是感叹：李俏这女子安生不了。

那个毛绒熊堂而皇之地摆在了李俏床头的桌上，伴随这个毛绒熊的还有一大沓漂亮的贺卡，虽然李俏把那些贺卡藏起来了，但还是被我和李晓在抽屉里发现了，我们一张张认真地翻看那些贺卡，看是谁送的，都写了些什么，当然，偷看这些贺卡是我和李晓的秘密。那些贺卡不光有很多男生送的，还有很多女生送的，李俏不光收到了最好的礼物，还收到了最多的贺卡，而我和李晓只稀稀落落收到了五六张，这些还属于互赠的。

李晓的脾气这一阵又大了，因了家里的被褥又晒出去了，李俏悄悄然了，她早上给自己的妹妹烤好了馒头，晚上还给妹妹打好了洗脚水，然后，再过来把李晓的脸蛋掬了又掬。看到李俏家晒出的被褥，我心里也好受了一点，我与李晓在阳光下看着那些晒着的被褥，不由自主小声哼起了歌……

大家都说，圣诞节的第二天，那五约李俏在操场见面，李俏是去了的。这些是我们听来的，圣诞节的第二天下雪，脚下的雪踩起来咯吱咯吱响，那天，那五约李俏见面说了什么，我们不得而知，只是从那以后，石猴便常常来给李俏送东西了，电影票、参考书、奶糖、还有围巾……

李俏也不给安斌解释，只是还坐安斌的自行车，但现在，安斌在蹬车时明显不像原来那么有劲儿了，一下一下费力地蹬着。终于，一天，在安斌用力蹬的那一下，只听吭啷一声，车链子断了，闪得李俏从后座上一下跳下来，安斌一边蹲下去看车链子，一边骂了一句：经不起上劲的东西……

这话，可能只是安斌无意说的，但李俏听到了。她脸歪向一边，道：经得起上劲又能怎样？完后，很久，李俏才补一句：你这辆车骨架驮两个人也是吃力，驮你自己刚刚好。李俏小小的年纪，已经比我们都成熟了，她一前一后的两句话，几十年后，依然是一句洞悉了世间关系真谛的问句，直逼生活的本质。

为什么李俏有这样的底气，可以在两个这样强势的男性面前从容不迫，淡定相处？

从此，那五也来找李俏了，那五穿军绿色上衣，冬天时，顶多在外面套一件长棉袄，肩上斜斜搭一条灰色的围巾，因了他瘦得清奇，倒是看着有点飘逸，走起路来如同在风里荡一般。那五来找李俏，只是和李俏说一会儿话，然后就走了，那五说话也低着头，偶尔抬头看一眼李俏，接着再看向别处。如果是回家的话，李俏还是坐安斌的车,那五与安斌却从不照面。这一切,所有人都看在眼里,暗暗在心里说,等着吧,等着吧,这两人终有见面的一天。

其实上次滑冰场事件后,这两人已在派出所里见过面了,他们两人分别在派出所里待了三天,说明了情况,相互赔了对方的医药费,但他们还是结下了点梁子。

安斌有几天,不来接李俏了,只见李俏也无妨,就坐别的同学的车回去,或者偶尔自己骑自行车来上学,安斌无奈,没过多久,只有又来接李俏了。看到安斌来接她,李俏也是高兴的,但面上看不出来,这个时候李俏走路是一跃一跃的,她只默默等安斌上路后,往后座上一跳,因了她的丰腴,安斌的车总要歪一下,车子承受一点重压,吱呀一声响,想来安斌还是愿意听到这声响,这声响让他心里踏实。

五

这一段时间,李俏没有来学校。这一个星期里,学校非常忙碌,要期末考试,要准备寒假前的演出,每个班还要准备联谊会,各班联谊各班的,每个教室都挂满了彩带与气球,等待着那一天的到来。

李俏一直没来学校,我问李晓,李晓不吭声,李晓现在学会了沉默,以前你问一个问题,她还会顾左右而言他,现在她压根就沉默。校园里洋溢着一股狂欢前的压抑气息,老师上课,下面的学生因了心烦,把书来回地翻,翻得哗啦啦响,弄得老师心里也有点乱糟糟的。

我一直想象那五在圣诞节的第二天约见李俏的情景,但我想象不来,那五到底和李俏说了什么,使原本对安斌很死心塌地的李俏愿意与他交往,成为朋友。虽然那五在圣诞节送给李俏的礼物让人动心,但李俏是不会只因为这一点礼物就接纳那五的。

那五是高三(四)班的学生,高三(四)班在学校高年级教室的最里面,天蓝色的窗门,终年使用有了破损,被这些处于青春期的学生用于消耗过于蓬勃的青春。高三(四)班是那样神秘,里面全待着一些在我们看来是牛鬼蛇神的人物,所有的老师去高三(四)班上课,也有些紧张感,于是匆匆去过就好,走过场一般,惴惴地去,惴惴地回,谁都怕在高三(四)班惹着这些鬼神,谁都知道那些孩子只等毕业证一拿,然后就奔赴社会。

李俏没有上课,石猴就来问李晓了,是啊,如果学期末的狂欢没有了最漂亮女孩的出现,这该是怎样的一种缺憾?

石猴在早操的时候，把李晓堵在操场的边上，石猴手里拿着两个刚刚蒸出来的包子，白气在他手上袅袅升起。石猴问，你姐这两天咋没来上学？李晓瞥一眼石猴，把头一歪。石猴把手里的两个包子递到李晓的手里，李晓手里拿着那两个包子，还是不说话……石猴急了，道：那五让我问的，如果你姐再不来，他就上你家找你姐去！这话倒把李晓给吓着了，李晓害怕那五上她家里去，她最后憋了又憋，憋出两个字：病啦！说完拉着我就走，留下石猴在那里纳闷，还想再问两句，但我们都已进了自己的教室。两个包子，我吃到了一个，我与李晓在这一瞬间充分地感受到有李俏存在的美好，我一边吃着包子，一边问李晓：你姐咋了，要紧不？李晓也咬着包子，看我一眼，又沉默了。

李俏是病了，还病得不轻，住进了医院。肠胃炎，在大冬天得肠胃炎倒是有点奇怪，一般我们都在夏天才会吃坏肚子，但李俏确实得了肠胃炎，也确实是吃坏了肚子，只是喝坏李俏肠胃的是那个偏方熬出的汤药。这是母亲告诉我的，李俏的母亲要在医院里照顾李俏，李俏的父亲要上班，于是托我的母亲给她家的大棚里的菜苗浇水。浇了水，再通电，那些布满了菜苗上方的瓦丝发出微微红光，散发出热量，便会催生这些菜苗的迅速成长，这个时候一天少了水可都不行，苗会被烧死，来年夏天也吃不到新鲜的蔬菜。反正，我家的苗也是要浇的，母亲便连带着将李俏家里的也浇了。我想不来，李俏喝了多少那种奇怪的汤药才能得了肠胃炎。这真是，一病未好，倒添了另一病，这时我有些同情李俏了。母亲在地里一边看着刚从井里抽出的水缓缓流进一个个塑料大棚里，一边叹道：那些偏方能顶什么用，那就是个姑娘病！

我和李晓放学到她家写作业，屋里弥漫着酒味，只见李晓的爸爸一个人坐在厅堂里喝酒，一碟花生米，一碟萝卜干，还有一只咸蛋。李晓的爸爸不但瘦，还长了一嘴的板牙，他抬头纹又重，在那里喝着酒，莫名就让人感觉愁苦了。或许，他也在为这样一个漂亮的女儿那不可告人的秘密烦恼。

我和李晓悄悄然进屋，悄悄然放下书包。我们做完作业时，李晓的母亲回来了，老远就听到门响，接着就听到她们母亲高声埋怨医院给开的药有问题，让李俏的病更重了些，却绝口不提那些偏方的事儿。离我们村子大约三四里路的地方，有一个医院，叫五二六医院，这本是一个军工医院，我们村子人一般得了病就近会去这个医院，这个医院虽不是正规的大医院，设备简单些，但我想，总不至于让病越来越重。李俏的母亲一直在骂骂咧咧，摔摔打打，乱发牢骚。我见空收拾书包，赶紧回家，一出房子，李俏的母亲看到我，她没想到我在里屋，愣了一下，脸上马上堆起亲切的笑容道：小麦啊，啥时来的，留下吃饭啊……我笑笑，迅速离去。

学校里依然在酝酿最终的狂欢，连老师都被这压抑的安静弄得有些紧张，他们不知这些孩子最后会闹成什么样子，只要不烧了教室就随他们玩，老师知道，这些孩子在家里都是缺少管教的，都惹不起。

安斌也来问过李晓，李晓仍旧只说病了，也不多说。安斌和李晓是熟悉的，经常会照顾李晓，有人欺负李晓了，体育测试不过关了，安斌都会帮李晓解决，在某些时候他也当李晓是个妹妹一样，当然，我也顺便沾一点点这样的光。

星期三下午放假了，我与李晓打算去医院看李俏，我俩都有点担心她了，不知她病成什么样了。五二六医院里人很少，过道里闪着清冷的光，窗外树上，前一阵下的雪还没化净，已变成了灰色，偶有一只鸟落在上面，使那些雪掉落下去一些。

那个病房不大，住着三个人，一进去，看到李俏在最里面靠窗的位置那里。李俏瘦了点，脸没有原来圆了，但气色尚好，只是不经意间爱皱眉了。她穿着病号服，白底蓝条的，扎两个辫子，她仍是爱笑，见我俩就笑。

看到我俩来，她弯腰钻到床头柜里找，找出两个苹果来，给我俩一人一个。这病房里有暖气，我们的家里都是没有暖气的，苹果吃了一半，我俩头上就发了一层汗。我们坐在那里向李俏说学校的事情，当我们说那五和安斌都问她时，李俏低眉看着鞋子，并不说话，我们不知该如何回话给他们，只等李俏说话，她却不说。我们看到李俏丰腴的手上有着针眼，那是打吊针留下的。我们问她，还要住多久，她说：大概还要一阵吧。

那天从医院出来时，我问李晓：你姐到底咋了，到底得了什么病，要住这么久的医院？李晓也一头雾水说：我怎么知道，我妈也不和我说的。夜色已经降临，朦胧夜色中，我看到不远处有个人影一闪，那样的身形一扭，好熟悉啊，是谁呢？

学校的文艺汇演已经完了，李俏还是没有来上学，教室的屋顶上还挂满了彩带和气球，前一段的热闹气氛还在，窗户的玻璃少了几块，以至于教室里使劲钻风，这是例来的规矩，每次联欢之后，教室都会碎掉几块玻璃，都是狂欢的结果。

这一天，放学后，我与李晓刚刚走到我们村子的街道，我要向前走，而李晓则要左拐，我家在村子最西边的一个水塔下，而李晓家则在正街旁边的庙街中间。当我与李晓分手时，感到背后一阵熙攘，自行车铃四处响起，我回头，才看到是安斌，安斌带着一帮哥们儿来了，有男有女，有几个女孩子就坐在男孩的自行车横梁上。看到了李晓，安斌叫住她，告诉她自己要去李晓的家里看望李俏。李晓看着背后那些人说道：一来我姐不在家，二来你这个样子带这些人，你看我妈会让你进去不？

安斌问：那你姐在哪里？李晓一听，要失口了，马上把头歪向一边，接着向前走去，根本不理安斌。

走了有五十来米，李晓就到家了，回头看看，然后她迅速地跳进了门里。李晓刚进去不一会儿，只听李晓家的门吱呀一声开了……李晓的妈妈出来了。

李晓的妈妈烫着一头卷发，体形稍胖，她稳稳地一步步走过来，走到这一群人面前了，这才定睛望过去，她看着安斌，问：你带的人？安斌没有想到李晓的妈妈会这样问他话，他以为李晓的妈妈肯定会先问：谁是安斌？却没想李晓的妈妈只问是不是他带了这么些人来，安斌点点头。然后李晓的妈妈就像学校的教导主任似的对这一众人说：你们回吧，谢谢你们记着李俏，李俏好着呢，但不在家，啊，过完寒假她就上学了。李晓的妈妈说话中气十足，丝毫不畏惧这样一群生猛的年轻人，一上来答话就让他们无从反驳。看到这样，这一帮人渐渐向回走去，安斌坐在自行车上，两腿撑着站了很久，不知说什么……终于他口气软下来道：阿姨，李俏在哪里啊，让我见见她啊，我见见她，只要她好着就行……李晓的母亲这时才看着安斌，问："你是安斌？"安斌点头，此时只剩下安斌一个人了。李晓的母亲静静看了一会儿安斌，然后说：倒是有情义的。但李俏你真的见不着，过几天吧，过几天她就好一些，回家了。听了这些安斌这才掉转过车头去，李晓的母亲，看着他渐渐骑远，在他背后喊了一句：她好着呢，别操心了，操心自己吧。听到最后那句"操心自己吧"，不知为何，安斌的背影稍稍顿了一下。李俏的母亲瞧见了，转身进门去了。

剩了三四天就要放寒假了，李俏还是没有来上学，她连考试都没有参加，这可真是奇怪了，难道她不上学了吗？李晓与我都不知李俏究竟是怎么了，要在医院里住这么久？

那五到李俏的教室来了几次后，没有看到李俏，落寞地走开了。只是石猴依然送来礼物，让捎回去给李俏，通常是一些水果或者饼干之类的，石猴有时候也聪明，他将这些东西交给李晓时总问：你姐得的什么病？我们好买点对她身体有好处的东西啊。在利益的诱惑下，李晓有几次都差点说出口，但她还是管住了自己，只收礼物不答话。李晓将那些礼物拿回家后，放在桌上看母亲的表情，她们的母亲看着这些水果或者饰品，知道这是另一个男生送来的，她拿起一条围巾看一看，是羊毛的，一个上高三的孩子这样出手，能这样自由支配经济，家里定是缺少管教的。李晓的母亲拿起这些东西又放下，欣然接受。作为一个母亲，她不为自己早恋的女儿担忧，反而无形中有一种骄傲。

六

这个冬天，为什么这样冷？教室外屋檐下挂满了冰溜子，有一些足有二十厘米长，李晓与我的手都冻了，红肿着，不但肿还又痒又疼。我们每天都一边听课，一边搓着自己的手，教室里生着钢炭炉子，炉火通红，温度一升高，我们的手会更痒，不搓就痒，一搓就更痒，如若敢抓就会破，破了更糟糕，会出血，结痂，伤口再冻，这实在是让人尴尬又痛苦的事情。可这样的尴尬在李俏那里就没有，李俏与我们一样生在农村，长在农村，冻疮却从不光顾她，即使她在大冬天里和母亲一起在地里起萝卜，不戴手套，手上沾满冰凉的泥土都不会……她脸蛋冻得通红，鼻头通红，手也通红，但她不会得冻疮，这是为什么？为什么我们与她一样，却又这么不一样？

一个星期后，我们又去医院看李俏了，这次我们拿着石猴送来的黄桃罐头。那两瓶黄桃罐头抱在李晓的怀里，一路走过去，看着很漂亮。李俏一看到我们来，先是接过那两瓶黄桃罐头，然后，她扯掉妹妹李晓的手套，看那冻疮。李俏拉开抽屉，拿出两管药膏来给我们，然后嘱咐要早晚一抹。我们俩拿着药膏，看着李俏那光洁的手，刚刚不平衡的心理稍稍得到一点平复。病房里的暖气今天格外热，因为热，我俩的手又开始奇痒难耐，而李俏的手却那样光洁自如，是因了这有暖气的房子吗？我们俩看看自己红肿的爪子，一时间觉得得病都是一种优待了。

李俏好像苍白了些，不像在家里时那样肤色有层次感。她的手上依然有针孔，桌上也依然有一些药。她穿病号服都穿得这么好看，使病房里的人眼光不由自主往这里看来。是的，任何时候，任何地方，李俏都是焦点。

李俏看着那两瓶黄桃罐头，打开一瓶，然后拿来一个勺子，放到床头柜上，让我俩吃。她摊摊手说：没办法，这里只有一个勺子。我们都是农村孩子，黄桃罐头一般是吃不到的，况且在这样的大冬天吃个水果都很难，何况是黄桃。我俩经受不住引诱，迅速地用那个勺子一人捞了一块吃起来，啊，真是美味，黄桃清凉美味的口感一下就弥漫了我们全身。李俏看到我俩高兴了，才盘腿坐到床上，两手交叉放到腿上等待我们向她汇报这一个星期学校的事情。

这一天的中午，阳光如此明媚，从窗外射进来，打在我们三个人身上，暖暖的，我们的脸在阳光里看起来都那么生动而美好，我们不停地说着话，偶尔说到好笑处，我们一同倒在被子上相互胳肢对方，甜美的黄桃罐头被我们吃得差不多了，玻璃瓶在阳光下看着晶莹剔透，黄桃那甜美的感觉一直弥漫在我们中间，温暖而经久不去……很久以后，当我回忆起年少时，都只记住这个片段，这一瞬间，是属于我们三人的纯洁而美好的一个时刻。我与李晓走时，太阳已经西下了，李俏送我们到病房门口，看我们下了楼梯，这个愉快的下午使得我们俩也很高兴。

走出医院的大门时，我们俩都不说话了，我们看到了那五，那五也是带着一队人马来的，那五骑着一辆二八的自行车，一只脚踩在自行车脚踏上，点一支烟在抽，他用拇指和食指拿着那支烟，狠狠吸一口，那支烟就吱啦啦燃掉了一截。我们还看到上次在溜冰场见到的那个女孩子，这次她坐在另一个男孩子的车后面，那一头茂密的棕发引人注目，猫一样的眼睛冷静地看着这一切。我俩看到，这个队伍里还有一个男孩子自行车后牵着一条大狼狗，那只大狼狗伸着长长的舌头，哈出一团又一团白气……李晓转过头看向石猴，石猴无赖地笑了一下。中午石猴把这两瓶罐头给李晓时，大约就已经开始跟踪我们了。石猴一拧一拧走到我们跟前……我突然明白了，上次在夜色中我看到的那个背影就是石猴！事已至此，我们还有什么可说的？

那五这次走到我们俩跟前，他问李晓："你姐住在这个医院吧，她怎么了，在哪个科？"这是那五第一次和我们说话，他垂着眼帘，并不看我们，眼光掠过我们头顶看过去，他手里还掐着一支烟，就用食指和大拇指拿着。不知是那黄桃罐头的作用，还是那五对女孩子天生有一种魔力，李晓不由自主地答了那五的话："消化科。"说完后，连李晓自己都大张着口，不知自己怎么了。"嗯。"那五扔掉手上那支烟，然后冲所有人说，"等我。"接着他就进医院去了，他穿了军大衣，风一吹，倒有一点翩翩。

这时，我反应过来，迅速拉上李晓的手，向里面跑去。走进消化科后，只听得那五在楼道里大喊：李俏，你出来，李俏你在哪里？护士出来阻拦那五，那五毫不在乎，一路直向里面走去……正在这时，我们看到李俏从病房里出来了，手里还拿着一个勺子，想来，她也在吃那黄桃罐头。李俏看到那五，愣了一下，她没有想到那五会这样直接闯到医院里来，但很快，她就镇定了，在这一点上，李俏拥有和母亲一样的能力，镇定自若，特别是面对男性的时候。她站在那里不动，等着那五走到她跟前来。

太阳下山了，余晖从楼道的窗户那里射进来，那五与李俏便站在那余晖里说话，两人身上都笼罩着一层薄薄的金光。我与李晓站在另一头看着，不一会儿，便看到李俏笑起来，那五递过去一个信封，不知是干什么的，李俏要拆，那五突然现出害羞的表情来……李俏捂着嘴笑了，仿佛他们交谈得非常愉快。

天色暗下来时，我们终于要走了，那五与我们一道出了医院，医院外，那一干人马还在那里等着……只是不见了那个棕色头发的女孩子。那五的人将我俩驮到我们村子，放下，然后那五对李晓说：改天我还来。这话像是说给李晓的，也仿佛是让李晓传话一样，传给谁，李晓一时有点茫然。

我俩向村子里走去，只听得那一队人马里传来一阵阵口哨，夹带着那只狼狗的叫声，渐渐远去。

终于放寒假了。学校里一片欢腾，放了假，连雪都没人扫了，前些天下了几场雪，现在冻住了，走起来非常危险。教化学的学术老太太，抱着一沓化学试卷在这坚实的冰面上小心地走着，到底上了年纪，走一段，便拣一棵树来扶一下，缓一下气。

这个教化学的老太太是李俏的班主任，她一直关心李俏为何半个来月都没有来学校，李俏的母亲终于在放寒假前来了一次学校，找了这个化学老太太，进行了礼貌性的家长请假。李俏的母亲在年级组的办公室里声调高扬又平稳地把李俏的病情说得既严重又轻佻，总之，是需要住院，而且不能参加考试了。李俏是高二第一个学期，按说这是很重要的时刻，但李俏的母亲就是无所谓。

化学老太太被李俏的母亲说服了，但还是很疑虑，她为这个漂亮的孩子惋惜，惋惜她不该在这个时候得病……她摘下眼镜看着李俏的母亲出门后远去的背影，总是有一丝疑虑，李俏的母亲话说得无懈可击，但这个化学老太太总是觉得哪里有点不对劲儿，到底是哪里不对劲儿，她说不出来。

李俏的母亲知道那五去看过李俏后，非常生气，把李晓骂得劈头盖脸，骂李晓吃里扒外。而李晓则想，明明自己是吃人嘴短。李晓的母亲在骂李晓时，李晓装着没听见。当母亲骂得凶时，李晓就扯着那只熊的耳朵说：收人家东西时倒是收得挺快的……听到这句话，李俏母亲在外屋稍稍愣了下，接着就气不打一处来了，她没想到，拙于言辞的李晓竟然能回她的嘴了，她冲进屋子，又开始扯李晓的耳朵。

几日后，李俏出院了，悄没声息地回了家。

七

春节时，李俏已经如常了，大年初三时我们家出门正好碰到李俏一家也去走亲戚，李俏除了比原来瘦了点，看不出有什么异样。他们一家四口一前一后走着，前面走着李俏的妈妈，接着是李俏，后面是李晓和她们的父亲，看起来，这一家简直就像是她们的妈妈在冲锋陷阵，李俏掩护，而李晓和父亲完全是来殿后的。李俏家里与我家里一样，都属于半工半农的家庭，想来，当初李俏的母亲也是因为她的父亲是个正式工才答应嫁给他的，我的父亲也是有工作的，所以我们这样的家庭在这个村子里就只有一半的劳力，但李俏的母亲不似我的母亲，她早早就把很多自家的地租了出去，或者给亲戚去种了，她只种很少的一块地，所以也就显得不是很累，李俏的母亲始终认为土地能带给我们的利益太少了，她早早清醒地意识到了这一点。

过完年不几日，家家户户便开始倒苗了，所谓倒苗就是把在塑料大棚里培育的菜苗趁着春光尚好，都种到地里，到了夏天，各样蔬菜便正好是成熟的时候。这个时候是我们村子最忙的时候，家家户户都在忙，大家相互帮忙，以度过农忙时刻。塑料大棚都翻起来了，里面的菜苗初次沐浴阳光，都微微抖动着身子，一片一片的菜苗被起了出来，移植到更开阔的地里，等待充分成长，人们一个个饭都顾不上吃，只管把这些菜苗种到地里，不然早了会冻死，晚了会干死，前半年的收成就靠这几天的忙了。

这个时候，却是李俏家里闲的时候，因了她们家里种的地少，所以一日就忙完了，接下来就只等夏天的到来。奇怪的是，这一段时间我常常见不到李俏，连李晓都不知李俏去了哪里，偶尔在她们家里见到李俏，李俏还似以前那样笑盈盈的，但我总觉得李俏有了点不一样。

立春到来时，各家都忙完了，到了春分再浇一遍地，菜苗就哗哗地向上长了，这个时候，我们村子总是有一种祥和的气息。春分一过，棉袄就可以脱掉了，女孩子们的衣服也鲜艳起来，或许是因为到了春天，李俏又迅速地恢复了她丰满的体态，把得病时瘦掉的一并补了回来。这段日子，李俏的母亲也非常用心于家里的饭食，让这两个姑娘都胖了点，万物复苏，李晓在这个春天也长高了一点儿，脸蛋也长开了一些，连她们的父亲脸上也有了一些少见的和瑞的气息，眼神不再那么硬了。

本以为，上个学期没有参加考试的李俏肯定是要被学校记过，并且不能顺利入学的，却不想开学的时候，李俏的母亲又在学校里出现了一次，这个事情就过去了。李俏的母亲站在象征着这个中学历史的中央三层教导楼上，在教导主任的办公室不卑不亢地向教导主任求着情。我们的教导主任是个一脸麻子的中年男人，一头三七开的发型终年不乱，一件深蓝的中山装一丝不苟地穿在身上，时常背着手在教导楼的二楼过道里踱着步，掉着脸，一副忧国忧民的神情，让这个学校所有的学生都可以看到，像表演一样。所有的学生都怕教导主任，连高三的那些牛鬼蛇神都有点怕，可是当李俏的母亲在教导主任的办公室里坐了一个来小时后，教导主任不再背着手了，只是一个劲儿地点头。李俏的母亲端正地坐在教导主任对面的椅子上，挺胸扭腰又绝不风骚，不紧不慢地拉着家常，说着生活的不易，说到从河南嫁到陕西，多么不习惯，最后说到自己的女儿……李俏的母亲一会儿像个学生一样认真听讲，一会儿像个领导一样慷慨激昂，一会儿又是艰难的母亲了，当李俏的母亲从教导主任办公室里出来时，李俏已经可以来上学了，也顺利地拿到了新学期的教科书。这简直是个奇迹！

李俏来上学了，大家都知道了。只是上课时，李俏更加茫然，学习于她而言更加陌生，虽然她还是努力着，但那些数学题在她面前就像是一个个古怪的城堡。李俏皱着眉，咬着嘴唇，看着那些题，很用力地想，在自己脑海里搜索，她嘴唇粉红，眉头微蹙着，看着倒更是让人怜爱了。教数学的杨老头，戴着一副茶色的大眼镜，他从眼镜里看着这个美丽的姑娘为一道其实很简单的高数题皱着眉头。然后，他无奈地端起茶杯喝一口水，悄悄叹了一口气。

李俏依然是快乐的，别人的情绪丝毫不能够影响到她。安斌在放学时照样来接她，那五还是会来约李俏去玩，有时李俏也会和那五一起去，她仿佛是什么也不怕的，只一句话，就解释了一切：大家都是朋友。

我和李晓都感到李俏有点不对劲，总觉得哪里不对劲，现在李俏越来越少和我们俩在一起了，她一个人单独活动的时候越来越多，她的"秘密"好像也少了，这让我们俩非常惆怅。

春天过去得很快，转眼就要过去了，李俏仿佛离我们俩越来越远，她仿佛在迅速地变化着，我看到了，她的内里在迅速而疯狂地长着，而表面却不动声色，这让我感到非常恐惧。以前李俏的眼睛在看人时完全是放出来的，但现在她看人时眼光在往回收，她在变，我能感知得到，她在变成一个让我感到陌生的人。

夏天的到来是迅速的……这个时候，高二的孩子们也都考完了毕业考试，高中的课程已进行得差不多了。只等来年升入高三备战高考，高二年级的毕业证已经堆在教导楼的办公室里了。

这个时候的李俏，一天恹恹的，没什么精神，对学校一天一天没兴趣，好像只是为了完成任务一样把这最后的日子混完。

这个时候的那五对李俏却越来越上心，偶尔也能看到李俏坐在那五的自行车后，去那五他们的研究所看一场电影或者去打台球。那个一头棕发的女孩子有一次在台球厅看到那五与李俏在一起，便把那五叫到边上说话，没说上几句就吵了起来，所有人都听到了，那个女孩子冲那五喊道：不就是一个村姑吗！那五听到了笑了一下，径直朝李俏走来……李俏没有表现出一丝异样，丝毫看不到她有被侮辱的感觉，她只是将那五喜欢的那只笛子拿在手里转了两转，平静地看向那个女孩子，用嘴角笑了一下。

只是从那次后，李俏就越来越少来学校了，甚至连毕业证都是让李晓代领的。

我最后一次见李俏，是在一个夏日的午后，那一日，太阳很烈，人的胳膊被晒后针扎一样地疼，李俏穿着一件碎花的衬衫，梳两个辫子，戴着一顶草帽，怕晒坏了皮肤还戴了套袖，她扛着一把铁锹去给自己家里浇地。李俏在田间行走，看上去完全是一个大人了，水泵开起时，溅了她一腿的水，她动也不动，挽起湿掉的裤腿，露出洁白的小腿，丰满的腰身在田间移动着，已不似一个少女，完全是一个女人了。烈日当空，知了在大声鸣叫，李俏代替自己的母亲浇完了一片又一片地，然后在水泵边洗净脚上的泥，再在自家地里摘了两个紫茄子和一把豇豆，准备回家。李俏看到了站在我家田间的我，仍旧冲我笑，并说道："小麦，下午上我家来吃焖面，我做的，有阵儿没见你了……我们家李晓都想你了。"

暑假来临时，传来一个消息，李俏去广州了！李俏嫁人了！这简直像是一个炸雷一样。不等我们明白过来，李俏已然离开了家乡，如此迅速。一切都印证了我和李晓的感知，我们终于对李俏的那些不对劲有了些了解。

李俏在住院的时候认识了一个男人，这个男人是广州人，有一个家族企业，他在医院时对李俏一见钟情，等到夏天时，李俏的母亲便答应了这门亲事，这是李俏的选择，李俏的母亲没有反对，也没有支持，只是默认。我们终于明白，李俏为什么要在医院里住那么久了，也明白了李俏的母亲为什么总是什么都不给李晓说了。

校园里缺少了最美丽的姑娘，让人们有了一丝失落，但这不影响暑假的到来带给这些孩子们的喜悦。

李俏没有向安斌道别，也没有向那五道别，她做了自己的选择。既胆大包天，又迅速无情。

阳光照着大地，在地上开出大朵大朵炽白的花来，操场上，安斌一个人默默地踢着球，他皮肤晒得黝黑，黑到发亮，他一下又一下地把球踢向一面墙，大力踢出的足球与墙壁碰得"嘭"的一声巨响，再弹回来到他脚下，他再踢出去……安斌整日整日重复着这个动作，使所有人听了不免一声叹息。

一日，安斌与那五在操场里遇见了，安斌手里拿着球，松针一样的头发上垂着汗珠，眼里满是血丝……那五不似安斌，脸色苍白，像是睡了许久才醒来，仿佛他是到这个世界来做客一样，那五一样痛苦万分。两人都不说话，那五递给了安斌一支烟，安斌想了一想，伸手接了，这两个人在操场边的一棵木棉树下，点着了这根烟……一口一口抽，烟抽完时，这两个人相互看了一眼，分道而别。人们盼望的一场对决终是没有来临……

事情来得如此突然，我们村子里的人没有想到最漂亮的姑娘以这样的方式嫁了出去，没有婚礼，亦没有摆酒席，只是去了广州，再无音讯。

李俏的母亲镇定地走过村子的街头，烫得凹凸有形的头发纹丝不乱，镇定又镇定，仿佛在无声地宣告着：这些与你们无关。李俏的母亲仍旧会见人就笑，高声问候各家菜苗的长势，以及新近上架的菜的价钱，但就是不提自家李俏的事。宁静的午后，依然看到李俏的母亲会在自家的院里，神情自若地拧着一根又一根的麻绳，坚定恒久而用心。

我觉得我没有见过带走李俏的那个男人，但我竟然在一个午夜里梦到了李俏和这个男人。这个男人仍旧瘦，甚至梦里他比李俏个子还矮似的，一双小眼非常精明，两只手先抄在口袋里，来回地走，三七分的头发梳得很光滑，他微笑着看李俏，李俏亦微笑着回望他，把手放到他手里，我感受不到任何美好或者悲伤。我从梦中醒来时，才缓缓感到李俏将手放过去时，有一点无奈。

这个梦如此真实，我觉得这个男人就是带走李俏的那个男人，我觉得冥冥中我肯定在医院里见过这个男人，虽然那时我不知他是谁。这是我的幻想还是真实，无从求证。我有点迷乱了，甚至怀疑李俏是否住过院，曾经面对的李俏和现在离去的李俏是一个人吗？这一切是我的幻想还是真实存在过？

这个暑假，李晓也与我慢慢疏离，不知是什么原因……没有人能从李晓的嘴里得来关于这个男人的只言片语，但想来，她肯定见过。有一次我见李晓，她只是递给我两个酸菜盒子，没有说话，我们没滋没味地在风中咬着。从此，李晓再没邀请我去她家写过作业。

再到冬天时，便已传来消息，李俏已然做了母亲，迅速得让我们反应不过来，我终于感知到了我在医院时所察觉的李俏的变化，或许在那时，她就已经蜕变成一个女人了，就此我关于李俏的记忆也终止了。

八

多年后，我们的村子已经不在了，一片片的菜地也没有了，都成了一片一片的小区。有一次我回家，在小区外碰到了李俏，她已不认得我了。这期间，我曾听说她离了婚，孩子送回来给自己的母亲带着，她与人合伙一起开了一家美容美发厅，她还是很年轻的，并不显老，岁月并未狠心于她。她穿了黑色的裙，边上缀了闪亮的珠子和片片，上身是桔色花纹的衣服，有点闪光，她的身体仍旧是丰腴的，却毫无生气。她戴一个硕大的墨镜，看不到她的眼睛，一走过去便迅速融进人海，一尾鱼一般消失不见。儿时那无邪的夺目之美再也不见了。我想叫她，站在街头，却茫然不知如何开口……

【作者简介】

贝西西，本名贾琼，女，生于20世纪70年代，陕西西安人。陕西省作家协会会员，"陕西百名青年文学艺术家扶持计划"入选作者，鲁迅文学院陕西中青年作家研修班学员。在多家报纸杂志上发表文章，至今已发表小说、散文、杂文、影视评论等两百多万字，见于《中国作家》《花城》《山花》《雨花》《长城》《延河》《小说月刊》《黄河文学》等刊物，著有长篇小说《安安的呐喊》。2014年获首届《中国作家》"舟山群岛新区杯"短篇小说新人奖，陕西省第三届"柳青文学奖"短篇小说新人奖。

缺席的爱情

——评《谁是李俏》

李 星

一朵鲜花插在了牛粪上，是最煞风景的婚姻生活，李俏的命运就是如此。没有嫁给热恋过她的富家公子，也没有嫁给艳羡着她的家乡俊男，却嫁给了一个外乡年高富豪。正是在对她的美丽的赞叹和命运归宿的强烈对比中，小说不经意地揭开了当下社会的城乡现实。农家女儿的美丽可以成为交换的资本，帮助她走出贫困，却不配拥有自己的爱情。这里还是一个没有爱情的角落！作者的叙述客观而冷静，不仅回避着自己的评价和情感，也回避着主人公的感觉和心理，让人怀疑她究竟生活在哪个时代！这或许也是现代化社会中国的另一种现实。

英式下午茶

赵红都

我早晨八点多在办公室露了一面，十一点多就站在北京的街头了。如果我愿意，下午下班前我还会出现在办公室。当我和同事们下班一同走进电梯，或者和他们同赶一个饭局的时候，不会有人怀疑我一天都没离开过办公楼。即使发现你有一会儿不在，也会以为你去了卫生间或者去什么地方开会了。

谁关心呢？当你八点钟在一个城市，十一点钟在另一个城市，你会产生不真实的感觉；当你八点钟呼吸一种空气，十一点钟呼吸另一种空气，你会有瞬间眩晕的感觉；当你八点钟看到的树木和花坛与你十一点看到的迥然不同时，你确实会有时光倒错的感觉。我们那里柳树的嫩芽在枝条上随风荡漾，桃花也吐露芬芳，北京这里的柳树和桃花则刚刚凸苞。这些感觉都是高铁带来的，速度带来的。你看那电线杆，它们相隔五十米，却像飘飞的栅栏一样，都快密不透风了。人类的每一项发明和创造都是为了方便和快捷，都是为了生活得更优雅和轻松，说到底文明的进步都是为了人类的幸福。方便快捷倒是事实，至于说到优雅轻松，说到人类幸福，简直就是谎言和陷阱。

在我看来，人的不幸，并没有因为更多的发明创造而有所改变，我甚至认为它恰恰走向了反面，人们更疲惫和紧张了，更辛苦和辛酸了，说到底是更加的不幸了。这没有什么可怀疑的，没有什么可争辩的。当然，这里不是讨论这些问题的地方，我想说说我的表哥。

我这次去北京就是受我表哥所托。其实早在五年前的秋天，我表哥就指派我去过一次。我带着表哥的重托两度北上，去说服他的儿子——我的表侄。第一次是要鼓励他报考公务员，这一次是让他尽快结婚生子。这些关乎表侄的人生大事，表哥一而再地派我前往，可见表哥对我的信任。以表哥的阅历，他怎么会这样信任我呢？以表哥刀子一样的眼光怎么就看不出在这些事情上，我根本就是一个不靠谱的人？表哥上一次专程从家乡的小城跑过来说，我是名牌大学毕业，我读了那么多的书，我在大机关工作，我见多识广，我表侄崇拜着我呢！一句话，我就是个成功人士。表哥这一次又专程跑过来说了几乎同样的话。如果说话的不是我表哥，我肯定认为是在挖苦我，但表哥绝对不是。

几天前，表哥说你就拨冗再为老哥跑一趟吧。现在我依然听到他当时说，你就拨冗跑一趟吧。表哥甚至动了感情，说，你外爷去世早，你外婆二十多岁就守寡，辛辛苦苦拉扯大我爸和你妈。你外婆今年八十多快九十了。我能等得及，她老人家哪能等！我爷，我爸，我，我们三代单传。我多想让她老人家看到四世同堂啊！表哥说，这成家立业，结婚生子，天经地义，自古如此，难不成又庸俗了？这娃不听我说，你表侄从小到大只听你的。听到这最后一句，我心里想，难道表哥听到或者猜到了第一次的情况？看看又不像。表侄从来不与他父亲交流，而当时只有我们两个在一起；再者，从表哥诚恳急切的脸上也看不出丝毫的言外之意。

其实，就是在五年前，我从北京回来复命时，表哥对我的语焉不详也没有表现出不满。我只是说，孩子想留学就让他去吧，开开眼界长长见识总归是好事。我把一件事，说成另一件事。表哥就这样被我糊弄过去了。经过这几年，表哥对儿子考公务员的事已经放下了，可这一次回去见了表哥该怎么给他说呢？我再次辜负了表哥。现在可以说说我的表哥了。在家乡的小城，我表哥可是个响当当的人物。作为一个局长，他有着广泛的人脉关系和独特的领导艺术。在家乡的小城，我表哥就是成功的典范，励志的典型。姓王的千千万，在家乡小城的社交界，提起老王，就是指我表哥。即使有其他的王局长，即使四大班子有姓王的王县长王书记王主任王主席。那一提起老王，人们都知道指的是我表哥，绝不会弄错。

表哥自小就是有想法的人。他比我大六岁，在我七八岁时，每到外婆家，我就跟在表哥的屁股后。他带我柳枫河里钓鱼，北大桥游泳。但表哥最热衷的是看杀猪。表哥看杀猪能看一整天。从捆绑，到宰杀，到吹气，到煺毛，到开肠破肚，表哥一个环节也不会落下。表哥不只是袖手旁观的看客，他会热情参与其中。大人忙活，他不失时机地给烧水的大锅添把柴，会按住挣扎的猪后腿，会在血柱子溅出的瞬间，摆好接血的脸盆。所以大人们会撵碍事的小孩子，却从不撵表哥。那时候看杀猪，我跟着表哥跑遍了我们镇上的大街小巷。

有一次，表哥甚至骑自行车带着我到离镇子好几里远的一个村子去看杀猪。我看杀猪，一是陪表哥，再者是能得到一个猪尿泡。表哥总能说服屠夫在给猪开肠破肚时把猪尿泡留给他。表哥也不嫌脏，从地上一拾起来，用手扒拉一下沾的土，就直接放到嘴边吹，吹得又圆又大，溜光水滑，油渍麻花。用绳扎了，找一根竹竿系了交给我。尿泡吹得多了，表哥就想吹猪了。后来我想，表哥每次给我吹猪尿泡，说不定就是多加练习，把肺活量练大了，为了有朝一日能吹猪。有几个场合表哥也曾表示要试一试，但总被人推到一边——去去去，毛都没长就想干这个。终于有一次他们同意他试试了。表哥俯身在放猪的门板上，一只手按住一条猪后腿，一只手掀起切口处的皮毛。只见表哥抬起头深吸一口气，果断地把头埋了下去。表哥的脸变红了，变紫了，额头上青筋暴露，两只眼睛鼓胀得吓人，似乎马上就要眼眶崩裂，眼球弹出了。大人们喊，换气，换口气。表哥咕咚一声倒在了门板下，脸色惨白，好像失去了知觉。死猪躺在门板上，表哥躺在门板下。我吓得想哭，一圈大人却哈哈大笑。表哥如此痴迷于杀猪，后来就被街上有名的杨屠户收做了徒弟。

刚刚恢复高考那年，镇上的同龄人甚至快三十岁的都拿起课本，准备通过考试改变命运。我舅也曾希望表哥放下屠刀，拿起课本，将来奔一个好的前程，但立即遭到了表哥的拒绝。我舅说你就没点人生理想？我舅是中学教政治的。表哥说人各有志，我不是读书的料，我就喜欢杀猪。我的人生理想就是当一个杀猪匠。就在那一年，他的姐姐、我的表姐考上了省里的一所中专，也算为我舅争得了一点面子。我倒是从内心里喜欢表哥继续杀猪，毕竟从初中到高中，每到外婆家，总有猪下水吃，红烧大肠、爆炒肝尖，吃得我心满意足。表哥有力气，技术好，动作麻利，捏着刀把子，下手稳准狠，二十岁出头已经是镇上有名的杀猪匠了。

当我表哥套上那件长期被猪油猪血浸染、已发硬发亮看不出原来颜色的皮围裙，沉稳地穿梭在屠宰现场，你会觉得他天生就是杀猪的；当我表哥打开他包扎好的工具袋，把他的放血刀、剔骨刀、剥皮刀、分切刀一字排开在案子上，那自信的派头，你会体会到那些实现人生理想的人是个什么状态。表哥手段好，眼更好。出栏的猪有多重，能出多少肉，表哥用他的一双大眼睛看上几眼就能说出个准数，上下不会错二斤。表哥就那么前看看，后看看，围着猪走，一圈，两圈，最多三圈，数就出来了。再肥的猪，再暴躁的猪，几个壮汉按不住，我表哥一出现，就安生了，老实了，一伸手，搭在猪背上，猪就只剩浑身打颤的份儿了。表哥有一双罕见的大眼睛，一对眼球极力外凸，眼睛一瞪，就像一对儿威力无比的探照灯。镇上有人说表哥的眼睛是吹猪吹的，尤其是他十五岁时第一次不成功的吹猪落下的病根。其实这只是玩笑。镇上凸眼球的人多了去了，都是那年的踩踏事故留下的。我表哥十二岁那年的冬天，县里的毛泽东思想文工团在镇上的人民会场演出，发生了踩踏事故。那次事故踩死三名儿童。表哥算是幸运的，眼睛在红了一两个月后就基本恢复了，只是凸出来的眼球，再也回不到原来的位置了。表哥眼睛大，就显得比别人更突出。

我对这件事记忆犹新，是因为那段时间在我们镇上，总能碰到脑袋肿胀、眼睛血红的人。表哥先是大眼睛消失了，肿成了两道怪异吓人紧紧闭合的肉缝，随着肿胀的消退，眼睛慢慢露了出来，却是红得耀眼。当他的眼睛能够睁开时，就像是两只血碗，它们鲜艳至极，丰盈至极，好像眼皮抖一抖，就会顺着眼皮流下来。我有整整两个月不敢见表哥。表哥杀猪练就的眼力，后来在他当了局长后，用在了工作上，成就了独特的领导艺术。那些调皮捣蛋的，拉帮结派的，阳奉阴违的，表哥就对着他们看，前看看，后看看，一圈，两圈，最多三圈，他们的头就低下了。表哥把肥厚的手往他们背上一搭，就有啥说啥了。表哥说，你们就是一群猪。在表哥探照灯一样的大眼睛里，他们几斤几两是一目了然的，在表哥庞大的身影下，他们就是摆在案子上剔骨分类的肉，哪里藏得了秘密。

表哥年轻时风里来雨里去，皮肤日渐黑粗，中等身材，也就一米七二、七三的样子，但长期的屠宰生涯，练就了一身力量，四肢肌肉发达，从开店开始发胖，等到了县里当厨师，越发膨胀起来，当局长时体重已达一百公斤。但表哥不显得笨拙，他是一个灵活的胖子。这样的一个皮糙肉厚的胖子，再加上一双探照灯一样的眼睛，在他面前，搞点小动作确实需要掂量。所以在全县，唯独表哥的局里，班子最团结，员工最和谐。当然这和表哥的后台也极有关系。这是后话。表哥杀了十多年的猪，后来就不再走街串巷地为别人杀了。

在我大学毕业前后，表哥在街上最好的位置租了门面。门前一个肉架子，后边是饭店。我想表哥可能是走累了，干烦了。以前是喜欢，是玩，是满足兴趣，现在肩上有担子了。表哥那时已经成家，很快有了孩子，得考虑养家糊口了。表哥赶上了好时候，是我们镇上开饭店较早的一批人。表哥到乡下收猪，杀了，上架卖肉，猪头、猪蹄、下水在后厨加工。表哥的门面门口支着一口极大的汤锅，汤锅里一年四季几乎一刻不停地冒着诱人的热气。

表哥生意好。其他人要么卖肉，要么开饭店。表哥自产自销，一条龙。当然这不是生意好的原因，关键是表哥的卤肉做得好。表哥收猪时，认识了一个农村的厨子。这个厨子是一个国民党老兵，据说当年是黄维的厨子，跟了黄维好多年，直到双堆集黄维兵团覆灭，黄维被捕，厨子趁乱跑回了老家。说不定表哥就是在认识了这个厨子之后才有了开饭店的想法，能够肯定的是他从厨子这里得到了制作卤味的真经。表哥卤猪头、猪尾、猪蹄，卤肠子、肚子、肝子。我们镇上，谁家来了亲戚，去了朋友，大都会在表哥的王记卤味店里包上两只猪蹄，切上一段大肠。镇政府的书记镇长也不例外。

就这样，表哥的机会来了。县里的刘副县长到我们镇上视察工作，中午饭点对书记镇长说，咱中午就不吃炒菜了，我听说你们这里有个卤味做得好的，咱尝尝。于是表哥所有的卤味摆了一大桌。刘副县长当天中午没有喝醉，却吃醉了。刘副县长举着一块猪蹄，赞叹说，高手在民间啊！这二十三个乡镇我吃遍了，哪个也不如你们这里的王记好。刘副县长后来隔三差五在饭点总是要来一下。

我们镇离县城只有二十公里，从县里大院到镇上大院也就是半个小时的车程。刘副县长第二次来时就要求见表哥。表哥哪见过这么大的领导，诚惶诚恐跑过来，激动地握了领导的手，屁股坐在椅子角儿。当他磕磕巴巴说自己的师傅是当年黄维的厨师长时，几乎惊住了刘副县长，啥啥啥？一迭声地问。当刘副县长终于搞清楚真的就是被解放军全歼的黄维兵团的黄维后，脸上的表情豁然开朗。刘副县长再次抓住表哥的手，说，老弟，愿意到大院里去吗？大院就是指县委县政府。表哥只当是玩笑，我一乡野村夫哪敢造次啊。刘副县长不松手，严肃了，我说的是真的。你有个思想准备，瞅机会你过去。我不亏待兄弟，他们二位知道。书记镇长立即点头作证。当时我想，表哥和县长的关系是因为一个胃。

机会很快来了。说时是秋天，来年惊蛰那天，表哥就进城做了大院小食堂的主厨。春节前，刘副县长提拔为我们县的县长。表哥在县里当厨子那些年，逢年过节我回去，他总是安排我住宾馆、在大院的小食堂吃饭。每次离开时，表哥都会把他的好酒名烟给我塞上一纸箱。要多给领导表示，表哥总是反复叮嘱。

随着时间的流逝，表哥脸上越来越有感觉。一个厨子能办到的事，表哥能够办到，一个厨子办不到的事，表哥同样能办到。如果你不认识一个像我表哥那样的厨子就不可能知道一个厨子能办什么事。在酒店、在洗浴中心、在足疗馆，我亲眼见到那些乡镇的书记乡长、县里的局长副局长、大小包工头如何和表哥称兄道弟咬耳朵开玩笑拍肩膀。

我注意到，表哥从没忘乎所以，他不拍人家的肩膀，他放低自己，巧妙透露县长的意思，不动声色接下别人所托，对这些各级领导，只是一味地夸赞。这个有水平，那个有魄力，这个思路清，那个腕子硬，这个有文化，那个见识广，表哥以诚恳的态度把他们捧到天上。和表哥在一起，一个个都是兴高采烈的、飘飘然的，似乎马上就要提拔了，就要前途无量了。

表哥的口才真的是越来越好了。我敢说，表哥是厨子里面口才最好的，在口才最好的人里，表哥的卤味肯定也是无人可比的。我当时想，表哥吹人成为他领导艺术的一个重要方面。他的早年功夫，真的是一点也没有浪费啊。镇上的王记卤味依然红火，甚至更红火了。

表哥进城了，表嫂一人哪能忙得过来，就把她的弟弟叫过来帮忙。原来的门面已经显得太小了，于是，左右两家的门面也被租下来了。不再一味卖卤味了，南北大菜一应俱全。

让表哥唯一不放心的是他的儿子、我的表侄。这孩子瘦弱，麻杆一样，胃口差，家里的卤味他从来不吃，也不爱说话，不爱动，安静得像一个姑娘。有一段时间，表哥担心得不得了。我那时刚刚参加工作。春节回去，表哥说，这娃难不成有病，你带他去省里大医院检查检查。这么一说，我也怀疑他是不是肝有问题。一检查，肝胆肾一切正常，只是有点营养不良。既然这样，大家也就放心了。

表哥进城后，想让表侄跟他进城读初中，说城里的教学水平高。表侄坚决不去，还拿出我当挡箭牌，我表叔不是也在镇上考上的名牌大学？城里的教学水平高，有几个考上我表叔的学校？你那猪脑子能跟你表叔比？我猪脑子？我再猪脑子也不会去杀猪。我的事你不用管。细脖子一别，走了。表哥一张黑脸变紫了，作势要动手，被我一把拉住了。

表侄后来考上了北京的一所大学，虽不是什么有名的大学，自己却很满意，他的满意似乎来自能尽快离开家。自此，他就很少回来。表哥在大院干得风生水起，不想，县长的身体却出了状况，也不是要命的问题，体检时发现了三高，外加重度脂肪肝，得注意了，加强锻炼，戒烟戒酒戒脂肪，猪蹄和大肠是不能再吃了。表哥心里陡然像压上了千斤巨石，人都有点蒙了。县长在医院调养了一段时间后，很快就回来上班了。

有天晚上，县长把表哥叫到了他的办公室。表哥拿不准县长要说啥，心里七上八下的，一进门就想作检讨，好像县长的病都是他一手造成的。县长哈哈一笑，说，不瞒你老弟，我这贪吃的病是小时候落下的，1960年我五岁，饿得抬不起脖子。我十一二岁时，有一天中午，我去同学家叫他一起上学，发现他们家在吃鸡，扔一地骨头，同学正在啃一个鸡腿。看到这一幕，我扭头就跑啊，边跑边哭，那个伤心啊，那个气愤啊，一直跑到村头的打麦场。我躲在麦秸垛里整整一下午，学都没去上。那时候就想，长大了，我要天天吃肉。俱往矣，俱往矣，县长话锋一转，老弟也跟着我这几年了，有啥想法没？

表哥一时无话可说。表哥还真的没啥想法。表哥说，县长要是不需要我了，那我就回去吧。回去杀猪当厨子？表哥说杀猪当厨子。县长说，这么多年了，你老弟的为人我是看透了，总为别人着想，从不考虑自己。这么多年了，无论酷暑严冬，无论天有多晚，只要我在加班，你就不离开厨房，只要我说一声饿，你不出十分钟就能把可口的饭菜端上来。这么多年了，你不提要求，不捞好处，不说别人坏话，办事严，口风紧。像你这样忠诚可靠的兄弟是越来越少了啊！我已经离不开兄弟了，难不成兄弟却想离开我？表哥都快哭了，急忙否认，不不不，我就一个厨子，县长你这么高看我，你要是不嫌弃，我一辈子跟着你。我现在正在研究健康食谱，以后你不要过度劳累，饮食这一块，你就放心吧。县长说你就准备一辈子当厨子？我要退了呢？我要调走了呢？表哥说，我、我一个厨子……县长说，一般的人都是高估自己，眼大肚小，吃着碗里看着锅里，自己的工作都做不好，老想着提拔，像你这样低估自己的人还真是少见啊！那年去你们镇上我咋说，我说我不亏待兄弟，记得吧？以你的办事能力，做个政府办公室主任也是绰绰有余的啊。表哥说，县长我一个厨子我……县长说，厨子怎么了？刘备还卖草鞋呢，朱元璋还当和尚娃呢。你也别谦虚，我也不卖关子，你去下边一个局先当办公室主任吧，相关手续我让他们办着。别说我身体出了点小事故，就是没这档子事，我也早替你考虑了。你还年轻，得看远一点啊！县长说，你高中毕业，再想进步学历就低了啊！你也别发憷。你学学小李，小李高中都没毕业，现在本科毕业证都拿到手了。

县长说的小李是表哥的好兄弟，更是县长的小兄弟。小李跟着县长可是有些年头了，在县长是局长的时候小李就跟着县长干。小李比表哥当局长早了好几年。在县长安排表哥未来的那段时间，小李还是那个局的办公室主任，正准备提拔当副局长。小李这人我也熟，每次我回老家，见到表哥也总是能见到小李。其实我多次住的宾馆都是小李安排的，足疗、洗浴样样安排。小李长得帅，个子高，一米八〇的样子，浓眉大眼，很威猛，又注意穿着，就很吸引人了，更是招女人喜欢。

小李读高中二年级时，和女生谈恋爱，把其中一个肚子谈大了，被学校给开除了，从此走向社会。小李母亲死得早，父亲再娶之后，小李就有隔阂了，与父亲的家更是疏离。小李其实是跟着外婆长大的。小李自小喜欢养狗，一条土狗养了快十年，老死了，小李伤心得不得了，哭了一场。正好又赶上被开除，心里更是没着没落的。听说郊外有斗狗的，他就去看。这一看，看上瘾了。这一场看完，紧接着赶往下一场，本县看了，到邻近的其他县看，甚至跑到湖北的老河口襄樊去看。他也压钱，有赢有输。赢输倒是其次，关键是小李喜欢狗，每看到名狗，长相俊朗的、威猛的，小李就羡慕不已。

有一次看到一只棕色美国比特犬，线条优美，肌肉发达，毛皮瓷实光滑，一声令下，纵身从主人手中挣脱，如闪电一般扑向对方，奔跑过程中，尾巴逐渐勃起，如老二一般，一口下去咬在对手背上，对手呻吟着极力挣脱，再一口下去，雪白的一口剪刀状的牙齿狠狠掐住对方的脖颈，再不松口。就是这只比特犬让小李萌生了养狗的想法。我对斗狗一窍不通。

那些年回去，和表哥、小李一起吃饭、洗脚，小李有时回忆过去。小李为养狗到过内蒙古到过东北到过甘肃，有一年的冬天他买了三条小藏獒。腊月买的，进入正月，都不吃食了，二十四小时看着、抱着，还是一个一个地死了，小李哭了一年下。小李在城郊租了一个废弃的农家院子，在里面养狗，训练狗。

训练狗主要是练它的体能，爆发力、耐力、咬合力，身上绑上重物让它跑，买咬胶给它咬；再就是练打斗技巧，练斗志勇气，从墙上、从摞起来的桌子上往下跳，找陪练，找体型大的斗。小李说在他看来比特犬最美最猛。比特犬每平方厘米的咬合力达八十公斤。比特犬的骨头最硬，是其他狗的三倍。比特犬不怕疼，你们知道为啥？比特犬打斗时，睾丸激素分泌比其他狗快，高浓度的睾丸激素使它不怕疼痛。这个专业了。我和表哥听得连连点头。小李在甘肃买过一只比特犬，后来卖给湖北一个老板，赚了十二万元。这可是20世纪90年代初啊，是小李最成功的一次生意。

可以看出，表哥最佩服小李这个小老弟，当然不只是养狗了，小李有胆略。养狗辛苦，风险大，再说总不能一辈子养狗啊。小李才二十出头，要面子得很。以小李的精明和勤奋，几年下来积攒了一点钱财，决定见好就收了。小李还是想有一份体面稳定的工作。

政府要招人了，几个局都有名额，小李选了一个管钱的局报了名。弹了弹身上的狗毛他就走进了考场，奋笔疾书，藏獒牛头梗比特中亚非勒波尔多罗得西亚都是斗狗的名字，一边写，一边观察前后左右，写满了考卷。已经有人把卷子写完，翻过来，扣在桌子上离开了，也有人直接把卷子交到讲台上。时间马上就要到了，更多的人站起来。小李也站了起来，他伸手拿过前面刚离开的考生的卷子，重新坐了下来。小李个子高，胳膊长，动作敏捷。他掏出涂改笔，迅速地把一个陌生的名字抹掉，在原来的位置，认真地写上了自己的名字，然后把试卷翻过来，扣在桌子上，起身离去。回到已经空荡荡的狗舍，小李掏出他写满狗名的考卷，打火机点了，燃起一支烟，深深地吸了一口，看着考卷烧成灰烬，在心中告别了自己的养狗生涯。

鉴于和表哥的关系，小李说话从不避讳我这个外人。每当小李讲完一些事，表哥总是说，看看，看看你这个老弟。小李比我小两岁。表哥那是真佩服、真赞赏。小李以优异的考试成绩和俊朗的容貌如愿以偿地进入了局办公室。在进入办公室工作了一年半后，也就是第二年的春节前，小李在一个晚上走进了刘局长的办公室。刘局长当天在整一份材料，走的晚。小李进门后，回手把门反锁上，二话不说，直接把装着十万元现金的手提包放在局长面前的老板桌上。刘局长惊得睁大了眼，小李，你这是干啥？新年快到了，略表寸心吧。刘局长说，有事说事你这是干啥？小李说我没事。没事搞这干啥？刘局长说，我告诉你，有事没事搞这都是不行的。工作有纪律，做人有底线。年轻人要踏实工作，不要走邪门歪道，否则是要栽跟头的。念你年轻，我不计较你，你马上拿走。抓起提包就往小李手上塞。你不走是吧？局长说，好，我现在就给纪委打电话。说着，就放下提包，抓起了电话。小李一个箭步跨过去，伸手按住了电话。滚出去！局长低吼道。小李的反应是惊人的，他隔着板台，紧扭着刘局长的手。

小李多高大多年轻啊，刘局长瘦小的身躯扑通一声摔倒在了高背椅里，脸色煞白。一瞬间的愣怔后，刘局长咆哮道，你疯了！刘局长弹跳起来，似乎又要去抓电话。小李伸手死死抓住他的两只手腕。两人就这么隔着桌子，倾斜着身子，面对面站着。小李说，刘局长，你让我把心里的话说完。刘局长，你是我最尊敬的人，最崇拜的人。你的为人，你的能力，你的水平，全县无人不知，无人不晓。最近都知道要提拔一个副县了，多少人都在活动。我听农行行长说，为这事他都喝过三场了，交通局的局长说他都收到五双名牌皮鞋了，都够他穿一辈子了。他们请客就是为了考察时投他们一票。刘局长啊，他们谁能跟你比？谁能比过你？你提拔了，是咱们局二十几号人的福气，是咱们县一百万人民的福气。你咋就不动呢？我笨，我急，我就想出点力，不想让别人笑话咱没实力，把咱踩在脚下。

随着小李恳切低声的表述，刘局长绷紧的身体逐渐松弛了。小李长出一口气，松开了刘局长的手腕。刘局长虎着一张脸，坐回到椅子里。小李绕过桌子，来到刘局长身旁，双膝一弯，跪在了椅子旁。小李说，刘局长，你比我大十二岁，听老人讲，旧社会，十二岁开锁子带搬亲，我想认你当干爹，你要嫌折你的寿，我认你当亲哥。你说吧，无论如何今生今世我鞍前马后肝脑涂地追随着你。刘局长吐一口气，把身子松松地埋在椅子里，轻轻闭上了眼睛。老弟啊，刘局做出了选择，教哥咋说你啊！接下来，自然是刘局长做了刘副县长。后来，刘副县长给小李说，提拔谁，组织部早就定过了。他们活动是瞎活动，是非组织行为。果然后来一个镇长和一个局长受到了纪律处分。在刘副县长上任前，小李做了他们局的办公室主任。当时我想，小李是在狗的身上得到了启发和智慧。

这么多年来，刘县长都把一些私密的事情交给小李办，比方说海南和北京的别墅，都是小李出面实地反复考察比对才定下来的，当然，小李也会同时购下自己的房产，只是位置和面积都不能好于大于刘县长的；比方说与大小开发商、大小包工头的一些交往，在某些环节上也都是小李出面的；比方说在县长心情特别好或者特别不好时，工作压力特别大或者特别轻松时，或者心情说不上好坏，压力说不上大小时，小李都会安排县长排泄和疏通身体里的积郁。

在表哥做了办公室主任不久，刘县长调到外地去了。刘县长调离三年后，小李已经当局长两年了。当年县长操心表哥的学历问题，在小李那里得到了圆满的解决。小李牵线，表哥只花了七千块钱就拿到了一个自考文秘专业的大专毕业证。既然所要求的学历问题解决了，表哥的进步也是顺理成章的。小李当局长三年后，表哥也当上了局长。我这紧赶慢赶的，总算赶上了你老弟，表哥对小李说。

表哥说"我这紧赶慢赶的总算赶上了你老弟"，这是指级别、指职位。表哥起步晚，底子薄，财力上不能和小李比。虽说在海南也有一套小小的海景房，但北京三环以内的住宅倒是货真价实的。这个重要了，儿子毕业就有房子住了。以表哥的设计，儿子要在北京做公务员，要是在哪个部委工作，那就齐整了，风光了，得劲了。表哥对我说，我不需要他挣钱，我要他给我挣面子。

五年前，我带着表哥的重托去北京。表侄依然住在学校宿舍里，并没有住在表哥为他准备的装修舒适的住宅里。那时是八月，毕业生早已离校，表侄的宿舍里就住着他自己。我没打算考公务员，表侄说，我不想成为我爹那样的人，我甚至没做好工作的准备。我不想随便找个地方朝九晚五，结婚生子，养家糊口，了此一生。我想到国外看看。我报了一个班，在准备雅思考试。我一边考雅思，一边在了解英国的学校。我想到英国去。我琢磨表叔你会支持我的想法。

这孩子念四年大学，个子长高了不少，只是依然瘦弱，又高又瘦，站在面前，像一根竹竿，一双大眼睛有着深情迷茫的底色，要不是一股倔强和执拗之气附着在上面，都接近女孩子的美丽了。我支持，表叔当然支持。我说，你有这样的想法我很高兴。你自小就是一个有主见的孩子。我从心眼里不希望你遵从你爹的要求，找职业囿于公务员。你这么年轻，不要过早限定自己的生活。我希望你能做一种充满想象和创造的工作，这是通往幸福的大门。至少你要有自己的特长或技艺，它使你能够不依附他人，能够自食其力，能够被他人所需要。你记住了，即使如打烧饼烤红薯这样的手艺，也可以使你生活得自由有尊严。

这年秋天，表侄如愿以偿地飞往英国，他以雅思六点五分的成绩被安格利亚鲁斯金大学国际贸易学院录取。安格利亚鲁斯金大学坐落在剑桥镇，剑桥镇因著名的剑桥大学而声名远播。我也从随后与表侄的 QQ 联系中，从图片上，多少了解了一点这所伟大的学府。我看到了三一学院门前牛顿的苹果树，我也看到了由牛顿设计的纯木数学桥，我在基督学院后花园里看到了弥尔顿在其巨大的树荫下构思《失乐园》的桑树，我在国王学院后院的剑河边看到了中国诗人徐志摩的著名诗句被刻在一块石头上。安格利亚鲁斯金大学被剑桥大学巨大的阴影所覆盖。说到剑桥，人们只会想到剑桥大学而不会想到安格利亚鲁斯金大学，即使你知道剑桥镇上有另一所大学，也很难记住安格利亚鲁斯金这个拗口的名字。在我们镇甚至我们县，自古至今到剑桥读书的只有我表侄。而剑桥大学在我们县我们镇对于稍微上过点学的人都是如雷贯耳的。

表哥接受了他儿子去剑桥读书而不是他设计的考公务员，我认为极大程度上是与剑桥有关。那段时间，表哥言必称剑桥，弄得整个县城都以为我表侄考取了剑桥大学的研究生。我始终没太明白是表哥有意忽略了剑桥和剑桥大学的区别，还是真的搞不清楚，但在剑桥读书的表侄可是给表哥挣足了面子。五年前，我躺在北京返回的卧铺上想，表侄说他不想成为他爹那样的人，是给我留了面子，他其实也不想成为他表叔这样的人，且不想成为他表叔和他爹身边这样那样的人。

五年前，我躺在卧铺上想，我没有把话说透，我在一个初出茅庐的年轻人面前，我不可能把话说透。我不希望他丧失个性，浪费才华和青春，进而浪费生命。我希望他内心充满热情和光亮，活得有价值有尊严。

我现在坐在高铁上想，我的周围总见到有精神萎靡的人。你很难找到一个可以深入对话的人，找到一个可以进行精神交流的人。他们多是舌苔厚腻，有个浑圆的小肚子，大便难以成形。如果他们承认，他们每天早晨起来都浑身乏力，头昏脑涨。这一状况直到傍晚赶赴宴请时，才会有所改善。在饭店或会所，鸡鸭鱼鳖、推杯换盏使他们彻底活泛过来，一张张蜡人一般僵硬的脸也终于随着第一个通关生动起来，小道消息、黄色笑话、高层秘闻、同事升迁是他们永恒的话题。一个晚上一个饭局的赴宴者不是成功的赴宴者，成功的赴宴者一个晚上会赶两个、三个甚至五个场子。一个晚上只赶饭局的赴宴者是单调的赴宴者，丰富的赴宴者会在宴会后进入牌局、洗浴中心或者夜总会。如果他们承认，他们都有着隐秘的疾病，他们心律不齐，甘油三酯不正常，血压和血糖有点高，中度或重度脂肪肝。五年前，我提醒表侄，就是不让他成为这样的人。

现在我想，就是一些所谓的校友会、同乡会，就是各种冠之以文化、冠之以研究的协会也不要参加，它们如果是纯粹的精神交流、纯粹的学术研究、纯粹的友谊、纯粹的娱乐，当然可以加入。可惜它们不是。当你知道，它们的存在只是为了拉关系、找机会，你就会厌倦；当你知道，它们的存在就是为了满足私欲、捞取好处，你只会感到厌恶。

我是今天下午见到表侄的。上午到北京后，我处理了一点事情，中午和几个老同学小聚了一下。午饭后，表侄到位于望京的一家饭店去接我。我走出饭店，看到表侄站在马路边，身旁是一辆枣红色的捷豹汽车。表侄穿着带肩袢儿的黑色短大衣，黑色的裤子，脚上是擦得锃亮的黑皮鞋。

表侄站在那里，显得很高级，很帅气，像个精英。五年不见，表侄壮实了很多，看到我，他快步走过来，接过我手上的双肩包，动作很优雅，样子很绅士。然后，我们一同上了汽车。表侄回北京一年多了，知道他在一家企业工作，具体做什么我并不清楚。我们沿着宽阔的西四环向前行驶。下午两点多，马路上车不多，走起来很顺畅。没多久，我们就下了西四环。

表侄载着我来到了位于霄云路上的一家西餐厅。餐厅是一座只有一层的白色建筑，建筑的一角有一个圆顶的塔楼。我们走进去。表侄显得对这里的一切熟门熟路。餐厅装饰极其讲究，既现代又古典，很是优雅。已过了用餐高峰，餐厅里只有几桌客人在安静地用餐。表侄找一个偏僻的座位，桌上铺着洁白的桌布，桌子的一边是固定着的长条形棕色真皮座椅，一把扶手椅放在对面。表侄脱掉短大衣搭在椅背上，我坐进了对面的长条座椅里。

这是一家法式西餐厅。对面的墙壁上有现代艺术风格的壁画，描述的是20世纪初巴黎火车站的场景，时髦的贵妇绅士挽着手臂走在站台上。贵妇举花阳伞戴白手套，绅士们则是高礼帽燕尾服。玻璃窗的周边，装饰着精美的玻璃彩绘。我的左手不远处有一座纯铜的美女裸体雕塑，塑像旁边一个台子上的水晶花瓶里插满了盛开的百合。百合花发出阵阵幽香和着背景音乐在空中弥漫。表侄在椅子上坐下。他两肘支在台面，雪白的衬衣绷紧了宽阔的肩膀。

这小子完全是个成熟自信的男子汉了。表侄说五年前表叔交代他的他都谨记在心，他要学会一门手艺，可以自食其力，可以被别人所需要。打烧饼烤红薯太简单了，表侄笑着说，我想被更多的人更多的地方所需要，所以我学习了西餐。这家餐厅就是我目前工作的地方。

表侄解释说，他在安格利亚鲁斯金大学的国际贸易学院只读了一年就离开了，他觉得那里教不会他真正立身的本领。然后，他毅然离开剑桥，去了伦敦，进入伦敦的法国蓝带烹饪艺术学院学习。这所伦敦的法国烹饪学院是法国人于1933年创立的，而法国本土的烹饪学校则是 1853 年创办的，是世界上第一所西餐厨师学校，目前它的烹饪学校开到了世界三十个国家。

　　表侄在伦敦学习了九个月，取得了蓝带西餐和西点文凭，实习三个月，然后他进入伦敦著名的河畔咖啡馆，工作了一年多后，他决定回到北京。表侄说，我想把我的所学带回中国，我想把英国的休闲文化带到北京。正确使用休闲是我们生活的基础，这是亚里士多德说的。我觉得一个民族的文明不能只从它的工作状态看，还应该从它的休闲状态看。我请表叔喝一次英式下午茶吧。我到这个餐厅后提议增加了这个项目。

　　下午茶很快送上来了，我想是表侄事先安排好的。茶壶、带托盘的茶碗、茶匙、果酱、奶油、奶壶、刀叉和一个分成三层摆放的点心架，器皿和餐具精致华美。英式下午茶起源于 1840 年的英格兰，据说是一个叫安娜的公爵夫人发明的。贵族小姐太太们常为晚餐前无聊漫长的下午而发愁，这下她们有事了，仪式变得越来越讲究。不久，上流社会的所有人都会在下午三点到五点喝下午茶了。表侄介绍说，后来普通大众也喝下午茶了，是作为一天的劳累后补充体力的餐前小吃。普通大众是在餐桌上享用，而贵族则是在专门的桌子上，这个专门的桌子要比正餐的桌子低一些。点心架的最下边一层是三明治；第二层是传统英式点心，中文叫司康饼；第三层是蛋糕和水果塔。我们先从下边一层吃，先吃三明治，再吃司康饼，然后是蛋糕和水果，顺序从咸到甜。表侄给我倒上茶。这是锡兰红茶，喝奶茶时，要先倒茶，再加奶，用茶匙在杯子的一边搅，不能在中间搅出了旋涡。表侄边说边示范，司康饼要用刀子从中间切开，先抹上果酱，再抹上奶油，这个得用手拿着吃。吃一口，抹一口。表侄说他在安格利亚鲁斯金大学时曾喝过剑桥大学的下午茶。

　　剑桥的下午茶有着悠久的传统，已经成为剑桥的一道风景。每到下午三点左右，剑桥的大多数学院都会供应下午茶，只听铃声一响，侍者推着餐车就会出现在大厅里，有红茶、咖啡、热巧克力、点心和松饼。教师学生就会三三两两聚在一起，边喝边吃边聊天。剑桥大学校长布罗厄斯曾自豪地说，喝下午茶我们就喝出来六十多位诺贝尔获奖者。英国从未出产一片茶叶，他们 17 世纪起就从中国进口茶叶，他们用中国的茶叶，成就了自己形式优雅、内涵丰富的茶文化。英式下午茶成为英式典雅形象的象征。表侄说。

　　表侄送我去西客站。表侄说，其实表叔是对他影响最大的人，小时候以表叔为榜样，认真学习，却没有表叔的智力考一个好大学。五年前，表叔的一席话，真正改变了他。表侄说，他处了一个女朋友，在艺术研究院读戏剧学博士。休息日他们会一起去爬爬山。今年春节，他们是在休斯敦度过的。一个蓝带的好友在那里工作。他蓝带的同学遍布世界各地，最要好的还有两个，一个在蒙特利尔，另一个在东京。一周有三个上午他会去健身或者游泳。

他还没有结婚的打算，更别说做一个父亲了。他喜欢他的工作，也对目前的状态满意。表侄说，可惜你走得太急了，要不可以尝尝我做的鹅肝和生蚝。你侄子可是拥有蓝带颁发的高级西餐师证书的人。分别时，表侄说，最终我想拥有一家自己的餐厅。

我现在想，即使真的像表侄说的那样，我对他有所帮助，但他家庭对他的影响也是不能排除的。表哥年轻时做卤味，做猪蹄和大肠，表侄做西餐，做鹅肝和生蚝，从这个意义上说，表侄也算是子承父业了。子陌在高铁上最后说。

【作者简介】

赵红都，男，1965 年出生于河南邓州，1986 年毕业于南开大学中文系。已发表中短篇小说六十余万字，作品入选多种选本，出版小说集《蹁跹而舞》等。现为《传奇故事》杂志主编，河南传奇故事文化传媒有限责任公司董事长。

每片茶叶都是蜕变而成
——评《英式下午茶》

文 欢

中国人对茶的认识是颇形而上的，"茶如人生"之感慨贯穿的多是精神层面的高度和深度。这种茶之精神流入英国，则似乎是具象了许多，"用中国的茶叶，成就了自己形式优雅，内涵丰富的茶文化。英式下午茶成为英式典雅形象的象征。"可见英式下午茶的定位就代表着文化形式很是明确，就是代表着尊贵、绅士化、精致和优雅，阶层划分得非常明确。所以乍看小说这直白的标题，还真容易直接联想到小资（之类）的故事，但读上才知，小说里的人物与标题想象的反差还真是相当大。

小说讲述的是一对父子的人生故事，以第一人称的叙述方式展开，讲述的人叫子陌，是一位中年知识分子，这对父子是他的"表哥"和"表侄"。小说开篇子陌登上高铁去北京，以完成"表哥"交给他的任务，劝"表侄"考公务员，过安安稳稳成家立业的日子。子陌先是感慨了一下当下社会的发展之快，譬如高铁的速度。但速度带来的便捷真能使人幸福吗？"简直就是谎言和陷阱。""我甚至认为它恰恰走向了反面……说到底是更加的不幸了。"由此"我想说说我的表哥"。

讲述自此开始，闲聊天式，也不知他的倾听对象是谁。这种叙述方式会让人联想到《十日谈》《一千零一夜》，还有点儿中国评书的味道。这种叙述方式最大的好处是能够直抒胸臆和引人入胜，显得很真诚很实在，因此能够迅速让读者贴近作品，产生共鸣。

表哥的故事让人瞠目，从杀猪匠到局长，从屠宰场走进官场，这样大的跳跃让人意想不到却又合情合理。因为"英雄莫问出处"是解答所有这种人生的答案，成就者必有其成就之根源。表哥是个优秀的杀猪匠，能让"再暴躁的猪"看见他也马上变得安生老实；表哥也是个优秀的局长，能让"那些调皮捣蛋的、拉帮结伙的、阳奉阴违的人"看见他"头就低下了"，因此在表哥眼里，"你们就是一群猪"。细忖这种认识，虽糙而且直白，却恰恰应合了中国官场，亦或社会江湖中某种特殊的游戏规则。这种游戏规则充满了种种神奇和不可思议之处，可最后的结局却又总能落到想要到达之处，并且合情合理的让人无语。

可以想见，不论是杀猪还是当官，表哥都干得有声有色、红红火火。因此"在家乡的小城，我表哥就是成功的典范，励志的典型"，也就不足为奇了。

不足为奇的人生命运还有一个"小李"，小李是表哥的上司，也是表哥最佩服的人，而他最佩服的小李的胆略，竟也是来自小李曾经的职业，就是养狗和斗狗。"训练狗主要是练它的体能、爆发力、耐力、咬合力……练打斗技巧，练斗志勇气"。小李从训练狗中意识到自己的人生奋斗也应如是，于是小李大胆地走进了公务员的考场，大胆地作了弊，把别人考卷上的名字划掉换上自己的，然后堂而皇之地进了机关后，又不惜用自己的钱扶植局长当上了县长，他自己也就借光蹭上了局长。这一系列的连环跳不得不说和表哥的人生认识有异曲同工之妙。

但这种有些野蛮的生存之道终不能登大雅之堂，与高雅、格调之类毫不沾边；正如品茶之道绝非俗气能染，所以即使跃上了某种人生高峰，其过程也因毫无美感而遭人鄙弃。因此到了下一代"表侄"这里所开拓的人生，就完全是为了颠覆这种野蛮和粗俗了。表侄的人生之路和行走方向看似与父亲完全背道而驰。

表侄这种反叛似乎与生俱来，从懂事起他就像拧着一股劲儿，"家里的卤味从来不吃"，性格与父亲也大相径庭，"不爱说话，不爱动，安静得像一个姑娘"。以至"表哥担心的不得了"。而且表侄一直拒绝父亲对他的人生安排，从上学到选择职业，完全是做自己所想。还曾说过这样的狠话："我再猪脑子也不会去杀猪"。可见对父亲职业的厌恶！

表侄自己为自己安排的人生还算顺利，考上了自己满意的大学，虽然这种满意"似乎来自能尽快离开家。自此，他就很少回来"。他摆脱的不仅是充满猪肉血腥味与卤味的家，更是摆脱了一种他要超越的阶层。他去英国留学，最后"取得了蓝带西餐和西点文凭"，并把英式下午茶项目带入所工作的中国餐厅。他的外表与他父亲完全不同，"表侄站在那里，显的很高级，很帅气，像个精英"。

是的，高级、精英，这两个词与表哥是注定无缘了，但表侄所达到的这个层面，又何尝不是表哥所追求的理想？从这个意义来讲，表侄的人生又何尝不是对父亲人生的一种延续？

据说要想获得好的茶之滋味，茶叶必须要经过数遍的揉捻和炒制，工序越多，味道越好；所以每片茶叶从树上摘下到最后浸泡杯中，都是脱胎换骨，蜕变而成。所以"茶如人生"的体悟，才会如此深刻，耐人寻味。

兄弟我

叶 舟

爆破在即，炸药已经各就各位，方圆一公里都清场了，等待最后的指令。

但这几个老家伙仍不松懈，带着矿泉水、肉夹馍和榨菜，硬生生地冲破了封锁线，进入了现场。偌大的场地，大烟囱像一根粗壮的标枪，戳在天空下，悲壮而热烈。此刻，它压根儿懵懂无知，不知道自己身负炸药，危险将至，马上就要被连根拔除了。老家伙们手搭凉棚，问天打卦，一个个鼻酸起来，仿佛跟亲人诀别似的。夏日的天光刺激极了，犹如成千上万吨的积雪，陆续从头顶雪崩下来，让老家伙们眼底发黑。负责警戒的是爆破公司的民工，没人敢惹这些七老八十的叔伯们，嘴上不敢怠慢，手上更不敢鬼祟，万一出了意外，对方的医药费和丧葬费够自己喝一壶的了。

忽然，老家伙们惊住了，钉在地上，互相在脸上寻求答案。原本，大烟囱北侧扎了一座帐篷，充当爆破指挥部，现在却消失了。一下子没了目标，老家伙们攥紧的拳头，如同打在了棉花垛上，太没劲儿了。幸亏，另有一套预案。于是不由分说，几个人躲在了大烟囱馈赠的阴影下，打开了小马扎，铺开了报纸，纷纷就座。这就叫死扛，或者说以身相许，有本事的话，你按动电钮引爆吧，大不了同归于尽，埋在一大堆砖头瓦砾当中，碎尸万段，让你爆破公司吃不了兜着走，当场破产。其实，他们早料到了这一点，没人敢拿几条人命开玩笑，尤其是这几位垂垂老矣的叔伯们。当初在制订这一个最终方案时，他们就知道，最软的柿子最趁手，干嘛不捡软的捏。爆破公司是民营的，软柿子一枚。

落座下来，老家伙们迅即释然了，有的打开扇子，有的解开衣襟，陈劳辛干脆脱下鞋子，在抠脚上的鸡眼。冯彬文老烟鬼，抽了几十年了，一无咳嗽，二无痰，反倒面色酥润，根本不像七十有四的老浑蛋。他拿出水烟瓶，认真撮了一指头烟丝，填了在烟枪里，摁瓷实了。冯彬文一直吹嘘烟杆是清宫里流出的老物件，鹰骨材料，泛黄，光滑，从里到外渗出了一层静谧的油脂。但没人肯信，反驳了他多少年，也不见他肺疼心烂，一头栽死在烟枪下，所以也懒得费唾沫了。冯彬文划了火柴，瞄着马四十三，督促后者漫一曲民歌，给大家解解闷。马四十三也不装假，咳了几声，清完了嗓子，开腔道：

羊盼清明，马盼夏，
凤凰盼的是梧桐花；
我骑上骡子，你牵马，
这一世，
咱们把天大的祸闯下。

白蜡杆子，紫色旗，
七星和八卦一条心；
紫禁城里没大小，
这一世，
咱们千刀万剐豁出去。

岂料，话音未落，远处的封锁线开了，驶来了两台大型洒水车。显然，这是爆破作业的标配之一。大烟囱一旦栽倒，必定硝烟弥漫，遮天蔽日。洒水车一扫射，倏忽间拨云见日，风清气朗，能有效地防尘吧。老家伙们经见过世面，对此无动于衷，你大军压境，我羽扇轻摇，其奈我何。王麻在数药片，白三粉一，外加两个胶囊。他最近血糖高，膝盖也不利索，临出门前，老伴包好了今天的三顿药，叮嘱他按时吃。手抖得厉害，好歹捉住了。王麻仰头丢在了嘴里，喂水时，瞥见爆破公司的经理跑了过来。王麻说："日鬼的来了，大家要兜住呀。"这么一讲，老家伙们纷纷停下了私活，扎起势来。

不是冒犯，也绝无轻慢，老家伙们是他们的自谓。对旁人，则另有一套说辞。

经理奔过来，一直大喘气，好像吃了枪药。老家伙们先不吭气，面呈寒霜，知道必须在气势上先压倒他，让他先折。不过实话说，经理这娃还真不错，三十出头就有了这么一家爆破公司，各处埋雷，天天点炮，挣的都是真金白银。交往了几次，一致的看法是这娃精明，脑子灵光，有礼貌，嘴甜，但牙齿很硬，始终也不松口。会哭的娃有奶吃，经理的大喘气像一种示弱，老家伙们了然在心，却不便说破。这不，经理消停下了，脸上砌满了笑，双手合十说："好我的爷爷们，赶紧抬一下屁股移驾吧，这烟囱危险死了，随时能倒下的，千万别坐在这儿呀。"冯彬文吧嗒着烟，一缕蓝雾从鼻腔里袅袅而出，淡笑说："万里长城今犹在，不见当年秦始皇。兄弟我说一句吧，你炸你的烟楼，我躲我的阴凉，咱们两不耽搁，好不好？"另一厢，陈劳辛抠完了鸡眼，表情舒坦，接续说："兄弟我也说一句，昨天下午，我买了三份人身意外伤害保险，领取人是我的闺女。我当时就讲了，老爸没什么遗产留给她，但万一被炸升天了，她以后吃喝不愁。反正，这比街上那些死不要脸的碰瓷强，兄弟我的话讲完了。"场面一下子荒凉了，话里话外，撒了一箱软钉子似的，让人步步惊心。经理仍旧堆笑，谦虚极了，这娃给谁当女婿，谁家的坟头上一定漾了青烟。马四十三也不甘人后，自有他的独门暗器，破嗓子说："兄弟我也讲一句，我托儿子打听过了，你这家叫宏光的什么公司，是在天平区注册的。哦，忘了说，税务局的局长喊我干爹，我跟他老爸是割头之交，要不要查一下你的账？"渐渐的，日光偏移，大烟囱撂下的阴影跑偏了，一干人宛若从幕后到了前台，一共九个，五官各异，面色苍茫，端是一幅神仙醉饮图。陈劳辛又说："见你娃几次，你给我种下了好印象。你娃是大富大贵的貌相，但你的本钱不在炸炸炸，把个人的福气都炸没了。兄弟我奉劝一句，你趁早改行吧。哦，不能多讲了，我已经透天机了，我可能活不过今晚上的。"王麻噗嗤一笑，掉转枪口说："你个老家伙，你不能死，我还没给你存够香火钱呢。兄弟我赤手空拳去了你的灵堂，没给红包，万一你爬起来打我，我又不好意思还手。"冯彬文不悦了，挤对说："照兄弟我看，陈劳辛这娃还嫩，嘴上没毛，办事不牢。他才七十一，死也轮不到他，他要是不殿后，帮着我们先打道回府，去阎老爷爷那里签字画押，他就是一个鳖。"这么一讲，大家都开始喷笑，明显把经理晾在了一旁。经理像在听说书，一头水，一头雾，但修养极好，始终没发作。修养不是别的，在这帮老家伙们看来，经理这娃就是修养的典范，始终敬重他们，不还嘴。王麻感觉以大欺小了，便矮下身段："小伙子，照兄弟我说。"话未毕，经理忙蹲在地上，攀住王麻的手说："好我的爷爷们，千万别再一嘴一个兄弟我，这是让我折寿呢，我担待不起呀。"马四十三机敏，攥着两颗核桃，盘来盘去，释解说："嗐，习惯了，我们这帮老家伙自小就这么说话，你可以省略不听嘛。"经理这才宽下心，又谦逊地问："好我的爷爷们，自从我接了这单生意，你们就一直在闹，阻拦我炸了这个大烟囱。我就不明白了，你们意欲何为？"这一席话夹枪带棒，锋芒毕露，一下子要了将。老家伙们怔忡着，都把目光焊在了冯彬文的脸上，盼他出来代言。冯彬文跟其他八个人一样，事先没斟酌过这个关节，一时间被问哑了。好在陈劳辛站出来补漏，及时化解了尴尬，没有陷大家于不义之地。陈劳辛说："拆可以，一砖一瓦地拆，但你不能炸。这么庞然大物的，你一秒钟就炸倒了，让这帮老骨头们心惊肉跳，活不了几天。"这话等于没讲，讲了也白讲，因为经理的困惑仍写在脸上。冯彬文终于开了腔，笃定地说：

"哦，在兄弟我看来，我们不是给你添乱，我们在保卫过去，过去就是青春嘛。"

经理扫了一眼，这一群神仙爷爷加起来有好几百岁了，掰着指头数，不在康熙，至少也在乾隆年间。可咋看，青春跟他们都绝缘，八竿子也打不着。修养还是好，修养起了作用，经理没刺激老家伙们。

"告诉你娃吧，这大烟囱可是当年的一号工程。"陈劳辛补充。

马四十三也道："兄弟我记得，当年我们一砖一瓦把它箍起来，每个砖缝里都是汗水和泪。那是我们亲手箍起来的，就不能随便让炸了。炸药无情，一想到大烟囱死无全尸，我真不落忍呀。"

"好我的爷爷们，这烟囱迟早得倒下的。"嘴甜得像一个好女婿。

冯彬文说："拆，也得我们亲自拆。"

"对，我们箍下的，我们来养老送终。"王麻追说。

"大烟囱是我们年轻时候的杰作，旁人不得染指。"陈劳辛一下子说绝了，毫无退路。

"那好吧，恭敬不如从命。爷爷们，我的人马全部退出，炸药也一定清理干净。你们自己玩吧，多多保重。"经理从腰上取下来对讲机，刺里哇啦的，仍旧砌着笑，却决绝地说，"这家楼盘的老板昨天就跑路了，带着业主们的几千万房款跑路了。你们这一闹呀，我真的开了窍，我也不干了，现在收兵。"

日光灼亮，但老家伙们忽然有了一种冷意，纷纷瑟缩起来。

七马路上，马骥开了一家店，规模很大。店面包括餐饮和茶楼，前者主打的是黄焖羊肉，后者则是喝茶和打牌，火得不行，包厢还要提前一个礼拜订，毁约的话，扣除一半的预付金。马骥是马四十三的独子，对这帮老家伙都很孝顺，从小看他长大的，现在出息大了，但品质没变。马骥在二楼的拐角里特设了一个包厢，不对外，最近专供叔伯们秘密商议。到了饭点，服务员送来一桌子吃食，顿顿不重样，面软，菜烂，肉酥，十分适合他们的牙口。这天也不例外，再一次召开了参谋长联席会议。这个名字是冯彬文定的，说美国就有这么一个机构，我们在一起合计，一人一票，都是参谋长的身份。大家说对，既然老在了一起，就没有退下来之前的职务、级别和工种的区别，参谋不带长，放屁都不响，干脆都是参谋长吧，至少是五星上将。九个人，恰好能凑成了一桌，往往一个电话，就可以从附近的小区里迅速赶过来，前脚跟着后脚，利索极了。刚落了座，马四十三就发现缺了三位。沏茶时，他的手抖了抖，一只茶碗托掉在地上，碎成了瓷渣。王麻说：

"徐子坤昨夜里进了医院，急救车抬走的，今早上下了病危通知。"

陈劳辛也说："不等小上海了，他早上去了机场，听说他妹妹呜呼了，赶着去奔丧。他跟我一栋楼，上来嘀咕了一声，眼睛是红的。"

"小天津也来不了。刚碰见了他闺女，说他爸插了氧，嘴里一直说胡话。"又一例。

一下子折了三个，登时冷了场，老家伙们便不愿吭气，一个个努力喝茶，喉咙里高山流水的，别有一番心境。包厢的墙上挂着一幅书法，上联是十年饮冰，下联是难凉热血，落款乃叶舟二字。字不咋样，但比较规矩，像个小学生涂鸦的。冯彬文唉叹一声，今天由他主持，却凑不齐整。他默念了一下阿弥陀佛，脑子里闪过缺席者的三张面孔。

喝了一水，大家停下了茶碗，透过窗子，盯着远处的大烟囱看。

照说，以前真没这么看过。大烟囱站在那里，站了五十多年了，灰头土脸的，有什么出挑之处呀。在大家的心目中，大烟囱等于一棵枯死的巨树，违拗四季，既不发芽，也不开花，样子旧得像一张冥币。或者说，大烟囱就是天空的有机的一部分，缺了它，天老爷也站不稳，云彩会下坠。如果说大烟囱还能发挥余热的话，它顶多还停留在居民们的嘴上。打了车，司机问哪儿，乘客便说，去格林摩尔小区，在大烟囱的南侧。或者说，去斯泰拜尔豪庭，大烟囱西侧。这帮老家伙们住在东面，小区的名字很素朴，叫安居家园。当初，房地产公司将他们动迁在了这里，每人一小套，没一分钱的货币补偿，但在旧址上陆续建起了斯泰拜尔和格林摩尔，又奢侈，又高档，每平米均价过万，发了大财。大烟囱是个地标，站在那里钳口禁声，只字不语，仿佛一位老英雄似的，不复当年的英武和豪迈。

单位属央企，石化行业的一个分支。那一年，在玉门老君庙发现了第一块油田，上头紧急在兰州筹办炼油、化工、机械等大型工厂，以解燃眉之急。本地人才稀缺，于是从全国各地招收熟练技工，徒步而来者有之，卡车载来者有之，待天（水）兰（州）线开通后，绿皮火车星夜疾驰，歌声缭绕，终于填满了这几家企业。工厂运行后，那一根根拔地而起的大烟囱，像极了肌肉瓷实、严肃活泼的大力士，雄踞在天地之间，身上刷着战天斗地的标语，插满了红旗，迎风猎猎。大烟囱头顶喷火，二十四小时都不停熄，火焰足足有十几米高，有时黄，有时紫，多半时间呈熔岩色，真是一个火红的年代。当年，谁家的新女婿上门，邻居们一听是那几家石化单位的，嘴上啧啧不断，还会跑过来瞅上几眼。瞧瞧，那个精神头呀，简直优秀死了，小帆布的工装，左胸上镶着一枚红色的厂徽，挑剔个鬼，有这个就够了。

也不必讳言，随着火焰喷吐出来的，却是一股股呛人的黑烟。

黑烟像蘑菇云，也像一只大锅盖，经年不断，始终戳在人们的头上。早不知早，晚不知晚，昏暝一派，路灯昼夜打开，比防空洞里的环境还差。马路上街树甚少，今年种，明年死，即便宁死不屈地活了下来，也看不出究竟是仙人掌，还是冷杉。一年至尾，空气中弥漫着一种硫磺味儿，像坏了的鸡蛋。医院的眼耳鼻喉科里人满为患，病也不是病，拿了病假条去，说不定还被工友们耻笑。听说，听说的话不能当真，说中日建交后，来了一批鬼子专家，见了大烟囱里喷出的黑烟，简直心疼死他们了。据分析，黑烟里含有几种贵金属，白白浪费了，日本人提出要买，运回国去再加工。消息传到了北京，中南海的周恩来给否了，日本人没钻成空子。在这个庞大的工业区，天是黑的，日头是脏的，空气里充满了一种未知的佐料，五味杂陈。那时候，遇到课本里的一些辞藻，老师都会组织学生们去黄河对岸，让娃娃们在广阔的滩涂上，仔细体味黎明、黄昏、夕阳、东方出现鱼肚白、晓风残月、倦鸟归林等等的优美词句。一旦回了家，娃娃们抽吸着发黑的鼻涕，便什么都忘了。一种沁入人心的黑暗，一种无边无际的侵害，其实早就成了常态，人们见怪不怪。

对王麻、冯彬文、陈劳辛他们这拨第一批进厂的工友们来讲，那时的黑色恐怖，那时的暗无天日，后来都化作了退休生活中的一种诗意怀想。王麻说，没有过去的黑，哪有现在的白。陈劳辛则从孙女的嘴里学了一句歌词，白天不懂夜的黑。还是冯彬文肚子里有墨水，总结得到位。他说，那是我们老家伙的光灰岁月，不容别人玷污，谁说跟谁翻脸。

的确，光灰岁月，这话说到了老家伙们的心坎上了。

寒暑易节，时光如梭，可现在社会变了，等他们吃退休金时，时代早就翻篇儿了。这时，环保成了第一要义，也成了整个社会的共识。人们悲愤地发现，原先在选择厂址时，犯了一个战略性的错误，方向大错特错。在兰州这个两山夹一河的高原盆地上，厂子居然霸占了水源地，且在黄河上游的上风口。难怪美国的军事卫星趴在天上，认真搜寻了几年，一致认为这座城市从地球上消失了。但中情局不这么看，迅速起草了报告，认定这个目标潜入了地下，很可能是一座核子武器库。这是笑谈。可居民们的无奈和反讽，依旧阻止不了黑云的大规模溃散，两岸之上雾霾深锁，光灰无限。幸运的是，变化也是一夕之间的事儿，后来整个工厂搬迁到了新区，这里拆的拆，毁的毁，几乎成了一片废墟，荒草可以淹没人。资本是血腥的，资本是一头獒犬，嗅觉最灵敏了。等房地产火爆开来，原来的厂址陆续被蚕食掉了，建起了一座座名字拗口的高档小区。瞬时，这里又成了市民们心向往之的热门地段。

一号大烟囱一带，属于早年的动力车间。在前年的秋拍中，一举擒获了地王的称号，标价四个亿，与一线城市不相上下，令人咋舌。中标公司也行动果决，将动力车间的遗址铲得一干二净，彻底廓清，留下了一大片辽阔的空地。大烟囱北侧，一直延伸到了黄河岸边，与滩涂和湿地上成片的芦苇丛接壤，时有天鹅翔集，百鸟啁啾，自然环境殊异。这家老板也是个混球，一定崇洋媚外，给即将开工的楼盘起了个名字，曰阿尔斯卡港湾，不解其意。虽说是期房，但发售楼书的那一天，这里人头攒动，车位是一小时六十，还哀求不到。既然是地王，均价也在意料之中，可千想万想，谁也没猜中突破了两万，三天之内就售罄了。人们跟打了鸡血似的，把钱当纸一样对待。孰料，后来却没了动静，阿尔斯卡恐怕卡住了，迟迟不见开工。一家驾校租了大烟囱附近的场地，栽杆子，辟跑道，搞起了培训。偶尔，冯彬文带着老家伙们进去转转，故地重游，有一种昨是今非的感觉。回到家，无一例外的要病倒，不是你发烧，就是我心悸，查也查不出病因，反正是有原因的。

马四十三闲不住，一闲下来骨头就疼。马骥开了这家店后，他常来帮忙，隐身在后堂里，怕儿子看见。马骥抱怨说，哪有老子给儿子打工的，让人知道，非戳断我的脊梁骨不可。马四十三声称，我不要你的钱，你让我活动一下筋骨，就是孝顺我。那天，老子蹲在地上择菜，儿子踅摸过来，偶然说起了阿尔斯卡。马骥透露说，爆破公司的进驻了，先要在大烟囱上打眼，而后装炸药，择日便撂翻它。老子问，你咋知道的。马骥说，爆破公司的经理刚吃完饭，我进去敬酒，耳朵听见的。马四十三顿时警觉了，一个电话，便将老家伙们召集在了二楼拐角的包厢里，开了第一次参谋长联席会议。

一致的看法是，对待一号烟囱，你可以拆了它，砸了它，甚至抱走它，但你不能如此野蛮，如此施暴，把炸药装填进去，按了电钮，让它一秒钟内粉身碎骨。你是法西斯呀，你这么不人道。它在这里存活了许多年，已经成了我们生活中的一部分，你凭什么斩杀？——在生死存亡的这一关口，必须挺身而出，阻止爆破公司的反动行为。当然，这些借口都有点儿勉强。最过硬的理由则是，一号是我们亲手箍起来的，也得由我们来亲自送终。

经理是个软钉子，在帐篷搭起的指挥部里接见了大家。一听来意，经理说，好我的爷爷们，白纸黑字的合同，我不按时爆破，我就得被罚，现在我还连一毛钱也没拿到，我在垫资干活呢。一干人攥着拳头去，带着沮丧归，被经理这娃见招拆招，分分钟化解了。后来又交涉过几回，但跟他们同步的，却是几个蜘蛛人被绳子吊在大烟囱上，用电钻在打眼。想象中，那些窟窿眼应该在要害部位，比如脚踝、膝盖骨、肚脐眼、心口窝、肩胛和天灵盖。反正都不懂爆破，往死里猜想，越想越怕。爆破的前一天，还毫无征兆，帐篷也扎在那里。次日一早，陈劳辛下楼去给孙女买豆浆，忽然发现在清场，忙纠集了众人，这才演出了那么一折子。

不承想，爆破公司忽地撤退，炸药也拆除干净了。老家伙们仿佛被釜底抽薪，目中晕乎乎的，原先看似难啃的一根骨头，居然是棉花糖，真难以置信。恍惚了一日，这才聚义而来，商议下一步该怎么走。

此刻，从窗口望出去，大烟囱就像一个铅笔头，显得卑微、羸弱和无助极了。它被夹杂在一幢幢高楼间，身着寒衣，形容瘦削，饿了八辈子的嘴脸，跟旧社会的长工没什么区别。早些年，它却是另一副模样，它站在那里，不怒自威，自有一番风采和倔强。唉，人活一世，草木一秋，如今已不是大烟囱的时代了。——他们盯看了半天，慢慢地想到了自身，一帮七老八十的人，难免触景生情，但谁也不会提起这一茬。他们知道，自己没资格。当年的那一句诺言，而今仍像一副笼辔，勒在他们的舌根上，命令他们住嘴。

眼睛快看麻了，纷纷回到了桌上，开始喝第二道水。王麻说："兄弟我觉得，爆破公司这一走，把难题留给了咱，为么？咱们一帮老家伙动手拆了一号，等阿尔斯卡的老板再回来，他岂不是省了一大笔呀。"这时，马骥闪了进来，替叔伯们添茶续水，谁也没在意他。马四十三嗤笑说："不可能！卷了那么多钱跑路了，说不定顿顿吃龙虾，天天喝洋酒，正躺在沙滩上晒日头呢，你以为阿尔斯卡的老板是笨蛋呀，他才不会回来的。"陈劳辛也附和说："当然喽，警察也不是笨蛋，可能都发出红色通缉令了，全球追捕这个贼。兄弟我看了晚报，说昨天就有一个女业主站在黄河铁桥上，扬言要跳河。她交了八十万的订金，打了水漂，现在血本无归了。"情况明摆着，阿尔斯卡拍了那块地，现在地皮钱没交完，却提前发售，卷跑了那么多现金。大烟囱成了无主户，十三不靠，恰好形成了一个空窗期。冯彬文喊了肃静，总结说："呵呵，反攻的日子到了，不抓住这个良机，咱们这些老家伙死了，埋在地下，也没法给先走的一个交代。"一时间，喜悦洋溢在大家的脸上，但都深藏不露，不敢放肆地开怀。马骥兀自发笑，笑得很孤单，觉得这些老顽童真有趣，演电影一样，真把自己当成了五星上将。老子频递眼色，一再努嘴，让儿子滚蛋。马骥却亮了亮胸牌，三颗字，总经理，提醒老子别忘了你是来做客的。王麻数了数人头，布置说："总共六个，超过半数就赢，现在开始手心手背吧。同意老家伙们亲手去拆的出手心，不同意的就手背。预备，开始。"结果出来了，四比二，他们四个赞成，另外两个反对。反对的理由也无懈可击，一个曾经割掉了半个胃，一个轻微的脑血栓，即便出了手心，恐怕也难以参与。两个人汗下如浆，感觉惭愧极了，对不起老家伙们似的。陈劳辛吩咐说："兄弟我看了天气预报，下个礼拜天天阴雨，风也大，干脆事不宜迟，后天就开干吧。"冯彬文接续说："是这，兄弟我负责去买保险绳、瓦刀、凿子和钢钎，我有经验。王麻你去联系垃圾站，掏些钱，让他们事后把碎砖烂瓦都运走，卫生第一。四十三你也别偷懒，给咱们预备好一日三餐，简单点儿，等结束了一总算账。哦，老陈你得跑跑腿，去一趟瀁源寺，请一些香火蜡烛，还有黄表纸。对了，别忘了在佛祖面前念叨几句，告诉先走的，老家伙们马上就会跟他们团聚的。"马骥听得一愣一愣的，莫名不已。他自小就熟识这些叔伯们，动力厂的技术工人，平时散漫无比，到老了，却显出了一种纪律性，如此的有板有眼。但马骥是后生，不能插嘴，这也是工厂子弟的做人教条。分派完了，冯彬文从包里拿出了一沓纸，Ａ４大小，街上的誉印社打印的，人手一份。马骥蹒跚过去，手脚麻利，取出了一张多余的，背转过身子拜读。纸面上很干净，简单的几行文字，却是免责和保密协议。大意如下：兄弟我自觉自愿参加此次拆除一号大烟囱的工作，如发生跌倒、摔伤、磕碰等意外事件，一切责任皆由本人承担，与其他任何人等无关。若在此期间不幸亡故，亦由本人全权负责，丧事从简，三日之内，骨灰撒入黄河，家属与子女均不得提起诉讼，干扰他人。以兄弟我的名义起誓，本人决不泄密，一直到死，否则天打雷劈，永世开除出这个队伍，从此天涯陌路。冯彬文拿出一杆笔，率先签了，王麻、陈劳辛和马四十三也挨个儿签上了名字和年月日。这时，另两个反对的人端起了茶碗，以茶代酒，嘀咕了几句保重和祝福之类的话，声音小得像蚊子，明显还在愧疚当中。

王麻去了洗手间，站在便池前撒尿。撒了半天，只有尿意，却挤不出来一滴。半月前，他查出了老年性疝气，加上原先的前列腺发炎，所以才这么困难。旁边一开口，王麻惊了一下，扭头一瞧，却见马骥也解开了皮带。王麻嗔怪了一句，你个日鬼人，吓得老子尿干了。在老家伙们中间，马骥跟王麻最熟，所以也没大没小，便问叔伯们这么神秘鬼祟，究竟要图什么大业，造什么反。王麻牙齿很硬，不愿讲，忙将东西装了回去，假装打了个尿激灵。但拗不过马骥的一再追问，王麻忽然蹲在地上，拽住了马骥的皮带，目光放射。王麻说：

"老子看看你裆里有没有肉。"

马骥慌了，挣扎着。

"哦，老子看你还是有三两肉的，至少是个男人嘛。"王麻也没净手，掉头出门，沉郁地说，"记住了，裆里有了那一疙瘩肉，就得干男人的事。"

包厢里，群情激昂，参谋长联席会议到了尾声。因为定夺了一桩大事，老家伙们仿佛活转了过来，回到了少年，面色晴朗，耳聪目明。有的敲筷子，有的拍桌子，听马四十三表情夸张，在漫唱一首民歌。歌词曰：……先唱个杨家的六郎／再唱个及时雨的宋江／这一座刀山我敢上／案发了，我一个人血身子挡上。马骥在沏茶，沏到了马四十三跟前，被老子格开了，便知道他爸动了气，嫌他碍眼。马骥开这么大的餐饮，另有典当铺和几个古玩柜台，说不上阅人无数，但叔伯们的脾性还是知晓的。等他爸的嗓音落地后，马骥开了腔：

"我想给诸位泼一盆凉水。你们呀，太幼稚了。"

什么屁话！马四十三上来抬手，给儿子一个抽脖子，巴掌很响。

"你们干么？以为自己是野鹅敢死队的，还是海豹突击队的？"马骥捂着脖颈子，不嫌疼，继续说，"哦，都是做爷爷的人了，该有个祖父的样子了，别谋着上房揭瓦，偷鸡摸狗了。老有老的端庄，老有老的风度，哦，你们白发苍苍的爬上大烟囱，是讨薪呀，还是求死？有群众报了警，公安来了，消防来了，说不定市长也来了，儿女们的脸往哪里放？"

越说越不像话了，兔崽子，现在有了钱，说话都像舌头里别着一根钢筋。

马骥又说："当然，也不怪你们，岁月是一把刀嘛。"

"且慢！"

"劳辛伯，你不用跟我扳手腕，你天天练绳鞭，抽陀螺，的确有两下子。"马骥泥鳅一般，避开了锋芒，微笑说，"诸位，请问这一号大烟囱有多高？"

冯彬文道："哼，死了都记得，净高四十一米。"

"等于多少层楼？"

"除以三。"语气不屑。

"嗯，那是旧标准，搬苏联的。按现在的设计要求吧，大烟囱起码值十七八层高。诸位刚才上我这个二楼，一个个都气喘吁吁的，那大烟囱岂不是你们的珠穆朗玛峰，可望不可即么？"马骥认死理，不依不饶，"再请问，它是什么材料的？水平截面、环箍、环筋和竖向钢筋如何计算的？"

王麻说："砖塔，耐火砖烟囱。"

"对，当时就那么个破条件，土法上马的，没太多的曲折道理。"陈劳辛附和。

"但它最顽强，站到了最后，还没倒下。"冯彬文起身，绕着餐桌踱了一圈，笃定地说，"它是咱们亲手箍的，也得由咱们给它养老送终，旁人不得染指。"

马四十三也说："它就是一个生死换命的兄弟。"

这话一讲，场面霎时冷寂了起来，几道目光像刀子似的，扔向了马四十三。后者知道失言了，惭愧地吐了吐舌头，替儿子沏茶续水开来。这一幕，被马骥及时看在了眼里，便知晓了叔伯们一定藏着掖着什么，这里面也埋着不可告人的动机。毕竟是生意人，耍嘴皮子是一回事，但更多的还是信赖执行力。马骥汗颜地鞠了一躬，哀恳说：

"对不住了，我黄口小儿，刚才犯上作乱，真该死。"

老家伙们纷纷摆手，不计较他。

"哦，又原谅我了，你们一直惯我，惯得我不知天高地厚。"马骥心思缜密，提前埋下了伏笔，"要是我以后再错了，叔伯们还是继续惯我吧，我先讨一张赦免令。"

第三日早上，老家伙们先聚集在了黄河岸边。

这是一个追加的程序。陈劳辛临时起意，前一晚电话告知了诸位，取得了首肯。八月的天气，酷暑难耐，上游肯定下过几场大暴雨，进入兰州段的河水异常浑浊，携带着无数泥沙，滞重，缓慢，泥浆翻卷。小贩骑着三轮车来了，卸下来一箱鲤鱼，个头一般大，总共是二十二条。陈劳辛数了钱，打发了他。老家伙们拢在泡沫箱子旁，目光犀利，敛住呼吸，仿佛一个神圣的时刻到了。这些鲤鱼都很精神，鱼脊凸起，扇着鳍，每一块鳞片都烁烁闪亮，有一丝蓝色的光芒。王麻先开口，指着其中一条说："这个是兄弟我。"冯彬文说："喏，这个白唇的是兄弟我。"马四十三和陈劳辛也各自认领了一条，皆大欢喜。事实上，一群鱼挤在箱子里，很快就混淆了，谁是谁的，谁也说不清，但意思到了即可。四个人帮抬着，将箱子挪至水边，轻轻一掀，将鱼群泻入黄河里。

刚才还在淡水中，此刻骤然伏身于泥浆里，鲤鱼们摇头摆尾，蓬头垢面，一时间很不适应。这么大的泥沙，呛死几条鱼，其实不值得大惊小怪。但老家伙们经营了多年的放生仪式，自有一套独特的风格。这不，王麻先念出了口诀："兄弟我，你就走吧。"陈劳辛也跺着脚说："走吧，兄弟我快走吧，别牵心了。"剩下的人撩着水花，扔着石子，同样送客似的嚷嚷。也就奇了怪了，经老家伙们这么一念，一施咒，这群鲤鱼忽地肃静了下来，沉在水中，而后头尾相衔，一眨眼的工夫，便隐身没入了宽阔的河流中。

这么早，周围也没外人，四个老家伙互相点点头，列成一行，齐刷刷地跪在了滩涂上。黄表纸是从潆源寺请的，香火蜡烛是开过光的。冯彬文点了三炷香，插在了泥壤上。每个人又各自焚化了一沓纸，纸灰扬起，仿若黑色的蝴蝶，迅速被河风没收了。冯彬文喊了口令，四颗白苍苍的脑袋伏下去，磕在地上，一共磕了三个头。起来时，老家伙们的面容展阔不少，似乎完成了这个仪式，便生无可恋了。接着，陆续开始换衣服，从头到脚，决不含混。换下来的夏衣没多少斤两，一个塑料袋足够，拴在了皮带上。整个程序完毕后，四个人你盯我一眼，我瞧你一下，谁也不失笑，觉得瞬时有一种穿越感，时空倒错，回到了红旗猎猎的过去。

上衣是清一色的小帆布工装，藏蓝色，左上兜镌着"动力"二字，下襟收起一寸，束在胯间。下身是大裆裤，肥得足可以劈叉，也是小帆布的，但颜色偏黑。脚蹬黄球鞋，头上扣着一顶藤条质地的安全帽，绳带勒在了下巴上，怕晃悠。退下来之前，老家伙们领了最后一次工装，却舍不得穿，这些年一直压在箱底。家属也操心，平时塞几颗樟脑球，至多夏天拿出来晒一晒，从不敢说扔掉的话。冯彬文分发了工具，瓦刀、凿子、钢钎人手一套，每人还领到了一根保险带，两头焊接着活动挂钩，随时随地能找见托靠。王麻喊了一声走，老家伙们遂折身而返，离开了黄河。

从滩涂上过来，大门尚远，王麻便插进了豁墙，想找一条捷径。原来的动力厂被铲除了，成了一片辽阔的空地。但除了驾校的跑道外，连片的蒿草和荆条成团结伙，占据了大部分的疆域。乱草横生，蚊虫肆虐，让老家伙们狼狈不已。想了想，不知谁说这里曾是食堂的所在地，也就难怪了，油盐酱醋，鸡鸭鱼鹅，一定是剩菜剩饭膏腴了地力，才使得野草疯长，遮蔽了天际。王麻没带好路，迷失了将近半小时，又集体退了出来。陈劳辛不悦了，埋怨说，你盯着大烟囱走，不就得了。王麻回嘴，你本事大，你放屁带响，你给兄弟我指一指大烟囱在哪儿？这么一讲，老家伙们这才发现，一号不见了，竟然消失了。

惊天的变故，刹那间击垮了他们。谋划了这么久，到头来一脚踩空了，鼻青脸肿。

正当大家沮丧不堪时，马四十三忽然捂住了嘴脸，蹲在地上，一嗓子嚎了出来。他是个唱把式，连哭都充满了魅力。见无人理睬，马四十三哭了片刻，也就止住了，否则下不了台。王麻问："你日的鬼？"马四十三点头，却申辩说："马骥这狗日的，兄弟我不让他逞能，他偏偏不听老子的话，昨天花钱请了一个拆迁公司，来了几台大设备，就把大烟囱给拔了。我蒙在鼓里，今早上他才电话通知我的。"一席话，让大家齿冷，仿佛身边出了叛徒，出了卖国贼一般。陈劳辛恶向胆边生，逼视说："他仗着有几个钱，就敢给老家伙们当老子呀？妈的，照兄弟我的意思，他咋拔掉的，原给我箍起来，一寸也不能短。"还是冯彬文稳重，思忖说："马骥当然是好意，也有孝心，怕老家伙们腿脚不便，万一有个闪失什么的。但他只知面子，不知里子，这大烟囱不光是个砖塔，还是咱们这些老家伙的一座坟，一块碑。"话说至此，问题的严重性已经俨然明朗了，甚至有点儿上纲上线的味道。马四十三顿觉自己罪愆深重，左右开弓，给自己抽起了耳光。

谁也不劝他。马四十三年轻时就擅长这样，一犯了错，便对自己动手。他这叫苦肉计，一辈子狗改不了吃屎，老了老了，还是同样的嘴脸。

王麻说："既然拆了，那也没办法，总不能让大烟囱曝尸荒野吧。"

"对呀，咱们去收尸吧。"陈劳辛道。

"嗯，不光是给一号送葬，也是为咱们这一帮老家伙祭灵。"蓦地，冯彬文语带哽咽，眼泪婆娑下来，叮嘱说，"诸位，等一下慢慢地收拾砖头瓦块，千万别慌，也别磕碰了。兄弟我睁眼看着大家，别像个土匪，让兄弟我瞧不起你们的手艺。"

那边厢，马四十三显然被孤立了，也有些心虚。他漫唱时就喜欢旁人喝彩，此刻也不例外。马四十三大吼一声，举起一只瓦刀，狠亢地喊叫："狗日的马骥，老子不活了，老子跟你拼了。"后面的人见势不妙，忙像一道洪水似的，席卷而去。

一站上砖塔，视野陡然开阔，风景蓬勃，一线黄河镶嵌在远处，默然而逝。先前的不快和愤懑，此时被一风吹净，只剩下了老家伙们的讶叫与欢呼。大烟囱有点儿拗口，他们喜欢叫砖塔。砖塔上风很大，老家伙们好不容易才收拾住趔趄，盘腿坐下。

"嗯，马骥这小子，像个儿子娃娃，裆里有肉。"王麻赞许。

冯彬文说："幸亏马骥手下留情，没拔干净。这七米左右的砖塔，更适合做咱们老家伙的墓碑。原先的四十一米，像人民英雄纪念碑那么高，咱可享用不起呀。"

"诸位，兄弟我差点儿犯了历史性的错误呀。当初怀他时，他妈要参加总厂的广播体操比赛，非要引产掉，还是我英明，阻止了家里的傻婆娘。"马四十三转悲为喜，便有些得意，又说，"儿女是前世的冤家，不打不成交。兄弟我晚上给马骥检讨一下，老子错怪了他。"

"趁天凉，开工吧。"陈劳辛催促道。

其实，一切都不是他们想象的那样。或者说，马骥的先兵突袭，让老家伙们的疑难和幼稚迎刃而解，此后的事显得异常明朗了。当时，马四十三气炸了，扬言要给儿子三瓦刀，找回面子。老家伙们尾了上去，知道他生性如李逵，怕出人命官司。

岂料，等钻过了那一片蒿草和荆条地带，一伙人顶着日光，来到了空地上时，却发现一号大烟囱的遗址上，已经架设了一圈密密麻麻的脚手架。没有碎砖，也无瓦砾，现场干干净净，脚手架外绷着一层绿色的防尘罩，密不透风。老家伙们揭开一角，蹑手蹑脚地进去，登时僵住了。天老爷，砖塔还在，只不过上半截被削掉了，现在仅存七八米高，被一些钢筋架子支护起来，下盘很稳地坐在地上，仍有一号的气派和尊贵。更惬意的是，沿着脚手架铺设了一圈螺旋状的楼梯，台阶不高，很缓，恰好符合老家伙们的步履。几个人登上去，又蹿下来，美美地参观了一番。每个人的脸上开了花，左喊一声马骥，右叫一嗓子马总，却不见当事人的影子。

这当口，一个戴近视镜的尕娃进来了，身后跟着几个民工。尕娃瘦，但利索极了，跑上来拽住马四十三，喊了一声马叔，口气亲热。双方一说开，这才知道尕娃是马骥的小学同学，外号叫尕镜子，小时候常去马四十三家里玩，还蹭吃过手抓羊肉和油香什么的。马四十三忘性大，为了掩饰尴尬，忙掏出了一张餐巾纸，喝令尕娃张嘴。尕娃很乖，张开了嘴，马四十三从他的门牙上擦下来一片芫荽叶子，说你们刚吃完牛肉面吧，以后吃完了记得剔牙。尕娃这才交代，昨天动用了大型设备，将一号大烟囱拔掉了大部分，清理完了现场，但马骥实不落忍，专门留下这么高的一截儿，还增加了安全防护设备，想让叔伯们尽情发挥。尕娃又说，马骥委派他来主持现场，这几个民工都是雇来打下手的，叔伯们意思一下就行了，具体拆除的活儿由民工来干。尕娃还讲，马骥去开会了，餐饮协会的，今天要选他当副会长。马四十三心喜面煞，抬起一只手说，哼，他恐怕不想吃老子的抽脖子吧。

"尕镜子，兄弟我请教你一句，什么叫意思一下？"陈劳辛发难。

"哦，好我的爷爷，千万别使'兄弟我'这个话，余生也晚，可担待不起。"尕镜子一揖到底，赎过了罪，便说，"你们敲打一下就下来吧，我们拆起来快，也安全嘛。"

王麻说："你有情有义，兄弟我领了，但具体拆除必须由我们来干。"

"拜托爷爷们，你们干么一嘴一个'兄弟我'的。我羞死了。"

"喏，听兄弟我给你解释。尕镜子，这大烟囱是我们这帮老家伙们，在五十年前亲手箍起来的，那时候一个个比你现在还小。它其实不是烟囱，也不是砖塔，它等于一棵树，种在了我们的心上。"冯彬文识人，见对方礼貌有加，遂耐下性子说，"而今，我们真成了老家伙了，它也不合时代，该入土为安了。兄弟我恳请你，就让咱们撒一回野吧。"

"恭敬不如从命，我们随时听吩咐。"尕镜子道。

冯彬文感喟："好呀，江山留胜迹，我辈复登临。上去喽。"

　　一开工，事情便正规了。尕镜子将每个人身上的保险带打开，将挂钩挂在了脚手架上，万无一失。四个民工依次撒开，守住四个角，各自负责一位老人。对方刚拆解下来一块砖，民工便伸手接过来，顺着一根钢管滑下去。下面的伙伴接上，当建筑垃圾一样，齐整地码在车厢里，完工后一总处理掉。尕镜子一边指挥，一边拿手机在拍照，不明白他在搞什么名堂，随他吧。

　　坦白讲，退下来许多年了，头秃了，牙掉了，就连先前满身的娴熟技艺，也早已雨打风吹去，日渐荒疏了。老家伙们割据一方，动手拆解着脚下的耐火砖，感觉手很生，找不见诀窍。手生也倒罢了，问题在于骨骼中有一种牵扯，丝毫不给力，总要慢上一两个节拍。他们明白，这其实是老了的症候，心到，手却不到，一种流逝的光阴在中间作怪。他们互望一眼，要么咧嘴笑，要么扮一个鬼脸，但谁也不说泄气的话。万事开头难，等拆下来头几块后，他们手上休眠的技艺一下子醒了，老马识途，动作凌厉，反而由不得他们慢下来。

　　耐火砖很厚，有一本辞典那么厚，单体的重量足有五斤多。砖缝里勾了当年高标号的水泥和砂浆，锅炉烧过，风雨洗礼过，如今血肉粘连，浑然一体了。瓦刀使不上，必须先用凿子在砖缝上开一个缺口，然后将钢钎打进去，慢慢撬起一块。一旦撬出了一块，就像门牙松了，左右两侧的伙计们不战而降，纷纷败下阵来。捧起耐火砖，这家伙还是老样子，棱角分明，颜色鲜亮，如同当年刚砌进去的一般。不，比当时更生动，更具分量，因为几十年高温的淬制，似乎有了一种别样的筋骨，让人不敢小觑。老家伙们越干越起劲，话也就多了起来，一再欷歔说，瞧瞧，那个时候的水泥，可真是水泥呀，能把天和地都焊在一块儿。又讲，那时候的砖是实心的，人也是实心的，不像现在这么注水，这么短斤缺两。戏谑声中，每个人都不懈怠，每捧起一块砖时，都会用掌心仔细地拭去灰尘，颠来倒去地查看几遍，生怕错漏了什么细节。尕镜子在一旁发笑，觉得这帮老顽童呀，就像站在产房门口的年轻父亲，第一次抱上婴儿，必定先检查一下有无残疾，身上是否带胎记。

　　来了微信，尕镜子一瞧，马骥说：活到老了，就是一帮老小孩，随顺他们吧。（哭）这几张照片，真让我看到了劳动人民的尊严。

　　回复说：（撇嘴）嗬，这就是你爆的料？

　　呵呵，稍安勿躁，你这个小包工头等着瞧吧，好戏还在后头呢（得意）。转瞬，马骥又追加来一条：我总觉得，他们身上有一个不可告人的秘密，你就是解密的人（阴险）。

　　尕镜子：这不是我的菜，但我喜欢这帮老头（呲牙）。

哦，你学学他们的耐心吧，他们忍了多少年了，今天绝对是个机会。马骥叮咛道。

拆除作业异常顺利，老家伙们也越来越趁手，找到了昔日的感觉。中午时，马骥的餐厅置备了一桌饭，喊他们去吃，却被拒绝了。马四十三亲自致电，让厨师长做了盒饭。不是一般的盒饭，四菜一汤，醋溜番瓜，干炒茄子，凉拌洋芋丝，虎皮辣子。主食是蓬灰凉面，手擀的，上头浇了卤子、蒜泥和芥末水，颜色花哨，奇香袭人。老家伙们不肯下来，怕耽误时间，饭食送了上去，仍不停手。马四十三吆喝了几遍，其他三人这才捧起了饭碗。孰料，吃了第一口，还没下咽下去，表情便定格了，目光纷纷盯住了马四十三。后者嘻然问："咋样么，吃出什么味道了没？"三个人不吭气，猛地饱咥了几口，吧嗒着嘴。王麻说："娘的，吃出来了，原先大食堂的味道，香得心都烂了。"陈劳辛陶醉地说："你狗日的，在餐厅吃了多少回，从来就没端上过这个，现在是犒劳兄弟我呀？"马四十三卖弄说："这几样不挣钱，餐厅的菜谱上没有。兄弟我特地交代后厨，用了我的独家秘方。"冯彬文饱了，打着嗝说："为么香，照兄弟我看，关键的问题在于咱们跟一号在一起，筋骨醒了，胃口开了，吃回到了从前，想起了厂里的大食堂。"这话在理，老家伙们一致称是。撂下饭碗就喝汤，汤也不是珍珠翡翠白玉的，却是下过面的面汤，里头搁了一根芹菜。原汤化原食，舒坦得他们直拍肚皮，拔长了脖子，饱嗝在冒泡。这时，孕镜子接了一个骚扰电话，声嗓很大地说：

"拜托，兄弟我不喝铁观音，求你别打了。"

"等等。"冯彬文叫住了他，质问说，"你刚才说了啥，你说兄弟我？"

孕镜子很无辜："对呀，兄弟我。"

"不行！你这个孕娃没礼数，我意见大了。"刚才还一片晴天，冯彬文忽地阴下脸，"你在别处说兄弟我可以，但在老家伙们面前，在一号，你没这个资格。"

见此情状，孕镜子没回嘴，簌簌簌地下了脚手架，乘凉去了。

太阳西移，日光在空中化作热浪，将地面变成了一座澡堂子，令人眩晕。到了下午四点多时，原先七米左右的大烟囱，已经矮下去了多一半，看样子天黑前就能彻底拆除干净。孕镜子坐在拉废料的卡车旁，一团阴凉罩在身上，指挥着民工，不紧不慢地拾上面拆解下来的耐火砖。孕镜子的手原本很细腻，但帮了一会儿忙，此刻粗糙无比，长了一层毛刺似的。刚才冯彬文的呵斥，孕镜子并没放在心上，自己不小心引用了别人的话，这跟侵犯知识产权没什么两样。孕镜子对付完手上的毛刺，忽然觉出了一种异常，因为脚手架内的作业面上寂静无声，真有点儿瘆人。孕镜子甚至往坏里想，莫非谁，一不小心跌倒了，连人带砖，哗啦一下掉在了砖塔后面。

一念至此，尕镜子立马慌了，忙奔了过去，笃笃笃地上了台阶。此时，眼前的一幕让尕镜子钉住了，诧异地望着那几个高高在上的老家伙们。

居然！他们居然都哭了，垂下头去，在集体默哀。

尕镜子仰看着，见老者们灰头土脸，浑身脏污，但动作很齐整，两腿并拢，肃穆地埋下头去，一个个收不住泪水。他们头顶银雪，雪白得像天上的淡云，虽不茂盛，却让寥廓的天际有了一丝别的味道。刚才吃了亏，尕镜子现在再不敢造次了，也理解了马骧给他的爆料。他的手摸进兜里，找见了那张纸，Ａ４大小，狠狠地攥成了一团。末了，默哀毕，四个老家伙忽地撒开，从作业面到地面，组成了一条首尾相衔的人链。最上头的马四十三每起获一块砖，便递给了王麻，王麻再交给陈劳辛。冯彬文站在末梢，恭顺地接过陈劳辛手里的砖，将它们逐一搁在地上，摆放得井然有序。

这个过程中，谁也不说话，连每个人的气息都像羽毛那么轻。但尕镜子发现，老家伙们，不，这几位老者面色绯红，心跳过速，身上有一种看不见的激动与傲慢。激动尚可理解，傲慢分明来自他们全身心的沉浸，无视周遭的一切，轻蔑这个赤日炎炎的下午，包括尕镜子和一排惊呆了的民工。尕镜子阻止了民工，没让他们搭手去帮。尕镜子笃信，这种蚂蚁搬砖的秘密仪式，一定有他们自己的逻辑，自己的年代和仪轨，外人不便介入。——话虽这么讲，但尕镜子看见冯彬文刚捧起一块砖，身子晃了晃时，还是第一个冲了上去，架住了他。

通地一声，耐火砖砸在了尕镜子的脚面上。

尕镜子哎呀一声，跌倒了。冯彬文也倒地了，中暑的症状。尕镜子挣扎着爬起来，吆喝民工们赶紧将冯彬文抬到阴凉下。这时，尕镜子讶异地发现，那一块沉重的砖面上，镌着明晃晃的三颗字：

冯彬文

太阳落山时，尕镜子仍一瘸一拐的。

问题不大，冯彬文凉了一阵子，又在黄河水里擦了脸，醒转了过来。冯彬文内疚缠身，尾在尕镜子后边，连连抱歉，好像闯了天祸似的。依了老者们的话，尕镜子指挥民工们，将后来拆解下来的耐火砖，统统搬到了黄河岸边，丢在滩涂上。老者们的工作干完了，剩下的大烟囱的底座，会由民工们负责彻底拔掉，再将现场清扫干净。天空澄澈，一览无余，河心里跑过了一艘快艇，将水浪驱逐过来，卷起了白色的浪花。干了一整天，马四十三依然骁勇，喝令另外三个和尕镜子就地歇息。他自己则抱着一块块砖，蹲在河边清洗。砖头蒙尘久矣，边边角角上还带有水泥和砂浆的残迹，也被他仔细刷掉，恢复了先时的模样。

肯定没骨折，但也痛楚难忍，尕镜子心里抽搐着，一时间帮不上忙，急得乱转。马四十三终于清洗完了，来回跑了几趟，将耐火砖搬在了大家面前。冯彬文腾地站了起来，王麻和陈劳辛也赶紧立定站齐。三个人像标枪似的，表情肃穆，却目光热烈，呼吸也急促了起来。马四十三开始搭积木，将散落的砖头塑成了一座塔。或者说，一座微型的小立碑。尕镜子扶了扶鼻梁上的眼镜，趋近一瞧，心中蓦地涌过了一股热流。也不知是脚疼，还是心动的缘故，反正尕镜子双膝一软，跪在了这一座立碑前。

王增武　甘谷县

陆俊德　上海枫泾

李佳伦　天津塘沽

刘恩科　长武县人

冯　保　白银平川

仇　勇　甘肃临洮

傅崇俭　平凉崆峒人

朱娃子　江苏兴化人

陈劳辛　湖北黄陂县

王西野　上海闸北区

徐　旭　甘肃平凉人

杨延康　贵州遵义市人

张森林　平凉泾川县人

王　麻　河北保定府人

杨继军　甘肃静宁县人

移高红　天水麦积山人

冯彬文　辽宁铁岭草帽山人

徐子坤　甘肃凉州双树乡人

漆进茂　甘肃漳县五里铺人

久美琼蓬　青海化隆县外镇人

马四十三　甘肃临夏玛尼沟人

夕光打了下来，像一张细密的砂纸，替这些沉砖擦去了尘土，打磨出一层鲜亮的金黄色。河风很劲，慢慢吹干了水渍，让那些砖面上漫漶的文字紧凑起来，浮现而出，筋骨毕现。尕镜子用指尖摩挲着，辨识着，并逐一念了出来。显然，这是每个当事人自己凿刻下的，有的工整，有的潦草，但清晰如当年。一共二十一位，上头是姓名，字体大，下面则是籍贯，字小的就像指甲皮一样。尕镜子看完了这些稚嫩的签名，心猜，这就像一群小学生在答试卷，稍不规矩，先生的戒尺就追了过来。片刻之后，砖石干透了，一种血样的颜色仿佛从心脏地带泛滥出来，布满了砖面。但这种色泽并没有淹没一个个姓名，相反，却让每一根笔画都层次有序，抓石有痕。尕镜子明白，这是几十年的煅烧和炙烤造成的，如今它们不是简单的建筑材料，而是一件件艺术品，立体地码在黄河岸边，矗立在傍晚的夕阳中。

这一切，冯彬文都看在了眼里，会心一笑。见尕镜子一瘸一拐地返身回来时，冯彬文将他拉拽过来，安顿在了自己身边。冯彬文抱拳说：

"兄弟我刚才不慎，让你受罪了。"

"折杀我了！伯，千万别再使'兄弟我'这个词，我是晚辈。"

"嗯，你是晚辈不假，但我知道你所为何来。"冯彬文云开雾散，料事如神地说，"你现在提一个要求，我不会拒绝你。抓紧时间吧，小心我反悔的。"

尕镜子说："哦，你当然明白我要问什么。"

天光暗下了一寸，但河面上依然有隐隐的光线，像一个人提着白灯笼，照着那些疲倦的鸟群和鱼群归家似的。四个老神仙疲累了一整天，此刻坐的坐，躺的躺，屁股下是晒烫的细沙，惬意极了。当年，他们也是这么干的。下班后，懒得去食堂打饭，也不进集体澡堂，带着满身的黑灰跳进了黄河水，先痛快一下再说吧。冯彬文形容说，那时候可真年轻，年轻得一塌糊涂，像青蛙一样活蹦乱跳的。动力厂开建在即，首次招人，五湖四海的带着介绍信跑来了，报名，政审，技术考试，刷掉了大多数，最后只剩下了二十一个，组成了青年突击队。从黄河水里爬出来，大家赤条条地躺在沙子上，望着高原的星空和月亮，不知今夕何夕。有时候，说着说着就睡着了，直到被次日一早的晨露打湿了，才惺忪而起。

动力厂应该是有标志的，标志就等于现在社会的 Logo。那么大烟囱就是当年的标志，只有它才是工业化的象征，也才能赶英超美，追上苏联老大哥的步伐。难题来了，这帮二十左右的愣头青，谁也没见过工业烟囱，打开设计图纸，那些密密麻麻的字码如同天书，没一个人能讲出子丑寅卯来。王麻接茬说，厂里的确请了一个武汉的工程师，但天兰线在宝鸡一带塌方了，被滞留在了当地。革命事业不等人，工期不等人，一切都迫在眉睫。这时候，厂里的一位夜班库管站了出来，说他可以试试。

陈劳辛恓惶说："慢点讲，让兄弟我揩一下眼窝子。"

"老冯，你也擦擦吧。"马四十三递了一张纸巾。

夜班库管这么一挑衅，全厂上下都失笑了，年轻人更是笑死了。没别的，他平时窝囊极了，浑身邋遢，谁也不会正眼瞧他一下。他无儿无女，也没有家，真正的老绝户头。他公开叫板，等于揭了皇榜。加之用人之际，厂长也不曾多虑，便遂了他的心愿，将这二十一个小伙子交给了他，限期完成。那时候整个一个忙字，垦荒平地，铺设线路，砌筑围墙，还要进各种大型设备，这支突击队只是其中的一小部分。刚开始，他连上了三天的课，集中培训，替大家收心。他的课堂很严厉，稍有交头接耳，就会被驱逐出去，罚站罚一天，还不许吃喝。他在黑板上画图，讲解烟囱的构造和功能，剖析设计图纸上的优劣。图纸是借用河南一家工厂的，但那里的地质构造和黄河滩涂一带迥然有异，他修订了过来，领导也签了字。造烟囱，首要的问题就是耐火砖，本地的房舍大多是土木材质，对耐火砖闻所未闻。他申请了一辆苏联的嘎斯汽车，带着一帮小伙子，考察完了兰州周边的各个山头。每到一座山上，他攥起一把土，就能知道土质的黏性和成分，好像他的手是一台分析仪。后来，在榆中县的清水驿乡，终于找见了合适的土层，便就地开窑，开始烧耐火砖。

第一批砖出窑后，统统废了，因为火力不均匀，有点儿酥。连续废了七窑，等第八窑砖出来后，大家一下子信服了他。没别的，当时摆在大家眼前的不像一块普通的砖，不像泥土做的。一窑土砖经过一天两夜的淬制，洗心革面，凤凰涅槃了，竟然成了一块块整齐的黄金。真的，这比喻不过分，我们就把这种亲手制作的材料叫金砖。金砖还要经过测试，专门在水里泡，在蒸笼里蒸，用焊枪重复去烧。为了考查它的硬度，专门挑了几个大力士，用二十五磅的重锤去砸。砸到第四十一下时，它才折成了两半。谁也不知道他用了什么魔法，但他肯定有魔法，让那些酥烂的土，变成了一团坚硬的筋骨。他也不多讲，他的话很吝啬，遇见一些人的请教时，他会脸红，有一点儿像没嫁出去的老姑娘。

农历十五那天，山上的月亮很亮。月亮看见我们在开会，月亮一定听见了。

烧制了将近一个半月，数量早够了，那天要烧最后一窑。他召集大家，每人发了一块砖坯，一把刻刀，命令我们在上头写下自己的姓名，写下籍贯。他什么意思，他玩哪一手，他的目的何在，谁都在心里打鼓。当时，他也不解释，只督促大家按格式写，要求工整，不能出现错别字。他的牙齿很硬，不容分辩，谁要是抗命，谁就当即卷铺盖卷滚蛋。后来，大家站在窑口前，看见二十一个名字和籍贯被推进了窑内，迅速被火焰吞没了，感觉在烧自己，感觉自己也是一块砖，在慢慢地发生改变，一切都神秘极了。停了窑，等这些砖被搬出来后，每个人都惊呆了。因为，谁的名字都被镌在了金砖里，闪着光，憋着劲，仿佛先天从胎里带来的。那一刻，大家抱住各自的金砖，惜疼无比，觉得它就是身体的一部分，也是青春的一部分。从那以后，这支突击队就安静了下来，月月插红旗，年年当先锋。

他揭开了谜底。他当众说，他要把这些刻有名字的金砖，砌在一号大烟囱的底座上。原因有二：其一，既然亲手箍起了砖塔，就要负责到底，塔在，我们在；塔亡，那我们全部碎尸万段。其二，大家来自五湖四海，一号是担负的首个项目，成了便是青春的纪念碑，垮塌了，则是共同的墓碑，这支突击队的耻辱桩。这两条实则是同一个意思，他不过在反复强调罢了。他很干脆，口气决绝，在动员会上像教官那么训话。他还举例说，紫禁城里的每一块砖瓦，都镌着制作人的名号和家徽。要是出了麻烦，朝廷会一路追查下去，直至问罪。他讲这些话时有些自得，好像他是现在电视剧里的清朝太子，来微服私访的，但大家信他。

"哦，不能讲了，兄弟我去河边洗一下脸。"冯彬文道。

"等等，兄弟我也去。"王麻起身。

天彻底黑了，尕镜子听累了，仰躺在河滩上，看见一架航班降下了高度，擦过兰州的头顶，往中川机场飞去。蹊跷的是，耳朵里并没有那种巨大的引擎声。相反，河沟里的蛙声却如潮般响起，让四周越发的寂静了下来。尕镜子思忖，其中的一只蛙，一定是当年的那只，见识过这一帮人的飞扬，也见过他们当时的眼泪与汗水。这不，那只蛙来了，呱唧呱唧的。尕镜子一扭头，原先是冯彬文和王麻的脚声。他慌忙坐了起来，支起耳朵。

一号工程开工了，进展神速，每天增高两米。厂里有一份战报，油印的，每一期都报道大烟囱的高度。平地里忽地矗起了一座塔，成了风景，附近的中小学生组团来参观，就连市区的不少群众也带着干粮，挤上市郊列车来，站在塔下赞叹不已。

谁也没料到，那时候有一张网慢慢地收拢了，目标就是他。

八月三日下午，约摸四点左右吧，工地上来了三名公安员，戴着大盖帽，背着手枪。公安员是副厂长陪同来的，后者还兼任了军代表，气势很凶，吓得大家都躲开了，不知道发生了什么。听见副厂长喊他，他便从作业面上跑了下来，没一点儿精神准备。可当他见了公安员后，突然僵住了，脸色煞白，僵了好几秒钟，又返身跑上了脚手架。他跑得很快，一眨眼就蹿了上去，没了影子。当时，公安员们拔出了手枪，瞄准了塔尖，喝令他立即投降，但回答下面的却是一阵砖头雨。雨很大，也很危险，因为雨是耐火砖。

就这么对峙开了，上头的宁死不屈，下面的也不敢强攻。

天黑之前，双方都进入了僵持阶段，寻找着各自的机会。公安增派了大量的人手，武装到了牙齿，将整个一号团团包围了，连一只麻雀也休想离开。副厂长用望远镜发现，他竟然一个人在拌砂浆，一个人在砌大烟囱的帽子。烟囱也是有帽子的，像人衣服上的小翻领，一则美观，二来洋气。那一天，一号的主体工程接近完成了，但后续的工作还很多，比如焊铁梯，比如装避雷针，比如勾砖缝等等的。那么一个危机重重的场合，无数支枪口都对准他了，但他不管不顾，浑然忘我，慢慢给大烟囱戴上了帽子，砌上了最后一块耐火砖。

第二天早上，公安摸了上去，却在烟道底部发现了他。

他跳了塔，死了。

一个月后，动力车间正式点火，一点就成功了。大烟囱矗立在黄河岸边，像一个巨人似的，简直威风极了。白天，它就站在地上，摸着云彩，嘴里喷吐着黑烟。尤其到了深夜，它的头上喷射出火焰，能把半个天空照亮。一号成了样板工程，图纸被大量复制，后来生出了许多的徒子徒孙。那一段，我们谁也不提他，一提起来，眼睛肯定是湿的。但在每个人的心里，他就是塔，塔也就是他，白天吐出的黑烟是冤屈，晚上祭奠的火焰在叫魂。后来，我们二十一个人咬破了指头，喝了血酒，决定一辈子守着一号大烟囱，守着这一座塔，除非我们自己干掉它。

他死了，一把火烧了，骨灰撒在了黄河里。

刚说过的，他是个绝户头，没有家，也没有儿女。他的死一直没有结论，甚至他的名字、籍贯和年龄据说都是伪造的，黑人黑户，彻底丧失了来历。他在厂里做夜班库管，一个无足轻重的小角色，组织上当初没做进一步的考察，便疏忽掉了。后来有了一点点风声，说他其实是个俘虏，原先在胡宗南的部队里当教员，北平的正牌大学生，土木工程毕业。彭德怀的一野解放灵台时，他被收编了，到了兰州又溜了号，从此隐姓埋名。大家不信这些传闻，也不敢公开提他，却又心里想死了他，天天想得眼睛里哭血。这么着，大家一合计，决定用他平常最喜欢的口头禅来称呼他。外人听见了，也神鬼不知，比较安全吧。

"称呼什么？"

"兄弟我！"

尕镜子惊了："什么？原来兄弟我是一个人呀？"

"对，兄弟我就是他。"冯彬文道。

"兄弟我也是我。"王麻说。

马四十三和陈劳辛也不落后，纷嚷："兄弟我就是我，我就是兄弟我。"

"哦，那他当初没给自己刻一块金砖么？"

"没有。他可能有预感，他不敢刻。"

"那这些金砖怎么办？"

"兄弟我的骨灰撒在了黄河里，已经走了几十年了。"冯彬文哀叹一声，笃定说，"兄弟我走了，那这些金砖和名字，也要扔进去，一起陪着兄弟我，让黄河水去清洗干净吧。"

尕镜子起身，借着黯淡的星光，又伸手摩挲着眼前那一座微型的砖塔，指尖上识读着那些凌乱的文字。他明白，光阴无情，天道如命，这二十一个普通的名字有的凋零，有的斑驳，如今只剩下了为数不多的这几位，头顶白雪，老态横陈，已然迈入了晚境，一如他自己的父亲。尕镜子哀恳说：

"真抱歉！我不是什么民工头，我其实是个作家，我叫叶舟。"

冯彬文一笑："马骥喊你来的。他给你泄的密，我知道。"

"我能写下这个故事么？"叶舟问。

"兄弟我？"

"嗯，标题就叫《兄弟我》。"

"当然喽！"冯彬文答。

夜空中挂着一只风筝。风筝发光，好像有一股神秘的电流插在它身上，衬托出了它逶迤修长的尾巴，漫漶地飘在群山之上，星宿之间。这天晚上没月亮，但这帮老兄弟们却耳聪目明，不知疲倦地折返在黄河岸边，将一块块金砖安顿在了水中。叶舟懵懂，猜不出这些名字究竟随水而逝，还是沉在了河底，最终模糊并且消失殆尽。依稀间，马四十三又扯开了破嗓子，漫唱了一首高原的民歌。歌词曰：

河里的鱼儿水养着，
头顶的老鹰天养着；
世上的行人万万千，
只有你是我的心养着。

这短暂的一生哟，

到了这里就终了；

来世少年的时节么，

再做相会的盘算。

【作者简介】

叶舟，男，本名叶洲，1966 年生于兰州一只船街道，西北师大中文系毕业，曾做过教师、记者和编辑，中国作家协会会员，甘肃省文学院荣誉作家。在《收获》《天涯》《人民文学》《十月》《大家》等刊上发表了大量的小说、诗歌《祖国在上》《今夜中国》(2008) 及散文作品，著有诗文集《大敦煌》、诗歌小说集《第八个是铜像》、诗集《练习曲》、长篇随笔《世纪背影》、长篇小说《形容》、电影《钢琴》(长城影视出品) 及同名长篇小说等。其中，短篇小说《我的帐篷里有平安》荣获 2014 年第六届鲁迅文学奖短篇小说奖。

无名者的纪念碑

——评《兄弟我》

藏 策

叶舟的小说《兄弟我》，其实是一个自我拆解式的文本。从表面上看，故事借用了所谓"青春无悔"式的叙述套路，在讲几个老工人缅怀他们那个时代以及他们曾经的青春岁月的故事：一个当年由他们亲手建造起来的大烟囱——那个时代的产物——又要在新的时代里被拆掉了。大烟囱承载着他们的生命记忆，成为一个精神性的象征物。他们不忍这座纪念碑式的大烟囱在拆迁工程的爆破声中轰然倒塌，于是决定由他们自己亲手拆除它……然而铭刻在他们记忆深处的到底是什么呢？仅仅就是他们曾经的青春吗？小说一开始并没有交代，只是沿着"青春无悔"式的逻辑，将他们固执的怀旧行为推向了近乎荒谬的地步。几个七十多岁的老人，要将一座净高达到四十一米的大烟囱以人工的方式拆掉，这根本就是不可能完成的任务。为了完成这老哥儿几个的心愿，聪明又孝顺的马骥想出了一个折中的办法，先雇民工将大烟囱的上面拆掉，再留一部分让老头儿们自己亲手拆……这时，作者的代言人——一个叫叶舟的人物出场了。于是引出了关于这个大烟囱的更为深层的记忆……

原来"兄弟我"其实是一个真实存在过的人。就是这个人当年撕"皇榜"接下了建造大烟囱的任务，现在拆烟囱的老哥儿几个全都是他当年手下的团队成员。然而就在大烟囱即将完工之际，公安却来抓他了，因为他有"历史问题"——原先在胡宗南的部队里当教员，北平的正牌大学生，土木工程毕业……"兄弟我"奋力拒捕，爬上了他这个无名者的人生纪念碑——大烟囱，在与公安的对峙中砌好了顶部的最后几块砖，最后跳了下去，将这座刚刚建起的大烟囱变作了自己的墓碑……

原来这个从未出场的人物，才是这篇小说里真正的主角儿。老哥儿几个至今仍深情缅怀的，其实是这个连真实姓名都不知道的"兄弟我"。关于这个神秘人物的身世之谜，小说以限知的视角，只透露了极其有限的信息：

他是个绝户头，没有家，也没有儿女。他的死一直没有结论，甚至他的名字、籍贯和年龄据说都是伪造的，黑人黑户，彻底丧失了来历。他在厂里做夜班库管，一个无足轻重的小角色，组织上当初没做进一步的考察，便疏忽掉了。后来有了一点点风声，说他其实是个俘虏，原先在胡宗南的部队里当教员，北平的正牌大学生，土木工程毕业。彭德怀的一

野解放灵台时，他被收编了，到了兰州又溜了号，从此隐姓埋名。

也就是说这个人物的人生故事，其绝大部分其实都是超出了小说叙述之外的，只能靠读者自己进行脑补了。首先，"兄弟我"是北平的正牌大学生，土木工程毕业。也就是说他是个受过高等教育的人，属于知识分子阶层。而在现实生活中，他又不得不隐姓埋名，没有家没子女，在厂里做夜班库管——一个无足轻重的小角色。之所以会活得压抑凄惨，就因为他的"历史问题"，而他的所谓"历史问题"也只不过是在胡宗南的部队里当过教员，被收编后又溜了号而已。这样的人生经历是罪恶吗？一个无罪的人却要畏罪潜藏，这就是他人生悲剧的由来。那么本来隐藏得很好的"兄弟我"，为什么又会忽然间发飙去撕皇榜呢？是当时的火热气氛裹挟了这个早已失去了身份的人，让他瞬间"忘我"了，还是压抑已久的精神苦闷让他选择甘冒风险去完成生命中的自我实现？当然，他的心路历程又是现在的几个"兄弟我"所无法真正理解的了。

大烟囱其实是这个无名者的纪念碑，也是那个时代所有类似的无名者的纪念碑。然而"青春无悔"式的历史叙事又遮蔽了历史的复杂性，让即便是历史的见证者有时也会"被叙事"，从而在不知不觉中扭曲并改写了自己的记忆。或许这才是更大的悲剧所在，也是这篇小说更为深刻的主题。

「中篇小说」

向西，向西，向南

王安忆

一

其实，陈玉洁和徐美棠早在十年前即有过交集，那是 20 世纪 90 年代初柏林，库当大街上，接近歌剧厅的街角，开一扇门，倚门立一个白衣白裤的亚裔男人，抬头看，门楣上方写几个汉字，就知道是中国餐馆。周末，向晚时分，白昼的跃动平息，夜生活尚未拉开帷幕，正在休憩的间隙。薄暮中，这条街仿佛被遗忘了似的，只剩下玉洁和这家中国餐馆。她与侍者对视着，忽觉得这并不是本族人，深目隆鼻，精瘦的骨架子，要知道，此地的中餐馆，不定是雇用华工的。对方也在犹疑，不知道当她哪里人。最后，他们用英语打了招呼。走进店堂，临窗坐下，唯有她一个客人。这时间对本地人远不到饭点，他们都是夜猫子。男人送上菜单，看见汉字写的菜名，就有一种安心。点了什锦面，还回菜单，问道：会华语吗？男人眼睛亮起来：原来是中国人，还以为从英国来，英国过来的人比较多。几近雀跃地，一个转身，到楼梯口，仰头向上喊：老板娘，有中国人！楼梯上响起脚步声，老板娘下来了。

在中国人里，老板娘的身量算得上高大，亦因为中国人看中国人，才看出年纪在三十和四十之间，穿秋香绿色的裙装，袖口撒开，像鸟翼般，随动作起落。绕过空着的餐桌，走到玉洁跟前，双手支着桌面，问从哪里来。玉洁回答上海，对方自报来自青田。青田，知道吗？总归听说过青田石！这时候，什锦面上来了，罐头笋、猪肉、芥菜、甜椒，切成筷子粗细，很悭吝地放两株青菜，面和汤的味道与这些全不相干，显然来自现成的酱料。她埋头吃面，女人站着，眼睛越过头顶，望向窗外，继续说话。她的普通话带着口音，大约就是青田一带的吧，玉洁没去过那里，辨别不出来。话音流水般淌过去。视线与墨绿桌布上的那双手平齐，于是注意到这双手，硕大、丰润、骨肉匀停，能劳动，却不是苦作，所谓得心应手，大约就是指这样的。

如此一坐一立，吃完了面，店堂还是只她一个客人，不禁出声道：生意冷清啊！女人被她的话唤醒似的，打住话头，低头看一眼，说：今晚比赛足球，都看球呢！德国人很奇怪，脑筋有毛病，我们和他们，完全是两种人类。她笑起来，结了账，推碗离座，道了再见。这就是玉洁和美棠的第一面，彼此都没有问名姓，连模样都是含糊的。

走出餐馆，天光依旧亮着，街上除她之外，多了一对情侣，忘情地接吻。夕照贴地而起，瞬间掠过去。歌剧厅前终于有了人迹，厅堂里已聚起些声气。检票与领票，前后照应，添几分动静。观众坐有半席之满，在足球杯的晚上，亦可称得上座了。剧目是芭蕾《吉赛尔》，乐池里传来定音的管弦声。

陈玉洁在外贸公司做公关经理，上海与汉堡是姐妹城市，两地往来频密。这一回是为一批货迟迟不能上岸，汉堡港的理由是中国货轮的外漆有几项环境指数不达标，装卸工人不能作业。玉洁在汉堡与各部门交涉，请求重新检测，再次审核，最后一关是工会，同意一定天数之后，才可接近货轮操作。汉堡有公司租赁的公寓，没有食宿之忧，只是寂寞得很。于是，周末便去柏林一趟。这个国家的工会拥有无限权力，休息日绝不允许工作，就不会出状况，她也只好休息。白天去勃兰登堡门，柏林墙遗迹，美术馆，老教堂……最后的节目是芭蕾。她买的四等票，这一区域只有十来个人，散坐四处。前边有空位，可是没有人移动，这是一个纪律严明的民族。想起方才老板娘的话，德国人是一种奇怪的人类，就又要笑。场灯暗下，乐池里的光就仿佛夜航中的船舶，她呢，茫茫大海中的礁石。音乐响起，舞者在舞台上列成各种队形，奔跑、跳跃、旋转。因为座位的关系，大约还有心情，离她十分遥远，就像一帧镜框里活动的图画。有一时，她睡着了，被掌声唤醒。掌声很整齐，先期经过排练似的，什么时候起来，什么时候止住。然后，中场休息。出去走动走动，第一遍铃声后回座，每个人都在原位上，她依然独自一人。音乐奏响，她又沉入睡眠。

走出剧院，天黑下来，街上却一片亮，路灯，霓虹灯，广告灯箱，咖啡座，餐馆全开张了。热狗铺前排着队，麦当劳里满是人，汽车揿着喇叭，年轻人呼啸而过，高举彩旗和气球。电器商店橱窗里的电视机播放新闻，站一圈人看，她才知道，德国队进入决赛。走在人潮中，几乎迈不开脚，满目都是笑靥，互相叫喊，擦肩而过一伙人，竟然横过旗杆抽她一下，回头看，无数笑靥相迎。可依然是离远的，隔一层膜。走回旅馆，洗漱上床，窗外依然喧哗。铜管乐队在游行，其中一支小号特别高亢，随她入梦里。是这样的夜晚，使得其他一些细节 变得清晰，留下印象，以至于许多年过去，换了场景，这两人互相都认出了。

汉堡的公寓，人称中国大厦，是由几家国资单位联合买下一幢旧楼，再翻倒重起，专供企业外派人员居住。风格与周边高层住宅无大异，那多是战后的建筑，平行与垂直的线条结构，与现代极简主义有关，更是从实效出发，用料经济，施工快捷。中国大厦是近年造成，就更新，更高，因此也变得孤立。那白色的塑钢框架的窗户格子，一行行，齐崭崭，要是望进去，内容就丰富多样了。房间里斜拉的铁丝，晾着毛巾、衣服，床上张挂的蚊帐，桌面立着热水瓶，电饭煲吐吐地沸滚，里面炖着猪蹄和鸡膀；窗台内侧的瓦盆里养着小葱，蒜头抽出绿苗，其中一叶上缠着祈福的红丝线。过日子的劲头一股脑冒出来，中国式的日子，乱哄哄，热腾腾，与使领馆的中国式不同，那是官派的，这里却是坊间社会。

中国大厦的住客来自四面八方，你就可以听见各种方言在此交流：东三省、云贵川、江浙、山陕、闽广、两湖，最终又汇合成北方语系的普通话。有长住，有短留，长可至半年之久，短呢，落一下脚便转移。陈玉洁原本只一周计划，延宕到两周，事情办有六成，公司方面让她再坚持一周，索性彻底解决。不料余下的四成是为最琐碎困难，就又是两周过去，还看不到结束。一人在外，新鲜感维持半月已达临界，初始就有长久规划另当别论，她却是随事态演变，一日一日拖下来，难免焦虑心起，不耐得很，情绪变得低落。汉堡这地方，阴晴无定，云开日出时，眼前一派明媚，坐在湖畔，柳丝婆娑，微波荡漾，水面点点白帆，真仿佛仙境。转瞬间，天空沉暗，树丛密闭，湖中的天鹅呱呱地叫，鸽群呼啦啦盖顶而来，像是鹞鹰，豆大的雨点砸下。赶紧起身，回程中，乌云忽地破开，迅速向四围退去，湛蓝的穹顶越扩越广，万物晶莹闪烁。心情却鼓舞不起来了，鲜丽明朗的视野反而让人忧郁。

后来，非不得已便不出门，有时候，整天待在住处。白日里，客房都走空了，清寂中，动静声声入耳。清洁工开门闭门，说话嬉笑，吸尘器轰然响起，又轰然停止，修理工的击打，新入住的客人经过走廊，行李箱的轮子咯哒咯哒滚压地面，没有吵着她，却是让她安心，不自觉睡着。不知道过去多少时间，在一股饭菜的气味中醒来，恍惚以为是在公司的食堂里——饭点到了，窗户板推上去，大锅，小炒，米饭，面食，热汽蒸腾，汹涌澎湃。雪白的四壁刺痛眼睛，闭了闭，方才想起身在何处。中国大厦的餐厅，中午不开张，少数几个客人，就直接到后面厨房，锅灶边上，盛饭盛菜，倒有几分居家的气氛。这一日，大师傅的媳妇从山西老家来探亲，下厨帮忙，做的是家乡饭猫耳朵。揉得十分劲道的面，揪成手指头大小的薄片，下在汤里。黑木耳、胡萝卜、西红柿、青芦笋、紫茄子、白山药，切成片，上下翻滚。大海碗，灶台上一字排开，老陈醋胡椒面，任意添。这一餐饭呀，吃得汗泪交流，痛快，亲热。

一同吃过猫耳朵，就有交情似的，由此，认识了来自沈阳的一个姑娘。她是通过熟人关系住进中国大厦，还是个学生，在波恩读商科，她带陈玉洁去到火车站的中国书店。书店门面不大，进深却几乎穿透一个街区，四层高。顾客多是中国学生，来淘减价的教科书，学生总是手紧，看的多，买的少。还有从火车站过来的行旅中人，为消磨候车的时间，也是买少看多。相比这有限的客流，书店显得过于宽敞。除了老板，一楼收银台后面的小个子广东男人，似乎没有其他店员。那是个寡言的人，甚至是腼腆的，偶尔在过道走个对面，头一低就过去了。但并不意味着性情冷淡，她很快注意到，书店仿佛是个中国留学生的服务站。临上火车需要办事情的将行李寄存这里，刚下火车的又推门咨询交通和住宿，自行车轮胎瘪了，进来借打气筒，再有借用电话和厕所，帮助收发留言消息。显然，中国人尤其留学生圈里人都知道他，一传十，十传百的。来自香港的他——沈阳女孩告诉她，并不像通常港台人那样，与大陆学生有隔阂，生成见。那时候，中国陆生留洋海外正在草创阶段，经济上，货币不能自由通兑；政治上，体制为对立两边；初度开放，人数少，根基浅，远没有形成自己的社会。与中国大陆亲近者，多是左翼知识界人士，而左翼运动发生地则以美国为中心，比如反越战，比如台湾学生的保钓。二战后的德国，正经历漫长的反省与疗伤，对于这个热爱思辨的民族，类似东方哲学的静修，难免是沉寂的。所以，来自社会主义中国的学生，呈孤军作战之势。后来，陈玉洁知道，香港人是一名基督徒。她开始进出书店，当那里半个驻地，港务局方面的业务亦顺利结束，她回国了。

二

回想起来，90年代是个节点，上个周期完成，进入下一个。苏东解体，冷战告终，中国改革开放，经济腾飞，香港回归，美国"9·11"，中东战争，亚洲金融危机……世界资本主义体系一方面扩容，另一方面，介入异质成分。具体到中国大陆，由政府推行市场经济，进入全球化，同时筑起防火墙，可说旱涝保收，完身通过世界性危机，外汇储备激增，国库充盈，个人财富积累。在陈玉洁个人，20世纪的最后十年就好比一夜之间，又像是几个世代，来不及后顾，一径地向前。从外贸公司买断工龄，自营进出口。大学毕业分配在政府部门的先生早几年已辞去公职下海，先是承包一家体育用品商店，赚第一桶金，然后与几个同学去南非购买金矿，再又掉转龙头，向内发展，到山西开矿和炼焦。这十年于他们50年代出生的人，可说是原始的，又是最后的发展机会。就在他们奋起的同时，60年代后生冲刺新型产业的前沿，时间越进两千年，就将是又一代风流引领。总算立定脚跟，不仅获得财富，更是在一波连一波的产业浪潮之间，占据衔接的一足之地。他们的事业起自计划和市场两种体制的狭缝，左右逢源，亦屈抑迂回，得尽先机，也种下后患，暧昧的受益最终造成身份的尴尬。

他们的孩子，一个女儿，在千金买醉的日子成长。陈玉洁至今记得，两千年世纪之交，一家三口乘豪华游轮夜游浦江。十五岁的女孩，穿一件珍珠白低胸露背礼服，那时候，真还不懂得怎么穿，将她往成年女性里打扮，更显得人小，比实际年龄更幼稚。手腕上套个珠包，踩着高跟鞋，站在大厅里，茫然不知所措。巨大的枝形吊灯从挑高的通顶上垂下，灯芯做成烛状，壁上也是烛状的灯，立在金银座的水晶盏里。无数彩带、气球、鲜花，玻璃珠子串在尼龙丝上，红灯笼也串起来。眼睛都不够用了，脖子也仰酸了。视线慢慢移下来，这就看见餐台，呈十字向四面伸展，冷食、热菜、烧烤，中式、西式、和式，蛋糕、水果、巧克力。女儿第一盘就直接奔甜品，各色小点心，粉红、淡紫、浅绿、鹅黄的奶油和咖喱，第二盘还是小点心。那颜色形状首先诱人，尤其诱惑女孩子，其次是香甜的口味，小孩子都是口重又嗜糖，平时受大人限制，从不曾饱足，此时敞开，非但不干预，还是鼓励的眼神。可惜到第三盘，便吃不动了，就这，还只是餐台上末梢的一点点，前菜和主菜丝毫未沾，都要哭出来。岂止孩子，大人不也是憾憾的，只不过能自持，不像孩子那般坦然不掩饰。接近子夜时分，餐台撤下，顶灯暗下，地灯点亮，一池莲花盛开，乐队和歌手仿佛是从地心升上来，音符从天庭降落，众人环绕起舞。父亲带女儿下了舞池，两人都不太会，基本就是走步，从这头到那头。看他们在人群中忽隐忽现，有几回女儿的脸正对她，表情十分严肃，好像接受成人礼，就觉得女儿正在脱去小姑娘的形骸，飞速地长大，长成那件珠光晚礼服里，真正的主人。舞池到处是这样的美人，衣袂飘兮，巧笑盼兮。她走神了，没注意人群哗动中倒计时的数秒，只听得最后一声，当！海关大钟敲响，彩带剪断，纷纷坠落，珠子漫撒开来，红灯笼亮了，原来里面都是电灯芯子。船正走到吴淞江口，调过头，外滩沿岸一带同时放起烟花。那游轮顶上的吊灯突然迸裂，露出玻璃穹盖，于是，一朵一朵烟花在深邃的夜空绽放，化成流星雨，缓缓垂落，时间就此走进21世纪。

女儿自小在祖父母身边生活，与他们聚少离多。在出生成长的十多年里，正是她和丈夫激烈打拼事业的阶段。他们都是上海普通人家，一条街上的邻居，就读同一所小学，又在"文革"中划地段分进同一所中学，是本地市民典型的婚配形式。

中学毕业一个去崇明农场，一个留在上海分配工作，分得很好，在外贸局——照今天话说，就是办公室小妹。后来，崇明的那个凭一己之力考取大学，上海的，就是陈玉洁，由单位送外语学院委培商务英语，原去原回。那是个百废待兴的时期，机会很多，他们可说是得天时地利的一代。等两下里读成，都已是三十岁，这才生了孩子。20世纪80年代，上海住房的紧张，全世界闻名，由此生出多少悲剧和喜剧。他们原是在公婆房间里隔出一条做婚房，两人上学各自住学校宿舍的几年里，丈夫的兄弟住进他们的房间并且生下孩子。这期间，他们夫妻的私人生活都是在周末和节假的宿舍，他或者她的同屋回家，让出空间，供他们享用。所以，住房局促是他们脱离体制自主创业的极大动因。挺着六七个月的肚子，肿着脚踝，去后勤部门索讨房子。局办公楼在外滩一座老建筑，殖民时代留下的，石砌的墙壁，天花板很高，动静都有回声，走在里面，是有压迫感的。当时不觉得，年轻，又是单位里最低阶职工，况且，大家不都一样？为住房、晋级、加薪、奖金，一趟趟跑领导办公室，赔着笑脸，叹着苦经，事后回想，却是很屈辱的。就这样，分来一间房，面积不大，朝向也不好，西北，是一套公寓里的一间。这套公寓不知出于何种历史原因，被拆分成三户人家，公用厨房和厕所。但无论怎样不便，住进公寓，身份就不同了，下一轮的争取和调配中，资本也不同了。很快，这一间加上丈夫单位增配的一个亭子间，二换一，换来新工房的一个独立单元。换房的经过，也是不堪回首。电线杆子上贴告示，房屋交易集市寻觅对象，所谓房屋交易集市就是马路边上，自发形成的几块地方。掮客一类的人物应运而生，他们手中掌握许多信息，从而串联上家下家。时间一久，陈玉洁自觉得也能成为业内一员，日后独立出来做贸易，是否从这里起念，只有天晓得。

这套一室半的单元房位处虹桥，其时还未开发，属城乡结合部，上下班需经过一条铁路。远远听见道口铃响，路障放下，挤进等待的自行车和行人里，一列火车吐着白汽驶过。倘是客车，就看得见车窗里的人，满脸旅途的劳顿，不知道在他们的眼睛里，自己是怎么样的。这条铁路横亘在面前，将新城区和旧城区隔开，他们被划分在新的一边，即是逐出，同时呢，又是纳入，纳入进另一种命运。

住进这一处房子，动荡结束，终于安定，将女儿接来。女儿已在市区一所重点小学就读，而这边且是草创，周边还很荒凉，学校的品质可想而知，决定暂不转学，每天由父亲接送，顺便可去看望婆婆。辛苦是辛苦，但一家人不必分住几处，算是团圆了。就在此时，方才发现，女儿与他们是生分的。跟阿娘长大，宁波人称祖母"阿娘"，阿娘们称得上是上海中等阶层的一个类型，她们精明、仔细、能干、豁辣——沪上人说，给宁波人做媳妇不易，可她们自己不也是从媳妇熬成婆的吗？她们带出来的小孩，尤其小女孩，都有一张刁钻的嘴和一副刁钻的性子。一上来，他们就感到棘手了。绿豆芽，要摘两头；鱼，只吃腮上瓜子大小两片肉；豆腐是要去皮的。穿衣服也很麻烦，一件套头衫，后领的商标一头脱线，她按惯例索性将那一头也扯下来，多年紧张甚至惶遽的生活将她磨砺得粗糙和简单，孩子却哭了，说应该缝上去，否则就分不出前后。鞋面上的浮尘不擦拭干净也是要哭的，马尾辫不是高了低了就是歪了。随身搬过来的几大包杂碎，她看也看不懂。那些花花绿绿的铁发卡，掰开，再按下，沿发际线扣一排；喝水的壶盖藏着机关，这里一揿，那里跳起来，吐出一个嘴；透明的小贴纸上的人物动物有名有姓，贴哪里也有名堂，而且重要……这些零件又不是阿娘的传统了，而是来自现代都市物质生活，阿娘家住在淮海路中心地段。有一次，她下班早，去学校接女儿，遇到班主任，说起往返路途的辛苦，老师惊讶道，不是就住在附近吗？原来女儿一直将阿娘家的地址报给老师和同学。小姑娘和同学走在前面，她推着自行车跟随其后，看那矜持的小背影，比同年龄孩子高一点，所以就在中间，一个挽一个胳膊，有些小妇人的风度。陈玉洁说不上喜欢，也说不上不喜欢，女儿长大了，却不是想象中的长大。这种复杂的心情一直潜藏在母女之间，到两千年的跨世纪晚会，再度浮出水面，却是另一番情景。这时候，做父母的，与女儿相处和谐，陌生感逐渐消弭，甚至有几分亲热。

偶尔地，她会生出怀疑，这样的改善是出于哪一种原因。血缘是一种，共同生活是一种，还有，是不是还有什么？她从国外公务回家，省下津贴补助买成礼品，最多的是女孩子的衣物，内心里多少有一些讨好的意思。她和丈夫总是讨好的，为补偿抚育的缺失，其实也没有那么理性，一家三口，本应是亲近的。女儿得到礼物，绽开笑容，一个返身，抱住妈妈的颈项。软软的小身子，贴在怀里，她有些羞怯呢！真希望不要长大，就这样。她喜欢女儿的笑脸，下眼睑很饱满，一旦开颜，便呈现两个窝，像猫咪，又像花。随年龄增长，圆脸变长脸，脸颊滑顺下去，笑窝不见了，显出少女的清秀，却又有一种凛然——不知道事实如此，还是心理的缘故，她始终有些怕她呢！这也是所有父母对长成的儿女的心理，生恐被遗弃似的。有时与朋友交流，彼此就像在攀比这种感受，很享用的呢！但内心深处，又觉着不像对方的单纯，在某个地方存着差别，而且是本质性的。生活在进行，不等她想明白，已经到下一个阶段。

他们买了商品房，先是四室两厅的公寓房。装修大半年，搬进去，住下两年。其中有一间北屋，从来不曾使用。紧接就搬进另一套，复式两层。偏离开市中心，但后来居上，成高档地区，住户以日韩籍为众多。女儿进一家私立中学，和小学同学疏远往来，阿娘呢，也不常走动，这个老城区的孩子成了新人类。礼物和礼物激起的喜悦还在继续，却已不止是出国带回，且随时随地，量和质都在增加。整套卧室家具，钢琴，电脑，音响，万圣节的鬼装扮。这个街区已兴起万圣节，基本是自己和自己玩，没有讨糖和捣乱的小孩子，南瓜灯在店铺的玻璃窗里闪烁，少男少女们穿了吸血鬼的长袍在街上呼啸走过，其实显得很寂寥。最后，女儿高中毕业，直接去美国读大学，可谓人生大礼。因学业中等，就读一所设计专科学院，校址却是在纽约曼哈顿，学费和食宿极昂贵，有什么呢？钱已经不是问题。

因生意上的事暂时走不开，就由丈夫保驾护航送去纽约。看父女二人走进国际出发厅渐渐远去，女儿比两千年晚会上又高出半头，身着旅行装，双肩背包上垂挂粉红水晶的吊串，随着走步一摆一摇，就有一股跃动，欣欣然的。没有回顾，就这么径直走出视线，她们母女相处向来冷静，从不滥情。回到家中，推开女儿卧室的门，打算收拾整理，不料想，一下子撑持不住，坐倒在床沿。那是张童话里公主的卧床，高高的弹簧垫，白色床柱上托着金球，圆顶帐垂下来，珍珠纱上布着小朵玫瑰花。眼泪溃决，流了满面，这才相信"血浓于水"是千真万确。

三

一多半的缘故是女儿在美国读书，还有一半就是寻找新商机。她将德国方面的贸易收缩了，转移到纽约。然而，距离上的靠拢并不使她们更亲近，分别初的那一段激情没再回来过，反而是，平淡下来。女儿抽条的身子显得很纤细，穿低腰的撒腿裤，长款的背心外面套一件横宽的背心，都是黑色，踩一双夹趾草编凉鞋。学习设计的人总是从自己身上开始实验，创造独特性。最终，很奇怪的，这些独特性又汇合成同一种风格。看女儿走在街上，走在魁伟壮硕的外族人里，四肢、身体、衣服、头发，一侧剪至耳上，另一侧，齐腮，垂下来——仿佛在飘。不少男孩，也有成年人，被吸引目光。这些目光，就像风，将她送得更远。偶尔地，女儿会挽着母亲的肘弯，便感觉到纤细的手臂里的骨骼，不是小时的柔软，而是坚硬的，有一股力度。

女儿租住的是一种称之为"工作室"的房屋，一大间，除厕所和冲淋房，再无其他区隔，住户根据自己需要分配使用。因为楼层很高，还可架成阁楼。这样的房型，得自于二战以后的苏荷地区，废弃工厂车间被艺术家用作画室，渐变为风尚，建筑商适时跟进，开发房地产市场。以此可窥见波西米亚人走入布尔乔亚，嬉皮变雅皮的过程。所以，这间位于中城的"工作室"其实相当中产化，玻璃幕墙，细木地板，牙白色烤瓷漆的橱柜，后现代极简主义的灶具和卫浴，以及连房屋出租的餐桌椅，工作台。这样的环境里，席地而卧的床垫，东方图案的靠枕，随意摊放的杂物书本，反显出造作。她不懂设计专业是什么样的内容，从外部看起来，女儿无疑是业中人士的做派了。

在决定长住，计划买房之前，她都是住酒店。睡地铺起卧不方便还在其次，难以忍受的是无遮蔽全敞开的空间。不夜城的光，从窗帘叶片里透进来，躲也躲不开，好像当街躺着。女儿并不反对母亲住酒店，多少透露出迹象，孩子已经有自己的生活。一个不问，一个不说。有些私密的话题，至亲间反倒不易沟通，又尤其是她们这样亲中有疏的母女。有几次和丈夫同来，住的是中下城的老酒店。在美国，说老酒店不过是更欧洲化，代表新大陆居民来源地的历史。那都是狭小、逼仄的房间，自点早餐，到晚间，酒吧咖啡座上满满的，需挤过人堆，向柜台上领房间钥匙，沉甸甸的铜头钥匙放在柜台背板上的小格子里，射灯自上向下照着职员的脸，很像希区柯克电影里的一帧景。

丈夫喜欢这样的老酒店，女儿也喜欢，凡住这里，总是过来。换一种情形，就是她过去了。来到这里，多半是在底下酒吧消磨，单独的桌子永远不够用，于是，不相干的人凑在一长条大案子边上，各说各的。女儿显得格外兴奋，比平时话多，丈夫呢，捧着酒杯，缩着手肘，避免碰到邻座的人，脸上布着笑容。她却怀疑，他们实际上真的有表现出来的那般享受。看上去，更像是一种坚持，将"快乐时光"坚持到底。酒吧门口的招牌上，不都写着"快乐时光"的字样！酒店的"快乐时光"里，中国人极少，像他们一家三口的中国人，大概仅此一例。那实在不是个家庭聚会的场合，这三人未免显得不合时宜，可他们一坐就是半夜。送女儿去住处——步行即可到达，两人再返回。子夜时分的清寂里，藏着无数喧哗，那沿街的，一半沉在地面下的门扉，一旦开合，就涌上来，引起一阵骚动。

他们沉寂地走过一段，凛冽的空气驱逐了困顿，方才她可是困顿得很呢，此刻醒过来，开始说话。她说，要不要在美国买房？好啊！他说。女儿的房租加我们的酒店费用，差不多是一套厨卫的钱了。说到这里，他就正色道：不要考虑钱，钱不是问题。话里有一股豪气。他们这一路对话，都是有豪气的。倒退十年二十年，做梦都做不到。是啊，钱不再是问题，可也是个问题，就像上了发条，开关启动，自行运作，以级数增长，令人不安。想这世界上任何物质的总量都有限度，哪经得起如此递进生产。她有时会提议关闭生意，不要再赚了，一个人一辈子究竟能用多少钱？丈夫的回答是，你以为我们是净赚？不是，我们是和世界通货膨胀赛跑，趁脚力好，多领先几步，等脚力弱下来，就少落后几步。然后，丈夫便举出几个数据，证明通胀的速度和程度。按马克思政治经济学理论，通货膨胀是为解决危机，同时酿成新一轮危机，所谓搬起石头砸自己的脚——丈夫一旦打开话匣子，谁也刹他不住，所谓"马克思政治经济学"，在他们一代人，就是蒋学模的一本教科书，在世界冷战格局下，以共产主义为人类社会最终目标的前提下，诠释资本演变。现在人早不读它了，但里面不乏真家伙，也就是硬道理。丈夫继续道，二次大战以后，技术革命大爆炸，迎来第三次浪潮，似乎可能消化危机，事实上，只不过暂缓，将局部纳入总量——"总量"这个词出来了，正是陈玉洁的担心。你以为总量可无限增长？他问她。不能，她回答。增长的是缝隙，就像受过冻的萝卜，糠的，这就是泡沫经济，所以，我们必须和通胀赛跑！最后总结。这时候，他又变成虚无主义，不相信人类历史的进步。

他们走进酒店，"快乐时光"方兴未艾，领了钥匙进电梯，经过一条狭窄的走廊，推开房门，迎面是满壁墙纸的缠枝花，天花板顶线的雕饰，窗帘打着沉甸甸的结子，床幔垂下流苏，椅套、茶垫、桌旗，丝线经纬底下藏着隐花，门窗、家具、用品的边缘都是曲线，底足是弯脚，镶着金边，重重叠叠，是维多利亚时代的风尚。事实上，酒店不过开业于20世纪70年代，酒店的典故，关于一名女演员的风流韵事，是百老汇款的。床垫很厚，很软，人卧得很深。听见枕边人的鼾声，不由哧的一笑：真会装！也不知道笑的是哪一个，然后，沉入睡眠。

她自己来，通常是住新泽西，真正的北美式标准间。遍布全中国，直贯县镇级的酒店模式就来自于它。宽敞明亮，自助式早餐，价格只到那类老酒店的三分甚至四分之一。越过哈德逊河看曼哈顿，不过上海浦东与浦西的距离。这酒店主要客源是旅行团，尤其中国旅行团，占一半以上，其次东欧和日韩，再有些本土的学生团体。她虽是散客，但因为常来，一住又是半月一月，甚至二三个月之久，所以店方就将她打包进旅行团，享受大折扣，价格又下来一截。虽说钱不是个问题，可是，不还要和通胀赛跑吗？收缩德国方面的生意，转向美国，一时上还摸不到门。多年来积累的经验和人脉，都是在欧洲方面，在此可说白手起家，从头开始。来美国之前，都说这里地大物博，制度自由，有许多机会。听起来，很像近代史上所写，冒险家的乐园上海，实地一看却大不以为然。近十年内，中国的人力物力，犹如水银泻地，充盈每一寸空间。大到并购企业，小至浙江义乌小商品市场的发圈发卡，工业有中型机械，农业有果蔬植种，几乎无一遗漏。于是又回到老本行，中国餐馆，购买老店，开张新店，华埠从曼哈顿飞跃皇后区法拉盛，迅速扩大。陈玉洁数次往返，一年时间过去，依然委决不下，往哪里开拓。她倒也不急，多年历练，磨出了耐心，只是出于勤勉的本性，不开源就必得节流，能省即省。

酒店里每天有一团团的中国游客进出，闹哄哄来，闹哄哄往。一个人住久，终有些寂寞，所以，并不嫌嘈杂，还以为有意思。那些常受指摘的大妈们，与她属同一代人，在匮乏和争夺中度过岁月，大堂里一个空位都不放过，即便只是出发前短暂的等候，她是理解的。有时候会主动搭话，提供咨询，解决语言沟通。有一回，一个老年团的旅客向她打听大都会博物馆的票价，她如实告之，从一元到二十五元，全凭自愿。对方顿时愤忿起来，这个团费以外的自选项目，导游收费竟每票三十。看他们气咻咻找导游论理的背影，便知引起事端不小，赶紧避开。这些闲嘴调剂了客居的生活，否则就太闷了。这个酒店，让她想起汉堡的中国大厦，住在那里的时候，独自一个人，但有公务在身，总是社会中人，多少有些刻意地回避交道，有大国企单位的骄矜，也有避免麻烦的用心，是一种自恃的寂寞，而现在，是真寂寞，仿佛游离在真空地带。

女儿从来没到过新泽西的酒店，静听母亲述说那些杂碎，似乎只是出于礼貌。她们母女间一直或者说越来越保持礼貌。这固然没什么不好，可也没什么好。有一回，听完母亲的大妈们的故事，大约觉得应该作出些反应，不致显得态度冷淡，女儿说出一句评价：老阿姨多半是粗鄙的。她顿生反感，回击道："老阿姨"这称呼就很粗鄙！母女极少起冲撞，她出言又过激，女儿不禁怔一下，然后笑一笑，过去了。还是年轻人更有礼貌。她却有些微的失望，心底积蓄着一股冲动，自己都无法解释的，就是想刺痛女儿，可此方矛头一出，彼方适时避让开，到底没交上火。

女儿真正的兴趣所在，是关于买房。在这里，议题变得具体了，不像她父亲，从务虚始，到务虚终。每一次去——住新泽西酒店，就总是她去女儿住处，每一次，都得到一批售房信息，从网络上搜索下来，也有她朋友推荐，全是曼哈顿岛，或中央公园周边，或苏荷，切尔西，抑或第五大道。许多中国人在那里买房，女儿说。她以商量的口气建议，为什么不考虑皇后区，那是中国人聚集的地方。女儿笑一下，这样的笑容，常会使她瑟缩，自觉得变成受教育的人。女儿笑一下，说，从投资角度出发，曼哈顿的地产有更大的增值空间。她嗫嚅道，法拉盛一带正趋向上扬。自知说服力不够，就又添一句，中国餐馆多，生活方便。女儿回答一句，曼哈顿也有许多中国餐馆，重要的是文化生活丰富，性价比更高。对话沿着买房的主题进行，倘若换成她父亲，每一个岔口都会旁出去，比如餐饮，比如乡谊，比如文化，都可激发谈兴，见仁见智。说的和听的，一概忘记初衷，不知道来自哪里，又去往哪里。

当年，她便是被带入迷局，一去千万里，回头看，沧海桑田。难免感到庆幸，几回折转关头，都没出错招，尚还有歪打正着处。似乎有一条潜在的轨迹，引导他们的脚步。事实上，应该感谢那个时代，刚从计划经济走出来，选择是有限的，非此即彼。倘是另一种选择，道路不同，结果未必有大差别。草创的世界，各路英雄殊途同归。不像今天，机会很多，陷阱也同样多。但不论怎样说，丈夫确是性情中人。女儿不像父亲，那么就是像她，理性，清醒，冷静。这些禀赋在她，更多体现在谨慎，甚至一定程度的保守。女儿呢？似乎，她忍不住想，似乎缺乏热情。

环顾女儿的住处，有一种刻意的凌乱，大小靠枕东一个西一个，斜面长案上散放着绘图工具，形状莫名的雕塑直接立在地板，台灯、蜡烛、香熏、几盆水生植物，分布餐桌、茶几、料理台、上阁楼的木梯边缘。杂物的堆砌中，因为总体上几何线条的结构面，呈现肯定的秩序。女儿不在的时候，一个人待在房内，小心翼翼地走动，避免搅乱这些物件的摆放，她觉得，这间"工作室"公寓房，很像一个橱窗，第五大道上的奢侈品商店橱窗。她怀疑，这面橱窗的背后，还有没有日常性的生活。她想起她的婆婆家，终年散发着咸鲞和虾酱的腥气，那是宁波人家特有的气味，从八仙桌底下的坛子里蹿出来。小小的女儿，跪在椅上，操一双竹筷，吃海瓜子，一只一只送进嘴，然后划一大口泡饭，很快，跟前堆起一堆壳，透明的粉红的螺钿。那细细的颈脖子里，也有一股子海瓜子的咸味。现在，小姑娘长大了，身上的气味换成可可·香奈尔的国际香型。

在女儿的安排下，她还见过一位房屋中介商，荷兰裔的美国人，会用中文说"你好""谢谢""恭喜发财"，古怪的发音里有一股油滑。介绍的房屋在公园西大街，原本是酒店，然后改成住宅。宽大的门厅、走廊，房间分走廊两侧排列，依稀可见昔日酒店的痕迹。推进门去，迎面满窗绿荫，正对中央公园。受限于原先的客房的格式，内部形制多少有不合常理处。比如原先的套间要成为独立的两卧，不得不横断空间，立一面墙，辟出玄关，重新开门，难免局促，厨房和浴室对于家庭起居也是逼仄的。她倒有点动心，因为想起上海的那种前厢房，而且，使用过的房屋有一股烟火气，是过日子的气息。她没有流露喜欢，但询问的仔细，让中介先生窥见成交的可能性，即便这一处不行，还有另一处呢，中国人可是购房的国际主力。往返对答，中介先生也判断出这个中国女人属理性消费人群，相当专业，正对他口味。他就是不怕专业，而对不专业生惧，在这法制社会里，对规则有共识，一切都好说了。

女儿在一旁静听，态度变得驯顺，使向来严峻的表情松弛下来，小时候的笑靥隐约又回来了。她温存地投去目光，想到小小年纪一人在外的诸多不易。这一天，母女间相处和谐。和中介先生告别，对方说了一句恰如其分的中文：后会有期！三个人都笑起来。然后，她们走进公园，挽着胳膊。早春时分，气温还很低，前一场雪未化尽，吸纳着正午的热量，空气凛冽，直入肺腑，身上起着轻微的寒噤。载客马车走过去，马粪味扑鼻，带着畜类的体温，在清冷中散播开。一个跑步的男人赶上她们，身上冒着热气，奇怪的，也有着同样的体味。女儿的手伸在肋下，使她想起很早以前，那软软的小身子，不由紧了紧臂弯。母女间的肌肤之亲向来很少，事实上，不是吗？她也是缺乏热情的母亲。

女儿说：那人好像怕你呢，妈妈！如何见得？她问，小心翼翼的，多少有点巴结。女儿做了个表情：转着眼珠，飞快地逡巡，就像一个猎手跟踪他的猎物，有几分神似。她发现女儿竟然是活泼的，并非表面的矜持。谁知道，也许在心里骂我们呢！她说。嗯？女儿停下脚步，困惑地看母亲的脸。怕和骂，是同一件事，她说。什么事？女儿问。我们的钱！她回答。哦——女儿吐出一口气，迈开脚步，手滑出臂弯，走到前面半步。绒线帽顶的毛球随脚步摇曳，留长的头发从帽底流泻下来，垂到黑呢大衣肩背。她想起自己的青春，在惶遽中度过，不曾流连，就远不见踪迹。那背影忽然顿住，转回身来，说：所以，妈妈，所以，我们要买房子，买给他们看！这孩子气的话里有一股凛然，她明白这凛然的来由，不在父母亲身边长大的孩子，总是缺乏安全感，于是，过度防卫。清寂的公园，四边楼宇远在地平线上，母女二人站在大块的天空底下，仿佛遗世孑立，心中就有苍茫生起。这是她的孩子啊，近不得，远不得，拿什么去爱你呢？

下一回再来，是与丈夫一起，在林肯中心对面新建公寓里，全款买下一套。其时，复古主义一改为现代主义，自有一套理论。他认为，酒店是幻象，住宅则是现实，前者是一时间，后者是长此以往，一是传奇，一是日常，彼此不可取代互换。而且，他强调，必须新建筑，不能二手房，前人的遗痕会成为魅影，打扰现在式的生活，那些幽灵的传说，逐渐在科学中显形，比如红外线，比如超声波，比如暗物质，现代物理学正在向东方神秘主义归宿——她的心情却正相反，一旦买定房子，反倒像是做梦，一个明晃晃的白日梦，说话起着回声，身影倒映在蜡光铮亮的地板。丈夫似乎也有些生畏，噤下声气，办完手续的次日，便丢下妻女，独自回国去了。

四

有时候，她不禁会想：为什么是我，为什么是我们？四周都是异族人的脸，忽然间恍惚起来，不知道自己身在何处。面对生活急剧的变化，女儿比她镇定多了，更像是知道要什么，并且向目标接近。搬进几件家具——这时体会到丈夫拍板买新公寓的正确，不需要装修，直接就可入住。几件家具虽不足以填充偌大一套房，但到底消除些空旷。她继续寻找开拓事业的方向。女儿临近毕业，是读硕士，保持学生身份，若不是，就要求职。学习设计的学生一大堆，尤其是中国学生。这是个暧昧的专业，什么都沾，又什么都不沾。所以，她需要将女儿的出路纳入她的计划。这一回，到唐人街买菜，一时兴起，走上威廉斯堡大桥，往布鲁克林去了。

　　布鲁克林正在兴起，大有飞跃的势态。可是，像她，一个谨慎的生意人，本能地对这种经济发生的模式持保留态度，那就是制造业衰退，以艺术家为主体的设计型产业进入——这类产业的利益链相当含糊，在资本市场的考验中，命运很不确定，或者淘汰，或者转变，抑或真如预期的蓬勃发展，然后又回到萧条。苏荷地区经历大半世纪走完的周期，如今越来越短促。省略发生过程的复制，总是缺乏自然的生命力。历史进入现代，复制又在加速。大约在机器诞生，再推远，人类掌握工具的时候，就已经注定的命运——她发现自己在沿着丈夫辐射型的思路，漫游开来，哑然失笑。天下着毛毛雨，威廉斯堡大桥的步道上极少人迹，城市在脚下搏动，桥面震颤，顶上是巨大的钢架结构。这城市定是在生产钢铁的年代建设，你能感受坚硬的程度。钢铁铸造一座城市，尚有剩余，于是流向战争。在地面看，威廉斯堡桥不过从东河这岸到那岸，走上去，可是漫长。引桥跨越几个街区，河面又出乎意料的宽阔。偶尔有人迎面走来，观光客和慢跑者。列车轰隆隆驶过，整座桥梁都在跳跃。太阳忽钻破云层，大放光明，雾气下沉，沃拉博特湾、曼哈顿桥、布鲁克林桥，一下子浮托起来，水鸟飞翔。只转瞬之间，云层闭合，光线收起，景物又退下了，仿佛海市蜃楼。这地场真是大，开发四百年，不过只是一个角。所以，就还有一股原始的野蛮力量，从现代性中穿透出来。

　　计算一下，陈玉洁在桥上足走了有一个钟点，步道在引桥中段向地面下去，穿过桥墩的钢柱，就站在了路口。停了停，顺势一转，依街道数字排列，从小号码向大号码走去。路上很清静，建筑多是陈旧和简陋，多少是破败的，犹太人的"贝狗"店，还有中国餐馆，间杂着狭小门面的店铺，是年轻人自创的品牌服装和小礼品，后现代设计型风格，稀奇古怪，用途不明，显示出物质过剩时代生长的一代人的消费理念。这样的小店，每一分钟都有无数间开张，又有无数间关闭，不是作为单个，而是一个群体，维持着它们的存在。然而，谁能就此下结论呢？在一整个街区的草根性中，这些小铺子，却是华丽的眼，穿越到未来，那里兴许有传奇在等着呢！时间已到午后两点，饭店都歇了，准备晚市开业。又走过一个路口，看见中国字样"牛铃"，名字有一些新鲜的情调，但招牌底下的门面，却是唐人街的旧俗，红灯笼，绿窗棂，翘檐上的黄琉璃瓦，日晒风吹，再蒙上油垢，显得灰暗。倒也让人踏实，因有一股柴米油盐酱醋茶的气息，透露出温饱的人生。

店门侧边的街道，停一辆小型运货车，地面上的铁盖掀起，露出一个男人精瘦的上半身，接着卸下的货物。她伸头向店里张望，黑洞洞的，也是歇业的样子，正要退出，却听一个女人的声音：吃饭吗？循声看去，门内酒柜后面原来有人。她说是的，女人就说，随便坐。稍适应店堂里的暗，走进去，在临窗餐桌坐下。天光带着窗玻璃上的污迹，映在桌面。酒柜里的女人问：吃什么？声音远远传过来，更显得店堂的空廓。她看见桌上夹子里有一束菜单，懒得翻看，只简单说一声：炒饭！这是每个中国餐馆必备的速食。隐约感觉女人叹口气，走出酒柜，向后厨去了。显然，厨工们休息了，不得不亲自出马。小货卡卸车完毕，扣上挡板，路面的铁盖板放下，这些动静都是清脆的。后厨里的排风扇打开了，呼呼响，油锅哗哗炸开，葱花的气味就传过来，有一股居家的安宁。店堂里的暗将空间四合，人在里面，甚至是温馨的。她想，布鲁克林是个不坏的地方。排风扇停息下来，在惯性里当当响了两声，听见男人和女人的说话。不知道说什么，只是一些音节，短促地轻盈地来回。店堂和厨房连接处有一方亮，嵌着男人的身影。大约是搬运，推拉收放，动作生风，像是有功夫。女人端着餐盘出来了，未到跟前，已香气扑鼻。

葱青蛋白的炒饭上，覆着一层金黄，仔细看，是油渣，送进嘴，原来是炸虾米。女人并不走开，而是站在桌边，指导用餐，将虾米和饭一并入口，果然，米饭软有劲道，虾米松而酥脆，口感味觉受用无穷。好不好吃？女人问。好！她顾不上说话，只回答一个字。算你有口福！女人说，是我们家乡的饭食，从来不做给客人。家乡何处？她稍停下筷箸，问道。青田，女人回答，依然站在桌边，两只手支在桌沿。余光所见，是一双丰白的大手，就有些记忆回来。女人继续说：温州那一系的菜在外国打不开，洋人就认那几样，酸辣汤，咕咾肉，宫保鸡丁，春卷，美国人的脑子有病！陈玉洁忽然想起了，抬头看女人，女人不看她，眼睛平视窗外。有汽车驶过，还有人声，零落的，这一处，那一处。洋人是一种奇怪的人类，女人说，他们没有口福，从小到大，就吃那些炸鸡，烤牛排，煎三文鱼，无论什么肉，都要做成一块一块，用手抓得起来，然后再添加调料，所谓"沙司"，这"沙司"又只是几味，翻来覆去的。说话间，盘子清空大半，她的思绪已经跑开，听不到女人说话，却在一件事上盘桓。她见过这女人，可是又无法断定，不相信如此巧合。正是不相信，才更觉得是见过，因为非出于巧合，而更像是机缘。她放下筷子，问出一句：老板娘从何处来到美国？

女人吁出一口气：说来话长。转身喊一声，男人即来到跟前，收走盘子。然后拉开椅子，在对面坐下：我就不当你客人，老乡见老乡。眨眼工夫，男人又到跟前，送上一壶茶两套茶具，腿脚进去颇有架势。女人说：你看他像不像李小龙？陈玉洁笑：像！女人正色道：练过咏春拳，拜师傅的！随后加一句：我男人。男人一笑，露出洁白的牙齿，旋即离开，不见人影。

十六岁从家乡出来，我今年四十六，整三十年，半个甲子。两人面对面，没有其他人，生出一股推心置腹的气氛。陈玉洁说：我比你长四岁，半百。对面人说：还以为我长你呢，真后生！谢了夸奖，心里推算回去，七十年代初，正是革命时期，国门紧闭，一个十六岁的女孩子，有什么通道出来？女人仿佛看穿她的心思，接下去的叙述正可为解答疑虑。十六岁，个头这么高，女人伸手在一米多点的位置比划一下，又瘦，自己都记不清，夹在什么人的胳肢窝里，搭车、乘船、走路，再搭车、乘船、走路，到了欧洲。她心里又是一动，定睛看过去——饱满的脸颊，眼睛周边略有些松弛，眸子却是亮的，短鼻梁，厚嘴唇，宽下巴，肤色稍显黑粗，但因为紧致，就有一层光，是个健康的女人。却又拿不定了，是那个人吗？其实连长相都没看清，仅一个轮廓，而眼前这个，具体，生动，于是，就不像了。陈玉洁小心翼翼地问：你的意思是偷渡？女人笑起来，抬手四下一扫：我们都是偷渡，他是游水，游到香港，然后——你们在哪里遇见的？她问道。女人做个制止的手势：还没到这一段呢！她被逗乐了，像不像的那回事扔到脑后，忘记了。

说出来怕你不相信，没有人相信，登岸头一站，意大利佛罗伦萨，竟然长个头了，身上阔出一圈，就是现在这样。确实让人不敢信，女人又一次窥到陈玉洁的心思，解释说：你知道为什么？她摇头。我们温州人是生在石头缝里的人，挤着手脚，好容易挤出来，砰的发开了，就像爆米花！两人都笑了。佛罗伦萨去过吗？她点头。你们是旅游，看的表面文章，不会知道内情——内情是什么？她问。对面人倾过身子，耳语般说：到处是我们的人。她不由也倾过身子，压低声音：真的吗？对面人点头：不止佛罗伦萨、罗马、巴黎、里昂、布鲁塞尔、阿姆斯特丹、柏林——她怦然心动：柏林？是的，到处是我们的人。哦！她说。再告诉你一个秘密，女人向她招手，示意靠拢，这样，就头碰头了。你知道，全世界的经济命脉掌握在谁手里？她回答：美国。不！女人摇头否决，犹太人。嗯？她离开些，看着对面人，那人狡黠地眨眨眼，说：温州人就是中国的犹太人。

光线移过来，从女人侧脸照过去，可能是用了一种植物染发剂，呈出红紫色，就像鸡冠，她忽然又觉着是同一个人，不是因为外形相像，而是某些潜在特征促成的机缘。女人自十六岁开始的阅历可够漫长曲折，难怪要话说从头。遭驱逐，买卖假护照，蹲移民监——移民监有什么呢？吃喝保证，还放电影，社工服务，心理疏导，还教英语，关键是要有人！女人强调。就这么一程接一程，一关过一关，后来到了柏林。又是柏林！她要插话，被止住：你知道我怎么到的柏林？我怎么知道？她反诘，两人开始熟稔。结婚！这倒出人意料了。也是青田人，早多年出来，已经入籍，在威斯巴登开餐馆，你不会知道，很小的城市。可是她偏偏知道，就在法兰克福近边。女人看她一眼：你倒是知道的不少！有些不满意讲述被打断。那一年夏季，威斯巴登举办美食节，市政府提供摊位三天，中国人的食亭总是春卷打底，青田人开车到阿姆斯特丹进春卷，阿姆斯特丹的春卷大王，上财富榜的，女人呢，正在那里打工，然后，就把人和春卷一起捎走，春卷送到威斯巴登，人带进柏林，那时候，还分东西两部，就在西柏林库当大街开出一家分店。她终于插进话去：我是不是去过你的店！然后说出时间、地点，以及老板娘的形貌，几可断定，就是你！对面人并不惊讶，在一个餐馆老板娘，阅人无数，不像她，会以为是传奇。有可能！女人承认，更像是敷衍，不忍让她失望。那时候，老头六十岁，我二十六，就是说，出来整十年，总算有了身份。

话说得轻巧，事实上，20世纪70和80年代，欧洲殖民地纷纷独立，移民潮涌动，人口激增，德国二战重建中的土耳其劳工尚未消化，合法居留谈何容易。具体到个人，六十岁的年纪阅历，一定还有家小，而且，很微妙的，不是居住威斯巴登，而是飞地柏林，其间一定有许多曲折。但在对面的人，什么没经历过呢？就也不在话下。她好奇的是，如何一见钟情。青田话呀！女人说，有多少人听得懂青田话？无论你说英语、德语、西班牙语，就算普通话、广东话、上海话，青田口音藏也藏不住，老头听我说话，眼泪就下来了。她质疑：不是说，到处都有你们的人！女人说：可是也要遇得到，比如，今天，你遇到我！她感觉到女人的机敏，机敏里不单是反应快，还有一点慧心。男人走过来，与女人说着什么，又退回去。大概是商量，什么放什么地方，什么又作什么用。你们说的什么话？她问道。他说福建话，我说青田话。说得通吗？她怀疑。女人大笑道：要看什么人和什么人！说罢，推开椅子站起身，知道是结束的意思，就要买单。女人说：看着给吧。她抽出二十元，压在茶碟底下，女人抬头示意，走来一个华裔女人，收走钱。又有一个墨西哥人，过来擦拭桌子，员工进来上班了。不知觉中，过去半天时光。走出"牛铃"，心里还有许多未解的疑问，比如，福建人与青田人，也就是女人的"前夫"，不知道能不能这样称呼，他们如何交接班？显然，福建人还年轻，看起来是出劳力的人；又比如，为什么从柏林来到纽约布鲁克林？但又觉得这些疑问已经有解，这样一个女人，可能制造任何传奇。她没有继续在布鲁克林游逛，也没有按原路返回，而是走过两个路口搭乘地铁，回曼哈顿去。这半日的经历让她疲乏，又有一种满足，邂逅、美食、陌路的人生故事，仿佛跟随走了一程。都是计划外的遭际，集中在同一时间里降临，令她应接不及，倒把去布鲁克林的初始目的搁置了。

接下来的日子，变得忙碌了。女儿正式告知，要读硕士，于是，寻找学校，提交申请，报名，缴费，一连串的手续。其间，她注册的公司——其实是个空名，为的是签证与货币进入，此时，国内金融出台新政，汇兑额度有变，就需要打通关节，另辟路径，决定回国调停，买机票，定行程。可是，丈夫的合伙人来纽约度假，她当然有义务出面接待，于是推迟动身。这些到底也难不倒她，都在可控范围，冷静处理，乱麻中理出头绪。事情只要一件一件做，没有做不完的时候。客人到的这日早晨，先在电脑查到飞机准点信息，然后启用优步系统叫车，向纽瓦克机场去了。

虽然步步周到，接人却并不顺利，后来回想，其实是兆头。看起来，两件事情没什么关系，可大千世界就像一张网，网眼扣网眼，所有的事端都连在一起，所以，她还是视作预兆。飞机已降，却久久不见人出来。眼看着几次航班先后到达，依然少有人出来。打电话联络，对方不接听，等对方来电，她则手机故障，接不起来。特别通道出来三两人，问得的消息只不过是，海关处排长队，过关的效率低，窗口少，人越积越多。然后，又有三两人出来，再然后，就仿佛突破瓶颈，络绎成阵，却看不见要接的人的身影。她怀疑自己错过，因与这人所见不过几面，都不太想得起来确切模样，于是出门到出租车站上搜寻，忽又怕正巧这时人出来，掉头跑回去。往返梭行，焦虑得很，颇不像她一贯行事作风。好不容易，隔了玻璃门看见大腹便便一个男人，空着手，摇摇摆摆走来，已经看见她，远远地挥手。

五

合伙人一行四人，他，太太，太太的妹妹，再加一位助理。从行李车上一撂半空的箱子，就可知道，主要任务是采购。助理小殷兼任导游、翻译、拎包，陈玉洁并不必陪伴全部，为尽地主之谊，到的当晚，在哥伦布圆场边的一家米其林接风宴请，随后再视情形而定，随时准备提供服务，反正"全天候"，她笑道。合伙人姓戴，是丈夫大学里的同级，看年轻时照片称得上英俊，如今发福了，找不到原来的样貌，仿佛成另一个人。他们这一代成功人士，到此时多是急流勇退，享受胜利的果实，在戴先生，就是口舌之欲，所以养成现在的身形。经长途飞行，在时差的折磨里，照理没什么胃口，可戴先生的味觉依然能够分辨细微的差别。他说，和女士不同，他的任务是吃，因此，可不可以脱离团体，单独活动？眼睛看向太太，征询的却是陈玉洁的意见。小殷归购物团，陪吃就当另安排，方才不是说了吗？全天候。如此这般，以后的日子里，每到饭点，她就去到酒店，而戴先生已经在大堂等候。太太们早出发一二小时，甚至更早，天方亮，便驱车往长岛奥莱去了，然后，向晚时分，归来集合，一同去吃晚餐。她的计划是中午小吃，晚上大吃。前一晚就做功课，网上搜下菜单与图片，供作挑选，听多方意见，最后由她民主集中，作出定夺。

俗谚道：祸从口出。这话真就应验了。

要说她和戴先生，原本并不相熟，甚至可说生分。她和丈夫的事业，从头起就没有交集，各自的人际社会就也不重叠。晚饭好些，人多嘴杂，将时间分摊，各说各的，又总能说到一起，自然就热烈起来。中午一餐，单独相对，就受到冷场的压力。难免过度积极，一个没说完，一个就开言，形成争抢，为礼让一并打住，立时变得沉寂，又一并张嘴出声，彼此都是紧张和窘。这也被视作不好的兆头，如她的性格和历练，待人接物向来从容，这一回，却失态了。于是，话题泛滥，必要和不必要，该说和不该说，滔滔不绝，一泻几千里。说和听的都无法集中注意力，任其无度扩张弥散，其中多少挟带出一点实情。真正的端倪，是女儿识破的。

有两三回午餐，女儿与她同去，三个人，其中又有一个年轻人，气氛就活跃了，她也松弛精神，偷得几分悠游。每一次去，戴先生都会替女儿买礼物，每一次分手，就都提着大包小盒。回到家中，坐在地板上一个一个拆封，包装纸摊在四周，就像过圣诞节。她说：戴先生这么破费，真不好意思！女儿没抬头，忽然从鼻子里哼一声，戴——她这么称呼，"戴"，呈出一种客观的立场——戴送我礼物，爸爸送维维安礼物，总量上是平衡的。"总量"这个词是从父亲那里来，丈夫他，凡事都是从总量计。心里一惊，这才发现，"维维安"这个名字已经在说话中出现许多次，太多次，仿佛已经是个熟人。镇定一下，说：维维安是谁？与你有什么干系！女儿抬起头，望着母亲：别装了——说得不错，他们家的人都会装。别装了，女儿说，那是个小三，跟着爸爸到这，到那。是一代人的缘故，还是只是个体，女儿说话如此直接，直接到粗鄙。你爸爸的助理，自然要跟随左右。她辩护道，自己也觉着是软弱的。年轻人笑了：你听戴的口气，好像我们已经承认她，都没有一点遮掩回避。那更说明一切正常！她听见自己的声音变得尖利。女儿又笑：好，好，正常！她看着女儿的脸，那么年轻，美丽，同时，有邪恶。做小三的，正是这样的脸。她控制不住地，举手抽过去一个嘴巴，那脸上立时泛起一片红，眼泪下来了。女儿将礼物从膝上推下去，站起身回自己房间，重重关上门，砰一声响。她被自己吓坏了，站在原地，动弹不了。从来没有动过手，一直是小心翼翼，也很久没看见过女儿的眼泪。地上铺着礼品的包装纸、彩带、晶片、玫瑰花样的按钉，似乎铺到了地平线。这么大的房子里，只有她和她。

心跳得很快，却很奇异的，有一种类似愉悦的痛快，终于，终于发生了！发生了什么？该发生的。她想起戴——现在，她在私下也称他"戴"了，戴有一口头禅，"你知道"，凡陈述一个人一件事，必要说一声"你知道"，于是，维维安的存在，就都是"你知道"。她好笑地想：你才知道呢，我什么都不知道！

为什么是我？仿佛天问。为什么不是我？反过来又问了一句。她陪女儿读书，他打拼挣钱，这样的家庭模式，在他们的阶层已成普遍。同时的"普遍"还有，还有维维安。她其实一直在等待维维安现身，必须有一个维维安。正因为有维维安，才能相安无事，社会和谐。她静了静，然后拨打小殷的手机，表示道歉，晚上突然有事，不能陪大家吃饭，但餐厅已经订座，某条街某个号码。小殷说，没事没事，包在他身上了。听起来，对面的环境很嘈杂，小殷的声音破壁而出。关上电话，尝试将戴的出行换一种组合，由丈夫率队，维维安，维维安的姐妹，或者说是闺蜜，再加一个"小殷"。很好，四个人是最合理的人数，乘车一辆，吃饭一桌，可一并出动，又可分头并行，而他们一家三口，在数学上是个素数，物理上则不对称，总之，缺乏平衡的条件。

她做好简单的晚饭，等女儿出来，心里准备着道歉的措辞，承认女儿的判断有道理，以达成共识，然后，然后怎么样？要表态吗？是决裂，还是接受现实？事情来得太快，猝不及防，可是，事实上，她一直在拖延。戴的来到，从接机开始，到每餐饭没话找话的焦虑，都是预兆，预兆真相逼近。她几次起身走到女儿房间门口，欲敲门又作罢，本来就有畏心，如今这一时刻，更是不敢面对。她这才发现，她们母女被安置在这地方，多少有着受打发的意思。饭菜都已凉了，女儿走出房间，看起来，表情无异常。走到餐桌边，直挺挺坐下，说，已经给父亲发信，要去巴黎学艺术——维维安去得我去不得？说罢，捡起筷子，吃起饭来。她久久不动碗箸，有一种寒冷，原来，她不需要表态，谁都不要她表态，她这个当事人，结果成了最无关的人。

戴在纽约的余下几日，循事先安排顺利度过，购买与美食均超额完成任务。又添了两口箱子，戴的腰围似也扩出一周。送到机场，看他们走进海关，四个人的背影换成那四个人，想象中的组合，迅速转身离开。最初的冲动，是回上海，机票就在手里，只需签日期，但很快颓唐下来，去又如何？一进一退之间，丈夫那边来邮件，说去了香港。那么，她也去香港。香港是客地，这样处境和心情，实在凄楚得很，于是又迟疑了。时间在无所作为中过去，越发像是一种默认。她转而希冀丈夫来，买房至今，已有一年半，丈夫再没有出场，回想那一回走，难免有落荒而逃的迹象。近来，关于女儿去巴黎的事，照理应当全家一同商量，可都是父女两人邮件往来。女儿每一项要求，合理或不合理，父亲全欣然答应，不作深询。既像是还债，又像是敷衍。这段日子，生活费用以及女儿的额外开销，依然按月汇到，不知从哪里收集的汇兑额度，更可能是及早转到外汇账户，这意味着什么？意味他希望她们母女安下一颗心，住在纽约，衣食无忧——从这点说，并没有放弃责任，继而想起戴的一句话，他感慨道：这世界上有多少单亲妈妈！怎么说起来的？前后文想不起来了，反正聊天嘛，漫天漫地地海聊，又都喝了酒。心里一动：维维安会不会就是其中一个？她不禁血脉偾张，心跳加速。去香港的念头又生出来，而且无比强烈。她拿起电话，打给惯熟的旅行社，了解飞香港的航班。问答之间，情绪复又平定。这就是她，与外界交道总是冷静、克制、礼貌、矜持。于是，讨论到具体票务事项时候，冲动消失，她改了主意。放下电话，她兀自笑一笑，忽明白一件事，所以她想做这，想做那，最终什么也不做，其实就一个原因，她不知道该做什么！有谁能告诉她，她该做什么？这就又明白第二件事，那就是，异乡异地，她去了来，来了去，无论住多久，都是在过路，她没有朋友。

女儿转向去巴黎读书，撤销纽约学校的注册，索回部分学费，报名一个法语课程，小班授业，价格极昂贵，父亲照单全收。有什么可商量的，"维维安去得我去不得！"最初的狂怒过去之后，女儿找到维护权益的方式，就是花钱，于是安静下来。法语课也给生活制定纪律，每日上课下课，朝九晚五，散漫的时间归入河床，流向某个目标。余下她独自一人，仿佛在宇宙洪荒，无边无际，无羁无绊。她毫不怪罪女儿自私，在这样的年龄，成长本身就有无数困难，何堪外部的变故，能保住自己就很好。至于她，即便最消沉的时刻，也有一种自信，自信不会坠落，只是需要耐心，切勿慌乱。丈夫不再来电话，当然，她也不去电话。显然已觉察出什么，也可能，本来就是戴领了使命，有意露出口风。也好，她想，很好。她想，真是太好了！她继续装不知道，他也装她不知道，他们都会装。

天气好的时候，她出门走走。樱花绽开，一树一树。什么种植，到美洲新大陆全都变样了。亚洲的樱花，像"雾"，扑朔迷离，在这里却是确凿肯定。历经寒冬，春阳高照，人们涌上街头，无端地笑和叫喊。她却从欢欣的人群中辨出几张落寞的亚洲人的脸，不由猜测他们的身份、来历、生活。梅西百货里，每个专柜几乎都配备中国销售员，接待中国顾客，其中也有落寞的脸，在柜台间无目的地游走，她就是其中一个。有人往手里塞广告和试用样品，说些什么，她听而不闻，只看见嘴的翕动。在凹凸分明的异族人面相里，中国人脸显得扁平多肉，中国话也显得音节短促，声调突拔。不乏有年轻貌美的女孩，妆容精致，穿着时髦，表情傲慢，出手极为阔绰，大约都是维维安们。未曾谋面，就知道维维安的形貌，这已经成为概念，她，是另一个概念。怪不得，她想，怪不得美国人分辨不出中国人谁是谁，因为都是概念。有一只手，拉住她的胳膊，不禁吓一跳。是"兰蔻"品牌的销售员，中国人。当然是中国人，唯有中国人，才会动手拉人。这只中国手，按着她的胳膊，向下滑去，握住她的手。她并不反感，也没有挣脱，就这么留在销售员的手掌里。那是个中年女性，眼影和唇膏都洇染出边缘，就这样大妈型的女人，加倍会拉人。试试吧！大妈恳求道，不一定买，试试没关系！身不由己地，被按坐在椅上，椅背放下来，成半躺，合上眼睛，由一片清洁棉片在脸上擦拭。柔软的、清凉的棉片抚过脸颊，不防备的，眼泪涌出来。棉片擦去旧痕，新泪又下来了，她几乎哽噎。棉片湿透，又换干的，很快又湿透，再换一片。整个过程中，"大妈"始终静默着，直到做完清洁，试妆完毕，她还是买下一瓶粉底霜，方才说出一句：对自己好一点。她惭愧起来，不回头地逃离"兰蔻"，走出梅西。

然而，这次际遇让她想起一个人，两回邂逅，称得上有缘，下一日午后，便出发往布鲁克林"牛铃"去了。她依然从威廉斯堡桥步行，走路可使心情平静，也可以消耗时间。也许是出发早了，还是脚下加快速度，或者是路熟，到地方，午餐供应尚未结束，正是热火朝天。老板娘亲自上阵，点单、下单、买单，托着菜盘餐桌间梭行。今天，换了一身白色衣裤，丝绸与化纤合成的材料，垂荡感很强，随动作起伏，前襟和裤脚上的彩绘花样时隐时现，有点像戏台上的女子。她茫然站在门口，牛铃一径地响，没人过来领座。有几度老板娘的眼睛掠过来，又掠了过去，似乎没有认出她。等了一刻，终于有人过来招呼，认出是上回管收账的华裔女人，将她领到中间一个单人小桌，靠着立柱，这样，更不易被老板娘发现了。女人快手快脚送上一杯水，从桌上夹子里抽出菜单放在跟前，旋即要离开，赶紧叫住，也不看菜单，就点一个炒饭，希冀唤起老板娘注意。一抬头看墙上的时钟，已过中午饭点，客流依旧汹涌，甚至排起等座的队伍。窗外街道上的人和车也比那日稠密，竟然有换了人间之感。不一时，炒饭上来了，不是上回的，而是所有中国餐馆里专对美国人口味，虾仁、鸡粒、葱段、蒜头，芥兰叶，盘边镶几片炸龙虾片。吃着炒饭，眼睛追寻老板娘的身影，立柱挡着视线，目标就常常消失踪迹。倒是后厨里的油烟一团一团送过来，仿佛看见那精瘦汉子立在灶火前翻着炒勺，铁铲铛铛地敲着锅沿。勉强吃下三分之一，再加把力，也为拖延时间，大约有一半光景，就招手打包和买单，起身向外走。她有意绕路，在餐桌间曲折往返，寻机会与老板娘照面。老板娘埋头在收银机前，她又加紧脚步过去，不等走近，老板娘却又离开了。推门的瞬间，她感觉到自己的荒唐，萍水相逢，何以解忧。这时候，身后伸来一只手，代她推开门，阳光扑面而来，几乎睁不开眼睛。是那个华裔女人，开口道：老板娘谢谢你，下回再来！不及回头答话，已被新进的客人从门边挤开。

阳光在地面流淌，这一条街就变得颜色鲜丽，忽然想起，这一日是周末，所以人多。她这一个闲人，早已经没有日程的概念，尤其这一段，作息制度瓦解，更失去坐标，仿佛回到混沌世界。走在布鲁克林的街上，路人中大半是游客，手里握着照相机，东拍拍，西拍拍。她也是游客，一个老游客，看惯了风景，却还不回家。无意中，跟着游人，走进小店，一踏入门，就听风铃一声响。店主和顾客都是年轻人，商品也是小孩子的喜好，就又走出来，继续向前。再进下一家，风铃又一声响，街上风铃声连连，呼应与唱合。终于折回头，上桥，向曼哈顿走去。桥上也比那一日熙攘，桥下的水面起着反光，闪闪烁烁。桥栏上零落挂着同心锁，胡涂乱抹的言语就离谱了。心情多少开解些，甚至还用手机拍了几张照片。走到引桥，曼哈顿的市声拔地升起，一片轰鸣，偶有电钻的锐响从中穿透，轰鸣又蛰伏下去。塔吊在半空中缓缓移动，好像巨兽在监控它的猎物。她，迎头过去，不是勇敢，而是没奈何。

六

事情一开头，就径直往下走。还是那个戴——自从戴来过，丈夫就不再与她直接通信息，这就更像是一个预先安排。戴和她通话，告诉说最近形势变化，她先生不便自己出面，所以托他转告。人事更迭，频繁出台新政，他们这些依凭国企背景的民企，本来身份暧昧，如今处境就十分微妙，所谓"拉一把过来，推一把过去"，无论过去还是过来，接下来的麻烦都很不少，正面与负面的拒斥力量相等。在草创时期，骑政策中线所为，到立法趋向完善的当下，几乎件件都是出轨，他们这一批创业者，可说是有原罪的人，蹚过污泥浊水，替世人顶着十字架——现在，她想，圣坛要出来了！耶稣也要出来了！说话人仿佛不是代言的戴，就是丈夫本人，远兜近绕，归纳起来，一个公式：抽象问题具体谈，具体问题抽象谈。她很知道，他们其实越走路越窄，尤其新一代的虚拟经济起来，他们的实体性经营方式就算走到了刀锋上，这才叫"拉一把过来，推一把过去"，过来过去都是下滑。生产和市场都是有限资源，又到了重新分配的时刻，危机随之来临。唯有丈夫这样的人，才会扯到"原罪"。对是对，可就是"扯"得很。她想着丈夫这个人，原来这么近，现在无比远。所以——戴说，现在，我们最好做隐身人，继续保持暧昧，留在模糊地带，回顾历史——历史也来了！她又看见丈夫的身影，回顾历史，这一片模糊地带比清晰地带宽阔，它处理了许多理论和实际的两难，总之——她打断戴的话：你的意思是——戴脱口说：不是我的意思！接着改口：也是我的意思。她不由一笑：你们的意思是什么？戴变得嗫嚅了，她忽然感觉，丈夫就在戴的身边，几乎听见他的呼吸声。戴期期艾艾道：就保持现状，一动不如一静。好的，她说，放心，我哪里都不去！对方沉默着，她也沉默，两边都等待着，等待谁先挂电话。是礼貌，在这里则成为一种对决。时间过去，对方到底没捱过她，挂了。她浑身颤抖起来，就像高热引起的寒战，不得不双手环抱，从一个房间走到另一个房间，从厨房走到浴室，从这个浴室走到那个浴室。这套公寓，简直成了囚室。她走遍每一个角落，来回穿梭，身上的寒噤稍平息些，才发现牙关咬得死紧。做着深呼吸，松弛肌肉四肢，心跳恢复正常，她能够思考了。

回想戴的电话，她以为国内正调整经济结构，许多企业主引退江湖，如丈夫这一行，涉及到能源，追究起来，难逃咎由，滞留香港，不失为权宜之计。他早申办香港居留，如今满七年，便是合法居民，可是，可是……如果没有维维安，一切顺理成章，现实却是有一个维维安。她想到方才的回答，过于斩截，至少应该提些建议，比如，他可以来美国，全家团圆。丈夫英语不好，是一个否决的理由，再说，女儿要去巴黎，就谈不上团圆。那么，她可以去香港呀！她设想的反驳是，美国新买的房子怎么办？卖了！她在心里说。然后，又会得到一大段全球经济的预测性论谈——这个问题可撞上他的强项了。如此自问自答，果然只剩下一条路，她哪里都不去。想象中的对诘十分聒噪，都听得见声音，自己一个人的声音，对方只是沉默。这沉默漫延过来，将她一并淹没。

陈玉洁在沙发里坐下，疲倦极了。公寓里依然只有最初添置的几件必要的家具，动静都有回音，仿佛一个巨大的空洞。许多时间过去，日光转移，房间暗下，将空洞遮蔽起来，她感到一点安心。朦胧听见门锁响，一惊醒，原来睡着了。一张年轻美丽的脸，凑得很近，就在她睁眼的瞬间，又离开了。女儿回来了。惶惶想道，没有做饭，让女儿吃什么？等着听女儿抱怨，却没有。自从有了维维安，很奇怪的，不是在他们父女之间，而是她和她，起了隔膜。有时候，她觉得女儿恨自己，恨她无能，让维维安插足。大概还恨她不是维维安，否则，父亲的爱就不会这样分裂。两千年的晚会上，父女俩跳舞的情景出现眼前。两千年，不是开玩笑的，真的，什么终结了，什么又开启了！

思绪弥漫，忽听见女儿的声音：吃饭了。方才还动弹不得的身体，这时腾地起来。女儿打开餐桌上方的灯，摆放餐盘，盘里冒着热气，是速成的意大利通心粉。她坐到桌边，有些惭愧地，低头捡起叉子。餐桌很大，足可以坐下十至十二人的大家庭，就像意大利人的家庭。现在只有她们两个，一头一尾，隔着一具枝形烛台，阻断双方的视线。她大口吃着，夸赞道：很好！自己都听出声音里的巴结。女儿说：谢谢。她们简直成美国人了，家人之间不停地道谢和道歉，这可以视作礼貌，同时呢，是不是也意味感情荒疏。停了一时，女儿说话了：法语课放假，我准备去上海，看阿娘。哦！她答应道，明天替你订机票。已经订好了，女儿很快回答。她抬头望过去，离得很远，在烛台的金属花枝后面，埋在灯影里的，绰约的脸，又长长的"哦"一声。明白了，女儿去的不是上海，是香港，她父亲出的机票钱。还是那句话，钱不是问题。不知道他们父女如何交割的，背着她，她已经出局了，没她的事。心里却另有一阵轻松——从女儿的示好，浮泛的，冷淡的示好，就可看出有事，现在知道是什么事了。女儿很快吃完，将空盘子留给母亲，事情说完，洗盘子的活就还给她了。

洗完盘子，收拾干净锅灶，对着厨房的窗口看一会儿。这幢公寓楼，兀自耸立，站在高层，就像身处云端。城市之光升起来，又将它托得更高。是装糊涂，还是为佐证猜疑，她走出厨房，到卧室里取了一沓钱，去敲女儿的门。等里面说声"请"，才敢推进去。女儿背对门，蹲在地上整理箱子，她说：把这钱交给阿娘。女儿说：有了。还是将钱放下，用镇纸压住。女儿没有回头，从背影看，似乎在哭，肩背微微颤动。纤细的娇好的身体，后颈里有一个浅窝。她都能感觉到这身子的体温和气味，还有哭泣。她想过去抱抱这身体，可明显感觉到一股拒斥。还有她自己，也在拒斥着接近。越是至亲的人，越是近不了。女儿在疏远她，事实上，她不也在疏远女儿吗？两个受伤人，各领一份伤心，合起来就是两份，情何以堪。她悄然退出，带上门。

下一日，她又去了布鲁克林。本还是决定走威廉斯堡桥，但中途改变主意，转为地铁。忽然心急起来，等不及要到"牛铃"，见到老板娘。见到又怎样？上回去，见到也像不见到，原就是陌路，又因为陌路，才可倾心相诉。出来地铁，时间才到午后一时，生意正忙碌。但不是周末，兴许好些，就直往"牛铃"走去。她可以等，等客流过去，老板娘闲下来。就像上上回，面对面坐在无人的店堂，听老板娘讲述。这回该轮到她讲，就扯平了。过几个路口，即到："牛铃"，推开门，果然不是周末的热烈，七成座光景。华裔女人一边送菜一边回头照应：随便坐！显然认得她。走进几步，在上回立柱后面的小桌坐下。华裔女人端着餐盘经过，放下一杯水在桌上，来不及说一声：炒饭，人已经走过去。四顾周围，没有老板娘的身影。华裔女人却又站到跟前，她想说炒饭，开口却是面条。什么面？女人问。牛肉面，她说。炒面汤面？汤面。这几句应答往来速度很快，方有结论，女人抄走菜单，又不见了。留心看店内形势，但见华裔女人和墨西哥跑堂，脚不点地，折返于前堂与后厨之间。后厨传出的声气亦有些两样，烟火吞吐不那么汹涌澎湃，铲勺砧板的敲击则显得零落。老板娘始终没有出现。汤面上来了，鲜浓异常，便知不是从食材中提取，而是来自现成的汤料，那几片牛肉是后放的，来不及煮滚，所以就半凉。有一种变故在发生。她慢慢地吃面，等待老板娘露面，或者说，等待事态水落石出。客人少去些，仅余几位，其中包括她。时钟指向两点，华裔女人立即挂出打烊的牌子，站到收银机前清点小费。看来，眼下由她掌管店内事务。

碗里的汤喝尽，墨西哥人已经换上自己的衣服，双膝敞着破绽的牛仔裤，白色T恤底下看得见硬实的肌肉，走过她身边，笑一下，露出洁白的牙齿。现在，她是最末一个客人了。推开碗，站起来，走到收银机前索得账单，按最高一档小费给付。慷慨的数字让华裔女人脸色变得柔和，她趁便问：老板娘不在？对方含混地说"是的"两个字。她又问：去哪里了？回答依然是含混敷衍的：出去了。什么时候回来？她紧问一句，收银机后的人抬起脸，表情转为警惕：是老板娘的朋友吗？这句话将她问住了，顿一顿，说：是。女人怀疑地看着她，复又低下头去，不再回答。她仓皇退后，向门口去，自觉有落荒而逃的意思，反倒不甘心，镇静下来，说道：我们在柏林就认识。华裔女人一怔，猜不出眼前人什么来历，脸上又换一种表情：老板娘的事情，我们并不知道。

吃了个软钉子，多少有些悻然，走出来，茫然四顾，不知要往何处去。身后玻璃门里，有一双猜度的眼睛，想：这个女人是做什么的？她终于举步，沿街走去，街道渐渐开阔起来，也更加清寂，绿地和石阶上面，矗立一座犹太教堂。从底下走过，却进入一扇栅栏，浓荫蔽地，花枝扶疏，蜜蜂嗡嗡飞舞。想不到布鲁克林如此广大。她在石凳上坐下，不远处是儿童乐园，有母亲和孩子玩耍，话音和笑声散开来，轻盈地振动空气。她吁出一口长气，醺醺然的，仿佛有一股醉意袭来。小孩子走近跟前，仰头看她。黑亮亮的脸蛋，头发被红绿丝线扎成五六个小辫，朝天冲起。小孩将一枝花扔过来，她探身去牵手，却一个转身跑了。就这样，坐到太阳西移，该起身走了。掸去膝上的落叶，出公园，循来路回去搭乘地铁。经过"牛铃"，禁不住往里看一眼，这一眼分明看见一个人，在银台后面，不是老板娘又是谁？猛一推门，门里人倒是一惊。这时，华裔女人忽从店堂深处现身，说道：她等你好久！心中涌起感激，感激代她说出这句话。老板娘并不觉得有什么唐突，从银台后面走出，领她到临窗的餐桌，就是她们头一回谈话的地方，面对面坐下，女人已经端上一壶茶。其实，她这时意识到，老板娘早已认她做朋友，所以也就不问为什么事而来。积郁的情绪舒缓下来，倾诉的欲望也不那么迫切了，平静地看着对面的人，这就发现这人样貌有变。原本饱满的脸颊变得松弛，于是皱纹生出，不仅是面部，衣服里的身子也枯索了，肩袖处空落落的。华裔女人退出店堂，留下她们自己，就像那一天，可是不对，少了一个，在后厨入口处，光影里的身影。你男人呢？她问。病了！老板娘说。什么病？照理不该这样紧追，疾病属于隐私，她们中国人却大可忽略不计。再则，她们是有缘人。肝病。老板娘果然不瞒她，她却纳闷，肝病的人做大厨，可是大胆得很。医生怎么说？她接着问。换肝！对面扔过来两个字。有保险吗？那人苦笑一下：我们这样的人，都是自己保自己。她倒吸一口气，不知道说什么好。那人却奋勇起来，高声说：我可以把我的肝给他，切一半，可是，什么医学伦理法规，非亲属关系，不可捐供体。可是夫妻属于亲属关系，而且最密切的亲属！她说。对面的人奇怪地一笑：我和你说，洋人的脑子有毛病，他们相信文书，市政厅的注册，或者教堂里的誓言，戒指换来换去，你愿意我愿意，就不相信眼睛，这是一种有病的人类！她明白他们没有婚姻合法手续，倘现在办理，就又要增加审核手续。我的心肝！压低声叫道，将头埋在臂弯里，伏在桌面上，不动了。

本来是这一个说给那一个听，结果还是那一个说给这一个听。

精瘦、细长、腿脚有功夫、拜师学过咏春拳、福建籍的男人，柏林时候，是她餐馆的厨工，比她年少十岁，彼此有心，但因东家尚在。这东家于他们双方都是有恩，可说是收留他们的人，决不可辜负的。青田女人看着她，又奇怪地一笑：按洋人的脑筋，我没有义务。我和老头，既没去过市政厅，也没上过教堂，威斯巴登那边，老头家里，还有一大群人呢！她没问一大群人里有没有他的太太，有又怎么样呢？我们有人心！青田女人握拳捣捣胸口。老头是在柏林这边走的，没受罪，一觉睡下，再没醒来，积多少德，才有这般福气？也是个受苦人，跟伯父出洋，漂到欧洲，二次大战以后，德国战败重建，需要劳工，才有了身份。这时候，积攒了些钱，就在威斯巴登这地方，做中国餐业，起先是一个亭子，渐渐做大，又各处开出分店，柏林店就是其中之一。老东家过世，她电话通知威斯巴登，等那群人来到，接上手，便离去了。店、房子、家什、钱款，都留下了，就带走一个人。下巴向后厨方向一抬，后厨沉寂着。所有东西都在人家名下，平日里，老头没少给她，做人要凭良心！拳头又在胸口捣捣。两人离开柏林，来到这里，也是投奔老乡，不是温州人，而是福建人，反正，都是自己人！从柏林来到纽约，可真看不惯，就像国内说的"脏乱差"，你知道——青田女人说，德国人特别会收拾，脑子有病归有病，收拾东西却不得不服气，一大优点！她不由笑起来，多少天来，头一次展颜。不过，"脏乱差"有"脏乱差"的益处，就是活路多，脑筋坏得轻一些，比较好商量。两人笑起来，并且，一发不可收，前仰后合，直笑到眼泪出来，才渐渐收住。

好了，开出这间店，安下家，再生个孩子——青田女人看着她，正色道，你不要笑！我没有笑！她辩解。你笑我生不出来，上回报纸说，七十岁的老太太，还生下一对双胞胎。她不知道哪一张报纸登过这样的奇闻，面对这个女人，伤心欲绝，又野心勃勃，还能说什么？我身体好，生理年龄很年轻，例假正常，整日价想着和男人上床！两人又笑，止住笑又添一句：只想和我男人上床。话说回到这里，气氛沉寂下来，愁容浮起，方才脸上的光彩褪去，蹙眉道：按我们家乡话说，我这样的女人身上有毒，沾一个，灭一个。她心里一惊，有些被乡下人的迷信吓住，嘴上却道：没那样的事！对面的人忽昂扬起来：有这样的事，也不是我！头一个，是寿数有限，该当死的；这一个，还没死呢！我命好，罩得住他，你信不信？她点头说：信！

茶喝干了，什么时候，华裔女人进来店堂，坐在一隅，将筷子插进纸套，再又按桌摆放。到开业的时间了。隔着距离，主雇俩来回说着什么，用的是相近的方言，就知道华裔女人也是青田一带籍贯。她听出几个字，"后厨"和"前堂"什么的，大约人工不足，不是缺大厨吗？于是就要重新调配。都没想一想，冒冒然，脱口而出：我可以帮忙！那两人都一怔。青田女人说：你能做什么？至少，她嗫嚅起来，至少，洗碗！青田女人说：我付不起你这一等的洗碗工。她想表示不要工钱，又怕人以为说大话，不如客观一点，就说：按市价就行。两人都看她，检验说话的真假，她红着脸，又嗫嚅一句：反正我也没事。这一句话比较能信服人，她确实是闲人一个，谁都看得出来。于是，她留下来，当然不是洗碗，洗碗太屈才了，青田女人说，做前堂。这样，自己可以掌勺，不必让小工上灶。华裔女人取出一件制服，紫红色的棉布做成中式斜襟立领，裤子倒是西式，裤脚上各有一个盘龙的印花，脚下是塑胶平地布面鞋。她为难起来，商量说能不能就穿自己的衣服，像你一样——她指指青田女人身上的荷绿裙装。女人说：我是老板娘！她只得换上，两人都忍着笑。老板娘忽想起什么：你找我有事？她回答：没有，我就是没事！一半是人手的需要，另一半是，好玩，就像小女孩扮家家的游戏，穿上制服的她，变了一个人。青田女人上下端详她一回，问：怎么称呼？她说出名字，对方也说出，陈玉洁和徐美棠彼此结交认识。

七

如此，陈玉洁过起一种上班族的生活，每天十时走出家门，搭乘地铁。纽约尖峰时段已经过去，人流稀疏下来，车厢里也空裕了。现在，她能够辨别出，座上客多有餐馆里的工人，表情既是漠然，同时又有一种自足。她虽然不像他们的职业化，可至少，也是有去处，知道要做什么的人了。十点三刻踏入"牛铃"——这是一具真正的牛铃，来自德国绿草茵茵的巴伐利亚州。华裔女人，她跟着美棠叫作阿初姐，已经在店堂，后厨里有人到，听得见砧板声响。美棠时在时不在，视福建人那边需要而定，事实上，不在的时间在增多，店内的事务基本由阿初姐掌管。这是个谨慎的女人，口风很紧，从对店务的态度，陈玉洁以为或者是有投资，或者就是恩情重。温州人以乡谊为契约，自成一个社会，内里的规则外边人是无法谙透的。饭店照常营业，但仿佛有一种气息发散出去，生意日渐清淡，小费收入减少，墨西哥人离开了。陈玉洁的加盟就变得重要起来，甚至必不可少。她且格外卖力，其中既有新鲜的成分，也有帮助美棠的原因，更主要的是，这一段日子，她的心情在好转。女儿走了——确定去香港无疑，女儿的信用卡是她的副卡，看得出消费地所在。难免想象父女聚首的情形，他将如何介绍维维安？会不会引女儿进他那个家——她确定无疑，那里有一个家，人是需要有一个家的。女儿和维维安怎么相处，她们应该年龄差不多，属同一代人，也许能做朋友。那晚，女儿饮泣的背影出现眼前，她明白，女儿对即将发生的事情早有准备。一个人的公寓，更显得大而无当，为摆脱四周空间的压迫，她将其余房门都锁上，只在自己的一间里活动。当走过客餐厅去厨房的时候，听见自己的足音，就觉得这种压迫追逐而来。于是，将咖啡机、面包机、微波炉移进卧室，尽最大限度减缩活动面积。

"牛铃"完全是另一个世界，这段时间的相处，阿初姐和她似走近了些，称呼从"陈小姐"改为"玉洁"，还与她商量店务。现在，没法和美棠谈什么事了，"魂灵走出了"，这是阿初姐头一回向她评价老板娘。生意几近减半，阿初姐建议做成自助餐，以低价招徕，后厨和前堂的劳动都可节省。陈玉洁则对自助餐的客源抱怀疑，只怕新客未来，旧客已走失，她的意见是减少菜式。事实上，她发现，客人经常点的也就那几味，大多只是虚设名目，装门面而已，但凡遇到促狭的客人点将，或是说无货，或是勉强凑合。如今的大厨是原来的小工，能将常用的几道应付下来已属不易，再要有额外之举，一定砸锅。阿初姐觉得有理，当场拍板。两人也不去问老板娘，自主改写菜单，送去打印压膜。次日的下半天，美棠来店里，对菜单的革新视而不见，一路走到临窗桌前坐下。这一回，是陈玉洁端上的一壶茶。因穿了服务生的制服，先没认出她，后又说：以为是阿初姐呢。又低头不语。两人一个坐一个站，沉默好一时，美棠抬起头，认真看她，她被看得发怵。过一会儿，那人开口了：原先他身体好好的，每日早起一套咏春拳，自从你来，就出这样的事！阿初姐在那头看着，身影显得紧张，怕她们起口角吗？她静一静，在对面坐下，说：我确是个有霉运的女人，但并不在这一路。哪一路？那人脸上浮起讥诮的笑容，问道。霉在桃花运上，她说。那人收起冷笑，暗处可见阿初姐的身影似也松弛下来，放心了。陈玉洁开始讲自己的故事，三言两语，交代完毕，自己也惊讶这样没有感情色彩。兴许，她说，你们夫妻和美，不定是借我的呢！美棠目不转睛地看着她，她接着说：无论什么事，总量不变——天哪，她也说出"总量"，这才叫不是一家人，不进一家门！总量不变，老天爷分配不同，这里多一点，那里就少一点。什么鬼话！对面人轻声道，脸上的愠怒退下去，换一种温柔的表情。

这一天，美棠在店里守到打烊。晚饭时，她亲自下厨，做一盘温州炒饭，端给陈玉洁。就是头一回来"牛铃"吃的，米饭炒到粒粒松散，珠润玉滑，覆一层金黄的油炸虾米。自己也不吃，就坐在对面，指导她如何将米饭和油渣合起，一并入口，直看她吃到盆干碗净，吁出一口气，起身说：走吧！

生意不可阻止地下滑，这就是个连环结。店堂越冷清，上客越少；上客越少，店堂越冷清。外卖还勉力维持原状，送外卖的人手，墨西哥人却走了。只有阿初姐自己送，陈玉洁路不熟，又不会骑摩托。她曾经想过开她的车来，可那是一辆迷你宝马，太不合时宜，就打消念头，镇日留守，于是，店务有一半归她处理。每天提早一小时出门，推迟一小时进门，这又有什么用呢？客人继续少下去，有时候，一个上午不上座。厨工坐在后门口用手机打游戏，阿初姐到美棠处帮助料理家事，美棠回中国老家，找一位大师指点，福建人一个人在家休养。陈玉洁现在店堂里梭行，餐桌摆得不能再整齐，碗碟洗得不能再干净，玻璃窗明晃晃的，如此的清洁，只让人觉得肃杀。要知道，布鲁克林是个闹哄哄、乱糟糟的地方，整个纽约就是个闹哄哄、乱糟糟的地方，所有人同时说话，为使自己的声音听得见，不得不吊着嗓门，你高过我，我高过他，他再高过你，最后谁也听不见谁。

美棠从国内回来的那一日，情绪高涨，大师的箴言极其鼓舞。大师说，福建人的星命是在西边，前半段他是顺势行，从香港到欧洲，到美国，不是一路向西？然而，在东岸滞塞久了，应继续向西，所以，就准备迁移。"牛铃"怎么办？玉洁问。美棠说出一个字"卖"。阿初姐声色不动，陈玉洁则是一惊：卖？美棠斩截道：卖！陈玉洁不由惘然，她已经将"牛铃"当成自己的家，若不是有它，每日晨昏如何度过？不要！她的声音带着哀恳。美棠避开她的眼睛：人命关天！说罢走到银台，打开收银机，又推上，再打开。事实上，心绪烦乱，不知从何入手。玉洁镇定下来，说道：卖给我！连阿初姐都吃一惊，可是，不谓不是个出路。开个价！她说。美棠的手停下来，转脸向她，忽怒从中来，说：知道你有钱，有钱人买幢楼就像买棵白菜，可是，你知道怎么经营？你会吗！玉洁说：我雇你做经理。美棠止不住笑出来，笑着笑着哭了，人朝后一退，坐倒在地上，双手拍着地面。她上前拉扯，被阿初姐止住，动不了。嚎哭声在店堂里回荡，其中夹杂着诉说，是青田话吧，没一句听得懂。

这一日，"牛铃"照常营业，美棠对玉洁说，饭店接手，一日不可停业，否则就少去一堆回头客，若要装修，只有夜间施工，懂吗？方才一场恸哭，将多日的积郁清空，脸色变得澄明。懂了！她驯顺地答应，心想阿初姐不让她上去劝是对的。那人接着说：留住现金，现金为王，所以，中午必收现金，晚上才刷信用卡。懂了！她说。中国话说，天网恢恢，疏而不漏，这个国家是法网恢恢，密而有漏，你知道区别在哪里？不知道，她谦虚道。读过的书白读了吧！一个是天网，一个是法网！那人得意地说。天网是全罩，法网只罩一半，我们是罩不住的那些人，所以这也不合法，那也不合法，动一动就犯法，但是，在天道里，都是入籍的人，这就叫"星命"——说到此，停下来，仿佛陷入茫然，不知该往何处去，顿一顿，又接下去——所以，我们要往西去。西岸什么地方？玉洁问。走一程算一程！"叮"一声响，进来客人，阿初姐赶紧迎前领座。那人却不肯挪步，当门站着，这才看清是个洋人，英语却说得磕磕巴巴。他说不是吃饭，是寻工。问他会什么，回答"拉面"。这三个人就都笑起来，他却很认真，说曾经在老家布拉格跟过一个中国师傅，学过两年"拉面"——"拉面"两个字是用中文说的，发音很准。美棠和玉洁互相看着，问：要不要？一个说：你是老板，你说了算。另一个说：没过户，你就还是老板！那洋人不知道她们说什么，来回看她们的脸，最后美棠做了个拒绝的手势，来人退出了。

如此搅扰一下，卖店的话题搁置了。又仿佛是一个谐谑的开头，剧情变得活跃。到下半天，忽然上客了。美棠到后厨掌勺，小工将砧板剁得山响，阿初姐的女儿，一个高中生，也喊来帮忙。看女孩伸开小臂内侧，稳稳搁一溜碗碟的手势，就知道在中国餐馆里长大，却不会说一句中文。热腾腾的气氛，像是起死回生，又像最后的晚餐。第二日上午，街区格外寂静，一夜狂欢之后，宿醉未醒的样子。生意回复平淡，美棠也回到时来时不来的旧况。阿初姐告诉说，在法拉盛找到一位中医，给开了方子，有几样药引很难得，老板娘正寻觅。这才叫病急乱投医！阿初姐叹道。陈玉洁倒有一时的心安，因暂时不会有变故，只期盼现状维持一日是一日。每到收工，与阿初姐一并结账，关窗闭火，两人在"牛铃"门前分手，一个驾摩托，一个步行往地铁口。周末的地铁，总是很乱，停开的停开，并线的并线，陈玉洁始终没有总结出规律，都是走着瞧。这日错了一条线，下在陌生的站点，站台上没有一个人，心里有些生畏，索性出站上到路面。远远看见新建的世贸中心，夜雾缭绕中，塔尖发出幽光。她辨别出方位，徒步往中城走去。

凌晨时分，城市在静谧中浮托起来，升高了，空气凛冽。她生出一种奇怪的分离，好像一个自己看着另一个自己，走过一条街，又一条街。红绿灯兀自转换，路口无车亦无人，只有她自己，穿行在楼宇之间的峡谷。她张开双臂，简直要飞起来，飞到楼尖上，俯瞰曼哈顿岛。

这一日，回到公寓，推门就见灯光大亮，上锁的房间敞开门，客厅地上桌上堆着东西，女儿赤着脚跑进跑出。她有一点激动，喊了一声，女儿转过脸，蹙眉看她，问道：哪里去了，这么晚！她说：上班。女儿转回头继续忙碌，似乎有一丝笑影掠过，笑她：你能上什么班！女儿看不起她，她很理解，转身回自己房间，女儿却又说出一句：看你过的什么日子！她站住脚，掉过头，看着女儿：我过什么样的日子，你们比较满意？她着重说"你们"，而不是"你"，话里有话，难免是刻薄的。她注意到女儿比走前略丰润，经历十多个小时飞行，竟然还很精神，看来这一个月过得不错。女儿瑟缩了，喃喃道：对自己好一点嘛！她心软下来，又一次听到这句话，由女儿说出来，到底不同些。她叹一口气，说：我过得很好。女儿低下头，将桌上一堆礼盒推向母亲：给你买的。谢谢！她说，看见包装袋上写着"崇光百货""金钟广场""太谷城"的字样，不是从香港来又是从哪里？女儿说：下月就去巴黎，已经找好一所学校，那人付了全部学费。"那人"是指父亲，一阵痛楚袭来，她让孩子失去父亲。事实上，父亲还是父亲。停一时，她问道：爸爸还好吗？这个问题真把人难住了，女儿停了更久的时间，然后回答：不知道。

这一夜没有睡好，临天亮方才入眠，一觉起来已是上午十点多，大叫不好，赶紧起床。公寓里静悄悄的，女儿的卧室门紧闭，里面藏着女孩子甜甜的睡眠，几乎听得见纤细的鼻息声。她忽然想到，女儿走了，她又将是一个人在这公寓里，四壁空空，邻里老死不相往来，难得见面，需用外国语寒暄。禁不住悲从中来，冲出门去。电梯下到底层，穿过大堂，站在楼前的合欢树花影地里，静了静，将眼泪吞进肚里。到"牛铃"已经中午，料想不到，美棠在店里，正和阿初姐说笑，看上去心情不坏，大约药引子觅到了。两人都注意到玉洁神色有异，阿初姐装没看见，美棠的眼睛一直追着，就晓得放不过她，不如照实说了。其时，心情平静下来，却如死水一潭。美棠的眼睛还在她脸上，仿佛看得穿她，说：你这样不行！陈玉洁不明白了：这样是怎样？美棠说：这样的就是这样！陈玉洁无心纠缠，不予理会。美棠的手搭上她肩膀，硬是扳过身子，这使她想起梅西百货里的那个兰蔻女人。中国同性间不忌惮肢体接触，这是多么好的文化啊！美棠扳过她的身子：你要学会崩溃！这倒出乎意外得很，转过眼睛，直看着对面的人。崩溃呀！美棠说。陈玉洁想起这青田女人坐在地上呼天抢地的情景，要是也能来那么一下，或许会轻松很多。可是，她真的不行！美棠继续启发：你看外国电影，洋人碰到屁大点事情，就尖起声音大叫，撕扯头发，然后到洗手间，拉开柜子，翻找药瓶子——哗啦啦撒一地！美棠学着电影里女人的疯狂动作，陈玉洁笑起来。要崩溃，才能救自己！美棠说。看她还是笑，便叹气：你可真能熬，那还怕什么呢？牛铃叮一响，上客了。

八

女儿索性不回来，她也就撑持了下去，可一来再一走，情况就不同了。公寓里又剩她一个人，形影相吊。她想，儿女就是让人软弱的一样存在。她很羡慕美棠能够崩溃，崩溃也要有能量不是吗？像美棠这种元气丰沛的女人，才可如火山爆发，岩浆奔腾。她显然热力不足，也是受文明毒太深，异化了本能，自持的结果就是自伤，一日一日萎缩。美棠说，跟他们一起去西岸，地方都定了，圣迭戈。为什么是它？从中国回来路上，在芝加哥机场转机，遇到一个台湾老太婆，说是老太婆，也就六十来岁，在圣迭戈开餐馆，抱怨儿女都不生孩子，不让她做祖母，说一旦有第三代，立马卖掉餐馆，专司喂养。美棠说，要卖就卖给她。虽是戏言，但两人认真交换通信方式。美棠向玉洁说着这段路遇，眼睛烁亮，在日渐消瘦、瘦成长条的脸颊上，有一点叫人害怕。这梦呓般的憧憬并不鼓舞，反是沮丧。事态不可逆地颓圮，越来越加速，越来越不祥。这两人各在迷局，头脑已经糊涂，单阿初姐一人清醒，照管店务。实在忙不过来就遣女儿来帮忙，有时小姑娘还带来意大利籍的小男朋友，两人唧唧哝哝说着情话，交臂而过抽空亲个嘴，难免打翻碗盏，或者上错菜点，轻佻的举止不合当事人的心境，但也调节了"牛铃"里的阴沉空气。

这一天的中午，依然小猫三只两只，帮工的小男女在学校上课，陈玉洁和阿初姐两人对付，尚有余裕。叮一声铃响，进来的是美棠，脸色平静，并不说话，径直走过店堂，向里走去，通往后厨的过道口一转身，不见了。陈玉洁寻到跟前，见地下室楼梯上，有人影一闪，随即也下去。暗中几条光线，从顶盖的金属板缝隙透进来。她磕绊着循动静迈步。空气中充斥一股咸腥辛辣的气味，由脱水的鱼鲜和肉类合成，是唐人街特有的，一旦走近，便扑面而来。她想起第一次来到这里，远远就看见，盖板翻起来，精瘦的福建人，半个身子探出街面，接货放货，行动生风。她叫了一声，纸箱后面传出回答：让我崩溃一下。她不做声了，等待有惊天动地的事情发生。时间在沉默中过去，什么都没有发生，但是，她又分明感觉到一种坍塌，先是一角，再是一面，然后一层一层陷下来。灯啪地打开，地下室一片通亮，却更像是夜晚。阿初姐的声音在头顶响起：你们在做什么？上客了。她振作一下，转身上去，留美棠自己，崩溃吧！她在心里说，按物质不灭的原理，收拾收拾，再做一个人。

方从地下室上来，不禁让地面上的光明眩了眼睛，今天是个好天气。她依阿初姐指点，去到窗边桌上，放下一杯水，客人屈指叩两下桌面道谢，然后将手点在牛肉汤粉一栏。这一位先生，亚裔的脸，从形状看，大约是香港人。她忽觉得面熟，仿佛见过，又不知在哪里。客人双手插在短夹克的口袋里，安静等待上餐。看不出年纪，似乎是中年，因发顶稀薄，面上也见沧桑，但却有一种单纯，让他显得年轻，就像一个在校的学生。汤粉送来，他自己从桌上调料瓶倒出辣椒酱，覆在碗上，筷子一搅，还未进口，额上已冒出汗气。从吃口看，也像广东一带的人籍。牛铃响一声，进来人，隔一条街上修路的南美人，每回都是同样，一块猪排，炸成两面黄，一勺米饭，几朵绿菜花，最后浇上酱汁。近些日子，他们成为中午的主要客源。吃饭带打尖，可消磨一整段休息时间。没什么赚头，但有他们在，店内就显得不那么萧瑟，客引客的，也带进少许生意。香港人还在吃，头埋进汤碗，顶上稀发受了热，竖起来，看上去有点滑稽。顺道时，她替他添了茶，手指头又叩两下桌面。她想，他要是发声说话，也许就想起来是谁。可他一直不张口，于是，那一点模糊的印象消失了。

南美人离座上工去了，香港人这才招手买单，临走终于开口，问道：老板娘不在吗？她犹疑一下，回答：老板娘很忙。哦，他说，然后走过店堂，推门出去。声音和姿态都是温和的，是个有教养的人，陈玉洁收拾起碗盘，心里想。中午营业过去，她们几个已经吃过，美棠方才从地下室上来，脸上没有泪痕，甚至相当平静，这平静是崩溃之后还是之前？她暗忖道。阿初姐下厨做一碗汤饭，捡几样咸菜放在面前，走开了。陈玉洁站在桌边，看徐美棠用餐，这情景使人想起初次邂逅，但是反过来，这一个坐，那一个站。她告诉说，方才来个客人，问起老板娘。美棠"哦"一声。她继续描绘客人的形象，也是没话找话，气氛不至太消沉：身量不高，黄黑皮肤，态度谦和，口音里——这就吃不准了，因为客人惜字如金，说话极少。美棠说：知道了！再找不出话题，就枯站着，看美棠吃下一碗汤饭。饱食使神经放松下来，方才的平静更可能是极度紧张。此时，脸上浮出红晕，显得十分慵懒。抬头看她一眼，说：那人也是从德国过来，原先在汉堡开书店——她这就想起为什么面熟，那个沉默的书店老板，搬着半人高的书走上走下。书店呢，盘给谁了？陈玉洁问。盘给谁谁要？赔本的买卖，拿老爹的钱不当钱，早晚一回事，关门大吉！美棠仿佛很来气，说出一大串。刚才应该叫你的，玉洁颇有遗憾。千万别！美棠举起一只手挡在脸前，我怕他。她纳闷着，想不出怕他什么。举起的手捂住眼睛：我怕上帝，他是上帝派来的。美棠的手久久不放下，看不见手掌后面的脸，她拾起空碗，走开了。

这天夜里，福建人走了。阿初姐电话给她，约好次日一早去吊唁。美棠的家在布鲁克林福建人集居的街区，不晓得是哪一代的唐山客过海到这里，买下地皮，翻造房屋，出租给同乡人。纵横的街巷，墙上用中文和注音写着：同安道、南平道、泉州道——大约以籍贯命名。美棠所住莆田道一条狭街尽头搭起灵棚，两行花圈排到街口。一是入乡随俗，二也是生计繁忙，丧事免去繁冗，一切从简。遗体直接从医院送去殡仪馆火化，然后送回，停放在本乡人的祠堂，一间独立的二层小楼。灵棚里只设一张相片，相片中人很年轻，也是精瘦，不笑，严肃地看着祭奠的来客。她和阿初姐各点三炷香，送上白包，就赶回"牛铃"，饭店照常开业，正如美棠说的，停一日，拒一批回头客。吊唁的人群里，看见前日来店里的香港人，听见有人与他招呼，称他潘博士。

三天之后，美棠来到"牛铃"。前一日里，新聘的大厨上工了，也是福建籍，但来自不同的县份，早几日就找下了，碍着美棠，等尘埃落定，这时才进店。他称阿初姐老板娘，陈玉洁并不以为意，很快发现，"牛铃"已然易主。其实，自福建人得病，美棠就一直向阿初姐出让她的份额，终于，所剩无几。等福建人走了，其余的全部脱手。这一切，都是在陈玉洁不知情下进行，她到底是局外人。美棠不在"牛

铃"，她也就没理由在了，最后一次来到这里，一是向阿初姐道贺，二也是，怎么
说呢？前后几个月相处，她总要道别一下吧！阿初姐将她们安顿在临窗的桌上，她
们总是在这张桌上，面对面。阿初姐一道一道地上菜，很快铺满餐桌，留下她们自
己说话，不再作陪——都是自己人，阿初姐说。这一日，最忙碌，进货、卸货、与
新厨子交涉、又有应工的面谈。美棠双手抄在胸前，合目养神，她不敢打搅，沉静着。
只听牛铃"叮"一声响，又"叮"一声响，再"叮"一声响时，进来了那个香港人，
潘博士，看着她们，犹豫一下，走到立柱后面桌前坐下，与两人隔一段距离。

　　他又来了！她轻声说。谁？美棠合目问。潘博士，她说。美棠笑一笑。请过来一起坐？
她问。美棠没回答，就知道至少是不反对，于是立起身过去请人。潘博士受她邀请，
没有意外，站起身随后跟来。阿初姐眼明手快，立刻将他的茶盅碗盏收拾起，几乎
同时摆开在她俩桌上。现在，他与她坐一边，面对合目不动的美棠。有了第三人，
气氛就活泛一些，她说：曾经见过你，在汉堡的书店。他当然记不得，抱歉地笑。
她又说：那时候，中国学生往你书店好比跑娘家。他欲开口说话，结果还是笑而不语。
她觉出这人的有趣，说：书店关门，中国学生没地方跑了，会感到寂寞的！潘博士
这才说出一句：今非昔比。这一句可解释中国学生的处境，也可用来解释他自己的，
称得上言简意赅。怎么来美国的？她问，自觉得像是审讯，但好奇心迫使，还因为
此人的厚道天真，所以就不怕失礼，放肆了。他依然笑着，低下头，惭愧的表情。
美棠却在一边出声道：传播福音来了！陈玉洁想起当时就有人告诉，这是个基督徒。
美棠说：把老爹的钱造完了，只剩下福音了！她想拦住话头，这话既是渎神，又是
伤人。他却接了过去：书店很难经营。美棠睁开眼睛：要我说，所谓福音，就是诅咒，
是不是？我男人已经见好，遇上你，掉转身坏下去，坏到底！这是美棠一贯的逻辑，
起先不还把她当灾星，如今转到这一位身上，是出于迁怒，但也可能是一种怪力乱
神论。他强辩一句：他到上帝身边了！美棠冷笑道：上帝是谁？我们不认识，他应该
在我身边的，在那里——她的手指向后厨——在那里炒菜。后厨里的油烟涌出来，
仿佛呼应她的话。美棠！陈玉洁叫起来，不要再说了！她真有点骇怕，怕说话人会
受罚。美棠转向她：起先还有些信呢，去教堂听讲经，听到什么"尘归尘，土归土"，
就坐不住了，分明一个大活人，怎么就变尘土了？晓得这不是讲道理的时候，陈玉
洁还是竭力劝阻：生死由命，不是潘博士的事！命？凭什么规定生死，是谁给它的
权力？美棠态度很好，摆出一副讨论的架势。老天！陈玉洁乖乖地回答，就像受了
魅惑，跟随走去。不还是上帝吗？美棠微笑着看对面两个人。她挣扎道：癌症是目
前的科学尚无解决的难题。对面的人歪着头：科学出来了，到底上帝还是科学有决

定权？这样就进入有神论和无神的命题。陈玉洁认真起来：上帝有决定权，但它要借用一双手去实施，科学就是这双手！徐美棠问：为什么是科学的手，而不是你我的手？她说：你我太渺小了，一个人的时间也太短促，要经过许多许多代，才能发出一点光芒，科学之光！对面人说：这话我不能同意，照这样说，我们都是白耗时间，浪费生命？潘博士被她们的对话吸引，兴奋起来，几次插话，企图发表意见，都被挡回去。他哪里是她们的对手，一个有强悍的性格，另一个则是知识的力量。但他的笑容，那么谦逊和惭愧，更好像一切都是他的错，于是又显得无辜。他只能不断扶一扶杯盏，它们在双方激烈的手势底下，差那么一点点就倒翻到桌子底下去。

三人走出"牛铃"，已是薄暮，这一餐饭，从午前到午后，再到晚间营业时间。阿初姐送到门前，嘴里说着"再来再来"，事实上都知道不会再来了。三个人都有些醉，无端地高兴着，走在街上。抬头看见电线杆上高高吊着一只靴子，原来是修鞋铺招徕生意的广告。美棠说：洋人的脑筋很有毛病！潘博士弯腰拾起几块石头，瞄准了向靴子投射，终于有一块射中，靴子动了动，玉洁说：它接受了福音。三个人在威廉斯堡桥口分手，各往各处去。她走上大桥，引桥在布鲁克林上空盘旋，离河面老远老远，等她走到桥中心，灯光亮起了，在心里喃喃说一声"科学之光"，继续向前走。

后来，陈玉洁和徐美棠真的去往加州圣迭戈，西岸的南部。那个台湾老太婆出售的餐馆还要向南，临墨西哥边境的一个小城，到摘采草莓的季节，就有大批的墨西哥人过境到农场做工。这里的墨西哥人比纽约的温和，应该说，所有族裔的人都比纽约的温和，安静，亲切，友善。大城市将人磨砺成一种坚硬的材质。这餐馆是当地唯有的两家中国餐馆的一家，已有四十年历史，那老板娘用它养活了三男二女，终于，第三代出生，便收官退休，享含饴弄孙的天伦之乐。她信守诺言，将餐馆出让给徐美棠，严格说，是徐美棠的朋友陈玉洁。按先前的立约，陈玉洁做老板，徐美棠任经理，经理兼大厨，老板负责前堂。原来的一个厨工，一个跑堂，还有一条大狗，一并留下来。那狗太老，不能承受迁徙的动荡，似乎自知无法跟随旧主，很认命地趴在窝里不动。临别时，泪眼对泪眼，很久很久，无奈门外车喇叭一径地催，方才一拍两散。

餐馆总共十来种菜式，编号排序，无论鱼肉荤素，一律都是滚水中汆一汆，然后浇上预先调好的酱汁——老板娘称之"打沙司"，不惜赐教，如何配料，打出味厚色浓的"沙司"。出于恭敬，一一应道，心里却不以为然，决定另开新路，往精细清淡方面发展。来客对盘中物流露出谨慎的态度，几天时间过去，一个人也没有了。只得因循老板娘积几十年经验创立的路数，方才渐渐回来客人，生意重又兴隆起来。餐馆没有申请酒牌，不设酒吧，晚上收市比较早。总体上说，小城的夜生活相当节制，只有公路边上的一家餐厅，通宵营业。尤其周末，聚集着年轻人，电子乐的低音，咚咚地敲击，空气起着震荡。从纽约那地方过来，多少会觉得沉寂，可两个人互相作伴。打烊以后，坐在厨房灶头边，做两个温州家乡菜，烫一壶日本清酒，电视机里播放着美棠所说"脑筋有病"的节目，有当无的，半个晚上过去，剩下的便是酣畅的睡眠。她们的睡眠都改善了，公路上疾驰而过的车辆，从梦里穿行，使人不至于彻底坠入虚空。即便是这样平淡的日子，也会有意外发生呢！有一日早晨，门敲响了，里边人还没开业呢。敲门声止住，过一时，又响起，来回几番，终于耐不住，开出门去。这一开门不要紧，一声尖叫冲上天。陈玉洁以为发生抢劫，大白天的，竟还有这大胆的事，跑出来，也是一声尖叫。面前站着一个人，谁？潘博士！风衣上蒙一层土，身后一驾租来的车，也是一层土，垂手提一个旧背囊，腼腆地笑着，不好意思抬眼。两个高个子女人，一人一边架着胳膊，脚跟离地提进门去。问他怎么会来？他不回答，也不需要回答，管他怎么来，总之，他就来了。

潘博士住了三天，重又上路了。他出身香港一户富商人家，父亲指望他参加家族事业，攻读商科。他对经商一无兴趣，但也听从父命，来到德国读经济。第一年就被高等数学击败，转读哲学，为此和家庭决裂。终究是自己骨肉，父亲给出一笔钱，从此不再负担，无论生活还是学业。另有一笔存于托管基金，结婚成家时方可支付。他用到手的钱开出汉堡的书店，书店终于关门，便到教会做义工，挣些吃喝。因他始终没有结婚成家，所以名下的第二笔钱便不得动用。逐渐地，他发现自己，最适合的生活是，做一名游僧。开车行驶在西部的沙漠，仙人掌一望无际，太阳照耀大地，前方是地平线，永不沉没。

2016 年 10 月 27 日上海

【作者简介】

王安忆，女，小说家。1977 年始发表作品，迄今出版长篇小说《长恨歌》《启蒙时代》《天香》等十三部、《王安忆中篇小说系列》八卷、《王安忆短篇小说系列》八卷，以及散文、剧作、论述等共计约六百万字。曾获茅盾文学奖等多种奖项，其作品被译为英、法、德、意、俄、西、以、日、韩、越、泰等多种译本。现任复旦大学教授，中国作家协会副主席，上海作家协会主席。其名作《流逝》《锦绣谷之恋》《岗上的世纪》《长恨歌》《遍地枭雄》等首发于《钟山》。

个人认同的找寻
——评《向西，向西，向南》

刘阶耳

当代小说名家王安忆 2017 年发表了三部中篇小说。先后写于纽约的，"本土化"特色显著，不是上海保姆的日常守望，就是香港老人的感情逡巡。写于上海的，恰似"冷眼向洋看世界"，叙述华人游历欧美的艰辛；机杼别裁，"全球化"风骨俨然。前两部依次为《乡关何处》，《红豆生南国》（同年 6 月，人民文学出版社将这三部中篇结集出版，即以该篇题名），后一部是《向西，向西，向南》。

"沧海一声笑"，犹在断肠时。相对晚出的《向西，向西，向南》，记人叙事定将神会融融，不拘一格。陈玉洁、徐美棠为之记叙的主人公；身世、境遇迥然相异。二人最初的交集见于 90 年代初的柏林；多年之后复又在曼哈顿相遇。不过相应的叙述，乃以陈玉洁事业有成，家庭变故的"戏剧性"处境为主线，然后嵌含徐美棠有情有义、坚毅面对的当下；"双线"交织，显然拼接的是她们海外打拼、共同"向西"的艰辛和无奈。然而一方（陈玉洁）感情归零，伦亲向背，另一方（徐美棠）送走亡人，一贫如洗；二人于是惺惺相惜，进而联袂"向南"，接管了一家中餐馆；谋求发展，毋庸置疑。

相继出生于 50 年代的她们再一次孤身奋进时，难道又仿佛回到了她们各自人生打拼的起点吗？

正所谓"此一时也，彼一时也"，"寰球同此凉热"；当共和国汇入"全球化"时代之先，她们无论是占有先机，辞职下海，还是幸得"贵人相助"，立足始稳，她们从欧洲开辟异样的人生，与我们一度贫困的生活现状不消说密切相关。徐美棠之所以"偷渡"，小说虽然未曾明确述及，可就她十六岁后流落欧洲历经艰辛，回顾时却甘之若饴，不曾有任何怨言，即可从反面推知。上海里弄长大的陈玉洁，"文革"时就参加了工作，避开了同龄人"上山下乡"的厄运，此后便不致再顺遂了；譬如说婚后她曾为局促的居住环境而烦恼，其实也从正面委婉地道明了她在职场上不遗余力奋斗的动力之源。她们海外打拼的生活道路和生活方式，用英国社会学家安东尼·吉登斯《现代性自我认同》有关"自我的磨难"分析的观点而言，不消说是在"联合与分裂"，"无力与占有"之类的现代性困境中，通过自我反思性的投射，吸纳了"许多背景事件和被传递的经验的诸多形式"，从而使得自我的发展和选择，成为可能。然而"生活在高度现代性世界里，便是生活在一种机遇与风险的世界中"，自我的反思如何在"信任与不确定性之间把握一个方向"，以及如何"在个人的占有受到"世俗化风险"所左右的情景中得以建构"，无疑将是她们重塑自我面临的挑战。她们互为镜像般孤身奋进的"形象化"的总体展示，不绝如缕，结蕴深远。

小说计八章。前四章犹如"从中间讲起"的史诗叙述惯例中化出，借交代主人公首次结识的机缘，历数陈玉洁"奋斗"的过往的几个片段，其中，她的女儿从小到大、留学美国的"成长史"，又俨然似在暗中济助着往事拼接的"主叙"逻辑。女儿负气出走，又远赴法国求学，毋宁改变了此后她的命运轨迹；无所适从的她与徐美棠，邂逅于是才会跌宕出意外的枝蔓。小说的后四章，借她与徐美棠频频接触，巧妙引出了与她迥异其趣的另外一番"底层"打拼的风景。当年徐美棠受惠于一位年过六旬的海外华人，老人过世之后，知恩图报的她悄然出走，与小她十岁的在中餐馆作大厨的福建人来到美国；然而很不幸，她这位"男人"患病、过世，她不得已转让了餐馆，无怨无悔。她历经的艰辛打动了陈玉洁，并使得后者重新振作；看似非相濡以沫，其实另有情由。如同安东尼·吉登斯所描述的"自我的困境"的第三种类型——"权威与不确定性"那样，不消说显示了共通的文化认同感居间发挥的凝聚作用。

小说的结局不失类似的警醒。二人联袂"向南"，乃由一方出资，一方负责经营所致；相互信任明显裹结的是"契约"的精神内核。毕竟二人欧美风雨浸淫甚久，面对"个人化和商品化"——安东尼·吉登斯意义上另一重"自我的困境"，她们个人的认同不乏理性、冷静，迥非温情脉脉浪漫式的畅想。显然，这些左右其命运个人化的反思感受，使得小说叙述所承载的"故事"，保持了令人安心的内在平衡。王安忆多年来一贯独立潮头，"剪取琼田一棱归，满天铁笛走春雷"，其大家风范于此更是显露无遗。

摩擦取火

陈 仓

一

凡事需要上天来证明的，那基本就是谎言。

下边想说的人姓陈，叫陈元。如果把陈元与某某的一宗涉嫖案硬要扯出一点关系，那真是一毛钱关系都没有，且不说某某已经不明不白地死了，而陈元还在世上好好地活着，他们完全是两个时空的。单单年龄，某某年近而立，陈元四十五六。不过，若把一个看成是另一个的影子——万事万物都有形形色色的影子，而且不止一个，那也未尝不可。

二

整整五年了，这是陈元第一次迈出大铁门。

陈元出门后，听到身后吱咛一声再哐当一声，已经走出十米开外了，他摸了一下自己的光头猛一回头，目光碰到大铁门的时候，像碰到一块冰一样打了一个激灵。

在里边的五年时间，他无数次地想象过大铁门一开再一关的声音。他曾经想让提前出去的狱友告诉他那大铁门一开一关究竟是什么感觉。有一次，陈元跟第二天就要出去的大胡子说了自己的想法，谁料想，被大胡子给骂了个狗血喷头。大胡子把拳头顶到陈元的鼻梁上，说，你什么意思？陈元说，没什么意思啊。大胡子说，你是在咒我吗？陈元说，怎么会呢？我就是想知道大铁门一开一关的时候，会不会像刀子捅进去再拔出来的感觉。大胡子正好是因为动刀子而进来的，于是骂道，妈的，要不要我像当年一样再捅你一刀试试？这是监狱，又不是婊子房，你觉得我还会回来吗？陈元说，当然不会呀。大胡子说，我不回来，又怎么告诉你呢？陈元说，那还是别麻烦你了，我争取早点出去自己体会吧。

陈元发现这种声音并没有传说的那般刺耳。大铁门吱吟一声开了，而后又十分轻软地关上了。若真要他陈元打个比方的话，大铁门一开一关并不像白刀子进红刀子出那样的凶猛，倒像是一把手术刀在做一场手术，切开了经过麻醉的腹部，是缓慢而麻木的，甚至有点明亮的快慰。

陈元站在外边，打量着隐隐作痛的大铁门——大铁门漆黑漆黑的，虽然刚刚刷过了油漆，还是可以看出一点锈迹在努力地朝外透着。大铁门与大多数的门都是一样的，中间照样有一条缝，刀子一样的一条缝。陈元真想走近一点，从缝隙朝里看看，到底会看到什么。但是他一点儿也迈不开步子，因为里边的一切在他的脑海里已经扎根了，已经被放大了。比方说，院墙下边的一棵小草，在他的眼睛里，通过五年的时间，早已长成了一棵畸形的大树。

陈元是陕西丹凤人，来上海已经十年了，前五年是在外边度过的，后五年都是在里边度过的。在外边的时候，他刚刚过不惑之年，等自己迈进一扇大铁门，再迈出这扇大铁门的时候，没有想到他马上就知天命了。他在外边最后的身份是小学校长——上海市大沙镇菜场农民工子弟小学的校长，而在里边的时候，他的身份却是那种人。那两个字实在说不出口，他总觉得用那两个字定性的，不是他陈元而是他的孪生兄弟。

陈元想，妈的，我是那种人吗？在这个世上有谁知道我是那种人呢？又有多少人知道我不是那种人呢？恐怕绝大多数人，比如菜场小学的师生，大沙镇的居民，还有陕西老家的乡亲们，包括老婆屈爱琴、儿子陈改朝，都认定他就是那种人。相对来说，明白他不是那种人的人，恐怕只有三个了。

第一个是田老板，第二个是仅有一面之交的不满十四岁的小丫头黄丽。第三个就是他陈元自己。自己明白自己，那相当于一百乘以零，结果还是等于零。

应该还有一个人明白他不是那种人，那就是苍天。

苍天明白自己，结果会不会也是等于零呢？

陈元想到这里，抬头看了看，此时的天空很蓝很蓝，蓝得似乎动一指头就会破碎一般。冬天的天空本来就应该这么蓝，并不是因为自己终于出来了而蓝的。他又摸了一下自己的光头，先是嘿嘿地笑了两声，而后再也笑不出来了。他清楚，在这个世界上，到处都是人，有几十亿的人，能证明他不是那种人的，可怜得仅仅只有两个，或者是三个——陈元还无法确定，那个办案的民警邢小利，是不是明白自己不是那种人。

为什么连他自己与苍天，都无力证明他的清白呢？

陈元从耳朵上取下一支烟，这是刚刚离开的时候，王管教送给他的临别的礼物。王管教扔过来一支烟，对他说，不能再干那种傻事儿了啊，不仅丢人，而且蛮亏的，以后脱裤子之前，问一下人家有没有满十四周岁吧！我再给你普及一下法律吧，为了加大对未成年人的保护，最近国家对刑法进行了修订，如果未满十四周岁，如今像你这种"未遂"的，全部都是要重判的。

陈元没有正面回答王管教。在五年之中许多狱友像王管教一样，都拿那件事儿取笑过他，他开始还会说一句，我是清白的。人家就哈哈大笑地说，你未遂嘛，当然是清白的了。后来，他发现自己的辩解很无力，一是清白的人怎么会在里边呢？二是他写过的几封申诉信都石沉大海了。万般无奈，他干脆把那种人想象成了自己的孪生兄弟，予以漠视。

陈元笑了笑说，你也快了吧？王管教说，我和无期徒刑差不多，这辈子算是耗在里边了。听上去，王管教似乎不是管教，而是罪恶更加深重的人。陈元想，王管教除了领了一份薪水之外，与他陈元不一样的地方并不明显。

陈元把烟叼在嘴上，打量着四周。有位大妈清扫完了落叶，放下手中的大扫帚，靠在马路边上的一个角落里，掏出打火机先给自己点燃了一支烟，然后远远地问陈元，你想借火吗？

陈元说，我有，不需要。

正好风刮了起来，她的打火机就熄灭了。

陈元走向了大妈。其实他走向的不是大妈，而是大妈靠着的一面墙壁。

陈元撕开棉衣的袖子。这身黑色的棉衣是新的，是出来前王管教送给他的。陈元像往常一样，从棉衣袖子里掏出一小撮棉花，放在手心搓成了一根棉花条子。他蹲下去，脱下一只鞋。这是一只布鞋，也是王管教送给他的。这么多年从来没有人给陈元送过东西，于是在出来之前，王管教就送了他一身衣服，还安慰了一句，等你回去了家里人就原谅你了。

陈元用那只布鞋，把那根棉花条子压在一面墙上，开始上上下下地摩擦着。那种动作有点像在磨刀，而且越磨越快。这是刚进去的时候，他发明的取火之法。刚进去的时候有烟，但是没有火。火保管在王管教的手中。王管教害怕他们生事，把火都给没收了。在外边的时候，陈元除了是校长之外，平时还是一名物理老师，他懂得摩擦起火的原理，就是一个物体与另一个物体紧密接触、来回移动的时候会产生一种力，它的大小与物体表面的光滑程度和重量有关。在这种力的作用下，物体的内能不断增大，温度会越来越高，最后就达到了着火点。在进去的第七天晚上，他利用这种原理，从光秃秃的墙上帮大家取到了火，从而成为神一般的人物。从此，他们撕开自己的棉衣，用一只鞋压住棉花，在墙上猛烈地摩擦。夏天不穿棉衣，那就撕开被子。棉衣和被子总是被他们撕得越来越薄。尤其是四面墙，被他们摩擦得油光发亮，像打磨出来的一面镜子。

相比之下，外边的水泥墙粗糙多了。

陈元仅仅摩擦了几分钟，棉花条子就燃烧起来了。

他从棉花条子中间轻轻地吹出了火苗，把自己的烟点着了。

大妈并没有走开，吃惊地凑过来说，你这招在哪学的？陈元说，当然是在里边了。大妈说，你从里边出来的？还以为你是过路的呢。陈元回过头，再次看了看大铁门。门缝里边的世界像一把一指宽的刀子，被磨得闪闪发亮。里边很安静，大部分事物都隐没其中，似乎偌大一个地方什么也不存在。

陈元有些窒息。他是真真切切地进去过了，而且是真真切切的五年。

五年前自己是清白的，经过日日夜夜的洗刷自己仍然还是清白的吗？到底是谁夺走了他这五年的时光？这些时光到底都流到哪里去了？在邢小利那个民警那里，在姓田的那个超市老板那里，还是在十四岁不到的小丫头黄丽那里呢？

陈元觉得，他有必要去找找他们，看看能不能找到他白白流走的含着屈辱的时光。

三

陈元蹲在大铁门前边吸完了一支烟。

他迷茫地问大妈，大沙镇怎么走呢？

大妈说，不远，你坐地铁九号线吧，九号线全线都开通了。

陈元记得十分清楚，地铁九号线二期遗留站是自己进去的前一年开通的。开通那天陈元十分兴奋，因为在菜场小学的背后设有一个出入口。有老师问他，你高兴什么呢？上海不是你家的，地铁站也不是你家的。陈元说，它不是我家的，却是咱们菜场小学的，它是菜场小学给我这个校长配的专车！他本来是没有任何事儿的，但是那天，他对着所有的学生说，你们还没有去过徐家汇吧？走，坐我的专车，咱们去徐家汇拜一下徐光启，再逛一下清朝的那个藏书楼。于是，他把学生全部组织起来，排着队，举着小红旗，唱着《我们是共产主义接班人》，坐着地铁九号线来了一场体验之旅。

大铁门外边，是一条并不繁华的大路，大路上边建起了高架桥，显得有些凌乱和荒凉。两边的梧桐树叶子已经落光了，却还有一些没有消融的雪花。原来这座城市下雪了。自己在外边待过五年，都没有下过一次雪。在里边待过五年之后，一切就面目全非了，很少下雪的江南也开始下雪了。

前往地铁站的时候，路过一家理发店，陈元一下子钻了进去。当他坐在一面镜子前边的时候，突然发现自己不应该理发。自己的头发已经很短很短了，而且大面积地谢顶，和光头是没有什么差别的。有一个小丫头走过来说，大爷，你要剃光头吗？陈元说，我现在不是光头吗？小丫头说，你这不算光头，你还是剃光头吧，说得不好听一点儿，你这不清不白的，让人感觉很不舒服。

陈元一边退出门一边问，我怎么不清不白了？小丫头对着他的背影说，你这个头呀，头发吧又不长，剃吧又没有剃光，有点像犯人。陈元回过头说，你从哪里看出来我像一个犯人？也许因为做不成生意，小丫头就恶狠狠地说，不仅是头发，还有感觉，彻头彻尾像个犯人。

小丫头似乎是一个未成年人，还带着稚嫩的腔调，让陈元忽然想起了小丫头黄丽。他在心里又骂了一声，妈的，我怎么就成犯人了呢？犯人是凭着感觉的吗？当年他们就是凭着感觉把我逮起来的吗？陈元毅然决然地离开了理发店。他希望自己的头发瞬间就长出来，长成他原来的一头披肩长发——没有进去前他留着一头长发，每次和人说话的时候都会朝后甩一下，那是多么潇洒啊。

在九号线的地下通道，陈元看到了一间小店，是卖假发的小店。他不管三七二十一，就挑了一个假发。他戴上假发，对着镜子凝视着。假发有原来那么长，也是又黑又亮，但是戴在自己头上，味道完全不一样了。或许是自己老了，脸上的皱纹多了；或许是假发就是假发，它永远不可能成为身体的一部分，像他身上曾经背负的所谓的罪名。

他还是愿意戴着假发。戴着假发起码给人的感觉不再像个犯人了。

不是他想逃避什么，是因为他根本就没有犯过什么。

陈元坐上地铁九号线，半个小时就到了大沙镇。从地铁大沙镇站二号口出来，前边就应该是菜场小学了。陈元顺着四周找了一圈，那所自己办起来的菜场小学已经不见了。院墙，几座平房，一个小操场，一根篮球架，一点痕迹都不见了。四周全部变成了高楼大厦，只有小操场的位置和原来一样空旷，确确实实地建起了一个菜市场。

陈元钻进了菜市场。已经过了采购的高峰期,菜市场人并不多,地面上污水横流,里边掺着血水、鱼鳞和菜叶。几个摊主懒洋洋的,有人问,大妈,你要萝卜青菜吗?冬天多吃萝卜青菜不容易感冒。有人说,大妈,割点肉回去吧,马上过元旦了,而且北方下大雪了,说不定要涨价了。

陈元扶了扶自己的假发。同样是披肩长发,年轻的时候从没有人把自己误会成女的,如今为什么人人见了他,都叫他大妈呢?

陈元低头看了看,污水中的自己确实像个大妈。陈元想辩解一下,张了张嘴还是作罢了,是大爷还是大妈对别人对自己有什么关系呢?

陈元在一个大妈的摊位前,犹豫了一会儿就站住了。他觉得这个大妈不太一样。不太一样的是大妈有点眼熟,似乎原来在大沙镇遇见过。让他眼熟的,其实也不是大妈的面孔,而是大妈眉心上的一颗黑痣。有豆子那么大的一颗黑痣。但是,他站了几分钟,大妈并没有任何反应。

大妈说,你是要西红柿吗? 陈元说,嗯,来一斤吧。大妈挑拣了几个西红柿,陈元执意要付钱的时候,大妈说,我不收你的钱。陈元说,为什么? 你认识我吗? 大妈说,我不认识你,但是我看你不像个买菜的。陈元真想问,自己怎么就不像买菜的了? 他不明白什么样子的人才像买菜的。是指有家的人,还是指一日三餐有着落的人呢?

陈元离开的时候,还是没有忍住,回头问大妈,这里原来好像不是菜市场吧?大妈说,你原来在这里住过? 这里确实不是菜市场,最早是一个纸板厂,后来办了一所学校,农民工子弟学校,农民工子弟学校关掉后,有段时间成了屠宰厂,杀猪杀羊杀鸡,什么东西都杀,再后来发生禽流感,屠宰厂也被关掉了,把旁边盖成了居民小区,居民闹腾了好长时间,说是没有地方买菜,就建成了这么个地方,这个菜市场刚开张不久。

陈元摸出一个西红柿在袖子上擦了擦,咬了一口。

陈元一边吃一边说,为什么关掉了呢?

大妈说,你是指纸板厂还是小学?

大妈拉了一条板凳,让陈元坐下聊。大妈说,当时大沙镇有很多工厂,有制衣厂,有五金厂,有建筑公司,外来打工的都住在这里。每年夏天有好多孩子,从全国各地赶到这里看望父母,假期结束的时候,孩子们个个都哭着闹着不愿意回去,有的抱着大树,有的抱着电线杆,想留在父母身边,但是根本没有地方念书,好多孩子干脆辍学了,留在大沙镇上打工,小小年纪,有的进了理发店,有的进了商场,有的拾垃圾。其中有个陕西来的小丫头为抢一个空瓶子，被另一个孩子推到小河浜里，活活地淹死了。

陈元两口下去，连柄也没有留下，就把一个西红柿给咔嚓掉了。

他的眼睛湿润了，在他模糊的眼睛里，那一幕幕再次浮了上来。

当时，他随着一家大型建筑公司来到了上海大沙镇。他是一个中专毕业生，在学校学的是工程监理，按说学历不高，在硕士博士成群的上海，是没有他立足之地的，但是他文笔不错，而且会写一手不错的毛笔字。他到建筑公司打工之后，除了负责监工之外，还兼公司的宣传与文案，比如写写"安全就是生产力"之类的标语。有一年，他的女儿来上海度暑假，眼看着假期就要结束了，但是女儿哭哭啼啼地央求他说，爸爸，让我留下来吧。陈元说，留下来干什么呢？女儿说，留下来念书啊，关键是我回去的话，别人欺负我怎么办？陈元说，不是有妈妈和哥哥吗？女儿说，哥哥和妈妈，一个是小麻秆，一个是小麻雀，保护不了我呀。陈元说，那你是什么呢？女儿说，我是一片小树叶子，也保护不了自己呀。陈元说，我也想让你留在爸爸身边，这样就有人给爸爸做饭了。

女儿十二岁，只比桌子高出半个头，但是已经会下厨做饭了。女儿说，我留下来的话，天天给爸爸做好吃的。陈元说，你能做什么好吃的？女儿说，多着呢，面条、锅盔、葱油饼，我还会蒸大米饭。最后一个晚上，陈元从工地回到宿舍的时候，发现桌子上已经摆好了饭菜。一盘西红柿炒鸡蛋，一盘醋熘土豆丝，一盘腊肉炒青椒，还有一盆西红柿鸡蛋汤，两只碗里盛上了大米饭。建筑公司有食堂，陈元基本是吃食堂的，但是公司里的兄弟们，来自天南地北，大家对饭菜的要求不一样，有的喜欢吃甜食，有的喜欢吃辣椒，有的喜欢吃又甜又咸的，所以总是那么不合口味。于是他空闲的时候，还是自己亲手烧饭。

女儿说，怎么样？陈元说，米饭特别香。女儿说，这是我的绝招。陈元明白，她的绝招是从她妈那里学的，淘好米之后，在锅里放一点盐，再放一点油，蒸出来的米饭不仅粒粒不粘，而且香喷喷的。女儿说，你没有发现问题吗？陈元说，没有啊，都是我喜欢吃的。女儿委屈地说，爸爸不老实，你没有发现西红柿炒鸡蛋与西红柿鸡蛋汤重样了吗？陈元说，不呀，一个是炒的，一个是汤的，怎么会一样呢？女儿说，爸爸喜欢，我以后天天给你做，我有几个拿手菜还没有亮出来呢。

陈元低下头只顾着吃饭，真不知道再说什么好了。为了女儿，白天他去过附近的几所学校，也去过大沙镇教育部门，打听下来的结果是，像他这样没有上海户口，没有居住证，四处流动的建筑工人，子女根本不可能留在这里上学。陈元吃完了饭，女儿又忙着洗碗。陈元说，爸爸对不起你，马上要开学了，你明天还得回去。

那天晚上，父女两个坐在一片荒凉的工地上。这个工程是一个居民小区，地基已经打好了，墙已经砌出了两米高。他们两人坐在墙头上，静静地看着远处的灯火和天上的星光，一直坐到了凌晨四点。

陈元说，四点了。

女儿说，那走吧。

陈元与女儿回到宿舍，收拾了一些行李，准备送女儿去汽车站。大沙镇那时还没有通地铁，陕西丹凤也没有通火车。女儿必须坐大巴到河南南阳，再转车回家。陈元带着女儿来到恒丰路汽车站，女儿在进站的那一刻突然回头说，爸爸，如果我迷路了怎么办？陈元说，你怎么会迷路呢？来的时候也是你一个人呀。女儿说，爸爸，如果我被人贩子拐走了呢？陈元说，我给司机交代过了，他会帮你转车的，你听他的话就行了。

女儿检完票之后，她猛然回过头，一下子冲了出来。女儿坐在汽车站外边的广场上，紧紧地抱着一棵梧桐树不放。女儿说，我还不想走，明天走吧。陈元说，那车票就作废了。女儿说，我有钱，我挖药赚了好多钱，就为了来看爸爸的，如果作废了我还你。陈元说，爸爸不是这个意思，你要回去念书。女儿说，我不想念书，我只要爸爸。女儿说着，又哭了起来。陈元也哭了起来。无奈，陈元把女儿又带回了工地。

陈元的老婆屈爱琴打电话来催了，说是要上六年级了，学校马上就要报到了，怎么还不见女儿回家呢？陈元说，明天就回去，或者是后天就回去。女儿抢过电话说，我不回去了，我在上海念书了。屈爱琴说，上海除了楼房高，学校有什么好的？女儿说，当然好了，不但上语文数学英语，还会教我们打排球呢，我以后说不定就像郎平阿姨一样，成了铁榔头。屈爱琴说，你就吹吧，小心变成了铁疙瘩，不过你留在那里也好，可以盯着你爸爸不要让他花心。女儿说，你说什么呀？我爸爸想花心，怕也没有机会。屈爱琴说，堂堂大上海，十里南京路，怎么没有机会？你可不能跟你爸爸一起糊弄你妈妈。

女儿说，爸爸待的地方，除了砖头就是水泥，你就放心吧。

第二天一清早，陈元就出门了。他买了几条中华烟，去了附近的那所学校。他想找校长再谈一谈，希望让女儿进去。没有桌子，哪怕自己买张桌子；没有地方，哪怕在教室的拐角上站着；如果连站着都不行，那就让她坐在窗子外边。总之，他必须让女儿上学。让他最为悔恨的，就是自己书念得少。如果自己不是中专毕业，而是大学本科毕业或硕士博士毕业，那他绝对不会活成现在这个样子。起码有一点，可以在上海落户，或者办理人才引进类居住证，有了户口或居住证，自己就成了上海人，能享受上海人的待遇，女儿自然也可以留在上海上学了。

但是与过去一样，陈元刚刚靠近学校大门，还没有开口说话呢，就被保安给撵走了。保安说，你为孩子上学这事儿来的吧？别做这个梦了，除非你是居民、镇长或流氓，如今开学报到已经结束了，镇长和流氓恐怕说话也不算了。

第二天一清早，女儿也出门去了。女儿给陈元的说法是，与工地上的几个小伙伴一起出去玩玩。女儿晚上回来的时候，手中提着一把韭菜、半斤五花肉和几个土豆。女儿洗了一把黑乎乎的小手，说是要烧晚饭了，做土豆焖肉给爸爸吃。陈元说，你去哪里了？玩得那么疯？女儿从身上掏出四十块钱，神秘地塞到陈元的手中说，我可以帮爸爸赚钱了。陈元把钱狠狠地摔在地上，很生气地说，谁要你赚钱了？有本事你给我赚四万块回来！你这么大孩子，为什么不听话呢？你现在最重要的是什么？是念书！是回去念书！

第三天一清早，陈元去工地上班，想在午休的时候再去另外的学校试试。女儿照样提着一个塑料袋子出门去了。她与几个同样辍学的孩子约好了一起去捡饮料瓶子，一个饮料瓶子可以卖两毛钱，一天下来每个人可以捡几百个瓶子。

那天，陈元正在刷写标语。上边来检查安全质量前，工地上都是要刷写标语的，无非还是"欢迎领导莅临指导"，当陈元把一条横幅刚刚写好，正在朝工地上悬挂的时候，眼睛突突地跳了几下。这时他接到了一个电话。电话是民警打来的，事后才知道这个民警叫邢小利。

邢小利说，你是不是有个女儿在上海？陈元说，你谁呀？邢小利说，我是派出所的。陈元说，派出所也管孩子上学吗？陈元以为自己这几天跑来跑去，终于有人被感化了，要安排女儿上学了。

邢小利说，上什么学？到哪里上学？你快点过来吧，你过来就明白了。

当陈元赶到一条小河旁边的时候，那里已经被围得人山人海。大家让出一条通道来。陈元有点茫然，不明白为什么大家会让出一条通道，他从来没有受到过如此尊重。当时他已经是一头披肩长发了。他从人群的夹缝中穿过的时候，不停地朝后甩着自己的长发。他终于发现，在小河边的草地上躺着一个人，确切地说是一个孩子。她身上的衣服湿淋淋的，紧紧地贴着瘦小的身体。双手、大腿和脸上糊满了污泥，像一个还没有捏好的泥人儿，是看不清面目的。

没有一个人吱声。

陈元说，怎么回事？

有个民警上来说，我是邢小利，你辨认一下，这是不是你家的孩子？陈元再次细微地看了看，他看到她下巴旁边的一块红色的胎记，看到她左胳膊上的一道褐色的伤疤。她手上紧紧地握着一个瓶子，瓶子里没有饮料，而是灌了半瓶子泥水。陈元说，妞妞，你怎么睡在这里了？

妞妞是他女儿的乳名。他要上前摇醒她。

但是邢小利说，她已经停止呼吸了。

陈元迷茫地望了望旁边的人。有个护士说，是的，我们赶到的时候，她已经停止呼吸了；有个穿着靴子的男人说，我们把她从水中打捞起来的时候，她已经停止呼吸了，掉到水里三十多分钟呢，谁有这么大的本事还活着呀。

陈元像一个聋子似的，大声地问，你们说什么？

旁边有两个工人，是工地上的工友，陈元是认识的。一个工友说，她和我们家的孩子一起，在这里拾饮料瓶子，另外一帮孩子不同意，说这是他们的地盘，就把她逼到了河边，然后，然后，她就掉下去了。另一个工友说，什么掉下去了？是被推下去的！

有两个孩子在瑟瑟地发抖，他们哭着点了点头说，我们是一伙的，所以不是我们推的，是那个孩子推的。

这里不得不向各位交代一下田老板了。田老板当年五十来岁，也不是上海本地人，但是他张口就是"阿拉"，闭口就是"伊们"，其实他只会阿拉和伊们几个词，所以没有人知道他是哪里人，都以为他是上海本地人。田老板胸口刺着一条龙，远远看上去，怎么都不像一条龙，而像半根霉烂的草绳子。有人问，这刺的是什么呀？他啪啪地拍着胸脯说，是龙呀！阿拉是龙的传人。有人说，龙头在哪里？依我们看，倒像一条蚯蚓。他赶紧把衣服敞开说，有句古话怎么说的？见头见尾不见身！阿拉这条龙啊，是见尾见身不见头，依就不懂了吧？说完，他会自己解释说，龙尾龙身都刺好了，两只眼睛都刺好了，仅仅剩下半个龙头了，但是那个痛呀，太他妈的难受了，所以真是太遗憾了。田老板之所以叫田老板，是因为他在大沙镇开了一家超市，规模还是比较大的，里边不仅有服装鞋帽和日用百货，还有蔬菜瓜果、食品香烟和安全套避孕药。

把陈元女儿推下水的，就是田老板的孙子。田老板的孙子不可能外出拾饮料瓶子，即使是拾饮料瓶子也不会为钱。他们当然不缺钱。可是那天，田老板的孙子在河边玩耍，看到陈元的女儿在那里拾瓶子，就上前问，你拾瓶子干吗？女儿说，拾瓶子卖钱呀。孙子说，你要钱干什么？女儿说，买东西呀，还要买菜呀，我要给我爸爸买条鱼。孙子说，买条鱼干什么？女儿说，还能干什么，当然是做晚饭了。孙子说，瓶子是你能随便拾的吗？这些都是我的，我就住在旁边，别说几个瓶子了，就是地上的毛毛虫也是我的。于是两个人追着赶着，就跑到了小河边。

事后，在民警邢小利主持调解的时候，有人说是被田老板的孙子推下水的，有人说是陈元的女儿自己滑下水的。邢小利说，不管怎么样，人已经死了，除了赔钱还有什么办法呢？我提一个数字，就六十万元吧。田老板说，一个乡下小屁孩子，哪值这么多啊？陈元说，我给你六十万元，买你孙子一条命怎么样？田老板说，侬能拿出那么多吗？反正阿拉是拿不出来的。民警邢小利说，拿不出来也得拿，你不是还有一家超市吗？田老板说，阿拉孙子还是孩子，这个情况也得考虑进去吧？民警邢小利说，你孙子多大？若超过十四岁了，还要负刑事责任的，属于故意杀人你明白吗？邢小利又对陈元说，按照相关规定，农村人与城市人，确实是同命不同价的。

最后，田老板赔偿了三十五万元。陈元拿到三十五万元之后，却一分钱都不敢花。每花一分钱好像都是在出卖他女儿的命。所以思来想去，他就想到了那群辍学的孩子。到了第二年春天，附近一家纸板厂倒闭了，陈元就盘下了那块地方，准备办一所农民工子弟学校。申请开办小学的时候，陈元见人就哭诉自己女儿是如何如何想留在上海，是如何如何被人推到河里淹死的。也许是被感动了，也许是农民工子女不上学，在大街小巷四处晃荡，毕竟是一种社会隐患，所以就得到了当地政府的支持。

因为学校门前有一条马路叫菜场路，陈元干脆给这所迷你型的学校起了个名字叫"菜场小学"。陈元自己亲自担任校长，从外地招了几名一心想到上海发展的老师，又在旧厂房里添置了一些桌椅板凳和教学用具，还在操场上树了一根旗杆和一根篮球架，学校很快就正式开学了。

大妈从自己摊子上，抓起一个西红柿，也啃了起来。大妈说，纸板厂倒闭之后，这里开了一家农民工子弟学校，办学校的钱说是校长的又不是校长的，其实是一个姓田的老板卖掉自己的超市赔给校长的。可惜好景不长，校长出事儿了。可能是冤家路窄吧，有一天田老板报案，说干女儿被那个校长给那个了。那个校长姓什么来着？如今记不得了，就被抓起来了，被判了整整五年。为什么被判五年？说是干女儿未满十四岁，不管怎么样都是犯法的。

陈元浑身一阵颤抖，忽然站了起来。

大妈说，校长被判刑之后，学校自然就关门了。

陈元说，那些学生呢？大妈说，本来就没有多少学生，据说通过报纸和电视台一报道，政府怕事儿闹大了影响不好，特事特办，不管是外地的，还是哪儿的，也不讲什么条件了，统一安插到附近的公办学校念书去了。前几天听说，有些孩子明年初中毕业，照样不能在上海上高中，要想继续念高中考大学，还得回老家。老家都没有人了，这些孩子怎么回去？大家都念着那个校长，若那个校长不进去的话，他们的孩子恐怕连初中都上不完，现在毕竟是初中毕业，也不算文盲了。

陈元又掏出一个西红柿咬了起来。在里边的五年中，他多少次猜测过农民工子弟学校的命运，什么结果都想过了，想到了关门，想到了被别人接替继续办着，唯独这个结果是自己万万没有想到的。自进去之后，这是第一次接收到让自己有点欣慰的信息。

陈元在准备离开的时候问，你相信校长是那种人吗？大妈说，我们普通人，相信不相信有什么用呢？这得听警察的吧？那个田老板，把大超市赔进去了，不排除他设计圈套，来打击报复校长。我当时在那家宾馆当服务员，虽然在眼皮子底下，也没有亲眼所见，什么都是猜测的，所以这是是非非，再怎么想也是白想。

陈元说，你做过宾馆服务员？大妈说，是呀，在那个红星宾馆，田老板超市的隔壁，你在那里住过吗？当时我在那个宾馆当服务员，而且那天晚上还是我值班，当警察跑过来的时候，我才知道出事儿了。

陈元忽然意识到，他之所以对大妈那么眼熟，就因为当时在红星宾馆的前台，向她打听过宾馆内部的保健按摩房在哪里。她告诉他就在宾馆二楼的时候，顺便提醒了一句"我们的按摩房是正规的"。陈元在上楼之前还拿她眉心上的那颗黑痣开过玩笑。陈元说，你是斯琴高娃吗？她说，如果我是斯琴高娃的话，我就去韩国把这颗黑痣给祛掉。陈元说，那可是一颗福痣，祛掉你就当不成明星了。

想到红星宾馆，陈元又开始窒息了。他从身上急忙摸出一支烟，从撕开的袖子里掏出一撮棉花，搓成一根棉花条子，然后脱下自己的布鞋。但是菜市场的墙似乎是塑料板或光滑的预制板，地板上到处都是水渍与垃圾，根本容不得陈元进行摩擦。

大妈从另一个摊子上借过来一个打火机。

陈元说，不需要，我有火。

大妈接着说，出了那种事儿之后，红星宾馆因为生意冷清就被拆迁了，我也下岗了。你别看在宾馆当服务员，那可是国营宾馆，食堂随便吃，空闲的房间随便住，电话也是随便打，工资不高，但是全部都落下了。我常在想，若没有发生那件事儿，宾馆会不会倒闭呢？若不倒闭的话，大沙镇现在是迪斯尼板块，酒店的日子是不是更好过了？我会不会当上经理了？如今我摆的这个摊子，肯定是赚钱的，可惜它不是我的，我是给人家老板打工的。

陈元不想再说什么了。

他必须到外边去，找一堵能摩擦取火的墙。

他向大妈询问了一下大沙镇派出所的位置，知道派出所还在当初的那个地方。

正是中午休息时间，陈元坐在派出所对面的一家小饭馆里要了一碗面条，一边吃着一边看着派出所那排低矮的房子和像杂货铺一样的院子。只有这些地方，可谓铁打的衙门。菜场小学倒闭了，红星宾馆倒闭了，田老板的超市也转让了，惟有派出所还那么破旧地设在那里，不会受到任何人的命运的牵连。

四

陈元去大沙镇派出所，就想找民警邢小利。

他出的那件事儿也是邢小利一手经办的。他想看看在他进去的五年时间里，那些人最后的情况都是什么样子，其中包括那个狗日的田老板和不知轻重的小丫头黄丽，当然还有邢小利本人。只有这三个人，或者只有前边的两个人，是他那件事儿的主人公。

陈元吃完一碗面条，围着派出所转了一圈。当初为了女儿的事儿和自己那件事儿，没少来这家派出所。其实，他为女儿的事儿来派出所的次数比较多，为自己那件事儿只来过一次，就那么一次，便彻底给交代过去了。

陈元记得，派出所背后那条巷子比较深，七拐八拐地一直通往稻田，穿过稻田就到了女儿出事儿的小河浜。

有一位大爷，在巷子宽大一点的拐角处，摆了个自行车修理点。大爷叼着一支烟，正在低头补胎，见陈元站在旁边不走，便问，你要补鞋吗？陈元说，你不是修自行车吗？大爷说，自行车都能修，修鞋还不是小菜一碟？

陈元本来没有什么要修，还是拉过一条板凳，把鞋脱下来扔给了大爷。大爷看了看说，哪里烂了？

陈元说，没有。

大爷说，那补什么？

陈元说，你看着补吧。

大爷笑了笑说，你偏脚，鞋底子要垫一垫才好穿。

陈元说，从这里朝前走，是不是一块稻田？大爷说，是啊，原来稻田里长稻子，现在稻田里开始长房子了。陈元说，再往前是不是一条小河浜？大爷说，原来叫小河浜，如今叫景观河，不过再怎么变，流水是不变的，照样是可以淹死人的。陈元说，没有设栏杆吗？大爷说，没有栏杆的时候，是被别人推进去的，现在设了栏杆，都是主动跳进去的。陈元说，跳进去洗澡吗？大爷抬起头说，洗澡？在臭水里洗澡，岂不是越洗越脏？陈元说，那干什么？大爷说，是寻死，也就是自杀。经我的手捞起来的，有七八个了，最小的那个，是陕西的，才十二岁，是被推进去的；最大的那个是一个姓田的老板，都五六十岁了，是自己跳进去的。

陈元说，他那么大把年纪了，为什么要跳进去？大爷说，是活腻烦了吧。那天我去小河浜里钓鱼，听到扑通一声，以为有人落水了，我跳下去把他给拉上来了，你知道拉上来之后出什么事儿了？陈元说，死了？大爷说，哪死了？活着呢！是我救上来的唯一一个活着的，而且是唯一一个不想活的。

哎哟，妈的。大爷似乎被手中的刀片削破了，手指头在流血。

大爷说，谁知道救人还救出麻烦了。陈元说，这是做善事儿，他们理应谢谢你。大爷说，还谢呢，捞了那么多人，连根烟都没有抽上过。陈元当时确实没有问过是谁把女儿捞上来的，也没有说过一句谢谢。

陈元抽出一支烟，递给了大爷说，我要谢谢你。大爷说，你是谁呀？我又没有救过你。陈元真想告诉大爷，那个陕西的孩子是自己的女儿，就是他给捞起来的，好像大爷还说过，他捞了半个小时。如果陈元说出这些，会引出自己后边的事儿。虽然后边的事儿都是莫名其妙的，因为没有人证明是莫名其妙的，所以那种羞耻依然储存在别人的眼睛里。

大爷说，田老板胸脯上刺了一条龙，当我把他拖到草地上，他竟然拍着张牙舞爪的胸脯指责我不应该救他。我说，你又不是一头畜生，我怎么能见死不救呢？他说，我就是畜生，一心想死的畜生，是你让我没有死成，如果我死成了，肯定会托生成畜生的。我说，那你自己再跳下去吧。他说，水那么深，想跳就能跳啊？这需要勇气的！他缠住我，非让我把他给推下去。你说说，我敢把他推下去吗？他有个大超市，孙子把人家女儿推下去，赔了三十五万元，如果我把他推下去，我拿什么赔人家？恐怕只有光屁股了。

陈元说，他寻死，不会是因为赔钱吧？大爷说，有关系，但似乎又没有关系，当时为了筹钱，大超市已经转让掉了，连第二个案子都发生了。第二个案子牵扯到的还是田老板他们两个人，所以各种各样的猜测就非常多，有人说他们上辈子就是冤家，也有人说他们两个人都上了别人的圈套。反正田老板非得让我把他推下水去，不然就不准我离开。

大爷说，我那时还在派出所上班。大爷朝着派出所的屋顶瞄了一眼，屋顶上有一根不高的烟囱。已经过了午饭时间，所以并没有冒烟。不冒烟，或许因为那个烟囱已经不是烟囱了。

陈元说，你在派出所干什么？大爷说，厨师，他们长期雇用的。我正急着回去给派出所做午饭呢，但是田老板抱着我死活不放，我赶紧给派出所打电话，副所长邢小利赶了过来。陈元说，邢小利不是民警吗？大爷说，是刚刚升任副所长的，可能一连办了两个案子，所以立功了吧。

大爷又"哎哟"了一声，另一个手指头也被刀片削破了。

有个小伙子推着自行车来修，大爷说，我这是补鞋的，不修自行车，工具都在那里，你需要的话自己动手吧。陈元笑了笑说，你怎么又变成补鞋的了？

大爷说，生气啊。我回到派出所的时候还不到十二点，比平时开饭也就晚了半个小时，结果你猜都猜不到。当我洗完碗，刚解下围裙呢，邢小利就来通知我，让我第二天别来了。我问，别来了是什么意思？邢小利说，我们要另请厨师了。我说，不就晚了半个小时吗？又没有饿着谁，何况我是见义勇为去了，不是我的话田老板就死了。邢小利说，他死不死与你有什么关系呢？何况这种人多一个少一个有什么影响吗？我说，好歹也是一条命吧？邢小利，反正你的行为影响了本职工作，辞退你也是经过派出所研究的。我说，你跟谁研究的？我在这里做了十几年饭，你刚刚升任一个小小的副所长就把我开除了？邢小利说，开除了又怎么样？我说，你恐怕居心不良吧？邢小利说，你说说看，我怎么居心不良了？我说，感觉你希望田老板死。

大爷又抬起头，朝派出所那边的屋顶瞄了一眼，而后低着头嘿嘿地笑了。

陈元说，后来呢？他们给你说法了吗？大爷说，食堂是邢小利分管的，不就他一句话吗？他让我走，我能不走吗？当天离开派出所后，我变成了无业游民，有阵子在这里开过冷饮摊，可是从这里经过的，要么是报案的，要么是犯事儿的，都是火烧火燎的，哪有心情坐下来喝一杯呢？尤其到了冬天，一根冰棍也卖不出去，万般无奈我就摆了这个摊子，说实话这个摊子也不怎么样，原来骑自行车的人还挺多的，现在大部分换成小汽车了。

陈元又想用棉花取火了，但是大爷已经修好了鞋。大爷说，你试试吧。陈元穿上鞋试了试，果然走起路来平稳多了，不再歪歪扭扭的了。

陈元说，多少钱？

大爷说，不要钱。

陈元说，为什么？

大爷笑了笑说，我这是自行车修理点，补鞋只是义务的。

陈元看了看天，晴朗的太阳有点偏了。陈元便辞别了大爷，拐到了派出所的大门口。保安拦住陈元说，你报案吗？陈元说，我找人。保安见陈元有点迟疑，说最近风声紧得很，如果找人办私事儿，我劝你还是省省吧。陈元说，我想找邢小利，副所长邢小利。

保安说，你是他什么人？陈元说，什么人都不是。保安说，你在这里有案子？陈元说，也不是。保安说，那到底是什么？陈元说，我亲自和他说吧。保安说，他已经不在这里了。陈元说，我真没有什么事儿，找他就是想看他一眼。保安说，你们是朋友吗？陈元说，算是吧，所以你就没有必要骗我了。

保安说，我没有骗你，实话告诉你吧，他现在在城西监狱里。

陈元一愣，那不是自己刚刚出来的地方吗？

陈元说，他调到那里去了？保安说，调？什么叫调？他是服刑去了，他犯法了你不知道吗？人家躲他都来不及，你还主动往上贴呀？陈元说，犯什么法了？保安说，除了杀人越货，现在能犯法的，不就是贪污受贿？我一年前来当保安的时候，他已经进去了，据说除了受贿之外，还有侵占他人财产。陈元说，判了多少年？保安说，具体我也说不清楚，大概是五年吧。陈元说，没有带出别的什么案子吗？保安说，你是指同伙吗？同伙倒是有一个，是他手下的一个民警。

陈元心想，肯定没有牵连出自己的事儿。若自己的事儿有了转机，他应该早就被放出来了。

陈元对邢小利一下子失去了兴趣。即使邢小利没有进去，如今见到了邢小利，他又能和邢小利说什么呢？告诉他自己出来了？继续告诉他自己是被冤枉的？问一问是不是他邢小利设下的圈套？那又能怎样呢？现实是，邢小利也进去了，很有可能就是因为自己进去的，而且与自己一样，被判了整整五年。

保安对着陈元的背影说，你们真是朋友的话，就去菜场路七十三号看看他老婆吧。

陈元朝着菜场路走去。他不是有意要去看看邢小利的老婆。邢小利的老婆又不认识自己，而且和邢小利本人还是不一样的。陈元之所以朝菜场路走去，是因为那是地铁九号线大沙镇的那一站。

陈元在离大沙镇地铁口还有五十米的地方，一抬头不经意间就看到了七十三号。那里是一个居民小区，一楼全是临街的门面房，七十三号门面房安装着玻璃门。正是下午时分，大白天依然开着灯，是粉红色的霓虹灯。灯光下摆着一张红色沙发。

沙发上坐着一个女人，看上去已经不太年轻，应该四十多岁的样子，但是一副小清新的打扮，身上穿着一条白纱裙，低胸的，半透明的，可以清晰地看到桃红色的胸罩兜着半个被挤压的乳房。裙子特别短，稍微动一下，就露出了水红色的三角内裤。

陈元从门口经过的时候，她没有把陈元误会成一个女的，或者她根本不在乎男女，一边嗑瓜子一边朝陈元勾了勾手，还撵到门口，贴着玻璃门说，进来吧，进来玩玩吧。陈元原来遇到此情此景，肯定会大大方方地摆摆手，如今莫名其妙地心虚起来，最后一慌张就钻进了隔壁。

隔壁是一家正规的理发店。陈元并不知道这是正规的理发店。当他走进去的时候，凭着那亮亮堂堂的灯光，还有服务员"欢迎光临"的口气，他觉得应该是一间正规的理发店。一位年轻的小伙子拉出一把椅子，直接告诉陈元说，我们是正规的理发店，请问你要理发吗？陈元说，不理发。小伙子说，那你要烫头吗？陈元说，也不烫头。小伙子有点迷茫地重复一遍，我们是正规的理发店。

陈元说，你看着办吧。

小伙子说，我看你头发挺长的。

陈元说，头发是假的。

小伙子有点意外地说，这样啊！那刮刮胡子吧？

陈元说，我这胡子能刮吗？小伙子说，当然能刮了，你又不是女的。小伙子把椅子调平，开始给陈元刮胡子。陈元说，你怎么发现我不是女的？小伙子说，女的也长胡子，但是没有这么硬，而且你喉结那么大，女的是没有喉结的。陈元说，你老家是哪里的？挺聪明的嘛。小伙子说，老家是河南南阳的，聪明有什么用？念书少，只能待在这种地方。

陈元说，为什么念书少？小伙子说，外地的呀！上到初中毕业，就不让考高中了，若不是有个校长，恐怕连初中都上不了。陈元说，哪个校长？小伙子说，我也不知道，我那时候年纪小，但是听我爸妈说，有个人自己出钱，建了一所农民工子弟学校，我在那里上了一段时间，后来学校关门了，就转到正规学校去了，这些天我爸妈还在念叨，说那个校长应该快出来了。

陈元心想，虽然大家忘记他姓什么叫什么，总算还有人是惦记着自己的，甚至是感激自己的。但是惦记自己感激自己有什么用呢？是丝毫也无法证明他不是犯了那种事儿的人的。

小伙子说，你不去隔壁是对的，老实说隔壁很脏的。我给你讲个故事吧，前几天有个同性恋，泡了一个娘娘腔，带回家干完事儿之后，又有一个老男人跑过来，说那个娘娘腔是他的女朋友，逼着同性恋拿出八千块钱。同性恋没有那么多钱，只好交出银行卡和密码。趁着娘娘腔拿银行卡出去取钱的机会，老男人又把同性恋给那个了。同性恋一气之下就报案了，警察把娘娘腔和老男人都给抓起来了，在被逮捕之后，给老男人体检，发现老男人患了艾滋病！

陈元说，都是隔壁发生的？

小伙子说，当然不是了，是从电视里看到的。但是隔壁那个女人，谁知道带着什么病呢？传染上了可就毁掉了。而且你不知道，那个女人可不简单，她老公原来是派出所的副所长。据说，她当副所长老婆的时候威风得很，整天开着汽车在大街上乱窜，手上提着的包包都是上万块的，穿着的裙子人家说像只花蝴蝶，我看啊，蝴蝶的翅膀也不见得有那么漂亮。有人说副所长被抓起来，就是她和别人联手举报的，之所以要举报自己老公，是副所长在外边有花头了。为了那个花头，副所长在大沙镇盘下了一家超市。不管谁是谁非，副所长进去之后，家里人都劝她和副所长离婚，但是她死活不肯。她不离婚，也不去里边看他，就开了隔壁的理发店，理发店里就她一个人，既当老板，又当小姐。她那个理发店，与我们不是一样的，我们这个理发店是真理发，而她那个理发店什么都有，就是不理发。大家以为她为了钱，人家说不为钱，就为了报复副所长。

小伙子说，大叔，对不起啊。陈元说，为什么对不起？小伙子说，只顾着说话，我一失手，把你下巴刮破了。

陈元才意识到下巴在流血，有一丝火辣辣的痛。陈元起身要结账的时候，小伙子说，我不收你的钱，因为我把你的下巴刮破了。

陈元出了理发店，本来还想在大沙镇逗留两天，比如去自己曾经打工的建筑工地看看，比如去找找田老板和他的那间超市，比如去看看红星宾馆拆迁后都建成什么样子了。但是，一切都在五年前开始拐弯了，像一条路突然拐向了让人看不见的方向。他不忍心多看一眼那间粉红色的门面房，还有那个对着路人不停招手的有些沧桑的女人。他立即转过身，钻进了地铁九号线的入口。

目前他最想的就是回家，回陕西丹凤的那个家。如今他无法预料自己的老婆屈爱琴和儿子陈改朝会朝着什么方向拐去。

五

陈元仍然选择先到南阳，再转乘前往西安的大巴。

前往西安的大巴会经过陕西丹凤。这是自己以往回家的线路，也是女儿当初来上海度暑假时逆向而行的线路。陈元心想，五年时间，也许从上海到丹凤已经开通了直达的班车，但是他不愿意直达，他希望转车。如今转车还是不一样了，原来从上海到丹凤，有一大半路是走国道的，会遇到一个个小镇，比如叶子镇，比如太阳镇，在那些小镇上，大巴要停下来，一边上人，一边让大家吃口饭撒个尿，有时候还会在小镇上住一夜，回到家基本需要三天两夜。如今全成了高速，陈元在车上眯了一下，醒过来的时候已经到了南阳。在南阳等候了两个多小时，转了车，再眯了一下，中午十二点就到了丹凤县城。

陈元的家在塔尔坪村，离丹凤县城还有七十里。每天下午的时候会有一趟班车前往庾家河镇，并不经过陈元家的塔尔坪，所以中途下车还要步行十多里。陈元不愿意坐班车，也许是嫌班车还要等几个小时，也许是嫌班车开得太快了，也许是怕遇到一些熟人。能坐这趟班车的人基本都是镇上的，即使不是镇上的，起码也是经常到镇上走动的。虽然过去了五年，陈元变化很大，还戴着一顶假发，但是不排除有人会认出他。即使不认识他了，他身上的那件事儿，应该是人尽皆知的。

陈元决定全部步行，七十里路对他来说算不了什么。七十里路，要翻过两座大山，不出意外的话，路上会有积雪，陈元若慢慢走，回到塔尔坪的时候应该正好是天黑时分。

陈元实在太饿了，在半路上推开一户人家的门。虽然午饭时间已过，但是大妈还是给陈元烙了锅盔，下了挂面。陈元好久没有吃到锅盔和挂面了，严格意义上是五年没有吃上锅盔和挂面了，所以他像一个吸毒的人突然拿到了一堆白粉。大妈看他吃得那么香，说你是哪里人啊？陈元说，我去塔尔坪。大妈说，走亲戚吗？

陈元说，去看看。

大妈说，我怎么不记得有这么个地方了？陈元笑了笑。

继续往前走的时候，路上遇到了两个人，陈元装作问路的样子，问人家塔尔坪还有多远或塔尔坪怎么走。人家都摇摇头说，是寺庙吗？好像没有听说过呀。真是奇怪了，塔尔坪再小，再不出名，它毕竟是一个村子。何况村子里的一个女儿还淹死在上海，村子里的一个父亲还出过那么丢人的不清不白的事儿。是那些事儿在如烟的时光中根本不值一提，还是都被人给遗忘掉了呢？

正如陈元所预料的一样，他是在暮色苍茫的时候，看到了那棵熟悉的大核桃树，看到了那棵大核桃树上的一个鸟巢，有几只乌鸦站在树顶上有气无力地哇哇着。

所以，塔尔坪还是存在的。

陈元想等到天黑才进村，于是坐在那条无名的小河边。

老婆屈爱琴还是老样子吗？还剪着齐肩的短发吗？还喜欢穿着碎花的棉袄吗？脸上还涂着双生花牌雪花膏吗？还会莫名其妙地眉开眼笑吗？此时，她是否系着围裙在喂猪呢？冬天了，栏上的猪应该两百多斤了吧？到腊月是杀了吃肉呢，还是卖钱？她见了他，还会不会像过去一样，他一进屋就被她给抱住了，而后稀里哗啦地把他剥个精光？

陈元骂了自己一声"妈的"。他怎么就把儿子给忘记了呢？陈元进去之前，儿子陈改朝刚刚订婚。儿媳妇她爸在另外一个村当村长，她在另外一个村办小学当代教，模样儿十分水灵。有人问儿媳妇，家里条件那么好，为什么看上了陈改朝？儿媳妇说，因为他有一个爸爸在上海，以后到上海去旅游都不用住宾馆了。儿媳妇有一半是开玩笑的，有一半是大实话。陈元在堂堂的上海工作，在建筑公司写写画画，这是多么让人羡慕的。虽然陈改朝没有考上大学，还是一个农民，但是在大家眼里，有个厉害的老爸，迟早是要被安排工作的，而且肯定是在上海。

可惜的是，在儿子订婚之前，陈元没有机会见到儿媳妇。她应该和儿子陈改朝结婚了吧？应该有孩子了吧？是孙子还是孙女呢？陈元突然发现，自己忘记带礼物了，没有给老婆屈爱琴买双生花牌雪花膏，也没有给儿子买几包红双喜，给孙子或者孙女买几包大白兔奶糖。过去他回家的时候都会大包小包地带着这些东西。如今若是带着这些东西回来，会不会显得十分奇怪？自己是被放出来的，又不是光荣退休了。

陈元突然想抽烟。他从袖子里掏出一撮棉花，可是四周没有墙。有山，山上有积雪；有树，树已经枯干；有草，都是荒草；有一条小路，没有铺水泥。陈元拾起两块石头，像古代人一样碰撞，一下两下三下四下，整个山谷都回响着敲击的声音。最后石头都被撞碎了，还是擦不出火花。

天真的黑了。

陈元感觉有点毛骨悚然。

他一回头，看到背后站着一个人，对着他嘿嘿地笑。

虽然天黑了，光线十分暗淡，陈元还是认出了这个人。他是塔尔坪有名的老光棍，长得一表人才，而且心灵手巧，会制猎枪，会修收音机，会织毛衣。他不仅织毛衣自己穿，还织毛衣送人。曾经送过两件毛衣给陈元的老婆屈爱琴，一件是水红色的，另一件还是水红色的。不过，一件是高领的，另一件是鸡心领的；一件胸口有一朵花，另一件什么花也没有。关于老光棍为什么变成了老光棍，说法比较多，有人说年轻时家里穷，有人说是挑花了眼，也有人说他一直在暗恋陈元的老婆屈爱琴。

老光棍的名字叫马青。

马青说，你躲什么呢？

陈元说，我没有躲呀。

马青说，你躲到哪里我都会找到你的。

马青对着河边的一棵杨树轻轻地踢了一脚，说你以为你躲到树里边，我就找不到你啦？从杨树上落下一片叶子，也许是最后一片叶子。马青从地上拾起叶子，朝着它吹了一口气，而后说，赶紧回家吧。

陈元感觉，马青像是在和自己说话，又不像是在和自己说话，而是在和自己背靠着的那棵杨树说话。陈元喊了一声，马青。马青说，谁叫马青？这片树叶子原来就叫马青啊？陈元说，你认识我吗？马青嘿嘿一笑说，你是谁？不可能是屈爱琴吧？屈爱琴比你漂亮多了。

陈元有种不祥的预感。

照着马青说话的语气，马青可能疯了。在自己没有进去前，就有人说马青有点疯，不过并不彻底。

马青说，跟着马青快点回家吧。陈元跟在马青背后，向村子里走去。路上没有一个人，整个村子也没有一点光亮。每从一户人家门口经过，马青都会上前，扣住人家的门环，把人家的门敲得哐当哐当地响。他敲敲汪家的门说，准备好了吧，要赶班车的话，应该出发了；他敲敲方家的门说，快点起床吧，天都大亮了，应该下地收苞谷了；他敲敲马家的门说，快点放炮吧，小媳妇马上就到了，要拜堂成亲了。他的话也不全是颠三倒四的，当年汪家开了一个小卖铺，卖点油盐酱醋和针头线脑，经常要搭班车进城进货；方家是个懒汉，要睡到太阳晒屁股才起床，经常地里的庄稼都顾不得收；马家有一次结婚，新娘子都进门了，迎亲放炮的人竟然喝醉了。

无论他敲谁家的门，门上都挂着一把大锁。

陈元明白，大家应该进城打工去了，或者迁移到开阔的地方去了。

终于到了自己家的院子外边，院门是半开着的。马青还是一样，走上前去，敲了敲门说，屈爱琴啊屈爱琴，你梳妆打扮得怎么样了？你们家的男人从上海回来了。陈元不明白，马青是认出自己来了呢？还是随口说说的。马青不等有人来开门，就把门给推开了，而后回头对着陈元说，跟着马青快点回家吧。

陈元进了院子，马青再轻轻地把门给掩上了。

陈元一下子又要窒息了。

原来的三间大瓦房不见了，成了一块平地。

从前摆着香案和祖宗牌位的位置如今长着一棵树。

陈元认不清是一棵什么树。因为是冬天，树上没有一片叶子，枝丫显得无比的瘦，像核桃树，又像柿子树，还有点像梨树。陈元以为走错了地方，在塔尔坪总共十几户人家，大多数人家的院子是一模一样的。比如马青家的院子和陈元家的院子，无论大小进深不仅一模一样，而且还在隔壁。

陈元说，这是你家吧？

马青说，是你家。

陈元准备退出来的时候，被马青给拉住了。马青拉来一张凳子，让陈元坐下来。陈元坐下来后，再朝院子后边的山看了看，又回头朝院子前边的山看了看，他感觉自己并没有走错，这确实就是自己的家。自己的家为什么不见了呢？是自己在做梦，还是老婆屈爱琴与儿子陈改朝在别处，比如在镇上盖了新房，全家一起搬走了？

陈元说，我老婆呢？

马青说，在那里呀。

陈元说，现在呢？我说的是现在。

马青说，她躲起来了。你以为你躲到一棵树里，我就找不到你了吗？

陈元仔细地辨认了一下，长在废墟上的那棵树确实是核桃树。塔尔坪的人喜欢种核桃树，因为核桃树寿命长，而且可以结核桃，所以在房前屋后，坟头坟脑，都会见缝插针地栽种核桃树。

陈元认为马青是真的疯了。

陈元出了院子，在整个村子又转了一圈，还是没有发现一个人，大多数房屋破败了，有些房屋已经倒塌了，到处都种着核桃树，有的已经合抱粗了，有的还是小树苗子，把整个村子打扮得像森林似的。马青跟在陈元的身后，每到一家，他仍然上前敲门，敲完了门，又上前去敲树。他把一棵棵核桃树敲得嘭嘭响，而后一声声叫着，你们快点开门吧。

陈元说，我得走了。

马青说，门马上就开了。

马青跟着陈元离开了塔尔坪。陈元不知道自己要去哪里。他觉得自己应该先去镇上，镇上应该是有人的，他要打听一下老婆屈爱琴与儿子的下落。当马青把陈元送到一个山顶的时候，马青塞给陈元一个纸卷，陈元以为是马青自己卷的一支烟，就接了过来，夹在自己的耳朵上。马青掏出一个打火机，要给陈元把烟点上。

陈元笑了笑说，不用，我有。

但是四周一片漆黑，根本不知道哪里才能摩擦。

陈元摸索着赶到庚家河镇的时候，已经是晚上十点多了。陈元在镇上上过两年初中，那时仅有一条一百米的石板街，弯得像个"V"字。如今石板街已经没有了，全部改造成了水泥，而且两边全是小洋楼。可惜的是，小镇毕竟是小镇，一点儿都不繁华，街上偶尔有人经过，也有一两对男女没边没沿地溜达着，而且店铺基本关门了，四周显得一片漆黑。

陈元在街角的一座桥头，找到了一个摊点，是做烧烤的，还亮着灯。有一个人，没有坐在摊子上，而是坐在桥上，背靠着栏杆，独自在那里喝酒。摆烧烤摊的，是二十多岁的一个姑娘，梳着马尾辫子，穿着绛红色的棉袄。

姑娘说，你想吃什么？鱿鱼，鸡腿，羊肉，什么都有。陈元说，随便吧。姑娘说，你是大妈吧？陈元笑了笑说，有关系吗？姑娘说，当然有关系，大爷爱吃羊肉，大妈爱吃鱿鱼。陈元说，随便吧。姑娘说，你要几条呢？陈元说，还是随便吧。姑娘说，那就先烤两条，不够了再添。姑娘说，你不是本地人吧？陈元说，你看我像什么地方的？姑娘说，听口音，我看像南方的，冬天来我们小地方，怕是收药材的吧？陈元说，你哪里人？姑娘说，我是本地人，又不是本地人。

陈元说，你知道塔尔坪吗？

姑娘说，那个地方，我知道呀，听我堂姐说过。

陈元说，你堂姐是谁？她怎么知道的？姑娘说，我堂姐就是我叔叔家的女儿，她险些就嫁到塔尔坪去了。陈元说，险些是什么意思？姑娘说，快结婚了，听说我姐夫他爸是个大流氓，所以就泡汤了，当时我才十几岁，具体我也说不清楚。陈元说，大流氓是你堂姐说的吗？姑娘说，她呀，一句话没有，都是别人瞎掰掰的。陈元说，你们信吗？姑娘说，据说人被抓起来了，法院都判了，信不信又有什么意义呢？

姑娘把鱿鱼架在炉子上，一边烤着一边说，当时我堂姐在一个村办小学教书，事儿很快就传到学校了，无论老师还是学生见了她，都是指指点点的。她一站到讲台上，底下一片沉默，不提问，也不发言，都直直地盯着她。有个学生考试成绩差，两门功课不及格，我堂姐通知家长来谈谈，哪知道家长一进学校就大吵大闹，说这么流氓的老师怎么能教出好学生呢？校长说，人家一个姑娘，怎么就成流氓了？家长说，她的公公是流氓，公公的儿子肯定是流氓，她嫁给这样的流氓，不是流氓是什么？校长说，不能这么推吧？家长说，她是教数学的，这叫等量代换明白吗？我堂姐无脸再进学校，第二天就辞职了。后来，婚事就泡汤了，据我叔叔说，不是他们薄情寡义，是我姐夫主动提出取消婚约的，不取消婚约怎么办呢？他不敢上我叔叔家的门，也不敢带我堂姐出去。

　　姑娘叹了口气说，我堂姐多漂亮啊，眼睛像两个桃子，粉扑扑的脸蛋像红富士大苹果，苹果都没有她那么水灵。现在二十七八了，还没有嫁出去呢。

　　鱿鱼烤好了，陈元却一点胃口都没有。他只想取火抽烟。

　　姑娘说，我姐夫与我堂姐分手后就离家出走了，开始说是在外边打工，后来有人在陕西铜川煤矿遇到了他，说他在洛南县某个村里，当了上门女婿。我姐夫离开塔尔坪后，就剩他妈一个人了。据说他妈去了一次上海，在上海待了几个月，最后是一边要饭一边回到塔尔坪的。回到塔尔坪后，她就再没有出过院子。我堂姐去看望过她，但是无论怎么敲门，她都不开。村子里任何人敲门她都不开。她在院子里待了将近两个月，直到第二年春天，有个疯子翻墙跳进院子里，想强行把她拉出来，才发现两间屋子已经垮掉了。可能是被那年的一场大雪给压垮的。那年的雪下得太大了，把好多大树好多电线杆都压垮了。她躺在仅剩下的一间屋子里，尸体已经发臭了，头发已经全白了。其实她从上海回来的时候，头发已经全白了。

　　在桥头喝酒的人醉了，把一个酒瓶子扔进了河里，发出一声破碎的声音，而后摇摇晃晃地离开了。

　　摊子前没有一个客人，姑娘坐到陈元的身边，拿起给陈元烤好的鱿鱼，自己吃了起来。姑娘哽咽着说，疯子恐怕是有意的或是无意的，放了一把火，把剩下的一间屋子点着了，大火不仅烧光了屋子，还把后边的几座大山都给引着了。火特别大，我们从几十里外赶过去，帮忙把大火给扑灭了。最后大家和疯子一起，干脆把她家的墙推倒，把她直接埋在了院子里。

　　姑娘挑了挑炉子说，后来塔尔坪就空了，只剩下了一个疯子，疯子哪儿也不去，他在她的坟头上栽上了核桃树，在整个村子的边边角角都栽上了核桃树。听说塔尔坪原来有个塔，是镇鬼的，会不会塔倒了，妖魔鬼怪都跑出来了？

　　陈元万万没有想到在这个小镇上，轻而易举地遇到了未过门的儿媳妇的堂妹。似乎不是姑娘在讲述，而是岁月在向他讲述，是老婆屈爱琴在向他讲述，每个人的讲述尽是悲凉，像小镇上的那个冬天的夜晚。姑娘吃完了一条鱿鱼，擦了擦眼泪笑了笑说，你到底是大爷还是大妈？

　　陈元说，为什么要把我误会成大妈呢？

　　姑娘说，也许头发太长的原因吧。

　　陈元掏出五十块钱，姑娘说，你一点儿都没有吃，所以不收你的钱。

　　有人在向这边走来，姑娘指了指说，我堂姐来帮忙收摊子了，大爷不如去我们那里将就一晚上。陈元看着那个不断靠近的有些疲惫的身影，站起身说，算了，我该走了。姑娘说，这么晚了还能去哪里呢？陈元说，我要回塔尔坪。

从庚家河镇到塔尔坪，是几十里伸手不见五指的山路。路上还有一些积雪，沿途也没有一户人家，陈元一脚深一脚浅地往回赶，赶到最后一个山顶的时候，看到有个黑乎乎的东西在山顶上晃动。它不像一个人，而像一根树桩。

陈元是从里边出来的，所以不怕鬼，也不怕人，更不怕树，唯一怕的，是把鬼误会成了人，把人误会成了树。还不等陈元喊叫一声，那黑乎乎的东西嘿嘿一笑，瓮声瓮气地说，你躲到哪里去我都会找到你的。

陈元听出来了，他是马青。看样子，马青把他送到山顶之后并没有下山，而是一直在山顶上守着，似乎知道陈元还会回来一样。

陈元说，走吧。马青并不跟着他下山，而是靠着一棵松树坐下了。陈元说，赶紧走吧。马青还是没有吱声，几分钟就疲惫地打起了呼噜。马青一直站在山顶上，在等着什么，所以他应该太累了。陈元也太累了，于是他依着马青，靠着那棵松树，坐下来闭上了眼睛。

陈元迷迷糊糊之中发现自己带着女儿回到了塔尔坪。他穿着一身西服，打着领带，皮鞋擦得铮亮。两个人一起进了门，女儿在东厢房里找妈妈，他则在西厢房里叫着屈爱琴。他在西厢房里找来找去，发现屈爱琴躺在一只储存麦子的柜子里。她没有剪齐肩的短发，而是留了一头与自己一样的披肩长发；她没有穿上带着碎花的棉袄，而是穿着一身白色的袍子；她没有眉开眼笑，而是脸上蒙着一块黑布。陈元说，你以为你躲在这里，我就找不到你了？她说，我不躲到这里还能躲到哪里？她说着，一骨碌从柜子里站起来，堵在了他的面前。陈元定睛一看，站起来的不是她，也不是一只柜子，而是一副棺材。

其实也不是棺材，而是疯子马青。

天大亮了，马青醒了，陈元的梦也醒了。

从山上往下看，整个塔尔坪还如从前一样，根本看不出有什么异常。一片树林之中，一块块屋顶上，还残留着积雪。如果细细地对比，原来是有炊烟的，或者有弥漫的雾气，如今什么也没有，显得十分清冷。像一个人有了呼吸，哪怕他的身体再冷，还是温润的，一旦没有了呼吸，就失去了生气。积雪上，原来是有喜鹊的，如今尽是乌鸦。它们从屋顶跳到树枝上，又跳到另一根树枝上，百无禁忌地哇哇地叫着。

陈元与马青一起下了山。陈元进了院子，终于把一切看得清清楚楚。除了院子基本完好无损之外，里边的三间房子连残垣断壁都不存在了，唯独破碎的玻璃还一如既往地反射着光。猪圈里长满了灌木，石磨上长满了青苔，水井隐没在衰败的蒿草之中。陈元终于看到了一块木板，插在隆起的地上，上边写着"屈爱琴"几个字。估计是马青给屈爱琴立起的牌位。

陈元在牌位前蹲了下来。

他从棉袄里掏出一大撮棉花，从废墟里捞出了一块青砖，从脚上脱下了自己的布鞋，开始使劲地摩擦着。他从没有用青砖取过火，由于青砖沾上了融化的雪水，有一大半还是潮湿的，但是他没有因此而丧失耐心。他一只手拿着鞋，一只手拿着青砖，夹着一根棉花条子，来来回回地摩擦着。

第一根棉花条子被磨碎了，他又搓出第二根棉花条子继续摩擦。青砖从干燥到发热，从发热到发烫，半个小时之后，棉花条子慢慢地变黑，终于冒出了一股青烟。

陈元吹了吹，把一把艾草和一把树叶点着了。

陈元对着燃烧起来的火苗跪下了。

马青把一个火苗捧在手心，嘿嘿地笑着说，你以为你躲到树里我就找不到你了吗？

陈元想抽支烟，但是烟盒里已经空了。他从身上摸出了昨天晚上马青给他的那根卷烟，叼在嘴上，用力吸。但是似乎是实心的，里边并没有烟叶。陈元把这根卷烟展开，只要揉一些树叶子包进去，照样是可以当成卷烟抽的。

当陈元展开这张纸，发现上边有字。

虽然那字迹有些模糊，但是陈元一下子认出了这是屈爱琴的字。

屈爱琴曾经给自己写过信。写得比较稀少，每年就一封两封。每次接到屈爱琴的信，陈元都特别开心，坐在工地最高的墙头上，一个字一个字地反复读。屈爱琴的信很简单，要么告诉陈元收了多少麦子，要么告诉陈元槽上的猪多少斤了。这些话在电话里说过一遍，但是经过她写出来，味道又不一样了。有一次，屈爱琴在电话里说，他爸呀，咱们改朝看上了一个丫头，丫头的爸爸是村长，丫头在小学里教书，人长得也不赖，你回来把把关吧。陈元说，我把什么关呀？儿子看上了，你看上了就行，怕就怕人家看不上我们。屈爱琴说，咱儿子又不差，何况人家看中的，是你这个老爸。陈元说，你这个当妈的，也没有正经吗？既然你们定下来了，就请媒人上门提亲吧。过了不久，陈元收到了屈爱琴的信，信中又把那些话重复了一遍，不过里边多了一张那个丫头的照片。订婚的时候，陈元的建筑公司走不开，没有办法回家，就寄了两千块钱。

屈爱琴在这张纸上写着：

姐姐：大沙镇柳沙河。

他爸：上海市雪山路 1551 号。

学校：大沙镇菜场路 177 号。

副所长邢小利：上海市大沙镇大沙浜路 1 号。

田老板的儿子田小龙：西安市阎良区前进东路 14 号 ×× 小区。

黄丽：陕西省渭南市临渭区河西乡河东村，十三岁零十个月。

改朝：陕西省洛南县灵口镇桑树洼村。

纸上还有几个大大的感叹号，几个大大的疑问号，在田老板的名字上打了一个叉。纸头上印着"大沙镇派出所"的字样，看来屈爱琴真去过上海了。

陈元分析了一下名单和地址，她在上海的两个月时间里，应该去过女儿淹死的那条小河浜，柳沙河就是那条小河浜的名字；应该去过菜场农民工子弟学校，那时学校恐怕已经关门了，学校一关门，除了桌子椅子就什么也没有了。她肯定首先去的是大沙镇派出所，见到了已经是副所长的邢小利，从邢小利那里了解到女儿的事儿，当然主要是了解自己的事儿。田老板的地址是他儿子的，在陕西而不在大沙镇，是田老板已经离开了，还是这个地址是假的？甚至她还去了位于雪山路的城西监狱。王管教从来没有提起有人去看望过他陈元。陈元在里边五年时间，从没有任何人进去看过他。但是并不代表屈爱琴没有去过城西监狱。说不定她到城西监狱大门口，从门缝朝里看了几眼，而后就离开了，因为她明白他，就算她进去见他，他也不见得答应见她。

陈元爬起身，拍了拍马青的肩膀，说了句，谢谢你。

马青说，你以为你躲到树里我就找不到你了？

陈元穿过村子的时候，马青跟在他的后边一家家地敲门。

咚咚的敲门声在空洞的村子里不时地回荡着。

陈元要离开了。老婆屈爱琴留下来的那张纸其实就是一个天意，或者说是她冥冥之中对他的指引。陈元原来的计划是先见田老板和黄丽，因为田老板与黄丽是掌握着真相的两个人。如今必须颠倒一下，接下来他第一个想见到的，是自己的儿子陈改朝。因为自己蒙受的不白之冤，让那个可怜的孩子已经流落异乡，起码按照当地的习俗，改朝养育的儿子或者女儿不会再姓陈了。他不知道是不是预兆，因为在他给改朝起名字的时候，老婆屈爱琴就提醒过他。

改朝改朝，不就是要改换门庭的意思吗？

六

根据屈爱琴提供的地址，改朝家住陕西省洛南县灵口镇桑树洼村。陈元对洛南县的灵口镇并不陌生，它就在丹凤县的隔壁，是从塔尔坪通往河南灵宝县的必经之地。

他曾经跟随着马青，也就是那个疯子一起，去河南灵宝县淘过金。灵宝县有很多金矿，在陈元青春年少的时候，不仅仅是塔尔坪，方圆几百里的男女老少，唯一的营生就是去灵宝县淘金。说是淘金，其实就是偷，半夜三更钻进矿洞里，把人家的矿石偷下山卖钱。那时候，偷不叫偷，叫背；金矿不叫金矿，叫山上。陈元记得十分清楚，矿石一斤两毛钱，一克金子五十块。背矿石并不容易，因为矿洞里是伸手不见五指的，身后还有人拿着棍子追赶，一不小心就掉到矿井里，被当成矿渣给铲走了。村民们农闲的时候，或者家里困难的时候，就会吆喝一帮人去山上背矿。陈元去过几次，其中一次是自己想上学，家里出不起学费；还有一次是和屈爱琴结婚，为了给屈爱琴买块手表。那一次，他和堂兄一起去的。堂兄也准备娶媳妇，想攒几桌子酒席钱。刚刚坐车到了灵口镇，就发生了车祸，堂兄推了陈元一把，把陈元推出车外，堂兄自己来不及逃，被活活地轧死了。

从塔尔坪去灵口镇，必须经过三要镇。从塔尔坪到三要镇，有六十里的大峡谷，当年不通汽车，如今应该也不通汽车。反正陈元不喜欢坐汽车，坐汽车会遇到杂七杂八的人。这条线路，完全就是上山背矿的线路，不过似乎一切都变了，山似乎矮下去了，河流似乎窄了浅了。陈元不明白是自己眼光长了老了，还是这些山瘦了，水干了。

陈元在太阳落山的时候赶到三要镇，再转车赶到了灵口镇。陈元出了灵口车站，问一家旅舍桑树洼怎么走。老板娘说，从没有听说过，还是住下来再说吧，一晚上三十块钱，要热水有热水，要按摩有按摩。陈元又问了一个保安，保安说，是桑树洼吗？会不会是桑树岭呀？桑树岭倒是不远，往北走只有三里路。

陈元赶到桑树岭，有位老人坐在村口抽烟。陈元问，大爷，村里有没有一个叫陈改朝的人？老人说，你问的是女的吗？陈元说，是男的。老人说，我们虽然叫桑树岭，却清一色地姓杨，杨树的杨，怎么会有姓陈的呢？陈元说，是上门女婿。老人说，上门女婿那倒是有一个，在村东第一家，不过人家不叫陈改朝，而叫杨利。

陈元想，肯定是走错了，或者屈爱琴把地址给抄错了。

正想离开的时候，有一个女人背着一袋子东西，躬身从村口经过。老人指了指说，桂花，你们家杨利是不是改过名字？桂花放下肩膀上的袋子。她原来不是被压弯了腰，而是一个罗锅子。她躬着腰说，他说原来的名字不好听，入赘我们杨家后就跟着我们姓杨了。老人说，他原来叫什么？桂花说，叫陈改朝，改朝换代的朝。老人说，那就对了，这里有人找呢。

桂花看到了陈元，说你哪来的客人呀？陈元迟疑了一下说，我是他煤矿上的工友，他应该不在家吧？桂花说，他还在铜川煤矿上，恐怕过年才能回来吧。

儿子不在家，陈元反而踏实了。陈元说，走到这里天黑了，就是想来投个宿。陈元接过口袋，是一袋子面粉。陈元背着面粉，跟着桂花进了村。桂花走路的时候，每走一步，头几乎都要磕到地上了。陈元判断不出桂花的年纪，不清楚桂花是儿子家里什么人，凭着样子感觉不像自己的儿媳妇。

儿子家没有院子，只有三间瓦房。房子不是青砖的，而是用泥巴夯起来的。中间有一个香堂，写着"天地君亲师位"，西边是一间厨房，东边从中间隔成了两个卧室。地板没有铺砖，也没有打水泥，积着厚厚的尘土。家里陈设简陋，几乎没有几件像样的家具，只有几只漆成红色的木箱子。桂花生了一盆火，而后问，大伯还没有吃晚饭吧？

陈元笑了笑说，还没有呢。

桂花便进了厨房，忙碌着做饭去了。

东边的门帘子揭开了，是一位五十岁左右的大妈。大妈说，你是哪位亲戚，怎么一点都不认识呢？陈元说，我是路过的，这么晚了，打扰亲家母了。陈元估计，应该是儿媳妇她妈。她若是儿媳妇她妈，正在厨房添水做饭的，难道就是自己的儿媳妇？陈元看到儿媳妇躬着身子，几乎都够不着锅灶了，再想想自己帅气的儿子，心里顿时生出一丝悲凉。

大妈说，你是哪里人？陈元说，我呀，原来是丹凤县的。大妈说，我们家杨利也是丹凤县的，那个村子叫什么来着？陈元说，叫塔尔坪。大妈说，听他说，塔尔坪已经没有人了，他们都迁到哪里去了呀？

陈元说，有的迁到镇上去了，有的迁到城里去了。大妈说，你和我们杨利熟悉吧？陈元说，挺熟悉的。大妈说，他家里都有什么人？父母和兄弟姐妹呢？我们问他的时候，他只说死了，到底怎么死的，什么时候死的，从来也不告诉我们。陈元说，孩子可能伤心吧。大妈说，如果不伤心的话，怎么会入赘到我们家？陈元说，他是怎么跑到这里来的？大妈说，按说去灵宝背矿，也不经过我们桑树岭，哪知道他是怎么绕到这里来的？有一年冬天，下了好大好大的雪，雪把四面八方的路都封住了。我们早晨起来，不仅找不到路，吃水都找不到河。我们推开门，门外坐着一个人，看上去哪像人啊，倒像一个被冻僵的雪疙瘩。这就是我们家杨利。他在我们家睡了两天两夜，醒过来后，什么也不说，也不打算离开，挑水，劈柴，干活都不用人叫。春天了，帮忙下地锄草；夏天了，帮忙下地收麦子。待了半年多，我们问他，家里有没有媳妇？他摇头；我们问他，以后有什么打算？他摇头；我们问他，愿意不愿意做上门女婿？他竟然点头了。就这样，在那年农历八月十六立了招书。

大妈说，这个女婿话少，勤快，懂事儿，对我也孝顺，每次从外边回来，都给我买衣服，你看看我身上这件羽绒服，穿着多舒服啊。我们家桂花，按说也没有什么说的，但毕竟是个罗锅子，还长杨利三岁。我们能招这么一个女婿，恐怕是上辈子积了阴德。

看大妈对儿子如此称心，刚刚升起的那股悲凉稍稍地减轻了一些。陈元摸出一支烟。他犹豫了一下，地板是泥巴的，墙壁是泥巴的，又是半夜三更，他怕吓着了人家，所以打消了摩擦取火的念头。

房间里传来了孩子的哭声，大妈说，是我孙女杨小青。

大妈掀起帘子，进房间里哄孩子去了。

陈元对桂花说，随便吃点就行了。但是桂花摆了一张桌子，蒸了一锅大米饭，炒了一个腊肉萝卜片和一个鸡蛋土豆丝，还提出一瓶子太白酒。桂花说，冬天里没有什么菜，就请大伯将就一点吧。陈元说，够多的了。桂花说，听你刚和我妈说，你是杨利老家那边的，又都在铜川煤矿待着，第一次上我们的门，算是稀客。

桂花说，大伯你一把年纪了，怎么还要上煤矿吗？陈元说，不挖煤能干啥呀？桂花说，电视里经常说，这边煤矿塌方，那边煤矿渗水，每次都有几十个人被埋在下边，你们待的煤矿怎么样？陈元说，都一样，哪儿都一样，不安全。桂花说，有没有死过人？陈元说，听说过，不过我们还好。桂花说，我劝说杨利，在家干点别的，钱有啥多少的，他总是不听，按说铜川离家也不是太远，可是一年到头，除了收麦子和过年，他多数时候都不回家。

陈元说，煤矿也没有外边说得那么可怕，你别太担心了。桂花说，我好奇，煤都埋在什么地方？陈元说，埋在地下。桂花说，多深呢？陈元说，我们不清楚，反正挺深的，下去要半天。桂花说，上边种庄稼吗？陈元说，煤多值钱，不用种庄稼了。桂花说，你们挖煤的时候是怎么进去的？陈元犹豫了一下。

陈元想起自己去过的金矿，便说，有洞，洞口有点像我们这里的墓，也像隧道或地铁，你坐过地铁吗？桂花说，还没坐过呢。

桂花要给陈元倒酒，陈元推开了。桂花说，大伯，煤挖出来是什么样子？陈元说，挖出来是黑的，和泥疙瘩一样。桂花说，从地下一挖出来就能烧吗？真是奇怪，我们地里的泥巴为什么不能烧，人家那里为什么就能烧？陈元真想告诉她，在地壳运动中，有一些植物被埋在地下，在不透气或空气不足的情况下，经过几亿年的高温与高压，最后就形成了煤。但是陈元觉得那样解释，文绉绉的不合适。

陈元说，泥巴和泥巴能比吗？

桂花说，我一直想去煤矿，但杨利他不带我。其实我去，不是为了挖煤，而是为了陪陪他，给他做做饭，顺便看看煤是什么样子的，煤矿到底安全不安全。

几天一直在外奔波，加上在里边五年的煎熬，陈元第一次有了家的感觉。他三下五除二地吃了一顿饱饭，倒床便呼呼地睡去了。自是一夜安宁无话，第二天，陈元一觉睡到大亮，吃完早饭便起身告辞。桂花拿了一件棉袄，一双新做的布鞋，一袋子煮熟的香肠，让陈元捎给杨利。陈元说，这些东西，哪儿买不到，用不着吧？桂花说，杨利总不给自己添衣服，恐怕还穿着原来那件破棉袄。大伯你劝劝他，让他别舍不得花钱，想喝酒就喝，想抽烟就抽。再捎句话给他，马上过元旦了，如果元旦不回来，过年就早点回来。

大妈也送出门，对着陈元耳朵边悄悄地说，关键是让他早点回来，给咱杨家抱个孙子。

有一群孩子，你追我赶地跑了回来。有个孩子冲着陈元的后背喊，爸爸，爸爸。陈元一扭头，看到一个三岁左右的孩子，扎着马尾巴，单眼皮，清秀的模样，像极了自己女儿小时候。陈元想，没有猜错的话，女儿就是这孩子的姑姑。

桂花说，杨小青，你眼睛长哪儿了？是不是想爸爸了？杨小青说，他和爸爸长得一样。桂花说，确实有点像你爸爸，昨天晚上在村口遇到的时候，我也以为是你爸爸呢。杨小青说，长得一样就应该叫爸爸对吗？桂花说，不对，这是爷爷，快点叫爷爷。

杨小青便躲在桂花的背后，弱弱地叫了一声"爷爷"。

陈元听到叫喊，他的心扑通一声，悬在胸口的两块石头一下子落地了。陈元一阵感动，忙从身上掏出五十块钱，说是给杨小青买糖吃。但是杨小青不要，桂花也死活不要。桂花不但不要钱，反而回到家里，又装了几个馒头，让陈元带着在路上充饥。

七

陈元平白无故地在里边待了五年，从四十不惑即将熬成五十知天命，但是自己处在一个与世隔绝的地方，除了王管教那些人之外，大家都是有罪的，无论是偷盗还是抢劫，无论是杀人还是放火，无论是罪有应得，还是蒙受不白之冤，犯人与犯人的交往从精神的角度看，就显得平等多了。但是老婆屈爱琴呢？儿子陈改朝呢？儿子原来的女朋友和邢小利的妻子呢？他们这些与那事儿不相干的人，是生活在正常的社会上的。他们的一点一滴都牵扯到尊严，牵扯到脸面，牵扯到羞耻。陈元想，与他们相比，自己遭受的折磨轻多了。

陈元返回灵口镇坐车，在车站一打听，去铜川煤矿要经过渭南。陈元决定顺路去看看那个当时不满十四岁的小丫头黄丽。他怎么也想不通，那么小一个娃娃蛋子，她哪知道什么是男女之事呢？她哪懂什么是法律呢？她为什么要与人一起陷害一个陌生的和她父亲一般大小的人呢？如今小丫头已经长大成人了，推算一下已经十九岁了，若是五年前还不明白轻重的话，五年之后是否已经明白了呢？

在五年的时光流逝中，命运又是怎么安排她的呢？

陈元根据老婆屈爱琴列出的地址，坐了一趟大巴，倒了一次火车，在渭南南站下车后，往南走了两公里，或许是三十年河东三十年河西的原因，轻易就找到了河西乡河东村。

陈元在下午三点左右进了河东村。刚进村子不远，有一条小河，临河住着一户人家，三间房子有些破败，房前的河里结了冰，冰块之间有几只鸭子在游泳。屋檐下有位老人，估计七十岁左右，耷拉着头坐在太阳底下晒太阳。

陈元说，大爷，家里有水喝吗？

大爷半睁着眼睛说，你自己进门倒吧。

陈元不好意思自己进门，便又问了一句，你们村里有没有一个姑娘叫黄丽？大爷彻底睁开了眼睛，打量了一番陈元说，我就是她爷爷，这就是她家，你是干什么的？陈元刚刚开口，就撞到了黄丽家的门上。陈元有点意外地说，仅仅见过一面，她不在家吗？大爷拉了条凳子让陈元坐下，说你在哪里见过她？在省政府那边，还是在医院那边？你不会又是来做思想工作的吧？

陈元听说黄丽不在家，便在大爷的旁边坐下了。大爷说，前些日子，省里的，市里的，信访办的，卫生局的，民政局的，还有什么残联的，分头都来过了，让他们别再到处上访了，但是黄丽她爸那个孽障，哪里听得进去呀。他越来越起劲了，家里庄稼也不种了，什么营生也不管了，整天挂着个牌子，牵着自己的女儿，到处又是哭闹又是上访的，把我们的人都丢尽了。他们不要脸，我这张老脸还要呢，等我死了怎么好意思去见阎王爷？

陈元心想，他们究竟为什么上访呢？

陈元说，肯定是有冤屈吧？

大爷叹了口气说，我孙女命苦啊，从落地那天起，就没有受到爸妈疼过。我那儿子，也就是黄丽她爸，是一个大酒鬼，整天把自己泡在酒瓶子里。如果没有酒喝，他不仅打黄丽，还打我这把老骨头，你看看我头上的几道疤，就是他用酒瓶子打的。有一次，酒瓶子见底了，他还没有喝好，便提起一壶开水，泼在了黄丽身上，把黄丽半个肩膀的皮都烫掉了。

当初的那些镜头如雾霾一样在陈元的眼前开始扩散。

有一天晚上，在菜场小学的宿舍里，陈元接到了田老板的电话。田老板说，陈校长你是不是还在恨我？陈元说，一切都过去了，我恨你干什么？田老板说，那出来喝酒吧。如果田老板不把超市低价卖掉，就没有三十五万元的赔偿款，没有那笔赔偿款就没有菜场小学，没有菜场小学的话几十个孩子就辍学了。田老板卖掉超市后，不仅倾家荡产了，而且失去了应有的经济来源，一下子从老板变成了无业游民。陈元本来不会喝酒，一是对田老板存有愧疚之心，二是冤家宜解不宜结，所以就接受了田老板的邀请，跑到红星宾馆门前的大排档上，陪着田老板喝了几杯。

几杯酒下肚，陈元和田老板都有些醉了。田老板一醉，说话就失去了上海腔调，说我有一个干女儿你知道不？陈元说，我和你又不熟悉。田老板说，她现在没有地方上学，能不能送到你们学校去？陈元说，孩子多大了？田老板说，差两个月十四岁。陈元说，原来念过书吗？田老板说，念过，在老家念六年级。陈元说，我这里只有六年级，念半年就毕业了。田老板说，半年就半年，上完小学再想办法。陈元说，你明天让她来报到吧。田老板说，你们学校是免费的吗？陈元说，这个学校有你的功劳，所以我给她全部免费好了。

田老板说，那太好了！她正好在楼上的按摩房里上班，我让她给你做一次按摩表示感谢吧。陈元说，我是老师，老师怎么可以去那种地方？田老板说，这种地方也有干净的，何况她不到十四岁，又是我的干女儿，纯粹就是保健按摩，你脑子不要长歪了好不好？其实人家自己不愿意上学，你是校长，让你按摩是假的，其实是想让你趁机上去给她做做思想工作。

陈元随着田老板，晃晃荡荡地来到了红星宾馆的二楼。据陈元后来了解到的情况，田老板的干女儿叫黄丽，是陕西那边的老乡。她是到上海来找她妈的。据说她妈在大沙镇，也许在某家服装厂，也许在某家商场，也许在某家饭店。小丫头一家挨着一家找，在那年冬天，几乎找遍了大沙镇，也没有找到她妈，在身无分文的时候，由于几个月没有地方睡觉，几天没有吃饭，恰好晕倒在田老板的超市里。当时田老板还开着超市，还是财大气粗的田老板，便把小丫头认成了干女儿，安排在红星宾馆的按摩房里。

就在那天晚上，就在红星宾馆，就在二楼尽头的按摩房里，就是那个十四岁不到的小丫头黄丽。时间，地点，人物，情节；酒，包厢，按摩床，脱光的衣服，流血的身体；灯光的昏暗，环境的封闭，自己的好言相劝，小丫头恐惧的目光；突然消失的田老板，突然尖叫起来的黄丽，突然而至的警察邢小利。一切好像都很普通，又好像是布置好的；一切好像都是巧合，又都是上天注定的；一切好像都十分道德，也没有任何违法行为，又十分失常和扭曲；一切好像都有人证明，但是又都百口莫辩。关键是，一切都是空白的，偏偏被人描绘得有鼻子有眼。

陈元听到大爷的话，终于明白黄丽肩膀上的那一片惨白，不是花纹，而是被开水烫伤后落下的疤痕。

陈元并不愿意回忆，每当那些镜头跳上自己脑海的时候，他都用各种各样的办法，比如说摸摸自己的光头，最有效的办法就是摩擦取火，逼迫自己中断那些无中生有的回忆。他取下自己的假发，摸了摸自己的光头；他慌张地抽出一支烟，从棉袄里掏出一撮棉花，从脚上脱下一只布鞋，但是墙壁依然是泥巴的，地板依然是泥巴的，还有一些泥泞，甚至有一些结冰。

陈元拒绝大爷用打火机给他点烟。

陈元把那支烟在手心里捏碎了。

大爷说，黄丽每天一放学，就去附近捡垃圾卖钱，供她爸喝酒。有一次我病得很重，黄丽放学回来自己做饭，没有顾得上出去捡垃圾。而她爸呢，酒又喝光了，就让黄丽出去买酒。黄丽说，没有钱。他说，没有钱，不知道赊吗？黄丽说，之前欠了几百块，还没有还清。她爸听了，立刻提起一个酒瓶子，朝着黄丽扔了过去。黄丽流着血出门了，那天正好下了那年冬天的第一场雪，雪下得不大，但是外边很冷。黄丽出门后，让村子里的人捎信给我，说她去南方找她妈妈去了。

大爷抹着泪说，黄丽她妈多贤惠啊，忍受不了那个孽障，在黄丽十岁的时候，跟着一个药材贩子跑掉了，从此失去了音信。有人说跟着药材贩子回浙江结婚了，也有人说是被人骗到了上海，在一些乌七八糟的地方打工。黄丽是春节前回来的，回来后整个人都变了，死活不愿意上学了。问她都去了什么地方？她摇摇头；问她见到她妈了吗？她摇摇头；问她有没有看到东方明珠？她摇摇头。肯定在外边遇到什么事儿了，或者是没有找到她妈吧，黄丽回来不久就生病了。她说头里边有一个大石头，硬邦邦的大石头卧在里边。而且头发大把大把地脱落，十几岁的女孩子就成了秃子。她每次一发病，就口吐白沫，满地打滚，滚着滚着就晕过去了。晕过去之后满嘴胡话，说抹在床上的血，不是人家打的，是自己的鼻血；说自己的衣服是自己脱掉的，不是人家脱掉的；说告诉警察的那些话都是别人教的。别人拿着刀子威胁她，如果不照办就把她卖掉，或者扔到大海里喂鱼。

陈元说，病治好了吗？

大爷说，治好了。

陈元说，为什么上访？

大爷说，还能为什么？头痛治好了，双目却失明了，变成了一个瞎子。变成瞎子后，黄丽反倒开心了。她说自己活该，就应该是个瞎子；她说世界上不管红的白的，在瞎子的眼睛里都是黑的；她说再好的东西都不值得她看，也没有脸去看。她爸那个孽障，看到黄丽瞎了，也挺高兴的。他说在头上开刀，怎么把眼睛弄坏了？说得轻一点是手术失误，说得重一点是医生故意的，因为没有给医生塞红包；他说不管怎么样，那是要赔偿的。于是他用纸板子，制作了一个"状子"，用红色油漆在上边写着：我叫黄丽，现年多少多少岁，渭南市河西乡河东村一个穷苦农民，本来我的眼睛好好的，两只眼睛视力都是一点五，但是由于某某医院进行脑部手术时，发生了医疗事故，致使我双目失明，请青天大老爷主持公道，给我们申冤。她爸那个孽障把状子挂在脖子上，拉着黄丽去了那家医院。医院解释说，脑部手术致使双目失明，这是正常的，而且手术前，把风险告诉你们了，你们家属也签字确认了。她爸那个孽障发现是我签的字，耍赖说，那字不是他签的，他不承认。那个孽障每次去，都喝得醉醺醺的，甚至提着酒瓶子，医生跑到哪里，他就跟到哪里。医院饱受折磨，就报了警。见警察来了，他上前对警察说，青天大老爷啊，终于把你们等来了，你们可得为民做主啊。闹得警察也是万般无奈，总是尴尬地收兵了。医院天天解释，发现解释不通，干脆准备了好多太白酒，等那个孽障一来闹事，就提一瓶酒塞进他怀里。他抱着酒瓶子喝完了，基本就醉得不省人事了。那个孽障不但去医院，还去省政府大院，据说每次去省政府大院，对方像接待外宾似的，笑呵呵地主动和他握手，就差没有放音乐铺红地毯了，如果遇到吃饭时间，还到食堂给他买饭吃，好好招待一番后，让他回来等消息。

大爷抹着眼泪说，后来有人告诉他，你女儿是一棵摇钱树，你在这里瞎折腾干吗？你把她拉到大街上去要饭，钱会哗哗啦啦地扔过来的。那个孽障，从此拉着我可怜的孙女，白天在医院和省政府讨说法，晚上就在饭店酒店前边要饭。

陈元说，手术到底有没有失误？

大爷说，医院申请了事故鉴定，结果是没有责任的。

大爷说，不让黄丽看病吧，她受那么大折磨，现在病看好了，又变成瞎子了。其实，我们哪有钱做手术啊，硬是向老战友借了一点儿。我当年是国民党老兵，解放前投靠了八路军，你看看我这半条腿，被日本人的子弹打穿了，现在还是麻木的。因为我是老八路，有很多战友。从战友那里筹到钱，我带着黄丽去渭南检查，什么也没有查出来，再跑到西安一家医院，检查的结果是脑瘤。黄丽说，就让她死，她该死。我是硬把她逼到医院去的，在上手术台的时候，她说，爷爷，如果我死了，你帮我一件事儿吧。我问她，什么事儿呢？她说，你帮我对人家说句对不起。我说，你对不起谁呀？她想了想说，对不起好多人。

陈元迷茫地望着在冰块中间戏水的鸭子，不明白是河水还不够冷呢，还是鸭子根本不怕冷。

大爷说，你喝水吧？我都忘记了，你刚才好像想喝水。

大爷进门倒了一碗水，递给了陈元。但是陈元不想喝水，他想抽烟。陈元递给大爷一支烟，大爷掏出打火机，又要给陈元点烟。陈元犹豫了一会儿，但是大爷三番五次地把那小小的火苗凑上来，把烟给点着了。陈元发现，这样抽烟轻松多了。他深深地把烟吞进了腹部，吐出来的时候，那烟清淡了许多，几乎已经不像烟，而像出了一口淡淡的气。

陈元离开河西乡河东村，搭上了前往西安的火车。陈元到西安的时候天已经黑了。他出了火车站，迷茫地往南走，走了两百多米，看到了五路口地铁站。变化真大啊，五年前那个春节，他从老家返回上海，走的就是西安，当时西安好像还没有地铁。陈元进了地铁站。在地铁站的通道边，摆着各种各样的小摊，有的卖袜子和手套，有的卖一些小首饰，中间还夹杂着几个乞丐。在通道的尽头，有个乞丐是个年轻的姑娘，她与其他的乞丐不同。其他乞丐要么坐着拉二胡，要么是跪在地上的，而她懒洋洋地坐在地上，前边放着一个牌子，牌子上写着"状子"，状子前边放了一个碗，里边扔了许多硬币，旁边躺着一个中年男人，抱着一个酒瓶子在喝酒，似乎已经喝多了。

那个姑娘站起来，伸了几个懒腰，朝前挣脱了几步。但是她与男人之间，有一根绳子系着。陈元见过人与狗用绳子系着，人与人之间还是第一回。陈元从她身边经过的时候，斜眼瞅了一下状子。

他被吓了一跳，上边似乎有"黄丽"。他以为看走眼了，回过头再仔细一看，确是"黄丽"无疑，后边还写着"河西乡河东村"。他再去打量那个姑娘，人瘦得像根麻秆儿。他不明白她长大了，还是自己忘记了，无论从哪方面看，她都不是印象中的那个小丫头了。

陈元想，如今无论是缺胳膊还是断腿，都成了一种乞讨的资本，既然有人假冒瘫子，有人假冒哑巴，当然就会有人假冒"黄丽"。何况一个年轻的女瞎子，自然更容易博得人的同情。陈元不管她是不是假冒，凭着她身上系着一根绳子，也是值得自己施舍的，于是他摸出二十块钱，放进了碗里。

或许那个姑娘真是个假的，或许她听到了细微的声音。她发现了这种施舍，于是对着陈元离开的背影说了一句"对不起"。她没有说"谢谢"，而是说了一句"对不起"。陈元不知道是她说错了，还是她惯用的感激之词就是"对不起"。

陈元不想再坐地铁了。在他即将撤出地铁口的时候，听到身后一阵吵闹，大意是为了自己留下的二十块钱，那个男人要拿钱去买酒，而那个姑娘不从。随之听到一只碗碎裂的声音，还有那个姑娘的一声惨叫。果然，那个男人摇摇晃晃地在前边狂奔着，那根绳子在后边拖着那个姑娘，朝着地铁站外边冲去。那个姑娘一会儿摔倒在地，一会儿又爬了起来，她一只手拽着那根绳子，一只手捂着额头，指缝间在汩汩地流血。

血洒在光怪陆离的夜色之中一点儿都不起眼。

八

陈元又回到了火车站。他问一个路人，有没有去阎良的火车。人家说，阎良？什么阎良？陈元说，阎王爷的阎，善良的良。人家说，这是什么地方？你还是去窗口问吧。陈元去窗口，窗口说，阎良就在西安，不值得跑火车，你出门向东五百米，有个汽车站叫三府湾，那里有大巴。

陈元坐了四十分钟的大巴，来到西安市阎良区，东问西问，终于找到了位于前进东路十四号的某某小区。保安告诉他，田小龙家住十三楼。陈元上了十三楼，敲了敲门，门轻易就开了。开门的是个女的，留着一个爆炸头。她自称是田小龙的妻子，也就是田老板的儿媳妇，当年把女儿推进河里的那个小男孩儿的妈妈。

爆炸头不让陈元进屋，拦在门口说，田小龙还没有下班呢。陈元说，那田老板呢？爆炸头说，我们家一帮穷鬼，哪有什么田老板？你到底是谁呀？陈元说，我是从上海来的，田老板在上海的时候，我们在一起待过一阵子。

爆炸头说，不管你找他是讨债还是干啥，反正找也白找，他现在还不如一棵树，一棵树还会自己吃饭睡觉，还会自己摇晃几下，他呀，像块木头。陈元说，他当年机灵得很。爆炸头说，再机灵有什么用？在外边待了十几年，不明白是中邪了，还是脑子坏掉了，我们什么都不清楚，前几年从上海回来刚刚半年，稀里糊涂地变成了植物人。这个植物人可把我们给坑苦了，放在家里吧，翻身呀，拉屎撒尿呀，都得有人帮忙。我们忙着上班，平时连盆花都养不活，哪有精力养一个植物人啊，所以干脆送到敬老院让他享福去了。

陈元说，他没有出事儿之前，有没有留下什么东西？爆炸头说，他在上海的时候开超市，听说都成百万富翁了，但是回来的时候已经身无分文，你说说，他把那些钱是不是送给哪个女人了？陈元说，他变成植物人之前，有没有留下什么话？

爆炸头说，话多着呢，嘴里整天咕嘟咕嘟的，都不知道他在咕嘟些什么。除了神神叨叨之外，还躲在房间里写写画画的，写了撕，撕了写，都写了几百张纸，撕了几百张纸，最后只落下了一张，像鬼画符似的，如今还压在玻璃板下边。陈元说，能不能把那张纸拿给我看看？爆炸头返回家，拿回一张纸递给了陈元。

陈元看了那张纸，上边写着三个字——忏悔录。陈元心想，他写下的肯定不是法国作家卢梭的那本书，因为还有一些词，零零散散的，别人看不懂，但是陈元似懂非懂，有邢小利、黄丽、陈元等人的名字，还有好人、奸人、冤枉等一些词语。

爆炸头说，他画的该不会是藏宝图吧？哪怕就是一张藏宝图，你感兴趣就送给你吧。爆炸头进门提了一个包，出来的时候把门给锁上了，而后说，为了一个月几千块的护理费，这么晚了我还要去上班。我在按摩房上班，你如果要按摩就跟我走吧。陈元说，想问一下，田老板他在哪家敬老院？爆炸头说，不远，叫清福敬老院，你出门右拐，三百米就看见了。

陈元刚出小区不久，果然看到了清福敬老院的大门。除了上边闪烁着的霓虹灯，那扇大门也是铁的，也是漆黑漆黑的，也有城西监狱那么高，中间也有像刀子一样的一条缝。从刀子一样的门缝看进去也是空荡荡的。

他又想摩擦取火了。这里到处都是水泥地面，到处都是粗糙的水泥墙。他随便选了一个地方，脱下布鞋，撕开袖子，掏出一撮棉花。他把棉花条子压在一堵墙上，上上下下地摩擦了起来，两分钟，三分钟，四分钟……这一次，也许他力气太小，也许他动作太慢，也许墙面太潮了，棉花条子始终没有冒烟。

他觉得他已经没有必要再见田老板了，也没有必要再见其他人了。

他如今唯一想见的只有一个人。他把儿媳妇桂花捎给儿子的棉袄、布鞋和香肠，挂在肩膀上，转身离开了。与清福敬老院一路之隔，就是一家长途汽车站，这里有通往四面八方的班车。他要坐其中一辆车，也是当天最后一趟车，连夜赶到他唯一可以见也必须面对的一个人那里去，说不定那个人正在犹豫徘徊地期待着他呢。

陈元上车之前，突然觉得有点热。再过几天就是元旦，已经属于深冬了，他仍然觉得有点热，这是十分奇怪的。他想起了自己头上的假发，一头披肩的假发。他取了下来，把它挂在汽车站里的一根树桩上。这根树桩像是一个人似的，一下子有了活着和走动的欲望。

陈元身边坐着一个小伙子。小伙子嘻嘻地笑着说，原来你是一个光头啊？陈元摸了摸自己的光头，望着开始后退的窗外嘿嘿地笑了。

他掏出一支烟，主动地对小伙子说，你有打火机吗？让我借个火可以吗？

九

如果我们从人世朝上看，故事已经有了结尾。但是如果从上边朝人世看，一切应该还在继续。比如有一股风，你看似已经平息了，但是风永远不会灭的。它没有在地上吹，并不能证明它不在空中吹。树木不再摇晃了，并不能证明云不在飘。还是开头那句话，需要上天来证明的，那基本就是谎言。

【作者简介】

陈仓，作家、诗人、媒体人。原名陈元喜，20世纪70年代生，陕西省丹凤县人，目前定居上海。中国作家协会会员，参加诗刊社第28届青春诗会，为鲁迅文学院第27届高研班学员。《陈仓进城》系列丛书小说集8部，曾获得《小说选刊》双年奖、《广州文艺》双年奖。

自我的救赎之路
——评《摩擦取火》

藏　策

陈仓原名陈元喜，而他系列小说中的主人公都叫陈元，这当然不是偶然的巧合，而是暗示了这些小说的半自传性质。郁达夫认为小说都是作家的自叙传。其实对于自述传而言，自述与自我表现不是最重要的，自我反观式的内省，才是抵达更高精神层面的路径。我是谁？这是一个永恒的哲学命题。按照拉康学派精神分析学的思路，自我其实是建构于"镜像阶段"的一个镜像，镜像的情境不同，自我的建构也就会不同。所以自我其实是特定镜像中的产物，具有虚构性。既然连"我"都是虚构的，人为什么还要那么执着于自我呢？所以佛学的修行之道才要"去我执"。从这个意义上说，陈仓的小说其实是在重构他人生情境中的某种后镜像，而小说的主人公陈元，就是他要在镜像中重新面对的自我。陈仓所重构的后镜像，从叙事类型上看，基本上属于"流浪汉小说"。在《从前有座庙》里，陈元是一个流窜到上海的逃犯；在《墓园里的春天》中，陈元是"漂"在上海的外来打工者；在《地下三尺》里，陈元是一个绝处逢生的冒险家；在《摩擦取火》中则又变身为遭受冤狱的无辜者……西班牙名著《小癞子》是流浪汉小说的开山之作，国内作家钱锺书的名作《围城》也借用了流浪汉小说的叙事结构。流浪汉小说在文本上的一大特征，就是以反讽的方式讽世。陈仓的这些小说，无疑也是讽世的，但却不仅仅是讽世，而是带着深深的罪感意识反观世相百态与自我镜像。从"身份政治"的角度看，陈仓所书写的是乡下人在大上海的漂泊、成长及其心路历程，但这也仅仅是一个框架，小说所真正关注的，其实是作为人的灵魂自我救赎。非常有意思的是，陈元们的信仰并非源于具体的宗教信仰，而是发自个体生命的切身体验与心灵的渴求，是在为灵魂寻找一个栖居之所。在《从前有座庙》中，陈元借助佛教进行自我救赎；在《墓园里的春天》中，又用上了天主教式的葬礼；而在《地下三尺》里，信仰是在伪信仰的闹剧中生发出来的，套用的则是民间信仰——关公崇拜。正如陈仓在《摩擦取火》的创作谈《我的自然法则》中所言：

> 我信佛，信神，信上帝，见什么拜什么。反过来说，我只信自然，自然是由生命组成的，自然法则是最公平的法则……在我眼里，任何一条生命都是一座寺庙，都是为了化我而来的……善是一种福气，也是一种运气，人们常常讲因果关系，也就是种豆得豆种瓜得瓜，但善是一颗万能种子，如果你处处行善，世界就会回报你，你的福气就来了，你的运气就特别的好。

小说《摩擦取火》在故事层面上，是与当年轰动一时的社会事件——雷阳事件互为文本的。由于事件的真相变得扑朔迷离，舆论的焦点只能集中在执法的"程序正义"上。而小说采用的是主人公陈元的叙事视角，他当然知道自己是被人冤枉的，但又无力辩白，于是便进入了有关"实质正义"的诉求。人在做，天在看，善有善报恶有恶报——当现实中的"程序正义"无法获得时，人们也只能企盼这些了。

陈元的苦难其实源于一个小概率的

意外事件——女儿无法在上海就读，不得不捡废品，而偏偏又被人推到河里淹死了。田老板赔偿了陈元之后变成了穷光蛋，于是又设计陷害他，害得陈元不仅蒙受了五年牢狱之灾，而且因此家破人亡妻离子散……出狱后的陈元没有选择复仇，而只是想获悉陷害他的真相，他把所有的愤懑转化成了一个习惯性的动作——摩擦取火。然而当他得知所有参与陷害他的人——田老板、警察邢小利以及小女孩黄丽——已经活得比他更惨了的时候，他心中的仇恨化作了悲悯，也不再摩擦取火了。至此，小说由一个"恶有恶报"的故事升华到了对人生情境的普遍悲悯——生活在社会底层的小人物，任何一点无妄之灾都能引发无法想象的悲剧，就如所谓的"蝴蝶效应"一样。面对苦难，唯有心灵的自我救赎，才是真正的超越之路。

孔子曾经说：古之学者为己，今之学者为人。读书、写作，其实也都是一个道理，首先都应该是为己的，也就是说首先应该是为了满足自己的心灵的。只有能够先满足了自己心灵的需求，才谈得上去与他人的心灵共同分享，才有可能成为人类心灵共同的精神财富。陈仓的写作是"为己"的，是个人化了的灵魂救赎，然而其最大的现实意义，也正体现在这里。陈仓文本中的镜像世界，与我们所处的现实社会，其实是不同的，而且构成了巨大反差的——与小说中的陈元刚好相反，现实中的底层民众，在心理归因上，不是"罪己"而是"罪他"，不是走向自我救赎，而是走向反智主义，越来越暴戾，越来越义和团化……从这个角度看，陈仓其实不是个现实主义作家，而是个理想主义者。陈仓说："想给多灾多难的人们开一个药方，在这个药方里，只有一味药，那就是善，其中含有宽容，也含有悲悯。"从思想性的层面上，在当下很多所谓"底层叙事"的作品里，弥漫着民粹主义的幽灵。在这样的小说中，只要是身处社会底层的人，就是好人就代表正义，哪怕是骗子是贼……"底层正确"成了一种"政治上正确"。与这类的小说相比，陈仓的写作更凸显出了其独特的价值。

松林夜宴图

孙　频

美术老师李佳音因引诱男学生被校方开除，她带着外公留下的画作《松林夜宴图》开始了京漂生活。在潦倒作画的寒夜里，在谋生的奔波中，她与孤独和饥饿对峙，却渐渐窥见了《松林夜宴图》里隐藏着的可怖真相……

一

她后来想，一切也许可以从白虎山说起。

所有的山和所有的河都是早已被命名好的，就像脚下这座山，癞秃、干渴、褶皱，独立千年而不能成说。它有一个威风凛凛但已苍老到两千岁的名字：白虎山。

据说西秦首都勇士城两千年前就曾在这山脚下，都城四面以青龙、白虎、朱雀、玄武命名四座山，白虎山在西，故名。对应五行之金，四季之秋，六部之刑部。从白虎山再往南便是祁连山余脉。两千年里这里曾有过无数边境之战、灭国之战、屠城之战，后来又几成流放之地，来过各朝的苦役。就在几十年前，这里还来过一批被城里遣送过来垦荒改造的右派，听放羊老汉说他们中间大部分都是文化人。后来他们中的很多人，也像那些古代的战士和各朝的苦役犯一样，大多没能返回家乡，留在了白虎山上，最终被黄沙掩埋了起来。

有时候大风卷过之处，就可以看到埋在黄沙之下的累累白骨，有两千年前的，有几百年前的，有几十年前的，早已经分辨不出老幼。新旧的白骨一簇一簇挤在一起，仿佛是刚刚从黄沙之下唤醒的蚌珠。有些暴露在黄沙外面的头骨安静地睁着两个黑洞，看着西部冰蓝色的天空。皮球一样滚来滚去的头骨被住在附近的小孩子们当玩具捡起来垒在一起，垒成了一座座七层宝塔，远看如同一片壮观的塔林。风从一个头颅的眼窝钻进去，像条无骨的蛇一样，再从另一个头颅的眼窝中爬出来。这些头骨宝塔静静地诡异地矗立在白虎山的某个山包上，等待着与爬到山顶来玩的大学生们不期而遇的那个瞬间。

山下有座师范学院，就建在两千年前的勇士城遗址之上。不知是因为兰州城太过狭长，还是因为这学校实在不被待见，青城、金崖、榆中，沿着黄河一路放逐，竟被赶到了这白虎山下。师院的学生们平素的娱乐只有两种，一种是骑着自行车骑十里山路去一个军用机场看飞机，另一种就是爬上白虎山看落日。

十里山路看不到人，看不到村庄，看不到树木，只有绵延不绝天荒地老的黄土沟崖。学生们骑着自行车，吃力地扭着屁股爬山路，一路下来裤子和臀部几欲摩擦起火。在山路上爬着爬着忽然就会有一种身处宇宙洪荒的无力感和庄重感。开天辟地，天地玄黄，日月盈昃，人走在其中如舟行海上，随时会被这无边的黄土吞没，随时会在这坚固如铁的时间里消散成灰。

偶尔会在半路上碰到一个卖苹果的农妇，一抹水红色的围巾尖利地刺破纵横的黄土。农妇守着一箩筐木讷憨厚的花牛苹果蹲在路边，不知打算要卖给谁，倒好像看死了他们一定会打这里经过。有时候学生们果真会停下买苹果，仿佛这农妇是他们在宇宙间遇到的唯一人类，连丑笨的花牛苹果也连带着成了这山中的珍异。下山坡的时候，自行车容易掉链子，刹不住闸，那就索性让自己连人带车地向路边的一堆沙丘撞去，脱缰的自行车驮着一坨惊恐万状的肉，像节失控的火车车厢一样轰隆隆驶向沙丘。车轮稳稳插进沙丘，人则被高高弹起来，然后再砸在沙丘上，腾起一片雾。

终于骑到了机场，军用机场不让随便出入，守在门口的哨兵如果见是女生就多看几眼，如果见只是男生，就依旧泥塑一样挡在门口，目光空洞地看着远处的栖云山。学生们只能站在墙外，仰脸数着起起落落的大小飞机。绿色的飞机像一大群候鸟呼啦啦起飞，结伴从他们头顶盘旋而过，往另一种季节里投奔而去。直到读完四年大学，这个学院的学生都是看到的天上的飞机比地上的汽车多。

再或者，在黄昏时分爬上白虎山看落日。李佳音就经常在落日熔金的黄昏带上自己的几个学生爬上白虎山画落日。李佳音是1995年被分配到这所学校的美术系来当老师的，甘肃榆中人，在三江汇聚的甬城读完了美院，然后，毕业时又被分回了原籍。当她几年前再次回到白虎山下的时候，母亲还有几分不高兴，说，你姥爷活着时就想着你能留在南边了，回来做撒呢？南边到底比这个搭搭干散，把书念上又回来做了个撒。她有气无力地说，不服从分配留在南方就连户口都没有了，也没有了工作。听说从明年开始国家就不包大学生的分配了，到时候自己找工作还不定能找到什么样的。我们是被包分配的最后一批了，总得抓住这个机会。

她心里却时刻为自己作了这样的选择而感到羞愧，多年以后她才想明白，是她身上那种与生俱来的稳妥使她无法自信。在她还很小的时候，外公执意要教她画画，就时常表现出对她的失望。他总是对她说，侬晓得什么是艺术家？就是侬要去追求那些美而徒劳的东西，只要侬是真的喜欢，就不要讲画画有没有用。外公年轻时候是个画家，曾留学贝桑松美术学院学油画，浙江余姚人。他是几十年前被遣送到白虎山改造的那批右派劳改犯中的一员。几年的垦荒改造结束后就地落户，没有再回余姚。他和一个年长他几岁的当地女人结了婚，那女人身体不好，后来就生病去世了。他们有一个孩子，就是李佳音的母亲。李佳音的母亲因为成分不好，从小被同学们歧视，上完小学就没有再上过学，早早嫁给了当地一个家徒四壁的农民，就是李佳音的父亲。

外公高瘦清隽，在西北多年仍然没有改掉浙江口音，他对榆中方言里把"喝水"叫成"喝蜇"、"吃吧"说成"吃撒"永远深恶痛绝。他坚持要把"母亲"叫"阿姆"，把"晚上"叫"夜到"。李佳音小的时候就曾问过外公，你为什么要从那么远的南方来到白虎山呢？外公说，因为吾会画画。李佳音说，为什么会画画就要来白虎山呢？外公说，因为会画画的人都是小居（小孩）。

过了几年李佳音又问他，你们那时候在白虎山上每天都做什么呢？他说，做交观多（许多）事情，劳动啊吃饭啊种粮啊割草啊养猪啊，啥西（什么）都做。阿拉连住的屋子都是自己做的，就在黄土坡上挖个月牙形的洞，洞口小，但里面可以挖大些也可以挖小些，还可以在旁边再挖个套间，套间还可以再套一间，反正阿拉想怎么住就怎么给自己挖。那窑里交观（特别）宽敞，比现在榆中的平房大多了，阿拉可以横着睡也可以竖着睡。吃的东西也交观多啊，青稞炒面、玉米面团子、洋芋角子、浆水面、灰豆子、糜面疙瘩，阿拉在山上给自家种了很多玉米和土豆，阿拉甚至还种过百合和玫瑰。百合的根是可以吃的，囡部部（又甜又软），侬晓得百合花是白色的，其实也有橘色的。玫瑰花也可以吃，侬晓得甘肃这一带从明朝就开始种玫瑰了，最好的玫瑰叫苦水玫瑰。把玫瑰花瓣采下来用白糖腌渍成玫瑰酱，或者包在火烧里做成玫瑰饼，咬一口那真真齿颊生香。夏天的时候，山上诶到各处（到处）都是阿拉种的玫瑰和百合，红白相间，云蒸霞蔚，登样（好看）极了。就是在60年那年没有粮食吃的时候，阿拉也能找到各种野菜吃。和吾住在一个窑里的另外两个人，一个是生物学家，另一个是音乐家。阿拉干什么都在一起，好得像一个人似的，有一口吃的都要三个人分了吃。生物学家带着阿拉在山上找龙葵、曼陀罗、苘麻、刺蓟、虎尾草、牛筋草、石灰菜、马唐、鳢肠、水稗，还有一种叫马屁泡的菌子，小晨光（小时候）是白色的，但当长大到不能再大的时候，它就会自动炸裂，喷出黑色的烟雾，好玩得很。里面黑色的粉末是可以止血消炎的，阿拉都把它当药来用。那个音乐家则每天在落日时分蹲在窑口用口琴给阿拉吹《红河谷》和《三套车》，快要落山的夕阳又大又红，把满天的云彩都染得血红，像在天空里烧了一把大火。

李佳音又问，那个生物学家和那个音乐家后来都去哪儿了？

外公平平静静地看着远处，声音也像从遥远的地方慢慢飘过来的，侬晓得，阿拉真的像亲兄弟一样……佢拉后来都回老家了。吾留了佢拉的地址，佢拉一个叫周在堂，是江苏无锡人，一个叫李书平，是湖南岳阳人。吾记得很清楚，都是南方人，又文气又礼貌。自从佢拉回家之后，吾每年都要给佢拉寄去西北的百合干、牦牛干、苦水玫瑰、柳花，年年过年都要寄的，没有一年落下。二十年了，侬晓得？吾都寄了二十年了。

虽然从小给她讲白虎山上的故事，外公却从不让她到那座山上玩，于是白虎山在她眼里变得日益神秘，如笼着一层蓝色的大雾。在李佳音记忆中，外公只对两件事感兴趣，吃和画画。李佳音还很小的时候，他就开始教她画画，他喜欢给她讲格列科、提香、丁托莱托、达·芬奇、拉斐尔、米开朗基罗、波提切利、塞尚、伦勃朗。他最崇尚的画家是伦勃朗，他保存着一本破旧的伦勃朗画册，他喜欢把里面那张叫《夜巡》的画一遍一遍指给她看。有时候明明是指给她看的，他自己却坐在那里看得满脸是泪。他说，侬晓得伦勃朗从画完这张画就破产了，当时没有人知道这张画有多么好。后来不久他就死了，才五十多岁啊。可是吾每次看到这张画的时候，还是会觉得，人生不管怎样虚空和荒诞，某些东西仍然会到来，会发生。

更多的时候，他只是对吃感兴趣。有一天黄昏他带着她去榆中县的十字街口买豆腐脑和麻叶做晚饭，雪白的豆腐脑盛在一口钢精锅里，上面洒着绿色的韭菜花和红色的辣椒油，他一边走一边不停闻着锅盖下散发出的香味。拐过一个弯之后他站住了，对她说，阿拉还是先把豆腐脑吃完了再回去吧。然后不等她说话他就捧起钢精锅，哧溜哧溜只两口，就把一锅还烫嘴的豆腐脑都倒进自己肚子里去了。吃完之后好像又有点不相信是自己吃完的，他狐疑地羞愧地看着那口空锅，自言自语道，吾吃的？不能吧？却久久不敢看她一眼。大约就是从那个时候，她开始为他感到羞耻。她吵着要回家，生怕有人会看到他们。他明白了她的意图，他捧着那口空锅忽然抬起头，肃穆地对她说，侬是不是觉得吾挺可怕？"当我们脏时爱我们，别在我们干净时爱我们，干净的时候人人都爱我们。"那个和吾在白虎山住过的音乐家曾经告诉吾，这是前苏联的一个叫肖斯塔科维奇的音乐家说过的话。他说肖斯塔科维奇一辈子都在等待一个枪决。

后来当他变得越来越老之后，他对画画的兴趣开始越来越小，对吃的兴趣却越来越浓烈越来越顽固，这兴趣长在他身上，像身体上发育出了一只硕大无比的畸形器官，简直要比四肢比脑袋都要显眼。

他越老便越爱惜自己的身体。由于睡不着觉，他每天早晨天还黑着就在炕上开始做一套保健操，横着做完竖着做。起来后按摩太阳穴，干洗脸，然后再出去倒着走半个小时。每天早上要雷打不动地吃三颗红枣三颗核桃，晚上睡前要风雨无阻地喝三杯枸杞泡的小酒。每天都要午睡，一到那个时间他就脱光衣服，头上裹上毛巾是怕受风寒，盖上被子午睡一个小时。午睡过后要喝一碗小米汤去火，然后在屋子里开始画画。他本是画油画的，到后来却只是拿毛笔随意在纸上涂抹，没有人能看懂他画的到底是什么。他画好一幅就往墙上挂一幅，只给自己看。时间一长，墙上挂得密密麻麻的，白纸黑墨挂满了屋子，挽联似的青森阴凉。画挂多了她才渐渐看出来，那画上画的密密麻麻的好像全是人，各种形态的小人或坐或站或睡，看上去有点像日本的佛教画《甘露图轴》，又有点像朝鲜19世纪的《十王图》，还有点像密密麻麻罗列在纸上的亡灵的墓碑。

更老了些之后，他看见邻居的小孩子喝牛奶，都要过去问小孩，侬一天要喝几袋牛奶啊？小孩想捉弄老头，便伸出七个指头来。他就当真了，侬喝七袋啊，那吾差远了，吾每天才喝一袋。于是早晨喝中午喝晚上喝，咽不下去了就往里灌，每天拼了命也要喝够七袋牛奶。

有时候李佳音的母亲赶集买了些饼干坚果之类回来，他见了就先在自己的枕头下面藏一部分，睡觉前躲在被子里偷着吃，吃着吃着就睡着了，一醒来又从枕头下面摸出来接着吃。结果被子里的各种食物碎屑多得能养活两窝老鼠。就是这样，他还是一天比一天老下去了，耳朵已经和摆设没有两样了。别人说什么他其实是一句都听不见的，只是看见人家笑了他就跟着笑，因为慢了半拍，别人笑完了他还没笑完。别人问他笑什么，他就说，你们不是在笑吗？因为听不见，只能看见别人的嘴在动，动来动去看着都一样，他大约也有点烦，所以后来干脆就见了谁都没有表情，泥塑似的一张脸上挂满深深浅浅的褶子。有时候看见邻居家吃什么了，回去就和李佳音的母亲闹着要吃，阿拉也吃那个吧！在街上看见小孩们口里吃着什么他会上去说，小歪(小男孩)给爷爷吃点，让爷爷尝一尝，就尝一点，就一点。吓得邻居的小孩子们一见他就跑，像见了大灰狼一样。

他看起来内里总是很渴、很饿、很空，无论扔进去多少东西都填不满，都能马上听见空荡荡的回声，好像他患上了一种奇特的类似于饕餮的疾病。然而就在那些刚刚吞咽下食物的清醒瞬间里，他仍然会哆哆嗦嗦地拉住她的手，催促她去看伦勃朗的画册。他说，侬一定要去看他那些无与伦比的光线，伦勃朗光线，真正的艺术家啊！就是画不出，侬也总可以去向往的。人其实就是在活那一点向往。

外公是在她去甬城读美院的第一学期去世的。等她寒假回到家里才知道，外公已经去世一个多月了。外公曾住过的房间已经被母亲清理过了，墙上挂的那些阴森森的满是小人的画都被取下焚烧掉了，取代它们的是一张外公的遗像。年老的外公站在一种枯瘦冷硬的黑白光线里，嘴唇紧抿，双目凹陷，正像一个谜一样无声无息地看着她。

她问母亲，外公走前痛苦不？母亲说，就是受罪了，你没见他到后来瓜（傻）滴，人都召不住了，裤子掉了都不知道个提。她问外公给她留下什么话没有。母亲说，没有，只留下几幅画，他神志清醒时就嘱咐过她，一定要把一幅画和一本画册留给李佳音。那几幅画有的用色粗粝浓烈，有的雅致如青绿山水。有一幅画里是血一样的大片花丛，好像昨夜西风微雨刚罢，满地宫锦残红，飞絮蒙蒙，有三个长发白衣的老者正在花下品茗下棋。另一幅是寒食前后，杏花如雪，三个白衣老者正赏花归来，满纸是平林新月人归后的清旷。留给她的那幅画叫《松林夜宴图》，画中充满了北宋李成的寒林气质，荒原空旷，月夜清凉。看起来时节应是冬天，松间与林下有积雪在月下闪着寒光，此处大约得王诜笔法，在树冠处敷上了厚厚的银粉，便尽得夜雪之肌质。松下有三个白衣老者在煮酒夜饮，其中一个正在抚琴，另外两个则醉卧，似听非听。

这幅画看起来和别的山水画不同，有一种奇怪的气质。人物比例被放大，画中那个抚琴的老者正看着画外，脸上有一种似笑非笑的神秘表情，正欲说还休。她与那个画中的老者对视了很久，画的右下角没有标注日期，看不出是他什么时候画的。她一时想不明白，外公为何一定要把这样一幅没有一个字的山水画留给她作遗物。

后来她就一直把这幅画带在身边，在甬城读美院的时候她曾拿出来给罗梵看过，她问罗梵在画中能看到什么。罗梵看后说，山水倒没有出彩之处，不算上乘之作，只是画里弥漫着一种奇怪的不安气息，很紧张，近似于恐惧，像有什么事情即将要发生之前的那种可怕的平静。

外公留给她的那本画册是伦勃朗的自画像册。伦勃朗从十八岁的少年开始画自己，每年画一幅，里面有三十岁如日中天的伦勃朗，四十岁国王一般骄傲的伦勃朗，五十四岁身材臃肿、缠着头巾、脸上没有一丝笑容的伦勃朗。他越是往后用色越厚重，到了后来，画中厚厚的色彩看上去像是铜铸的，闪着金属的光泽。她翻到了最后一幅自画像，这也是伦勃朗生前给自己画的最后一幅画像。整幅画中用的是夺目的金属色光线，人物好似铜版浮雕。画中一个穿着破旧衣服的落魄老人，戴着一顶旧帽子，满脸皱纹，眯起眼睛正向画外面看着。他苍老的脸上有一丝非常诡异的笑容。她想到了外公的《松林夜宴图》里弹琴老者的表情，觉得二者之间似乎有某种相似。

她第一次爬上白虎山，是在外公去世之后的那个冬天。几天前的一场薄雪已经基本化尽，只有山脊的背阴处还有斑驳的雪迹。她一站在那里就愣住了，满眼只有无边的黄沙和大小的砾石，枯死的沙蓬在寒风中瑟瑟发抖，偶尔见一棵低矮的沙枣树上没有一片叶子，满身的荆棘，几颗早已风干的沙枣血滴一样挂在枝头。十里黄沙看不到一个人影，甚至看不到一只飞鸟。一扭头却发现几步之外有一只寂寞的头骨正趴在黄沙中与她静静对视着。她这时才发现，黄沙之下，残雪之中，到处是白骨。有的像树枝一样露在外面一截，有的像发芽的种子一样只露出一点点，还有的完全赤裸在风中，闪烁着一种类似于银色的可怕光泽。她一个人站在白虎山上打着寒战却迟迟不肯离去，这时冬日的太阳已经开始落山，夕阳里的白虎山看上去辉煌壮丽而充满诡异之气。

来年暑假的时候她再次独自爬上白虎山，仍然是满眼的黄沙白骨，仍然几乎看不到一丝绿色，偶尔有束灰绿色的沙蓬也是血溶于水，掉进黄沙中立刻就消散不见了。玫瑰与百合听起来像这十里黄沙中的一个千年大梦，而龙葵、曼陀罗、苘麻、刺蓟、虎尾草、牛筋草、石灰菜、马唐、鳢肠、水稗这些植物的名字则像一艘早已沉入海底的沉船，锈迹斑斑，长满牡蛎，只见其中草影幢幢。她独自在山上走了很远，似乎只要一直走下去就可以走进外公最后的那几张画里去。玫瑰、松林、杏花、残月。品茗下棋、弹琴长啸、青梅煮酒。她一路走得跌跌撞撞，唯恐找不到痕迹，又唯恐真的找到什么。到最后她只在陡峭的黄土崖上找到一排又一排的土窝。那都不能算土窑，只能算土窝，因为窄小得不像人住过的，而且没有门窗，只有赤裸的洞口在大地之上隐秘开放。就像已经知道里面蛰伏着什么怪物一样，她甚至不敢往里再多看一眼，只是坐在黄土上，大口大口喘气。

从美院毕业被分回榆中的那个夏天，她又一个人来到白虎山上。西部的落日硕大而金碧辉煌，仿佛是从一种无生命的深渊里长出来的凶猛植物，只是不停地分泌出金色的光线，再把这箭镞一样的光线掷向每一棵树的生，每一片黄色土地的生，每一道沟壑的生，每一条嶙峋峡谷的生。它像一种无生命的生命，蛮横有力，强暴万物。白虎山上的黄土吸饱了这样浓烈凶悍的阳光，变得通体金黄剔透，天上地下，这么大规模这么浩瀚的金色汇聚在一起，天真单纯而扫荡一切。无论是曾经在那三江汇聚的甬城，还是后来在北京深秋的银杏林中，她都再没有见过这么多这么大规模的金黄色。黄沙之下露出的白骨像埋在这土地里的种子，不知道将要长出怎样奇异的人形植物。她坐在沙丘上，眼看着自己如旷野里的一座塑像，被夕阳镀上了一层金色。

山腰上有个放羊的老汉正在唱河州花儿，"天下的黄河往南淌，水大着淹了个享堂。远路上有我的好心肠，看去是没有个落脚的地方。"满山只听见古老悠远的花儿，看不到人，也看不到羊。又过了一会儿，一只领头的黑色大山羊出现在她的面前，接着一群白色的绵羊跟着黑山羊出现了，再接着，绵羊的最后面跟着一个放羊的老汉，甩着皮鞭，嘴里正唱着花儿。

羊群低头啃着沙蓬草，黑山羊顶着一对大角在旁边看守着它们。她和放羊老汉坐在沙丘上聊天。她说，老伯今年有多大了？老汉说，五十四咧，就是看着像个老扎扎。她说，才五十四，一点不老，那还是叫你叔吧。老汉高兴了，说，尕女子是做啥子滴？她说，我是这山下师院的老师。老汉惊叹，大学滴老师？满服（佩服）滴很撒。她说，叔，这山上多年以前是不是还种过玫瑰和百合？老汉嘎嘎大笑，尕娃是梦见了撒？止（这）簸（白）虎山上啥子都不能长，从古只能打仗。她说，叔，你知道这山上为什么有这么多骨头，是人的还是动物的？老汉摇头叹气，你是尕娃不知道，我九岁上就在止山上放羊，啥子事没见过？古代打仗当兵的愣们都死在止里，我十六七岁还是个崭页子（小伙子）滴时候，很多文化人也被送到了止山上改造，一个个簸生生（白生生）滴，都长得心疼滴很。就住在止山上挖的土窝子里，每日头垦荒种粮，尕娃看止山上还能长下个粮食？啥都不长。那时候止里人多滴很哪，后头两年闹饥荒莫有吃滴就饿死了很多人，就地埋了。啧啧，席嘛吓人，文化人饿了也是逮到啥子吃啥子，老夫子（老鼠）、蝼蛄子、蛐蛐儿。为保命啥子都能咽下去，人饿了都一个式子（样子），就是心里得过个坎坎子。席嘛吓人撒。

放羊老汉赶着羊群都离开很久了，李佳音还独自坐在那座沙丘上。她觉得很冷很饿，却是一步都动不了，也不想动，她只想天荒地老地坐在这里。直到天边的晚霞彻底燃尽，一轮巨大惨白的月亮像座宫殿一样，轰隆隆从白虎山下升了起来。她第一次觉得自己离月亮那么近，好像只要一步就可以跨进去。

接下来的几天，李佳音在整理外公的遗物时，翻出了厚厚一沓包裹单。所有的包裹单都是外公寄给两个人的，周在堂和李书平，一年又一年的包裹单，看上面的时间，前后大概持续了二十年。奇怪的是，所有的包裹单都是被邮局退回来的，上面盖着查无此人的邮戳。一年又一年。

这个暑假,李佳音翻遍了榆中县志、地方志,到县文化馆找当年关于白虎山农场的资料,但什么记录都没有。她又逢人便打听,最后七拐八拐才打听到了一个当年落户在榆中县夏官营镇的老右派。那是个一条腿已经不能动弹的老人,出不了门。她骑着自行车去了夏官营镇,找到这老人,向他打听当年在农场可认识宋醒石。老人拄着拐杖坐在沙枣树下,想了半天说,是二队的,浙江人吧,是个画家。她再问更多,他便不知道了。他面无表情地说,那时候还能干吗?把人饿得每天想的就一件事——吃。然后他再次打住,又不愿往下说了。一直磨蹭到最后她都要走了,他忽然神情古怪地说了一句话,二队那十几个人,最后活下来的就你姥爷一个人。她一惊,那他的那两个同伴呢?他们关系很好,干什么都在一起。一个叫周在堂,是江苏无锡人;一个叫李书平,是湖南岳阳人。他们后来都回自己家乡了啊。老人眯着眼睛看着远处群山之上的流云,摇摇头,不再说话。

她骑车回榆中县的路上,天已经完全黑下来了,月亮再次爬了起来,悬在那里,俯瞰人世。

"月光这么白,北方的大雪都没有这么固执,这么凶狠。没有把一切事物都撂倒的决心,我穿得更厚,才敢从月光里穿过。"

二

2003年,这已经是李佳音在白虎山师院做老师的第八个年头。李佳音经常带着学生们上白虎山画落日,但她总是觉得他们没有找到落日的颜色,她指着天边最后的光线告诉学生们,你们想想《向日葵》和《麦田上的鸦群》里的色彩,你们画出的根本不是金黄色。梵高的黄色是炼金术的金黄色,是在无数鲜花中采集的,提炼成类似阳光的蜜金黄色。他画里不是麦穗的火焰色,不是干草编成椅子的枯黄色,那是一种经过天才无尽想象的完全个人化的金黄色。它不再属于外界,那是只属于他一个人的色彩。

李佳音还经常带着学生外出写生,有时候带三四个,有时候就只带一个男生。她带着他们去武威、张掖、天水、酒泉、敦煌、河西走廊、甘南草原、巴丹吉林沙漠、祁连山下。她带着学生们一路西行,路上住过肮脏的小旅馆,借宿过农民的土坯房,在戈壁滩上搭过帐篷。她带着一个男学生曾在戈壁滩上见到过一种奇异的蓝天,如小时候外公告诉过她的,在塞尚的画中有一种蓝,这是一种类似于古老埃及的阴影蓝，一种闭合的蓝，倾听的蓝，雷雨般的蓝。天蓝、海蓝、布尔乔亚的棉布蓝、淡淡的云蓝、蜡烛蓝、湿漉漉的深蓝、多汁的水蓝，充满了反抗的蓝混杂在一起的颜色。

她对男学生说，你知道什么是颜色？颜色不过是显示物的内在生命的手段，而这内在的生命本身就在那里。树、石头、墙、峡谷都呈现着它们最内在的秘密，它们生长在那里，才如此明艳动人。颜色其实是我们的神经与天地万物相会合的地方。

男学生在戈壁滩的天空下崇拜地看着她，像她曾经教过的那些悟性最好的男生一样，崇拜她。她享受着这种崇拜的同时，便再次闻到了罗梵的气息，她说，你想想莫奈的画，整个天主教堂在发蓝的薄雾中被蓝色材料筑成，在各种蓝色中颤动着，在这种有无数细微差异的蓝色复调中，教堂有了翅膀，翅膀呈现各种蓝色，翅身颤抖。它飞了起来。

暮色四合之前，男学生打出了草稿，接着，星月浮出茫茫戈壁滩，一条浩瀚的银河低垂旷野，似乎伸手之间便可以摘下无数星辰。他们生起篝火，搭起帐篷，坐在火边。火光之中学生忽然问她，老师，为什么你只是教我们，自己却不愿画画？她看着火光不语。在西北的戈壁滩上，她又回忆起那个三条江水汇聚接头的地方，甬城，永寿街，文昌巷，粉墙黛瓦，香樟树，莲花缸，无日无夜的雨和雨中腐朽的雕花木窗，墙根下滑腻的青苔和砖缝之间柔媚的毒蕈。

那些毒蕈只有一夜的光阴，仿佛生来就是为了死去。这种回忆让她再次感到了痛苦。她像是要抵御什么，就着火光把一只手放在了男学生的手上，就像当年在甬城的文昌巷，罗梵把一只有断指的手放在了她的手上。当年，她还是一个美院的学生，他是她的老师。当她第一次在课堂上见到他的时候，她忽然就觉得他像是年轻时候的外公，她没有见过年轻时的外公，从她有了记忆，他就已经是一个嗜吃如命的饥饿老人，他的胃永远都无法填满。但她无数次想象过年轻时候的外公，高瘦清隽的身形、洁白的衬衣、修身的西服、窄腿西裤、派克大衣、三接头皮鞋、抹了发油的三七分发型。如眼前的男人一样，在才华横溢中傲慢地散发着毒蕈一般的气息。

他在第一堂课上讲梵高。他说，梵高的画中有着巨大的节日性，他比其他任何画家都更具有花朵的感觉，有一种在大地上盛开和陶醉的堕落。他其实不属于艺术史，而是属于我们人类生存中带血的神话。

她觉得这才是那个她应该遭遇、应该小心保存并珍藏好的外公。

"我们都是有罪的，今晚我们把这罪行之一重复一遍。你可以哭，却不要忏悔。"

在这个夜晚，罗梵与外公合二为一变作一个人，准确无误地再次驶回她的记忆中，像在戈壁滩上浮出的唯一一条船舶。回忆裹挟着铁器的钝痛向她袭来，但回忆他却总是让她重新获得了一些生命，这生命如一种可怕的矿物质能量，从她身体深处被开采出来。为此她握住男学生的手有些发抖，她牵引着那只年轻的手穿过衣服放在了自己的乳房上。那只手因为紧张而布满了大大小小的心脏。然后她撩起自己的裙子，他终于携带着他那些心脏趴在了她身上，慌乱紧张之中他嘴里不停叫着她，老师，老师。他像是急于要向她辩解些什么，又像是在安慰他自己。就如她当年也是这样对罗梵一遍一遍地说，老师，老师。

老师。这个词听起来充满绝望、崇拜、控制、隐秘、饥饿、不死、方死方生、方生方死。多么新鲜而古老的称呼，新鲜到它刚刚在地球上出现，又古老到足有两万年的寿命。

这是她在戈壁滩里引诱过的第五个男学生。总是选择在戈壁滩，是因为它充满了末日颓败的仪式感。最早的时候她曾为自己感到羞耻，但这种羞耻毫不起作用。她最终喜欢上了对他们这种轻而易举的控制，庞大对弱小的控制，老师对学生的控制，艺术对世俗的控制，神对人的控制。它如一座豪奢雄伟的建筑矗立在她和他们中间。她对每一个和她做爱的男学生都说过一句歌剧台词一样的话，你要学会去爱那些美而徒劳的东西。说这句话的时候，她和她对面的男学生越发像舞台上追光灯里的两个伶人。两个角色在灯光里都拖着长长的影子，鬼魅般的水袖半遮着彼此的脸。她想起在雨夜的文昌巷，在那扇雕花木门的后面，罗梵也是这样抱着她，用那只有断指的手抚摸着她的身体。在那么一两秒钟的错觉里，她恍惚觉得她正在镜子里看着年轻时候的外公，和他怀中的女人。

画室里的灯光幽暗，浓烈的松节油气味弥漫在空气的每一道褶皱里，靠墙的阴影里立着一面巨大的镜子，她从昏暗鬼魅的镜子里看到了藏在里面的空间有如神秘的洞穴。洞穴里有木窗、灯光、油画，还有他们水草般交叠在一起的影子。

罗梵当年在艺术系的闻名，除了因为他的才华，还因为他对美丽女人的博爱。在传说中他有过很多女友，就是这样，她仍然愿意去爱他。后来她想，人之所以愿意让自己去崇拜一种更巨大更黑暗的力量，愿意凝视那深渊，愿意让这种深渊把自己吞噬掉，是因为在人的内心深处都明白自己太过弱小，都明白自己有一天是要死的。

她也曾有过嫉妒，她曾站在甬江边威胁他，如果他再不结束他那些混乱的男女关系，她就从这里跳下去。他说，我爱你和爱美是两回事，爱美只是一种本能。结果，事后他依然如故，而她仍然不能不爱他，包括爱他那截断指。仿佛那断指里依然散发着浓烈的血腥味，而她变成了一只嗜血的飞蛾。外公死后她猛然发现了自己在这个世界上原来这么孤独，于是她一次一次去文昌巷找他，敲开那扇雕花的木门。

月光从涂满颜料的彩色玻璃里流进来。墙上有一幅很大的抽象画，看起来有些像保罗·克利的《通往埃及之路》。画中变幻莫测的色块与屋子里的光影交融在一起，分不清哪里是画中的哪里是真实的，哪里是幻觉又哪里是现实。她和他最早就是从性爱开始，似乎这样就不需要证明她爱他。她褪尽衣服，从那面昏暗的镜子里瞥见自己赤裸的后背上被他绘上的那朵血红色的花瓣，如通布利画中的第四朵玫瑰。

她背负着玫瑰的十字架俯下身去吻他。只有在性爱中她才不再是一个人，在这个过程中她亲眼看着自己从我变成了我们，我们被创造出来。她的绝望和孤独就在那一瞬间得到了最大程度的稀释和解救。这种解救是如此的庞大，以至于她无法从中逃脱。她想，这就是离开罗梵之后，她为什么要一次一次去引诱那些男学生的原因。

回过头去才发现，除了罗梵，她自己也是一道深渊摆在那里，令人目眩。

在后来的戈壁滩上，当那些男学生对她充满崇拜的时候，她便把他们的手放在自己的乳房上，或裙子下面。她知道，此时，他们必然会爱着她，因为爱情永远是卑微者的事情。所以，当他们紧张怯懦地俯在她身上的时候，她又觉得他们其实不过就是她的一部分。这使她又觉得和这些男学生的性爱，就像一种自我的交媾和自我的吞噬，充满了地老天荒与痛不欲生的淫靡气质。

有时候在这个过程中她觉得更好地接近了罗梵，接近了罗梵便是接近了外公。她才能为他加热，保护他，喂养他。外公在她的回忆和想象中长大，大得开始脱离那个贪吃的丑陋老人，伸展开艺术家的修长四肢，从而能让她走进去，像独自走进一扇门。

她和罗梵的道别是在1995年7月的一个夜晚。甬城又是无休无止地下着雨，香樟和梧桐在雨中散发着植物体内的寒香，从叶尖沁出，如同呼吸。拐角处的一棵香泡树上沉沉落下一只早熟的香泡，像女人身上一件肉质的器官跌落在了青石板路上，发出了梦一般遥远依稀的声音。她走到他文昌巷的家门口，一扇雕花的腐朽木门，门口的水缸里一白一红两朵睡莲开得正安静热烈，一尾红鱼如灯火般从莲花下倏忽而过。她在雨中久久站着却没有上去敲门，她想告诉他，她毕业了，她得回到家乡，她被分配回原籍了。她希望他会留住她，把她从此留在他身边。可是她又怕如果他真的把她留下了，她就会错失这最后一次的分配机会，她将变成一个连户口都没有的人。她做不到。

木门后面静静的，不知他是在画画还是已经睡了，他并不知道她此时就站在他的门口，也许他永远不会知道这个夜晚。她在雨中一直站到半夜，但始终没有上去敲那扇雕花的木门。雨一直在下一直在下，无始无终似的。雨珠敲打在木门上，香樟叶上，莲花上，时间上。最终她决定还是不辞而别。

回到甘肃后她如此痛恨自己，便开始给他写信，一封一封地写，白色的信笺，黑色的墨水，她在每一封信的开头仍然叫他老师。她在课间给他写信，在白虎山的落日里给他写信，在秋天的落叶中给他写信。但他从不回一个字，一个字都没有。就这样过了一年，她再写过去的信忽然被原封不动地退了回来，原因是查无此人。她又写，又被退了回来。再写，还是被退了回来。查无此人。

他消失了。

她拼命向那些江浙籍的同学打听罗梵去了哪里，都没有人知道。后来一个留在甬城的同学告诉她，某天罗梵忽然从学校辞职了，然后就从甬城消失了，谁也不知道他去了哪里。她向学校请了假，坐了三十多个小时的火车返回甬城，月夜下，永寿街、文昌巷，走过那个有香泡树的拐角，便是他的家门口。门前的水缸犹在，莲花已残，梧桐叶坠，花影扶疏处不见红鱼，只有月影横斜，池水清浅。雕花木门上挂着一把生锈的铁锁，门后的宅子晦暗如海。她使劲敲门，没有人出来开门，再敲，还是没有人应答。他真的消失了。他连工作连户口都扔掉了，什么都不要了。只有罗梵会这么做。

她从没有这样痛恨过自己，鄙弃过自己。她觉得自己确实不配被爱。

她对男学生的引诱大约就是从那个时候开始的。她给学生们讲格列科、丁托莱托、瓦萨里、波提切利，讲伦勃朗。她知道自己尽管庸俗而怯懦，却仍然可以告诉学生们什么是荷兰黄金时代的良心，什么是艺术家，什么是《夜巡》。

她说，什么是永恒？从流行的东西中提取出它可能包含着的在历史中富有诗意的东西，就是永恒。

她说，每个时代的艺术都有它的仪态、目光和举止。

她说，艺术的权力就是命名，名字都没有，宗教就消失了。

她对学生说着他说过的话，她用他用过的方式引诱男学生，让他们和她做爱。她变成了一个偷换了性别的他。老师，是她对他的命名，就像眼前这个在她身上的男学生，正给予她同样的命名。

戈壁滩上除了干枯的风声外几乎没有别的声音，在他们上方是一整块广袤璀璨的星空，像极了梵高的《星月夜》。旷野之中，她看不清男学生的脸，她可以把他想成是任何人。她在一种假设的沉迷中抚摸着他年轻的身体，觉得这样便足以惩罚自己和解救自己。忽然，她听到男学生在她耳边叫了一声，老师。她浑身一哆嗦，睁开了眼睛。

　　还有一次是她带着一个男学生去张掖，他们试图找到那条曾通往西域的古丝绸之路，据说这里离曾经的黑水国遗址已经不远了。她和男学生走了很久，后来他们没有找到黑水国遗址，却在没有人迹的荒漠里遇到了一片村庄的残骸。黄土夯筑的土坯房都已经坍塌破败，有的只剩了几堵墙壁，残垣断壁上横七竖八地架着几根腐烂的椽子，院子里依稀还能看到泥灶和铁锅的痕迹，有死去的沙枣树，还有几眼早已干枯、像黑洞洞的嘴巴一样张开在天空下的旱井。

　　李佳音和男学生穿过整个废弃的村庄都没有看到任何活物，整个村子是空的，只有塞外的朔风卷着黄沙从残垣间呼啸而过，一望无际的黄色在阳光下捶打着他们的眼睛。他们在村口徘徊半天，她正想着可以把这神秘村庄画下来的时候，那男学生在不远处的沙滩上大声叫她，他看到了一具半掩在黄沙之下的人骨。他们很快就发现，这黄沙下面埋着的远不止一具尸骨，应该是很多具尸骨被集中埋在了一起，时不时会有一截大腿骨从黄土中戳出来，像银色的树枝一样诡异地刺向天空。

　　她忽然就明白他们遇到什么了，这应该就是她曾听说过的那个村庄。几十年前，这一带有个村庄，所有的穷人曾在一夜之间秘密达成了一个契约——杀掉村子里所有已被命名好身份的异己者，一个都不留。这些人平日里可能就是他们的邻居或亲戚，只是略有几块田地，或者是从城市里发配到这里改造的文化人。那夜的契约里说，每个穷人都必须动手，没有人可以例外。不动手者也是异己者。想来，他们在这里看到的大约就是当年被埋在一起的那些异己者的白骨。和白虎山上的那些无名白骨不同的是，它们是一堆曾经被命名过身份的白骨。

　　李佳音和男学生几乎落荒而逃，回到张掖城找了一家旅店住了下来。那一晚，李佳音不停地要求男学生和她做爱，好像这些黄沙白骨，这些近在咫尺的死亡最大程度地激发了她的性欲，就仿佛她一定要在这个夜晚建立一个只属于她自己的世界末日。她用乞求的声音命令他，抱紧我，快抱紧我。男学生很是紧张，他的脸在她上方，半是羞愧半是恐惧地叫着她，老师，老师。

　　她抚摸着男学生年轻的身体，却越发觉得所有的肉身之下其实都不过是累累白骨。

　　"最后一百个早晨开花，姹紫嫣红。他饱赏美景，又痛哭着埋他死去的人的坟。"

三

　　戈壁滩上，银河坠地，繁星陨落，火光渐小。火光咬出的一圈空地像黑暗中孵出的一个粗粝的舞台，局促、孤寂、紧张。上面还没有任何人物来得及登场。

就在那一瞬间的空洞里，李佳音心里忽然有一点点害怕，不过，也只是一点点。她忽然害怕这刚刚离开她身体的男学生会去做点什么，也许，他会开始反抗。她转而告诉自己，不会的，之前的其他四个男学生都没有过一丝反抗，作为学生，他们根本不可能反抗。她一直一直记得，当初罗梵把那只有断指的手放在她手上的一瞬间，她根本没有任何反抗的能力。她看着他那只断指，那是一只小拇指，像是被刀或斧砍掉的，她忽然很渴望那切口是赤裸的，是打开的，她就可以从那伤口一直看进去，看见那森森白骨和鲜艳血液构成的内在秩序，就像探视一眼神秘的深渊一样看进去。这样她才会加倍地去崇拜去心疼他的一切。

她从没有问过他，那截小拇指是怎么没有的，似乎一旦问了便削弱了它应有的庙堂性。但她听过很多关于它的揣测，有的人说那是他在做一件雕塑作品时误伤了自己，有的人说那是因为他在画不出画的苦闷中自残的。这截断指像梵高的耳朵一样，从主体上剥离下来，已经独自长成了一个庞然大物。她不能不仰视它，好像它是一种被特制的、质地迥异的、前所未有的崭新生命。那种来自断指的控制，间或会给她一丝阴谋里的诡谲，而更多的则是对它奇异的崇拜。

方才就在男学生离开她身体的一个瞬间的表情里，她忽然看到了当初的自己，那种爱与控制交错而过时，唯一的一个平静的临界点。不会的，现在她是被崇拜的一方。在明天的课堂上，她会给他们讲丁托雷托，讲他具有提香的色彩、巴萨诺的明暗对比、委罗内塞的银灰色。也许，如她千百次想象过的，她会一直这样待在这座白虎山下的学校里，不停地去引诱她的男学生，直到她变老变丑，至死方休。她发现她越是厌弃这里便越是血肉相连，无法挣脱。

她没有想到的是，从戈壁滩上回来不久，这个男学生便给学校写了一封举报信。原因是，他事后才回味过来，感觉自己被一个比自己大十岁的女人强奸了。

校长坐在她对面不住摇头，用天水口音对她说，李老师哇，莫说你教滴不行，你教滴真还攒劲，只是你在么（这么）大个人，做滴啥日怪事？为啥不找个男滴嫁喽？你要是找不上滴话，让老师们给你踅摸一哈嘛。世上两条腿的男人家多滴很撒，咋好找学生哩？这些男娃娃，还莫长大哩，还是学生娃。

沉默了几分钟之后，校长又用主持追悼会的表情向她宣布，经过学校研究，由于此事影响比较恶劣，她已经被开除教职了，希望她能接受这个事实。

校长说话的时候，她一直看着窗外。阳光普照万物，连桌上那盆滴水观音的叶脉里流动的都是剔透的阳光。此刻她多么想不顾一切地告诉罗梵，那个雨夜，我就站在你的门口，只是你不知道。其实我多么希望你把我留下。

站起身离开的一瞬间,她看到了玻璃窗里她和校长变形的倒影,忽然就想起了弗朗西斯·培根的画。在他的画里,人的肉身上为什么总有那么多的痉挛,那么多脆弱的痛苦?他其实是不是在说,所有痛苦的人都是肉,肉只是人和动物的共同区域。也许,在他用画笔屠宰这些肉身的时候,他自己已经是身处教堂之中的神父了。

"有人消逝,在云朵里一去不返。村庄的一棵大树被拔出,一个人的庄园,也血肉模糊了。"

整个榆中县都很快知道了她被师院开除的原因,这个消息一经传出,整个县城都显得很快乐,像过节似的。她母亲终日闭门不出,对外称病,连邻居各种性质的探视都一概拒绝。至于她沉默寡言的父亲,则选择只身去了几十里地之外的一个油田去当守门人,那油田里日日夜夜就只有一个守门人。据说前一个守门人是个老鳏夫,为了排遣深夜里的孤独,想出了各种各样的良策。他在山上捉到一只老鼠,便在老鼠尾巴上绑上灯绳点着了,老鼠在他面前上蹿下跳地发出吱吱的叫声,他就当是它在和他说话了。而更前一个守门人是个中年光棍,据说第一次拿了工资之后便一路狂奔到榆中县城,看见什么买什么。因为很久没有见过活人,一路上只要见到是个人就拼命盯着人家看。见到路边站着个人便抓住人家问,我请你吃饭好不好?求你和我吃顿饭吧,你要和我一起吃饭我就给你买东西,你要什么我给你买什么,我有钱。

闭门不出地在家赋闲半年后,那个甬城的同学给她打来电话,告诉她说有人曾在北京见过罗梵。李佳音在那一瞬间就决定了,去北京流浪。

2004年的初春,李佳音带着简单的行李带着外公留给她的画,只身来到位于京郊的宋庄。因为据说罗梵曾在这里出没过。甬城同学事先帮她联系好了,来接她的是一个高瘦的画家,叫郭一原。李佳音刚走近潞城的公交站牌,就看到旁边站着一个旗杆似的高瘦男人,两只肩膀挑着一件灰色风衣,戴着一顶灰色鸭舌帽,风衣宽大,使他看起来有些僧侣的安闲气质。郭一原两只手插在风衣口袋里,不动声色地看着她说,我得先核实清楚我们说的是不是同一个人,重名重姓的人多了去了。李佳音说,他有九根半指头。男人微微一笑,那就是了,外号老九。他是在宋庄待了好几年,只是,一年半前他就出国了,好像是去了美国。他出国之后就消失了,谁都联系不到他。

郭一原先带着李佳音参观了自己的画室。画室很大,估计有400平方米,看起来更像个生产车间,车间里摆满了他的画、雕塑、模型、画架、画框、画布、颜料、松节油、调色油、雕塑泥、雕塑台。他两手仍插在口袋里,像个庄园主一样倨傲地环视着自己的画室。我这画室根本不算牛逼，不能和那些个金刚和太岁比，因为他们的画室更大，据说在里面喊话都有回音，他们要是在里面上卫生间的话还得骑上个自行车。

他又忽然转头问李佳音，听小毛说你之前在大学当老师？李佳音连忙说她已经辞去了教职，准备来北京当自由画家。郭一原斜着嘴角一笑，是吗？果然和老九一个德性，我就喜欢你们这种真敢辞职的人，像我这样的人本来就没有工作，盲流一个，也就不存在什么辞职不辞职。你们辞职图什么？就图个能自由画画呗。老九当年也是辞掉大学老师的工作跑到北京来画画，先是和我在圆明园做了一阵子盲流，后来才来到宋庄。刚来北京时我俩住一起，四处搬家，后来在圆明园那一带忽然发现有个环境清幽的四合院，太适合画画了，那么大一个四合院好像就住着一个五十来岁的女人。我们就商量着去这四合院租两间房画画，就怕房租要得贵，结果那女主人很痛快地说，好啊，房租也不多问你们要，一个月给我五十块钱吧。我们赶紧连滚带爬地搬进去了。结果住了才半年，一天半夜警察来查暂住证，那女人竟然一个人爬窗逃走了。我们这才知道这四合院的主人远在美国，院子一直空着，结果被一个女盲流先住进来了，占领根据地后又租给了我们两个男盲流。

然后他带着李佳音参观宋庄，他指着那些形容简陋的平房说，盖房子是来宋庄的艺术家的一门必修课，这不，都是自己盖的，自己不盖就租村民的房子。住在平房里冬天还得生蜂窝煤，要是煤糕熄了还得去邻居家里借正着着的煤糕。当年我们住平房的时候，都是一大早就用铁钳夹着烧红的煤糕窜来窜去，活像一群黎明里打着灯笼在找路的无头人。当然也有不租房不盖房的画家，有一个当年和我们一起在圆明园待过的叫严纳的画家就相当牛逼，他只过流浪生活，而且比我们都智慧很多。他住过很多高级的地方，比如打烊后的大型超市，半夜像老鼠一样在里面啃食所有他想吃的东西；住过夜场后人去楼空的电影院，在舞台上声情并茂地朗诵自己写的诗歌，当然没有一个观众；住过提供夜宵的洗浴中心，为逃避结账每次都要舍弃自己的一双鞋子；住过废弃的烂尾楼，整栋破楼就住着他一人，土皇帝似的。据说他现在白天经常到宜家睡觉，在宜家三楼展示现代时尚的豪华卧室用品样板间里舒舒服服地睡觉，一直睡到晚上商场闭店时他才溜出去画画。他把宜家各种造型各种材质的床和羽绒被都睡遍了，包括儿童床。你说这不是智慧是什么？

走了一段路之后他打开了一个看起来久没人住的小院子，院子里有两间平房，院子中间有水槽和水龙头。他两手插兜，扬扬脖子，这是老九以前向一个村民买的。现在地皮涨了，那村民又想原价把院子收回去，中国的小老百姓自古就这样。老九在这儿住了几年，冬天的时候他裹着一件大棉猴，吃着土豆大白菜画画。我问过他，你们这些海边长大的人不吃鱼也能活？他说，人总是要进化的嘛，实在没有鱼吃土豆也将就了，总不能把自己饿死。

屋里简陋异常，一间屋是睡觉的，有一盘土炕，炕上蹲着一张席梦思床。郭一原说，老九是南方人，睡不惯土炕，喏，他就先上土炕再上床。另一间屋子看起来是画室，满地的废弃颜料，靠墙立着一张大油画，满是灰尘。油画里的背景是古明州的亭台楼阁，万川映月，月湖中随潮涨落的水则碑，粉墙黛瓦下的月光竹影，从竹丛旁的一扇梅窗里望过去，是秦氏古戏台上流光溢彩的金色穹顶。亭台楼阁深处立着一个男人的背影，看不到脸。中国金碧山水苍冷的底子里，弥漫着江户时代盛极一时的妖冶颓靡。油画被工笔刀划过，已经毁坏。郭一原在她身后说，老九当初把自己关起来整整画了大半年，最后又被他自己毁了。他不愿意画行画，但画自己想画的又往往挣不来钱，画家就这样。所以后来差点都吃不起饭了。他为画这张画不吃不睡，哪知道画完后根本卖不出去。画廊不愿要这么小众的画风，收藏家见不是名家作品也不会收。我就说他，你简直都赶上伦勃朗当年画《夜巡》了。

后来呢？

后来再画也还是卖不出去，正好有个机会可以出国，他就走了。你放心吧，他那样的人不会在一个地方久待的，他必须得不停地折腾自己，不停地作死，让自己不得安宁才会有创作的欲望，他还真是个艺术家。我不会像他一样，我早就承认我就是个画行画的，他们让我画什么我就画什么，什么画能卖钱我就画什么，我让画廊的商人往死里包装我的画，让记者给我写各种报道，所以我的画一幅一幅都卖出去了。不然我怎么可能有间像样的画室？怎么能有钱请朋友们喝酒？不过我偶尔也装一装，假装一下艺术家，假装我是独立的，是有个性和原则的，我的创作是不允许别人指手画脚的。因为我越是这样，他们给我的钱越多，我越是摆谱，他们越是觉得自己的钱花得值。现在的人就是花钱买个范儿。其实我早就懒得去搞什么原创性的艺术了，结局都不过是无聊。我现在就是个艺术家里的婊子，任人操。

末了他站在那张油画的阴影里，忽然低声说了一句，其实艺术家就是自己操自己，操自己的时候还要请人观赏。他往门口走了几步突然笑了，说：言重了，言重了。那你就先住这儿吧，你不是他那个什么学生嘛。他这个人啊，自打去了美利坚合众国就再没给我们打过一个电话，也不知道是死的还是活的，也不知道是混进大都会艺术博物馆了呢，还是正在中央公园门口给人画像，据说画一张肖像五美元。

李佳音就这样在宋庄住了下来，住在罗梵从前住过的房子里。这个晚上她像爬一座祭台一样先爬上土炕，再爬上床，高高地睡在了上面。她想到罗梵曾经就睡在这里，他早已焙干成灰的体温像一处水洼一样浸泡着她，一点一点，直至把她淹没，她心里开始一点一点变安静。渐渐地，在清白的月光里，她感觉他的气息慢慢与她重叠在一起了。他们正试图折叠为一个新的人或者一种新的兽。她的指尖从他曾经睡过的床单上划过，像触碰到了他身上的某种肌理，这种触碰像某一种沉在河底的、残缺不全而锈迹斑斑的拥抱。

来北京的第一夜是无眠的。在京郊的月光下，她从没有这么清晰地看见过骨骼暴露狰狞不已的自己。那一瞬间的感觉，就像是在白虎山上与一具黄沙吹尽的白骨相遇了。中间隔着生，也隔着死。她无法告诉罗梵，她对男学生的引诱，她的纵欲，是因为她爱他。没有人会相信的，包括他。这世间的很多真相只会永远在最幽暗的地下行走，永远见不得天光。没有人会明白那些纠缠在白骨与情欲之间的艳丽的死亡气息，也没有人会明白那些被囚禁在时光最下面的控制与反抗。

现在，在这京郊的月光下，她也成了一个没有工作、没有身份、没有户口的面目模糊的人，她终于把自己放逐成了一个和七年前的罗梵一模一样的人。外公的《松林夜宴图》她已经挂在了墙上，那是外公对她的唯一陪伴，是外公最后的遗言，虽然她一直没有想明白他究竟要对她说什么。她想如果外公还活着，不知他会为如今的她高兴还是难过。

夏天慢慢过去了。画室的条件极尽简陋，自来水管在院子里，吃饭得自己用蜂窝煤炉做。等到冬天，又必须在屋子里生起火炉，不然手连画笔都握不住。平房窗户窄小，采光不是很好，屋子里光线昏暗，到处是罗梵用过又遗弃的东西，这使她有一种游荡在古老墓穴中的感觉。来到这里似乎终于摆脱掉了在白虎山下的那种巨大惯性，她开始有了画画的欲望，每天一起床就开始画，一直画到黄昏掌灯时分，然后给自己做饭吃。成为机械，是半年来的她几乎可谓肉感的欲望。在这种简单复制的生活中她想起世上曾经还有外公，现在还有罗梵，便也平静下来。一天天过去，她渐渐开始明白罗梵当初为什么要离开甬城离开永寿街，离开三江汇聚处的富饶与慵懒来到这里画画。因为只有在这种最简陋的黑屋子里画画，没有了任何赘物与虚荣，才是对自己最彻底的一次弃绝。舍弃工作和身份本身就是一次弃绝，像一个盲流一样来到京郊租房又是一次弃绝，而关在这黑屋子里画画，则是对人的物质性的最后抽离与蒸发。

应该就是在这里，他才把自己变成了一个真正的画家。

在开始画画的同时，她忽然就发现，之前在她身上纠缠的那些奇异蛮荒的情欲也在渐渐褪去。那些对男学生的劫持，对他们的年轻肉体的渴望也忽然就沉寂了，消失了，如艳丽的夹竹桃飘零于水中，绯红与毒性一起碾落成泥。慢慢地，所有疼痛的回忆也开始能够走进她画里来了，寒凉的香樟，烂熟的香泡，手掌心一样的梧桐叶坠落在雨中，水缸里的白色睡莲和水中的血色鱼影，斑驳的木门生满滑腻的青苔。那个多年前的雨夜如今就静静地站在她的画中，仿佛一个蛰伏已久的伤口，没有什么能填平它，也没有什么能为它命名。她的懦弱与世俗，她的不辞而别，在这八年时间里早已经变成了一艘航船，她每个晚上都试图要登上它。而它却待在那里，待在一个不可能的港口里永久地停泊着。

"我怀疑我在这个世界作恶多端，对开过的花朵恶语相向。我怀疑我钟情于黑夜，轻视了清晨。"

四

冬天来了，郭一原叫上李佳音参加宋庄画家的聚会。这是个冬日的中午，饭店门口的一棵柿子树叶子早已经落光了，剩下几只鲜红的大柿子慵懒地坐在最上面的枝头俯视大地，一只大喜鹊俯冲下来啄了一口柿子，肥头大耳的柿子晃了两晃便摔了下去，啪一声摔得血肉横飞。

正午的阳光齐聚而下，欲毁蚀万物。

画家们陆陆续续都到了，因为穿着臃肿的冬衣，看上去体积比平日里都大了一倍，熙熙攘攘地坐了一大桌子。李佳音第一次见到这么多画家坐在一起，像一种合并同类项的游戏。画家们有的是长发，有的是卷发，有的是光头。有戴呢毡帽的、贝雷帽的、鸭舌帽的、前进帽的。有的穿着橙色的窄腿裤，有的穿着夏威夷海岸花纹的衬衣，像正要去椰林边度假。其中坐着两名女画家，一个留着像黑夜一样的长发，一个是光头。她们坐在一圈男人中间，醒目得像两尊菩萨。

他们挤在一起很惬意，像冬天里一群集体出洞晒着太阳的小动物，柔软胆怯，毛茸茸的一团，阳光给了他们安全感。他们一边彼此交谈着什么，一边看菜有没有上齐，不停地催促服务员拿来可乐拿来啤酒拿来红星二锅头。李佳音坐在那里忽然就有些不敢看他们，她好像做了贼一样，看着他们像看着一堆艳丽的气球。她知道他们其实和她一样，是弱小的，是虚张声势的。他们很多人也像她一样，住着平房生着蜂窝煤炉下着挂面吃，正在等待出名的路上或等待卖画的路上。但在这里，他们不再是单个的人了，他们是住在同一座珊瑚礁里的珊瑚虫，他们焊接在一起长成了一大块集体。这种窥探让她深感羞耻和不安，像看着一个又一个赤身裸体的自己在眼前晃来晃去。

众人很快就过渡到喝酒状态。郭一原悄悄对她说，这顿饭是那个戴贝雷帽的画家请的。请客原因很简单，他也是画行画的，有钱，就时不时请请客。他钱多的时候，宋庄的画家们都能跟着他胖一圈；他手头紧的时候，众人又都跟着他瘦下去，简直比在养猪场养猪还明显。这哥们儿端起酒杯说，谁也别鄙视我啊，我压根儿不屑于进什么美术史，艺术的革新也不指望我，我不是什么艺术家，我就是个画匠，匠人，懂吧？也就是个手艺活罢了。摹摹名画，画画小风景，给公司画画广告牌，既不妨碍别人，也不给伟大的社会主义抹黑，挣了钱吃香的喝辣的，把搞艺术的兄弟们个个都养肥，有什么不好？

正吃着人家喝着人家的，众人一致叫好。酒过三巡，一个画家开始讲自己当年在圆明园画家村的往事助兴，据郭一原说，宋庄画家里，在圆明园混过的都算是老炮。这枚头发谢顶的老炮先是反复敬酒一圈，一个都不落下，倒像个恪守行规的基层公务员。然后才开始吹嘘自己当年和圆明园的很多女画家都上过床，说有些女画家因为实在太喜欢他，半夜跑去敲他的门，一定要求被他宠幸一次，不然的话在女画家圈里实在说不过去。和他睡觉成了一种荣耀。不幸的是那晚在他床上正睡着另一个女画家，他哪敢去开门，只好在黑暗中继续装睡。那敲门声愣是响了半宿，差点把周围住的男画家都给敲起来。

老炮沉浸在自己的光辉岁月里，李佳音已经不忍心再往老炮谢顶的脑门上看了，似乎多看一眼都是对他的惩罚。只见众人表情各异，有的笑而不语，有的低头看菜，有的在认真研究酒瓶子上标的酒精度数。有一个留寸头的年轻画家两眼放光，一笑便齐齐露出了三十二颗雪白的牙齿，牙保养得还真不错，在灯光下闪着结实耐用的釉光。他的表情似要进一步为自己打探如此光明的前景，真的么？真的么？

李佳音悄悄问郭一原，为什么他们只谈女人不谈艺术？郭一原斜睨了她一眼说，因为孤独啊，平常自个儿待在那里画画都很孤独，好不容易聚在一起吸点人气，谁还愿意再把脑子里的那点事正经八百地挂在嘴上？为什么要聚会喝酒？就是为了暂时不孤独。

这时候那个留着光头的女画家忽然说话了。她很瘦，两只颧骨锋利地耸立在脸上，穿着一件肥大的中式绣花棉袍一直拖到脚踝，看上去整个身体已经融化在那件空荡荡的衣服里了，只留下外面的一个光头。李佳音想起这几年里见过的搞艺术的女人基本都是这身标志性行头，校服似的。女人嗓音粗大沙哑，像是刚刚大哭过的那种嗓子，带着血丝迟钝地锯着人的耳朵，给人一种反常的疼痛。她说，老王，这种牛逼就别再吹了吧，你现在全身上下也就剩这张嘴能硬起来了。我特看不起你们这些男人以睡过多少女人为荣，数量之多，时间之长，搞得像大跃进放卫星似的。今晚我塞给你一个女人，你倒睡给我看看。

主人连忙敬光头女人酒，女人杀气腾腾地和别人喝了一圈酒，唯独不理主人。这时主人发现上的菜已经基本被吃完了，又吩咐服务员把所有的菜再上一遍。见有人扭捏推辞，主人把脸一挂，很不高兴地说，请客还能不让人吃饱？你这不是打我脸吗？再说了，像我这种画行画的有什么存在的价值呢？我又不是在创造，只是在复制。那我的钱就更要让大家吃饱喝足，这样才有力气搞艺术。尤其是常安，看你瘦的，无论谁请客都要多吃一点才对。那光头女人听了他的话，大义凛然地一笑，瞪他一眼，忽然起身就往出走，袍子一样的棉衣随她迤逦而行，看上去像被她勉强拖走的。主人在后面叫她，哎哎哎，常安，你没吃完怎么就走了？在她转身的一瞬间，李佳音还是看到了她脸上的表情。整张脸空荡荡的，像一只悬在空中的瓶子，散发着玻璃的寒脆和冰凉。

郭一原悄悄对她说，她叫常安，是搞行为艺术的。在我们这行当里，最怕的就是女人搞了行为艺术。在我们这个国家里，女人搞了行为艺术，就基本不要想什么结婚生子的事了。不止是世俗，连艺术界其实也是这么要求女人的，打着艺术的名义裸体那也不行，那叫二。你以为人人都理解你是搞艺术啊。而且行为艺术无法卖到画廊，赚不到钱，所以连吃饭都是个问题。其实她从前是画油画的，功底很扎实，基本尝试过中国美术界二十年来的所有风格，具象、抽象、写实、超写实、表现主义，她都试过，到最后却开始搞行为了。可能是觉得这些艺术形式都满足不了她表达的欲望，她大概是想成为中国的布诺娃……太理想化了，简直可怜。哦，对了，她和老九曾做过一段时间的情人。老九这个人啊，我觉得他其实根本不是和女人谈恋爱，他是在和艺术本身谈恋爱，所以这个女人可以，那个女人也可以，长发的可以，光头的也可以。

后来呢？

后来？肯定是分手了。

再后来呢？

再后来一个出国了，一个坚持搞她的行为艺术。她有个代表作叫《爬行》，六个男人摞起来，她在最上面，他们全部是裸体。她应该想表达的是独属于女人的爬行。你能想见吗，他们七个人摞起来，估计那六个男人是她花钱雇的杂技演员，可是你想她自己又是怎么爬上去的呢？要不题目怎么叫《爬行》呢？倒像是她为了这次行为艺术硬把自己也训练成了一个杂技演员。多不容易。据说后来她和很多男人睡过，这些男人有搞艺术的，也有不是搞艺术的。据说她和男人们的睡觉也像行为艺术，你分不清真假，也搞不清她为什么要和他们睡觉，肯定不是为钱。假设说，她压根儿没和什么男人睡过，别人也不会相信，大约所有的人都觉得睡她太容易了。因为她在自己的作品中都已经脱光过的嘛，艺术地脱也是脱。大约女艺术家的作品很容易就会被等同为她本人的一部分。你可以说她是质地最纯正的艺术家，也可以说她是个傻逼。这就像一只玻璃球，无论从哪个角度看进去都可以。

"万物有待命名，名字都没有，宗教就消失了，宗教不存在，祈祷就消失了，祈祷消失，人类就消失了。"

李佳音独自冲出饭店向着走在前面的常安的背影追过去。不知从什么时候开始，夜空中开始飘起了雪花，地上和树枝上已经积了薄薄一层雪，大片的雪花从墨黑色的天空里飘下，有寒鸦的影子踏雪而过，整个宋庄忽然之间肃穆得像座教堂。李佳音从后面看到，走在前面的女人光头上已经落了一层雪花，这使她看起来更像路边一尊风蚀斑驳的菩萨像。她红色的棉衣上也落了一层雪。棉衣看起来很薄，她在风雪中微微发抖。李佳音追上去，在和她并排走着的一瞬间，一种虚弱再次从她体内升起，血被淹没。她在她身上闻到了罗梵的气息。确实，他们才是一样的人，都勇敢得近于邪恶。

常安裹紧棉衣，疾步在雪中走着，她头也不回地对李佳音说，不要来问我为什么要搞行为艺术，花儿生下来就是要谢的，鸟儿生下来就是要飞的，有些人生下来就是为了做某些事，就像有些人生下来就是为了去死，这都需要理由吗？有人就不想做人，就不愿成为一个人，她就想把自己变成一件艺术作品，这也需要理由吗？

她的声音粗大嘶哑，在漫天雪花中听过去，有点歌剧式的孤独与悲怆。她们正走到一盏路灯下，借着灯光，李佳音看到她光头上已经落了厚厚一层雪花，像戴了一顶滑稽的帽子。她的耳朵和鼻尖都冻成了一种剔透的红，似乎一碰就会掉下来。这样看上去她的脸色苍白得接近于透明，似乎都能看到下面流动的血管。李佳音忽然在一刹那就对她有了一种奇怪的怜惜，她伸出手去，欲替她拂去头顶上的积雪。

常安后退一步，警惕地看着她。李佳音在大雪中微笑着说，我是罗梵的学生。常安眯起眼睛打量着她，表情慢慢变软变松弛，哦，老九的学生，你是过来找他的吗？

我找了他八年，可是等我来了他已经走了。

那说明他根本不想让你找到他。你为什么要找他？

他还会回来吗？

其实你就是真找到他又有什么用？他还是会离开的。而且你心里也清楚，如果你想要的是好好生活，他这样的男人是最无用的，你应该远离他。

不知道他在那边过得怎么样。

以前听我一个在美国画画的朋友讲过一个故事。一次他在拉斯维加斯的沙漠里独自开车去死亡谷旅行，开到天黑时找到了沙漠里的一个小镇投宿。这个小镇在沙漠里孤零零的，却开着一家小旅店，小旅店还带着一间小酒吧，供那些来沙漠里的游人住宿玩乐。旅店里只有一个店员，那晚除了他也没有别的游客。孤独之余就和店员聊天，他才知道这小镇上居然只住着一个人，也是这旅店的老板，是一个七十多岁的老太太。店员自己则是老太太从别的镇雇来的。老太太年轻时是个舞蹈演员，一次去死亡谷游玩时经过这个小镇，她只看了一眼就决定留在这里。此后她就一直住在这个镇上，再没离开过。后来镇上的人们陆陆续续都搬走了，只有她还住在这沙漠里。她每天都要在自己的酒吧里跳一段舞，即使没有一个游人看，她也要跳，风雨无阻，因为有没有人看和她根本没关系。我朋友想见老太太一面，但老太太每天一到黄昏时分就去睡觉了。他在旅店窗口看到被夕阳染得像鲜血一样的天空和广袤荒凉的沙漠，眼泪忽然就下来了。他和我说，在这个世界上，像老太太这样情愿活在一个自己角落里的人应该还不少吧，无论你跳什么样的舞，画什么样的画，其实都和别人没有关系。因为你甚至都不需要观众。

嗯，有件事我要告诉你……他们都说我是从大学辞职的，其实我不是自己辞职的，我是被学校开除的，因为我当老师时曾经引诱过几个男学生。

你和我说这个是怕我太孤单吧……不管怎样都谢谢你。其实有太多的时候，做爱可能是艺术，可能是暴力，可能是乞讨，可能只是在索要安全感。它绝不止于只是一个男人和一个女人之间的关系。

雪越下越大，整条街道和街道两边光秃秃的树枝都被白雪覆盖，整个世界看起来像个洁净的大墓园。两个人影在大雪中慢慢往前移动，移动，最后消失在了大雪中。

整个冬天李佳音几乎都在画画。窗外是漫天大雪，炉子烧得通红，她在白天也拉上窗帘打开电灯，时间四溅，孤独如血。白天和晚上混沌一体没有界限，只有作画的人站在现在与回忆之间四分五裂。没有证据可以证明此刻究竟是什么，只能把它画出来，就像用文字把它写出来，用骨头把它建起来。

"艺术家必须发明一种自己的目光，没有这种目光就构不成创造。梵高的目光是漩涡式的毁灭，保罗·克利的目光是幽灵和天使的共存，塞尚的目光是把分离的自然用双手合起来。"

这话是罗梵说过的。在画画的过程中，李佳音渐渐开始明白，对罗梵的接近其实是不存在的，他要的是在此时此刻的某个他布置好的空间被她遇到，被她看见。而外公和他的画只是静静地站在墙壁上，无声无息地看着她的一切。有时候她会和那张画对视良久，就像外公正在那里和她说话，他正要告诉她什么。她看着画里的三个饮酒的老者，再次想起外公当年的那两个同伴。外公画的应该就是他们三个人，那么，那两个人后来到底去了哪里？

到后来，她的画里渐渐开始出现甬城的白墙黑瓦、香泡树与莲花缸，白虎山上的黄沙白骨与山下的日落黄河，三江边的爱情与绝望，戈壁滩上类似于某种综合征的控制与情欲，累累白骨之上的恐惧与狂欢，天荒地老的犹疑与反复证明，都借助着色彩、光影与线条，纷纷走进了她的画里。

这期间常安来找过她一次。那是冬至的第二天，天寒地冻，大雪封门。炉子上的一壶水刚刚煮开，忽然有人来敲门，打开门她惊讶地发现居然是常安。她站在门口，光着头，身上穿的还是那件红色的绣花棉袍，衣领处有个地方开了线了，吐出了一缕棉絮。她进了屋里瑟瑟地发着抖，使劲搓了搓手，先把李佳音的画看了一遍，看得很敷衍，她只略略地赞美了几句，说很有想法之类。李佳音心中正感到有些不快的时候，忽然就见常安转过身来直直看着她，把李佳音吓了一跳。在她还没有反应过来之前，只听见常安忽然嘶哑着嗓子，用最快的语速对她说，那个佳音，你不是罗梵的学生嘛，那就不是外人。我就和你直说了，我最近手头有点紧，能先借我点钱不？我得先去买件厚点的衣服过冬，天越来越冷了。

李佳音愣了一下，怀疑自己是不是听错了，但她忽然看到了常安的目光，那是一种躲闪的虚弱的还带着点谄媚的目光，有点像刚被打过的小狗或小猫的目光，配着她那醒目的光头、鲜红的棉衣，整个人像把血淋淋的刀子一样扔在她脚下。她连忙大声说，好啊好啊没问题，好像屋里站满了正在听她说话的人。煮开的水壶喘息着吐出雪白的水汽，把两个人的面孔都遮住了，像两个无头人对站着。

她一边给她拿钱一边提起水壶给她倒了杯开水，递给她杯子时碰到了她的手，一种被抽干了血液的冰凉。她说，喝点热水吧，今年冬天真是冷。

常安听话地用两手抱住那只杯子，低着光头看着杯子里冒出的热气，热气好像熏着了她，她慢慢闭上了眼睛，看上去她就像一个正在祈祷的修女。

常安把杯子放下，准备离去的时候忽然看到了墙上的《松林夜宴图》，她久久看着那幅画，问，这是谁画的？

我外公。

你外公是不是挨过饿？

你怎么看出来的？

你要相信我的直觉，我从不怀疑我对艺术的直觉。我觉得他画的其实根本不是什么松林夜宴。

那是什么？

挨饿。或者，是比挨饿更可怕的东西。

"诗人命名万物。"

五

马上就是新年了，有一个画家过生日，又把画家们召集在宋庄最大的饭店里喝酒。一帮画家白天也不知道都躲在哪里，此时一声招呼都蜂拥而至，有点像惊蛰时节百虫出动的盛况。李佳音被郭一原叫了出来，一听有饭局，她一口答应。她已经开始和其他画家没有任何区别了，她不再为看到他们的窘迫而感到羞耻。相反，她也开始喜欢上了这种聚会，即使什么都不说什么都不做，单单就坐在他们中间吸点人气也好。

聚会上她四下张望，唯恐看到常安，却又想看到她。刚刚坐定，便看到常安穿着一件黑色的绣花棉袍走了进来，仍然是锃亮得闪着寒气的光头。她每天都要刮头发，直到把头皮刮得铁青，直到不留一点她是女人的证据。她顶着一个光头穿着一件黑袍进来的一瞬间，李佳音忽然无比心酸，她明白她其实是存心要把自己扣押起来，存心要让自己成为一个人质。

她穿的黑色棉袍大约是借到钱后刚买的，衣服上静静盛开着几朵妖娆诡异的牡丹。她走得很有气势，像左右手都各拎着一把杀气腾腾的铜花锤进来的。她一进饭店就对过生日的画家说，老焦，你也太装了，才多大岁数就搞得这么隆重，想当座山雕啊？老焦忙说，是常姐啊，快，这边的上位坐。常安又继续，怎么不喊我呢，是不是嫌我们搞行为的穷，怕我拿不出红包？老焦擦擦汗，忙说，我可没收红包，就是找个理由叫大家吃顿饭，不是马上新年了吗？常安大笑起来，声音巨大，像独自在那儿演话剧，我说嘛，老焦好歹也是个画家，总不会把自己搞得像个村干部一样广收红包。

常安终于坐定，光头像只大瓦数的灯泡一样把整个包间都照得异样明亮。她发现事实上没有人敢盯着常安的光头久看，就好像都怕被晃伤了眼睛。这时候一个年轻画家率先端着一杯酒站了起来，今天我要先敬大家一杯，因为我有个好事情告诉大家。众人鼓掌，吹口哨，什么好事，快说快说，是不是把你的画一口气都卖出去了？年轻画家略略矜持了一下，然后很快乐地说，是这样的，我的一幅油画要得奖了，今天刚接到的通知，嗯，是个一等奖。通知上还说是要收进当代名人画册中呢。

……

主办方是一家有名的美术杂志。通知书白纸黑字，你们不信去看。

……

我们这些人虽然叫自己是自由画家，可是没有人承认我们，我们就什么都不是，对不？所以我们必须要得奖，得奖是认可啊，是承认啊，艺术家不被承认多孤独啊。哎哎哎，你们真别装啊，有些画家就得一个奖，名声马上就不一样了，画也哗哗都卖出去了，钱也来了。梵高当年要是有奖有奖金，指不定能画到八十岁呢。你们不信？……你们真不信么？？

一桌子诡异的寂静，只有长长短短的呼吸彼此交错，像一片刚修剪过的草地，湿漉漉地划过李佳音的皮肤。忽然有一个声音犹豫地怯怯地从一堆寂静中爬了出来，你那个奖……要不要交钱？是不是得交三千……块钱？

比方才更庞大更彪悍的沉默，蹲在他们面前挡住了所有的去路。忽然一个嘶哑的有力的如同歌剧般的声音乘一骑快马杀了进来，哈哈哈哈哈哈哈！是常安的声音，哈哈哈哈哈哈哈哈哈哈！我现在知道了，是不是你们每个人都偷偷交了画参赛，然后每个人都接到了通知说得了一等奖，说要出画册要成知名画家成国际范了，然后你们每个人都赶紧交了人家三千块钱？哈哈哈哈哈哈哈哈哈哈哈哈哈！这就是自由画家，这就是骄傲，这就是自由，这就是自……由。对，我承认我是穷得买不起新衣服，是经常连饭都吃不饱，所以只要哪里有饭局，我一定会厚着脸皮去蹭饭。你们猜对了，我今天还真就是来蹭饭的。可是，你们谁能像我一样在作品里表达我最真实的想法？你们觉得我可怜，可是我们其实都一样可怜，人本身就是一种可怜的动物，活着时千疮百孔，死了都是一具白骨。都是从生到死，人却远远不如一棵植物坦然安宁。我的作品，既不犯法也不耍流氓，我不求升官也不求发财，甚至我也并不求被男人爱，因为爱只会让人软弱。可是你们知道么，我最怕的是我的老母亲，我最怕的是我的作品被她看到……

突然，她毫无预兆地大哭了起来，声音干枯嘶哑如裂帛，她一边哭一边用自己锃亮的光头一下一下地磕着桌面。没有人说话，也没有人过来拦住她。

她忽然想到了外公，不知道外公会不会希望看到她的现在，此刻。

"我是那么接近冬天，像一场小雪蠕动。"

整个京郊的冬天被大雪封存，画家们和村民房东们倒也相处得其乐融融。有个房东自己杀了鸡，就一定要给住在院子里的画家送过去一条鸡腿。还有个画家总是收到女房东的各种馈赠，一碗鸡毛啊，一盘干草啊，因为女房东是个精神病人，一年得住一次院。还有个房东每天早晨起床后的第一件事就是趴在画家窗下叫他几声，看他是不是还活着。因为他总是担心画家不会用煤炉从而半夜煤气中毒。

年过完了，终于等到了春天，李佳音已经画好了八幅油画。在这一年的时间里，她对着画布一味倾诉，待在里头，倒也不愿出来。这类似于一种酒，她成天喝得醉醺醺的，泡在里头，缩成一团。若不是眼看着积蓄渐渐花光，她觉得就一辈子这样待在里头其实也不错。这个春天郭一原告诉她，有个好机会，过两天有个策展人要来宋庄看画，就看哪个画家走运画能被选中了。

大约是所有的画家都听说了策展人要来的消息，连着几天，只要在路上见到一个画家，全都把自己收拾得油头粉面，指甲剪了，头发理了，最好的衣服拿出来。李佳音信心满满地看着自己的几张画，她给这八张画取了一个统一的名字《时间》。从甬城的三江口到榆中的白虎山到张掖的戈壁滩到燕郊的潮白河，画里看不到一个人，只有时间，大团大团浓烈得化不开的时间，如阳光般辐射万物的时间，无始无终地老天荒的时间。似乎在这样的时间里，只有天地山水草木鱼虫和阳光，人却还没有来得及出世。

策展人终于驾临了，肥头大耳，穿身西服，夹着公文包挨个儿走街串巷，活像是个来催款的包工头。这天李佳音和别的画家一样，早早起来作准备，在画室里等着策展人来看画。因为前途未卜，所以等的过程实在煎熬，李佳音看着镜子里收拾一新的自己，觉得怎么看都像个菜市场上摆摊卖猪肉的小贩，担心肉卖不出去会坏掉，又担心肉卖得太好，会一下被抢光。想想别的画家可能也都这样，都使出了浑身绝技，便觉得整个宋庄此刻就像个农贸市场，各色小贩流连其中，土耳其的地毯，阿拉伯的神灯，波斯的夜光珠，东海龙王的定海神针，应有尽有。

她正想着怎么来打发这等待的时间，没想策展人已经夹着公文包走进了院子。她心想，就是逛集市买菜也不能这么快吧，赶紧奔出去把策展人迎进画室，八张画早已一字排开，恭恭敬敬，等候已久的样子。但策展人对那些画只扫了几眼便不再多看，她浑身的神经跟着这几眼抽搐、拉紧、崩断。他问她，还有别的画吗？

她开始明白了，有气无力地说，没了，一年能画这么多已经很拼了。

策展人打量了她一眼，没见过你，新来的吧？既然是新来的，我就和你说说，你这种画根本进不了画廊，就是放进画廊也卖不出去，因为市场上还没有对这种画的需求。你知道开画廊是为什么？就是为了卖画，卖画根本上是市场和资本在起作用，而不是艺术。市场说你牛逼你就牛逼。画廊自己也要生存啊，要交房租，要筹办活动，要雇员工，这都需要钱。知道那著名的蓝蔓画廊吧，准备关门了，因为画卖不出去，没法再维持了。所以你要想卖画，就得向那些能卖得出去、能卖个好价钱的画看齐。市场需要什么你就画什么，你得讨好市场啊，总不能让市场来讨好你吧？

李佳音听到自己声音越发虚弱，照你这么说，画家还需要创作么，只管模仿畅销品就行了。

策展人耸耸肩，创作当然需要，不过得看是谁创作了，如果你是方力钧、刘小东、曾梵志这个级别的大佬，那你随便画点什么都很值钱。不是那画本身值那么多钱，而是收藏了他们画的那些人就不会让这个价掉下来，这和楼市的道理不是一样的嘛，手里屯着几套房的人会希望房价下跌吗？他们只会希望房价像坐了火箭一样嗖嗖往上涨，巴不得一平方米涨到十几万块钱。资本的游戏嘛，你的画能变成资本吗？变不成资本它就只是一张画，只不过就是在一张纸上涂满了各种颜料。

这时策展人一抬头看到了挂在墙上的《松林夜宴图》，他眯起眼睛看了一会儿，问，你画的？李佳音说，是我外公留给我的，我外公生前也是个画家。策展人盯着那画又看了一会儿才说，既然你外公是画家，那就绝不至于这样画，你没看出这画里的不对劲？我这些年看画看得太多了，什么不知道？中国山水画的精髓就是两个字，平静。越是上乘的山水画越是平静。好的山水画里绝没有任何煽动或引诱，没有任何强人留意的东西。看过倪瓒的山水画吧？那真的是能淡出一只鸟来。可事实上中国什么时候真的平静过？古代改朝换代时平静，还是"文革"结束时平静？但社会越是动荡越是激烈，中国的山水画就越是平静，只让山水融于天地与肺腑，互相吸纳，主要讲个气。至于人物，那是山水画里最次要的点缀，隐约能看到个人影就不错了。越是轻脱的山水越是有它的分量。而且山水画的品质与画家的个人遭遇关系很大，也许越是颠沛流离的画家，画出的山水越是清幽，越是不染一点世俗烟火气，画里尽是高绝之气。你外公既然是画家，就不至于不懂得山水画的章法，你看他把人物刻意放大，且表情夸张，可见意不在山水，而是想通过这画中人物说点什么。你好好想想吧。

策展人卖弄了一番，夹着公文包走了。他说还有几个画家的没看，他得抓紧时间，下午还得赶到 798 参加个活动。李佳音一个人坐在画室里，灯也不开。八幅画像群弃婴一样安静懂事地簇拥在她身边。她对它们忽然有一种从未有过的疼惜，《时间》这个名字在这北方铁青的暮色下听起来尤其苍冷遥远，好像伸出手去就能摸到它奇异的、不同于任何事物的花纹和肌肤。她觉得自己又一次被世界抛弃了。

在它们的身后是那张没有名字的罗梵的油画，墙上是外公的《松林夜宴图》。它们像晦暗如海的背景一样站在那里，她与外公的画静静对视着，他要告诉她的莫非就是她现在的遭遇？他早已知道她会有这样的遭遇？

第二天一早便听说，昨天还是有几个画家的画卖出去了，其中有两幅画价钱还卖得很高，而且付的都是现款。她这才想明白策展人为什么夹个公文包。卖了画的画家张罗着中午在饭店大宴宾客，以示庆祝。李佳音找理由拒绝了这个聚会，她对那几个卖了画的画家嗤之以鼻，觉得附近的村民们被培训三个月也能画成那个水平。与此同时，她发现自己身上真的没几个钱了，再这样下去连买颜料的钱都没有了。再接下去，也许她也会像常安一样四处问人借钱。郭一原和她说过，常安几乎问宋庄所有能借的人都借过一遍钱，已经再借不出来了，她只好问那些新来的画家们借。借了她也还不了。李佳音问郭一原，你说她什么时候可能有钱？郭一原说，她也许就这样了，但无论什么时代，就是那些最无聊的时代里也都需要有几个像她这样的人，等时代过去了，还能被人当成话题谈起，成了那个时代的亮点。

庆功酒一直从中午喝到晚上，整个宋庄都像嗑药了一样兴奋。画家们纷纷从那些卖出去的画里窥视和换算着自己的前程，兴奋中又有些西出阳关无故人的凄惶，心中都很复杂，好在身边有一群同类相拥簇着，反正大家都在一条船上。酒一直喝到晚上时更有了壮士断腕的悲壮，李佳音一个人在街上溜达，远远就听见一帮醉鬼在鬼哭狼嚎，"今宵酒醒何处，杨柳岸，晓风残月。此去经年，应是良辰美景虚设……"

一条流浪狗一路跟着她，她于心不忍，去路边一家小商店买了根火腿肠喂给它。流浪狗一边狼吞虎咽，一边用感激涕零的眼神看着她，这目光立刻让她想起了常安问她借钱时的目光。她不禁立在那里打了个寒战，背景里是一片奇异的夹杂着哭声的歌声，"我欲乘风归去，又恐琼楼玉宇，高处不胜寒。起舞弄清影，何似在人间？"各种声音像电磁波一样干扰在一起，杂乱纷沓，中间却空出了一个寂静无声的核，她站在那个阒寂无人的核里，第一次想到，也许是该离开这里的时候了。

她走出很远了，回头一看，那条流浪狗还蹒跚着跟在她后面。想想自己比它也好不了多少，她只好挥手赶它走。再回头一看，它还远远跟着。只是她一回头，它便警惕地退后几步。她狠狠心，弯下腰假装捡石头，狗果然叫着跑开了。但空气里到处都是它的眼睛，湿漉漉地粘在她身上。她摸摸自己的脸，也是湿的。

又过了两天，郭一原给她带来一个好消息。他的一个朋友要在 798 办一个小型的画展，展出十来个年轻画家的画，每个画家提供一幅画，郭一原推荐了她的画。刹那间，她对郭一原简直是感激涕零，她像站在一大块海边的礁石上一样，已经眺望到了这个画展之后，海面上会有海豚，会有帆船，并且是大帆船向她驶来，接她到彼岸去。

她从八幅画中选了一幅，参加了这次画展。确实是小型，甚至算得上是袖珍画展。一间小展厅有点像居家的客厅，四面雪白的墙上稀稀拉拉一共挂了七八幅油画。她的那幅藏匿于其中，竟像放虎归山，也看不出有多显眼。

画展为期一周，她每天都要去画展上溜达一圈，去观察效果如何。每次去了都只有门可罗雀的几个观众，不是在校大学生就是退休的老头老太，他们花几分钟在展厅里转一圈就很快出去了，没有在任何一幅画前良久驻留。她假装成一个观众站在他们身后，她多么希望他们能久久伫立在她的画前，然后互相打听，知道这是哪个画家画的吗，有谁知道这个画家？那她一定会半是羞涩半是勇敢地忽然跳出来，对他们说，是我画的。

可是没有，没有一个人愿意在她画前多停留几分钟。他们更像在完成一个走马观花的程序，反正又不收钱。

直到一周时间结束，都没有一个人如她所预期的那样来一场良久的驻足。闭展那天更是人迹罕至，有两个画家模样的人进来溜了一圈，看见她站在那里，只和她交换了一下眼神就很快出去了，似乎怕被她抓住什么证据。看来和她一样，也是来看自己的画的。她不肯走，一直待在那里，直到天黑下来，直到墙上的画都该被撤下来了，她还孤零零地站在那里。

四面雪白的墙合在一起像一张空荡荡的嘴巴，看起来分外饥饿，分外苍白。最后，直到搬运画的工人都要离开了，展厅要关门了，她还独自站在青白色的灯光里。看样子就像谢幕后的演员，一定要等待一场来自墙角阴影深处的掌声。

但那掌声久久没有响起。

"月光那么白。除了白，它无事可做。多少人被白到骨头里，多少人被白到穷途里。"

六

深夜，李佳音独自坐在月光里，又看墙上的《松林夜宴图》。

《松林夜宴图》里的三个老者白衣胜雪，醉卧松涛，露白风清，不记流年。三个人中，那个向画外张望的散发弹琴者看起来有点像外公，但他眉宇间更多的是一种神秘的陌生感，不似外公的文弱，有些戾气，有些狰狞。而他的两个同伴则饮酒听琴，表情祥和，他们三人的表情形成了一种奇怪的张力。墙角是罗梵那张废弃的画。那张画在月光下看上去如一座废弃已久的庄园，勾栏瓦舍已颓败成灰，凭栏处竹影横斜，姜草丛生，明月生凉。一个瘦长的人影正独自徘徊在庭院深处，也许就是罗梵自己的背影。他并不回头看她。他只是阒寂无声地站在画的最深处，并没有回头看她一眼。

他们全然不顾她正干枯地卑琐地立在那里，立在人间，如一株身陷泥土的植物。

如果创造出真正的艺术必须需要她是一个病入膏肓的人，需要她的病与她的血去喂养她的画，需要她以凌空飞扬的姿势从人间一跃而过，那她也愿意。可是，她知道她真的只是这人间的一个再普通不过的人。

"我在这人间底部，着红装，仿佛被遗落的，一颗朱砂。"

她终于决定，跟着其他几个画家去参观那个画卖得最好的画家的画室，去窥探一下他卖画的秘笈。去了那画家画室一看，她心里不由得冷笑一声，无非是在老实巴交的传统工笔画里加了些突兀的后现代元素，就像在肖邦的夜曲里硬邦邦地加入了朋克的音符。她回去不敢多想，提笔就照着这个路子画起来，一周后给上次的策展人打电话。策展人看了她的新画，一拍大腿说，这就对了，俗是俗点，但现在就是这种风格能在市场上有卖相。我现在就把画收走，你继续画，有了新画就通知我。

一张画了一周的画居然卖得这么容易。这，么，容，易。送走策展人，她一个人在画室里忽然有些手足无措，竟不知道该干什么，只好走来走去地收拾一下这里收拾一下那里。这时候她忽然发现自己心里其实正在隐秘地无声地唱歌，她正蹲在自己身体深处的一个角落里，悄悄地实在控制不住地唱着歌，她在唱《卖报歌》，啦啦啦，啦啦啦，我是卖报的小行家。不对，她又在唱今天是个好日子，今天真是个好日子。还不对，她竟然像是在唱国歌，起来，不愿做奴隶的人们。她愈加羞愧，一边在身体里严厉地训斥着自己不要再唱，一边不安地看着周围，生怕旁边有个人听到了她身体深处发出的歌声。

她什么都不敢去想，把外公的画取下藏好，把罗梵的画盖上了一块白布。她怕他们斥责她，干扰她。她拉上窗帘，日日夜夜把自己关在画室里画行画，又唯恐被别的画家知道了她在做什么。这感觉不太像画画，倒像是躲在地下室里印制假钞，贪婪、恐惧，还有深深的羞耻。又画了两幅也被策展人收走了。也就是说，她终于开始卖画了。

在复制第五幅画的这个深夜，天上是一轮巨大的满月，画了一半她忽然停下笔，关了灯，拉开了窗帘。水银一样的月光汹涌而入，无声无息地流了一屋子。她倚窗而立，先是看着窗外的明月，然后又看着对面被遮上了白布的油画。白布上被月光投下了黑色的剪影，黑白之间有一种阴森森的肃穆。那剪影里有窗外的树枝，有窗前桌上的玻璃水杯，水杯旁边的画笔，而中间那团模糊的人影却正是她自己的。它像一只孤零零的魂魄一样晒在那里，供她自己参观。它在月光下看上去干枯瘦小而丑陋，好像不知是从她身体里的哪个地方忽然跑出来的。可是她知道这正是她自己的魂魄，她在这个月圆之夜再次现出了原形。

她清晰无比地回想起那天卖了第一张画之后，她心底发出的无法抑制的快乐歌声，在这个月圆之夜回想起那歌声来竟然觉得毛骨悚然。

此后，她便有了一种被打回原形之后的颓败和麻木，却还是坚持着又复制了两幅画。策展人来收画付的是现金，温热的钱摆在那里，像是刚刚被那些画孵出来的。她叮嘱他说，千万别和别的画家说我画这种画。策展人一笑，你还不知道吧，他们很多人现在都在画这种画，所以你不用担心。趁着这种画还有市场赶紧多画几张，市场可是会变的。我还是最看好你，你看你一学就会，悟性好，都不用我多说什么。我现在来了宋庄都是先找你要画，只怕别人暗地里还要嫉妒你呢。快画吧。

他像在安慰一个开始年老色衰的妓女，一句"快画吧"倒像是在她的裸臀上又拍了一巴掌，催促着她，快，还要加油啊。

一种独属于人的丑陋，艳若桃花地开放在她面前，就像弗朗西斯·培根画中那些被解剖开的肉，鲜血淋漓之中满是跳动的神经。

策展人走后她拿着画笔继续机械地往下画，一笔都不敢停留，似乎只要稍一停留就永远无法再画下去了。她甚至存心要虐待自己，竟希望这让她一直画下去的强权命令更强大更阴森一点，让她毫无自由，毫无分身之术，让她情愿在这权力统治下做个奴隶。她甚至想，只要这命令足够强大，她是可以借此宽恕自己？她是不是就可以在画行画的过程中蜕变成另外一种物质？变成一堆没有爱情的肉欲？或者是一个只知道砍树喝酒的伐木工？再或者，她干脆像一只寄生虫一样住到这强大命令的内部去，只要它活着，她就可以一直一直活着。

一直坚硬地活着，像树木一样活着，像昆虫的标本一样活着，像动物的犄角一样活着，像大地上的泥土一样活着。

窗外的光线已经模糊下去了，天地之间在慢慢转暗，她变得更加焦虑，紧张地涂抹着那张没有画完的画，似乎她要抓住这一天当中最后的光线把这画画完。她必须画完。这张画仿佛是一根稻草。当整个屋子彻底沉到一片寂静的黑暗中，当月亮从东边升起的时候，她画下去了最后一笔，咣一声，就像一只手重重摁在了黑暗中的琴键上，满屋子里都是轰隆隆震耳欲聋的余音。

第二天一早她便去和郭一原告别，她说，想了一夜想好了，我要离开这里。

你要是想画画还是留在这里比较好，在这个城市里，离开这里你怕是更孤独。

不画了。

那你不画了打算去干吗？再回学校？

学校是回不去了，去找个其他工作吧，我打算找个设计公司什么的给人打打工。

为什么不想画了？

人还是应该给自己留一点念想，我想去找份真正的工作。

什么是真正的工作？

艺术家起码不是。

也是。

帮我找辆三轮车，我东西不多，一辆三轮车就搬走了。

对了，想不想知道关于老九的消息？昨天我听一个去美国办画展的朋友带回来一点他的消息。

……

他一开始出去，你都能想见，肯定过得不容易，估计连饭都吃不上。但是后来据说他遇到了一个很赏识他的美国女人，那女人很有钱，因为喜欢他的画，他们就住在一起了。按理说这应该不错了吧，落魄艺术家傍上贵妇的经典模式。但过了一段时间老九和这美国女人也分开了，不知又去了哪里流浪。

说不定他又去了法国、英国，所以你以后也别再找他了。老九是个把艺术和生活分不清的人，这样的人比常人单纯，但他们身上都有一个非常黑暗的区域。他当初为什么要辞掉工作，为什么要不停地换地方，包括不停地换女人，就是因为他心里恐惧，他害怕他再也画不出来了，那才是他的命。你想你找到他又能怎样？其实你一个姑娘家待在原来的学校里就好，不该出来的，当老师，起码还有学生尊敬你。可在这个城市里，离开这里，你可能什么都不是，可能还得去住地下室。有地下一层的，还有地下二层的，二十四小时开着灯，墙上潮湿得长着蘑菇，枕头一拧都是水。你要想好。

我以前也以为我要找的是他这个人，但后来慢慢发现我要的可能只是找他的这个过程本身。所以他无论和谁在一起，其实都和我没有太大关系了。

我觉得这世上最动人的爱其实是徒劳之爱，就是一辈子表演给一个人看，而事实上这个人却根本不存在。

怎么活的人都有。三轮车帮我叫好了没有？

我帮你去搬家吧。

在画室收拾东西的时候，李佳音取出那幅《松林夜宴图》让郭一原看。她说，这是我外公留给我的遗物，他活着时也是个画家，后来被打成右派。我给不同的人看过，每个人的说法都不一样。你能在画里看到什么？郭一原盯着画说，你外公当过右派？他活着时最大的爱好是什么？李佳音说，吃和画画，不过对吃的兴趣更大，那种兴趣大得让人害怕。他又看了一会儿，慢慢说，这不就是一张普通的山水图？三个老头在松下饮酒弹琴，优哉游哉，竟不知今夕何夕。李佳音说，你再看看，我总觉得这张画里有一种很诡异的东西，应该是外公临终前要告诉我什么。郭一原摇头，看来画行画久了就变迟钝了，我只能看到三个风神潇洒其乐融融的老头。既然是外公留给你的，你还是快收起来吧，不要弄丢了。

东西搬上三轮车，李佳音也坐了上去，然后三轮车突突突地开走了。走出好远了，回头一看，郭一原瘦高的影子还立在原地，一动未动。

"但是最后我依旧无法原谅自己，把你保留得如此完整。那些假象你还是不知道的好，需要多少人间灰尘才能遮盖住它。"

七

李佳音在中关村的一家广告公司找到了一份工作，又远在昌平租了套小房子，每天早上坐两个小时的地铁去上班，晚上再坐两个小时的地铁回家。因为在地铁里待的时间太久，它竟慢慢变成了一截庞大臃肿独立出来的时间。日日如此，这时间竟兀自向着别的物质，甚至幽灵的质地转化而去。

她每日在这车厢里或坐着，或站着，或者看书，或者发呆，或者睡着了。有时候猛然被到站声惊醒，醒来的一瞬间她会惊恐地看着四周，一时竟疑惑自己究竟在哪里。甬城、白虎山、宋庄，都不是，这只是一节飞驰在地底下的车厢，车厢里装满了千篇一律低头看手机的人。因为相同的动作和相同的表情，使他们看起来好像一大群孪生兄弟姐妹正在这车厢里相依为命又相互憎恶。偶尔有乞丐像鱼一样伸着乞讨的手，唱着歌从他们身边的缝隙里游弋而过。还有的时候她不看书也不睡觉，什么都不做，单单就只是呆坐在那里，从一站坐到另一站。每当这个时候她就会忽然有种正走在白虎山上的感觉，时间隐退，地老天荒，方死方生。只要愿意，似乎就可以一直这么走下去，走下去，永远没有到站的时候。

只是，在这样一节漂流在地下的车厢里，比白虎山上更加孤独。车厢里有男人有女人，有学生有民工，有为了找工作奔波的人，有因为刚分手哭泣的人，有准备去和情人约会的人，有刚刚在医院被确诊为癌症的人。她被这么多的人拥挤着，包裹着，甚至猥亵着，在最拥挤的时候，她只能伸出一只手抓住吊环，然后把自己的整个人都薄薄地吊在那只环上。陌生人的体温和汗味在空气中堆积着，摩擦着，让她想起了白虎山上的累累白骨，也是这样的拥挤，这样的相互依靠。这种错觉使她对周围的陌生人忽然有了一种奇异的宽宥。她恍惚间觉得自己已经活了几百年或几千年，漫长得让她都有点厌倦了。她觉得自己此刻正像个老祖母一样慈祥地看着周围的这些男男女女。

在公司里她说话很少，完成图稿的速度不算快，完成得也不是最出色的。她努力避免和其他女职员一样，在早晨一进办公室先用马克杯冲杯速溶咖啡，中午的时候叫外卖送个快餐或者酸辣粉，瞅着缝隙在网上购物，嘴里永远跟着这个城市最流行的口头禅。她发现自己没有办法和她们一样，没法和她们一起同出同进，一起议论这个月的薪水与奖金。

有一天下班她一个人过天桥的时候，天上正下着小雨，潮湿的车灯像一条大河一样从桥下缓缓流过，她就那么打着伞站在天桥上看了很久。不时有刚下班的年轻女孩子叽叽喳喳从她身边经过，没有一个人停下来站在她身边，一起往下看去。在那一刻，在那天桥边，她忽然就意识到，原来她是俯视她们的。她其实一直就在俯视着她们。她悄悄地骄傲地落寞地知道，她终究是和她们不一样的。

接着她又可怕地发现，事实上，她的要求根本不止这点，只有她自己一个人隐秘地知道这个事实是远远不够的。怎么能够？她其实是如此渴望她们每个人都知道她究竟是怎样一个角色，艺术家，一种怪兽与斗士的混合体，一个被大众嘲笑的符号和意淫的诺亚方舟。她是被贬黜到人间的地藏菩萨，即使她身上的泥塑金粉败落，可她的内胆也仍然是一尊菩萨。所以当她和她们同处于一间办公室里的时候，尽管她让自己处在一个位于她们下方的水底世界，她们乘坐的划艇恰恰位于她的头顶之上，但她的每一寸神情每一条丝巾每一只耳钉都在无声地叫嚣着，她和她们是不一样的，她是不可能和她们一样的。就算她每天早晨乘两个小时的地铁来上班，就算她三十多岁了还一无所有，她也是和她们不一样的。

她脸上那抹不合时宜的神情终于把办公室里的其他女孩激怒了。一天在下班的时候她们找了个借口集体羞辱了她一番，她们嘲笑她，你脾气这么怪，不是更年期提前到了吧？不行就到医院去看看，旁边就是海淀医院。

等到所有的人都走光了，她还一个人坐在那里。最后，直到整座写字楼都要关门了，她才慢慢来到街上。她想，是不是应该给谁打个电话，随便给谁，只要能听她说话就可以。她使劲地去想一个电话，无论是谁的，可是她脑子里实在想不出任何一个电话号码，只有一堆坍塌的数字像被烤化的蜡烛。地铁已经没有了，她今夜也根本不想回去，就一个人在中关村大街上慢慢走着，走着。白天的小贩们都已收摊了，他们有的在收拾行头，有的盘点收成之后，倚在天桥上独自喝起了一瓶啤酒。一个年老的乞丐驮着一只体积比他还大的编织袋，看起来像背着山的愚公在走动，里面大概都是捡来的空矿泉水瓶。老乞丐埋下头挨个儿在垃圾桶里翻找食物和空瓶子。在这城市里走在路边的时候，她经常会担心某一个乞丐忽然转过身来，她看到的却是常安的那张脸。

"如果我与你同行，就把你当作故乡。如果我有委屈，就哭成这世上的尤物。"

地上的广告纸屑在晚风中踟蹰向前，如同一个个隐身人的脚步。

周末的时候，她就独自待在昌平的那套小房子里，这是一套很老的一室一厅。说是厅其实就是个狭窄的过道，幽暗的光线中摆满了她四季穿的鞋子，看上去就像四个季节正繁忙地交汇于一个狭长的港口。卧室里有几件暗红色的家具，地上铺着菱花形的地板，每到中午时分，阳光从窗户里斜射进来，踩着菱花格子一寸一寸地往前挪，像极了小时候女孩子们在一起玩的跳房子游戏。她在周末有时候会一觉睡到中午，有时候会一个人走来走去地做些家务，还有的时候什么都不做，单单就只是坐在椅子里，看着地板上的光阴一寸一寸地生长，再一寸一寸地消亡，就像永寿街那些雨夜里的蕈子，就像白虎山上那些漫山遍野的白骨。

听说离她住的地方不远处有一片很大的银杏林，她便选了一个深秋的周末去看那片银杏林。公交车上空荡荡的，除了她和一名低头看手机的中年男子，就是售票员和司机。售票员体积庞大，状如河马，烫着一头爆米花卷发。她大约嫌今天乘客太少，表情有些落寞，不时看李佳音一眼，可能想见缝插针地和她聊点什么打发时间。她假装没看见，只专心地看着车窗外。秋天算是北京最美的季节，道路两边的法桐、银杏、槐树、枫树、椽树的叶子或变成金黄或变成血红，正纷纷扬扬地往下落。公交车从这雨一样的落叶中缓缓经过，蹭了一身的落叶，还不时有落叶飘进车窗。她顿时觉得这早晨的公交车就像一头正在散步的天真的大象，不时有花草沾到它头上、耳朵上。它也不摘，只管缓慢赶路，一路就由着那些花草去。

她从车窗里看着那些行走在路边的人们，行人们穿着这个 2007 年的秋天里最流行的颜色，木炭黑、黑檀木色、墨水蓝、砖红、炭灰、红宝石色、水晶紫、米灰、虾橙。她喜欢看这些路人，旁观他们的时候她觉得自己变成了一座古老的维多利亚时代的挂钟，他们的时间就在她手里。活在每个时代的小人物都会这样吧，把他们对美的观念刻在他们的服饰中，时间长了，甚至会渗透到他们的面部线条中，所以人们最终会变成他们愿意的样子。当时间褪成历史，丑一点的人们就成了漫画，美一点的则成了古代雕塑。

公交到了她下车的前一站停下，没有人上下车。她坐在车窗边忽然看到公交站牌下站着一对老年男女，穿着破旧而古怪。老男人穿着一件肮脏的红白滑雪衫，满头的白发在后脑勺扎成一个小辫。老女人很瘦，满脸的皱纹，在深秋时节穿着一件破旧的长袖连衣裙，裙子下面是黑色紧身裤和一双脏成了灰色的白球鞋。她的头发是灰白色的，看上去像满头的枯枝败叶，却打成两条麻花辫垂在胸前。两个人在秋风中紧紧依靠在一起，好像正在等某一趟公交到来。老男人的手里还拖着一只破旧的行李箱。

在她隔着车窗与他们四目相对的瞬间，老男人和老女人一起躲开了她的目光，他们的身体偎依在一起，瑟瑟地胆怯地看着远处，似乎在埋怨他们等待的那趟公交怎么还不来。之后，公交车再次缓缓上路，那对男女被抛在了身后。李佳音收回目光，把头抵在玻璃窗上，一动不动。只听售票员坐在那里高声自言自语，您瞅刚刚那两人，瞅他们丫那操行，都捯饬成叫花子了还扎一小辫儿，不用瞧就知道是艺术家。

李佳音还是把头死死抵在那扇玻璃窗上，一动没有动，好像她的什么把柄刚刚被抓在了售票员手里。

下车之后走了一段路，她便找到了那片传说中的银杏林。银杏叶几乎都已经变成了剔透的金黄色，厚厚地不顾一切地铺满了大地，脚踩在这大片金色上会听到吱嘎吱嘎的响声。这么浩瀚这么凶猛的金色，让她在一个瞬间又想起了梵高的金黄色，想起了白虎山上的黄沙与落日。它们怀揣着各自的秘密存在于这个世界上。她想起她曾对学生说，什么是颜色，它们不过是显示内在生命的手段，而这内在的生命就在那里，树、石头、墙、峡谷呈现它们最内在的秘密。

霍夹曼斯塔尔写给梵高的一封信：

我是注定要看见这些画，它们非常明亮，几乎像张贴画，不管怎么说和画廊的画不一样。第一眼看上去这些画似乎刺目，令人不安，非常拙，很奇异，要把第一眼看到的当成一个整体，我得好好调整我自己。然后我看见，我看见它们的每个都是那样，自然就在其中，人的灵魂的力量就在其中，还有画在这里的树、灌木、田野、山岗，还有更多的东西，在颜料的后面，某种完美，一种不可言说的命运的感觉。所有这一切我都看到了，所以我在这些画面前失去了自己的感受，又非常强烈地找到了它们，又再次失去。亲爱的朋友，我想要说而永远不能说出来的，我就给你都写在这封信里了。

1901 年 5 月

无边落木萧萧下，她慢慢穿行在银杏林中。从下公交到现在，她像是终于积攒下了一点力气，能够去回忆刚才站牌下的那对老年男女了。她这才发现，刚才在车窗里看到他们的一瞬间，她其实是那么地恐惧，她可能比他们还要恐惧，她情愿没有看到他们。就在与他们四目相对的那一个瞬间里，她恍惚觉得她看到的是罗梵，而站在罗梵身边满脸皱纹、穿着连衣裙的老女人正是她自己。他们正站在一面镜子里看着她。

她一边走一边捡着地上的白果，外套的口袋里已经塞满白果了她还在不停地捡，好像这样的举动能有助于她抵挡他们一会儿。然而，就在某一个捡起白果的瞬间，她猝然站住，急刹车一般，一手心的白果全倾倒在了地上。阳光透进密林，她看到了落在自己前方的影子，那影子臃肿松散，羞涩地怯懦地残疾地栖息在厚厚的金色落叶之上。她的眼泪忽然就下来了。是的，她做不了艺术家，可是，她居然连一个普通人都做不好。

此刻，她是如此思念外公，他把她带到一条路上，然后又把她遗弃在人间。没有人知道她被遗弃在这里。她觉得自己就像一个好不容易上了船却又被放在孤岛上的乘客，孤岛上妖艳的食人花在夜间悄然开放，里面露出一颗人类的牙齿。这牙齿也许是 60 年代来到白虎山的教授们艺术家们遗留下的，也许是高唱过《大海航行靠舵手》的工人们，下岗后年老后留在这里的。当年他们只顾着坐船去远行，不知路之远近，后来肉身被腐蚀殆尽，只把一颗最坚固的牙齿留在了食人花里，他们自己却从此永远消失在了美丽的花瓣中。

她在静静的密林中抱着一棵古老的银杏树放声恸哭。她的脚下是一望无际猎猎燃烧的金色大地。

一年之内她跳槽了四家公司，一家比一家更远，于是在地铁里的时间越来越长。她开始只拥有两种生活：地铁里的和地铁外的。两顿饭：午饭和晚饭。两个人：男人刘文波和女友白小慧。

刘文波是在一次画展上认识的。那是在一次画展快要结束的时候，她才有时间跑去看。是一次关于拉斐尔前派的画展，霍尔曼·亨特、约翰·米莱斯、但丁·罗塞蒂。《比娅特丽丝》《纳西修斯》《狄奥根尼》。这些维多利亚时代的画家们最忠实地记录了那个时代的机器兴起，两极分化，工人失业，女人们纷纷走上被包养的情妇之路的盛况。据说维多利亚时代的女人们脑袋都要上锁，和丈夫做爱的时候，只允许她们躺在男人下面想大英帝国。她在那幅最著名的《奥菲利亚》前面驻足良久，画中精神错乱的奥菲利亚即将沉入水底，裙子像水草一样在水底招摇，只有苍白的脸还浮在水面外，嘴唇半张，目光绝望地看着天空。周围的野草和罂粟正诡异地看着她。

> 奥菲利亚（兰波）
> 黑暗沉寂的波浪上安睡着群星，
> 洁白的奥菲利亚像一朵盛大的百合随风飘动；
> 枕着长长的纱巾，缓缓地漂着……
> 远处的森林里传来猎人的号声。
> 千年就这样过去，自从忧伤的奥菲利亚，
> 这白色幽灵在黑色的长河上漂移；
> 千年就这样过去，自从她温柔而疯狂地
> 在夜晚的微风中低吟着那支古老的谣曲。

这时候忽然有个男人主动凑过来搭讪，他说，你觉不觉得这些画里所画的时代和我们现在的时代不知哪里有几分相似？会不会是时代气质上的相似？她朝他看了一眼，看到这男人长着两颗很大的门牙，又正咧嘴笑着，看起来好像一只巨大的兔子忽然从哪里钻出来跑到了她面前。看完画展，男人又提出能否请她喝点什么。两人便来到了画廊附近的一家小酒吧。

他在威士忌里加了冰块叮叮当当地摇着，一边端详着她，一边推给她一杯浅粉色啤酒，说，这啤酒适合你。他抿了一口酒，嘴唇上的威士忌在闪闪发光，见她盯着他的嘴唇看，他又咧嘴笑了，说，我一进去就注意到你了，嗯，怎么说呢，我觉得你看起来很像个艺术家。她手里握着那杯啤酒，听到自己喉咙里异常清晰地咕咚了一声，像有什么东西刚刚深不见底地坠了下去。然后，她发现自己坐在那里，镇定地、倨傲地、又充满渴望地瞟了他一眼。她鼓励他继续说下去，他便又继续，你看起来就和其他人不太一样，挺像个艺术家的。你不知道，我从小就喜欢艺术，但

小时候条件太差，没有机会学。不过现在只要有画展的机会我都会过来看。对了，你真是个艺术爱好者吗？

他的最后一句话让她有些微微的不痛快，她喝下一口酒，故意问他，那你都喜欢谁的画？他用两颗兔子牙咬着下嘴唇，皱着眉头，做出冥思苦想的样子。嗯，很多画我都喜欢，但是，但是我都叫不出画家的名字，你明白的，像我们这些外行就只是看画，至于谁画的其实并不那么重要。嗯，比如有一幅画我就很喜欢，是一个半裸的女人抱着一只水坛，水坛里有水流出来，画里的女人给人一种好纯净的感觉。

她有些厌恶地打断了他，她盯着啤酒上即将消亡的泡沫说，说说你自己吧，比如你没有去学画画，那你后来去做了什么？

他的目光忽然亮了一下，两颗兔子牙也忽然之间看起来更为巨大了。他突然变得胸有成竹，像是抢到了一道事先知道答案的抢答题。他说，大学一毕业我就去政府部门当公务员了，但我做了三年公务员之后便辞职了……

说到这里他特意停顿了一下，以便能观察到她的反应，见她没有太多表情他只好又继续，我辞职是因为那时我觉得不能就那样在一个安稳的单位终老了，人这一辈子这么短，应该多点经历才好。你看现在的小孩子们什么都不想干，就想着能考个公务员，就是太贪图安逸了，我那时现成的政府公务员工作还不是被我自己辞掉了。那工作要放到现在，不知道多少人打破头地去抢呢，唉，但是当年却被我自己放弃了。

他又停顿下来，像是在等着她的反应。她把剩下的啤酒倒进嘴里，继续问，那后来呢？

他摇了摇杯子里的冰块，盯着那杯子怅然地说，辞职后我就去了公司，做过很多行业，基本上几年就跳一次槽。不过，跳槽这件事，多跳几次就习惯了。人活一辈子就应该多经历点事情对不对？我最近又在跳槽，旧的公司已经辞了，新的公司还没去，所以才有时间出来看画展……你说，我要是在当年的单位里一直待下来，现在是不是大小也是个领导了？可是现在，连公司的老板娘都可以随便挤对我，她本来是老板的二房，刚刚被扶正就这么嚣张，我都能当她叔叔了，为什么要受这个气？所以我就坚决地辞职了。真的，我一点不后悔。但是我还是忍不住经常会去想，如果我当年没有辞职，现在不知已经混成什么样子了。不过话说回来，我现在毕竟是自由的，你说是不是自由更重要？比如我可以穿过半个北京城跑到798来看个画展，可以约一个美丽的、像艺术家一样的女人在有阳光的窗前喝酒。

他的最后一句话让她愣了几秒钟，然后她终于冲着他迟疑地笑了，她摇了摇手中的空杯子，你说得对，啤酒确实不错。

"十里黄沙嚣张，百年鸡鸣沮柔。衰落的河流，用岸裹紧身子。"

八

白小慧是李佳音在昌平的邻居，只是，白小慧住的那套二手房是她自己买的。两个人能成朋友，除了住的是对门，还多半因为都是单身的缘故。白小慧经常在周末强行给李佳音送来几个她刚烤好的面包，一来是面包烤多了吃不完，二来是为了不厌其烦地参观李佳音那套租来的房子。她往往是端着面包一进门就叹气道，我早和你说过，人是不能一直租房的你还不信，你看看现在的房价还能买吗？亏得我是几年前一咬牙一狠心借钱也要买房，这不，我这房子现在又升值了，几年里房价已经翻了四倍了，你说我买得及时不及时？我大学毕竟是学财会的，还是有点理财头脑的。住在自己买的房子里和住在租来的房子里那感觉能一样？我告诉你，根本没法比，你没吃过猪肉还没见过猪跑啊？

她那套买来的二手房李佳音也参观过，大概六十多平方米，客厅和厨房连在一起。房间装修得再简单不过，材料寒酸，屋子里所有的装饰、窗帘、家电和家具都是廉价的，但收拾得干净整洁。这种干净整洁使整套房子看起来有一种公事公办的办公室气质，让人很自然地联想到房子主人的性格，枯燥、坚韧，经济拮据，一丝不苟。但这套二手房毕竟是她在北京的唯一安慰。

她在相亲的时候也是同样的套路，不管对方在讲什么，她都拼了命地把话题往房子上引，咱们说房子吧，说房子好不好，求你让我先说说房子吧。或者先发制人，在对方还没来得及开口说话的时候，她就先把自己的这套房子搬出来往桌子上啪一放，定海神针一般镇住场子。然后她开始像个推销员一样喋喋不休地介绍自己的房子。这房子是我四年前买的，买的时候哪知道会一年一个价呀，四年时间里居然就噌噌噌翻了四倍。我这个人比较会过日子，能自己做着吃就绝不花钱在外面吃，省吃俭用就为了攒个首付，可还是攒不够，最后只好咬牙借了钱。这不，又省吃俭用了几年，居然连借的钱也还得差不多了，就剩每个月几千块钱的月供了，不管怎么说，好歹是住在自己的房子里了，心里踏实。

接下来，如果她一旦发现对方对她的房子表现出一点兴趣，她就准备立刻对对方说，你下次可以到我那里看看，尝尝我的手艺。你要是没房子，住到我的房子里也行，反正我一个人住着也害怕。远是远了一点，可是北京的上班族有一大半不都住在五环外么，反正有地铁也不怕远。和有的男人见过两面之后，她便把他带到自己的房子里，让他参观房子，自己则像孙悟空一样变出五个菜来给他当作晚饭，再留他在自己房子里过夜。过完夜还要早早爬起来，在他起床之前给他做好早饭摆在床头，然后看着男人窝在被子里啃着煎鸡蛋喝着热牛奶。再然后，等着这过完夜的男人消失，再不和她联系。

在和刘文波约会几次之后，李佳音吞吞吐吐地对前来送面包的白小慧讲起了这个男人，她揉着一只牛角面包问白小慧，我不想再见他了，你说还要不要再见？白小慧一拍大腿，恨铁不成钢地说，见，为什么不见？听我一句，你就别再这么成天瞎晃了，不买房子也不找个人结婚，你说你要这样晃到什么时候去？在这座城市里除了我知道你是个画家还有谁知道？况且你这画家又不是什么有钱的画家，一张画也卖不出去。你可要当心你再这么晃荡下去，别晃得非人非妖的，既晃不成个普通人，也晃不成个艺术家，最可怕的是等你年龄大了会变成被人取笑的对象，变成一个笑料。你信我一句吧，没有人会理解你的。在这世上，其实谁都不理解谁。

可是，你觉得他这样一个人可能适合我吗？

哪有那么多适合的人，我只是让你找个人结婚，这样起码能把你像钉子一样钉在一个地方，好歹让你有点安生的感觉。

可是我不爱他。

其实我和你一样，我对谁都不爱，所以我就总是把自己和男人们先绑上床再说，先让身体睡在一起了，身体不陌生了，不排斥了，再看会不会从这两个身体里生出一点点喜欢来。在这样一个时代里你想活着就不能期望和要求太多，还是先睡了他再说，爱不爱是以后的事。

等到下次再见面的时候，李佳音和这男人在一起吃了一顿晚饭，喝掉一瓶红酒。两个人都觉得这酒像跑步前的热身运动，彼此心照不宣，略有不安和期待。走出饭店，男人说，我开车送你回去。李佳音裹好围巾站在寒风中理理头发，我住得很远，在昌平呢，还是不要送了。男人的兔子牙在夜色里蹦了出来，怎么能不送呢，大冬天的，这么晚了我怎么能让你一个人回家？

于是开车把她送到了楼下。然后，又把她送到了房间。再然后，经过一番半推半就，两个人终于睡到了床上。男人开始亲吻她脖颈处的时候，她忽然想到他那两颗巨大的兔子牙仿佛正要像啃萝卜一样啃断她的脖子，便差点笑场。而他的手在她周身抚摸之处也没有一点情欲的痕迹，只有痒处，似乎她全身都是痒处。她终于忍不住笑了出来，继而是遏制不住的大笑。男人劳作半天不见丁点收获还被笑场，只得恼怒地退到一边和她并排躺着看天花板。她抱歉地对他说，真不好意思，不知怎么就是觉得好笑。说完实在忍不住还是要笑，笑，一直笑到最后浑身都抽搐成了一团。

"肉是培根怜悯的最高对象，也是他唯一怜悯的对象。在培根笔下，肉有那么多痉挛、脆弱的痛苦，但同时又有那么多迷人的新发现，色彩和高明的杂技。"

她躺在那里闭着眼睛想起了当年在白虎山下，她那些奇怪的不可遏制的情欲，她忍不住去勾引一个又一个的男学生，让他们和她做爱，但是她并不爱他们。是的，她对他们，从来没有爱过。那现在是怎么了？难道真的是因为几年过去就老了？她已经苍老到没有情欲了？

男人起身到阳台上抽烟，她独自在黑暗中浸泡、融化、消散，彼时的秘密与现世的光阴交错生长，杂花生树。在那个瞬间她忽然就明白了，那时在白虎山下的她其实是多么恐惧，现实的逼仄与山上的白骨让她觉得每一天都是向死而生的，情欲则最大程度地消解着死亡。而现在，当她独自坐在昌平窗前那些不停地变幻着的光影里的时候，当她坐在地铁的一节车厢里看着芸芸众生如蚁群一样徒劳奔波的时候，却时常会觉得自己已经活了太久太久，简直古老得像一段长满褶皱和年轮的树木，而这生活本身更是古老无耻得长满了青苔、木耳和虫豸。现在她连恐惧都没有了。她时常会觉得她已经没有了那么多无限活下去的耐心。

人是必死的动物，人是应该有一天死亡的动物，人是知道自己将要死亡的唯一动物。

无论是白小慧买来的那套房子，还是她租来的这套房子，都不过像两只飘荡在时光里的风筝。时光太长了，看起来永无尽头，她在人群的炫耀与虚荣之上厌倦，栖息在自己身体里厌倦，在尘世间每一天的绽放与凋谢中厌倦。当那种恐惧消失的时候，她便发现，那些与恐惧相伴而生的情欲也同时消失了。戛然而止。

男人抽完烟回到床上，试图再试一次。情欲消退之后的身体如同枯竭的河床，她对那只手忽然感到无比厌恶。她再次想起了罗梵，其实她现在已经不再明白她是否爱他，她甚至不再知道她是否真的爱过他，她只知道，此刻，她是如此强烈地愿意去爱他，愿意去爱这样一个也许并不存在的虚空中的人。就是这种虚无之爱看起来反而有了一点意义。她忽然明白，外公说的美与徒劳大约就是指在这种虚无的胁迫中，仍然相信会有某种事物到来和发生，宣布并非一切皆尽。

她挪开那只手说，我们聊聊天吧。那只手挣扎了几下便也讪讪退去，两个人像两条沉船一样搁浅在黑暗中。她起身打开台灯，一束灯光斜斜追过来，流淌在他们身上。她取出外公的《松林夜宴图》让他看，你不是喜欢看画么，那你看看这幅画，在画里你能看到什么？男人的两颗兔子牙在灯光下一闪一闪，他不假思索地说，就是张山水图吧，三个老者在一起弹琴喝酒，传统的文人雅兴嘛。她说，不对，你看这三个人一起喝酒一起听琴多么快乐，可是我外公他们当年在白虎山上根本没有什么吃的，那里只有一望无际的黄沙。

男人说，这还不好理解吗？就是因为挨过饿才会想象出这么快乐优雅的生活，艺术不都是高于现实的想象嘛。她说，我外公总是告诉我，他和另外两个同伴的关系非常好，喏，你看，我觉得画里的这三个人其实画的就是我外公和他那两个同伴。他说后来那两个人都回家乡了，只有他一个人留在了西北，他说他每年过年都要给那两人寄去西北的土特产。他去世后我在家里还翻出了厚厚一沓邮寄包裹的单据，全是寄往两个地方的，无锡和岳阳。但是，每一张单据都是被退回来的，上面写着查无此人。可是，奇怪的是，明明被退回来了，到下一年他居然还是要给他们寄去包裹。

这次他犹豫了片刻才说，是不是那两个人早就去世了，只是你外公不知道，所以还要给他们寄东西……这也不对啊，邮局给他退回来就说明人已经去世或者搬家了啊，难道你外公的神志因为年龄已经不清楚了？他其实根本不知道那两个人到底是死的还是活的？……我明白了，我大学学的可是心理学哦……你听我说啊，是不是这样，你外公还一直给他们寄东西，是因为那两个人是死的还是活的，其实和他根本没有一点关系，他要的只是相信他们还一直活着。也就是说，那两个人其实只活在他的脑子里。他需要他们活着。他这么需要他们活着，那原因很可能是，他太思念他们或者是对他们太愧疚。

她说，我后来去问过别人，他们农场当年的二队就活下来我外公一个人。如果是这样的话，他那两个同伴其实在白虎山上就已经死了。

男人一惊，早死了？那就是说，你外公不会不知道他们死了，却还要给他们寄东西。那很可能是因为他对他们太愧疚，但又无法弥补，所以患上了一种心理学上的幻想症，就是他会幻想他们还活着，给他们寄东西则是为求得自己内心的安宁。会不会是你外公当年害死了他们？

男人的目光和她忽然对视了一下，里面闪过一丝阴凉的寒战。两个人忽然都不说话了，都觉得分外寒冷。正是午夜时分，没有月亮，窗外只有几颗寒星在闪烁。那束灯光惨白地追打着画中三个长发白衣的老者，其中一个弹琴长啸，另外两个对饮流年。盯着看久了，恍惚便觉得画中的三个人动了起来，只是不知道他们下一步将怎么动，将怎么做，只是觉得他们如此诡异，如此令人害怕。李佳音伸出手去，啪一声关了台灯。画中三个人齐齐消失了，床上的两个人则重新陷入了黑暗。窗外的星光更加璀璨寒冷。

李佳音的声音在黑暗中慢慢慢慢地往一个深不见底的地方爬行，你说，人饿了会怎么样？我是说很饿很饿饿极了的时候……会怎么样？

人很饿了会吃树皮吃草根吃土吧，总之只要能吃的都吃，人饿极了是很可怕的，就不太像人了。小时候听我奶奶讲过，她在村里见过饿极的穷人吃自己家的草席，就像牛一样干嚼下去。还听她讲过村里的右派们当时专门捡马粪，因为马粪里有许多马没有消化掉的豌豆。他们把马粪淘洗几次，淘出其中的豌豆来煮了吃。还听我爷爷说他们60年挨饿时吃过一种汤粉，是用草籽熬的汤，把那草籽煮着煮着，水就变成了青白色的粥，看起来很像淀粉汤，还能拔出丝来。我爷爷说，这个汤一定要放凉之后再吃，凉了就变成一团一团的面筋，那东西是嚼不烂的，只能咬成一块一块咽下去。吃一顿能挺三天，因为那东西是不消化的。但如果趁热喝下去，就会结成硬块堵在肠子里无法排出去，人就会被胀死。还听说当年有个饿极了的人一口气吃了二斤炒面，结果胃彻底不蠕动了，无法消化，人被活活疼死了。

你说人饿极了的时候在想什么？

什么都不想，就想吃，吃……"妈妈：我实在饿坏了，快给我送点吃的来吧。我要馒头、大米饭、菜团子、大饼卷油条、肉包子、炸酱面、炸鱼、炸虾、炸果仁、煮螃蟹、炖肉、炒鸡蛋、烧豆腐、锅贴、饺子、糖包子、炒虾仁、爆肝尖、葱爆肉、酱牛肉、猪头肉、回锅肉、麻花、炖鸡、炖鸭子、炖肘子、炒肉片、煎饼、烩饼、烩大肠、红烧羊肉、红烧牛肉、红烧猪肉、红烧鸭子……如果没有，提两个糖饽饽来也行。快点吧，快点吧！求求你了。"

你说……人饿极了的时候，还可能……做什么？

什么都可能。历史上记载的那几次大饥荒里，人饿极了还可能吃人。

与挨饿相比，画画算个什么？这一定是他后来一边回忆往事一边画的，给自己的当年留个纪念嘛。这很正常的，你怎么对它兴趣那么大？对了，我的情况我已经大致告诉过你了吧，我现在在一家公司上班，贷款在郊区买了套房子，有辆帕萨特。可以聊聊你自己吗？你也知道的，现在的人都很务实，都没有多少耐心去恋爱了，我也不想谈多久的恋爱，太累。我不知道你想不想结婚，我是挺喜欢你身上这点艺术家气质的。嗯，我也不嫌弃你没有北京户口，人不能那么务实对不？我不说过么，我喜欢你身上那点气质，有点像女艺术家。我在北京奔波了这么多年一直安定不下来，现在奔四十岁了，有了点条件，真是想找个人安定下来了。唉，如果我当年不辞职也许早就结婚了，也许早有了一官半职，也许现在孩子都上小学了。不过人哪能看到自己的下一步会怎么样，永远都看不到的。

外公活着时总是鼓励我要去爱那些美而徒劳的东西。我以前其实一直不明白。

你说什么？

没说什么。

"而今夜光阴皎洁。我不适宜肝肠寸断。"

九

这晚之后那个叫刘文波的男人便消失了，再没有和她联系过，就像他出现之前一样，再次在人群中无影无踪了。

时间还是地铁里和地铁外的，一截两半，地上和地下，春天与冬天，桃花与白雪，月亮与夕阳。朋友只剩下了白小慧，她仍然像尊金刚一样守着自己的房子与刚出炉的面包，定时出现在李佳音的菱花地板上。这天她手捧着几只金黄的牛角面包又站在李佳音的一大堆鞋子里，四季的鞋子五颜六色，形态各异，如一块小小的植物园。她失望地对李佳音说，你真要这么一个人过下去？两个人总比一个人好吧？你生病了怎么办，老了怎么办？我好歹还有个自己的房子呢，你说你有什么？我看那男人除了两颗门牙大了点，别的条件也还说得过去。

那转让给你吧。

看看你说的什么话？哪天我真的找人结婚了，不能总来看你了，看你一个人怎么办？其实有时候我觉得找人结婚的话，找谁都一样，找了谁还不是一样要看到作为人的猥琐，一样要失望，一样要后悔。

暖气很足，屋里有些热，她放下面包去开窗户。这才发现不知从什么时候开始外面下雪了，两个女人把头挤在一起看窗外的雪。雪越下越大，好像整个北京城都要消失在茫茫大雪之中了，连同她住的这栋老楼也要连根消失了，只剩下这扇遗世独立的窗户，像只热气球一样飘荡在空中，载着两个异乡的女人一起看雪。

这个冬天李佳音在北京的街头再次看到了常安，只是她已经留起了一头齐肩的乌发，或许，她想，她戴的只是假发。她们在人群中只短暂地对视了一眼，在她还来不及把她看清楚、也还来不及和她打个招呼的时候，常安已经匆匆走过去，消失在了人海中。李佳音循着那个方向急急追过去，想把她再找出来，可奇怪的是，常安的背影已经消失得无影无踪了，好像她根本就没有出现过。李佳音在那里站了很久很久，仔细地辨认着身边来来往往每一个人的面孔，都不是常安，都不再是常安，都不可能是常安。夕阳照着路边的积雪，整个世界忽然看起来晶莹剔透，宛如童话。她站在那里反反复复只想起常安说过的那一句话，可是我最怕的是我的老母亲，怕我母亲看到我那些作品。

她站在冬日的夕阳下，当着来来往往的陌生人群，忽然就泪如雨下。她这才发现原来她竟是如此地高兴，如此地，放心。是的，她终于可以放心下来，终于不用担心某一天晚上走在北京的街头时，一个翻找垃圾桶的光头乞丐忽然转过脸来，那张脸却是常安的。

她愿意为此在大雪与夕阳中痛哭一场。

"我不停地跳，桃花不停地落，雪花不停地飘。结局处，我一定伏在地上，风拂动长发。"

她离开宋庄后第一次给郭一原打电话。郭一原的声音像他的人一样，高瘦倨傲地立在电话里。他说，你说常安啊，她一年前就离开宋庄了。离开之前她搞过一次轰动一时的行为艺术，为此被拘留了两个星期，放出来后就离开宋庄了。离开宋庄前她和画家们道别，说如果她还活着，她欠他们的钱就总有一天会还。如果她死在宋庄外面了，就请兄弟们原谅她吧，她绝不说有什么来生再还的话。然后她拎着一个小包就走了，此后就再没有了音讯。你不说我都不知道她是死是活。不过听你说她现在终于不再是光头了，我也真是替她高兴啊。还有个消息，我正犹豫要不要告诉你。罗梵回来了，他没去法国英国，倒是又回到北京了，但回来了也没有和任何人联系。是前几天一起吃饭时听我朋友说，在朝阳的一个文艺酒吧里看到他在那儿做行为艺术，我这朋友还奇怪，想罗梵这把年纪了怎么也去做行为艺术去了，表演完才知道原来他是为了卖自己的画。搞得像募捐似的，据我朋友说问津者寥寥。你说他这个人，在美国和那有钱女人在一起好好的，人家又欣赏他的画，他却一定要回来。

她听到自己声音干燥，没有一点水分，像踩在落叶上一样，听起来沙沙作响，她说，我最近一直在想，人在最饥饿的时候会做什么？

老九这个人啊，有时候我想起他时心里又是难过又是高兴，我高兴这年头还有他这样的人，我也难过这年头还有他这样的人。

听说他在酒吧做的行为艺术的名字叫《献祭》，他在自己那截断指上装一截假指头，再当众掰断假指，露出断指的创面给人看。在澳大利亚就真有一种手指切除的古老仪式，手指切除代表着最高形式的献祭，我猜他是从这里取的名字。可是你觉得坐在酒吧里的那些人能看懂他在说什么吗？人家还以为他在玩魔术。

……

你知道他为什么需要断指？因为只有通过自残，献祭这样庄重的事情才会失去它纯粹表演的特点，不至于显得滑稽。

你说人在最饥饿的时候到底会做什么？

呃？我还以为你会关心罗梵呢。

我都关心。

你知道了什么？

我什么都不知道。

嗯，不知道好。你还带着外公的画吗？

带着。

嗯，我明白了。他顿了顿说，你要知道，并不是真实的历史造成了现在，我们生活的现在，其实是由部分人的权力和部分人的记忆造成的。真的，无论发生过什么，无论真相是什么，人类其实都应该感谢自己的理性，理性让我们情愿相信这谜底不是真的。理性其实就是住在我们身体里的神。

……

记住，人是会遗忘和原谅的动物，不然在这世界上只是作为动物那是生存不下去的。生存尚且如此，生活就更艰难。

……

第一次见面，李佳音就觉得郭一原像个僧侣，此刻听着话筒里传来的声音，她怎么也想象不出一个画行画的画家的样子，她能想象的就是一个僧侣的样子，一会儿是个修士，一会儿又是一个和尚，站在半空中，熟悉又陌生。

李佳音在一个深夜烧掉了那幅《松林夜宴图》，然后病了一场。生病期间，白小慧每天来给她送饭，她说，你看看你看看，让你结婚是害你么，生个病都没人管你吧，除了我。李佳音蓬着头发歪在床上并不说一句话，阳光在她身上踽踽行走，她看起来像株失去了水分的植物，分外苍白柔弱。

病好之后李佳音便开始四处寻找罗梵。这是她所能找到的对她最有意义的事情。她找到朝阳那家文艺酒吧的时候，罗梵已经从那里离开了，不知去了哪里。他做行为艺术的那张海报刚刚被撕下，弃置在墙角。那是一张喷成红色的海报，看上去血淋淋的。中间有一只空白的手的形状，大约是喷颜料的时候就把手放在那里，喷完之后便在那里留下了一只手掌的图形，仔细看会发现，这只手掌上的小拇指是残缺的。

李佳音到处寻找罗梵，四处问画家们打听他的消息。白小慧试图阻止她，你找他干什么，你真的找到他又有什么用？他会和你结婚吗，还是你会和他结婚？就算是他愿意和你在一起，你就真的敢和他在一起吗？你应该远远逃离开这个男人，越远越好。

李佳音说，什么都要讲有用吗？我没有说找他就是为了要和他在一起。

她去所有罗梵可能出现的酒吧、展览馆、画廊去找他。她一个地方一个地方地寻找着关于他的任何一点点痕迹。此刻，她已经不愿知道什么是好的生活，什么又是坏的，什么是可喜之物，什么又是反物质，什么是事情本身，而什么又是幻象。它们看起来彼此相似，如孪生姐妹，而她已经不愿意再对它们加以区分。

有的地方罗梵确实来过，来卖他的画或者来做他的关于断指的行为艺术表演。他听起来正在渐渐地面目模糊，像一个艺术家，像一个小贩，像一个杂技演员或者魔术演员，像一个新石器时代的大祭司，像一个乞丐，像一个剑客，像一个刚刚从外公画里走出来的长发白衣的神秘老者。

她循迹找到海淀一家小画廊的时候，罗梵刚刚离开，他好像事先就知晓了她要来，总是在她找到之前就提前一步离开，可是，他们已经多年没有任何音讯，他应该不可能知道她在找他。她问画廊老板，你这里有罗梵的画吗？老板摸着手里的紫檀手串笑道，听别人言语，这哥们儿先前在画家圈里也是一大喇，身边还果儿从不断。前些年去美国溜达一圈又回来了，今儿个画老是兑不出去，都不能行人事了。这倒好，连妞都省得泡了。现在倘乎谁跟大街上一口一个我是艺术家，八成被人当成癔症，或是动物园里撒出来的大马猴。平日里进项没多少，还得勒紧裤腰带过日子，不够跌份儿的。但有人自个儿不觉得啊，还贴脸上嘚瑟。

她继续在整个浩大的北京城里找他，她对他的寻找看起来越来越荒谬，像是鱼之走路，岩石之歌唱。而与此同时，这座城市，这周围的整个世界在她眼里，越来越像是一大群用奇妙的手之舞打着手势的聋人，大家都在同时说话，手指飞舞、剁切、拉展、缠绕、指着、摸着，惊人而美丽，喧哗而可怖。然而她还是继续，她像条长着翅膀的大鱼一样，从他们上方赤裸的空气中游过，波光粼粼，溯游从之，溯洄从之。

白小慧恨恨道，真的没有人会在乎你是什么样的人，多你一个少你一个都没有关系，你只要过好你自己的生活，这就是一个利己主义的时代。你能不能像我一样，开始为自己买套小房子的首付着想，你能不能现实一点？听我的，自己有个房子的感觉和没有房子真的是不一样的。

她又兀自从白小慧的上空游过。这么多年里，她从没有过这种失去了恐惧之后的任性与骄傲，从没有过这种生活失重之后近于荒谬的喜悦和轻盈。她对她即将看到的东西越来越确切、清晰和渴望。

她已经不再去想那幅《松林夜宴图》，但她却越来越感觉到外公离她如此之近，她都能如此清晰地看到他脸上的每一条皱纹，每一个毛孔，能如此清晰地看到他活在世上每一天的痛苦和恐惧。他对她想说的太多太多，她明白，她都明白。她看到了他身上最可怖的那一面的同时，却愿意像他的祖母一样，泪流满面地抱紧他，告诉他，都已经过去了，忘了他们吧，你们的血肉合为一体，你便也为他们活过了这人世间的每一天。外公，放心吧，我们会忘记的，我们终究还是人类。

她要找到罗梵。她必须去寻找罗梵。他们之间有太多的话还没有来得及去说，就像她和外公一样。然而罗梵似乎真的感觉到了她对他的寻找，每次都是在她即将找到他的时候，他便再次消失不见。她几乎找遍了所有能找到的画廊，没在一家画廊里能看到他的画。那也就是说，他一直在被拒绝。又听到更多的同行说看到了他的行为艺术，他把掰断的那截假断指种进一个花盆里，再在花盆里种上植物。他那截多年前的断指似乎此时才真正隆重地登上了舞台，在一次又一次的表演中愈发娴熟。

频繁的外出请假引起了公司老板的不满，她便辞去了公司小职员的工作，专门寻找罗梵。白小慧为此差点要和她绝交，她痛心疾首地说，你还有没有一点理性？你看看你到底在做什么？连收入都没有了你靠什么生活？

她不理会她，她仍在寻找罗梵，她四处问那些曾经在宋庄待过的画家们打听他的消息。那个姓焦的画家后来也离开宋庄，在东城开了一家小装饰公司，后来是他告诉了她一点关于罗梵的下落：我也是听别人说的，情况不一定属实，罗梵在慈寿寺那边表演过几次行为艺术，前些日子他好像在那边被车撞了一下，还进医院躺了几天。据说他这已经不是第一次被撞了，已经进过两次医院了。所以还有一种说法就是，他其实不是被撞的，是自己吃不上饭去碰瓷的。多年没见到他人，他和谁都不联系，我也不清楚，但说他碰瓷我还真不愿意相信。他这个人啊，其实随便画点什么还赚不了钱？给人画广告牌子都成啊。

"草木有大命，枯而又荣，荣而又枯。相信我，我从此可以无限地活着。像喜鹊永安于大地之心。"

十

她看到罗梵已经开始走进外公的画里了，他正在变成画里的第四个长发白衣人，和其他三个人一起在血一样的大片玫瑰花丛里品茗下棋，一起在杏花如雪中独立小桥，一起醉卧月夜松涛下，抚琴长啸不知今夕何夕。

她每日去慈寿寺附近寻找罗梵，她在大街上贴出了寻人启事，她问路边碰到的每一个人，有没有见过罗梵，一个把掰下的断指种到花盆里的艺术家。有人说见过，有人说没有见过。她一天天地来到这条街上寻找罗梵，看到一群人围在一起就心跳加速，等到挤进去才发现是两个老头在下棋，其他人在围观。一天天过去了，她始终没有见过罗梵。然而这一天，她正在路边看着来往人群的时候，忽然看到一个高瘦的中年男人正在车来车往中猛地横穿马路。她一怔，忽然站在那里下意识地大叫了一声，罗梵！那男人猛地回头，看到她的时候他愣了一下，她看到了，他站在马路中间愣了一下，但那只有短暂的一秒钟。她想，他真是罗梵吗？为什么她连他的脸都看不清。然后，在她还来不及向他走过去的时候，那男人已经回过头去，用尽全力地朝着一辆正开过来的银灰色丰田撞去。他整个人都飞了起来，像只黑色的大鸟。

"一个越来越老的人啊，往事越少越好。走的时候，我会深深鞠躬。他若哭泣，我就把这眼泪当作相认。"

一阵像把神经撕扯开的紧急刹车声，丰田几乎像匹马一样前蹄立了起来，但那个撞上去的男人已经脸朝下趴在一片血泊中。

警察赶来做笔录，问司机和行人，身上没有证件，碰瓷的，还是自杀的？谁看清楚了？李佳音哆哆嗦嗦地看着躺在地上的男人，血正在他头部凝固，把他的整张脸都遮住了，以至于她无法确认他到底是不是罗梵。她害怕他不是罗梵，却更害怕他是罗梵。

围观的人们正在渐渐散去，这时她在围观人群的脚下看到一个旧速写本，不知是谁掉在这里的。她捡起那本子，翻开，纸张已经发黄，一页一页地看过去，里面全是铅笔速写。古明州的万川映月，各种亭台楼阁，月湖中随潮涨落的水则碑，粉墙黛瓦下的月光竹影，秦氏古戏台上流光溢彩的金色穹顶。还有一张是雨中的小巷，一条湿漉漉的青石板路，路边有一棵香泡树，一只熟透的香泡已经沉沉坠落在青石板上。一扇雕花的斑驳木门紧紧闭着，门前有一口莲花缸，缸里浮着两朵睡莲，莲下是一抹安详诡艳的鱼影。莲花缸的旁边，立着一个女子的背影，只是一个背影。画的角上落了一个时间，1995年7月2日深夜。

画中的女子静静地站在雨中，不知在那里等待什么。

【作者简介】

孙频，女，1983年生，毕业于兰州大学中文系，在读于中国人民大学创造性写作专业，现为江苏省作协专业作家。2008年开始小说创作，已发表小说两百余万字，出版有小说集《三人成宴》《隐形的女人》《同体》《疼》等。

知识分子精神困境透视
——评《松林夜宴图》

王春林

与小说文体意识觉醒后的自觉形式实验相比较,《松林夜宴图》的更值得注意处,恐怕却在于对知识分子的精神困境从现实与历史的双重维度进行了足称深入的勘探与透视。其中,与现实紧密相连的一个人物形象,就是那位身兼叙述视角功能的艺术家李佳音。虽然小说并没有采用第一人称的叙述方式,但通篇皆从李佳音的眼睛中看出,却是毫无疑问的一种文本事实。借助于李佳音这一形象,作家所集中透视表现的,乃是当下时代所谓市场经济条件下知识分子的一种精神困境。具体来说,与李佳音的精神困境紧密相连的,有两个重要的关节点不容忽视。一个是她在北京宋庄时的绘画经历。在宋庄,李佳音曾经花费整整一年的时间,倾尽全部心血画了八张被她自己命名为《时间》的画作。没想到,"策展人对那些画只扫了几眼便不再多看"。面对着李佳音那特别失望、沮丧的神态,策展人给出的,是愈加残酷的说法:"所以你要想卖画,就得向那些能卖得出去、能卖个好价钱的画看齐。市场需要什么你就画什么,你得讨好市场啊,总不能让市场来讨好你吧?"导致这一切现象生成的根本原因,乃在于这是一个资本的时代。受制于如此一种资本的逻辑,李佳音耗费整整一年时间

与心血的《时间》虽然无人问津,但她只用了一周时间画出的"行画"却意外地在市场上走俏。策展人看过她的"行画"后,不仅马上收走,而且还继续批量订货。事实上,处于类似精神困境的,绝不只是李佳音一人,而是宋庄的所有艺术家,或者也可以扩而大之,可以被视为当下时代的所有知识分子。这一点,在如下的一段叙事话语中表现得非常明显:"李佳音看着镜子里收拾一新的自己,觉得怎么看都像个菜市场摆摊卖猪肉的小贩,担心肉卖不出去会坏掉,又担心肉卖得太好,会一下子被抢光。想想别的画家可能也都这样,都使出了一身绝技,便觉得整个宋庄此刻就像一个农贸市场,各色小贩流连于其中,土耳其的地毯,阿拉伯的神灯,波斯的夜光珠,东海龙王的定海神针,应有尽有。"当一个艺术品市场变成农贸市场的时候,那种被资本异化的惨烈境况,自然也就溢于言表了。正因为已经强烈意识到了宋庄这些所谓自由画家的不自由生存境况,所以,孙频才会借行为艺术家常安之口,讲出如此一针见血的充满反讽意味的一段话:"这就是自由画家,这就是骄傲,这就是自由,这就是自……由。""你们觉得我可怜,可是我们其实都一样可怜,人本身就是一种可怜的动物,活着

时千疮百孔，死了都是一具白骨。都是从生到死，人却远远不如一棵植物坦然安宁。"后一段叙事话语所表现出的，除了艺术家一种无奈的自嘲，其实就已经是作家孙频一种难能可贵的悲悯情怀了。

另一个重要的关节点，则是李佳音在白虎山师院做老师时候先后对五个男学生的色诱。"这是她在戈壁滩里引诱过的第五个男学生。总是选择在戈壁滩，是因为它充满了末日颓败的仪式感。最早的时候她曾为自己感到羞耻，但这种羞耻毫不起作用。她最终喜欢上了对他们这种轻而易举的控制，庞大对弱小的控制，老师对学生的控制，艺术对世俗的控制，神对人的控制。"问题在于，身为大学老师的李佳音，为什么要色诱这些男学生呢？从表面上来看，很显然与李佳音自己曾经的大学老师罗梵存在着内在关联。因为在课堂上第一次见到罗梵的时候就联想到了年轻时的外公，因为她想象中年轻时的外公就是罗梵这样的气质。所以，尽管知道罗梵拥有无数的情人，但李佳音却仍然义无反顾地投入到了罗梵的怀抱之中。但正如同李佳音当年对罗梵的需求一样，她对于这些男学生的色诱行为，归根结底却是要借此而逃离某种绝望与孤独："只有在性爱中她才不再是一个人，在这个过程中她亲眼看见自己从我变成了我们，我们被创造出来。她的绝望与孤独就在那一瞬间得到了最大程度的稀释和解救。这种解救是如此的庞大，以至于她无法从中逃脱。她想，这就是离开罗梵之后她为

什么要一次一次地去引诱那些男学生的原因。"然而，只有在人生经历逐渐叠加到一定程度的时候，在李佳音遭遇到生命中的另一位男性刘文波的时候，她才彻底顿悟，却原来，对绝望和孤独的逃避，也并不是自己色诱行为的根本原因所在："在那个瞬间她忽然就明白了，那时在白虎山下的她其实是多么恐惧，现实的逼仄与山上的白骨让她觉得每一天都是向死而生的，情欲则最大程度地消解着死亡。"李佳音之所以要用情欲来消解死亡，从根本上说，正因为情欲是一种强劲的生命存在与生命力量的表征。事实充分证明，一旦脱离开情欲的力量，生命的诞生便不再可能。唯其如此，当年沉溺于情欲中的李佳音，才会产生一种特别怪异的感觉。

李佳音之外，与历史维度关系密切的一个人物形象，就是当年被发配到白虎山的右派知识分子——李佳音的外公宋醒石。关于宋醒石这一人物形象，我们无论如何都必须提及的，就是他专门留给李佳音的那一幅《松林夜宴图》。毫无疑问，这一幅《松林夜宴图》，完全可以被看作是外公宋醒石留给李佳音一种特别的遗言。那么，这一幅《松林夜宴图》，究竟承载蕴涵有怎样的深刻寓意呢？对于这一点，不同的观赏者提供了不尽相同的理解与答案。罗梵："山水倒没有出彩之处，不算上乘之作，只是画里弥漫着一种奇怪的不安气息，很紧张，近似于恐惧，像有什么事情将要发生之前的那种可怕的平静。"常安："你

外公是不是挨过饿？""你要相信我的直觉，我从不怀疑我对艺术的直觉。我觉得他画的根本不是什么松林夜宴。"策展人："你外公既然是画家，就不至于不懂得山水画的章法，你看他把人物刻意放大，且表情夸张，可见意不在山水，而是想通过这画中人物说点什么。"李佳音自己："《松林夜宴图》里的三个老者白衣胜雪，醉卧松涛，露白风清，不记流年。三个人中，那个向外张望的散发弹琴者看起来有点像外公，但他眉宇间更多的是一种神秘的陌生感，不似外公的文弱，有些戾气，有些狰狞。而他的两个同伴则饮酒听琴，表情祥和，他们三人的表情形成了一种奇怪的张力。"郭一原："这不就是一张普通的山水图？三个老头在松下饮酒弹琴，优哉游哉，竟不知今夕何夕……我只能看到三个风神潇洒其乐融融的老头。"最后的一位，是刘文波："你听我说啊，是不是这样，你外公还一直给他们寄东西，是因为那两个人是死的还是活的其实与他根本没有一点关系，他要的只是相信他们还一直活着。也就是说，那两个人其实只活在他的脑子里。他需要他们活着。他这么需要他们活着，那原因很可能是，他太思念他们或者是对他们太愧疚。""那很可能是因为他对他们太愧疚，但又无法弥补，所以患上了一种心理学上的幻想症，就是他会幻想他们还活着，给他们寄东西则是为了求得自己内心的安宁。会不会是你外公当年害死了他们？"那么，外公这件《松林夜宴图》的遗物到底要传达什么意思呢？一直到小说终结，孙频都没有给出一种明确的答案。然而，综合以上各种理解，再加上叙述者在前面提供给我们关于李佳音外公的两大特点，最后，我们得出的结论，就是李佳音的外公极有可能就是在吃了两位室友的尸肉后方才得以勉强生存下来的。而这样的一种情节设定，也恰好在很大程度上既回应了当年杨显惠的《夹边沟记事》，也回应了弋舟的《随园》。这样，因为有了外公宋醒石这一人物形象的设定与刻画，孙频的这一部《松林夜宴图》也便在拥有突出历史感的同时，也表现出了一种难能可贵的批判意识。

丹麦奶糖

刘建东

开车经过大门口，门卫曲辰挺直腰板，恭敬地向我的车行了一个军礼。看到他，我突然想到了皮包里放了几天的那盒丹麦奶糖，便摇下车窗，从包里拿出那盒糖扔给他。那是个精致的圆形铁盒，上面印着最著名的美人鱼雕像。他诚惶诚恐地接过去，又行了一个军礼。

这盒奶糖是数天前收到的。寄件人一栏是空白，没有姓名和地址。外包装上全是英文，我拿出英汉词典，研究了半天，才明白是产自丹麦的奶糖，随手把它放在包里。时常会有这样的情况，莫名地会接到一些茶之类的土特产，往往很快就有人短信或者微信告知，这是他的一番好意。一般我都会笑纳。可一连几天，这盒奶糖却一直无人认领，这倒出乎意料。

我把奶糖交给了曲辰，我相信，这二十年里，他没有见过外国糖果，他一定喜欢北欧的口味。曲辰其实是我的大学同窗，大学时期我们志同道合，情如兄弟。这一年，因为成就突出，我开始享受政府特殊津贴；这一年春天，曲辰刚刚告别监狱。

一个多月前，我和肖燕站在监狱门口，看着曲辰从大铁门里出来，产生了某种错觉，像是回到了二十多年前，我和肖燕站在兰州大学的门口，看着最后一个豪迈地走出大学校门的曲辰。那个时候，在即将踏上社会的曲辰眼里，世界就像是一个等待他去收割的广袤的田地。时光流转，此刻的曲辰明显苍老许多，颓废许多，他看上去要比我大五六岁，抬头纹像是被刀子随意刻上去的。阳光其实并不强烈刺眼，他却下意识地眯起眼睛。我们相互拥抱，并流下了相对复杂的泪水。

在车上，我寄语曲辰："出来了就从头再来，好好混出个人样。"

肖燕一反常态，"先别说理想和未来，先解决吃饭穿衣问题吧。"

曲辰吐了一路，把胆汁都吐出来了，其间我们还把车停在路边，等着他还神。他说他看见自己的魂儿被这辆汽车带走了，他蜡黄着脸，摩挲着车的座椅，问我这是什么牌子的汽车，他好像记得他们监狱长就有一辆这种汽车。肖燕告诉他是迈腾。曲辰感叹说，他进监狱前坐过的最好的车是桑塔纳。他问我，现在还有没有这款车。我拍拍他摇晃的身体，"老曲，还有。不过二十年，时代还是这个时代，没有任何变化。"

实际上，在随后的生活中，曲辰会日益感觉到，对他来说，这句话不过是安慰他而已。

1989年夏天，我们仨从兰州大学毕业后，一起分配到石家庄工作，他的梦想就是做一名无冕之王。他的梦想是最早实现的，他得到了命运之神的垂青，按他的意愿被分到电视台做新闻记者。他生命中最闪光、最值得骄傲自豪的，都集中在最初的那几年时间里，他拼命地工作，努力地付出，经常加班加点，很快他就脱颖而出，成了电视台的主力，年纪轻轻就做了新闻部的副主任。更让我羡慕不已的是，没两年他就神秘地向我们宣布，他恋爱了。那个叫孟夏的姑娘经常在电视屏幕里出来，主持"影视大世界"，他嘚瑟得要命，对我和肖燕千叮咛万嘱咐，要我们一定每期都要看孟姑娘的节目。每次他打电话过来，印证我们是不是履行了承诺时，我都敷衍他，说看过了看过了。最不可理喻的是，他非逼着我们说出观后感，当我正犹豫地想说点什么来应付他时，他却迫不及待地、略有激动地说出他的观感。那长长的观感让我昏昏欲睡，而他语无伦次的声音，却能让我想象得出他手舞足蹈的样子。我从来没有面对面地接触过孟夏姑娘，也没见过他们俩成双成对在一起，在我的印象中，那个年轻貌美的姑娘，只适合出现在电视里，而不是我们真实的生活中。曲辰却生活在半虚幻半现实的状况之中，所以，某一天，当我在炎热的广州出差，接到了他的长途电话，摊派给我一个匪夷所思的任务时，便没有什么大惊小怪的了。我都不知道他是怎么打听到我住的宾馆、房间的电话号码的，他几乎是对我下达命令，要求我必须替他买五斤荔枝，他特别提示我，孟夏超级爱吃荔枝。20世纪90年代初，在北方，荔枝还极其罕见。当我坐在拥挤的火车上，小心地看护着那一包荔枝时，突然就想到了"一骑红尘妃子笑，无人知是荔枝来"那句诗。在曲辰眼里，孟夏简直比杨贵妃还珍贵。

就是这样一个爱吃荔枝的姑娘，让爱得疯狂而执着的曲辰，在命运的波涛中翻了船，落了水。1995年的冬天，大雾时常光临这座北方城市。那一年发生了后来震惊全国的聂树斌案，聂树斌在当年的四月被枪毙，只不过，那时候的一声枪响，像是鞭炮声一样仓促地淹没于历史的喧嚣之中了。1995年，河北的省会石家庄，萧条，灰色，没有一点现代化的气息，从曲辰工作的电视台向南走一百米，就是一片一望无际的麦地。那之后一年，北国商城才开业；那之后两年，石家庄地标性建筑电视塔才开始建设。雾和曲辰后来一直纠缠在一起，留在我的记忆里，因为出事那天，是一个雾锁全城的夜晚。肖燕先得到的消息，第一时间里，他想到的是打电话给肖燕。我骑着自行车，赶到电视台的集体宿舍时已是午夜时分，肖燕先我一步赶到，此时，曲辰正蜷在床上瑟瑟发抖，我闻到了一股浓烈的酒味。那个雾气弥漫的冬夜，曲辰前程似锦的生命黯然跌落，梦想从此消失。据曲辰的描述，那天夜晚，他在外面与人喝了酒，回到电视台集体宿舍时，听到对面主持人孟夏的宿舍里人声鼎沸，原来是一个陌生的男子在为主持人庆贺生日。他怒气冲冲地冲进去，责问主持人时，孟姑娘却勃然大怒，毫不客气地让他出去。曲辰灰溜溜地回到宿舍，越想越生气，等他再次闯进主持人的宿舍时，手里拿着一把很小的水果刀，那是在兰州买的。就是这把不起眼的水果刀，要了那位陌生男子的命。愤怒冲昏了曲辰的头脑，刀子被他疯狂地挥来挥去，最后捅进了男子的大腿。曲辰复述时，故意漏掉了那个男子的身份，后来我们才得知，那个男子是位大学老师，主持人孟夏的男朋友。男子被送到医院后不久就因失血过多咽了气，因为刀子扎破了他的动脉。那是一个难熬的夜晚，曲辰完全傻了，他还不知道那个无辜的年轻人已经躺在几个路口之外的市三院的太平间里。他一语不发，静待着命运的夜晚快速地逼近。天还没亮，警笛声就在电视台大院里响起来了。他被带上警车的最后时刻，含泪叮嘱我，要我替他照顾双目失明的衡水乡下的母亲。

曲辰被判死刑，缓期两年执行。二十年来我遵守了我的诺言，定期去看望他的母亲。而曲辰，死缓后来改成了有期徒刑，如果不是自己的原因，在第十五年就能够出狱。但是在临近出狱时，曲辰却试图越狱，延长了自己的刑期。又过了几年，他又涉嫌袭警，再次人为地延长了刑期。他害怕从监狱里出来。这一次，当他再次想法赖在监狱里时，没有得逞。

出狱回城的车上，我问曲辰是不是回老家去看望一下老母亲。曲辰坚决而悲伤地摇摇头，"我哪有脸去见她，就当她老人家没我这个儿子吧。"

在酒店里给曲辰接风洗尘。曲辰却一滴酒也不喝，这让气氛有些压抑，他显得犹豫，目光躲闪，连他以前最喜欢的鱼香肉丝也不敢轻易动筷子。人显得颓废，没有自信。肖燕问起他对未来的想法，曲辰万分沮丧地说："不知道，我本来想一辈子都躲在监狱里不出来，不见亲人，也不见你们。可是不知道哪儿出了问题，我尽了力，可他们说什么也不让我在里面待着了。"

我张了张嘴，本来想告诉他，我与监狱的监狱长是省委党校的同学，我送给他一幅著名书法家的书法作品，才换来没有对曲辰再次袭警追加刑期。肖燕偷偷拉了一下我的衣角，我便作罢。

曲辰无法预知和谋划他的未来，这和二十年前那个意气风发的年轻人已经不是一个人，他可怜巴巴地看看我，又看看肖燕，说："反正我无处安身，你们要是怜悯我，就给我一口饭，如果有下辈子，我做牛做马来报答你们。"

他的话让我和肖燕心情很糟糕。半夜，肖燕从噩梦中惊醒，她把我推醒，问我为什么曲辰会变成这个样子。我打着哈欠说："如果你在监狱里待上二十年，还不如他呢。"

大学时期，曲辰是校园里的明星，校学生会的主席，深得女生们的喜爱。肖燕也是其中之一。她说她从曲辰的身上看到了年轻时革命领袖的影子。但是她却没有选择曲辰，而是在大学最后一年接受了我。她明白地告诉我，曲辰强大的外表下隐藏着内心更加强大的不安。这一点不知她是怎么看出来的。

"你打算怎么安置他？"肖燕问。

"他要想有什么大的作为已经不可能了，我相信他自己也明白这一点。"我想了想，突然脊背上发凉，谁也无法保证，什么时候，你的生命就停留在某处，虽然躯体存在着，却已经失去了意义。

肖燕甚至比我还要悲观，她说："也许我们真的不应该费这么大劲儿，把他弄出来，也许他已经不适合这个社会了。"

"在外面总比里面好。"我说。其实我们还没有做好充分的准备，让他融入这个已经完全不同的世界中。

"谁知道呢。"肖燕忧虑地说。

我给曲辰找的第一份工作与他的经历有关，在一家婚庆公司做摄像。可是只做了两天他就不去了，我问他为什么，他低着头，憋了半天才说："人多，太热闹。"他是羞于见人，不想抛头露面。第二份工作他倒是比较满意，在社科院当门卫。我每天从大门口经过上下班时，他都从门卫室里的椅子上站起来，毕恭毕敬地向我敬个礼。后来我就对他说，不要那样，我又不是什么大领导。他答应得好好的，可我再从门口经过时，他一如既往。后来我就懒得说了，慢慢地，对他这个动作也就习以为常了。

曲辰像一个外星人一样，出现在我们的生活里。除了在我单位看守大门，他整天猫在我借给他的那套房子里，害怕和人打交道。为了让他早日适应这个全新的社会，我尽量让他多参加一些聚会和活动，对于我的安排，他没有拒绝。

我拉上他参加的朋友间的私人聚会，都带着家属，而我是三个人，我、肖燕和曲辰。介绍曲辰时，我丝毫没有隐瞒，告诉他们，我大学同学，刚从监狱出来。省医院的副院长刘同取笑我，说我真会开玩笑，搞社会科学的人就是比他们更能想象。他是个心血管专家，他说："不像我们，太实际，不浪漫，盯着的就是那些红红的血管，看它是不是堵塞了，是不是需要把它给疏通了。哪像你董所长，这么会编故事、做评论，把人生弄得像一出戏。"

曲辰真诚地补充说："今天是我出狱的第二十天。"

大家一哄而笑。酒席间曲辰照例是沉默不语，滴酒不沾，看着大家笑。不管爱说笑的刘同怎么劝，曲辰也不喝一口，弄得刘同很扫兴，他大声说："你说你是从监狱里出来的，你就讲讲监狱里的故事，给我们听听。"

曲辰看了看我。我挥挥手，"讲讲讲，我还没听过呢。"

曲辰正襟危坐，真的一本正经地讲起他在监狱里的事情。曲辰不说话则已，一张嘴就吸引了大家，他说了同监号的一个男人的故事。"聂树斌你们知道吗？"

刘同好奇地问："他跟你在一个监狱待过？"

"不是，我没见过他，我进去时他已经被枪毙了。"曲辰停顿了一下，"我说的是和他有同样经历的一个人，这人姓张，比我晚进去十年。我开始以为他比我大十几岁，后来才知道他其实比我还小五岁。他犯了强奸罪，他逢人便说他是被冤枉的。可是没有人信他的话，只有我肯听他的。前几年，聂树斌的案子出现逆转后，他十分兴奋，他觉得自己也看到了希望，每天都看报纸，看电视上的新闻，指望出现聂树斌那样的奇迹。"

"你觉得他是不是另一个聂树斌？"肖燕问。

实际上，除了肖燕，没有人太认真地听他的话。在他讲述的过程中，我们照样互相转圈敬酒。大家完全忽略了这个讲述者，他的讲述也有点孤芳自赏的意味。连最先的提议者刘同在和我喝了一杯酒后也转头问曲辰："谁强奸谁了，谁又进了监狱？老董，你这位朋友是不是一位受人尊敬的作家？真会编故事。"

曲辰没有回答肖燕的问话，对刘同露出一副讨好的笑脸。

回到家，躺在床上的肖燕表达了对我的强烈不满。她说我不应该那么对待曲辰，"在你那帮朋友面前，曲辰就像是一个被围观的猴子。"

喝多了酒的我头重脚轻，只想睡觉，我吃惊地说："你怎么能这么想？我都是为他好。让他早日融入正常的生活之中，要不他以后怎么办？"

肖燕说："不对。二十年前，我们是平等的，每个人的生活都是自己设计的。

而现在，当他一出来，他就低人一等，生活需要别人来设计。他学会了看人的眼色，揣摩别人的心思。而你，你们，其实已经居高临下……"

我没有听完，便睡着了。

从那次聚会后，在对待曲辰的问题上，我与肖燕渐行渐远，她也拒绝出席类似的活动，她不认为这些做法对曲辰有益。好在曲辰并没有感到厌倦。当他能从倾听者眼中看到一丝的等待或者期盼，他的内心就得到了巨大的满足。

还有作家诗人们的聚会。

这是我最基本的生活圈，文人的圈子。每个人都有一个相对固定的圈子，这个圈子里的人互相喜欢，互相讨厌；互相欣赏，互相猜忌；互相排挤，也互相利用。面对他们我游刃有余，如鱼得水。我喜欢那种被众人推崇的感觉。这一次，曲辰讲了另外一个狱友的故事，一个失手杀掉自己妻子的男人的忏悔。他说，那个狱友天天想着在外面的两个儿子，不知道他们会变成什么样子。说者无意，听者有心，就是那次不经意的聚会，诗人何小麦被曲辰这个人以及他的故事，深深吸引了。她是报社的记者，诗人的气质加上职业的敏感，让她心潮澎湃。她说她一夜未眠，曲辰的故事激发了她的灵感，她诗兴大发，第二天她特意请我去喝了咖啡，希望我答应让她采访曲辰。我说："你可以自己去找他呀，我又不是他的经纪人。"

何小麦说："董老师，我看他好像很听你的话。没有你恐怕不成。"

"他现在是自由身，我又不是监狱长，他不用任何事都向我汇报。"我虽然嘴上如此说，却有些小小的得意。

我把女诗人的想法说出来后，曲辰果然犹豫地看着我，"你说答应还是不答应？"

我笑笑说："这是你的事，你自己拿主意。不过，这也是你全面了解社会的一个渠道，你得多和人交流、沟通，我看可以试试。"

"仙生，你说行就行。"曲辰诚恳地说，"只是我有一个疑问。"

"说出来听听。"

"我讲的故事都是社会的一些阴暗面，这些人也都是杀人越货的坏人，为什么她会对这些感兴趣？我记得以前这些人是会被人鄙视唾弃的，是反面典型。"曲辰眉头紧锁。

我试图向他解释时，感觉自己像是这个时代的代言人一样，"时代在变化，单一的思维模式，单一的对事物的判断，现在都已经失效了。"

"那么，这是好还是坏呢？"曲辰问了一个非常尖锐的问题。

我没想到，他的思想还是那么直接，那么天真，"我没法给你答案，你自己去判断吧。但是我提醒你，你的思维得跟得上时代，不要再用二十年前的思想去评判一切。"

曲辰忐忑地去赴女诗人之约时，我却又收到了一盒一模一样的丹麦奶糖。这样的事情重复两次，我便提高了警惕，暗自倒吸一口凉气。到底是谁在给我不断地邮寄同一件礼品？什么原因？这一次我给予了足够的重视，认真仔细地查看了所有的蛛丝马迹。快件寄自本市，寄件人做得很巧妙，只有收件人的地址和名字，其他的无迹可寻。坐在会议室里，这盒奶糖让我心神不宁，思想本能地向不好的方向滑行。和我坐在一排的科研处处长老焦冲我笑了笑，那一笑也让我感觉很暧昧。老焦和我是同事，又是潜在的对手，我们俩都是副院长的有力竞争者，彼此见面都十分客气，甚至还互相恭维几句，但谁都心知肚明，对方不是那个能坦诚相待的人，都在暗暗较劲。我在自己的事业上一路狂奔，而他已经修炼成一个职业的官僚，据说他已经攀上了省委副书记。我一直自信自己的专业能力，不屑于搞这一套，觉得还是得靠实力说话，他一个军转干部，丝毫没有业务水平和能力，凭什么与我抗衡？我也冲他点点头。那一刻我突然联想到，奶糖与他有关？他要给我某些暗示还是什么？一想到此，我的神经立即绷紧了，再次把目光转向他，老焦却装作很认真地在本子上记着什么。也许是我心理起了变化，看他时的感觉便不一样。

那天晚上，当肖燕提到要去北戴河时，我有些心不在焉。这几年，肖燕成了一个梦想破灭的人，她心绪很差，时常感到不安，对现状越来越不满，牢骚满腹，对社会上的任何事情都看不惯，对我，也是不断地流露出不满。她越来越固执地怀念起以前的梦想，想着重温旧日时光，每年的夏天，她都会安排去北戴河的行程，因为大学时期，我们俩就是在北戴河的鸽子窝确立的恋爱关系。在那里，我们恋爱，是因为我们从对方身上看到了对美好事物的期盼，看到了未来明确的目标，梦想仿佛就在我们憧憬的前方等待。在鸽子窝，我们看着海鸥飞起落下，就像是海鸥想飞得更高一样，我们互相表白着对美好前景的向往。我要成为一位像加西亚·马尔克斯那样的作家，而肖燕，只想做一名教师，像她的妈妈那样，桃李满天下。肖燕越来越想念那个地方，她说，真实的我们留在了那里。只有回到那里，短暂地忘记现实，她才感觉到内心的安宁。

当她再次提起去北戴河一事时，我有些敷衍了事地哼哼了一声。肖燕推了推我，"你哼哼是怎么回事，到底去不去？"

"去吧。"我说。

"你要是不情愿，你就说出来。"肖燕生气地说，"我就看不惯你这样。你看看你现在什么样，心里想着的都是什么！"

我说："什么呀？人生不就是如此吗？"

"真的是如此吗？你的官位，你的社会地位。除了这两样，你还有什么？"

我辩解道："这不是一个男人成功的标志吗？你以前不也是这么认为的吗？"

肖燕翻了个身说："反正我不喜欢。我感觉不像是一个有个性的人，而是被驯化出来的产品，好像这个社会是个庞大的机器，专门生产你们这样的人。你和那些人一样，留恋自己的成绩，沾沾自喜，喜欢被捧上天，有天生的优越感，觉得这个时代就是你们的。你们变得自私、高傲，你们更像是守财奴，固守着自己的那份累积起来的财富，守着自己已经获取的地盘，小心翼翼地看护着它，容不得别人觊觎，容不得别人批评，容不得被超越，容不得被遗忘。有时候，当我教育学生，让他们畅想他们的未来，当有学生说起想做你们这样的人时，我都觉得心虚。"

"你有些牵强附会了，那你告诉我，我应该怎么做才算是一个成功者？"我反问她。

梦想早就破灭的肖燕一时语塞，支吾着："我不知道。我真的不知道。"

肖燕的话并没有在我的思想中起什么化学反应，有时候我感觉自己根本停不下来，没有时间思考自己是个什么样的人，自己要做什么样的人。就连曲辰，这样一个彻底失败的人，他也没有充分地认识自己。在去往师大的路上，我问坐在后排的曲辰："你能认识你自己吗？"

曲辰犹豫着不知如何回答。出狱之后的曲辰完全是一个陌生的人，早就没有二十年前的坚毅和果断，这很正常。我说："你实话实说，怎么想的就怎么说。"

他试探着说："说实话，我白活了这一生。我为自己的冲动与不理智付出了一生。"

"你后悔了？"

"不是后悔，是忏悔，我一直在忏悔。"他低声说。

我接着问："你还有梦想吗？"

"梦想？"曲辰笑了，这是我第一次听到他的笑声，"早就没了。从那天晚上就结束了。我以为我会在监狱里待一辈子，会在无数个夜晚，仰望夜空，跟随着月亮的移动，想象月光照在高墙之外的情景。"

我试图和曲辰回忆一下我们在大学时期对未来的憧憬与畅想，可是想了半天，我也没有想出来，便打消了主意。

正好曲辰也下班了，我问他，想不想去大学校园里看看？曲辰眼睛里闪现出一丝的期待。我说，今天要去师大做一个文学讲座，也许你能从那里的气氛中找到一点当年梦想的影子。我相信，已经出狱的曲辰不会就这样沉沦下去，他内心深处仍然有未能燃尽的梦想种子。他忐忑地坐在我身边，问我，我出现在课堂里会不会格格不入？我说，你放心，他们不会关心你，不会去无端揣测一个陌生人，他们的注意力只在我身上。曲辰说，谢天谢地。

师大博物馆前竖着一块大大的广告牌，上面有我的大幅照片和介绍。曲辰羡慕地说："你看上去像我们大学时教我们民俗学的柯杨教授，很有学者气质。"我说："你要是奋斗到今天，也一样。"曲辰低头不语。

报告厅里挤满了学生。我一进去就看不到曲辰了，后来我在讲座时看到了他，他在最后一排的边上。我讲座的题目是"哈姆雷特与我们"。讲的是我们在现代社会中的焦虑与不安，讲了我们与哈姆雷特遇到同样的命运抉择时的软弱无力感。实际上我的讲座部分地借鉴了肖燕对于我的批判，但是仅此而已。当我在说这个十分尖锐的问题时，我根本没有意识到，我是在说我自己，我感觉我说的那部分人，他们在芸芸众生之中，他们与我无关。

我的讲座不断地被学生们的掌声打断。这份热烈坐在他们中的曲辰也深切感受到了，所以当讲座结束，当我开车行驶在槐安路上时，曲辰仿佛还能听到教室里的掌声。他说："你不是问我有什么梦想吗？我坐在学生们中间，听着你游刃有余地从莎士比亚讲到鲁迅，从卡尔维诺讲到《水浒传》，我似乎意识到，这好像曾经是我的梦想之一。他们好像在我的生命里也曾经那么清晰、那么逼真、那么令我感动。"

"做一个有良知的记者？"我试探着问他。

他若有所思："没有那么具体，就是这种感觉。"

"现在还会有吗？"我追问他。

他躲闪着我的问题，"现在？我从来没想过，对我，可能有点太奢侈了。"

我掏出那盒奶糖，递给他，他说："我已经有一盒了。"

我笑着说："这又不是梦想，你紧张什么。"

他接过来，借着外面闪过的灯光看了看，"和上次的一样，我一直想问你，这是什么东西，哪个国家的？我早就把英文忘完了。"

"丹麦的，奶糖，我相信比大白兔好吃。"我说，"丹麦你不会忘记吧？"

"安徒生的老家。"曲辰说，"童话的故乡。我在监狱里只看一个作家的书，就是安徒生。安徒生的每一个童话我都能倒背如流，有时候我还会给狱友们讲，而且能让他们感动得哭了。"

"童话。"我想了想，对我来说，读安徒生已经是二十多年前的事了，那些故事的细节我都快想不起来了，"也许你可以与我的研究生一起做个讨论，题目我再想想。"

曲辰百般推辞，他直言自己会很紧张。我鼓励他，当年你也是中文系的才子，就这么定了，这是个很好的课题。我接着说："科研处的焦处长你认识吗？"

曲辰想了想："是不是那个戴假发套的焦处长？我给他办公室送过快递。"

"对，就是他。"我看着他说："我需要你再去送快递的时候帮我一个忙。"曲辰毫不犹豫地说："我肯定要帮你的。"

我伸出右手拍拍他，"关键时候还是好兄弟最让人放心。我实话给你说，现在他和我是竞争对手。我们俩要竞争一个副院长的位子，任何风吹草动都可能改变最后的结局。你手里的这盒奶糖，为什么会有两盒，连我自己都搞不清。"我把我如何收到奶糖，如何疑虑重重，一股脑儿地告诉了曲辰。

曲辰说："仙生，奶糖是好东西呀。有人给你送这么好的东西，是多么美好的一件事呀。"

我忧心忡忡地说："你不在我的位置上，你没有腹背受敌的感觉，你体会不到有什么事情会发生在你身上的某种不祥的预感，所以你不可能了解。小心一些总是好的。我怀疑是老焦在背后搞鬼。我需要你找到写着他的字的东西，本子呀、信件呀，等等吧，只要是他手写的字，我想辨别一下，是不是他。"

"你是不是太多疑了？"曲辰小心地问。

"我知道自己多疑，但它让我感觉到安全。"

曲辰显然还没有意识到这项任务对于他的难度，没有意识到，在他思想的深处，还有另外的一条线在牵着他。他拍拍自己的胸脯，赌咒发誓说，没问题，保证完成任务。

讲座后我便去上海出差，参加一个关于文学的传承的研讨会。开完会后我没有直接回来，而是应作家胡克之邀去了趟黄山。等我回到石家庄时已经是一周之后，一进办公室，看到了一堆信件、快递之中最醒目的那一个，外包装都是一样的。我不禁倒吸了一口凉气，看来，这个寄件人真的是很有耐心和恒心，他究竟要干什么？他在考验着我的神经、我的耐心。又是丹麦奶糖。我抄起电话打到了门卫。今天当班的不是曲辰，而且，据门卫李师傅说，曲辰已经有两天没来上班了，说是请了假，不知去干什么了。我来到曲辰的住处，这套建于 20 世纪 80 年代的房子，是单位分给我的，一直空着，现在成了曲辰的容身之处。家里没人。他手机关机，我联系不上他。

晚上肖燕很晚才回家，她一进门就喝水，喝完水才说："你知道我今天干什么去了？"

我翻了翻白眼，"你还能干什么，上课呗。"

"No，"肖燕说，"我今天请了假，带着曲辰去找人了。"

我疑惑地看着她。

"你还记得上次吃饭时他讲的那个故事吗？"她坐下来，"就是和刘院长他们吃饭那次，他讲的那个强奸犯的故事。"

我摇摇头。

"你呀，只记得你那点事，什么名呀利的，别的一概进不了你的脑子里。"肖燕说，"就是那个自认为与聂树斌一样被冤枉了的男子。曲辰也觉得他有冤情。他出狱时答应那名狱友，替他找到当事人，帮助他解除内心的痛苦。他说这是他出狱后最想做的事，就像当年怀揣的那些梦想一样。按照狱友的提示，他已经自己去找过当年那个姑娘，那个当事人。可是没有找到，十几年了，街道变了，房子没了，人更不知道跑哪儿了。他向我打听老棉七的那栋宿舍，我是这儿土生土长的，那栋楼我还有印象。于是我请了假，带着他去找棉七的那栋集体宿舍。"

我轻声说："我不知道，他现在仍有梦想。但是，这梦想似乎……"

"似乎什么？"肖燕问。

"没有什么。似乎也不能算是梦想。"

"这怎么能不算梦想呢，这总比你那些虚名更真实一些。"肖燕不满地说。

"你们找到了？"

肖燕神情疲惫，目光炯炯，"没有。棉七宿舍早就拆了，但是已经有了一点线索。"

我提出了自己的质疑："你相信他的话？"

"为什么不呢？"肖燕看着我，对我的疑问很是奇怪。

"你们把法律想得也太不堪了，太经不起推敲了，难道监狱里都是聂树斌？"

肖燕嗫嚅着："如果有这个可能呢？"

"曲辰这么想也就罢了，你枉为一个人民教师，想法也和他一样简单。"我批评他们非常可笑的做法。

"我不同意你的说法。"肖燕反驳我，"你这是惯性思维方式，你和大多数人一样，什么事情都是从自己的立场和利益出发，为什么不能站在别人的立场想想呢？"

那个夜晚，我们无法达成一致的意见。我说服不了她，她对我也感到失望。

我说服不了肖燕，同样，我也没能阻止曲辰。我觉得应该制止他们这种不理智的行为，第二天我直截了当地告诉曲辰我的想法。曲辰为难地说："仙生，你就让我放手做点自己想干的事吧。你觉得我的人生还有什么意义吗？而这件事，我既然答应了小张，我就要兑现我的承诺。"

"仅仅是兑现承诺吗？"

曲辰无助地说："或许是的。我觉得只有这样才活得有点意思。"

我落败了，缴械投降。我不能再勉强曲辰什么。

我想起自己找他的目的，"你答应我的事办了吗？"

曲辰一听我问这事，立即就明白了，他局促地坐在沙发上，挠着头，"没，没有。"

"怎么回事？"我不禁有些失望。一周过去了，他什么都没做。

曲辰站起来，摊开手，"仙生，请听我说，不是我不守承诺。我也去过焦处长的办公室，我也有机会拿到你想要的本子、信纸什么的，可是我伸出手去，却突然觉得有些不对劲儿。我这才意识到，我自己的身份，我曾经的往事，我做过的错事。你可能不会觉得什么，可是那些事，像个尾巴一样，长在我身上，终究会跟随我一生。"

"那又怎么样呢？"我若无其事地说。

曲辰严肃地说："一想到此，我就停下了手。我犹豫了。我觉得又像是往错误的方向走。我陡地就想起那个错误的夜晚。我惊出了一身的冷汗。这一周我都纠结着，痛苦着，我向你道歉。"

我没有责怪他，他的想法可以理解，我让他坐下来，心平气和地与他摆道理："你想得太多了，这与你长期与这个社会脱节有关。你不大了解，现在是一个复杂的时代，你不能简单地把一件事定性为好还是不好，你得放在特定的环境或者特定的条件下去比较。就说这个事儿吧，也没有什么大不了的。人与人之间，就是这样，在怀疑、鉴别、揣测、辩解、确定之间来来回回，这就是丰富的人生与社会。"

"那为什么，当我想要去伸手时，还有一种深深的犯罪感？"曲辰忧虑万分。

我哈哈大笑，"犯罪感？如果都像你说的那样小心谨慎，我们每个人都是罪犯了。你看看，不是所有人都活得比你好吗？"我安慰他说，没有人会把他的犯罪感当回事。你看看老焦，干了那么多你认为的坏事，可是他心安理得，照样官运亨通，事事如意。"就拿我来说，我打过别的女人的主意，闯过红灯，进过歌厅，骂过人，给写得很烂的作家写过书评，要照你说，我该进监狱了？"

我与曲辰的谈心，不知道是不是产生了效果，但是结果是令人满意的，他在内心挣扎了数天之后，还是帮我拿到了老焦的一个笔记本。当那个红色的笔记本交到我的手上时，曲辰几乎是虚脱了，他说："这事以后还是别干了。"

那天,曲辰忧国忧民地和我谈了次心。谈的不是我,而是肖燕。他叹口气说:"肖燕变了。"

"她不再年轻了。"

曲辰说:"我说的不是年龄,而是心理。她的内心世界以前是那么丰富,那么阳光,那么富有激情,充满幻想,可是现在都没了。"

我默然无语。日子一天天过来,我还真的没去想过身边的妻子有什么变化。

曲辰接着说:"我们俩去寻找那个女人的路上,她说起了孙尔雅。"

"谁是孙尔雅?"我一无所知。

"是她的同事,一个年轻的女同事,一个中学语文老师。"曲辰看着我,像是看一个怪物,他显然不了解,为什么我会不知道肖燕想要说的一些事和一些话。

"啊,"我装作轻松地说,"孙尔雅。"

他接着说:"孙尔雅是一个非常年轻的姑娘,研究生毕业后分到十五中做语文老师,和肖燕一个办公室。她业务很优秀,工作能力很强,已经独立带毕业班,也获得了不少的荣誉,可有一天她却突然辞了职,远赴云南勐海一个偏僻小山村去支教。她的举动对肖燕震动很大,走之前,肖燕曾经问过孙尔雅,问她为何选择如此的方式去挥霍自己的青春。那个姑娘的回答让肖燕一辈子都记得,她说,没什么特别的理由,就是在网上看到一张一个旅行人拍的那所山村小学的照片,便有了去教书的冲动。她很佩服小孙老师的行为,这让她觉得自己非常无能。她这种想法很奇怪呀。我觉得她很好啊。特级教师,十大名师。可她怎么就觉得自己是个理想幻灭者呢?"

我摇摇头,"我也在想,这是怎么回事呢?"

曲辰说:"我觉得你们俩很奇怪呀。你不告诉她糖果和老焦的事,她也不向你说心里话。我说仙生,你们过的是什么日子呀。"

我打哈哈说:"没什么,仅仅是不想说而已。"

曲辰白了我一眼,继续说:"不说你们了,真是看不懂,我也不想懂你们的事。你知道吗,肖燕请求那个孙老师加上她的微信。现在,每天,你知道肖燕最快乐的是什么吗?"

我摇摇头。

"是看孙老师在微信上发的照片,有山村小学的一砖一瓦,有小学生们稚嫩而灿烂的笑容,有崎岖的山路,有湛蓝的天空,还有新长出的路边的小草。通过那个孙老师的眼睛,通过她的镜头,世界是那么美好,而孙尔雅就是那个制造者。"

我低下头来，我想想象一下，通过曲辰向我描述的那个山村学校，可是我想象不出来。我的脑子里浮现的是一个笔记本，一本党员学习笔记。这是曲辰经过漫长的思想斗争，从老焦办公室帮我拿到的。不得不佩服老焦，他很认真，形式做得非常过硬，字体刚劲有力。我坐在办公桌前，花了一个小时的时间来做对比，把快递单子上的字与他的字相比较，实际上我没有得出令自己满意的答案。字体并不相符。这让我长出了一口气。那个笔记本，我不再让自责的曲辰放回去，我对他有些担心。再一次开会时，我拿着那个笔记本，直接交给了老焦。老焦惊讶地看着我，我轻松地说笑道："那天开党支部会，我借了你的笔记，学习学习。你忘了。"我没理会老焦的表情，径直走开了。

刚开始的几天，我想问问关于孙尔雅的事，可是张了张嘴却不知从何说起，便放弃了。肖燕一直在翻箱倒柜地找东西。问她，她也不说，直到几天后她仍然是一无所获，才被迫问我："我那套安徒生童话你见了没？"

我很纳闷，"哪一套？"

"1986年版的，上海译文出版社出的。绿皮的。三十二开的。一共十六本。"

"你要干什么？"我想到了曲辰的话。

"就是想找出来。"肖燕一边找一边回答。我走到她身边，万分忧虑地说："我有些担心，你怎么越来越受曲辰的影响，你可知道他是什么样的人？"

肖燕不搭理我，继续找她的书，那套书还真让她找到了，在地下室的角落里。她如获至宝，兴奋地说："我不管你的事，你最好也别管我。我们井水不犯河水。"

那几天，她把那一本本安徒生捧在手里，像是看一本从来没有看过的童话似的，如饥似渴。时而激动，时而沮丧，时而欢呼雀跃，时而悲伤落泪。我对她说："太夸张了吧。"她根本感受不到我的存在似的，把我的话当成空气。

肖燕带着毕业班，这阻碍了她与曲辰的行动，但一遇周末，她不加班的状况下，基本都是她开车带着曲辰在这个城市里到处乱撞，他们在寻找那个消失在茫茫人海中的女人，他们只知道一个名字，叶小青，连那个女人长什么样，在哪里工作，甚至是否还活在这个世上都不清楚。我挖苦肖燕说他们是大海捞针。肖燕说："就算是针，那也是个看得见摸得着的东西，它在那里，就不怕找不到。"令我惊奇的是，对任何事情都失去了热情、看破世事、牢骚满腹的肖燕却焕发了极大的热情。不像是在寻找一个毫不相干的女人，而是在寻找她自己美好的过去。

曲辰，就像是被突然扔进来的一个人，他在不属于他的时代里，努力做着也不属于他的事情。我曾经问过他一个尖锐的问题："如果你们找到了那个女人，你们准备怎么办？"

事情很明显，有前因就得有结果。曲辰倒是很干脆，他不假思索地说："让她承认她冤枉了小张。"

我笑了，"姑且不说你们先是设了一个自以为是的前提，就是这个叫叶小青的女人真的冤枉了小张，小张是另一个聂树斌。这个前提你已经认定它是真实的。我不反驳你。你，还有肖燕都不会听我的。我只想知道，如果她不承认呢？你能怎么办？你不是法官，你不是警察，你连那个小张都不是，你完全是一个局外人，一个毫不相干的人，一个陌生人。你凭什么让别人信任你，让别人重新打开自己受伤害的内心世界？"

他的思维在此时显得异常简单，"她会良心发现的。真凶王书金都能主动承认自己的过错，她更应该有这样的觉悟。"

"如果这一切都是小张的臆想呢？"

"我不相信。"曲辰目光坚毅。

曲辰，因为专心地去做一件他认为正确的事情而情绪高涨。所以当他兴致颇高地和我一起去酒店时，开始还没有意识到什么问题，当他看到迎接我们的老焦时，曲辰惊讶地直拽我的衣袖。酒席是老焦安排的，专门请我的。他战友的女儿要考我的博士研究生。战友的女儿姓黄，叫黄莺儿。刚坐下来我就冷不丁地问了一句老焦："你去过丹麦吗？"

老焦一直在防着我，可万万没想到，我竟然问这么一句，他还算反应迅速，稍一犹豫便说："没有，我倒是想去。你有机会让我去呀？"

我说："我要有机会我还去呢。"

姑娘整个酒宴过程中一直在给我倒酒。一个小时之后，我就喝得东倒西歪了。曲辰搀扶着我，我们走在灯火通明的槐安路边，万达酒店的霓虹灯像是飘在云雾中。那一刻，我感觉时光倒流，我们身处兰州，我们大学时期的那个内陆城市，而我眼前的车流与霓虹，像是在盘旋路，在兰州饭店，在黄河铁桥。而我和曲辰，那是第一次喝啤酒，第一次两人喝得需要互相搀扶着向学校走。就是那个醉醺醺的夜晚，曲辰向我透露着他的野心，他要成为一个伟大的记者，成为中国的法拉奇。苍茫的夜色中，他带着酒气背诵了法拉奇的名句："如果你身为一个男人，我希望你成为那种我经常梦想的男子汉：对弱者赋予同情，对傲慢者给予轻蔑；对那些爱你的人抱以宽宏大量的气度，与那些想支配你的人做殊死的斗争。"可是，这不是兰州，这是石家庄，距离遥远的兰州已有二十多年。浓重的夜幕中透出来的是曲辰充满疑问的脸，他说："我真不明白，你为什么要和焦处长一起吃饭；我真的不明白，你为什么要答应他的请求。我以为你们俩是对手，是敌人。你们会互相提防，互相不信任，彼此不会妥协，不会配合。我真的不明白。"

我说："你不明白就对了，因为你脱离社会太久了。这是一个你不明白的社会，如果人人都明白了，哪还得了。我不能像老焦那样，江湖做派，什么事都整得跟金庸的小说似的。我是个文人，我得有文人的情怀，要大度，要宽广，这才显得我和他的不同。"

他不明白的事情还有很多，我答应了老焦，在第二年的春天让黄莺儿顺利地成为我的博士生。她成为我的学生的那天我问她，老焦是不是真的是她父亲的战友。黄莺儿说："是的，他们一起去过老山前线，在一个猫耳洞里待过。"

我信了她的话。

曲辰不喜欢女诗人何小麦。女诗人却很喜欢和他在一起，不管是出于什么目的。曲辰不止一次地向我抱怨，他不想和何小麦交往了。虽然她并没有把他看作一个刑满释放犯，没有戴着有色眼镜看人，这让他觉得跟她在一起没有隔阂，可她的某些兴趣和独特的癖好令他大伤脑筋，十分不适应。

她选择约会的地点令曲辰头疼不已，酒吧。越热闹、越喧嚣的酒吧越是她的最爱。而且喝一种叫威士忌的酒，黄黄的，加很多很多的冰块。每一次，她都要告诉曲辰，怎么喝威士忌才更有范儿，更绅士，用那种平底的玻璃杯，先把大块的冰块放进杯子里，再倒进去威士忌。她很能喝这种洋酒，每次都喝得不省人事，都是他把她送回家。

女诗人何小麦有几分姿色，离过一次婚，然后便不再结婚。她指着酒杯中慢慢融化的冰块说："你看到没有，这就是男人。"

曲辰不知道她所指为何，她的每一句话好像都是一首令人费解的诗。所以他都无法答话，继续听她作诗。

当他向我重复何小麦的话时，我能够想象得到诗人何小麦的样子，因为我太熟悉他们，熟悉他们表演似的人生。人世间，每一个人都是一个演员，有的人演给自己的内心，获得持久的安宁和平静；有的人太专注于自己外在的表演，收获着短暂的自得与喜悦，以至于忘记了到底什么才是自己真正的人生。

我说："她肯定会告诉你她的癖好，好显得她如此真诚，令你不得不把你的隐私全盘托出。"

"你怎么知道?"曲辰震惊地问。

我沉着地说:"我当然知道,这是她惯用的演技。"

我似乎能穿透时间与空间,清晰地看到何小麦手托着酒杯,不停地转动着有黄色液体的酒杯,冰块与玻璃壁碰撞的声音被淹没在嘈杂的声音之中。她告诉曲辰:"我收集男人的隐私。别想歪了,我不是垃圾桶,什么人的隐私我都感兴趣。我有伟大诗人的洁癖,我要让我的想象和文字被星光洗濯过,所以,我只收集两种男人的隐私:一种是成功的男人,他们的隐私令大众着迷,因为这是他们向往的人生;另一种就是失败男人的,这一类人,不令人着迷,却让人痛恨,就像是吸食了吗啡。"

"所以你把自己都交给了她,连你如何失手杀人,你如何爱一个姑娘都说给她听?"

曲辰哭丧着脸,"挺神奇的,她一个醉酒的人,好像毫不设防,我却什么都给她说,有问必答。你呢?"

我一愣,"什么?"

"你和她在酒吧喝过酒吗?你尝过那种黄色的洋酒吗?关键的一点是,她问过你的隐私吗?"曲辰看着我,像是在说一句家常。

我却心头一悚,"喝过。但是没问过。"

"如果她问,你会说吗?"曲辰的想法很奇特,让我很不好作答。我赶快把话题岔开了:"我们来说说童话吧。"

我带着三个学生,一个硕士,两个博士,她们全是女生。当我把我的想法告诉她们,说起曲辰对安徒生的热爱时,她们反应热烈,积极地出主意,献言献策,最后把此次课程的题目定为"童话与我们的生活"。她们一直在期待着这次不同凡响的讨论课。而曲辰还有些紧张,他完全不知道这节课要干什么,对他有什么意义。我劝慰他,你什么也不用干,你只讲你自己就成。

果然,开始时曲辰还局促不安,可是一讲到自己在狱中如何向狱友们讲述安徒生的童话,他仿佛就回到了那个特定的环境之中,他的讲述也不结巴了,流利异常。他绘声绘色,很会在讲故事中营造氛围,他向狱友们讲《跳蚤与教授》的故事的场景,被他巧言说出,竟然打动了我的那几个女学生。他是个讲演的天才,我听着他的讲述,也隐约看到大学时期那个能言善辩的学生会主席。

其实这节课的主角并不是他,他只是作为一个引子,他的讲述为这节课的讨论奠定了一个好的基础。在我的学生之中，系统地看过和研究过安徒生童话的没有，基本上都是看过一两篇。她们围绕着这节课主题展开的讨论非常激烈。

薛小会说："我们的生活不需要童话，我身边的人，从来没有听说谁还在看这一类的文学作品。对于我们来说，它是孩子们的专利。它是还未踏入社会的孩子们，对于未知的社会的一种幻想，一种美好的愿望。一旦我们告别了童年，我们便不再需要童话。我们需要的是直面社会、直面人生的勇气，因为社会不像童话中那么简单地容易辨识，能让我们一下子看到哪个是好人，哪个是坏人。社会更复杂，也更凶险。"

黄莺儿说："需要还是不需要，这不是一个问题。关键的问题是它还能给我们的心灵带来多大的影响。现代人的心灵是脆弱的，脆弱到只允许少数的、更简单的、更机械的某些东西来安慰，童话是这类东西吗？"

马悦说："童话基本的文学属性是不会改变的，它教化社会，启迪人生。尤其是安徒生，经典是永远需要的，这要看我们现代人如何去看待它。"

……

讨论一直持续了一上午。结束后我请他们在饭店吃饭，我问曲辰："你觉得讨论得如何？"

曲辰满脸愁容，看看我，又看看我的学生们，他忐忑地说："实话说，我没听懂。"

我说："就你这句话，就是童话。"

我们的对话引得博士硕士们哄堂大笑。

已经是第四盒奶糖了。奶糖放在皮包里，皮包在汽车的后座上，可是那奶糖上的美人鱼像是从包里跑出来，在我眼前晃悠。奶糖令我心神不宁，浮想联翩，会是诗人何小麦吗？她去过欧洲，她给我寄奶糖与一个成功男人的隐私有什么关系吗？走神之间，便撞上前面的一辆宝马。宝马停下来，我坐在车里，还没缓过神来，美人鱼还在眼前晃。有人敲着我的车窗，我摇下来。一股脂粉气，是个女人，长发，戴墨镜，我等待着她对我破口大骂。情节却突然反转，墨镜摘下来，是一张漂亮的脸蛋。那张脸没有愤怒，只有微笑，她快乐地叫道："董老师。"

我没想到，我撞到的是孟夏。

宝马车还能开，孟夏轻松地说："没事，撞坏了有人给我买。"

我和她有几年没见了，大约十年前，她主持"读书"栏目时，我作为栏目的策划，与她经常在一起讨论、争辩、研究。当时肖燕还十分反对我与她合作，最直接的理由就是因为她曲辰进了监狱。我说："责任不在她身上，你觉得她爱过曲辰吗？"

肖燕低头不语了。除了曲辰自己，没有人能证明，这个如花似玉的女人爱过一个叫作曲辰的电视新闻记者。

我没有把她当成女神，所以在我眼里，她就是一个有姿色、性格豪爽、虚心上进还爱耍点小脾气的年轻女主持人。那时候我刚刚当上文学所所长，获得了全国"五个一"奖，经常出席各种活动、会议，风头正劲。她很尊重我，我也非常配合她。在我们的共同努力下，"读书"栏目风生水起，在全省乃至全国有了不小的名声。而那一年，正是因为这个栏目的成功，孟夏获得了第五届河北省优秀节目主持人称号。她的演讲稿也是我起草的。演讲稿中我清楚地记得，我还引用了诗人顾城的那句名诗"黑夜给了我黑色的眼睛，我却用它寻找光明"。颁奖那天晚上，她单独请我吃饭、喝酒。她换下晚装，穿着一身休闲装，看上去俊美清爽。那天她兴奋，也很忧伤，但她没有说她的忧伤来自何处，她喝了很多酒，我也一样。我把她送回家时，她紧紧地抱住我，没有让我走。之后我们又断断续续合作了大半年的时间，可是没有人提起那一夜的事情，好像我们彼此有一种默契，要保守那个只属于两个人的秘密似的，再或者，那一夜根本什么也没有发生一样。很快，电视台开始改革，收视率低的栏目陆续被砍掉，"读书"位列其中。失去了能发挥她特长的最好平台，她不得已去了综艺栏目，之后我们便断了联系。

"这几年过得好吗？"在国贸酒店的单间里，一坐下，她就问我，"报纸上时常看到你的文章和访谈，你的名气越来越大。"

"挺好的。"我说，"名气又不能当饭吃。你呢？"

"你看呢？"她的头发烫得很夸张，脸就显得很小巧。

"我看不错，连宝马车撞坏了也不心疼。"我调侃道。

孟夏叹了口气，"除了容貌还在，没剩下什么了。"岁月好像只是在她脸上划过轻微的痕迹，她看上去依然那么年轻美丽。

"我都老了，你还是老样子。"我感叹道。

"我在做一个访谈节目，一周一期。时段不太好，夜已经很深了。"她把秀发向后拢了拢。

我说："我知道。每期我都看。这个节目和你挺配的，说实话，你不大适合综艺节目。"

孟夏笑了，她没有问我对那个节目的评价。对于她来说，也许这些都已经不重要了。重要的是我们再次相遇了。

她特别健谈，这是她最大的变化，以前她只是静静地听我说，偶尔发表一下意见。现在，她好像是积攒了太多的话要向我倾诉，滔滔不绝，讲的都是工作，以及工作中遇到的各色人等，尤其是那个节目中她访谈过的人，她对他们非凡的人生特别感兴趣。我认真地听着，不时地插上一两句话。酒店单间里暖意融融，像是找回当初我们合作时的感觉。时光流转，现在正好相反，我们像是互换了身份。

时间过得太快，等她低头看看手腕上的表时，已经是十点多了。她满含歉意，"见到你真好！"她浅浅地笑着，表情像个十七八岁的小姑娘，像我们第一次见面时一样。

我突然想起了包里的那盒奶糖，便拿出来递给她。

孟夏接过去，看了看说："你肯定不是特意给我买的。"

"不是。"我诚实地说，"你知道是什么吗？"

她摇摇头。

"奶糖，丹麦的。你应该去过吧？"

她看着上面的图案，"去过。我去过哥本哈根，也见到过这个小铜人。谢谢你。"

我们走出酒店时，孟夏转头问我："今晚你还有什么打算？"

我说："没有，随遇而安。"

"那陪我走走吧。"

她意犹未尽，我没有理由拒绝。我们把车留在了酒店的停车场，徒步行走。我们沿着槐安路，把万达广场甩在身后，夜色中车流不断，偶尔会有一两辆疯狂的汽车呼啸而过。我们在高尔夫球场边缓缓地行走，她给我讲去欧洲的经历，去北极的感动。她讲一个被访谈人的执着，讲他如何每天都给她送花，他滑稽的着装风格以及笨拙的求爱方式。她像是给一个亲人在讲分别后的一切。我们经过美术馆，经过民心河，来到了世纪公园。河边昏暗的路灯光下，仍然有一位老人在一动不动地坐着钓鱼。后半夜的公园静谧安详，像是个安然入睡的妇人。她挽住了我的胳膊，时而头会靠在我的身上。

直到夜色慢慢退去，天光羞涩地揭开城市新的一天，随着不断变化着的光线，她美丽的面庞激情饱满，生动而丰富。我们拥抱了一下互相道别。看着她消失在我的视线之外。那个时候的我以为，在若干年之后，这个突然出现的女人，只是一个偶然。我深深地吸了清晨的空气。这个难得的夜晚，带给我的除了与其相见的愉悦、一夜未眠的疲惫，还有一丝的遗憾，在拿出那盒奶糖的时候，我曾经希望这是她的礼物，是她对过去美好岁月的留恋。

令我想象不到的是，我们这一次的邂逅要继续向前滑行一段。一周后，我正参加一个作家们的聚会，接到了孟夏的一个电话，电话中的声音绝望而悲伤，她说："你能不能来看看我？"

我到了她的家里，她泪流满面，扑到我的怀里。她没有说为什么，我也没问，那天晚上，她话极少，与撞车那晚截然相反。她是个沉默的人，只是让我把她抱得紧紧的。当我把她的衣服褪去时，我听得到丝质的衣服离开她肌肤的窸窣之声，我能感觉到她身体的战栗。这个已近中年的女人，身体还保持着年轻的弹性。

她啜泣的身影像是一个小姑娘，惹人疼怜。我抱紧了她，那惊人的颤抖也传递到我身上。让我感觉到内心莫名的空寂与悲凉，像是一个幽深的山谷。

天还没亮，我便醒了。我伸手没有摸到她，却闻到了淡淡的香烟味，是薄荷味道。我侧过头，看到旁边的沙发上，烟头的光亮一明一灭。我还没有说话，她开口道："你走吧。我害怕在白天到来之时，看到你。一到白天，我就感觉到不真实。"

我知道，邂逅已经结束了。我穿好衣服，向外走。她又说："你那盒糖我尝了一块，味道不是我喜欢的。"

"那你喜欢什么味道？"

"你猜猜。"

"荔枝味的。"

孟夏轻声笑了："不是。谢谢你，我感觉好多了。也许再过几年，我们又会在某地偶然相遇了。"

我摸了下她的头，"也许吧。"转身离开了。

走到外面，已经是凌晨四点。月圆之夜，通向黑暗尽头的街道空旷而静谧，树木在深思，空气格外清新，我深深地吸了口气，整个城市都有一股薄荷的香烟味。我的身体轻飘飘的，又蜕去了一层皮。我一直觉得自己是个蜕皮的动物，会周期性地蜕去原有的皮肤，那些皮肤由不断变化的思想、意识、感觉、情绪组成。

多少年来，我渐渐地蜕去了羞耻那层皮肤，蜕去了激情那层皮肤，蜕去了幻想那层皮肤……每一次，我都得到了某种意义上的重生。我也不知道，是越来越喜欢这样的蜕变，还是厌恶。

蜕去了一层老皮的我，很快就感觉到身体的沉重了，而那股薄荷的味道也很快消失了。突然间从斜刺里蹿出一条浓重的黑影，直扑而来，容不得我有半点思考和躲闪的余地，我的脸上就感觉到了疼痛，城市在颤抖，身体摇晃了几下，我定下神来，才借着路灯光，看到对面站着一个人。

黑影不说话，再次扑上来，对我一阵拳打脚踢。因为有了防范，我左躲右闪，一一化解了他的攻击。这个时候我才渐渐地发现，那个黑影有些熟悉。我愤怒地大喊一声："曲辰！"

是他。攻击我的是他。这个时间，他怎么会在这里，我脑子里一团糨糊。被我识破的曲辰好像突然没了力气，我那声喊像是狠狠地打在他身上，一下子把他击倒在地。他委屈地抽泣起来，肩膀一耸一耸的像个娘们儿。我蹲下来，就在我与他面对面，我们能够互相看到彼此模糊的面孔时，我心里都是坦坦荡荡的。我气愤地指责他："你在这里干什么？为什么打我？"

他停止了哭泣，用手胡乱在脸上抹着，"你在这里干什么？"他反问我，语气很冲。

他问得我倒有些不知如何回答。

"你理亏了吧，不做亏心事，不怕鬼敲门。"

"我做什么亏心事了？"我笑了。

曲辰用双手撑着地，欲站起来，可他试了几次，都以失败告终。显然，刚才愤怒的举动已经令他筋疲力尽。他只能怒气冲冲地说："我知道你干了什么。我知道你干了什么。"

看着曲辰，昏暗的光线中，仍能看得到他的形象，蓬头垢面，早已经不是二十年前的那个意气风发的曲辰。我不清楚，眼前这个人，为什么还会出现在我们的生活中。在生活的路途中，他早已经成了一个掉队者，一个失败者，我，肖燕，和他，早就不能同日而语，而他之所以仍然还在，是我还留恋过去的情分，还念及旧情，还在怜悯他。那只能说明一个问题，就是因为我蜕变得不彻底，不干净。我不知道该可怜他，还是应该痛恨他。我想狠狠地踢他几脚，但还是放弃了，我抚摸着自己疼痛万分的脸颊，怒从心中来，"你想想你自己的处境，看看你这样子，你还有脸打我、跟踪我？你凭什么，你有什么资格？"

他愣愣地看着我，一时也不知怎么回答。这是一个令人尴尬的场面。就算是当年他无意杀了那个大学老师，做了天大的错事，我们相对而视时，都没有如此地难堪。停了足足有三分钟，他才小声说："我没有跟踪你。我是放心不下孟夏。"顿了顿，他又说，"我知道了，这里不属于我，我不应该再和你们见面。我不需要你们的怜悯和同情。你看看你们，一个全国闻名的学者，一个中学的特级教师，一个著名的主持人，我是什么？一个刑满释放犯，一个低人一等的人。"最后的几句，他几乎是在低吼，声音嘶哑而愤怒。

说完，他挣扎着站起身来，拍打拍打身上的土，踉跄着向东走去。我张了张嘴，伸出手，可是我没有喊他。我看着他，像个垂暮的老人，摇摇晃晃，拖着长长的影子，一点点地消失在一排银杏树后。

浓密的夜幕被撕成碎片，开始快速而狂乱地奔跑。

从那以后，他不再搭理我，我们虽然几乎天天见面，却形同陌路。当我开车或者步行经过单位大门时，他也不再向我敬礼。

肖燕隐隐感觉到了我们之间有什么问题。她问过我，我告诉她什么事也没有。她不信，她又去问了曲辰。我相信，她从曲辰那里也没有得到答案。

曲辰，更专注地投入到寻找叶小青一事中。功夫不负有心人，他和肖燕的努力终于有了回报，他们找到了目标。一个周末，肖燕很晚才回家，她特别亢奋，向我宣布，他们找到了那个受害人叶小青。不过，她现在的名字改成了印彩霞。她向我讲了寻找到印彩霞的详细过程。那个女人看上去还很年轻，住在恒大城，桥西区，一个高档小区。她有个男孩，看样子是个初中生。表面上她是个幸福的女人，似乎以前的遭遇并没有给她的生活带来多大的影响。我打断她复述那个漫长而曲折的寻找过程，直接问她："我就问你一点，她如何反应？她会推翻自己以前的证词吗？"

肖燕的表情一下子就凝固了，她叹口气，"跟你说话怎么那么无趣。你还会不会聊天？关键是我们找到了她，这是我们努力的回报，这只是第一步。你不知道，这段日子，寻找那个女人，像是我们俩共同的人生目标似的，在一次次的失败面前，我们越挫越勇，没有知难而退。逆水行舟，不进则退，古人说得对。"

"从一开始我就知道结局。她不会搭理你们，她会对你们显出愤怒，会拒绝和你们说话，拒绝你们无理的要求。"我一针见血，直指软肋。

肖燕说："要是都像你这样想问题，那就什么也别干了。是的，那女人一听曲辰提起他那个狱友的名字，立即就警惕起来。她脸色大变，威胁我们，要打110报警。如果她心里没鬼，为什么她会如此紧张，如此忌惮听到那个人的名字？其实在不断地寻找之中，我也渐渐地接受了曲辰的观点，那个在监狱中的人与聂树斌一样，是无罪的。"

"曲辰我了解。他没有任何生活的动力、人生的目标，所以他沉湎于此，可以理解。难道你也没有？你，一个人民教师，你的心思不用在教书育人上，却用在这么无聊的事情上，我真不知道是为什么。"我不解地看着她。我妻子肖燕，我们彼此间的默契越来越少，面目在熟稔之间其实已经变得模糊了。

肖燕停止她的讲述，坐到沙发上，回味着我的话，呆呆地看着电视屏幕。电视是关闭的，六十寸的屏幕闪着黝黑的光。她能在里面看到自己的样子，黑白的肖燕，一个人民教师的样子，落寞而有些躁动。她自言自语也是在问我："你觉得我做的事毫无意义？"

我说："是的，毫无意义。无聊，无趣，无意义。"

"什么才有意义呢？"她仍旧看着电视屏幕里的自己。

"教好学生，当好老师。"

"我的学生满天下，我的学生北大清华一大堆，这一点我做到了。我现在是特级教师，经常有外校的老师来听我的公开课，我也经常到外地去讲课，这一点我也做到了。可是我怎么就没有生活的动力了？和你一样没了梦想呢？"她烦躁地说。

那天晚上，人民教师肖燕，对着电视屏幕，坐了很久很久。我不知道，在她的凝视中，梦想长什么样。

虽然疑惑已经在内心丛生，肖燕却没有退缩。她一如既往地陪着曲辰，在周末时间去尝试着各种可能。即使找到了当年的被害人，仍然无济于事，他们不知道下一步要做什么，只是凭着一种惯性在向前滑行。而且，她成了曲辰的一个牢固的精神支柱，她不断地鼓励着曲辰，仿佛，曲辰所面对的这一件事，就是一个天大的梦想，他在为实现梦想而努力奋斗。

夏天已至，阳光开始肆虐横行，炎热让这个北方城市无处藏身。人们开始向往有海风的地方，肖燕又在催促我，赶快开始我们定期的北戴河之行。而整个夏天，我被各种各样的学术活动所包裹着，它们就像是我鲜亮的外衣，我需要它们来装点门面。我告诉肖燕，这个夏天只能爽约。肖燕很是不快。一到夏天，她的心情才会稍稍地好转，北戴河之行更像是一次心灵的祭奠，或者一次生命的仪式，一年之中她都在等待着那次旅行的开始。她向往着鸽子窝。鸽子窝又叫鹰角公园，是北戴河的著名景点，毛泽东就是在那里写下了《浪淘沙·北戴河》。每年夏天流连在那里，我们都没有毛泽东的博大胸襟，有的只是平凡人的感慨与感叹，那里成了我们的追思感怀之地。尤其是肖燕，她感慨今不如昔，感慨人心不古，感慨年华的流逝，感慨世事的沧桑，感慨梦想不知何时何故就悄悄地流失了，就像是干涸的水。有时，她还会感动得流下泪水。

但是我突发奇想，向她提议："我不能陪你去怀念过去，但有一个人可以。"

"谁呀？"

"曲辰呀。"我说，"他和我们一样，曾经怀揣同样的梦想、同样的期待、同样的憧憬。"

肖燕思忖良久，犹豫着说："不行吧？"

"怎么不行，他最合适。"我像是突然甩掉一个包袱似的，感觉很轻松。

我的建议最后还是被肖燕采纳了。在一个周末，她与曲辰一起坐高铁去了北戴河，而我则去了飞机场，奔向祖国的南方。等我回到石家庄时，酷暑仍在，肖燕他们还没有回来。我以为我会轻松地等待着肖燕的圆满归来，听她讲述他们对梦想的追忆。可是当天晚上，我就接到了她的电话，让我连夜赶到北戴河。她几乎要哭出来了，声音都变了调，"他被抓起来了。"

我一时没有反应过来，"谁？谁被抓了？"

"曲辰。他被警察抓起来了。我一点办法也没有。你赶快过来想想办法，得把他弄出来呀。"她哭着说。

我连夜坐火车往北戴河赶。晚上已经没有高铁列车，只有直快列车，开往燕赵大地东北部的直快列车还是那么慢，我躺在卧铺车厢里，咣当了一夜，目送着首都在夜色中匆匆而过，历时十个小时，才在第二天的八点多到达了北戴河。一路上我都在想着，到底出了什么事，曲辰惹了警察。所以一晚上我也没睡好，下火车时直打哈欠，凉爽的海风一吹，睡意更浓。曲辰不好好地享受凉爽的海风，又和警察打上交道了，真是恶习不改。

肖燕在火车站接我，一见面便迫不及待地催促我去找人把他捞出来。在出租车上，她断断续续地向我描述了事情的大概。他们每天都去一趟鸽子窝，连曲辰都有些烦了，有一天，他在外面等着肖燕，不一会儿却给肖燕打电话，他声音激动，也有些慌张地说看到了那个叫叶小青也就是印彩霞的女人。事情就是那么巧，肖燕也觉得巧。兴奋的曲辰语无伦次，话没说完挂断了电话，肖燕再打过去，就没有人接了。等她从鸽子窝公园出来，就找不到曲辰了。直到傍晚，她才接到了电话，号码是曲辰手机，说话的却不是他。一个陌生的男人，一上来就自报家门："我是警察。"这个女人这次真的动了怒，报了警。肖燕说她去了北戴河分局，曲辰显得很平静，他还安慰肖燕说："我没事。你该去鸽子窝还去吧。"

肖燕当然没有心思再去鸽子窝，她懊恼地说："不管怎么说，我也是有责任的，是我拉他来的。他出了事，我心中不安。"

我一边安慰她一边给秦皇岛的朋友打电话。朋友小边，笔名文飞，市委领导的秘书。爱好诗歌，他出书时我给他写过序，每年都给我寄点秦皇岛的土特产，陪领导去省里时也不忘请我吃顿饭。小边不接电话，却很快回了一条短信："稍后我打给您。"我猜测，他一定是陪领导出席非常正式的场合，不便接电话。整整一天，我们就等待着小边的电话。肖燕不愿意回宾馆，我们就待在鸽子窝公园，我们进去时天开始下雨，淅淅沥沥。即使如此，公园里也是人头攒动，一拨又一拨。我们只好躲在望海长廊里，躲避着不断挤来挤去的游人，忍受着他们的雨伞滴到身上的雨水。但是无暇抱怨，同样也无暇共同去追忆曾经拥有的梦想。我们看着灰蒙蒙的天，看着在雨中翻飞的海鸥，却异乎寻常地想着一件事，那个诗歌爱好者秘书的电话。肖燕浑身湿漉漉的，眼睛迷离，她这个假期算是泡了汤了。她不断地催促我再给秘书小边打个电话，而我靠在石柱上，疲惫无比，对她说："再等等，再等等。他会打过来的。小边是个靠谱的人，放心吧。"

黄昏就要降临了，看着太阳缓缓地向大海中坠落。一天就要在绝望中结束时，我已经动摇了，盘算着重新托另一个人时，小边的电话来了，一上来他先说对不起，"我们领导在陪中央领导，不便接电话。"

我突然蹦出一句："你去过丹麦吗？"肖燕凝眉盯着我，问这句话好像成了我的一块心病。我立即改口，对小边表示了理解，便把大致情况向他转述一遍。小边很痛快地说："董老师您放心，小事一桩。"

放下电话没有五分钟，他的电话又打过来了，让我现在就去领人，并详细地告诉我去分局找谁谁谁。我礼貌地说晚上请他吃顿饭，小边说："董老师，应该我请您。但这次就算了，身不由己，我实在抽不开身，下次去石家庄我一定向您请教。"

我们顶着夕阳，匆匆赶往北戴河分局时，我对肖燕说："你总是抱怨梦想破裂，抱怨我成了俗人一个，每天只会拉帮结派、吃吃喝喝、结党营私、利益互换，你看看，遇到真正的难题，这些起了作用了吧。那些虚无缥缈的梦想呀，有什么用？真正的梦想是脚踩在大地上的感觉。"

她罕见地紧咬着嘴唇没有反击我。

在避暑胜地，大海在我们南面，像是一个幽深的梦，伸向遥远的黑暗。我们各怀心思一起在海边散步，游客仍然如织，这是一个不夜的沙滩。沙子很软。北戴河的天气变化多端，白天下雨，晚上已经晴了，明月高悬，月光映在辽阔的海面上，大海像是一个巨大的黑色的吸盘，更像是一个庞大的深谷，要把那茫茫的黑暗之水都吸进去。

肖燕在小摊上给我和曲辰一人买了一套沙滩服，花里胡哨的，蓝蓝绿绿黄黄，上面有夸张的椰子树。所以我们俩的穿着有点滑稽，像是小丑。这有点像我们在大学时一起去盘旋路留念照相，一起去商场买同一样的外衣，一起去青海湖旅游……我们以前一致的方面太多了。可是现在，除了这一身衣服，我们再也没有可以拿来比拟的了。我对他是恨铁不成钢，他也一样，在心里可能是恨我多一分。他一直怪罪说，不应该管他，让他在里面待着，他严肃地说："那才是我应该待的地方。"他把沙子踢来踢去，发泄着不满。肖燕试图忘记这不愉快的一个假期，她提起了那次我们一起去刘家峡的经历。我们三个人，在游历完黄河上游，领略了祖国的母亲之河是如何以险峻之势完成它最初的奔流后，我们还来到了向往已久的刘家峡水电站，造访了炳灵寺。为了省钱，我们决定走夜路回永靖县城。也是个皓月当空的夜晚，山区的羊肠小道，隐隐约约地盘在黑暗之中，像是远古的一幅中国画。山路开始还是温柔体贴的，这让我们想起许多著名的临夏花儿。我们班有一个临夏来的男生，笔名叫骆驼，几乎会唱所有的临夏花儿。我不喜欢那种腔调，我还是喜欢我们家乡的《回娘家》这样的曲调，但是曲辰喜欢，他喜欢所有新奇的东西，他向骆驼学了很多临夏花儿。这也是他广受女生喜欢的原因之一。我们还是头一次被淹没在夜色包裹着的山路上，起初是兴奋，华北哪有这样的情景？肖燕就建议大家唱歌。我说唱《校园里有一排年轻的白杨》，肖燕反对，她说场合不对，情景无法交融。"此情此景，只有唱此地的歌。"她鼓动曲辰唱临夏花儿。曲辰放开嗓门，唱道："东山的云彩西山里来，西北风吹给这雨来，拔草的尕妹们一溜儿，哪一个是我的肉。"他又唱，"花里头俊不过牡丹，人里头美不过少年。"大山与月光是最完美的舞台，我，肖燕，还有路边的野草、昆虫是最认真的听众。他唱了一首又一首，后来嗓子都哑了，我们也听烦了。肖燕说："怎么都是这么流氓的词。"我们哈哈一笑，看到自己的身影，紧紧地跟着我们，是一个轮廓分明的黑黑的点。抬头向天空仰望，原来月亮已经爬到了正上方。一旦静下来，我们才发现，问题来了，先是感觉到了大山里的静，是死寂，是能够放大所有细微声音的寂静。昆虫的叫声，连野草的晃动之声似乎都能听得到。更令人惊惧的是居然有零星的狼嚎声。害怕从心里溜了出来。恐惧让肖燕的心态发生了变化，慌乱了，走路的姿态也变了，她大叫一声摔倒在地上，把我们俩的魂都吓飞了。她走平路崴了脚，疼得哭了起来。剩下的路我们俩轮流背着她。山路越来越长，越来越不可爱，我们开始诅咒这弯弯曲曲的山路，永远没有尽头的山路。后来好不容易我们看到了星星亮光，那是一个村庄，那亮光就是我们所有的希望，在牵着我们，鼓舞着我和曲辰残留的最后一点力气。我们赶到村子时，我和曲辰都瘫了。

说起这段往事，让我们短暂地忘记了现在。肖燕兴致很高，她提议曲辰再次引吭高歌一曲临夏花儿。曲辰想了想说："我得找找词。二十多年没唱了。"他想了好久，唱道，"白杨树高么柳树高，白杨树的叶叶嫩了；新朋友好么旧朋友好，旧朋友的恩情重了……大山根里庄子多，庄子多嫁下的汉多；维了个朋友是货郎哥，货郎哥给下的钱多……灯盏没油添油来，手拿上拨灯棍来；我有个胆子进来，你没个胆子进来……"

那一夜，北戴河有些湿润。

曲辰与我的关系如故，他对我的冷战仍然在继续。有时候走过门口，我就想到了办公室的丹麦奶糖，在这个时间段里又多了两盒。我看着他冷峻严肃的面孔，犹豫着还是把奶糖的事放下了。

但是有一天，我不得不告诉他，不管他对我有何意见，他必须得和我出一趟远门。

"为什么我要和你一起？"

"因为你娘病了。"我说。

一听这话，曲辰慌了，慌得恨不得插翅飞回故乡。

我开着车在黄石公路上奔驰，我们的目的地是衡水武邑县清凉店镇，那是曲辰的家乡。一路上，曲辰都显得紧张不安，他脸色非常难看，想必是一夜未眠的缘故。听到老母亲病重的消息，让他彻底改变了出狱时的铁主意，他还是决定去见母亲。不管他多么不孝，人生多么失败，他都无法回避在遥远的一个地方，一个行将就木的老人，是他心中永远的牵挂，也是最牵挂他的人。他选择了坐在后排的位上，我从后视镜中看到他屡次身体前倾，试图想和我说说话，但最终都放弃了。一路无话，路途沉闷无比。

老天有眼，让他见了老母亲一面。

老母亲伸出颤巍巍的手，抚摸着他的脸、他的身体。曲辰像是在风中簌簌发抖的小树，哭泣着。母亲把他摸了个遍，对他说："仙生每年都来看我，你让仙生给我捎的吃的喝的，我都吃了喝了。我吃的时候喝的时候，就想到你小时候在村子里跑的样子，你上房掏鸟的样子。你让仙生给我捎来的钱，我一分钱也没有花，都替你存着，我知道，你早晚一天会用上的。"她从枕头底下艰难地拿出一个脏脏的小包，是用手绢包裹着的。她把小包递到曲辰手里，曲辰回头看了看我。我把头转过去，我不忍多看这令人忧伤的场面。

曲辰与母亲在一起相聚了一下午。母亲拉着他的手不放，实际上老人已经没有了力气，基本上是曲辰在抓着母亲的手。她用生命中最后的力气在讲以前的曲辰，讲他小时候，讲他上学时候的事，但她没有提一句曲辰进监狱的事。我走到了院子里，把时间留给了他们母子。我坐在院子里，看着两三只鸡在悠闲地踱步，院子和房子都很破败，房顶上还长出了草。他们说话的声音丝丝缕缕地能传到我的耳朵里，但听不真切，基本上是老母亲在说。我相信，那是曲辰生命中最美好的一个下午。我也感觉内心里澄澈明净，时间仿佛一下子慢下来，静静地如细水长流。我耐心地看着屋檐的影子一点点地挪动，一寸一寸地把我罩起来，那夏末秋初的阴凉是如此的清爽美好。

当院子里再也看不到房屋的影子时，屋子里传来了曲辰的哭声。

那天晚上，守在母亲身边的曲辰突然真诚地对我说："谢谢你为我做的一切。"

我说："我答应过你，替你照顾好老母亲。"我知道，不管到何时何地，这是永远无法蜕掉的一层皮。

他又哭了。哭过之后，他说："我把你的钱还给你。"

我摇摇头，"听你娘的话，那钱是你的。你娘说，你早晚能用上它。"

第二天，我一个人开车回去，有一个省委宣传部的文化座谈会要开。曲辰在家安排母亲的葬礼，他在老家给母亲过了头七才回来。回来后的曲辰对我说他突然有了梦想，他在城里完成答应狱友小张的诺言，便要回到老家，守着地下的母亲。他说，他们那里的很多土地都荒了，没有人愿意种田。他要回去承包几亩地，种果树，大枣、梨、苹果，做一个有梦想的人，一个痛改前非的人，一个有用的人，一个有意义的人。

从那以后，我和曲辰的关系有所缓和，他又开始向我敬礼。

那年冬天，许久没露面的诗人何小麦兴致勃勃地要请我吃饭。我警惕地说："不去酒吧。"

"请你吃饭，当然地点你定。"她的声调有些像林志玲。

但是在光明渔港，她依然自带着英格兰的威士忌。她说这是她从英国带回来的，我一看威士忌就想到曲辰说的话，就紧张，这像是套取隐私的药引子。我赶紧说："我喝啤酒。我喝不惯洋酒。"

何小麦说："我不管你喝什么，反正我只喝威士忌。"

何小麦请我吃饭的目的有两个，她毫不隐晦。一是她写的有关曲辰与他的狱友的长诗就要出版了，她想搞点活动，在社会上制造点响动，第一步是在新华书店做一个新书发布会，想请我去，还要请曲辰也去。这个我答应了，但是曲辰那里我做不了主，得问后再定。她从 LV 包里拿出一个信封，递给我，"这是出场费，我先付你了。"我随手放到口袋里。听她讲第二个请求。她说："你不是和宋玉老师熟吗，我想请你引荐一下，我想去洞庭湖畔见他。我这本书，想申报他们办的那个但丁诗歌奖，你也知道，这个奖在诗歌界地位很高。"

我想了想，我和宋玉关系很好，只要有益于她，我乐意做这个引荐人，但是有一点我有些犹豫。我说："你也知道，宋玉嘛，这个宋玉，有点……有点……"

何小麦说："好色。天下谁人不知，这算哪门子事呀。这是他的公共隐私吧，你忘了，我最擅长的是什么。"

我想起她的收集隐私癖，便说："好吧，我给你引荐。"

突然之间我想起一件事，问她："你去过丹麦吗？"

何小麦说："去过。不过我不太喜欢那个国家。"

"为什么呢？"

"太井井有条了，没意思。很奇怪，那种地方怎么会诞生一个叫安徒生的老头？"何小麦说，"我想去那里，是因为一个诗人，英格·克里斯滕森。你听听她的诗句：鸽子存在，做梦者，以及玩偶；杀人者存在，以及鸽子，以及鸽子……日子存在，日子和死；以及诗存在……"

在何小麦的脑海里，是这种坚硬的令人感伤的诗歌，而不是安徒生，不是温情。但是那个遥远的地方，于我没有任何关系，我只想到了那盒奶糖。

她出发那天，在机场给我发了微信，是一张她的自拍照，搔首弄姿，穿得鲜艳无比。照片下还附着七个字：献给宋玉的礼物。

诗人的脑子里在想什么？

小张出狱了。

小张就是曲辰的狱友，被他当成另一个聂树斌的人。曲辰很兴奋，而肖燕则有些许失落，她不再可能陪着曲辰去寻找所谓的正义，余下的日子，属于两个寻找幻想的人了。我回到家里，看到她像那天一样，坐在黑屏的电视机前，盯着电视屏幕发呆。我问她怎么了。

她说："小张出来了。"

"哪个小张？"

"就监狱里那个，我们一直都在为他忙活。"

"你见他了？"

"没有。"忙活半天，她连面都没见过。

"那你应该感到高兴才对，不用你天天陪着曲辰做那些无用功了。怎么这么垂头丧气？"

肖燕想了想，"是呀，我怎么就高兴不起来？"停了一会儿她又问我，"你说，他们能得到想要的……东西吗？"

"连你也怀疑了吧？"我说，"我并不看好，不靠谱的事，不着边际。"

曲辰倒是很执着，他执意要让小张来见见我。他想让我给小张一些鼓励，他说他告诉小张我是个什么样的人物。所以小张来到我面前时，紧张万分。小张是个很木讷的人，就像曲辰所说，他看上去很苍老，总是低着头，不敢正面看人。他始终不说话，曲辰说一句，他点一下头。曲辰说："你应该有信心，有自信。你既然没做的事，为什么要背一辈子黑锅？"

小张点头。

曲辰又说："你看到没有，董仙生，我大学同学，是我们省，啊不，全国的大评论家，名人，国务院还给他发津贴。他的话你得信吧。他知道你的案子，他也不相信你做过坏事，他相信你能成功。必要的时候，他会帮助我们。"

小张抬起头感激地看了我一眼，泪水在眼眶里打着转，迅疾又低下头。他拼命摇头。

他们向外走时，我拉住曲辰，疑惑地低声问他："我什么时候说过那些话？"

"你没说过难道心里不是这么想的吗？"曲辰说。

我尴尬地不知如何回答，赶忙转移了话题："这个小张是不是不会说话？"

曲辰说："他只和我说话，话痨，多得很，就是那一套老话题。陌生人他从来不说话，他不信任何人，他只信任我。"

我想说些泄气的话，可话到嘴边又咽了回去。我摆摆手，让他走了。

他们的进展很不顺利，这我早就意识到了。参加何小麦的新诗《幽暗之光》发布会时，曲辰一直愁眉不展，正当何小麦意气风发地给读者签名售书时，被晾在一边的我偷偷地问曲辰，是不是遇到难题了？曲辰苦笑，"是啊，还在原地踏步。我们找到了更近距离接触她的时机，因为我发现，她也不想把事情闹大，她好像有某种顾虑，不想让她的家人知道这件事。你说她为什么要改名？为什么要躲避她的家人？肯定是心里有鬼。但是她就是一口咬定，十几年前那个侵犯她的人就是小张。她说，你就是变成鬼，化成灰，我都认得出来。小张很痛苦。他在监狱里拼命地努力，减刑提前出来，就是要见这个女人，可她一点希望都没给他。"

现场气氛热烈，人数众多，到场的以诗歌爱好者居多，我看到有很多似曾相识的面孔。发布会因此推迟了半个小时，我站得都累了。曲辰一直看表。他说他和小张还约好了一起去找那个印彩霞。发布会终于开始了，何小麦不仅是个男人隐私的收藏者，一个特立独行的诗人，还是一个会推销自己的讲故事高手。她把自己这部长诗的背景说得荡气回肠，好像每一句诗后面都是一个悲情的故事，都躲藏着一个阴暗的心灵。然后我说了几句冠冕堂皇的话，参加此类活动太多了，我感觉自己就像是个机械人，在哪个场合，说什么话，都有一套固定的模式，无非是称赞诗作，拔高艺术水准，肯定思想高度。我的话引来读者的阵阵掌声。轮到让曲辰发言了，何小麦显得很激动，面色娇艳红润，几乎是含情地看着曲辰。曲辰看看何小麦，他没有见过这种场合，有些发蒙，张了张嘴没有说出话来。我们耐心地等着他，连读者都那么期待地看着他，因为主持人说他就是这首诗的源头，也就是这部长诗的灵魂，是幽暗之光。大家都想看看光之灵魂是如何附在一个刑满释放犯身上的。憋了半天，曲辰才犹豫着问："我说什么？"

下面有一些小的骚动。何小麦说："你想说什么就说什么，最真实的想法，最真实的感受。"

"我想说什么就说什么？"

何小麦鼓励地说："说吧。"

我冲他点点头。

曲辰说："那我就说了。我虽然离开这个社会二十年，可是我觉得不管是在哪里，在监狱里，在监狱外，大家对于美的认同是有一个标准的，审美从古至今都不会有多大的偏差。我记得诗歌是颂扬美好的事物、美好的人性的，比如《诗经》里的'关关雎鸠，在河之洲，窈窕淑女，君子好逑。'可是，这本书里的诗，写的完全是恶，是阴暗面，是不可告人的丑陋。你们为什么还那么喜欢，那么推崇？"

何小麦的脸色变了。主持人赶紧截住了他："好的，诗中的主人公之一，当他解读这部佳作时，他是用书中的灵魂，在对这个社会、这个时代，发出他的质疑与困惑。这也是这部长诗带给我们的震撼。谢谢曲先生。下面……"

曲辰搞砸了新诗的发布会。发布会匆匆结束，有不满的粉丝还踹了曲辰一脚，何小麦一言不发地在众多读者的簇拥下扬长而去。他们的下一个目的地是酒吧，到酒吧里喝威士忌、读诗。

曲辰委屈地说："又不是我想说。我不想说，非让我说。我说错了吧？"

我的评论集《听，那精神的轻唤》入围了全国最高奖"文学评论奖"的最后获奖名单，获奖篇目正在网上公示。我已经接到了无数恭贺的短信、微信和电话，我已经让研究生黄莺儿安排好请客吃饭。而肖燕对我的获奖似乎无动于衷，她挖苦我说："你写的那些东西都能获奖，这都是当下文学的悲哀。"

我有些不满，"你看过吗？你认真地看过我写的论文、文章吗？"

"没看过。"肖燕说，"因为不值一看。"

"你看都没看，你怎么知道不值一看？"

"就是不值一看。"我懒得和她理论，这个时候电话响了，是我的研究生马悦。马悦急急忙忙地说："老师您赶快上网看看吧。"

"怎么了？"

"有人举报您获奖的书里，有一篇文章涉嫌抄袭，网上吵得可热闹了。"

在看到网上的举报内容前，我还是很平静的，这事不可能发生在我身上。我是个爱惜羽毛的学者，从不做那些令人不齿的事。可是看到网上的匿名举报内容，我有些动摇了，不平静了。这篇写乡土文学的文章是出书之前才写成的，在《文学思潮》上发表，《文学思潮》的命题文章。我没有时间去写，便把大概的想法告诉黄莺儿，基本由她来完成。文章写成后，我只做了简单的修改，便发给了催命鬼似的《文学争鸣》的苏主编。这时，黄莺儿打来了电话，愧疚地向我道歉，她说，她写的时候根本没多想，写到那里时，那些观点好像就已经在她脑子里形成了，顺手拈来，她根本想不起来，那是她曾经看过的她一个硕士师兄写过的主要观点。她哭着说："对不起老师，我真的忘记了。"我虽然心绪难平，但强压着怒火安慰她："没关系，这和你没关系。"我突然想起她是老焦介绍给我的，如果不是这件事，我早就忘记了，她是一个勤奋上进的姑娘，于是我问她："你去过丹麦吗？"

黄莺儿愣住了："老师您说什么？"

"没什么，没什么。"我说，"挂了挂了。"

随后打来电话的是老焦，这有些意外。老焦完全是关心关怀的口气，他说："老兄啊，不用顾忌网上的流言蜚语，你是一个正直的人，走得正行得端的人，谁不知道呢。那点小毛毛雨无足挂齿，轻如鸿毛。走自己的路，让别人去说吧。"他停顿了一下，"不过，你得奖的消息可是传遍了，全院上下都等着你来请客。昨天院长还问我，什么时候给你开庆功会。可是今天院长有点不高兴，他就不直接找你了，让我转达你，让你好好给评奖委员会说明情况，不隐瞒事实。事实就是事实，谣言无论披上多么华丽的外衣毕竟也是谣言。保重啊老兄！"

我无言以对。我知道这是老焦早就给我下好的套，可是太过自信和自大，无意间留下了一条缝，就让他给钻进去了。我只能认下这一个棋局，因为这是我的失算。第三个电话是评奖委员会的副主任委员姜先生打来的，他张嘴抱怨道："你电话这么忙，一直占线。"

我连忙道歉："所有的影响都由我来承担。不管评奖委员会做出什么决定我都坦然接受。"

姜先生便消了怒火，安慰我一番，鼓励我下次再努力之类的，便挂断了电话。我呆呆地坐在那里，不知道要干什么。

在我一直通电话的过程中，肖燕在旁边敷面膜、刷微信，一如往常。等我呆坐在那里，任凭电话仍然响个不停时，她拿过我的电话，调成静音，对我说："完了？"

"完了。"我说。

她那张贴着白色油亮的面膜的脸，毫无表情，"这个奖对你重要吗？"

我木然说："重要。"

"什么对你不重要呢？"

"你说什么？"我的脑子一时缓不过神。我虽然已经在最短的时间内把那篇文章与老焦、与我的学生黄莺儿的关系理顺，可我还是无法在短时间内说服自己。

"我是说，什么才是你可以放得下的呢？这么多年，你像是一个饥饿的人，疯狂地占有，疯狂地攫取，你想得到所有可以证明你身份地位的证书、奖励、职位、津贴，连我都替你累了，你却从来都没有感觉到疲惫。"肖燕的脸像是个玩偶。

"如果我一无所有，像曲辰一样一无所有，你能满意吗？"我问她。

肖燕想了想，"不能。"

"那你让我怎么做？"肖燕说："我不知道。反正不是现在这个样子。"

一连几天，都有人发来信息和问候，劝慰我，替我惋惜。尤其是始作俑者黄莺儿，每天都会在我面前哭诉，哭诉她的无意、她的大意、她的马虎。最后她会颤巍巍地问我："董老师，我能如期毕业吗？"每一次我都会说："跟你没关系。跟毕业没关系。"可她第二天仍然会哭丧着脸出现在我面前，像是一个天天要去火葬场的人。

就连曲辰，也不知从哪里得到了消息，他竟然说想请我吃饭。我们坐在马路边，已经是深秋了，路边的烧烤摊生意稀落。坐下来后，曲辰说："有两个事，一个是你的，一个是我的。先说哪个？"

我说："说你的。我知道你说的第一件事是什么，第二件我不知道。"

曲辰说："那好吧，还是小张。他要疯了，每天他都给我讲一遍事发时的情景。他说他确实见过那个女人，但他不知道她叫什么，做什么工作。整个夏天，他每天骑车下班时要穿越一条胡同，都会从她家门口经过，几乎每次，他都会看到那个女孩坐在窗子前的一张椅子上看书。通常都是黄昏时分。窗前女孩读书的场景太美了，他经过时就会情不自禁停下来，多看两眼。入梦之后，那个场景也会反复地出现。他不断地问自己，难道就是因为我喜欢美好的东西，欣赏美好的东西，就有错了吗？"

"没错。美好之所以存在，是因为人们都喜爱。"我说。

"是啊，小张也真是委屈。"曲辰说，"他仅仅是想把那个场景留在他的脑海中，仅仅是想多看那个女孩两眼。那个女孩显然也注意到了他，她肯定是留意到了一个年轻的小伙子，支着车子，如饥似渴地观看她的样子。女孩并没有因为有人窥视自己而羞涩，她可能也很享受这种关注。在他们两人之间，或许形成了某种默契，一个专注的读书人，一个投入的观者。谁也没想着改变这样的情景。所以，当有一天晚上，谁也不愿意发生的事情发生时，在黑暗的保护下，女孩没有看到那个行凶者的真面目，但她向警方可以提供的唯一的线索就是那个支着自行车窥视她的年轻人，小张。那个时候，那个美好的场景对于她来说已经完全是另一回事了。"

"如果没有后来的事情，这是一个好的故事的开始。"我叹息道。

曲辰说："是啊，谁说不是呢，造化弄人。开始阶段，印彩霞还是一口咬定，那天晚上的那个行凶者就是他，她反问小张，如果不是你，法院为什么判了你十五年徒刑，为什么你自己都承认了？后来，我们不断地打扰她，牛皮糖似的黏着她，让她备感压力，她明确地告诉我们，她的丈夫、孩子都不知道她的过去，她也不想让他们知道这一切，所以还是劝我们，不要再找她，而是去找法院、检察院、公安局。再后来，印彩霞说，即使我说不是你，我有证据吗？法院会听我的吗？小张想请她一起去当时判案的法院，向他们说明情况。印彩霞指责小张，你们还想让我好好活着吗，你想毁了我的生活吗？小张和我，一筹莫展，不知道下一步要干什么。"

我说："绝望了吧？"

"是的。"曲辰说，"小张彻底地绝望了。他觉得，他活着的唯一的希望就是找回骑自行车穿过那条胡同时的自己。如果找不到，他活着已经没有任何意义。"

我盯着曲辰同样失望的脸，问："你找我是想得到一些精神上的支持？"

曲辰说："我不知道。看着绝望的小张，那天晚上，他想到了死，他跑到社科院的楼顶，他说他想从那里跳下去。但是他是个胆小如鼠的人，他哭着说，我连死都不敢。我害怕地紧紧抱着他，唯恐他真的跳下去。就在我抱紧他的那一瞬间，我突然意识到，原来我也被别人的命运所左右着。如果他真的跳下去，我该怎么办？对于我与小张，也许是我们距离现今的社会太远了，我们都不知道该如何应对，我们手足无措，慌不择路。"

我问他："你知道了我的事？"

曲辰点点头。

"你看到了什么？"

曲辰仔细地看看我，点点头又摇摇头，"我没看出什么。"

我说："我知道你的另一个目的，是想来安慰我，安慰我丢失了一个已经到手的大奖。我只能用我的经验来告诉你，所有的宽容与大度、人文情怀，都是扯淡。你别指望别人会对你心慈手软，会对你良心发现。"

肖燕虽然已经失去了与他一起去寻找印彩霞时的热情，但她仍然对这件事满怀热忱。她想起了安徒生，想把它送给小张。那天晚上，她把那套绿皮的安徒生摆放在茶几上，一遍遍地抚摸着它们，就像是抚摸自己的宝贝孩子。我劝解她，舍不得就算了，你就是给他安徒生，又能怎样。肖燕说，听曲辰说，这个小张，在监狱里最喜欢听曲辰讲安徒生的童话，每次都痛哭流涕的。如果以前能给他生活的勇气，现在，也能给他展望未来的信心。令她意外的是，不管她把安徒生说得多么好，不管她如何说，在安徒生的每一个童话里，都寄托着一个梦想，小张也没有接受她的馈赠。他看都不看安徒生。他说他不需要这些精神鸦片，不需要那些虚幻的梦想，他需要的是能够看得到的、摸得着的那个人，那个真实的、明明白白的自己。

坐在我家客厅里的曲辰，面前摆放着那套退回来的安徒生。曲辰显出了无奈，他像个孤独的漂泊者，看不到大海的边际。梦想早就破灭的肖燕却信心仍在，她问曲辰："你是不是在小张身上看到了你自己？"

曲辰惊惧地看着她，"我想都没想过。"

肖燕说："那是因为你不敢想，但是你潜意识里肯定是有这个念头，而且这念头还很强烈。你和小张，都不想承认贴在你们身上的标签，不承认你们现在的身份，你们想让时间倒流，让记忆消失。"

曲辰脸都白了，眼睛也红了。

"对于你来说，想要彻底告别过去是不可能的。但是你从小张身上看到了希望，你已经把你和小张的幻想绑在一起，那是你们共同的梦想。"肖燕不愧是一个出色的语文老师，她的分析让曲辰心惊肉跳，连我这样一个评论家，一个自认为对经典文学人物已经了解透彻的人也不得不佩服。那个夜晚，我和曲辰，都成了她的学生。

肖燕接着说："你比我要幸福得多，毕竟，你和那个小张，还有梦想。不管那个梦想是不是合理，是不是合法，但它毕竟是一个实实在在的梦想。你想得到我的建议吗？"

曲辰拼命地点点头。

肖燕说："牢牢地抓住它，去实现它吧。梦想稍纵即逝。"

我相信，肖燕的话给了曲辰巨大的精神上的支撑，让他抛弃了绝望与无奈，带领小张，走上了一条追寻他们卑微想法的不归路。

黄莺儿一直处于忐忑不安之中，在我面前谨言慎行，唯恐说错一句话。她越表现得像是犯了错、心里有鬼，我越不知道如何坦然相对。弄得我们俩像是互相提防的对手。终于我无法忍受这种局面，把她单独叫来，想和她好好谈谈。

我还没开口，她先紧张地说："老师，没有马悦她们吗？"

"没有。"我说，"今天我们不说课题。说点别的。"

她低下头。

"你去过丹麦吗？"我冷不丁地问她。

黄莺儿惊讶地抬起头，"老师，上次您电话里问过我了。我没去过。我没出过国。"

我说："啊，我忘记了。我找你来，就是想告诉你，那件事情已经过去了。对我对你，都已经过去了，你不要总是感到愧疚。"

黄莺儿脸色绯红，"老师，我什么也没做。我和焦叔叔什么关系都没有。"

我摇摇头，"我不关心你和老焦什么关系。我只知道，你是我的学生，我是你的老师。我希望我能把我自己最好的知识都教给你，我也希望你能做一个优秀的学者。没有别的。"

"老师，我和焦叔叔真的什么关系都没有，我无意中犯的错跟他也没有关系。"她脸色又变白了。

我越显得真诚，黄莺儿越觉得惊恐万分。

谈话其实已经无法进行下去，我挥挥手，"算了，今天就到这儿吧。"

她一步一回头，走到门口，还给我鞠了一躬。

唉！

我心绪难平，立即拿起电话给老焦打电话。他的副院长任命很快就要下来了，他正志得意满。我说："老焦，不管我们俩之间如何竞争，我都不希望你把一个无辜的孩子牵涉进来。"我没等老焦回答便挂断了电话。

与老焦较量的落败，除了让我感到失落之外，也许并没有什么影响，我仍旧是一个有分量的评论家，来寻求我帮助的作家诗人们依旧趋之若鹜，我依旧去各地讲学，在妻子肖燕的眼里，我也依旧是那个被梦想抛弃的人。

不仅仅我是个被梦想抛弃的人，有一天，我接到了孟夏的电话。电话里的声音很是焦虑，她问我还记不记得一个叫何小麦的女诗人。我说："我以为你已经消失了，我需要再等待若干年，才会在某时某地，和你邂逅。"

她说："你别打岔。回答我的问题。"

我问她怎么了，我经常能见到她。孟夏说，以前她上过我的节目，还是你介绍的，但是现在她提出了一个无礼的要求。

我有点紧张，"什么要求？"

"要和我谈谈男人。"电话里的孟夏很是气愤，"非常无礼，这是对我的底线的挑衅。"

我安慰她，让她不要理睬那个疯子女诗人。我说："她的念头是我们无法理解的。"后来我问她最近生活怎么样。她回答说，很好，好得不能再好。我们闲聊了几句，就在我觉得无话可说要挂断电话的那一刻，有一个想法突然冒了出来，我冷不丁地问她："你还有没有梦想？"我记得，当初主持"读书"栏目时的那个年轻貌美气盛的孟夏，梦想着用书籍照亮所有人平凡的心灵，照亮所有人前行的路途。

她略微犹豫了一下，也许她早就忘记了这两句话，早就忘记了"读书"栏目，她有点动情地说："仙生，我告诉你，我现在脑子里经常想到的是一个场景。那是小时候，大概七八岁，我父亲领着我，在我们家楼下的人行道上，在夕阳的余晖中，监督着我翻跟头的情景。便道上铺着灰色的方砖，紧挨着马路，是一排排的法国梧桐树，树皮斑斑驳驳，很是好看。西边是一个新华书店，夕阳就从新华书店的楼上照过来，映在父亲身上，父亲的脸是昏暗的，但他的目光却是亮的。我翻了一个又一个，我的身体轻盈无比，整个世界都随着我翻滚、旋转，那一刻，我觉得，整个世界都是我的。现在我只有一个梦想，那就是回到七八岁时的自己，我迫切地想在父亲的目光中，再把整个世界旋转起来。"

我说："这也不难。我们可以找一个地方，轻松地让你梦想实现。"

她有点激动，"真的吗？"

我说："当然，我的一个学生，经营一个健身房。他那里地方很大，足够你翻上千个跟头。"

对于我的提议，孟夏很是兴奋。我们讨论了具体的细节与时间，我说，我可以让我的学生停业，等待着我们。我还建议她早点准备好翻跟头的服装与鞋子。孟夏兴趣盎然地说："当然，我要好好地准备。"我说："我可以来代替那个明亮的目光。"孟夏笑了。最后我们约定，在周五的晚上，我在健身俱乐部的门口等她。

约定的时间也是夕阳西下，余晖绚烂，只是，我没有见到法国梧桐。

她却没有来。夕阳很快就落在了高楼大厦的另一端，此时，光明跌落，夜幕拉开，城市像个巨大的制造黑暗的机器，瞬间就把余晖搅进了黑暗之中。汽车、灯光，就连我，都是这个巨大机器的一部分零件，我们各就其位，共同生产着城市的梦想与传说。闪着刺眼灯光的汽车组成了一条条的河流，我隐约看到，孟夏，那个梦想回到过去的人，在汽车的河流之上，翻着跟头，追逐着已经落下的夕阳而去。没有人会想到那个意想不到的结局。

小张最终还是没有能够逃脱掉他内心的折磨。我们不知道，在整个事件的进展中，曲辰到底起了什么作用，因为小张这个人，他是无论如何也不会鼓起那么大的勇气，去做一件天大的事的。他软弱胆怯的性格，决定了开始，却无法预见到未来。我和肖燕都相信，决定结局的钥匙在曲辰的手中。

那个寒风凛冽的冬天，我们只是知道了一个结果，后来具体的情节我们是从电视上看到的，那已经是一年之后，在中央电视台的法制频道"一线"上，有一期节目叫作"悔恨的泪"，讲的就是小张如何再次犯了罪，走上不归之路。主持人的解说里，没有说小张内心的挣扎，一开始就认定了小张以前的犯罪事实是成立的。电视上的小张剃了头，眼睛很亮，很坚定，不像我们见他时头发蓬乱，目光茫然无神。他说，他已经彻底放下了内心的包袱，他从一个被别人冠名的坏人，变成了一个地地道道的坏人。他反而内心感到了十分的安宁，镜头里，他咧嘴一笑，笑得还真是轻松。他说，我现在可以对她说，对不起，请你原谅我。电视里也给了曲辰的几个镜头，曲辰说，是他给了小张勇气，他不知道，为什么会给他那样的建议，他只希望，时间快快地过去。

回到我们最不愿提及的那个阴郁的下午。曲辰和小张要去见印彩霞，曲辰对我说，这次是印彩霞提出要见面的。这让他和小张都感到有些不可思议，以前躲都躲不开他们，为什么这一次却如此主动，这反常的举动也加深了曲辰的忧虑。他说，也许这是最后一次，如此下去，小张的精神都会出问题，我怕他承受不了。

实际上，这一次，小张的精神没有任何问题。

到晚上九点多，曲辰给我打来了电话，他说，对于我们俩，可能这是最后一个电话。他的语气听上去有些奇怪，好像是如释重负的一种感觉，他说，小张做了一件惊天动地的事。我问他是什么事。曲辰说，他真的强奸了印彩霞。原来，他们去见印彩霞，印彩霞拿了两万块钱，她希望小张拿上这些钱，跑得远远的，不要再来纠缠她，影响她正常的生活。小张愤怒了。曲辰说他第一次见小张愤怒。小张看看曲辰，明显地想从他那里得到力量。曲辰拍拍他，兄弟，你怎么想的就怎么做吧。曲辰说："就是这样，很简单，十几年前他没做过的事，却背负了十几年的事，今天做了。"

已经没有必要再来纠正他，关于十几年前，小张是不是真的做过那件事，这已经不重要了。

曲辰说："我也逃不了干系。有点遗憾的是，我在农村的梦想无法实现了。我只有一个牵挂，每年的清明，还得麻烦你，给我母亲的坟头上烧一炷香。"

我没有在曲辰被警察抓走前见到他一面。在电话里，我听到的他最后的话是他的忏悔。他向我透露了一个藏在内心的秘密。他向我忏悔，他说，他有深深的罪恶感，当他看到我和孟夏在一起时，他的怒火冲昏了头脑，他对我的态度发生了转变，他对这个陌生的社会产生了仇恨，他知道，他和小张，对于我们来说都是怪物。所以当他和肖燕去北戴河时，他一股脑儿地把我如何诱导他去给我偷老焦的笔记本，如何与孟夏在一起，都告诉了在北戴河找寻旧时梦想的肖燕。他痛哭流涕，分不清是因为再次要入狱，还是悔恨，"请你原谅我。愤怒让我变成了另外一个人。当然，这就是我人生最致命的弱点。我的人生就是因为这样的不冷静出现得太多而发生了改变。"

我不知道该如何回答他，是安慰他还是安慰我自己。但我最直接的反应还是震惊，不是因为他向肖燕告密，而是因为肖燕的反应。她明明早就知道了我与老焦之间那些龌龊的小动作，这是她最不齿的；早就知道了我与孟夏的苟且之事，这也是她痛恨的；可她什么也没有说。我放下电话，曲辰告诉我的那个令人痛心的故事似乎变得不那么重要了，我的脑子里全是肖燕，我的妻子，从那个满怀梦想和憧憬的大学生到现在的中年女教师。难道，这就是生活的全部？

小张被判了死刑，在那年冬天被处决。而曲辰再次入狱，这一次，曲辰换了一个监狱，那个监狱离石家庄很远，一直向北，在河北的北部，冀东监狱。那里的监狱长不是我的党校同学，我们得照章办事。我们去探过监。肖燕还带了那套安徒生童话全集。曲辰对那套书没显出过分的激动，他说，这里的人不喜欢听这类故事。我们看到，曲辰比在外面胖一些了，目光平和，他说他想看一本书，就是诗人何小麦写的那本《幽暗之光》，我答应回去给他寄过来。

临走时，曲辰笑着说："你们，何小麦，还有孟夏，在另一种牢笼之中。"他终于说到了孟夏。

在回程的路上，我们一路无语。我们在想着曲辰那句话。快要到石家庄时，肖燕说："是不是我们对不起曲辰？"

我想了想说："不，是他，是他对不起这个时代。"

沉默。

我突然想到了孙尔雅，我面向她说："我想去一个地方。"

"哪里？北戴河吗？"肖燕问。

我说："不。云南勐海，一个山村学校。"

肖燕惊讶地看着我。

我坚定地说："我一定要去。"

惊讶从她的脸上慢慢地退去，她说："我已经有一个月没有在微信上看到她的消息了，她令我非常担心。我也想去看看。"

在很长时间里，肖燕都无法从曲辰再次远离我们生活的阴影之中缓过神来。她有一种深深的愧疚感，她觉得自己影响了曲辰对于事情的判断，影响了他对社会的判断。多少次，她都在半夜里醒来，她说她在梦里看到了曲辰，她在反复向曲辰说那些关于梦想的话。

丹麦奶糖仍然会收到，一直持续到曲辰再次从我们的生活中消失后一年，之后在杂乱的书信和快递之中，再也无觅它的踪影。我甚至开始怀念时常有糖果到来的日子。这一次，我已经无人可送，它已经积累到六盒，放在我的办公室桌子上，相当可观。我尝试着打开一盒，拿出一颗，放在嘴里，甜，甜味不像我们国家的糖，没有那么浓，如同刮过一阵香甜之风。淡淡的甜味慢慢地从舌尖、口腔、大脑神经，向全身漫延，舒畅无比。我又蜕去了一层皮。是该忘记它的时候了。也许，生活就是这样，当多达六盒的甜蜜堆积如小山时，谁还想去思考那些干扰我们正常生活的烦恼呢。

【作者简介】

刘建东，男，河北石家庄人，1989 年毕业于兰州大学中文系。在石家庄炼油厂工作多年，1999 年调入河北省作协，历任《长城》杂志编辑、副主编。1995 年开始发表小说，2003 年加入中国作家协会，文学创作二级。著有长篇小说《全家福》，小说集《情感的刀锋》《午夜狂奔》，出版文学作品 100 多万字。短篇小说《自行车》入选"中国文学排行榜"，中篇小说《减速》获河北省第九届文艺振兴奖，长篇小说《全家福》获河北省第十届文艺振兴奖。

精神困境的书写与冲破
——评《丹麦奶糖》

王 侃

小说《丹麦奶糖》以"丹麦奶糖"为线索，串联起一系列知识分子的人物群像。这其中有如"我"一般表面光鲜内在灰色的知识分子，也有如曲辰一般拥有异质特色的知识分子。以知识分子们的生命境遇为镜，小说揭示了现代人的精神困境以及冲破这一困境的可能性。

一、灰色知识分子的精神困境

小说塑造了一大批知识分子形象。他们有一些共同特点：从事文化行业，拥有稳定的事业，享有较高的社会地位，不愁吃喝。其中，有行为乖张的女诗人何小麦，有过气的电视台女主持人孟夏，有熟谙官场之道的官僚老焦等等。他们往往外表光鲜体面，内在矛盾复杂。

较为典型的两个知识分子是"我"和妻子肖燕。"我"是一个典型的知识分子，是社科院里的大评论家，拥有着看似殷实幸福的生活，但实际上无论是爱情、事业还是家庭，都不同程度地遭遇着困境。爱情上，"我"与妻子从相知相爱步入婚姻殿堂，但是多年的婚姻生活没有使我们更加了解彼此，反而增添了诸多隔阂。这种交流的障碍也出现在"我"与情人孟夏之间。至亲之人都尚且如此无法沟通，如何寄希望于与他人的言说？当这种人际关系的复杂矛盾转移到工作上时，人与现代社会之间的尖锐对立也逐一体现："我"无法处理好与同事之间的关系，也疏于对研究生的指导与把关，最终跌入老焦设下的抄袭陷阱，与副院长之职擦肩而过。当"我"

最终回望家庭的时候，妻子肖燕已经冷漠到不在乎"我"的种种劣迹，人与人疏离至此，充满幻灭意味。更为讽刺的是，面对这种种异化现象，"我"始终扮演着顺民的角色，逆来顺受，并不时做一个时代的代言人，向周围解释着种种不合理现象。

小说以第一人称"我"结构全篇，既由"我"的一系列心理活动完成了一番知识分子的内心游历，也带领读者跟随"我"见识了知识分子场域中的种种光怪陆离。小说将人生最基本的几种价值尺度安放在"我"身上，通过"我"的生活剖面，书写着大时代中灰色知识分子的共同困境。

二、异质的知识分子——曲辰

小说塑造了一个并不灰色的知识分子，曲辰。在他身上有着鲜明的黑白两色。

说他白色，是因为这个人物身上有着鲜明的知识分子的理想主义气质。大学时期的曲辰有"年轻时革命领袖的影子"，渴望成为法拉奇一样的无冕之王。曲辰本可以与"我"和肖燕一样，通过奋斗逐渐拥有体面的一切。但是孟夏的生日事件使得秉持非黑即白信念的曲辰锒铛入狱。然而监狱的生活并没有完全磨去曲辰的棱角。长时间与世隔绝的牢狱生活反而拉开他与现实生活的距离，造成一种陌生化的效果。那些"我"与肖燕习见的异化与矛盾在他眼中被剥离出荒诞色彩。他偷老焦笔记本之后的虚脱，他那阅读安徒生童话的习惯，他对《幽暗之光》的质疑，他与社会的格格不入，处处凸显出理想主义者在社会中的局外人身份。

说他黑色，是因为曲辰其人同样遭遇着精神困境，不同于其他人，他的困境在于理想主义与社会牢笼之间的强烈碰撞。就像肖燕说的"强大的外表下隐藏着内心更加强大的不安"，当这种不安冲破牢笼，就具备极大的危险性。小说最后，曲辰默许小张释放心中野兽，以犯罪的形式"救赎"犯罪的历史。这与其说是曲辰对于社会牢笼的反抗，不如说是对于精神困境的冲破，对内心理想主义的归顺。

三、人所共有的精神困境及其冲破的可能性

小说后半篇，肖燕告诉曲辰，他之所以追寻小张的真相，实则是将小张视为另一个自己。的确，精神困境不仅出现在"我"、肖燕和曲辰等知识分子身上，也同样出现在小张身上。结尾，曲辰说："你们，何小麦，还有孟夏，在另一种牢笼之中。"这个牢笼不光为知识分子所搭建，它同样为其他人搭建。身处这一时代中的所有人都无法回避。小说以当代知识分子的灰色生活为切口，对整个人类的精神困境展开了追问与质疑：人类的情欲如何安置，理想主义能否指导人们更好地生活，人与人之间能否正确有效地沟通，人多大程度上可以把握自己的命运等等。

在这一牢笼中，无论是"我"还是肖燕，久处牢笼便逐渐成为牢笼的一部分，久居困境便慢慢成为困境的制造

者。我们在牢笼中慢慢滋生出无聊，便寻求刺激。尽管一些事情引起了短暂的脉搏跳动，终究还是归于正常体征。因此，尽管肖燕默认这个时代的规则，还是忍不住帮助曲辰与小张去伸张所谓的正义。虽然"我"与肖燕三观契合自由恋爱，仍免不了出轨的俗套。小说不断出现一个情节，"我"在不断地"蜕皮"。这不妨理解成"我"被社会慢慢同化的一个过程。当一层皮蜕去，"我"的理想就死去了一点，而肉身却成为社会牢笼的钢筋水泥，并最终变成他人困境的一部分。曲辰或许是一个敢于冲破牢笼的人，但是他的实现过程是何其惨烈，并且其反抗过程总是以他人的幸福作为代价。这在某种程度上不也是构筑牢笼的帮凶吗？

小说最后并没有告诉我们如何冲破这一精神困境，正如小说最后也没有交代"丹麦奶糖"到底来自何处。这个悬念留到了最后却成了"哑炮"。或许在这里，小说传达的就是一种由不确定性产生的乐观主义，不确定我们如何才能冲破生存困境，于是"我"品尝着奶糖，"又蜕去了一层皮"。

鲜花岭上鲜花开

徐贵祥

一

就像许多成功人士一样，毕伽索也遇到了那个绕不过去的问题，挣那么多钱干什么？随着财富和年龄的增长，这个问题越来越是个问题。

毕伽索的事业是从打工子弟小学开始的，然后中学，后来又办了几所职业大学，再回过头来办幼儿园，形成了一个规模较大的民营教育体系。从报表上看到不断刷新的数字，毕伽索突然觉得哪里不对劲。是啊，挣那么多钱干什么？缺钱的时候这不是个问题，钱多了这就是个问题。大约从去年秋天开始，一个念头越来越清晰，他想把钱花出去一部分，为故乡干街做点儿事情。

毕伽索把这个想法对妻子说了，唐多丽以她惯有的思维方式对毕伽索说了三点看法：第一，有钱就烧包，那是诗人。作为一个企业家，理性永远是成功的前提。第二，在家乡做生意，赚了是为富不仁，赔了是搬起石头砸自己的脚。

毕伽索对妻子的观点向来嗤之以鼻，但是他又不得不和她商量。和她商量只是一个程序，并不指望她支持。回答唐多丽的反对，他最经常的一句话就是，不要和成功者唱对台戏，成功者是不应该受到指责的。

但是唐多丽还有第三，这是在毕伽索彻底忽视她的意见之后被迫说出来的——第三，不要以为你有钱了，你就是人物了，其实在干街人的眼里，你永远是一个逃兵的儿子。

唐多丽讲这话是在她动身去美国的头天晚上，这番近乎人身攻击的话语在毕伽索的心头狠狠地插了一刀。要不是她即将背井离乡去给女儿陪读，毕伽索真想给她两耳光。他忍住了。毕伽索说，老子就是要在干街烧一把钱，要让干街人仰起脑袋看看那个逃兵的儿子。

这个夜晚，毕伽索辗转反侧，唐多丽的话对他刺激很大。这么多年来，他毕伽索可以不在乎很多事情，但是干街他不能不在乎。在毕伽索的感觉里，即使他混得再体面，如果得不到干街的认可，那种体面就要大打折扣。何况，干街还有个韦梦为呢。

诚然，干街的历史并不是从韦梦为开始的，但是，只要提起干街的历史，就不能不说起韦梦为。从毕伽索记事起，韦梦为这个名字就像星星一样悬挂在他的脑海里。韦家三少爷、中学校长、红军师长、文学翻译家、北上抗日支队司令，这些互不关联的头衔莫名其妙地集中在同一个人的身上，曾经给少年毕伽索带来了无穷的想象。小时候他听大人说，过去的韦家三少，穿西装、喝咖啡都要用外国货，韦家良田遍布三省五县，上海、北平、安庆都有韦家的商号钱庄，号称马行千里不吃别人家的草，人走万里不住别人家的店。民国十六年，韦家遭遇了一场奇特的变故，刚从俄国留学回来的韦梦为被当地的农民绑架，韦家斥资千金赎票，至此之后家业逐年败落。后来才知道，策划绑架韦梦为的，正是韦梦为本人，他把他们家的钱财都倒腾出去买枪了，拉起了一支队伍开进了西边的山区，那支队伍后来成为声名显赫的红军模范师。模范师师长韦梦为，跟士兵一样穿草鞋住草棚，数次抵御了国民党军和军阀的围剿，并且在根据地建立了苏维埃政权和英特纳尔大学城。直到全面抗战爆发前夕，韦梦为的部队北上途中被国民党军伏击，韦梦为本人在激战中牺牲。

在干街，韦梦为的故事流传很广，他作词作曲的一首歌，毕伽索很早就会唱——鲜花岭上鲜花开，花开时节红军来，红军来了为平等，平等世界人是人……会唱这首歌的时候，毕伽索还不大清楚歌的含义，他的问题有两个：一个是"平等世界"是什么？为什么那么重要？第二个是，韦梦为那么大的家业，他为什么要去吃那份苦受那份罪？直到考进师范后，毕伽索读到一本俄国小说《苦难英雄》，他才好像明白了，原来韦梦为要当英雄，韦梦为和韦梦为们，要救天下。那本书的译者，正是韦梦为。这个发现让毕伽索激动得泪花闪烁，那天他甚至把自己想象成了韦梦为，他也要救天下。

当然，很快他就发现，他当不了韦梦为，因为他那时候别说穿西装喝咖啡，这两样东西他连见都没有见过。再往上讲，他的爷爷是韦氏庄园的挑水工，而他的父亲毕启发，在参加新四军之前，也是韦家的挑水工，尽管那时候的韦氏庄园已经败落了十之八九，也仍然是干街的标志性家族。

几十年过去了，毕伽索凭借独特的眼光和智慧，终于成就了一番事业，财富总量甚至超过了当时的韦氏庄园。但是，他还是没有办法跟韦梦为相比，韦梦为的事业天大地大，而他的事业再大，也不过是一个民营企业。他之所以把他的企业注册为梦为集团，感情是非常复杂的。

农历二月上旬，妻弟唐斌在电话里给他讲了一个笑话，前不久退休干部乔大桥回到干街，发了一通牢骚，说街道不能建在公路两边，电线不能架在房顶，还说希望部分恢复干街过去的光景，在十字街搞一个唐宋村，健全空巢老人和留守儿童的教育和服务设施。副县长韦子玉还为这件事情到干街，要走了唐宋时期的干街图。

乔大桥，毕伽索认识，老县委书记乔如风的儿子，当过军分区司令，过去一直是干街人羡慕的对象，如今也解甲归田了。毕伽索突然在电话里哈哈大笑，对唐斌说，啊，那个乔大桥，站着说话不腰疼啊，你要是见到他，给我带个好，问他愿不愿意到梦为集团工作，给我当工会主席。唐斌似乎吃了一惊，什么？姐夫你说什么？让乔大桥给你打工？毕伽索说，如果他愿意来，我给他开的报酬是他工资的十倍。唐斌说，姐夫你开玩笑，乔大桥，乔司令啊，给你民营企业打工，这不可能。毕伽索说，一切皆有可能，有钱能使鬼推磨，有钱也能让磨推鬼。

当然，这话只是说说，说说就过去了，唐斌没有当真，毕伽索自己也没有当真。

就在跟妻弟通话不久，毕伽索又接到干街小老弟韦子玉的电话，说他近日要到深海市拜访自己。

韦子玉是受县政府委派，专程到深海招商引资的。县里决定在干街兴建文化街，需要钱。韦子玉首站拜访毕伽索，足见毕伽索在干街商人中的地位。老乡见老乡，两眼泪汪汪，那几天，说不完的乡情喝不完的酒，行则同车，卧则邻榻。有一回，两个人醉了之后，又带上一瓶酒到房间喝醒酒，果然越喝越清醒。毕伽索说，我总觉得，咱们的干街就是一座城市，在历史上曾经很风光的。

韦子玉醉眼朦胧，扯过自己的皮包，找出一张复制的图纸，在毕伽索面前摇晃，老大哥你看，这就是干街的过去，宋朝年间，设州治，文峰州。

毕伽索接过图纸，仔细端详，隐隐约约可见天穹一座尖塔刺破晨曦，一条大河由远及近，河面帆影点点，岸边楼宇鳞次栉比错落有致。近处是一个阔大的庭院，花木葳蕤，绿荫深处，掩映灰楼一角。

看清楚了吧，这就是传说中的韦家大院。韦子玉斜着眼睛，在酒的氤氲中睥睨毕伽索。

韦子玉是韦梦为的侄孙，韦氏庄园的传人，毕伽索感觉这个小老弟今天跟他讲干街的历史，隐隐流露出一丝优越感。毕伽索不悦地说，就是说，这就是你们家的老宅。那我们家呢，在哪里？

喏，这里。韦子玉伸出一个指头，戳在照片的一角，这里，你们毕家，在"干"字下面一横的左下边，20世纪六七十年代，这里叫工农兵成衣店。

毕伽索怔怔地看着韦子玉，酒醒了大半。他回忆起来了，十字街东南角，是成衣店，他的残了一条腿的父亲毕启发是这个成衣店唯一的男性，夹杂在六七个中老年妇女中间，尽管有个技术员的头衔，实际上就是量尺寸剪布。小学四年级那年，有一回放学从成衣店门口过，韦子玉的二哥韦二毛喊了一声，看，毕得宝的爹——那当口，毕伽索的名字还叫毕得宝——毕得宝看见他爹肩膀上搭着一溜蓝布，弯腰哈背正在一个妇女的身上上下丈量，然后一高一低地走到案子前面，拿粉笔在布上左画一道右画一道，那副模样，简直就是一个小丑。毕得宝不知道哪里来的火气，冲上去揪住韦二毛，两个人打得不可开交。韦二毛一边挣扎一边大喊，我又没说你什么，你怎么打人啊！毕得宝一言不发，只是揪住韦二毛不松，后来还是毕裁缝听到动静，颠着鸡步奔出来，把毕得宝拉开，照他脸上就是一顿老拳，这才把风波平息下来。

多少年打拼在外，什么都有了，但在毕伽索的骨子里，总感觉还缺什么，毕裁缝的名号，是毕家投在他身上的第二道阴影。如今韦子玉提到工农兵成衣店，让他心里很腻味。毕伽索说，你什么意思？你是提醒我，你们家书香门第，毕家血统低贱是不是？

韦子玉哈哈大笑说，大哥，你想多了，我只是回忆你们家的位置。

毕伽索冷冷地说，我们家住在西头，不住成衣店。

韦子玉说，那是我无知，我原来以为你们家就是成衣店，成衣店就是你们家。

毕伽索不吭气。韦子玉明白了，讲干街的历史可以，讲干街人的身份地位，对毕伽索来说是个敏感话题。

韦子玉坐起来说，这些年我在县里工作，同政协文史办的人打交道，把干街的历史搞得差不多。原来我们干街，有五大家族，韦、戈、乔、毕、洪，你们毕家排在第四，退回一百五十年，干街毕家也是方圆百里的望族。

毕伽索吃了一惊，问韦子玉，你说的是真的？

韦子玉揉着眼睛说，早点儿睡吧。

那天夜晚，他没有再问下去，在酒精的作用下，两个人"前仆后继"地进入梦乡，扯着很响的呼噜，嘴角挂着向往的傻笑，很幸福地度过了一个美好的夜晚。

第三天下午，毕伽索安排韦子玉参观他的梦为集团，然后在自己的办公室喝茶。韦子玉感到时机已经成熟了，但是他没有提乔司令回干街的事，也没有说唐宋村的事，只是把县里关于在老街兴建文化街的意向和盘托出，说完之后，就等着毕伽索拍手叫好，慷慨解囊。可是他从毕伽索的脸上没有看出惊喜，而是看到了一种奇怪的表情。毕伽索说，你们搞这些东西有什么意思？

韦子玉说，建设啊，乡村文化建设啊！

毕伽索略微思考了一下，意味深长地说，哦，乡村文化建设，名目很好，可以考虑赞助，十万八万的没问题。

韦子玉怔了一下，冲口说道，毕总，就连乔司令那样拿工资的退休干部，都拿出十八万给老街买变压器，你这么大个老板，只拿十万八万的，说得过去吗？

毕伽索说，你们那个文化街，其实就是个面子工程，没有什么实际意义，我不能把钱扔到水里，老弟你说是不是？

韦子玉说，怎么叫面子工程呢？它有文化价值，也是长远价值。再说，就从眼前看，文化街一建成，就会带动老街的综合发展，改变乡亲们的生活状态。你知道那里还有多少空巢老人和留守儿童吗？

毕伽索说，改善群众生活是你们政府的事，我要是把这个事做了，不是夺你们的饭碗吗？

韦子玉这才发现自己过于天真了，太不了解毕伽索了，他说，毕总你这样说我很难受，社会转型时期，问题太多，政府也不是万能的，有些事情，我们确实需要借助社会力量。

毕伽索一声冷笑，提高嗓门说，借助社会力量？乔大桥回去讲几句大话，你们就当真了。说好听一点儿是书呆子，说白了就是拿个鸡毛当令箭。他乔大桥算什么？他有什么资格对干街指手画脚？

韦子玉没想到毕伽索会发那么大的火，意识到这件事情很复杂。他曾听说，毕伽索因为父辈的原因，与乔司令有些芥蒂，看来不是空穴来风。韦子玉解释说，兴建文化街，不是乔司令的主意，而是县里的规划。乔司令只是说，街道不应该建在马路两边，街道要像街道的样子。

毕伽索从鼻子里哼出一声，为什么街道不能建在马路两边？难道建在深山老林就能提高生活质量了？

韦子玉基本上绝望了，怀着最后的希望说，那，我们的文化街，毕总到底支持不支持？

毕伽索说，我为什么要支持？我支持了，我能得到什么？

韦子玉盯着毕伽索，克制地问，毕总，你想得到什么？毕伽索哈哈一笑说，如果你们能把我爹的像挂在文化街上，我可以拿出一个亿来。

韦子玉终于忍无可忍了，提高嗓门说，毕总，我尊重你，但是我也提醒你，文化街是爱国主义教育基地，是文明发展的象征。别说你拿一个亿，你就是拿出一百个亿，我也没有办法把令尊的像挂在文化街上。

毕伽索说，那不就得了嘛，我怎么会拿钱给别人捧臭脚呢？老弟，恕我直言，这件事情我不能帮忙。不过，我答应给老街赞助十万元，说话算数，明天我就让财务转账。

韦子玉没有吭气。

毕伽索顿了顿又说，这笔钱，你们得用到正处，可不能让它打水漂了……

毕伽索话还没有说完，韦子玉已经站了起来，冷冷地看着毕伽索说，毕总，你那十万元钱给叫花子吧。毕总，请你记住，你也曾经是个穷人。

毕伽索也站了起来，想拦住韦子玉，老弟，你听我说完，我有我的难处……

韦子玉淡淡一笑说，那还说什么呢？没有你的钱，干街照样能过上好日子。

韦子玉说完，扬长而去。

二

直到韦子玉的脚步声消失在楼道里，毕伽索才反应过来，赶紧派人去追。追是追上了，但是韦子玉坚决不回来，挡也挡不住，不由分说地上了出租车。到了晚上八点钟，还是没有找到韦子玉，毕伽索估计，他已经上飞机了。

毕伽索琢磨韦子玉传递的信息，那个文化街，主体工程是名人墙。也就是说，政府更关注的是对红色资源的开发和利用。干街确实是个特殊的集镇，除了韦梦为，在20世纪抗战时期又出了一个洪文辉，当时是梦为中学的校长，就地拉起了一支队伍，带到新四军，洪文辉担任这个团的团长，二十年后他官至淮上省省长。再往下，就数到于诚志了，于诚志抗战时期是洪文辉手下的连长，是西华山战役赫赫有名的英雄。当然，有了这几个人，又带出一批人，所以说，在干街，最不缺的就是名人，大大小小十几个，就连毕伽索的爹也是，尽管是反面的。

抽了两根烟后，毕伽索给他的中学同学、在淮上做文化生意的戈德福打了电话，让戈德福打探干街文化街的进一步情况。

没过多久，戈德福的电话就回了过来，他告诉毕伽索，这次修建干街文化街，不仅县里和市里高度重视，连省里也很重视，副省长何敏亲自勘察了地形，确定文化街的位置，在韦氏庄园旧址。据说这是整个淮上地区红色旅游战略格局的一部分。

毕伽索这才真正地后悔起来，他觉得今天下午同韦子玉的争论，确实因小失大。为什么他会那么反感呢？原因有两个：一个是家乡建文化街，可能会把一些尘封的往事抖搂出来，这是他极其不愿意看到的。第二就是因为乔大桥。当年他爹毕启发和乔大桥的爹乔如风同时跟随洪文辉参加新四军，在茅坪战斗中还相互配合打死一个鬼子，两个人一道当了排长。可是后来，在西华山战役中，他爹一念之差，当了逃兵，而乔如风则在战斗中，带领最后的三名战士诱敌深入，完成了阵地阻击任务。这以后，两个人的命运天壤之别，20世纪六七十年代，乔如风是皋唐县的县委书记，而毕启发则终生蒙耻，在于街当个小裁缝，最后连话都不会说了。毕伽索记得，小时候乔大桥从县城回到干街爷爷奶奶家度暑假，穿着海魂衫，让他羡慕极了。那时候他不止一次想过，为什么逃跑的不是乔大桥的爹，或者说，为什么他的爹不是乔如风而是毕启发。

天色渐渐暗了下来，从三十六层楼看出去，身下波光粼粼地闪烁着霓虹灯，这让毕伽索没来由地生出一阵伤感。唐多丽到美国陪女儿去了，这段时间毕伽索享受未婚待遇。直到楼道清洁工从门外闪过，他才想起晚上还没有吃饭。按了一下电铃，那边很快出现亓元的声音，毕总，我在。

他怔了一下，我在？不知道为什么，最近一个时期，这个听了七年的声音常常让他感到陌生。这个像谜一样的女人，居然在他身边坚持了七年。七年啊，窗外的马路变窄了，树木变高了，云彩变少了，可是她还像当初进门那样，不言不语，悄无声息，除了二十五岁变成三十二岁，她简直就没有怎么变化，甚至连男朋友也没有，没有听说过她在感情方面的任何信息。她近乎吝啬地经营着她的美貌，而又近乎挥霍地使用她的才智，她用她的才智保护了她的美貌。她在干什么？难道她想把自己修炼成一个圣女？

三

毕伽索第一次见到亓元，是接受电视采访。当时她即将新闻系硕士毕业，在电视台实习。在断续的访谈中，毕伽索先后四次注意到一个身材高挑的女孩，并看清了她胸牌上的"亓元"两个字。女孩形象端庄，眼睛里始终闪烁一丝平静的微笑，略黑的脸庞泛着健康的光泽，透着自信，看着舒服。离开电视台之前，跟送行的人打过招呼后，毕伽索向跟在后面的亓元大大咧咧地打了个招呼，丫头，你过来。亓元便微笑着向前走了两步。

你这个姓怎么念？

亓，和整齐的齐同音。

几天之后，毕伽索安排副总董华民去电视台找亓元，要聘她到集团工作，暂定担任行政处副处长，年薪三十万起步。董华民当时愕然地问，什么情况都不清楚，就当副处长，还年薪三十万？毕伽索说，要那么清楚干什么？我只关心这个人能不能用。董华民便不再多嘴，到电视台一谈，没想到亓元并不领情，说，不去，我只想当一个记者。

董华民碰了壁，回来跟毕伽索说了，毕伽索比董华民还要吃惊，瞪着眼睛说，啊，这个世道，还有这么清高的女孩啊，再把工作做深入一点儿，查查她的背景。

不久董华民就向毕伽索报告说，查清楚了，上海人，父亲是考古学家，母亲是中学音乐教师。

毕伽索说，我有点儿明白了，一家书呆子。

董华民第二次约见亓元，亓元一口回绝，只是在电话里说了几句。董华民对亓元说，我们老总看中你了，你开个价，什么条件都可以。

亓元回答，只有一个条件，不去。

董华民说，你先不要挂机，听我把话说完。我知道你担心什么，可我们老总不是那样的人，我们老总真的是怜香惜玉，不，我们老总他是爱才如命……董华民有些语无伦次了，这样的女孩，他还是第一次遇见。

电话那头十分难得地传来轻微的笑声，你们老总根本不了解我，他怎么知道我有才？

董华民说，我们老总他是个天才，他有第三只眼，他的直觉是非常厉害的。你想想，他从一个普通教师，赤手空拳到深海打天下，把学校办得大中小都有，全国各地都有，他不是天才行吗？

电话那头传来含意不明的笑声，也许是讥讽吧。

然后，董华民就把毕伽索的原则、毕伽索的信条、毕伽索艰苦创业的历程等等，说了足足十分钟。最后说，小亓，你不要马上回答我，你再考虑考虑，三天之后，不，十天之后再回话也行。

电话那头说，现在就回话，不去。

董华民后来向毕伽索大诉其苦，说这回真的见到鬼了，油盐不进，刀枪不入。

毕伽索听了，半天没吭气，抽了一支烟后对董华民说，你说得对，算了。

那个夏天，正是集团大发展的时期，连续在中原两个市开辟了局面，一次上马七个项目，毕伽索频繁奔波于深海和中原，忙得不可开交，这件事情也就不了了之了。

就在毕伽索决定忘掉亓元的时候，太阳从西边出来了，亓元突然现身，找到董华民说，可以受聘。

毕伽索在他的办公室里听董华民汇报事情的前因后果，盯着窗外的太阳看了大约半分钟，然后问，好马不吃回头草，她为什么改主意了？董华民说，原因不详。毕伽索抖着亓元的求职简历，一挥手说，拒绝，请她另谋高就。

董华民的嘴巴张了张，半天没合拢。拒绝？这是何苦，众里寻他千百度，那人却在……送上门来的，何必……这也太小家子气了吧？

毕伽索一拍桌子说，她以为她是谁？她以为我这是饭店啊？想来就来，想不来就不来。老子……毕伽索正说着，突然闭嘴，他看见亓元就站在门外。还是一身蓝紫色的连衣裙，眉目间已经少了许多冷漠，尽管低眉顺眼，却又不卑不亢。

毕伽索久久地打量着亓元，感觉这个女孩像她的名字一样生僻，周身似乎萦绕着一个神秘的气场，吸引你的目光，又把你的目光挡在尺寸之外。毕伽索不由自主地换了一副腔调说，好啊，承蒙亓小姐看得起，本集团欢迎。我的条件不变，说说你的条件。

亓元说，我只是来找工作，有饭吃就行了，没有条件。亓元仍然没有接受行政处副处长的职务，也没有接受年薪三十万的待遇。亓元说，我一天班没上，就当副处长，拿那么高的年薪，不合适。

毕伽索说，好，那就从头做起吧。

那一年，亓元二十五岁。这个谜一样的女孩从行政处秘书干起，不动声色地张罗了很多事情，每个月都要给毕伽索提交一份集团内情报告，还要提交一份创新建议。

几年以后，在一次电视访谈中，毕伽索侃侃而谈，访谈结束后他才意识到，亓元到集团之后，实际上暗暗做了一件很大的事，就是改变了毕伽索的形象。每当遇到棘手的事情，毕伽索准备大发雷霆的时候，只要她在场，毕伽索挥舞在空中的手臂就会不自觉地换成一道弧线，骂人的话就会变成"不着急"或者"再商量"。她就像一面镜子一样让毕伽索不断地调整着自己的风度。毕伽索有一次对亓元说，跟你在一起，我发现我越来越像一个好人了。

这七年中间，亓元和毕伽索始终保持着严格意义上的雇佣关系。两千五百多天里，他们至少有一万次面对面。她陪同他出席各种会议、聚会和谈判活动，她始终是一个得体的助手，微笑经常挂在脸上，再也不像七年前那样青涩了，说话委婉了许多。有一天亓元亲自上阵，在电视台做了一个"民营教育的难度与高度"的演讲，历数中外历史民营教育的成功范例，对于当下民营教育的种种障碍和本集团的战略以及前景展望，做了条分缕析。在屏幕上的亓元同平常的亓元判若两人，落落大方侃侃而谈，形象气质远在节目主持人之上。加上她本来就是新闻专业的硕士，在集团工作期间，又读了在职博士，学问滋养自信，自信滋养容颜，益发显得成熟和清高。毕伽索有时候甚至觉得，是亓元的存在，提高了梦为集团和他本人的价值。

她是怎样变化的，为什么变化，谁也说不清楚。或者可以用毕伽索的话来解释，时间可以改变一切。

四

十分钟后，亓元便出现在门口，工装已经换成蓝紫色的连衣裙，亭亭玉立，却又平静得像个蜡像。

毕伽索说，能陪我吃饭吗？

亓元迟疑了半秒钟，平静地说，可以，但我这段时间不能喝酒，我陪你吃西餐。

毕伽索不高兴地说，谁说你这段时间不能喝酒？

亓元说，医生，否则我脸上会长痘的。

毕伽索大手一挥说，嗨，听医生的话得吓死，你看我爹，吃大鱼大肉，喝了一辈子酒，活到八十多岁。

亓元还是站着不动。

毕伽索不耐烦了，怎么，长痘就这么重要，你有男朋友了吧？

亓元说，我们有言在先，不过问个人隐私。

毕伽索顿时觉得无趣，生硬地说，算了，我不要你陪了。又想了想，拉开抽屉，取出一摞资料，扔到老板台的对面，这是我老家一个招商引资项目，你帮我研究一下。

亓元迟疑了一下，接过资料，看看毕伽索说，我还是陪毕总吃饭吧，喝一杯也行。

毕伽索本想说算了，看看亓元的眼睛，很平静，便阴阳怪气地说，那好，谢谢你啊。

毕伽索下楼，亓元已经从地库里把车开上来了。

这天晚上，或许是受到韦子玉和乔大桥的刺激，毕伽索的情绪大起大落，一杯接着一杯喝酒。他还没有拿准该用什么态度对付家乡的招商引资，但是，一个现实的项目却越来越迫切地燃烧着他。

饭后叫了代驾。毕伽索坚持让亓元和他一起坐在后座上，亓元没有拒绝。毕伽索的心中壮怀激烈。

毕伽索对司机说去碧水山庄的时候，亓元只是异样地看了他一眼，但是没有反对。在驶向碧水山庄的途中，他把脑袋靠在她的肩膀上，然后手从坐垫上面向她接近。她还是没有做出激烈的反应，只是略微欠了欠身体。他把这个微小的动作理解为一种姿态，这个姿态甚至让他感觉到鼓励，他闭上眼睛，想象着即将到来的幸福时光……

就在快到高速出口的时候，亓元悄悄地把毕伽索的手向外推了推，低声说，毕总，你今天喝了不少酒，碧水山庄有人照顾你吗？

毕伽索差点儿就说出来，不是有你嘛，但是话没有出口，又咽下去了，他担心亓元会说出让他难堪的话来，毕竟还有代驾坐在前面。他控制了一下情绪说，我没喝多。

亓元说，碧水山庄没有人，要不，我叫小陈过来，也好照应一下，万一夜里要喝水。毕伽索明白了，庆幸自己没有唐突，口气很冲地说，没事，不用你管。

车子依旧按照原来的路线，但是毕伽索的计划已不是原先的计划。进了碧水山庄门口，亓元下车把毕伽索送上台阶，才反身上车，向毕伽索挥挥手，抛出一个意味深长的微笑，车子拐了一个弯，驶出碧水山庄。

毕伽索没有马上开门，像个傻子一样站在台阶上，看着渐行渐远的小车屁股，一股悲凉油然而生。亓元再一次拒绝了他，好在不算太难堪，没有怎么扫他的面子。

五

第二天上班，亓元到毕伽索办公室送文件，毕伽索为了掩饰尴尬，故意瞪着眼睛看着她，看她的步态，看她的表情。她的脸上居然看不出一点儿痕迹，把文件夹放在他写字台上说，毕总，下周三省政协有个调研会，内容是少数民族地区发展教育意见建议，点名请您参加。

你去，这方面的情况你比我熟。毕伽索不容置疑地说。

对不起，我可能参加不成了，这是我的辞职申请。

亓元说完，从文件夹里拿出辞职报告，放在毕伽索的面前。

毕伽索嘴巴张了半天才合上，一声冷笑说，辞职？为什么？我又没有强迫你。

亓元不说话。

毕伽索愤怒地喊了一声，我不会批准的！

亓元说，批准不批准是您的事，走不走是我的事。我并没有同集团签订卖身契约，这次我真的要走了。

毕伽索冷冷地看着亓元，亓元仍然一脸平静的微笑。毕伽索冲动地说，亓元，你到底想干什么？

我只是想按照我自己的意志生活。

亓元，你摸着良心想想，自从你到集团，亏待过你吗？

为什么要亏待我？我尽职尽责，从来没有给集团添乱。

可是，你对我呢？你把我当作一个老总吗？你表面上毕恭毕敬，关怀体贴，可是你的心呢？我明白了，在心里，你把我当作暴发户，你认为我小人得志，你认为我为富不仁，你认为我浅薄、嚣张、膨胀，你在跟我演戏，你在观察我、取笑我，你看不起我！

亓元的微笑收敛了，毕总，你真的这么认为？

毕伽索直视亓元，难道不是吗？

亓元沉默了片刻说，是有那么一点点儿，我们彼此都有让人看不起的地方。但是，公正地说，和众多的成功人士相比，你的人品还不算太差。

毕伽索在暗中攥紧了拳头，啊，仅仅是人品不算太差，你就这么看我？

你知道，我的原则是，能不说假话，尽量不说假话。我在您面前，尽量说真话。

那我问你，亓元，你爱我吗？

什么？毕总你说什么？

我是说，你爱我吗？或者说，你爱过我吗？

亓元突然变脸，久久地凝视毕伽索，毕总，我们之间，有谈论这个话题的理由吗？

毕伽索说，当然有！你为什么到集团来，我为什么要把你放到这么重要的岗位，你应该心知肚明。

亓元的脸由白变红，嘴唇哆嗦着，控制着语速说，毕总，您想错了，我到集团工作，集团给我很高的地位和待遇，这是我的能力和努力的报偿，这同爱情没有关系。我知道，在当今社会，一个集团老总和他的员工暧昧，甚至发生爱情，是再普遍不过的事情。可是，毕总您也要明白，即使一万个女秘书都和老板上床，但是还有万一，总会有一个人不会。请您不要轻易使用爱情这个字眼。

在毕伽索的记忆中，除了会议和访谈，亓元和他单独在一起，说这么多话，是第一次。他觉得他对亓元的了解实在是太浅薄了，实在是太想当然了。这时候他意识到一个危险正像一根针落进大海一样不可挽回。他表面平静，冷汗却无声无息地从发根和脖子上流了下来，衬衣的后背很快就贴在身上。

亓元，毕伽索突然哀婉地喊了一声，亓元，也许我想错了，也许一开始就错了，可是什么还没有开始，让我们重新开始好吗？如果你愿意，我们可以成为真正意义上的朋友。你说呢？

亓元站着没动，肩膀轻微地晃了一下，好像有点儿动摇，最终还是笑笑说，不，毕总，请珍惜我们彼此的自尊，这对于你我都很重要。

毕伽索无语了，久久地看着亓元。亓元把脸稍微侧向一边。宽大的落地窗外面，城市的楼群触摸着蓝天。那正是初夏，淡淡的云絮在远处缓缓行走。毕伽索突然挺直了身体，站起来抓过亓元的辞职报告，颤抖地写上了"同意"两个字和自己的名字。

亓元提醒他说，日期。

毕伽索咬紧牙关，写下了日期。在将辞职报告还给亓元的时候，他又缩回手，打开支票夹，快速地签署了一张一百万元人民币的支票，递给亓元，泪花闪烁地说，这，这是集团对你的报答。

亓元接过支票，看了看，又把支票轻轻地放在老板台上，然后转身走了。最初的几步很慢，快到门口的时候，步伐轻盈起来，蓝紫色的连衣裙摆旋动着像一面旗帜，在毕伽索的眼前弥漫成一片紫色的氤氲。

毕伽索卸下千斤重担一般颓然缩回到老板椅里，微微闭上了眼睛。就在这时候，他听见一个奇异的声音，隐隐约约却又实实在在，天啦，那是口哨声，是亓元。亓元的口哨是一段似曾相识的旋律，那声音在毕伽索的办公室里、在楼道里、在毕伽索的心里，经久不息，挥之不去。

六

这个夏天，对于毕伽索来说，是漫长的。他发现他老了，多愁善感了。亓元离开了半个月，他基本上没有做出大的决策。他经常不自觉地站在落地窗前，眺望远处鳞次栉比的高楼大厦，思想无限辽阔。他不知道亓元是否已经离开了这座城市，或许亓元并没有走远，也许就在附近的某一个地方。可是，她是为了什么？毕伽索后悔得要死，他不缺女人，为什么还要一再进攻亓元？这个女人，她是女人吗？不，她简直就是一块砸不烂啃不动的硬骨头。都什么年代了，还有这样不食人间烟火的女人，简直荒唐。

在梦为教育集团，最初同干街发生联系的，的确是亓元。去年接待老家的县委书记弓珲，调研论证马岩湖投资方案，都是亓元参与策划的。在这件事情上，亓元充当了毕伽索的私人秘书。

但是，毕伽索此刻想起亓元，还不仅仅因为这些。

前年年底，毕伽索专门腾出碧水山庄别墅，把父母接到南方过春节。别墅建在近郊，三层小楼，配有厨师两名、保姆两名，每天派专车从本市最大的超市采购新鲜食材和水果。毕伽索还买来两吨茅台酒，当着很多人的面告诉父亲，从此以后，茅台管够，爱怎么喝就怎么喝。这一次，他要补偿对父亲的所有愧疚，要让这个一辈子抬不起头的老裁缝安享晚年。

不可思议的事情发生了，毕启发和他的老伴于兰花在碧水山庄只住了一个晚上，第二天母亲就给儿子打电话，说老爷子犯病了，嚷嚷要回干街。

毕伽索吓了一跳，匆匆赶到，问了半天才明白，老爹在碧水山庄住不下去，原因很简单，用不惯抽水马桶。毕伽索说，这个好办，马上调工程队来，在院子里造一个简易旱厕，限令十二个小时完工。旱厕造好之后，老两口住了两天，母亲又打电话嚷嚷要走，毕伽索问到底是什么原因，母亲说老爷子又犯病了。这次毕伽索带来了亓元。到了碧水山庄，看见老爷子坐在别墅门外的台阶上，嘴里嘟嘟嚷嚷说，鬼子来了，鬼子来了。毕伽索跟母亲聊了一会儿，亓元就明白了，原来老人嫌这里人少，看不见人。亓元出主意说，淮上会馆人多，而且能听到家乡的口音，住在那里也许老人适应一些。

毕伽索想想，这确实是个好主意，就在淮上会馆旁边租了一套大房子，把老人接过去，情况果然有所好转。

那段时间，按照毕伽索的安排，亓元经常到淮上会馆看望二老，虽然她对毕启发犯病的时候就说"鬼子来了"有点儿好奇，但是并不打听。倒是毕伽索，有一次不高兴地问亓元，你对我父母的事情不感兴趣吗？亓元说，作为一个员工，我没有必要对老总的家事感兴趣。毕伽索说，可是我爹，他犯病的时候老是说"鬼子来了"，你不觉得奇怪？亓元说，是有点儿奇怪，我猜测老人是个抗战老兵。

毕伽索听了这话，愣了好一阵子，问亓元，你真的认为我爹是抗战老兵？

亓元说，要么就是在战争年代受过刺激，可能同抗日有关。

亓元这么一说，毕伽索又是半天没说话。

又过了一些日子，毕伽索对亓元说，你说对了，我爹是个抗战老兵。1944年夏天参加茅坪战斗，我爹打死过一个日本鬼子，被提升为排长。1945年春天西华山战役前夕，我爹奉命率领一个班征粮，因迷路同主力部队走散，途中被不明炮火袭击，我爹身负重伤，经国军医院抢救，然后就返回干街了。在我爹的档案里，结论是，战前离队。也就是说，组织上认为我爹是个逃兵。

亓元说，毕总告诉我这些情况，需要我做什么吗？

毕伽索说，几十年了，我们毕家都被这件事情压得抬不起头来。我爹他毕竟打过鬼子，立过战功，可就是因为没有参加西华山战斗，就成了逃兵，他在战斗中被打断了一条腿，抚恤金却一分没有。现在，我觉得时机成熟了，我要把这件事情弄清楚。

亓元没有说话。

毕伽索说，你是不是觉得我的想法不靠谱？

亓元说，我理解毕总的心情，但是要搞清这件事情，恐怕不是我力所能及的。

毕伽索说，这件事情，最有可能帮我的就是你，你那么聪明，你都帮不了我，别人就更是不能指望了。

亓元说，毕总，你太抬举我了。不过，从你陈述的情况看，我倒是真的有一个疑点，那就是老人家在同主力失散之后，在西华山战役展开那几天，这段时间他在哪里？做了什么？如果把这些弄清楚，那么，无论是什么结果，后人也只能面对了。

毕伽索说，亓元，你确实聪明，看问题一针见血，直奔要害。你说的那段时间，确实是关键。问题是，那段时间又很复杂，我爹年轻的时候就说不清楚，现在更是胡说八道了，他的话连我都不信。

亓元还是不动声色，问道，那么毕总，我请教您一个问题，您相信您的父亲是逃兵吗？

毕伽索说，这不是我相信不相信的问题，战场上的情况是复杂的。

亓元说，既然这样，毕总，我认为这件事情暂时还是不提为好。

七

在整个童年少年时期，在毕伽索的名字还叫毕得宝的漫长岁月里，他最痛恨的就是父亲，不仅因为他给家庭带来贫穷，更因为他给自己带来屈辱。七岁那年，他亲眼看见干街的"文攻武卫"战斗队把毕启发从成衣店里抓小鸡一样抓走，毕启发挣扎着一瘸一蹦，又喊又叫，"鬼子来了，鬼子来了"，不时被挥舞红白棍的"战斗队员"往屁股上戳一下。红白棍戳一下，毕启发就号一声"鬼子来了"，丑态百出。

以后毕伽索回忆这段往事，心里充满了悲哀。他的悲哀不在于他的父亲被批斗，而在于他父亲不是被批斗的主角，而是陪斗。

被批斗的主角是乔如风，这个从干街走出去的老革命，跟毕启发一个年纪，那年都是四十三岁。可是乔如风什么风度啊，即便被揪到台上，也是威风凛凛，上衣兜里别着两支钢笔，脚上还穿着皮鞋，油亮的头发被造反派弄乱了，乔如风站稳后自己挥手把它捋平了。造反派头目、镇文化馆的查林踮着脚尖，想把乔如风的脑袋按下去。乔如风纹丝不动，猛然一甩脑袋，鼻子里狠狠地出了一口气，居高临下地瞥了查林一眼。查林居然被吓住了，再也不敢去按乔如风的脖子，灰溜溜地走向主席台一侧，路过毕启发身边的时候，顺便照他屁股上踢了一脚，毕启发又是一声号叫——鬼子来了！

这一幕成了童年毕伽索——毕得宝脑海里的彩色电影，一次又一次地播映，画面上的乔如风就像样板戏《红灯记》里的李玉和，大义凛然，而他爹则好比《智取威虎山》里的小炉匠栾平，猥琐不堪。那时候他甚至想，他为什么不是乔如风的儿子，而偏偏是毕启发的儿子呢？

毕得宝读高一那年，老省长洪文辉魂归故里，干街东南方开辟了一块很大的墓地，中学师生到墓地参加安葬仪式。站在毕得宝身旁的韦二毛嘀咕了一声，看，毕得宝好像，好像洪大爷。毕得宝吓了一跳，差点儿又跟韦二毛动手了。可是那天他没动手，只是使劲地看了遗像一眼。这一看，真的感觉自己很像洪大爷。仪式结束后，学生整队带回之前，他又若无其事地溜到洪文辉遗像前面细看，这次他觉得他更像洪文辉了。

那天夜里，毕得宝做了一个很奇怪的梦，梦见他背着书包到了一座大城市，并且坐上了那种被干街人称为"乌龟壳"的小汽车，进入一个人间仙境一样的庭院。有人给他开门，毕恭毕敬地喊他少爷，同学中最漂亮的女生像喜鹊一样在他身边喳喳叫。

梦里醒来，他发现还是躺在自家的破床上，黑乎乎的蚊帐上一动不动地蹲着几只蚊子，这些不劳而获的寄生虫，趁他做梦的工夫，穷凶极恶地饱餐他的血肉。

他是被他的老爹打醒的，老爹站在床前，瞪着眼睛，手里的棍子还在他的肚子上一轻一重地戳着。老爹的嘴里嘟囔着，滚去，上、上、学、学、上！

自从毕得宝记事，他爹说话就不利索，只会说出极短的句子，而且把句子组合得奇形怪状，还经常倒装，比如他永远说不好"喝水"这两个字，只能说出"水喝"。最好的情况是，他在费力地说出"水、喝、喝、喝"之后，再用尽最后一丝力气突出一个短促的"水"的音节。这已经成为毕启发特殊的语言风格，别人同他交流十分困难，当然，别人也没有必要同他交流，只有毕伽索的母亲于兰花，能够破译出他的唇语和肢体语言。

美梦被老爹惊醒，让青春期的毕得宝十分恼火。就是那一次，他从床上跳下来，恶狠狠地推了父亲一把，吼了一声，你干什么！有本事跟鬼子干去！

他爹愣住了，哆嗦着盯着他，上半截身体猛地往前斜了几度，两只胳膊一上一下地在胸前摆动，好像随时准备扑上来把他掐住。

毕得宝并没有被他爹的气势汹汹所吓倒，一边套裤子一边嚷嚷，你这个逃兵，把我害惨了！

他爹果然扑上来了，毕得宝一闪身躲过，他爹扑了个空。等毕启发爬起来，一高一低地撵到门外，毕得宝早就远走高飞了。

干街的人都知道毕启发是逃兵，但究竟他是怎么逃的，却又传说不一。毕得宝师范毕业那年做了两件事情，一是把自己的名字改成了毕伽索，第二件就是到县市两级档案馆去查西华山战役，终于把他爹的那段历史查清楚了。当时的新四军团长洪文辉后来在《关于毕启发西华山战役中离队经过和处理意见》上的批示是：茅坪战斗有功，西华山战斗离队，功过相抵，复员回籍。

那次调阅档案，毕伽索虽然接受了他爹的逃兵事实，却也有一个重大发现，洪文辉批示中有一句"茅坪战斗有功"，点燃了他的希望之火。

在西华山战役之前一年，日军偷袭淮上抗日根据地茅坪医院，连长于诚志率领七连二十里急行军增援茅坪。战斗打响后，刚刚入伍不久的乔如风和毕启发跟在班长后面迂回，爆破鬼子火力点。眼看就要接近了，一阵弹雨飞过来，毕启发被吓蒙了，听到乔如风在路边喊，毕启发，卧倒！毕启发不知道往哪里卧，猫着腰找地方。乔如风发现侧面有鬼子包抄过来，掉转枪口，一抠扳机，没响，瞎火了。乔如风大喊，毕启发，左侧，开枪！毕启发抱着大枪，躲在一棵树下，战战兢兢地开了一枪，再战战兢兢地开了第二枪。乔如风也从战友身边捡了一支枪，拉开枪栓就打，一边打一边大喊，好！打死一个，再开枪！毕启发一听说打死了一个鬼子，突然跳了起来，大叫，老子打死一个鬼子！老子打死一个鬼子！说完就往前冲，刚冲了十来步，被乔如风从后面扑倒。乔如风说，卧倒打，你不要命了！十多分钟后，排长带着几个人从右翼攻了上去，战斗结束了。

战后评功评奖，要记账，那个鬼子是谁打死的，于诚志让毕启发和乔如风自己说。乔如风说，是毕启发打死的，我亲眼看见的，当时我枪里的子弹瞎火了。毕启发说，我没看见打死鬼子，是听乔如风说的。于诚志哈哈大笑说，好，瞎猫碰个死老鼠，碰得好，既然是碰的，我看这样，见面一半。两个新兵一齐说，好。

为了感谢毕启发分了半个鬼子的功劳，乔如风后来送给毕启发半包洋烟，还为此作诗一首：打虎亲兄弟，上阵父子兵，见面分一半，咱们是乡亲。

后来，让毕伽索不堪回首的是，后来又发生了西华山战役。西华山战役结束，毕启发被遣送回乡，那时候偶尔还能说几句明白话，说，老子不是逃兵，老子打干街了，老子指挥三个人。打了鬼子四次进攻，守住了东头学校，救了蒋夫人。

显然这是一派胡言，没有任何人当真。好在有洪文辉给干街镇的干部捎回来一句话，说毕启发虽然在西华山战斗中溜号，但是在茅坪战斗中还是有功劳的，功过相抵，不要为难他，让他安度余生吧。这样才给他分配了三亩地、三间房。人民公社时期，又给他安排到大集体企业，当裁缝，量尺寸。

毕得宝十岁那年，毕启发说话开始出现严重障碍，到了毕得宝上中学后，他基本上只会说"鬼子来了"，有时候还加上一句"卧倒"，其他的话语一律颠三倒四。再后来，连裁缝也当不成了，全家就靠他娘卖油条过日子。

西华山战役中乔如风是七连二排长，带人征粮的任务本来是他的。但是连长布置任务的时候，他恰好在解手，连长等了他五分钟，见他没来，就对身边的毕启发说，三排长，干脆你去，弄到多少是多少，晚上到长岗会合。在西华山战役中乔如风跟着连长坚守长岗阵地，连长牺牲后他接替指挥。抗战结束后部队整编为华东野战军，他留在地方当县长，然后是县委书记。建国初期，乔如风经常回干街看望老人，偶尔还到成衣店里见见毕启发，对当地的人讲毕启发分了半个鬼子算他战果的故事。后来经过几次运动，乔如风就不太讲这个故事了，因为毕启发颠三倒四的，不承认自己是逃兵不说，还经常扯上蒋夫人。别说这事是假的，倘是真的，恐怕更麻烦，那年头跟蒋介石扯上瓜葛可不是什么好事。

20世纪70年代末乔如风官复原职，然后当了地区副专员。有一年带着一家老小回干街老宅过年，十六岁的毕得宝远远地看见乔如风的女儿乔乔，个子高高的，穿着黑白格子呢大衣，围着紫色围巾，从街上亭亭走过，好像是一棵移动的杨柳。当时毕得宝产生一个强烈的愿望，就是要当大官，当了大官，首先把查林捆起来打个半死，然后把乔乔娶回家当老婆。可是这两个愿望一个也没有实现。查林后来改行写剧本，剧本写得还不错，20世纪70年代末调到县里去了。而乔乔在毕得宝还没有来得及娶她之前，就已经考上大学走了，后来嫁给一个处长。前几年毕伽索到上海开发业务，拐弯抹角找到乔乔，本来踌躇满志地要实现一下少年时期的抱负，可是临到见面，他很快就取消了计划，这个女人已经胖得让他无从下手了。

八

这些年，随着事业蒸蒸日上，毕伽索对父亲的感情也发生了很大的变化。父亲老了，安静多了，口齿越发不清楚，常常嘟嘟嚷嚷不知所云。倒是身体还算健朗，饮食不仅正常，而且超常，每顿喝二两茅台是吹牛——毕启发拒绝喝茅台，他只喝老家干街的土酒杂粮烧，每次喝两杯，约二两，标准定量，直到如今还没有减量。

时光荏苒，当年干街的风光人物相继离开人间，毕伽索开始重新审视父亲当逃兵这件事情，并向亓元讲了。那是他心理素质最好的时期。

毕伽索把毕启发接到深海的那一年，亓元被任命为行政处副处长。集团抓住这个未婚未恋的劳动力，最大限度地榨取她的才华。毕伽索对副总董华民说，要一刻不停地使用她，不能让她闲着，要让她迅速成为集团的顶梁柱。

亓元担任副处长不久，向毕伽索提议，要规范工会建设，要让工会确实起到维护员工的福利、保障员工权益的作用。毕伽索半开玩笑问亓元，你是给老总打工，还是给员工打工？亓元回答，我是给集团打工。既然成立集团，那么它就关系到全体员工的利益，只有老总和员工的利益一致，集团才有长久的生命力，集团越做越大，不能搞一锤子买卖。

亓元的观点引起毕伽索的重视，后来他还是同意了亓元的建议，把形同虚设的工会重新整顿了一番，办了一个名为《梦为之声》的杂志，下发各分公司和一线学校。杂志除了报道集团重大活动，还设有"把脉问诊""对症下药"等栏目，特别让毕伽索感到耳目一新的，是杂志的文学栏目，刊登新人新作，小说、诗歌、散文都有。毕伽索看得眼热，几次产生冲动给亓元投稿，读书人，谁没有文学梦呢？

杂志越办越好，成了毕伽索的必读。有一次他在上面读到了一篇作品，名曰《夏日之晨》，时代背景不详、地理背景不详、人文背景不详，写了一个远离喧嚣的小城镇，城堡巍峨，街衢优美，法制井然，人们淡泊名利，耕读狩猎，相亲相爱，俨然是一个原始共产主义阶段。小说还配有版画插图，街道建在小河两岸，情窦初开的男女乘坐小船欢声笑语，小船上摆着鲜艳的水果，桌子上是一瓶倒了一半的红酒……看了一半，毕伽索觉得奇怪，回过头来看看作者署名，吓了一跳，作者居然是韦梦为。亓元从哪个故纸堆里找出了这篇小说，他不知道。显然，亓元是欣赏韦梦为的，这个发现让毕伽索有点儿激动，他甚至把这件事情看成是他的原因，是因为他的存在而引起亓元对韦梦为的重视。

就是受那篇文章的触动，毕伽索又赋予亓元一个特殊的任务，写一篇毕启发的抗战事迹。亓元虽然迟疑，还是接受了，用了一个多月的时间，从图书馆和网上查阅了大量的资料，并同毕伽索家乡市里的政协文史办取得联系，终于写成了《茅坪战斗中的毕启发》。毕伽索看了之后大加称赞，说，这就是我爹，我爹就是茅坪战斗的英雄。

毕伽索说这话的时候，亓元没有接茬，只是平静地看着他。毕伽索非常想让毕启发给集团总部的员工做一次战斗报告，跟亓元商量，能不能让他爹坐在主席台上做个样子，然后由她来做报告。这个意见被亓元委婉地拒绝了。毕伽索也没有为难亓元，因为当时毕启发正在闹着回家，这件事情便不了了之。

后来毕启发住到淮上会馆附近，稳定下来之后，有一天毕伽索把亓元叫到他的办公室，再次提出来，要让他爹做一次报告，而且不是讲茅坪战斗，要讲就讲西华山战斗。

毕伽索对亓元说，这件事情我想了很多年，梦里都在想，我爹既然能在茅坪战斗中打死一个鬼子，西华山战役中怎么会当逃兵呢？这太不符合逻辑了。还是你说的话提醒了我，我爹在同主力失散之后，在西华山战役展开那几天，他在哪里？做了什么？我想啊想啊，终于想明白了——那几天他并没有回干街。但是他在哪儿呢？他干了什么呢？

亓元说，这确实是问题的关键，毕总你查清楚老人家干什么了吗？

毕伽索神秘一笑，从抽屉里取出一张报纸复印件说，你先看看这个。亓元拿过复印件，那上面的大标题赫然入目——《西华山大战在即，蒋夫人前线劳军》。

亓元说，这个我也查了资料，事实上宋美龄在西华山战役之前并没有去前线，这个报道没有可信度。

毕伽索说，你想啊，我爹在还能说话的时候为什么老是念叨他救了蒋夫人？不是空穴来风啊。我们现在来推理，一定是我爹在同主力失散之后，遇到了一群特殊的人，即便他没有同宋美龄本人见面，也有可能听说那是护送宋美龄的队伍，然后他们和鬼子遭遇了，交火了。在战斗中我爹被打断了一条腿，后来又被国民党的军队救下了，不然的话，为什么我爹后来出现在国民党军队的医院里呢？

亓元静静地听着，再看一遍报纸复印件，然后抬起头来说，毕总，你的想象有一定的合理性，可是，谁能证明呢？

毕伽索说，那次跟我爹去征粮的，还有三个战士，后来都死了，死无对证，只能合理想象了。

亓元的眉头稍微蹙了一下。

毕伽索说，如果没有别的解释，我的推理就是对的。亓元，这件事情只有你来做，这篇文章你帮我做。做成了，我回报一百万元，美金。

亓元愣住了，眼皮跳了跳，把那张报纸复印件往毕伽索的老板台上一放，轻轻地说，毕总，你解雇我吧，这件事我做不了。

后来呢？后来发生的事情，毕伽索想想就恨不得给自己一个耳光。后来他还是一意孤行了，他只花了十万元人民币，把查林请来，让他写了一篇八千多字的文章《西华山战役中不为人知的秘密》，文章"合理想象"出毕启发等人在出发前就听说宋美龄要到国军前线劳军的消息，徂粮途中巧遇国军转移家眷的队伍，误认为这是宋美龄的车队。后来遇到鬼子偷袭，毕启发等人就地阻击，掩护国军家眷脱身，战斗中三名战士牺牲，毕启发身负重伤，昏迷不醒。战斗结束后，国军打扫战场的收容队发现毕启发，将其救起。经国军医院抢救，毕启发虽然活下来了，但神经受到伤害，丧失记忆。

毕伽索虽然没有解雇亓元，但是至少冷落了她一个多月。亓元应弓珲书记之邀到淮上地区调研，就是那段时间，查林把文章写好了，毕伽索很是得意，等亓元从淮上回来，毕伽索亲自把文章送到亓元的办公室说，看看吧，只要思想不滑坡，办法总比困难多。

亓元看了之后说，我是学新闻的，不会虚构，我不再对这件事情发表意见。

毕伽索说，已经用不着你发表意见了，我让你看看，就是要让你知道，离了张屠夫，不吃带毛猪。

亓元说，毕总，你准备拿这篇文章做什么用？

毕伽索说，那就是我的事了。

亓元说，毕总，我建议你还是冷静一下，等一段时间再拿去发表。

毕伽索没有听从亓元的劝告，不仅准备花钱在报纸买下版面刊登这篇文章，还当真举行了一次抗战老兵英雄事迹报告会。但临门一脚，他想起了亓元的忠告，报告会没有在集团礼堂召开，而是在淮上会馆布置了一个小会场，从下面的学校选来一个女教师，先试讲一次。整个会场不到二十人，他爹坐在台上，下面坐着查林等老乡，充当听众。

文章写得好，女教师的口才也好，女教师声情并茂地讲述了西华山战役中的一场战斗和战斗中的毕启发。可是谁也没有想到，讲到半截，毕启发突然犯病，口齿清楚地喊了一声，鬼子来了，卧倒！

还没有等人反应过来，毕启发就地出溜到主席台下。

当时毕伽索就在台下，他计划演讲一结束，就把演讲稿和照片拿到报社，哪里想到会出这样的事情？在事情发生的第一时间，是亓元冲到台上，把老爷子架了起来。不知道亓元说了什么，老爷子才慢慢地爬起来，由亓元扶着坐上了轮椅。亓元对毕伽索说，毕总，不要折磨老人家了。

毕伽索表情复杂地看着亓元，嘴巴张了张说，我爹，我爹他真是稀泥糊不上墙啊，你看这事闹的……

就在这时候，他看见他爹扭头瞪了他一眼，那一眼，不像一个疯子。

洋相还不仅于此。尽管毕伽索采取了封锁措施，但是风声还是走漏了。试讲会搞砸的第二天，网上出现一篇文章——《为富不仁暴发户篡改往事，丑态百出逃兵爹原形毕露》，后面还有很多跟帖，都是讥讽和谴责这件事情的。毕伽索在网上浏览一圈，惊出一身冷汗，叫来亓元，让她尽快处理。万一带出别的什么事来，那真是烧香引出鬼来，后果不堪设想。

亓元当时说了一句什么话，毕伽索记不得了。第二天，网上不仅看不到骂声了，还出现一篇点击率很高的文章——《茅坪战斗中的毕启发》，附有作者亓元的声明：我对我写下的每一个字负责，如有疑义，我可以配合调查。后面是亓元的手机号码和座机号。

毕伽索注意看了跟帖，网友似乎对毕启发宽容了许多，甚至还有人表示了同情。

毕伽索对这个结果十分满意，到亓元的办公室赔礼道歉，动情地说，亓元，你是对的。

亓元似乎也很感动，对毕伽索说，毕总，我理解您，我只是希望您放下这件事情。

毕伽索点点头。直到如今，干街修建文化街，委实给他出了一道难题。这时候他自然想起了亓元，可是，亓元她在哪里呢？

九

亓元走了，查林的位置陡然上升，成了毕伽索的私人顾问。毕伽索对查林讲了他同韦子玉的争吵，查林很快就揣摩出毕伽索的心思。查林说，老街建文化街，建名人墙，势在必行，老街那些人物势必要重新浮出水面。毕总作为干街最大的成功人士，无论从哪方面讲，都不能袖手旁观。

毕伽索说，我也是这么考虑的，袖手旁观就是任人摆布。

查林笑笑说，其实，以毕总的实力，只要略有表示，他们那个文化街也好，名人墙也好，就不能不考虑毕总的感受。

毕伽索说，感受，什么感受？

查林说，令尊啊，令尊的形象啊，他毕竟在茅坪战斗中打过鬼子，把亓元写的《茅坪战斗中的毕启发》贴在名人墙上，也是一种态度。

毕伽索说，可是，他们会这么做吗？

查林说，他们需要经费，招商引资，总得有回报吧。

毕伽索说，那你说说，我表示多少为宜？

查林说，太多没必要，少了不合适，我看一百万就差不多了。毕伽索抬起头来，向远处看了看，把手一挥说，不，太少了，我出一亿三千万。

查林吓了一跳，冲口而出，啊！这么多！

毕伽索说，查大哥，你说我要钱干什么？我拿一亿三千万，就是要把这件事情的主动权牢牢地控制在手里。

查林怔怔地半天才说，毕总，这是好事啊。

毕伽索说，可是怎么把这个信息告诉韦子玉呢？我已经同他闹翻了。

查林说，这个我来做工作，那个小老弟，虽然有点儿书生气，毕竟是政府的副县长。

查林给韦子玉打了一个电话，说毕总准备为家乡捐赠一亿三千万。说完了，电话那边并没有查林想象的惊喜。韦子玉只是淡淡地说，现在捐赠文化街的人还真不少，捐赠也不是轻易就能接受的。这样吧，我直接和毕总谈。

韦子玉给毕伽索打来电话，首先对上次不辞而别表示歉意。

毕伽索说，老弟不必计较，说到底还是大哥我缺乏涵养，这段时间我也在反思，确实应该为家乡做点儿实事了。

韦子玉说，梦为集团捐赠的事，我已经向县委汇报了，家乡领导和人民对于这种慷慨解囊支持家乡建设的行为十分感谢，我们将把梦为集团的功德铭记在心上。

毕伽索没有吭气。

韦子玉说，不过有个情况我得说明，文化街第一期工程是名人墙，上墙的名单不仅县里论证，市里和省里都要过问，红色名人墙上只能是对革命有重大贡献的同志，与毕总心里想的恐怕有很大的差距。

毕伽索沉吟了一会儿说，我懂。但是我想知道，名人墙的内容确定了吗？

韦子玉说，基本上确定了，韦梦为、洪文辉、于诚志、乔如风这些人都没有太大的争议，现在又多出一个戈壁山来。

什么？毕伽索冲口喊了一声，戈壁山？那个国民党反动派？

韦子玉说，是的，文化街名人墙的方案公布之后，引起各方关注，戈壁山的问题，省政协和统战部过问了，他是原国民党军的旅长，在西华山战役中抗日有功，省里要求我们认真调查，提出明确意见。

毕伽索说，那就是说，戈壁山很有可能上名人墙？

韦子玉老老实实回答，是的，从目前掌握的情况看，这种可能性很大。

毕伽索又问，名单里还有谁？

韦子玉说，目前主要的就这些。

同韦子玉通完电话，毕伽索的脸色十分难看。他居然问"名单里还有谁"，这话才出口他就后悔了，还有谁？你希望还有谁？你希望还有你爹？这才是真正的癞蛤蟆想吃天鹅肉，痴心妄想。别说名人墙上的名人数量有限，就是把干街的男男女女都搬到名人墙上，也轮不到他爹。就是把自己搬到名人墙上，也轮不到他爹。

现在，情况越来越明朗了，毕伽索的压抑和愤懑也越来越有了方向，连戈壁山都能上干街名人墙，而一个抗战老兵不仅无缘上墙，而且他的过去极有可能因为这个名人墙而重新成为笑柄。

十

自从亓元离开之后，毕伽索晚上的时间多数都到淮上会馆，他在会馆旁边买了一块地，让他娘种地养鸡，他爹在一旁看。只要老家有人到深海，住在会馆里，吃饭的时候，就让老人出席，啥话也不说，就是看看家乡人。

现在照顾老人的，既不是保姆，也不是司机，而是查林。

查林的爹是干街的修表匠，据说查林出生前后那些年，干街还有不少钟表，可是到了 20 世纪六七十年代，钟表越来越少，修钟表的人自然更少。挨饿的事情是经常发生的，有时候为了一块锅巴，一家兄弟姐妹数人打成一锅粥，哭声骂声尖叫声直冲云霄。

那个年代，不要说读书人，干街所有人的日子都过得斯文扫地。倒是查林，始终怀着远大理想，要当作家，要像浩然那样写出《艳阳天》和《金光大道》，所以他在当造反派的时候也写小说、写剧本。20 世纪 70 年代，干街的文艺宣传队经常在县里调演拔得头筹，然后代表县里去地区参加调演，在全地区八个县的代表队中，干街宣传队的名次基本是第一。这就给查林带来了很大的声誉，所以早在 20 世纪

70年代末，他就被调到县里文化局当了股长。

毕得宝在县城读师范的时候，韦子玉的二哥韦二毛在县城做生意，贩蛤蟆镜赚了钱，有一次请家乡人到城西的小馆子里喝酒，毕得宝被叫去陪同。不知道怎么就谈到那次批斗，毕得宝说，别的都没有什么，我就是想问问，为什么你们把乔如风拉去批斗，却不敢对他怎么样，反而踢了我爹一脚？查林想了半天才想起这件事情，一拍脑门说，嗨，你说这事啊，我跟你说，别看那时候乔如风是走资派，可是瘦死的骆驼也比马大，你看看那气势、那做派，真是老革命风采啊。至于踢了你爹一脚，我记不得了，你说踢了就踢了。因为你爹他是个……嘿嘿，说了你也别在意，不说了。

于兰花的菜地和养鸡场同会馆一墙之隔，其实这个会馆就是毕启发的厅堂，于兰花的菜地就是会馆的后花园。毕启发终于安居乐业了，每天坐在门外的台阶上看老伴种地喂鸡，偶尔还到鸡圈外面看鸡打架，气色越来越好，酒量也有增加，好几次定量之后还把杯子推到老伴面前。于兰花跟儿子说了，老爷子要求增加一杯，毕伽索坚决地说，不行，他老糊涂了，我不糊涂。

毕伽索对他爹似乎返老还童有点儿意外的惊喜，他琢磨其中的原因，固然是他事业的成功，光宗耀祖，滋养着老人，可能还有一个重要的原因，让爹娘离开干街，逃兵这座压在他爹头上几十年的大山终于被搬掉了，再过一些年，也许他会彻底忘掉。

一年前毕伽索把查林接到深海，是因为亓元的拒绝。毕伽索想到了查林，激动得眼泪都快出来了，倒不是因为查林可以完成亓元不愿意完成的任务，而是，在毕伽索的心里，这一次，他终于可以实现童年的梦想了。他要朝查林的屁股上踢一脚，不，踢两脚，不，不是踢在查林的屁股上，而是要踢在查林的心上。他要把查林对毕家的羞辱加倍还给查林。

果然，查林一接到董华民的电话，说毕总要请他到梦为集团当文化顾问，这个刚刚退休的文化官员喜出望外。这些年，家乡人都知道毕伽索在外面发了大财，光皋唐县，就有一百多名教师辞去公职，投靠到毕伽索的门下。查林现在正闲着，写了半辈子剧本、小说也没有写出大名堂，仅限于在皋唐县小有名气。能给毕伽索当文化顾问，还不仅是挣钱的问题，而是面子，面子大了去了。

查林第二天就带上简单的行李南下了，买的是卧铺票。一路上想着即将到来的荣光，那种感觉不亚于金榜题名。到了深海，接站的不是毕伽索，也不是副总董华民，而是一个自称小江的女孩子，把他接到一个小旅馆住下，晚上小江陪他吃自助餐。小江告诉他，毕总在外地开一个重要的会，等两天才能接见他。然后就把一堆资料交给他，说毕总有交代，让他先熟悉情况。

　　查林有点儿失落,却也没有多想。晚上打开那个厚厚的档案袋,都是抗战的资料,其中一篇是打印稿《茅坪战斗中的毕启发》,还有一张旧报纸复印件《西华山大战在即,蒋夫人前线劳军》,上面有一段批注:经查,西华山战役前后,蒋夫人未前往西华山前线,疑为以讹传讹,毕启发在西华山战役中的表现与此无关。但毕启发在战役前夕因征粮同主力部队走散,三名战士牺牲原因不详,毕启发重伤原因不详。仅国军医院出具的出院证明——为战场乱炮误伤,为何误伤?时间、地点、事件均有漏洞。毕启发记忆混乱,战后尚未失去语言功能,但回忆前后矛盾,因此被组织上定性为"战前离队",复员回乡。毕启发同主力走散的原因、走散后的表现,存疑难查。

　　这段文字是用毛笔写的,小楷,工工整整,能看出很深的功底。查林细细咂摸,顿时惊出一身冷汗,原来毕伽索的集团不缺文化人,而且是高手,看这一手字,没准儿还是个师爷。那么,他这个文化顾问怎么当呢?

　　那天夜晚,查林辗转反侧,想到即将接手的任务,看样子同毕启发有关。可是,这件事情还真的难办。"战前离队"是什么意思?是书面语言,是往好听里说,其实就是逃兵。

　　想到后半夜,查林突然来了灵感,又坐起来看那蝇头小楷,渐渐地把注意力集中在"记忆混乱""漏洞"和"存疑难查"三句话上。第一,既然记忆混乱,那么前言不搭后语和自相矛盾就不能作为否定毕启发回忆的依据;第二,既然国民党医院证明毕启发为乱炮误伤的结论有漏洞,那么毕启发负伤就有另外一种可能,就有可能是战斗致伤;第三,既然存疑难查,说明还有重新调查的空间,难查是因为当事人都已作古,毕启发自己说不清楚,那么换个思路,当事人都不在了……后半夜,查林被"换个思路"的思路燃烧着,他打算明天见到毕伽索,就把这个思路作为见面礼献给毕伽索。

　　可是第二天早晨他没有见到毕伽索,中午没见到毕伽索,晚上也没有见到毕伽索。查林这才发现小旅馆条件很差,早晨的自助餐还不如本县宾馆的好,心里就有些发凉,隐隐有一种不祥的感觉,委屈渐渐涌上心头。

　　到了第三天上午还没有见到毕伽索,查林沉不住气了,吃了中午饭,回到房间,悲从中来,在镜子面前看着自己的白发,突然生出一股豪气,对着镜子里的自己念念有词地骂毕伽索,你以为你是谁?一个暴发户而已。就算退休了,老子也是个国家干部,我犯得着来给一个逃兵的儿子当狗腿子吗?算了,此处不留爷,自有留爷处,老子还是回去安度晚年去。

那一阵子，查林当真下了决心，并动手整理行李了。可是整理到一半，又停手了。真的打道回府，还不是那么容易的：一则他临走时已经把话放出去了，是到深海给毕伽索当文化顾问；二则，梦为集团丰厚的待遇到底还是有诱惑力的。查林怀着复杂的心情，把快要收拾好的行李重新打开，睡了一个忍辱负重的午觉。

一觉醒来，小江已经在外面按门铃了。小江告诉他，毕总从上海回来了，今晚在南湖大酒店设宴给他接风。

查林差点儿热泪盈眶了，他为自己及时地扼制了冲动而感到庆幸，几天来的郁闷一扫而光。他穿上来深海之前斥资两千元买的西服，拿不定主意要不要扎领带。小江微笑着告诉他，不必那么正规。

在前往南湖酒店的路上，查林问小江，今晚参加宴会的还有什么人。小江告诉他，这个她也不太清楚，老总的事情向来是董副安排的。

到了南湖大酒店，但见大堂金碧辉煌，乘电梯上了三楼一号包间，小江引查林进门，里面已经高朋满座。查林一眼看见沙发上的毕伽索，穿着样式新潮的衬衣，正在同几个人谈笑风生。见查林进来，毕伽索欠欠屁股，挥挥手说，来了？我给大家介绍一个老乡，老家的作家。老查，这边来，坐。

查林听毕伽索喊他老查，心里很不是滋味，等毕伽索向他介绍客人，心里就更不是滋味。原来是老家几个县的父母官，其中一个查林认识，是本县的书记弓珲。一见到弓书记，查林愣了一下，尽管他已经退休了，可还是不由自主地上前两步，弯下腰，把双手伸了出去。倒是弓珲很客气，站起来招呼他说，查局长，老前辈，没想到在这里见面了。您请坐。

查林的心里这才好受了一点儿。

介绍完毕，毕伽索说，各位领导有所不知，我这个老乡老查，他原来是我们老家的大笔杆子，七十年代想当浩然，要写出皋唐县的《艳阳天》和《金光大道》。后来写了不少小戏，从县里演到市里，名气大得很，谱也大得很。

查林脸上发烫，手足无措地说，那都是少年轻狂，毕总笑话了。

毕伽索说，老查你不要谦虚，你们文人都有傲骨，有傲骨是好事，有傲骨才能冰清玉洁。你说是不是？不过，李白也有傲骨，可是朝廷一旦召唤，马上就"仰天大笑出门去"，傲骨也是看对谁傲，你说是不是？

查林马上说，是的是的，毕总博览群书博闻强识。

毕伽索说，老查，你要向李白学习，斗酒诗百篇，今天来的都是家乡的父母官，你一次见到这么多县委书记，也是荣幸，一会儿你可得好好敬酒啊！

查林一听这话，心里一下子凉到了冰窖，天哪，说是为我接风，却原来让我敬酒，真是不拿村长当干部啊！嘴上却说，那是应该的，应该的。再往下，就不知该说什么好了。

说话间，大门洞开，一个身材高挑的女孩子出现在门口，又稍稍侧身，做了个优雅的手势，接着便鱼贯进来五六个人。毕伽索和老家的父母官们纷纷站起。毕伽索介绍说，这是深海市的邱市长、张秘书长、马主任。然后向邱市长等人介绍家乡的县委书记，再向书记们介绍集团副总董华民、财务总监赵虞山、行政处长亓元。毕伽索还特意说，这个亓元，她的姓氏很特别，一般人不认识，字形就像圆周率，π。

邱市长说，这个字我认识，我分管电视台的时候，电视台给我打报告，说这个女孩素质极高，人也漂亮，一定要留在电视台。可是她放弃那么好的工作，跑到你梦为集团来了，可见梦为集团有魅力哦，你毕总有魅力哦！

毕伽索说，市长这是挖苦我了，小亓她到梦为集团来，或许是因为私营企业更自由一些。

张秘书长说，在梦为集团的年薪，比在电视台多十倍，她当然选择在梦为集团。现在的年轻人，更实际了。我这样说小亓你同意吗？

亓元微笑说，这确实是一种可能。

邱市长打岔说，老张你恐怕还没有说到点子上，小亓到梦为集团，可不是冲着钱去的。这个孩子我知道一些，她的心大得很哦。好，人到齐了没？

毕伽索说，到齐了，就座吧。

亓元注意到毕伽索没有介绍查林，正要提醒，毕伽索却把目光转到邱市长身上说，今天是邱市长接见我家乡的见学团，市长你坐主席吧。

邱市长已经站在一号座的背后了，把椅子往后一拖，一屁股坐了下去才说，我是首席，当仁不让，主席还是你来当。

见邱市长已经落座，毕伽索赶紧招呼弓珲，弓书记你看，几个书记……几个书记一齐推搡弓珲说，老弓，你是毕总家乡父母官，这二把交椅你不坐谁坐啊？

弓珲看着查林说，查局长是刚刚从老家来吧，您是大哥，这个座还是您坐吧。

查林正寒冷着，听弓珲这么一说，心里一热，嘴上却赶紧推辞，弓书记，您就是处分我我也不敢，弓书记，您就坐吧。

弓珲说，那就恭敬不如从命了。然后招呼同行的几个县委书记，基本上按年龄大小排座。

毕伽索招呼董华民、赵虞山和亓元穿插陪同当地和家乡两拨官员。眼看大家都要落座了，只有查林还没有着落，站在一边看别人让座，强作笑颜，脸皮越来越木、越来越僵硬。

毕伽索安排亓元坐在张秘书长的身边，亓元迟迟不落座，走到查林面前说，查局长刚到深海，你往上坐坐吧，我在下面好招呼。

查林的心里五味杂陈，却没有挪步，僵硬的脸上动了动，说了一句，谢谢孩子，我就坐在这里，我是毕总的老大哥，我在这里不是客人。

这句话说完，查林的眼泪都快出来了。

亓元说，查局长，您以后就是我的老师了，查老师您往上坐坐吧。

查林还是没动，拿眼看了毕伽索一下。毕伽索这才挥挥手说，老查，你就往上坐坐吧，你跟她一个小字辈客气什么啊！

十一

那顿晚宴，是查林终生难忘的。在宴会开始之后，他暗暗给自己定下三条原则，一是滴酒不沾，就说自己血压高。读书人是有骨气的，他打算以罢酒来表现自己的骨气。第二，绝不主动敬酒，不吃菜不喝酒不说笑不动地方，他将像一根木头杵在那里。第三，酒过三巡就借口肚子疼，开溜。

可是，宴会开始不到三分钟，他就意识到这三条原则一条也兑现不了。毕伽索代表家乡五百万人民感谢深海市对老区的支持、对外地打工劳动者的关爱、为家乡见学团提供方便，提了三杯酒，大家共同敬邱市长。

直到三杯酒喝完，查林才想起他的三条原则，刚才端杯子的时候，他完全忘了。在这个场合，不要说他的手，连他的大脑都不属于他自己了。至于说到敬酒，虽然他坚持了一会儿没有主动，可是当弓珲端着酒杯走到他面前之后，他慌忙站了起来，弯下腰说，弓书记为家乡人民连日奔波，辛苦了，你随意，我喝干。弓书记没有随意，而是一饮而尽。他一激动，接着给自己倒了两杯说，那好，弓书记你喝一杯我喝三杯。等到邱市长等人敬酒，他更是受宠若惊，连续三杯三杯地喝，一口菜没吃就晕乎了。这时候他不能溜，溜不动，也不想溜了。

不过，在最初的半个小时之内，他只是晕乎，还没有完全喝醉，他坚持没给毕伽索敬酒。毕伽索似乎注意到了他有点儿不正常，端着杯子走到他的面前说，老大哥辛苦了，老弟敬你一杯。

查林的心在滴血。你他妈的现在叫我老大哥了，你总算知道给我敬酒了，可是你知道吗？老子不领这个情，老子受够了！

他听见自己的嗓子眼里拼命地往外冒这几句话，可是这些话并没有从嘴巴里冲出来，冲出来的话是，毕总，谢谢你，请毕总多多关照。毕总有事，尽管吩咐。愿为毕总效犬马之劳。

说完这几句话，他抓过酒瓶，干脆把茶杯里的剩茶倒在地上，咕咕咚咚倒了一满茶杯，摇摇晃晃地举到毕伽索的面前，像牛一样往下灌。

毕伽索预感到要出事，赶紧示意亓元把杯子从查林的手里夺下，查林挣扎着又把杯子抓到自己的手里，然后——他威武不屈地向四周看了看，这时候四周在他面前一片波浪，翻滚着升腾着——他费力地睁开双眼，迈动发软的双腿，走一步突然腿一软，差点儿单腿跪在地上。他昂起头来，瞪着一双茫然的眼睛，再向四周看去，突然笑了一下。然后他端着茶杯，向邱市长走去，向弓书记走去，向张秘书长走去……所有的人都看清楚了，他走一步就要瘸一下，好像一只腿长一只腿短，走起来一高一低，走一步喝一口。

毕伽索的脸顿时白了，厉声吼道，老查，你要干什么？别喝了！

亓元等人赶紧围上去想夺下查林的茶杯，他用胳膊肘挡住了，哈哈大笑说，别夺我的杯子，毕总让我敬酒，我要喝个够，轻伤不下火线，老子绝不当逃兵！

后来的事情一发不可收。

查林是在第二天上午醒过来的，当时还在输液。毕伽索就坐在他的床边，等着他醒来。查林感觉哪里不对劲，睁开眼睛，看见毕伽索，癔症了半天，突然从床上翻下来说，毕总，毕总，你怎么在这里？

毕伽索面无表情地说，我倒是要问问你，你说你为什么在这里？

查林说，不知道啊，奇怪啊，我记得昨天晚上，咱们在一块儿喝酒，我怎么会到这里？这是哪里？

毕伽索冷冷地说，这是医院。然后又指着输液瓶问查林，知道这是什么吗？

查林怔怔地看着输液瓶说，离得太远，你把它拿下来我看看。毕伽索还是毫无表情地说，不用了，这是稀释酒精的药，溶剂是生理盐水。可是医院里给醉汉解酒，通常都用葡萄糖。

查林看着毕伽索，一脸无知，突然瞪大了眼睛说，啊，不是给我输葡萄糖吧，我有糖尿病啊。

毕伽索说，这个你放心，你昨天住进来的时候，我就交代过他们，不能给你输葡萄糖。你知道吗？如果一个人想弄死一个人，他有一千条办法，所以他不会采用最愚蠢的办法。

查林倏然睁大了眼睛，惊恐地问，毕总，你这话是什么意思？

毕伽索并不理会查林，两眼望着输液瓶，继续沿着自己的思路说，一个人不想弄死一个人，他也有一千条办法，而且每条办法都是好办法。

查林半天没吭气，好像想起了什么，不安地看着毕伽索说，毕总，我是不是做错了什么，让你不高兴了？

毕伽索说，无所谓，我毕伽索，大丈夫能屈能伸，逃兵的儿子我当了五十年，我还在乎什么？

查林彻底醒了，突然号啕大哭，继而掩面而泣，毕总，我昨天喝多了，出丑了，我对不起毕总的厚爱，刚到深海就给毕总丢脸。毕总，我对不起你啊……

毕伽索面无表情地看着查林，似乎在判断什么。等查林的哭声稍微拉长了节奏，毕伽索说，当然，我也有粗心的地方。老查，我请你来，可不是让你喝醉的，只要你把事情做好，怎么都好商量，钱不是问题。但是，如果你想在我毕伽索面前做什么文章，那后果你是清楚的。

毕伽索说这话的时候，亓元陪同弓珲来看望查林，刚刚走到病房门外，两人不约而同地放慢了脚步。弓珲做了个手势，把亓元引到病房外面说，小亓，昨天晚上喝酒，查林同志好像有点儿不太正常，他和毕总之间到底是什么关系？

亓元想了想说，查老师是毕总请来的。

弓珲见亓元回避，就把话题扯开，关切地问集团的一些情况，还问了一些个人的事情。末了问了一句，去过毕总的家乡吗？

亓元回答，没有，但是很想去，我就是因为毕总的家乡才到毕总的集团上班的。

弓珲惊讶地说，啊，还有这么回事？

亓元说，我在网上百度"梦为集团"，没想到百度出一个"韦梦为"，我把梦为集团和韦梦为联系在一起，所以，就选择了梦为集团。

弓珲意味深长地问，你现在还这么认为吗？亓元沉默了一阵，避开话头说，那个韦梦为，太让我敬佩了。

弓珲若有所思地说，哦，原来是这样。我代表韦梦为的后人，欢迎你到韦梦为的故乡，也希望你能领略韦梦为的时代。

亓元说，我会去的，事实上我已经去了很多次，梦里。我还会唱他写的歌，鲜花岭上鲜花开，平等世界人是人。

弓珲不说话了，看着亓元。亓元看着远处。远处是上午的蓝天，水洗一般纯净。

蓝天下面堆积着初夏的白云，宛如簇拥的城堡。

作为皋唐县的一把手，弓珲对韦梦为自然不陌生，但他没有想到亓元是因为韦梦为才误打误撞到了梦为集团，毕伽索的事业，沾了"梦为"这个品牌不少光。弓珲说，是啊，这个人，确实不同寻常，一个连咖啡和牙粉都要进口的阔少，把全部家产都交给革命了，天下为公，追求平等，这种境界，非凡夫俗子能够理解的。

亓元说，我很小的时候，奶奶给我讲过一个童话，小动物联合起来战胜老虎的故事，让我非常着迷。后来我研究生毕业，找工作的时候，查询梦为集团资料，引出一个链接，这才知道，那个童话的作者是韦梦为，童话的名字叫《鲜花岭上鲜花开》。我觉得这太神奇了，好像冥冥中我和这个人有一种联系，必然让我找到他。

弓珲说，是很神奇啊，我没有读过那个童话，但是我知道他写的歌：鲜花岭上鲜花开，花开时节红军来，红军来了为百姓，平等世界人是人。还有他那句名言：一个人幸福是不道德的幸福。

亓元说，我很喜欢他翻译的作品《苦难英雄》，对照了几个版本，包括修订本，还是韦梦为翻译得最好，我感觉其中有他自己的体验。据说，他是最早提倡红军干部读文学作品的。

弓珲说，惭愧，这个情况我还真的不太了解，没想到韦梦为还是个文学家。

亓元说，很多革命家都是文学家，比如陈独秀、毛泽东、瞿秋白、方志敏、沈泽民，这些人让我对中国革命有了新的认识。

弓珲叹道，如今这个世界，还有你这样的年轻人，真是难能可贵。

亓元笑笑说，我喜欢，喜欢就是理由。

弓珲说，听说毕总对他父亲的事情一直没有放下？

亓元说，是的，已有的结论确实有疑点，可是证据不足。

弓珲说，哦，是这样啊，我倒是希望能够弄个水落石出。我们党讲究实事求是。如果亓处长有兴趣，到实地考察一下，也许会有新的发现。

亓元说，等时机吧，我暂时还脱不开身。

他们走进查林的病房。

弓珲对查林说，我们在深海的见学任务已经完成，下午就要回皋唐了，特意来向查老师告辞。弓珲交代查林，毕总在为家乡人争光，家乡人要给毕总提供正能量。老家那边请放心，有什么事，组织上会关照的。

那一年的春天，毕伽索的事业进入良性循环状态。毕伽索的办公室里有一幅巨大的中国地图，上面密密麻麻地插着小红旗，标注着集团麾下学校的分布情况。毕伽索在集团中层以上管理人员大会上说，知道我们为什么叫梦为集团吗？因为我的家乡有个韦梦为，田地横跨三省五县，商号遍布大江南北。今天，我毕伽索的梦想，至少在中国，凡是有人的地方，就有梦为集团属下的分公司和学校。

毕伽索的讲话很有煽动力。在这次讲话之后，梦为集团的新人们才知道，梦为集团之所以叫梦为集团，原来有这样一个背景。但是有一点毕伽索没有告诉大家，韦家这庞大的产业，都被他送给革命了。

那一年亓元认识了弓珲，恰好不久之后因为毕启发的宣传问题同毕伽索闹了点儿意气，弓珲邀请她去皋唐县看看毕伽索的家乡，她就向毕伽索递了请假条。一个意外的收获是，在干街，她遇到了一个人，乔司令的儿子乔梁，小伙子是理科留学生，假期回国，被乔大桥强行派到干街调研西华山战役的历史。更让她意外的是，乔大桥给儿子的任务是，调查毕启发离开队伍那几天的去向。虽然她不知道乔大桥此举的目的，但是这个课题还是吸引了她，两个年轻人很快就达成共识，并且一道考察了西华山战役旧址，果然有了新的发现和线索。不尽如人意的是，后来因为乔梁假期已满，这项调研半途而废了。

亓元在淮上采风的日子，正是查林峰回路转的日子。等他彻底酒醒之后，毕伽索派人把他接到一个去处，这回是个总统套间。

安顿下来之后，小江拿出一份协议书，让查林过目。他一条一条看了，最关心的当然是年薪那一款，还没看完心脏就突突地跳了起来，二十万，天哪，二十万元人民币，这在皋唐县，差不多可以买一套房子了。

且慢，小江告诉他，这只是底薪，毕总有话，如果工作出色，还有额外奖励。

查林睁着一双受惊的眼睛，抠抠眼窝问，可是，到底让我干什么工作？

小江说，毕总说了，他的心思你最懂。

查林不说话了，发了一阵呆，突然站起来对小江说，孩子，你转告毕总，我老查，老骥伏枥，一定不负重望，坚决完成组织上交给我的任务……

查林的声音越来越小，说到最后，小江感觉就像有一只蚊子在她的耳边嗡嗡。

查林果然进入了他一生中创作的泉涌阶段，前十天里，他每天都要把《茅坪战斗中的毕启发》和旧报纸复印件上的批注看上一遍。那时候他知道了，那些漂亮的小楷字不是出自老学究之手，而是亓元写的。他简直不敢相信，觉得那个脸上始终挂着平静的微笑的女孩不是人，简直就是一个狐仙。批注的每一个字都熠熠闪光，每一个字都能幻化成灵感，灵感就像夏天原野上空噼里啪啦的闪电，照亮了他思维世界的天空。终于，在亓元从皋唐县回来之前，他完成了《西华山战役中不为人知的秘密——"逃兵"毕启发九死一生的奇迹》。把稿子发到毕伽索的信箱之后，他决定狠狠地奖励一下自己，独自到街上的小酒馆喝了两瓶啤酒，回到豪华包间，坐在马桶上，眼泪无声无息地流了十几分钟。

第二天下午，毕伽索把他叫到集团的办公室，客气地让他坐下，然后拿出稿子问他，老查，你觉得你写得怎么样？

他忐忑地观察毕伽索的表情，毕伽索没有表情。他的心顿时又慌乱起来，结结巴巴地说，毕总，我水平有限，可是，我是尽心尽力的，我可以改，只要您不满意，我就继续修改，直到您满意为止。

毕伽索站了起来，还是一副公事公办的面孔，是需要改，必须改！

他的心呼啦一下提到了嗓子眼，惶惶地站了起来，毕总，您吩咐，我一定实现您的愿望……

毕伽索看着查林，像看一只奇怪的动物，看了好久才把稿子往桌子上一拍，大喊一声，老查！

查林吓得腿都打颤了，冷汗直冒，毕总，我在。

毕伽索走到他面前，拍拍他的肩膀，左一下右一下，拍得查林神情恍惚。毕伽索拍够了，把查林的脸扳起来，看着他的眼睛说，老查，查大哥，你终于开窍了，你终于干了一件正经事情。记住这个日子吧，这是你创作生涯中最值得纪念的一天。

转眼之间恍若隔世，查林的嘴巴张了几下，什么也没有说出来，只是嘟哝了一句，毕总……

毕伽索说，哈哈，我也不跟你卖关子了，这是一篇非常科学、非常客观、非常艺术的文章。

查林还是不放心，试探着问，毕总，您不是说需要改吗？

毕伽索说，是需要改，只要改一下标题，把"逃兵"两个字去掉就行了。

查林如梦初醒，长长地呼出一口气来。这时候他才明白，毕伽索实在太在意"逃兵"这个字眼了，加上引号也不行。

离开毕伽索的办公室之前，毕伽索扔给他一张支票，三十万元。查林拿着支票的手不禁剧烈地抖动起来，三十万元是个什么概念？这是他几十年笔耕全部稿费的若干倍，如果让他重新回到文化局，恐怕他写到死也挣不来这么多稿费。他眼泪汪汪地说，毕总，您待我真是天高地厚，您指向哪里，我就打向哪里。

不料才过去一个星期，风向大变，先是毕伽索精心组织的试讲会被老爷子搞砸了，幸亏是试讲，洋相仅限于小范围。接着网上出现质疑，毕伽索也很紧张。毕伽索挨骂的第二天早晨，查林就神秘地到银行，把钱转到老伴的账户上，他寻思，万一毕伽索反悔，要收回那三十万，那他就横下心来，要命一条，要钱没有。

好在毕伽索并没有反悔，似乎早就把那三十万忘了。

这件事情发生在一年前，这一年里，毕伽索很少再提"不为人知的秘密"了，而是让他协助亓元办报纸，经常去陪老爷子和老太太吃饭，年薪仍然二十万元。

<h1 style="text-align:center">十二</h1>

这段时间，亓元第二次出走，而且一去不返，《梦为之声》再次由查林负责。集团麾下几千名教师，政治、历史、地理各个专业的人才都有，但是文章写得一般。查林盘算，毕伽索给他年薪二十万，还是合适的，他当这个主编是称职的。自从得到干街要建名人墙的信息，隐藏在他心里的那颗种子又蠢蠢欲动了。毕总待他不薄，毕总的心思他最懂，他要为毕总分忧，要主动作为。所以这一个多月，只要有时间，他就到老爷子家里吃饭。

毕伽索难得回来吃饭，照例要喝一杯。吃过饭，于兰花推着老伴在院子里溜达，毕伽索和查林跟在后面散步。毕伽索说，老查，干街要建文化街的事情你知道了吧？查林说，知道了。毕伽索说，你对这件事情怎么看？查林说，经济发展了，有钱了，各个地方都在搞文化建设，这也是趋势。

毕伽索说，是啊，是好事，可是……毕伽索不说了。

查林说，毕总是考虑名人墙的事吧？毕伽索看看查林，又抬头看着远处。查林说，这些天我也在想这件事情，修名人墙，有些往事就会被重新提起，可能会有一些负面的东西。不过，老爷子在茅坪战斗中的表现，组织上是有结论的。可以扬长避短，不提西华山战斗，我想当地政府不会不顾及毕总的感受。

毕伽索说，这个我想过，确实存在这种可能，但我心里还是不舒服。茅坪战斗不能说明问题。

查林不语，他知道，毕伽索的心结还是在西华山战役上。

毕伽索说，我就一直不明白，我爹参加新四军之后，很快就在茅坪战斗中立了一功，为什么会在西华山战役之前开小差？不符合逻辑啊。

查林心想，这有什么不符合逻辑的，战场是复杂的，人的心理也是复杂的，什么情况都有可能发生。但是，他只能想一想。查林说，还是亓处长那句话，关键要搞清楚，老爷子在同主力失散之后，在西华山战役展开那几天，他在哪里？做了什么？

毕伽索说，查大哥，你陪我爹吃了那么多饭，有没有什么新线索啊？

查林说，毕总，你看老爷子，能吃能喝，就是不能说，他要是能说，不早就说清楚了吗？

毕伽索怔怔地看着查林说，那你说，这件事情就这样了？

查林听出了毕伽索的不快，沉吟片刻才说，毕总，我不是这个意思，我觉得，老爷子在西华山战役中的表现一定另有隐情。那年你把我调到深海来，我连夜看了那篇报道《西华山大战在即，蒋夫人前线劳军》，还有亓处长写的《茅坪战斗中的毕启发》。那一夜我都没有睡好，一直琢磨亓处长写在文章外面的"记忆混乱""漏洞"和"存疑难查"这三句话。

毕伽索来了精神，嗯，你是这么看的？

查林说，关键还是亓处长说的，那几天老爷子在哪里，他既没有回部队，也没有回干街，他总不能到天上转一圈等战斗结束后再下来吧？

毕伽索回忆了一下说，国民党的医院不是有证明嘛，被乱炮误伤。

查林说，亓处长的批注写得明白，国民党医院的证明不足为信啊！

毕伽索皱着眉头说，不要老是被亓元牵着鼻子走，再说，她已经背叛集团了。你就不能换个思路？

查林这次没有退却，以肯定的口气说，不，亓处长说得对，必须把那几天老爷子的行踪搞清楚。

毕伽索说，你是不是有线索了？查林说，是的，这段时间我一直在做功课，终于发现，我们过去都是被那张旧报纸带到迷雾中了，被老爷子说的救了蒋夫人这句话给害了。

毕伽索异样地看了查林一眼。

查林马上改口说，老爷子那个说法，把我们的思路引偏了。毕总我向你报告，昨天，我的研究有重大突破。

毕伽索吃了一惊，停住步子，侧过脸来，看着查林问，重大突破？

查林说，昨天，我在网上看见一篇文章，西华山战役前期，还发生过一次规模虽小却很激烈的战斗。那是国军家眷转移的途中，被日军一个班和汉奸一个中队追击，在长岗北侧黄庄发生激战。眼看日军快要追上家眷队伍，从敌后传来枪声，打乱鬼子阵脚，国军一个排掩护家眷突围，由国军蜀涧埠阵地派出主力，将家眷接走。

毕伽索问，这同老爷子有什么关系？

查林说，关系重大。敌后，敌人的背后，传来的枪声，是谁打的？完全有可能是老爷子和他的三个战士，因为征粮来到黄庄，遇到鬼子尾随国军家眷，出其不意从背后包抄，从而掩护了国军家眷转移。

毕伽索眯起眼睛想了一会儿说，我爹他说救了蒋夫人，这个怎么解释？

查林说，至于宋美龄到前线劳军，是个谣传，可能是国军旅长戈璧山他们为了鼓舞士气放出的烟幕弹。参战的新四军应该也听到了这个谣传，遇到有女人的队伍，想当然认为这就是宋美龄和她的卫队，所以他们认为救了蒋夫人。

毕伽索说，有点儿道理，可是我爹还说是在干街打的啊！

查林说，这个确实是个疑点，只能解释老爷子在那次战斗之后精神错乱，张冠李戴了。

毕伽索不说话了，看他娘推着他爹从远处缓缓地走过来，然后对查林意味深长地笑笑说，老查，你别急，还是把事情搞清楚。说完，到爹娘面前打个招呼，进门夹起皮包，走了。

查林碰了个软钉子，很是郁闷，回到住处，打开电脑，再去看那篇新出现的文章。这篇文章虽然发在网站上，公开征询信息，可在查林的心里，隐隐感到这篇文章就是为他而发的。

自然，长岗战斗不是西华山战役的全部。查林殚精竭虑，在三十多场大大小小的战斗中，试图找到毕启发的踪迹，但是没有。

恰巧就在这天夜里，查林发现信箱里面出现了一封电子邮件，提示他注意发生在流波的战斗。

流波战斗发生在西华山战役前期，一架美军战斗机被日军击落，飞行员跳伞后被流波民众藏匿，国军派出马彪少校率领一个特务排和翻译黎露女士前往流波寻找，遭遇日军搜查部队。双方在流波基督教堂南侧的林家大院僵持，持续巷战，战斗一昼夜，马彪少校率部救出美军飞行员，获青天白日勋章一枚。

这件事情跟毕启发有什么关系，查林想破脑袋，还是没有想明白。

十三

韦子玉给毕伽索打电话，问他那一亿三千万考虑好了没有。

毕伽索想了想说，再考虑考虑。

韦子玉在电话里说，毕总，前几天选址，我回老街了，老街现在只有一些老人和孩子，稀稀拉拉十几幢破房子，有的还是草顶土墙。西头你家那块，一间房子都没有了，杂草齐腰深，看着凄凉。

毕伽索说，是啊，年轻人都到新街去了，老街很快就彻底消失了。以后，只能回忆了。

韦子玉说，我有个想法，还不成熟……

毕伽索说，咱们兄弟谁跟谁啊，有话尽管说。

电话里传来嘟嘟啦啦的声音，感觉韦子玉下了很大的决心，才把话说出来。韦子玉说，你在深海老乡中一呼百应，能不能考虑为干街做点儿实事？

毕伽索警觉地说，做什么实事？我们要在马岩湖建度假村，不就是为干街做实事吗？可是你们不支持。我打算拿一亿三千万赞助你们的文化街，可是你们连我最起码的要求都不能满足。我还要做什么事？

韦子玉说，实话说，我不是太希望你拿钱赞助文化街，况且文化街也用不了多少钱。我的真实想法……话到此处，韦子玉打住了。

毕伽索静静地等待。

韦子玉说，我有一个梦想，可是我没有能力实现。我的梦想其实也是你的梦想，而且你有能力实现。

毕伽索说，县长老弟，又跟我绕什么弯子？

韦子玉说，在跟你通这个电话的时候，我不是县长，我是你的干街乡亲，是你的街坊老弟。

毕伽索说，你这么一绕我明白了，你还是想搞你的那个唐宋村，解决空巢老人和留守儿童的问题。这不是我力所能及的事情。

韦子玉说，你带个头，就会有更多的企业家开辟这个事业。

毕伽索说，我就算带这个头，也没有人会响应，企业家是要赚钱的。

韦子玉说，金钱本来就是泥土，一切都是泥土，也包括你和我，都将成为一抔黄土。要钱何用？

毕伽索说，要钱没用你还跟我谈什么？

韦子玉说，要钱有用，做有用的事，做有价值的事。

毕伽索说，企业不是慈善机构，你跟一个企业家谈这个问题，合适吗？

韦子玉说，我认为是合适的，因为你是个有长远眼光的人，是个大企业家。

毕伽索说，你是家乡政府的副县长，我认为你应该做的事情，首先是集中精力把文化街建好。

韦子玉的声音突然变了，好像注入了一种叫作情感的东西，毕伽索似乎从韦子玉的声音里看到了他神往的目光。韦子玉说，憩园，憩园，你知道憩园是什么吗？

毕伽索心里一震，猛地喊了一声，你说什么？亓元，亓元在哪里？

韦子玉说，憩园就在你的家乡，唐宋村就是你的憩园。

毕伽索愣了半天才说，老弟，我看你是走火入魔了。我真的要提醒你，你有今天不容易，你不能跟着乔大桥不着边际了，他已经退休了，你的路还很长。

韦子玉没有理会毕伽索的劝告，仍然沉浸在一种忘我的情绪中，喃喃地说，憩园，不仅是你的憩园，它也是我的憩园。在这个世界里，我们最需要的就是心灵的一块净土。毕大哥，毕总，今天我是鼓足勇气来跟你交流感情的，事实上，我是在帮你。帮你找回一颗爱心，有爱心的企业家才是真正的企业家，而不是商贩。

说完这话，韦子玉把电话挂了。

毕伽索不由自主地把手机举到了眼前，似乎想从屏幕上再把韦子玉拉回来，抓住他的衣领问问他，亓元她到底在哪里？一分钟后再拨韦子玉的号码，韦子玉已经关机了。

这一切来得那么突然，消失得那么彻底，让毕伽索恍若隔世。愣了半晌，毕伽索把妻弟唐斌的电话拨通了，怎么回事？韦子玉的脾气突然大起来了，是不是受到什么刺激了？

唐斌想了一下说，脾气大了吗？我没怎么觉得，倒是感觉他有点儿消沉了。这兄弟别看当个副县长，还是个书呆子。

毕伽索说，书呆子不错，可是也不至于胡言乱语啊。

唐斌惊讶地问，怎么胡言乱语了？毕伽索说，我问你，梦为集团的亓元最近有没有出现在干街？

唐斌一头雾水，没有啊，你那个能干的助手我是见过的。

毕伽索说，她已经辞职了。可是，就在刚才，我跟韦子玉通电话，他居然说，我的亓元在干街，干街就是我的亓元，我们大家都需要亓元。这不是胡说八道吗？

唐斌愣了半晌，在电话那边叫起来了，姐夫，我明白了！他说的那个憩园，不是你说的那个亓元，他那个憩园就是他的唐宋村，它不是人，是一个……唉，我也说不清楚它是个啥，反正不是你说的那个亓元。

毕伽索怒吼道，到底怎么回事？一个个都不会说话了，简直中邪了！

唐斌说，前几天韦子玉又去了干街一趟，他听镇长郑弋阳说，省里电视台有人到干街考察，要在老街搞个项目——憩园，主要目的是帮助空巢老人和留守儿童。据说这个项目同当初乔大桥提出的唐宋村有很多相似的地方。自从那次之后，韦子玉就经常跟我们念叨，说这个创意好，名字好，政府给土地和税收方面的优惠政策，吸引成功人士归根，就可以带动老街建立另一种生活方式。

毕伽索这才明白，他说的亓元同韦子玉说的憩园确实是两码事，但是他还是被韦子玉的憩园拨动了一下心弦。他问唐斌，韦子玉到老街干什么？他以为他是乔司令，衣锦还乡啊！

唐斌说，主要是找洪雨声了解老街的历史。那个洪雨声你记得吧？

毕伽索说，有点儿印象，供销社的老职工，一辈子没娶老婆，疯疯癫癫的。

唐斌说，就是他，棺材里放个电话机，说他经常跟韦梦为通电话，韦梦为告诉他，革命就是要让所有的人过上好日子。你听听，韦梦为死了都七十多年了，通个鬼电话啊。上次乔大桥去干街，他又这么说，把乔大桥都吓了一跳。不过老街现在确实像个鬼街，一群黄土埋到脖子的人住在里面，也没有电，夜晚阴森森的，万户萧疏鬼唱歌啊！

毕伽索问，韦子玉就是为这事消沉吗？不至于吧，当今像老街这样的空心街多的是，他一个副县长能管得过来吗？

唐斌说，所以我说他是书呆子呢。那个唐宋村，虽然在招商引资洽谈会上立项了，但是各级政府都把注意力放在文化街上。韦子玉可能是受乔司令的影响，对所谓的唐宋村偏偏格外上心。

毕伽索说，什么唐宋村，异想天开。

唐斌说，是啊，完全痴人说梦，眼下，各级关注的都是文化街。只有乔大桥和韦子玉，好像得了复古病，偏偏这时候，有人提出要在干街建憩园，同乔大桥和韦子玉不谋而合。

毕伽索怔了半天，说了一句，见鬼了。

放下电话，抽了一支烟，毕伽索习惯地按了一下按钮，说了声，到我办公室来一下。

进来的女孩让毕伽索吃了一惊，是小江。这时候他才想起来，亓元已经辞职两个多月了。

毕伽索挥挥手，让小江离开了。

直到亓元离开十多天后，毕伽索才从董华民的嘴里知道了亓元当初来到集团的原因。原来在她硕士毕业前夕，市电视台已经非常看好她了，但是程序很复杂，宣传部一位领导暗示她，自己可以帮忙。亓元说，像我这样一直读书的女孩子，钱是没有的，色嘛有一点儿，可是，我有我的原则。

领导说，我不是那个意思，我的意思是，以后你就是我的人了，你得听我的话。

亓元说，那就更不可能了，我不是任何人的人，包括我未来的丈夫。我是我自己的人。

领导还从来没见过这么油盐不进的女孩，有些恼羞成怒，但是最后还是给自己找了一个台阶，说他就喜欢这样有个性的女孩，他会帮助她进电视台的，如果电视台进不了，他分管的所有和文化有关的单位都可以考虑。

亓元说了声谢谢，转身离开，不久就到了梦为集团。

董华民介绍的这个情况，同此前毕伽索分析的可能性八九不离十，但是董华民又讲了另外一件事情，则是毕伽索始料不及的。董华民说，我听小江说，亓元爱上了一个人。

毕伽索问，谁？

董华民说，韦梦为。

毕伽索怔住了，目光空洞地说，爱上了一个死了七十多年的人，这可能吗？

董华民说，当初她之所以选择梦为集团，是因为她在网上查询梦为集团的时候，网页上弹出了"韦梦为"。小江说，她的资料夹里，关于韦梦为的资料，有上千万字。

毕伽索倒吸一口冷气，叹道，这个人，这个人啊，她想干什么？她要考古吗？

一个火花从记忆深处炸开，毕伽索终于想起了一件事情。那是在亓元进入梦为集团不久，有一次他到行政处的办公室，发现亓元的写字台上有一张黑白照片，一个戴着金边眼镜、西装革履的年轻人，从领带样式看，应该是 20 世纪初的人物。他当时好像还问了亓元一句，亓元是怎么回答的，他记不清了，应该没有正面回答。以后，他再也没有看见过那张照片了。难道，那是韦梦为？联想到他在《梦为之声》杂志上看到的小说《夏日之晨》，毕伽索的心脏突然一阵悸动，那时候他认为，是因为他的存在而引起亓元对韦梦为的重视，而真相极有可能是，因为她发现了韦梦为，才选择了梦为集团。她到梦为集团是来寻找那个幽灵的。

终于，毕伽索想起来了，亓元辞职离开他办公室的时候，楼道里响起的口哨的旋律——

十四

这天毕伽索没有回父母那里，而是把查林叫到集团的餐厅，两个人喝酒聊天。毕伽索说，老查，我现在越来越反感名人墙，你知道为什么吗？

查林当然知道毕伽索为什么反感，可那是说不出口的理由啊。

毕伽索说，我知道你想的是什么，但不是这个原因。他们拉的那个名单，都是硬邦邦的。可是，在干街的历史上，名人多了去了。中华文明五千年，谁家没有几个七品官呢？你知道这话是谁说的吗？

查林笑笑说，韦梦为啊，这句话在淮上地区家喻户晓，当年还拿出来作为批判韦梦为的依据。

毕伽索说，对了，这些天我在想，韦梦为他们闹革命的时候，想过要上名人墙了吗？扯淡。韦梦为他们闹革命，就是要与所有人有福同享，有罪同受。可是现在为什么还要分高低贵贱呢？

查林的眼睛瞪得老大，他发现毕伽索好像突然换了一个人，思想境界超凡脱俗，不得了啊！他只是不明白，毕伽索的境界为什么突然间升华了。

但是关于那一亿三千万到底要不要投进去，查林自然不能替毕伽索拿主意。两个人聊了一会儿就散了。

这天夜里，查林辗转反侧，后半夜披衣下床，打开电脑的同时也打开一瓶啤酒，他突然发现，信箱里又出现一封信，就是简单的几句话：时间，时间，空间，空间。

查林稳稳神，开始按照电子邮件提供的链接，打开一篇文章《西华山战役之流波战斗》，上面详细地介绍了马彪少校率领小分队寻找美军飞行员的过程。在这篇文章的下面，还有马彪等人在流波镇基督教堂南侧同日军激战的照片，那是美军飞行员拍摄的。查林对照了一下时间，发现那个时间正是毕启发等人不知去向的时间，也就是说，那几天，毕启发完全有可能出现在流波镇，参加了一场遭遇战，同马彪一起营救美军飞行员。至于国民党的报纸为什么只字不提，只能理解为，马彪贪天之功据为己有。

查林一个激灵，找出放大镜，开亮了房间所有的灯，撅起屁股去看那张照片，依稀看到一个角落，几个士兵正伏在断墙上射击。他翻来覆去地研究，试图认出其中的一个，果然他成功了，或者说他感觉他成功了，那里面有一个人，他越看越像毕启发，后来他简直认为，那就是毕启发。

那一瞬间，查林差点儿晕了过去，把半瓶啤酒喝完，拿起手机就要给毕伽索打电话，按了两个按键之后，他又把手机挂了。

查林冷静下来，考虑的第一个问题是，谁给他发了这篇文章？他坚信不疑，是亓元，那个来无影去无踪的神秘女子，只有她会这样做。至于她为什么要这样做，他不清楚，也不想清楚，总之是有原因的。

查林考虑的第二个问题是，最好能找到马彪，但他很快就打消了这个念头，因为从网上查了无数次，里面既有记者的报道，也有马彪等人的回忆文章，但绝口不提关键时刻有人相助，那时候讳莫如深，现在更是死无对证了。第三个问题是，如果说毕启发参加了流波营救美军飞行员的战斗，那为什么毕启发口齿尚清的时候老是说"老子不是逃兵，老子打干街了，老子指挥三个人，打了一天一夜，守住了东头学校，救了蒋夫人"。这是白纸黑字留在档案上的毕启发的自供状，就是因为这句话，所有的人都认为毕启发胡扯。

关于"救了蒋夫人"，查林一直坚持认为，当时确实有宋美龄到西华山国军部队劳军的传说，这个传说新四军的部队应该也有耳闻。甚至，像毕启发这样没有见过世面的人，在前线遇见家眷，把女翻译当成宋美龄，都是有可能的。

现在剩下最后一个问题，那就是毕启发为什么一直强调"老子打干街了"，整个西华山战役，干街并没有发生战斗，毕启发此言从何而来？

直到天亮，查林也没有想明白，他感到自己确实无能为力了。他庆幸自己没有贸然向毕伽索报喜，否则又会遭到鄙视。

一个星期后，毕伽索打电话告诉查林，皋唐县近日要召开"干街镇文化街研讨会"，邀请他参加，他现在有点儿犹豫，请查林也帮他权衡一下。

毕伽索又问查林，最近有没有新的发现？查林老老实实地说，有一线火光，可是很快就熄灭了。然后就一五一十地讲了这段时间得到的信息。尽管他一再强调，还是没有解决老爷子为什么说"老子打干街了"的疑问，但是他能感觉到，毕伽索对这个情况非常重视。

果然，放下电话不到半个小时，毕伽索的汽车就到楼下了。毕伽索到了查林的房间，二话不说，盯着网上的文章和照片，看着看着眼睛就直了，出气就粗了。

毕伽索惊愕地看到，在一个网页上，干街的老照片和流波的老照片放在了一起，在照片的下面，一个署名"秋水"的人在《迷雾》一文中这样写道：这就是所有的迷雾的根源，也是所有迷雾的答案。

毕伽索怔了一会儿，突然一拍桌子，激动地说，查大哥，你看见了吗？所有的答案都清楚了，都清楚了！

查林却傻傻地看着毕伽索，不知所措。他没有从照片里看出他想看出来的东西。毕伽索说，我爹他不是逃兵，我爹他确实参加了流波战斗，他同鬼子打了一个遭遇战，他在流波抗击鬼子，协助国军马彪少校营救了美军飞行员。

查林怀疑毕伽索走火入魔了，小心翼翼地说，毕总，你怎么啦？就这两张照片，就能说明问题吗？

毕伽索说，太能说明问题了。你不懂吧？我告诉你，你看这教堂，看看教堂旁边他们战斗的这个建筑，这是学校，这个教堂和学校，跟干街的教堂和学校是一个人设计的。时间，是同一个时间；空间，被误认为同一个空间。我明白了，我明白了，我总算明白了……我明白得太晚了……不，现在明白正是时候……我爹他没有出过远门，他在征粮的途中，在山上，看到了山坳里的教堂和学校，他以为那就是干街，他要回到干街去征粮。可是，就在他前往的途中，遇到鬼子搜寻美军飞行员，在那里展开战斗。营救美军飞行员的，不仅是国民党军马彪少校的部队，还有我爹指挥的小分队啊！

毕伽索语无伦次了，上气不接下气，两眼迷离，泪花闪烁。

查林怔怔地看着满脸通红的毕伽索，不知所措，嗫嗫地说，毕总，你这样说牵强附会啊！

咚的一声，毕伽索把鼠标扔在桌子上。

查林说，可是，所有的资料、所有的报纸，没有说老爷子参与这场战斗啊！

毕伽索咬牙切齿地说，查林，老查，你查的资料，你查的报纸，都是国民党的。那时候，国民党表面统一抗战，背地里摩擦反共，他能把真相告诉世人吗？他能像我爹那样把打死一个鬼子的功绩分一半给乔如风吗？不可能！

查林怔怔地看着毕伽索，诚惶诚恐地说，毕总，你这么说，我太高兴了，我太……也许，这件事情真的要水落石出了。

毕伽索斗志昂扬地说，你等着，我必须回去参加他们的研讨会，不仅我回去，我还要让我爹回去，让我爹站起来告诉他们，他不是逃兵，他是西华山战役流波战斗的英雄。

第二天，查林怀着一颗五味杂陈的心，跟着毕伽索把老爷子推到机场，推上飞机。坐在头等舱里，他才没话找话地问，毕总，你说，是谁帮咱们把事情搞清楚了？

毕伽索说，除了她还有谁？查林说，可是她，她为什么帮我们？她已经离开了啊。

毕伽索说，你问我，我问谁？

查林说，这太奇怪了。毕伽索没有马上回答，突然仰起脑袋，望着远处说，一个幽灵，在干街，在西华山，在梦为集团，在我们的头顶上游荡……

查林愣住了，他感觉这话有点儿耳熟，可是眼前的毕伽索却让他感到陌生了。

十五

这年的 7 月 7 日，皋唐县召开"干街镇文化街研讨会"，参加会议的省市县各级领导和专家共有二百多人。住进宾馆后，毕伽索翻阅会议资料，发现乔大桥也来了，就住在同一楼层。放下会议秩序册，毕伽索的心里五味杂陈，他突然产生一个冲动，按图索骥找到了乔大桥的房间。开门的是一个理着寸头的年轻人，自我介绍是乔大桥的儿子乔梁。问明来意，乔梁高兴地说，你就是毕伽索叔叔啊，我爸爸去干街了，明天才回来。毕伽索心里一动，问，你爸爸去干街干什么？乔梁说，去找洪雨声爷爷，还是为唐宋村的事。说到这里，乔梁神秘一笑说，毕叔叔是大老板，当心哦，你们见了面，我爸爸恐怕要敲诈你。

毕伽索拍了拍乔梁的肩膀说，这小子，你以为你爸是军阀啊？你爸就算是军阀，你毕叔叔也不是财阀，他敲不出多少油水。

乔梁说，那可不一定。我爸爸退休了，他要把你的钱敲出一部分给干街的空巢老人和留守儿童。

毕伽索哦了一声，半天才回过神来说，啊，你爸爸还这么看得起我？

乔梁说，我爸爸说，毕叔叔是他的发小，是干大事的人。

毕伽索笑笑说，这小子，你是帮你爸爸忽悠我吧。

乔梁说，哪能呢，我说的是真话。

回到自己的房间，回味乔梁说的几句话，毕伽索觉得心里怪怪的。

第二天早餐过后，毕伽索在宾馆院子里散步，一辆车子缓缓进了大门，在毕伽索的身边停下来。一个头顶闪亮的半大老头冲出车门，大呼小叫地扑过来，毕得宝，毕得宝，你这家伙，三十年没见了，发大财了！毕伽索顿时明白了，这是乔大桥，这家伙，已经老得让他认不出来了。

毕伽索说，乔大桥，乔司令啊，没想到在这里见到你了。

乔大桥说，什么乔司令，我现在是光杆司令了，叫我乔大哥啊，你是我失散三十年的兄弟啊！

毕伽索怔怔地说，失散三十年的兄弟？哈哈，乔司令，乔大哥，你还是那个率领我们在干街走南闯北的胡传魁啊！

乔大桥哈哈大笑。韦子玉凑上来说，乔司令，毕总早就不叫毕得宝了，他现在叫毕伽索。

乔大桥眼睛一瞪说，什么毕伽索，不伦不类的，我就叫他毕得宝。

韦子玉看看毕伽索，不怀好意地说，毕总，你看，你们兄弟之间……

毕伽索说，毕得宝就毕得宝吧，乔司令他是不忘旧情，我听着舒服。

上午无事，毕伽索请乔大桥喝茶，两个人讲了这三十多年各自的经历，然后就进入主题，讲到了"西华山战役中的毕启发"。毕伽索讲得很细，讲得很动感情，讲到了毕启发多年的屈辱，讲到了他调查掌握的证据。最后毕伽索说，说到底，我父亲和你父亲是一起参加革命的，冒昧地说，我们两个的父亲是战友，乔大哥你说是不是？

乔大桥说，这话还用讲吗？我父亲活着的时候，经常给我们讲他和你家老爷子一起打鬼子的事。

毕伽索受到鼓励，神色庄重地说，那我就把话挑明了，你要帮帮我。

乔大桥没有马上搭腔，沉思一会儿才说，老弟，你做这个事情，想达到什么目的呢？

毕伽索说，不同的阶段有不同的目的，我的初衷是改变我父亲的逃兵身份，但是现在，我想的不仅仅是这些了。

乔大桥说，你觉得有把握吗？如果没有把握，我建议你此事还是不提为好。

毕伽索说，原先是没有把握，牵强附会，但是现在，我看到希望了，我掌握了足够的材料。

乔大桥说，那我再问你一句，这件事情如果澄清了，你是不是要把老爷子的像挂到干街的名人墙上？

毕伽索迟疑了一下说，这个，我还没有想好。

乔大桥说，此前我听说，你不遗余力地做这件事情，就是为了这个目的。

毕伽索老老实实地说，是的。可是，就在这两天，我突然有了更多的想法。

乔大桥深沉地看了毕伽索一眼，点点头说，哦，原来是这样，那就再想想，我们都静下心来想一想，我们做这件事情的目的是什么。

乔大桥和毕伽索喝茶的时候，预备会也在紧锣密鼓地进行。其他的议程都很顺利，但是在名人墙名单上出现了意外。韦子玉宣读了毕伽索来之前提交的意见，他坚持要把毕启发的像挂在名人墙上，这个意见成为预备会的一个笑话。县政协一名常委义愤填膺地宣布，如果皋唐县敢把毕启发的照片挂在名人墙上，他将退出筹备组。

中午饭后，县委书记弓珲安排了一个小小的会谈，专题研究这个情况，请副省长何敏一起听取了毕伽索的理由。最后何敏决定，给毕伽索一个机会，让他讲述"西华山战役中不为人知的秘密——毕启发九死一生的奇迹"。

决定性的时刻到来了。

7月8日下午，在皋唐县小礼堂里，一百多人济济一堂，各自怀着复杂的心情，等着看毕伽索的表演。毕伽索深深地吸了一口气，登上讲台，打开电脑，先放了一段西华山战役的资料片，然后播放流波战斗的推理片。毕伽索娓娓道来，从毕启发奉命征粮离开主力部队讲起，讲到误入流波镇，阴差阳错同国军马彪少校相遇，共同阻击日军，并掩护马彪少校和美军飞行员撤离的全过程。

毕伽索最后说，我爹的悲剧在于他不能准确地表述他的战斗经历，他的关于"在干街打鬼子，救了蒋夫人"等胡言乱语，把我们带到一团迷雾之中。而今天，这个迷雾被太阳驱散了。我爹失踪的那天，他没有逃跑，而是执行征粮任务到了流波，到了那个被他误认为是干街的地方，在那里同日军相遇，阻击了鬼子，掩护马彪少校护送美军飞行员离开了战场。我爹他是个抗日英雄。

毕伽索讲完了，会场一片安静，过了很长时间，才有人小声嘀咕，这是真的吗，这太传奇了。

韦子玉站起来说，毕总，你的推理确实很精彩，可是，推理不等于事实，我们不能把你的推理作为证据。

毕伽索面无表情地说，我不是推理，这就是事实。

韦子玉说，我们尊重事实。你的证据呢？

毕伽索指着屏幕说，证据都在那上面，你们为什么就不能相信我？

韦子玉说，我们只相信证据。

就在这时候，从后排传来一个声音，我这里有证据。

大家愣住了，举目望去，后排站起来一个亭亭玉立的年轻女子。

弓珲站起来介绍说，各位领导，我现在介绍一位专家，亓元同志，她已经受聘为我们干街文化街的文史顾问。请亓元同志为我们介绍她的最新研究成果。

毕伽索愣住了，亓元走过他身边的时候，他控制了自己的情绪，湿润地问了一声，亓元，我读不懂你啊！

亓元笑了笑说，你用不着读懂我，你能读懂这段往事就行了。

亓元走到坐在轮椅上惴惴不安的毕启发的面前问，老人家，您还认识我吗？

毕启发的眼睛突然睁大了，看着亓元，嘴里嘟嘟囔囔不知说些什么。

亓元笑笑，拍拍毕启发的肩膀说，老人家，请你看一样东西。

说完，亓元转身，走上讲台，走到电脑旁边，插入U盘，播放了一段视频。画面上出现一个满脸紫斑的外国老人，吃力地向亓元比画着，佝偻着腰蹒跚走向书柜，从里面找出一个相册，取出一摞照片，一张一张地翻检。突然，画面上的亓元将其中的一张照片重新找回来，久久地凝视。亓元又找了几张照片，向美国老人征询意见。

外国老人书写了一段话，交给画面上的亓兀。

屏幕下面，现实中的亓元移动鼠标，出现了另一幅画面，在一条"抗战老兵英雄事迹报告试讲会"的横幅下面，毕启发趴在地上，做射击状。

亓元说，这一切要从两年前毕总组织的这次抗战老兵英雄事迹报告试讲会讲起。在讲到流波战斗的时候，老人家突然反常，当时就是这个姿势，这个姿势让我十分震惊。他喊"鬼子来了"，并不是怕鬼子，因为他在喊这一声之后，还有一句"卧倒"，并且是射击的姿势，而没有抱住脑袋。于是我想，在抗日战争时期，在西华山战役中，他作为一名排长，下达的是战斗的命令，卧倒之后是射击。正是因为这个发现，我对毕启发的逃兵身份产生了怀疑。

毕伽索看着侃侃而谈的亓元，百感交集。

电脑旁边的亓元说，此后，我从政协文史资料委员会调出一篇关于流波战斗的回忆文章，顺藤摸瓜找到了原美军飞行员威廉的消息，在弓珲书记的帮助下，我于一周前到美国找到了这位老人。终于，一切迷雾都澄清了，就像毕总推理的那样。

毕伽索望着神情自若的亓元，恍若隔世。

亓元没有顾及毕伽索，又点击了几下鼠标。屏幕上，照片被不断放大。前面远处，隐隐约约看见钢盔，那是树林里的日本兵。照片上近处的军人，正伏在一截断墙后面射击，枪口处飘着一缕硝烟。他的臂膀被放大了，臂章上面的字迹模糊不清。镜头移动，放大，再放大，虽然那是一张面孔的大半个侧面，但是没有人认识这张面孔。

随着画面移动，出现几行英文笔迹，下面配有中文翻译：就在日军快要追上我们的时候，从右边的树林里冲出来几个士兵，向日军猛烈射击。我亲眼看见领头的士兵，在变换位置的时候腿上中了一枪，他仍然向其他的士兵呼喊什么，同时向日军连续扔了两颗手雷，他的战斗姿势给我留下了极其深刻的印象。当时我问马彪少校，这几个士兵是不是他的下属，马彪少校只是含糊地告诉我，那是友军的士兵。我判断这个"友军"应该是新四军的部队。我不顾马彪少校的催促和阻挠，匍匐到侧面拍下了这一组照片，我希望以后找到这些英勇的士兵。后来在中国军队的一个指挥部里，翻译黎露女士告诉我，那确实是新四军的士兵，带队的是一个排长。此后中国军队打扫战场，发现他们中间已有三人阵亡，排长再次负伤。我委托黎露女士到医院调查，但是迟迟没有消息，后来我就回国了。直到二十年后，黎露女士才从台湾给我寄了一个包裹。

偌大的播映厅里，静悄悄的。亓元移动鼠标，屏幕上的美国老人，用锈迹斑斑的手颤颤巍巍地打开一个箱子，一层一层地打开绸布，里面出现了一个破旧的臂章，正面"新四军"字样清晰可见。镜头旋转,呈现臂章背后的表格,向人们的眼前推出三个字:畢啟發。

亓元说,我所了解到的,就是这些了。

大厅里传来轻微的骚动,轮椅上的毕启发嘴里发出含糊不清的声音,用手拍打着轮椅。主持会议的韦子玉站了起来,走到毕启发的面前,毕启发不再作声了,瞪着韦子玉,显然他已经认不出韦子玉了。

韦子玉转过身去,对亓元点点头说,亓元同志,我相信你说的一切。只是,我还有一个小小的问题,你和毕总都坚持说,老爷子误把流波当成干街,所以造成了迷雾,我也接受这个观点,因为这两个地方确实很像,老人家过去没有到过干街以外的集镇,他把二者混为一谈是完全有可能的。我的问题是,你们是如何判断出老人家这个误会的,这是揭开谜底最重要的一个环节。

毕伽索说,这个我来说。我最初的困惑就是,我父亲脱离部队,那三天他在哪里,亓元和查林也被这个问题难住了。直到前不久,有一个神秘的人连续给查林发来了几个邮件,附了两张老集镇的照片,下面的说明文字只有八个字:时间,时间,空间,空间。就是这两张照片和这八个字,让我醍醐灌顶,茅塞顿开——时间,是同一个时间;空间,被误认为同一个空间。这就是问题的症结所在。所以我们得出结论,老爷子嘴里的干街,其实就是流波。

韦子玉说,我完全相信这个判断,可是,到底是谁,发来这八个字和两张照片呢?亓元同志,是你最早发现的吗?

亓元说,这是一道十分复杂的方程,不是我能够解开的。也许,乔梁博士能帮我们解开最后的谜底。

亓元说完这句话,大家便都转过头去,只见小礼堂中间靠后的位置,站出来一个理着寸头的年轻人,微笑着走上讲坛。年轻人站定,笑容可掬地说,干街乡亲,我是乔如风的孙子,乔大桥的儿子乔梁,奉我父亲之命,今天来向家乡父老乡亲汇报。关于毕启发爷爷的事情,我爷爷在世的时候一直惦记着,他多次对我父亲说,他不相信毕启发会当逃兵,因为在茅坪战斗之后,两位爷爷又参加过几次战斗,他们互相见证了对方的成长和勇敢。刚才大家看到的毕爷爷臂章上的"畢啟發"三个字,就是茅坪战斗之后我爷爷帮毕爷爷写上去的。可是,由于毕爷爷记忆混乱,使得问题越来越复杂,越来越说不清楚,我爷爷也无能为力。爷爷去世前仍然交代我父亲,要关心这件事情。直到有一年假期,父亲让我回到干街,研究这段往事,恰好遇到亓元姐姐。她告诉我,最后的难题就是毕爷爷说的那句"在干街打仗",无法解释。

我后来向我父亲禀报了这个情况，我父亲调来西华山战役资料，在家研究了很长时间，有一天他告诉我，他终于明白了，毕爷爷把流波误认为干街了。我问父亲，他是怎么发现这个奥秘的，父亲告诉我，他是军人，军人对时间和空间比常人更加敏感，正确的时间到达正确的位置，就是胜利。在那场战斗中，毕爷爷没有在指定的时间到达指定的位置，却意外地到达了更需要他的位置。

乔梁说完，会场的空气出现了凝固。在人们期待的目光中，乔大桥站了起来，走到前排，向毕启发走去。在毕启发的面前，乔大桥缓缓地举起右臂，敬了一个礼，庄重地说，毕叔叔，我代表我父亲向你道歉，直到今天才为你恢复名誉。老人家，请看，这是我父亲留给你的最后的礼物。

屏幕上出现了两张照片，一张是乔如风和毕启发的合影，另一张，就是亓元刚刚介绍过的威廉拍摄的战地照片。台下的人们很快发现，原先不认识的那个正在射击的战士，现在认识了，他和乔如风身边的那个人是同一个人——年轻时的毕启发。

不知是谁带的头，一个人站起来了，两个人站起来了，接着，所有的人都站起来了，大家把目光投向毕启发。就在这个时候，出现了意想不到的一幕——毕启发双手撑着轮椅，扭动着，挣扎着，突然站了起来，并且伸出一只手在胸前拼命地舞动，嘴巴一张一合，声音很大，却没有人听得明白。亓元挤到前面，抓住毕启发的手，听了一会儿，直起腰说，老人家，你是说，还有三个，对吗？

毕启发顿时安静下来，浑浊的眼睛看着亓元，突然咧嘴笑了，笑着笑着，两行老泪滚滚而下。

十六

毕启发的这个插曲，使得研讨会的方向在不知不觉中发生了变化。但是有一个共识，既然毕启发是抗战英雄，上名人墙应该是顺理成章的，如此，满足了毕伽索的夙愿，毕伽索捐赠的一亿三千万也是水到渠成的。

乔大桥没有参加后来的会议，带着儿子向毕启发父子告别之后，就到干街去了。

组织上委托韦子玉到毕伽索下榻的宾馆去跟毕伽索磋商，毕伽索问韦子玉，你认为这个名人墙能说明什么问题？

韦子玉被他问得愣住了，反问道，你想让它说明什么问题？

毕伽索说，不管它能不能说明什么问题，我都不想花这个钱了。我的钱，也是血汗钱，我得把它用到需要它的地方。

说完这番话的当天下午，毕伽索就带着老爷子离开了皋唐县城，亓元和弓珲一直送到机场。

话别的时候，亓元对毕伽索说，毕总，把那一百万元给我吧。

毕伽索诧异地问，你，亓元，你需要钱？

亓元说，我为什么不需要钱？

毕伽索怔怔地看着亓元，亓元还是不见波澜地微笑，蓝紫色的连衣裙在微风中像一面款款飘动的旗帜。毕伽索点点头说，我明白了，如果我说给你一千万，你不会觉得我是冒犯你吧？

亓元说，我只接受我应该得到的那一部分。

毕伽索抬头看看天，又转头看看亓元说，好的。

亓元说，谢谢。

毕伽索挥挥手，向弓珲和亓元致意，然后推着轮椅过安检了。

一年后，干街文化街建成，不过，远远不是当初设计的规模。名人墙的项目被取消了，只是在韦梦为故居的基础上塑了一尊韦梦为的雕像，建了一块占地五亩的广场，周边安上了路灯，供老人跳广场舞，据说全部预算也就是五十万元。一度成为空巢的干街镇渐渐地又活泛起来了，文化街东西两侧，分别竖起两座门楼。东边是十几幢摩肩接踵的仿古房屋，商铺饭馆茶楼药店戏台手工作坊一应俱全。西边多是一些实用而时尚的建筑，学校医院工厂宾馆超市错落有致。东边的日子逍遥自在，西边的事业红红火火。两年后，干街被省里评为特色集镇，很多在外地打工的年轻人回到了故乡。

【作者简介】

徐贵祥，安徽六安人，1959 年 12 月出生。全国政协委员，中国作协副主席，中国作家军事文学委员会主任，解放军艺术学院文学系主任。著有长篇小说《仰角》《历史的天空》《高地》《八月桂花遍地开》《明天战争》《特务连》《马上天下》《四面八方》等。其作品曾获第 7、9、11 届全军文艺奖；第 4、9、11 届"五个一"工程奖；第 6 届茅盾文学奖。

本色英雄青史外
——评《鲜花岭上鲜花开》

汪 政

徐贵祥曾被评论界誉为"正面强攻"的军事文学作家，所谓正面强攻，指的是他善于营构宏大的结构，严肃的主题，善于塑造充满血性与阳刚之美的军人形象，指的是作家拥有驾驭阔大场面，把控重大题材的力量，比如他的《历史的天空》《高地》《八月桂花遍地开》等等。但是他的中篇新作《鲜花岭上鲜花开》却以"迂回包抄"的手法给我们讲述了一个深情的故事，曲折地表达了对英雄迟到的礼赞。

说《鲜花岭上鲜花开》叙事上的迂回包抄，是缘于它多线索结构与故事上的层层叠加。从小说中的人物毕伽索的视点看，这是一个民营企业家的奋斗史与自我救赎史；从亓元、乔梁看，这是当下青年进行中的成长史；从查林看，这是一个落魄文人由利到义的心灵史；而在韦子玉、弓珲身上，我们可以看到新型政府官员的胸怀和理想；如果我们集中注意力到干街这个皖西的山间小镇，竟可以看出中国乡村的变迁与现代乡镇建设的现实与未来……而在这些表层故事的后面，是毕启发，是乔如风、乔大桥等几代军人的辉煌、屈辱与坚守。从这样的概括与转述中，我们已经可以看出作品内容的富赡，看出作家建构复杂叙事的能力了。当我们依凭这些线索从不同角度进入作品并殊途同归来到故事的结局时，便会渐渐明白作品的内核是一个历史的谜团，是扑朔迷离的流波之战。故事的主人公竟是游离于故事主干的毕启发，他是毕伽索的父亲，一位新四军的排长，一个战场上的"逃兵"，一个偏僻小镇的裁缝，一个被人们鄙视的废人，一个每天喝上二两酒的口齿不清的老人……

一切都是为了解开那个谜团，一切都是为了洗去莫名的冤屈，一切都是要让英雄堂皇地站在人们的面前，一切都是在向那些无名的战士们致敬。与徐贵祥以往的许多作品不同，他没有正面描写硝烟弥漫的战场，也没有用传奇的故事演绎战争，甚至没有对英雄完整的描述。但是，英雄就在那里，他们从迷雾中走出，从歧义丛生的传说与污名中走出，一步步清晰、明亮、突显，终归立于天地之间。

《鲜花岭上鲜花开》让我们再次意识到了一种特殊群体的存在价值，那就是英雄。英雄是人类的杰出者，他们有理想，有信念，有追求，继而以自己的智慧与力量自觉践行这些理想与信念，并且创造出超越同侪的事业。更为重要的是，他们能将这些置于高出自己生命的崇高地位，慨然担当，视死如归。因此，英雄的意义与价值总是具有超越性与感召性的，他们所从事的事业也许会沉入历史，但他们的精神却与日月同辉，影响着同代人甚至永远。英雄总是集时代、民族与国家精神于一身。不能设想一个民族与国家没有英雄，更不能想象一个时代、国家与民族会忘记或漠视英雄，倘若如此，精神便无从体现，信仰更无处安放，那样的社会必定是失去了脊梁的软体和失去了凝聚力的散沙。这也许是《鲜花岭上鲜花开》重要的意义之所在。徐贵祥说："我们必须擦亮我们的心，用文字，用文学，表达我们对英雄的敬重。发现英雄，书写英雄，呼唤英雄，是我的职责所系，也是我的理想信念。"这样的写作理想于今难能可贵。

《鲜花岭上鲜花开》写了英雄，但它可能会改变我们对英雄的想象，可能会改变我们经过传统英雄叙事阅读而定型了的审美经验。徐贵祥告诉人们，英雄是多种多样的，英雄的写法也是多种多样的。毕启发与传统的英雄形象差距实在太大，他既无英武的形象，也无豪言壮语。将他的业绩细数开去，也就是在茅坪战斗中打死一个鬼子，在流波与敌人打了一场遭遇战。他的后半生不但乏善可陈，还因为负伤离队背负了"逃兵"的恶名。然而，当历史的细节层层打开时，谁又能说他不是英雄呢？那种初上战场的一战成名，那种突发情形中的果断出手，那种非常情境中的忍辱负重，那种一直将战友铭记于心的手足情义……小说固然有像韦梦为那样潇洒威武、气冲霄汉、名满天下的豪杰，也有毕启发这样平凡朴素、命运多舛、已经没身人海的百姓，他们都是英雄。而且，《鲜花岭上鲜花开》用力所在恰在后者。丰富的生活积累，特别是革命老区的历史让徐贵祥明白，在那些名垂青史的英雄榜的后面，是成千上万的无名英雄！而这部作品正是作家通过毕启发这一形象的塑造向那些沉睡在大山深处、历史沟壑的英雄们送去的一个永远是迟到的但却是真诚的敬意。

所以，《鲜花岭上鲜花开》与其说是写英雄，不如说是发现英雄。这才是小说真正的主线与文心所在，也是作品最具价值的主题之一。这一价值固然是对英雄的重新发现，让英雄归位，还英雄尊严，更重要的却是发现的过程与发现者形象的塑造。这些发现者的形象是各具个性的。毕伽索是毕启发的儿子，他成长于特殊的年代，亲身感受到"逃兵"对一个人、一个家庭的伤害。当毕伽索成为一个成功的企业家时，他迫切需要去掉父亲头上的这顶帽子。为此，他不惜重金买文造假，他不但要去掉父亲"逃兵"的恶名，而且要让父亲作为英雄登上故乡的名人墙。一开始，毕伽索确有功利与私心的考虑，但随着故事的进展，他不需要造假了，他发现了父亲真正的历史，父亲是货真价实的英雄！父亲的历史改变了他的价值观，在寻找和发现中，毕伽索完成了自我的救赎和人格上的脱胎换骨。相比起毕伽索的这种精神涅槃，亓元、乔梁，特别是亓元，他们对英雄的崇敬几乎是与生俱来的。亓元之所以加盟梦为公司，就是因为传奇英雄韦梦为的感召。当她偶然得知毕启发的遭遇和毕伽索的心愿后，便暗中开始了对毕启发历史之谜的寻访与索解。与毕伽索一开始的动机和手段有别，亓元是凭着真诚之心，以理性和科学去洞幽探微、寻根找据的。正是亓元和乔梁，包括毕伽索、查林的努力，真相水落石出，毕启发终被发现和承认。无论是亓元与生俱来的英雄情结，还是毕伽索后来人生境界的升华，作品都以强大的艺术力量和人物的性格逻辑告诉我们，英雄的力量是伟大的，它对人心的感化、精神的提升、性格的塑造似春风化雨，又如磁石引针。尤其像亓元、乔梁这样的形象无疑给我们提供了重新认识当代青年的独特视角，打破了人们对他们的概念化想象。当代青年远不是戏弄历史的嬉皮士，不是抛掷价值的虚无者，也不是精致的利己主义者，他们的身上有着向善的愿望，有着英雄的基因，正是因为他们，无论是韦梦为还是毕启发，英雄的精神都得以传承。

好的作品就是如此，它指认人性之美与生活之善，给人慰藉，给人希望。

大裂

胡 迁

1. 暴力

那场近似于屠杀的暴动，发生于没有任何人察觉的夜晚，在我们连续打牌的第七天。

这是一种六人打的牌，需要四副扑克。这种牌，生来就是为了更快捷地浪费时间，更多的人，更多的摸牌时间，每个人手里都会捧着书本厚的一沓纸牌，让时间一张一张地拍在桌面上，发出啪啪的铿锵有力的声音。我们都乐此不疲地沉浸其中。我跟丁炜阳在最开始都不会打这种牌。此牌有很多技巧，烧、闷、点，而所有的技巧都为了一个目的，就是让上家或对家生不如死。

宿舍总共有六人，此前我们没日没夜地打够级，凌晨一点收摊子，躺在床上睡觉，到了中午用几本书压住未完的牌局，吃完饭回来接着打。在我熟练技巧之后，丁炜阳还没摸清这种牌的门路，而他又经常是我的上家，他常常在手里还拖着半副纸牌时就被我烧闷带走，然后捧着厚厚一沓扑克牌恍惚地盯着牌堆。

终于在凌晨要收工的时候，我再一次闷烧，带走了丁炜阳。他握着自己的牌，迷茫地看着四周。那天就是如此，丁炜阳默默地放下纸牌，缓缓走出屋子，我们觉得那是跟往常一样的一个夜晚，丁炜阳被我闷烧后，洗把脸，刷刷牙，上床睡觉，第二天继续努力。

然而我们听到走廊里传来丁炜阳撕心裂肺的吼声，那巨大的声音在这一大片被城市遗弃的荒凉土地上回荡，近似于一种哀号声。我们都怔住了，那哀号令所有人感同身受。我之后才想明白，那是动物临死前的叫声。与此同时，我们觉得周围有什么东西改变了。

在丁炜阳的咆哮声绵延过后，我们听到从宿舍窗户里传来二楼混乱的脚步声。紧接着丁炜阳破门而入，说："他们来了。"

有人说："谁？"

丁炜阳睁着眼睛，还没等他说话。一个啤酒瓶在门口爆裂开，有碎片从门缝里滑进来，丁炜阳急忙关上门。

"他们好像有刀。"丁炜阳抵在门上。

又有三五个啤酒瓶碎裂在门外的地板上，响声巨大。可以听到走廊尽头一间宿舍的门被一脚踹开，数十个叫骂的声音重叠在一起，涌进了那间宿舍。然后就是哀号声，铁器在床上的撞击声，那种凶狠让人不寒而栗。

接着他们撞击第二间宿舍门，显然已经从里面挂上了门锁，我们听到五六双脚密密麻麻地踹着，震动沿着墙壁传过来。然后那间宿舍的门倒了，在叫骂的间隙可以听到玻璃碎渣在地上摩擦出的吱吱声，一张床被整个掀翻了。踹门声密集地传过来，此时多个宿舍同时被破门。

这是老广院的人，他们大概有一百个人，正排着队朝三楼四楼冲，一间间宿舍地殴打。老广院的人住在二楼，我们是学校更迭后的第一批新生。

躲在墙角的人瑟瑟发抖，屋子里的六个人都屏气敛声。

"出不出去？"有人说。

丁炜阳的大舌头更严重了，"出去，干什么？"

我们都不知道出去可以干什么，随着房门一扇扇地被摧毁，门锁哐当当地掉落在地，老广院的人一点点逼近着我们所在的宿舍。那声音极其混乱，有铁器在墙上、床上、柜子上的敲打和摩擦声，还有肉体的撞击声，这些声音让我们不知道该怎么办，我们没有计划，如果一个宿舍的人贸然出去，不知会被打成什么样。

这时我们听到了走廊里一声叫喊，嗓音极其浑厚。

这个新生的宿舍原本在走廊的另一头，按照现在的速度，估计还有一段时间才会踹开他的门。他站在走廊里喊："大家都出来！"

老广院们突然安静了下来，他们可能在心里嘀咕，如果这一层的新生联合起来，人数上是他们的两倍还多。

他声嘶力竭地喊："我们人多，大家不要怕。"

丁炜阳把手按在门把上，他深深地喘着气，颀长的身体一伸一缩。

"开门。"宿舍里有人说。丁炜阳没有回头，他仍然在喘息，呼吸越来越急促。

门被丁炜阳打开了，同时我们也听到别的宿舍细碎的开门声。一旁的郭仲翰从抽屉里摸出一把剪刀。宿舍里有扫帚、拖把，他摸起剪刀的时候，我知道他心里一定是恐惧极了，剪刀的杀伤力比棍棒要厉害得多。

其中一个老广院嘶哑地说："对，开门。"那声音像是钢丝球刷在生锈的铁锅上。

我们纷纷往门边走着，六米长的宿舍变得无比漫长。我抓起了拖把，我不知道这个布条包裹的棍子能派上什么用场，丁炜阳已经探出半个身子。

只听重重的砸击声。那是头部被打中的闷响，那一下极其狠毒，被砸的人直接扑到地上。

所有人开门的结果就是，老广院们不需要再踹门，而是三四人一组直接冲入宿舍，抡起棍棒就猛抽，那抽打声已经越来越湿润，我知道肯定流了不少血。

我从门缝里看到了一个肥硕的影子，一晃而过，丁炜阳迅速关上了门。那时一个舍友刚离开他所在的位置半米，也就是这五分钟他只走了一步。

几个沉重的脚步声朝着走廊另一头冲去，好像每一步都要踏穿三楼的楼层一样。

冒头的新生独自反抗，他吼叫，但无济于事，想冲出来的人被重新堵回了宿舍，而且挨了更残暴的棍击。丁炜阳再次背靠着门，宿舍里的人已经到了承受压力的极限，舍长蜷缩在椅子上，椅子跟他一起颤抖。

我们没料到，宿舍门被突如其来地踹开了，丁炜阳重重摔在地上，他没用手掌撑住地，额头撞到了瓷砖，趴在地上一动不动，四个老广院进门后大喊："刚才谁开的门？"

没有人回答，郭仲翰往前跨了一小步。惊恐的舍长抬起弯曲的手指，指着地上的丁炜阳。

老广院用铁棍的头朝丁炜阳肩胛骨砸去，丁炜阳还是一动不动，几双脚朝丁炜阳踩踏下去。我伸出手，想要去拦，但门口攒动着十几个老广院的脑袋，我被内心的软弱控制着。"我真的打不过他们。"我在心里默念着，但这一点也不会让自己好受。

直到我们看到丁炜阳的脑袋下面有一条红色小溪流出，他想挣扎着爬起来，又被一脚踩下去。在两次支撑起身体都被重击下去之后，角落里有人大吼一声，看起来他脑袋似乎要爆掉了，那是从胸腔里爆炸出来的吼声，他愤怒地朝老广院冲了过去。

当我们要反抗的时候，我还未走到宿舍门外，就在铁器的殴打下，一下肚子，一下头部，没有疼痛，只有晕眩的涟漪从大脑沸腾起来，便已经失去了行动力。在我歪倒在门框的刹那，看到沿着走廊，混合着闪烁的玻璃碴，一条血迹向远处绵延，冒头新生那肥大的身躯被两个手持棍棒的老广院拖着，继续向远处走着。而我的腹部沾着红色，不知道是哪个人沾染在铁棍上的血液。

大约在三点左右，老广院回到了二楼，走廊里已经混乱得如同屠宰场，散乱着各种碎片，以及一片片血迹。宿舍里大吼一声的赵乃夫被打得昏迷过去，他的眼角裂开，是一条触目惊心的伤口。

那是维持了数个小时的静寂，所有挨打的人都一动不动待在各自宿舍，没有人说话，没有人移动。

这突如其来的暴力事件让所有人沉浸在一种莫名的状态里，沿着走廊走一圈，会看到岿然不动的每个人，在碎片和血浆里思索着什么。

丁炜阳被搀扶到椅子上，他瘦弱的身躯经历了一次彻底的侮辱，鼻血干涸，鱼鳞一般沾在脖子上。而舍长一直背对着所有人，不停地揉搓那根弯曲的手指，那手指已经被搓得肿胀起来。

我跑到楼顶上，看到浑身瘀肿、胳膊被翻折过来的冒头新生，他的脸盖在地上，腮上的肉将脑袋跟地面的缝隙填得一丝不漏，几乎看不到呼吸。而我瘀青的眼角压着半个世界，我向远处望去，已经凌晨五点，冰冷彻骨的空气包裹着这片荒地，他不知死活地趴在那，像一头被宰过的猪。

也许这是我们决定去相信藏宝图的那个起点。

2. 每个人的到来

我的高中是 J 市最差的高中，入学当天的军训卧谈会，大家谈的是城郊嫖娼的经验；我的初中也是 J 市最差的初中，军训当天的卧谈会，大家谈的是哪一天能开始去城郊嫖娼。这座城市有一百六十多万青少年，我想，我是他们之中活得最为龌龊腌臜的百分之五。

从 2006 年开始，我在北京考学，要考取一个跟电影有关的学校。电影专业的考试需要先拿到学校的专业合格证，然后参加高考，两边通过后可以上学。父母满怀希望地鼓励我，为我准备了一个结构复杂的行李包，并塞了一大沓钱在羽绒服的暗兜里，嘱咐我小心火车上携带刀片的人。但携带刀片怎么看得出来呢。

第一年，我拿到全国最好的艺术大学考试合格证，整个人意气风发，身上有微光，见谁都是面若桃李，嘴角含笑。只需达到本省本一分数线的百分之八十，我就将去那所如同传说一般的学校读书。我将离开百分之五的肮脏青少年，回到大队伍的前列。

然后在夏季，高考分数下来，全省参加高考的人数前所未有地达到了六十四万，本一线水涨船高，于是我被刷了下来。

但没关系，我有才华，还年轻，身强体壮，还可以再考一年。这样告知父母之后，我轻车熟路地开始了第二次考学。

我开始筹备第二年的考试，每日阅览盗版 DVD。家住在一楼，父亲会在下午去院子里铲狗屎。在重重压力下，百分之七十五的青少年都需要毛片，我却在阅览时被窗户后面铲狗屎的父亲看到，于是他给我学电影下了一个定义，就是闲散在家里以看电影的名义看毛片，他从此不再支持我，每次我从房间出来都含义复杂地看着我。

但母亲仍鼓励我。秋天，我再次去北京准备考试。母亲在大衣的暗兜里给我塞了厚厚一沓钱，嘱咐我小心火车上携带刀片的人，我说现在京广线已经不是绿皮火车了，没有带刀片的人了。我带着一个空荡荡的结构复杂的行李包来到北京的地下室。那一年考试中我认识了赵乃夫，他身高一米九，臂展如大猩猩。

2010 年，本省的高考人数再创新高，我重新回到了谷底。

四年里我一次次计算着自己的位置，本一线四万八千人，是八十万的百分之五点一，本二线十三万九千人则是百分之十四点九。落榜，则再次回到高三，2007 年与我一同高考的人，如今大多已步入社会，开始计算自己的工资收入在社会人口中的百分比，少数人读研，一部分人生子。

第五年，父亲已经与我彻底决裂，母亲在与他终日的吵架中为我夺来最后一次机会。如果这次落榜，父亲就用他的路数送我去环卫站开车，在我看来，若此事发生，我将终生成为那最后的百分之五。

我将身着制服，坐在环卫车上，在破败不堪的马路上，大口向外吐痰。

这图景冲击太大，以致我在考试期间竟开始脱发和失眠。佝偻着背，顶着一头稀疏的乱毛，我考出了这几年来最差的成绩。

在父亲"早知如此"的眼神里，我看到几年前他在后院铲狗屎的那个下午，他只是失落地看着窗户。而母亲自一年前就鲜少说话，在我穷途末路时，她拿来一本小册子，让我去读上面宣传的野鸡大学。

我看也不看，说自己宁可去环卫站开车。

她就背对着我，我看到她颤抖的双肩和鬓间白发，就接过了册子。

"即使在那样的学校中，我也会直捣黄龙的！"离家之前，我背起自 2006 年考学就一直在使用的行李包，对母亲说。

说罢，2006 年至今，我第一次哭了起来。那所学校的名字以黑体竖直排列在宣传册封面左侧，竭力显得不那么捉襟见肘。

就这样，父亲一脚踹翻家里自 90 年代就摆在客厅的大理石桌子，助我一臂之力，我去了山化传播学院。

在城区郊外，沿着笔直的高速公路，是一片荒郊野岭，秋天之后，土地为一片残暴的焦黄色。2011 年以前，这所荒郊野岭里的学校叫广播学院，之后，校园扩建，改名为山化传播学院，就是我最后要去的学校。如果调查学校前身，也就是广播学院的背景，会发现在 2004 年的"师生二十人殴打学校领导"，以及"从化工厂改造的教学楼引起家长的不满，要求退还学费"这两条新闻。在全国三百一十六所专科院校里，它想必也是最后的百分之五。而我以二十三岁高龄，成了山化传媒学院编导专业的大一新生。

这所改造的学院没有建好，在化工厂的焦黄色还没有完全遮掩住的校园里，孤立着几栋楼。报到的那天，是学生唯一一次凑全的时候，所有人抱着五颜六色的塑胶脸盆和棉被，站在荒郊野岭中只有几棵树苗的小广场上，所有人面对着食堂，食堂看起来简陋而草率。这种脸盆像纸浆做的，所有人都知道很薄脆，棉被里的填充物基本上是以草为主，所有人也都知道睡起来会干巴巴。来到这里的学生不外乎两种，一种高考成绩过低，低到跟理想的学校相去甚远，除了这里无处可去；一种是没有参加过高考，不来这里只能去城市务工，基本上也是无处可去。

我清晰记得那个抱着一堆杂草的下午，胳膊里夹着塑胶脸盆，不知所措地站在一小片广场中。很多人回忆起那天觉得当时的阳光很灰暗，太阳看不到形状，因为空气污染严重。但其实那天根本没有太阳，天色阴沉，云层厚重地压在这片无边无际的荒郊野岭。校园里的每一处都生长着奇形怪状的植物，这些生命混乱无序。所有人目光呆滞，大家不敢观察四周，只是涣散地看向面前臃肿油腻的食堂大门。然后在恍惚中明白了什么，一切都完蛋了。

后来大家纷纷散去，步态缓慢，像一堆软体动物。可以看到宿舍楼二楼，老广播学院的学生趴在窗户上，扒着香蕉看着这群新生，深深的敌意目光穿透过来，令人脊背着了凉风。他们就像埋伏在路边的劫匪，或者在潮湿小巷里双手插在口袋里的黑人，他们在等待着什么。

其实他们没有等待什么。

没有人等待着什么，他们只是觉得新生侵犯了他们的空间。

从二楼那股危机感中脱离之后，我在走道里遇到了复读学校认识的郭仲翰。我本以为他去了上海，吃了一惊。在他遇见我的时候，他可能也觉得自己应该已经到达上海。

郭仲翰高大粗壮，却有一张娃娃脸，肤质娇嫩，声线阴湿，所以他留起了胡子，只是胡子也生不长，像一层霉。我惊奇地发现，我们竟抱着颜色相同的脸盆。

我跟着郭仲翰来到他的宿舍，把脸盆放在地上，我给自己的脸盆做了记号。郭仲翰掏出一张揉烂了的纸，看了号码，走到宿舍最里面的一张床边。他的床对面上铺有个爸爸在给一个小胖子整理床铺，这个小胖子是刘庆庆。他的爸爸正俯身套枕套，刘庆庆平躺着，把脑袋一侧，他肤色较黑，脑袋圆得像瓶盖。刘庆庆的爸爸非常枯瘦，穿着深颜色条纹衬衫，衣服扎进裤子里，有一种离着两三米就能闻到他身上汗味的感觉。

刘庆庆非常严肃地跟我们打了声招呼。他爸爸哼唧了一声。我不明白那声哼唧是什么意思。然后刘庆庆的爸爸要去食堂吃饭，两人笨手笨脚地下了床，刘庆庆看向我们，还没等我们反应过来，他爸爸又哼唧了一声，拉着他就往门外走了。刘庆庆爸爸的不友好让我有种他很正确的感觉，他做得对。

我后来得知，刘庆庆幼年时父母离婚，母亲去了徐州。他的父亲在话剧团管道具，酗酒。喝醉之后回家，喜欢让刘庆庆给他洗脚，刘庆庆从十岁一直洗到二十岁。后来刘庆庆的父亲找了一个后妈，后妈很讨厌刘庆庆，因为他畏畏缩缩又有点胖。光棍数年的刘庆庆爸对后妈宠爱至极，家里时常是刘庆庆给父亲洗完脚，父亲再去给后妈洗脚。刘庆庆本该进话剧团工作，但后妈嫌刘庆庆碍手碍脚，于是他父亲就找到了山传。而后妈跟他父亲一直没有结婚。

然后郭仲翰搬了张椅子，反坐着，双手交叉环抱，好像在复读学校时一样。

"你知道吗，我高考发挥失常了。"他说。

"我知道。"我说。

"我女朋友已经在上海了，本来我也应该在上海，知道吗？"

"知道。"

"我就差了五分！五分。你看，这是她发我的彩信，这是虹桥，你看。这是火车站，看。"

我瞄了一眼，也不知道他是亢奋还是伤心。

在我复读第三年所待的夜校里，郭仲翰喜欢把头抵在课桌上，双手交叉着往腿上一放，然后睡觉。额头会被课桌边角压出一条深紫色的印痕，长此以往，这条痕迹已经固定在上面。以郭仲翰的睡姿来看，他高考必然是要差几十分的，现在差个五分已经很便宜他了。在复读学校，我们两个成年人是同桌。有一次他在睡梦中醒来，对我说："我有一种不好的预感。"

"什么？"

"有不好预感的时候，就会有好事发生。"

"不是这样的。"

"上周五我身上只有五块钱，我哪也去不了，我就去彩票站买了一注，中了二十，然后我就在网吧通了个宵，还吃上了一顿饭。"他兴冲冲地说。

"你是个孤儿吗？"我胡扯道。

"我妈礼拜五就出差了，她只给我留了饭。"

"那你爸呢？"

"离婚了。"他说。

我就不知道该说什么。

郭仲翰忽然哈哈大笑："妈的，说起来算半个孤儿。"

也许是因为同为离异家庭的孩子，虽然郭仲翰看不起畏畏缩缩的刘庆庆，但刘庆庆还是喜欢跟着他。

郭仲翰问我怎么会来到山传。

我看着他，不知道该怎么回答。郭仲翰就点了点头，这个头点得让人非常不高兴。

然后我们身后不知不觉地多了一个人，这个人生得浓眉大眼，唇红齿白，有种90年代漫画里的帅气，眉毛像是涂上去的，并且硕大的眼睛里还有着莫名的闪光。他穿了一条紧身的牛仔裤，颀长笔直，方格子衬衫整齐有序，没有一丝褶皱。他带着阳光的口吻说："你好，我叫丁炜阳。"

他说话的时候，没人能预见铁棍落在他肩胛骨时的闷响，房间里仿佛顿时多了几束阳光，连灰暗的窗帘都生机起来。这个人与这里太格格不入了，这个学校的人都应该生着死鱼眼，眉如杂草，穿着耷拉的裤子，裤脚还要沾点土。

丁炜阳家里养羊。两个姐姐随后出现，让他非常不高兴。她们抱着两个装苹果的软塌塌的箱子，里面不知道放了什么。两个姐姐脸色红润，操着方言，丁炜阳不想让两个姐姐说话，一直眉毛紧皱。他几乎是轰走自己的两个姐姐。郭仲翰看不下去就跟丁炜阳的大姐打岔，说丁炜阳人看起来很好，善良，一看就是教育有方等等自以为是的片汤话。郭仲翰说话时丁炜阳气得满脸通红。我悄声对郭仲翰说："你就是个傻逼。"郭仲翰摇头晃脑不明所以。所有人都不高兴。丁炜阳的两个姐姐很尴尬，那个苹果箱子丁炜阳也命令她们抱走。但箱子的塑料绳断了，大姐说就放这里吧，里面是棉鞋和吃的，现在不用就放着吧。丁炜阳就从纸箱里取出棉鞋，把鞋带抽出来捆在箱子上。她们就提着箱子走了。丁炜阳站在椅子旁往广场上看去，校园广袤，两个姐姐的背影朝学校大门走去。

丁炜阳放下行李箱，观察了一下自己床铺下的桌子，他课桌的墙上写着"哥走了"，有人在"哥"字的下面写了个"欠"字旁，加"欠"字旁的人本来可能想做点别的，但最后没想出来，就这么没意思地随便写了些。丁炜阳看着墙上的字不明所以。其实我的铁衣柜上也写着字，是前人用一种想要写得认真好看其实很幼稚的字体写着：

耶和华见人在地上罪恶很大，终日所思想的尽都是恶。世界在神面前败坏，地上满是强暴。神观看世界，见是败坏了；凡有血气的人，在地上都败坏了行为。

下面还添了一行字：

所以我要操死她。

丁炜阳撅起屁股拉开行李箱的拉链。郭仲翰和我打算去食堂吃饭，在路过丁炜阳的时候，他忍不住摸了一把丁炜阳的屁股。丁炜阳回头粲然一笑，还笑出了声。

于是我也上前摸了一把丁炜阳的屁股，他又粲然一笑。我也笑了笑。

看到他笑了，已经走出门的郭仲翰又转身过来，再次摸了一把丁炜阳的屁股，这次丁炜阳觉出不对劲了，他说："干什么？"

门口走来郭仲翰的另一个室友，他生着死鱼眼，眉如杂草，穿着耷拉的裤子，裤脚还沾着土。他说："你好。"没有人理他，连丁炜阳也没有理他。

后来我在食堂里吃饭的时候，看到刘庆庆的爸爸快快地低着头，刘庆庆悲伤地看着桌子，那上面什么也没有。我打量了一下整个食堂，所有人坐在椅子上默默地吃饭。有个女孩端着盘子离开橱窗朝一个饭桌走去，也许是地上有油，她摔倒了，清脆的一声，盘子甩出去一米。女孩浑身被鱼香茄子盖着，坐在地上，困惑地看着远处。

有人抬起头，困惑地看着她。所有人都不知道怎么了。

3. 聚集

一直到开学半个月，我们都很少能在学校碰到老广院的学生。

新生所做的事，首先是9月5号那天，有人打通了墙。在校园里，此处的荒郊野岭跟彼处的荒郊野岭之间，有一排崭新而险恶的围墙，玻璃碴子鳞片一般贴在墙头上，但这围墙只是看起来险恶，中间有的地方被学生开了洞，栅栏被学生直接推倒，就成了南北的小门。

开门的起始是因为这一级有一个肥头大耳的家伙，他要去学校的西边，但是大门只在东边有，他身体肥硕，当时已经费劲地走到了学校最西边，看着校园里一眼望不到头的荒郊野岭，他突然回忆起在来到山传之前曾经在技校进修过挖掘机，而正在修建的校园里随处可见挖掘机，此时在不远处就停置着一台。于是他就爬了上去，给学校开了一个西门，见到此景的人纷纷鼓掌致敬，此人从此成了西门大官人。

很快我便每天跟着刘庆庆和丁炜阳去网吧，学校的西门不再是简陋的一个墙洞，洞的四周被修整得很整齐，还挂上了一圈草，并且在旁边写着"西门"，另一侧写着"大官人"。全校的人都受益于西门大官人，他开动挖掘机的飒爽身影被广泛传播。学校的南边有一堆鹅卵石，是为了给广场的小树林铺路用，工程还没进展到装修的这一步，鹅卵石就一直堆在那。西门大官人打通了围墙之后，又在夜色里发动了挖掘机，把南边的鹅卵石运输到西门，并沿着学校到网吧的最短路径，把鹅卵石铺了上去，全部镶嵌进泥土里。

在发生暴力事件的夜晚，西门大官人成为那个被打成一张饼的冒头新生，摊在天台上。

最初的几天，我一直在夜晚重复着一个梦境，梦里有个土丘，土丘大概有三米多高，上面还点缀着碎石子，一群白花花的乌鸡在上面爬上爬下。梦里我十分愉悦，一直蹲在那里看着它们。它们灰白色的排泄物点缀在上面，我在梦里想着，这大概就是自己的小宇宙了。

开学第一天，所有人去上课，教室里人头汹汹，丁炜阳还带着笔记本，只是不知道记什么。他上课时就摊开笔记本，笔帽摘了，笔头在离纸张两公分的位置悬浮着。他们宿舍的人都坐在一起，郭仲翰和刘庆庆坐在丁炜阳两边。

大家在教室里的位置跟宿舍是一起分布的，每个宿舍的人来到教室会坐在一起，去食堂吃饭也坐在一起，回宿舍后还是这几个人在一起。而同宿舍的人在一起也没什么可聊的，课堂上静悄悄的。大家就是凑在一起。这样，宿舍和教室，就没了区别。

第二天，刘庆庆要撕丁炜阳笔记本一张纸。在没有爸爸的时候，刘庆庆就判若两人，他会对某些事非常执拗，而爸爸在场时他对周围就没什么态度。刘庆庆捏住纸张的时候，丁炜阳对他怒目而视，那粗大的眉毛更粗大了，刘庆庆说："不就是张纸吗？"

丁炜阳说出了一句让所有人瞠目结舌的话："这是学习用的纸。"

刘庆庆被激怒了，说："学个鸡巴。"

郭仲翰在一旁看着。刘庆庆的话被站在讲台的老师听到了，老师愣了一下，装作什么都没发生的样子。但刘庆庆没有放弃，他夺过那个笔记本，扯下了一张纸，尖锐的一声。所有人都期待地看着丁炜阳，丁炜阳气急败坏，蹲下了身子。我以为丁炜阳要找什么东西做武器。谁知道丁炜阳果然是在找什么，他把刘庆庆屁股底下的椅子给抽走了，刘庆庆哧溜一下就滑到桌子底下。

丁炜阳抱着椅子站在那里，但过了十几秒刘庆庆都没有再出现。有些人就站起来想看刘庆庆在桌子底下干什么，讲课的老师也踮着脚尖看着。但刘庆庆始终没有站起来。大家觉得刘庆庆可能摔晕过去了，就继续上课。

郭仲翰安慰丁炜阳坐下，对丁炜阳说："就是一张纸而已，学习也没有那么神圣，如果学习很神圣，你怎么考到这里来了？"

丁炜阳被安慰得眼泪打转。

我忙说："丁炜阳，你别着急，没什么可记的，你可以写写散文什么的。"然后大家就给丁炜阳提建议，那个笔记本上可以写什么，有说画画的，有说可以买份报纸摘抄新闻，关心一下时政的，还有人说本子这么好，可以写情书。

也就在此时，刘庆庆从教室的另一角站了起来，手里拿着两个簸箕。原来他这半天是在找武器。刘庆庆满头大汗，脸上的青春痘也蠢蠢欲动，他旁边的女孩站起来给他让位置。

丁炜阳周围有两个哥儿们也站了起来，他们急忙按住丁炜阳的两条胳膊，朝着刘庆庆大喊："快别打了。"但此时刘庆庆距离丁炜阳还有五米，刘庆庆也许在寻找武器的过程中已经耗费了太多的气力，这时有点精疲力竭的意思。

眼见刘庆庆要放弃。那两个哥儿们连丁炜阳的腰也搂住，丁炜阳被完全控制住了，同时他们对五米开外的刘庆庆再次大喊："快别打了！"

刘庆庆喘着粗气，提着两个簸箕走过来。期间不时地看向我们。

于是郭仲翰用胳膊架住两个哥儿们，说："不打啦，都不打啦。"

这堂课之后，很多人就不来教室了，大家都失望至极。而刘庆庆和丁炜阳都对郭仲翰心存感激。

我问刘庆庆为什么要撕人家一张纸，刘庆庆说他想起了一个笑话，我问他是什么，刘庆庆说："就因为没写下来，现在忘记了。"

之后丁炜阳就不再计较别人撕他的笔记本了。他开始在笔记本上写散文，但他总是写了一句话就再也写不下去。我实在看不过去，就看丁炜阳写了什么。

那空荡荡的纸上，只有一句没有标点的话：

今天是幸福的一天

我对丁炜阳说："你这么写是不行的，这样永远没法往下写。"

丁炜阳扑闪着大眼睛看着我，瞳孔里闪烁着卡通的光芒，"那我写什么？"

每天来上课的人都少一半，最后每个教室只剩下一个人，即使这一个人，也是轮班制的。所有人都不知道去哪了。在荒芜的校园里，一望无际的枯败杂草，所有人分散在其中。虽然校园无边无际，但是生活设施没有因此增加，澡堂和厕所依旧是原来的澡堂厕所，住在二楼的老广播学院挑衅新生的事情逐渐频繁起来。其中有一个叫杨邦的新生，因为抢厕所，被老广院塞到了茅坑里。这个叫杨邦的人在此时的受辱，埋下了他的大志向，因为在发生暴力事件的夜晚之后，他用了很短的时间就搞来了二百斤钢管。

开学不久后，我和郭仲翰打算成立一个社团。

"凑一些人，没准可以做点什么。"郭仲翰是这么说的。而我为这个事情投入了很大的精力。

我们花了几天来做海报，海报上画的是小川绅介和他的剧组走在田埂上的速写，是一本书的封面，那本书上写，"一百米的田，走一遍和走十遍是不一样的，而我们走了十年。"那时我深深为这种精神所打动，因为一块田地里生命的朝夕变化，生长，可以伴随无穷无尽的发现，在坦然里感受着一种深沉的惊喜，我希望在这个校园里，大家能感受到小川绅介的精神，可以相信"能做点什么"。我用炭条画了许多遍，才准确地把那个书的封面画在一张四开的素描纸上，然后复印，再把海报贴在校园各处，有一张还贴在西门上。

只不过第二天食堂和教学楼的海报都被撕了，贴上了轮滑社的海报。我们就把他们的海报也撕了，贴上了卫生纸，卫生纸上写着我们社团的联系方式。用卫生纸，是因为贴上去撕不干净。等我们再去看，卫生纸居然被刮掉了。我跟郭仲翰不知道该怎么办。轮滑社以为我们没招儿了。

于是我就把他们海报下的集会地点和时间改成了我们的。

招新安排在一间教室，到了周末那天，这个校园的行尸走肉就都来了。有的人就站在外面冲着我们傻笑，隔壁是轮滑社，但加入轮滑社需要买一套装备，很多人没有这个闲钱，所以就四处晃荡晃荡。除此之外还有街舞社团、文学社团、桌游社团。所有浪费时间的行为都可以挂上一个组织。年轻人是这么想的，假如只有我一个人在浪费时间，那么会恐慌，但加入了某个社团，放眼一看，周围人都在浪费时间，心里就舒坦了，之后回到宿舍，发现有去轮滑社的，有去麻将社团的，心里又舒坦了一层。

只是有一人，头发上还沾着一层肥皂泡沫，就走到我们社团的教室来。我问他怎么了，他说："老广院把澡堂水龙头掐了。"

"那你用毛巾先擦擦。"我说。

"他们把我们的毛巾衣服全扔了。"

我顺手递过去一个板擦儿，"这是新的，没用过。"

他走去教室一边，认真地用板擦儿把头上的泡沫擦干净，在擦泡沫的过程中，他说："我叫李宁。"我看着他站在窗前，看着荒凉的土地，用板擦儿一下下抹着脑袋。

傍晚时，赵乃夫来到了教室。他看到我也非常吃惊。赵乃夫是牡丹江人，眉骨高耸，我在北京时跟他相识。我不知道他是怎么从牡丹江跑到两千公里之外的这里。他说："我不能死在故乡。"

太可笑了。

赵乃夫是我很好的朋友，但为什么在学校里一次也没见过他？

"你什么时候来的这个学校？"我说。

"我报到晚了两天，牡丹江离这里太远了。"赵乃夫说。

"那之后也没有见过你啊。"

这时赵乃夫皱了皱眉，说："因为，你知道有个宿舍给分到二楼了吗？"

赵乃夫住的是唯一夹进老广院二层的宿舍。老广院对待新生很有敌意，赵乃夫宿舍的门口往往会堆满一整层的垃圾。这其中的原因，在于老广院比山传的文凭还要不值钱，所有人的履历加起来还抵不上一碗肥肠面。

社团招到五个人，其中有两个女孩。我们第一次社团活动是在操场上，当时学校给社团免费提供摄像机，以便大家可以凑在一起拍点东西。在郭仲翰草拟的日程里，每周三、周五，是社团活动的日子。

那天是周三，赵乃夫、郭仲翰，连同我和另外三个社员，我们来到操场上。其中两个女孩叫王子叶、梁晓。另外一人就是李宁。郭仲翰说："我有一种不好的预感。"王子叶是个小矮个，一头卷发，看起来十分机灵，她自己也认为自己十分机灵，相比之下梁晓就跟个傻瓜一样。其实恰恰相反。

郭仲翰蒙对了，他跟王子叶坐在了一起，那就是不好的预感带给他的好事情。

除此之外我们是否还能有点别的什么？比如乡愁，比如发现，都没有。

当时我们聚在操场上，赵乃夫在一旁抢着一个三脚架玩。

李宁说："跟有共同志向的人聚在一起我感到很开心。"

郭仲翰说："大家凑一起是为了可以做点事。"后来这个社团除了郭仲翰谁也没做成点事。

"学校提供的设备我们利用起来，"王子叶说，"我回去就写申请表，宿舍里有在那边帮忙干活的。"

"对，大家凑一起，聊聊看有什么想做的。"梁晓说，说完大家就沉默了。

李宁说，"你们来这里以前有什么想做的吗？"

"我想写一个关于轮滑的故事，以前我加入过他们，晚上一起刷街什么的，手拉着手，在夜晚的街道里特别幸福。"王子叶兴冲冲地说。

郭仲翰点了点头。

妈的。

梁晓说："这样吧，周五的时候大家可以带着自己的想法，写下来，说也行啊。"

赵乃夫说可以。

李宁这时从怀里掏出一张纸，看得出这张纸是从丁炜阳本子上撕下来的。"这是我上大学前一直很喜欢的故事，希望大家能看看，提点意见，交流交流。"我满脑子里都是板擦儿在他脑袋上移动的印象，在那扇通往无尽荒原的窗户另一侧，李宁用板擦儿抹着头发上的泡沫，因为老广院把澡堂的水龙头关了，还偷了他的毛巾。

之后李宁把纸递给郭仲翰，郭仲翰只好装作饶有兴致地看，然后递给了王子叶，王子叶跟郭仲翰相视一笑，伸出玉手接过那张布满折痕又脏乎乎的纸，咬着接过纸的手指头看起来。

在那张纸传递过一圈之后，李宁期待地看着大家，但所有人一言不发。

"写得蛮好。"梁晓说。

我知道大家是什么意思，大家觉得这是狗屎，这张纸和纸上的故事都是狗屎。

这上面写了一个变猪的故事，儿子不小心变成了猪，但是爸爸不嫌弃他，仍然跟儿子和平相处，原来青春期的不青春期了，原来更年期的不更年期了，都因为儿子变成了猪。这个故事蠢到我质疑了自己，我困惑地看着赵乃夫，他不知道我在想什么，所以也困惑地看着我，我为什么想要成立社团呢？为什么我要撕别人海报，还自以为聪明地往别人海报上贴卫生纸？我为什么不把自己贴上去呢？

李宁在等着梁晓说他写的哪里好。而梁晓盯着纸，其实她也不知道自己在看什么，她只是盯着纸，不知道说什么。在这尴尬的氛围里，赵乃夫看到操场的一角有个黑色篮球。高大的赵乃夫就站了起来，说："我们去打篮球吧。"

这一提议让大家喜笑颜开。

赵乃夫后来对我说："有一种感觉，叫作尽情地挥洒汗水，这感觉多虚伪啊。"我觉得那天篮球场上"尽情地挥洒汗水"的感觉，应该是开启了赵乃夫堕落之门的起始。所以一年之后他在学校东边小镇的红灯区里尽情挥洒汗水时，我一点也不觉得奇怪。因为那离谱的一个下午，社团唯一一次活动中，赵乃夫开启了虚伪感受的通道，叫作"尽情地挥洒汗水"。

我们分成两组，在操场上打篮球，每组各带了一个女孩，这不是最难看的。我和郭仲翰，还有王子叶一组，在这个过程中，郭仲翰总是把篮球抛给王子叶，王子叶会再把篮球抛给郭仲翰，两个人丢来丢去的还有一种淫荡的眼神，这也不是最难看的。最难看的是，当王子叶次次丢不中球的时候，两个人会发出一种咯咯咯的笑声。

被那咯咯咯的笑声吸引而来的，是老广院的十来个学生。

一个光着膀子的平头抓住了我们的篮球，他们已经微笑着看了一会儿。

"你们不能在这里玩皮球。"他说。

"为什么？"赵乃夫说。

"现在这个点是我们的时间。"他拍着我们的篮球。

"又不只一个球场。"郭仲翰说。

"我们打全场。"平头说。后来站出来一个黝黑的哥们，说："别废话了。"

郭仲翰说："把球还我们。"

平头笑着看着郭仲翰，指着自己的裆部，说："这个球吗？"

"也行啊。"郭仲翰也笑着说。

那个黝黑的哥们一把抓过篮球，好像扔铁饼一样，胳膊撑了起来，球几乎快爆掉般直冲过来，随着一声鞭炮般的响声，郭仲翰把球抱在怀里。

赵乃夫说："有毛病？"

"有！"平头说。

黝黑的哥们吐了口痰，说："快他妈滚吧。"

"怎么这么傻逼。"郭仲翰说。

老广院这几个人眼看往这走，平头笑着一把拦住，说："让地方就行了，跟新生生什么气。"平头又对我们说，"你们敢在这儿接着打也行。敢吗？"

我们都下不了台。王子叶和梁晓就拉扯着大家，说："走吧走吧，本来也没多喜欢打球。"

我没有再去参加社团活动，就跟着刘庆庆和丁炜阳去网吧，当时已经十月份。每个人都陆续找到了在这个校园里的存在意义，比如王子叶，她在南边的一块土地上种植了一片花，郭仲翰从村民手里买来了牡丹花种子，两人在南边的土地上耕耘。比如赵乃夫，为了不受老广院土匪们的侵蚀，他每天都在努力地维持着宿舍整洁。还有郭仲翰宿舍的舍长，那个鱼泡眼的土包子，他积极地参加学生会，丁炜阳的笔记本作废以后，他就拿来记录学校所有人的违法乱纪，等待着哪一天就呈交上去，然后他可以当上系主任，当上校长，最终坐上党委书记的宝座。

只是新生在学校的活动引起了老广院强烈的不满。他们觉得是新生给原本精致的校园带来了一片荒地，而这片荒地在老广院看来，不过是"多养了几头猪"，每天澡堂的下水道口附近，"随处可见堵塞出水口的猪鬃"，以及新生在食堂吃饭时"把食物拱出了食槽，让食堂变得更脏更臭"。他们在教学楼张贴大字报谴责新生，并称新生中有一些"活跃的投机倒把分子"，正在"企图控制学校的资源"。

我觉得张贴大字报的也是老广院里少数"活跃的投机倒把分子"。大部分老广院的土匪基本都窝在宿舍里，他们赤裸上身，身体撑在窗户那，挠着腋窝，破烂的蚊帐从窗口连着蜘蛛网荡出来，并虎视眈眈地看着楼底下流动的人群。

"其实这是穷途末路。"看了大字报后郭仲翰说，"他们是最后一批老广院的学生，以后这个学校就没了，所以疯了。"我觉得郭仲翰说得不对，因为我亲眼见过老广院的生存状态。

第一次社团活动结束之后，有一天王子叶把我叫下楼，递给我一个相机，说上次社团活动借的不是学校的相机，而是老广院宿舍的。

"但我们的社团活动没有借过相机啊！"我说。

"借了，不过我忘记带了。"王子叶天真地看着我。我就断定她是借社团之名给自己借了一个有长焦头的相机。

"现在得把它还回去了。"她说。

"你为什么不让郭仲翰还？"我说。

"因为，听说那里很危险。"王子叶天真地说。我被这丑陋的嘴脸恶心得要吐了，拿起相机就走。

来到二楼时，我踏过了从没有踏过的那条线，向走廊深处走去，一股恶臭像锤子般砸过来，每个宿舍门口都堆着垃圾小山。我敲了敲那间宿舍的门，没人应答，但是敞着一条门缝。从门缝里传出另一股恶臭，暖烘烘的好像储备了许多年的味道。

推开门后，整个宿舍昏暗无比，门口住的人半个身子躺出床外，一条胳膊勾着床栏杆。层层的肮脏蚊帐让光线透不过来，空气浑浊不堪。地上每走一步都是黏滞的，像是铺了一层蟑螂胶。宿舍里的四个人以各种姿势躺在床上，让人判断不清他们是否还在呼吸。然后我撞倒了一个可乐瓶子，瓶子里流出橙黄的液体，我也没胆量去扶起来。

我说："崔晨？"

角落里一个干瘪的声音响起来，带着剧烈的咳嗽，蚊帐晃动着，灰尘漂浮起来。"啊？"他说。

"你的相机。"我说。

他扶着栏杆，勉强地撑起身体，想要坐起来，床摇摇晃晃，我忙说："别下来了，我给你放这吧。"

崔晨说："啊。好。"就虚弱地，如释重负地躺下了，仿佛那已经耗费了他一整天的力气，他今日的能量已经挥发干净。

我急忙从暖烘烘的恶臭中走出来，地板上尿液反射着房间里唯一的光。

这魔窟一样的地方后来让我做了很多次梦，梦里我被陈尸房一样的宿舍困扰着，被腐烂的空间困扰着，那宿舍是我们这一代人生活的地方，除了颜色相差无几。

4. 黄金

老广院血洗四楼的那天晚上，我跟丁炜阳打牌，此外还有老手郭仲翰、赵乃夫、刘庆庆，郭仲翰的宿舍长在旁边记我们的牌局，记录我们的不良作风，然后我们又从别的宿舍拉了一个人来，那人就是用板擦儿抹脑袋的李宁。李宁第一次来的时候，问我："社团为什么不活动了？"

"社团活动不拘泥于何种形式，只要能开发大家的智力就可以了。"郭仲翰说。

刘庆庆说："前几天，在网吧，有个人没给老广院的让座。"

郭仲翰拍下几张牌，说："为什么要给他们让座？"

"对，那人也这么说的。"刘庆庆说。

丁炜阳操着大舌头，说："然后呢？"

刘庆庆扑哧一声笑了，他拿牌的手都笑得花枝乱颤。

赵乃夫说，"怎么了？"

"他们说，等着，要把你们杀得片甲不留。"刘庆庆说。

郭仲翰说："真这么说的？ 片甲不留？"

刘庆庆笑着，点着头。

我们都笑得前仰后合，就连宿舍长也嘴角抿出一丝笑意。

两个小时后，三四楼从走廊到厕所一片血污。

暴力事件之后，校方给二楼和三楼加了两道门，

让两方不再用同一个出口。受伤的人在校医务室包扎，渗血后去周边医院，受伤严重的回市区住院。老广院均摊了一部分医药费，另一部分医药费让正在修建的图书馆提前竣工。校方通报，只要把此事告知家长，就取消学籍。即便如此，还是有老实巴交的父母赶来，站在校门外。大部分新生耻于将这件事传播出去，因为若是后续措施过多，会有碍他们复仇。复仇的念头在老广院撤走的时候就遍地开花了。

当然老广院也没有掉以轻心，他们一直防备着三四楼对他们的报复。不如说是期待着，他们渴望楼上冲下无数的人，来侵扰他们死水一般的生活。虽然带头的人被抓走，但这并不能阻止他们要跟这个世界同归于尽的信念。

老广院们原本以为西门大官人被打死了，但西门大官人一直待在医院，如果有人看他，他就会说，下次要开着挖掘机把老广院们推平。山传的新生没有避讳报复的计划，各个宿舍开始预谋着如何进行一次彻底的反击，他们在等待身上的伤口愈合。

我在宿舍的时候，又仔细地读了那段写在铁柜上的《圣经》，以至于产生了一种想法，我要去探索些什么。于是在赵乃夫可以下床以后，我叫上他，开始往校园外的四个方向探索。

东南西北都是一眼望不到头的土地，南边有农田，北边两公里外有一个村子，而东边则沿着那条高速公路不停地蔓延，只有一座孤零零的黑色煤矿小山。在无垠的荒野中行走时，我有一种预感，我觉得自己的生活将要发生一次翻天覆地的变化，那是一种植根在深处的希望，与老广院期待着毁灭有着相同的能量；我期待着有能改变自身周遭一切的一个入口，那个入口感人肺腑，它低吟浅唱着从混沌中通往云层的歌谣。

郭仲翰拄上拐之后，不方便下楼跟王子叶会面。他们俩在第一次社团活动之后

又独自进行了多次的社团活动，最后成了每天都社团活动，但那时候社团成员基本只剩他们俩。有一天周五，梁晓来到操场，发现了郭仲翰和王子叶，梁晓以为是周五的聚会，就从口袋里掏出一张纸。这张纸也是从丁炜阳笔记本里撕下来的，纸上写着梁晓钟爱的一个故事。

郭仲翰和王子叶看完这张纸后，王子叶钻到了郭仲翰怀里，说："蛮好。"

梁晓莫名其妙地说："这是怎么了？"

郭仲翰说："写得挺好的。"

梁晓深受打击，那是她看过最恶心的画面，一个女人看完她最神圣的故事之后，不知怎么就钻到别人怀里。

没了社团之后，梁晓跟其他人一样开始蓬头垢面地出现在学校各个角落，但她仍然坚持不懈地写故事，写故事的同时，她还密切地关注着这对情侣。

王子叶喜欢花。所有女人都喜欢花，不喜欢屎。

所以郭仲翰上了高速公路拦车，带了种子回来，说是牡丹，其实是茉莉。郭仲翰从北边的村子里偷了一把铁铲，在校园的南边开拓出一片土地。郭仲翰笨手笨脚地铲石松土时，王子叶就在一旁托着腮幸福地看着。那片土地有二十平方米，他们把种子洒进去，利用仅有的农业知识，给这些土坑浇了水。他们自己也不信这些牡丹会生长出来。女生宿舍的大楼正对着南边，这一切都被梁晓看在眼里。

在辛勤耕耘了一周之后，郭仲翰发现土地周围的野草长得都比较好，但自己田里的花没有发芽。王子叶在土里随便抓了抓，对郭仲翰说："没有种子了。"

郭仲翰扛着铁铲走过来，铲了几下，仔细寻找，发现果然没有种子了。他们仅有的农业知识让他们怀疑是泥土把种子当腐败物分解掉了。

我说："种子要泡泡水，才会发芽。"

郭仲翰点点头，说："原来如此。"这世上总有一种人，不管告诉他们什么，他们都会有一种原来如此的反应，意思是我知道只是没想起来。想到这一点，我忙添上一句："得用肥料水泡。"

在郭仲翰仅有的农业知识里，肥料就是大粪，他用大粪水泡了种子。奇异的是，种子竟然破壳了。

郭仲翰进行第二次播种，王子叶这次没有托腮看着他，而是从旁边捡了一根小棍，在旁边戳土，要把土戳得更松一些。

这一切，都被梁晓看在眼里。

种子在泥土里发芽了，半个月就长到了十公分高，我们其他人都隐隐期待着这一片花能够生长起来，因为不管种花的人怀着多么恶心的动机，但生命本身是美好的，尤其在这荒原之上，有着难得可贵的芬芳。

然后有一天早上，郭仲翰看到土地里发的芽都被齐土剪掉了，只能看到豆子大小流着汁水的茎。郭仲翰很伤心，但为了不让王子叶伤心，他就又跑上高速公路买回二十棵牡丹苗来。

但其实那还是茉莉。

郭仲翰加班加点把苗栽进土地里，他心想着这回总会长芽了吧。但是上次明明是被人剪掉的，这次怎么保证不会被人剪掉呢？

我说："你要围上栅栏，标明这是你的地盘，稍微有点素质的人就不会再这么干了。"

郭仲翰就与王子叶给土地围了栅栏。但女生宿舍上有一双眼睛注视着他们，这双眼睛的主人当夜就把围栏推倒了。

郭仲翰百思不得其解，是谁这么有破坏力？他开始回忆自己在学校里的仇家，想来想去觉得宿舍的人嫌疑最大，尤其是刘庆庆。因为郭仲翰总以爸爸自居，刘庆庆面上不抵抗，但是谁会喜欢做儿子呢。所以郭仲翰把刘庆庆拉拢进来一起干农活，发现刘庆庆笨手笨脚的，他本以为刘庆庆亲自动手参与种植就不会使坏了。

于是在一个黑夜，茉莉已经开出了花骨朵，我和刘庆庆从网吧归来，路过那片小农田时，发现一个矫健的身影，操着一把小剪刀，迅捷地将郭仲翰种植的茉莉花骨朵全部剪掉。

刘庆庆大喊一声："别动！"

那个矫健的身影听到声音后，看都没看我们一眼，就朝一个方向猛跑，像一阵风淹没在黑暗中。

我们都很失落，那片土地上承载着许多人的美好盼望，不管其如何小，哪怕微乎其微。

老广院暴力事件发生以后，所有人闭不出户在宿舍养伤，那片农田就荒废了。我同赵乃夫去南边游荡时，在傍晚的阴冷中，看到梁晓矫健的身影，她用透明胶给这片枯萎的茉莉粘上了一种黄色的花朵。这次没有人喊，我们只是在远处看着，冰冷的空气只能看到不太清晰的影子。我觉得梁晓并不认为自己做错了什么，在这里有谁会做错什么呢，她可能是出于怜悯，因为没过多久梁晓家人就把她送往国外了。她是第一个不是因为伤病离开这片荒野的人。

在那天下午，我们向着东边的荒野行走，发现了一所孤零零的矮房。从远处看像一个破旧的小积木。走近了，才发现这个矮房没有窗户，里面堆着干草，还有各种排泄物。事实上我们也是来这个矮房方便的。

我坐在矮房旁的一块石头上休息，隐约听到一种爬动声，在此之后很久我都不确定那是否是爬动声，我感觉有什么东西擦身而过。

从矮房往西边望去，学校的教学楼只有一个瓶盖的高度，那爬动声过去之后，我感到它钻入了地下。我不知道怎么描述那种感觉，就是周遭是一条可以不停旋转着看下去的地平线，被殴打的牙齿割裂口腔的痛楚还清晰可辨，一种爬动声往地下而去。

我站了起来，观察着那块石头，那爬动声未必是在此处钻入地下。

我叫赵乃夫过来，那是一块沉重无比的大石头，这时我们才发现周围还有两块这种大石头。石头很普通，是一种层次清晰的岩石，风将锐利的边沿磨平，靠近土壤的一面可以看到生长上来的苔藓，像明暗交界线一样，苔藓消失在可以接触到光的地方。

"搬起来。"我说。

赵乃夫看看我，说："太大了。"

我眯着眼睛看向四周，太阳虚晃晃地浮在西方，空旷的空间把几公里外高速公路的声音吸食干净。

"可以搬得起来，下面有东西，我刚才听见了，可能是老鼠。"我说。

"老鼠有什么可看的。"赵乃夫看着我。

我没有说话，赵乃夫走过来，他观察着这块石头，又抬起头看着我，那是一种辨识不清的表情。我说："你怎么了？"

赵乃夫说："我是觉得天色暗了。"

然后他张开臂膀紧紧扣住石头，我半蹲下来，我们一起合力，将石头掀了起来。石头翻转了一面，露出它不知道多少年没有见过光的腹部，那上面覆着一层稀薄的土壤，还有乳白色的蜘蛛巢。

在这个半米见方的土坑里，是一块被压多年的即将腐烂的木板。上面的一行字几乎无法辨识。天色暗了，我们凑近了一些。木板上刻着一行歪歪扭扭的字：

你将无父无母，无依无靠

我们在冷风里不知所措。

后来我看向赵乃夫，不干净的纱布里一双眼睛被遮挡了一半，那条还在愈合的伤口就埋在纱布之下。我看到那半个眼睛全是泪水。

我们站在荒原的冷风中矗立了五分钟，那一刻我们大脑混乱，无法理出任何思绪，直到天色更加昏暗。我几乎下意识地把木板拿起来，上面还沾着潮气，手指瞬间冰冷。

"挖吧。"我说。

赵乃夫点点头。他去旁边找了两块扁平的石头。

他说："我也听到了。"

我们是否听到的是同一种声音？我接过赵乃夫的石头，开始往下刨。

那个坑越来越深，里面也越来越暗，坑的四周堆砌着刨上来的石头，那一刻我想到了西门大官人的挖掘机，此刻他还躺在医院里，幻想着可以把生活中的一切阻碍推平。

坑四周的土不断往下滚，土地并不是松软的，每铲一下只能剥下来一层，可以闻到深深的潮湿气息，那潮湿的气息比表层上方的空气温度要高一些。我说不清楚为什么要往下挖，只是那个爬动的声音绝对不只是潜伏在石头下面。

挖到半米的时候，我们都跪在了地面上，膝盖和腰都开始酸痛，潮气侵蚀膝盖让关节变得酸软。当太阳完全隐没的时候，我们挖出一张折叠成方块的皮子，它还跟泥土紧紧粘连在一起，我怕扯坏，就多向下刨了几下，把皮子从土里抽出来。它带着一股腐臭的味道，拿在手里就可以闻到。

我激动不已，捧着那张臭烘烘的皮革，小心地展开，上面还爬出几条千足虫，我在空中抖了抖，泥土和虫子都被震落。在深呼吸之间，那感人肺腑的能量从皮革里传过来。同时我也隐隐知道，这也许就是一个玩笑。但有一种更让人深信不疑的东西，如果眼前的事物还能有所改变，那这张冒着腐烂气息的皮革一定是通向入口的，通往云层和低吟浅唱的入口。除此之外还能找出别的契机吗？

皮革上画了一张地图，应该是刻在上面，用黑色的染料沁入进去，现在黑色已经褪色变淡。地图上标示着附近的明显地标，西边的矿山被涂得死黑，北边是有几所房子的村子，南边非常空旷，什么也没有标注。而东边的这所房子，处于地图的最右边，上面是两个锐角拼在一个圆弧上，应该是起点的意思。这张地图应该是十几年前画的，那时这片荒地上没有学校，学校的位置上什么也没有。我们辨识着方位，地图在一个区域做了个标记，并刻着黄金的符号。

我把地图递给赵乃夫，赵乃夫把地图摊在手里观察，又重新叠好，装进了口袋。

我们朝着学校的围墙走去，微微染红的天边像一个口腔。

回来的路上，我跟赵乃夫没有说话，就一直走着，从半成品的学校大门进去，沿着南边的土路走，在离那一小块天地还有些距离的时候，看到了梁晓，正在枯萎的茉莉花枝上贴黄花。我想上去告诉她，我们找到了黄金，从此以后可以通往别的世界，那里没有荒原和干涸的河流，也没有不可控的四处滋生的糟糕感觉。我没有走上前，不然她剪那些新生植物的事就暴露了，她希望在暗地里做这些事，不管是坏事，或者是带着怜悯的，多余的事。

我们绕开了梁晓，在快到宿舍楼的时候，我说："我们是自己来挖，还是告诉他们？"

赵乃夫想了想，说："大家一起找找吧，也可能没有，而且人多力量多。"

"人多力量大，"我说，"对，尽情挥洒汗水，人多力量大。"

我说："但郭仲翰如此自以为是，若给了他黄金，他不就天下无敌了。"

"我觉得相反，假如我们可以找到黄金，他也深信的话，就不会这样了。"他说。

郭仲翰挂拐期间，不能下楼耕地，也不能跟王子叶会面，每日看着窗外被剪掉的茉莉枯枝，心里非常难过。有一天他费尽千辛万苦，跟着刘庆庆去了网吧。那时只有刘庆庆可以蹦蹦跳跳地去网吧，其他人只能在宿舍养伤，而丁炜阳沉浸在屈辱感中不能自拔，终日以背示人，唯独刘庆庆从网吧精神抖擞地回来，丁炜阳会仇恨地看他一眼。因为挂拐，去网吧过鹅卵石路是最痛苦的，拐杖好像为石头嫌弃一样被左挤右挤，让郭仲翰非常难受。他说："西门大官人是个罪人，他不过是为了彰显自己。"

"那你腿好的时候不也受益了吗？"刘庆庆说。

"但他还是罪人，因为他出发点不是舍己为人，是彰显自己。包括他现在在医院，如果那天所有人都在他的召唤下，操着家伙冲出来，他就等于又开了一扇大西门。"郭仲翰瘸着腿说。

"那你呢？"刘庆庆说。

"我怎么了？"

"杨邦集结了所有人，搞来一三轮车钢管。你彰显自己的时候，别人也没有尝到一点甜头啊。"

"老广院带着钢管下来，他就准备钢管，等你有钢管的时候，他们炸弹都有了。"郭仲翰又被石头硌了一下，险些摔倒。

"总比坐以待毙强！"刘庆庆说。

"都是虚张声势。"

"那你不虚张声势，又做什么了？"

"我不一定要做什么，我不遮掩本心。"郭仲翰说。

刘庆庆问："你的本心是什么？"

郭仲翰没说话，两人到了网吧，然后郭仲翰带回了《电车之狼》和《尾行》两款成人游戏。郭仲翰拷贝回游戏，是因为他不想再跑去网吧。带着本心归来之后，郭仲翰就在宿舍里玩这两个游戏。

刘庆庆描述起郭仲翰，说："他每天从床上爬到床下，就拿那个鼠标搓啊搓啊，他在床上有时做梦，也拿那个鼠标搓啊搓啊。宿舍里就全是女人哼哼啊啊的声音。"

郭仲翰在宿舍里搓鼠标时，丁炜阳还躺在床上，舍长心存愧疚，每天给丁炜阳买饭。有一次郭仲翰手指上的水泡爆掉了，搓鼠标有点疼，就把胳膊撑在脑袋后面，对丁炜阳说："炜阳，我们去楼下溜达一圈吧。"

丁炜阳的背说："让我躺着。"

郭仲翰撑起拐杖，走到丁炜阳床边，说："下楼对我们有好处。"刘庆庆看到两个互相爱护的残疾人就扑哧笑了。

丁炜阳说："让我躺着。"

我跟赵乃夫来到郭仲翰宿舍，把门重重推开，当时郭仲翰给手指贴了创可贴以便继续搓鼠标，刘庆庆被惊醒，喊着："你想死吗！"

我看到宿舍一角堆放着六根钢管，大概是其他宿舍送过来的。随着伤势的痊愈，新生在有条不紊地准备着。

我说："我找到黄金了。"

没有人理我。我走到丁炜阳床前，狠狠地抓了一把他的屁股，几乎要把他抓得翻转过来。丁炜阳双眼血红，愤怒地看着我，说："让我躺着。"

赵乃夫取出地图，宿舍里弥漫起一股腐臭味。

"这么臭。"刘庆庆嫌恶地说。

"这是一张藏宝图，上面标注了黄金的位置。"赵乃夫说。

刘庆庆眯着眼睛看了一眼地图，又躺下了。郭仲翰飞快地转头看了一眼，又飞快地转过头继续搓鼠标。

我说："他们已经死了，走吧。这些人马上就会死，知道自己命不久矣。"

刘庆庆笑了一声，说："你也活不长的。快滚吧。"

郭仲翰从旁边抓起拐棍扔向我，说："黄金！给你黄金！"

我抬起腿躲闪着拐棍，又伸出手，还没碰到丁炜阳，就听到丁炜阳大声怒吼："快滚！让我躺着。"

赵乃夫失望地向他二楼的宿舍走去，他说二楼的老广院们比以前积极了，没有那么脏了，他们在等待着。

"这栋楼的人都死了。"赵乃夫说。

然而我还是拿走了郭仲翰种花用的铲子，并让赵乃夫去北边村子再偷一把，于是他买了一把回来。从第二天开始，我跟赵乃夫按照地图开始找那个标记。

我用尺子丈量黄金标记的位置跟各处的比例，最后锁定了学校南边的一个角落，如果我们一无所获，那就是寻找的位置不对。最后定在了一个土丘后面，这里离着哪都很远，是连挖掘机都不光顾的地方。

也就是在最初，我觉得寻找黄金是带着游戏性的，在我第二天醒来的时候就明白了，这跟郭仲翰种花，或者西门大官人铺路，也许没有什么区别，我只是找到了一点事情做。即便多年后我回忆起在那个土丘后面刨下去的第一下，四周是长满蛀虫的野花和灌木，仍然不敢相信这是通向生命终结的开始，除此之外什么都没有。在我为了寻找黄金耗费的若干年里，在接近着那个不知深埋在何处的事物中，我一点也不清楚构成每个人时光的奥义。寻找黄金将带出一个有意义的时空，而在此之前，我一直不停地思考自己为什么会在此处，并在荒原里寻找可以通向哪里的道路，并坚信所有的一切都不只是对当下的失望透顶。

5. 洞穴

我感到新生的复仇之心，是看到他们对老广院的态度。可以下床的新生，在食堂里遇到老广院，是一副好像什么都没发生的样子，但当他们坐下来，会用一种冷漠的眼神盯着老广院的后背。我上中学时，但凡受了欺辱之人，举着板砖冲过去嘴里还骂骂咧咧的，一定会再次被欺辱一番。整个中学读下来，只有一个受了欺辱然后又做了点什么的人。他因为跟一个女生多说了几句话，被胖揍了几次，我听说的是他被人强迫着舔了那个女生的鞋。这之后过去了两年，我在校园里见到过他跟那群人相遇，都像是什么都没发生一般。直到毕业后，有一天我路过一间网吧，恰好那两人刚从网吧出来，我看到他从网吧旁边的一个拐角走出来，冷漠地盯着这两人的后背，跟他们擦肩而过。他在一瞬间扎伤了两个人。整个中学的三年里，这个少年不知道把这套刀法练了多久，因为我没有看清楚他的动作，只看到他的眼神空洞，和之后捂着大腿倒下的两人。当新生发酵出这种眼神，说明他们已经决定要做点事情了。而老广院当然知道新生们在想什么，但这对他们毫无影响。我仍然可以看到平头带领那群人在操场上打球，无所顾忌好像挑衅一般。事实上我根本不知道他们的想法，因为作为人数少的一方，他们有点不知好歹的意思。

在挖掘最初的三天里我一无所获，挖出的土已经形成另一个土丘，我日出而作，每天在稀薄的太阳里和赵乃夫去往学校南边的空地，傍晚把铁铲藏在一堆枯枝败叶中。赵乃夫乐此不疲，我们越往下挖掘，挖出的东西就越单调，我开始怀疑挖土这件事究竟能改变什么，而赵乃夫只是不停地挖着。到了第三天已经有一个一米五高的洞口，里面不太深，我在洞口铲赵乃夫挖出的土，他渐渐觉得铲子对于挖土不是一件很好的工具，于是就去北边的村子里偷来一把洋镐。

"北边村子的农具就这么好偷吗？"我问赵乃夫。

他说："邻居是不会偷的，都有记号，也不会有人专门来偷这个，他们放在墙根上，我顺手拿了就走了。"

用铁铲运输土也非常费力，半天旁边就会有一小堆土，还需要想办法把土堆挪走，渐渐地我发现铲子对于运土也不是一件好工具，于是就想去北边的村子偷一个铁桶。只是相对于铲子和洋镐，铁桶就没有那么好偷了。

我来到村子逛了逛，现在的村子都不用铁桶盛水，铁桶只用来当垃圾桶用，而那垃圾桶又太脏。我就蹲在村口想着该怎么搞一个铁桶。

后来一个中年男人走到我身边，说："我看你蹲大半天了，你在这里干啥？"

"我想弄一个铁桶。"

中年男人说："那边有五金店。"

于是我就跟着中年男人去了五金店，那是一间门脸很隐晦的小店，进了店，中年男人说："他要买铁桶。"

老板指了指一个角落，那里摆着几个铁桶和塑胶桶，灰尘盖在上面。老板对中年男人说："你又来干啥？"

中年男人说："家里洋镐又丢了。"

老板一脸严肃："铁铲找到没？"

中年男人气得直跺脚，说："日他妈了。"

我站在一边盯着铁桶，又拿起铁桶比画着看大小，心里很不是滋味。

老板说："咋这玩意还能丢呢？谁家没有啊。"

中年男人沉默了下，说："你家最多了。"

在我的比画下，铁桶估计几铲子土就要满了，这不是我需要的工具，但应该会派上用场。赵乃夫此时正在坑里干活，我突然想到要带点东西回去。

"给我一箱蜡烛。"我说。

"一箱？"中年男人问。

"对。"

老板问："你是那边的学生吧？你们电闸是不是不太好，找电工啊。买这么多蜡烛算怎么回事？"

"没事，要一箱就行，宿舍分分就没了。"

老板就往另一个房间走去，那里应该是库房。这时中年男人正在挑洋镐。他自言自语着什么我没有听清楚。

我叉着手等蜡烛，老板抱着一箱子沾着灰土的蜡烛过来，拍了拍。

中年男人扛着洋镐，我抱着一箱蜡烛，向村子的南边走，在一个路口他停住了，说："我就住那。"他转身走去，然后我继续顺着路往南走，也就在此时，我发现在中年男人家的大门旁，有一辆手推车。

手推车才是我所需要的，能够最快地把挖出的土运输到别处。只是我看着中年男人扛着洋镐的背影，有一丝丝酸楚，如果再推走他们家的手推车，我自己也接受不了。我抱着蜡烛在周围逛了逛，眼看就要天黑了。

再次路过中年男人家门口时，我咬咬牙，把蜡烛轻轻放上去，推着手推车向学校走去。

赵乃夫灰头土脸地坐在洞口不远处的沙子地里抽烟，看到我推着车来了，他露出和蔼的笑容，牙齿在灰脸的衬托下如大蒜一样。

我说："你跟郭仲翰，偷的都是同一家的，我碰见人家去买洋镐了。"

"那你这手推车哪来的？"赵乃夫一副不好意思的表情，"不是他们家的吧？"

我想了想，说："不是。"

我们在这一天刨出的还是只有土。赵乃夫干活的时候我在一旁盯着地图仔细研究，我精确到了那个记号所标示的范围，发现就在这块区域，而这里已经没有明显的记号。

我带来了一箱蜡烛，但看着脏乎乎的双手和西边落下的太阳，对赵乃夫说："算了吧。"

赵乃夫从洞里钻出来，他的纱布已经拆掉了，一道伤口就在眼角边。他说：

"不行。"

"这都是假的，都不对。"

赵乃夫舔了舔嘴唇，吐出一口沙土，说："我信。"

我呼出一口气，想着那好吧，即使他相信，我已经不信了。我觉得像丁炜阳那样天天躺着也挺好的，或者继续跟着刘庆庆去网吧，不用跟这些黄土打交道。

回宿舍的路上，赵乃夫再一次验证了他是多么热爱"尽情挥洒汗水"，他精神抖擞，而我满心失落。我已经忘记了发现皮革那天的激动，也忘记了要扭转这一切的想法。所有人都找不到任何东西。但这不妨碍赵乃夫竭尽全力地去做一件多余的事，也许比起挖土，其他的事情更多余。

但是当夜下起了大雨。

赵乃夫赶忙来找我。

"我们挖出的土，离着洞口有多远？"他焦急地问我。

"不太远，一直用铲子能铲多远。"我说。

"那完了，这么大雨，那个坑要被堵住了。"

我看向窗外，雨水磅礴，玻璃被捶打得直响，不知道是不是有冰碴子在里面。我看向南边的方向，因为被食堂挡住，是不可能望到那个坑的。我没有把土堆挤压结实，松软的小土丘一定会随着雨水被冲刷进洞里。赵乃夫和我一样十分失落。我们用了三天时间，在这个世界上制造了一个土坑。尽管它也许连多余都算不上。

赵乃夫从墙角抓了把伞。

我说："你去了也没用，而且冰雹能砸死你。"

"砸死我吧。"赵乃夫向楼下冲去，只听到雨伞甩动的响声。

在北京遇到赵乃夫时，他窝在一个地下室里。他一副清奇骨骼，面相在长期不规律生活的调节下呈现骷髅的形状，眼眶硕大，颧骨高耸，毅然决然的刚毅薄唇。他有一件大袍子，时常双手缩在袖子里。那是一件皮袄。我遇到他时，他已经落榜四年，每年考试时来到北京的地下室里。随着温度的下降，手往袖子里就多进一分。

赵乃夫那年考试带来了他画的一百部电影的分镜头，假如没日没夜地画，这厚厚一叠分镜稿纸需要画七个月左右。但一年只有十二个月，除去睡觉的时间，我不知道他是如何完成这项工程的。后来他跟我说，他在原来读大学的三年里给一个女孩写了一千封情书，然而这个女孩跟着一个大款跑了，大款有貂皮大袄。之后他就退学，来到北京。

"但你也穿皮袄。"我说。

"没错，我的是狗皮的，不值钱。"他说。

我觉得女孩不是跟大款跑了，她在三年时间里，每天都收到一封情书，面对着如此强大的一个神经病，女孩很可能崩溃掉了。她也许不是跟着一个人跑的，甚至一件在街上飘荡而去的棉衣，也能将她带走，逃离寒冷诡异的生活。赵乃夫所做事情都具有着夸张的数量级，大部分人没有毅力也没有时间完成那些工程浩大的事情。

他考学五年，最终来到山传，开学时所有人都说没见过他，很可能有一天他自己接受了已经身在此地的现实，然后觉得可以显形了，所有人才又可以看到他。来到山传之后他倍感难过，觉得五年时间的努力不应该只限于留在北京，应该可以考到南极洲的某所电影学院，在那里北极熊可以帮忙做做场工什么的。但事与愿违。只是按照赵乃夫给自己规定的数量级人生，他应该考五十年。

在山传刚开学的某个夜晚，我们在打"够级"，赵乃夫当天运气极佳，数次将我闷烧带走，看得丁炜阳喜极而泣。而赵乃夫也非常激动，那是一份等待了五年的成就感。一晚上的大小王差不多都被他鸡爪一般的手抓走了，五年里他第一次感到命运给予他的安慰，那成就感让他迫切想要与远在两千公里以外的昔日恋人分享。他从李宁手里借了手机，来到天台，就是西门大官人后来差不多命丧黄泉的天台。赵乃夫站在楼顶，心情复杂，他有激动人心的事要与那个女孩分享，那是从退学之后每年住在北京冬天的地下室里，五年的等待终于换来了在华北平原荒凉土地上——抓到了一晚上的大小王。

他拨通了电话，大口地吞着凉飕飕的空气。然后电话响了。赵乃夫激动得无以言表。

"你好，你是谁？"

"是我。"赵乃夫说。

接着传来一声歇斯底里的尖叫声，电话就挂掉了。如果有什么声音可以撕碎一个人，差不多就是那声尖叫了。因为之后赵乃夫的好运都被撕碎了，他摸的牌总是最差，但大家看到他精神恍惚就没有在牌局上欺负过他。

十几万张分镜头，和一千封情书，以及数年矢志不移的赤子之心，最终换来了——摸到一手大小王。

所以在我们的寻找黄金之路上，赵乃夫是第一个因此将自己打入地狱的人。那是从尖叫声就开始的堕落之路。

赵乃夫提着伞，浑身上下淌着水，站在走廊里，对我说："塌了。"

"什么塌了？不是堵住了吗？"

"土丘塌了，坑都给埋上了。"赵乃夫胳膊上沾着泥水，他应该还用手确认了下。

他从旁边抽下一条毛巾，往脸上狠狠地抹着。

我说："不挖了，地图扔了吧。"

赵乃夫猛地回头，说："不行！"

"挖了也没用，不是已经挖了三天了吗？什么黄金啊，蚯蚓都没有，我们就是个笑话！"我因为坑被完全压住，等于三天来所有的付出都被掩埋，一股深深的仇恨。

"挖，会有黄金的。"赵乃夫骷髅一般的眼眶里挂着水滴。

"我问你，为什么一定要挖？"我看着赵乃夫。他看着地面，显然陷入了思索。"我不知道，"他说，"但一定要挖，里面有黄金。"

我嘲讽地说，"你能挖一千米，还是能挖五年？"

我没想到自己可以如此恶毒。

赵乃夫抬头鄙夷地看了我一眼，说："你不懂。"

雨下了两个夜晚，在第三天的清晨停了。这两天里，李宁陆续给所有宿舍都分发了钢管，学生会的钱都用来买管制器具了，大家的伤势渐好，原本不知道该做什么的人们都树立起了新的目标，同时也在等待西门大官人的归来。山传人数是老广院的两倍，所以他们决定将老广院置于死地之后，两人一组把每个老广院分散抬去荒野里，让他们清醒之后看到浮尸一般横躺于大地之上的绝望画面。定计划的是杨邦，名字像一个古代将军。为了达成这个计划，杨邦在身上大面积的纱布还未拆的时候就已经开始准备，号召许多有志之士定期开会。

杨邦之前在厨艺学校学习西餐，我有幸参加了一次他们的会议，他们挑了一间最大的教室，十来个人都笔直地坐在拼成的大桌旁。我看到李宁像个泥腿子一样跟在杨邦旁边。暴力事件之后，李宁对我们这种浑浑噩噩的软弱派萌生蔑视。"你们就不感到羞耻吗？"李宁愤慨地质问我们。郭仲翰停止搓动鼠标，嘴角一挑，"羞耻？羞耻是什么？"算是给了李宁一个答复。然后继续搓着鼠标，宿舍里仍然回荡着女人哼哼啊啊的声音。李宁头也不回走出门，从此再也没来过郭仲翰宿舍。

杨邦开完会就给众人做西餐，做西餐的炉子是烧蜂窝煤的，不能搁在教室里，所以吃饭的时候大家就蹲在一楼大厅。杨邦把首领和后勤的事务都囊括在身，带领着一部分人重新找回了生机，意气风发地穿梭在学校的各个角落里。

雨停之后我跟赵乃夫来到南边的小土丘，小土丘已经没了，地上是泡芙一样的凹地，好像还泛着泡沫的样子。我看到手推车，上面的锈迹好像更厚了。赵乃夫走到原来坑洞的位置，蹲在那，两条猿猴一样的胳膊横支在膝盖上，落寞地抓一把土，一副重要亲人去世的模样。

"走吧。"我说，"这里面全是水，我们挖不了，除非西门大官人来。"

赵乃夫站起身，拍了拍手掌上潮湿的泥沙。

也就在隐约中我想起几个月前的那个梦，梦里的空地上有一个土山，周围是群雪白的乌鸡，乌鸡在土山上爬上爬下。我想着那个梦，突然一个激灵。

我忙走向一边的草丛，把洋镐和铁铲都拿出来，上面湿淋淋的。我走到湿漉的凹地中，好像又陷入进去一点。我说："挖吧。"

赵乃夫困惑地看着我。

我压着激动不已的心情，装作平静地说："你傻啊，我们挖的洞比这个土丘小多了。"

"那怎么了？"

赵乃夫就像头梁龙一样，几十米的身躯生长着一个核桃大小的脑子。

"这下面是空的，我们的洞是装不下这个土丘的。"我说。

赵乃夫这才反应过来。我心想老天为什么给我这么聪明的脑袋呢。

手推车也推了过来，由于泥土松软，我们完全用铁铲就能轻松地把土刨出来，而且效率极高，比上一次挖坑不知道轻松了多少。雨后的空气清新，我觉得全身都要舒展开了。

土丘之下，有一个洞，我们所挖的小洞把土丘的地基给刨空了，所以雨水一润，土丘就塌了下来。赵乃夫在瓢泼大雨的夜晚来到这里，黯然神伤，此时他一定为自己的愚蠢感到懊恼。

还没到中午，不但原来的小坑被挖开，土丘下的洞也已经见了模样，是一个一米多点的洞口，当把堆在里面的土壤全部铲出来，里面冲出一股雨水和腐败树叶的味道，又黑洞洞，斜斜地向下通去。

赵乃夫蹲在一旁抽烟，我们都满怀希望，感到许久不见的轻松和愉悦。抽罢一支烟，赵乃夫急忙扛起了洋镐，我们跳到坑洞下，朝着一片漆黑凝望。

"金子会发光吧？"赵乃夫口齿不清地说。

"有光才会发光，那箱蜡烛呢？"

"我搬回宿舍了。"

"你为什么搬回宿舍？"我看着眼前的漆黑，蠢蠢欲动。

"我怕下雨淋了啊。"

"蜡怎么会怕淋？你这不是耽误事儿么！"我气急败坏地说。

赵乃夫朝着宿舍跑去。我看着他猿猴一样抖动的背影，想着来回一趟至少二十几分钟。我坐在一旁的台阶上，紧握着洋镐。我把洋镐上的沙子都抹干净，抬起头，仍然可以看到赵乃夫的背影，时间煎熬得令人浑身难受。

不远处的石阶上留着赵乃夫的烟和打火机，我两步蹿过去拿起火机试了两下，就下了土坑。

土坑里丝毫不见光，我把胳膊伸在前方，里面潮湿得像是空气都在滴水。洞的高度有一米，只能蹲着朝前挪着步，然而还没爬几步我就看到了洞的最深处。洞的最深处只有三米多点，我回头，还能看到放置在外面的洋镐。我有一种被愚弄的感觉，这如同厕所一般的洞穴再次愚弄了我，胸口好像被这潮湿的泥土堵塞住一样，我往回挪着，却踩到了一个东西。一个硬邦邦的东西，而火机已经烫手，光一下子熄灭了。

我本以为会十分恐惧，但却有一种奇异的温暖人心的安全感，我看向三米外光亮的洞口，洞外是一片荒凉，而我身处洞穴，远离了这一切。我觉得周围有木耳生长起来，所有柔软的植物都在缓缓生长，让这个洞穴变得更为温暖，那种感人肺腑的能量再一次传递过来。火机凉下来之后，我看向那个硬如石头的东西，如同一个白酒瓶子。

也许在此之前我就有那种感觉，起码知道找不到什么，黄金不会如此轻而易举地出现。那是一截股骨，连接着深入到土里的胫骨，胫骨露出地面有五公分，薄薄的土壤覆盖在这上面。

我钻出了洞，恍如穿梭在两个世界。远处赵乃夫的影子正在奔跑，可以看清楚时，只见他手里抱着蜡烛。我嘴里有股涩涩的味道，我知道这下基本可以断定，黄金就在这大地之下，只要矢志不移地寻找，必然可以看到一片亮光。

他把箱子搁在地上，抽出两根红色蜡烛，我把火机扔向他。他跳到坑里，而我一动不动地坐在一块石阶上。他说："你不进去？"

"我等等进去。"

赵乃夫看着我，说："你进去过了。"

我点点头。他说："里面有什么？"

我嘴唇颤抖，说："不知道。"

赵乃夫就钻了进去。

此时，南边郭仲翰的花园已经彻底消失了，一切都像垃圾一样重归于土地。我听到洞里有细碎的声音，赵乃夫高大的身躯是否能塞进那个小洞。

他出来的时候举着那根大腿骨，在亮处看着，并擦着上面的土。骨头上有细小的坑洞，颜色也没有那么白，是染了一层油墨的浅灰色。

赵乃夫说："走。"

"去哪？"我说。

赵乃夫拿着一根粗壮的大腿骨行走在校园里，没有人注意他，看到的人也会以为那是一根不知道什么用途的棒子。我们一路没有说话，直接来到了郭仲翰宿舍。

我们到来时，杨邦和一个戴眼镜的青年也在那。

这个宿舍充满着灰败的气息，一切同一周前一模一样，丁炜阳的背像一截朽木，而郭仲翰仍佝偻在椅子上，蜷缩在上面，手臂来回滑动。

杨邦坐的椅子摆在房间正中心。他显然已经待了一会儿了。他说："正好你们也来了，我就一起说了。"他说话时两条法令纹是纹丝不动的。

他说："我们要做的不只是报复那么简单，各位同僚想一想，我们还要在这个地方待三年，如果这次没有任何抵抗，那接下来的日子会怎么过？他们会骑在我们头上拉屎。"杨邦说到这句话的时候愤慨激昂，好像他当时被老广院按到茅坑的遭遇一下子分担给了所有人。

"我知道大家都不好过，觉得从这个学校出去没什么好做的，学校对待我们也非常冷漠。但这不重要，这世上的一切都是要自己争取而来，哪怕只有一点微弱的希望之光，也要抓住它，抓住这团光，抓得死死的，堂堂正正的，做出个样子来。"他停顿一下，眼镜递过去一瓶水，杨邦没有接，眼镜忙拧开瓶盖，杨邦缓缓把水瓶举到嘴边，喝了下去，水滑过喉咙的声音很响亮。

"说句老实话，我只说给你们这个宿舍听。"杨邦回头，对眼镜说，"不要告诉别人。"眼镜点点头。

杨邦说："你们这个宿舍，是最晚的，之前我也派了几拨人来，但好像没什么效果，我想说的，第一，新生并不是缺了你们就不行，我认为更重要的，是大家要团结。第二，你们，不像其他宿舍，不经过任何思考就冒失地想要打过去；说明你们有自己的想法，现在有想法，能冷静考虑的年轻人不多，三思而后行，是好习惯，所以这次我亲自来，邀请各位有志之士，把这个校园控制下来。既然校方、社会都看不起我们，我们更要团结一致，把自己分内的事情建设好。"杨邦说完回头看了看我，又点了点下巴。

赵乃夫把大腿骨藏在身后。我看到郭仲翰耷拉着眼皮，听得要睡着。而床上的丁炜阳已经被吊起了兴趣，专注地听杨邦说着。刘庆庆也一副动容的样子。

赵乃夫喊："你们看。"

他举着大腿骨，几乎要把骨头攥碎的样子。郭仲翰疲惫地看着赵乃夫，一双眼皮被无数纹络包裹住。

他们知道我们在南边挖坑，已经接近一周，我拿走他的铲子时，郭仲翰还建议我一铁铲拍死他，他宁可被拍死也不愿跟着我们做一点事情。丁炜阳也扭过身子来，像章鱼一样拧着身体。丁炜阳说："这是什么？"

"我们，挖到了一截大腿骨。"赵乃夫说。我靠在支撑床的架子上。赵乃夫把大腿骨举过丁炜阳眼前晃了晃，丁炜阳脸色立马变了，大腿骨上有一种极其寒冷的气息，从上面的坑洞里不停地释放。大腿骨举到郭仲翰眼前时，他皱着的眼皮向上抬起，挤成一条线。

杨邦也歪了歪身子，观察着我们的骨头。站在他旁边的眼镜朝一侧躲了躲。

杨邦说："这骨头，从何而来？"

赵乃夫兴冲冲地说："我们有一张藏宝图，可以挖到黄金，现在已经挖到这个了！"我朝赵乃夫怒目而视，我不知道他告诉杨邦这件事做什么。

赵乃夫对杨邦说："你可以带着很多人跟我们一起挖，挖到了大家就不是现在这样了。"

杨邦冷冷地看着赵乃夫，嘴角不经意挑了一下。

"大家一起挖，很快就会挖到。"赵乃夫天真地以为，假如杨邦也加入，那么只需要二十个人，两天以内连小镇都能通过去。

丁炜阳痴痴地看着骨头，哭着说："我不知道怎么办，我已经躺了很久了。"

郭仲翰拿过大腿骨，仔细查看，腮上的肉像一个橘子般抖动着。

杨邦站了起来，说："太幼稚了，太可笑了，你俩是活在童话里吗？还藏宝图，挖黄金？愚蠢！"他面露怒色，说："我们养伤筹备，每个人齐心协力，你们却做白日梦！"

赵乃夫说："没有什么是白日梦。"

杨邦嫌恶地看着赵乃夫，对丁炜阳他们说："你们考虑得如何？"

郭仲翰歪着脸说："将军，你走吧，我们想打的时候就上战场了。"

杨邦没听出郭仲翰的讽刺，用手重重地摸了一把椅子背，说："期待。期待。"然后和躲避着骨头的眼镜出了门。

杨邦走后，我说："我们得救了，我们将找到黄金，远离这里，做世界上所有的事。"

事情的开始是这样，除了刘庆庆，其他人都从椅子和床上走下来了，他们沐浴在阳光下，像吸血鬼一样伸手遮挡眼睛和额头，丁炜阳说："不行，我要烧成灰了。"丁炜阳与郭仲翰加入了我们，开始挖坑。

挖坑的开始，他们需要洋镐和铲子，于是我在地上画了村子的地图，告诉他们五金店的位置，让他们务必要从五金店买来工具。郭仲翰和丁炜阳就往北边村子走去。路过那片茉莉花地的时候，郭仲翰突然想起这个世界上有个女人叫王子叶，而她已经消失好久了。但这个困惑仅存在了数秒，当枯萎的花地飘向视线之外的时候，郭仲翰已经彻底遗忘了王子叶。

走在路上时，郭仲翰问丁炜阳："你有多少钱？"

丁炜阳说："我有两块钱。"

郭仲翰面露疑惑："为什么一个二十岁的人身上只有两块钱？"

丁炜阳想了想，说："因为我贫穷，又落后。"

"那你有多少钱？"

郭仲翰没说话，他们走到村子里，按照我指引的位置，来到五金店门口。两人站在门口观察了一会儿，郭仲翰说："不进去了，我知道一个地方。"

从五金店的大路往北走，在一个路口拐进去，有一户人家的大门，是那个买洋镐的中年男人家。郭仲翰带着丁炜阳走到院子的另一侧，墙根上还摆着几块砖。

郭仲翰说："这几块是我上次搬过来的。"

他踩着砖头，悄悄地朝院子里看着。丁炜阳揪着郭仲翰的裤子，说："你干什么？"

院子里静悄悄的，郭仲翰说："我先看看。"

之后郭仲翰把身体撑起来，腰部卡在墙上，丁炜阳紧张兮兮地扶着郭仲翰的腿，郭仲翰伸出长长的胳膊，抓上来一把铁铲。他对丁炜阳说："你看，还挺新的。"他又把胳膊伸下去，抓上来一把洋镐，洋镐略沉，郭仲翰就双手把洋镐送上墙，翻了下来，拿下洋镐，观察一番，对丁炜阳说："也挺新的。"

两人扛着器具往学校走，路上他们遇到了那个中年男人。中年男人推着一辆崭新的手推车，他感觉这两个扛着器具的青年身上哪里怪怪的，但又说不上来。丁炜阳心虚，郭仲翰踹了丁炜阳一脚，丁炜阳说："你干什么？"

郭仲翰说："踹你一脚。"

"为什么？"

"因为你贫穷，落后。"郭仲翰说，"落后就要挨打。"

中年男人嘀咕着："这些学生太残暴了。"就往自己家走去了。那时郭仲翰没有看到中年男人的去向。

在他们去偷洋镐的时候，我和赵乃夫搓着已经起了茧子的双手，我说："我们需要手套。"

我和赵乃夫下了坑，把骸骨挖了出来，那骸骨一点也不可怕，骸骨是黄金的地标，不管此人生前遭受了什么，他此时都只证明了，这里可以挖到黄金。而我们一点也不觉得自己穷凶极恶。

洋镐和铁铲被扛回来后，赵乃夫跟他们讲了目前的工作进度，和发现骸骨的位置。

"首先要把这个洞挖得大一点，方便我们以后作业。"我说，"然后我们将沿着这个存放骸骨的坑洞，直奔黄金而去。"

他们两人戴上手套，跳入坑洞。我和赵乃夫把骸骨装上手推车，将骸骨推到一个墙角，打算就地掩埋。这时我再也伪装不下去，颤抖着将骸骨倒进坑里，我心里知道他就是那个写下木板上那句话的人。即便他不是，他也是追随黄金而来的人。

"你害怕吗？"我问赵乃夫。

赵乃夫深深呼吸着，说："害怕。"

"我们也没做什么伤天害理的事。"赵乃夫安慰自己道。

我们只是做着该做的事。

把骸骨都倒进了那个坑里，洞穴还残留着一些细小的关节和破损的骨片。之后我们去北方的村子，除了手套之外，还要准备可以充电的头灯、水壶。

土丘已经塌落，填堵了昔日挖掘的洞穴，在土丘各处的乌鸡已经不知逃散到何处。我奇异地找到了一个梦里出现的土丘，梦里上面点缀着稀稀落落的浅色鸟粪，绒毛在乌鸡挥舞翅膀的时候就飘散出来一点，只是我什么也抓不到。不但接触不到，这一切都塌陷并不复存在。给骸骨盖上土的时候我清楚地意识到，旧的梦境再也不会出现了。

来到村子，我们直奔五金店，但老板说没有手套。那种一面胶皮的毛线手套，要去东边的镇子上才有。

我们没走多远，听到路边有砸窗户的声音，看过去，两旁是几家KTV，有女人穿着廉价丝袜坐在里面敲窗户。赵乃夫站住了，于是那女人站了起来，打开了门，手叉在腰上。

"来吗？"女人说。

"不了。"赵乃夫一脸愚蠢。

"来吧！"女人说。

赵乃夫就朝 KTV 走去。

我拦住赵乃夫，说："你就这么被说服了？"

赵乃夫挣开我的胳膊，说："你懂什么，我不是被她说服。"赵乃夫满脸通红，说，"我憋了好几年了。"

他说："你身上有多少钱？"

我说："四十五。"

"那你去买水壶吧。"赵乃夫说。说完他就进去了，女人一把抓住他的胳膊，生怕我把赵乃夫呼唤走。

回来的时候，我们坐上高速公路的车，抱着水壶和手套。此时去往西边的车上，人明显少了许多，把小巴士的窗子打开后凉风像有生命一样，在车里张牙舞爪，可以感觉到那冰凉的尾巴一样的形状。赵乃夫吹着风，说："挺好。"

到了土坑，郭仲翰正在坑里铲土，洞里丁炜阳一定在挖。我问："多深了？"

"就把洞挖大了一点。"郭仲翰说。

丁炜阳听到我们的声音，从洞里钻了出来，他灰头土脸的，膝盖上补丁般糊着一块泥巴。丁炜阳说："黄金一定在这里面，我感觉到了。"

郭仲翰说："你感觉到什么了？"

丁炜阳说："黄金。"

"黄金什么感觉？"郭仲翰说。

"说不清楚，就是一定在里面。"丁炜阳兴冲冲地说。

"你感觉到屎了。"郭仲翰说。

大家戴上了手套，我沿着凹进去的大坑，用洋镐敲出了一个斜坡，用铁铲拍平，这样可以用手推车来运送挖出的土。与此同时我感到赵乃夫对挖洞已经有些疲态了，可能是因为刚去嫖娼的缘故。后来我发现不是这样的，当我们越加确信存在着黄金的时候，他就越对挖掘失去了兴趣。当只有我和赵乃夫时，那一周的时间里没有任何收获，还下了一场大雨，我们对着一团虚空挖掘，赵乃夫对此兴致勃勃。当他拿着大腿骨上来的时候，我看到了他神情上的失落，我们离着黄金近了一点，他就丧失一点挖掘的生机。

丁炜阳在最里面，他找到几个指骨，用卫生纸包着，放在口袋里，像宝贝一样珍藏起来。从床上下来之后，他的身体恢复得很快，虚弱离他而去。

赵乃夫和丁炜阳一起在洞里打前锋，郭仲翰把土送出来，我用手推车将土推到埋葬骸骨的墙角。洞里的墙壁上插着蜡烛，半截蜡烛插进土壁里。后来为了让蜡烛充分燃烧，我把蜡烛捆在了树枝上，又将树枝插进土壁中，这样蜡烛就可以一直烧到底。沿着墙壁流淌下来的蜡液渐渐形成一条小瀑布。

而我知道，所有人的耐性最多坚持三天，三天之后，如果没有任何发现，该回到床上躺着的人还是会回到床上。

疲惫的第三天到来时，郭仲翰已经想念自己的鼠标。因为四人一起劳作的缘故，这个向下延伸的洞已经深入到六七米，每隔一米，蜡烛流淌下来的蜡液像标尺一样给洞留下刻度。这期间赵乃夫又去过一次东边的小镇子，回来的时候如同完成了任务般，我知道他又去嫖娼了。

第三天结束时，我们像往常一样朝食堂走去。

郭仲翰打个了嗝，说："我们在干什么呢？"

丁炜阳说："我们在找黄金。"

"不对，"郭仲翰说，"我们在浪费生命，虽然我们的生命是垃圾，但我们仍然在浪费，因为原本垃圾挑挑拣拣未必全都没用，有些还是可回收的，能重复利用的。但挖洞就等于把垃圾全都焚烧了。"

我说："你不要这么消极。"

"跟你比当然不可能了，你已经干这事很久了，为什么这么有毅力呢？"郭仲翰说。

丁炜阳说："我觉得充实多了，那天我就感觉到黄金了，现在更近了。反正我比原来更好了。"

郭仲翰的嘴角又扬起来，说："你比原来更好了？"

丁炜阳点点头。

"你哪里比原来更好了？"郭仲翰挑衅地问道。

丁炜阳被问蒙了，说："怎么说呢，我觉得自己不弱小了。"丁炜阳极其真诚。

郭仲翰大笑着，他伸出手抓了一下丁炜阳的屁股，丁炜阳没有躲，也根本不在意。这让郭仲翰非常不悦："就是说，你原来觉得自己很弱小，现在很厉害了？"

看到郭仲翰这极具攻击性的模样，我怕他会打击到丁炜阳和赵乃夫的情绪。我说："你就是条狗,你真不相信,那三天前来挖什么？你就是干不了人的事儿,没毅力,一点点努力就让你变回狗。"

郭仲翰立马站住了,说："我现在还能挖,你行吗？如果一直挖不到怎么办,你把自己埋了吗？"

我咽了口水,看着郭仲翰歇斯底里的挣扎模样,说："好啊,去挖,都去挖。"

赵乃夫忙说："先吃点饭。"

"现在就回去挖,就现在挖,挖不到我死都不回去。你们才是狗,让你们看看自己怎么变成狗的！"郭仲翰喊着,他调头朝大坑跑去,一边喊着,"还一点点努力！努力点就变好了！一群杂碎玩意！一群狗屎！"

郭仲翰的样子没有激起我们的愤怒,我看到经常受他欺负的丁炜阳也没有因此生气,大家只是感到很伤心。

等我们走到大坑时,洞口已经冒出晃动的烛光,可以听到郭仲翰在洞里拼命地砸着洋镐。丁炜阳就钻入洞,在郭仲翰身后把土铲出来。随着洞里的长度增加,我们现在的工作方式已经显得落后了,人数根本不能维持土堆的传递,而且最初觉得很有效率的方法,现在反而成了累赘。我们需要新的工作方式,如果手推车能进到洞里就比较好了。需要木板给坑洞铺上道路。

大约一个多小时,郭仲翰就精疲力竭了,我们又饥饿又疲惫,浑身酸痛,隔着手套的手指也肿胀起来。

赵乃夫朝里面说："走吧,今天就先这样。"

里面没有反应,仍然是洋镐捶地的声音。我说："郭仲翰,今天算了,明天再来吧。"

就在这时,一个包裹从里面扔出来,落在近洞口的地方,我放下手推车,走过来。丁炜阳和赵乃夫也聚了过来。

这是一个塑料布缠绕的包裹,有二十几公分长,塑料布已经硬化,并且灰蒙蒙的,土壤从包裹的缝隙往里侵入。丁炜阳问："这是什么？"

我把包裹拿起来,从外面只能看到层层叠叠的灰茫,那片灰茫中我看到我们几个人在这上面的反光,都变了形。解开塑料布,抖落上面的土,里面有一个塑料袋子,袋口是一个死扣,缠着几圈绿色布条,我以为绿色布条上有字,但上面什么都没有,像是从拖把上扯下来的。这个包裹有两三斤的重量。把布条解开,可以看到塑料袋里是一种长条状有点像茶叶的植物。味道却比茶叶浓郁多了。赵乃夫捏起一根闻了闻,说："好像是烟草。"这里面没有霉味,这堆破烂起到了很好的防潮效果。

丁炜阳说："应该是茶叶。"然后他又说,"如果有毒呢？别管了,谁知道是什么。"

郭仲翰像土拨鼠一样钻出来，说："试试。"

丁炜阳问："有毒怎么办？"

"有毒就去死，一了百了。"郭仲翰说。

赵乃夫微微笑着，露出嫖娼的笑容。他掏出一根烟，揉搓着，把里面的烟叶挤出来，只剩下烟蒂和一个空的纸卷壳，捏起两根长条状植物，团了团塞进去，又捏起两根将整条烟塞实。手指捏住，然后揉，直至这根烟竖直有力。

丁炜阳说："我不会抽烟。"

郭仲翰看着赵乃夫干瘪的手，他一直担心赵乃夫把手上的土也塞进去，但赵乃夫此前已经在身上擦了又擦。"那你就泡水喝，跟喝胖大海一样。"

赵乃夫把烟蒂塞到嘴边，慢慢举起火机，点火，猛吸一口。他缓缓吐出一口浓得像痰的烟雾，一股很冲的味道冒出来，如燃烧的牛粪一样。接着郭仲翰接过来，深深吸一口。

"什么味道？"我说。

郭仲翰递过来，说："有点臭。"

"那我不抽了。"我说。

赵乃夫说："抽下去就不臭了，我现在就觉得不臭了。"

我吸了一口，没有那么臭，甚至有植物的香气在里面燃烧。我们就这么传递着，每个人抽了三两口，这根烟草才燃烧殆尽。期间丁炜阳去找水壶了。

大约过了几分钟，开始有一种轻微的晕眩感。我看了一眼赵乃夫，他已经躺在了地上，舒坦地把胳膊撑在头下。郭仲翰坐在台阶上，面带笑容，像一个蠢货。而丁炜阳果真已经将烟草泡在水壶里，摇晃着，喝了下去。那股晕眩感让周围的东西好像膨胀一般，不断冲击过来，近处的小树如同团起来的海绵，正极速地向外生长、扩张，而远处的光点和自己的距离也变得十分诡异。

"这不是好东西，以后不要抽了。"我说。我隐隐约约知道这大概是什么了。它为什么会出现在洞穴里？我想起那具骸骨的形状，此时变得真真切切，好像骸骨就在眼前，并且光亮整洁，浑身如白玉般冒着幽暗的光，那骸骨的样子跟赵乃夫此时一模一样，胳膊交叉在头下，躺在地上。我抬起头，如螺旋一样的星空中，光斑链接起各种形状，我感到自己可以制造星座，星辰之间有了交流，传递着一种神秘莫测的语言。这种虚妄感控制着我。

赵乃夫这头猪如一个打破的鸡蛋般瘫在地上。

大约半小时后，我们不约而同地觉得该吃饭了，饥饿感好像让体腔都变成一个空洞。我和丁炜阳把赵乃夫拎起来，朝食堂走去。

到了食堂，却看到王子叶跟杨邦正坐在不远处。

他们不是每天吃蜂窝煤上烧的西餐吗？为什么会来食堂？郭仲翰看到王子叶时一怔，好像想起了什么，他突然想起了还有一个叫王子叶的女人，这个女人喜欢花，不喜欢屎。郭仲翰瘸腿后，王子叶从他的生活里消失了，郭仲翰这才意识到原来王子叶来到了杨邦的身边。

他朝杨邦走去。丁炜阳抱住了摇摇晃晃的郭仲翰。赵乃夫已经趴在了旁边的一张桌子上，流着口水。我急忙伸手勾住了郭仲翰。

"不是，我去打声招呼。"郭仲翰笑着说。

他熊一样厚实的身板一下就将我们挣脱开，而我们现在也没多少力气。

郭仲翰走到王子叶身边，直接就坐了下来，王子叶微微一愣，她残留的羞耻心让她稍微紧张起来。杨邦正襟危坐，看到郭仲翰，把双手交叉在胸前。郭仲翰一副烂兮兮的模样，周围有几个杨邦的同僚站了起来，杨邦将胳膊抬起来，轻轻一挥，这几个同僚又坐了下来。这场面的愚蠢程度让我忍俊不禁，我捂着嘴笑起来。

只见郭仲翰把胳膊搭在了王子叶肩膀上，杨邦再次抬起了胳膊，王子叶迅速像轰苍蝇一样把郭仲翰的胳膊支走。郭仲翰的胳膊就滑到椅子上，他没扶稳，差点摔倒。

杨邦义正词严地说："等你酒醒后我们再谈。"杨邦说起话来像一尊石像。

郭仲翰将自己坐稳，吧唧着嘴，说："你说什么？"

"等你酒醒之后，我们再谈。"杨邦冷冷地说。

"我跟你，谈什么？"郭仲翰软兮兮地说。

王子叶往旁边挪了挪，说："你走吧。"

郭仲翰瞪着王子叶，说："你，跟我种花去，浇大粪，开花。"

我再也憋不住，抽搐般笑起来。丁炜阳在那里不知所措。

王子叶嫌弃地看了一眼郭仲翰，坐到了杨邦的身边。郭仲翰看到王子叶过去，有些不高兴。他伸出手，想抓王子叶，却没控制好，双手抓住了杨邦，杨邦皱着眉，也没有反抗。等郭仲翰意识到自己抓错了人时，自嘲地笑了笑。他说："小杨，我有很多心里话想跟你说。"

周围几个同僚又站起来。

郭仲翰还沉浸在抓错手的自嘲里，他觉得很好笑，还看了我一眼，我也认为很好笑，郭仲翰又转过头。他说："小杨，你怎么看待上次挨揍的事儿？"

杨邦把手从郭仲翰的手里抽回来，说："跟你不一样，我号召大家准备着还击。"

"你觉得，你伟大吗？"郭仲翰说。

"伟大谈不上。"杨邦抿着嘴角。

郭仲翰哈哈大笑，说："还他妈，谈不上！"郭仲翰自言自语，"伟大，谈不上。"

杨邦反问："怎么了？"

郭仲翰说："你为什么自我感觉这么好？像你这种虚伪的狗屎，我一直纳闷，你为什么自我感觉那么好？"

杨邦脸色变了，一拍桌子，说："嘴巴放干净点。"

郭仲翰狠狠地拍了一下桌子，厉声道："为什么，你自我感觉那么好！为什么你这个人渣，无知的小丑，你对什么都丝毫不了解，连一泡尿是怎么回事都不知道的你，永远，永远自我感觉那么好！你究竟知道什么啊？"郭仲翰大声喊着。

杨邦冷笑起来："不要来这里发疯了，我早就知道你了。"杨邦看向王子叶，王子叶点点头，杨邦继续说："贵兄刚才的一席话，我权当你说给自己听的，你就继续反思，也好，早晚有一天你会知道什么是正确的。"杨邦站起来，王子叶挽着杨邦，后面的十来个同僚也纷纷站起来。

王子叶怜悯地看了郭仲翰一眼，这一眼让郭仲翰丧失了所有的信心，他就连坐起来的力气都没有了，他什么也看不清楚，眼前一片模糊，一堵冷酷的墙壁将他紧紧围住，好像维持呼吸本身就已经是最终极的事情。

这是残忍的一场败仗。郭仲翰穿了一件风衣，风衣里面是层层叠叠的衬衫、秋衣、羊毛衫，这些衣服叠在一起形成一个复杂的领子，很不好看，而且羊毛衫上还打着补丁。郭仲翰把风衣一披，浑身一裹，从外面丝毫看不出他的狼狈。王子叶和杨邦走后，丁炜阳走到郭仲翰身边，拍了拍郭仲翰的肩膀。郭仲翰把粘在桌子上的脸抬起来，笑着说，"这些人真逗。"这笑容让人觉得郭仲翰跟只黄鼠狼一样。

之后郭仲翰想起王子叶时，保留了那个最美好的画面，他扛着铁铲在小片花地里耕耘，王子叶拿着一根小木棍戳着地企图松松土，两人之间产生了一股来自久远的农耕家庭的幸福感，这种幸福感在当下轻轻一戳就破了。

那种草，刘庆庆告诉我们是墨西哥鼠尾草。郭仲翰在第二天便回忆不起昨日都发生了什么，在他的记忆里他一直在南边的洞里用洋镐刨土，丁炜阳在身后用铁铲运土。我主动提醒他是否记得王子叶依偎在杨邦怀里的画面，郭仲翰说好像有，那是在一个沙场上，周围硝烟弥漫，一个风尘女子被一个将军揽在怀里，飘着稀稀落落宛如萤火虫的小雪。郭仲翰说他举着一把洋镐从将军的屁股直直向上挑起，并且大喊着："你为什么不能多了解这个世界一点！"当他了解了，当然就不再是他自己了。

那包植物被赵乃夫拿走。然后我就很少见到赵乃夫了。刘庆庆说他在网吧的门口遇到了赵乃夫，赵乃夫双手插兜，脸色暗沉，向人兜售墨西哥鼠尾草。他卖草的方式很简单，对一个走过去的人说："要么？"那人摇摇头。赵乃夫再说："要吧。"那人就朝赵乃夫走来，他就做成了一笔生意，把赚来的钱放进口袋里，奔向高速公路，向小镇走去。大雾弥漫的时候可以看到赵乃夫披着狗皮大袄的身影，在路灯下极其孤单地行走着，他抽了鼠尾草，心情愉悦，恍如走在星辰网罗的迷宫中。

我去赵乃夫宿舍找他时，他正收拾东西。

"你要去哪？"我说。

"我要住到镇子上去。"赵乃夫嘴唇发紫。

"你怎么生存呢？"

"我把普通的烟草和鼠尾草混在一起，量大了好几倍。这段时间过后我在镇子上再想点别的办法。"赵乃夫把衣服塞进旅行袋里。

一时间我无言以对，我总觉得自己身上有责任，我应该早点察觉，住在二楼的赵乃夫早就跟老广院们一样一心一意地扑向毁灭，他在一段时间内还能压抑住那种趋向，但鼠尾草的那次经历彻底将他推了出来。

"你不要黄金了？"我说。

"不要了。"

"为什么？"

赵乃夫顿了顿，说："那天我很清醒，从抽第一口开始我再也没有比那一刻更清醒过。

"我告诉你啊，那个洞的深处一定有黄金的。我体会到所有人的悲哀，你的，丁炜阳的，所有人的，然后我就意识到，那是黄金也改变不了的。你现在可能无法明白，但你不是也抽了吗？你不感到清醒吗？而且之后我们到食堂，郭仲翰太可怜了，那就是他的答案。你以为我真的是去镇子上嫖娼？可能我真的是在嫖娼，但没这么简单，如果事情真这么简单，你也写一千封情书看看，没有一件事是你看起来那么简单。不过当时我钱多些就让你也进去了。我大部分时间都无法控制自己，我知道写情书是神经病，写一千封，我收到了也会疯掉，但没有办法，我控制不了，真的，她尖叫的那天晚上我觉得自己完了。怎么能这么残忍呢？她不能从另一个角度看待这件事吗？

"鼠尾草真的打开了那扇门，在我知道所有意义之前，那种体会我传达不出来。你看看这片荒原，这算什么地方啊？这里什么都没有，什么都没有，连草都长得很少。你相信预言吗？我已经找到自己的预言了，我不能控制自己沿着这个方向走去，你不需要劝我，你真的觉得你比我更有存在感吗？你真的觉得按照一个下了定义的方式，趋向更好的，更有利的，能控制更多资源的方向，会让你我觉得世界更好一点吗？可能在最开始的时候你会觉得好，好那么一点，这一点也很快就没了。

"我觉得，再也不用问自己，我该做点什么这个痛苦的问题了。我再也不问自己了。我知道自己会做什么，而不是该做什么。并且只需要知道自己会做什么就可以了。我们认识了那么多年，关于我的事情你什么也没问过我，你觉得那是隐私，我很感激你，真的，因为假如你问了，我也不知道怎么回答。我抱着一袋子鼠尾草走在路灯底下的时候，高速公路上全是雾气，我不知道自己的人生里有几天是没有这种大雾弥漫的。不论我从地下室里醒来，还是在牡丹江的家中，眼前总是大雾弥漫，我是不是视力不太好？还是患了眼疾？但前几天突然就好了，没有比这更清晰的了，我看见了各种各样的颜色，你能相信吗？你看到过色彩吗？"

赵乃夫说完的时候，已经收拾出两个大包。

我感到十分困倦，又失落。我说："住哪？"

"那边房子很便宜，你看看这个宿舍，跟陷阱一样。"赵乃夫打量着自己住的宿舍说。

我帮赵乃夫拎着包，在荒芜的校园里朝高速公路走着，"你要去看看他们挖的洞吗？"

"不看了。"

我们直接从北边出了那个破损的墙洞，站在高速公路上，赵乃夫在风里裹了裹自己的狗皮袄子。

"黄金找到了我就叫你。"我说。

"还需不需要呢？"赵乃夫缩在领子里，"不知道啊。"

来了一辆大巴，赵乃夫上了车。

送完赵乃夫，在朝洞口行走的路上，我觉得那个穿着狗皮袄子的男人像《座头市》里的盲人剑客，他将抵达一个镇子，这个镇子所有人的命运将因此牵连，意识到过去的混乱与不堪，同时抵达新的地方，然后此地将崭新。

然而这是不可能的，赵乃夫是第一个脱离了混乱的人，他朝着堕落一去不复返。若有神要拯救他，他便会质问："为什么这是个颠倒的世界呢？为什么丑陋掌控着所有人呢？"

到达洞口的时候，丁炜阳和郭仲翰在喝水，丁炜阳说："乃夫呢？"

郭仲翰说："他还来挖吗？"

我摇摇头。

这一天我们用手推车运来长条木板，铺在这个洞穴的地面上，使得挖洞的效率提高了。洞继续往深处延伸着。

在下午的时候，有两个男青年走到南边来，站在不远处，双手交叉在裤裆上看着我们。

"他们是谁啊？"我说。

两个男青年神态冷峻。丁炜阳说："他们是杨邦的那啥。"

他们观察了我们大约有十分钟，就离去了。杨邦也许就想看看我们在做什么，他担心我们去投靠老广院一起搞他。西门大官人回来后，就直接进了杨邦的会议圈子，但据说西门大官人有勇无谋，所以谁都知道杨邦打算让西门大官人打头阵，像上次一样，被打死了就认了，打不死就是个莽夫。

王子叶经常穿梭在三楼宿舍，跟在杨邦的后面，后来干脆住在了里面。郭仲翰经常可以在走廊听到那个女人的声音："杨邦是一个完美的男人。"甚至郭仲翰在厕所的时候也能听到不远处传来"不及他百分之一的美"。

这声音折磨得郭仲翰生不如死，我曾亲眼见过郭仲翰在听到杨邦跟王子叶对话的声音后痛苦地在地上打滚，身体扭曲。当郭仲翰承受不住的时候，他说："我住到洞里去吧。"

我说："也好，帮你收拾收拾，你去赵乃夫宿舍也可以。"

"算了，我还是住到洞里去吧。"

后来丁炜阳悄悄告诉我，郭仲翰最痛苦的时候曾经对他说，"要将两人碎尸万段。"

我从不认为，在这个荒原上，这些凶狠的字眼只是一时发泄，十一月中旬的时候梁晓被家人带走，去了国外。因为李宁在一片树林里将梁晓强暴了。

梁晓离开校园那天找到我，我再见到她时，她嘴唇上浮满了干裂的皮屑，动作幅度小而谨慎，她习惯性地不眨眼睛，那是缺乏睡眠后，眼睛对干涩的麻木。她说："因为我当时嘲笑了他的故事。我知道。"

社团第一次活动时李宁拿给所有人看一个儿子变成猪的故事，没有人觉得有意思，大家不置可否然后打起了篮球，我本以为那是一个美好的下午，因为尽情挥洒了汗水。没想到李宁将忽略在内心升级成了羞辱，尤其是女人的。李宁无法在王子叶身上发泄，我不知道李宁计划了多久，因为他所做的事情太完美了。梁晓只是感觉到李宁的气息，其实她没有任何证据可以向周围人证明是李宁。我见到梁晓时，她只是隐晦地跟我表达了她的痛楚境地。我记得她无助的父母就站在不远处，她父亲在包里好像还藏着什么东西，手臂陷在包里，不停地四处看，梁晓一定告诉过父母这是一个多么危险的地方。

梁晓说："这只是开始吧。"

我说："对。"

梁晓临走时给了我一张纸，那张纸上写的是她最中意的故事，她说："我已经不相信了，一点也不美好。"

然后梁晓朝父母走去。

大概从幼年起，我就有一种可以左右周围发展的感觉，随着成长，那种感觉越来越稀释。我记得初见李宁的时候，他跟他所写的那个故事有着同样的气质，后来他跟着我们打牌，一切看起来都很平和。大概是那场暴力事件将这片土地着上了另一层颜色，西门大官人皮糙肉厚在医院躺了两个月后回来，而有几个人我们再也没见过。等李宁已经在另一个方向走远时，我发现自己连当初写了一个儿子变猪这样故事的人都改变不了了。这已经不是一个，交换生命意义就可以互相影响的地方了。

而且这只是开始。在进入年末的时候，计划中的那场对老广院的报复也在不知不觉中升级了。刚开始我认为这是一件没有意义的事，不过是再回到二楼依靠人数将老广院也暴打一顿，这改变不了我们对自己的认识，也不会在这荒原里重建起什么。后来，杨邦提出"横尸遍野"的口号，我觉得一切都有夸张的成分，与当时听到"片甲不留"时会觉得很有喜感一样。最初，杨邦可能也认为不过是为了提高士气而喊的口号，但渐渐地，一切都脱离了控制，每个人在没有察觉中都向更残忍的一端靠近着，某一天大家恍然大悟，怎么会变成这样。但只是白驹过隙的思虑而已，谁也不能控制事情的发展。

郭仲翰搬到洞穴里的动机，也不仅仅是因为王子叶恶心到了自己，他有不好意思倾诉于我们的，就是他感到了危机。

于是我们在洞穴里挖出一块可以摆开一个钢丝床的空间位置，在四壁都盖上了塑料布防止泥土掉落，塑料布用木桩钉入土壁中。

"这里真的可以吗？"丁炜阳说。

"没事，我住过更差的，差不多的。"郭仲翰说。

这是一个十分简陋的地方，空间狭小，又潮湿，好像随时随地都可以生出蘑菇，我尝试着躺了一下。烛光给塑料布的皱褶染上条条光亮，一侧头，可以看到已经五六米外的洞口。

住进了洞穴里的郭仲翰比我们更热衷挖洞，也许除此之外他没什么选择，而黄金真的找到的那天，就是可以离开这里的时候。

那天刘庆庆拎着一袋子香蕉来到洞穴。见了郭仲翰，他说："你还没死啊？"

郭仲翰没回击，也没有笑，刘庆庆就轻松不起来了。我们在洞口吃香蕉，丁炜阳说："你怎么来了？"

"我来给大家吃香蕉。"刘庆庆说。

这样我们四个人就看着深秋已经枯枝败叶的周遭，吃着香蕉。然后刘庆庆说："那天傍晚，我从西门回来，遇到梁晓了。"

我们都在不知不觉中停止了咀嚼。

"李宁在后面跟上去，手里拿着一块布，后面还跟着三个人，我就躲到砖堆后面了。"刘庆庆把香蕉皮举在手里，说，"扔哪啊？"

我指了指一边，"那个铁桶是装垃圾的。"

刘庆庆说："李宁没有强暴她。"

丁炜阳噎住了，开始咳嗽，他慌忙去旁边找杯子。

刘庆庆咽了口水，看着远处，说："他从包里取出了一张猪皮，逼着梁晓穿上，梁晓衣服也被脱下来了。"

"后来就穿上了。"

我们都缄默不言。刘庆庆已经接连吃了三根大香蕉，此刻还在吃。

当时刘庆庆从网吧回来，西门往东走有一片稀疏的树林，旁边有叠得十分整齐的砖堆，天色昏暗，刘庆庆还听到某种鸟类的声音，是燕子的尖叫声。他想走过去的时候，看到不远处站着三个人，那三人的视线没有朝向刘庆庆，也不知道是否看到了他。刘庆庆跟梁晓并不熟悉，他不太能确定梁晓跟李宁的关系。然后刘庆庆就躲到了砖堆的后面，这几乎是他本能的反应。后来，梁晓穿着猪皮哭泣着矗立在那。

李宁说："你对这里了解多少？"

梁晓抱起自己的衣服，咬牙切齿。

李宁说："你懂么？"

梁晓瞪着仇恨的眼睛，说："懂什么？"

李宁靠在一棵树上，说："看来你什么也不懂。"

梁晓吸了一下鼻子，说："有一天，我会杀了你。"

周围是一阵风，风把落叶吹出了极其锋利的声音，划着地面，那风声好像是带着疼痛感的。李宁笑了笑，说："好啊。"

刘庆庆说，后来他听到李宁和那三人走了，但他仍然不敢出来。期间梁晓穿着猪皮站在树林里的时候，刘庆庆只看了一眼，那一眼，让他的下颌不自觉地抽筋了，疼痛难忍。他的下颌像被钳子夹住骨头，不断往下，往两旁，疯狂地拧来拧去。那种寒冷不可想象。

李宁走了很久，梁晓一直蹲在地上，刘庆庆此时更不敢出去。直到梁晓穿好衣服朝东边走去，刘庆庆彻底听不到任何动静后，才从地上爬起来，双腿抽搐。

那是张半风干的猪皮，还可以闻到冷冰冰的腥味，看起来很硬，像厚纸板。

刘庆庆之后非常难受，他觉得自己像一个猪猡，穿着猪皮站在荒凉的树林里，不知道可以做些什么。他打算暗中帮助梁晓，却听说梁晓把这说成强暴，否认了那天真正发生的事情，刘庆庆就放弃了。他的放弃伴随着不断重复的，他披着猪皮站在荒原里的梦魇。从此他将一直被此梦魇控制，躲藏其中，不知何时才能彻底从中挣脱出来。

丁炜阳听刘庆庆讲完已经蜷缩了起来。我想起老广院破门的那个夜晚，丁炜阳也是因为恐惧，蜷缩得像一团草。

"你要不要来挖黄金？"我说。

"可以挖到吗？"刘庆庆天真地看着我，那一副期待的眼神里全是痛苦和躲藏，我没有办法直视他。

"可以挖到，很快。"我低着头，郭仲翰在另一边抽着烟，洞穴里的烛光灭了一根，他朝自己的洞穴走去，重新点燃了蜡烛。

刘庆庆把塞在嘴里的香蕉全部咽下去，说："我挖。"

在通向小镇的高速公路上，我提着半袋子香蕉。我从未认真观察过这条高速公路，因为这条路实在没有什么可看的。它通向的两个方向都好像没有尽头，向西可以看到那座小煤山，在高速公路一旁，如同一个瞳孔般注视着东方。煤山附近有一条蜿蜒而去的河流，从附近唯一的一座桥下朝北流去。河的周围偶尔有羊群，羊毛都是灰色而卷曲的，放羊的是个瘦削老头，戴一顶圆帽，经常坐在一块石头上，翘着腿看着河面。

到达小镇后，我从上次同样的地方下了车，没走多远就到了那条有 KTV 的街。听到敲玻璃的声音，那个女人在屋里看着我，她说："来吗？"

我站定了，看着那扇贴着透明胶带的玻璃门。她站起来，开了门，高兴地说："来吧！"

我就朝她走去。

"那个学生住在哪？"我扶着门说，屋里飘出暖烘烘的烧开水味道。

"哪一个？"

我说："穿狗皮袄子的。"

"他啊，"女人扶了扶耳朵，好像耳朵要掉下来，指着一个方向，说，"拐进去走两个大门，你进去喊一喊。"

我离开门。女人见我要走，说："你不来吗？"

"我没钱。"我说。

"你身上有多少钱？"女人说。

我说："你管不着。"然后朝赵乃夫住的地方走去。女人在背后大声说："越穷越嘚瑟。"

这是铺着石板路的胡同，进来后我数了两个大门，小院子里堆满了杂物，还有一棵臭椿树。我喊："乃夫！"

过了一会儿，踢着拖鞋的声音响起来。赵乃夫双手抄在袖子里，一副刚起床的模样，见到我，他那骷髅一样的眼睛笑了起来。

他住在一间通光条件很好的小屋里，屋外有一个煤气炉子，烟囱自屋外从最上层的窗户里开了个洞，伸进来，又从窗户的另一侧开了个洞，钻出去。

我指着烟囱说："这是为什么？"

"这样，屋里没有一氧化碳，还能靠烟囱取暖。"

乃夫在门口用铁钩子通着炉子说。

"你原来怎么没有这么聪明？"我说。

"我一会儿带你去喝牛肉汤，那边有一家牛肉汤特别好喝。"

屋里东西很少，都杂乱地堆放着，桌子上有七八个五颜六色的打火机。还有一个熏得黑黑的木头烟斗。

"你找到工作了吗？"坐在牛肉汤铺子的时候，我说。

"我在那边一个大一点的店。"赵乃夫往汤里撒着胡椒粉。

我没有食欲，就吃了一口饼，饼酥脆得几乎在嘴里崩裂开，我就津津有味地吃起来。

我说："你满意吗？"

赵乃夫看着眼前的汤，说："都还好。"

他说："我上一次看到天花板上全是海浪，自己好像飘在空中，整个颠倒过来了。"

我说："现在刘庆庆也过来了。"

"他啊，他一个人活不下去，得跟别人在一起才行。"赵乃夫说，"挖到哪了？"

"很深，郭仲翰住到洞穴里了。"

"为什么？"

"你可以自己去问啊。"我说。

"我就不回去了，现在挺好。"

"这香蕉还是刘庆庆带给你的。"

赵乃夫笑了笑。

我说："要开始屠杀了。"

赵乃夫愣住了，说："为什么？"

"因为每个人都像你一样，但方式不一样。你还嫖吗？"

赵乃夫想了想，说："我跟一个女人好了，她晚上住我这，我给她读书听。"

我说："她不识字？"

"她眼睛看不见。"赵乃夫说。

赵乃夫喝了口汤，说："我上次跟你说自己看不清东西，现在我发现这都不算什么，真正看不见才可怕。"赵乃夫抬起头，"尤其是习惯了之后，她说觉得自己只活着一半，另一半不知道在哪。"

吃完牛肉汤之后，赵乃夫带我走过两条街，我们到了一个拐角口，他说："你等着。"就走向另一边。傍晚天空阴郁，他走远的狗皮袄子总让人感觉在发着光，像一团荧光蘑菇。我在电线杆下四处看看，也不知道可以看什么。

五分钟后赵乃夫拉着一个女孩走过来，女孩在后面走得很慢。走近了，看到女孩面容姣好，睁着大眼睛，眼睛里是一片阴翳。女孩掏出一个小黑布口袋，说："我需要戴上眼镜吗？"

赵乃夫说："没事，他是我朋友。"女孩就把一个薄薄的墨镜收了起来。

我跟着他们两人回家，这段路走得极其缓慢，时间像是被拉面师傅抻开了。有什么东西将赵乃夫的生活挖去了一部分，这种缓慢的时间体验让我瞬间明白了赵乃夫的节奏。

赵乃夫在家门口抽着烟，对我说："我想养一只狗，这样晚上家里还能有只狗。"

他去通了炉子，坐上烧水壶，将门从外面锁起来，说："我走了。"里面传出"啊"的一声。我知道他的烟囱是为这个女人才装置得这么复杂。

走到那条街上，我说："我总觉得害了你呢。"

赵乃夫笑着说："你别多想了，你害不了任何人，我现在知道人是很难被别的东西影响的，环境、时间，可能都不行，或者微乎其微。"

"我有很多搞不清的东西。"我说。

"我都清楚了。"赵乃夫说。

赵乃夫朝远处的光亮走去，他的狗皮袄子又黯淡下来，像熄灭了。我锁着领子，手脚寒冷，去到接近高速公路的拐角口，等着拦大巴。想着，他已经都清楚了，他清楚什么了？

6. 战争与黄金

发现木箱子是在11月下旬。那时土地的颜色跟9月不一样了，变得更浅一些，也许是水分减少的缘故，变得越加干燥。

刘庆庆来了坑洞后不干活，也很少进去，他说在里面害怕。丁炜阳就追问刘庆庆怕什么。刘庆庆说："郭仲翰老在后面顶我屁股。你不要跟他说，他是下意识的。"

丁炜阳就去质问郭仲翰："你为什么要黑灯瞎火的时候顶刘庆庆屁股？"

刘庆庆负责后勤工作，水和食物他都负责起来，还有倒垃圾，买手纸。

此时地下这条坑道已经很长，在最里面望不到洞口，如果蜡烛灭了，就如同身处在一条虫子的体腔里，触摸着那一段段的标尺般的蜡液，像是某种生物组织，这里面温暖而潮湿。

有一天我惊奇地发现，郭仲翰居然胖了。他就像条寄生虫一样蜗居在这条大虫的头部，每天适当地劳作，然后肚子和脸上长出了新肉，原来橘子一样的颧骨肉球此时都鼓胀起来。

这近一个月的时间里，其实我们效率并不高，大家都懒散起来，挖坑本身和找黄金已经连接不起来，挖坑就是纯粹地挖坑，没有人关心可以挖到什么。大家觉得有一条长长的甬道属于自己，本身就不错。刘庆庆也许从一开始就不相信我们可以挖到什么，丁炜阳给他看骸骨，他说可能是我们刨了谁的坟。后来我们自己也怀疑是不是刨了谁的坟。但我们还发现了墨西哥鼠尾草，刘庆庆说我们所刨的人生前是个瘾君子，那是陪葬品。赵乃夫拿着地图和鼠尾草走了，一切好像都说得过去，甬道进一步停止了延伸，直到发现了木箱子。

那是一个厚实的杨木箱子，箱子上刷的漆掉落一半，给木箱子上了一片花纹。这个箱子是一个梯形，需要两个人抬着才能出来，抬箱子的时候，郭仲翰和丁炜阳的腰几乎要断了。

箱子挂着一把锁，边沿都如同融化了一般，年份已久，颜色暗淡。

"我们离着黄金又近了点。"我说。

刘庆庆就不再认为是陪葬品了。我们的木板已经往深处铺了二十米，走在木板上有一种让人安心的感觉，脚步是哒哒，哒哒，伴随着木板触碰在地的撞击声。洞口附近的木板上长出了青苔，可以看到上面全是脚印。

郭仲翰用洋镐敲打那把锁，但锁比较结实，没有要断开的意思。而木板就脆弱多了，当木板出现裂缝的时候，丁炜阳说："不要打了，钥匙可以找到的。"

郭仲翰就放下洋镐，只是我们都很好奇，这个木箱里装了什么，它没有沉重到让我们以为箱子里就是黄金，而摇晃时里面有枯草摇动的声音。我们不敢打开，怕里面是一箱子墨西哥鼠尾草，我担心郭仲翰会步赵乃夫后尘。也许在最开始，他不需要鼠尾草，但有一箱子摆在那，没什么用，好像放着几块糖，吃掉也没什么不好。

之后才想到，我们一直所规避的、躲避的那个契机，都是从打开那个箱子开始的。

我们没有从地穴中找到钥匙。我们永远找不到钥匙。

第二天，李宁和另外十来个人朝这里走来。丁炜阳对大家说："李宁来了。"

刘庆庆看了他们一眼，脸上浮现出一种受侵犯的惊惧感，就朝洞里走去。

李宁的脸上已经长出极其坚硬的毛发，如同钉子一样扎在下巴上，他目光幽暗，身上的衣服也如浆一般硬直。

李宁说："明天晚上十点，在广场集合。"

没有人说话。我似乎闻到这些人身上带着一股汽油味。李宁看着丁炜阳,说:"你们来吗？"

丁炜阳撑着一把铁铲，他的眉毛比以前更黑更锋利。他冷淡地说："你为什么不去死呢？"

李宁看着丁炜阳。他走近两步，扭着脖子，盯着他。

丁炜阳握着铁铲，他的变化出乎意料，我不知道从什么时候起他已经将孱弱彻底隐藏起来。他食草动物一般善良软弱，我记得他用墨西哥鼠尾草泡茶的时候，草叶含在嘴里慢慢咀嚼着，那天有什么东西在荒原里融化了。

郭仲翰说："你走吧，李宁。你就是个杂种。"

李宁没说话，面色阴沉，他看向洞口。他看向那一团幽深有一分钟的时间，这期间所有人不发一言，时间像面条一样抻长，比在小镇上抻得更长，几乎要断裂。接着这十个人直接朝洞里走去。

丁炜阳抬起铁铲跨向洞口，郭仲翰一把抓住他的手腕。郭仲翰对丁炜阳说："现在里面什么也没有。"

李宁站在洞口，对着黑黝黝的洞穴，说："你们以为，在这里挖了两个月，没有人看到，其实所有人都知道，所有人都知道，有几个垃圾要在荒地里找黄金。不用问我怎么知道的。朝北边看看，那些窗户里就有眼睛，从第一天就开始看着你们，每天乐此不疲地看着你们这几号垃圾在这里装模作样，有多少人看着你们找乐子。你们知道吗？"

丁炜阳的铁铲差点从手里滑脱出来。郭仲翰朝北边看去，那些暗色的，有着反光的玻璃贴在几栋矮小的楼上。

这十来号人进去之后，踩踏木板发出密密麻麻的好像注视般令人难以忍受的声音。我听到刘庆庆的声音，他说："干什么？"

李宁说："你在这儿！你怎么在这里呢？"

刘庆庆大喊着："这是我们的洞。"

"对对，洞都是你们的。你们就得在洞里。"李宁说。

是木箱被摔烂的声音。木箱藏在郭仲翰的钢丝床下，洞穴里光源昏暗，他们居然找到了。看到木箱里的东西之后，接着是这十来号人接近疯狂的笑声，这笑声似乎让洞穴都开始震动，并趋向崩塌。丁炜阳尖巧的下巴前后摇晃，像一枚被咬破的瓜子。李宁带着人朝远处走去，那一刻，我感觉到了镶嵌在远处楼宇中的上百双嘲讽的眼睛，无所事事的眼睛，如同烧灼的疤痕一样触目惊心。

刘庆庆垂头丧气地从洞里走出来，他说："那里面……"

我打断了他，把手推车推到洞口，说："今天不挖了。"

在那阵嘲讽的笑声之后，若看了箱子里的东西，我想所有人必定会丧失信心。但这信心是什么？

手推车堵上门后，我们在门口站了一会儿，就去了食堂。食堂里的人越来越少，山传的新生吃饭并不规律，经常一次购置几天的食物，然后在宿舍里咀嚼着过期变质的东西。只是在食堂里，我再一次嗅到了不知从何处飘来的汽油味，影影绰绰，但确是汽油味无疑。他们端起盘子默默吃饭，我循着汽油味离开座椅。

站在食堂门口，我看着这个凋败的广场，仍然不能分辨汽油味从哪里来。我想起报到的那一天，几百个抱着脸盆的并且不知道发生了什么的人，在那次聚集之后如烟一般消散于学校的各个角落。

在食堂的后面，对着小树林的那一侧，我看到了五六个汽油桶，是北边村里的那种铁桶。汽油的囤积是非常不容易的，也许这也是他们三个月来计划的一部分。

我回到食堂，对郭仲翰说："我找到了汽油。"

郭仲翰说："什么？"

"汽油，有五桶。"

丁炜阳说："汽油用来做什么？"

郭仲翰说："可能用来自焚吧，每人往头上倒一点就行了，人体里那么多脂肪，到时候满校园里都是人体蜡烛。他们最喜欢了。"

刘庆庆说："我们把汽油倒掉吧。"

我们都低下头默默吃饭。之后站在食堂门口，随风飘过来汽油味道，当我明确地辨识出来以后，这股气味再也挥之不去，一直在身体周围萦绕，聚集。那是燃烧之前的气息。浓重的汽油味。我带着他们来到食堂的后面，这些铁桶崭新，浑身是惨亮的颜色，上面用铁盖盖着。最外面覆盖了一张床单，但不能把所有铁桶都罩住。上面有些深颜色渗出。

食堂的后面侧对着女生宿舍。在我们还在犹豫的时候，已经有几个人疯跑过来，见到我们就大吼："滚开！"

我从不知道正义是什么，我成长的童年也从未出现过正义。在我意识不到的时候，突然明白了对于所有人，正义即是保全自己，但这也不是全部。我记得幼年时所住楼群的隔壁是一个职工大院，大院里有一片废置的地方，生长着杂草、荆棘、拉人草、蒲公英。有一天傍晚燃起了大火，火焰腾起三四米高，一个中年男人在不远处看着这一切。我走过去，说："这是谁烧的？"他说："一个他妈的正义的人。"

"是谁？"

"你不懂的。"

我看着大火，满心的欢喜，那温度像生物一样朝我靠近，当我往前走，它就可以贴着我，像某种毛茸茸的东西，是从死气沉沉的生活里生长出的不一样的生命。后来我知道放火的就是那个人，因为住在一楼的某个家伙睡了他老婆，他在履行正义。而此时我面对着五个汽油桶，我清晰地知道推倒它们是正义的，但这一点也不鼓舞人心，甚至有点羞耻的感觉。

杨邦张着大口呼气，他冲我们摇摇手，说："谁要是推倒了，就把谁塞进去。"

郭仲翰抬腿就踹倒了一个铁桶，汽油味像火焰一样蹿起来，让人睁不开眼睛。

杨邦闭上嘴，微微一笑。接着有两个人走到那个滚远的铁桶边，捡起来，用铁桶的底部，迅速地朝郭仲翰脑袋抡去，我听到冲击到牙齿的声音。

我们刚想动手。杨邦朝前走了一步，说："你看那栋楼。"

那是宿舍楼，它的颜色比三个月前更暗淡了，浑身都是阴影。

杨邦低声说："你们是因为害怕，就别在这里唬人了。"

宿舍楼三楼和四楼，推开了很多扇窗户，探出一些表情木然的人看着我们。

郭仲翰从地上站起来，他膝盖的位置沾着汽油，他看向我们走过来的小路，食堂那走过来几个山传的新生，木然地看着这里。

郭仲翰说："你过来。"

杨邦双手环在胸前，石像一样的神态岿然不动。接着他朝郭仲翰走来。这一大片都被汽油浇灌，形成一朵地面的乌云。两人站在汽油里。

一团火从郭仲翰的手里举起来，他举着火机，头发上滴落着汽油。我知道浓度过高这里就会燃烧起来。我说："郭仲翰。"

他看着杨邦，头发上的汽油滴落到颧骨上，顺着往下滑动。他说："什么都特别容易。"

杨邦神色依然坚毅，不为所动。

杨邦突然笑了，笑得有些僵硬，但那应该是一贯如此的笑容。他轻声说："王子叶屁股很大。她说你还没有摸过。"

那团火苗扑闪着，可以看到丝丝乌黑的油烟向上空飘散。

说完，杨邦转身走了。铁桶被重新放在原来的位置，床单也重新盖在这个空荡荡的铁桶上。

有一瞬间，我觉得郭仲翰应该有着和杨邦一样的错觉，孤注一掷的伟岸幻觉。但郭仲翰只是强撑而已。他更多的时间觉得自己是小丑。他应该给自己化化妆，脸上涂浓白的粉底，再画上夸张的腮红，踩在一个皮球上，以比我们更快的速度，沿着这片无垠的荒原，在皮球上从东边跑到西边，从南边跑到北边。他必须每时每刻，每一秒钟，在活着的每一秒都必须刻骨铭心地知道，自己是个踩着皮球的小丑，否则他就活不下去，他就得用汽油烧了自己，烧得一根毛发都不剩才好。

我们昏睡了整整一天。宿舍里的走廊上随时有着走动和铁器碰撞的声音，三楼和四楼里的所有人都是一双焦灼而血红的眼睛，可以提前嗅到从他们身上荡漾出来的腥味。是一种鱼开肠破肚后漫出来的腥味。他们在等待着夜晚的到来。

郭仲翰睡在赵乃夫的宿舍。他说二楼死寂一片，听不到人的声音。

我们又聚回到洞口，在南边的石阶上看着远处的宿舍楼。每个房间都开着灯，整栋楼都如同染上了荧光。

丁炜阳在活动着腰肢，刘庆庆就走到丁炜阳身边跟他一起扭动起来。

丁炜阳说："这样可舒服了，你们试试。"

他面对着远处的宿舍楼，想到一定有人注视着我们。郭仲翰也走过去，跟着一起扭动起来。然后我走到洞里，我绕过郭仲翰所在的钢丝床位置的蜡烛，点燃了其他的蜡烛。我克制着自己看向那个破碎箱子的好奇。丁炜阳和郭仲翰就心不在焉地去洞里继续挖土，我推着手推车来回地运土。他们时刻想听清楚从洞口传来的任何一点声响，我每次推着推车回来，都告诉他们："什么也没有发生，跟我们没关系。"

从洞里挖出的土就堆在南边的围墙根上，已经堆满四个土丘，沿着土丘可以直接走到围墙上，每次下雨都是最难熬的时候，为了防止洞穴被淹，我们沿着洞口往外挖了三条管道。除了手推车所走的一条路是向上通向围墙的，这三条管道都是缓缓的下坡。

傍晚到来的时候，广场上已经没有一个人，没有一个宿舍开灯，黑暗慢慢浸染周遭，静寂压着大地。郭仲翰说："我觉得，有点凄凉呢。"

大约九点的时候，在广场上有一道手电筒的光一闪而过，我看到地平线上有一排密密麻麻的人影。他们为什么会下来？

一团烛火般的亮光由远及近朝洞穴走来。我们发现时，根本不知道这团烛火从哪来。郭仲翰把铲子放在自己脚下，他担心是杨邦。

离近了我看到，是一个短头发的女人，面色白皙，她有两片好看的嘴唇，好像挂着冰晶。我们就都放了心。她站在不远处，说："我是梁晓的舍友。"

郭仲翰应了一声。

女人踌躇着，她好像对这距离把握不好，不知道该走近一步还是停留在原地，她说："梁晓走之前，告诉我的。"

"告诉你什么？"刘庆庆站了起来。

女人又往前走了几步，将火把插到旁边的土地里。

大雾开始降下来，周围正缓缓地变浓。

伴随着第一阵混乱的声音，最初几个宿舍的玻璃被砸破，有人被从宿舍里推了出来。掉落在土地里的人又挣扎着爬起来，瘸着腿朝远处跑着。那些碰撞声传来的时候已经变得细碎，变得像铜铃声一般。

刘庆庆说："你们知道箱子里是什么吗？"

刘庆庆苦笑着说："是一副盔甲。"

他对郭仲翰说："你见过盔甲吗？我见过了，就在里面。一副烂盔甲。"

嘶喊声沿着那些破裂了的窗口传出，远处的地平线上开始有手电筒的晃动，和人影的跑动。我看到第一批燃烧着的火点扔向了宿舍楼，那些窗户里开始冒出火光。

"我们去吗？"郭仲翰说。

刘庆庆咬着嘴唇，说："去吧。"

郭仲翰对女人说："你走吧。"

女人弯下腰从地上拿起火把，她侧头看向广场，从窗户里跳下来的老广院被广场上等待的新生追逐着，她说："我去哪？"

刘庆庆说："你可以回宿舍。"

火把飘向远处。但我们并没有动。直到这三四百人已经全部下了楼，分散在荒地里四处跑动。一个奔跑的老广院学生将女人挤到一边，朝南门附近跑去，后面跟着两个山传新生，新生用手里的铁棍将老广院袭倒，迅速弯下腰用铁棍抽打老广院的脑袋和背。那是快要裂开的沉闷夹杂清脆的声音，抽打几下之后，他们先是回头看了看远处宿舍楼的火光，又看向不远处的我们，说："你们是谁？"

他们睁着血红的眼睛，铁棍上已经抹上了地上人的血，趴在地上的人一动不动。两人握着铁棍，朝我们走过来。刘庆庆往后躲着，他扶着我的肩膀，我知道那手掌肯定是潮的。

离近了之后，两个新生咧着嘴角笑起来，说："原来是挖坑的。"他们转头就朝来路跑去。我听到远处冲来凄厉的嘶吼声，那嘶吼声让两个新生兴奋不已，加快了脚步。地上的人朝我们的方向爬过来，他的脸一直擦在土地上，像一块抹布，血液沾着泥沙。而我们没有注意到丁炜阳已经不见。

有更多的人往围墙跑去，他们跳起来用胳膊扒住墙头，后面紧跟的人把他们从围墙上拖了下来。跌落下来之后，老广院对着逼近的新生，爆发出巨大的雷鸣一样的笑声，那"哈哈哈"的大笑被一棍棒砸到耳朵上戛然而止。我从未听到过那种笑声，那是挨打的人，面对着愤怒的手持武器的新生，发出的嘲讽的笑声吗？那笑本可以撕裂围墙。

我们几乎没有听到哀号与求饶，各处都是狂笑的声音，从北边大面积地喷涌过来，几乎肺都在剧烈颤抖的笑声。远处的教学楼已经蹿出十几条火焰，像一个炉子一样燃烧起来的二楼。那火的颜色浓郁得好像煮沸了，要膨胀，要将楼宇撞破。

这几百人已经以广场为中心向四处扩散。

伴随着那乐器一样的笑声，我听到铁器相碰的声音，回头一看，丁炜阳从洞里走出来。

他穿上了盔甲，那是一副已经溃烂得不成样子的青铜盔甲，边缘仿佛都在滴落。我看不到他的眼睛，他的眉毛被锈蚀的青铜壳包裹着，手里提着一把洋镐。

丁炜阳对我们大喊："哪有黄金啊！这世界什么都没有！"

这副金属壳互相挤压着，几乎要碎裂的声音，伴随着丁炜阳的奔跑，像一串长长的鞭炮。

他提着洋镐朝远处的人群奔去。我们立即起身，从身边拿起器具，但丁炜阳已经跑远，我们跟在他后面。我想拦住丁炜阳，但又怎么阻止得了呢？在跑动中，我觉得自己好像飞起来了一样，无比轻盈，我手里的铁铲也仿佛失去了重量，我已经很久没有跑动过了，那跑动让人产生了幸福感。

丁炜阳的洋镐朝一个比他高大得多的人抡去，一条粗壮的胳膊立即翻折，好像折断一根树枝。胳膊折断后重量急增，这个壮汉被坠得倒在地上，他看着自己反折过来的胳膊，牙齿间塞满了血，他尝试移动那条断裂的胳膊但无济于事，他冲着丁炜阳大笑。丁炜阳怔住了，他不知道对方在笑什么，他没有看过这种笑。

躺在地上的男人看着眼前身穿盔甲的丁炜阳，说："你是什么东西啊？哈哈，你算是什么东西啊！"

丁炜阳抬起腿朝他的脸踹过去，男人想撑地但胳膊已经断开，他喊着："你穿成这样，以为自己是什么啊！"丁炜阳的吼叫已经将下颌撑开，我看到他仿佛要将那人吃掉一般踩踏着跑过去。

之后，丁炜阳的洋镐抡向他看到的每一个人，那些铁器击打在盔甲上传出鞭炮般的响声。我们无法靠近丁炜阳，他溃烂的盔甲上向下滚落着血滴，盔甲的颜色由此不再暗淡，鲜艳夺目地挑染上了竖条的纹络。

随着丁炜阳如蛮牛一样的冲撞，我们朝着混战的核心位置逼近。广场的一角我看到了梁晓的室友，在她附近挥舞的铁器将石墙刮擦出深深的伤痕。她哭着，我说："梁晓告诉你什么了？"

女人只是哭着，没有回答我。

人数少一半的老广院此时已经不再逃跑，他们开始反击，有的人手里有武器，没有武器的人就从新生手里抢，新生不放手老广院就朝他们手指咬去，我看到被咬掉无名指的手掌，还用四根指头紧紧握住铁器朝老广院砸。

我抬起头时，丁炜阳已经不见，而就在不远处我看到了杨邦，他身边站着很多人，大约五六个老广院拿着抢来的武器狂笑着冲向杨邦。而郭仲翰几个跨步就混进了老广院，他把铁铲举起来，这几个人如同一群野猪。郭仲翰绕了一下，跑向杨邦的侧面，他挥起铁铲，我看到那动作几乎要把筋络抻断，铁铲带着巨大的力量朝向杨邦的脑袋。但郭仲翰根本看不到周边的人，他袒露出来的腹部被一脚狠狠地顶上去，巨大的冲击力和迎面而来的脚一下子就把郭仲翰弹开，郭仲翰膝盖顶地发出咚的一声。他的肚子要被顶破了。

杨邦厉声说："你疯了。"

那阵疼痛让郭仲翰脸色惨白，他颤巍巍地从地上爬起来，用铁铲支撑着自己，好像耗费所有的力量，他说："你觉得，你伟大吗？"

杨邦如同一座建筑物，冰冷坚硬，他说："我伟大，我达成了。"

"达成什么？"郭仲翰大喘了几口气，他熬过那阵剧烈的疼痛后好像恢复了些。

"我成就自己了，今天就横尸遍野。"杨邦看向整个混乱的广场，他的声音穿透那些笑声，咆哮声。

"你是不是永远都不能知道，自己什么都不是？"郭仲翰嘴唇颤抖。

杨邦困惑地看着他，那瞬间有一丝惊惧，他的困惑让自己非常恼怒。他朝身后的几个人挥了下手。杨邦身旁的三个人就朝郭仲翰扑去，郭仲翰向旁边跃去。

我把洋镐直直地横劈过去，好像砸中某个人的肋骨，另外两人见状就停在原地蓄势待发地看着我。我对郭仲翰说："我们走吧，没有用。"

"我看不惯。"郭仲翰咬牙切齿地说。

我说："你活得不够长，你看不惯的也不只他一个，我们什么办法也没有。"

郭仲翰低下头，忽然低声说："我是个小丑。"

他用力一把推开我。我倒在地上，脑袋在地上重重一磕。而丁炜阳已经不知去向。

郭仲翰提起铁铲，朝一个新生的脸上甩去，一条口子瞬间豁开，新生捂着脸朝一边横冲直撞。

杨邦冷漠地说："你每天起床，看到自己是一坨狗屎，困惑吗？"

郭仲翰用舌头舔着自己的牙齿，上面沾满了咸腥。他不知道自己为什么会不知羞耻地哭泣起来，火光映照在他脸上，他知道杨邦看得清清楚楚，那羞耻感被火光引燃了，让他浑身滚烫。

郭仲翰把手往背后掏去，摸向他别在腰上的水壶，现在是一个玻璃瓶子，郭仲翰拿起玻璃瓶子。

"我是一个卑鄙的人。"他说。

"对。你懂了。"杨邦说。

那个断了手指的新生摇摇晃晃地走着，撞了杨邦一下，杨邦朝着新生的脑袋猛踹上去，新生断裂的手掌直直杵在地上，一阵嘶哑的疼痛喊声。而远处被郭仲翰撕开脸庞的新生已经窝在一个墙根上，他背贴住墙，没法睁开眼睛，从沾满鲜血的指缝里看着周围，防备着一切。也就从这一刻开始，他们将体会到毁灭除了孤注一掷和放弃之外，还携带着庞然大物的恐惧，恐惧将撕心裂肺的笑声挤压得无影无踪。火焰将熄之时，黑暗给荒原带来了更加无边无际的恐惧。

郭仲翰说："我是一个卑鄙的人。"他扔起那个瓶子，用铁铲对准瓶子朝杨邦拍去，瓶子瞬间破裂，一整瓶的汽油和玻璃碴都飞向杨邦。接着郭仲翰朝杨邦扔去一个火机，然后扔掉铁铲。

郭仲翰说："我是一个圣徒，妈的，我是一个卑鄙的人！我是一个圣徒！"

杨邦燃烧起来，火焰舔舐着他的全身，伴随着疼痛的叫喊，他的四肢挣扎着，终于脱下衣服，但已无济于事。

我最后看到郭仲翰，被划破脸的新生从墙角站起来，捡起铁铲朝郭仲翰后脑勺拍去。

在我盯着天空的时间里，我看到了雾的形状，并且知道自己从未看到过色彩，对事物的颜色一无所知。我想着赵乃夫看到色彩的那一刻一定是心满意足，他知道现在荒原大雾弥漫吗，他知道我们发现了一副溃烂的盔甲，而又没有回到洞穴吗，那个逃往小镇嫖娼的罪人。

李宁手里没有任何东西，他坐在食堂门口的台阶上，看着几百人的混乱，抽着烟，他脸上钢钉般的胡子已经扭曲，好像被高温烫过一样朝不同方向倾斜。

"你要死了。"刘庆庆对李宁喊着，他扔掉手里的家伙就冲过去。李宁还没反应过来，手上还拿着半支烟。

刘庆庆掐着李宁的脖子，他肥胖的手透着紫色。

"你的猪皮呢？我要杀了你。"刘庆庆哭泣着，像一头熊，肢体紧绷着。

我记得在洞穴里，刘庆庆对着只有微弱烛光的黑暗说："我恨死我爸了。"他睁着眼睛，恍惚地注视着烛光，如同从来看不到黑暗。

刘庆庆掐住李宁脖子的时候，李宁努力挣扎着，他控制着自己的手，让烟头伸向刘庆庆的手腕，烟头往刘庆庆的皮肉里直直刺进去，刘庆庆可以闻到烧焦的气息和爆炸般的疼痛，但他掐着李宁脖子的手丝毫没有松懈。直至烟头熄灭，李宁翻转身，两人从楼梯上直直滚下来。

"我爸将我吊起来打，我什么都答应他，什么都听他的。我不会成长的。"刘庆庆在黑暗中吐着气说。

雾气冲淡了血腥味，那些来自远处的歇斯底里的笑声，随着风稀释到这个荒原的每一寸。在四个通向无边的方向里，我感觉到大地在这区域中已经断裂出悬崖，有一条连接起来的深渊形成了。所有嘶喊并狂笑的人们纷纷冲向那条幽暗的裂缝。所有新鲜的伤口，败坏，破裂，都朝着裂缝狂奔而去，而旧的火焰完全熄灭。

我对着一个看着自己大腿翻裂开十公分伤口的人，已经分不清他是老广院还是新生，我说："你在做什么？"

"不知道。"他说。

"你知道什么？"

他无助地看着我，眼神里是困顿和麻木。他说：

"我知道你要死了。"他在朝我砸下铁棍的时候并不知道自己的胳膊已经被打断。

我见到丁炜阳的最后一面，看到几个人从他身上把盔甲扯下来，那青铜的金属片划扯着丁炜阳的身体。他们把抢来的盔甲穿在身上，对着夜空大喊："我不一样了！"

丁炜阳身上的盔甲已经被剥得差不多了。本来是外面浸染着红色的盔甲，此刻已经从里向外淌着汩汩血流。丁炜阳应该不知道是哪受了伤。他看到我时，居然认出了我，那是浸透着无限悲伤的阴翳眼睛，再也没有东西可以遮掩他浓黑的眉毛。

之后我拿起洋镐朝坑洞走去，但膝盖受伤，肩膀也被一人打得脱臼，我精疲力竭。

人们将受伤的人分散着抬往荒原各处，西门大官人可以独自背一个。当我路过食堂的时候，已经背过数十个人的西门大官人疲惫地走上食堂的阶梯。然后我听到背后沉重的落地声，我没有转身，不停朝前走着，并在很长的一段时间里，都不敢回头望。

到了后半夜，空气灰茫，已经什么也看不到，雾气渗透丝丝冰冷，脱臼的肩膀毫无知觉。我一瘸一拐地往前走着，依据着不确定的方向感，最终来到洞里。

我点燃了蜡烛，看着身上的伤口。不知道为什么，我庆幸自己还活着，我的困惑也没有了，除了活着本身我终于什么都不再考虑了。

大约过了十分钟，角落里，梁晓的那个室友站了起来。她的嘴唇很美，犹如挂着冰晶，让人生怕烛光会融化了她的嘴唇。

7. 离开

之后很长的一段时间里，我都没有走出过那个洞穴。

白天的时候，梁晓的室友会从别处给我带来食物。我不知道学校是否还存在。

每一天，我都尽量不去想任何事，一边挖掘着黄金，一边爱慕着这个女人。她经常给我讲《圣经》上所说，像我这种人身上是充满罪恶的，我需要为了不坠地狱而改变和祈祷。她头头是道地讲述时，我只是在一旁观察着她，我觉得她讲述的所有关于罪与罚的事情也都跟她一样变得十分美好。有一天我对她说："跟我一起挖黄金。"她点点头。

然后她跟我来到洞的最深处，她拿着血迹都洗刷干净的铁铲，站在烛光里，上唇如一块锆石，她扑哧笑了，说："这太不对了，我不能相信。"

而丁炜阳、郭仲翰，以及刘庆庆，再也没有回来过。自从那个关于土丘与乌鸡的梦之后，我再也没有如此平静过。

挖坑的工作全部落在我一个人身上。女人后来在钢丝床上挂了一个小十字架，她说，当你痛苦和不安的时候，就对它诉说，就会好的。我说："那在此之前，这个十字架在哪里呢？"她回答不了。

大约一周以后，她就走了，没有回来过。

她走之后，我饥饿地走出坑洞，校园里寂静无声，我直接往北走去了村子，吃完饭就回来。除了寻找黄金外我对一切事都没有兴趣，每天清晨我都觉得更靠近它了，这种感觉清晰无比，就像看到了颜色。

有一年夏天我在自己的宿舍里找到那块木牌，那时宿舍已经全荒废如垃圾场，玻璃被二楼的火焰熏得黑乎乎一片，我只有一种早该如此的想法。从覆盖灰尘的床褥子底下，我找到那块木牌，上面写着的"你将无父无母，无依无靠"一点也没变，只是干燥了。我把木牌带回了洞穴，挂在十字架的旁边，那个木箱子的碎片还堆放在床底下。

有一瞬间我突然想起，当时在荒原上发现的石头并非只有一块，还有另外两块长得差不多的石头，下面又是否压着别的东西，我充满好奇。但是在黄金找到之前我不打算再去翻开那两块大石头。总觉得，如果三十岁时找到了黄金，但却发现一切还是无法解决，那时我才应该再去翻开那两块石头。这种想法耗费了我很多精力，一种无休止的东西困扰着我。大约在两年的时间里，我满脑子都是荒原上另外的两块石头，那种可能性，以及害怕之后永远也没有希望的想法让我一直下不了决心。

我重新去东边找那所小房子，这一切都令我胆战心惊，生怕连房子都再也找不到。当我看到那所房子的时候就心安了，那块翻转过来的石头，翻开的坑已经没有了，石头上的青苔也干瘪，基本都看不到。夏天的荒原很清凉，四周的草如云一样漂浮在地面，风像鱼群般游过。我甚至在那片草地上躺了一会儿，太阳也不算太热，草丛吸附走大部分热量。我再次看到在另外两处的沉重石头，只是我没有胆量去那么做。多少日日夜夜我一直想着有其他的东西指引着我，那两块存在于荒原岿然不动的石头，给了我的梦境一个坐标。只要它们还在此长眠，那可能性就会一直存在。我曾想过两块石头底下压着什么，也许是可以直接到达的东西，也许石头底下有一个宫殿。总之我的想法十分愚蠢，我从来没下过正确的判断。

很快那座煤矿小山就没了。我看到东边的地平线什么附着物都没有的时候，心里一阵恐慌，担心这里也将被侵占而改变，那自己将再次无处可去。但我的担心是多余的，因为煤矿多多少少还是有价值的，在有生之年是没有人会想到利用这片土地做点什么的。

路过高速公路时，在过往的大巴车上，我曾看到熟悉的影子，我分辨不清那是郭仲翰还是丁炜阳，又或者是刘庆庆，反正车上的那个人我是认识的。但杨邦我也是认识的。总之见到熟悉的东西就会感觉非常糟糕，过去还存在着，是一个让人很难对付的问题。

第四年冬天，我终于找到了黄金，我意识到自己可以离开这里了。

在我做计划去往这世界上其他角落的时候，先来到了东边的镇子上。镇子已经有所改变，楼房修建起来，原来矮房里敲窗户的女人已经不见。

我不知道赵乃夫此时住在哪，以至于当黄金找到的时候，无法通知任何人。

我用一小块金子去首饰店换了一点钱，大概有十来克的样子，这是我用洋镐小心翼翼敲下来的一小块。我来到了一条街，其中全是富丽堂皇的酒楼，里面没有烧开水的味道，那种陌生感让人很难过。然后我在这个小镇的东边找到了近似原来的KTV，沿着街道走，两旁全是崭新的玻璃，上面不再贴着透明胶带。

我在其中一扇玻璃后看到了那个梁晓的室友。我给了她那小块金子换来的所有的钱，并看到她嘴唇上不再有亮光，冰晶融化了。

她陪我睡了一觉。我告诉她："我已经四年没有睡过房间了。"

她困惑地望着我，一如既往，好像没有什么改变过。她说："你是那个挖金子的人。"

我说："你给我送过饭啊。"

她说："我跟人讲，没有人相信。你挖到了吗？"

我说："你觉得呢？"

她咬着头发，慢吞吞地说："你就是打发时间而已吧？"

"也许是吧。"我说。

"我也想看看一大堆金子在一起是什么样。"她说。

我说："没什么，如果没蜡烛，就是黑乎乎一片。"

在小镇上待了两天，我没有找到赵乃夫，也许他已经不在这里，或者回到了牡丹江。他原来是我最好的朋友，临走前应该告诉我一声。

回到洞里我开始收拾东西，把锅碗瓢盆都埋了。我突然有种感觉，就是一种极其空洞的，仍然有无法释怀的东西。是不是另外两块石头下埋藏着更好的东西呢？我明明在荒野里看到散落的另外两块巨大的石头，是否还能找到它们？我在这种抉择里忐忑不安。

但这个洞穴我将永远也不会回来，远离这片荒地，那种即将翻山越岭长途跋涉的前夕非常美妙。

临行前，我收拾好所有东西。至此，我仍然没有找到答案，我只是解决掉了四年的一段时间。

之后我去了那个北边的村子，来到那个丢失洋镐的男人的家，我绕着大门看着，然后走到一侧。我从围墙那翻了进去。

院子里散养着在梦中出现的白色乌鸡，一个小男孩蹲在地上抓着一把黄土。

他说："你是谁？"

我摇摇头。

他说:"你是一个小偷吗?"

我说:"是的。"

一股从未出现过的悲伤控制了我,在这一千多个日夜中我从未掉以轻心,直到此时这悲伤却再也控制不住。

那个丢失洋镐的男人从屋里走出来,他看着我,微微笑着。我摸了摸自己的脸,上面胡须密布,连片树叶都找不到。

"我偷了你的洋镐。"我说。小男孩和男人看着我。

【作者简介】

胡迁(1988年—2017年10月12日),本名胡波,毕业于北京电影学院导演系,作家、编剧、导演。著有《大裂》《牛蛙》等作品。中篇小说《大裂》获得中国台湾第六届世界华文电影小说奖首奖。执导的电影《大象席地而坐》获得第68届柏林电影节费比西国际影评人奖。

烂泥真的扶不上墙?
——评《大裂》

王　侃

胡迁的文字简洁平淡却是一针见血,他的故事消极离奇却又合情入理,他总能在希望与绝望的循环往复间抖落出最彻底的真实。《大裂》描写了一群如垃圾、烂泥般的人们在绝望和空虚中挣扎度日的生存状态。他们中的大多数人安于泥沼的乌烟瘴气,但也曾有人拼命地想从泥沼中挣脱,期盼着烂泥扶上墙的一天,可不论他们怎么挣扎,结果依然是再次深陷其中。不禁让人疑惑,是该就此堕落,还是依然留存希望?

《大裂》中的一群行尸走肉,既不清楚自己此时此刻所做之事,对未来也是十分迷茫,甚至很少去想未来之事。丁炜阳过分珍爱他的笔记本,却始终不知该记些什么;郭仲翰的两任女友纷纷离他而去，他却安然地寄生在洞穴中，还长出了新肉；赵乃夫或许是其中最勤奋的，却是典型的"只做不想"，一直埋头苦干，却从不去思考是非对错……看着这样一群不思进取的年轻人如此虚耗光阴，本该有所责怪，却被他们的无奈和懦弱触动，心生怜悯之情。胡迁在创作谈中提到："每一代有每一代人的痛楚。上一代人，现代社会的分裂畸形替代了战争对更上一代人核心的摧残。就像我们这一代人深受肤浅和庸俗融入着血液带来的绝望一样，没有人想承认这个。那这就是这一代人的痛苦。由肤浅庸俗带来的痛苦。"胡迁挖掘人性弱点的功力可以说是达到了炉火纯青的高度，肤浅庸俗确实已经成了我们这一代人的致命伤，而小说的动人之处也正是这无处不在的同病相怜之感。

小说中，当大家来到这个属于全国最后百分之五的专科院校时，所有人都明白"一切都完蛋了"，但却有一种奇特的东西一直支撑着他们——面子。为了面子，丁炜阳将自己打扮得光鲜靓丽，反而与周围的一切格格不入；像郭仲翰、杨邦这样烂泥般的人却一直自我感觉良好，难道不是因为一种阿Q精神在支撑着他们吗？还有那场老广院与新生之间的残酷厮杀，说到底只是面子问题在作祟。胡迁在小说中深刻地揭示了现代人虚弱无力的一面，他们不愿接受现实，却又无力改变现状，只能用一个又一个的"套子"欺骗自己，欺骗他人。胡迁也说："这种庸俗化，如果直面它，会令

人感到恐惧和失望，如同去直面自我的其他部分或者外界的其他事物一样。"即便如此，他还是不留情面地将大部分人不愿触碰的真相裸露地播放于人前，纵使这会令人感到恐惧和失望，甚至是绝望，却比虚假的安慰来得真诚多了。

胡迁的小说当然不会在令人痛苦、绝望之后就此止步，小说其实一直维持着这样一个更为强烈的声音：烂泥真的扶不上墙？小说中的几个人并没有因为深陷泥沼就完全放弃自己，而是试图在困境中寻求一条冲天之路。小说中的几个人几乎都不是自愿来到山化传播学院：刘庆庆由于家庭原因进不了话剧团才来到这里；"我"、赵乃夫和郭仲翰都是在几次高考落榜之后才无奈低头，"我"更是在离家前立下壮志："即使在那样的学校中，我也会直捣黄龙的。"但是泥沼的侵蚀力实在过于强大，他们都曾一度迷失，变得如游魂一般，终日无所事事地在荒芜的校园里游荡。直到"我"意识到应该去探索些什么并且发现那张"藏宝图"之后，那个质疑、反抗的声音再一次出现了。"与老广院期待着毁灭有着相同的能量；我期待着有能改变自身周遭一切的一个入口，那个入口感人肺腑，它低吟浅唱着从混沌中通往云层的歌谣。"可以说，质疑和反抗一直萌芽在"我"的心中，且这一次显得尤为强烈。黄金正是"我"所期待的入口，挖黄金的过程便是寻求梦想的过程。但是，挖到黄金的概率实在是太渺小了，就如同人生的未来总是充满太多的不确定性，

很多人都会因为恐惧而迷失在未知的途中，赵乃夫等人也在半途中放弃了黄金的道路，可他们不知道的是，其实在挖黄金的过程中他们已经逐渐与老广院及其他新生拉开了距离。不过也有像"我"这种难得的意志坚定者，最终挖到了黄金，可当他回过头来想与人分享喜悦之时，却发现已是人去楼空，周遭的一切依然没有丝毫的改变，那将是怎样的绝望和孤独呢？

小说中的赵乃夫和"我"其实是两个很特别的存在，他们俩是最早开始寻找黄金的人，但所持的想法却截然不同。赵乃夫其实一开始就不相信能挖到黄金，因为他从不认为他们几个人的命运能被改变。从这里来看，赵乃夫只是走了大多数人都选择的道路罢了，他更像上一代的人，"尽人事，听天命"的思想根深蒂固，他只知辛勤耕耘，却不去思考耕耘是否有意义，或者说怎样耕耘更有意义。所以，他即使走到人生的尽头，可能也会发出这样的疑问："人生的道路究竟是什么啊？那么多人选的没错吧？可是不这样也没错啊"；而"我"则是一个不断地怀疑和思考的人，"我"对未来抱有遐想，也会努力去寻求改变，但在寻求改变的过程中"我"也会不断地否定自己。在这条路上，"我"注定是孤独和迷茫的，毕竟"我"是个开荒者，走了少数人选择的道路。也许这条路从一开始就走错了；也许这条路会通向成功，但成功的喜悦却无人分享。胡迁将这样两个性格迥异的人放到一起，并不是为了判定他们的选择谁对谁错，只是他也疑惑了：烂泥就该扶不上墙吗？我想这问题确实难以回答，就像这个世界永远是维新派和守旧派同在，失败者和成功者共存，我们的生活常常是福祸相依、悲喜交集，世事的变化无常总是令人难以捉摸。

可能有人会觉得胡迁的小说戳穿得过于彻底了，反而让人怀念起虚假，这可能是因为他们忽略了小说中留在小房子旁的两块大石头。《大裂》中的"我"在翻开一块石头之后绝望了、害怕了，却没有放弃对另外两块石头的美好念想，只要那两块大石头还存在，"我"依然期望着烂泥扶上墙的一天。胡迁的小说不会弄虚作假，总是长驱直入地探寻真相，或许直面真相会令人感到恐惧和绝望，但同时，他没有就此放弃，而是在黑暗中不停地探寻光亮，依然心怀希望。

芝麻花开

东　紫

　　其实，就一句话。母亲反反复复地掂量，不敢出口。她知道这句话对父亲来说是刀子，扎心。但又不得不扎。性格急躁爽直的母亲生平第一次把话长久地窝在嗓子眼里。

　　父亲手术一年后，没有像全家人期盼的那样，一天天好起来，而是越来越虚弱消瘦。母亲就明白父亲的日子不多了。母亲在和我独处的时候，一句话把我精心编织的谎言戳得稀里哗啦，母亲说，二丫，你心，我懂，但你大大的病我比大夫都清楚，我一天一天眼瞅着他，咋能不清楚。比父亲还年长三岁的母亲，在父亲生病的日子里，陪着父亲一起迅速地消瘦。仿佛，两个人的肉身连在一起，一个人的病两个身体担着、熬着、耗着。

　　母亲想跟父亲说——咱把坟砌了吧。

　　原本，父亲身体强壮的年月里，就厌恶母亲做和死有关的准备。大约是十年前吧，母亲发现自己的眼有点花的时候，就自作主张买了深蓝和细白的棉布及上好的新疆棉花，给她自己和父亲缝寿衣。再遮掩，再偷偷摸摸，也难免被父亲发现。父亲气红了脸，脖子上的青筋鼓得跟树枝子一样，对母亲发脾气——你这个娘们儿，好事不琢磨！

　　遮掩不过去，母亲干脆在院子的地上铺了席子，光明正大地缝。树荫下，斑驳的阳光洒下来，如银亮温热的花朵。母亲不时地在银灰的头发里蹭细小的针。细小的针，针脚自然细密。母亲仔仔细细地裁，认认真真地把棉絮分出薄薄的层，像蓝天上风吹过的纱巾云一样薄。一层层、一层层地铺陈。那些针脚，瘦芝麻一样，整整齐齐地从母亲的针尖下生出来。邻居问时，母亲的大嗓门爽朗朗地说，趁有本事做送老衣裳呢！母亲的手艺是一流的，从年轻时就是。母亲对夸赞她的人，欢欢喜喜地说，一辈子最后一套衣裳，能不用心么。

父亲的脾气向来短，一句话，惹了母亲一堆理由后，他的脾气就偃旗息鼓。母亲的理由有祖传的也有她自造的。母亲说，做寿，做寿，做了才得寿。再说这世间万事万物，都有个头也都有个尾。怕，那头就不开始了？那尾就不结束了？既然那头尾是避不过去的，就得有准备，省得到眼边前抓瞎，那样就只能潦潦草草地结个尾。你愿意潦潦草草结个尾？!你愿意我还不愿意呢，我手巧了一辈子，最后的一套衣裳到我眼花得看不清了，让别人缝得歪七扭八地到祖宗那里丢我的脸，毁我一辈子能干的名声。趁着我眼能看见，把咱俩那尾都给缝得漂漂亮亮的。

母亲把自己和父亲的寿衣缝好后，放到她陪嫁的木柜子里，每年夏天拿出来在毒太阳下暴晒一回，热热的，把细菌虫卵都杀灭，再用塑料纸包裹起来放进去。有一年夏天回家，正遇上母亲晒寿衣，一根从堂屋扯到南屋的铁丝绳上，两个大袄，两个夹袄，两条棉裤，在烈烈阳光下泛着莹莹的蓝光，母亲坐在堂屋的马扎上，瞪眼瞅着，仿佛那是一群栖息在铁丝绳上的蓝色大鸟，不用眼管束着就会飞走。小半天后，母亲依次将它们拍打，翻个儿，蓝色的大鸟变身白色的，像垂翅而栖的仙鹤，懒洋洋地闭目养神。我想帮忙，被母亲制止了，母亲摆着手说，别动，别动，你哪会呀。翻个衣裳，我不会？我嘴上犟着，手却乖乖地妥协，坐到马扎上，看。其实，母亲是怕我粗心，把汗渍弄到衣服上。太阳给整个院子镀了一层晃眼的光晕，有种波光粼粼的感觉，母亲和那些大鸟们都在神秘温热的微微荡漾里，母亲拍打寿衣的样子，仿佛在透明的水里哄慵懒的鹤睡觉。那时的寿衣，和生离死别没有关系，连个想象都算不上，它只是传说中一场演出的道具，拥抱着拍打着，却从不相信它真的会发生。

故乡的人都坚信魂灵的存在。坚信寿衣只有在人咽最后一口气前穿上才能被魂灵得到，否则只是穿在躯壳上，魂灵是穿着旧衣裳或赤裸着的。我小的时候，曾听母亲讲过一个姥姥村里的事——一个人从外地赶回家乡时天才蒙蒙亮，因为是寒冬，山村还处在寂寥无声的状态里，走到河边，看见本家的堂嫂匆匆忙忙地走着，边走边扣着腋窝下的大襟纽扣，他招呼说，四嫂怎么起得这么早？四嫂说，我走了！他想她要往哪里走，走得这么早这么着急忙慌，衣服扣子都没扣好。进了家门，和他母亲说进村只看见四嫂一个人。他母亲听了，说肯定是你四嫂走了。母亲往四嫂家跑，他也跟着跑，以为四嫂打架离家出走，想去告诉四哥，四嫂走的方向。进了四嫂家，才知道四嫂刚咽了气，腋窝底下的那个纽扣还没扣好就死了。

最近，又听说了个我们村里的事——大新泰和他老婆都是难得的孝顺人，但就是未能给他娘及时穿上送老衣裳，让他娘在三年前死了个光腚。三年里，家人不是这个莫名地发烧就是那个病恹恹地打不起精神，吃药打针都不灵验，最后请了个懂阴阳的先生来家。先生在他家坐着喝茶，歪头看见门后面站着个全身一丝不挂的老妇女，苦巴巴地望着他。先生惊得一下站起来。原来大新泰他娘的魂灵，因为光着身子，羞得出不了门。遵照先生的指导，大新泰两口子给他娘重做了衣裳，在门后面烧了，说了些求母亲原谅的话。他母亲的魂灵得了衣裳，才体体面面地走了。大新泰家随即安宁下来。

父亲术后放疗的时候，母亲让大姐芬独自在医院照顾父亲，她赶回家去。她说，家里很多事等着她。后来，才知道她最大的事是回去把父亲的送老衣裳补齐全。当年，她只做了难度最大的棉衣和鞋帽。父亲白色立领对襟的衬褂、锦缎的单衣单裤还没做。母亲闩了院门，戴了花镜默默地缝。发脾气的人不在眼前，母亲反而更要避人。避着所有的人。当死触手可及时，母亲害怕了。它像个飘浮的气球，在她的心头和脑海飘着，经不起任何一粒唾沫星的刺扎。这次，母亲不单单为父亲缝漂亮的人生尾儿，她更多的是缝愿望。她把父亲的单衣缝好后，打开柜子，慢慢地把原来存放在柜底的棉衣拿出来，小心谨慎的样子让人觉得那些衣裳真是大鸟，沉睡的仙鹤，只要不惊醒它们，它们就能一直沉睡，永远不会起飞，也就永远带不走父亲。母亲把所有的衣裳合并，用塑料纸包严实，用筲子盛着，高高地吊在屋顶的梁木上，祈愿父亲高寿——寿衣高高挂起，寓意高寿。

母亲日复一日地掂量着那句话，琢磨着怎样才能去了它的锋芒。四月，万物复苏，百花盛开，母亲在田里干活时获得了磨钝那句话的方法。闰年，而且是闰九月，百年不遇的闰，一年有三百八十五天的闰。有人利用这百年不遇的闰，在做棺砌坟——家乡人除了在亲人突遭意外离去时匆匆置备外，凡是有准备的，都选择闰年，估计是因为闰年的岁月长些，有长寿之意。母亲在田间和村里走着，打探着，她要搜集到足够的证据，证明打棺材砌坟是个很多人都在干的事，而不是针对病人的。掌握了翔实资料的母亲回到家，装作新奇地跟父亲说，刚听说今年闰九月呢，说是百年不遇，下一个闰九月要等到一百二十年以后。东边宋老五家，北头子皮笊篱家，少白毛家，西边建设他大哥家，很多，都在抓着这个好时候砌坟，做寿器呢。母亲把棺材改成好听些的寿器。母亲说完就睁大了眼慈爱柔软地看着父亲。不，不是看，是兜。忙忙碌碌，吵吵闹闹的一生里，她从没顾得上宽容温暖地看他，她总是举着坚硬的盾牌，抵挡他发出的任何带刺的话语。此时此刻，所有疼痛的尖锐都被她顽强地阻隔在心里，只把温暖柔软散射出来，成一个大大的包袱，等待着兜起他的气愤和呵斥。她等待着他像往日一样红着脸鼓着脖子上的青筋呵斥她——你这个娘儿们，不琢磨好事！而他没有，他听她说话的时候低头摆弄小闺女给他买的戏匣子，他只是屁股底下的马扎滑擦了一下，靠着墙的身子颤了颤。她知道他又害怕了。刚查出病的时候，她跟他说，听二丫说，你那里得做个小手术。她故意加了个小。他当时在弯腰穿鞋，也是这么一颤，坐到了地上，抬眼仰望着她，呆呆的，愣愣的，不知所以的无助。她扶起他，想着该像以往一样给他刺回去才能安他的心。她说，看你出息的，不就个小手术么。话出口，她听出来刺没了，刺了一辈子的锋芒瞬间磨秃了。瞬间，她体会到，原来，说话带刺也需要力气，那个力气需要斗志，那个斗志需要旗鼓相当，两口子才能叮叮当当。现在，矛没了盾也就没了。他弱了，她就软了。她本能地软成包袱，兜起他的无助和惶恐。从那时起，她看他，不自觉地会把眼睛睁大。

其实，她的眼睛睁不大了。睁大，只发生在她的意念里。衰老，用松弛缩小了她的眼。眼皮早就有了过度吹起的气球撒气后的松软和皱褶，漫过那道叫作双的漂亮沟堑。过界了。像田里贪心的邻家在分界的田埂上做的手脚。曾经，它们双得像半圆的桥拱一样结实好看，支撑着情绪的河流恣意流淌。欢喜的。焦虑的。愤怒的。无奈的。奋争的。滚滚而过。从没有绝望哀痛。绝望哀痛的洪流，是在他手术后日渐衰落的岁月里才生发的。他日渐的衰弱，在她心里日复一日地堆起一座荒芜的土山，慢慢地塌方，浑浊地流淌。好在，衰老的松软，如帷幕遮蔽下来，一切都不再明显。

他的眼皮，也有着漂亮弧度的沟堑，也像桥拱一样，只是更结实些。他的消瘦，像身子骨里悄悄进行的收紧，原本已出现的松软缩回了。变小的眼睛，变大了，大得像孩子的眼睛，无辜地大着。一世的沧桑盛在无辜的底盘上，让看见的人心疼而无措。

曾经，四目相对，四条河流，旗鼓相当的激情和流量，流着相依为命为友为敌的岁月。

她嫁给他，是在"文化大革命"发生的那年。她的嫁妆有一张三屉的桌子和一个柜子。柜子顶上放着一床褥子一床被，桌子上有用红线勾连固定的六个白瓷红花的碗和六个盘、一个茶壶和六个茶碗、两把细密的竹丝编织成壳的暖壶，上面贴着用剪刀剪出的粉红双喜。一份颇为丰厚的嫁妆。在桌子中间的抽屉洞里，珍藏着她共产党员的证明，那是她用超过男人的付出换来的，是她旺盛的青春激情和热血凝结而成的。在没有战争的劳作里，凝结的方式只有一种，满怀斗志地流汗。十二岁，1953年，入社的田野里，集体劳动，她开始成为一个整劳力，青壮的男人干多少她干多少。十四岁，植树造林，修治荒芜的浮来山，她和哑巴叔、裹了小脚的大娘一组，哑巴叔挑水，小脚大娘放苗，她挖坑，干成植树最多成活率最高的先进标兵。十七岁，"大跃进"开始，所有人家里跟铁相关的物件，大到饭锅，小到门鼻子上的铁钉，都被收集起来，大炼钢铁，赶超英美。没有锅的人们，被集合到村里的食堂，大吃特吃。亩产几十万斤，国家富足得流油，全世界人民都不如我们幸福，大吃特吃算个啥。人们的热情被引导到临时架起的火炉上，旺盛的火焰和人们的激情一起蹿长。地里的庄稼熟了，不能收。收庄稼，一是耽误大炼钢铁，二是显得不相信国家富足。都富足得流油了，还需要收吗？粮食在田里腐烂。吃完了村里粮仓里的粮食，炼出了几个大铁疙瘩后，饥肠辘辘的人们发现没吃的了。人们被发动着去未收割的地里耕种，未腐烂的庄稼秸秆和枯草支棱着，让新播下的种子无法生根发芽。上面派来的技术指导员，用权威把祖祖辈辈从事耕种的嘴捏紧了——谁不听谁就是成心破坏"抓革命促生产"。人们沉默着按照指导员的命令去地里放火焚烧，没来得及发芽成长的种子被烤焦了。岁岁年年养育着人类的土地，用彻底的绝产断了人们富足的梦想。人们开始吃菜吃草吃树皮。这时，她被征调去五十公里外修水库。这对她和她的家人来说都是一件好事，家里少了一张吃饭的嘴，而她能吃到粮食，每顿饭一碗稀得照见人影的稀粥和三个小地瓜，多么幸福呀，她站在青峰岭水库深达百米的库底，在刺骨的冰水里挽着裤腿，斗志昂扬！人们在她装满淤泥的推车上插上红旗，在她的铁锹上拴上红绸花，在大广播喇叭里日夜播放铁姑娘的事迹，打夯的男人们把对她的尊敬和不解编成号子唱。

铁姑娘还没有来得及把她又红又专的证明转交给婆家村里的党支部，人们就把长达一米的藤条破粪筐子糊上白纸，写上"打倒保皇派"的大黑字，扣到了她公爹的头上。她困惑了。她一个又红又专的铁姑娘嫁到了被揪斗的人家里，她能做的就是用新媳妇的身份劝说和守护满头粪渣子一心寻死的公公。她反复掂量着上交党员关系的后果。一天烧晚饭的时候，她打开抽屉，摸出那个信封，悄悄地用火钩子挑着放进了灶膛深处。生命在跳跃的火苗里分段——前小半段，为证明自己；后大半段，为和嫁的这家人一起往前簇拥着过活。很多年以后，母亲回望自己的生命历程，也是以那团火苗为分水岭——前小半段，在娘家当驴；后大半段，在自己家当驴。母亲说，我前辈子里肯定是头没拉完磨就死了的驴，这辈子继续拉。母亲总结父亲时会说，你大大，就是头老黄牛。这话听了很多年，也没去琢磨过牛和驴的不同，以为母亲就是随口一说，近年来，才慢慢地体会到母亲说话的智慧，很多很多的话，都是她生命的体验，是用她和父亲一生的辛劳、一生的感受提纯出来的，比如这牛和驴的比喻——老黄牛的劳作场景是相对单一的，大都在田野里，从田里出来，它能趴在水沟或树荫里休息休息。它也有季节，冬天它还有些悠闲，在太阳地里，反复嚼着干草，不去忧心阳光外的生计。驴，不同，既能在田里当牛用，也能在家拉磨，还能套上车拉货，它优于牛的迅捷和灵活注定了它是劳苦的多面手，而且它不会反刍，不懂得慢慢地反反复复咀嚼一点干草的怡然和满足，它注定比牛焦虑。

铁姑娘既能和男人一样干活，也能和男人一样打架。他们的第一架打得旗鼓相当。用母亲的话说叫谁也没占着便宜。那是1967年的春节，母亲嫁过来半年后。两个月前，分家了，父亲和母亲从奶奶的大家庭里被分离出来。母亲并不害怕单过，她有的是力气，人家两口子是一男一女出力干活挣工分，她的家相当于是两个男人，她相信一定能过得好。奶奶家除了爷爷还有二叔三叔大姑二姑三姑小姑，按照人口比例，父亲和母亲只能分到一小半的一小半，三十斤蜀黍（高粱）、三瓣子玉米棒子、五十斤地瓜干、一口半窨锅、一个瓦盆，一个用高粱秆穿成的锅盖顶。按照惯例，分完家后，要在新人的家里吃饭，一为答谢主事的，二来取意烧炕暖锅。吃完了五斤地瓜干煮成的晚饭后，大姑临走时拿起母亲还温热的锅盖对奶奶说，这个盖顶得拿回去，给她就没有盖煎饼盆的了。母亲看着消失在黑夜里的锅盖顶，抹了几把泪，立马想起瓦盆也能当锅盖。

大年夜，除了两捧蜀黍外，所有的粮食都已吃完。母亲坐在炕沿上，父亲坐在灶肚口，两个饥肠辘辘的年轻人瞅着空锅，过年。母亲虽饿，并不焦躁，明天可以用那两捧蜀黍撑着，只要熬过了大年初一，就到了出嫁的姑娘回门的初二——新媳妇新姑爷新正月地回去，祖上从来就没有让他们饿肚子的规矩，铁定会有吃的，可能还会有一顿饺子。美好的东西都有个共性，离得近了，就让人挠心地想伸手去够；离得远了，只激发想象。母亲的饺子离得远，在十里之外，在漫长的大年夜再加一个更加漫长的初一。父亲的饺子离得近，就在几条街后，他甚至已经闻见了香味。一年一次的饺子啊。父亲在鞭炮声里，在幻觉里吞咽着口水。他站起身，拍了拍屁股上的干草，掀起当锅盖的瓦盆看看再盖上，头不抬目不斜地走了出去。他知道锅里是空的，他只是用这个动作告知坐在炕沿上的女人——锅空着，你别怪我撇下你去找吃的。

刺骨的寒风中，父亲掖紧他的棉袄，揣着手，朝着他的家跑去。是的，那才是他的家！他生活了二十二年的家！他的父母他的弟弟妹妹！他一年一度的饺子！父亲撞开他家的柴门，推开堂屋的薄木门，看见他盼了一年的饺子，在碗里，在筷子间，在爹娘和弟弟妹妹的嘴边，热气腾腾，香气逼人。来不及找筷子，父亲伸手从二姑的碗里捏起一个，二叔的筷子啪地打向父亲的手，二叔愤愤地说，分家了，你的饺子在你家锅里，你省着不吃跑来吃我们的！饺子掉落在桌子上，父亲转身走出他的家，没有一个人出来挽留他，他倚着低矮的院墙哭了。哭他竟然不再属于这个家。他第一次感到了彻骨的孤独。结婚，对他而言，就是和一个陌生的女人各自蜷缩在床的两头，和她一块吃饭而已——他只是以这种难为自己的方式，给弟弟妹妹腾挪出一点空间罢了，让他们睡得宽敞一点，在饭桌子边坐得也宽敞一点。竟然，这个家和他不再是一个家。竟然连一个饺子也和他没关系了。他的泪蜂拥而出。二十二岁了，他不记得哭过。他也不记得孤独过，不记得害怕过。这一切，却在大年夜，一起袭来。以后怎么办？就只和那个女人一个家了吗……眼泪滴进脖子里，流到光溜溜的胸膛上，划出尖锐的疼痛。远处有人走来，他掖紧棉袄，搓搓面颊，往回走。

母亲看见父亲出去，知道他是回家找饺子吃去了。瞬间，初二的饺子，窜到了眼前嘴边，母亲咽起口水来。她眼巴巴地瞅着门口，期盼着吃了饺子的父亲能带几个给她。看见他回来了，重新坐到灶肚口去，她热切地问，吃饺子了？没给我带几个回来？他一肚子的委屈孤独和惶恐找见了根源——都怪她，要不是因为她，他就能坐在家里的饭桌边和弟弟妹妹挤着吃饺子了！不善言语的人，一切的情绪都在目光里，他瞪起的眼睛里，满是委屈和愤怒。她讥讽地乐起来——哎哟，这是没吃上呀，还是撑得眼珠子往外凸？他恼了，抓起柴草堆里的一块粗干柴朝她扔去——都怪你！她闪身躲过——怪我？分家一捧麦子都没给，一分钱也没有，我拿什么包？你以为我是神仙吹口气就能变出来？!她站起身，也把眼珠子瞪得委屈而愤怒。他警觉地站起，两个新婚半年谁都不敢碰触对方身体的人隔着半米的距离怒目相视。总是脆弱的那个先发动进攻，他抓起一个小板凳朝她抢去。她躲闪的时候，看见了墙角的扁担，抓过来，踩到脚下，用力一折，断为两截。她把地上的一截往他脚边一踢说，今天不是你砸死我就是我砸死你。

小小的一间锅屋，两个用相同武器的人势均力敌地战在一起，在大年夜凛冽的风声里，犹如江湖上深夜郊外的一场仇人相遇。她招招朝着他的小腿，他下下抢向她的脑袋。一场战争帮助他们克服了不敢碰触对方的羞怯和恐慌。打累了，心里的委屈和愤怒泄干净了，他们心平气和地重新坐回各自的位置，揉搓自己的伤痛，默默地听吼吼不止的风。

母亲的二姑父，我的二姑姥爷，他们俩的媒人，想起来去看看他们的第一个春节过得怎么样。二姑姥爷返回家，从水缸和粮囤上揭下两个掌心大的"酉"字帖，抹上糨糊，割了两根肋骨宽的一长条肉，拿了一棵白菜、两瓢面，放在筐里，让他的两个孩子抬着送过来。犹如巨额的财富从天而降，母亲和父亲喜出望外，欢欢喜喜地包起饺子来。你一个，我一个，两个人均等匀速地吃着他们成家后的第一顿饺子。剩下十个的时候，母亲提出留"压锅"。"压锅"很重要，犹如大海里船底的压舱石，决定着新的一年里家庭的命运。母亲说，留十个吧，十全十美。父亲看着饺子，咽口唾沫说，再吃俩，还没饱呢，留六个，六六大顺。

父亲和母亲把六个饺子认真地摆在碗里，掀开瓦盆，郑重地放进锅里。

一条家庭的小船从此开始启航，孩子们一个跟一个地来了，或许是因为六个饺子的"压舱石"过于轻了，生活这个风雨无常波浪翻滚的大海，时常把他们冲上浅滩，让他们撞上暗礁。而四个儿女已把两个人的心魂压得稳重牢固，让他俩在风雨里不得不彼此安慰彼此抱怨彼此搀扶。

父亲生病后，母亲不但要照顾他，照顾儿子和读高中的孙子，照顾鸡狗鹅鸭，还要忙田里和菜园里，帮着忙儿子家的田和菜园。母亲原来总是小跑的走路习惯改变了，她的脚没有了远离地面的力气，像两支光秃的老笔在粗糙的纸面上划拉、拖拉、努力，再也没了饱满圆润的笔画和书写，只有支撑和支撑的愿望在坚持。虚弱是唯一能让生命安静的捆绳，父亲被捆在独孤的安静里，听着老妻的脚步和疲乏，他第一次意识到她老了，她累了。那个身强力壮的女人，那个干净利索脾气急躁的女人，那个指挥了他一生，督促了他一生，常常因为他行动比她缓慢而讥讽他"迈着方步放着四棱子屁"、"过个门槛要先数数有几个脚指头"的女人，竟然也缓慢了，竟然也老了，竟然拖拉着走路了。他第一次为她心酸起来，等她进屋拿东西时，他说，你歇歇吧，等我好了，我干。看她没有停下来的打算，他恳求说，歇歇吧，听你拖拉拖拉的，我心里难受。这是他说给她的最深情的话。她停下来，心里眼里都酸得生疼，她背对他倒了碗水端着，吞咽着突然被勾起的委屈和恐慌———一辈子，到末尾了才知道心疼她，可谁知道，这末尾能有多长？他能疼她多久？

曾经他和她都身强力壮的年月里，被他气急了的时候，她就发狠说，老天爷要是长眼，就让我死前边，让你过过没我的日子，你才知道我的好。他不懂服软，也不会妥协，他总是嘿嘿一笑，慢慢筋筋地用洞悉一切的口气说，我还不知道么，谁死前边谁享福。这话细思量起来很伤人，如剧毒的药，能要了人命——好像那个死是个巨大的福利，是个巨大的便宜，她在抢。也好似和她一起的世间生活多么地不堪忍受，她这个人多么地不值得留恋。好在，她和他早已知己知彼，她常说他抬抬屁股她就知道他要拉什么样的屎。她心情好的时候，会半是埋怨半是教训地说，你是哪句话不药人不说哪句，你就不会拣句好听的说？哪怕半句，也暖暖人心。心情糟的时候，她就反击——嗯，你算说对了，谁死前边谁享福，我伺候了你一尖辈子，够够的了。一尖辈子——仿佛，她和他一起过过的日子像地瓜干一样，一片一片地有着形状，有着颜色，在粮囤里储存着，满了，冒了尖；足了，足足的了；够了，够够的了。

在我的家乡，够了有两个意思，一是表达满足，比如你去别人家借化肥，看到数量达到了自己的心理需求时，会说，够了，够了；再就是表达不满足，厌倦甚至厌恶，比如，吵架的两口子，一个对另一个说，我和你过够了，够够的了。够够的，就是顶级的烦，顶级的厌倦厌恶。

够了，够够的了。她和他都曾情真意切地不止一次地说过。好在它尖锐的法力都不持久，半天一天，甚至转眼就飘散了。或许是因为他们用半截扁担打开日子的航程时，过于激烈了，高高地定下了两个人心理的承受界限。或许是没有改变的途径，只能一路到底。

到底了，才明白生命旺盛时的愤怒和厌倦都有着虚张声势的夸张——其实，彼此在对方心里划下的都是浅浅的细纹，拿一点点的好一星星儿的疼惜就抹平了；深些的，也能用生离死别的恐惧和不舍进行彻底的打磨和抛光。

母亲睁大眼站在父亲跟前，她瘦得仿佛只有腿没有腚了，当年腚是腚腰是腰的美荡然无存。没有腚的腿，像无根的木头支撑着身子，有种眼看着要歪斜的不稳——她累，看的人也累。他往墙上靠靠，拍了拍旁边的小马扎说，你坐坐。她把右胳膊抹在胯上，支撑着上半身，想趁热打铁让他答应把坟砌了。她说，天这么好，别光坐着，我领你出去转转。他早就瘦得像各种规格的木头棍插起来的了，他仰头瞪着大而无辜的眼睛说，不想出去。

父亲出院后，也曾积极地出去过。除了四十年前到沂水县城给儿子做手术外，他从没有离开村子超过一天。这一离就那么久，三个月呢。三个月没到地里看看了。三个月没到菜园里看看了。三个月没看见村里的人了。他在田里村里转着，像个外出做买卖失败了的游子归来，一切的人和物都格外稀罕、亲切，又惴惴，怕人询问那买卖的失败。

确实是场血本无归的买卖，他和她积攒了一辈子的，加上四个孩子家凑的，十几万全部搭了进去，只换了人家把他的肋条子掀开，把他用来吃饭的管子割了一大截去，还把他绑在床上，和一排哎哎哟哟叫唤的人一起，关了三四天，把他的鼻子里插上了三根管子，身子上插了三根管子，据说是把他的胃从肚子里提到了嗓子眼下。撤掉管子后，他相信了那个传说，因为只要稍稍吃点东西进去就往上漾——要不是在嗓子眼下面不能漾得那么快。后来，他们又让他脱光上衣把他按到一张床上，照着他的上半身塑一个模子，每天让他躺进去，在一个仪器下，不痛不痒地躺着待上眨巴几下眼的工夫，就挖空了他的家底。他坚决地认为被坑了，她和孩子们全都上当了。不就是咽饭的时候觉得阻挡一下么，喝几口水就好的事。我一个整劳力，放下推土的推车子进的医院，你们把我弄成这样——他的愤怒够不到那个不敢回首的医院，他只能愤愤地够她——你和闺女嘀嘀咕咕就把我弄成了这样，我啥时候能再推车子下地干活?! 她不敢说实情，只是安慰他，病去如抽丝，一丝丝地抽，哪有那么快，劳动了一辈子，借着机会歇歇吧。

父亲不知道人们将用询问的方式告知他另一场更大的失败。说更大，是因为它不是他一个人的，是全家的，是让他在那一瞬间宁愿嘎嘣一下断气的。全身插满管子的时候，他也没有过渴望死的念头。他从来就是个怕死的人。那一刻，他脸发烧，发干，跟干树叶子一样要碎了掉地上，他想捂起来，像害怕人家用肮脏的扫把疙瘩来挠似的。原来，他唯一的儿媳妇，他读高三的孙子和上学前班的孙女的母亲，离家出走的原因，不是和儿子吵架了，而是和小包工头跑了，给人家当二奶去了。人人皆知。人家询问他，你儿媳妇怕是回不来了吧？和那包工头都明目张胆地在工地的楼上，用水泥袋子遮了窗户瞎闹呢，她娘家支持，包工头有钱，我亲耳听你儿他舅子说，那家子拉磨的一倒日子就到头了。你觉得还能回来吗？父亲哆嗦了，气喘了，他跟跟跄跄地走回家，躲起来。躲起来琢磨，愧疚，心疼，害怕。琢磨自己到底是啥病，到底病得多厉害，能让人家觉得这个家到头了。愧疚怎么就生了病，让儿子的家散了。心疼残了右脚的儿子，没了老婆，咋往后过？心疼孙子，就要考大学了，自己厚皮老脸都没处搁放，大小伙子，面皮最薄的年纪，咋着受？被领走了的小孙女，小孙女呀，得来不易的小孙女呀，这辈子还能见上面吗？

父亲躲在床上，让泪悄无声息地流到污浊的枕头上。他从来不会讲人生道理，也从来没给任何人讲过，可此刻，他不由得在心里跟儿媳讲，反反复复讲，你咋就不知道掂量掂量轻重呢？咋不想想孩子呢？别听人家的，我能好起来，大夫给我看错了，我要真有那厉害的病哪能不痛不痒就吃饭时挡一下。只要我好了，你家地里的活儿都我干……他流着泪原谅了儿媳二十年没用和父亲这个身份相称的称呼叫过他，她只说哎或听见了吗或他爷爷甚或背后里叫老驴种、老死尸、老不死的。原谅了她睡到中午起来，对在她家地里劳作了一上午、没能喝上一口水的他，刚刚回到家把开水倒在小铝锅里等水凉的他，呵斥说，懒煞了，蹲那里怪舒坦啊，不知道去帮着收拾收拾地里么！那一刻，他哆嗦了，要炸，可她是儿媳，不是闺女也不是自己的姐妹老婆，炸不得。他哆嗦着等儿媳翩然离去，他才炸，把小铝锅啪啪地朝墙上摔打。热水四溅。锅一下下地扁瘪了，才略略平静下来，怕老伴回来知道又要去找儿媳替他要公道吵架，顾不上喝水用锤子一点点地把锅敲圆。这个事后，曾有人传话说，儿媳在外面说，小孩他爸和他爷爷没脾气，让站着不敢坐着，就他奶奶厉害，治不了。他对着传话的人嘿嘿干笑，他庆幸没人看见那个扁了的锅。他知道近几年儿媳越来越看不起老实巴交的儿子，他也知道村里很多媳妇都和自己的儿媳妇差不多的脾性。用老伴的话说，怪社会，社会不一样了，不讲究老少尊卑了，只讲究吃穿享受。他不知道怎么能让儿子的生活过得更好，只能自己多出力，把儿子和儿媳妇该干的活儿尽可能地都干了。

父亲躲在家里，喝各种草药汤，喝核桃枝子煮鸡蛋的水，喝大闺女的朋友的朋友的外甥的生意合作伙伴从日本免费赠送的白金纳米离子水。每一样，都传说有神奇的疗效。每一样，他都乖顺地喝着，一丝不苟地喝着。他渴盼着自己赶紧好起来，渴盼着好起来的消息能传遍村村落落，能传进儿媳的耳朵里。干活怕啥的?!他从不怕干活，还有什么能比得过土地的好？啥不是地里长出来的？人靠地活着，得好好侍弄好好对待……他躲在家里，说得最多的话是，等我好了，我干。他问得最多的问题是，啥时候我才能推车子下地去？他不知道他这辈子的活儿在他躺上手术台时已经干完了。他不知道他这一生再也没有机会侍弄他热爱的土地了。或许，他是知道的，只是不敢相信，不愿相信。他强烈地渴望着自己跟冬眠的熊一样，等他走出家门，结束冬眠时，已精神勃发，到田野里，到他的疆土上，甩开膀子，挥汗如雨。播种。收获。早日挣回那些亏了血本的钱，早日把孩子们的钱还回去，怎么能花孩子们的钱呢？他们挣钱都那么不容易。他们那钱有重要的使项，供孩子上学读书，那才叫花得值，比吃了拉了强多了。他最瞧不上那些从子女手里抠搜钱的人——自己吃得差点穿得差点怕啥？孩子们过得好不就是个最好么！抠搜了子女的钱填进自己的肚子里顶个啥？吃得再好，就是龙肝凤胆也得变成屎。

"不想出去。"在母亲恳切疼惜的盯视下，父亲仰着脸对母亲重复一遍他的决定。如果前面那遍是个无辜无力的回答，这一遍就是执拗执着的反抗。

不想出去，不想出去，你都在家里闷成耗子了，春暖花开，地里麦子青油油地到小腿肚子了，出去转转，四处看看，多好呀！我就不明白了，生个病有什么怕人的，又不是做了见不得人的事。人吃五谷杂粮，哪有不生病的？你出去试试，看谁敢说你，他只要张嘴，我就去和他理论，问问他是不是娘胎里出来的，难道跟孙猴子一样石头缝里蹦出来的，不吃粮食不生病?! 母亲生气了。她转身拖拖拉拉地往屋子里走。父亲的执拗和执着摇晃了，他站起身，把戏盒子放到窗台上，跟进屋问，麦子真没到腿肚子了？那就该追肥了。她看他的心晃动了，鼓劲说，你去看看，麦子长得那个喜人，补的那些苗竟然都活了，长得比原来的还旺相，就跟通灵性似的，知道在别人手里得乖着点。他嘿嘿乐了——你厉害，麦苗都知道，哪敢不好好长呢。她瞪了眼斜瞅着他说，把我说得跟后娘似的，那些麦苗有我这样的后娘还真是享福，水单喂着，肥料单吃着，跟养小孩子的心思一样。她说着体会到他绵软的语气，实在不像是讥讽她，遂落了眼皮转身去拉桌子上的抽屉找钱——麦苗都比你听话，让它好好长它就好好长，你呀，哎，你呀——她的无奈和焦虑变成一缕长长的叹息，从胸腔里飘出，在他身上缠绕。他看着她腔不是腔腰不是腰的背影，咽口唾沫说，我也听话，我不一直都听你的么。她扭头看着他，一瞬间她的脸犹如傍晚落霞散射的天，苍茫而灿烂。她笑着说，哎哟，你这不也会说软和话么，我还以为你就只会把话说得跟镰头似的，刨人。他嘿嘿地乐起来，软和话谁不会说？就是得看时候，吃不上喝不上的时候说不了又累又忙的时候说不了，得不愁不忧的时候才能说。他说着说着，就觉得自己的话并不正确，他现在说了软和话，可他心头的忧愁堆得跟山似的。

唉，他浓黏的哀愁如深秋的风吹得她心里发紧后背发凉。她把包钱的手绢紧攥在手里，不知道如何接对，肺腑里却早已生出了叹息的回应，就要涌出的时候，她意识到只要它一出声，就等于对他承认——她没了办法，他的病没了指望。她生生地拦住，张开嘴，悄悄放它出去，用玩笑的口吻说，怎么跟车袋似的，撒开气了。车袋撒气得补，人撒气也得补，你怪有办法呢，撒撒气，就让人明白得上营养，明天把那只黑母鸡杀了。他一听她又要杀鸡，眼瞪起来你这娘们儿，就是不知道过日子！她看着他瞪圆的眼睛，心里突地涌满了疼痛和悲凉，她在心里责怪他，你还能吃几天呀，还有几天的活头呀！临死了，还这样过！就是过下金山银山，没了命顶什么用?！四目相对，浑浊的悲凉无奈和疼惜湮灭了她惯常燃烧的火药。没一点火星也不对，她强硬地说，把你那牛眼珠子缩回去，一说弄点东西给你上上营养，你就急，现在是那吃不上喝不上的年代吗？你抠搜什么不好，偏偏抠搜肚子，没出息！他说，春天，开始下蛋了。她沉了脸说你哪只眼看它下蛋了，就因为它不下蛋不甜欢人才杀它。这样说着的时候，她想清理鸡内脏的时候，断不能让他在跟前，要是看见一肚子的蛋苴，又该心疼得咽不下。她把手绢上的细布条缠好，塞进兜里说，走，我带你出去转转。她说完就到院子里推三轮车，把一个旧棉袄搭到车斗的靠背上，开玩笑说，看这沙发座，小卧车的标准。他横横地从她身旁飘过，坐回他的马扎——转转！转转！我能不想转转?! 我能不想转转么?! 家里这头子事能出得去门么?! 她升腾的火焰嗖地被吹灭，她在心里咒骂那传话的烂舌根子，就不知道行行好，让他心里痛快点……她把三轮车推到他跟前安慰他——会不会算账呀，啊？你会不会算账？咱们祖祖辈辈安分守己，规规矩矩，不偷不抢，不奸不诈，积攒下的是啥？不就是个脸面么，现在这一个事就毁了好几辈子的积攒了？它是不好，丢人，但跟整个脸面比起来，算个啥？不也就算个灰星儿么。这种事，不得看社会呀，老社会里它大起天，一丢丢好几辈子，现在这社会它就是个灰星儿，连个瘌子都比不上。儿家那一片，跑了八个媳妇了，不独咱家呀，你计较个啥么，你计较得来么！他仰望着她，静静地，呆呆地。良久后，他爬到三轮车里，倚着旧棉袄坐下说，想想办法找回来，我们得看孙子孙女的脸，只要回来，比什么都强，谁也别奚落她。她推起车子说，已经发动了九拨人去请，没请回来。后街小中华家的儿媳妇跑了好几个月，回来了，我找小中华他老婆问了，说十里堡的神老嬷嬷可灵验了，回头我去求求。他说，现在就去，我和你一块。她说，行，先去十里堡，回来去地里转。

去十里堡，必经舍林。

村里的坟大都集中在村北的果园里。村里的人管那里叫舍林。管上坟叫上林。坟地叫林地。谁家祸事连连被怀疑祖坟出了问题的时候，怀疑的人会提醒说，八成是你家的林出了问题。有学问的人都知道林的规格很高，仅次于陵。孔子死后，他的弟子们从各自家乡携带了树苗植在老师的坟周围，以此成林。我的祖先，我们全村人的祖先都没有成器的。默默无闻碌碌无为生活着的人，把埋葬自己亲人的地方称之为林，大概是因为出于对树木根植土地顽强繁衍生息的认同，希望人也如此：一辈一辈，活着，长着，开枝散叶，绵延不尽。林，是活着的人之根、之源、之佑护。

父亲和母亲曾无数次一起路过舍林。他们的一块地，就在舍林的东北方。他们都早知道舍林里已没了林，好几年前承包人就砍掉了所有的果树，在坟墓的空间搞起了各种养殖。猪，兔子，鸡，鸭。很多人到村领导那里提意见。不管用。村领导说，各家都有自留地，谁觉得自家老祖在养殖场委屈就迁到自家地里。动祖坟的大忌，让去的人灰溜溜地回来。自此，那些黄土堆砌成的最后归宿，再也没有了春天鲜花盛开的芬芳和夏天果实累累的兴旺，自然也没有秋天的金灿和喧闹。连万物萧条的冬天也大不如从前。有果树时，那些绛紫色棕色灰黑色的枝条在苍黄的坟间，像经世的国画里水墨的浸染，陈旧而意蕴丰盛。又如阴阳间的一道枝条织就的帘幕，阴在那边，阳在这边。阳间的子孙们碌碌生存，但总会在最寒最冷的腊月赶回家，跨过这道帘幕，去看望祖先。他们在冰冻的土地上费力地挖，直到挖出赤金色的新土，一层层地撒到坟上，把坟修整得浑圆新鲜。那些被深挖出的新土，用蕴藏的鲜艳和松软，呈现出棉絮般的温暖，把经受了一年风吹雨淋的沧桑和凋敝遮盖掉。干得出汗时，他们把外套脱下来，顺手搭在果树上，那是祖先为他们准备的衣架。他们深信老祖们在这道帘子后面日夜不息地望着他们生活，佑护着他们。年关的时候，他们带着鞭炮，领着同宗同祖的男孩子来，隆重地把祖先请回家，让他们坐在堂屋正当中的八仙桌上，守着丰盛的饭菜和甘烈的白酒，坐一场七天七夜不散的宴席。

村北头秃露毛的老婆长着能透过所有的帘幕看到阴间的眼。秃露毛老婆坐在家里就能看见谁家的老祖盛装打扮兴高采烈地等着回子孙家里过年，谁家的老祖无精打采地蜷缩着打长长的瞌睡。秃露毛老婆的这个功能从被人们知晓并加以验证后，就成了类似于法官的角色，那些因为各种原因没有去上坟和请祖宗回家过年的人，隔老远就避着她。村里人都知道，她的特异功能是在三十年前的腊月，她新婚的夜里被发现的。那天，她坐在用高粱秆和六个大红包袱装饰成的婚车里，头上盖着大红的四方围巾，第一次踏入我们村，等夜深闹洞房的人散去，四处漆黑寂寂时，她出去撒尿，透过半人高的柴墙，发现北面有一个完全不同的村落，灯火通明，人来人往，有走路的，有擦拭门窗的，有推磨的，有做豆腐摊煎饼的，也有蜷缩着睡觉的。她回到屋里问秃露毛，那个村叫什么名，怎么大半夜的那么热闹。秃露毛半信半疑地随她出来看，在她指指点点的解说中，看得浑身寒毛陡立，当晚就逃回他爹娘那里。后来，秃露毛确认她除了晚上能看见村北的村外村之外，并无其他异常，才回自己的家里。秃露毛老婆一辈子没有生养，有人说她是仙姑，仙姑怎么可能跟凡人一样生孩子呢。更多的人说，怪秃露毛爹娘无知，新媳妇过门不出三天是不能见星星的，被星星扑了，必定不能生养——连这都不懂，活该当不成爷爷奶奶。

父亲和母亲，早都远远近近地看过多次变成养殖场的舍林，仅仅是在心里泛起无奈遗憾之类的情绪，夹杂着无法言说的不满而已。现在看见，竟然恐慌起来——第一次，真切地意识到离它很近，离死别很近。死别，一别就阴阳两隔，生生世世都无法再跨越。那些曾以为过够了的岁月，真要结束的时候，又宁愿无休无止地延续下去。他俩谁也不敢仔细端详它，都低了头，一个默默地蹬，一个默默地坐。遇到土坡，母亲扭动右车把加大电瓶的马力，同时抬起身子，想借助身体的重量使脚底的蹬子转动起来。老旧电瓶嗡嗡的声音和着她粗急的呼吸，努力了三次，仍不能翻越。父亲说，我下来帮你推。母亲先下车来扶他，两个人的右胳膊搭在一起，相互抓着。她因为蹬车热了，袖子挽到了胳膊肘那里，他低头看见她犹如瘦长的风干了的腌萝卜一样的胳膊，老抹布的颜色，松软皱褶，密布着几近枯裂的细纹。哎，老了。他在心里替她感叹。她抓着他依然穿着厚毛衣的胳膊，轻飘飘的一把把，她忍住没把这句话说出嘴，想躲避对方衰败的目光只能搁放到远处。远处，被药物控制着昏吃昏睡昏拉的成千上万只牲畜，集聚在简陋肮脏的圈窝里。圈窝旁，他父母的坟，像两只鼓凸的眼哀怨地瞪着。再也躲不过的相遇。

哎，咱叔咱婶。无头无尾的话。

她后背登时冷飕飕的。在哪？我说那坟，周围糟蹋得不成样子了。

她舒口气批评他——什么时候学会说话大喘气了，吓唬人。

他们都知道如果看见了逝者，是最不吉利的，是注定要走的。他咽口唾沫，安慰她也给自己打气说，家里还有那么多事，谁也不能叫我走。她听他这样说，给他鼓劲——大老爷们儿得说话算话，吐个唾沫星儿成钉。

父亲兄弟姊妹八个，只有他叫过爹娘，也仅仅是两岁以前。两岁的时候，他四岁的正生麻疹的哥哥在父母和邻居为了一棵树进行的拼斗中，吓得高烧不退，夭亡了。有人说他们没有当父母的命，除非生的孩子不用爹娘的称呼叫他们。从此，他被要求改口叫爹娘为叔婶。叔和婶还不放心，又央求着远房的哥嫂给他当干爹娘，用人家多子多福的命帮忙——压着，干爹娘给他取了一个让叔和婶放心的名字：树，大树。

名字叫树的人，像树一样生长了一生的人，将归于无树的荒凉和牲畜的围困中。

唉，原来吃不饱穿不暖的时候，以为只要吃饱穿暖就没事了。如今，事儿事儿一头子一头子的。父亲浓稠的忧虑浮上来。他软，她就硬，他悲观她就坚强的惯性，遮住她的惶恐和无措，她推起三轮车翻上坡，扶他坐上车说，吃饱穿暖了才有精神头儿处理事儿，人活着再没点事儿，那不成神仙了。有事儿怕啥，一件件拆拓，自古不都是兵来将挡水来土掩么。办法有，得人自己去找，从来都是人找办法，没见办法找人的。话说到这里，她突然就找见了和他开口说砌坟的办法——请风水先生来看看祖林，让人家顺嘴说，保准他丝毫觉不出是针对他的。

说得轻巧，有啥办法？他大着眼看她，虽然从开始这个家需要的办法都是她找出来，他按着她的指派去做，虽然事实证明那些办法基本都对，他依然对她没有信心，因为现在的事儿不同于以往。以往，是为了吃穿，他俩拼拼命命努力就能办到。比如，三十多年前，生产队把谁家都不愿要的地边分给他们当菜园。地边被路人踩来踩去，总有两柞宽的地长不了东西。她却拿着人家的欺负当好事，说边有边的好，靠着河，河坝有个斜坡，把河里的泥挖上来，就能填块地出来。整整一个月，每个鸡不叫狗不咬的后半夜，他俩站在初春刺骨的寒水里，偷偷地挖泥，到底是在河边拓出小半分的菜园来，让分地时费尽心思不要地边的人，羡慕嫉妒而后悔。比如，春天缺粮，她总能发现哪个地方有榆树，哪几棵上的树叶多，所有春天的凌晨，他都被她的脚丫子踹醒，让他去撸榆树叶，掺到高粱面里摊煎饼，或放进稀粥里。

神老嬷嬷原本就是一普普通通农村妇女，和母亲的四妹同村。和同年代的女人一样没有进过学堂，文盲，乖顺地嫁人生子，再熬到子生孙，按部就班地活了七十年。七十岁的那年，大病一场，七天七夜不吃不喝，不言不语，睁着眼睛却人事不省。家里人以为没救了，给她穿好了送老衣裳，只等着她咽气装棺。不承想，她活转过来，说了一大堆莫名其妙的话，什么阎王不收她，是因为泰山老母奶奶委任她帮人看病祛灾啥啥的。当时没人在意，只当她做了个七天七夜的长梦，说梦话。后来，村里人真就发现她能掐会算，不管是生了病还是遇了灾祸，也不管是丢了鸡狗还是婚丧嫁娶，都在她的手指的掐掐算算中得出灵验的解决办法。

父亲和母亲走进神老嬷嬷家时，她正在给泰山老母奶奶的塑像上香。听见有人进来，也没回头，而是专心专意地手把着点燃的香，鞠躬，插香，祷告。直到仪式结束，才转身招呼父亲和母亲说，来了。青烟袅袅，肃穆安静。母亲看着泰山老母奶奶的坐像，点头回应说，儿子儿媳闹不和，儿媳妇跑了，来求泰山老母和您帮忙想想办法，好歹别让一家人散了。神老嬷嬷说，他们两人的生辰八字都知道？母亲说，知道知道。

按照母亲提供的生辰八字，神老嬷嬷掐着皲裂的不太能伸直的指头算了算，闭着眼咕哝了片刻，进到里屋在红纸上画了拐拐弯弯的符咒，又出来当着他们的面用剪刀剪了两个双喜字，从八仙桌上供奉的泰山老母像旁边的纸盒里，捏了红花和艾草，用红纸包了，把囍字放到纸包上，用九股红线缠绕了九道，打了死结。父亲和母亲拘谨地收着胳膊腿，定定地看着，生怕闹出动静，影响了红包的法力。神老嬷嬷把两个红包用一张草纸合着包了递给母亲说，回去放到你儿的左脚鞋里和你儿媳妇右脚的鞋里，然后在他家院子里挖个深坑，把两只鞋并排放到里面，埋上。记住，一定是鞋尖朝着堂屋。母亲从手绢里按照打听到的价格往外拿钱，不放心地问，这样就行了？神老嬷嬷语气坚定地说，除非把它挖出来扔了，要不这深埋的姻缘就是整辈子的。父亲盯着母亲的手指，在心里和她一起数钱。母亲把九十块钱递过去问，家里老不顺，会不会是林地的事？神老嬷嬷说，林地，我不会看，你得另请高人，毕竟那是根儿，根上出了问题，自然家里就不安生，即使咱们现在破解了也总还是受干扰。母亲看着父亲，微微扬下头，提醒他注意神老嬷嬷的话。

出了门，父亲坐上三轮车说，九十块钱，也不讲讲价，你这娘们儿就是扔钱不响。母亲心里感觉是赚的，遂不和他计较，说，我又不傻，早打听了，县城里大人物来也是这个价。你听她说了么，林地是根，得找风水先生看看。我说你不信，神老嬷嬷说了你可得信吧？父亲叹口气说，信，你说我也信。他仰头看着天，再叹口气说，哪能不信呢。

她说得没错，原来，他是不信的，儿子出车祸那年，她就说要找人看，他扯着脖子和她吵，硬给拦下了——看了能咋着?! 能把养殖场关了?! 你以为你是村支书?! 何况，请人就要花钱。别说风水先生，就是神仙也不能把儿子截掉的右脚给长回去。儿子残了，干不了沉活，我多干就是了。再好的风水，人懒了地就懒！

现在，他连喘气的劲儿都不足，哪有力气不信呢。哪怕是棵稻草，也是个抓头儿。

听他转了弯，她心里轻松了些，脚上蹬车的劲儿比来时足了两成。她说，我三姨夫他兄弟家的小儿子，那个叫陈顺的表弟，就会看风水，回头让大丫去请了来，看看。他嗯了一声，再也无话。他默默地坐，她默默地蹬，心里却万语千言地跟他说着，转了弯就好，盼你转弯我都盼好几个月了，不找个合适的借口把坟砌了，我这心里就慌得没底，你跟头老黄牛似的拉了一辈子犁，怎么着也得给你把尾儿结得漂漂亮亮的，对得起你这辈子的辛苦……

两人回到家，趁儿子外出买化肥的空，找了儿子和儿媳的鞋，按照神老嬷嬷说的办法，深埋"整辈子"的姻缘。他看她刨得气喘吁吁，忍不住上来夺镢头，你歇着，我刨。她晃晃身子，躲过他的手说，有福不会享，看别人干活自己歇着多好，这点活儿也用不着你。他在心里笑话她，这点活儿，你还干得气喘。他执意抓了镢头把儿，脑子里是往昔高高扬起镐头、结结实实落下，脆生生地切进地里的记忆——我哪一镐头都能刨起半个脸盆大的地儿来，哪像你吭哧半天，跟鸡刨似的。见他执拗，她只得松了手。老习惯，先往手心里吐口唾沫，掌心对掌心搓搓，这样抓得结实。

这是那把镐头吗？他打算举起的时候发现它沉得不对劲。再吐口唾沫，边搓边打量。没错，是它，槐木把儿，左手常抓的地方有个疤瘌眼，他曾用破玻璃瓶子的底儿，刮了好几袋烟的工夫才把它刮平。它早没了当初的姜黄色，在风吹日晒和他的唾沫汗液里，陪着他一起变深，泛出新酱的颜色和光亮，而他自己早已是陈年老酱的色泽。

用力举起，全力落下。没有脆生生一切到底的爽快，只切进地里三四指深，比她的还浅。再举，再落。再举，再落。他跟自己较劲——邪了！我还就不信这个邪！

三指。

两指。

一指。

七八下后，连一指的深度也没有了，镐头在落下的时候，歪向一边，跟打瞌睡似的。他的脸阴了，他知道镐头和地都没变，是他自己变了。变得如此无能。连镐头都拿不动，还指望好吗？她看在眼里，不敢对他的目光，伸手接过镐头，继续刨，故意高抬轻落，装出吃力的样子说，这地板结了，镐头碰上去，跟牛皮一样韧。他听了脸色稍稍缓了缓。

刨好坑，她进去踩平整，问他，没过膝盖，够深了吧？他点点头说，应该够了。她爬出来，把红包分别塞进儿子儿媳的鞋里，跪着伸了胳膊把鞋放进去。他提醒说，鞋头朝着堂屋，摆齐，摆齐。她拿了铁锹往回填土，说，这回跑不了了。他想着儿子走路的样子：左脚踏实，右脚因为只剩脚后跟，走起来一蹾一蹾的，说，好在是左脚。她说，就是右脚，也跑不了。两个人相互安慰，怀着同一个期盼——儿媳妇早一天领着他们的孙女回来。她的期盼比他的更急迫，得让他看到孙女，心无挂碍地闭上眼走。

母亲不会拨电话，拿着"老人机"到前面的邻居家，让人帮忙拨了大闺女芬的电话。日头刚刚偏西的时候，芬就来电话说已经请到风水先生，让他们直接去林地会合。这次他没有犟嘴，不仅因为他想抓根稻草，也因为他知道上林地见祖宗这种事，离了男人是不行的。女人的手只能用来给祖宗送钱——烧用钱打过的烧纸。用钱按压烧纸，叫打纸，只能由男人来。女人打的纸，祖宗是不认的，无效。他很乖顺地爬进三轮车里坐好，看着她打开包钱的手绢扒拉着找百元钞，发现没有又去屋子里找，不一会儿拿着一大摞烧纸出来放到他脚下，转身又把铁锹放进车斗里。到了林地，他打纸，她添土、清杂草。待烧了纸钱，磕了头，跟叔婶说明了来意后，他俩和芬站起身，一起看着风水先生。

风水先生陈顺连连叹气、吸气，嘴唇动着不见话儿出来，偶尔出点动静也仅仅是咂巴一下嘴。母亲说，表弟，早都听人家说你看风水好，请你来就是听真话，有什么说什么。陈顺知道有什么说什么是他的职业底线。难就难在这里。随着他们看他的时间延长，他咂巴嘴的频率不自觉地加快，有一把无形的刷子在一遍遍给他的脸和脖子上色，直至紫红如茄——这，这林，破过了。

咋看出来的？三个人用眼扫着两座沉默的坟，试图找出蛛丝马迹。

我，是我来破的。陈顺的脸红得快滴血了。表姐，对不住，我不知道这林是你家的。当时，这家排行老二的请我来破，我不知是你家，我得满足客户需求，我……

怎么破的？啥时候的事？他为啥请你来破林？

六七年了，当时，我一看，这块林的风水就是发老大家，老二老三家都差一些。我就如实说了。我印象特别深，因为他要求只发他家，还要求用最绝的招。我心里不落忍，就犹豫，说给调调，让三家一起发。他不肯。我，我就应了，东边主老大，用了打黑豆墙的办法，西边主老三，深埋了铜钱和压制石，中间主老二家，埋了兴旺发达的法器。

黑豆墙！黑豆墙！母亲绝望地重复着，身子打了个趔趄。父亲和芬都看着她。熊熊怒火在她心里燃烧，同根相煎的惊诧和疼痛如热油浇泼。

什么意思？黑豆墙咋了？芬急切地问。

母亲早就听人说过破风水破脉气最毒最彻底的方法就是打黑豆墙，任何法器都可以挖出来，可那黑豆只要一发芽，就再也没有能破解的办法。她盯着父亲咬着牙说，老二和你是一个娘吗?!是一个娘吗?!父亲心里一阵揪痛，脑子里嗡地一响，身子像枯树遇了强风，眼睛大而无辜地看看母亲又瞅瞅陈顺，嗫嚅着，老二不能啊，不能啊……

母亲意识到自己失控了，跟芬说，扶你大大坐下。芬把三轮车上母亲给父亲制造的"软座"拿下来铺地上，扶他坐下。坐下的他，定定地看着咫尺内父母的坟，觉得他们也在看他。看着重病缠身拿不动镢头的他，突然地流起泪来。纵横满面。上次流泪，还是他结婚后分开家的那个大年夜。那次流泪，让他意识到和他们的远离，意识到自己必须成熟。这次，却是亲近，是逆回。回到孩童时期，回到那个生怕失去他，宁愿选择与人分养他给他改名改称呼的年岁，那时，他们整天把他背在身上，怕离了身就被灾祸捉了去。那时，有啥事他只需在他们的背上缩了身子抓紧他们的衣裳就可以了。叔，婶，他在心里热切地喊他们。只是，他们早已不能佑护他，还被裹挟利用，成为损伤他的暗器。

一点办法没有吗？芬追着陈顺问。

陈顺摇摇头说，早都生效了，该发的发了，该败的败了。

我就不信，最起码把兴旺他家的法器给掘出来扔了，他对咱不仁咱也对他不义。芬说着拿了铁锹问，埋哪里？表叔，埋哪里了？

这又犯了陈顺的忌讳，他的脸重新红起来，嘴巴开始快速地吸气吐气。

母亲长叹一口气，从芬手里夺了铁锹拄着说，咋学这个！跟着好人学好！不是还有天么，天在看！

陈顺舒了口气，卖好地说，我用看家本领给你和表姐夫看块林地，让你们百年之后，旺子孙。没想到陈顺未经引导就主动提出来，把父亲难以承受的事给拐得自然顺畅，母亲迅速地瞅了父亲一眼。父亲已擦干了泪，呆呆地看着她。她说，那敢情好，唉，就是除了这祖林也没啥地方可去。

陈顺皱着眉头沉思了片刻说，那只能这样办，你和表姐夫将来在这里，从这中间往西砌两穴，男在东，东为上，占中间发达的风水，再往下来一些，在东边栽上几棵万年松挡挡煞气。

只能如此。母亲把铁锹递给陈顺。陈顺拿着铁锹，悬空着——确实就这里了？母亲看着他说，就这里吧。父亲习惯性地赞同她，机械地点点头。陈顺弯了腰，仰头再问，就这里？点了？母亲说，点吧。

风水先生的铁锹是有法力的，他用它画出的杠就是阴宅的地基线。

父亲和母亲，一起看着风水先生用铁锹画，画他们恒久的未来。

从舍林出来，陈顺说还要去东边给另一家看林地。母亲说，可惜我们原来在东边的那块自留地换给别人家了，要是留着现在就不至于憋屈在舍林里了。

父亲说，弹药库南边那块从高峰家换来的地，也算自留地。自留地是不管土地怎么流转或重新划分，都固定不动的。

母亲说，我知道，那块地南北太窄，怕安点不下。陈顺为兑现自己的承诺说，去看看吧。

弹药库，是备荒备战时期县里盖下的一排石头房子。几十年历经风雨却衰颓得极为缓慢，那高高的插满玻璃片、围了铁丝网的院墙，依旧孤零零地在茫茫的田野里，固守着当年的秘密，延续人们的记忆，像水流里的一块大石。只是那久不开启的油漆斑驳的绿色铁门，下沿蜷缩了些，偶尔有大狗趴在那里往外窥探号叫，有小狗崽毛茸茸地钻出来，在路过的人脚边闻嗅、跟随，等人走远了，再悄悄钻回去。

三轮车和摩托车一到弹药库门口，五只趴在门缝里往外窥望的小狗崽欢天喜地地钻出来，晃扭着身上黑白相间的花色和长而蜷曲的尾巴，追随过来。或许是因为意识到它们是自己将来漫漫荒芜寂寞岁月里唯一的邻居，或许是因为不再需要劳累匆忙，父亲没有像以往那样无视而过，而是停下外八字的脚步，任它们闻嗅、围转。父亲慈爱地看着它们，跟母亲说，这一茬小狗个个都带着花。母亲已匆忙走远，她要走在前面给风水先生当向导。父亲看看母亲的背影，再看看四周的树林、麦田，然后将目光重新落回到五只小狗崽身上，他啧啧地唤着它们，飘飘地往前走。五组会奔跑移动的花团，在他身后欢快地跑跑、停停，再跑跑。

等父亲和狗赶到，母亲回转身来看他的眼光里已盈满了欣慰，欲言又止。知道自己的话没有风水先生的话有分量，母亲朝拿着罗盘米尺在和芬丈量的陈顺说，表弟，赶紧跟你表姐夫再说说刚才的话。陈顺直起腰说，你们有这么块地方是子孙的福气，要是这里成了林，后代人清爽干净，不沾污糟之事。我量了量，正好够。

母亲定定地看着父亲。只见父亲大而干涩的眼睛，逐渐灌满了浆，瞬间灵动欢欣起来，他连声说，可好了！可好了！说着，那股灵动欢欣就散射满脸。母亲瞅着父亲跟芬说，快看，你大大又会喜了，一两年了没见他脸上露点喜模样。父亲说，孩子们好我才喜得出来。父亲啧啧地唤着撒欢的小狗崽，跟它们说，快过来，别碍事。他转身带领着小狗往南边走去，在四五十米外的地头上背对着他们坐下，听着陈顺用铁锹嚓嚓地画他的阴宅。每一下都像铲在心上，痛得他哆嗦，周身寒凉，而又欣慰得泪流满面。他留恋这个世界，其实就为留恋那么几个人，他的孩子和孩子的孩子，期盼着自己能帮他们把日子过好。镢头都拿不动了，还能帮啥?!想不到的是，还能用自己的死帮他们，让他们都清爽干净，不沾污糟之事。死，还有什么可怕的呢?!还有什么不舍得的呢?!死吧，死吧，早死早入土成林，佑护孩子们。

阳光暖暖地包绕着他，把他脸上的泪照亮再照干……芬根据陈顺提供的号码，电话叫掘墓的人，又联系买砖买水泥，联系会砌坟的人。因为陈顺说今天的日子最适合动土安宅。不一会儿，掘墓的人就来了，他们脱掉外套，像他一样往手心里吐了唾沫，握紧铁锹把儿，左脚踩在铁锹顶端的边沿上，让铁锹噌地一下切进地里。

噌。噌。噌。

父亲抚摸着一只小狗崽，脑子里浮现着铁锹进地，掀起扬开，新鲜泥土的色泽和形状，腿有了走过去的愿望。他们都是有经验的人，看他病弱的样子，自然明白是为他挖的。有白发的那个看看他，用讨好安慰的语气说，你会选，选这么个地方躺着，肯定享福，你看看，这一锹锹的，跟红绵糖似的，干干净净，一点杂七杂八的东西都没有。父亲没有接话，眼神直直地看他们噌噌地下锹，呸呸地往手心里吐唾沫，结结实实地把红绵糖一样的泥土掀起来，抛撒去。

良久，父亲对母亲说，等我来了以后，你一定想着在上面种上芝麻。芝麻花开节节高，让孩子们越过越好。

【作者简介】

东紫，本名戚慧贞，女，1970年出生，山东中医药大学二附院主管药师。中国作家协会会员，山东省作家协会签约作家，省作协第一、第八届高研班学员。多篇作品被《小说选刊》《新华文摘》等转载。中篇小说集《天涯近》入选"21世纪文学之星丛书"2008年卷。曾获2009年度茅台杯人民文学奖、2009年度中国作家鄂尔多斯文学新人奖、第二届泰山文艺奖（文学创作奖）等奖项。

亲情叙事的华美乐章
——评《芝麻花开》

刘阶耳

《孔子家语》曾云："子欲养而亲不待"，自古皆然。亲情叙事又何尝不是这样？但借此"载道"或"言志"，话语修辞又极可能落入窠白，犹同计算机的编程。东紫的《芝麻花开》力避恶俗，平和，清远，可谓迄今同类"题材"的上品；因为它为文学叙事的伦理维度赢得了尊严。

从"故事"层面上看，《芝麻花开》无非扣着"砌坟"这样的一则心愿再三延宕；父亲因治病花费了十几万，把家底都掏空了，他感到愧疚，对自己的"后事"无暇关心。母亲恰恰相反，坚信人是有魂灵的，通过这样的"临终关怀"，点点、星星地疼惜着老伴；二人为此僵持着，极其无助而惶恐。当此之际，儿媳妇与人私奔了；因此变故，母亲才渐渐让父亲振作起来。先是提意去拜望神老嬷嬷，禳灾祈福，以便能把儿媳召唤回来。继而听从神老嬷嬷的建议，另请风水先生看坟地，从根子上解决儿子的遭遇。往复奔波，父亲可以坦然地面对自己的"不测"；因为照风水先生讲，只要他找到一处好墓穴，"百年之后，旺子孙。"他要"死"得其"所"，以期换来"后代人清爽干净，不沾污糟之事"。于是他嘱咐母亲：在他死后，一定要在坟地的上面种上芝麻，"芝麻花开节节高，让孩子们越过越好"。

就亲情安顿寄托，自废名、沈从文、汪曾祺以降，文脉甚胜；祖孙老少，差序分明；于是生死之际，觑见悲哀；民俗风情，独立成章；东紫克绍其裘处，不是贩卖，炫技，流于刻奇化；"故事"编码贴着人物的心理实际，然后再巧妙腾挪，总体的走向既充实又空灵，意识驳荡，别开生面。其中对俗称的"迷信"之类的文化符码的充分展示，就很有代表性。受马尔克斯的启发，当代作家一旦染指此类文化符码，无不"魔幻"，神神鬼鬼，乌烟瘴气，毫不顾忌文学叙事内在自律的审美约定。对于东紫而言，她首先是奔着人物如何了结"心愿"的切实动机而去的。"哀莫大于心死"，父亲极度颓唐，和外界彻底隔绝，母亲不过是变着法儿哄他，利用他对儿孙的愧疚心理，所以才会引出"迷信"一类的日常事务；反过来讲，母亲并非痴迷此道，从而自欺欺人的；敬畏生命，关爱他人，何尝不是她的美德的谦卑的溢露？诚如本文所叙述的那样，拜望神老嬷嬷，必然要出

村，必然要经过村里的坟地，母亲的动议全然在此，非常狡黠。另外，当神老嬷嬷建议另请高人看风水，她则提醒父亲注意；她的举措先后的目的性都很明确，所以这才使得所谓的"迷信"文化符码得以"戏剧化"的顺势呈现。本文的"主叙层"，显而易见，总归是由人物明澈的心理、意识牢牢把控着，怪力乱神之类的叙事谵妄，因而不致生发。

从"话语"的层面上看，《芝麻开花》不设章节名目，一气旋成，共计13个叙事性单元（片段）。前述撮综的"故事"，严格地讲，实际上是自第5个叙事单元具体启动的。据此再先后对照着看，不消说，本文的叙述人称明显不一致。后边的属于第三人称叙述，前边的属于第一人称叙述；其明显的分界乃见于第4个叙事单元。该单元的确与其后的叙述同调，但其具体的叙事施为，又分明投下了此前那个"我"的讲述烙印；瞻前顾后，兼有两种叙述人称的形式；从"我"的方面看，形同"倒叙"，而就第三人称叙述强势突进方面讲，则似"插叙"。不能不引起重视。

第四单元讲述的"故事"，总之追溯到父、母亲"文革"初成亲之际往事。"故事"的话语权非"我"莫属，至于"知情权"，只能诉诸后天的间接闻知的渠道，迥非即事亲临的应然，——此前的三个叙事性单元，"我"之叙事参与恰恰得益于斯。很显然，随着后继叙事的持续展开，"我"恰恰悄然隐遁了。

但本文第三人称叙述，诚如前述，

无非是因母亲和父亲轮值担当所谓的"叙述人"功能角色所促成的；为此造就的限制性的叙事掌控局势，便于集中双亲大人濒临生死大限之境心理、意识的容量；这也就是说，从双亲孤独无助的角度彼此打量，既能充分彰显老人们相濡以沫的恩爱情谊，又会先期预防了来自伦理差序的子女们的道德化凝眸无端干扰。毕竟道德化的凝眸唯有占据"歉疚"的、"负罪"的、"痛悔"的追忆高地，方才使得老人们的心理、意识获得限量版的投射。常言道："久病床前无孝子"，追忆亲情实际上也极其容易被"孝道"补偿式的缺失体验所垄断；然而，老人不仅仅属于伦理守护的对象，更是独立的生命个体。本文基于父、母亲互为主体的日常交流，"视觉互动"，毋宁涵纳了更纯粹的德性之美。东紫朴素的叙述，难道不值得我们深思吗？

所以对于第四叙事单元那个追忆之"我"而言，即事亲临的"身份"戏剧性的改变，意味着随后的亲情叙事的具体延宕，无非属于大象无形般的"人之子"执意追忆的魅影的写实般的再现。父、母亲交互的"敞视"，代表着"人之子"未曾矫饰的绝对的眷念。这是东紫的赤子之心，也是《芝麻花开》筋骨思理之所以丰盈的充分见证。

蛇吻

张学东

受了伤害的爱情常常以憎恨的形式表现出来。——米兰·昆德拉

一

要去的那个河湾水库，始建于 20 世纪六七十年代，恰是战天斗地的火红年月，人心齐泰山移嘛，那时候好像就是这么任性，所以，拦河大坝至今还岿然屹立在那片几乎被急流和险滩所掩藏起来的河湾深处，放眼望去，仿佛长长一排青铜器时代的巨鼎那般齐整巍峨。我们来此纯粹是心血来潮，不过这边风光还算秀丽，水库三面环着山峦，盛夏里林木葱郁，小燕鸥和野鸭子时常出没，水里的鲫鱼、草鱼、鲢鱼也按捺不住性子，老往上蹿跃蹦跳。我们几个人开了辆越野车，拉着装备齐全的钓具阳伞，还有烧烤的家什和整箱整件的啤酒就来了。大伙儿丑话在先，谁也不准带老婆孩子，而且，一上车都得关闭各自的手机，难得这样安安生生地过个舒心假期嘛。男人一旦混到了四十啷当岁，就开始莫名地怀起旧了，不会轻易把私人时光奉献给那些无关紧要的人，多半会选择跟发小或要好的老同学聚那么一下，好处是彼此心照不宣，不必瞻前顾后，荤素玩笑都开得起。

哪知赵剑偏偏又来迟了，害得我们至少在路边多等了半个来小时，他才双手捧着个比八个月的孕妇还大的腹迟迟露了面，再一瞧，在他肥硕的胯骨边上竟橡皮糖似的粘着个漂亮妞儿。那妞儿走路时总把胸一挺一挺的，好像是来给什么丰胸产品做户外推广的，两人就这么腻了吧唧地一前一后挤进车来，车厢里顿时被狗日的香水味灌得满满当当，叫人浑身不自在。那妞儿乍看长得还成，可瞧久了总觉得她脸一边大一边小，尤其两只爱卖弄风情的蜜桃眼，离鼻梁也忒远了点儿，好像一不留神，眼珠子就会从她眼角两边滑溜出去。

周枪这时便老大的不痛快，冲车窗撇着紫黑的嘴唇说，老磨磨蹭蹭的，数你自由散漫，早知道你会来这手，我们俩也一人搞一个。没等赵剑开口，那个一脸大一脸小的妞儿就喷笑着接茬儿道，哥不会是嫌人家碍事吧，你们三个大男人在一起多没劲，过会儿你们就知道本姑娘的好处了。此话一出口，连周枪也惊住了，现在的小年轻就是这么口无遮拦，他嗫嚅半晌才打哈哈说，姑娘莫多心，哪里是说你，他这人不呲打两句老没长进。赵剑听了，马上在周枪的后脖子那里狠狠地抓捏了一把，人家美女说得多在理，今天要没她咱们一准玩不起来，真是狗咬吕洞宾——不识好人心！说着，便扭过头旁若无人地冲身边的妞儿又挤眉又弄眼的，那女人也努着红得要燃烧起来的嘴唇，娇滴滴地问他，我口红是不是涂得太浓了点儿，赵剑就觑着肉脸小声嗡嗡，说他只要动动嘴皮子，就可以帮她擦得干干净净，对方佯装恼羞，跷着兰花指骂了句，讨什么厌。说实话，这两人熟络的程度叫我们心里都有些痒痒的不念。车上平白地多出了一个女人，好多话题就拉扯不开，我呢只顾开车，周枪像空乘那样最后一次督促我们关闭手机后，就百无聊赖地坐副驾位置上半眯缝着眼睛，也许他真的不太喜欢那个妞儿，有时男人们的聚会最好不要有女人掺和进来。

那天上午，河湾水库碧波无痕，远远望去犹如镶嵌在山峦之间的一块巨大而闪亮的翡翠玉坠。老天爷格外开恩，寡蓝寡蓝的晴空几乎剔透无垠，一下车几个人只顾贪婪地大口大口呼吸，这样清洁舒爽的空气如今在城里可真是久违了的，我们成天自以为是地开着车呼啸往来，也许只有可怜的肺知道我们多么的自欺又欺人。周枪似乎已经忘了刚才车上的些许不快，冲着山谷干号了几嗓子，还嗷嗷地学狼叫，那古怪的回音就莽撞地震荡开来，连水面都被震得颤巍巍的了。他说自己就是嘎巴一下死在这里也值了。赵剑忙打趣道，幸亏我还在你临终前招来了这么如花似玉的美眉，老兄你真若倒在鲜花下，也算是风流快活了。那妞儿就拿那双分得格外开的大眼睛白楞他俩，呸呸呸，都是乌鸦嘴，死呀活呀的，多不吉利！于是，几个人边谈笑打诨，边在水库边的树林里挑了片相对平整的草地，忙乎着搭帐篷、挂吊床，又支起了烧烤炉架，万事俱备了，只等水库里的鱼儿咬钩，便可以美餐一顿了。

钓鱼这事周枪最拿手，他能坐得住，一顶白色耐克太阳帽，一副雷朋蛤蟆镜，外加一盒香烟，一整天都稳如泰山不带挪一下屁股的；赵剑可不行，天生多情花哨，一有风吹草动自己先咋呼起来，鱼早被他唬跑了，所以，钓鱼的重任每次都由周枪一肩挑的。周枪扛起鱼竿临走时又对赵剑说，喂，你别光顾着拈花惹草了，也到林子里拾些柴火待会儿用。赵剑很不服气地撇着嘴，说他今天只做护花使者，砍柴烧火的事还是另请高明吧。我知道这家伙满肚子花花肠子，带了小妞儿来哪还有心思干这干那，索性让他俩留下照看营地好了，自己到旁边的林子里捡干树枝去。

这里的干树枝自然是现成的，不一会儿工夫就捡了一大捆，我抱着它们往回走的时候，老远瞧见了立在水边的那只黑影，久久的，一动不动，起初我以为那就是正在钓鱼的周枪，他似乎是这寂静天地间的唯一的活物。但当我走回营地的时候，发现周枪正在汽车后备厢里翻找什么，我急忙扔下柴火过去询问。真他妈倒霉，早上出门太急，咋就忘了买诱饵！我瞧他闷闷不乐的样子。看车上有没有铁锹之类的工具，我得去挖些蚯蚓。周枪属于那种做事比较有谱儿的人，任何情况下他都会有自己的主意。我们念大学那会儿，几个人就在同一间宿舍厮磨了四年，那时大家的家庭条件都不大好，每月饭菜票基本都不够吃。好在宿舍楼的外墙下面就是大片大片的农田，从夏到秋总会有庄稼长在那里，等着我们这群饿死鬼，蚕豆、黄瓜、玉米、大豆、萝卜、土豆，还有白菜和雪里蕻，这些东西都是我们的最爱。晚上饿得睡不着的时候，但凡能有一样两样，我们就会想方设法吃得稀里哗啦。那时，周枪总是身先士卒，常带着我们去翻校园那道挂了两道铁丝网的高墙，再摸黑儿到外面的地里去搞些吃的，像玉米大豆这些玩意儿真没少弄，回来后就用电热杯煮着吃。那时宿舍已经熄了灯，电热杯在黑暗中咕嘟咕嘟响着，几只眼珠子诡秘地盯着那一柱不断升腾的热气，光闻闻那种味道哈喇子就会流出一尺来长。别看如今赵剑大腹便便人模狗样，那阵子他就是个饿死鬼转世，成天跟在周枪屁股后面，小跟班似的唯命是从，因为他肚子大吃得最多，把周枪哄高兴了，往往会多分给他几口。

以前车上确实备有一把工兵式短柄铁锹，那是我特意在一家户外装备店置办的，以备不时之需，可啥时候丢哪去了却不得而知。周枪皱着眉头说真叫寸，你想用它就没影了。不过，活人不会叫尿憋死，他总算是在工具箱里翻出一把大号的改锥，就它了。我自告奋勇跟他一块儿去挖蚯蚓，他似乎合计了一下，下意识地扭过头朝我们搭起的帐篷方向扫了一眼，喉咙咕咚响了一声，像是在极力吞咽什么。就在这时，那个穿戴比花蝴蝶还艳的妞儿已翩然而至，她大概是想吓唬吓唬我俩的，果然，先哇地在我们背后大叫了一声。可她的声音实在有些嗲，两个男人当然纹丝不动。你俩鬼鬼祟祟的，一定没干好事吧，还不从实招来！周枪玩杂耍般晃动着手里的改锥，他那张古板的脸被长长的帽檐和蛤蟆镜片遮得阴黑阴黑毫无表情，他开始上下打量着这个有几分调皮的小女人。嘘——他故作神秘地把改锥尖竖在自己黑而厚的嘴唇之间，真想知道的话就跟我走，你敢不敢啊？很明显，他的口气带着某种挑衅和不屑的味道。哼，你又不是老虎，能吃了我呀，走就走！对方咬了咬鲜红欲滴的下嘴唇，一副好斗且满不在乎的模样。我觉得周枪从人家一上车就阴阳怪气的，这阵儿恐怕不仅仅是心血来潮，他这个人有时直爽得叫人难堪，有时又有点让对方摸不着头脑。不过，既然这妞儿乐意跟他去挖蚯蚓，我也就懒得同去了，其实，这样挺好，我倒是希望这妞儿能跟周枪搞好关系，毕竟大家一块儿出来玩的，老那么互相饿饿着总不是个事。再说了，我也想趁这个空当儿提桶水来好好擦擦车，来的路上那些小咬儿和蜻蜓拼命往前挡玻璃上撞，昆虫的尸体密密麻麻粘了一层，还有那种或绿或黄的黏液，看着就叫人恶心，好歹得清理一下。

赵剑大概是听到了脚步声，才从帐篷里懒懒散散地伸出肉囊囊的大脑袋，他问我，张戈你看见那妞儿没有？这丫头片子说是去方便一下，怎么老半天也不见回来。我见他衬衫都已经扒掉了，只光着个白花花的膀子，满身赘肉下沉，实属不雅，就伴装不晓得摇摇头，你连自己的妞儿都守不住，还有脸问我？赵剑不以为然地撇着嘴，张戈你今天咋也跟周枪穿了一条裤子，还是吃不着葡萄嫌葡萄酸！说着，就跟狗熊似的从帐篷里爬了出来，我发现他裤子前面的拉链口张着大嘴，露出底裤的一团紫红色来——今年是赵剑的本命年，早在春节时大伙儿一起聚餐，他就从头到脚挂了一身红色，就连袜子也不例外。当时，周枪还拿话戏谑他，说赵剑这家伙早晚得坏在女人身上。因为他喜欢女人是有目共睹的，每回只要出去K歌什么的，他总是第一个跳出来点小姐，他的口头禅是，身边没个妞儿陪着，就像是出门没穿内裤。其实，去那种地方哪个男人心里不痒痒呢，只是我们都比他更善于伪装，每次他那么一嚷嚷，我们也好借坡下驴，大伙儿心里都跟明镜似的。不过，约好今天来水库，不光是单纯地休闲一下，更重要的是，这个地方深藏着我们大学时期的一段美好回忆。多年以前，我们一班同学头一次来这里，那时还没有什么旅游概念，又都是穷学生，去外地玩不太现实，也没有什么交通工具搭乘，所以一班男生骑自行车捎着女生，几十号人闹哄哄骑了大半天车子，才找到这个难得的秘境。爬山，下水库游泳，在林中野炊，搞篝火晚会，露宿……也正是那一次，班上几对情窦初开的男女都以身相许了，这里面就包括周枪和我，当然赵剑肯定也没闲着，他若闲着狗都不吃屎了，只是这家伙不像我们那么傻，都把生米做成熟饭，到如今每天还在味同嚼蜡地往下吞咽。赵剑是永远不会吊死在一棵树上的。还记得毕业时，跟他好过的女生哭得死去活来，而他私下里却跟我们说，天涯何处无芳草，关键时刻男人可不能心太软。当时，我们都被这小子说得一愣一愣的。

你跟这妞儿到底算怎么回事？我趁机多问了一句。人家有没有成年我看都是个问题。男人和女人在一起还能有啥屁事，真是明知故问！赵剑见我盯着他的那个地方，才不以为然地将拉链敷衍上了，然后伸了个长长的懒腰，胖子伸懒腰的样子很容易叫人想到狗熊。天气不赖，不干点儿啥简直辜负了这好天气。他这样说话的时候，眼光正在四处逡摸。我本来想告诉他那妞儿跟周枪挖蚯蚓去了，但不知为何话到嘴边又咽了。我问他要不要一起到水库边兜一圈，看看风景，他淡淡地说免了吧，难得休一天假，还是到帐篷里美美地补上一觉才是正经。我当然能猜透他心里的真实动机，睡觉是假，干坏事才是真的。

于是，我便丢下这家伙，径直拎着那只可折叠的水桶，朝不远处的水库走去。水库里的水多半来自山洪，有时遇上旱年基本就能看见底了，今年入夏以来雨水还算稠密，所以才有眼前这浩渺的景象。水库最里面靠近山腰的地方，矗立着一块巨石，大约是很久以前由于地震从山上翻滚下来的，现在仅仅露个头来，远远看去极像一只大石龟在水面上抬头凝望。我好不容易歪斜着身体在水边舀了大半桶水，这时我才留意到水边的那块巨石上有个人影，准确地说那人是面朝水面盘腿而坐的，跟寺里的僧侣入定了一般，半天一动不动，又恰似跟那石头融为一体。心里不由得一阵纳罕，这人真够古怪的，大老远跑这里念经打坐来了，但看背影又绝非和尚道士之流。又想，人各有志，此地难得如此清静安逸，其实，我们跋山涉水驱车而来，何尝不是图这份安闲自在。

空闲下来的时候，我是喜欢动手擦擦车的。有人说现在城里男人的体力劳动只剩下最后两件：做爱和擦车。前者不消细说，而车就是坐骑，是人的另外两条腿，每天要靠它与生活周旋打拼；更重要的是，车还是人的一张面子，既然关乎脸面，总得收拾得体面些为好。我刚把抹布投湿，还没擦完一整块车窗，冷不丁不知从哪里传来一声很凄厉的尖叫声，那声音来得突兀而又迅疾，穿透力极强，我不由得停下手里的活朝四处张望。过了一会儿，那个妞儿就出现在我的视线当中，她像一头逃出丛林的母鹿跑得慌慌张张，两只手惊恐地举起并在胸前胡乱摆晃。她的乳房高耸而弹跳着，伴随着奔跑的激烈程度，它们好像随时会被甩出体外。还有那鲜花般绚丽的裙裾，更是飘飘扇扇，如蝴蝶展翅，这也使得她那两条白腿看上去很刺眼。正当她跑得上气不接下气，大概又被路边的树枝什么的划到腿脚了，她再次带着哭腔尖叫起来，然后气急败坏地俯下身去抚弄自己，这种时候她的长发完全倾泻下去，黑纱一样遮没惊慌失措的身体。我朝帐篷方向扫了一眼，赵剑这小子八成是真睡着了，连刚刚那声尖叫压根儿也没惊扰到他。我想了想才搁下手里的湿抹布，大步朝那妞儿蹲着的地方走去。

她八成是崴了脚。我想蹲下身帮她瞧瞧，哪知手指刚一触到她的左脚踝，她就吱啊吱啊地呻唤起来，简直像个懵懂胆怯的女学生似的趴在杂草丛中。我问她还能不能走路，她冲我摇了摇头，那表情说不出是痛苦还是难堪。我其实很想问她先前为什么要喊叫，那种歇斯底里的声音怪吓人的，但我什么也没问，只是自作主张地把她从地上扶了起来。我想回去，她有些倔犟地冲我说。我知道，可得有人背你走。她一只手扶住我的肩膀头，用另一只手不停地整理散乱的长发，洗发水的香味便隐约传来，应该是海飞丝之类的。我真想回家，你能送我吗？她突然把脸从那堆散发中凸现出来，脸色显得有些苍白，正用那双彼此分得很开的蜜桃眼盯着我。现在？可是我们还没……马上！没等我说完，她就直横横冒出这两个字眼来，像是一道命令，刻不容缓的样子，她还使劲咬了咬下嘴唇，好像已打定了主意，那里的口红看上去没有刚上车时那么浓艳了，似乎被什么东西给吸附掉了。她眼里突然起了泪雾，水蒙蒙的，眼皮倏忽一闪，红了，大概马上就要哭。这种时候，反倒平添了她的妩媚和柔弱，叫人不由得暗生怜恤之情。我不明白她为何如此急迫，也许是疼痛让她突然想家了吧，像她这种90后，做事总是随着自己性子来的。还是让我先背你到帐篷那边休息一下。说完，我就转过身并很主动地弯下腰去。迟疑了小片刻，那双饱满的乳房终于实实在在压住了我的后背，还有那种香艳得发腻的气息，也一股脑儿地包袭了我，她的双臂也柔若无骨地缠住了我的脖子。我觉得自己矮了很多，竟有些莫名地紧张，呼吸变得短促，忽然记不得有多少年没这样放肆地背过一个女人了。

他想非礼我！我刚往前走出没几步，就被她这句没头没尾的话给怔住了。谁？还有谁，就是你那个狗屁朋友呗。你是说周枪，这怎么可能？杀了我我也不信，周枪根本不是这种人！就是他，他用那把破改锥挑起一条蚯蚓非让我看，我根本不敢看那玩意儿，简直太恶心了，他就使坏猛地一甩手，那玩意儿不知怎么就爬到我脖子上了，我就大声叫了起来，他嘿嘿笑着说别怕别怕，我来帮你弄掉，然后……然后他就……姑奶奶你快说，然后他就怎么了？他一下子把手伸到我领口那里，我以为他真要帮我抓走那条恶心的虫子，可他忽然用力捏住了我的……胸，还想把我摁在地上……你快住嘴，我可不想听这些！这有啥不好意思说的，你那狗屁朋友就是这么干的，他十足就是个恶棍，把我当什么人啦？！

我忽然无言以对，开始有些相信我背上女人说的话了，她没有理由跟我撒谎，还有我先头听到的那声刺耳的尖叫完全可以佐证此事，周枪这家伙一定是吃错药了，光天化日做出这种龌龊的事来，真让人替他脸红。关键还有，这妞儿毕竟是赵剑带来的人，俗话说朋友妻不可欺，这是底线啊，他怎能冒天下之大不韪！这事你先别乱嚷嚷好不好，我会给你讨个公道的，记住，一定不要跟赵剑讲，那样对谁都没好处，听明白没有？我想了半天，才一本正经地跟我背上的女人说。她的胸在我背上起伏得很欢实，好像两只重锤在不停敲击我，我以为她还要继续蛮不讲理地闹下去，可她终究闭了嘴，好像很享受我的劳动。忽然，一个凉森森的东西爬到我后脖子上，我快喘不过气来了，那是她的眼泪，还是她项链上的玉坠？

　　事情就是如此荒诞。等我把这女人背回帐篷，赵剑竟瞪着牛样的眼珠子斜楞我，她这是咋了，你到底怎么着她啦？听听，他问的这叫什么屁话，好心全当成了驴肝肺，我还没来得及跟他解释什么，那个小姑奶奶已经装模作样地哼哟开了，好像真的是我非礼过她。我没好气地冲赵剑嚷了一句，最好问她去，我懒得搭理你！随后，我愤愤地离开帐篷朝水库边走去。我不知道那妞儿会不会跟赵剑和盘托出，或者添油加醋，但愿她没有那么愚蠢，否则我刚才的话纯属对牛弹琴。接着，在一处坡度稍缓的岸边，我找到了周枪，他正稳坐钓鱼台，红绿相间的小浮标直溜溜插在水中央，他嘴里叼着半拉香烟，火头一闪一灭，鼻孔冒出淡淡的烟气，尽管他鼻梁上架着副墨镜，可一样能感觉到他目光深远，一副志在必得的从容模样，这架势确实很容易让人想起一个男人如日中天的事业啦职位啦。

　　我心想，妈的干了那种事，还装得跟没事人似的。我刚要张嘴质问，他突然嘘了一声，说有了，便直起腰来用力扯那黝黑的渔竿，平静的水面立刻抖晃起来，圈圈涟漪无限地推向远方。够分量，少说在两斤以上，我得先好好遛遛它。于是，他就来来回回轻轻扯动吊线，上钩的鱼儿已清晰可见，挣扎变得毫无意义，猎者和猎物之间的对话永远是残酷的。喂，你最好去帮我折根柳条儿，待会儿好提溜它。这辈子我还从来没有像此刻这样逆反不想服从他，你为啥要那样？这世上女人又没死绝，你偏偏搞她！话一出口，连我自己也愣住了，二十年的同学关系，我和周枪几乎没红过脸，我干吗为了一个刚认识没两小时的女人说这些没轻重的屁话。周枪慢慢转过身，很诧异地盯着我，就像我看着他，我说张戈，你脑子发昏了，都胡咧咧什么呢？他的表情很有点儿无辜的意思，但这越发地让人鄙视，好汉做事好汉当，他若实话实说，我兴许能当场原谅他，大家都是男人嘛。你心里比谁都清楚！开弓没有回头箭，此时我的嘴巴完全不由自己做主了。你真让我感到恶心！说完，我就撇下他拂袖而去，我听见他在身后愤然地嘟囔着，嘿，今儿都他妈怎么了，一个个跟吃错了药似的，出门没看皇历吧……

　　我始终没再回头。我所在乎的不仅仅是事情本身，而是在这片曾经留下最最美好回忆的地方发生了那种龌龊的勾当。我开始在心里埋怨赵剑，这家伙才是始作俑者，好端端地偏弄个妞儿来瞎掺和，红颜祸水，真是吃饱了撑的！我一面胡思乱想，一面沿着漫长的水库岸堤不停地往前走。我和爱人当初就是在水库这里私订终身的。

二十年前的那个晚上，水库边弥漫着淡淡的雾气，她就像一簇璀璨的花火，始终在我眼前闪耀，后来的篝火晚会使那天的活动达到了高潮，那台被大伙儿轮流提了一路的燕舞牌录音机，不停地播放着变了调的迪斯科音乐，大伙儿围着火堆发疯般地扭来蹦去，空气中飘荡着荷尔蒙的气味，青年男女成双成对，笑着，唱着，叫着，闹着；一张张年轻懵懂的脸庞被熊熊火焰炙得滚烫滚烫，磁带走到了尽头没人理睬，音乐什么时间结束的，大伙儿谁也不清楚。

我至今忘不了的，是爱人那张红通通的面颊，带着娇羞和懵懂，带着憧憬和胆怯，我们彼此笨拙地用手臂揽住对方，体验异性间的拥抱所带来的一阵阵火热的压力，同时又做贼似的一步步退出篝火现场，欲盖弥彰地躲进身后黑黝黝的树林里；有那么一刻，彼此一声不吭，任凭急促的呼吸和起伏的心跳把两个人拉进树影婆娑的黑暗中，我发现她的两只眼睛悄然闭合了，嘴唇却微微开启，露出雪白的齿尖，我嗅到了她口腔里一股甜甜的气息，我就再也忍不住了，开始不得要领地跟她亲嘴，好像在品尝世上最不可思议的柔软果实，那么一发不可收，好像再也没有比这更值得倾心缠绵的好事了。直到那一刻为止，我还从来没有跟一个姑娘单独相处，更没有如此放肆和动手动脚，当然最重要的是，就在那一刻我下定了决心，今后要永远和这个迷人的好姑娘在一起。与此同时，周枪也跟自己心仪的姑娘在林中的一片草丛里不停翻滚呢喃，我在结束了漫长的亲吻之后拉着心上人散步时正好撞上了他俩，没想到他边整理衣服边恶人先告状，说是抓到了我俩的现行，非要去给系主任反映不可，当时我嘴硬着说，好啊，最好咱们一起去，看谁怕谁……

时间过得真快，那晚摇滚味十足的磁带音乐和青春气息分明还依稀可辨，可我们却很滑稽地走到了今天，也许，这注定是一次糟糕透顶的聚会。

二

如果不是心中有怨气，差点就错过了这个神秘的男人。当老谭从水中的那块乌龟壳般的石头上一跃而起跳到岸上的时候，我正闷闷不乐地打那里经过。其实，我已经留意到在石头上盘腿打坐的人了，只是做梦也未料到竟会是他。这之前，我们谁也没跟他谋过面，都知道那几年他遇到了些事，人变得越来越黯然颓靡，老是深居简出，想找他也难，至于电话从来都打不通，时间久了大伙儿跟他关系也就淡了。

许久不见，真的，几乎快认不出他来了。可以说他模样大变，变得简直有些惊世骇俗：早先一丝不苟的大背头没了，取而代之是光滑圆润的和尚头，尽管头皮上附着一层薄薄的发茬儿，但也难得再见黑发迹象，那种苍老的灰白色，很容易让人想到"油尽灯枯"一词。他上身是一件中式立领带扣襻的灰麻布衫，裤子是黑绵绸的灯笼裤，脚下是地道的青布鞋，鞋底也是千针万线手工纳出来的那种。当这样的一个老谭活生生出现在水库岸边时，我不光感到十分惊讶，更是不敢轻易相认。我一连叫了好几声老谭，怎么是你啊，天哪，真的是你啊老谭！与我大相径庭的是，老谭甚至连嘴巴也没动，只是在片刻的沉默后微微点了一下头，他的目光似乎沾染了薄薄的水汽，苍苍茫茫地瞟了我一眼，随即，又越过我朝着远处眺望，仿佛，那目光是不会轻易被世俗拉扯回来的。而我还在上上下下不停地打量他，想要竭力从他的相貌衣着和举止中，找出一点儿老谭当年的气息。

怎么说呢，虽然在我们眼中周枪始终是个方向性的重要人物，可当初他却不是宿舍里的老大。那个年纪最长者，正是此刻站在我们面前的老谭，然后依次是周枪、我，赵剑嘴最碎。那时候四个人里，数人家老谭最有派头。老谭本名谭冬，在大学里他总翻看一些算命方面的书籍，说什么冬天里的潭不过是一洼死水，这个名字十分凶险，暗藏不祥，所以，他就按谐音给自己改了名，谭盾，他说这个新名字正好可以克刀枪剑戟，我们都觉得他有点儿神道，不过谁让我们几个名字里都夹枪带剑的，反正名字就是个符号，只要他爹娘老子不怪罪，爱叫什么名字完全是他的自由。后来我们才知道，好像有个首席音乐指挥家也叫谭盾，名气大得很。而在那些只顾填饱肚子的漫长日子里，老谭成天把头发梳得一根不落地背在脑后，活像个衙门里的小官僚似的，说话做事也是拿捏得恰到好处，即便肚子饿得咕咕叫，他也绝不失了儒雅风度，跟我们几个哄抢东西吃。每每都是周枪或我端着饭盆走到他床前，喂，你要不要也来一口，他才大秀才似的放下手里的书本，款款坐起身来，用多少有些鄙夷的目光扫一眼还冒热气的食物，半晌才说声好吧，尝尝。感觉倒像是在施舍我们，若是他不给面子尝上一口，别人简直无地自容了。

不过，老谭也算是个地道的爱情专家。那时他好像已经通读过《红楼梦》《安娜·卡列尼娜》《日瓦戈医生》《娜拉》，还有那本炙手可热的《查泰莱夫人的情人》，那方面确实比其他人懂得多些，说起高深理论来一套一套的，班上好多男生都正儿八经来请教过他。唯小人与女子难养也！时不时他嘴里就会冒出很突兀的一句，哼，世上再美好的爱情，也禁不起时间的叩问，否则离婚二字将会永远消失。诸如此类。因为那时学校阅览室里有本小刊物《半月谈》，而老谭每每又是在夜间熄灯后给室友们高谈阔论答疑释惑的，于是，我们就都冠之以"半夜谭"的雅号。老谭也欣然接受了，似乎这个命名对他很重要。

　　或许，我还没有从先前的那种坏情绪中挣脱出来，以致根本无法将面前暮气沉沉的老谭，同记忆中的那个能说会道的"半夜谭"联系在一起。所谓的寒暄，不过是我在唱独角戏，尽量表现得情绪激动，怀旧感十足，生怕让老同学挑了理；老谭却自始至终静得像水库中的那块石头，偶尔，目光跟我对视一下，此外他不做任何的补充或解释，只是不声不响地听我一个人絮叨，这让我越发惊奇于他如今的生活状态。对了老谭，你想不想见见他们两个？我在简单地提及了今天来此的目的后，实在觉得无话可说了，就用这样干巴巴的问句作为自己的结束语。老谭默然地用手掌摩挲了一下头发，准确地说是摸了摸他的和尚头，也许他是在思考我的问题，可他把头发弄成这样实在让人觉得有些怪诞。我还清晰地记得，当年在学校时，每次上课之前，老谭都要把揣在上衣暗袋里的一把褐色的短木梳迅速取出来，象征性地梳理一下本来就非常整齐的背头，最后再习惯性地用力把脑壳往后侧仰 35 度，整个过程一气呵成滴水不漏。而眼前这个抚摩着近似光头的中年男人，让我所有的青春记忆像是突然遭遇了一场无情的寒流，冻得瓷瓷实实，半天都毫无生气。

　　也好。老谭嘴里总算是像当初那样，习惯性地吐出了两个寡淡无味的字，否则，我会觉得非常尴尬。但他随后又说，这样吧，你先指给我你们的方位，过一会儿我自己去吧。我想，他也许只是想搪塞一下，并不打算去跟我们晤面，他的神情和口气没有一丝兴奋，毕竟他脱离我们这个组织太久了。所以，我有些狐疑地朝帐篷和汽车所在的地方伸了伸手，生怕他找不到，又很详细地告诉了他那辆汽车的牌号和帐篷的颜色。最后我说，他们见到你一定会激动坏的。老谭不再言语，而是冲我微微点头，随即便默默转身，飘然而去了，那感觉就跟庙里的僧人跟施主作别似的。

　　事实上，这天老谭给我最初的印象就是像个出家人的样子，他的沉默寡言和异常安静几乎超过了我的忍耐程度。但谁让他是老谭呢，谁让他是我们当年的舍友和老大呢，而遇见他的这种意外之喜，不知不觉间已覆盖了之前的所有不快，我们四个人能在多年之后再度重逢，才是至关重要的。

　　有关老谭的情况，其实我知道的并不比别人多，他应该是同学中最早结婚也是最早离婚的人，他的女人看上去花枝招展性格张扬，见过她的人都觉得那是个标准的交际花，后来那个女人和一个长相酷似港商的南方人打得火热，没多久便跟着对方南下经商了，有一阵子那女人杳无音信，搞得老谭在单位里连头也抬不起来，大伙儿私下里说他那方面不行，老婆才跟人跑了，他活活做了王八；忽然有一天，那女人跑回来非要跟他打离婚，条件是房子还有存折全归老谭，当然儿子也归他了，那女人几乎把自己扫地出门，尽管这样，外人都认为老谭还是被女人给无情地蹬掉的；自那以后老谭几乎就不再参加我们的任何聚会，大伙儿都知晓他要照顾儿子，既当爹又当娘实属不易，也就渐渐忽略他了，毕竟同学聚会都讲各自如何风光，如何过五关斩六将，谁愿意没事老提败走麦城那一截呢？对于我们这样的群居动物来说，时时刻刻都在互相觊觎暗中比较，早年比成绩比学历，后来比位子比房子比车子，比谁关系更硬门路更广，得意者扬扬，失意者沮丧。

等老谭好不容易把儿子拉扯大一点儿了，那女人又死灰复燃般现身了，穿金戴银吃五喝六，俨然富婆的派头，这回非要跟他争儿子，开出的条件是给老谭一笔钱，足够老谭下半辈子吃喝花销了，也许是女人的任性妄为终于激怒了老谭，这次他可是当仁不让了，信誓旦旦非要去对簿公堂；可就在这个节骨眼儿上，儿子悄然失踪，一开始那女人认定是老谭故意把儿子藏了起来，老谭也怀疑是对方耍的卑劣伎俩，就在双方相持不下的时候，忽然接到一个陌生电话，儿子在坏人手上，叫火速筹足二十万，一手交钱，一手放人。再后来，那件可怕的事情发生了，因二人意见不能统一，耽误了交易时机，又不得已报了案，绑匪狗急跳墙撕票了……这些年我们只要提起老谭，大伙儿无不叹息摇头，觉得简直不可思议，他也算是满腹经纶出口成章，怎么就降伏不了一个女人？

很多时候，碰见一个人看似毫不经意，但事后细想，好像那天所发生的一切就是为了这场奇特的重逢。此刻我脑子里塞满了新旧两个老谭的影子，神情有些恍惚地再次回到营地，我原本打算把这个喜讯告诉他们的，可忽然发现那辆汽车没了，帐篷里空无一人，唯独之前我捡回来的那捆树枝，歪歪扭扭散落在帐篷旁边，像是被谁没好气地踹了几脚。不用猜是赵剑这小子干的，刚才擦车我又忘了拔掉车钥匙，一定是他气急败坏地驾上车把那妞儿拉跑了。这样最好不过，原本就不该把她弄上车来。一想到待会儿老谭就要来跟我们见面了，如果那个妞儿还在场的话，气氛肯定别别扭扭的，现在已无后顾之忧了。树林里静悄悄的，正午的阳光穿过枝叶间隙，斑斑点点洒落在帐篷顶上。我枕着双手躺在里面，感觉眼前似有万千灯火在闪烁，倏忽之间，那些久远的校园生活场景又清晰地浮现出来。

那时候宿舍熄灯以后，男生们只要躺在床上，话题总是会围绕着某个女生聒噪地展开来，就像外科大夫那样，肆无忌惮地把人家从头到脚谈论一遍，比如具体到眼睛、鼻子、嘴唇、下颌、乳房和屁股蛋等等，其实，更多时候我们都是靠想象完成的，因为谁也不可能把一个女生看得清清楚楚。当大伙儿七嘴八舌极尽想象之能事的时候，老谭总是显得棋高一筹又语出惊人。你们这帮俗人什么也不懂，看一个女人最重要的是看她的姿态，也就是仪容，要端庄优雅，要不卑不亢，要有礼有节，你们那样品头论足，无异于在市场上挑选牲口，简直俗不可耐！每当谈兴正酣的时候，老谭就会兜头盖脸泼一盆凉水，我们在黑暗中不得不俯首帖耳沦为他的忠实听众，而接下来他要扮演的，正是入睡前知心广播节目的男主播，即我们称之为"半夜谭"时间到了。

通常这个时候，赵剑会很调皮地用他的公鸭嗓儿学一下中央电台的整点报时，嘟，嘟，嘟——刚才最后一响，是"半夜谭"时间22点整！于是，老谭也跟着煞有介事地清一清嗓子。他说女人的外表固然重要，女为悦己者容，苏妲己美若天仙，可心肠堪比蛇蝎，这样的女人就像毒花毒草毒酒，一旦染指男人必死无疑；他说，《红楼梦》通篇没有一处描写过林黛玉的乳房大腿屁股如何如何，但谁也不能否认她才是世上最凄美绝伦的尤物，可谓美女中的极品，不过这样的女人根本就不是人，她是神，既然是神，凡夫俗子当然望尘莫及；他还说，艾玛之所以能成为世界文学的女性经典形象，她最动人的时刻就是一次次背着丈夫包法利医生，去跟自己心仪的男子偷欢纵欲，因为那时的她冲破了世俗的一切束缚，只为一个女人最真实的内心和爱情而活着，甚至不惜飞蛾扑火……那些年，我们的确听老谭讲过太多太多的东西，他本来读书驳杂，记忆力又好，讲起这些总是滔滔不绝，所以，我们都毫不怀疑地认定，像老谭这样一个男人，将来一定能获得世上最圆满的爱情。

不久，钓鱼的人便满载而归了。周枪瓮声瓮气走到我面前，二话不说就将那些用柳条穿在一起的鱼呼啦一下扔过来，我明白他的意思，每次洗鱼的任务都落在我头上。太阳帽遮着脸，又戴了墨镜，我看不出周枪的表情，也许他还在生我的气，我何尝不如此，大伙儿来这里是图自在和快活的，无端地弄成这样，谁心里也别想太畅快。但我还是跟他讲了遇见老谭的事，周枪马上兴奋起来，连连说那可太好了，又怪我怎么没留住他呢。我解释说他答应一会儿过来跟大伙儿见面。这时，周枪好像才想起赵剑，问人呢，我照直说了，他不屑地摇了摇头，嘴里咕哝道，没出息的玩意儿，就知道围着女人屁股打转转。此时，我的情绪已经开始好转，心里多少觉得刚才对他的态度有点儿过火，甚至觉得也可能真是污蔑了他，可是那妞儿又有什么理由骗我呢，撒什么谎不好，非得拿自己的清白胡说八道？不过，我真的不想再提先前的事了，就像醉汉一觉醒来，实在不想知道自己此前的荒唐行径。我随手从地上拎起那串鱼，它们居然都还活着，柳条穿过鱼嘴的豁口，简直如上大刑，再被柳条猛地一勒紧，可怜的家伙个个儿奋力挣扎，在我手里集体抖晃起来。鱼不会叫，否则，它们这时一定会歇斯底里地哀号起来。人注定是做不了鱼的，哪里有压迫，哪里就会有抗争和呐喊。忽然又记起来刀具什么的都搁在车上，赵剑这小子真是成事不足败事有余，只好拎着这些鱼去想别的法子了，活人不能让尿憋死，好在只是几条尺把长的活鱼，我还是能对付得了的。

等我腥乎乎地在水边一一开剥干净那些鱼，匆匆走回营地的时候，老谭话复前言，竟然真的来了，没让大伙儿失望。赵剑这小子也及时赶回来了，倒是没再见那妞儿的影子。兴许是老谭出现在大伙儿中间的缘故，我们每个人都尽量保持心平气和，没人再提不愉快的事，我们众星捧月般围拢了久违了的老谭，都在不停地打量他，像是要从他的外貌和言谈举止间，找到一些跟他以往经历相关的蛛丝马迹。作为曾经的同窗舍友，我们惊讶地发现老谭身上确实蒙上了一层古怪而又神秘的气息，他不再亢奋，不再夸夸其谈，也不再以什么"半夜谭"自居。现在的他，更像是从遥远的戈壁或大漠深处独自跋涉而来，浑身透着沧桑之气，或者，是那种早已将曾经的磨难转化成人生智慧的样子了。

我们都太想知道这些年他是怎么熬过来的，当然，还有那个让他陷入半生困厄几乎一蹶不振的女人。我们的问题显得遮遮掩掩又迫不及待，起初，老谭只是一味地沉默，像一块刚被挖掘出土的化石，除了不得不敞露的表面那层年久日深的厚厚泥土，对于自己内心的秘密始终守口如瓶。这种时候，我们三个人不得不你一言我一语，问这问那，穷追不舍。表面上看，都很关心他似的，但也许更像蹩脚的新闻记者，总算是逮住了一次绝好的采访机会，非要来它个打破砂锅问到底。后来大概禁不住大伙儿的一再追问，老谭很不经意地吱了一声，嗯，你们见过两条蛇是怎么拥吻的吗？我们互相对视然后不约而同地摇头。老谭的面容显得清亮而单薄，像是为了配合接下来的讲述，微微闭上了眼睛，似要精心酝酿什么，随即才又慢慢睁开，但那目光再度瞟向前方灰蒙蒙的山峦。

时光仿佛开始倒转了，一种似曾相识燕归来的感觉弥漫周围，我们都暗暗屏住了气息，眼睛一眨不眨地盯着宿舍里的那个梳着光亮背头的"半夜谭"。老谭说几年前的深秋，他一个人闷得慌想来水库散散心，当时正值秋雨绵绵，气温骤降，山里潮湿阴冷，他想找个避雨的地方，后来在山里转来绕去，无意间发现了一个隐秘的坑洞，若是夏天这个洞口是很难被人寻到的，因为深秋时节草木变得萧瑟，又连天降雨，山洪哗哗啦啦往下冲击，把那洞口冲得若隐若现。当时他为了躲雨，没多想便拨开杂草探身钻了进去，尽管洞口很窄，可一旦进入其中却是别有洞天的，再往里摸索几步便豁然开阔了，如同葫芦的大肚子似的，两个成年人挤坐在一起的空间是足够的。就在老谭喜出望外时，他忽然听到不远处一片咝咝嗖嗖的鸣响，那声音听起来就叫人不寒而栗。他马上意识到情况不妙，忙摸出打火机小心翼翼地打着了，借着微弱的火光，去寻那种古怪的咝咝声。终于，在靠近最里面的土壁下，发现了一摊白花花的东西正在静静地扭动。

——蛇！没等老谭讲下去，我们仨便异口同声叫道。老谭冲我们轻轻点头，说当时他简直快被吓蒙了，下意识地边往后退边偷眼观察，竟然有两条，都有小孩儿的手臂那么粗细，尾部在地上盘成一圈一圈的草绳状，颈部则高高抬起，在半空中彼此交替缠绕着，两个蛇头在最高处唇齿相交，活像一对热恋中的情人正在忘情地狂吻。诸如牛羊骡马猫狗的交配，老谭说他都曾目睹过，可这种景象平生还是头一回见得。最让人感到奇怪的是，尽管火光在摇曳，土壁上人影憧憧，那两条蛇却未被入侵者惊扰，更没有蓄势扑将过来的意思，相反的它们丝毫不为外界所动，依然忘我地死命绞缠在一起，似在不停地交换毒液，嘴巴咝咝作响。那一刻，老谭彻底被毒蛇忘我的激吻所吸引，他静静地待在原地，心想这两条蛇一定是过于激情澎湃而一时难分难解了。此刻，我们几个彻底被老谭的讲述震住了，一个个张大了嘴，表情惊恐而怪异。而这时的老谭却像是在自言自语，像是生怕自己声音大了，会惊动那一双蛇的好事，他说后来亲眼看见其中一条蛇真的不动了，奄奄一息，一定是僵死在对方的毒吻下，另一条则迅速挣脱了对方的纠缠和束缚，跃跃欲试吐着芯子，随时将要冲人直扑过来，老谭说他当时吓得半死拔脚就逃出洞外。

有很长时间，我们眼前总是扭曲着那么一双可怕的毒蛇，心里无不在揣测老谭到底想拿蛇的事说点儿什么，或者，仅仅是无话找话地寻开心呢，但这些话无论如何问不出口。好在那时，周枪已经麻利地烤好了几条鱼，鲜美的孜然味烤鱼叫人垂涎欲滴，我们理所当然该把头一份美食让给老谭享用。可他马上摆摆手，鼻翼微微抽动了两下，说自己吃素已经好多年了，还是请大伙儿自便吧。不吃荤腥的老谭，始终盘腿坐在那里闭目养神，一副清心寡欲不食人间烟火的飘逸模样，这让我们都有些自惭形秽，而这看起来还算美味的野餐，突然就变得有几分怪诞了。

三

打那之后，我们仨聚会的次数明显少了。即便是偶尔照了面，又总是绕不开老谭这个话题。而且，每个人的心里都存有一个谜，那谜面当然是老谭那天信口铺设的，而我们都无法猜穿最终的那个谜底。对于大伙儿来说，老谭本身就是一个谜。像谜一样难测的老谭，这些年完全生活在我们的世界之外，尽管他也会像我们那样去水库边逗留，可显然又是不同于我们那种任性的游山玩水，他去那里更像是一位隐士要与世隔绝，图的是在天地自然间潜心修行不染尘埃与世无争。这样没过多长时间，我们便都忘却了他，就像谁也不愿提及那次不太愉快的聚会。人们总是善于选择性地遗忘一些重要的事物，而对另外一些生不带来死不带去的东西又近乎执拗地追来逐去。再说这年头儿，哪一个人不在拼命为自己的职位和钱袋打拼，就拿我们仨来说，周枪的单位正在搞什么处级干部竞聘上岗，他算是梯队干部，成天摩拳擦掌地准备着演讲材料；赵剑所在的那家地产公司刚拿下一块最好的地皮，他作为企划部主管正大刀阔斧地进行广告攻势；我虽说只是个一般公务员，可杂七杂八的事情一点儿也不少。所以，我们都注定不会把别人的闲事放在心上。

这中间，周枪和赵剑又不可避免地戗戗了一次。起因是我家的那套经适房装修完毕，按照惯例，得请大伙儿来家里热闹热闹，我们当地俗称"洗泥"，也就是亲友来家中小宴，图个乔迁的喜庆和吉利。一百几十平方米的房子里，到处都塞满了客人，我和妻子里里外外张罗招呼，不时地沏茶递烟斟饮料，忙得不亦乐乎。周枪来得很早，特意送来两盆意趣盎然的盆景，看上去碧翠欲滴，他吭哧吭哧帮我们搬进阳台里去了。礼多人不怪，他向来是这样。直到开饭前两三分钟，赵剑才气喘吁吁赶过来，这小子总是拖拖拉拉，真是拿他一点儿脾气也没有，周枪见他空着两手迟来，便有意拿话呲他，说有些人真会赶钟点儿，肯定是拿鼻子一路嗅着就过来了。赵剑说，你干脆说我是属狗的不就得了。周枪哼了一声笑道，别往自己脸上贴金，我说的可是二师兄。当着好多人的面，赵剑显然有些挂不住了，他人本来就胖，脸皮一阵红一阵紫的，但他还是极力隐忍着，也许他还知道今天是个好日子。我生怕他俩又不可开交地掐起来，坏了别人的兴致，忙招呼客人都到餐桌就座，妻子已经把凉菜布置妥了，我趁机开了白酒，给每个人满满斟了一口杯，大家正准备举杯时，电子门铃却不合时宜地奏起《致爱丽丝》来，听着干巴巴的，着实有些烦人。

我跑去开门，站在外面的竟是两个着装规范不苟言笑的警察，银色的警徽在藏蓝色的帽檐上方闪闪发亮。这是怎么说的，闲来无事嗑瓜子都能嗑出个虫子来，心情顿感郁闷。起初以为他们找错了地方，但对方很肯定地问这里是不是张戈的家，我茫然地点头称是，警察始终上下打量着我，那种职业性很强的目光叫人有些躲闪不及。我们是来了解点儿情况的,麻烦配合一下。他们倒是言简意赅,你认识谭盾吧?我迟疑着再次点头，心里未免有几分紧张了。他是我大学同学，到底有啥事？他倒没什么，只是他前妻失踪了。听警察这么说，我才舒了口气，对于那个跋扈的女人我才懒得去关心。能进去聊聊吗？警察边说边把目光探伸进我家客厅里。我吞吞吐吐地解释，说家里有一堆客人不方便，心里十万分地不乐意此刻有人打搅，可警察说不会耽误太多时间的，希望我能理解。说是理解，他们已不由分说公事公办地迈进房内。

　　客厅连着餐厅，所有人都瞧到了，一时间欢乐的气氛消失殆尽，好像我犯了啥事似的，都拿奇怪的眼睛死死盯着警察，就连一直忙乎的妻子也举着一把油乎乎的锅铲，僵在厨房门口。我故作镇定地请大家先动筷子，妻子很慌张地跟了过来，我低声对她说，快忙你的去吧，没事。然后，把警察领进了书房，其中一个人立刻翻开随身带来的笔录本，主人似的端坐在书桌前准备记录，另一个继续跟我谈话，口气透着不容置疑的味道，无非是想让我评价一下老谭这个人，他在大学时的表现，工作后的状况，以及他和前妻的婚姻家庭关系等。我没必要隐瞒什么，就把自己知道的尽可能简单地讲了讲。最后，多少有些节外生枝，我告诉他们，正在家里吃饭的还有谭盾的另外两个同学，不信也可以去问问他们。警察一听喜出望外，赶紧把周枪和赵剑也叫了过来问话。数赵剑嘴快，一股脑儿地将上次遇见老谭的事说了，还说他总觉得老谭有些古里古怪的。周枪大概听不下去了，抢过话头质问道，人家老谭怎么怪了，你满身尽是猴毛，还笑话别人是妖怪！赵剑不甘示弱，反唇相讥道，就你好，你是正人君子，那你怎么还干强奸的勾当？没想到他俩这么没轻没重，当着警察的面互相揭起短来。我忙在中间打圆场说，你俩胡扯什么，别影响人家调查嘛。那个负责问话的警察立刻皱起眉头，锋利的目光来回扫视着周枪他俩，好像冷不丁抓住了嫌犯，嘴脸冷硬地呵道，什么强奸？到底怎么一回事？不等他俩答话，我继续解围说，那是我们几个同学聚会时开了个小玩笑，多年的男女同学混在一起，喝点儿酒难免瞎胡腾的，同志您千万别当真。我一边说一边使劲儿给他俩递眼色。对方这才不再追问下去。

　　有关老谭前妻失踪的话题，后来成为饭桌上最新的谈资，大伙儿普遍认为，像那样一个花里胡哨的女人死了都活该，根本不值得警察满世界去找。我们不知道这女人失踪的消息对老谭意味着什么，只要一联想到老谭现今的种种状况，大伙都替他感到解气得很。于是，我提议说，这就叫善有善报，恶有恶报，不是不报，时候未到，来吧，咱们也为老谭同学下半辈子的彻底解脱干一杯。周枪叹口气道，可怜啊老谭，聪明一世，糊涂一时，摊上那么个倒霉娘儿们。赵剑却不以为然，撇着嘴说，这一切还不怪他自己，没有那个金刚钻，别揽瓷器活啊。周枪一脸愤然，你小子怎么这么阴，听你的意思巴不得人家出事才好啊。赵剑一副得理不饶人的样子，我说的是事实嘛，当初他光顾贪图女人生得风流标志了，哪里会想到日后的凄凉，这就叫武大郎娶了潘金莲——祸根早早就埋下了。话不投机，周枪噌地从座位上跳起，差些把一桌子酒菜撞翻，他二话不说就要往出走。我拦住他说你们俩何苦呢，真是卖面的见不得卖石灰的，又批评赵剑让他闭嘴少说两句。好好的一桌餐饭，全让他俩给搅黄了。妻子后来一个劲儿埋怨我，说这俩都属骡子的，根本拴不到一个槽头上，叫我以后少招惹他们为妙。我也一直暗暗生闷气，他们一见面准闹得人仰马翻不欢而散，都快把那点儿可怜的同学情谊折腾光了。

很偶然的机会，我又遇到了上次去水库的那个妞儿。她穿着时尚而暴露，小裙子短得几乎苫不住屁股蛋，上身只穿了件类似抹胸样的紧身衣，头发狂野地披散开来，走路的姿势跟模特上台走秀没啥两样。我之所以还能认出她，主要是她那双彼此分得很开的标志性的大蜜桃眼。那是在万达广场内的一个特卖场里，我正百无聊赖地陪妻子闲逛，这妞儿冷不丁就窜到我面前。嘿，帅哥，不认识我啦？她先跟我打了招呼，眼皮涂得银光熠熠，活像电视里孙行者的那双火眼金睛，所以，她才一眼就把我认出来了。怎么，真忘了？那天在水库，你还背过人家呢。我在被对方极浓的香水味熏倒之前，总算勉强记起这个姑娘来。我回头朝四周看看，好在妻子还在试衣间里忙活，女人对试穿新衣总有用不完的精力。我忙指着她的一只腿脚说，看来，已经没事了。她稍稍愣了一下，继而，咧开红唇就花枝乱颤地笑了起来，哈哈，你是说崴脚的事，差点儿都忘了，我不过是跟你开个玩笑！她几乎用揭开所有恶作剧时的那类轻松口吻说着。我顿时诧异了，怎么可能？那天自己明明看见她坐在地上动弹不得。对方显然还在继续嘲笑我那迷惑的神情，她的笑声简直有些夸张，咯咯咯咯，小母鸡刚下完头一窝蛋似的，边热气腾腾地笑边说，真有你的，没想到你还真信了？然后，不等我开口说话，她忽然凑到我耳边说，不过，我还是要好好谢谢你哦，在你们三个男人里，数你最有绅士风度！最差劲的就是那个姓周的。说着，她冲我晃了晃大拇指，指甲老长老长，均涂成茄紫色，我被她说得一阵迷惑，又一阵飘飘然，难道说根本没有发生你说的那件事？她听我这样发问，跟岔气似的笑得都弯下了腰，哥，你可真逗，其实是我突然接到朋友的电话让我赶回去，又怕赵剑他缠着我不放，你知道他那个人总是磨磨叽叽的，还有，姓周的那天一见面就鼻子不是鼻子脸不是脸的，我就临时想了那个法子，也算是教训一下他，谁让他对年轻女士不够尊重呢，没想到你一听到我在树林叫，就颠颠儿地跑来了……

我几乎快要气晕了，看来那天自己被这个妞儿玩得滴溜溜转，却又浑然不觉。正想冲她发作，忽然听见妻子在试衣镜那边大声唤我的名字，张戈，快过来帮我瞅瞅，你在那边跟谁说话呢。那妞听了立刻坏笑着，冲我眨了眨那双蜜桃眼，哥，别愣着啦，要不你会有苦头吃的哦。我一点儿也不想跟她开这种玩笑，便头也不回地撇开她走了，心里别提有多郁闷，这叫什么人，玩笑也开得忒离谱儿了！转念又想，人家快小自己二十岁了，整个一个新新人类，代沟太宽了，世界上最棒的三级跳远选手也跨不过去。而自己已过不惑之年，面对那么一个有些刁钻古怪的丫头片子，智商几乎一下子就降到了零点，竟不分青红皂白就去冤枉一个好人，差点儿把多年的同学之情都葬送掉了，看来，自己还真是白活了。哪知还真让那妞儿言中了，等我走过去的时候，妻子俨然一副审贼的架势，眼睛瞪得如铜铃一般大，不停问我那个女的是谁干什么的，说我竟敢在她眼皮子底下打情骂俏，背地里还不知怎么样呢。我哪里还敢说实话，只好撒谎称是陌生人跟我问路来的，妻子显然对我的回答表示极度狐疑，哪有问人嘴巴凑得那么近的，那浪笑声隔着半里地都能听得真真的，你别在这给我装神弄鬼！我敢有吗，心里这样想着，嘴里只得打哈哈装糊涂，老半天总算是蒙混过关了。忽然明白了一个道理，如今这世道，凡事宁可信其有，不能信其无。妻子就深谙此道，她总是用怀疑一切的眼光看男人，哪怕是冤枉好人呢，我算是彻底服了。不禁又想起那天在水库边发生的事，只怪自己听信了一面之词，便把周枪骂了个狗血淋头，好在人家没太介意，要不真的连老同学也没得做了。

仿佛心有灵犀，就在天将擦黑儿的时候，周枪冷不丁打来一个电话，说他想约我出去一趟。妻子最近总是很敏感，像是更年期已经提前了，盯我跟盯贼似的，嘴里的埋怨一日胜似一日。她说我整天魂不守舍的，就不能好好在家陪老婆孩子待着，外面到底有什么值得留恋的。我知道她怕什么，只说放心吧，不过是跟周枪在一起。妻子还是不依不饶，又是那几个同学，真不知道你们成天瞎混个什么劲儿，当心哪天一起栽个大跟头。这种感觉很奇怪，我自己也说不清楚，其实每次我们在一起都不会比想象得更愉快，节外生枝的事屡有发生，不欢而散的局面又似乎是必然的，可等到下一次，又好了伤疤忘了疼，颠颠儿地赶去。周枪的车就泊马路边，我刚钻进去坐到副驾位置上，他就开足马力往前疾驶而去。

咱们这是去哪儿，我好奇地问着。起初，周枪一言不发，只顾把车开得飞快，黑暗中的街道显得寂寥而又陌生，如果没有灯光映照，这座城市立刻会变得一派死寂，坟墓一般荒凉，叫人心生恐惧。周枪不想说话的时候，也是那么死板板的，脸孔铁青色，模样有些瘆人。人不说话跟夜晚的城市缺少灯光一样。人和人之间不交流，即便面对面坐着内心也是一片荒芜。我犹豫了一会儿，终于低沉地说，去水库那天，实在有点犯浑，真不该轻信那妞儿的话，对不住了，老兄……从来没有觉得跟老同学说话这么费劲，几乎，每一个字都像是被胶水死死粘在喉头里吐不出来。周枪匆匆瞥我一眼，吊儿郎当中带着与生俱来的自负，也许他根本没有瞧我的意思，只是在扫视右手边的那面后视镜，因为他始终不置可否。这没关系，反正我说出了自己的心里话，老同学间原本不该有什么隔膜。

还记得警察那天的表情吗？周枪终于开口了，语气里多少有点儿心事重重的。什么？我完全没听懂他的话。我是说老谭，不知为什么，这两天我总是梦见他。我心里咯噔了一下，其实那天被警察问询之后，我确实替老谭捏着一把汗呢，可我不愿意往那方面去想，哪怕是只想一点点，都觉得那样会对老谭很不公平。你是说，那女人失踪跟老谭有关？我这样发问的时候，其实完全不需要对方回答什么了。周枪终于转过脸，留意了一下我的表情，难道你不这么认为吗？不然的话，人家警察好端端找咱们做什么？于是，我们忽然都沉默起来，也许我们真不该这样去想。约莫过了一根烟的工夫，周枪再次开口说话。其实，我并不讨厌那妞儿，就是想给赵剑长点儿记性，那天趁着去树林挖蚯蚓的时候，我打趣她，说她长得如花似玉的，陪赵剑玩有意思吗，那身肥膘想想都让人恶心。没想到那妞儿一下子就急眼了，嘿嘿……他的笑声听起来多少有些无耻。不过，我再也懒得去管这种破事了，我觉得我们其实都有点儿无耻，大学时代的那份纯真友谊早已荡然无存，每次聚会只不过是又增添了一些乏味和无聊罢了。汽车路过赵剑家的方位时，我想了想问道，咱们要不要也叫上赵剑？哼，叫他做啥，腰来腿不来的，满嘴没一句人话。看来，周枪对赵剑已经反感透了，这实在有点儿悲哀。

我们就差把那脏兮兮的门板敲碎，对面邻居家的狗始终在猎猎狂吠，那种声音有些穷凶极恶的味道。于是，我打退堂鼓说，算了吧，这些年老谭飘忽不定，不大可能待在家的。周枪再次举起拳头，准备最后一通敲砸，身后的防盗门却豁然打开，一条灰褐色的沙皮狗猛地蹿将出来，若不是它脖颈套着黑皮绳索，又被主人牵拽，我们俩八成是要挂彩了。沙皮狗的黑眼珠被皱巴巴的面皮所包裹，连龇牙的样子也老气横秋，可狗仗人势，主人越是用力牵拉，这畜生越是叫得任性凶悍，让人心惊胆寒，好像随时扑来撕碎眼前的陌生人似的。我早吓得缩退在周枪身后抖颤不停，他倒是不十分惧狗，反而咋呼着呵斥道，叫啥叫，再敢叫一个？！主人的眼神似乎也受狗的感染，凶巴巴上下乱射，半天，冒出一句很莫名其妙的话，这家人都死光了，还敲什么敲！我们顿时怔住。沙皮狗在主人的牵引下，一路汪汪着冲下楼梯。周枪忙从身上摸出一张名片塞进门缝，他解释说这样老谭回家的话，至少知道咱们来过。随即，我俩也跟着跑下楼去。

狗在外面得到了短暂的自由，黑亮的鼻尖触着地面和草丛一通狂嗅，间或，滑稽地举起一条后腿，抖颤着冲那些树坑或墙角尽情撒尿。狗这样做似乎是另有所图，好像并不是为了方便，而是急匆匆地要为这个世界留下点儿什么。这时，主人也在一边悠闲地甩手蹬脚活动起来，好像只有趁着狗撒尿的工夫，才能抽空儿爱惜一下身体。我们讨好似的靠近这个遛狗的妇人时，对方立刻警觉地收束了锻炼招式，双手紧紧搂抱在胸前，宽松的睡衣领口被拘出一个很大的空当儿，显示出妇人松散异常的身体现状。于是，周枪觍着脸叫声大姐，并说明我们是老谭大学时的同学，希望能从她这里打问一下他的情况。妇人这才正眼瞧了瞧我们，但神情依旧阴郁而抵触着，好像跟老谭这样一家人做邻居，真是倒霉透顶了，连张嘴说说他们都觉得难以忍受。

人善被人欺，马善被人骑，老谭也是太窝囊了，把女人惯得没个样子。不是我说，那娘儿们一看就不是啥正经货，走路三道弯，一日儿打扮，脸上涂得就跟那唱大戏的一样。过去隔三岔五，总有些不三不四的男人上家里招骚她，晚上只要一出门，不到半夜三更不回来，夜夜都去外面赶什么五（舞）会六会的，那家伙鞋跟子把整个楼道敲得咚咚响，一楼人的瞌睡全让她吵没了。有一阵子，老谭老是在单位加夜班，八成是躲起来图耳根子清净。再后来，有了儿子（依我看不一定是谁的种呢），老谭倒好屁颠儿屁颠儿守在家里带儿子，辅导功课，由着那女人三天两头不着家门，我劝过他几回，对媳妇就得像和面，得用擀面杖可劲地捶压，她才能服服帖帖的！这个老谭，好赖话听不进去，还说什么两口子得相互谦让，不能上纲上线的，屁！我看他是脑子有病。

遛狗的妇人跟我们说起来就没完，好像终于逮住了一次批倒批臭对方的绝好机会——你们想想看啊，好端端一个刚念初中的儿子，养那么大容易吗？要说，那孩子真是聪明懂事，见了生人都有礼貌，学习上从没让老谭费神，一考稳拿双百，我真是纳了闷儿了，你说这么好的一个儿子，咋偏偏摊上那么个不要脸的娘儿们？老天不长眼啊，可我看这关键责任还在老谭身上，他当初要是肯听人劝，早点跟那女人断了，再好好找一个会过日子的，也不至于后来落得那个结局。终归一句话，女人你不能太由着她的性子胡逛，你们知道老谭那时咋跟我说的？他说世上的夫妻都要相互包容，不然这日子一天也过不下去，哼，这哪是包容，根本是宽容过头，纵容！我们觉得这妇人的话虽然啰里啰唆，却不无道理，看来一个人不能读太多的书，有时书读多了人就傻了。老谭就是一个再生动不过的例子。妇人临了还告诉我们，其实老谭是真疼老婆，那些年家里大大小小的活儿他全都包了，买米买面换煤气接送孩子，邻里几乎很少看见那女人手里拎过一根葱或一瓶子醋，老谭可真是个模范……

回去的路上，我俩不禁又聊起了当年老谭结婚时的事情。说起来，老谭的婚事还是我们几个同学帮忙前后张罗的呢。那阵子大伙儿真是羡慕死老谭了，眼看着他率先脱离了单身群体，娶到了一个漂亮得让人惊艳的女人。记得那晚几个同学去闹洞房，老谭异乎寻常的腼腆起来，这一点大大出乎意料，他一改往日无所不晓的爱情专家的嘴脸，对于大伙儿提出的那些稀奇古怪的玩闹要求，比如让新人合啃一个悬挂在屋子中央的苹果，再比如把一只鸡蛋塞进女人的胸罩里，非让他从衣襟下面伸进手去摸了出来，等等，老谭简直忸怩得让人恼火，好像眼前的这个女人是只母老虎，碰一碰会要了他的命。倒是那女人一副看透一切来者不拒的表情，哪怕大伙儿提出更过分的要求，她都痛痛快快接受，还一个劲儿拿白眼球斜楞老谭，那感觉好像在说，你别娘们兮兮好不好，不就是让两个人搂一下亲个嘴嘛，这又有什么所谓呢。

事实上，十多年前的那个夜晚就是如此。老谭的消极怠工和不予配合，最终惹得我们动了手，大伙儿就用巴掌一下一下抽他的后脖子，打得那里一片赤红，他嘴里咝咝乱叫，如挨酷刑。后来还强行给他架了土飞机，像对待又臭又硬的阶级敌人，而他则表现得像个宁折不弯的革命者，死活不肯妥协。新娘子自始至终不为所动，表情慵懒地跷着二郎腿，坐在红艳艳的席梦思婚床上，只顾吧唧吧唧嗑着一把五香瓜子——这也许是个不好的苗头，我们都觉得这女人心硬，不管怎么说，眼睁睁看着自己的爱人被别人折腾，总该有点儿心疼吧，可她好像一点儿都不。老谭后来大概是不堪忍受那番嬉闹，竟趁机溜了出去，一道金光跑得没影了，害得我们几个黑灯瞎火夜猫子似的四处寻他。

现在看来，新婚之夜的仓皇逃离，实在是个不祥之兆。想想看，一个做丈夫的，怎能在这样重要的时刻，丢下自己的娇妻落荒而逃呢？或许，正是打他缺席的一刻起，老谭在那女人心目中的形象大打折扣。我们可以稍稍设想一下，一个男人被自己的女人瞧不起，那种感觉一定糟透了吧。后来，我们几个大约是在凌晨两点撤退的，因为待在新房里实在无聊，老谭始终没有回来的迹象，唯独新娘子不停地打着哈欠，惺忪的睡眼里有种既厌烦又羞愤的味道，好像受了什么奇耻大辱。大伙儿离开时，她甚至连眼皮也懒得抬一下。也许真闹得有些过分了，但当时我们只图痛快了，谁也没有多想。

四

这年秋天的同学聚会，最终还是敲定在河湾水库举行。毕竟二十年是个大日子，大伙儿还是想在老地方重温一下昔日情谊，三四十号人浩浩荡荡结伴驱车从四面八方赶来，花花绿绿的帐篷搭起来了，男男女女的身影在树荫下不停晃动，打情骂俏的嬉闹声此起彼伏。尽管之前我们仨已经预热过一次，可一下子能见到这么多张熟悉的笑脸，还是激动得跟孩子一样嗷嗷乱叫，不分男女一律逮住动作夸张地拥抱了一通。这次我自然是要带上妻子的，周枪也不例外，按理说这种聚会是不能携带家属的，但我们几个情况有点特殊，既是早年的同班同学，后来又做了夫妻。赵剑一个劲拿话戏谑，你们这种人智商普遍不高，做情种倒是再合适不过，所以老早就在学校里不思进取，整天忙着搞对象。我们不忿，说哪像有些人饿死鬼转世，成天就惦记着吃了，硬生生把自己喂成屁哥（pig）。赵剑自豪地拍拍他的肚子说，这叫宰相肚里能撑船。周枪不以为然地哼了一声，说有时草包的肚子也能。于是，众人都嘿嘿起来。就这样，经过一番热热闹闹的叙旧、拍照、野餐、猜拳行令，直到把好几个同学灌得酩酊大醉，扔进帐篷里昏睡不醒，大伙儿还意犹未尽呢。这时有人又提起了老谭，说这次聚会班上所有同学都通知到了，唯独缺了他一个，真叫人遗憾。话题突然就变得有些沉重，刚才的欢声笑语一下子销声匿迹了，在场的人几乎同一时间陷入沉默。这个老谭总是在我们不经意时冒了出来，让人心里咯噔一下。妻子大概不想再掺进有关老谭的话题，她悄悄地用指甲抠了一下我的手心，又递来一个眼神，说心里话，我也不愿意在这种时候去谈论老谭，于是便会意地跟她离开了。

　　我们在林中漫步的时候，竟然一路手拉着手，这种感觉似乎久违了，好像我俩并不是多年的夫妻，而是一对相识不久的恋人。妻子冷不丁问我，还记得当年你在水库边跟我说过的话吗？ 我有些茫然，女人总是喜欢问一些叫人摸不着头脑的问题，都二十年过去了，我哪能事事记得清楚。她低头不语慢慢走着，好像非要等我说点儿什么才肯罢休。我在她身后支吾道，一定是些难以启齿的海誓山盟吧。妻子立刻掐了一下我的手，讨厌！她口气带着娇嗔，咱们去找找那棵树吧。什么？我再次疑惑地问她，什么树？ 妻子不再言声了，只顾拉着我的手往密林中走去。上回跟周枪他们来，同样是在这片林子里，我稀里糊涂背过那个妞，说实话当时确实动了恻隐之心，此刻跟妻子一同走进这个地方，心里多少有些异样，感觉妻子好像早已明察秋毫，专门带我来这里接受一次再教育的。现在，我不情不愿地跟着她，在这茂密的树林中走来走去，几乎每见到一棵粗壮些的大树，妻子都要停下脚步，然后围着树身转过来复转过去，把脖颈高高地仰起来，细细打量着什么，好像是，那些斑驳的树皮上镶嵌着一颗美丽的钻石等着她去发现。我不耐烦地说，咱们还是回去吧，这些破树有什么可瞧的。妻子突然冲我板起面孔，她一严肃，下颌那里的青血管就依稀可见了。哼，忘记过去就意味着背叛，难道你真的都忘了？！说完，她几乎气冲冲地丢下我，头也不回地往前去了。我觉得她今天多少有点儿神经质，或许，同学聚会的气氛让这个女人有些伤感，我只能耐着性子一路跟随。

这里林深草密，光线也变得十分暗淡，鸟的唧啾声时远时近，仿如谁在梦中窃窃呓语。倏忽，眼前又闪出多年前的一幅幅画面，那回我和她就是这样拉着手，钻进枝叶婆娑的树林里，当时妻子的两只眼睛闭上了，红红的嘴唇微微开启，我正是嗅到了那迷人少女的气息，就再也无法控制自己……一旦想到这些，我便忽然有些意乱情迷起来，内心深处有个奇怪的类似开关样的东西嘎巴一响，喉头猛地收紧，我艰难地咽下一口唾沫。喂，你等等我，别走那么快啊！我嘴里这样喊着，早三步并作两步飞奔过去，从后面一把将妻子紧紧抱住了。她完全没有反应过来，甚至还被吓了一跳，她张开口嘟嚷着，大白天犯啥神经呢你……我已经准确无误吻住了她的嘴，她奇怪地瞪着眼睛，在我怀里呢喃着扎挣了两下，随即，就被男人突如其来的拥吻淹没了……

说来真是奇妙，许多年以来我和她习惯了那种不咸不淡的夫妻生活，好像起早贪黑养育女儿才是唯一的要务，其余的似乎都可以忽略不计。尤其是对彼此的那种需求，熟视无睹又近乎麻木，更多的时候只是礼貌性地应付一下，偶尔在床上完事以后，彼此立刻背转过身匆匆睡去，没有浪漫的前奏，也没有柔情的后续，而像今天这样激情澎湃的纵情欢愉还是头一回。此刻我俩双双躺在一层潮湿松软的落叶上，那些斑斑点点的阳光正穿透树叶的罅隙映在脸上身上，恰似调皮的孩子用碎镜片反射来的光，故意一抖一晃地眯人的眼，感觉煞是惬意。快看，快看，那是什么？妻子突然用手指着一棵树，压抑不住地叫唤起来，我眯着眼向上瞅了瞅，不就是棵普普通通的钻天杨吗，也值得你大惊小怪的。我话音未落，她已经迫不及待地从地上爬起来，径直走向眼前的那棵树，她激动地指着斑驳如鳞的树皮说，快看呀，这些字，天哪，还能认得出来，张戈，小敏，永，远，相，爱！她几乎一字一顿地念着，快乐得活像个小姑娘。

随后，我也不无诧异地站起身去察看，那刻在树皮上的笔画，粗粝如刀痕一般，因年深月久不断生长乃至变形，感觉根本不是出自人手，而倒像是大自然的神工鬼斧。我简直不敢相信自己的眼睛，没错，真的是我和妻子的名字！我不禁恍惚起来，记忆有点儿断断续续，穿过时光的层层迷雾，往事如一条细丝被慢慢抽出并垂悬下来，我竟差点儿忘了当年的一个细节：那是在激情过后，妻子让我对天发誓，我说会永远永远爱她，她却任性地说空口无凭，非要我立个字据。于是，我便突发奇想，掏出身上的一把钥匙，在一棵碗口粗的杨树上深深刻下了这两行歪歪扭扭的字，没想到时隔那么多年，它们又鬼使神差般地出现在我俩眼前了，况且，还是在这种情形下，这不能不说是一种缘分吧。此时此刻，妻子就依偎在我身旁，她轻轻挽住我的胳膊，尽管是老夫老妻，但她的神情却洋溢着一股青春的懵懂和羞涩。这可是当年的誓言，你得牢牢记住，这辈子休想变卦！她嘴里煞有介事地说着，整个人已小鸟依人般变得轻盈而快活起来。接下来，她就掏出手机，仔仔细细拍下了这两行字，像是警察在犯罪现场拍摄有力证据；她还建议我俩卿卿我我地跟这棵树合了几张大头照，说是要发到同学圈里去，也秀秀恩爱。我觉得自己像极了一个蹩脚的模特，被她这个任性的摄影师一通摆弄，却又毫无怨言。

等我俩双双走回去的时候，大伙儿正三三两两围坐在一起，吹牛的海阔天空，打牌的吵吵嚷嚷，简直就是一群聒噪的老家雀儿落在空地上。周枪抬头没好气地瞥了我一眼，这半天跑哪儿去了，就等你俩一起去爬山呢。他是这次聚会的发起人之一。我还没来得及张口，赵剑便一针见血道，他俩一定没干好事，瞧小脸还红扑扑的，八成是重温旧情去了。妻子被他说得不好意思，脸蛋越发地红得没了边际。这胖子嘴巴总是那么损。我只好语带双关地说，爬山好啊，正好可以减减肥嘛。赵剑马上嘟着嘴皮说，要去你们去，我非得眯一会儿。说着还打了个大大的哈欠。大伙便异口同声，你那么胖，还敢睡？周枪更是阴阳怪气地哼了一声，这叫本性难移。他说完，就把手里的扑克牌合拢啪嗒撂在报纸上，然后起身拍拍屁股，想爬山的同学都跟我走！果然，一呼百应，大多数人跟着周枪向山里进发了，只有极个别像赵剑这样的懒汉赖在帐篷里睡大觉。

这里山势虽然说不上陡峭，可由于环抱着巨大的水库，空气湿度自然就大，形成了潮湿多雨的小气候，树木植被可谓葳蕤丰茂，越往山里走，道旁的虬枝丫杈就越发长得疯野，斜刺横生，勾连缠绕，尤其是那种叫作野酸枣刺的矮乔木，个头不高，却张牙舞爪到处都是，人一不小心，腿和胳膊就被利刺扎一下，疼得人龇牙咧嘴。这样爬了半个来小时，不少人就叫苦不迭，开始打退堂鼓了。我们这些人全在城里给窝懒了，出门汽车，进门电梯，要的就是一个舒服，多一步路都不想走，我们长将军肚，我们长脂肪肝，我们的血压嗖嗖往上蹿，可我们就是不长记性。想当年一群同学结伴爬山，个个生龙活虎的，唯恐落后叫别人笑话，而且，男生往往为了捞表现，会主动背起柔弱点儿的女生爬上一段，以显示自己的男子汉气魄，这种事我就干过不止一次，要不怎能轻易俘获姑娘的芳心呢。周枪正用他手里捡来的一截粗木棍左右开弓，奋力劈砍那些恼人的拦路虎，他说再坚持一下吧，翻过眼前这道梁，前面应该是古长城遗址，好像还有烽火台，不到长城非好汉嘛，咱们到那里还可以照照相，留个纪念。听他这么说，大伙儿才稍稍振作起来，又吭哧吭哧跟在他屁股后面继续挺进。

妻子跟几个女同学走走歇歇，倒是打得火热了，女人们在一起总爱嘀嘀咕咕的。我趁机撵上了前面的周枪，他正可劲儿地挥动手里的木棍，面前的那些灌木枝杈被打得七零八落，泛黄的叶片纷纷散落，他似乎跟这些植物有深仇大恨似的。我劝他悠着点儿，差不多咱们也该原路返回了。他不置可否，依旧很卖力地抡着棍子。他这人向来是这么拗的，认准的道会一路走下去。对了，你上次说的单位竞聘的事有没有下文？我可还等着去赴你的升官喜宴呢。我也是临时想起这档子事来。而他像是根本没听见似的，棍子在手里使得呼呼生风，妈的，该死，滚开。我依稀听见他嘴里这样嘟囔着，这么多年了他的性格我还是了解的，从来有什么心事他是不会主动跟老同学讲的，更多时候都是我来关心和打问，他的声气已经很明显摆在那了，难怪最近他总是闷闷不乐的，有事没事老跟赵剑瞎饧饧，看来一准是竞聘失利了。我自觉多嘴，可话头已跑到嘴边了。我又说眼下就这世道，什么竞聘，不过是走个形式，你别太当真了。他始终不接我的话荏儿，但我能感觉到他满腔的郁闷和愤愤难平。

于是，我接着说下去。我们单位也搞过类似的竞聘，正处副处的岗位老早就内定好了，不过是临时找几个陪标的，在众目睽睽下装装样子，感觉好像竞争很激烈，什么能者上庸者下，其实都是他娘骗鬼的。我还想说点什么宽慰的话，突然听见他嗷地吼了一嗓子，声音大得惊人，他手里的那根棍子早飞了出去，他用右手死死攥着左手，整个人霎时被一种巨大的苦痛攫住了，他痉挛似的勾着腰，嘴里咝咝有声，脸色涨得茄紫。他还从来没这么狼狈过。我上前察看，估计他是不慎打到自己的手了，血水已经顺着指缝往下滴开了。我忙从裤兜里掏出几片纸巾准备给他擦擦血，哪知刚一碰到他的手，他猛地将我甩开了，你能不能离我远点儿，别碍手碍脚的好不好！他冲我嚷完，便猛地转过身去，大步流星顺着山路下去了。我彻底被他晾在半山腰上。怪自己多嘴，哪壶不开提哪壶，惹得周枪牛脾气上来了。也许，男人到了我们这个年纪，会把官帽子看得更当紧，想想看马上就奔五了，再不时来运转，再不努把力，恐怕黄花菜都要凉了。可我实在是太了解周枪了，性子执拗不说，眼里又容不得一粒沙子，跟自己的老同学尚且处不好关系，在单位也就可想而知，像竞聘这种事，他不被别人当枪使才怪。

离开周屠夫照吃无毛肉。我心里这样想着，就扭过头冲大伙儿说，老周同学临时有点儿内急，大概是刚才吃坏了肚子，现在由我来带领大伙儿完成未竟的革命事业。尽管同学们已经累得腰来腿不来的，可在我的再三忽悠下，还是咬着牙翻过了周枪说的那道山梁。原来，所谓的古长城，不过是一截黄土夯起来的矮墙，风化得圆咕隆咚的，更像一个塌了气的包子，没有一丝棱角，就那么前不着村后不着店地趴在杂草和乱树中间。不管怎么说，来都来了，总得留下点儿什么吧，于是，二三十人轮番以大土包为背景，手机相机噼噼啪啪闪了半天，还不过瘾，有人提出来大伙儿应该全都爬到那个土包子上，拍一张有纪念意义的集体合影，也算不虚此行。提议不错，得到一致响应，问题是这个土包远远看并不太起眼，可真的要打算爬上去却非易事，四周光秃秃的，连个蹬脚的地方也寻不到。

几个征服欲很强的男士已经跃跃欲试了，他们都像顽劣的小男生那样，七手八脚顺着土包的底座开始往上爬，显然那夯土年头太久了，经不起这番折腾，脚下力气过猛，黄土碴子便稀里哗啦往下砸落，让人看着有些担心。女人们天生胆小，纷纷叫唤起来，劝他们算了吧，爬上去意义不大。可男人们根本听不进去，似乎逮住了一次绝好的免费攀爬机会，又当着一群女生的面，权当一次户外拓展吧，非要试试身手不可。远远望着他们矫健的身影，我不禁暗想，也许大伙儿爬上去的第一件事，就是要在那浑圆的土包上刻下谁谁到此一游。没办法，我们的基因里一直潜藏着这种奇怪的东西，就像我当初在那棵杨树上刻字如出一辙，我们走到哪里，就把这种基因带到哪里。我之所以没敢轻举妄动，并非自己清高，主要是妻子在旁边一个劲儿拽着我的胳膊，否则我也不甘示弱的。她低声在我耳边说，可别学他们犯傻，瞧着挺危险的，万一……我真是佩服她的预见性，她话音刚落，就见爬在最高处的那个男生突然身体往后歪斜，整个人失去了平衡，一声怪叫，就跟头骨碌地翻滚下去了。女人们顿时大呼小叫起来，我见势不妙急忙撒开妻子，朝那男生栽下去的地方冲去。

那个男同学的身体被折叠成 V 字形，屁股朝下死死卡在沿着土包壁面生长的几株胳膊粗细的酸枣树中间，衬衣裤子都刮开了花，血迹一道一道的，正疼得呜哇怪叫。我费了好大工夫，小心翼翼地拨开那些讨厌的酸枣刺，一步一步靠近了救援目标。这时，妻子跟另外几名女生也慢慢摸索着走来，她们有的说，天哪怎么会这样，有的喊张戈你快用力拉他呀！我已经满头大汗了。喂，姑奶奶你们别光站在后面瞎起哄好不好，快来给我搭把手啊。那个家伙确实被卡得很厉害，几乎一动不能动，我让女人们从下面往上托举，自己从上面用力去拉拽，可每折腾一下，对方就疼得喊爹叫娘苦不堪言，我真怕这样下去他的老腰要玩完了。最后，还是妻子出的主意，她让我尽可能将卡住男生的那几棵树往外掰扯，直到我将其中一棵从腰部折断，伤员才获得了暂时的解脱。当我信心百倍地再次抓住另外一根树干，几乎用上吃奶的力气往下弯曲并奋力拉扯的时候，意外发生了，就听轰隆一声响，手里的这棵酸枣树连带着大块大块的土包一齐坍塌下来，霎时土烟弥漫，我的眼睛彻底被眯住了。还未等我揉开眼呢，就听见女人们又在旁边嚷了，不，她们是在叫，尖叫，好像天塌下来了，好像青天白日撞见了鬼……

假如这天大伙儿没那么任性，假如爬上土包的男生没有掉下来，也许谁也不会发现那个惊人的秘密，至少发现秘密的人不该是我们这伙人。事后，我尽量不让自己去想那个场景，但越是这样克制自己，那一幕就越发变得惊心动魄。石破天惊，对，这个成语好像就是为了那一刻才长时间储存在脑海中的。事实上，当时我们都没有去多想什么，大脑都跟断了电似的，因为黄土包的侧壁被我连同酸枣树拽塌下一大块之后，我从女人们的惊叫声中听出了前所未有的恐怖和胆战心惊。给谁也一样，太不可思议了，黄土包被雨水常年冲刷，久而久之竟被从底座处陷出好大一个深坑，并且不断地向里蔓伸进去，这个自然形成的葫芦形洞坑，被一米多高的密密麻麻的芨芨草所深深掩藏，加上又有几株酸枣树遮挡，真的，任凭谁也不易觉察的。洞坑四周确实长满了荒草和杂树，外面还有一层早就倾颓欲坍的土坯，那个暗黑的神秘洞穴就被掩埋在里面，它的外表呈现出一种极其雄浑的沧桑感，似乎曾在这里见证过无数的金戈铁马和人间的悲欢离合。而我们则像一群跳梁小丑，简直吃饱了撑的，跑到这天高皇帝远的角落一展身手，非要挥霍体内多余的卡路里，我们的顽劣特质似乎与生俱来，但是谁也没有料到，等待大伙儿的竟是那么触目惊心的一幕。因为一旦外部的那层土坯被人破坏之后，里面的那个洞坑便一览无余了，在场的所有人都惊诧不已：一个像狗一样蜷缩着的人形头朝里脚朝外倒在洞内，由于土坯坍塌时落下了厚厚的土尘，使得躺着的那位的头发相貌乃至衣着全被覆盖住了，乍一看上去，给人一种裹得严严实实的木乃伊的印象。后来直到大伙儿壮着胆子，在好奇心的驱动下，亦步亦趋靠近时，才模模糊糊辨认出，该是一个女人，没错，头发似乎很长，下身穿着裙子，腿上裹着黑色长筒袜，光着一只脚。也直到这时，一股恶臭如疯狂的蝇群一般扑鼻而来，大伙立刻捂住口鼻，有人发出作呕声，有人失声喊叫，是死人，天哪，快点儿报警啊！

以后的事情似乎变得复杂而又简单。说复杂是因为报警不久后，110的警车便鸣啊鸣啊赶来了，警察开始对在场的所有人进行问询和笔录，好端端的同学会搞得有些悲催；说简单其实也很简单，我们几个游手好闲的家伙无意中发现了一具腐烂的女尸，这确实给二十年的同学会增添了一抹诡谲的色彩。因此，原本在帐篷里过夜的打算，被胆小的女人们强烈要求取消了，人命关天，想想都叫人浑身发抖，哪还有什么心思继续逗留。于是，一场精心策划的聚会就这么草草结束了。

五

不久，老谭现身了，只不过是在我们当地的晚间新闻里。

那天晚上，妻子无意中看到了，顿时在客厅里大呼小叫起来，快来看快来看，老谭都上电视啦！我闻声慌忙从卫生间冲出来，裤子都没来得及提好。电视画面上那个近乎光头的男子，双手被锃亮的铐子牢牢拘住，正在两名干警的押解下指认犯罪现场。镜头随着男子手指的方向，最终定格在那个大土包下。那个地方对我来说印象太深刻了，正是聚会那天被我笨手笨脚弄塌后裸露出来的神秘坑洞，唯一不同的是，那具尸体已经不复存在了，它的四周还围了一圈红红黄黄的警戒线，看上去肃然而又醒目。

电视镜头随即摇回到光头男子的脸上，顷刻间给了一个丑陋的大特写，也许他们故意要把嫌犯照得狰狞些的。那一刻，我觉得自己的嘴巴已经张到了极限，有种被撕扯的痛。我真不敢相信这就是老谭！由于是被强行押解着，画面上的男人表情很僵硬，嘴角挂着一副既要跟谁抵抗又不得不伏法的样子，充斥在眼神里的是一股罕见的释然和无所谓，唯独那几根伸不展的手指在神经质地抖动，完全不听使唤似的。他确凿就是我们在水库边见到的那个暮气沉沉的老谭，那个留着惊世骇俗的和尚头的老谭，只不过这一次，他身上不再是中规中矩的立领扣襻布衫，而是看守所里那种千篇一律灰唧唧不合体的囚服。画外音自然是主播铿锵有力的挞伐声，什么情节恶劣，什么手段凶残，什么供认不讳，什么罪有应得……最后还像是要结案陈词，电视上说据案犯交代，谭某之所以残忍地谋杀前妻，是因为每当他看到这个女人，就会想起自己的儿子，就会陷入失独后的那种无尽的悔恨和痛苦当中。

这条新闻短短数十秒，但在我却仿佛整整穿越了二十个春夏秋冬。我无论如何也不愿意相信，那个曾经读书最多总是侃侃而谈的"半夜谭"，竟会走到今天这步田地。我也忽然间意识到，自己更像是一个可耻的告密者和揭发者，或者，我们一班同学集体无意识地检举了这个可怜的男人。我们兴师动众地跑到水库边瞎折腾了一通，最终的目的好像就是为了协助警察破案，这未免太荒唐也过于残酷了。而最让人痛心的是，老谭在这里亲手埋藏了曾经的爱人，而我们埋藏的却是一去不返的青春岁月。于是，我匆匆躲进阳台，手指像刚才电视里的老谭的那样抖颤着，几乎点不着一根烟了。我将头伸出窗外，夜色黑尽，灯火阑珊，我把浓浓的一口烟喷到黑暗中，烟气立刻被风吹回到脸上，感觉一阵呛涩，我赶紧闭上双眼。这时，妻子悄悄走过来，默默地把手搭在我的手背上，像在哄一个孩子似的轻轻抚摩着。好久好久，谁都没说一句话。我俩都不知道该说什么。

我们仨约好了，要一起去看看老谭。

哪知刚走到半路，周枪冷不丁地把车停下，他痛苦地趴在方向盘上，沉默了一会儿说，要不还是你俩去吧。赵剑看了看我，不满地说，他要不去，那我也不去了。周枪闷闷地回了句，好像谁跟你穿连裆裤了。赵剑再次嘟囔道，只许州官放火，不许百姓点灯啊。周枪猛地火了，扭头伸过巴掌就想扇他。我急忙拦住，都什么时候了，你俩别这样好不好，要去都去，要不去谁也别去！他俩这才不那么任性了。之后，周枪的语气变得有些吞吞吐吐，他犹犹豫豫地说，有件事，我得告诉你们，其实，老谭在大学里，是暗恋过一个女生的。这个话题来得有些突兀，尤其是在这种时候。我和赵剑疑惑地互相对视，几乎同时问他那个女生是谁。周枪努力咽了口唾沫，表情说不上是痛苦还是尴尬，怎么说呢，你俩难道一点也没看出来？我们越发有些丈二和尚摸不着头脑了，别绕弯子了，快说，到底怎么一回事？就这样，在我俩的再三逼问下，周枪终于不再支支吾吾而是言归正传。

当年，老谭一直暗恋的女生竟然是周枪现在的妻子。那时他一直不敢表白心迹，就在毕业前夕全班同学去水库游玩那次，老谭才把自己心中的秘密悄悄告诉了周枪一个人，意思是想请周枪替他出面转达，为此老谭还点灯熬油写了一封激情四溢的长篇情书。可周枪做梦也没有想到，当他单独把班上那位女生约到林中时，对方却直言不讳地说其实她喜欢的人是周枪。这算是歪打正着吧，周枪说对于后来发生的一切，他一直心存歉意，直到老谭后来结婚成了家，他心里才稍稍宽慰了一点儿。这些年只要想起这件事，他的内心总会翻个个儿。也许，我们每个人心里都藏着一段不可告人的秘密，哪怕这东西有时让人痛苦得要死。我知道周枪身上确实有一股魅力，女生不可能不喜欢的，可问题是老谭也不至于那么胆怯和缩手缩脚吧。赵剑不以为然地说，我早就知道，他是个中看不中用的嘴把式，空头政治家而已，只要回忆一下咱们去他家闹新房的情景，你们就明白了。这次，周枪倒是一点儿也没有跟赵剑抬杠的意思，只是仰起头长叹一声，说当初老谭要是真的娶了我老婆，一定不是现在的结局，没准儿他会过得很幸福。而我总算弄明白了，那天晚上周枪为什么心急火燎地非要拉上我去找老谭，原来他并非心血来潮，可"幸福"这两个字又谈何容易。

也许周枪是对的，对于我们来说，后来短暂的探视过程的确十分痛苦，眼看着曾经的舍友和老大变成了阶下囚，心里都五味杂陈。周枪嗫嚅了半晌喃喃地说，老谭你要想开些啊；赵剑竖了一下大拇指，说二十年后老兄还是一条汉子，你也算是为民除害。我一直想跟老谭说句对不起的话，可临了也没说出口。我始终不知道该怎么说，一句对不起太轻也太滥了，或者还没想清楚，我们究竟该对老谭的事负怎样的责任。老谭又为什么偏偏选择在水库那边作案，难道那里也是他跟前妻谈情说爱的老地方？我不得而知，也无从追问。倒是老谭在我们离开之际，终于淡淡地撂了这么一句话。他说，你们恐怕还不知道，我和我前妻都是属蛇的。我们三个听了面面相觑，忽然又想起他那天讲过的"毒蛇之吻"，顿时每个人喉咙里就像是鲠着一根利刺，那滋味可真叫人难受。

有意思的是，河湾水库重新进入了公众的视野，还有那段所谓的古长城遗址，据说有关部门已经兴师动众地斥资修缮和开发了，好像还打算申遗什么的。反正，这事一点儿也不以谁的意志为转移，一桩杀人案的成功告破，最终引发了市民的旅游热潮。打那以后，几乎每逢节日或周末，驱车到此游玩的人便络绎不绝。不过，我们几个这辈子无论如何再也不想去那里了，什么同学聚会，什么青春记忆，通通都见鬼去吧。

【作者简介】

张学东，1972年生于宁夏。中国作家协会会员，被评论届誉为宁夏文坛"新三棵树"之一。曾在鲁迅文学院及上海作家研究生班就读。现居银川。迄今已公开发表长、中、短篇小说三百万字，多部作品被重要选刊和选本转载，多次入选国内权威性小说排行榜，部分作品被译介到海外发表。曾获《中国作家》《上海文学》及《北京文学·中篇小说月报》等刊物优秀小说奖、宁夏文学艺术小说一等奖。其中，短篇小说《获奖照片》、中篇小说《坚硬的夏麦》入围全国第三、第四届鲁迅文学奖。著有短篇《跪乳时期的羊》《送一个人上路》等百余篇、中篇《艳阳》《工地上的女人》等三十余部、长篇《西北往事》《妙音鸟》《超低空滑翔》三部。

罪案中的人性审视与探索

——评《蛇吻》

王春林

面对张学东的中篇小说《蛇吻》，我们无论如何都不能忽略引自米兰·昆德拉的那句题记："受了伤害的爱情常常以憎恨的形式表现出来。"小说艺术上的一大特点，就是对于一种可谓是一波三折峰回路转的艺术结构的精妙设定。第一人称叙述者"我"，是一个四十郎当岁的中年男性。作品一开始，即叙述"我"也即张戈，想方设法地纠集当年的大学同学周枪、赵剑一起，去河湾水库野餐，试图以这样一种方式缅怀自己当年的青春岁月。从这个时候开始，一直到将近结尾处，全班同学除了年龄最长者老谭一人缺席外，再一次聚集在河湾水库举行毕业二十年聚会之前，叙述者的叙事焦点，似乎一直集中在同学情谊的书写与青春不再的叹息上。以至于，我差不多都要断定这仅仅只是一篇以同学情谊为主题的乏味的小说。只有到了全班同学二十年聚会，爬过一道山梁，意外地发现了一段古长城的时候，整部小说的叙事方向才陡然间发生了艺术的突转。发现了这个土包子之后，全班同学便都嚷嚷着要大家全爬到这个土包子上拍照合影留念。没想到，这个看似不太高的土包子，真正爬起来却又不是很容易。就在大家争先恐后跃跃欲试的攀爬过程中，发生了一件意外的事故，一位

男同学不小心"跟头骨碌地翻滚下去了"。正是在大家想方设法帮着这位同学脱困的时候，又一个意外发生了："就听轰隆一声响，手里的这棵酸枣树连带着大块大块的土包一齐坍塌下来，霎时土烟弥漫，我的眼睛彻底被迷住了。还未等我揉开眼呢，就听见女人们在旁边嚷了，不，她们是在叫，尖叫，好像天塌下来了，好像青天白日撞见了鬼……"至此，伴随着这个土包子不期然的坍塌，故事情节便急转直下。任谁都难以料想到，土包子坍塌后，竟然会暴露出一个自然形成的葫芦形洞坑："一个像狗样蜷缩着的人形头朝里脚朝外倒在洞内，由于土坯坍塌时落下了厚厚的土尘，使得躺着的那位的头发相貌乃至衣着全被覆盖住了，乍一看上去，给人一种裹得严严实实的木乃伊的印象。"就这样，伴随着一具女尸的突然现身，这部《蛇吻》就在不动声色之间彻底地翻转为一部罪案小说。

事实上，也只有到了这个时候，我们方才彻底搞明白，叙述者"我"在叙事过程中，为什么要把那么大的精力和篇幅投注到总是在同学聚会时以缺席者的身份存在的老谭身上。原本以为，那位不无神秘色彩的老谭的故事，只不过是同学情谊故事中的一部分。只有到这个时候，我们才恍然大悟，却原来，叙

述者"我"此前所有关于老谭的叙述，实际上都是在为艺术上的这一情节突转做铺垫和准备。如果说同学情谊的那个部分构成了小说的一条结构线索，那么，老谭的故事就可以被看作是与这一条结构线索时有交叉的另外一条结构线索。更进一步，从罪案小说的角度来说，老谭这条线索才更应该被看作是小说的结构主线。大学期间的老谭，曾经一度被大家公认为是地道的爱情专家。这位一贯能说会道的"半夜谭"，谈起女人和爱情来，可以说头头是道。令人颇感诧异的一点是，老谭只是一位女人和爱情的空头理论家。虽然说他是众多同学中最早结婚的人，但他的婚姻实践却称得上是相当失败。他的女人看上去花枝招展，是一个典型不过的交际花。婚后时间不长，就和一个南方人打得火热，没多久就干脆跟着对方南下去经商了。一方面是女人肆无忌惮地享受生活，另一方面是老谭无原则的宽容与忍让，如此一种不对等婚姻的最终结局，恐怕也只能是万般无奈的分手。女人无情地跑路后，老谭只好和尚且年幼的儿子一起相依为命了。没承想，即使是他这唯一的精神依靠，到最后也因为前妻跑回来和他争夺的缘故，在被绑匪绑架后给撕票了。也因此，正如同你已经意识到的，那具被一群聚会者偶然间发现的女尸，正是老谭的前妻。老谭在杀人后，把尸体掩藏在了河湾水库那段古长城下的洞坑里。老谭原以为会万无一失，没想到，到最后竟然会被自己的那班大学同学无

意间给撞破。这样一种简直就是阴差阳错的人生吊诡，让叙述者"我"内心深处无论如何都感到不是个滋味："我也忽然间意识到，自己更像是一个可耻的告密者和揭发者，或者，我们一班同学集体无意识地检举了这个可怜的男人。我们兴师动众地跑到水库边瞎折腾了一通，最终的目的好像就是为了协助警察破案，这未免太荒唐也过于残酷了。而最让人痛心的是，老谭在这里亲手埋藏了曾经的爱人，而我们埋藏的却是一去不复返的青春岁月。"

那么，一贯隐忍的老谭，又如何能够下得了手杀害自己的前妻呢？"电视上说据案犯交代，谭某之所以残忍地谋杀前妻，是因为每当他看到这个女人，就会想起自己的儿子，就会陷入失独后的那种无尽的悔恨和痛苦当中。"让根本不可能成为杀人凶手的老谭，到最后合乎逻辑地成为真正的杀人凶手，正是张学东这部中篇小说的出奇制胜之处。一个无法回避的问题在于，这样的一部中篇小说，为什么要被命名为"蛇吻"呢？小说结尾处，作家很巧妙地借助于老谭之口，给出了相应的答案："倒是老谭在我们离开之际，终于淡淡地撂了这么一句话。他说，你们恐怕还不知道，我和我前妻都是属蛇的。我们三个听了面面相觑，忽然又想起他那天讲过的'毒蛇之吻'，顿时每个人喉咙里就像是鲠着一根利刺，那滋味可真叫人难受。"那么，究竟何为"毒蛇之吻"呢？却原来，就在他们三位第一次到河湾水库无意间

撞见已然隐踪多年的老谭的时候，老谭就已经不无暗示地给他们讲述过"蛇吻"的故事："老谭冲我们轻轻点头，说当时他简直快吓蒙了，下意识地边往后退边偷眼观察，竟然有两条，都有孩子的手臂那么粗细，尾部在地上盘成一圈一圈的草绳状，颈部则高高抬起，在半空中彼此交替缠绕着，两只蛇头在最高处唇齿相交，活像一对热恋中的情人正在忘情地狂吻……最让人奇怪的是，尽管火光在摇曳，土壁上人影幢幢，那两条蛇却并未被入侵者惊扰，更没有蓄势扑将过来的意思，相反的它们丝毫不为外界所动，依然忘我地死命绞缠在一起，似在不停地交换毒液，嘴巴咝咝作响。"在老谭的叙述中，这一场被他意外在洞坑中撞见的"蛇吻"的结果是："他说后来

亲眼看见其中一条蛇真的不动了，奄奄一息，一定是僵死在对方的毒吻下，另一条则迅速挣脱了对方的纠缠和束缚，跃跃欲试吐着信子，随时将要冲人直扑过来，老谭说他当时吓得半死拔脚就逃出洞外。"将现实生活中的老谭与前妻的悲剧性人生故事与这一场不无神奇的"蛇吻"联系起来，则他们的彼此充满着怨毒的纠缠，毫无疑问可以被看作是人世间的一种"蛇吻"。却原来，人间情爱失却后的彼此怨毒，竟然可以达到你死我活彼此残杀的地步。小说的标题，很显然由此而来。某种意义上，我们也完全可以把张学东的这部罪案小说理解为米兰·昆德拉那句"受了伤害的爱情常常以憎恨的形式表现出来"的恰切注脚。

大乔小乔

张悦然

一

上瑜伽课前，许妍接到乔琳的电话。听说她到北京来了，许妍有些惊讶，就约她晚上碰面。电话那边沉默了片刻，乔琳用哀求的声音说，你现在在哪里，我能过去找你吗？

她们两年没见面了。上次是姥姥去世的时候，许妍回了一趟泰安，带走了一些小时候的东西。走的时候乔琳问，你是不是不打算再回来了？许妍说，你可以到北京来看我。乔琳问，我难过的时候能给你打电话吗？当然，许妍说。乔琳总是在晚上打来电话，有时候哭很久。但她最近五个月没有打过电话。

外面的天完全黑了，她们坐进车里。照明灯的光打在乔琳的侧脸上，颧骨和嘴角有两块淤青。许妍问她想吃什么。她转过头来，冲着许妍露出微笑，辣一点的就行，我嘴里没味儿。她坐直身体，把安全带从肚子上拉起来，说能不系吗，勒得难受。系着吧，许妍说，我刚会开，车还是借的。乔琳向前探了探身子，说开快一点吧，带我兜兜风。

那段路很堵。车子好容易才挪了几百米，停在一个路口。许妍转过头去问，爸妈什么时候走？乔琳说，明天一早。许妍问，你跟他们怎么说的？乔琳说，我说去找高中同学，他们才顾不上呢。许妍说，要是他们问起我，就说我出差了。乔琳点点头，知道，我知道。

车子开入商场的地下车库。许妍踩下刹车，告诉乔琳到了。乔琳靠在椅背上，说我都不想动弹了，这个座位还能加热，真舒服啊。她闭着眼睛，好像要睡着了。许妍摇了摇她。她抓起许妍的手，放在自己的肚子上，低声说，孩子，这是你的姨妈乔妍，来，认识一下。

在黑暗中，她的脸上露出微笑。许妍好像真的感觉到什么东西动了一下。像朵浪花，轻轻地撞在她的手心上。她把手抽了回来，对乔琳说，走吧。

许妍捂着肚子蹲在地上。明晃晃的太阳，那些人的腿在摆动，一个个翻越了横杆。跳啊，快跳啊，有人冲着她喊。她用尽全身力气站起来，横杆在眼前，越来越近，有人一把拉住了她……她觉得自己是在车里，乔琳的声音掠过头顶，师傅，开快点。她感到安心，闭上了眼睛。

许妍已经忘记自己曾经姓乔了。其实这个名字一直用了十五年。

办身份证的时候，她改成了姥姥的姓。姥姥说，也许我明年就死了，你还得回去找你爸妈，要是那样，你再改成姓乔吧。从她记事开始，姥姥就总说自己要死了，可她又活了很多年，直到许妍在北京上完大学。

许妍一出生，所有人听到她的啼哭声，都吓坏了。应该是静悄悄的才对，也不用洗，装进小坛子，埋在郊外的山上。地方她爸爸已经选好了，和祖坟隔着一段距离，因为死婴有怨气，会影响风水。

怀孕七个月，他们给她妈妈做了引产。据说是注射一种有毒的药水，穿过羊水打进胎儿的脑袋。可是医生也许打偏了，或者打少了，她生下来是活的，而且哭得特别响。整个医院的孩子加起来，也没有她一个人声大。姥姥说，自己是循着哭声找到她的。手术室没有人，她被搁在操作台上。也许他们对毒药水还抱有幻想，觉得晚一点会起作用，就省得往囟门上再打一针。

姥姥给了护士一些钱，用一张毯子把她裹走了。那是个晴朗的初夏夜晚，天上都是星星。姥姥一路小跑，冲进另一家医院，看着医生把她放进了暖箱。别哭了，你睡一会儿，我也睡一会儿，行吗，姥姥说。她在监护室门外的椅子上，度过了许妍出生后的第一个夜晚。

许妍点了鸳鸯锅，把辣的一面转到乔琳面前。乔琳只吃了一点蘑菇，她的下巴肿得更厉害了，嘴角的淤青变紫了。

怎么就打起来了呢，许妍问。乔琳说，爸在计生办的办公楼里大吼大叫，保安赶他走，就扭在一块了，不知道谁推了我一把，撞到了门上。许妍叹了口气，你们跑到北京来到底有什么用呢？乔琳说，我只是想来看看你。许妍问，那他们呢，你为什么就不劝一下？乔琳说，来北京一趟，他俩情绪能好点，在家里成天打，爸上回差点把房子点了。而且有个汪律师，对咱们的案子感兴趣，还说帮着联系"法律聚焦"栏目组，看看能不能做个采访。许妍说，采访做得还少吗，有什么用？乔琳说，那个节目影响大，好几个像咱们家这样的案子，后来都解决了。许妍问，你也接受采访吗，挺着个大肚子,不觉得丢人吗?乔琳垂着眼睛,抓起浸在血水里的羊肉扑通扑通扔进锅里。

过了一会儿,乔琳小声问,你在电视台,能找到什么熟人帮着说句话吗?许妍说,我连我们频道的人都认不全,台里最近在裁员,没准明天我就失业了。她看着乔琳,是爸妈让你来的吧?乔琳摇了摇头,我真的只想来看看你。

许妍没说话。越过乔琳的肩膀,她又看到了过去很多年追赶着她的那个噩梦。上访,讨说法。爸爸那双昆虫标本般风干的眼睛,还有妈妈磨得越来越尖的嗓子。当然,许妍没资格嫌弃他们,因为她才是他们的噩梦。

她爸爸乔建斌本来是个中学老师,因为超生被单位开除了。他觉得很冤,老婆王亚珍是上环后意外怀孕,有风湿性心脏病,好几家医院都不敢动手术,推来推去推到七个月,才被中心医院接收。他们去找计生委,希望能恢复乔建斌的工作。计生委说,只要孩子活下来,超生的事实就成立。孩子是活了,可那不是他们让她活的啊。夫妻俩开始上访,找了各种人,送了不少礼,到头来什么也没要到。

乔建斌的精神状况越来越糟,喝了酒就砸东西,还总是伤到自己,必须得有人看着才行。虽然他嚷着回去上班,可是谁都看得出来,他已经是个废人了。王亚珍的父母都是老中医,自己也懂一点医术,就找了个铺面开了间诊所。那是个低矮的二层楼,她在楼下看病,全家人住在楼上,这样她能随时看着乔建斌。乔琳是在那幢房子里长大的。许妍则一直跟着姥姥住。在她心里,乔琳和爸妈是一个完整的家庭,而她是多余的。乔建斌看见她,眼睛里就会有种悲凉的东西。她是他用工作换来的,不仅仅是工作,她毁了他的一切。王亚珍的脸色也不好看,总是有很多怨气,她除了养家,还要忍受奶奶的刁难。奶奶觉得要不是她有心脏病,没法顺利流产,也不会变成这样。每次她来,都会跟王亚珍吵起来。她走了以后,王亚珍又和乔建斌吵。这个家所有人都在互相怨恨。没有人怨乔琳。她是合情合理的存在,而且总在化解其他人之间的恩怨。那些年她做的最多的事,就是劝架和安抚。她在爸妈面前夸许妍聪明懂事,又在许妍这里说爸妈多么惦记她。她一直希望许妍能搬回来住。可是上初中那年,许妍和乔建斌大吵了一架,从此再也没有踏进过家门。

许妍骑着她那辆凤凰牌自行车经过诊所门前的石板路。乔琳从二楼的窗户探出头来,朝她招手。快点蹬,要迟到了,乔琳笑着说。许妍读初中,她读高中,高中离家比较近,所以她总是等看到了许妍才出发。有时候,她会在门口等她,塞给她一个洗干净的苹果。

许妍的手机响了。是沈皓明,他正和几个朋友吃饭,让她一会儿赶过去。许妍挂了电话。面前的火锅沸腾了,羊肉在红汤里翻滚,油星溅在乔琳的手背上。但她毫无知觉，专心地摆弄着碟子里的蘑菇，把它们从一边运到另一边，一片一片挨着摆好。她耐心地调整着位置，让它们不要压到彼此。然后她放下筷子，又露出那种空空的微笑，说刚才是你男朋友吗？许妍嗯了一声。乔琳说，你还没跟我说过呢。你什么都不跟我说，从小就这样。他是干什么的？许妍说，公司上班的白领。乔琳又问，对你好吗？许妍说，还行吧，你到底还吃不吃？乔琳说，有个人让你惦记着，那种感觉很好吧？

餐厅外面是个热闹的商场。卖冰淇淋的柜台前围着几个高中女生。许妍问，想吃吗？乔琳摸了摸肚子，好像在询问意见。她趴在冰柜前，逐个看着那些冰淇淋桶。覆盆子是种水果吗，她问，你说我要覆盆子的好，还是坚果的好呢？那就都要，许妍说。我不要纸杯，我想要蛋筒，乔琳笑着告诉柜台里的女孩。

那是九月的一个早晨，许妍升入高中的第一天。乔琳撑着伞，站在校门口。见到她就笑着走上来，你怎么不把雨衣的帽子戴上，头发都湿了。她伸出手，撩了一下许妍前额的头发说，真好，咱们在一个学校了，以后每天都能见到。放学以后别走，我带你去吃冰淇淋，香芋味的。

路过童装店，乔琳的脚步慢下来。许妍顺着她的目光望过去，亮晶晶的橱窗里，悬挂着一件白色连衣裙。发光的塔夫绸，胸前有很多刺绣的蓝粉色小花，镶嵌着珍珠，裙摆捏着细小的荷叶边。乔琳把脸贴在玻璃上，说小姑娘的衣服真好看啊。许妍问，你希望是男孩还是女孩？男孩吧，乔琳说，如果是男孩，说不定林涛家里能改变主意。许妍问，他后来又跟你联系过吗？乔琳摇了摇头。

汽车驶出地下车库。商业街灯火通明，橱窗里挂着红色圣诞袜和花花绿绿的礼物盒。街边的树上缠了很多冰蓝色的串灯。广告灯箱里的男明星在微笑，露出白晃晃的牙齿。乔琳指着他问，你觉得他长得像于一鸣吗？许妍问，你这次来联系他了吗？乔琳说，我没有他的手机号码了。许妍沉默了一会儿，说快到了，我给你订了个酒店，离我家不远。乔琳点点头，双手抓着肚子上的安全带。

于一鸣走过来，坐在了她和乔琳的对面。他T恤外面的衬衫敞着，兜进来很多雨的气味。空气湿漉漉的，外面的天快黑了。于一鸣抹了一把脸上的水，冲她们笑了。他的下巴上有个好看的小窝。

到了酒店门口，乔琳忽然不肯下车。她小心翼翼地蜷缩起身体，好像生怕会把车里的东西弄脏。许妍问，到底怎么了？乔琳用很小的声音说，别让我一个人睡旅馆好吗，我想跟你一起睡……她抬起发红的眼睛，说求你了，好吗？

车子开回到大路上。乔琳仍旧蜷缩着身体，不时转过头来看看许妍。她小声问，旅馆的房间还能退吗，他们会罚钱吗？许妍说，我只是觉得住旅馆挺舒服的，早上还有早餐。乔琳说，我知道，我知道，对不起。

车窗起雾了，乔琳用手抹了几下，望着外面的霓虹灯，用很小的声音念出广告牌上的字。直到车子开上高架桥，周围黑了下去。她靠在座椅上，拍了拍肚子，说小家伙，以后你到北京来找姨妈好不好？许妍没有说话，她望着前方，挡风玻璃上也起雾了，被近光灯照亮的一小段路，苍白而昏暗。

乔琳盯着于一鸣，说你的发型真难看。于一鸣说，我知道你剪得好，可我回去两个月不能不剪头啊。乔琳揽了一下许妍说，来，认识一下，这是我妹妹，亲妹妹。于一鸣对乔琳说，走吧，该回去上晚自习了。乔琳说，你先去，我跟我妹妹坐一会儿，好久没见她了。于一鸣说，咱俩也好久没见了，说好去济南找我也没有去。乔琳笑了，明年暑假吧，我跟我妹妹一起去。于一鸣走了。许妍说，别跟人说我是你妹妹行吗，非得让所有人都知道家里超生的事吗？乔琳垂下眼睛，说知道了。许妍问，你们在谈恋爱？乔琳说没有。许妍说，别骗我了。乔琳说，真的，他来泰安借读，高考完了就走了。许妍，你也可以走啊。

乔琳笑了一下，没说话。

二

许妍找到一个空车位，停下了车。刚下来，一辆车横在她们面前，车上走下一个戴着黑框眼镜的男人。他说，又是你，你又停在我的车位上了。许妍认出他就住在自己对门，好像姓汤。有一次他的快递送到了她家，里面是一盒迷你乐高玩具。她晚上送过去，他开门的时候眼睛很红。她瞄了一眼电视，正在放《甜蜜蜜》。张曼玉坐在黎明的后车座上。

许妍说，我不知道这个车位是你的，上面没挂牌子。她要把车开走，男人摆了摆手，说算了，还是我开走吧。他钻进车里发动引擎。

乔琳笑着说，他一定看我是孕妇吧。现在我到哪里都不用排队，一上公交车就有人让座，等孩子生下来，我都不习惯了。

许妍打开公寓的门。她的确没打算把乔琳带回家。房子很大，装修也非常奢侈，就算对北京缺乏了解，恐怕也猜得出这里的租金一般人很难负担。但是乔琳没有露出惊讶，也没有发表评论。她站在客厅中间，低着头眯起眼睛，好像在适应头顶那盏水晶吊灯发出的亮光。

过了一会儿，她回过神来，问许妍，你主持的节目几点播？许妍说，播完了，没什么可看的。乔琳问，有人在街上认出你，让你给他们签名吗？许妍说，一个做菜的节目，谁记得主持人长什么样啊。她找了一件新浴袍，领乔琳来到浴室。乔琳指着巨大的圆形浴缸问，我能试一下吗？许妍说，孕妇不能泡澡。乔琳说，好吧，真想到水里待一会儿啊。她伸起胳膊脱毛衣，露出半张脸笑着说，能把你的节目拷到光盘里，让我带回去吗？放心，不告诉爸妈，我自己偷偷看。

乔琳的毛衣里是一件深蓝色的秋衣，勒出凸起的肚子。圆得简直不可思议。她变了形的身体，那条被生命撑开的曲线，蕴藏着某种神秘的美感。许妍感觉心被什么东西蜇了一下。

电话响了。沈皓明让她快点过去。听说她要出门，乔琳的眼神中流露出恐惧。许妍向她保证一会儿就回来，然后拿起外套出了门。

许妍睁开眼睛，看到自己躺在病房里。墙是白的，桌子是白的，桌上的缸子也是白的。乔琳坐在床边，用一种忧伤的目光看着她。许妍坐起来，问乔琳，告诉我吧，我到底怎么了。乔琳垂下眼睛，说你子宫里长了个瘤子，要动手术。子宫？许妍把手放在肚子上，这个器官在哪里，她从来没有感觉到它的存在。乔琳说，你才十七岁，不该生这个病，医生说是激素的问题，可能和出生时他们给你打的毒针有关。

……医生站在床前，说手术很顺利，但瘤子可能还会长，以后可以考虑割掉子宫，等生完孩子。但你怀孕比较困难。他没说完全不可能，但是许妍知道他就是那个意思。

医生走了，病房里很安静。许妍望着窗外的一棵长歪了的树，岔出去的旁枝被锯掉了。乔琳说，我知道我说什么都没用，可是我以后真的不想生孩子。不知道为什么，想想就觉得可怕。

许妍赶到餐厅的时候，沈皓明已经有点喝多了，正和两个朋友讨论该换什么车。上个月，他开着花重金改装的牧马人去北戴河，半路上轮轴断了，现在虽然修好了，可他表示再也无法信任它了。

他们有个自驾游的车队，每次都是一起出去，十几辆车，浩浩荡荡。许妍跟他们去过一次内蒙，每天晚上大家都喝得烂醉，在草地上留下一堆五颜六色的垃圾。有一天晚上，许妍和沈皓明没有喝醉，坐在山坡上说了一夜的话。他们两个就是这么认识的。许妍跟所有的人都不熟，是另外一个女孩带她去的，那个女孩跟她也不熟，邀请她或许只是因为车上多一个空座位。到了第五天，许妍坐到了沈皓明的那辆车上，他们一直讲话，后来开错路掉了队。两个人用后备厢里仅剩的烟熏火腿和几根蜡烛，在草原上度过了一个难忘的夜晚。

回北京那天，许妍有些低落，沈皓明把她送回家，她看着车子开走，觉得他不会再联系她了。她知道他是那种有钱人家的孩子，周围有很多漂亮女孩，只是因为旅途寂寞，才会和她在一起。也许是玩得太累了，第二天她发烧了。她躺在床上，觉得自己像一根就要烧断的保险丝，快把床单点着了。她感到一种强烈而不切实际的渴望。帮帮我，在黑暗中她对着天花板说。每次她特别难受的时候，就会这么说。

傍晚她收到了沈皓明的短信，问她要不要一起吃晚饭。她摇摇晃晃地从床上爬起来，化了个妆出门了。那不是一个两人晚餐，还有很多沈皓明的朋友。她烧得迷迷糊糊的，依然微笑着坐在沈皓明的旁边。聚会持续到十二点。回去的路上，她的身体一直发抖。沈皓明摸了摸她的额头，怪她怎么不早说，然后掉头开向医院。在急诊室外面的走廊里，他攥着她的手说，你让我心疼。她笑着说，大家都挺高兴的，这是个高兴的晚上，不是吗？

那个夏天，沈皓明时常带她参加派对。那些派对在郊外的大房子里举行，总有穿着短裙的女孩带着她的外籍男友。直到夏天快过完，她才确定自己成了沈皓明的女朋友。那时她已经学会了自己卷头发，并且添置了好几条短裙。到了九月末，她和几个从前要好的朋友坐在路边的烧烤摊，意识到自己以后也许不会再见他们了。来北京八年，一直在认识新朋友，进入新圈子，那种不断上升、进化的感觉，给她带来一些满足。

你想去莫斯科吗，沈皓明扭过头来看着她，春天的时候咱们开车去莫斯科吧？好啊，许妍说。她想到旷野上的星星，以及那些因为喝醉而感觉自由一点的夜晚。

饭局散了，许妍开车把沈皓明送回他爸妈家。当初租房子的时候，他是准备跟她一起住的。后来觉得上班太远，多数时候就还是住在他爸妈家。那边有好几个保姆伺候，饭菜又可心。他爸妈也不希望他搬出来，好像那样就等于认可了他和许妍的关系。

你表姐安顿好了？沈皓明忽然问，明天我妈让你来家里吃饭，喊她一起吧。许妍说，不用，她自己有安排。沈皓明说，后天律师所没事，我可以陪你带她转转，买买东西。许妍说好。

回到家已经是凌晨一点。乔琳还没睡，正靠在床上看电视。她好像在哭，抹了抹脸，对许妍笑了一下，说你看过这个节目吗，把一个城里的孩子和一个农村的孩子对调，让他俩在对方的家里住几天。结果那个农村孩子把城里的"爸妈"给她买早点的钱都攒下来，想给农村的奶奶买副新拐杖。许妍说，都是假的，节目组安排好的。乔琳说，怎么会呢，那个农村孩子哭得多伤心啊。

许妍换上睡衣，在床边坐下，说你怎么会失眠呢，孕妇不是应该贪睡吗？乔琳说，我每天睁着眼睛到天亮，看什么都是重影的，好像那些东西的魂全跑出来了。许妍问，去医院看过吗？乔琳回答，说是精神压力大，可他们不让吃安定。许妍沉默了一会儿，问你后悔吗，把孩子留下来？乔琳笑着说，怎么会呢，我把衣服都买好啦，白色的，男女都能用。

半年前乔琳打来电话，说自己怀孕了。男的叫林涛，比乔琳小两岁。和她在同一家商场当售货员。他父母一直告诫他，不能跟乔琳谈恋爱，沾上她爸妈，一辈子都别想安生。得知乔琳怀孕，他吓坏了，休假躲了起来。乔琳厚着脸皮找到他们家，林涛的母亲给了一些钱，让她把孩子打掉。乔琳爸妈说，怎么能打掉，就去林家闹，还跑到商场去找乔琳的领导。乔琳把工作辞了，跟她爸妈说，你们要是再闹，我就死在你们面前。

那段时间，乔琳常常给许妍打电话。她在那边问，为什么我的生活里总是有那么多的纠纷呢？

十月的一个早晨，两个女生在学校门口拦住了她，说你就是乔琳的小跟班吗，最好离那个狐狸精远点，别沾得自己一身骚。许妍不算意外。她已经发现乔琳在学校里非常有名，追她的男生很多，背后说闲话的也很多。

放学后她和乔琳碰面，没有提起这件事。走到大门口，那两个女生又来了。她们低着头，哭丧着脸说，我们说错话了，对不起，你千万别放在心上。乔琳皱着眉头，一言不发。

她们又去了冷饮店。于一鸣很快也来了。乔琳瞪着他，你的眼线挺多啊。于一鸣说，怎么了？乔琳说，别装傻，你让王滨去吓唬李菁菁了？于一鸣说，太嚣张了，不给她们点颜色看看怎么行。乔琳说，你要是真拿王滨当哥们，就别让他干这种事。他身上背着两个处分，再有一回就得开除。于一鸣说，我绝不允许她们这么败坏你。乔琳笑了笑，我才不在乎呢。

许妍对乔琳说，如果我是你，大概会把孩子打掉。乔琳显得很惊恐，说怎么可能，它是个生命啊。许妍说，这个世界上有很多错误的生命，生下来只会受苦。乔琳说，别说了，我绝对不能那么做。

许妍很清楚，乔琳不能那么做是因为爸妈。他们最初是反对计划生育，后来变成连堕胎也反对。特别是王亚珍，成了这方面的斗士。她经常守在医院门口，拦截去做流产的女人，讲各种怨灵的故事，还去吓唬医生和护士，让他们放下手术刀到寺庙里超度。有那么几个女人听了她们的话，没做流产，生下孩子以后拍的满月照片，被王亚珍扩印得很大,拿在手里到处宣传。她还爱讲自己的故事:我的小女儿,当时被他们逼着流掉,又打激素又打毒针,我有心脏病,差点死在手术台上。可孩子不是照样健健康康地活下来了吗?你们现在什么困难都没有,有什么理由不要孩子?她以后一定也会把乔琳当成单亲妈妈的典范。至于乔琳该如何抚养那个孩子,她根本不去想。这几年一直都是乔琳在养家,现在她还没了工作。

她们的不幸,最终都会变成爸妈上访的资本。就像许妍子宫里生瘤,也被他们到处宣扬,无非是为了多要一笔赔偿金。许妍心里的愤怒,如同休眠的火山,这时又燃烧起来。所以或许并不完全是为了乔琳,更多的是想反抗爸妈的意志,给他们沉重一击——她又给乔琳打了电话。乔琳有点受宠若惊,说你从没给我打过电话。许妍说,你最好再考虑一下,留下这个孩子,一生可能都完了。乔琳说,可它是活的啊,在我身体里动,真的很奇妙,那种感觉你不会懂的……许妍冷笑了一声,是啊,那种感觉我不会懂的。以后你的事我也不会再管了。

乔琳没有再打来电话。许妍偶尔想起来,会在心里算算月份,想一想孩子还有多久出生。

乔琳坐在操场的看台上,咬着一根棒冰,嘴上都是鲜艳的色素。许妍走过去,说你躲到这儿有用吗?乔琳不说话。许妍问,你是不是特别喜欢看男生为了你打架?既然你不想跟他们谈恋爱,为什么还要对他们好,让他们围着你团团转呢?乔琳说,可能害怕孤独吧,她抬起头,咧开橘色的嘴唇笑了,你是不是很讨厌我这样的女孩?

许妍在床上躺下,伸手关掉了台灯。但黑暗不够黑,窗帘的缝隙间夹着一道颤巍巍的光。她正犹豫是否要去消灭那簇光,乔琳的手穿过阻隔在中间的被子,找到了她的手。她说,你还记得吗,从前姥姥生病我把你领回家,咱俩挤在我那张小床上。许妍说,那是很小的时候,上了初中我就没再去过。

乔琳握紧了她的手,说我知道上回我说错话了,一直想给你打电话,可是真怕你再劝我把孩子打掉……许妍说,承认吧,你现在后悔了。乔琳说,没有,我想通了,不管我给这个孩子什么,给多给少,他都是奔着他自己的命去的。你小时候受了不少苦,现在不是也过得挺好吗?许妍问,你自己呢,你是奔着什么命去的,干吗非要背那么重的担子呢?乔琳在黑暗中笑了一声,我爱逞能,老觉得没我不行,其实我有什么用啊?她捏了捏许妍的手心,上访的事我早都不抱希望了,就是跟林涛呕一口气。当时他说,你家里要真是讨到了说法,再也不闹了,我就娶你。其实怎么可能啊,人家肯定早交了新女朋友。

许妍翻了个身,闭上眼睛。她感受着乔琳滞重的呼吸。如同一艘快要沉没的船。

一个显而易见的却一直被她忽略的事实是，她的姐姐过得很糟，而且也许再也不会好了。她能帮她做什么吗？

她能。沈皓明自己就是律师，而且热心，爱帮朋友。他爸爸又有很多政府关系。

她不能。她根本无法开口。从一开始她就隐瞒了家里的事，说爸爸走了，妈妈死了，她是跟着姥姥长大的。这不是撒谎，她对自己说，只是出于自保。谁能接受一对不停闹事，总是被保安驱逐和扭走的父母呢？不过，既然她一直说乔琳是她的表姐——是不是可以让他们帮一帮这个表姐呢？但是也有风险，她爸妈曾在采访里提到过小女儿的名字，还说她现在在北京生活。一旦那些资料被翻出来，她的身份就掩饰不住了。

许妍勉强睡了几个小时，天快亮的时候醒了。她感觉到乔琳在耳边呼吸，嘴巴里的热气涌到她的脸上。她睁开眼睛，乔琳在曦光中望着自己。她一时想不起来从前什么时候，她也是这样望着自己，用那双圆圆的大眼睛，好像明白了什么重要的事要告诉她。但是她并没有开口。

你看我也是重影的吗？许妍问。

乔琳说，不，我看你看得很清楚。

于一鸣站在她的教室门口。他说乔琳三天没来上课了。许妍说，我爸把腿摔断了，她得照顾他。于一鸣说，我知道，快考试了，这样下去不行。你带我去找她。

外面下着雪，马路结冰了。他们推着自行车往前走。风很大，雪乱糟糟地降下来，天空像个马蜂窝。于一鸣的头发又长长了，他的脸很白，下巴上有个好看的小窝。他神情凝重地说，帮我劝劝乔琳，让她好好复习，跟我一块儿考到北京。许妍说，她不想走。于一鸣说，她在这里没有出路。许妍问，北京什么样？于一鸣说，北京的马路特别宽，到处都是商店，还有很多咖啡馆。你好好学习，两年以后也考过去。许妍问，我？于一鸣说，是啊，我们在北京等你。

许妍怔怔地看着他。他口中呼出的白气在空中上升，然后散开了。

三

第二天，许妍录节目到下午五点，然后匆匆忙忙赶去买甜点。那家蛋糕店是从巴黎开过来的，最近上了不少时尚杂志。她每次都为带什么礼物去沈皓明家而伤脑筋。

小巧的纸杯蛋糕陈列在玻璃柜里，上面镶着翻糖做的高跟鞋和花环，像是一件件奢华的珠宝。价格当然也贵得离谱，她最终决定买四个。这时乔琳打来电话，问她什么时候回来。许妍说，冰箱上不是有外卖单吗，你先叫东西吃啊。乔琳说，我不饿，你家门怎么锁，我在屋子里喘不上气，想出去走走。许妍把门锁的密码告诉她。她重复了一遍，说要是我等会儿忘了，能再给你打电话吗？

挂了电话，许妍扫视了一圈玻璃柜，目光落在一个有跳舞小人的纸杯蛋糕上。小人单脚支地，抬起双臂，好像正准备起跳，飞离地面。我要这个，她跟柜台里的女孩说。

许妍听到乔琳在身后喊自己。她追上来，把手里的布袋递给许妍，说裙子我帮你借好了，领子有点大，你别两个别针就行了。许妍说，我真的不想主持了。乔琳说，你要是不主持，我就也不跳舞了。晚会咱俩都不参加了。许妍问，干吗要费那么大力气帮我争取呢？乔琳笑了，大乔小乔要一起出风头才好，当时在学校已经有很多人知道她们是姐妹，并且叫她们大乔小乔。

保姆开了门，要帮许妍拿东西。许妍捧着蛋糕盒说，我自己拿到客厅吧。三个女人坐在客厅的沙发上喝香槟。其中一个短发女人笑盈盈地看着她，对另外两个说，皓明就喜欢这种瘦瘦高高的女孩。旁边披着披肩的女人说，现在的男孩都喜欢这种身材。

一个八九岁的男孩跑出来，是沈皓明的弟弟沈皓辰。他手里牵了一只短腿腊肠狗。那只狗穿着蓝色羽绒坎肩，背后有个帽子，跑快一点帽子就扣过来，盖住了它的脸。沈皓辰把狗拽到沙发边，向大家介绍，它叫贝利，有点感冒了。挑高细眉的女人问，你上次那条狗呢？沈皓辰说，送走了，妈妈嫌它老翻垃圾桶。短发女人说，你妈一开始可是爱它爱得不行啊。男孩耸耸肩，我妈妈是个很难捉摸的女人。三个女人笑起来。披着披肩的女人说，皓辰，过来，让阿姨抱抱。男孩勉为其难地向前走了两步，把头转向一边，阿姨，我也感冒了。披着披肩的女人摸了摸他的后脑勺，都那么大了，真是有苗不愁长啊。挑高眉毛的女人放下香槟杯说，后悔了吧，当时都劝你跟于岚一起去，还可以做个双胞胎。

谁在说我坏话呢，我可是听到了，一个矮胖的女人走进来，穿着深蓝色香云纱裙子，腰部有一朵白色荷花，是沈皓明的妈妈于岚。你儿子，短发女人说，他说你是个很难捉摸的女人。于岚笑起来，对男孩说，宝贝，你昨天不是还说我不用开口，你都知道我要说什么吗？男孩说，我知道你要说什么，但我不知道你在想什么。挑高细眉的女人说，你儿子是个哲学家。

男孩抬起头问于岚，我能让许妍姐姐陪我去玩吗？于岚说，好啊。她笑吟吟地朝许妍走过来，说我都没看到你来了。许妍微笑着说，我买了甜点，饭后可以吃。太好了，于岚说，那我就不让大李再去买了。许妍在心里飞快地算了一下，四块蛋糕，自己不吃，刚好她们四个女人一人一块。

她跟着沈皓辰来到后院。那里有几簇假山和一个凉亭，前面是一小片结冰的水塘。沈皓辰问，你说贝利能在上面滑冰吗？许妍说，不行，它会掉下去。玩点别的吧，我陪你去插乐高。沈皓辰摇摇头，我想陪着贝利，它太孤单了。许妍说，它感冒了，需要休息。沈皓辰说，都是我妈，非让它睡在花房里。许妍问，为什么不让它到屋子里去？沈皓辰说，我妈说我们还不了解它的脾气，要观察一段时间，惠惠姐姐刚来的时候，她也不让她跟我们一起吃饭，说她嘴巴臭，可能有胃病。

许妍通过这个男孩知道了他们家不少事。包括沈皓明刚和她在一起的时候，于岚还给他介绍一个银行行长的女儿。没准他们见了面，她没问过沈皓明。以后恐怕还有律师的女儿，医生的女儿，她显然不是理想的儿媳，不过他们也没公然反对。有一次沈皓辰说，我妈说哥哥带什么女孩回来都没所谓，谈谈恋爱又不是当真的。许妍相信沈皓辰不至于蠢到不知道这些话不该讲给她听，他是故意的，好让她心里难受。他也会把他妈妈讲保姆小惠的话告诉小惠，然后站在门外听小惠在房间里偷偷哭。这是一种什么爱好，许妍不知道，用沈皓明的话来说，他弟弟是个内心阴暗的小孩。

他们相差十八岁，沈皓辰叼着奶嘴的时候，沈皓明已经系着领结跟爸爸去参加慈善晚会了。他对弟弟没太多感情，一开始甚至忘了跟许妍讲。后来有一次随口讲到他，许妍惊讶地问，为什么？什么为什么，沈皓明问。许妍说，为什么能生两个孩子。沈皓明说，哦，我爸妈都入了加拿大籍。其实不入也可以，罚点钱就是了。

沈皓明推门走出来，对许妍说，我到处找你呢。他冲着沈皓辰的屁股拍了两下，别老缠着别人，你就不能自己玩会儿吗？沈皓辰哀求道，我们等会儿出去吃冰激凌吧。沈皓明不理他，拉着许妍走了。

沈皓明的爸爸沈金松和几个男客坐在偏厅的沙发上。沈皓明带着许妍走过去，把她介绍给两个没见过的客人。他爸爸说，皓明，给你李叔叔拿支雪茄来。走出房间，沈皓明咕哝道，他怎么还有脸来。你说谁，许妍问。沈浩明说，那个戴鸭舌帽的男的，做生意把周围的朋友坑了一个遍，大家都不跟他来往了。沈皓明返回偏厅的时候，许妍拉住他，说笑一下。沈皓明皱着眉头，干什么？许妍说，你的怒气都写在脸上，让别的客人看到不好。沈皓明勉强露出一个微笑。许妍也给他一个微笑，进去吧，我去问问你妈妈那边有什么需要帮忙的。

许妍回到大客厅，发现又来了两个女客人。蛋糕不够分了，她有点不安地盯着桌子上的白盒子。开饭了，于岚对她说，我们过去坐下吧。

这种家宴是沈家的传统，每个星期都有一两回。客人彼此相熟，不会感到拘束。许妍环视四周，低声问沈皓明，高叔叔没来？沈皓明说，他开会，晚点来。披着披肩的女人问，皓辰呢？于岚说，让他跟保姆吃，那孩子絮絮叨叨的，大人都没法好好说话了。

戴鸭舌帽的男人挨着女人们坐，一直保持沉默，每当那碟花生米转到面前的时候，他都会夹起一颗。你的古董店还开着吗，旁边的女人问他。没有，他回答，停顿了几秒说，不过我正打算重新开起来。女人问，还在原来的地方吗？啊，对，他说。一个男客人笑了笑，你确定吗，那一带盖了新楼，租金涨了四五倍。所有的人都看向戴鸭舌帽的男人，屋子里一时很静。许妍觉得自己所分担的那份尴尬比其他人更多。她理解那个戴鸭舌帽的男人，他一定很渴望成功，只是运气差了点。

饭吃到一半，高叔叔来了。许妍也弄不清这个高叔叔到底在政府做什么工作，只知道他权力很大，帮人铲了不少事。戴鸭舌帽的男人忽然来了精神，一直看着高叔叔，听他跟周围的人讲话。他们笑起来的时候，他也跟着笑了。

晚饭结束后，大家移到偏厅喝茶。沈金松和高叔叔去了另外一个房间，戴着鸭舌帽的男人也跟了进去。沈皓明对许妍说，他肯定有事要让高叔叔帮忙。许妍问，他会帮吗？沈皓明说，不知道，我们去看电影吧？许妍说，早走了你妈妈会不高兴。沈皓明说，管她呢。许妍笑了一下，你可以不管，我不能不管。她拉着沈皓明来到客厅，女人们正坐在那里聊天。沈皓明听到她们都在谈论衣服和包，就说我还是去男士那边吧。

许妍在于岚旁边坐了一会儿，发现桌上的水果叉不够，就起身去拿。让佩佩把甜酒打开，于岚在她身后说。经过走廊，她看到沈金松他们还在那个房间里，好像在说什么房子的事。

她拿着叉子从厨房出来，听到旁边的房间里传来奇怪的声音。好像是干呕，伴随着细小的嘶叫声。她敲了两下，推开门。是沈皓辰，正仰面躺在地上哭。那间屋子长期闲置，空荡荡的，只有一只书柜立在墙边。她蹲下来，说你可真会挑地方。沈皓辰不理她，闭上眼睛继续哭。许妍问，就因为没陪你去吃冰激凌？沈皓辰抹了把眼泪，说我早就习惯了。许妍问，为什么不叫你的朋友来家里玩呢？沈皓辰说，你要是整天转学，还会有什么朋友吗？他摇了摇头，说这个家里没有一个人真的关心我。许妍说，不要对别人有什么期望，你自己得变得强大起来。沈皓辰撇了一下嘴，我还是个孩子呀。许妍说，孩子怎么了？沈皓辰哀求道，你能让我自己静一会儿吗，我不想回房间，惠惠姐姐像只鹦鹉，一直说个不停。

许妍带上了房间的门。她确实没想过沈皓辰会有什么痛苦。生在这样的家庭，不是应该从梦里笑出声来吗？但是现在看起来，他或许也是一个多余的孩子。他爸妈要他不过是为了装点生活，其实已经没有耐心再陪他长大一遍了。于岚不能放弃太太们的聚会和旅行，沈金松不能放弃打高尔夫和应酬。沈皓辰总是和保姆待在一起。一任又一任保姆。他满意的他妈妈不满意，他妈妈喜欢的他不喜欢。

许妍回到客厅，她的蛋糕盒子打开了，摊在桌上，里面的蛋糕一个也没有动。有两个上面的花蹭在盒子上，变成了一坨红色烂泥，只有立着跳舞小人的那个仍旧完好。小人踮着脚尖，好像正从一堆废墟里往外爬。

戴鸭舌帽的男人出现在门口，咧开嘴冲着于岚笑了笑，说我来跟你说一声，我要走了。于岚点点头，让司机送你一下？男人说，我叫了辆车，司机好像迷路了。于岚说，坐下等一会儿吧。鸭舌帽迟疑了一下，走过来坐在沙发上。许妍把自己那杯没有动的甜酒放到他跟前，对他笑了笑。

快去把你的貂皮大衣拿来！短发女人把手搭在于岚的肩上。还有那个绝版的蜥蜴皮，挑高细眉的女人说。于岚去取了灰蓝色的貂皮大衣，还有几只包。女人们走上前，有的试穿大衣，有的摆弄着包。只有许妍和鸭舌帽坐在沙发上。鸭舌帽探身向前，目光呆滞地盯着茶几上的东西。他忽然伸出手，拿起那个有跳舞小人的纸杯蛋糕，整个塞进了嘴里。

乔琳走到舞台中央，射灯的光不偏不斜地打在她的脸上。她天生知道光在哪里。她趄着步子，荡着纤长的腿，将裙摆转得飞快。每次她双脚离开地面的时候，许妍都感觉到心里一紧。她不知道自己是在担心，还是在希望发生点什么。直到乔琳平安地弯腰谢幕，她才松了一口气，然后忽然难过起来。她想，很多年后，台下的人不会记得是谁主持了这场晚会，但他们一定记得乔琳跳舞的样子。

十点过后，客人陆续离开。许妍帮保姆收酒杯，被沈皓明堵在厨房门口。他搂了一下许妍的腰，眨眨眼睛，说不如今晚你就睡在这里吧？许妍挣脱开，一脸正色地说，跟我说说，你是从多大开始，留女生在家过夜的？沈皓明耸耸眉毛，十七？你爸妈也答应吗，许妍问。沈皓明笑着说，他们到我房间来了好几次，我估计是想看看有没有准备避孕套。你准备了吗？许妍问。沈皓明收住笑容，神情变得凝重，我想向你坦白一件事……其实我有一个……年轻时候总会犯些错误对吧……他低下头，双手捂住脸。许妍想把他的手拉开，他拼命躲闪，直到迸发出笑声，他一边笑一边摆手，我实在是憋不住了……许妍推了他一下，自己还觉得演得挺像是吧？沈皓明笑着问，要是我真从外面领回来个孩子，你帮我养吗？许妍说，那得看长得好不好看了。沈皓明说，好看，比我还好看。许妍说，养啊，为什么不养，省得自己去生了。沈皓明伸出双手兜住她，不行，你至少还得生两个。许妍望着他，笑了笑。她说，我还是回去吧，表姐一个人在家。沈皓明说，好吧，我明天陪你们，给你们当司机。许妍说，不用，她脾气怪，你在她会不自在。

许妍穿上外套，拢了一下头发，转过身来问，对了，刚才那个人找高叔叔什么事？沈皓明说，前些年他在郊区找了块地盖房子，当时和乡政府签过合约，但是不作数，现在地要被收走了……许妍问，这事难办吗？沈皓明说，嗯，不过高叔叔去想办法了。许妍说，所以还是会帮他？沈皓明说，不然呢，他住哪里呢？

回去的路上，许妍在心里掂量，是鸭舌帽拆房子的事难办，还是她爸妈的事难办。他既然连那个名声不好的人都愿意帮，是不是也意味着他可以帮她呢？不，不是她，是她的表姐乔琳。再找机会吧，她想，应该多和高叔叔见几面，让他觉得自己是沈家的一员。

许妍回到公寓，发现乔琳坐在楼下大堂的沙发上。她抬起头，抱歉地冲许妍笑了一下，我把密码忘了，你的手机关机。许妍问她坐了多久。她说没多久，我一直在院子里转悠，把开着的小商店都逛了一遍。这里真好，人都很和气，还借给我厕所用。

许妍看着她，乔琳，你能别把自己弄得那么惨兮兮的吗？

乔琳从三轮车上跳下来，笑着对她说，我把写字台给你拉来了，反正我以后再也不用学习啦。许妍打量着那张写字台，桌腿上的贴画已经斑驳，她还记得贴画刚贴上去的时候，上面那张明艳的赵雅芝的脸。她确实觊觎这张书桌很久。姥姥在窗台上搭了块木板，她一直在那上面写作业。

许妍问，成绩出来了？乔琳吐了吐舌头，连那个破烂煤炭学院也没考上。她们把写字台搬下来，乔琳拍了拍手上的灰，说我已经找到工作啦，明天就去华联商场上班，以后你买"美宝莲"都是员工价。她的手指上涂着藕粉色的指甲油，穿着低腰牛仔裤，长头发在胸前甩来甩去。她身上的美丽还在增加，但她好像并不把自己的美丽当回事。那股潇洒的劲特别令男孩着迷。

四

第二天，十点不到她们就出门了。往常的周末，许妍会和沈皓明在床上赖到十一点，然后去吃个早午餐。但是这一天，天刚亮许妍就醒了。失眠大概传染，她就没见乔琳闭过眼睛。但是乔琳坚持说自己睡了一会儿，还做了梦，梦见自己生了个罐子人。罐子人？许妍皱起眉头。对，乔琳说，就是那种马戏团里的小孩，养在罐子里，手脚都萎缩了，只有头特别大。她打了个激灵，跳下床，说我去做早饭了。

厨房里传出葱油的香味。乔琳用平底锅烙了两个葱花饼。这是小时候最熟悉的食物，许妍来北京以后就没有再吃过。要不是再闻到这股味，她已经忘记世界上还有这种食物了。

许妍想带乔琳先去景山，那附近有一段红墙她很喜欢。街上的车不多，她们静静听着广播里的歌。乔琳抿着嘴唇，似乎很悲伤。许妍说，别想了，那只是个梦。乔琳点点头，知道，我知道。没事的，我在等汪律师的电话，他说今天会打给我的。许妍觉得乔琳在把某种压力传递给自己，这令她感到很烦躁。

车子剧烈地震了一下，许妍回过神来，猛踩刹车，可是已经撞上了前面的车。乔琳拱起身体，护住了肚子。前车的女人对着许妍一通抱怨，然后给交警打了电话。交警来了，许妍把车上翻遍了，也没找到行驶证，只好给沈皓明打电话。过了几分钟，沈皓明拨过来，说在家里找到了，上次司机修车取出来，忘记放回去了。沈皓明说，我给你送过去，你在哪里？许妍沉默了几秒钟，说出了自己的位置。

她回到车里。乔琳头靠着车座，双手还放在肚子上。许妍说，我男朋友正赶过来，我跟他说你是我表姐，你不要提爸妈的事。乔琳点点头，知道，我知道。许妍还想交代几句，见她闭上了眼睛，就没有再说。

沈皓明到了，处理完事故，他坐上驾驶座，侧过头来冲乔琳笑了笑，表姐，我开车可稳了，你安心睡会儿吧。

已经过了十一点，沈皓明提议先去吃午饭。他把车开到附近的购物中心。三楼有家粤菜馆，于岚常约人在那吃早茶。沈皓明把菜单交给乔琳，让她看看想吃什么。乔琳看了一下，又把它递给许妍。许妍低头翻菜单，总觉得乔琳在看自己。一屉虾饺上百块，显然不是白领能负担的。乔琳大概早就把她识破了，借来的车，租的房子，一切都充满破绽。她抬起头来的时候，乔琳微笑着说，我吃什么都可以，辣一点就行。

我就知道许妍得撞，沈皓明说，不撞个两三回哪算真会开车？可是车上坐着你，不能有半点马虎。我早就跟她说今天我来给你们当司机……乔琳笑了笑，已经很麻烦你了。沈皓明说，她以前不也常麻烦你吗，她说上高中的时候你很照顾她，给她买雨衣，陪她打吊针……乔琳淡淡地说，那不算什么。沈皓明说，有时候表亲反倒更亲，我和我表姐的感情就比跟我弟好……乔琳问，你有个弟弟？沈皓明说，对啊，一个爱哭鬼，烦死人了。乔琳说，怎么能生第二个孩子呢？沈皓明笑了，你怎么跟许妍问得一模一样，我爸妈拿了加拿大护照。乔琳喃喃地说，哦，外国人……沈皓明说，以后我跟许妍至少生三个，你的小孩不愁没人玩。乔琳点点头，好啊。许妍埋头吃着刚上来的石斑鱼。生三个？她似乎听到乔琳在心里暗笑。

乔琳的手机响了。许妍很怕她会在沈皓明面前接起电话，但她站起来，离开了桌子。许妍对沈皓明说，下午你不用陪了，我就带她在后海逛逛。沈皓明说，我跟任国栋吃晚饭，上次他女儿百天不是没去吗，没事，五点出发就行。

乔琳回来了，脸色凝重，失神地盯着面前的盘子。她不吃，许妍也不劝。直到听到沈皓明说，那我们走吧，她站起来，驱着腿往外走。沈皓明喊住她，把落在椅背上的羽绒服交给她。

乔琳跟在他们后面，双手抓着她的羽绒服。里子朝外，破了个洞，钻出一簇绒絮。许妍简直怀疑她是故意的，想要他们给她买件新大衣。沈皓明说，我是不是应该给任国栋的女儿买点东西？买什么呢？他们绕着商场走了半圈，沈皓明忽然停住脚步，指着橱窗说，就买这个吧。小小的白色纱裙被云彩簇拥着，跟上回许妍和乔琳看到的那件一模一样。应该是连锁店铺，橱窗布置得也一模一样。沈皓明问乔琳，知道你的宝宝是男孩还是女孩吗？乔琳摇摇头。沈皓明说没事，转身进了那家商店。

乔琳立即告诉许妍，汪律师说他接不了这个案子。她咬了咬嘴唇，又说，他去开会了，我等会儿再打个电话求求他。许妍说，别这样，乔琳，你以前不这样。乔琳眼泪涌出来，说我真没用，什么事也办不成。沈皓明拎着纸袋走出来，把其中一只递给乔琳，说我买了个礼盒，里面什么都有，白色的，男女都能穿。乔琳把头扭到一边，抹着脸上的眼泪。沈皓明尴尬地拿着纸袋。过了一会儿，乔琳才回过头来，挤出一个微笑，说谢谢，真的谢谢你。

他们到后海的时候，天已经很阴。空气中零星飘着一点凉丝丝的小雪。河面结着厚实的冰，是青灰色的。沈皓明说，出来走走心情是不是好点了？乔琳点点头，说谢谢你们。许妍转过脸，朝河的方向看去。河中央有一艘鸭子形状的船，冻住了，船身倾斜，鸭头望着天空。

乔琳说，我们那里也有一条河，叫奈河，比这个还宽。

沈皓明说，我以为你们那里都是山呢，我还跟许妍说什么时候去爬一次泰山。乔琳说，小时候有一回，我和许妍亲眼看到一个放风筝的小孩掉到水里，淹死了。他妈妈在岸上大哭，围了很多人。许妍说，我不记得了。乔琳说，你站在那里，我怎么拽都不肯走。一直等到人都散了，你用竹竿把那个孩子的风筝挑下来，拿着回家了。沈皓明问，那个小孩是她朋友吗？她想要那个风筝作纪念？乔琳笑了笑，她就是想要那个风筝。许妍盯着乔琳的脸。乔琳没有看她，好像还沉浸在回忆里，说那孩子的妈妈后来每天在岸边哭，抱着经过的人的腿，求他们去救她儿子。再后来岸边的树都砍了，盖起一排楼房。她沉默了一会儿，对沈皓明说，许妍想要什么是不会说的。沈皓明说，对，她什么都憋在心里不说。乔琳说，不要紧，只要你一直在那里，默默支持她就行了。

许妍看着面前的湖。午后的太阳照着水面，淬起一片金光。于一鸣放下桨，让他们的船在水上漂。乔琳忽然开口说，我看见过水怪。有个放风筝的小孩掉到河里，水面上升起一团白烟。那团白烟朝我们这边飘过来，我吓坏了，拉起许妍的手就跑。可她好像定住了似的，站在那里一动不动。我就也没跑，挽住了她的胳膊，心想要是水怪过来，就把我们一块带走吧。乔琳俯身向湖面，撩了几下水说，于一鸣，什么时候教我们游泳吧。

雪越下越大，河显得更灰了，冻住的鸭子船在身后变小，拐了个弯，看不见了。路边有间咖啡馆，他们决定进去坐一会儿。推开门，里面都是人。沈皓明说，嘿，整个后海的人全都躲到这儿来了。许妍付了钱，在等饮料的地方排队。做咖啡的男孩像是新来的，把热牛奶打翻了。沈皓明从背后戳了戳许妍，说你表姐把手机落车上了，我陪她去拿一下。许妍说，等买了咖啡一起去吧。沈皓明说，没事，很近，然后转身走了。

隔着玻璃窗，许妍看到他们朝来的方向走去，乔琳好像在说什么。她烦躁地看着那个做咖啡的男孩，把手中的收据折成小块，又摊开。

乔琳也许是故意的，汪律师不帮她，她就慌了神，觉得沈皓明没准能帮忙，就想跟他说一说。许妍气恨地用力一挣，把收据撕成了两半。

做咖啡的男孩拿过撕碎的收据，仔细辨认着上面写的是什么饮料。你们连基本的培训都没有吗，许妍气呼呼地问。她把咖啡放在桌上，拉开椅子坐下。乔琳会跟沈皓明说什么呢？事情万一败露了，她应该怎么解释呢？她脑袋一片空白，什么说辞也想不出来，只是不断去按手机，看时间的数字变化。

他们终于回来了。乔琳没坐下，她看了许妍一眼，说我再去打个电话。许妍看着沈皓明，想从他的表情里读出一点信息。但他一直在低头看手机。许妍碰碰他的胳膊，拿起桌上的咖啡递给他。他喝了一口，皱起眉头说，真难喝。乔琳回来后，脸色依然凝重，她喝了两口水，捧着杯子发愣。沈皓明看了看外面的雪，对许妍说，你就别开了，我让司机来接你们。

车来了，她们先坐上，沈皓明去取了先前在童装店给乔琳买的东西，让司机放在后备厢。他凑到车窗前对乔琳说，表姐，这两天你要是不走，到我家来玩。乔琳点点头，一直望着沈皓明走过去，钻进车里。他人真好，乔琳对许妍说。

路上她们没有说话。司机拐了个弯去加油。发动机熄灭，广播里的音乐停止了。乔琳望着窗外纷飞的雪说，我明天就回去了。许妍说好。

太阳从头顶移开，风吹着湖面，水的气味升起来。船从午睡中醒了过来，一点点动起来。许妍、乔琳和于一鸣不约而同地向后靠，蜷缩着腿躺下去，仰脸望着天空。也许是在等晚霞出现，但是渐渐地不重要了。许妍合上了眼睛。湖水像一双温暖的手臂环绕着自己。它的脉搏一起一伏，节律微小而有力。船在缓慢地动着，可他们没什么地方要去。不去对岸，也不回去。他们三个好像可以一直那么待着，谁也不会离开。

好像什么都不重要了。许妍松开了眉头。她不再计较他们到底有多么爱彼此。她只是知道她爱他们。那股强烈的感情使她觉得自己并不是多余的。她是他们当中的一员，即便是微不足道，可以被舍弃的，她也不在乎。

她睁开眼睛的时候，晚霞已经来过了。只有几块很小的云彩挂在天边。湖面一片金色，望不到尽头。但只是一瞬间，湖水转眼就开始变灰。当她转过脸去的时候，看到乔琳正望着湖面，似乎已经注视了很久很久，又好像是她的目光使湖面暗了下去。于一鸣还没有睁开眼睛，嘴角带着一丝淡淡的笑意。不要睁开眼睛，许妍在心里这样祝福着他。因为随即他会发现太阳已经落下去，船要往回开了。他们的旅行结束了。

晚饭许妍叫了外卖。乔琳没怎么吃，她说想去床上躺一会儿。许妍吃完看了会儿电视。她到卧室的时候，乔琳正坐在床上发呆。许妍走过去拉窗帘。路灯下，有个穿着羽绒服的男人在遛狗。是对门那个姓汤的邻居，他仰起头看了一会儿月亮，从地上抱起狗，夹在胳膊底下，走进了楼洞。

许妍听到乔琳在身后轻声问，沈皓明能帮上咱们吗？许妍转过身来看着乔琳，说你自己没问他吗，你们两个去拿手机的时候。乔琳摇了摇头，我什么也没跟他说，他问我想不想来北京工作，他可以安排，我说不用。哦，许妍应了一声。乔琳说，他是律师，又认识挺多人的，没准还能托上政府的关系……许妍问，你怎么知道他是律师的？乔琳说，他自己说的，我真的什么都没问。她低下头，看着拱起的肚子，汪律师不接我的电话了，电视台那边也没回信，我实在没有办法了。这事折腾了那么多年，总得有个了结……许妍笑了一声，你为我考虑过吗？你是不是觉得我想要什么就有什么，过得很容易？你想过几天安稳日子，我不想吗？你小时候至少有个完整的家，我有什么？她的眼圈红了，这么多年了，你们就不能放过我吗？乔琳也哭了，对不起，对不起，我不该来打扰你……她仰起脸，吸了几下眼泪说，你没看到爸妈现在什么样子，爸早晨醒了就喝酒，手抖得已经拿不住筷子，妈整天守着电脑，到各种论坛发帖子求助，隔一会儿发一遍，那些人骂她是疯子，把她踢出去，她就重新注册了再发……我真的管不了了，我的身体垮了，在街上晕倒过好几回……她停住了，定定地看着前方，好像要把什么东西看清楚。

桌上的台灯照着乔琳，但她的脸是暗的，腮颊被阴影削去了。许妍望着她，她容貌的改变令她感到惊讶。那些青春时的光彩消失了，这也许是必然的，可它们好像从来没有存在过。没有人可以通过这张脸，想象出她少女时代的模样。许妍仿佛从二楼教室的窗户里看到那个总是微微扬起脸的长腿姑娘正穿过校园，她从那扇大门走出去，然后消失了。她去了哪里？

许妍走到床边，握住乔琳的手。那只手很烫，热量从指缝间汩汩流出来。乔琳的手指很长，这肯定不是许妍第一次注意到这一点，或许在漫长的青春期的某一天，她偷偷打量过这双手，暗暗惊讶于它们的美。但是现在，她第一次意识到，这双手很适合弹钢琴，要是它们能在童年的时候遇到一个钢琴老师的话，他肯定会这么说。要是那时候遇到一个舞蹈老师，可能也会说她适合跳舞。这具承载着苦难的身体，或许同时蕴藏着某种天赋。但是天赋不重要，对有些人来说，一生中没有任何一个时刻，会有人坐下来讨论一下她的天赋。许妍想起大三的时候，她得到了去电视台实习的机会，后来被留下了，那个频道的主任对她说，我并不觉得你很有当主持人的天赋，知道为什么选你吗？因为你身上有股劲，想从人堆里跳起来，够到高处的东西。

许妍握着乔琳的手，坐下来。她感觉自己在靠它取暖。但屋子里很热，地板也是热的，一点都不像十二月。她说，我答应你，我会去问问沈皓明。具体怎么说，我要想一想。我这么做不是为了爸妈，只是为了你，你明白吗？许妍攥了一下她的手说，给我一些时间好吗？乔琳点了点头。

十点过后，沈皓明打来电话。他说你猜怎么着，礼物拿错了，给你表姐的那袋才是给任国栋女儿的裙子。许妍夹着手机打开纸袋，解掉奶油色的缎带。那件缀满珍珠的小礼服折叠着，静静地躺在盒子里。要我现在送过去吗，她问。不用，沈皓明说，反正给你表姐买的礼盒任国栋女儿也能用。我打赌你表姐生女儿，他在电话那边笑起来，我买的裙子肯定能派上用场。

五

从北京回去不到一个月，乔琳就生下了一个女儿。比预产期早了一个多月，但是孩子很健康。她发过来几张照片，小小的一团，手脚却很长。沈皓明看了两眼说，跟你长得有点像。

那个月许妍很忙。台里在筹备一个新节目，过年的时候开播。每天连着录十来个小时，一段话反复说。这期间她去过沈皓明家一次，沈金松没在，只有于岚和几个太太在打麻将。许妍替了几圈，输掉六千块。临走时于岚说，咱们过年再打。许妍想这倒是个讨于岚开心的法子，于是许妍说服沈皓明过年不去苏梅岛，而是留下陪他爸妈。到时没准还能在家宴上遇到高叔叔。

许妍接到电话的时候是傍晚。还有三天就过年了，下午她和沈皓明去买了一堆烟火。回来的路上有点下雨，据说到了后半夜会转成雪，气温降十度。此前一些天北京都很暖和，让人有一种春天来了的错觉。

手机响了，跳动着一个陌生的号码，当时她正站在沈皓明家的花房里，指挥保姆把兰花搬到屋里去。沈皓辰也被喊来帮忙，许妍觉得让他干点体力活有好处，至少没那么多时间胡思乱想。他撇了撇嘴，说这些花可真丑。她双手叉腰看着他，你觉得什么花好看？假花，他回答。她让沈皓辰把面前这一盆搬到客厅，然后接起了电话。

是她妈妈。在那边大声号哭，告诉她乔琳自杀了，晚上一个人出门，跳进了城边的那条河。还在抢救吗，还在抢救吗，她连着问了好几遍。她妈妈说是昨天的事，人已经没了。许妍挂断了电话。

周围一片寂静。她搓了搓手上的泥巴，搬起一盆兰花往外走。

天气湿漉漉的，好像已经下雪了，仿佛有些凉飕飕的东西，带着爪子，紧紧地揪住了她的头皮。她伸出手，想触碰到空中的雪花。砰的一声，花盆跌落在地上。瓷片在地上打转。嗡嗡，嗡嗡。

沈皓辰走过来，看着她脚边的花盆。哈哈，他有点得意地说，假花就不会摔成稀巴烂。走开，她冲着他喊，蹲下把兰花从碎瓷片里捡起来。沈皓辰吓坏了，站在那里没有动。许妍敛起兰花磕了磕土，抱着它们走了。

她把花放在旁边的座位上，驶出了别墅区的大门。窗外是呼啸的大风，雪花如同决绝的蛾，砸在挡风玻璃上。她紧握方向盘，浑身发抖。泪水在眼眶里转悠，她蹙着眉头，盯着前面的路。为什么乔琳要这样做？她感到很愤怒，在北京的最后一个晚上，她不是答应得好好的，回去等着她的消息。她为什么就不能等一等呢？

车子冲下高速，擦着一辆卡车开过去，横冲直撞地拐了几个弯，在一片空旷的停车场停住。她狠狠地砸着方向盘，喇叭发出尖锐的鸣响，她不是说会想办法的吗，为什么不相信她呢？她靠在椅背上，大声哭起来。

手机在旁边座椅上响了好几遍，是沈皓明。她坐在黑暗里，等屏幕最终暗下去的时候,才对着它喃喃地说,我姐姐死了。

她没有回去参加追悼会。

除夕夜下着小雪。她站在院子门口,看沈皓明点着了烟花。她仰起头,望着光焰绽放,坠落。天空又黑了下去。几片雪落在她的脸上。

她给家里打了个电话。她妈妈一直在哭,不停地说,乔琳为什么那么狠心抛下我们?那边传来婴儿的啼哭,还有她爸爸的咒骂声,盆碗掉在地上,发出叮叮咣咣的响声。她妈妈问,你到底什么时候回来啊?这好像是她第一次对许妍表达需要。再过几天吧,她回答。你永远都别回来!她爸爸吼了一声,电话挂断了。

许妍一直没有回泰安。她心里有股怒气无法消退。她觉得乔琳不理解她,不相信她,甚至根本不希望她过得好。她这么做是为了让她永远感到内疚。在很长一段时间里,这股怒气有效地抑制了悲伤,使她可以正常入睡。

四月的一天,她去沈皓明家吃晚饭。那天只有他们自己家的人,吃了巴黎运回来的生蚝和新西兰鳌虾。于岚抱怨生蚝没有上次的新鲜。你下个月不就去巴黎了吗,沈金松拿着遥控器换台,屏幕上出现了一个穿白色西装的女主持人。她看了一眼手中的稿子,抬起头来:

"1988年,在泰安的一家医院里,患有风湿性心脏病的王亚珍生下了第二个女儿。她没有一丝做母亲的喜悦,只是感到很恐慌。在她的身旁,那个只有三斤八两的女婴睁开眼睛,好奇地打量着这个世界。那一刻她是否知道,这个世界等待她的不是温暖的祝福,而是无情的责罚呢?手术室的门外,乔建斌坐在长椅上,一夜没有合过眼。在经历了辗转于计生委和医院之间的几个月后,他已经疲倦不堪。然而他们家的厄运才刚刚开始……"

许妍盯着屏幕,一只手攥着毛衣领口,感觉自己就快要窒息。

这个"聚焦时刻"有时候还能看看,沈金松说。于岚说,有什么可看的,不是钉子户就是超生。妈妈,妈妈,沈皓辰说,你算超生吗?于岚说,宝贝,生了你加拿大政府还给我奖励呢。

"……记者来到乔建斌家。乔建斌被开除以后,全家人就以这家诊所维持生计。现在门口依然挂着'平安'诊所的招牌,但是已经好几年没有来过一个病人了。一楼的诊断床上堆满了各种保健药。有的早已过了保质期,王亚珍就留给家里人吃。她拿起一瓶药给记者看,这个是帮助睡觉的,我大女儿老睡不着,我就让她吃……在过去二十多年里,乔建斌和王亚珍一直通过各种途径寻求帮助,希望单位能恢复乔建斌的工作……"

镜头掠过他们家。角落里的蜘蛛网，桌子上油腻的桌布，泛着黄渍的马桶，最后停在墙上的照片上。那是一张他们全家的合影，可能也是唯一一张。当时许妍大概四五岁，站在最右边，乔琳的手搭在她的肩膀上。

许妍感觉所有人的目光好像都朝这边涌过来。她几乎就要从座位上弹起来，冲出房间了。

随后，主持人讲述了这些年乔建斌家的生活，也讲到那个超生的小女儿，因为早产和用药的原因导致不孕。但她的去向并没有提及。也没有提到乔琳的女儿，只是说乔琳这些年，一直在为这件事奔波，导致恋爱失败，也失掉了工作。两个多月前，有天晚上她像往常一样，哄孩子睡了觉，然后离开家走到河边，跳了下去。

画面切回演播室。女主持人说："就在自杀的前一天，乔琳还给本节目的编导发过一条短信。在短信里，她这样说：'陈老师，我恳求您给我们做一期节目。这不是我们一家人的问题，很多家庭都有类似的遭遇。我相信节目播出以后，一定会引起很大的反响。如果还需要什么材料，您随时找我。给您拜个早年！'"主持人垂下眼帘，停顿了几秒，"我们将这期迟到的节目献给乔琳，希望她能安息。同时，我们也希望热心的律师朋友能跟乔建斌一家联系，帮助他们走出困境。感谢您的收看，我们下期再见……"

沈皓明气呼呼地说，这也太操蛋了。于岚看了他一眼，你想干吗，这种案子又不是你管的。沈皓明说，我可以去问问我同学，说不定有人愿意接。沈金松说，犯不着打官司，这种事找对了人，就是一句话的事。于岚说，有捐款电话吗，直接给他们打过去点钱就是了。

保姆端上水果。电视里已经在播连续剧，但许妍不敢去看屏幕，仿佛先前的画面下一秒就会再跳出来。她缩着肩膀，低头盯着面前的盘子，直到听到沈皓明说，我们走吧，就站了起来，跟随他走出大门。

她抱着自己的包坐进车里，身体一直在发抖。你的外套呢，沈皓明问。她才发现忘记穿了，别回去拿了，她几乎用哀求的语气说。车子停了，她走下来，发觉自己在一个空旷的院子里，周围都是深红色的砖墙。她打了个寒战，问这是哪里？沈皓明说，苏寒有个生日派对，我不是跟你说了吗？

屋子里很吵，拼起来的长桌两边坐满了人。除了苏寒，她一个都不认识。沈皓明挨个介绍，她一直点头，却记不住任何一个名字。这是方蕾，沈皓明指着右边的女孩说，她跟我在英国一个学校，也读法律，算是我学妹。女孩笑了，你没念几天就转走了，也好意思自称是学长？沈皓明说，嘿，学校的校友录可是有我。女孩耸耸眉毛，那是为了让你捐钱好吗？沈皓明笑起来。许妍也跟着笑了一下。笑意在她的脸上一点点消失，泪水突然涌出来。

乔琳拉着她的手往山上走。许妍说，快下雨了，回去吧。乔琳说，你要去北京了，我得给你求个护身符。许妍说，可是摆摊的都回去了啊。乔琳说，再往上走走看嘛。

大雨降下，她们跑进一座庙里。两人抖着身上的雨水，乔琳长头发上的水珠溅在许妍的脸上，她咯咯笑起来。许妍说，严肃点，菩萨会生气的。乔琳收住笑，环视了一圈大殿，低声问，这个庙是求什么的啊？

许妍支起手肘，托住腮悄悄抹去眼泪。沈皓明正在问那个叫方蕾的女孩，你什么时候搬回来的？方蕾耸耸眉毛，你怎么知道我搬回来了呢，我看起来不像是回来度假吗？沈皓明摇了摇头，我才不信你在英国待得下去呢。

她们并排站在大殿中央。菩萨的脖子伸进黑暗里，看不见脸，但许妍能感觉到，有一簇白光从上面照下来。

乔琳小声问，你说那么多人来求她，她能帮得过来吗？许妍说，只帮她喜欢的人吧。乔琳笑了，说那她肯定喜欢我。当时我一直盼着妈妈能把你生下来。而且我还说，想要个妹妹。你瞧，菩萨就把你给我了。许妍说，当时你才两岁，就知道求菩萨了？乔琳说，我说不出来，但心里想的东西，菩萨一定能知道。许妍说，你要是知道后来发生的事，当初就不会那么希望了。乔琳说，我还是会那么希望的。我从来都没觉得不该有你，真的，一刹那都没有，我只是经常在心里想，要是我们能合成一个人就好了。她握住了许妍的手。她的手心很烫，仿佛有股热量流出来。

给我们拍张照片好吗？许妍听到有人在喊自己。是苏寒，她正站在方蕾和沈皓明的身后。许妍接过手机。苏寒笑着问沈皓明，还记得吗，那阵子每个周末我们三个都开车到郊外BBQ。后来过了一个暑假，回来大家都变得很忙，就没有再聚。也可能你们两个聚了，没有叫我。方蕾斜了她一眼，你说对了，我们在瞒着你谈恋爱。沈皓明点点头，后来她把我踹了，我伤心欲绝，就回国了。苏寒笑起来，小心你女朋友当真，回头跟你吵架。沈皓明说，她才不会呢。

大殿里飘过几丝凉飕飕的风，雨好像停了，有个人靠在门边看着她们。那人穿着一件破袄，逆光里看不到脚，还以为是坐着，后来才发现，脚被袄盖住了，他是个矮人。很老，布满皱纹的脸像一团揉搓起来的废报纸。她们往外走，他在一旁开口说，你们想知道自己的命运吗？她们对望了一眼，没停下脚步。他说，不收钱，我就当给自己解闷。

他走到她们跟前，仰起脸盯着乔琳，说你早运不顺，有一些坎，三十岁以后越来越好。乔琳问，怎么个好法？他回答，儿孙满堂，有人送终。乔琳笑起来，有人送终就算是好吗？矮人没回答，把头转向许妍，你啊，想要什么东西，都得跟别人去争。许妍问，那最后能争赢吗？他摇了摇头，说我不知道。许妍问，你也有不知道的事啊？他点点头，有一些。

苏寒用手指戳了戳沈皓明，说你可得劝劝方蕾，她现在是个愤怒少女，什么都看不惯，整天批判社会。沈皓明说，这叫回国综合征，过一段就好了。方蕾问，就像你吗，坦坦荡荡地做着你的沈家大少爷？沈皓明有点激动，说别把我想得那么麻木不仁好吗，我一直都想做点事啊……

然后他讲起出门前看的电视节目来：有对夫妻意外怀了二胎，按规定应该打掉，忘了为什么拖了好几个月，反正不是他们自己的责任，七个月才去引产，孩子生下竟然活着……苏寒感慨道，命可真大。沈皓明说，可是这算超生，男的丢了工作……讲到乔琳自杀的时候，方蕾摇头，这是我觉得最可悲的，因为上一辈的问题，子女的一生都毁了。苏寒说，这个故事有意思的地方是，合法生的姐姐死了，不合法出生的妹妹倒是活下来了。现在他们不就只有一个孩子了吗，还算超生吗？

许妍离开座位，走进洗手间，反锁上门。

乔琳不是不相信她，而是对世界不抱什么希望了。许妍记得最后一次乔琳打来电话，是一天清晨。她说，我今天出月子了。许妍问，你的奶够吃吗，现在能睡着觉了吗？乔琳没有回答，只是说，都挺好的，我就是跟你说一声，你去忙吧。她的声音淡淡的，没有高兴，也没有悲伤，只是有种解脱的感觉。她好像一直在等这一天。等孩子出生，等她过了满月……她那么迫切地希望解决爸妈的事，不是期盼能过什么新生活，只是希望有一个让自己心安一点的结果。如果没有，她也不能再等了。她已经松开了双手。

外面的人在不耐烦地敲门。许妍拧开水龙头，把脸伸到水柱底下。外面的声音消失了。好像沉入了河中，耳边只有汩汩的水声。我就是想来看看你，乔琳转过脸来笑着说。那双有点发红的眼睛在黑沉沉的水底望着她。然后熄灭了。

许妍回到座位上，跟沈皓明说自己可能着凉了，想先回去。沈皓明说，我们一起走吧。在车上，他说，方蕾听我讲了新闻里那个事，也挺来气，说她有几个从国外回来的律师朋友，没准有谁愿意接。我回头再给高叔叔打个电话，让他跟泰安那边的人说一下。这事反响很大，不解决一下，他们自己也难交代。许妍怔怔地望着他，这是乔琳拿命换来的，她想，眼泪掉下来。沈皓明很惊讶，这是怎么了？他抓住许妍的手，你不会是当真了吧，以为我和方蕾谈过恋爱？我们在开玩笑啊。许妍摇头，没有，没有，我只是有点感动，你真的心肠很好，她望着沈皓明，伸过手去，摸了摸他的脸颊。他拿下巴蹭了蹭她的手心，笑着说，我忘刮胡子了。

六

5月初，许妍回了一次泰安。学校已经给乔建斌恢复了工作，按照退休教师的待遇发工资。据说那期"聚焦时刻"惊动了北京的大人物，出面给计生委打了电话。但是乔建斌和王亚珍对结果并不满意，因为赔偿金的事没有落实。他们还在继续上访。

自从节目播出以后，他们接受了不少采访。乔建斌的口才练得越来越好，见到摄影机镜头，眼睛就放光。他有些得意地告诉许妍，那些记者都挺佩服我的，觉得这个社会就缺我这种有点轴的人。王亚珍开了个微博，在上面写这些年他们家的遭遇，被几个有名的记者和学者转发了，很多人在下面留言。王亚珍每条留言都会回复，有的谈得来的，还加了QQ。

这些外界的关注使他们一天到晚都很忙碌，暂时缓解了丧女之痛。但是一旦他们回到眼前的生活，意识到乔琳永远不在了，情绪就会再度崩溃。家里的灯坏了，没有人修。冰箱里臭烘烘的，还放着乔琳买的蛋糕和酸奶。桌上的婴儿奶粉敞着盖子，已经结成了疙瘩。一到天黑，蟑螂就变得猖狂，在桌子上到处爬。于是王亚珍又哭起来。乔建斌的情绪比较两极。有时候安静地坐在那里，对着桌上的酒瓶发呆。有时候暴跳如雷，大骂乔琳没良心，白白把她养到那么大。王亚珍哭完了，就在那台陈旧的电脑前坐下，开始写微博：

"你们不知道我的大女儿有多好，长得漂亮又懂事，性格活泼，所有的人都喜欢她。我难过的时候，她总是安慰我说，妈妈，都会过去的。这个世界上没有过不去的事……"

她写着写着又哭了起来。许妍走过去坐在她的旁边。她转过身，搂住了许妍。许妍轻轻拍着她的背，让她安静下来。电脑发出叮一声，王亚珍从许妍的怀里坐起来，抹了一把眼泪，有人回复我了，她说，连忙握住鼠标点击了两下。

回来的最初两天，许妍住在附近的旅馆里。第三天晚上，乔琳的孩子有点发烧，她留下来照看她，睡在了乔琳的床上。枕巾没有换过，上面还有乔琳没带走的香波的气味。许妍枕着它，想起小时候的愿望，从未被她承认过的愿望，那就是她可以睡在这张床上，不，不是和乔琳一起，而是她自己。这个破烂不堪的家，对她有一种吸引力，她渴望自己能作为一个合法的女儿，住在这幢房子里。在漫长的童年和青春期，她见过不少优秀的女孩，富有的，美丽的，聪明的，可是她一点也不想成为她们。她只想成为乔琳。她想取代她，占有她所拥有的东西。即便那些东西包含痛苦和不幸，也没有关系。因为她觉得那是本来应该属于自己的东西。如果没有乔琳……她无数次这样想。小时候她和乔琳站在河边，一样的太阳照着她们，可是她感觉到乔琳在阳光里，而自己在阴影里。如果没有乔琳……她可以向右挪两步，走到阳光底下。

小时候的愿望是如此真挚和恐怖，被她一直揣在心里，缓缓向外界释放着毒素。很多年后，它实现了。乔琳不在了。现在她睡在乔琳的床上，作为爸妈唯一的女儿。许妍把脸埋在枕巾里，失声痛哭。她可以撤销那个愿望吗，这一切是否会有不同？乔琳会幸福一点吗，而她是不是能长成另外一个人？乔琳不在了，她并不能走到阳光底下。她将永远留在阴影里。

婴儿发出响亮的啼哭。许妍抱起了她。黑暗中，孩子皎洁的脸上没有泪痕，也没有难过的表情，好像先前发出的哭声只是为了把许妍从痛苦里拉上来。她静静地看着许妍。小巧的眼仁里像是蓄满宽广的海水。许妍想对着它忏悔，但更想把所有的祝福都给它的主人。如果她的祝福也像她童年的愿望一样有法力，她希望她能得到自己和乔琳永远无法得到的幸福。

许妍从于一鸣身旁醒来，时间是凌晨三点钟。旅馆的窗户关不严，寒风钻进来。立冬了，北京很冷。许妍约于一鸣吃了晚饭，然后又去喝酒。快结束的时候，乔琳忽然在他们的谈话中消失了。许妍记得于一鸣怔怔地望着自己。随后的记忆一片模糊。许妍不记得自己说了什么，于一鸣说了什么。他们有没有接吻。她好像有点疼，也可能没有，只是她觉得自己应该有点疼。

她把于一鸣叫醒了。他从床上翻下来，抓起地上的衣服。女朋友还在家里等他，喝醉之前他就强调过这一点。他一边穿衣服，一边对许妍说，我知道是因为你刚来北京，有点想家，过些日子就好了。

走到门口，许妍喊住了他，拿起背包伸进手去掏索。他问怎么了。许妍说，乔琳有个东西让我带给你。他站在那里等了一会儿，她还是没有找到。他说，我真得走了，以后再说吧，然后拉开门走了。

那支钢笔一直放在书包的隔层里，许妍前两回见于一鸣总是忘记给。也许是想有个和他再见面的理由。但是现在，她非常想把那支笔给他。她打开灯，把包里的东西倒在地上。

乔琳的孩子特别安静。在度过最初那段离开母亲的日子之后，她很快适应了新生活。每次喝完奶就睡着了，醒来只是轻轻哭几声，然后安静地等着。许妍抱起她来的时候，孩子把头贴在她的胸口，好像在听她的心跳，脸上露出一丝微笑。每次放下她，她都会嘤嘤地发出两声，许妍心里一紧，又把她抱了起来。

外面已经很暖和，她抱着孩子走到太阳底下。槐花开了，地上落了厚厚的一层花瓣，被风吹着，散了又拢到一起。她走到河边，在石阶上坐下，想让孩子睡一会儿。但是孩子不睡，和她一起注视着面前的河。你闻到你妈妈的味道了吗？她问孩子。孩子笑起来。

孩子叫乔洛琪，名字是乔琳取的，但是好像没有人记得她的名字，爸妈都管她叫孩子。乔琳的孩子。他们好像仍把她看作是乔琳的一部分。她的圆眼睛和乔琳很像。有时候望着它们，许妍会有一种想和乔琳说话的渴望。但她不知道该说什么，她想说的乔琳应该都知道。现在乔琳知道世界上所有的事。知道许妍回来了，知道她和孩子在一起，知道她很想念她。

离开的那天清晨，许妍又抱着孩子出去散步。路过火车站，她对孩子说，这里面有火车，呜呜呜，汽笛拉响，然后哐哐开走了。以后等你长大了，坐着它去找我，好不好？孩子没有笑，静静地看着她。她心里一紧，攥住了孩子的手。她无法想象孩子如何在那样一个破败的家里长大。

回到家，许妍把晾在门口的婴儿衣服叠起来，放在柜子里。她看到了那只纸盒，压在柜子最底下，露出一个角。打开盒子，那件白色连衣裙和她记忆里的样子不一样，塔夫绸没有那么硬，荷叶边也没有那么复杂。她给孩子穿上，把她抱到窗口。阳光照在胸前的那些小珍珠上，像雀跃的音符。你知道你很漂亮吗，她小声对孩子说。孩子软软地趴在她的肩上，用脸蛋蹭着她的脖子。

许妍坐在火车上，听到鸣笛声一阵心悸。她合上眼睛，想睡一会儿，但是耳边都是嗡嗡的噪声。她心烦意乱地拧开水，咕咚咕咚喝下去，然后盯着窗外飞快掠过的树和房屋。她一点点安静下来，并且做了个决定。回去以后，她要把所有的事都告诉沈皓明。他早晚有一天会知道的。她想跟他商量，等孩子大一些，把她接到北京住。要是有可能，她想收养她。

司机在车站等她，接她去吃晚饭。沈皓明订了一间日本餐厅。刚谈恋爱的时候，他们来过一回，从榻榻米包间的玻璃窗望出去，能看到小小的日式园林，但是现在天色太晚，覆盖着青苔的石头都变黑了。喝点酒吧，她跟沈皓明说。我正想说呢，沈皓明拿起酒单翻看。

清酒端上来，盛在圆肚子的蓝色玻璃瓶里。她和沈皓明碰了一下杯子。沈皓明问，片子什么时候播？她怔了一下。沈皓明说，这次出差拍的片子。她说，哦，下个月吧，还不知道剪出来什么样。然后她问沈皓明，你妈妈去巴黎了吗？沈皓明说，没呢，下周走，她们非要坐徐叔叔的私人飞机。许妍说，挺好，她们四个可以在飞机上打麻将。沈皓明撇了撇嘴说，无聊透了。

窗外园林的轮廓被夜色吞噬，只剩下灯光照亮的一角，石头发出幽绿的光。许妍喝了一杯酒，抬起头看着沈皓明，说你知道吗，我一直觉得你身上有很多可贵的品质……她笑了笑，说你知道我不擅长表达，可我真的觉得你特别善良，有正义感……沈皓明问，你干吗要说这个呢？她说，而且你对我很包容，我们的家庭情况不同，生活习惯也不一样，我身上肯定有很多地方让你不舒服……沈皓明打断她，别说这种话行吗？许妍又给自己倒了一杯酒，把发烫的脸贴在杯子上，说我十八岁来到北京，谁也不认识。课余时间我当家教，做导购，帮人主持婚礼，赚了钱给自己买衣服，去西餐厅吃饭。我就是想过体面一点的生活，你明白吗，我小时候家里什么都没有，连写字台也没有，要在窗台上写作业……我特别珍惜现在的生活，珍惜你，所以我一直……许妍哭了起来。沈皓明蹙着眉头望着她，她心里一凛，不知道怎么说下去。

服务员送进来甜点。两人默默吃着。沈皓明给她倒了酒，又把自己那杯添满。许妍喝了一口，鼓起勇气说，我表姐，冬天来北京的那个……沈皓明啪的一下把杯子放在桌上。许妍愣住了。他沉了沉肩膀，说我这两天，在方蕾那里过的夜，嗯，他又倒了一杯酒，说我本来想过几天再说，可是你把我说得那么好，让我很惭愧，我没打算瞒你，你知道我最讨厌骗人的。许妍茫然地点点头。她攥住酒壶，想再倒一杯酒，但始终没有把它拿起来。瓶壁上有很多细小的水滴，像一种痛苦的分泌物。她轻声问，你们俩的事是刚开始，还是已经结束了？沈皓明不说话，点了一支烟，白雾从他的指缝里升起来。许妍用手臂支撑着从榻榻米上站起来，说我先走了，等你想清楚了，告诉我你打算怎么办吧。

她拉开门向外走，沈皓明追出来，把外套披在她身上，说你又忘了穿大衣。然后他张开双臂拥抱了她。这是最后的告别吗，她一阵心悸，推开他跑到路边，拦下一辆出租车。

回到家，她发觉自己浑身滚烫，好像在发烧，就设了闹钟，吞了两片药躺下来。帮帮我，她在黑暗中说。外面天空发白的时候，她感觉乔琳来了，背坐在床边，扭过头来望着自己。她的目光并没有应许什么，却使许妍平静下来。

闹钟响了很多遍，她挣扎着坐起来，看了看另外半边床，很平整，没有坐过的痕迹。她洗澡，烤了两片面包。手机上跳出一条短信。她没有看，走过去拉开窗帘，外面下雨了。她把杏子酱涂在面包上，慢慢吃起来。吃完才拿起手机，点开短信。

沈皓明：我们还是分手吧，对不起。

她喝光杯子里的牛奶，拿起伞出门了。

请假十天，积压了很多工作，她一口气录了三期节目。中场休息的时候，编导进来跟她聊节目改版的事：活泼一点，别死气沉沉的行吗？要是收视率再这么低，节目就得停播了。许妍说，那我就去主持一档新闻节目。编导朗朗地笑起来，"聚焦时刻"那种吗？真没看出你身上还有社会责任感。

许妍换了一套衣服，坐在镜子前补妆。她问化妆师，你觉得我剪个短发怎么样？化妆师说，嗯，挺好。别再留齐刘海了，挡着额头影响运势。许妍笑了笑，说听你的。

回家的路上，许妍拐进一家美发店。从那里走出来，天已经黑了。夏天的风吹着脖子，很凉爽。她去便利店买了两个面包，然后往家走。路边有一家酒吧，或许是新开的。她朝里面张望了几下，有很温暖的灯光。她推开门走进去。

酒吧很小，只有一个男人趴在角落里的桌子上。她坐上吧台，点了一杯莫其托。角落里的那个男人走过来，要添一杯威士忌。是对面那个姓汤的邻居。他冲她点了点头，然后回到自己的座位。

店里放着暗哑的电子乐，像是有什么东西发霉了。喝完第三杯，她觉得自己应该醉一次。她从来没有试过，交过的几个男朋友都很爱喝酒，她必须保持清醒，好把他们送回家。有人在敲桌子。她抬起头来。店主面无表情地说，我要关门了，我女朋友在家等我呢。然后他走到角落里，把她的邻居叫醒，站在那里看着他把口袋里的钱摊在桌上，一张张地数着。

许妍坐在姥姥家门口。明天就要动身去北京，箱子已经装好，还有很多小时候的东西要处理。她把纸箱拖到外面，坐在门槛上慢慢挑。乔琳朝这边走过来，手里举着两个蛋筒冰激凌，融化的奶浆往下淌。她坐在许妍的旁边，把香草的那只递给她。

乔琳说，我买了支钢笔，你帮我送给于一鸣。她们默默吃着冰激凌。一个住在隔壁院子里的小男孩走过来。约莫十来岁的样子，站在那里看着她们。乔琳指着冰激凌说，下回我给你买一个，好吗？男孩没说话，仍旧站在那里。地上散着从箱子里拿出来的乱七八糟的玩意儿。装风油精的瓶子，雪花膏的铁皮盒子，一块毛边的碎花布……这些不成为玩具的玩具，曾是许妍童年最心爱的东西。乔琳说，雪花膏盒子好像是我给你的。许妍说，我拿纽扣跟你换的。什么纽扣，乔琳问。许妍说，那是我最喜欢的纽扣，你竟然不记得了。她把蛋筒塞进嘴里，起身进屋洗手，忽然听到背后发出叮咣一声响。

隔壁的小男孩从地上那堆东西里拿起一只风筝，转身就跑。乔琳对她说，走，我们把它抢回来！

男孩到了胡同口，转了个弯，朝大马路跑去。她们给一辆车拦住，落下了很远。但她们还在往前跑。乔琳脚踝上的链子发出叮铃铃的声响。她的长头发在风里散开了，许妍闻到香波的气味。小男孩消失在马路的尽头，但她们没有停下。头顶上翻卷着乌云。许妍恍惚发现这一会儿的工夫，把小时候整天走的那些街都走了一遍。如同是快进的电影画面，一帧帧飞过，停不下来。乔琳拉了她一下，伸手指了指天空。在天空的最远端，一只绿色的风筝，正在一点点升起来。

许妍停下来，和乔琳仰头望着天上。那只风筝垂着两条长长的尾巴，像只真正的燕子。它在大风里探了个身，掠过低处的黑云，又向上飞去。

许妍和她的邻居站在酒吧的屋檐下。邻居说，好像又下雨了。她笑着说，有什么关系呢。邻居说，我希望下雨，这样土能好挖一点。许妍晃了晃她的短发，你说什么？邻居说，我的狗死了，我等会儿去埋它。它现在在哪里，许妍哈哈笑起来，你不会把它冻在冰箱里了吧？邻居的脸抽搐了一下，说我真的不想回家，我们能再喝一杯吗？许妍说，好啊，我家里有酒。邻居问，你男朋友呢？许妍说，分手啦。邻居说，遗憾。对了，什么时候能尝尝你做的饭吗，经常在走廊里闻见，特别香。许妍说，也可能是外卖。邻居说，不是，周围所有的外卖我都吃过。许妍问，你没有女朋友吗？邻居说，我喜欢的都不喜欢我。许妍说，你肯定有很多怪癖。邻居想了想，喜欢在浴缸里泡澡的时候吃橙子算吗？

雨下大了，他们跑起来。许妍踩到一个大水洼，雨水溅了一身。她笑起来。来到屋檐底下，邻居抖了抖身上的雨水，转过头来问，对了，你的表姐怎么样了？她的孩子好吗？许妍不笑了，望着他。

他说，有天晚上我下来遛狗，拿着手电乱扫，结果忽然在灌木丛边看到一个女人，躺在那里跟死了似的。我刚想喊保安，她睁开了眼睛，说没事，我只是晕倒了。我想扶她起来，但她说想再躺一会儿。我也不好意思丢下她，就坐在旁边，陪她聊了一会儿天。许妍问，她都说什么了？邻居说，忘了……哦对，她说，我肚子里的小家伙好像很喜欢北京，不想离开这儿，我就跟她说，你很快会回来的，她以后会在这里长大的……嗯，你表姐还说，让我到时候别忘了带我的狗和她玩……

许妍哭起来。乔琳从未说过要把孩子托付给她。然而她却知道孩子会来北京的，大概是笃信自己和许妍之间的感情，并且因为她了解许妍是什么样的人，也许比许妍自己更了解。那颗在掩饰和伪装中裹缠了太多层，连自己都无法看清的心。

许妍看向天空，好让眼泪慢点掉下来。她点点头说，孩子很快会来的，跟你的狗一起玩……

邻居说,狗死了啊,我今晚要去埋它……

许妍喃喃地说,你不知道那孩子有多乖,一点都不吵,你一逗她,她就咯咯笑个不停,是个女孩,很漂亮,眼睛圆圆的,穿着白裙子,像个小公主……

邻居说,哦,那我再养一条狗吧……

雨声淹没了他的话。许妍站在楼檐底下,静静听着外面的雨。她不知道能否照顾好孩子,以后会不会为了前途想要抛弃她。她对自己完全没有把握。可是此刻,她能感觉到手心里的那股热量。有些改变正在她的身上发生,她的耐心比过去多了不少。也许,她想,现在她有机会做另外一个人了。

"我想通了,不管我给这个孩子什么,给多给少,他都是奔着他自己的命去的。"

这具承载着苦难的身体,或许同时蕴藏着某种天赋。但是天赋不重要,对有些人来说,一生中没有任何一个时刻,会有人坐下来讨论一下她的天赋。

【作者简介】

张悦然,毕业于新加坡国立大学,2012 年起任教于中国人民大学文学院。著有长篇小说《茧》《誓鸟》《水仙已乘鲤鱼去》《樱桃之远》,短篇小说集《葵花走失在1890》《十爱》。曾获得"华语文学传媒大奖"最具潜力新人奖、年度杰出小说家奖。短篇小说集《十爱》入围"弗兰克·奥康纳"国际短篇小说奖,长篇小说《茧》被评为"2016 年《亚洲周刊》十大好书"。

"污染"的人性道德
——评《大乔小乔》

于沐阳

大乔和小乔是家喻户晓的三国时代的姐妹花,同时嫁给了两个天下英杰,一个是雄略过人、威震江东的孙郎,一个是风流倜傥、文武双全的周郎,堪称美满姻缘,可谓郎才女貌,结成伉俪,两情相惬,恩爱缠绵。尽管结局并不完美,但千百年来仍被颂为佳话。张悦然的小说《大乔小乔》讲述的是现代都市中一对姐妹许妍(乔妍)和乔琳的故事,姐妹亲情之下透视的却是当下已被"污染"的人性道德。人性是人区别于其他动物的共性,是人的自然属性和社会属性的统一。人性不是抽象的，而是现实的、具体的。人性的形成与表现主要由人所处的社会环境以及一定的社会关系决定，这也意味着人性除了其自然特征外，也会因社会历史的演进而不断变化。人的生存状态包括衣食住行、吃喝拉撒等物质层面上的内容，也包括人的价值、人的尊严、人的情感、人的理想等精神层面上的内容。文学的一个主要功能与意义就是为实现审美目标，对于人的存在景况与人类生存前途做出追踪与怀疑。许妍的出生本就是个"错误"，这个错误让父亲丢掉了工作，她从小也就生长在一个"多余人"的充满怨恨、阴郁的家庭氛围中，只有姐姐乔琳对她好。这样一个家庭的存在，让她恐惧，也一直对男友隐瞒着自己的身世。乔琳未婚先孕，却被男友抛弃。她把孩子生下来了，却在孩子满月后撒手人寰。许妍男友知道她的身世后离她而去。许妍决定收养孩子，但这也可能是又一个错误轮回的开始。日本作家桑原武夫曾说过："虽然文学从根本上说来是关于人类揭示其理想状态的工具，但是，在人的这个世界上经常存在着恶。所以，文学就经常把恶作为描写对象，而且，为了切实地感受到生存的状态，特别地描写恶也是必要的。"[1] 从这个意义上说，《大乔小乔》寄寓了作家对人性复杂、人生的宿命、历史的多元与含混的洞见，在偶然性中透视出某种必然。物质时代在创造了经

济神话同时也造成了人的情感体验的退化与心灵感悟的困顿。在不断膨胀的欲望之下，情感的意向逐渐变得模糊起来，越来越成为一种脱离主体的盲动。在欲望面前，情感被量化成可以用数字、技术衡考的符号。人的价值观念、道德观念都发生了巨大、深刻的变化。爱情的失败和消失是我们每天所面对的事实真相，患难与共、相濡以沫不再成为永恒，生活中物欲、名利的诱惑将人无情地异化了。

文学是现实的反映，但文学不应该是现实世界典型的简单摹本和反映，不能完全照搬生活的本真，做到所谓的原汁原味，那样文学也就失去了味道，它应该是一种创造，是利用现实材料再造一个可能与现实世界完全不同的世界。文学活动必须以审美的方式与社会生活发生关系，即以揭示人生意蕴、表现情感世界。而由此产生的感受、体验和领悟往往不是抽象的概念所能捕捉、传达和穷尽的，联结主客体的一个重要纽带就是人物形象。可以说形象是作家传达审美意识和读者接受文学作品的媒介与桥梁。在文学形象中，不仅有经过主体创造性想象加工过的客观事实，而且还包含着主体对其所表现的对象的审美态度，包含着他的个性和他的理想。不管作家将自己的情感和身影隐藏的多深，作品中最重要的形象依然是作家自己的反映和折射。他们的价值立场与创作心

---

1 [日]桑原武夫：《文学中的恶》，载《文学叙说》，北京：三联书店1991年版，第161、162页。

态在相当程度上左右着人物的人性表现、情感形态与道德操守。作家的创作精神在于渗透在作品中的关注现实、正视现实、忠于现实的思想态度，是力求通过文学创作及其作品把握现实的一种文学见解、审美主张。这种文学精神具体表现为按照作家自己观察到、感受到、把握到的生活的本来面目进行创作。话语主体的历史处境与身份认同必然会对其

文学创作产生影响，体现出不同的价值诉求、精神立场、审美追求以及相辅相成的形象塑造、语言风格、结构形式、表述方式等。在新世纪日趋物质化、平面化的图景下，仍然保持着对某种社会现象、人性道德的敏感与关注，是非常难能可贵的。也为文学进入社会进程的发生现场，发掘并书写这一历史过程中人的精神表现提供了一种可能。

金尘

曾晓文

　　为拿到绿卡，她不择手段，最后面临牢狱之灾。金如尘飞，人微如金尘。大千世界，谁人不是过客？

　　纽约人连日里被 5 月的冷雨折磨，终于迎来了太阳。太阳并没露出君临天下的霸气，行动迟缓，心怀疑虑，和一簇簇湿重的寒气反复纠结。路两旁的天国树和黑樱桃树似在一夜间绿叶丰盈，在清风拂过时私密低语，许诺着温暖的夏季。

　　曼哈顿唐人街上的多家店铺，在全美国歇工的圣诞节当天，都风雪不误地照常营业，这天竟大门紧锁，卖水果或杂货的摊位也不见踪影。少了小贩们南腔北调的吆喝声，简直是森林失去群鸟的啼鸣。一大早，商贩们把自己从头到脚洗干净，穿上各种质地的黑衣，一些人甚至把压箱底的西装都翻了出来。西装式样有些落伍，做工亦不精致，但依然庄重。他们不约而同地聚集到街两旁，尽力挺直被常年劳作磨损的腰板，还一改平素高声嬉笑怒骂的习气，顽强地沉默着，脸上露出近乎虔诚的神情。随后，外地的黑衣人陆续涌现了，近路的来自美国各州，远道的来自墨西哥、加拿大等，迅速填满街上的空隙。有些人显然是从飞机场、火车站、灰狗巴士站直接赶来的，拖着行李箱，风尘仆仆、面色严肃，使街上的气氛愈发凝重了。

　　一阵哀伤的鼓乐传来，划破了清寒和静寂。树间的栖鸟"哗"地惊起、飞离，人们不由得打了个激灵，踮起脚尖。一个排成方阵的黑衣乐队进入了视线，队员们额头光洁、眼神灵活，肃穆的表情和他们的年纪不太相称。

　　千呼万唤，一辆黑卡车缓缓出现，在驾驶舱顶上立着一位中年女人的巨幅彩色遗像。女人浓眉大眼，在重重花圈的环绕下露出笑容。车厢里载着的棺木被鲜花层层覆盖。"不止曼哈顿，连布鲁克林的花圈店都被买空了。"有人小声地嘀咕了一句。接着有一位银发老者感叹，"一百多辆林肯车啊，我在唐人街住了五十多年，从没见过这么大的排场呢。"紧随着黑卡车，一辆接一辆的"林肯"车鱼贯而行，霎时在都市的水泥丛林中，冲出了一条黑色河流。

遗像上的女人是青姐，华人蛇头中的"大姐大"，曾经帮助几千福建人偷渡来美，被 FBI 在全世界范围内通缉，十几年前遭逮捕，随后被判处了三十六年徒刑。两个星期前，她因患肝癌医治无效，在得州的一家监狱医院里停止了呼吸。

青姐一走，纽约唐人街的这本大书，就被翻过了一页。

炜煊

导演炜煊站在一辆敞篷越野车上，把两手叉在腰间，俯视着唐人街，一览众山小。车是纯白，两侧漆着"泛亚传媒"四个红字，跻身于黑色的送葬车流中，自是惹眼。他眉眼平常，神情却活跃，身穿正宗新款的巴宝莉牌黑风衣，鹤立鸡群。他下意识地将将精心染过的头发，迎接人群的瞩目。

重回曼哈顿唐人街的情景，他不知在想象中拍摄过多少次了，但都与此刻相差甚远。人生果然没有彩排，一切都是现场直播。他透过略微疲惫的瞳孔，把视野中的店铺拉成慢镜头中的场景。店铺换了招牌或门窗，涂了新色，没有哪一间和记忆中的"日新"印刷厂吻合。二十几年前，他在那里打杂、当校对，整天伏在一张小办公桌上，头顶一盏光线灰暗的灯泡。隔壁是一家食品商场，新鲜烧腊、腐烂菜叶还有鱼下水的混合气味不时扑鼻而来，打工仔们的说笑吼骂同样荤素夹杂。印刷厂的主要业务是印制中英文对照的中餐馆菜单。老板是位五十出头的南方人，精打细算，会把炜煊不小心扔进垃圾筐的曲别针翻出来，重新启用。炜煊的英文本来很"菜"，校对时还睁一只眼闭一只眼。比如老广东人习惯把"麻婆豆腐"直译成 Pock-marked old woman's bean curd(满脸麻子的老太婆的豆腐)，让人立马丧失食欲；"夫妻肺片"是"Man-and-wife"lung slices(男人和妻子的肺切片)，简直恐怖。他找不出更合适的说法，索性付印。客户们大多不识英文，也没减少订单。他想象老外们捧着菜单大惊失色的情景，不禁暗自笑了，在那段日子里其实难得一笑。

摄影师小康站在他身边，一副媒体人全副武装的打扮：棉布衬衣搭配卡其布马甲，脖子上挂着"尼康"牌长镜头数码相机。他以前从未来过纽约，对青姐也不了解，扫视街两旁黑压压的送葬人群，既惊讶又好奇："哇塞，全唐人街都出动了！一个女蛇头有这么大魅力！你看她那样子，不就是个农村妇女吗？"

炜煊有些无奈地应道："是啊，她抢了我的头条！"

两个多星期前，炜煊来纽约出席他执导的大片《金影》的首映式。《金影》讲的是千年前发生在宫廷里的故事，融合权力争斗、金钱、欲望、美女等诸多元素。自从十几年前"心碎地"离开，在纽约办首映式一直是他的心愿，这一次梦想终于照进现实。他用心策划了大半年，还说服投资商砸大钱宣传。"舍不得孩子套不上狼"，何况钱不像孩子那么娇嫩，砸下去不必手软。他把首映式安排在曼哈顿东区的阳光影院，还用有关新闻地毯式覆盖海内外的中文媒体。只要他的前妻陶霏关注华人新闻，就一定会看到。他不知道她住在哪里，但派人辗转找到了她的微信，把新闻传给了她。他不想主动加她微信。十几年没见面，彼此间早隔了一条冻结的河流，他暗地里希望她先踏上"破冰之旅"。

首映式当天，他率领麾下一班人马，亮相红地毯。圆片墨镜，精制中式黑马褂，他的风范不逊香港电影中的澳门赌王。遗憾的是雷声大、雨点小，观众稀稀拉拉，预计的热捧场面没有出现。中国的几家媒体行程万里追随他，自然出席，纽约娱乐界媒体蜻蜓点水般拍了几个镜头，当地华人媒体和社团领袖却没露面，陶霏更是踪影全无。他抑制住失望的情绪，从容镇静地接受采访，给几位"粉丝"签名。导演，首先要是一位出色的演员，他暗暗告诫自己。《金影》放映后，观众们没有像他希望的那样全体起立，只报以不甚热烈的掌声。他敏感地辨出其中礼貌的成分，难免有些失落。

一部电影，和一场派对有多大差别呢？尽兴也好，失望也罢，曲终人即散。他离开影院，在街上漫无目的地闲逛。两旁的建筑年久失修，路边的流浪汉换了一茬年轻面孔。纽约，这只曾令世界各地多少年轻人心动的"大苹果"，似乎被岁月榨去鲜润，露出衰老尴尬的斑点。

小康一直跟在他的身后，小心翼翼地说："导演，我刚查过了，今天是大蛇头青姐的公祭日。"炜煊立即拿出苹果手机搜索，青姐的新闻果然登上美国中文媒体的头条，又被世界多家中文媒体秒间转发，连美国主流媒体也报道了。新闻图片一张接一张叠印而来：青姐的大幅遗像；黄袍加身的道士敲着锣，引领青姐的至亲家属走过奈何桥；侨团和个人送去的花圈、花牌、哀帐，在灵堂内外铺天盖地；青姐的父老乡亲身着黑衣、腰系白布，在灵堂里低头沉重拜祭……青姐的葬礼将在两个星期后举行。炜煊突发奇想，决定带领摄制组，拍一部关于青姐的纪录片，首先从葬礼开始。他多年前刚登陆美国时学过一句俗语，"如果生活给了你一颗酸柠檬，那就榨杯柠檬汁吧！"《金影》首映失利，他有些无颜见江东父老。如果制作一部纪实性的"华丽的转身之作"，至少可以给投资商带回"一杯柠檬汁"，再说陶霏和青姐有过千丝万缕的联系，也许会遇到她。这时他的手机响了一声，妻子婕发来微信："见到前妻了吗？"他皱了皱眉，不去理会，即使此刻看不到婕的脸，也能想象出她挑衅的神情。

临来纽约前，他和婕接受电视台一档名人节目的采访。主持人已经不年轻了，但不时露出少女般的娇俏表情。现场灯光明灿，大屏幕打出他和婕的合影。两人在海边相拥，笑容安逸缱绻，一个马褂加身，一个穿旗袍秀优雅。观众席上坐满不同年龄段的粉丝，甚至还有铁杆粉丝高举标语牌，上面画着热气腾腾的红心和"Love"，为这对"神仙眷侣"捧场。在此之前他们接受过若干媒体的采访，从头至尾表现得无可挑剔。他懂得指挥演员，擅长拿捏表演尺度；而婕身份多重，如手握一副花色齐全的扑克牌：时尚、美容、管理、媒体、英语、教育等，运筹帷幄。几年前，她买下漂白皮肤的专利产品"白芙美"。产品中的铅毒比例稍高，对皮肤有害，但她巧妙地"忽略"了这个事实，还参与广告制作，使得它热卖不止。她本人不用"白芙美"，忠实于法国产品，虽没做到冻龄，但一直努力放慢衰老的进程，还化妆有术。她分享了做成功女士、贤妻良母的经验，赢得观众热烈的掌声。主持人在盛赞之余，问她："你多年前做了海归，有没有后悔过？"婕立即摇头，"我不能想象如果一直留在纽约，我的生活会是什么样子，但绝对不会像现在这么精彩！"随后主持人把脸转向炜煊，"你爱上婕，是不是因为她在纽约时和你患难与共过？"炜煊犹豫了三秒钟，随即回答，"当然！"似乎没人留意到他的迟疑，但那没有逃过婕的眼睛。她的脸色在三秒内从幸福转向愠怒又转回到幸福。

采访结束后，炜煊夫妇被粉丝们依依不舍地送进了电梯。电梯门刚一关紧，婕就压抑不住地抱怨，"你刚才的表现真让我失望！你想否认我在你最困难的时候跟了你？"他反问："我连犹豫几秒钟的权利都没有？"

两人望着电梯的指示灯，陷入静默，似乎悄悄降入无底黑洞。待电梯终于停下来，双门敞开，迎面撞见一群无缘进入演播室的热情粉丝，才立即换上了恩爱笑脸……

小康小心翼翼地问："老板娘问你怎么不回她的微信？"

婕大概早给小康洗过脑了，派他监视自己，炜煊心想。为了一个落魄的陶霏，值得这么兴师动众吗？他对陶霏的想念，起初像一块大石头，在心里突兀地立着，后来被漫长的岁月不懈地侵蚀，早已风化成尘。

"把你的相机给我！"炜煊说。

小康立即遵命。炜煊接过相机，开始抓拍。停下来，看看图片的效果，不太满意，接着把设置调到了黑白，再从镜头望出去，街景似乎与记忆中的图像开始悄悄吻合。

他在唐人街打工时，拍过许多以众生为主角的黑白照片。福建人涌入美国，使得中餐馆遍地开花，印刷厂的生意也兴隆起来。老板雇了留学生婕当校对，炜煊"沦落"成了全职打杂儿。婕眉眼周正，从不涂脂抹粉，也不高声大气地讲话。炜煊有时会拿出他拍的人物写真给她看，有挥刀砍烧鸭的胖厨师，也有慢悠悠地喝早茶读中文报纸的干瘦老人，常常得到她的赞赏。待彼此熟悉起来，她还对他的日常生活不时流露出关心。

送葬车队流动得缓慢。在敞篷越野车的前方隔几部车，一辆黑色福特面包车停了下来。路边的一位穿黑风衣的女人快步走近，拉开车门坐了进去。女人梳中长发，把左侧的头发一丝不留地拢到耳后。多么熟悉的侧影！炜煊探出身子，立即把镜头聚焦二十倍，在这条黑衣女人云集的街道上，他清楚地分辨出了她：陶霏！她果然现身了！他不得不惊叹婕的直觉，看来女人远隔重洋都能准确预测情敌的方位。陶霏的一阵轻盈脚步，果然卷起了他的层层心尘。

一个场景从眼前朦胧闪过——他跳下车，跑到那辆黑色福特车旁，敲击车窗。陶霏轻轻摇下窗子，双眼满含热泪，足以融化千里冰河，低声说："你也来了？"一阵微风袭来，他打了个冷战，不由得用手臂抱住了双肩，跌坐到后排的座位上。路两旁的黑衣人像一棵棵被砍伐的树木，缓缓地向身后倒去、倒去，在他的眼中变得形影模糊了。

20世纪80年代末，他一心想当摄影师，省吃俭用两三年，买了一部"尼康"牌相机，还辞去了工厂宣传干事的职位，当上了剧务，随一家剧组在扬子江游船上拍风光片。他每天跑上跑下，忙得满头大汗，但从不忘把相机挂在脖子上，随时抓拍。

大清早，扬子江上浮着悠悠的薄雾，晨曦从薄雾的间隙透出来，给游船涂上梦幻的色彩。剧组还没有开工，他就到甲板上转转。甲板上的游客寥寥，多是些睡眠较少的老人。这时，一位女学生的侧影进入了他的视野。长发如瀑，左侧的头发都被拢在耳后，露出形状优美的耳朵。走的是简单风格的路线——白上衣无领无袖，天蓝色的短裤。短裤的式样有些落伍。天呐，她居然赤着脚！他的目光把她裸露出的皮肤都扫过了，一寸都不肯错过。他悄悄地跟在她的背后，从船头到船尾。她走路时，几乎是在舞蹈，每当上下台阶，身体仿佛应和着一道隐秘的旋律。他无须触摸，就感受到了十足的弹性。

第二天，船过巫峡，放慢了速度，他得空站在人群中，看两岸原始旖旎的风景。他在一转头间，又看到了那位女学生，鬼使神差般举起了相机，也不用担心被周围人捕捉到迷恋的目光。镜头里，峡谷青青，天空蓝蓝，穿一袭红色长裙的她青春可人。

她听到按动快门的声音，仿佛一头小鹿从林间跳上马路，骤然撞到枪口，露出吃惊的眼神，随后变成了一头烈性母狼，目眦欲裂，奔过来抢他的相机，嘴里嚷道："我叫你偷拍！我叫你偷拍！我把你的相机扔到江里去！"他当然不肯放手。周围有男人替她助威，"抓他这个流氓！随便就拍美女，无法无天啦！"众人也跟着起哄。他的双眼失去相机的遮挡，泄露出温情。她见了，表情渐渐柔和起来，松开手，"你把胶卷曝光，我就放过你！"他低声恳求："我一路上拍了很多好照片，太可惜了。我回家后把你的照片洗出来，寄给你，好不好？我对天发誓，绝不留底片，绝不多洗一张！"她盯着他看了足足二十秒，像探测他的真诚度，终于同意了。众人见两人偃旗息鼓，有些扫兴，把注意力转回到两岸的风景。

他和她搜遍了全身的所有口袋，找不到一片纸。他递给她一支圆珠笔，请她在自己的手臂上写下地址。她一笔一画，像招来了一群小虫子，痒痒地、亲密地爬动。她的乌发就在他的唇下一两寸的地方，散发着茉莉花洗发水的醉人气息。她的地址是哈尔滨市，而他住在北京。这又有什么关系呢？距离，旅行起来很长，在地图上看，却可以很短。

她写完了，抬起眼期待地望着他。

这时他说："如果我将来拍一部电影，你愿意做女主角吗？"

那一句在记忆中永远完美的台词。几年前，他在导演一部城市爱情片时，说服编剧，把男女主角的初次相遇安排到了长江游船上。他为了让那场戏精致唯美，拍了几十条，害得全剧组的人耗在船上，在巫峡附近幽灵般飘荡了整整三天。女主角是80后，成名早，万千宠爱集一身，偏偏晕船，吐得翻江倒海，哪受得了这份苦？只好叫化妆师不停地补妆，背地里大骂他"丧心病狂"，几次宣布要罢演，又不敢轻易撕毁合同。她是公认的大美女，比陶霏亮丽，但不管怎么调教，也复制不出陶霏的眼神。他最后无奈地放过了她。他以前时常睡她，下船后竟失去了亲近她的兴致。

那一年他从三峡回到北京后，履行诺言，把偷拍的陶霏的照片寄给了她，还附了一封情书，形容两人的相遇是"一场完美的风暴"。从此他和她鸿雁传书，在短短的时间里彼此掏心掏肺。她一直向往坐扬子江的游船，每月从工资里省下钱来，一存够就买了船票，后来就在甲板上遇上了他。缘分来了，挡都挡不住。他坐十几个小时的火车去哈尔滨看她。她当时在一家职业学校教英语，把他安排到男同事的宿舍住下了。她如痴如醉地享受他的亲吻和抚摸，但是顽强地守护处女的最后一道防线。在后来的半年里，他看望了她四次，看清了自己面临着两个庞大的敌人：别离和性爱。在那一场无声的纠结的战役中，他抵抗不了旺盛的荷尔蒙，当然还有对她的迷恋，很快投降，和她谈婚论嫁。

他和她的婚礼简单得简陋，基本上就是在哈尔滨的一家饭店，请了七八个人吃了一顿饭。客人大多是陶霏的同事和朋友。炜煊的父母对这桩婚事不满，没来出席。他的爸爸当了大半辈子的工人，勤劳本分，不免固执。自从他丢掉了铁饭碗、在"有上顿没下顿"的剧组里瞎混，就没再跟他说过一句话。现在他要一个既没北京户口又没陪嫁的"丫头"，等于又给父母添了一件烦心的事儿。

陶霏的母亲锦平倒是来了。皮肤晒得黝黑，相貌比同龄的女人要老一些，穿着也显土气，大热天还戴了一副白棉线的手套。她局促地坐在饭桌旁，并不正视任何人。陶霏不停地往母亲的碟子里夹肉夹菜，母亲香喷喷地一一吃完。仔细端详，母女俩的五官有些相像，匀称，线条柔和。席间有人问起陶霏的父亲，她的母亲终于抬起头，回答：

"地里活忙，走不开。"竟是一口纯正的北京音！

婚礼过后，炜煊对陶霏的身世多了一些了解。她的母亲锦平出生于北京，在60年代响应国家号召，下乡到北大荒。锦平一心扎根边疆，嫁给了当地的一位农民，一夜之间跃为"与工农相结合的光荣榜样"。冬天，知青们开荒种地，在冻土上面挖炮眼，装火药，好炸成小块。放炮有危险，在场的男知青们躲得远远的，但她自告奋勇。导火索燃到尽头，始终不炸，她从地上捡起一根树枝，跑到跟前去拨导火索，结果"轰"一声，火药偏偏就炸了。她命大，只损失了右手一根手指，但获得了"劳动模范"的称号。她在生下陶霏后，立即下地干活，得了产后风，遗憾的是不能再怀孕。陶霏的父亲希望她生个儿子延续香火，大失所望，经常无缘无故地大发脾气。陶霏十岁那年，兵团的知青们纷纷回城，陶霏母亲却留了下来。嫁鸡随鸡，嫁给了农民就永远当农民。陶霏在北荒镇读完中学，考大学时分数不低，但黑龙江省的录取分数线高，只好委屈地上了一所师范专科。母亲当年要是选择带她回北京，她就有资格在京参加高考，进入重点大学，生活也许会是另外一种样子。她在农村女孩堆里显洋气，在城市女孩的圈子里又显土气，总之不管在哪片天空下，都孤雁般落单。她毕业后被分配到职业学校教英语，一直不开心。炜煊年长几岁，多些阅历，自然成了她的精神依靠，不停地安慰鼓励，未来还有机会。

陶霏在认识炜煊之前，听说母亲的好友杨阿姨移民到了美国，打听到她的通信地址，写了几封长信，恳请她帮忙办留学。半年多过去，陶霏没得到回音，已不抱希望。谁料到喜从天降，杨阿姨真的把经济担保书寄给了她。因为担保是给她一人的，她在申请大学时担心被拒，填表时在婚姻状况一栏填的是未婚。

她如愿被纽约一所大学的教育学院录取，还顺利地拿到了学生签证。炜煊在一家西餐馆为她饯行，花去了将近一个月的工资，饭后，还分享了一杯哥伦比亚咖啡。两人都是第一次喝咖啡，在奇异的馨香中品尝到别样滋味。她离开后，他随一家剧组在山西的一个偏远小镇拍电视剧。每次给她寄信，他都得骑自行车去县城的邮局。一路上寒风刺骨，他渴望一杯热咖啡，可在小镇上找不到，只能在渴望中受煎熬。他在信中写道："这个冬天很冷，因为你不在身边，冷空气就更渗入了骨髓。我试图想象你在美国的生活，但想象是受伤的鸟，总在原地打转，飞不起来。"从县邮局寄出的信，先到省城，然后到北京搭乘国际航班，抵达美国纽约，再由纽约邮局分发，最后被一位白头发的邮递员投进她的邮箱里。她，还有汽车洋房的美国梦，是他戒不掉的"咖啡因"。

他住的小旅社只在前台有一部电话。陶霏打电话给他，因为电话费昂贵，必须长话短说。她的声音果然来自地球的另一边，遥远、陌生，"我有一个坏消息，还有一个好消息。坏消息是杨阿姨和她的丈夫搬到香港了，不再资助我，我没有学费，只好退学；好消息是我正给一位白人律师做事。这个律师可以通过假结婚帮我办身份，'曲线救国'。"他打断了她的话："你疯了吗？"她的语调冷静，"没有，清醒得很呢。如果我不能维持身份，就必须回国，半途而废，我们的美国梦就结束了。我一旦拿到绿卡，立即和他离婚，把你接出来，我答应你！"炜煊站在柜台旁，周围人声嘈杂，电话里的信号也不清楚，稀里糊涂地同意了。他在剧组里职位低微，在摄影上也不出成绩，一心梦想去美国发展，尚未出师，怎么可以折戟沉沙？

不久，陶霏悄悄委托人和他办了离婚。

两年后，她托青姐搞到了一本护照。护照主人是一位名叫"黄明"的华裔美国人，因心血管崩裂突然丧生。他的遗孀哭得昏天黑地，清醒过来后，发现黄明留给自己一大堆债务和两个未成年的孩子，就决定不注销他的身份，把他的护照卖给青姐，换一笔现金。青姐的部下对护照进行"换人头"处理，不留痕迹地贴上了炜煊的照片。炜煊拿着这本护照几乎大摇大摆地登陆美国，扮演了平生第一个突破性角色——一位死者。

他在纽约肯尼迪机场的出口处，几乎不能相信眼前这位淡妆轻抹、时尚优雅的女人竟是陶霏。陶霏没给他久别重逢的缠绵，把他安排住进了她在唐人街住过的房间，财仔的隔壁。她已搬进了和她"假结婚"的律师家里，假作真时真亦假。炜煊听说律师姓金西(Kinsey)，还特地查了一下词典，Kinsey 意思是 King's Victory(皇帝的胜利)，气势夺人。当他第一次在唐人街看到陶霏挽着金西的手亲密地走过，怔怔地立成了一根冰柱。她的紫罗兰色的高跟鞋踩的不是路上的树叶，是他落地跌碎的心。那幅画面在他的记忆中，像刺青扎进皮肤般清晰永久……

送葬车队终于上了高速公路，行驶得顺畅起来，炜煊的心神似乎安定了些。多年来他拍过十几部电影，但眼前的这一部，似乎被一股神秘的力量赋予了生命，正在纽约的大地上穿行。

陶霏

纽约，是陶霏不愿重访的城市。她走出 8 街上的灰狗巴士站，距离第一次从北京乘飞机登陆纽约，隔了一条二十五年的时光隧道。二十五年，四分之一世纪。

她搭地铁到格兰特街站，到了地面上，走过几条街区，还不时见到中文招牌。不远处新建的高档公寓楼，标出不菲的单元价格。在传统的华人店铺中间，美国银行、咖啡馆、西餐馆屡屡出现。唐人街在明显扩展，也在悄悄西化。她拐进了一条偏僻的小街，立在人行道上，张望对面的"怡芳艺术品店"。小店的门面比记忆中的要窄小寒酸，窗户还是当年的那一扇，中间玻璃上雕着的莲花，在层层灰尘下挣扎着露出半片殷红。

当年陶霏在纽约辍学后，到唐人街的一家职业介绍所找工作。她既不会讲广东话，也不懂福州话，愿意雇她的人寥寥无几，不料却被高老板一眼看中。高老板不到四十岁，头发像睡熟时被人用剃刀推过，从顶部中间整齐地脱落。他矮小瘦削，却有一个响亮的名字：高圣堂。高老板开的"怡芳艺术品店"面积不足二十平方米，摆满从中国大陆运来的工艺品：唐装、字画、瓷器、文房四宝等，其中很多廉价的仿制品。她是唯一的雇员，既补货，又收钱，整天忙个不停，累得腰酸背痛，一小时只赚五美元。她不时提醒自己只要有收入，生活就有希望。高老板还开一家装修公司，平常顾不上小店的生意，但只要一露面，就对她动手动脚。她忍受着骚扰，对自己心怀鄙视。在求生欲念这个庞然大物面前，自尊是被针扎破的气球，不停地瑟缩变小。她经常在上工之前或下工之后四处打听，希望能另找一份工，但一直没有结果。

入秋后的一天，陶霏站在柜台后面整理一堆打火机，一只手黏兮兮地贴到了她的后背上，吓得她惊跳起来。高老板是从后门进来的，走路又几乎没什么声音。柜台内窄小，给他创造天然的靠近她的机会。他假装找东西，一会儿捏捏她的手，一会儿碰碰她的腿，她躲闪着，又不敢太明显，怕触怒他。她的躲闪反倒让他兴奋，他的两眼一齐放出光来，仿佛和她玩一场时断时续的前戏，索性搂住了她的后腰。她终于被惹恼了，奋力地推开他，跑到门外，蹲到地上呕吐起来。听到他的脚步声，她转过头，掩饰不住眼中的厌恶。他显然败了兴致，"你家里死人啦？给我这脸色？你以为你多高贵呀？"她当然不高贵。如果没有这份工作，就付不出房租，就可能会挨饿。

高老板离开了，她的神经才松懈下来，但一想到他下一次的露面，又会绷紧。她扫完了地，看了看墙上的钟，离关店时间还有十分钟。伴随着"哗啦啦"的一阵声响，店门的竹帘被撩开了。一位白种男人出现了，像从某部好莱坞的电影里直接走出来，身材挺拔，蓝宝石颜色的眼睛闪烁光芒，西装挺括讲究，上衣口袋中甚至还露出紫色丝帕的一角。她打了大半年的工，见到的白人屈指可数，何况还是这么光彩照人的一位，立即绽出笑容，礼貌地问候。他看到她，似乎松了一口气，说："我在曼哈顿当律师，今天是老板萨拉的生日，同事们要给她办一个惊喜派对，但我把这件事忘得精光。我刚从法庭出来，接到秘书的电话提醒，离派对时间只剩下了一个小时！"陶霏有些困惑地望着他，他立即善解人意地放慢了语速，"我飞车上路，看到公路旁的中文招牌，灵机一动，萨拉爱好东方文化，买一份有中国特色的礼物一定会让她开心。我对唐人街的脏乱差早有耳闻，不想涉足太深，看到第一座停车场就停下来，下了车就看到你的这家小店。"

她向他推荐一把纸扇，月白的底色，绘有两只旋舞的墨蝶，还镶着紫绸边，和他的丝帕颜色很协调。她甚至"唰"地一声打开扇面，轻扭腰身，做了一个民间扇舞的典型动作。在那个晦暗的午后，她在几分钟之内，就把店铺里的空地变成了一座小小的舞台。这个美国男人不懂中国成语"红袖善舞"，但露出欣赏的微笑。欣赏女人也许从来无须语言。他的目光蜜蜂般叮到她的左手无名指上，迅捷而灼热。她没戴婚戒。那时在中国戴婚戒的传统还没被恢复，何况她以单身身份来美。当然，他并不了解这些复杂的细节。

他当即决定买下那把扇子，不过遇到一个小小的麻烦：扇子标价 9.99 美元，小店不收信用卡，他身上只有两美元现金。他诚恳地问："我对附近不熟，不知哪儿有取款机，还怕出席派对迟到，能先欠账吗？我三天后大约同一时间还会路过这里，到时一定把现金送来。你相信我！我叫杰夫·金西。同事中还有一位叫杰夫的，为了区别，大家习惯叫我'金西'。"她立即点头同意。金西是她遇到的第一位贵客，给沉闷的小店带来一股新鲜空气，她当然希望再见到他。她找来紫色的包装纸，用心地把扇子包好了，眼中闪出迷人的憧憬的光亮。

三天后的那个秋日,开始得令人烦恼。天空像一夜未眠的赌徒,露出灰涩的倦容。陶霏特地换上紫色的薄毛衣,每隔一段时间就拿出镜子照照自己,坐立不安,期待金西的出现,没想到高老板先露面了。高老板像从面粉袋子里刚钻出来,一身白灰。他开收银机去拿钱,不料老掉牙的收银机被卡住了,就声色俱厉地质问,"收银机坏了,你都不管?害我关门倒闭,是不是?你过来,我教你修!"她不情愿地走过去。他突然贴到她的后背上,像一只刚出锅的螃蟹,热烘腥膻,指给她看钱箱下面的一个上锈的铁开关,随后用一支铅笔别一下,钱箱就"啪"地一声被打开了。她突然一阵恶心,想摆脱他,越是挣扎,他的"爪子"就在她的皮肉里嵌得越深。她火冒三丈,稍转过身,拼力抽了他一个耳光,跳到了柜台外面。他捂着脸,吐出了一个字:"滚!"接着吼道,"不要再来上工了!"她问:"那我这个月的工钱呢?"他鼓起眼,"你他妈的还做梦想要工钱?"

陶霏拿起背包,冲出门去。到了街上,她冷静了些,意识到自己没有金西的电话,如果立即离开,大概此生再见不到他,希望会永远落空,于是决定在附近的停车场等候。她从金西的目光中读出欣赏,那也许是婉转的序曲,会升华成爱慕的主调。在挨过了无比漫长的一小时后,那个西装革履的身影终于进入了视线。金西看到她,吃了一惊,"你怎么站在这儿?我要付扇子钱给你。"她余怒未熄,在秋风中瑟瑟发抖,"我刚被老板炒了鱿鱼。"他动了怜惜之心,问:"我能荣幸地为你买一杯咖啡吗?"她立即点头。在此时一杯醇香的热咖啡,一定有天堂饮品的滋味!

多年后,陶霏再次站在"怡芳"门前,时光的刀剑抽杀金西的身影,剩下记忆中的细微碎片。一个老年男人从店里走出来,把一个小木牌竖到门口,上面歪歪扭扭地写着一行字:"炷香每捆八十八美分。"那是高老板!他弓着背,原本瘦小的身体缩成了一小捆柴火。她看不清他的表情,但从他的姿态中轻易判断出了衰落。

她转身离开,回到百老汇街。财仔和她打电话约好的,在榕华大楼门口接她。很多人早在附近黑压压地聚集了,等待送青姐最后一程。一辆黑色福特面包车在她面前停下来,车窗被摇下来,财仔露出脸,大声叫道,"陶霏姐,快上车吧!"她上了车。财仔的老婆乐珍立即扑过来,把她抱住了。后两排座位上满满当当地坐着他们的五个孩子,大的十几岁,小的四五岁,都埋头在苹果手机或游戏机的世界里。财仔说:"好多年没见了,日子过得太快了。"乐珍命令孩子们,"叫陶霏阿姨!"孩子们漠然地从手机上抬起头来,叫了一声。财仔吼起来:"你们热情点!没有陶霏阿姨,你们可能还没出生呢。"几个孩子又叫了一声,语调中明显添了热度。

陶霏在20世纪90年代初搬进格兰街的一幢老屋,财仔立即从地下室跑出来迎接，面带微笑，张口就叫"陶霏姐"，还帮她搬家具。他个头不高，但力气不小，动作灵活。陶霏住进了他隔壁的小房间，很快和他熟悉起来。财仔在菜市场打杂，下工后带些卖不出去的菜回来煮，偶尔请她一起吃。茶余饭后，免不了聊聊各自的经历。

财仔的爸爸死在偷渡路上，但他的妈妈并没因此打消送他偷渡的念头，认定去美国要"前赴后继"。财仔妈的好友有一个小巧玲珑的女儿，名叫乐珍。虽说"父母之命、媒妁之言"的习俗早被破除，但破除不等于铲除，两家人早早给他们定下了娃娃亲。财仔刚过十九岁的生日，就接到了蛇头青姐的通知，叫他随一批客户上路。财仔妈知道美国华人男多女少，担心他以后找不到媳妇；乐珍妈担心他登陆后花心，忘了乐珍。两个当妈的毫不迟疑，迅速操办了他们的喜事。财仔和乐珍在洞房里厮守三天，就离开了家。

他在偷渡路上车马舟船走了一年多，终于随一队人从墨西哥边境上的阿帕索进入美国，不料被巡逻的移民警察逮捕。这些人身无证件，衣衫褴褛，无所有也就无所畏，倒也没谁被吓得尿裤子，何况出发前都受过"培训"。偷渡最好的结局是悄悄登陆，最糟的结局是去见阎王爷，发生在两者之间的情节都纯属正常。财仔的表哥一路同行，天生瘦小，胡须还没长出几根，谎报年龄不满十八岁，很快被移民局释放，还被当地教会派来的一位慈祥丰满的老大妈接走。财仔诚实地上报年龄，结果被扣押，丢进了拘留所。他一进门，就在地中央蹲下来，立即惹来一片惊讶的目光。周围人要么站，要么坐，没人摆这姿态。他第一次体验到了"文化休克"，只好一屁股坐下，还模仿身边的黑人，把两腿叉开，入乡随俗。几个星期后，青姐派人把他保释出来。青姐帮他偷渡，不要他坐牢，而是要他打工，早日还清欠下的两万美元的偷渡费。两万美元在当时相当于十几万人民币，是一笔巨款。财仔的叔叔在老家的县城当科长，一年的工资还不到五千元人民币。财仔想老婆乐珍，渴望搞到一张美国绿卡，把她接出来团聚。他在唐人街的几个老乡，请中国人律师办政治庇护，都落败而归。

那天陶霏在"怡芳"小店门口等到金西后，欣然接受了他的喝咖啡邀请。他对唐人街不熟，还是她带着他穿过两条街区，找到了一家"星巴克"。她泪光莹莹地痛说遭遇，因为英语不流畅，几次停顿，语调更显委屈。他为她抱不平，"你该告高老板性骚扰！"她苦笑一下，"谁来做证人呢？店里又没装摄像镜头。"其实心里清楚，她的签证已经过期，一个没身份的去控告一个有身份的，显然是自找麻烦。他说："我虽是哈佛毕业的律师，但只接政治避难移民案件，遗憾不能帮你打民事官司。"她灵机一动,问:"我有个室友叫财仔,偷渡来美国的,想申请政治庇护,正到处找移民律师,你愿意帮他吗?"金西的客户大多来自中东和加勒比海地区,还没有中国人,但乐于尝试。临分手时,他给她留下了一张名片,让她和事务所的秘书预约一个时间,带财仔到他的办公室谈谈。

陶霏回到住处,立即兴奋地向财仔讲了认识金西的经过。财仔初中没毕业,但知道哈佛大学是绝对名牌,把自己的未来交给哈佛律师,错得了吗?不过他得打电话跟他妈妈商量。妈妈两脚从没踏上过纽约的土地,但常年生活在侨乡,对唐人街的事情了解得甚至比州议员还多。那些在中国出生的移民律师,连英语都说不利落,怎么可能说服法官?找个白人律师,成功概率要高得多。财仔的妈妈请算命先生测字,结果"金西"这名字会带来好运!金西,颠倒过来就是西金,在西方赚金呀。稳稳当当地赚金,当然要先有身份。财仔不到二十岁,还有长长的未来,不可以像地下室里的老鼠似的,全身黑乎乎,永不见天日。

几天后,陶霏和财仔一起走进了"萨拉律师事务所"。金发的接待员身穿既熨帖又飘逸的丝质白衬衣,散开脖子下的两粒纽扣,深邃的乳沟弯成两瓣白玉兰,随着她每一个小小的动作左闪右现。财仔的两眼立即化成了蝴蝶,忙碌地飞旋。陶霏从接待员背后的镜子里看到自己,双排扣大翻领的西服早已过时,保守呆板,怎么看都打着"第三世界"的烙印。

她和财仔被引进了金西的办公室。栎木的办公桌和文件柜,镶金的笔架和名片,无一不讲究。金西依然西装革履,但比上一次见面时更帅气。他从高背皮椅上站起来,和他们握手,温和地问好。陶霏分不清他的温和是出于礼貌,还是善意,只一味地对他纯正的英语声调着迷。他问:"财仔申请政治庇护绿卡的理由是什么?"陶霏事先反复考虑过这个问题。近几年的"成功"案例大多涉及因参与政治运动或宗教活动的受迫害者。她有备而来,从皮包里掏出一张黑白照片。照片上的场面惊心动魄:一群人举着十字架示威游行,其中一位年轻人把胸膛对准警察的枪口。她指点着年轻人的面孔,"这就是财仔!"又举起财仔的左臂,让金西看上面蜈蚣状的疤痕,"他被警察打伤,留下了这块疤!"财仔懂得"警察"这个词,猜出了大概,胆怯地低声用汉语问:"陶霏姐,这是我和别人打架落下的。这不是撒谎吗?被法官发现了怎么办?"陶霏板起脸反问:"你想在美国黑一辈子吗?"财仔立即闭了嘴。金西仔细看看照片,又端详财仔,半信半疑。他一边提问,一边做笔录,问过阿财常去的教堂名、受洗时间、信仰上帝的原因等。陶霏都一一替他回答了。金西有时从几个角度提问,总算把故事的碎片贴在了一起,随后他问陶霏:"如果将来财仔上庭,你愿意给他当翻译吗？"她几天前还在小杂货店当苦力，现在即将为曼哈顿的大律师工作，难怪有人说"美国遍地都是机会"呢，于是忙不迭地点头："我愿意！"

一位高个子的西人女士敲敲门，走了进来。西装牛仔裤，休闲运动鞋，一副中性打扮；头发超短，眉目清朗，不施脂粉。金西介绍道，"这是事务所的老板萨拉。"萨拉对陶霏和财仔轻描淡写地点点头，并不落座，拿起金西的笔录一目十行地读起来。在座的三人不约而同地屏住呼吸，像在等待审判。几分钟后，萨拉抬起头，用锐利的目光把财仔从头到脚扫描一遍，把卷宗"啪"地一声掷到办公桌上，下手并不重，但掷出一股威严之气，"这个案子我们不能接！"金西变了脸色，请陶霏和财仔到门口的接待室去等，让他和萨拉商议。

十几分钟后，金西出现在接待室，脸上的表情无喜无怒，淡淡地说了一句，"到接待员那儿交定金吧。"

金西承接财仔的案子，总收四千美元。按照出庭次数算，开案定金、问话各五百美元，见庭一千美元，上大庭后交清余额。申请绿卡、工卡、社安卡、申请家属来美等，另外收费。财仔从裤袋里掏出一捧脏兮兮的现钞，那是菜市场老板发的工钱，油腻，气味可疑。接待员用白皙的手指拈起钞票，露出嫌恶的表情。事务所虽没有明文规定不收现金，但绝大多数客户都使用信用卡或支票。

陶霏带着财仔走出了律师事务所的大门，松了一口气。金西和财仔完全生活在两个天地里，但她把他们俩联系起来了。财仔嘀咕："金西是个白人，能帮中国人吗？只谈了一个小时，就交了五百元。在菜市场累死累活半个月，才赚那么多。"陶霏劝他："把眼光放远一点儿。如果你拿到绿卡，别的好处先不提，单说和乐珍团聚、生儿育女这一条，拿多少钱能换来呢？"

陶霏在后来的三个月里，恶补英语，尤其是法律用语。她买了一个带叫醒的小收音机。只要一睁开眼睛，就开始听新闻、练听力；还把可能用到的英语单词抄到一个巴掌大的小本子上，有空就拿出来背诵。她和财仔、金西做上庭的"模拟演习"，由金西扮演法官，向财仔发问。谎言被重复三次，有时就变成了真实。当他们三人相跟着走进庄严的法庭，似乎都相信了财仔因"笃信宗教而背井离乡"的故事。

受理财仔案件的移民法官是福特先生。他六十出头的年纪，出生于条件优越的世家，受过良好的教育，一辈子没经历过什么波折。他患有恐高症，极少坐飞机出国旅行，对外国的看法，也就难免受媒体宣传的影响，相信外国人大都身处"水深火热"。当法官通过陶霏的动情翻译，听了财仔的"受难"经历，再端详他那张年轻无辜的脸，同情心大发，批准了他的政治庇护请求。财仔听到这个喜讯，当场孩子般涕泪横流。

　　财仔离开法庭后，立即向他所有的亲朋好友报喜。口耳相传，没过一个星期，连远在加州的福建人都听说了陶霏的大名，当然也少不了气宇轩昂的金西律师。几个月前，金西为找不到客户犯愁，好不容易说服萨拉接受财仔这个"特别客户"，一夜之间他的电话铃声不断。铃声带来生意，比任何音乐更悦耳，更令人兴奋。陶霏协助金西，再接再厉，又打赢了两桩政治庇护案。

　　陶霏接到了金西的电话邀请，到萨拉事务所附近的酒吧"喝一杯"。这是约会吗？她第一次坐到酒吧的高脚凳上，很不习惯，担心凳子倾斜，摔个人仰马翻，闹出大笑话。过了几分钟，才渐渐找到了平衡。她点了一杯啤酒，喝起来不知其味。她坐得离金西那么近，稍微仰头，就撞见了他的蓝眼睛，夕阳般流金的睫毛。她不止一次做过一个同样的梦：赤裸着身体走入了一片湛蓝的海，直至自己被完全淹没，此刻如回梦境，又有海风拂面，清醒过来，才知那是金西致命的喘息。金西诉苦道："'萨拉律师事务所'的生意不景气，但萨拉一直反对我接收华人客户，说'他们有一双撒谎的眼睛'。她自称爱东方文化，但对东方人没多少同情心。"陶霏因为口语不流利，尽量少讲话，免得词不达意。在这个酒气弥漫、被高大的西方男性控制的酒吧里，一位善于倾听的东方女人简直是一杯清茗。金西身心舒爽，又点了一杯加可乐的朗姆酒。

　　陶霏斟酌字句，终于说："你觉得'金西移民律师事务所'这个名字，听起来怎么样？"

　　仿佛在交响乐的两个乐章之间，谈话出现短促的停顿，空气甚至一度缺氧。金西注视陶霏，用他不无困惑的蓝眼睛，像意大利的传教士利马窦在16世纪第一次读到《易经》，还像在同一时期进入中国的荷兰人，第一次看到一件精致的景德镇瓷器。终于，云雾在他的眼中慢慢散去。他仍不懂《易经》，不懂瓷器，但捕捉到了陶霏眼中的金光，露出会意的微笑，说，"听起来很酷！我爱这个名字！"在那历史性的一瞬，"金西移民律师事务所"宣告成立，随后金西辞职，与陶霏合伙，在唐人街的榕华大楼租写字间、挂牌，都是顺理成章。

　　后来在多少个晴朗的早晨，陶霏和金西相挽着走在唐人街上，身着华服，满面春风，而成群结队的福建人早已在街旁翘首等候。这些人大多在中餐馆打工，休息一天，就少赚几十到上百美元，平常哪里舍得？但为了见她和金西，就咬牙请假了。住在外地的，甚至得请三天假，还要破费买飞机票，下了大本钱。他们为得到大律师夫妇的重视，脱下脏兮兮的恤衫，沐浴更衣。当然也有个别人满身油腻腥膻地来了，像几粒屎，坏了一锅鲜鱼汤。他们对金西的态度是复杂的。有人当面叫他"鬼佬"，还以为他听不懂。他懂的中文词儿的确少得可怜，但陶霏教过他"鬼佬"。他们对嫁外国人的中国女子多少有些鄙夷，男人们猜陶霏贪恋金西的钱，或者想通过他搞到身份；女人们猜她迷恋金西的床上功夫。她们连外地人都不肯嫁，何况是长满胸毛的"鬼佬"？但是，金西夫妇能帮他们申请政治庇护，搞到至高无上的绿卡，为此他们居然抛弃成见，甚至违心地赞美他们的婚姻。陶霏把他们笑脸下的弯弯肠子看得很清楚，不过佯装不知。她相信要和别人打交道，必须先懂得他／她的语言，居然学会了一些福州话；她有不错的文字能力，根据每个偷渡客的性别、年龄、性格等，量身定做，编出一套套"惨遭政治迫害"的故事来，久而久之，就制造出几种模型，建立起了一个虚构文本的加工厂；为提供佐证，她找到一些中国警察和市民冲突的照片，用图片处理软件改换人头，把偷渡客的头像移植上去。她和金西自编自导，与偷渡客排练悲情故事，然后到法庭上正式演出。他们的客户一而再、再而三地获得政治庇护的批准，于是更多的人涌上门来，并心甘情愿地递上大把的绿莹莹的美钞。

陶霏整个人像重新投过胎，在一夜之间变得光彩照人。她学会了开车，行动更加自由；到第五大道去选衣服，顺应时尚的潮流。她和金西一起观看各种文艺演出，甚至出席戴维·莱特曼的深夜脱口秀节目；在"主流社会"的高雅派对上盘桓，兴奋地讨论时政、艺术、体育等；去欧洲旅游，学会了享受贵族式的生活……

"陶霏姐！"财仔在车中叫道，把陶霏从回忆中拖出来，"这些年一直想去看看你，但没有时间。"

财仔拿到绿卡后，很快把乐珍接了出来。两人在格兰街地铁站出口处，支起一口油锅，专卖炸鸡翅和鸡腿。他们家的鸡翅香酥微辣，远超"肯德基"。乐珍手脚麻利，虽然每天累得半死，但不忘面带笑容，赢得了许多回头客。一些纽约人居然不怕麻烦，特地在格兰特站下车，买了乐珍的鸡翅，再返回地铁继续前行。乐珍"革命生产两不误"，一口气生了五个孩子。

乐珍说："我们前几年搬到华盛顿去了，开了一家餐馆，叫'财乐'。"咯咯地笑起来，"从我和财仔的名字里各取一个字，发财当然乐了。餐馆有两层楼，刚开张时，每天都有顾客排长队等座位。我们一家人实在太忙了！"

财仔说："这回还要感谢青姐，让我们有机会聚一聚。"

陶霏点点头，死亡，有时给活人一个相聚的契机，当然世间不是所有的相聚都令人愉悦。她说："我刚才在'怡芳'门口看到高老板了。"乐珍快人快语，"高老板前些年生意不顺，把家产卖得差不多了，又在大西洋城连赌连输，最后就剩下了这家小店，赚点儿钱勉强糊口。"

每天有人发达，有人衰落，这是百年来在唐人街永不谢幕的剧目。陶霏望着车窗外慢慢掠过的店铺，和路两边的黑衣人，恍若梦中。

上百部小轿车、十几部中巴蜿蜒成一条长龙。驾车来往的美国人从未见过这般阵势，一时走了神，有先行权的等在路口，该转弯的却直行，一时间造成严重的交通堵塞。警察局显然措手不及，派出的人手不够。这时，一位西裔男人出现在十字路口，开始指挥交通。男人块头很大，身上的西装小一号，遮不住隆起的肚皮。财仔驾车从男人身边慢慢开过，说："这个傻老外，跑到这儿来学雷锋？"车内的人都好奇地探头仔细端详。

陶霏突然惊叫起来："天哪！那不是金西吗？"

那真是从前风度翩翩的金西吗？

金西

金西开一辆旧"尼桑"，跻身于送葬的车队里，不免寒酸了些。车里的音响差点事儿，正播放着比利·乔尔的《陌生人》。比利唱道，每个人都戴一副隐形的面具，有的是丝绸的，有的是皮革的，只在独处时向自己展示。每个人身体中都藏着一个陌生人，当你陷入爱情时，你会让对方看到这个陌生人吗？

车轮碾过街道，细致缓慢，像执意要丈量每一英尺的记忆。当年他如果没有一脚踏进"怡芳艺术品店"，就不会遇见陶霏，以致与青姐产生瓜葛，今天也不会来出席青姐的葬礼。那天他以为会遇见一个典型的华人店员，在电影中看到过的，男人干瘦如柴，女人低眉顺眼，谁料却是眼波流动的陶霏。她身上的月白唐装钉着一串保守的纽扣，一路系到颈下，居然不肯露出一寸皮肤，双胸却透过丝质的材料，颤悠悠地悬出，比袒露更令他遐想。

他虽西装革履，风度洒脱，其实家底微薄，在经济上早已捉襟见肘。20世纪60年代，他的父母为了给儿女创造更好的生活，从意大利西西里的小镇移民到纽约的皇后区。父亲竭力摆脱贫寒出身的阴影，在注册身份时改了姓，把平凡的康特(conte)变成了贵族气十足的金西(Kinsey)。父亲和西西里著名的黑手党并无牵连，但有一副黑手党成员的坏脾气。他重男轻女，在金西和他的两个妹妹之间，毫无疑问更偏爱金西，但表达爱的方式与众不同：越是偏爱，态度就越粗暴。那时父母打孩子还不犯法，每当金西做错事，他抬手就打。他嗜酒，奇妙的是喝酒后脾气就从狼变成羊。金西从十几岁起也开始品尝这"神奇的甘露"，冀望从中获取快乐。父亲从金西刚懂事时起，就一再训导他长大后要永远离开皇后区，进入主流，到曼哈顿工作。父亲在建筑工地上当工人，汗水淋漓地卖了将近三十年的苦力，把三个儿女供养到上大学。金西从哈佛大学法学院毕业，当上曼哈顿的律师，果然梦想成真，让父亲手舞足蹈地兴奋了好几年。

金西迅速地跻身于"高消费俱乐部"，没还完学生贷款，就换了名车；刚涨了薪水，就娶了贝蒂。他贷款在新泽西买了一套体面的房子，还替贝蒂买了一部新车。贝蒂是一位有着苍白面孔、柔软卷发的女子，在文化背景上与他贴近，祖上也是意大利移民。她从小学过芭蕾和钢琴，只为陶冶性情，并没指望过成名成家。大学毕业后，在一家时装杂志社谋得了一份秘书差事，拿着微薄的薪水，但培养了高雅趣味。她追逐时尚，每月收到一沓沓的账单，夫妻俩因为钱频繁争执，甚至吵闹。贝蒂开始对他进行感情上的"冷处理"，他索性在曼哈顿找了间公寓独住，宣布正式步入分居状态。眼不见心不烦，额外的房租却增大了经济压力，他每月勉强支付信用卡的最低额度。他和她要单飞，坏事倒成双结对。父亲从建筑工地的脚手架上掉下来，摔断了腿。腿是被接上了，但恢复的过程极漫长，接受专业的恢复训练也要花钱。金西无法推卸在经济上支持父亲的责任。美国梦的光环，是用金钱圈起来的，无论如何，他都得把这道光环维持下去。

金西初见陶霏，联想到的不是金钱，而是红酒。陶霏红酒般醇烈，而贝蒂白酒般清冷。贝蒂似乎一出生就要求拥有。拥有的愿望像森林中一簇簇的毒蘑菇，随着岁月的雨淋日晒，一日日疯狂生长。她"活在今天"，还没养成为明日忧虑的习惯。如果生活中的诸多行动像钓鱼，贝蒂等男人钓上鱼来煎好喂自己；陶霏会亲自去钓鱼，然后坐下来安心享受。金西在陶霏的协助下，为财仔及两个福建人申请到政治庇护绿卡，从此携手开辟财源。

财仔在"万福酒楼"设谢恩宴，只摆一桌，挑选尊贵的客人和昂贵的酒菜。金西和陶霏按预定的时间迟到了半小时，身为贵客，当然要让他人等候。酒楼里照例客满。客人们海吃海喝，高谈阔论，好不热闹。财仔订的酒席在一扇屏风背后。待一桌人坐定了，正座竟空着。过了大约一刻钟，屏风外响起挪动椅子的声音，众人纷纷起身叫"青姐"，声调既亲近又敬畏。接着，伴随一阵爽朗的笑声，青姐出现在屏风旁。她生得粗眉大眼、高颧骨、厚唇，烫着短发，穿着土气。如果金西在其他地方见到她，绝不会把她和名震四方的蛇头联系起来。一桌人站起来致敬，青姐露出笑容，做了个"请坐"的手势。她亲热地摸了摸财仔的头。财仔被她从福建老家带出来，现在"荣获"绿卡，简直是她的最理想的偷渡客。财仔端起酒杯起身，先敬青姐。青姐不摆架子，站起来豪爽地向众人举杯。一桌人立即诚惶诚恐地站起，把杯中酒干了。酒是仙水，能让人转瞬间心花怒放，周围的气氛立即活跃起来。青姐讲不上几句英语，和金西交流全靠陶霏翻译，对他的态度不冷也不热，但和陶霏聊得投机，甚至几次拍拍她的肩膀，一见如故的亲密姿态。金西虽然不懂中文，但懂得肢体语言。

散席后，陶霏不知是因为多喝了几杯，还是因为认识了青姐兴奋，两腮绯红，对金西说："青姐答应以后她的客人一登陆，就交给你我了。"接手青姐的客人，就意味着接手钱袋，而金西和她需要钱。"需要"这个词分量嫌轻了些，也许"渴望"更准确。他们必须挽起青姐的肩膀，像落水的人渴望抓住一块帆板。只要在水面漂浮，就有生存的希望，还可能爬上一艘豪华游艇，甚至摇身变为主人。

青姐果不食言。过了不到两个星期，就介绍了刚从墨西哥偷渡入境的半打客人。不久，美国国会宣布每年给所谓受"一胎化政策迫害"的中国公民一千个移民名额，金西和陶霏便开始安排一些客户申请。两人和青姐强强联手，建起偷渡、办身份、拿绿卡的一条龙服务，使他们的律师事务所也进入了流水作业。起初陶霏亲自上庭当翻译，后来客户太多，分身无术，就雇用助理客串。金西先在空白的避难申请表上签名，然后让助理们填上编造的故事，自己根本连看都不看。

金西和陶霏仿佛闯进了一座罂粟园，沉迷于金钱和性爱的混合异香。他们在法庭上演撒谎的戏剧，在卧室里也变换游戏的花样。前一夜，他化身全副武装的移民警官，把她变成衣不遮体的非法移民。他用手铐把她的双手锁在栅栏式的床头板上，用眼罩遮住她的双眼，然后把冰块涂抹到她细腻的胸脯上，令她发出一阵阵尖叫。她哀求他进入她的身体，声调越凄悲，他就越兴奋……后一夜，她摇身变成庄园女主人，而他沦为马厩里屡做错事的杂工。她拿起一根皮鞭抽打他，露出母兽般的美丽狂野的神情，他不停地恳求她抽得更激烈些……在一场酣畅淋漓的床戏结束后，她谈到了解决身份的话题，他几乎没有犹豫，就答应和她结婚。他在生意上仰仗她，怎么可以失去"梦工厂"的合作伙伴呢？跨族裔婚姻大约三十年前就合法了，虽然还不多见，但他有勇气"前卫"一回，引领潮流。何况陶霏是韵味十足的女人，像金刚石一般，乍被采出来时纯洁无瑕，经过他的雕琢，变得闪耀夺目。他和贝蒂签署了离婚合同，还同意每月支付给她一笔生活费，接着就和陶霏举行了婚礼。

金西不会忘记那个夏日的凌晨，他在梦中被电话铃声吵醒，被一条爆炸性新闻震惊：将近 300 名中国大陆偷渡客"抢滩"纽约。半年前青姐和几个蛇头联手，派人把一条被废弃的货船草草修补，还起了一个美好诱人的名字"金梦号"。"金梦号"满载偷渡客，从泰国出发，在海上漂泊了几个月，终于靠近了纽约公海，但不见接应船只的踪影。偷渡客们不想坐着等死，迫使船长向纽约方向行驶，不料在皇后区附近搁浅。这时，伴随着直升机的灯光和轰鸣，美国警察的船只向他们靠近，偷渡客们不甘心被逮捕遣送，顿时混乱不堪。一些人看到美国大陆的隐约灯光，以为离岸边很近了，就跳进海里，可海水冰冷，陆地遥遥，其中几人当即溺水而亡。另外几位水性好的，精疲力尽地爬上岸，立即消失在纽约茫茫的晨雾里。剩下的人被警察们一一押下船，虽然前途未卜，但毕竟踏上了美国的土地。

金西和陶霏赶到了"抢滩"地点。在破晓的熹光中，海滩上现出了一些影影绰绰的"小山包"。凉风吹过，"小山包"们轻微颤动。他们看清那是围毯而坐的偷渡客们。这些人在极度狭小肮脏的空间里经历了狂风暴雨、饥渴灼晒，经历了内部打斗，和死亡多次擦肩而过，终于抵达了梦想已久的大陆。金西被他们的苦难和执着感动，当然也为他们带来的财源喜悦。

偷渡客们被分别关押在纽约州、宾州、维吉尼亚州等地。按当时的移民法，美国绿卡的拥有者可以担保赎人。金西和陶霏立即招兵买马，派出手下的十几名助理，昼夜兼行，先用青姐的钱把偷渡客们担保出来，然后向青姐报告他们的暂住地点。青姐的手下人立即通知偷渡客亲属出钱赎人。同时登陆的偷渡客人数太多，金西和陶霏一时找不到足够的保人，就叫助理们伪造绿卡拥有者的文件出面担保。偷渡客一旦按时去移民局报到，移民局就会退还保金。金西律师事务所先扣除应得的四成律师费，才发还余额。

唐人街是藏不住秘密的。很快有人如法炮制金西夫妇的发财模式，律师事务所似在一夜之间冒了出来。高老板在唐人街混了多年，对"北方人"陶霏的发达不能容忍，也雇了两名律师，如法炮制，做起了移民生意，开始争夺客户。他骂陶霏小气，不信任华人，让金西出场一次收一次费，不管客户输赢，他们都发财。他发明的收费方式是一千至九千型，押金一千元，一直到上大庭，赢了政治庇护案，再收九千元。他常对客户大拍瘦瘦的胸脯，"我不会让你承担那么大的经济风险，大家都是一条船上的，输赢都绑在一起！"遇到斤斤计较的客户，他甚至抛出更强悍的收费计划：零到一万五千型，一开始只收五百押金，输就退还，赢就收一万五千元。高老板的挑战激怒了陶霏。她在他店里的遭遇是她的耻辱，现在终于有了洗耻的机会，当然接招。道高一尺，魔高一丈。她不但按高老板的方式收费，还制定出夫妻优惠、家庭优惠的模式，不但使高老板门庭冷落，还把其他律师事务所的客户都抢来了。

钱成千上万地流进来，在印刷厂印钱都没那么快。金西和陶霏开律师事务所还不到三年，就在康州买下了一座豪宅。宅子四层楼，有十几个房间、五个车库，里面的家具都是优质的品牌，标榜时代风尚。他们还在佛罗里达买下临海的度假屋，虽然一年只去住两个星期，但雇了专人打理。

圣诞节前，他和陶霏请人在豪宅四周的树上装了灯，天黑到一定程度，所有的灯就自动亮起来，营造一片辉煌。新年夜，上百位盛装的客人前来派对，在水晶灯下个个容光焕发。在大厅的一角，一支年轻的摇滚乐队正唱得抒情惬意。香槟酒一瓶瓶地被打开了，溢出的泡沫闪着莹洁的光芒。从曼哈顿专请来的几位名厨，在长条餐桌上摆满了东西方美食。当金西挽着陶霏从旋转楼梯上走下来，乐队停止演奏，客人们屏住呼吸。金西的黑色燕尾服和陶霏的大红织锦缎旗袍相映成辉，两人立即被赞为"中西合璧的典范"。金西说："我和霏感谢诸位对'金西律师事务所'的支持和厚爱，为回报社会，我们向中国的失学儿童组织、美国的救助病童的机构各捐款二十万美元！"客人们听了，都真诚地受了感动，起劲地鼓掌。随后乐队恢复了演奏，客人们结对在大理石的地面上翩翩起舞。那是一场多么令人难忘的派对啊，几乎完美诠释了"美国梦"。

金西看到了前妻贝蒂。她穿一身吉卜赛风格的碎花长裙，进门就脱下鞋子，打着赤脚走来走去，带来的"伴侣"竟是萨拉！萨拉是"出柜"的同性恋者，谁料到贝蒂会有这么戏剧性的转变？陶霏对贝蒂的"转变"没有异议，居然流露出赞赏，更让他大跌眼镜。或许因为贝蒂进入同性恋阶段，对她的婚姻就不再造成威胁，精神放松了？他以为自己从一个极端（西方自我中心的女子）走向了另一个极端（东方善解人意的女子），永不会重蹈婚姻覆辙，谁料到两个极端会向对方移动。女人真是令人难以琢磨的动物。

陶霏还邀请了被她称作"表哥"的炜煊。炜煊的那套做工粗糙的西装，怎么看都别扭，他的脸色比刚下船的偷渡客好不了多少。金西发现他避免正视自己，又忍不住要打量，于是玩起猫捉老鼠的游戏。他在突然转头的一瞬，截住炜煊目光的去路，看清了其中复杂的谱线。无须陶霏交代，他就理清了她和炜煊的关系。他原以为相爱的人彼此会卸下伪装，其实爱情中的秘密像中国盒子，一个里面套着另外一个。金西和客人们谈些自认为重要的话题，一杯接一杯地喝着红酒。在接近午夜、派对达到高潮时，他跑到钢琴旁载歌载舞。这时家里的电话刺耳地响起来，他看见陶霏走进办公室去接。过了几分钟，陶霏出来了，脸色不太好看，把他叫进办公室。

她捂住话筒说，"电话是偷渡女阿芸打来的！"阿芸二十多岁，长头发，瓜子脸，眼神单纯。两个星期前，她从迈阿密一入境，就被移民局扣押，当时金西和陶霏正在附近休假，"顺手牵羊"把她担保出来，又乘同一架飞机到纽约，准确说是"押送"。只有看住阿芸，从她的丈夫江哥那里收到偷渡费，生意才不算白做。

陶霏在唐人街给她安排了一个临时住处，叫青姐的手下人看管，通知江哥上门交钱领人。江哥在布鲁克林开一家中餐馆，起初生意火爆，但前一段时间对面街上新开一家，连菜单都大同小异，抢走了大半生意。他赔本硬撑着，又欠下高利贷，被债主天天上门催款，拿不出钱赎她，也打听不到她的行踪。阿芸怕被青姐的手下人"撕票"，找机会逃了出去，人生地不熟，发现一家仓库的门开着，就溜进去躲了起来。她注意到仓库的房顶上立着一个招牌，印有"日新印刷厂"的字样。

阿芸在电话里声泪俱下，请陶霏向青姐求情，放过她，她以后当牛做马，一定把欠下的偷渡钱还上。陶霏声调犹豫地问金西："我们怎么办？"金西头晕晕的，没从派对的狂欢中清醒过来，说："她坏了规矩，我们怎么可以帮她？惹恼了青姐，我们还有生意做吗？你比我应该更明白！"陶霏当然明白。前移民法官退休了，新法官很难对付，最近他们接手的几个政治庇护案都被拒绝，如果得罪了青姐，再断"货源"，后果不堪设想。她咬咬下唇，放开手，拒绝了电话另一边的阿芸。随后，她犹豫片刻，又向青姐报告了阿芸的下落。大厅里的客人们开始高声地新年倒计时："五，四，三，二，一！新年快乐！"他们纵情地欢呼，互相亲吻，乐队恢复了激昂高歌，在转瞬间淹没了发生在办公室里的小小插曲。

当天夜里，青姐手下的两个壮汉赶到日新印刷厂，拿出一把菜刀，残忍地砍掉了阿芸右脚的小脚趾，使她痛得大哭不止。其中一人把她的脚趾装进一个牛皮纸信封，给江哥送去；另外一人见她面容美丽，动手撕开她的衣裙，贪婪地舔舐细腻的胸部。她拼命地反抗，反倒更激发了他的兽性。他把她一拳打昏，把双腿架在自己的肩头，强暴地进入她的身体，她的右脚流出的血都滴在了他裸露的后背上。他发泄完毕，把她锁在仓库里，出去买夜宵。返回后，发现她已经用捆菜单的麻绳悬梁自尽了……

出殡车队经爱惜士街驶向呢称"福州街"的东百老汇，在榕华大楼前完全停止了流动。青姐多年前买下这幢七层大楼，在里面开设地下钱庄。钱庄一度生意兴隆，资产上亿美元。金西和陶霏租下最高的两层，做律师事务所的办公室。金西寻找自己伫立过无数次的窗口，试图在记忆的洞穴里挖出一条通向地面的通道。

十年前的那个日子，像在森林中遭遇的一头黑熊，无论他气喘吁吁地向哪个方向奔跑，总会惊心动魄地一次次重新面对。早餐丰盛：小薄饼、培根、煎鸡蛋，还有草莓。他喝了咖啡，陶霏和五岁的儿子弘喝了橙汁。陶霏叫出租车去机场，即将带弘回中国探望她的母亲。他在家门口和她吻别，尝到了她唇上橙汁的味道。他把弘抱起来，亲了又亲，还嘱咐他乖乖地听话。

他在唐人街停了车后，踩着地面上薄薄的白霜，来到了榕华大楼门口，看到了一辆卡车。几天前他因为律师事务所的文件堆积如山，叫一位助理联络一辆卡车，把大部分文件送到郊区的仓库里保存，卡车果然被安排好了。突然，躺在街上的两个流浪汉站了起来，那个送比萨饼的红头发的家伙也突然露面。三人把他团团围住，亮出 FBI 警探的徽章，宣布逮捕他。时间在那一刻定格，仿佛维苏威火山骤然爆发，人生的庞贝古城陷入一片千年的死寂。附近的商贩们从店铺里涌出来，交头接耳，眼里闪动着惊讶和兴奋；事先有预约的客户们露出忧虑重重的神情。红头发的警探接到一个电话，随后问金西："我的同伴已在机场逮捕了你太太，你儿子由一位女警陪伴，你有亲戚可以照顾他吗？"金西猜想 FBI 担心他销毁文件，又要防止陶霏潜逃，所以兵分两路，同时采取行动，可怜的儿子成了全家唯一的"自由人"。他把大妹妹的电话给了红发警探，托她照顾弘。

几天后，联邦以专门严惩帮派的"反黑连坐法"重罪起诉金西和陶霏，还同时起诉了律师事务所的十五位涉案人员……

路两旁的人群向送殡车队迅速靠拢，把灵车四周围堵得水泄不通，向青姐默默说声"再见"，有人开始擦泪。殡仪馆人员打开灵车车门，让青姐再看一眼她生前的常驻之地。青姐的女儿阿绮从车上走下来，在棺前行叩拜礼。

车队终于再次启程，但挪动得太缓慢了，到了一个十字路口，竟完全停滞。金西感到一阵胸闷，把车窗全部打开，还透不过气来。纽约警署显然对突然出现的庞大车队毫无准备，派不出足够的人手。他把车停到附近的一条小街上，站到十字路中央，开始指挥交通。多年来，他被记忆的黑熊追逐得精疲力竭了，渴望尽快告别一段历史，投身于一条忘忧河，获得一刻轻松的漂浮。

尘归尘

送殡车队终于上了高速公路，出纽约，一直向北。财仔摇下车窗，放进清新的空气。路两边的树逐渐密集，随后出现空旷的绿地，视野变得开阔。陶霏注意到绿色路牌上的飞机图案指向机场的方向。

她看到一架飞机被固定在地面，在记忆的跑道上永远无法起飞。在那个阴冷的秋日，她带着儿子弘登上"波音747"。儿子因为期待平生第一次的国际旅行格外活跃，不停地追问她老家的事情，还有从未见过面的姥姥。临近起飞时间，广播里传来机长公事公办的声音："因为事先不能预料的原因，抱歉推迟起飞。"乘客们开始躁动不安。半小时后，FBI警员两男一女出现在机舱口。儿子欢呼起来："妈妈，你看!FBI!好酷啊!"不料警员们走到陶霏的座位前，向她宣读了逮捕令。她猜想FBI为防止她携子潜逃，采取了果断行动。全机舱的乘客瞠目结舌。她不由自主地搂住了儿子小小的肩头。儿子的眼神从兴奋到惊讶到恐惧，在几秒内完成了一场巨变。她在众目睽睽之下被押下飞机，装进一辆警车。儿子突然挣脱开女警的手，向她跑过来。在机场宽阔的跑道上，他的身影渺小，脚步苍老般踉跄。她在那一瞬就被判了刑，后来在法庭上受审似乎变成了过场。在儿子面前，她是永远的罪人……一个小时后，太阳悬到正空，似乎把寒气都拥入怀中。远山在天空和绿地之间露出轮廓，一座墓园静静地卧在山下。墓园像一位矢志不渝的情人，似乎多年前就等在那里，陶霏想，美国人常说世间只有税收和死亡无法逃避，果然如此。财仔在爆满的停车场里找不到车位，只好叫乐珍带着孩子们和陶霏先下车，自己到附近的街上停车。

炜煊命司机把越野车停在墓园的入口处，小康和其他两位助理立即卸下摄像器材，投入工作。炜煊也不拖泥带水，用狩猎的目光在人群中搜索。大约上千人聚集到青姐的墓前，许多人在腰间系上白布。转瞬间，人们在墓穴四周铺上绿帐，摆满花圈，立起青姐的巨幅遗像；还用手掬起黄土，搭起一个土包，把灵牌插上去，在灵牌前摆上祭品：一排橙盘、一排红烛罐，还有十八碗青姐爱吃的家乡菜，其中包括清蒸虾、炒田螺、福州鱼丸等。平日素净的墓园骤然增色，还飘散起中餐的特殊香气。十六位壮汉把青姐的灵棺从卡车上小心翼翼地抬下来，放到了墓穴旁。灵棺是上等的红木，在阳光下散发着高贵的光泽。青姐坐牢十几年，对这些中餐可能想疯了，可惜临死也没有尝到，炜煊想，命运折磨人，有时只需调用一个小小的细节。他几乎没费什么力气，就找到了青姐的女儿阿绮，向她提出了拍摄请求。阿绮三十几岁年纪，眉目和年轻时的青姐十分相像。她披麻戴孝，哭肿了眼睛，声音微弱，"你一定要公平!"炜煊立即点头，"我会安排时间采访你，等拍好了，还要请你审查!"阿绮说："那好吧，你要讲信用!"

炜煊指挥部下选好拍摄地点，架起摄像机，还亲自调整角度。这时，陶霏进入了视线。他以为她早经不起细看，七年的监狱生涯、出狱后捉襟见肘的生活，什么样的女人经得起这样的折磨？她的皮肤的确不如从前紧致，额头出现隐约的波痕，但举手投足间竟有陌生的风韵。他恨过她，此刻身处世人安眠的墓园，恨突然变成了生命中不可承受之重。

陶霏来到青姐的遗像前，鞠了一躬。阿绮一抬眼，看到了她，立即冲过来，挡在她面前，厉声问："你怎么有脸来？你不许靠近我妈妈！赶快走！"青姐的亲友们闻声黑压压地涌过来，在悲伤的表情底色上，涂染了愤怒，叫嚷着："要不是你，青姐也不会被判这么多年！"

一个胡子拉碴的高壮男人冲到陶霏面前，指着自己的鼻子问："你还认得我吗？"陶霏迷惑地望着他。男人怒目圆睁，步步逼近，"我是江哥！阿芸的老公！"他要是没有自报家门，陶霏真的认不出来了。是冤家总会聚头。她的脸色变得惨白，不停地后退，再退一步，就会掉进墓穴里。他索性推了她一把，"你该去给青姐陪葬！"人群中有女人怯懦地哀求："不要再推了！会出人命的！"

这时炜煊挺身而出，厉声叫道："住手！我是电影导演炜煊，正在拍青姐的纪录片，你们这么欺侮人，要受法律制裁的！"他相信名人、媒体和法律这些字符拥有威严和制约力。陶霏转过脸来看到他，双眼像被马蜂同时蜇咬，立即肿起来。这场"英雄救美"几乎无可挑剔，炜煊在得意间扫视人群，正撞见一个白种男人的目光。男人站在不远处，头发是盐的颜色，挺着小山坡般隆起的肚子，像一头迷路的笨熊，闯入了农家安静的田园，既冒犯又不协调。那不是金西吗？他怎么变成这个鬼样子了？上一次见到他，是在他家的新年派对上，那时他正春风得意，奢华得可耻。炜煊像一位一度溃败的拳击手，重整旗鼓，终于可以无惧地正视，登上擂台，跃跃欲试，可金西并没有迎接挑战。金西的目光复杂孤单，几乎令人心酸。

江哥冲炜煊挥起拳头，嚷道："少拿那些破玩意儿吓唬人，你要不老实，我砸你的摄像机！"这时财仔气喘吁吁地赶到了，拨开人群，用身体挡住陶霏，"你们有火，就冲我发吧！陶霏是我的大恩人，谁也不许动她一个手指！"周围人似乎醒悟过来，发出各式感叹，"我的绿卡也是她帮我搞到的。""好多年没见到她，变样子了。""要是没有她和她那个鬼佬老公，我早被遣送了。"他们不由自主地制止了跃跃欲试的江哥。

说起"鬼佬老公"，金西已经出现在陶霏身边，对阿绮说："请你给我和霏一个机会，向你妈妈告别吧。"阿绮困惑地看看金西，终于认出了当年那个蓝眼睛的大律师，勉强地点了点头。

江哥怒火未消，高声大喊，"陶霏，别以为你从监狱里出来，就没事儿了，还会遭报应的！"

阿绮阻止道："别在我妈墓前吵闹！让她安睡吧。"

"哼！"江哥不屑地问，"你妈做了那么多坏事儿，还想安睡？"一句话，就把自己变成了众矢之的。几个彪形大汉毫不迟疑，左右挟持，把他从墓前拉走，一直"押"到停车场，"马上滚开，别在这儿找死！"

江哥寡不敌众，嘟囔着开着自己的"宝马"车离开了。

人群中有人冒出了一句，"江哥这小子，穷的时候差点儿要饭，现在又发达了起来，听说还做起了房地产生意。"

这时金西转向陶霏，艰难地吐出一个字："霏。"他替自己向阿绮求情，陶霏心里是有几分感激的，说："没想到你也来了。"炜煊大方地问候金西，和他握手，还递给他一张印着一堆头衔和美国手机号码的名片。金西叫他的名字，发音还是怪怪的，"抱歉，我没有名片。"炜煊指指摄像机，"我在工作，回头和你聊。"说罢回到了部下的身边，露出严肃的执导表情。

陶霏和金西上一次这样并肩而立，是大约十年前在法庭上受审。

女法官是一位五十几岁的黑人"洋包公"，自开庭以来一直低着头。负责他们案件的白人检察官英气逼人，和许多美剧中常出现的严肃刻板的形象不同。他义正词严，起诉金西和陶霏自 20 世纪 90 年代起，长期勾结走私人口的蛇头青姐等人，相互从偷渡客与家属身上牟取暴利，经手的将近五千个政治庇护案几乎全部造假，非法牟利一千五百多万美元。他花了整整半小时宣读并解释他们的罪行，中间不得不停下来喝水、喘息。罪行包括"组织偷渡""协助偷渡""伪造文件保释人蛇""捏造政治庇护故事""偷税漏税"等将近五十项，其中最严重的是"合谋绑架""合谋禁锢人质"，对阿芸的死负有不可推卸的责任。

大难来临，陶霏作为一位年幼男孩的母亲，或许有更多寻求自保的理由。她的辩护律师是一位姓李的越南华裔，四十多岁年纪，才貌平常，专门受理刑事犯罪案件。李律师把矛头指向金西，"金西拥有律师执照，在纽约从业多年，比陶霏更懂法律，是所有案件的'主谋'，而陶霏扮演的不过是翻译和助理的角色。"陶霏听了，似在黑暗隧道中摸索前行，看到尽头的点点灯光，心因为侥幸的喜悦微微颤抖。

萨拉在刑事和移民案件方面经验丰富，竟放弃前嫌，担当金西的辩护律师。她毫不留情地反驳："虽然'金西移民律师事务所'以金西之名命名，但陶霏才是真正的老板。金西不会讲汉语，青姐和绝大多数客户都是中国人，只会讲零星的英语，金西不可能和他们单独交易。"

检察官放了一段录音，是陶霏和一位中国女客户的谈话。陶霏说："你告诉移民官，你因为婚外孕被迫堕胎。你必须记清虚构故事情节的顺序。不用担心，像你这种情况，用逃避计划生育的理由申请政治避难，简直是探囊取物，太简单了！"

法庭上的女翻译把这段对话如实译过来，陪审员们听了，无不露出惊愕的表情。李律师意识到形势对陶霏不利，立即就阿芸自杀事件追问金西，金西面无表情，"我没参与过阿芸的事儿，至于陶霏和青姐怎么发现了阿芸的踪迹，我一点儿也不知道。"陶霏吃惊地注视着金西，不能相信他竟然可以当众撒谎。原来她和他的婚姻建立在谎言的沙堡里，狂风骤起，顷刻倒塌，只惹得尘土飞扬。

法庭里一片哗然。坐在听众席上的江哥突然站起来，叫嚷道："重判陶霏！绝不手软！"他周围立即有人响应，"同意！"几个警察冲过去维持秩序，"安静！安静！"

女法官这时突然抬起脸，目光锐利，字字如剑，"陶霏和金西和蛇头一样心狠手辣、不择手段，我要把你们的所有罪行合并执行，最不可宽恕的是你们雇有三十多名助理，成为不折不扣的教唆犯，污染了这些原本清白的人。"陶霏像在黑暗的隧道里爬到了出口处，却被迎面而来的火车撞得头破血流……

太阳稳稳地悬在墓园的上空，照耀着大地上百感交集的人们。突然间，毫无缘由地平地一阵风，吹倒了青姐的灵牌。众人变了脸色，慌忙扑上去把灵牌扶起来。陶霏分明看见一位年轻女子披散着长发，穿着一条轻薄的蔷薇紫色的长裙，打着赤脚，在人群中一闪。她惊叫一声："阿芸！"金西顺着她的手指望过去，惊悚地喃喃低语："真是她！"

阿芸一路追随送殡车队，被早春的风送到了此地！陶霏在和众多偷渡客打过交道后，他们的长相在记忆中很快变得模糊，唯有阿芸的面孔是一幅数码图像，在光阴流转中，色彩和线条还清晰逼真。那一年陶霏和金西带阿芸从迈阿密去纽约，在上飞机前注意到阿芸脸色苍白，一副随时能被风吹跑的样子，隐隐有些担心。飞机起飞后，她放下了身段，离开头等舱去经济舱找阿芸。正巧阿芸身旁的座位是空着的，就坐了下来。靠近端详，阿芸的面孔其实姣好，不过嘴唇上突起的几个白泡，影响了线条的柔和。

阿芸的丈夫江哥几年前偷渡来了美国。他离开时，他妈还在世，只不过身体已经很虚弱。阿芸每天做饭、洗衣、打扫房间，日子似乎过得飞快。江哥通过老乡介绍，认识了做移民生意的高老板。高老板大打保票，会帮他搞到"政治避难"绿卡。江哥一上庭，立即被法官拒绝，被断定"有一双会撒谎的眼睛"；再上庭，还是落败而归。他绝望了，索性"黑"了下来。他还清偷渡欠下的债，从老乡那里贷款开了一家中餐馆，刚开张时生意兴隆，每天半夜收工时数钱数到手软，"东边不亮西边亮"。他寄钱给家里盖了三层楼的青砖瓦房，买了全套的进口电器，可惜他妈没有享福的命，在搬进新房的第三天咽了气。江哥在电话里对着阿芸哭了半小时，又寄了一笔钱给母亲办了隆重的丧事。

阿芸的表妹乐珍移民去了纽约，和丈夫财仔团聚了。她传回来一个让阿芸气炸肺的消息：在唐人街的"贵宾楼"，江哥和一个又白又嫩的小姐搂在一起！小姐是北京人，卷着舌头说话。阿芸想起有一次她打江哥的手机，接电话的是一个娇滴滴的女声，一时不知该说什么，等对方把电话给了江哥，才确认没打错。江哥解释，自己开车超速吃罚单，必须上交通法庭，请北京小姐也是餐馆的经理当翻译。他说"吃"时卷起舌头，阿芸还嘲笑了他。乐珍透露更多的细节：北京小姐和江哥开一辆红色敞篷跑车在公路上兜风，只穿了一件大红的小背心、一条短裤，奶罩都没戴呢。以前每到夏天，阿芸受不了天热，在家里不戴奶罩。每次有客人来，江哥总要叫她进里屋穿戴整齐才出来。他竟和穿着暴露的小姐在公路上兜风！他以前说阿芸的小腿比较粗，穿长裙好看一点儿。这几年她见了漂亮的长裙就忍不住要买，盼着有一天能到美国穿给江哥看。名牌时装街的大小老板都摸透了她的心理，见她犹豫不决，只要说一句"江哥一定会喜欢的"，她就连价钱都不讲就买走。

乐珍说，更奇葩的还在后面：红跑车是江哥给北京小姐的生日礼物！难怪他半年多没给阿芸寄钱了，推托餐馆生意不好、手头紧。北京小姐不算漂亮，但娇滴滴的性子是武器，轻易打败了干渴已久的江哥，何况她还是一个大学生。乐珍死活也搞不明白，在纽约泡高级妓女都不要花那么多钱，妓女还不会欺骗感情。江哥一身油一身汗地打拼，一年只在"感恩节"休息一天，因为那天美国人在家吃火鸡，不会到中餐馆吃饭，现在就这么轻易地把血汗钱挥霍了！

"北京小姐"这四个字像一根插满芒刺的大棒横在阿芸的心头上，令她既痛苦又压抑。其实她早有一些预感，只是不愿意去证实。江哥以前在电话里和她重复说一些床话，甜腻热辣的，最近闭口不提了，想必不用再过这份嘴瘾。她想立刻打电话质问他，但知道他绝不会承认。

她一咬牙、一跺脚，决定偷渡，登陆美国后再通知江哥，这样他想反对也来不及了。她找到了青姐手下的小蛇头，说明来意。当时偷渡要三万美元，头期交五千块，她手里的钱还够。青姐刚开辟了一条新线路：从福州飞北京，从北京坐火车去莫斯科，经捷克、德国到荷兰，再从荷兰到英国，最后从英国飞美国。阿芸听得头晕了。她从小到大去过最远的地方是福州，现在要经过那么多国家，躲过各国海关的检查，稍有差错就会前功尽弃，越想越怕，战战兢兢地问，"会不会有生命危险啊？"立即遭到小蛇头劈头盖脸的一顿骂："像你这样还想闯美国？哆哆嗦嗦的在海关露了馅，还会害了别人。我跟你说，经我手到美国的人里最小的有十二岁的，哪个也没像你这么窝囊！"她不敢再多话，无论怎么样都要上路了。江哥没有身份，不可能离开美国回到她身边，难道她还有别的选择吗？

她在准备行装时费了一番周折。因为要假装普通旅游者，蛇头规定只能随身带很小的一个旅行包。她难过地把几年来买的新衣服都丢在家里，只带上了两条最喜欢的桑蚕丝长裙，一条豆沙色的，另一条蔷薇紫色的。

接下来是漫无尽头的旅途。飞机、火车、轮船、汽车……乘坐了每一种她能想象出的交通工具，穿过了半个地球。她一天比一天瘦下来，脸色也一天比一天苍白，担心见到了江哥时，他认不出自己了。

到了荷兰以后，蛇头命令阿芸和同行的五十几人把旅行包全部扔掉。阿芸不知道还要过多久才能到美国，路上又不可能有机会买衣服，把三套内衣内裤穿在了身上，但狠狠心，把那两条桑蚕丝长裙丢进了路边的垃圾箱。五十多人沙丁鱼般挤在一辆密封的运货卡车里，抱腿蜷缩坐着。车内黑漆漆的，蒸笼般酷热，只从车厢左上角的通风口透进来一点点天光和空气。因为怕被外面的人听到动静，谁也不敢说话，只发出或轻微或粗重的呼吸声。阿芸全身浸透了汗水，很想脱下两件内衣，但被众多男人团团包围，不可以无所顾忌，尽管没人能看清她。鱼腥气混合着人身的汗臭和狐臭，害得她几次差一点吐出来。她特别怀念老家宽敞的房子，还有清新的海水气味。

车里突然一点天光都不见了，变成了一个完全封闭的黑箱，空气越来越稀薄，大家开始骚动不安。有个男人忍不住站起来，摸索着车厢的左上角，找到了那个通风口，但它不知被什么东西从外面堵得严严实实的。接着很多男人都去试过了，随后又去推车厢后门，但门早被司机从外面锁死了。他们脱下鞋子，拼命敲打驾驶舱的墙壁，呼喊着求救。女人们开始大声哭起来，男人们便呼喊得更疯狂、敲打得更激烈了。

阿芸躲在角落里发抖，脸上已经分不清泪水和汗水。江哥此刻正在做些什么？会不会和那个娇滴滴的北京小姐在一起？如果他知道她现在连呼吸都困难了，会来救她吗？司机像一架没有听觉和感觉的机器，也许因为车厢的板壁太厚了，丝毫听不到他们的呼喊和敲打。人们喊得口干舌燥，敲打得精疲力尽，都瘫坐了下来，在逐渐变成真空的黑暗里，陷入绝望的沉寂。不知又过了多久，旁边的一个人突然倒下来,横压在阿芸身上,就一动不动了。阿芸伸出手想推开那个人,但没有一丝力气,绝望地放弃了努力,闭上了眼睛。就在这时,卡车突然停住了,后门被接应的人打开,她呼吸到了一丝新鲜空气,终于重新回到了人间!

阿芸九死一生,谁料到登陆美国后,因为一系列的变故,竟选择一死,但魂魄多年都没有散去。陶霏坐监狱时,在许多个早晨醒来,发现阿芸站在自己的床前,说:"求求你和青姐,放过我吧,我以后当牛做马,一定慢慢把欠下的偷渡钱还上……"陶霏、金西、青姐都得给阿芸一个说法,但是青姐,先一步解脱了。

乐队成员不知什么时候换上了草绿色的制服,还有模有样地扛着肩章,粗看上去像中国武警。他们奏起音乐,把声调从哀伤转向激越,宣告入葬仪式的开始。阿绮跪倒在墓旁,哭成了一个泪人儿,向青姐告别,"妈,我不管别人说你什么,你是我的好妈妈!"两位女老乡扶着她的手臂,低声安慰。一些人持续地低泣,为逝者,也为自己,二三十年前冒着生命危险偷渡来美,至今四处漂泊,无确定身份。时过境迁,偷渡的渠道变了,改成"留学式""考察式""旅游式"等,唐人街的移民律师也换过了几茬。青姐的离去,为一段移民历史画了一个感情复杂的休止符。

陶霏最后一次见到青姐,是在纽约联邦法院。她当时被单独关在一间候审室里,透过小窗口,看到青姐被押进了对面的候审室,就想制造一个接近的机会。她困兽般踱来踱去,终于发现了一个监视器的死角:一堵矮墙后面的马桶。她把一卷手纸塞进了马桶,随即以马桶堵塞、自己闹肚子为理由,要求年轻的黑人看守带她去方便。女看守没多想,把她押进了青姐所在的候审室,又不想闻她的臭气,就等在了门外。

陶霏一见到青姐,就"扑通"一声跪下了,含着眼泪颤声恳求:"青姐,只有你能救我!你的女儿是成人了,我的儿子才五岁,现在我和金西都被关起来了,有可能被判二十年徒刑,孩子不能没有父母啊!"

青姐一脸憔悴,有气无力地问:"我能帮你做什么?我身上的罪也有几十条!我一直都在帮助老乡,落到这样的下场。"

"我最大的罪名是间接害死了阿芸,你我都有错,求你担下责任吧,看在我儿子的面子上!"陶霏全身发抖,涕泪横流。这时她听到了看守的脚步声,立即站起身,慌忙擦干眼泪,走到门边。在看守打开门的那一瞬,她回头期待地望了青姐一眼。现在想来,那一眼即是永别。

不久,陶霏通过李律师得知,青姐揽下了对阿芸之死的责任,减轻了她的罪状。法庭审判的结果是她获刑七年,金西获刑五年,被立即取消律师资格。两人还被没收全部财产,一时间,"落得个白茫茫一片真干净"。

陶霏在被转入正式监狱后，通过监狱律师和金西办了离婚手续。在服刑期间，儿子弘由金西的妹妹暂时抚养。陶霏像一个落入孤岛的人，用书信的木棒打磨石头般冷硬的监狱生活，获取星星点点的火花，维持精神的光亮。她每星期至少给儿子写三封信，像天底下许多普通的母亲，不厌其烦地重复自己的牵挂和嘱咐。她还坚持不懈地给青姐写信，在寄了二十多封后，终于得到了回音。即使几年前出狱后，两人一直保持书信往来。

在墓园里，陶霏从背包里掏出一封信来，突然对众人说，"我想给大家念一下青姐给我写的最后一封信。"众人竟安静了下来。她读道："陶霏，我肝痛得受不了，每天抓铁床扶手，快把它抓断了。最近几天我总梦见离开乡下老家的那个晚上，还又一次走过罗浮桥。明天我就要离开牢房，搬进监狱医院。我知道自己不会再回来了。没有了我，我希望亲人们能好好活着。这些年我信佛，把狱友留给我的一本《佛经》读了上百遍，放下了以前的恩怨。《佛经》上说，'以一极微为中心，集合上下及四方等六方的极微而成一团，称为微尘，合七极微为一微尘，合七微尘为一金尘。'人活一辈子，就像一粒金尘，太微小了。我有过的万金，也会随我变成尘土。"

一辆黄色吊车把青姐的棺木吊起，平稳地放进墓穴。阿绮把青姐遗留下的《佛经》放到棺木上。《佛经》的封面已经损坏，但被青姐精心修补过。陶霏拿出了自己最喜欢的一只青玉手镯。当年青姐曾夸过它好看，但她不舍得送人。她在出狱后经济最困难的时候，也没狠下心把它送进当铺。这是最后的机会了，她终于把玉手镯放进了墓穴。众人自动地排成一队，依次丢一把尘土，或放一朵玫瑰，向青姐作最后的告别。青姐的亲属们披麻戴孝，齐刷刷地跪下，再次发出痛哭的声音。葬礼结束后，他们又按家乡的风俗，换上大红的腰带，给青姐的遗像扎上红纱，立即给墓园增添了喜庆的气氛。

陶霏在人群中寻找，不见金西的踪影。这时炜煊走过来，声调低沉地问："你还好吗？"陶霏反问："你期待听到一个什么答案？"炜煊怔了一刻，他会告诉她自己的真实想法吗？于是顾左右而言他，"你看，青姐生前住在唐人街，吃中国饭、穿中国衣，只说三句半英语，葬礼倒是中西合璧。"陶霏还是反问："你是来当看客呢，还是来当主角？"炜煊意味深长，"那要看这部电影怎么发展。下午五点在纽约一起喝杯咖啡，怎么样？我早选好了地点，曼哈顿的'沉思'咖啡馆。"陶霏犹豫片刻，答应了。

送葬车队回城的速度比出城时快得多了。黑衣的人们很快下了车，消失在人海中。陶霏想起某位名人说过的一句话，人一生只有两分半钟，一分钟为笑，一分钟为叹息，半分钟为了爱。现在人们又回到各自的"一分钟"或"半分钟"里去了。

夜未央

葬礼过后，陶霏婉言谢绝了财仔夫妇到他们家住几天的邀请，请他们把自己送回到了曼哈顿。财仔一家随后打道回府，他们的餐馆需要人手，容不得耽搁。

陶霏来到了炮台公园，找了张长椅坐下来。太阳在一整日的攀升后，开始缓慢地下滑，把大片的辉光铺洒到哈德逊河上。她以前住在纽约时，一直忙碌，似乎从没在河边一个人安静地坐坐。此时作为过客，却偷得半刻清闲。公园对面隔着河是自由女神岛。一个多世纪以来，无论风雨，著名的自由女神高高耸立，令无数合法的非法的移民热泪盈眶。河水挟带着移民的秘密和眼泪，从未停止奔流过。

她想到了杨阿姨。杨阿姨刚到纽约后，是否也坐在这里，望着这奔流的河水？她十岁那年目睹的一幕，黑水草般顽强地贴附在记忆的堤岸上。她做了一个噩梦，在夜里惊醒过来，发现母亲不在身边，惊慌中穿着背心短裤出门去找。她先去了凌花江边，因为母亲常坐在那里想心事，不愿意被人打搅。她看到一个女人的背影，悄悄走近了，才看清是杨阿姨。杨阿姨怀抱着自己的女婴。女婴出生不到一个月，还没有名字呢。陶霏喜欢抱她，逗她笑，看她张开清亮的双眼和花瓣般的嘴唇。这时，杨阿姨突然跪下来，把婴儿投进了河里。"你干什么呀？"陶霏发出撕心的惊叫。杨阿姨转过头，表情很丑很扭曲，和她的目光对峙片刻，颤抖地叫了一声："小霏！"一阵波浪涌来，把女婴卷走了，可女婴清亮的眼睛还在水中似隐似现。陶霏像见了鬼一般，吓得魂飞魄散，掉头就跑，一路上几次摔倒，爬起来接着跑，终于到了知青宿舍。母亲正坐在一张破椅子上发呆，眼神和杨阿姨的一样悲戚复杂。宿舍不过是一个摇摇欲坠的马架子，挂满蜘蛛网，炕上的砖都被拆走了，炉子里留着残灰。兵团解散后，母亲失去了头顶上的"劳动模范"光环，变成了地道的农妇。她在想些什么呢？陶霏气喘吁吁，终于忍不住大哭起来："杨阿姨把宝宝丢到河里去了！"母亲怔怔地看着她，过了好久，才说："你杨阿姨被一个当干部的霸占了，怀上了这个孩子。她这些年种地，把身体搞坏了，宝宝生下来就有病，那男的又不认账。上面规定单身或离婚的才能回城，有小孩的不允许。现在战友们都走光了，你杨阿姨的亲戚好不容易帮她在城里找到接收单位，她没有选择。你答应我，对谁都不要讲这件事！"陶霏费解地点点头。

杨阿姨回城那天，陶霏和母亲没去给她送行。多年后，杨阿姨做陶霏的经济担保人，是出于罪孽感吗？她在搬离美国后，就断绝了和陶霏的联络，是执意要忘却往事吗？陶霏没有答案。逝者如斯，随着杨阿姨的婴儿沉溺的，是她的童心……

炜煊在临近下午五点时，叫小康和部下们到第五大道逛逛，甩掉"盯梢"单独去赴约。在路上，他瞥见一家花店的橱窗里摆着一面镜子，驻足片刻。镜中的男人敞开黑风衣，扎一条蓝黑相间条纹的围巾，结合中式的现实和西式的浪漫。

"沉思"咖啡馆在一幢维多利亚风格的建筑里。门比他预想中的重得多，夹层里装着夹层，如记忆里藏着记忆。雕花玻璃、枝形吊灯，还有栎木桌椅，因岁月磨蚀，不免有些沧桑，却无声地优雅，而坐在角落里的陶霏，直发素颜，早脱下了黑风衣，在米色亚麻衬衣外，随意围了一条橄榄色的纯棉披肩，与四周和谐，似乎多年前就来了，一直等在那里。他无意中选了这家咖啡馆，竟为她准备了一座舞台，她只需欠欠身、微笑，露出半排细密洁净的牙齿，就可以入戏了。他完全有经济能力请她到名流聚集的高档餐馆，点一瓶百年前出产的法国红酒，来提醒她目前嶙峋乏味的生活，但他摆出文艺男中年的姿态，决心"复仇"得漫不经心。当他在她面前坐定，竟没能及时亮出舌剑，倒要她不徐不疾地说一句"历史性"的开场白，"你的口味要是没变，这里的哥伦比亚咖啡挺正宗的。"她仍记得他喜欢哥伦比亚咖啡！他突然少年般惶恐起来。他和她在北京的一家西餐馆共饮过平生的第一杯咖啡。人一辈子，能和几个人共享第一次？就在他情绪微漾的几分钟内，一杯哥伦比亚咖啡摆在了面前，感动像洒入咖啡的鲜牛奶，把心情从复仇的墨黑变成了怀旧的暖棕。他离她那么近，只要伸出手，就可以摸到她的脸，找回激情震荡的感觉。新婚燕尔，他和她不分昼夜地做爱。一轮高潮过后，她常撒娇地把头埋在他的怀里喊痛喊累。他心怀甜蜜，挣扎着下了床，把暖壶里的水倒进脸盆里，兑入冷水，调到最佳温度，把毛巾浸湿，轻轻拧干，然后把毛巾体贴地捂到她痛的部位，她随即发出快乐的呻吟。多年来，她的呻吟偶尔会从记忆的河流上远远传来，他仍会像水草被波涛侵袭般轻微战栗。

他毕竟见过场面，把心中的那个少年赶走，很快镇定下来，问，"你常来纽约吗？"

她摇摇头。这样的伤心地，躲避都来不及。

他轻描淡写地说，"前几年我儿子来美国读中学，我坚持要他去加州，纽约太杂太乱了。我给他在海湾买了一套房子，那里的风景不错。"陶霏期望他成功，他做到了，但晚了十几年。如果真有一位神，告诫她多一些耐心，或许她可以等，要命的是无人能预测命运。他期待她诉说悔恨。人在贫困潦倒时，能维持住多少骄傲？那些曾鄙视过他的人，在过去的十几年里早换了面孔，绽开阿谀的笑脸，陪伴左右。

鄙视是一笔债，其他人都还清了，而她当年伤他最重，欠他的债也最多，却偏偏不肯偿还。

他说："我心碎地离开美国，这次也算华丽地归来。我其实是来参加《金影》首映式的。"

"华丽地归来"！她注意到他穿着昂贵的黑皮鞋，却搭配棕色的腰带。他想造就贵族风范，可在一个小小的细节上就露了怯。她语气直率，"不知为什么，这部电影不让我感动。"

"你看了吗？"他问得几乎急切。

"看了，前几天网上就有盗版了。"

"我最近在拍关于青姐的传记片，你愿意接受录像采访吗？"

"我对出镜没兴趣，再说，你对青姐有多少了解呢？也许你还是搞些宫廷戏更稳妥，不面对现实，避重就轻嘛。"

他被莫名的怒火灼烤，居然对这个有前科的女人束手无策，两眼不停地转动，想找准对方的软肋，"我看你和金西成了陌路人。"这在美国是一个隐私问题，但他完全可以对此不管不顾，"金西在法庭上对你落井下石，太不讲夫妻情分了，不够男人！"他的不平背后有潜台词：你当年为一个无情无义的人背叛我，是多么不可饶恕的错误！她此时即使不捶胸顿足，也要泪流满面。如果她求得他的原谅，他也许会伸出手拉她一把，甚至考虑赞助她。当然不能让婕知道。婕再聪明，也不可能完全掌控他的财政。

陶霏表情平淡。她多年前作过选择，后面的事情是品尝选择的结果，此时没有必要和炜煊争执。她在监狱里被其他囚犯狠狠教训过，性格中暴烈的一面早平息了。

"你现在住在哪儿，做什么工作？"炜煊执意要保持谈话的流动。

"住在宾州，离匹兹堡不远的一座小城市，当护士。"

这个回答显然不在他的预料之中，他上下打量她，"这我可真没想到。"

"我在里面时就开始自学了。那时想出去之后要有一个饭碗，养活我儿子。"她说"里面"，却不说"监狱"，也许后一个词在她心里依然沉重如山。

"你实现了美国梦了吗？说到底，美国梦到底是什么东西？"当年陶霏讲出的这三个字甘蔗般甜润，现在不过是吐出来的甘蔗渣，乏味枯干。

这时炜煊的手机叫了一声，金西给他发来短信："我在一家叫K的酒吧，你过来吧。猜你正和陶霏叙旧，何不一起聊聊？"他查了一下K酒吧的地址，与"沉思"咖啡馆只隔两条街，于是说服了陶霏去见金西。

他们离开咖啡馆。在路过花店的镜子时，炜煊看到了一位男人，头发有些稀疏，小腹突兀。岁月对女人残酷，其实对男人也常常无情无义。

K酒吧离唐人街不远，是打工一族廉价买醉的场所，从里到外都不起眼。一位西班牙裔的男酒保正在吧台里忙碌，熟练地翻转花花绿绿的酒瓶，倒出金西心目中的"天使的尿液"。金西坐在吧台旁，为舒缓等酒的饥渴，把目光投向了窗外。酒，像一位永恒暗恋的女人，他在她面前表现得波澜不惊，但内心的渴望却汹涌澎湃。他几进几出戒酒所，最近总算有些成效，暗自定了一个戒律，不到下午六点不端酒杯，但戒律像小孩子搭起的积木，只需用手指轻轻一推，就会轰然倒塌。白日寡淡无味，而夜晚总是来得太缓慢。他出狱后，因为失掉律师执照不能重操旧业，尝试过若干职业，目前比较固定的是教材销售员。他当不上销售明星，赚的薪水和奖金勉强糊口。人穷，生活圈子自然变得前所未有地局促狭小。他很多年没旅游过了。他和陶霏以前经手过几百本假护照，现在自己一本也没有。

天空终于暗下来，房屋和树木的轮廓渐渐模糊，最后定格在窗上。他端起酒保递过来的"朗姆酒"一饮而尽，随后要了第二杯。他听到了渐渐靠近的脚步，远离多年，他还能辨识出陶霏的脚步声。他没有立即转身，而是捏紧了酒杯，免得液体抖出来，轻抿一口，不知其味，慢慢回过头，正撞见了陶霏。如花的笑靥藏进岁月的褶皱，那双曾让他沉醉的黑眼睛，灰蒙蒙的，诉说着沧桑的况味。他本来在墓园时就想约她见面，但炜煊的出现打乱了他的计划。他不由自主地起身迎接，随后向酒保招招手，"来一瓶纳帕山谷城堡酒庄的红酒！"又指指炜煊说，"这个家伙买单！"

炜煊想，"王八蛋，过了这么多年，都不肯叫我一声先生！"

陶霏在一张小圆桌旁先坐下来，避免了坐在谁身边的难题。前人说过，爱一个女人，亲吻的不只是她的嘴唇，还有她的伤痕。面前的这两个男人，哪一个懂得亲吻伤痕？

经历一个漫长的白天，三个人都饿了。炜煊点了比萨饼，金西叫了大号汉堡，陶霏要的是鸡肉色拉。炜煊问陶霏："你怎么吃这种没滋没味的东西？"陶霏耸耸肩膀，"你连我吃什么东西都要批评吗？"

炜煊在酒桌上转悠了十几年，早把酒量练出来了。在国内男人喝酒和女人献媚没什么两样，都是逢场作戏，但此刻他轻拈酒杯，矜持地喝着，扮演着二十多年前的金西，成功、镇定，而金西在他眼里已是个稻草人。他问："为什么要我买单？"

金西无奈地一笑："我看你像个有钱人！"

炜煊挥舞讥讽的长枪，轻易可以戳穿他的胸膛："如果你反思过去，会不会同意圣经的说法，金钱是罪恶的根源？"

金西果断地摇头，"我不同意！这种说法是后人的误解！把希伯来语圣经的有关段落翻译过来，'for the love of money is the root of all evil(对金钱的迷恋是罪恶的根源)，Not money itsele, but the love of money(不是钱本身，而是对钱的迷恋)，这两者之间有巨大差别。钱本身没有善恶，它不过是商品交换的媒介。你怎么定义对钱的迷恋？就是把赚钱当作人生的最高目的。你赚钱或花钱的方式，才有善恶。赚钱不是罪恶，但靠剥削赚钱是罪恶。如果你制造假药，把含毒的油漆涂到玩具上，赚了大钱，但损害了大众的健康，那是罪恶；如果你花钱资助贫困儿童，或者保护生态环境，那是善良。"

炜煊听了金西的一番评论，噤声片刻。婕让女人们把有毒的美容霜涂到脸上，他在自己导演的影片中，植入伪劣商品的广告，是不是罪恶？但他怎么可以让眼前这个落魄的酒鬼占上风？他的英语不足以和金西辩论，但足以表达观点，"罪恶也好，善良也罢，钱，可以让人生活得舒适、高贵、优雅，你敢否定这一点吗？你难道不怀念有钱的日子吗？我赚钱，靠的是天赋和勤奋！"他等这一天等得太久了，给金西一记耳光，无声但有力。

金西不是稻草人，反倒挺直了胸膛，眯起眼看炜煊，"我一直犹豫要不要告诉你。你刚回中国时，不名一文，有人给你投资三百万人民币拍第一部电影，你还记得吗？"

炜煊当然记得。他拍的是一部取材底层的文艺片，荣获一项国际电影节奖，虽没立即获得丰厚的经济效益，但跻身于名导之列，随之而来的是政府和投资者的青睐。他领奖那天，得知金西和陶霏被判刑，还大摆宴席庆祝过。此后他接连拍了十几部电影，有受好评的，也有遭抨击的，但赚下了万贯家产。他说："我老婆的一个老乡投资的，还不计回报。"

"是你老婆这样说的？"金西继续追问。

陶霏阻止金西，"不谈别人的家事，好不好？"

像许多酗酒者一样，金西变得固执起来，"这不是他们家的事儿，是我们家的事儿！"

陶霏的脸色沉了下来，"你开始说醉话，是不是？"

炜煊开始警觉，"这和你们有什么关系？"

金西说："给你投资的，不是你太太的朋友，而是陶霏！当时她还是我太太，这当然是我们家的事儿啦！她捐的钱也是我的钱！"酒精还没有模糊他的逻辑，"其实我早知道，不想捅穿就是了。"

炜煊惊讶地用目光探问陶霏，她终于艰难地点了点头。炜煊突然涨红了脸，想，婕一直向他隐瞒事实的真相！婕当年甚至还安排了一位老华侨和他见面，老华侨自称热爱电影，愿意为他投资。

金西觉察出炜煊的内心震动，不依不饶："中国那么大，有才华的人多如牛毛，你不过是其中的一个。如果没有我们当初捐给你的第一桶金，你可能还是一个跑龙套的！"

陶霏再次不无生硬地制止，"金西，我不想再谈这个话题！今天我来，就是希望把过去的事儿和青姐一起埋入坟墓。"

金西有些委屈："是炜煊逼着我谈的。其实我就想知道我们的儿子过得怎么样。"

陶霏从背包里拿出钱夹，又从里面小心地拿出一张加塑膜的照片：弘十一年级的结业照。弘已是英俊少年，继承了金西的蓝眼睛、高鼻梁，陶霏的秀气嘴唇。金西眼眶一湿，声音如琴弦乍断，"你们还不肯原谅我吗？"

金西在狱中被迫戒酒，出狱时发誓重整旗鼓。他在皇后区租了一间公寓，把十二岁的儿子弘从妹妹家接回来。他痛楚地发现自己错过了儿子的成长，面对这个既帅气又孤僻的小大人，也想过悉心补偿。但是，他被吊销了律师执照，又有前科，找不到像样的工作，靠吃救济过日子，偶尔还得低下骄傲的头颅，向年迈的父亲伸手。没出三个月，就一头扎进了酒里。"一醉解千愁"，前妻陶霏教过他这句古诗。金西酒鬼在灵魂上极容易沟通。他对早变得陌生的弘并不上心，任其自生自长。陶霏重获自由后，立即通过民事法庭争得了抚养权。金西只能在长周末和节日把弘接到家里，即便这样，还是胜任不了"半职父亲"的角色，闹出了"溺水事件"。

夏日里，他出于"分享高品质美妙时光"的良好愿望，带儿子到亚特兰大城的海滩度假。那天怪太阳露面太早，还不到上午十点就火辣辣的，他和一群"派对狂"泡在酒吧里躲清凉，饮酒歌唱。弘百无聊赖，一个人下海游泳，不慎呛水，一路下沉，险些丧命，幸好被陌生人救起。金西听说后，似乎立即清醒过来，摔掉酒瓶，奔到儿子身边，跪倒在地，用双拳捶打自己的头，痛哭着忏悔，引来众多游客围观。弘为他的举动感到羞耻，索性闭上了眼睛。陶霏在得知事件真相后，一怒之下，再次把金西告上法庭，彻底取消了他的探视权，还带儿子搬到宾州小城。

在K酒吧里，金西再次请求陶霏："我在努力戒酒。你再给我一次机会吧。"陶霏的语气缓和了些，"让我想想，我也要问问弘。"

金西喝超量了。陶霏只好开上他的老爷车，送他回家。炜煊担心陶霏一个人"搬"不动金西，自告奋勇同行。陶霏多年不在纽约开车，不熟悉路，又碰上单行线，七转八弯，就到了"时代广场"。

灯光似乎比十几年前更明亮了。离广场只有两条街区，就是百老汇的一家剧院。陶霏和金西刚开始约会时，曾随他去看音乐剧《西贡小姐》。剧情一波三折。20 世纪 70 年代，美国海军陆战队中士克里斯受命保护美国驻西贡大使馆，爱上了夜总会里的越南妓女金。在一间昏暗的小屋里，两人唱起了《太阳和月亮》，还在间歇时热烈地拥抱、亲吻。他们来自东西半球。当东半球是日中，西半球却是午夜。他们一个是太阳，一个是月亮，被幸运之神连接在一起；是彼此神秘的谜，在浩瀚的天空相遇。当克里斯深情注视西贡小姐时，陶霏侧过脸，寻找金西的蓝眼睛，金西会意含情地迎接她的眼神，日照和月辉刹那间交融，闪烁出奇异的光芒。

内战爆发，在美国人混乱的撤离行动中，克里斯与金失散，被迫返回美国。金带着她和克里斯的儿子谭，以"船民"的身份偷渡到泰国曼谷，为了生计，再次重操旧业。克里斯和美国女人艾伦结婚，后来从朋友那里得知金的下落，去曼谷找到了她。舞台上，当金得知克里斯已婚，为保证儿子被他带到美国，过上更好的生活，选择自尽。在金的悲怆歌声中，陶霏热泪横流，不得不从手提包里找出面巾纸擦拭。金西立即伸出手，安慰地抚触她的肩头。

剧终后，金西牵着她的手来到时代广场上。她仍沉浸在剧情里，突然步入灯火辉煌的世界，不知所措，脸上露出迷茫、哀伤的神情。她这个亚裔女子，迷上了身边的白人，但不想重演西贡小姐的悲剧。金西读懂了她的心思，停下脚步，把她搂进怀里，安慰道："剧中的故事发生在不同的时代、不同的国家，我们想重复都没有可能。"

此时，陶霏从车的后视镜里看看后座上酣醉的金西，嘴角露出朦胧的讥讽的笑意，庆幸自己没成为西贡小姐，随即又泪眼婆娑。爱情有时像草，以为早被斩尽杀绝，天知道从哪儿吹来一缕乍暖还寒的春风，又吐放绿芽。

在炜煌的记忆中，时代广场的灯光辉煌得过于刺眼，因为被阴暗所陪衬。

那天他走进日新印刷厂的仓库，迎面撞见一个悬在空中的长发女子，她脸色紫青，吐出长舌。他惊叫一声，掉头跑出门去。婕看他魂飞魄散的样子，就追了出来，默默地陪他坐在路边的一张长椅上。炜煌当天就了解到自杀者名叫阿芸，而陶霏，那个令他爱恨难舍的女人，对阿芸的死负有责任！阿芸事件是一场地震，制造出一道深渊，而他和陶霏落在了深渊的两边，永远再无法向对方靠近。他辞了工，打定了主意回国。国内的经济发展了，他相信自己更有实现电影梦的机会。

临走前一天，他与印刷厂的老板和工友们一起吃晚餐。在饭桌上婕的目光一次次温暖地擦过来,他一次次小心翼翼地避开。他郑重地告诉众人,不想再当纽约的"局外人"了,那个叫"黄明"的男人死了第二回,现在他可以气宇轩昂地恢复自己的名字"炜煊"。工友们慷慨地请他到按摩院"快活"一番,留下"最后的美好回忆",他婉言拒绝了,说只想一个人到时代广场坐坐,看看灯光。

出乎他的意料,婕在广场中央找到了他,露出少有的勇敢神情,说:"我明年一毕业,就回国去找你。你等我。"

他惊讶得几乎跳起来,"你疯了吗?多少人做梦都想来美国,你却要回去?你学的化学专业很实用,留在美国有前途。"

"和你在一起,我才有前途。"

"你并不了解我,我不想要你为我作出牺牲。"

"我了解你!"婕突然拉住他的手,眼里闪动着异样的光亮。

婕诚恳的面容从记忆的暗影里走出,在灯光下越来越清晰了。炜煊想,自己也许对她有些不公平。她做过种种不可理喻的事情,但没人能抹杀她毅然海归追随他的事实。

陶霏停下车,根据手机上的地图定位,回到正路上,终于根据金西报出的地址,找到了他在皇后区的公寓。

她和炜煊一左一右把金西搀进公寓,不小心踢翻了室内的一把椅子,制造出令人尴尬的噪声。公寓窄小、杂乱,处处留下单身酗酒者的痕迹。金西一头栽倒在一张小床上,醉眼蒙眬,断断续续,"霏,我怕坐牢啊。我当了那么多年的律师,去监狱里见过那么多罪犯,一想到要和他们整天耗在一起,还可能挨打,我怕死了!要不……我不会推脱罪责……"炜煊恼怒地打断他,"你小子要忏悔,也该找个清醒的时辰吧!"金西并不理会,抓起陶霏的手恳求:"霏,替我向弘问好!说我想念他!"陶霏慢慢挣脱了他的手,但点了点头。金西毕竟是弘的父亲,何况当年是她,把他引进了唐人街的无底漩涡。

离开金西的公寓后,炜煊不无体恤地对陶霏说:"我住四季酒店,我替你在那儿租个房间吧,你肯定累了。"他也累了,断了"鸳梦重温"的念头,在这样的夜晚,肌肤之亲变得那么无足轻重。她摇摇头,"我直接去灰狗巴士站,坐夜班车回家。我儿子明天在学校里参加足球比赛,我要去给他加油助威。"说到"儿子"两个字,她露出了明显的笑意。他几乎有些急切地问:"有什么可以帮你的吗?如果你想做生意,我可以投资!"她还是摇头,"青姐的葬礼是结束,但不是新的开始,我现在只想当个好妈妈。"

他叫了一辆出租车，把她送到了巴士站，在告别时说："四季酒店的酒吧应该还没关门，我现在很想像金西那样一醉方休。"

巴士启动了。黑暗已掌控了山川田园，但借着车灯光，能辨认出一些树木的形状。陶霏因为连续的旅行感到疲惫，昏昏欲睡，一时不知身在何处。她打了个盹儿，突然醒过来，发现身边坐的年轻人不是弘，吃了一惊，心狂跳起来。定下神想想，弘原本就没和自己一起来纽约，这才松了一口气。她想到明天儿子的球赛，心里慢慢有了期待的快意。为了养出体力，她又让自己进入休息。

当陶霏再次睁开眼，灰狗巴士仍在美国宾州起伏的原野上奔驰。天空在遥远处和地平线相接，铺开一幅无边无际的淡青宣纸，一团橙色的水彩顺着宣纸的边缘无声地濡染，蔓延出了太阳的轮廓。

【作者简介】

曾晓文，女，加拿大华语作家、编剧，中国文学硕士、美国科学硕士。现职 IT 总监。曾为加中笔会副会长、会长。在《人民文学》《小说月报》《中国作家》《北京文学》等刊物发表文学和影视作品逾百万字。著有长篇小说《移民岁月》《梦断得克萨斯》《夜还年轻》，小说集《苏格兰短裙和三叶草》《爱不动了》《重瓣女人花》，散文集《背对月亮》《背灵魂回家》，以及电影剧本《浪琴岛》和英语原创小说等。

金如尘飞 沧桑凄然
——评《金尘》

公 仲

纽约这花花世界，无奇不有，而这场送葬大观，万人空巷，蔚为壮观，可谓一绝。请看，小说一开篇就描写了纽约的这场惊世骇俗、规模空前的出殡大游行："曼哈顿唐人街上的多家店铺，大门紧锁，卖水果或杂货的摊位也不见踪影。""一大早，商贩们把自己从头到脚洗干净，穿上各种质地的黑衣，一些人甚至把压箱底的西装都翻出了来。""他们不约而同地聚集到街两旁，尽力挺直被常年劳作磨损的腰板，还一改平素嬉笑怒骂的习气，顽强地沉默着，脸上露出近乎虔诚的神情。""随后，外地的黑衣人陆续涌现了，近路的来自美国各州，远道的来自墨西哥、加拿大等，迅速填满街上的空隙。有些人显然是从飞机场、火车站、灰狗巴士站直接赶来的，拖着行李箱，风尘仆仆，面色严肃，使街上的气氛愈发凝重了。""一阵哀伤的鼓乐传来，划破了清寒和静寂。"最后，"一辆黑卡车缓缓出现，在驾驶舱顶上立着一位中年女人的巨幅彩色遗像。女人浓眉大眼，在重重花圈的环绕下露出笑容。""紧随着黑卡车，一辆接一辆的林肯车鱼贯而行，在都市的水泥丛林中，冲出了一条黑色河流。"人们不禁要问，这是何方人士，竟叫这曼哈顿唐人街成千上万民众自发地走上街头，办起如此隆重庄严盛大的葬礼？说来难以置信，居然是那个号称"偷渡皇后"的华人蛇头"大姐大"的青姐。她曾经帮助了几千福建人偷渡来美，后被FBI通缉抓捕，法办了三十六年徒刑。两周前因癌症去世。这可真是一个货真价实的特大刑事罪犯的葬礼呀！这也可以说，是纽约众多低端华人古老传统朴实的人性的一次大展示。人性中感恩意识，本是一种伟大的思想，可一旦超越了现代道德和法律的底线，就绝不可取了。这个葬礼似乎已经越界，显得有些荒唐、愚昧而不可理喻了！而这闻所未闻的奇谈怪事却触动了作者创作的灵感，于是，她调动了自己亲身经过的中餐馆、监狱、偷渡客、跨族裔夫妻的素材，出色地完成了这部难能可贵、发人深思的小说。这个开篇的场面描写和气氛渲染十分精彩，有远景中景近景和特写，有画龙点睛的言语和哀伤的鼓乐，声色俱全，场景浩大，一下就把读者吸引过来了。

作者是在记述这场送殡的整个过程之中，通过书中的几个主要人物，从他们自己的视角，他们之间的爱恨情仇关系，来演绎故事情节的发展的。不过，作者的意图不只是写这事件本身，她着眼点是写人物，写他们的思想情感、性格特征、人生遭际以及命运归宿。她是从人性出发，写人性的本真，人性的善恶，人性的变异，人性的深不可测以及人性与道德、法律的关系和他们的底线。可以说，这部小说的思想意义和认识价值正就在兹。

无疑，偷渡蛇头"大姐大"青姐，是小说贯彻始终的中心人物。然而，青姐已去世，小说写的是她的葬礼，而且，涉及青姐的篇幅并不多，都是间接的侧面的描写。尽管这样，青姐的形象和个性已然跃然纸上。她"生得粗眉大眼、高颧骨、厚唇、烫着短发，穿着土气"，"不就是个农村妇女嘛"。显然，她出身贫寒，文化不高，深受落后保守的封建习俗影响，她有强烈的江湖义气，同时也有黑道上的冷酷无情。人性的善与恶，在她身上高度的统一协调起来了。她帮助了无数非法移民偷渡来美国，还不择手段地为他们取得了合法身份，让他们能在域外安居乐业。可她也豢养了大批黑道打手恶棍，为夺取暴利而残害无辜。在她身上，人性是没有道德和法律界限的。

如另一主角陶霏，本来有间接害死人的大罪，因女儿年幼需照料，跪求青姐一人担当起害人一命的全部罪责来，青姐毫不犹豫地承担了。可她又参与、纵容手下编造谎言作伪证，制作假证件，大搞打砸抢，甚至剁人手指、奸污逼杀善良民女。对她的可悲下场，她似乎还不服气，还说"我一直都在帮助老乡，落到这样的下场"。最终，她皈依佛门，看破红尘，她说她在狱中看《佛经》上百遍，她最后留言说："《佛经》上说，'以一极微为中心，集合上下及四方等六方的极微而成一团，称为微尘，合七极微为一微尘，合七微尘为一金尘。'人活一辈子，就像一粒金尘，太微小了。我有过的万金，也会随我变成尘土。"她这才似乎有所醒悟改悔了。青姐可说是个愚昧的、无道德底线、纯乎法盲的能干女汉子，也是一个令人同情，又可恨的悲剧人物。人性的多重性和变异性在她身上表现得十分充分真实。在文学殿堂之上，这种人物形象还真是不可多见的。作者成功地塑造了这个青姐，弥足珍贵。而且，在人性的善恶、道德的是非、法律的曲直方面，作者笔下把握得很有分寸，恰到好处，更是难能可贵。

小说中还有一位占的篇幅最多，分量最重的人物就是陶霏，外加一个她的第二任丈夫洋人金西。陶霏可算是青姐的第二代。她出身贫穷，命运多舛，思想单纯，心地善良，可最后落入魔窟，走上犯罪的歧途，令人扼腕痛惜！她母亲是北京知青，插队农村，嫁给了老实巴交的农民。她自己奋发图强，可只上了师专，当了一名英语教师。是母亲的好友杨阿姨帮她担保去了美国留学，可因为经济困难，只好休学，在哈佛大学出身的律师金西手下打工。她同情那些非法移民的困苦处境，帮他们通过法律途径取得合法身份，于是认识了青姐等一帮人。而帮财仔一家办成了合法身份，顿时名声大噪，这就开始了弄虚作假，法庭上编造谎言演戏的一套把戏。长此以往，"金西和陶霏仿佛闯进了一座罂粟园，沉迷于金钱和性爱的混合异香。"懂法执法的高知，竟然突破了道德和法律的底线！人性一旦没有了道德和法律的制约，就如脱缰之马，无法无天，必将坠入罪恶的深渊。当难民阿芸孤苦无援向他们求救时，金西以不能开先例为由拒绝救援，而陶霏拿起了求救电话，后又忍心地放下了。以至于阿芸惨遭欺凌，自杀身亡。对于这一惨案，他们是逃不了干系的。可是，这个哈佛法学院出来的律师金西，竟在法庭上，撒弥天大谎，说他一无所知，推脱得一干二净，真是无耻之尤！最后，由于青姐揽去了所有罪责，陶霏被判了七年，金西只判了五年。陶霏也许良心发现，与金西离了婚，出狱后，独自一人去到宾州一个小城，只想做一个护士，当一个好妈妈。而金西终身不准再做律师，只能穷愁潦倒，了此残生。作者塑造的这一对人物形象，充分说明了世上人性的复杂性，他可以与人为善，助人为乐，舍己为人；也可能异化变质，成为穷凶极恶，残酷无情的冷血动物。人性的异化竟会如此恐怖，的确值得我们警觉关注！陶霏、金西此生的遭遇，是人性异化的人生悲剧。金飞如尘，沧桑凄凉，足以叫世人、高知们驻足倾听，引以为戒了。

小说前面还提到一个重要人物炜煊，他也是贯穿小说始末的角儿，是陶霏的首任丈夫。尽管他出镜频率很高，但我以为他毕竟只是个穿针引线的过渡人物。他以一个导演身份，要拍这场出殡大葬礼的全过程，理所当然离不开现场。于是，与事件有关的各色人等都关系密切，在他牵引下，各种人物轮次粉墨登场，故事情节也就此展开了。作者这种设计不能说不精巧，炜煊这个人物不能说不重要，然而，我要说，这个人物还是缺乏亮点，个性不突出，人性的深层开掘不够，很平面化，也可算是小说的一个不足之处吧。当然对整个小说而言，无伤大雅。

长篇小说

（书评）

《唇典》

刘 庆 著

2017年7月 作家出版社

一部难得一见的史诗性长篇小说
——评《唇典》

王春林

在具体展开我们的论述之前，我们首先需要对于何谓"史诗性"与何谓"宏大叙事"这两个基本问题作必要的梳理与澄清。在王又平看来，所谓的"史诗性"，"可以说是中国当代文学批评中的最高级别的形容词，称道一部作品是史诗，也就是将这部作品置于最优秀的作品的行列。因此'史诗风范'在相当长的时期内作为一种文学理想一直为作家所企慕、所向往，形成了作家的'史诗情结'。当一部作品具有宏大的规模、丰富的历史内涵、深刻的思想、完整的英雄形象、庄重崇高的风格等特点时，便可能被誉为'史诗性'"。[1]与此同时，对于"宏大叙事"，王又平也发表了相当精辟的看法："在利奥塔德看来，在现代社会，构成元话语或元叙事的，主要就是'宏大叙事'。'宏大叙事'又译'堂皇叙事'、

1《新时期文学转型中的小说创作潮流》，华中师范大学出版社 2001 年 9 月版，第 380、329—330、330、384 页。

'伟大叙事'，这是由'诸如精神辨证法、意义解释学、理性或劳动主体解放、或财富创造的理论'等主题构成的叙事。"在王又平的理解中，不同的地域、不同的时代存在着不同的宏大叙事。现代西方曾以法、德两国为代表分别形成了"解放型叙事"与"思辨性叙事"这样两种宏大叙事。而在当代中国，"在中国当代文学的正史观念中，也形成了一套宏大叙事，它们以毋庸置疑的权威性和正统性向人们承诺：阶级斗争、人民解放、伟大胜利、历史必然、壮丽远景等都是绝对的真理，真实的历史就是关于它们的叙述，反过来说，只有如此叙述历史才能达到真实和真理。……中国当代文学中的历史叙述及叙述风格虽有变化，但从总体上说都本之于宏大叙事，它们也因此而在中国当代文学史的众多作品中居于'正史'的地位"。[1]

对于"史诗性"与"宏大叙事"，文学史家洪子诚的看法同样值得注意，虽然他是将二者合二为一加以谈论的。洪子诚认为："史诗性是当代不少写作长篇的作家的追求，也是批评家用来评价一些长篇达到的思想艺术高度的重要标尺。这种创作追求，来源于当代小说作家那种充当'社会历史家'，再现社会事变的整体过程、把握'时代精神'的欲望。中国现代小说的这种宏大叙事的艺术趋向，在30年代就已存在。……这种艺术追求及具体的艺术经验，则更多来自19世纪俄、法等国现实主义小说，和20世纪苏联表现革命运动和战争的长篇。……'史诗性'在当代的长篇小说中，主要表现为揭示'历史本质'的目标，在结构上的宏阔时空跨度与规模，重大历史事实对艺术虚构的加入，以及英雄形象的创造和英雄主义的基调"。[2]

可以发现，王又平与洪子诚对于"史诗性"内涵的理解几乎达到了惊人一致的地步，他们的区别乃体现在对于"宏大叙事"的理解上。洪子诚基本上将"宏大叙事"等同于"史诗性"。而王又平则更多地援引利奥塔德，在一种元话语或元叙事的意义上归结出了中国当代文学中一套"宏大叙事"的基本内涵与特征。值得注意的是，王又平不仅只是对于"史诗性"与"宏大叙事"的基本内涵作出了自己的界定，而且他还更进一步谈到了"史诗性"与"宏大叙事"在新时期以来的文学中逐渐式微的问题。"但是进入80年代以来，由于社会的转型，稳定和统一的文化语境出现了裂痕，仅仅根据元叙事或元话语来讲述历史再也不能使作者和读者感到满足，更何况由于正史总不免要掩盖、隐藏、筛除或舍弃某些历史材料（大到若干关涉到亿万人的重大历史事件，小到历史人物的个人

1《新时期文学转型中的小说创作潮流》，华中师范大学出版社2001年9月版，第380、329—330、330、384页。

2 洪子诚《中国当代文学史》，北京大学出版社1999年8月版，第108页。

动机和偶然的抉择对历史的影响），因此宏大叙事的合法性和权威性开始受到怀疑"。[1] "但是在新时期，史诗或史诗性却好像失去了昔日的辉煌。……在各种历史叙述的冲击下，史诗性已经不再是这个文学时期普遍的美学理想和美学标准，它已经成为'古典'而从往昔的高位上跌落下来，失落了当年至尊的荣耀，也失去了对作家绝对的诱惑"。[2] 从新时期以来中国文学的发展演进过程来看，我们的确应该承认王又平的观察与分析都是极其到位的。在一个王纲解钮的解构主义时代，作家们的确已经不再具有以"史诗性"的追求构建"宏大叙事"的艺术雄心，他们的艺术兴趣更多地集中在了对于历史角落中的历史碎片的寻绎与阐释上。在这个意义上，所谓"新历史小说"的应运而生，也就自在情理之中了。

"然而，我们虽然承认'史诗性'与'宏大叙事'的式微在新时期以来的中国文学史上已经是不争的事实，但同时却也必须为这屡被病诟的'史诗性'和'宏大叙事'作出相应的强有力的辩解。在我看来，'史诗性'与'宏大叙事'在当下时代屡遭病诟的关键原因乃在于在中国当代文学史上相当长的一段时期内，它们与当时那种特定的意识形态之间存在着极为密切的关联。正如同黄子平所特别强调过的'革命历史小说'乃是'在既定的意识形态的规限内讲述既定的历史题材，以达成既定的意识形态目的'的一种小说作品一样，'史诗性'与'宏大叙事'的不幸在于它们被一个特定的时代选定为一种最理想的宣谕，表现那种特定的意识形态的艺术样式。这正如同泼脏水不能将婴儿一同倒掉，正如同否定文革中的'革命样板戏'时不能将京剧这样一种古老优秀的艺术形式同时否定掉一样，在我看来，我们固然可以否定那个时代那种特定的意识形态，但我们却无论如何也不应该同时将'史诗性'与'宏大叙事'这样的一种艺术样式也予以彻底的否定。事实上，文学史上所曾经出现过的所有艺术样式之间都没有所谓的高下与先进落后之分，我们需要认真关注的只应该是什么样的一种故事内容适合于以什么样的一种艺术样式加以表现的问题。从这个意义上说，也就确实存在着一个为新时期文学以来屡被病诟的'史诗性'与'宏大叙事'正名的问题。需要特别说明的是，我们的目的并不是想要让这'史诗性'与'宏大叙事'重新恢复到'十七年'文学中那样一种极度至尊的地位上去，事实上这也是根本不可能的。我们全部努力的目的仅只是要将'史诗性'与'宏大叙事'从一种被莫名歧视的境地中解放出来，使其真正成为多元化文学样态中的一元。然而，同样值得注意的是，从一

1、2《新时期文学转型中的小说创作潮流》，华中师范大学出版社 2001 年 9 月版，第 380、329—330、330、384 页。

种文学史的发展演进过程来看，它是遵循着某种可以被称之为'陌生化效应'的发展逻辑的。这就是说，当某一种艺术样式或艺术风格在沉潜了一个较长的历史时期之后再度出现的时候，它所体现出的便是一种突出的'陌生化效应'，而实现这样一种'陌生化效应'的作家作品也就能够相应地获得较高的文学史评价。对于现代文学史上的赵树理，我们便应该遵循这样的一种方式去加以理解评价。同样的，在'史诗性'与'宏大叙事'业已式微日久了的中国当下文坛，对于如刘醒龙《圣天门口》这样一种重新恢复对于'史诗性'的艺术追求，并凭此而重建'宏大叙事'的长篇历史小说，我们也理应予以高度的评价。"[1]

在具体展开对于刘庆《唇典》所具"史诗性"特征的讨论之前，有必要指出的一点是，虽然王又平和洪子诚两位都有关于"史诗性"与"宏大叙事"的精辟见解，但相比较而言，我们却更倾向于洪子诚的观点。也因此，我们将主要依据洪子诚对"史诗性"内涵的界定来分析刘庆的《唇典》。按照洪子诚的说法，所谓"史诗性"，应该具备四个方面的内涵。首先，"揭示'历史本质'的目标"。刘庆之所以用长达十五年的时间来潜心打磨这部沉甸甸的厚重长篇小说，其根本写作意图，正是要通过这部作品以勘探表现20世纪前半叶东北地

区一部复杂曲折历史。正如同我们在讨论的过程中已经明确指出过的，《唇典》，既可以被看作一部旨在呈现东北抗战历史真实境况的长篇小说，也可以被理解为一部旨在透视表现东北人在20世纪前半叶苦难命运的长篇小说。在其中，作家一种力图穿透纷繁复杂的历史表象以把握历史本质的努力，是显而易见的一件事情。虽然说作家最后得出的一部历史不过是一部"乱哄哄你方唱罢我登场"的"城头变幻大王旗"式的折腾史的结论未必能得到所有人的认同，但刘庆如此一种写作努力的存在却无论如何不容轻易忽略。其次，在结构上的宏阔时空跨度和规模。一部以1931年"九一八事变"的发生至1945年苏联红军的出军东北为主体叙事时间，从20世纪初叶的1919年一直延续到20世纪末的长篇小说，其宏阔时空跨度的存在，当然不容否定。其中，实际上隐隐约约地存在三条时有交织的结构线索。其一，是郎乌春与满斗父子的戎马生涯；其二，是以柳枝为中心人物的一种东北日常生活图景；其三，是以王良与苏念为中心人物的别一种戎马人生的书写。拥有这样彼此交织的三条结构线索后，《唇典》的庞大叙事规模自然无法小觑。第三，重大历史事实对艺术虚构的加入。作为一部叙事时间跨度长达一个世纪的长篇小说，诸如"九一八事变"、满洲国成立、日本

---

1 王春林《人物重塑与史诗性追求》，见《新世纪长篇小说研究》，第页，北岳文艺出版社2006年版。

战败、苏联红军出军东北、土改乃至"文革"这一系列重要的历史事件都进入到了作家刘庆的艺术表现视野之中。尽管未能直接指认郎乌春、王良等人物的真实历史原型，但在酝酿构思这些主要人物的过程中有着杨靖宇、赵尚志以及周保中等真实抗联历史人物生平事迹的有效介入，却无论如何都应该引起我们的高度重视。最后，英雄形象的创造和英雄主义的基调。这里的关键问题，在于究竟何为英雄。倘若延续传统的道德完美化的英雄标准，则《唇典》当然与英雄形象的创造几无干系。然而，如果我们转换思维方式，以一种去"政治"、去"道德"化的标准来看取《唇典》，则无论是郎乌春满斗父子，抑或是王良，事实上都可以被看作是拥有多年戎马生涯的江湖英雄。甚至，就连那位为《唇典》提供了人道主义精神尺度的李良萨满，也不妨被视为平民中的英雄。这些人物形象的英雄气概弥漫开来，就进一步构成了《唇典》这部长篇历史小说的根本艺术基调。就这样，既然已经同时具备了洪子诚所界定的四方面内涵，那么，刘庆的长篇小说《唇典》之"史诗性"艺术特征的具备，自然无可置疑。

《奔月》

鲁 敏 著

2017年10月 人民文学出版社

《奔月》与鲁敏的空间美学
——评《奔月》

汪 政

鲁敏的长篇新作《奔月》使我们再次确认了一个观察或理解其创作的视角，它使得鲁敏的创作在这一维度变得十分清晰，那就是她的空间美学。

如果夸张地说，鲁敏的创作就是从空间的观察与设定开始的，她在文坛引起人们关注的就是"东坝系列"，正是对这个苏北乡村空间的经营，使得鲁敏确立了在文坛的地位，一直到现在，"东坝"依然是她的创作在文坛上有很高辨识度的标签。正当人们以为依凭着"东坝"这一空间就可以解说鲁敏的时候，她却把眼光投向了自己当下身处其中的空间。大约是从她的"暗疾"系列以后，鲁敏几乎就没有再写过一篇与"东坝"纠葛的作品，至那时起，鲁敏为我们展开了另一个更为庞大和复杂的空间，那就是城市。从目前鲁敏的创作情形看，这种转移应该说是成功的，甚至可以这样说，城市空间的书写更让鲁敏游刃有余，无论是在思想的淬炼还是在叙述的经营上，鲁敏都显示出了比"东坝"系列更出众的才华。比如，她的长篇《六人晚餐》对城乡结合部老工业区这一空间的发现与塑造就极具发现和分量。毫无疑问，一个作家对空间的理解以及她对于自己笔下文学空间的经营绝不止是停留在这种宏大的转移或设置上，也可以说，一个作家赋予了个性化的空间美学建构，一定与他的具体而细微的叙事艺术紧密相连，与他所有的文学语义与内心情思密切相关。所以，就像《六人晚餐》一样，鲁敏没有停留，我们也不应该停留在概念化的城乡结合部与老工业区上，而是如同GPS一样，不断地放大、寻找、定位与作品中的人物生命轨迹粘合在一起，如同蜗牛与它的壳一样的那些具体的空间，唯有如此，才能发现鲁敏空间美学更为细密的地方。如此，再去看她的作品如近作《荷尔蒙夜谈》，许多空间的设置确实意味深长又十分精妙。

鲁敏的这些空间美学的精义几乎全部体现在她的长篇新作《奔月》中。选择"奔月"为题，鲁敏显然并不回避人们对古典神话的联想，而说穿了，那个古典神话的最本质之处就是一个空间的转移。嫦娥厌倦了人间，她虽然对月亮那个空间究竟能给她什么所知甚少，但她毅然决然要飞向那里。从形而上的意义来说，这个古典神话具有原型的意义，它承载着人类永恒的冲动，连同民间俗语"人挪活，树挪死"一样，都表达了人时刻要摆脱现有的空间寻找新的生活的永恒的情结。表面看上去，《奔月》的主人公小六生活的转折带有很大的偶然性，但是这偶然性当中却饱含着小六内心深处连她本人都陌生的隐秘愿望，正是一场车祸使这个隐秘的愿望窜了出来，并且成为现实。她要从旧的空间抽身出来，从零开始，更准确地说，她希望自己能够摆脱所有的空间，在零度空间里生活。鲁敏通过虚构和想象，揭示出小六这一愿望的艰难、天真与不可能：小六以为她不存在了，但其实小六还在；她以为南京不存在了，但乌鹊只不过是一个微缩了的更简单也更赤裸的县城版的南京；她以为母亲再也不来纠缠她，但是她所寄住的舒姨家，那一对老夫妻带给她的是更大的纠缠与荒谬；她以为从此远离南京公司那些跟她争名夺利的同事们，但是乌鹊小县城超市里人们的争斗因为没有了南京那边的遮掩，反而显得更为直接而血肉横飞；虽然不需要调节与丈夫贺西南的关系了，但是新的异性如林子还是要加入进来，这时，小六甚至连自己的肉身都成为急欲摆脱的空间……自己是不可能抽空的，关系更不可能为零，当旧有的一切归零以后，不可阻挡的人与关系迅速地涌入，为小六建立起了新的空间。小六最终疲惫于这个新的空间，不得不向过去投降。小说结束于小六重新回到南京，毫无疑问，这样的回归不可能是毫无增殖和等重量的，但那肯定是另一部新的空间叙事了。

作品中空间的无限打开和向细部的开掘更为有趣，它让我们明白一个本来很简单的道理，当我们说人与人的不同的时候，其实是他所处的空间的差异，而当我们说一个人有着不同的角色、不同的性格侧面，甚至有着丰富无限的内心世界的时候，其实也应该理解为个体因不同的空间而产生的变化。作品中的小六就是这样一个人物，她在单位同事的眼中是一个积极上进的职员，是一个晋级在即的优秀的管理者，而她回到家里，就变成了一个沉默寡言的人，在丈夫贺西南眼里，回到家里的小六是一个寡言少语的人，是一个没有激情的人，是一个喜欢窝在床上对家庭生活毫无兴趣当然更谈不上细心经营的人，但是小六会有节奏的离开她的家，与代号黑师傅的张灯来到快捷酒店，在这样一个空间，小六会删去她所有的社会身份，而只让自己身体的激情爆发出来，她与张灯就是这种互不干涉、互不牵挂当然更谈不上相互负责的性伴侣关系，在张灯的眼里，这位他连名字都不知晓的性伴侣在快捷酒店的房间里已经够狂野的了，但是鲁敏又给小六在所有的现实空间之外建了一个虚拟空间，当张灯破解了密码进入到小六的网络空间的时候，那里的小六令张灯瞠目结舌。在这个虚拟空间当中，小六有选择地、可以说相当吝啬地只允许现实生活的点滴留下似有若无的印记，而更多的是被张灯称之为"不少抽冷子的怪力乱神"，通过她的购物账单和观影记录，一个与现实的小六完全不可重合的形象被塑造出来。

当然，人生的意义、生活的选择乃至对人的改造也可以通过空间的变异或建构来完成。《奔月》中其实有好几条线索，大的线索就是两个大的空间——南京与乌鹊，而这两个大的空间又如树状结构被分割延伸出更小的空间，从而形成了更多的叙事线索。比如南京这一空间中小六原来的家，小六母亲家和所在的小区，号称小六闺蜜的绿茵所在的茶馆……而在乌鹊那边，则有广场、商场、超市、派出所，当然最主要的是小六寄居的舒姨家。这里的每一个空间都在塑造着它所容纳的人，并且象征了不同的语义。小六刚失踪时，贺西南是不相信小六会死亡，他要努力寻找她，因此他非常珍惜小六离开家时那个空间，以及所有的物件与布局，他显然希望小六还会像平常下班一样来到这个家，而这个家的原貌的存在当然也就最为恳切而真实地表明着女主人的存在。但是有着与贺西南相同遭遇的失踪者的家属们并不都这么看，他们频繁地造访贺西南，不但使得原来的家变得面目全非，而且反复地劝说贺西南放弃寻找。特别是绿茵以她的勤快和热情担负起了女主人的角色，在日复一日的打扫、清理、吐故纳新之中，贺西南和小六的家被一点点地改造，小六的痕迹被掩藏，被移出，被擦拭，被删除，与这个过程一同前行的是贺西南的改变，这种改变不但使贺西南从一开始的坚持寻找，到后来急切地申请小六的死亡证明，还包括他对新的女主人的追求。小说的结尾，当小六回到南京来到绿茵的茶馆的时候，她目睹的竟然是贺西南向绿茵单膝下跪求婚。

而在乌鹊的舒姨家，空间所呈现的意义更为深刻和残酷。对于病情越来越严重的阿尔兹海默症患者籍工来说，他的人生意义只存在于往昔的空间里，而且这样的空间越来越小、不断萎缩，到后来已近乎归零，而对他的老伴舒姨来讲，她所有的人生意义就在于她的宝贝儿子小哥，再具体地说，这意义在于现在小哥所处的空间——美国密苏里大学，通过电话，舒姨与小哥将大洋两岸的空间连接起来，共同表达着亲情、希望和美好的生活。其实，小哥最后告诉小六，他就在咫尺，他隐匿了自己真实的空间而虚构了一个空间。所以，空间对人的意义有时只需要语词就可以实现，甚至于连语词都不需要。对小六的母亲来讲，她的丈夫消失了，她的女儿也消失了，她没有费心地去寻找，她不想知道他们去了哪里，只是一厢情愿地认为他们是"有"的，这个"有"就存在于那个因不寻找不知晓而无法命名的"无"之中。鲁敏为小六这个家族虚构出了一个不知真假的遗传性疾病，这种遗传性疾病总会使每一代人都会有人离家出走，音信全无，也许这就是《奔月》经过几重空间的叙述之后让人无限接近的核心密码，如果硬要翻译，它是否就是人对于虚无的迷恋和向无名空间的逃逸？

《奔月》无疑是一个典型的文本，它说明，一些作家在时间里跳着炫目的舞蹈，而另一些作家则在魔方般的空间精雕细刻。

《劳燕》

张　翎　著

2017年7月 人民文学出版社出版

亡灵叙事与战争沉思
——评《劳燕》

王春林

　　不少长篇小说的亡灵叙事者皆属非正常死亡，而张翎《劳燕》中三位最主要亡灵叙事者的状况却有所不同。具体来说，牧师比利和美军军官伊恩明显属于正常死亡。牧师比利之死，是自己手术时过于疏忽大意的结果。美国海军中国事务团一等军械师伊恩之死，则很显然属于年岁很高的寿终正寝。而另一位亡灵叙事者刘兆虎虽然命运格外坎坷，在那个荒唐的政治至上的时代饱受摧残，但他因肺癌离世，也可被归于正常死亡的范畴之中。

　　虽然几位亡灵叙事者都属正常死亡，但这却并未削弱《劳燕》的政治批判色彩。这一点，集中通过抗战老兵刘兆虎战后的不幸命运遭际而体现出来。身为一名为民族解放作出了巨大贡献的抗战老兵，刘兆虎在战后不仅没有获得应有的勋章和荣誉，反而因为自己当年错误地参加了美国与国民党联合组织的中美特种技术合作所训练营，就被诬为"美帝国主义训练的特务，国民党的残渣余孽"，并因此而被捕入狱。好在阿燕设法救出了刘兆虎，但五年的煤矿服刑生活事实上已经严重伤害了刘兆虎的身体，再加上后来所遭逢的那个大饥荒岁月，刘兆虎身体彻底垮掉，并最终因病离世。抗战老兵刘兆虎战后十八年的苦难遭遇本身，就已经构成了对于那个荒谬绝伦的不合理时代一种尖锐犀利的社会政治批判。

社会政治批判固然重要，但张翎为自己的《劳燕》所设定的高远艺术目标，却绝不仅仅是社会政治批判。依照我个人的愚见，在将近一个世纪的时空范围内，以中国战场的抗战为根本聚焦点，对非正常的战争状态所导致的人性与命运的裂变进行足够真切的透视与表现，方才应该被看作是张翎《劳燕》意欲达致的高远艺术目标。亡灵叙事手段的有效征用，实际上是为了企及这一艺术目标的基本路径之一。毫无疑问，对于七十二年后终于聚集在月湖的牧师比利、伊恩以及刘兆虎这三位亡灵来说，有一位女性至关重要。只不过，在刘兆虎的眼中，她是阿燕，在伊恩的眼中，她是温德，而在牧师比利的眼中，她是斯塔拉。一位女性，三个名字，分别代表着她生命中的三个不同阶段。实际上，七十二年之后相聚在月湖的三位抗战老兵的亡灵，也正是围绕这位共同的女性，展开了对于既往生命历程的追忆。其中的故事焦点，当然是他们由于战争的原因而在月湖地区相识、相交一直到最终分手的整个过程。

很大程度上，张翎就是在通过一部长篇小说的写作来展示并确证着这人性本身的"千疮百孔"。比如，伊恩。伊恩在与温德的情感交往过程中，最大的一个人性过错，就是他对于温德的始乱终弃。甚至在若干年后，当他和温德的亲生女儿凯瑟琳·姚出现在他面前，他却因为惧内而怯懦地不敢相认。尽管此后的二十多年时间里，自觉惭愧的伊恩一直在想方设法寻找凯瑟琳·姚，并试图以这样的一种方式实现自我救赎，但他的人性世界曾经有过的"千疮百孔"却无法被否认。

即使是那位身为上帝使者的牧师比利，其人性深处也会存在"千疮百孔"的状况，也会在有意无意间犯下需要不断自我忏悔的罪衍。具体来说，牧师比利自认为不可自我原谅的一种罪衍，就是他刻意地向斯塔拉隐瞒了在营地传播关于她的流言的真相。由于斯塔拉内心里早已认定，自己此前不幸遭遇的知情者，不过只有牧师比利、刘兆虎以及自己。所以，一旦事情的真相外泄，那她首先的怀疑对象，就一定是和自己有着恩怨纠葛的刘兆虎。没想到，事情真相的被传播，其实与牧师比利的厨子有关。但因为比利受厨子之托，更因为他喜欢斯塔拉、想要打败刘兆虎这个情敌，牧师比利最终也没有把事情的真相告诉给斯塔拉，以至于斯塔拉对于刘兆虎的严重误解又延续了很久。惟其如此，牧师比利内心里才会深感愧疚不已，一直到七十年后都还在强调自己欠刘兆虎一个郑重的道歉。

相比较而言，人性世界最为"千疮百孔"的，应该是那位一生命运坎坷曾经经历过深重苦难的刘兆虎。而且，刘兆虎那"千疮百孔"的人性世界，集中体现在对于阿燕的数度辜负上。刘兆虎最早的辜负，出现在日本飞机突袭四十一步村后。眼看着年幼的阿燕就要被逼着挑起家庭生活的重担，刘兆虎曾经心有不忍。但家国破碎所激起的报国之志，却还是让他选择了出走远方。需要指出的是，由于阿燕的格外坚强，刘兆虎的这次辜负对她没有产生丝毫的影响。他对于阿燕的第一次深度伤害，是在他从母亲的口中了解到阿燕曾经惨遭日军凌辱的消息之后。当他在四十一步村外意外地撞上瘌痢头把阿燕紧紧地压在地上意欲非礼的时候，刘兆虎虽然毅然出手狠狠地教训了瘌痢头一通，但他对阿燕拒之于千里之外，态度冰冷，从言语到行动，刘兆虎都明确表示出了对曾经被日本人肆意凌辱过的阿燕的排斥和拒绝。如此一种辜负，对阿燕精神世界造成了严重的伤害。然而，刘兆虎对阿燕的辜负与伤害，却并未到此为止。抗战结束后，本应很快返回故乡的刘兆虎却迟迟不肯启程。究其原因，还是为了逃避早年与阿燕曾经有过的婚姻约定。为了达到甩脱阿燕的目的，刘兆虎甚至还煞费苦心地登报声明离婚。尽管小说并没有细描阿燕看到离婚声明后的具体反应，但毫无疑问的一点是，它一定会对阿燕形成极强烈的情感刺激。就

此而言，这则声明对阿燕的精神伤害，也是显而易见的。

概略地说，张翎《劳燕》所讲述的，其实是三个男人和一个女人的故事。而且，很显然，这三位男性的第一人称叙事全都是围绕这位女性为核心而运行的。同时，这三位男性也可以说，都是这位女性不同程度的喜欢与恋慕者。而这，实际上也就明显预示着，性别歧视与女性自尊的书写，恰恰是张翎《劳燕》最不容忽视的一部分重要思想内涵。"阿燕，温德、斯塔拉。它们是一个人的三个名字，或者说，一个人的三个侧面。你若把它们剥离开来，它们是三个截然不同的板块，你很难想象它们同属一体。而当你把它们拼在一起时，你又几乎找不到它们之间的接缝——它们是水乳交融浑然天成的联合体。"这位同时具有三个名字的女性，可以说是《劳燕》中苦难最为深重的被侮辱与被损害者。十四岁的娇小年纪，即已先后失去父母双亲，被迫挑起生活与生存的重担不说，她自己也还同时惨遭残暴日军的肆意凌辱。较之于日军的残暴，更其糟糕十倍百倍不止的，反倒是来自于国人的冷漠与歧视、侮辱。四十一步村人对于阿燕歧视排斥乃至于公开凌辱。而且，很显然，从一种象征的意义上说，四十一步村完全可以被看作是我们这个国家的缩影。就此而言，张翎实际上也就是在通过对四十一步村人的描写而最终实现一种对于国民劣根性的尖锐批判。然而，阿燕的劫难却并未到此为止，她根本想不到，

即使在中美特种技术合作所训练营这样的抗日军营里，自己曾经遭受日军凌辱的流言也不仅会广为流播，而且竟然还会成为鼻涕虫企图强暴自己的借口。幸运之处在于，到了这个时候的阿燕，已经在精神层面上彻底完成了一场由蛹到蝶的蜕变。事实上，也只有在完成了这种精神蜕变之后，阿燕方才会在阻止了长官枪毙鼻涕虫的行为之后，声泪俱下地讲出了一番可谓是石破天惊的话语："我逃回家后，他们都不认我，他们觉得我遭了日本人的欺负，他们就都可以欺负我。"紧接着，阿燕发出了强力诘问："你们为什么只知道欺负我，你们为什么不找日本人算账？"

精神蜕变彻底完成之后的阿燕，事实上变成了一位极其难能可贵的以德报怨的人间苦难超度者。这一点，集中表现在她与曾经数度辜负伤害自己的刘兆虎之间的关系上。具体来说，当刘兆虎面临被抓丁威胁的时候，毅然挺身而出替他排忧解难的，是阿燕；当他潜逃回四十一步村，面临着被当作逃兵抓捕的危险时，将他藏在家中者，是阿燕；当他因为与美军以及国民党之间的瓜葛而被捕入狱之后，长期坚持和他通信并千方百计将他营救提前出狱者，是阿燕；当他从狱中走出面临生存困境的时候，毅然决然地用自己的身躯和心灵抚慰他的，是阿燕；当他晚年病入膏肓卧病在床的时候，多方面想方设法为他求医问药者，同样也是阿燕。尤其令人备感意外的，是在以德报怨帮助刘兆虎的过程中，阿燕自己其实做出了巨大的牺牲。实际上，也正因为明确意识到自己以及牧师比利、伊恩们太多地亏欠了阿燕，所以，成为亡灵之后的刘兆虎，才会如此犀利地自责自忏。实际上，面对着阿燕或者斯塔拉或者温德，感到自惭形秽者却又何止是刘兆虎呢？牧师比利，伊恩，其实也都有同样的强烈感受。

漫长的人生中，周围的人群到底对阿燕或者斯塔拉或者温德这样一个地母式的女性犯下了无法饶恕的罪孽。而这位拥有三个名字的女主人公，却以德报怨，成为拥有博大悲悯情怀的拯救者。实际上，也只有在这个意义上，我们才能够真切理解，张翎为什么要给她设定三个名字。归根结底，女主人公的三个名字，带有鲜明的三位一体的意味。而在基督教的教义里，唯一的三位一体者，正是所谓"圣父、圣子、圣灵""三位一体"的上帝本身。论述至此，《劳燕》中女主人公的突出象征意义，自然也就不言自明了。借助于女主人公的"三位一体"，张翎为她的这部《劳燕》成功地引入了一种非常重要的宗教维度。《劳燕》之所以能够令人信服地成功刻画塑造如此一位具有博大悲悯情怀的女性形象，与作家张翎本身同样堪称博大的，其实源于西方基督教的人道主义悲悯情怀存在着不容忽视的内在关联。

《心灵外史》

石一枫　著

2017年第3期　《收获》杂志

关于一部"盲信史"的思考
——评《心灵外史》

王达敏

　　身处在当下这样一个变动不居、纷繁复杂的时代，如果某位小说家始终用"穷年忧黎元，叹息肠内热"的口吻，反复灌输"朝闻道，夕死可矣！"的高蹈思想，多半是要惹恼读者的吧？然而，作为一名始终身处文学现场的新锐作家兼评论家，石一枫竟能凭着"对价值观的探讨和书写"获得众多读者及评论家的青睐，这不能不说是个奇迹。在接连以《世间已无陈金芳》《地球之眼》等优秀中篇小说"走红"之后，2017年推出的长篇新作《心灵外史》越发沉郁、淳厚。联系石一枫的整个创作，某种意义上，我们可以将《心灵外史》视为他四年前那部长篇青春小说《我妹》的前传。《我妹》聚焦的是少女小米对"终极意义"追寻不舍的天性，《心灵外史》则以信仰之名追寻主人公乃至国人近半个世纪的心灵变迁史。小说中，石一枫着力叙写了一位被唤作"大姨妈"的人物，并让她艰辛"载道"，踽踽而行。

　　莫言曾说过，好的作家都是文体家，

从结构到语言都有一定的辨识度。又说，作家写作时，要让自己的语言像水一样流出来，像火焰一样喷出来。若以此衡量，石一枫明显具有好作家的特质。《心灵外史》保持了他一贯的戏谑和精准，寥寥数笔，就让人不难发现，这位大姨妈与陈金芳（《世间已无陈金芳》）、安小男（《地球之眼》）以及颜小莉（《营救麦克黄》）源自共同的精神谱系。与前述人物一样，大姨妈也"特别能吃苦特别能战斗"。"我"（杨麦）的祖上是"曾经阔过"的大家族，大姨妈则是家中厨娘的女儿。她温婉、内向，带着逆来顺受的气质，又满怀恬静的忧愁，一度与"我"母亲相依为命，情同姐妹。然而突如其来的"文革"改变了一切。革命小将循循善诱的启蒙，让大姨妈懵懵地选择了模糊的信仰。带着革命是"为所有人好"的朴素信念，大姨妈检举了母亲私藏学术手稿的罪状。而革命导致的后果却让她无法承受，在内疚和后悔中，大姨妈颠沛流离，并不断皈依于各种盲目的信仰。从革命女同志到伪气功大师，从传销理念到基督教义，大姨妈一直在苦苦追寻，试图找到一个可以安放灵魂的神龛。"我必须得相信什么东西才能把心填满"，"信了就能越过越好"，"信什么都无所谓了，关键得是先找个东西信了，别让心一直空着"。试看，这个在"我"面前放声哭泣的大姨妈多像是另一个安小男：明明生存多艰，难以自保，偏还要去螳臂当车、蚍蜉撼树。其心其志，至死不渝，只为实现一个大家能"越过越好"的愿景。

大姨妈盲目的执念所产生的巨大精神能量，深深地感染着"我"。大姨妈追寻着她的信仰，"我"追寻着大姨妈。同样是作为《我妹》的男主角，杨麦身上为什么充满了虚无主义色彩？《心灵外史》提供了答案。作为后革命时代的产品，"我"在家庭中是一个尴尬的存在。童年的创伤，亲情的缺失，让"我"将曾悉心照顾自己的大姨妈当作精神依赖。他们互为心理补偿，无法生育的大姨妈对"我"视如己出。为了让"我""好起来"、拥有同龄人的强健身体，大姨妈不惜买高价票，带"我"接受师父的"发功"。而"我"幼稚的"亵神"行为让大姨妈心生惶恐，为乞求宽宥，她长年追随着师父。疯狂的举动让父母意识到了危险，在"关于杨麦及其大姨妈关系的处理意见"中，大姨妈被认为脑子出了毛病，为防御有害思想的侵蚀，父母隔离了"我"与大姨妈的联系。而"我"的情感却始终存在。成年后的探访尽管未遇，却让"我"更加坚信，自己与大姨妈之间存在着神秘的精神共振。当无意得知大姨妈误入传销组织的情况后，"我"远赴天涯海角，展开新一轮追寻。小说用了近四分之一的篇幅叙写"我"卧底传销组织"虫虫宝"的故事。这场充满传奇色彩的营救，让"我"历经生死大劫，却带不走秉持执念的大姨妈。收容所里的畅谈，母亲对往事的追忆，终于让"我"彻底理解了大姨妈的信念。但在所有人即将和解即将大团圆之际，大姨妈却再次选择了新的信仰，在基督福音中了却残生，永远地离开了这个现实的世界。

一念天堂，一念地狱。作为凡夫俗子的"我"和大姨妈在世道人心的沉浮中，都想紧紧抓住些什么，以抵挡现实的残酷和虚妄。革命、气功、修庙、传销、福音……这些原本风马牛不相及的事儿，被石一枫以信仰之名整合、拼接，竟毫无违合之感。石一枫擅写场面，尤其擅长写闹剧场面。神棍们招摇撞骗的一幕幕让人击节喟叹之余，不禁联想起印度喜剧电影《我的个神啊》。同样探讨人与信仰的关系，批判伪宗教的欺骗性，最明显的区别在于，印度是个宗教国家，那里的国民或许能寻找到真神。而中国却盛产人造的神，且能屡屡颠倒众生。在石一枫浓墨重彩的书写中，一方面，种种滑稽图景连缀成市场经济繁荣景观下的浮世绘；另一方面，种种真假信仰也完整呈现了数十年国人的心灵变迁史。世道变了，世道又变了，世道一直在变，然而，这个世界在变好吗？当社会生活主题从"文化革命"到个性解放再到经济发展，"古今中外的怪力乱神在这片土地上开筵宴，每个敢于信口开河的江湖术士都能分一杯羹"。各种造神运动层出不穷，如大姨妈一般的"盲信者"也并不少见。小说中蕴涵着作者的人道主义思想，无论作现实的观照还是对信仰的高远遥望，他都没有给予简单粗暴的否定。相反，他无比同情这些蝼蚁一样的存在者。这种同情不仅表现在大姨妈身上，在那些传销者身上同样体现得淋漓尽致。在城市的边缘，一群被社会抛出正常生活轨道的赤贫者，与陈金芳一样，自认为正站在时代的风口浪尖上。虽为乌合之众，他们却有着统一的信念，甚至自觉担负着让世界变得更美好的责任。他们煞有介事地将对传销事业的认识上升到灵魂的高度，认为它"关系到情怀，愿景，还有价值观"。带着善意的理解和悲悯之心，"我"揭穿了骗局，却又主动保护局中人。小说中，无论是对李无耻这样的"小龙虾"，还是对城市边缘的"虫虫"们，石一枫没有停留在社会病理的解剖上。透过他们，他深刻意识到，在浑茫的华夏大地上，芸芸众生"不问苍生问鬼神"，启蒙之路依旧任重道远。

石一枫私淑王朔多年，最初同样以顽主式写作引人侧目。阿城认为，王朔的作品影响了一个民族的语言，他开创了一种颠覆性的语言形式。这种颠覆性曾在石一枫早期作品中表现得异常明显，京味的幽默与戏谑的反讽也日臻出神入化。然而学院派出身的石一枫的创作资源绝不可能单一，他毕竟专事过现当代文学研究，对明清以来的中国小说传统以及19世纪以降的西方小说技法也毫不隔膜。可资借鉴的精神导师在施耐庵、冯梦龙、曹雪芹之外，尚有福楼拜、巴尔扎克、托尔斯泰，更不用说鲁迅、老舍、钱钟书。石一枫的近作传达出的明显信号是，现代小说家尤其是鲁迅的忧愤深广和冷峻笔调，渐成他文字的底色。且不说《世间已无陈金芳》对《孔乙己》的氛围戏仿,《地球之眼》对《故乡》的对话模拟,单是《心灵外史》大姨妈外貌变化的描写,便深得《祝福》之神韵。此外,祥林嫂与大姨妈之间关于灵魂问题的追问以及最终的命运,何尝不是念兹在兹,殊途同归?

因此,我认为石一枫在《心灵外史》中有关信仰或者信念的追寻,与此前系列中篇小说对"道德""良知"的固执询问,接续了五四文学"为人生"的传统,以及鲁迅国民劣根性批判。仅以此论,石一枫也是有大格局、大气象的。《心灵外史》与之前的长篇相比,在观照世道人心的广度与深度上,都有了质的飞跃与提升。如他所言,这部社会问题小说再次牵涉到人的精神领域。信仰与道德与良知等终极问题一样,是我们的无法回避的精神困境。作者坚信,小说是一门关于价值观的艺术,它应当且必须面对终极意义的焦虑。小说不是宗教,它提出问题却不一定能够给出答案。然而,《心灵外史》的结尾以幻觉中弱者的集体哭泣警示世人,"眼前的生活皆是幻象,幻象背后存在着一个'真实的世界'。在那个世界里,有'恶'在横行,有人在受苦。"为了让这个世界好起来,不止大姨妈,也不止杨麦,我们每一个人都不能停下追寻的脚步。

《锦瑟》

范 迁 著

2017年长篇专号（秋卷）《收获》杂志

大时代的爱情悲剧及其思想意蕴
——评《锦瑟》

颜　敏

相对而言，集体记忆基座上的新中国一代知识分子的人格雕像，在20世纪中国知识分子形象谱系中最为单薄，也最为尴尬。在新中国三十年的当代文学中，他们因集体失语而基本缺场；在新时期文学中他们的形象又呈现出两极化趋势，或是"归来者"笔下的苦难使徒，或是先锋作家笔下的精神侏儒。其实，无论是苦难使徒还是精神侏儒，都只是他们这代人身上的某种人生与精神的特质，也都是因为当时的创作主体对这代知识分子缺乏足够的历史距离，囿于价值情感与伦理意图而作出的片面性判断。范迁《锦瑟》关于新中国一代知识分子的叙事，超越了以往片面性的审

美判断，无论是审美视野还是生活肌理抑或人性深度，都显现出不同于前人的思考和表述。从这种意义上讲，它无疑具有文学史的意义，值得我们细加辨析。

《锦瑟》描述的是新中国成立前后上海一个普通知识分子的艰难人生。小说主人公原本是扬州一个家道中落的士族子弟，抗战结束后考入上海圣约翰大学就读，后因社会动荡家遭变故而辍学，在前景黯淡的情境下随波逐流地投身革命。正当他在革命队伍里获得人生转机之时，因为爱上一个不该爱的女性而遭到组织贬谪。新中国成立后他作为新政权的成员重返上海，虽然追求到自己心仪已久的爱人，但因妻子的复杂身份而

再次遭到组织的降职降薪处分。也就在他人生失意期间，当年无意交结的女人及其孩子为了求生也来上海投靠他，因而陷入杂乱如麻的人生苦恼之中；加上他难以掩饰的书生气质和不愿屈尊的个性，终于没能逃脱政治运动的罗网，被补划为右派，行政级别降到最低点。特别是人到中年，挚爱的妻子不幸病逝，从而失去了人生目标，最终没能熬过"文革"而油干灯尽。显然，小说的主人公是个生不逢时的悲剧人物。虽然小说的叙事重点主要落在主人公的私人生活领域，但他的这种不断下滑的个体人生轨迹与大时代的社会情境息息相关，因而可以说，小说描述了大时代中一个普通知识分子的悲剧人生。

关于大时代的说法源自鲁迅先生，他在 20 世纪 20 年代末期断言："在我自己，觉得中国现在是一个进向大时代的时代。但这所谓大，并不一定指可以由此得生，而也可以由此得死。"[1] 在鲁迅先生看来，迎面而来的革命时代，个人的选择生死攸关。他的这个大时代的称谓，至今仍是一个充满张力的时代命名。从社会革命与个人命运的关系讲，我们的经验事实总是与历史意义脱节：革命时代的个人命运悲剧确定无疑地存在于我们的生活经验之中，但它却没有在思想观念上获得认同。一方面从个体人生角度讲，革命时代是个新旧交替的动荡时代，"显然是暴力、变动以及普遍苦难的年代，在日常意义上把这看作悲剧

是很自然的"[2]。另一方面从民族国家角度讲，这可能又是一个凤凰涅槃的时代。"革命历史与悲剧之间最明显的联系存在于真实的历史事件之中。……事件一旦成为历史，人们对它的看法就完全改变了。许多国家把自己历史上的革命当作最有价值的、创造生命的时代加以回顾。我们可以说，成功的革命不是悲剧，而是史诗。"[3] 由此便出现两种大相径庭的历史叙事：一是史诗性的宏大叙事，它关注重大的历史事件及其相关的伟人，并且通过英雄伟人的事迹确认历史事件的价值，以此建构并且传播历史的合理性和政治的合法性。因而即使是确切的历史苦难，也因为它所包含的道德理想因素而获得记述和赞颂。二是悲剧性的个人叙事，它深情关注历史现实中普通而具体的人物悲剧命运，以此辨析动荡年代的社会生活肌理，体悟芸芸众生的真实生存境况，因为他们才是大年代的真切感受者，也是历史苦难的被动承受者。毫无疑问，《锦瑟》属于后者。小说并不关注重大的历史事件及其变化规律，而把整个翻天覆地的时代变革作为社会形态及其生活模式改变的隐在缘由。它集中笔墨描述主人公新旧交替时代的人生轨迹，叙述他所经历的磨难、屈辱和不公，及其性格蜕变和黯然离世。并且通过精致的细节描写和细腻的人物内心活动，生动表现出一个生性敏感和懦弱的书生，在难以预料的生活重压下从自我抗争到无奈妥协再至痛

---

1 鲁迅：《〈尘影〉题辞》，《鲁迅全集》（第 3 卷）第 547 页，人民文学出版社，1981 年。

2、3 [英]雷蒙·威廉斯：《现代悲剧》第 56 页，上海译林出版社，2007 年。

苦挣扎的心理变化过程，探寻他丧失自我的深在缘由。

从文本角度讲，小说以主人公的欲望人生为情节线索：在人生上升期被湍急险恶的命运河流卷入旋涡的缘由是爱情人生，而在人生谷底里给他带来了几许生命希望的还是爱情人生，因此在动荡年代的苦难境遇中，他的命运随着爱情抉择几度沉浮。其实，这并不难理解，在革命洪流势不可挡的大时代，个体生命微不足道，仿佛唯有爱情人生能够聚集他的个体生命能量，形成抵御滔天浊浪的宁静小岛，以免随波逐流地丧失自我。从这种意义上讲，大年代的真诚爱情是抵抗社会走向无序热寂的有力负熵。然而，在高度体制化的社会，抵制和忽视组织规约的个人爱情选择，必然遭到体制社会及其人际关系的惩诫和疏离，从而难以规避社会人生的风险。

小说主人公虽然家道衰落，为人孤僻而不合群，但毕竟出身名校，"中英文俱佳"且多才多艺，面相俊朗而为人单纯，因而他的生活中总是不乏喜爱他的女性。在他并不长的人生过程中，先后幸遇过五个女性。他的第一次人生上升期是他在华东军区司令部任职时期，他开始获得到组织的重视，可在此时却遇上了军区文工团副团长恽韵。"女人本是柳絮般的心性，活泼浪漫，却无奈嫁了耄耋老头，早已旱成干柴烈火。而他本是天性狷介孤僻，又在情窦初开之际被女子拒绝，压抑多年，身心受创。今日终得女子青睐，一泄郁闷。"可是，这场逾越禁忌的姐弟恋最终酿成悲剧，

他被贬谪回盐城专区，而恽韵离婚不成精神分裂。他们并不知道，革命作为社会性的行为，具有整体化、秩序化和规范化的要求，而爱情作为个体性行为应该服从组织的要求。倘若个人的爱情选择违背组织秩序和纪律规范，便会遭到革命组织的无情惩戒。

他的第二次人生上升期是他刚返上海的初期，他因专业能力强而获得组织的信任，可就在这时他又遇上梦寐以求的梅珏馨。对于珏儿，他初次会面就被她温婉的美貌和娴静的气质迷倒。自视甚高的他，当年竟然不顾寄人篱下的卑微身份而大胆追求，为此被汤老太太逐出家门。现在还是为了她——一个业已成为"反革命家属"的遗孀，全然不顾组织告诫和朋友劝说，在明知这可能是个断送自己政治前途的婚姻，还是坚持到底。果然，因为这次抵制组织劝告的婚姻选择，他被降职与降薪，而且"在科里宣布时，同事都用了异样的眼光看他"。他原本自以为是地认为，虽然失去了自我实现的社会人生前景，但却拥有一个自足的个人生活的情感世界。但他并不知道，社会革命必然改变以往的社会活动模式及其深层的人际关系和情感结构，特别是在一个高度体制化的极左社会，公共领域必然强行地侵入私人领域。因为它把抽象的社会阶级观念强加于现实中的男人和女人身上，真实的生活被扭曲成了无情的思想材料；"敌人"无处不在，形成一种弥漫性的紧张生活环境，最终毒化社会与扭曲人性。因此主人公这种抵抗组织的爱情抉择，

几乎将他从生活世界连根拔起，不但断绝了个人在社会实现自我价值的路径，同时还不可避免地恶化个人的社会人际关系和情感结构。因此小说主人公对于任何社会政治运动都失去了免疫能力，政治人生不断下滑；连他最密切的老战友崔局长也在有意疏远他，一直善待他的女友毕婵也被现实社会的潮流越卷越远。尽管他一再退缩和妥协，认命地接受随时可能出现的屈辱，但厄运还是追随他，他越来越感觉到自己的无力和无助。从这种意义上讲，小说的个人爱情书写，表现出20世纪大时代中国社会最具代表性也最为深刻的悲剧人生形态。

就在他屡遭打击的艰难时期珏儿病逝，他从此失去了人生目标并且一蹶不振。在他的人生底谷期间，阿香便成为他生活世界的仅有依靠。应该说，他对阿香从来没有爱情念想，年轻时代仅仅因为生存焦虑与生理焦渴而饥不择食地一时占有了阿香，过后他再也不思量。可他没想到的是，这一时冲动竟然欠上一笔沉重的人生孽债。十来年后阿香母子为了逃生来到上海投靠他，自我和任性的他不得不吞咽自己一时冲动的苦果；特别是面对无辜的儿子，他意识到自己负有不可推卸的人生责任。不过，尽管他接纳了阿香母子，但对阿香还是无法激发爱的情感，而只有随着生活积累不断深化的特殊亲情。也正是这种特殊的亲情支撑着他苟且地活着，尤其是"文革"时期，如果没有阿香，他无法

面对这个不可理喻的世界。当然，在他的爱情人生中还有过艾茉莉和毕婵。虽然她们喜爱他，但都无缘与他终成眷属。不过，在他与她们的交往过程，她们一直秉持爱心地善待他呵护他。正是上述这些善良女性的帮助和照料，他才在这个动荡而险恶的世界捱过难关而艰难活着。从某种意义上讲，她们似乎是出于本然地坚执善良和抵制邪恶，是这块贫瘠土地上仁厚的地母，湍急河水下坚硬的河床。固然，这种情感人生与传统通俗小说的书生美女故事有些相似，如果再联系到他思想行为中的一些传统文人气质，那么我们可以发现，小说爱情叙事的结构深层，与传统文化确有某种同源性的意义关联。

总之，这部小说主要书写个人的爱情生活，但又远远不止于爱情人生。在它的爱情书写中，我们不仅发现20世纪社会转型时期普通知识分子的苦难境况及其悲剧缘由，还有他们在社会交替时代不断自我退缩直至自我丧失的内在变化及其深在缘由，以及大时代里中国女性坚韧善良的人性本色。当然，也有他们身上仿佛与天俱来的脆弱人格和人性弱点。米兰·昆德拉曾说，情爱的场景可以产生出一道强光，"它突然揭示了人物的本质并概括了他们的生活境况"，以致它成为一个焦点，"其中凝聚着故事所有的主题，置下它最深奥的秘密"[1]。我认为，用此话阐释小说《锦瑟》，不但适用，而且十分妥帖。

---

1 ［捷］米兰·昆德拉：《〈笑忘书〉英文版后记》，艾晓明编译《小说的智慧——认识米兰·昆德拉》第145页，时代文艺出版社1992年。